U0451380

云南大学 少数民族民间文学调查资料丛刊

云南大学1958年傣族民间文学调查资料集

Collection of 1958
Dai People Folk Literature
Survey of Yunnan University

云南大学文学院 编

商务印书馆
The Commercial Press

本书出版获云南大学一流大学"中国语言文学"学科建设项目资助

本书系国家社科基金项目"云南少数民族民间文学稀见资料整理与研究（1958—1983）"（20CZW059）阶段性成果

云南大学 少数民族民间文学调查资料丛刊

顾 问

张文勋　李子贤　李从宗　张福三　冯寿轩

编委会（按姓氏笔画排列）

王　新　王卫东　伍　奇　杜　鲜　李生森
杨立权　张　多　陈　芳　罗　瑛　段炳昌
秦　臻　高　健　黄　泽　黄静华　董秀团

云南大学少数民族民间文学调查资料丛刊
前 言

王卫东

这套丛书的整理出版是一件偶然的事——准确说，是源于一件偶然的事。2006年5月的一天，杨立权冲进我的办公室，兴冲冲地对我说："王老师，挖到宝了。"他迫不及待地告诉我，在四楼中文系会议室旁边小房间的乱纸堆里发现了云南省民族民间文学调查的资料，我和他跑上去，看到杂物堆上的少数民族民间文学调查资料，有署名"云南大学中文系少数民族语言文学教研室编"的1964年和1979年版的《云南民族文学资料集》，有署名"云南大学中文系"的1979年12月版的《民族文学作品选》，有署名"云南大学中文系少数民族文学概论师训班编"的1980年6月版的《民族民间文学资料》，有署名"云南大学中文系"的《云南民族文学资料》，还有署名"云南大学中文系印"的1980年4月版的《云南民族文学资料》、署名"云南大学中文系翻印"的《云南民族文学资料》，此外还有很多"云南大学中文系翻印"的各少数民族文学作品选，最为珍贵的当然是云大中文系调查整理的云南少数民族民间文学资料。大家都非常高兴，这纯属意外之喜。2005年8月份我任中文系主任后，有两项重点工作：文艺学博士点申报和教育部本科合格评估。博士点获批，我就全力以赴做评估的准备。除了常规的教学档案整理之外，我希望借此机会把我之前做的科研档案扩展为人员档案和中文系系史，于是就请杨立权把中文系资料室和其他地方的东西清一清，图书杂志造册上架，供师生查阅；教材著作如果数量多，部分留存后可以给愿意要的学生，不必堆在那里浪费；涉及中文系历史的资料分类整理，作为历史档案保留。没想到整理过程中惊喜连连，在图书杂志之外，发现了很多会议记录、规章制度，还有讲义、教案、课程表、历届学生名单、毕业论文、学年论文、课程作业，甚至还有入党申请书……出乎意料又令人惊喜的是，还发现了《阿诗玛》的多个版本。这次的发现，更是令人想不到的大喜事。杨立权带着学生把四楼和一楼彻底清理后，将名为"云南民间文学资料"的油印版单独归类，我和他审查后确认，主要有1964年、1979年和1980年三批。随后我和杨立权给中文系所属人文学院院长段炳昌老师汇报了这事。段老师对中文系的历史以及民间文学调查比我和杨立权更为熟悉，也更了解这些资料的价值。我也给黄泽兄说了这事，他是专家，为此很是高兴。过了一段时间，我和段老师去见张文勋先生，告诉他这个发现。张先生极为兴奋，说1964年中文系印出来以后，部分进行交流，大多用作教学。这套资料主要留存在云大中文系和云南省文联。"文革"期间，省文联的全都流失不存，中文系的也不见踪影。他也曾动过寻找的念头，但"文革"后百废待兴，1984年初他离任中文系主任后不再参与管理，中文系的办公室、资料室地点屡迁，资料室人员变动频繁，他以为这些资料已经消失，没想到竟然从杂物堆里打捞了出来。

资料有了，下一步就是整理和出版的事。但就在这个环节大家出现了分歧。我力主出版，认为署名不是问题，少数民族民间文学调查是政府主导，各个单位安排的，属于职务成果，不是任何个人的，统一署名云南大学中文系调查整理，把所有署名者列出即可。但不少人还是有所顾虑甚至是顾忌，担心到时出现署名权的争议。编纂出版是出于公心，是为云大，是为学术，但最终责任由个人承受，这就不值。2004年至2005年曾任文学与新闻学院党委书记，时任云大宣传部长的任其昆老师认同我的看法。但当时有顾虑的人毕竟更多，这事也就搁下了。

虽然出版被搁置，但这套资料的价值在那里，谁都清楚。杨立权还带着学生整理，段炳昌老师和董秀团老师等会讨论这书的处理方式，老先生们也不时会提到这事，主要是李子贤先生。每年去见李老师时，他都会说到这套书。他基本同意我的看法，但也担心出问题，毕竟有前车之鉴。一次，我与何明兄聊天时说到这事，他马上就表态，经费由他担任院长的民族研究院解决，中文系和民族研究院联合整理出版，作为中文学科和民族学学科的共同成果。遗憾的是最终没有落地。那些年虽然我在很多场合都在说这套书，告诉大家这是不可复现、不可再得的，强调它的唯一性、不可替代性，说明它在史学、文学、民族学、社会学以及学术史等方面的学术价值和社会价值，但出版的事一直拖而不决。2015年学校给中文系50万的出版经费，我准备抓住这次机会把书出了，不再左右顾虑。请学校把出版经费直接划拨给云南大学出版社，同时把全部资料给了他们，希望他们先录入，再组织人员进一步整理、出版。但没想到年底，学校进行教学科研机构调整，我调到云大艺术与设计学院主持行政，这套书自然就离开了我，虽然我还时时惦记着它。

没想到，这套书确实与我有缘。2020年，学校把我调回文学院主持行政。在了解文学院近几年的情况时，我得知这套书仍未完成整理，决定借助云南大学百年校庆把这事解决了。在学院党政联席会上我提出文学院百年校庆的活动内容，包括编写院史、口述史和整理出版这套书，这个想法得到文学院班子的支持。几经波折，这套书的整理出版终于露出了曙光。

在文学院校庆活动的会议上，确定由何丹娜副书记具体负责院史，陈芳副院长负责口述史，张多、高健负责这套书的整理，我整体统筹。后因资料从出版社取回后由张多管理，张多做了很多的整理工作，还以此申报2020年的国家社科基金项目并获批，就由张多具体负责，并以百年中文课题立项的形式组建团队进行整理、录入和校对。

我原来希望这套书由云南大学出版社出版，但由于云大出版社五年内换了三任社长，社内领导班子也几经变动，编辑变化很大，直到2020年再次启动时，这套书与2015年我离开时几无区别。（负责这套书的副社长伍奇老师在2015年底调整时调离了出版社，也无法再管这套书的整理出版，更不清楚这套书的着落，直到2021年她还提醒我把资料从出版社取回以免遗失。）我担心云大出版社在 2023 年百年校庆时不能完成这套书的编辑出版，有老师推荐商务印书馆。应了好事多磨这话，这套书确实否极泰来，遇上了一个好编辑，冯淑华老师了解到这套书的情况后，以极高的效率完成了报批，使这套书进入出版程序。虽然这两年中诸多波折，但冯老师都以她的超常耐心和毅力，忍常人所不能忍，迎来了最终的圆满。在此对冯淑华老师致以最高的感谢！

这套书能够面世，首功当归杨立权老师。他是当时不多、现在罕见的只为做事不问结果的人。他发现了这些资料，才有了这套书的出版。包括这套书在内的所有中文系少数民族民间文学调查资料最初都是他带着学生整理的，从杂物中找出来，分类归档，标明篇目，顺序陈放。没有杨立权老师，就不可能有这套书。

另外要感谢张多老师。这套书整理的工作量和难度是没参与的人难以想象的。首先是工作量，当初谈论这套书的整理，大家都认为应该以 1964 年版为基础，1979 年、1980 年版为参考和补充。段炳昌老师和我们也讨论过，认为应以云大中文系师生调查整理的资料为原则，至少是云大中文系师生为主调查整理的文本才能纳入，杨立权老师找到的资料从 1958 年一直到 20 世纪 80 年代中期，除了 1977 年以后是云大中文系师生调查整理的，参与调查整理的人员来自云南省的各个地区和单位，全部纳入，体量太大。即便如此，内容仍然十分庞杂，一则上述三个资料集之外的资料还有很多，二则三个资料集以及其他资料都混杂着不同单位的搜集整理者的文本，有一些并没有云大中文系的师生参与，需要仔细甄别。这就需要了解和熟悉那个时期云大中文系师生以及他们参与调查、整理的情况。其次是难度，编辑整理这些资料对学术水平的要求很高，要有学术眼光，有学术史的标准，有严谨的学术态度，有细心和耐心。整理时应该忠实于材料，尽可能呈现出最初的样貌，不能依据自己的立场观点，或者为了文雅、结构的"合理"、避免"重复啰唆"等随意增减删改，否则就成为改写本，这也是对整理者的考验。（其实，民间文学中的重复是其非常重要的结构特点，是文本的必要构成。我在给学生讲课时，曾提及《诗经》的"风"和后来的"乐府"诗，保存了民间歌谣，但有得亦有失，得是如果没有当时官府的搜集整理，我们无法窥见当时的民间文学；失是人们见到的文本都是经过雅化的，这就大大降低了这些作品的价值。1964年版的"前言"里说"对这些原始资料，除字句不通加以适当修改外，一律不予删改，保持原始面貌，以提供研究之用"，这体现了老一辈学者的学术智慧。）此外，1964年的版本是手刻油印的，1979年、1980年版部分文字是当时的简化字，没有经过那个时代教育的师生可能不认识，等等，这也增加了录入和校对的难度。感谢张多老师和他的团队，给我们呈现出一个较为理想的文本。

还要感谢李子贤先生。我和黄泽兄管理中文系后，于教师节以中文系的名义去慰问两位老师，又让中文系办公室恢复了他们的信箱，请他们参加中文系的活动，李老师也就顺势回到中文系。（2005年他告诉我，以后他的会议就由中文系主办，之后他主导的学术会议确实都交给了中文系。）整理这些资料时发现1964年、1979年、1980年版各有问题，1979年版少了两册（已记不住哪两册，好像是18册和21册）。幸运的是，去看望李子贤老师时，说起这事，李老师说他家里也保存了一部分，放在老房子里，刚好有这两册。这又是一个意外之喜，看来老天爷也想促成此事。之后几年去看他，他都与我谈起这些资料，支持整理出版。2015年底，我调到云大艺术与设计学院。随后几年我与李老师和任老师联系较少（李老师给我打过电话），直到2020年确定回文学院，我给李老师打了个电话。他听到我的声音，第一句话就是"卫东，这么多年，你终于想起我们了"。听我说回到文学院后准备出这套书，他叹道："早就该出了。"

感谢张文勋先生。张先生是云南省民族民间文学调查的全程参与者，也是1977年以后把少数民族民间文学调查作为毕业实习主要项目这个传统的决定者。1979年、1980年版的资料集，1980年为"全国《少数民族民间文学概论》师资培训班"编印的《民族民间文学资料》都是在他任上编印的。

感谢段炳昌老师和黄泽老师。他们从学理上明确了这套书的学术价值和现实意义，提出了不少有关整理的原则和方法。段老师一直是这套书整理出版的推动者。

感谢董秀团、高健、伍奇、段然各位老师。他们在不同时间、不同程度、以不同方式参与了这套书的整理，推动了这套书的出版。尤其是段然老师，由于出版单位的变换，给她的工作带来了不便和冲击，但她了解到整个过程后，表示对调整的理解。我们以1980年为界，之前的交由商务印书馆出版，之后的云南少数民族民间文学调查资料以及所有年代的影印版交给云大出版社。感谢小段老师的理解和支持。

还要感谢云南大学校领导的支持。校党委林文勋书记今年7月到文学院调研时，我把这套书的出版经费作为第一项诉求，得到他的明确表态支持。感谢于春滨和张林两任"一流办"主任，得知这套书的价值后，他们都表示支持。张林兄去年年底上任后就把这套书作为重点支持项目，这次在省财政经费未足额下拨的情况下，他把这套书的出版经费单列，才保证了这笔钱没在最后关头被争先恐后的报账者们"抢走"。

最后，要感谢上世纪三十年间进行云南少数民族民间文学调查的各位前辈，是他们不畏艰辛，克服重重困难，才给后人留下了一批无法复现、不可替代的一手资料，让我们能隔着半个多世纪的时光，触摸到那个时代的脉搏，感受那个时代人们的情感，得以重现那个时代的社会面貌。那个时代的人们借助于这些资料而复活，各位调查整理的前辈因了这些文字而永恒！向各位前辈致敬！

六十年，这套资料从口头文本到纸质文本；十六年，这套资料从重新发现到出版。与这套书结缘的人或有始无终，或有终无始，只留下我经历从重新发现到出版的始终。终于得以出版，为这套书做出贡献的所有人也可以心安了！

2022年12月23日于云南大学映秋院

编纂说明[1]

张多

2023年是云南大学建校满100周年的重要节点，同时也是云南大学中国语言文学学科办学100周年。民间文学是云南大学文科的重要组成部分和特色专业方向，自1937年徐嘉瑞先生到中文系[2]执教开始便一直贯穿在中文系教学、科研、文化传承的脉络中。

民间文学注重到民间去采风，或曰搜集整理。这里主要指的是将民众口头讲述或演唱的散韵文学，转化成书面文字，这其中包含录音、记音、听写、记录、誊录、移译、转译、整理、汇编、校订、注释、改编等若干技术性手段。当然，对云南来说，对各民族书面典籍的搜集整理和翻译也同样重要。

云南大学中文系在20世纪开展了若干次大规模少数民族民间文学调查，积累了一大批原始资料。这些资料有的已经先期单行出版，有的被纳入了一些民间文学选集，但遗憾的是一直没有集中公开呈现。这套"云南大学少数民族民间文学调查资料丛刊"便是弥补缺憾的一项重要工作。

---

[1] 本文撰写承蒙段炳昌教授指导，专此致谢。
[2] 云南大学中文、历史二科在很长时期内为合并建制，或为文史学系，或为人文学院。这一时期即为文史学系。

一、影响深远的几次大调查

1940年,时任云大文史系主任徐嘉瑞(1895—1977)完成了我国第一部研究云南民间戏曲花灯的专著《云南农村戏曲史》[1]。在写作过程中,他开展了广泛的实地田野调查,常请昆明郊区农村的花灯艺人讲剧本。徐先生1945年的大著《大理古代文化史》也具备系统的田野调查基础,包含大量民间文学资料和分析方法。这种实地调查的传统在云大中文系特别是民间文学学科一直保持至今。

在这一时期,云大文科各系的学者如闻宥、方国瑜、陶云逵、邢公畹、光未然、岑家梧、杨堃等,都开展过或多或少的民间文学实地调查,并且兼备语言学、历史学、社会学、民俗学的方法,这对当时文史学系的学生产生了重要影响,其中包括后来的著名民间文艺学家朱宜初、张文勋等。

1958年9月云南省委宣传部牵头组织了大规模"云南民族民间文学调查"。这次调查是当时云南省最大规模、最专业的一次民间文学调查,由来自云南大学中文系、昆明师范学院中文系、中国作家协会昆明分会等单位共计115人组成7支调查队,分赴大理、丽江、红河、楚雄、德宏、文山、思茅(今普洱市)调查。这次调查涉及苗族、彝族、壮族、瑶族、白族、哈尼族、傣族、傈僳族、佤族、拉祜族、纳西族、景颇族、阿昌族、怒族、德昂族等民族。调查队在各地又与地方文化干部、群众文艺工作者、本民族知识分子百余人合作,搜集到万余件各类民间文学文本。云大中文系是这次调查活动的最主要力量,当时绝大多数教师和学生都参与了调查。参加调查的一些成员后来成了云大民间文学学科的重要成员,如张文勋、朱宜初、冯寿轩(当时在省文联)、杨秉礼、李从宗、郑谦、张福三(当时为本科生)、杨光汉(当时为本科生)、傅光宇(当时为昆明师院本科生)等。

---

[1] 徐嘉瑞:《云南农村戏曲史》,国立云南大学西南文化研究室,1940年。

这次调查云大师生所获成果颇多。比如在采录文本基础上，张文勋先生领衔的大理调查队撰写了《白族文学史》、丽江调查队撰写了《纳西族文学史》初稿，作为"三选一史"①的示范本，堪称中国少数民族文学研究的里程碑。此外还出版了许多单行本，比如彝族创世史诗《阿细的先基》②、纳西族创世史诗《创世纪》③、彝族创世史诗《梅葛》④、彝族经籍史诗《查姆》⑤等。这次调查从搜集文本的数量来说，傣族文本数量最多，比如叙事长诗《千瓣莲花》《线秀》《葫芦信》《娥并与桑洛》等傣文贝叶经和口头演唱文本都得到详细整理。⑥"1958年调查"这一时期，李广田（1906—1968）校长非常重视民间文艺，同时张文勋、朱宜初开始在学坛崭露头角，他们借助大调查，顺势推动了民族文学、民间文学学科建设。

1959年，在著名文学家、时任云南大学校长李广田的主持下，云大中文系开办了中国首个中国少数民族语言文学本科专业，并于1959年、1960年、1964年招收三届学生100余人。这三届学生中走出了秦家华、李子贤、左玉堂、王明达等一批民间文学家。1962年和1963年，少数民族语言文学专业的师生组织了两次毕业实习，也即民族文学调查。由于这两次毕业实习调查去的地方多为"1958年调查"未涉足且交通艰险的地区，因此两次实习得到云南省人民政府和云南大学的强力支持。其中1962年实习分为三个队，赴小凉山彝族地区、迪庆藏族地区和西双版纳傣族地区，由朱宜初、

---

① "三选一史"是1958年中宣部的计划，包括中国民间文艺研究会主持的各地歌谣选、各地民间故事选、民间叙事长诗选，中国科学院文学研究所主持的少数民族文学史。
② 云南省民族民间文学红河调查队搜集翻译整理：《阿细的先基》，云南人民出版社，1959年。
③ 云南省民族民间文学丽江调查队搜集翻译整理：《创世纪：纳西族民间史诗》，云南人民出版社，1960年。
④ 云南省民族民间文学楚雄调查队搜集翻译整理：《梅葛》，人民文学出版社，1960年。
⑤ 云南省民族民间文学楚雄、红河调查队搜集，郭思九、陶学良整理：《查姆：彝族史诗》，云南人民出版社，1981年。
⑥ 1958年调查的原始资料现主要收藏于云南大学文学院，另有部分资料藏于云南省民间文艺家协会。

杨秉礼、张必琴、杨光汉等教师带队；1963年实习赴彝族撒尼人地区、独龙江独龙族地区、怒江怒族和傈僳族地区调查，由朱宜初、杨秉礼，以及毕业留校的青年教员李子贤、秦家华带队。这几次实习采风的原始资料，包括彝族撒尼人长诗《阿诗玛》、怒族《迎亲调》，以及钟敬文极为重视的藏族神话《女娲娘娘补天》[①]等，现藏于云南大学文学院。

李子贤是1962年和1963年调查的主要成员。他于1959年考入云南大学首届少数民族语言文学本科专业。1962年2—7月，他以学生身份参加了小凉山（宁蒗彝族自治县）调查队到泸沽湖区采录彝族、纳西族摩梭人的民间文学。正是这次调查改变了他的文学观，他开始将兴趣转入少数民族民间文学，尤其是神话学。1963年他毕业后留校任教，又以教师身份带领独龙江调查队进入独龙族地区。

独龙江流域是20世纪中国疆域内最封闭的地区之一，地处我国滇、藏和缅甸交界处。进入独龙江，需要先进入怒江大峡谷，沿江而上到达贡山县城，再翻越高黎贡山脉，一年中有半年大雪封山。1963年7月到1964年2月，李子贤带领调查队历经磨难进出独龙江峡谷，这是中国学者首次对独龙族民间文学进行专题调查。这次调查成果中比较有代表性的，如1963年11月在独龙江畔孟丁村搜集的，独龙族村民伊里亚演唱的韵文体《创世纪》史诗文本，[②]这一口头演述传统在今天已近乎绝唱。

同一方向上，朱宜初、杨秉礼带队进入怒江大峡谷，对沿线傈僳族、怒族民间文学开展调查，取得丰硕成果，为研究怒江民间文学存留了宝贵历史档案。当时进入怒江大峡谷交通条件极为危险，调查队员向峡谷深处走了很多村落，一直到丙中洛的秋那桶村（近滇藏界）。这样的调查力度，即便在今天也是不容易办到的。

[①] 钟敬文：《论民族志在古典神话研究上的作用——以〈女娲娘娘补天〉新资料为例证》，《北京师范大学学报》（社会科学版）1981年第2期。

[②] 李子贤：《再探神话王国——活形态神话新论》，云南人民出版社，2016年，第207—227页。独龙族《创世纪》原始调查资料现藏于云南大学文学院。

另一边，秦家华带队到宜良、石林一带彝族撒尼人中间，不仅采录了经典叙事长诗《阿诗玛》的有关文本，还对撒尼民间文学做了全面搜集，留下宝贵资料。

在1978年之后，云大的民间文学学科得到恢复，时任中文系主任张文勋先生大力支持民间文学学科的发展，在原有师资朱宜初、李子贤、秦家华①的基础上，先后调入冯寿轩、张福三、傅光宇等，大大加强了师资力量，有效地支撑了民间文学调查和研究。

正是在民间文学研究特别是少数民族民间文学人才培养和研究方面的突出成就，加之1956年到1964年间的大规模调查成绩，1980年教育部委托云大中文系举办"全国《少数民族民间文学概论》师资培训班"。②1980年3月，来自中央民族学院、吉林大学、吉林师范大学、中山大学、新疆大学、贵州大学、西藏师范学院、青海师范学院、西北民族学院、西南民族学院、广西民族学院等16所高等院校的20多名中青年教师参加了学习。钟敬文亲临昆明为学员授课，发表题为《谈民间文学的收集记录整理和出版问题》的演讲，他认为"收集就是田野调查"③，是科学性的体现。为了配合师训班，云大中文系又编选了28卷《云南民间文学资料集》，将上述几次民间文学调查的文本加以汇编。此次师训班的学员还在朱宜初、冯寿轩、杨秉礼、秦家华等云大教员的带领下，到德宏和西双版纳进行了民间文学调查，采录到一批傣族、阿昌族、景颇族、德昂族等的口头文本及贝叶经，比如《九颗珍珠》《遮帕麻和遮米玛》《神鬼斗争》等。后来，《少数民族民间文学概论》经过两届学生试用后于1983年正式出版，④系中国首部该选题教材。

此后，从20世纪80年代到90年代初，云大中文系的每一届本科生，

---

① 秦家华先生此时主要在云南大学《思想战线》编辑部工作。
② 1978年教育部召开文科教学工作座谈会，即决定委托云大举办该师训班。
③ 钟敬文：《谈民间文学的收集记录整理和出版问题》，1980年6月30日，手抄本，云南大学文学院藏。
④ 朱宜初、李子贤主编：《少数民族民间文学概论》，云南人民出版社，1983年。

都进行过民间文学搜集整理的专业实习。中文系教师朱宜初、李子贤、张福三、傅光宇、冯寿轩、杨振昆、邓贤、周婉华、李平、刘敏、段炳昌、秦臻、张国庆、木霁弘等教师先后作为带队教师,参加了民间文学调查。当时,朱宜初先生已年近六旬,仍远赴丽江、德宏等地的偏远山村,早起晚归,亲力亲为,率领学生深入调查。这一时期每次实习调查的时间通常在一个月左右,所获不少,留下了一批调查资料。

后来,民俗学、中国少数民族语言文学、中国民间文学专业的硕士研究生,以及中国少数民族艺术、中国少数民族语言文学、中国民间文学专业的博士研究生,在他们的学位论文研究过程中,也积累了一些新采录的民间文学文本。也就是说,到民间去调查、采录民间文学的传统,在云南大学中文系一直没有中断过。

二、1964 年和 1979 年的内部油印本

1958 年调查所搜集整理的数以万计原始资料,仅有少数得以出版或内部油印。1963 年以中国科学院云南分院的名义内部出版了《云南民族文学资料》,选用了部分文本。1964 年云南大学中文系内部油印了 21 卷《云南民族文学资料集》,多为手写字体,选辑了较多高质量文本。1976 年到 1979 年云南大学中文系内部陆续油印了 20 余卷《云南民族文学资料集》,主要是在 1964 年基础上增补了白族等的文本。这批油印本主要是 1979 年印制,个别是在 1976 年和 1977 年印制。1964 年、1979 年的两批资料集成为当时中国重要的少数民族民间文学一手资料,但因油印数量少,不易得见。

本次集中出版的文本,正是以 1964 年和 1979 年两批油印本为主要底本,整理过程中也参考了原始手稿。这其中筛除了个别不合时宜的文本。①

在 1964 年油印本每册的扉页上,都印有一段"前言",说明了编选的基

---

① 例如不是云大主导的团队的文本或者有碍民族团结等的文本。

本原则和工作方式。"前言"落款为"云南大学中文系少数民族语言文学教研室",时间是"1964年5月中旬"。其原文如下:

> 在党的领导下,我教研室教师将几年来调查的各族文学原始资料汇编成目,并选其中较好的作品以及具有较显著民族风格的作品油印成册。对这些原始资料,除字句不通加以适当修改外,一律不予删改,保持原始面貌,以提供研究之用。因此,这些资料只宜供少数做研究工作的同志用,不宜广大读者传阅。在研究时也应根据毛主席关于批判继承文化遗产的精神,分清精华与糟粕,加强我们研究工作中的战斗性与现实性。使我们所编选的这些原始资料在研究工作者的手中,能为社会主义服务,能为今日的工农兵服务。
>
> 我们对编选各族文学原始资料,还缺乏经验,其中一定还存在着不少缺点,还希望同志们提出意见。
>
> 并希望你们单位如果有少数民族文学、社会历史、风土人情等方面的资料,也请寄给我们。

也就是说,这次编选的原则是"选其中较好的作品以及具有较显著民族风格的""能为社会主义服务,能为今日的工农兵服务",因此原始手稿中许多与此相悖的文本未选入,这些筛选痕迹在原始手稿档案中都有记录。当时的少数民族语言文学教研室,1978年升格为"云南大学中文系少数民族文学研究室",一词之易,却是当时比较前沿的尖端系设研究机构。后来,研究室的建制几经调整,形成了今天文学院的民间文学教研室、西南少数民族文学研究所、神话研究所的"一室两所"格局。

1979年油印本也有一个扉页"说明",原文如下:

> 编印《云南民族文学资料》,目的在于:为民族文学工作者和爱好者提供原始资料,使它在整理云南民族文学遗产和发展民族新文学这

个艰巨又光荣的任务中，起到垫一块砖的作用。因此，我们在编辑时，对原始记录材料一般不作更动，精华糟粕并存，除非原文确实看不懂，或有明显的记录笔误，我们才做些变动。

　　资料的内容，包括云南各民族传统的和现代的有重要价值或有一定价值的叙事长诗、民歌、情歌、儿歌、神话传说、民间故事、历史故事、寓言、戏剧、曲艺等文学作品，以及对研究云南民族文学有相当价值的部分其它资料。

　　资料集今后将陆续编印出版。我们希望搜集和保存有这类资料的有关单位和个人，将你们的资料寄（或借）给我们编印；并且，希望你们对我们的工作随时提出批评和改进意见，我们将是非常欢迎和感谢的。

从这里可以看出，1979年油印本更强调学术价值，并且对公开出版已经有了规划。但遗憾的是，这一公开出版的工作计划，一直持续了40年都未能付诸实施。

三、"丛刊"问世的始末

　　1979年油印本实际上是在为1980年的全国"师训班"做准备，因此只选了小部分文本。而1956年以来若干次少数民族民间文学调查的原始手稿资料，多达数千份，还沉睡在中文系资料室。有鉴于此，历次调查的亲历者张文勋、李子贤、秦家华、冯寿轩、张福三，以及此时进入民间文学学科任教的傅光宇教授，都很看重系里这一笔资料遗产。但囿于经费和人手、资料规模庞大且千头万绪、出版条件制约等因素，在1980年"师训班"结束后，一直没有启动资料整理工作。这一阶段资料保存在东陆园的熊庆来、李广田旧居，这是会泽院后面的一幢中西合璧的小别墅。

　　1997年中文系参与组建人文学院，2004年又改组文学与新闻学院。这一阶段包括这批资料在内的中文系大量旧资料，已经转移到英华园北学楼，但由于资料管理人员变动频繁，此时已经无人知晓民间文学资料的确切情况，处于"消失"状态。

2006年，中文系再次参与重组人文学院，由段炳昌教授任院长、王卫东教授任中文系主任。正是2006年在杨立权博士的清理下，这批民间文学资料得以重见天日。这一阶段及此后数年，段炳昌、王卫东、黄泽、秦臻、董秀团等教授，都为这批资料的整理和出版计划贡献了很大心力。人文学院的建制一直维持到2015年底，其间还涉及学院整体搬迁到呈贡新校区。但因为中文系办公地点几经变更、出版意见存在分歧、经手工作人员也几经易替，资料的整理一度搁浅。

直到2015年12月，以中文系为主体组建文学院，学院又搬回东陆校区，进驻东陆园映秋院办公。李生森、王卫东两任院长以及李子贤、段炳昌、秦臻、黄泽、董秀团教授再次将这批资料的整理和公开出版提上议事日程，列为学院重点工作。为此，学院多次召开座谈会，张文勋、李子贤、李从宗等老先生在会上回忆了当时调查和整理的情况，并为出版这些资料献计献策。在资料识别录入工作早期，由时任云南大学出版社编辑伍奇博士经手整理；后期高健博士做了大量工作。

2019年，笔者正式接手主理此项工作。在上述老师以及赵永忠、陈芳、王新、黄静华、杜鲜、罗瑛等老师的支持下，组织本科生、研究生开展大规模的系统整理。并且，我们通过多种途径补齐缺漏文本、建立了档案和目录体系、在映秋院建立了资料贮藏室。在这一过程中，文学院李道和、何丹娜、卢云燕老师，云大出版社的王昱沣、段然老师，云大档案馆的宋诚老师，都不同程度提供了帮助。尤其是高健博士2021年接任民间文学教研室主任后做了很多幕后贡献。商务印书馆的冯淑华、张鹏、肖媛等编辑老师也在最后阶段给予了专业的支持。

从2004年算起，该项整理工作，先后获得了云南大学211工程项目、云南大学一流大学建设项目、国家社科基金项目、国家"十四五"出版规划项目、云南大学文学院"百年中文"项目、云南省"兴滇人才支持计划"青年人才项目、云南大学高层次引进人才支持项目等的资金支持。

需要说明的是，"1958年调查"有一部分文本出于不同原因未纳入"丛刊"的首批出版。第一种情形是先期已经公开出版。例如纳西族史诗《创世纪》在1960年由云南人民出版社出版，1978年、2009年再版。第二种情形是搜集整理工作不是云南大学师生主导（但有不同程度参与）。例如《查姆》主要是云南师范大学师生搜集整理，但其中云南大学学生陶学良、黄生富等人参与了整理。而《阿细的先基》则主要是云南师范大学中文系师生搜集整理。第三种情形是后人重新整理，但原稿不全。例如壮族逃婚调《幽骚》，系刘德荣（云大中文系1970届毕业生）、张鸿鑫（云师大中文系1959届毕业生）在1958年调查油印本资料的基础上，于1984年重新搜集整理出版，但原稿已残缺。这些文本清理和研究也很重要，留待日后再做。

"云南大学少数民族民间文学调查资料丛刊"第一辑的分册安排如下：

《云南大学1958年白族民间文学调查资料集》，主要是1958年云南省民族民间文学大理调查队（张文勋先生领衔）搜集整理的白族民间文学文本，但实际上该册白族文本采录的跨度是从1950年到1968年。1956年到1958年的少量文本采录为"1958年调查"奠定了基础，1959年到1963年的调查实际上是"1958年调查"的延续，有些也是在撰写《白族文学史》的过程中的补充调查。其中也包括怒江地区的白族勒墨人、白族那马人的文本。

《云南大学1958年傣族民间文学调查资料集》，主要是1958年云南省民族民间文学西双版纳调查队（朱宜初先生领衔）、红河调查队在西双版纳、临沧、普洱、红河等地区搜集整理的傣族民间文学文本。

《云南大学1959—1962年傣族叙事长诗调查资料集》，主要是"1958年调查"西双版纳调查队于1959年在西双版纳采录的叙事长诗，以及1962年云南大学中文系中国少数民族语言文学专业本科毕业实习，在傣族地区采录的长诗，包括《章响》《苏文》《乔三冒》《苏年达》《千瓣莲花》《召香勐》《松帕敏》《姆莱》《召波啦》等长诗。

《云南大学1962年藏族民间文学调查资料集》，主要是1962年云南大学中文系中国少数民族语言文学专业本科毕业实习，在迪庆、怒江等藏族地区采录的民间文学文本。

《云南大学 1963 年怒江民间文学调查资料集》，主要是 1963 年云南大学中文系中国少数民族语言文学专业本科毕业实习，在怒江和独龙江流域傈僳族、独龙族、怒族地区采录的民间文学文本，本册还包括迪庆州维西县傈僳族的资料。

《云南大学 1962—1964 年彝族、哈尼族、壮族民间文学调查资料集》，主要是 1962 年、1963 年云南大学中文系中国少数民族语言文学专业本科毕业实习，在宁蒗、石林、红河、金平等地采录的彝族、哈尼族、壮族民间文学文本。

《云南大学 1980 年德宏民间文学调查资料集》，主要是 1980 年"全国《少数民族民间文学概论》师资培训班"教师和学员，到德宏傣族景颇族自治州采录的傣族、阿昌族、德昂族、景颇族民间文学文本。此外还附有田野调查笔记。

四、跨越 70 年的师生代际协作

20 世纪五六十年代的几次大调查，是师生合作的成果。那个时代，研究和教学条件简陋，外出调查的交通和后勤条件非常艰苦。但在青年教师和青年学子的通力合作之下，这几次调查反而是取得成果最丰硕的。20 世纪七八十年代及此后的调查，大体也采取师生合作的方式。

从 1964 年和 1979 年油印本的署名情况来看，可以大致整理出从 1958 年到 1963 年参与历次调查活动的师生名单，这也是本"丛刊"所收入文本的来自云南大学的调查者名单。需要说明，由于当时具体调查人员的细节难以考全，以下名单是不完全名单。

时任教师：

张文勋、朱宜初、张必琴、张友铭、杨秉礼、李子贤、秦家华、郑谦、徐嘉瑞[①]等（当时还有其他教师参与，暂未考出）

本科生：

1944级汉语言文学：陈贵培

1947级汉语言文学：朱宜初

1948级汉语言文学：张文勋

1951级汉语言文学：杨秉礼

1954级汉语言文学：赵曙云

1955级汉语言文学：张福三、杜惠荣、杨天禄、魏静华、喻夷群、李必雨、王则昌、李从宗、杨千成、史纯武、景文连、朱世铭、张俊芳、戴家麟、向源洪、吴国柱、刁成志、杨光汉、佘仁澍、戴美莹、"集体署名"[②]

1956级汉语言文学：周天纵、余大光、李云鹤、"集体署名"

1957级汉语言文学：高连俊、余战生、陈郭、唐笠国、罗洪祥、仇学林

1958级汉语言文学：陶学良、陈思清、吴忠烈、陈发贵、黄传琨、黄生富

1959级中国少数民族语言文学：李仙、李子贤、秦家华、曾有琥、田玉忠、李荣高、郑孝儒、马学援、杨映福、周开学、吴开伦、马祥龙、符国锦、罗组熊、李志云、翁大齐、梁佩珍、朱玉堃、王大昆、段继彩、杞家望、陈列、孙宗舜、卢自发、曹爱贤、雷波

1960级中国少数民族语言文学：杨开应、李承明、马维翔、胡开田、吕晴、苗启明、李汝忠、左玉堂、张华、吴广甲、肖怡燕、何天良、李蓉珍、

[①] 徐嘉瑞在1958年这一时期，已经调任云南省文联主席，但他对云大师生的"1958年调查"亦有诸多指导和帮助。

[②] 也即署名了班级，未署名具体人员。

董开礼、夏文、张西道、冷用刚、李中发、李承明、陈荣祥、杨海生、张忠伟

2019年底接手整理工作之后，文学院专门划拨实训场地存放这批资料，又以百年校庆和百年系庆为契机，为组织学生参与整理提供了制度和资金支持。在突遇新冠肺炎疫情全球大流行的困难条件下，首批出版整理工作到2022年夏天正式完成，并提交商务印书馆。在这一阶段，笔者带领学生，将科研与教学相结合，高效推进了文字电子录入、校对的巨量工作。参与资料整理、录入、校对的学生名单如下：

本科生：

2018级汉语言文学：张芮鸣

2019级汉语言文学：高绮悦、常森瑞、施尧（白族）、李江平（彝族）、张乐、王正蓉、李志斌（回族）、丁斯涵、赵潇、王菁雅、赵洁莉（壮族）、杨丽睿、任阿云、张芷瑄

2019级汉语国际教育：陈佳琪、张海月、李姗炜（白族）、黄语萱、黄婉琪、顾弘研（彝族）、林雪欣（壮族）、罗雯、万蕊蕊

硕士研究生：

2018级民俗学：郑裕宝、陈悦

2018级中国现当代文学：田彤彤

2019级民俗学：刘兰兰、龚颖（彝族）、晏阳

2019级中国少数民族语言文学：王旭花（彝族）

2020级民俗学：梁贝贝、周鸿杨、张晓晓

2021级中国少数民族语言文学：赵晨之、曾思涵、冉苒、茜丽婉娜（傣族）、宋坤元、郑诗珂、夏祎璠、吴玥萱、闵萍、杜语彤、黄高端

2022级中国民间文学：满俊廷、徐子清

博士研究生：

2020级中国少数民族语言文学：王自梅（彝族）

2021级中国少数民族语言文学：杨识余（白族）

2022级中国民间文学：杨慧玲

上述学生，全部听过民间文学有关课程，他们都对民间文学有或多或少的兴趣。在整理工作的第一阶段，本科生对文字录入有重要贡献；整理第二阶段，早期硕士生对校对工作贡献较大；整理第三阶段，后期硕士生和博士生对细节编辑工作贡献了力量。

从20世纪50年代的师生合作调查，到21世纪20年代初的师生合作整理，这些半个多世纪以前的文本再次发挥了科研和育人作用。如果从徐嘉瑞先生算起，从调查、油印到再整理、出版的过程，中间大约经历了本系七代学人。目前所呈现的"丛刊"是正式出版的第一批文本。当然，调查、整理的成果和荣誉是属于几十年来参与此项工作的全体师生的，而出版环节如有失误和瑕疵则由编者负责。

五、整理和编辑说明

"丛刊"的整理、研究和出版，经历了一个非常艰难的过程。其"艰难"主要是由于这批历史资料游走于口语和书面、民族语和汉语、原始记录和整理文本之间。对待这种特殊性质的历史文献档案，不仅要具备民间文学和少数民族文学的基础理论素养，还要有对云南现代社会文化史、行政区划史、民族关系史的相当把握。许多学生在整理资料的过程中，不断暴露出知识盲区，这是课堂教学所不具备的锻炼机会，同时对笔者来说又何尝不是呢。

"丛刊"编辑的过程中有一些情况，需要做如下说明：

（一）年份问题

由于20世纪下半叶本系经历过多次民间文学调查，规模大小不一，地区远近不等，因此有些民族的调查时间跨度比较大。比如白族的调查资料时间跨度从1950年到1968年，其中以"1958年调查"的资料为多，其前期预备工作其实从1956年就开始酝酿，那时候中国民间文艺研究会、云南省文联都参与过有关工作。"1958年调查"是从1958年底开始的，一直到1959年底结束。而后来为了编写《白族文学史》又进行过若干次补充调查。在这样的情况下，虽然资料搜集整理的时间年份不一，但由于"1958年调查"这一事件是核心，因此资料集以"1958"为题，以彰显"以事件为中心"的民间文学学术史理念。其他几册的情形也基本如此，年份命名都以学术史眼光来加以判定。

（二）篇名问题

民间文学书面整理文本的题目，或曰篇名，基本上都是搜集整理者根据文本情况起的，多数并不是民间口传演述的题目。在民间演述过程中，往往也不会刻意起一个题目。因此在1964年、1979年油印本中，有很多篇目的标题相互嵌套，比如《开天辟地神话》《开天辟地的故事》《关于开天辟地的传说》，同时使用了三个文类概念。对这种情况，编辑者一律将其改为"神话"，如遇到重名，则采取"同题异文"的编排方法，在同一篇名下区分"文本一""文本二"。有少量标题比如"情歌""儿歌"之类，大量重复，为了区分则用起首句子重起标题。

（三）地名问题

由于从20世纪五六十年代至今，云南省的行政区划发生了巨大变迁，地名变化较多，本次"丛刊"统一采用2022年的地名和行政区划。在必要时对原地名和原行政区划做出标注，以利研究。地名标注统一使用全称，例如红河哈尼族彝族自治州、耿马傣族佤族自治县等。云南省地市级行政区划的地名变更主要涉及"思茅地区——普洱市""玉溪地区——玉溪市""丽江地区——丽江市"，县级行政区划的地名变更主要涉及"中甸县——香格里拉市""路南彝族自治县——石林彝族自治县""潞西市、潞西县——芒市""碧江县——泸水市、福贡县"等。乡镇级行政区划调整主要是合并、撤销居多，统一使用当前区划名称。

（四）族称问题

德昂族在20世纪80年代之前被称为"崩龙族"，本书中一律使用现称"德昂族"。独龙族在20世纪80年代之前被称为"俅族""俅人"，本书中一律使用现称"独龙族"。

对于现有56个民族之下各民族的支系，有的支系在学术研究上常常单另看待，这部分民族支系统一采用"某某人"的写法，例如白族勒墨人、彝族撒尼人、壮族沙人。

（五）语言问题

"丛刊"在整理过程中，语言和文字的识别和订正是最大的障碍。

第一，1964年、1979年油印本使用了大量"二简字"，"二简字"系中国文字改革委员会1960年向全国征集意见、1966年中断制订，到1972年恢复制订、1975年报请国务院审阅，1977年12月20日正式公布的汉字简化方案。"二简字"于1986年6月24日废除。因此，大量笔者以及学生都没有使用过"二简字"。识别并更正"二简字"造成了极大工作量，对2000年前后出生的学生来说更是极大挑战。

第二，许多少数民族民间文学翻译成汉语的时候，采用了云南汉语方言词汇，例如"过了一久""老象""咯是"等。笔者相对精通云南方言词汇，整理过程中全部保留了原词，必要时加注释解释意思。

第三，有些民族语词汇翻译时采用了不同的汉字，比如"吗回""玛悔""妈瑞"都是"穷小子智救七公主"故事的标题，这种情况都保留了原用字，并加以说明。有个别地方采用了通行用字。

第四，油印本中的用字不规范之处，皆予以更正，比如"好象"改为"好像"，"一支老虎"改为"一只老虎"等。

第五，由于油印本年代较久，保存状况较差，有些地方由于纸张破损、墨迹晕染、墨迹淡化、手写字迹潦草等，无法辨认。对无法辨认的字，如果能根据上下文还原的，皆予以补全；如果无法还原，则用脱文符号"□"占位。

第六，由于云南各少数民族普遍通用包括汉语在内的多种语言，故有的文本是用民族语讲述后经过翻译的，有的文本则是讲述者用汉语讲述的，这一点在部分文本原稿中并没有明晰的记录，故无从查证。

第七，本"丛刊"有很多文本涉及傣语、彝语、白语、藏语等民族语的词汇，有的如果用汉语思维去理解会有逻辑瑕疵。对此，我们尽量保留原文面貌，交给有语言背景的读者去判断。

第八，有的同一个词语，原整理者在不同篇章作注，表述上略有差异。为保持原貌，予以保留。

（六）体例问题

"丛刊"文本大多数都有采录信息，包括讲述者、记录者、整理者、翻译者、时间、地点、材料来源等数据项目。这些信息对研究来说意义重大，因此全部保留，有些信息还根据资料整理成果予以补全。个别文本没有任何采录信息，为了体现油印本的收录全貌，也都予以保留。

凡标注为"编者注"的脚注，都是"丛刊"编者所作，没有标明的都是原整理者所作脚注。

（七）表述问题

原文本中，有些文类划分、文类表述有歧义，比如"寓言故事"。这一类问题皆按照当前最新的民间文学理论加以订正，力求表述清晰。对于材料来源的表述，没有特别说明的，都是口头演述。

原文本中有些表述，在今天的学术伦理中属于原则问题的，皆予以删除。例如有一则故事的附记是"内容宣传×教，作反面材料"。这显然是不符合当前学术伦理的。还有有关历史上多民族起义事件的传说，也涉及一些不符合当前民族宗教表述伦理的语汇，也予以删节。

（八）历史名词伦理问题

在个别文本中，原搜集记录者标出了讲述者的"富农""贫农"身份，这是特定历史时期用来区分人的手段，带有对讲述者的政治出身评判，因此出于学术伦理的考量，一律删去。

（九）署名和人员问题

纳入本"丛刊"的文本，都与云南大学中文系有关，或是由云大师生搜集整理，或是由云大组织调查，或是搜集整理工作与云大师生有合作关系。但是涉及的具体人员未必都是云南大学的，例如刘宗明（岩峰）是西双版纳州文化馆工作人员、金云是宜良县文化馆工作人员、杨亮才是中国民间文艺家协会著名学者等。这些民间文艺工作者居功至伟，特此致谢。

1980年"师训班"赴德宏等地的调查人员中也有来自其他高校的学者，这部分学者已尽可能注明其单位。

由此牵涉出的所谓"版权"问题，在此作如下说明：第一，中国民间文学的知识产权划分问题到目前为止并没有形成立法共识，学界、法律界和全国人大为此已经开展了若干次大讨论。如果从有利于传承中华优秀传统文化的角度来说，民间广泛流传的口头文学（包含与口头法则有关的书面民间文学材料）的知识产权不应只属于特定个人（尤其不应专属于搜集整理者），因为"专利化"不利于民间文学在广大人民群众中的再创编、传播、流布和共享。第二，"丛刊"已经尽最大努力还原每一篇文本的讲述者、翻译者、整理者，并标出姓名，如有读者能够提供未署名部分的确凿证据，编者十分欢迎并致力于还原学术史。第三，"丛刊"致力于为学术界、文化界和广大群众提供历史资料，如有读者引用、采用本"丛刊"文本，恳请注明出处和有关署名人员。

有些文本，在云南大学中文系前辈手中经过了二次整理，例如傣族的《岩叫铁》于1958搜集整理，到1985年张福三、冉红又对其重新整理。对此，"丛刊"尽量将两个文本都加以呈现，并对新整理文本有关人员也予以署名。

编者衷心希望和欢迎历次调查、整理的亲历者提供资料。如条件许可，后续我们将继续编选《续编》，出版此编以外的散佚资料和20世纪80年代以后的文本。在此，也要向在调查、整理和编纂各个阶段发挥巨大作用的张文勋、朱宜初、李子贤、秦家华、傅光宇、张福三、冯寿轩等先生致以崇高敬意。在出版过程中，商务印书馆的编辑冯淑华、张鹏、肖媛三位老师付出了许多心力，使得"丛刊"避免了诸多讹误。在此特致谢忱。

2023 年 2 月 22 日于云南大学东陆园

目 录

一、神话 ··· 001
    开天辟地 ··· 001
    火的来源 ··· 005
    英叭 ··· 006
    巴他麻嘎再贺章 ··· 012
    关于地、人的起源 ··· 016
    家禽的来源 ··· 018
    石头猴子 ··· 018

二、史诗 ··· 023
    火烧地球与泼水节 ··· 023
    火烧世界 ··· 029
    布桑该、耶桑该 ··· 032
    帕召哥达玛诞生 ··· 040

三、民间传说 ··· 042
    召景鲁 ··· 042
    岩叫铁 ··· 044
    附录：1985年重新整理本 ··· 046
    谷子的传说 ··· 047
    勐遮的传说 ··· 048

勐捧土司麻木哈宰 049
佛祖游历西双版纳的传说 052
开辟西双版纳的传说 053
河水的故事 054
关于文字的传说 055
射竜发 056
泼水节的来历 058
关于傣族拴线的由来 059
关于勐笼地方名称的传说 060
关于勐笼狼姆阿河的传说 060
天上为什么有彩虹 061
景洪的几种传说 062
关于书面文字的来源 063
傣家人的房子、筒裙和孔明灯的来历 066
关于傣族结婚仪式的传说 067
月食的传说 068
曼菲笼塔的由来 068
关于傣历每月上旬九号和下旬九号被傣族称为"不吉利之日"的由来 069
妇女舞 070
关于造酒的来源 070
关于西双版纳的由来 071
傣族为什么不杀猫和忌讳吃猫肉 072
日食、月食来源的故事 072
为什么有日食、月食 073
泼水节为什么放高升 073
蜜蜂和蜡条 074
"景洪""景亮"地名及第一个赞哈的由来 075
关于傣族过新年划龙船、泼水的故事 077
曼戛建寨的传说 078
勐混金塔的传说 079

竹楼的来历···080

鸡窝星···081

祭龙的故事——为什么叫作"泰孟"···083

有钱人送饭···084

佛主不得吃饭···085

管理缅寺的阿章教育儿女···085

关于佛教···088

阿朗木颂···091

关于贝叶经及几个节日仪式的解释···093

勐龙区曼杆普鲁反抗土司···095

四、民间故事···096

苏赶塔腊···096

喃坚细···097

象牙姑娘···099

沙蒂莫垫···105

葫芦枕头···106

猫和狗的故事···108

路宰麻哈萨梯···109

岩依炳···111

召哼帕罕···113

波拉···116

戛龙···125

木来···128

冒昧要烧拉···133

召温班···134

芒果···147

象牙做篱笆的故事···149

波玉顿的故事···150

穷儿爱牛···151

破宵那哩	153
继母	154
两个朋友	156
冬爹冬麻	156
岩批根	158
吃铁的人	160
老虎、青蛙和螺蛳	161
富翁换家	162
盖房工具的来历	165
学本领	167
三个人	168
胆小英雄	169
火烧卜卦棍	171
召香柏	172
三兄弟	175
召腊札多	178
葫芦做枕头	181
千瓣莲花	182
波憨版嘎	189
香萌	191
金毛老鼠	198
九尾狗	200
金螃蟹	204
召香勐	208
宝角牛	215
召哈罗	217
岩窝拉万囡	222
一个穷人和一个富人的故事	223
叭莫哈拉巴	225
召金达罕	227

有四个嘴巴的人	229
三个鸟蛋	230
召贺拢	232
爱晒宰和爱西	234
喃海发	236
喃捧荒	239
安波呆	240
牧牛的故事	241
怀山好	243
呜回	247
玛悔	250
妈瑞	252
椰子做枕头的故事	253
兴罕	255
翁帕罕	257
花蛇王的故事	259
娃罕兴	264
札都戛达	267
一个穷孤儿	270
召翁帕罕	272
岩帮雅	274
三想	275
百鸟衣	283
岩作	284
岩哥桑	286
一百零一个疙瘩的故事	289
喃嘎西贺	293
狗做国王	308
白头鸟和猫	309
申冤鸟	310

织窝鸟与猴子 ……310
老虎与石蚌 ……311
没有毅力的石头 ……312
鳄鱼的死 ……313
老虎和黄牛的故事 ……314
爱护主人的大象 ……315
贪心的狐狸 ……315
虾细折夺喝汤 ……316
聪明的小兔 ……317
凤凰抬乌龟 ……318
蝉的故事 ……319
咚的咚麻 ……320
小的聪明，不死；大的笨，死掉 ……321
白鹭鸶吃鱼的故事 ……322
见肉说肉、见鱼说鱼的故事 ……323
草夫和龙王的故事 ……324
人和癞蛤蟆 ……325
人和老虎打架 ……326
糯啄不要去教猴子 ……327
要像岩罕鹤、岩罕海样盘问到底 ……328
小马综蛇活该瘦 ……329
短篇寓言集 ……329
麒麟与臭鼠 ……334
麂子和螺蛳赛跑 ……335
一只大鸟的故事 ……336
一个蛤蚧死在干水塘 ……337
救动物得福，救人得祸 ……338
猎人与猴子 ……339
三个朋友 ……340
乌鸦抛弃人，人抛弃乌鸦的故事 ……341

- 大鸟和猫头鹰的故事 ········· 342
- 宰戛达向师父学法术 ········· 343
- 老虎和猴子的故事 ··········· 344
- 猴子和老虎 ··················· 346
- 老虎和人的故事 ··············· 347
- 《召树屯》中的两个情节 ····· 348
- 喃格沙娜 ······················ 349
- 忍气 ··························· 354
- 划船和撵山 ··················· 357
- 波岩养的故事 ················· 359
- 战胜国王的故事 ··············· 362
- 天鹅的故事 ··················· 363
- 七头七尾象 ··················· 364
- 艾多戛达棍满 ················· 367
- 召波拉 ························ 370
- 勐诺、勐乃 ··················· 374
- 南尼格拉 ······················ 376
- 麻雀教育猴子 ················· 376
- 木匠的猪 ······················ 377
- 玉喃猫 ························ 378
- 艾们够 ························ 379
- 艾更帕火董 ··················· 382
- 岩多内 ························ 383
- 知了的故事 ··················· 384
- 四个动物的故事 ··············· 385
- 戛木爬母冬 ··················· 388
- 召崩班 ························ 391
- 岩宰夺克戛达的故事 ········· 394
- 谷子的故事 ··················· 399
- 小鸡星的故事 ················· 400

岩磨喝购的故事	401
两个朋友	403
马拉娃	404
椰子做枕头的故事	406
猫和老鹰的故事	408
召三响	409
岩漱和大佛爷	414
南阿拉丙把召巴吉达公满	416
燕子做窝在屋内，麻雀做窝在树上	419
狗恨猫，猫恨老鼠的故事	420
一个吝啬的沙铁	421
老鹰和猫	424
爱多嘴的女人	425
两个做生意的人	426
一个寡妇的故事	429
聪明的岩景玲和领主	432
臭孩子	434
神鱼	435
亚圣希	436
岩甩战胜了恶龙	449
猎人的故事	452
狠心的猎人	455
老佛爷打卦	456
梦果	457
朗薄海	458
冒滚潘	461
三个穷兄弟	463
细维季故事	466
一个国王想听故事	473
金鱼姑娘	474

吃螃蟹的西宫	476
姑娘吃螃蟹	479
荷花女	482
猫姑娘	485
朗阿国树	487
牧人和国王	489
夫妻俩进奘房	490
金青蛙	491
金鱼姑娘	493
金橄榄	495
召马贺的故事	496
召麻贺的故事	498
召莫贺故事	499
召莫贺故事片断	502
九颗宝珠	503
桂花仙女	505
玉兰花姑娘	509
阿暖数塔扎	513
绿豆雀和象	514
乌鸦和喜鹊	516
老虎为什么不吃水牛	516
老虎和黄牛	517
小山雀和大象	518
老虎和象打赌	519
虎哥和兔弟	520
说大话的人以后往往无脸见人	524
长鼻子的故事	525
嘟搞达滚愤	526
哀朗来	528
聪明的小白兔	529

三个朋友 531
小白羊 532
渔夫和螺蛳精 540
大象和毒蛇 546
莫牙的故事 546
西屯蒙龙和七仙女 548
张公钓鱼 554
唐弩镇堕 558
阿朗康姆纳 559
阿龙·巴索万 562
阿龙庙 578
阿龙林溜 580
阿郎战败风雨神 581
老母狗的故事 584
火耗子 585
世界上什么最亮 586
独角牛 588
线猛与珊布 594
砍土司的大门 612
八哥的血 614
义腊的故事 615
岩罕芒姆卡门 618
南根河为什么这般平静 619
空桑洛 620
金尾四脚蛇 621
俄应罕 622
小鬼玩土锅 624
穷人与富翁 625
廖克纳苏塔 627
银河的故事 628

阿弄南满淌	629
乌龙	632
宝石牛	634
摩拉王萨	639
百毛衣	664
朗罗恩	665
南退汉	676
阿龙巴索	692
两兄弟分家	694
藿香草	697
万扁勐	707
壁虎的故事	714
牛椿要账	717
拉卡拉苏它	719
道人和老虎	721
会说话的牛	722
盐巴洗澡	724
水井里摸蜂窝	724
艾张乃	725
笨人的故事	728
鸡孵鸭蛋的故事	732
蚊子的故事	732
猫头鹰鸟的故事	734
含羞草的故事	735
天蛋女	735
咪禾竜的故事	749
金谷子	751
铺麻公满	752
牙女	755

五、歌谣··756
  （一）新民歌··756
    民兵之歌··756
    我没有自己的家··757
    唱毛主席··759
    美丽的西双版纳··760
    歌唱幸福的西双版纳··760
    美丽的西双版纳··762
    生产小唱··763
    永远跟着党和毛主席··764
    辽阔的西双版纳··765
    采茶少女··766
    歌唱春天··767
    干温的土地喝饱水··768
    短歌二首··769
    高山泉水··769
    水肥是丰收的宝··770
    依拉呵··770
    依拉会··771
    流行在勐海的玉会··772
    跳啊跳··773
    唱秋收··774
    棉花的传说··779
    勐邦之歌··780
    我们的心装了蜜糖··786
    社会主义像天堂··787
    人民公社好··789
    恩人呀，毛主席共产党··790
    一颗最明亮的福星··792

毛主席的话像梭蓝皮花	793
各民族团结似钢铁	794
玉腊嗬	795
玉腊嗬	796
跳舞的歌	797
放高升	798
搜山歌	799
兄弟民族的命运变了样	800
蓝色的宝石	800
快快拿起镰刀	801
歌颂毛主席	801
歌唱恩人毛主席	802
恩人呀毛主席	802
想见毛主席	803
供毛主席像	803
歌唱毛主席	804
毛主席的政策	804
鲜果先敬毛主席	805
短颂歌十首	805
毛主席的光辉照到人心上	808
毛主席像朵香花	809
伟大的毛泽东	809
毛主席好领导	810
要把毛主席记在心间	810
幸福日子由我们自己决定	811
山色青，流水长	811
生活在祖国大家庭里	812
吃水不忘挖井人	812
保苗保到谷进仓	813
今年增产靠得牢	813

旧社会的悲歌 ································· 814
歌唱新社会 ··································· 815
欢呼吧！······································ 816
知道了穷根 ··································· 817
天空的云彩 ··································· 818
一心想唱调子 ································· 819
田间小唱 ····································· 820
大家学文化 ··································· 820
孟定之歌 ····································· 821
十二月调 ····································· 821
泼水 ··· 822
十三个民族一条心 ····························· 823
今天爱说又爱唱 ······························· 824
电灯照亮傣家的心 ····························· 825
懒姑娘 ······································· 825
山歌 ··· 826
生活一天比一天好过 ··························· 827
妇女翻身歌 ··································· 827
红薯根根通北京 ······························· 828
到了田里开个会 ······························· 829
唱一唱我普洱人的心 ··························· 829
傣家靠着共产党 ······························· 830
中国出了个毛泽东 ····························· 830
今年十月就撒秧 ······························· 831
过去红河岸 ··································· 831
赶走山神和旱魔 ······························· 831
儿童歌两首 ··································· 832
我们地方好 ··································· 833
火把照红半山坡 ······························· 834
全部栽上三角秧 ······························· 834

先进办法多多想	834
毛主席和我们心连心	835
白胡老人眼睛亮	835
干地变成水浇地	835
永不浪费一颗粮	836
拥护毛主席	836

（二）传统民歌

妈妈夸我手脚巧	837
一支苦歌	837
长工调	841
我们穷人为何这么苦	842
山呵水呵都无情	843
元阳诉苦调	844
红河诉苦调	845
一个苦孩子的歌	847
当兵调	847
一个士兵的控诉	848
点兵调	849
情歌对唱	849
种菜调	851
金平十二月调	853
元阳十二月调	854
春来桃花隔岸红	855
哥哥后园学猫叫	855
妹妹有心跟哥去	856
喜鹊登梅成双对	856
要联就要单联单	856
妹妹山上叫一声	857
高高山上种黄果	857

哥变鸟来妹变凤 ……………………………858
石碑哪怕水来冲 ……………………………858
好比鲤鱼上沙滩 ……………………………859
火烧草棚难得救 ……………………………859
莫拿情哥当白银 ……………………………859
水里能不能打火 ……………………………860
芒果熟透真爱人 ……………………………860
山歌落在放牛场 ……………………………861
送郎送到橄榄坡 ……………………………861
麒麟望着芭蕉树 ……………………………861
赞哈唱新房的歌 ……………………………862
问歌对唱：盖新房 …………………………873
新社会唱新房 ………………………………876
上新房章哈对唱 ……………………………878
唱新房 ………………………………………882
  附录：上新房调查记录 …………………892
金平建房歌 …………………………………894
盖房歌 ………………………………………896
祝新房建成 …………………………………897
境内外傣族歌手对唱（一）………………899
境内外傣族歌手对唱（二）………………901
歌手对唱 ……………………………………902
对唱的过程 …………………………………903
结婚歌：太阳落山又落山 …………………909
结婚歌：今天是好日子 ……………………912
婚礼的祝词 …………………………………913
结婚祝词 ……………………………………917
新式婚礼唱词 ………………………………919
新式结婚歌 …………………………………920
赕佛 …………………………………………922

送鬼歌	925
拜召片领二首	927
赕佛	932
升和尚	933
升和尚之歌	934
赕鲁教	939
象头神	941
情歌：鸡冠花	942
小伙子把你牢记在心上	943
蜜蜂喜爱的花	943
送哥哥	944
树宽	945
我像一只无人照管的野象	948
不能分开	949
你别把我当成脸盆	950
只要我们俩相爱	952
你像一个圆圆的宝石在发光	953
白棉花姑娘	962
小溪边上	963
我们的地方真是热闹	963
永远不分离	968
你好像大海里一块石头	969
耿马情歌对唱	970
五月小唱	971
男女对唱	973
乌好磨	975
水里能不能打火	978
金平情歌对唱	979
不忍分离	981
结果你却嫁给了别人	982

里竹花开在园子中央 ……………………………………………… 983

　　太阳落下西岭 …………………………………………………… 983

　　只要我俩相爱 …………………………………………………… 983

　　我们在田里一起劳动 …………………………………………… 984

　　逃婚调 …………………………………………………………… 984

　　姑娘你不要心高 ………………………………………………… 985

　　金鲤鱼 …………………………………………………………… 986

　　知识比花还香 …………………………………………………… 987

　　上学歌 …………………………………………………………… 987

　　过去没有得上学 ………………………………………………… 988

　　打秋千时唱 ……………………………………………………… 988

　　儿歌：鸭子毛青青 ……………………………………………… 989

　　红河儿歌三首 …………………………………………………… 989

六、谚语 …………………………………………………………………… 991

　　（一）波康朗香口述谚语 ……………………………………… 991

　　（二）康朗告口述谚语 ………………………………………… 992

　　（三）刀荣光口述谚语 ………………………………………… 993

　　（四）刀建德口述谚语 ………………………………………… 993

　　（五）刀建德口述谚语（续） ………………………………… 999

　　（六）刀国昌口译谚语 ………………………………………… 1000

　　（七）波琼囡口述谚语 ………………………………………… 1004

　　（八）岩峰翻译谚语 …………………………………………… 1005

　　（九）康朗井口述谚语 ………………………………………… 1006

　　（十）张星高整理谚语 ………………………………………… 1007

　　（十一）集体整理谚语 ………………………………………… 1009

七、谜语 …………………………………………………………………… 1012

　　（一）谜语二十则 ……………………………………………… 1012

　　（二）谜语九则 ………………………………………………… 1013

（三）谜语十七则……………………………………………………1014

（四）谜语十一则……………………………………………………1015

（五）谜语十一则……………………………………………………1015

（六）谜语二则………………………………………………………1016

（七）谜语十九则……………………………………………………1017

（八）谜语十六则……………………………………………………1018

八、歇后语………………………………………………………………1019

一、神话

开天辟地

文本一

讲述者：刀荣光
翻译者：刀自强
搜集地点：云南省西双版纳傣族自治州勐海县

  远古时，世间都是森林，那时太阳有七个：一个叫夷满扒间，一个叫夷满安嘎腊抵瓦吴，一个叫夷满苏立抵瓦吴……一直出现了七个太阳。这七个太阳将全部森林都燃烧起来了。火焰一直喷射到天宫，天王就命令下大雨，雨下得很大将火熄了，但是又成了水灾，世间全都是水了。后来大风将水吹干，森林就变成了平原。

  这时有些天神嗅到森林和土被烧的气味很香，就到地面来吃了香味的土，这些天神就飞不上天了。

  后来这些天神又变出了男和女的生殖器，世间才有男女的分别，世间才一代一代地有了人。

后来天王又派下一个天神来传授聪明，又来设置法律，慢慢就成了现在的样子。

文本二

讲述者：叭龙①应答
记录者：朱宜初
翻译者：刀国昌
搜集地点：云南省西双版纳傣族自治州

最古的时候，是太阳光和风结合起来，才造出了叭英②。叭英流汗就成了大江大水。他飞来飞去仍旧没有地方落脚，就合掌默想，将指甲撕下来，就成了大山、高山。这时树木都有了，只是最先长出的是牛尾草，又长出了帕蒜半③。

最先没有天地，先造水、地，后造天，天上有二十二个神，属叭英管的有六个神，属叭鹏管的有十六个神。

有一天，叭英来造天地，地上的香气熏到了天上。叭鹏和英鹏一看，地上有山有水，叭鹏和英鹏就下来了，他们吃了地上的东西，就不能飞了，变成了男女。他们两人分开走了一万年，又相见了，女的出了个谜叫男的猜："世界上最黑的是什么？最亮的是什么？四面八方亮堂堂，是什么？"男的猜不出，又分开走了一万年，男的才想出了："吃别人的，抢人的，杀人的人的心最黑；有才能的，又善良的，讲道理的人的心最亮；像佛一样的，最聪明的，对四周世界一切都知道的人，才使四方八方亮亮。"男的猜中了，男女就结合了，生了七女八男。凡是地下的动物如牛、马、象……都是叭

---

① 叭龙：西双版纳傣族古代的政治官衔，其行政范畴是由7—10个同级别村寨组成的基层政权"火西"，"叭龙"即为"火西"的行政长官，或称为头人。——编者注

② 叭英：天上最高的神。

③ 帕蒜半：水边长的一种菜，即水蓊菜，又叫通心菜。

鹏、英鹏给女儿们用泥捏的玩具，就这样造出了万物。

文本三

讲述者：岩光
记录者：李仙
翻译者：刀孝忠
搜集地点：云南省西双版纳傣族自治州勐海县勐遮镇

  在远古时候还没有人间，火烧红了整个世界，一切都烧光了，大地上只是白潢潢的水，没有土地。这时天上下大雪，泡浮在水面上，火又重新烧了起来，不知烧了几万年，但还是没有土地。天上又下雪泡，雪泡在水面上变成水沫，风一吹水沫，就连成一片，水沫高的地方就成了高山，水沫低的地方就成了坝子，从此就有了高山和平坝。

  天神下来看，嗅到了大地上水、土的香气，便失了灵，不能再上天，因此就在地上劳动，种田种地。那时的神个个劳动，没有谁剥削谁，但到收获时，为各自所得食物的多少有些争吵。有的神就想法解决这一争吵，于是就选择一个沙漠底①来管大家的事。沙漠底年龄已一千八百岁但还是个小鬼，自沙漠底选出以后，一切都由他来计划管理。他觉得每人的田要有田埂，有界线，种山地菜园要围起来，才有个目标、有个范围。从此就出现了田埂、地埂、篱笆。

  自从选出沙漠底以来，人们都要将自己种出来的东西送些给他，他不劳动，也有饭吃，直到现在已是几千年了。那时世上地方宽阔、人口不多、不分昼夜，都是黑漆漆的，人们希望能有个照明来搞生产。他们的这一希望被天神知道了，就做给他们一个太阳，但只能白天照着生产，晚上仍是

---

① 沙漠底：小鬼之意。

黑的，他们又要求天神，晚上也能给他们照明，天神又做给他们一个月亮。有了光明，又要求有工具，要求天神将金和银一起在地上产生，天神答应了。地上就有了金、银、铜、铁、锡，人们就分工进行冶炼，搞出各种各样的工具，一直到现在。

那时人还不多，为了起家，人就分散了。人间养起来牲畜，人到山上去放羊，带着米去，吃完了又回到家来拿。羊发觉了这件事以后，就跑进山去，遇见一千多只猴子，毛是白生生的，像银子一样；又遇见八百多只猴子，毛是白生生的，像银子一样；又遇见八百多只猴子，毛是金黄色，像金子一样。猴问羊："你是干什么的？为什么跑到这里来？"羊说："我是来生活的，我们是已有人管着的了，只是管我们的人，生活很困难，常常要跑回家去拿米，我们应该想个办法帮助他们解决这个困难。"猴说："不怕，只要叫他们来找我们，就可以得到解决。"猴和羊就将它们屙的粪堆在一起，并叫放羊人拿去种田，会有粮食，放羊人真的就把粪拿去种田，但没有长出什么，猴子又教人们说："种时嘴里要念着猴粪羊粪！猴粪羊粪！……"人们就照着去做，真的种出了荞、黄豆、麦等种种粮食，从此放羊人就不再回去拿米，而在这里安家落户了，这些人因为与猴通语言，所以不同坝区的人，他们（山区人）说的话，坝区人听不懂。

这以后，人们不相信沙漠底，不再服从小鬼管了，羊也就离开人到山上去，慢慢地变成了野羊。

自从人在山上安家落户时起，就有宗教、关门节、开门节了，就开始了赕佛。一月十五日赕佛，二月十五日在缅寺[①]立一柱子挂一长布条，每月八日、十五日、廿三日、三十日缅寺就要敲锣打鼓，若没有这些响声，魔鬼就要出来吃人，有钟鼓声，魔鬼就不敢吃人。

---

① 缅寺：滇南地区民众对南传佛教寺院的称谓。——编者注

火的来源

讲述者：乍耶
记录者：周开学
翻译者：仓霁华
搜集地点：云南省西双版纳傣族自治州

在地球出现水后，又出现第一个太阳叭丁，给人家带来温暖。过了十万年以后，第二个太阳叭尖出现了，这时就有两个太阳，温度高，小河、小溪的水都干涸了。又过了十万年，第三个太阳赶出现了，比较大的河水、池水也干了。又过了十万年，第四个太阳波出现了，小江、大海都干了。又过了十万年，到第五个太阳叭儿出现，所有的水都干完了，鱼虾都死完了。又过了十万年，第六个太阳属就出现了。叭英的汗水变成的江也干了，这时地球上所有的水都干了。一些小动物晒干出油，地上都淌油了，能够逃的动物都逃到第七层天堂去了。到了第七个太阳烧出现时，整个地球都燃烧起来，六层以下的天堂都烧了，人和动物都逃到第七层以上的天堂。这时七层天堂连芝麻大的一点缝都挤得没有了。又过了十万年，天上开始降大雾，水珠一颗比一颗大，成了冰雹，大如豌豆大、黄豆大、李子大、鸡蛋大、南瓜大，冰雹变成水渐渐把火扑灭，由火海变成水海。火快灭完了，人们想把火种收藏起来，但不知收在哪里，最后决定收藏在石头里，藏的时候，叫所有的人和动物都将眼睛蒙起来，唯有螳螂的眼睛没有蒙，就被它看见了。又过了十万年，人们需用火了，没法找到。最后螳螂告诉大家，火藏在石头里面，人们就用石头碰石头，碰到火来了，从那时起，人们要用火就用石头互相碰撞。后来又想，既然石头碰石头能起火，那石头碰铁也能生火了，人们就用石铁相碰。

以后火烧出，什么动物都能烧死，唯有螳螂烧不着，是因为它看见火，所以上帝保佑它。

英叭

文本一

记录者：周开学
翻译者：刀正祥
搜集地点：云南省西双版纳傣族自治州景洪市

有一个英叭，有一回来告诉人民："从现在起，要出七个太阳，地球要烧光。"第一个出来变太阳的是阿的；第二个叫叭尖，有两个太阳时，一般树叶都枯了，两个太阳在了一千年；第三个叫千的太阳出现了，这时树、草、庄稼都死完，三个太阳又同在一千年；到第四个叫不的太阳出现，地球一切都烧完；第五个叫帕的太阳出来了，热度升高，烧到好三你鲁地方，把阿嫩①烧死，它的油炸开；第六个太阳叫苏出现了，更热了，火烧到阿帕隆拉彭的地方，一直上升到达瓦丁隆；第七个叫骚的太阳出来，一切东西都没有了。烧了十万万年。

英叭在空中飘来飘去，把火吹灭，下了点小雨，世界上什么都没有。这时英叭（天空的水气）合拼成"英"，什么住的地方都没有，就在空中随风飘荡，十万万年以后，英就搓身上的汗，做成烘②骑在上面，在天空飞了一千年，又搓汗条垂下地来变成三个石头叫好生里落，宽一万四千约杂纳③，英骑烘住在好生里落的上面，但是好生里落不稳，向东方倒去。英就想"支不稳"，他就把好生里落中间掏空并竖起来，他就住在好生里落的中

---

① 阿嫩：是一个大鱼。

② 烘：大鸟。

③ 一约杂纳在一千掰。（掰：意为庹。——编者注）

间了。好生里落第二次又朝西方倒，英就想"还是不稳"，就拿刀来砍成方的，竖起来又住。第三次好生里落又朝南方倒，他又用刀来砍，住起来。第四次又朝北方倒，他又用刀砍北方那面，这时好生里落成了方的，他又从中间挖了一些，好生里落再不会倒了。这时他又做了七颗小的石头：第一颗叫油散团，第二颗叫衣希，第三颗叫尼古达拉，第四颗叫苏达三纳，第五颗叫嘎拉力嘎，第六颗叫那力达嘎，第七颗叫阿萨干纳。英叭在这里住了十万万年才把地球造出来。第一需要水。他用唾沫放在手掌中，说了一声："阿努麻达拉。"[1]把手向下一倾，地上就变成水塘。这时，天天都下雨，水涨得很大，一直淹到勐[2]达瓦丁萨。因为水无边际，他就把指甲剪下，丢下来变成水塘边，这时才有人在的地方（还没有人）。英叭又吹风，水渐渐吹干，见有凸凹的地方，凸的是山，凹的是平地。这时世界创造出来了。以后英叭回到好生里落的尖尖上。整好园地，想找东西来种，他找到一种麻梳罕来种。种出来以后，想到没有人看守，他就用汗条搓成人来守果园。一个守北方，一个守南方，守南方的这个比守北方的这个人好看一点。英叭又想这两人没有约，没有亨，不会生孩子，这两个人守到麻梳罕熟了，就拿给他们吃，一吃就变成两个正常的人，两人见面以后，发生了感情，但还不会说话，只开始发音，男说："a，a。"每发一个音要一万个月，一直到女说"i"，男说："w，u。"女说："i，u。"这七个音就算会说话了。这两个人活到三万岁。麻梳罕熟了，吃到最后只剩下一个，他们又偷来吃，一吃就老起来了。他们就希望有后代，结果就生了一男一女，孩子长大以后，父母就叫他们去找菜，男的到北方找帕格拉[3]，女的到南方找帕格冷[4]。

他们去了一万个月，一直不见回家来，父母亲很想念他们，就用土来做人，父亲做三十个男的，母亲做三十个女的，做好后，叫泥人去找他们的

---

[1] 阿努麻达拉：意思是变成水。
[2] 勐：傣语地名词，意为地方。——编者注
[3] 帕格拉：臭菜。
[4] 帕格冷：水香菜。

儿女，女的找女的，男的找男的。泥人去了一万个月才找着兄妹俩，但泥人也没有回来。他们各三十一人用石头做成刀，在当地砍木头、竹子做船。男的砍木头做船，女的砍竹子做筏。于是男的坐船，女的坐筏，回来了，来在江中间遇着，男女就对唱起来，男唱："喃阿喃。"女唱："宰阿宰。"从那时到现在，男女都这样称呼，他们见面后，男女各三十一个人，配成三十一对夫妻，划到一个陆地。这陆地有一个大洞，里面有条大蛇，这条大蛇见有人来，就爬走了。他们就住在那个大洞里了。

他们就在那个洞里住了一辈子。最先找菜的那对夫妻，子子孙孙一直到一万四千个，各在一方生活了。

文本二

讲述者：岩英那
记录者：朱宜初、周开学
翻译者：仓霁华
搜集地点：云南省西双版纳傣族自治州

最初，没有天地、星星，只有风和强烈的阳光（闪闪的火焰），后来由于风吹火焰，吹去吹来，就结成了团。——这就是人，叫叭英叭[1]。

叭英叭生出后十万年，有一次他洗澡时，将汗搓下来做成一个猴宾[2]，当时这猴宾只有身子，没有翅膀、尾巴，他希望猴宾能成个整体，马上就长出翅膀来了，当时猴宾也没有地方着落，他骑在猴宾上面飞了十万年，他又将汗水搓下做了个灯台，他将灯台放下来，说："但愿此灯长得又长又粗。"这灯台放到一定的低处，就停住了，灯也就愈来愈大，成地一样，他就在灯台下降落了，从灯台顶钻一个洞到灯台脚下，到了灯台脚下，他就

---

[1] 叭英叭：去声，第一个叭意为闪光。
[2] 猴宾：又叫云轰，是一种会飞的物体。

开了东南西北四个门，然后他又爬上来；灯台倒向东，他用脚踩它起来；灯台又倒向西了，他又将它踩正了。他觉得灯台不稳，就又骑着猴宾上到灯台上面，将猴宾身上的灰尘泥土搞下来，捏成了只大象，然后将灯台放在大象身上，最初仍旧放不稳，最后才放稳了。这时又过了十万年，他仍怕灯台不稳，就从猴宾身上捏下些汗泥，捏成三个石堆，放在灯台三方，使灯台更稳。他愿望这三个石头长得大又粗，又柔软得像攀枝花一样，猴宾好落脚，果然石头就大起来了，柔软像攀枝花，他就在上面落脚了。这时又过了十万年，他又将猴宾的汗水搓下来做了个狮子，放在东门，狮子头朝东。又过了十万年，搓了个黄牛放在南门，头朝南方。又过了十万年，将猴宾的汗水搓下，做了个拉杂西，它比狮子还厉害，放在西门，头朝西。又过了十万年，他又照样做了只大象，放在北门，头朝北。

又过了十万年，他将三个石头上的泥灰搞下，捏成三团放在象边上，又将指甲撕下，放在手上，心想希望指甲长大长厚，果然如此，他就将指甲放在象的四周，指甲继续长，将象包围得紧紧的，一直长到四个门的四周。

又过了一万年，英叭额头眉毛中心流下一滴汗，他用手接住了这滴汗，心里默想，但愿这滴汗倒下去，能变成又清又凉的水，能用、能吃。他倒下去后，象的四周就涨起了水，将四边门都淹倒了。牛、象、狮都淹掉了。水上都蒙上了雾，叭英叭就用手捧了一捧水倒在灯台上，成了大湖，水就干下去了，牛、象、狮都露出半身来了。

英叭捧上去的水装不下，他又做了个象，叫暂艾竺问，又放上一台灯，倒上水，就成了七个大湖，湖中长了许多花草树木。①

又过了十万年，就从他头上取下汗水，做成了一个人，名叫鹏，鹏有了生命，在空中飞动，不会落下来。鹏因想念主人英叭就飞下来，只能飞落在英叭头上，再也飞不下来，英叭就封鹏管十六层天堂。

又过了十万年，英叭做出的鹏，即英叭的儿子鹏，又做出了鹏玛乍，鹏

---

① 或说三石围着柱子，此说为台灯。

玛乍与他的父亲鹏一模一样，鹏派鹏玛乍来拜访，服侍英叭，飞到半途，飞不下来。鹏玛乍只搓出汗泥做成玛哈鹏，玛哈鹏下来了，看到了英叭，玛哈鹏可以上天去看鹏，也可下来看英叭；去看鹏时想念着英叭，看英叭又想鹏，最后留在英叭身边。鹏感到寂寞，用汗泥搓了个一个头三个脸的人，这人就住在鹏亚答巴这层天，这人叫鹏三那。鹏三那服侍鹏，他又用汗滓搓成一个头四个脸的鹏细那，鹏细那在洪亚答比这层天。鹏细那又做出个人叫鹏□□在升打赛这层天。这些人都来服侍他们的父亲英叭。

后来，鹏做了个人，来不及做头就有了生命，就飞走，飞到了叔打细，鹏赶快做了个心要补给这人，做好后，就向叔打细这层天丢，丢得太凶了，心就飞到了鹏亚答巴这层天。

英叭的大臣做出了十个掉不掉辣①，大臣带了八个掉不掉辣上天去了，剩两个服侍英叭。上天的这些，各神有一个在的地方。

英叭和掉不掉辣不在打袜丁沙，他们做出三个人来侍候他，这三人又上天去，一个在哄方麻，一个在都西打，一个在你麻拉底；其中一个又在叭立你密打合哇沙哇里。

又过了十万年以后，大的那个鹏，想父亲年纪大，没有侍候的人，就从身体的前后左右四方搓出汗，做出四个人叫宰都落，四个人就侍候英叭。会集在一起又过了十万年，四个人又搓出脚上的汗水，做出一个人掉哇牒，来替他们侍候英叭。掉哇牒上天去侍侯英叭时，英叭不在，他就坐在英叭的座位，两个掉不掉辣以为他是英叭，就来拜他。英叭洗澡游玩回来，看见就问他："你是哪里的？"掉哇牒说："我是宰都落四人塑造的，就是来你这里的了。"英叭说："他们叫你来侍我，可是你来夺我的位，你是什么心？"于是在大堂中飞舞，显示他的威风。掉哇牒看到叭英的本领，又是鹏的父亲，感到难过，自动走下位子来，英叭对他这种行为不满，挥动金棒，想把

---

① 掉不掉辣：神鬼名，现仍念此名。

他赶出,一不小心失手,金捧落在大柱子①老象身上。

英叭要下来看世界,看见都是大雾茫茫,不能看。他但愿大雾结成固体,他一说,大雾果然变成固体,他就在这固体上培植花园、果园,有芒果、桃、梨。大花园有东西南北四门,他又做出八个人来,一道门守两个人。这八人不知吃穿,不知羞耻,连生殖器官也没有。掉哇牒变成绿色的蟒蛇到花园里去对这八个人说:"你们不会吃吗?如果不会吃,我教你们。"八人中有两人已经会听他的话了。大蟒爬上树去,尾巴也收上去,摘了些果等吃进去后,变成一条大白蛇②。树下的两个会听话的人,看绿蛇变成白蛇漂亮起来了,于是这个人也吃果子,变得更漂亮了。大白蛇给了他俩生殖器——男的、女的,他俩成了夫妻。大白蛇又叫他们上去树上吃水果。一吃,两人马上就老了,身体有病。他们生了一男一女,父亲叫男孩到北方去找扒格楞③,母亲又叫女孩到南方找麻黑楞④。可那时还没有这些东西,但意味着以后必须有这些东西。小姑娘走遍许多地方,找了十万年也找不到,方向也模糊了,回不到家,她非常想念父母,哭起来了。男孩到北方也找不到回家,哭起来了。妈妈在家也很苦恼,用泥土做成三十个姑娘去找她的那个小姑娘,三十个姑娘开始害羞,用树叶、树皮做成衣服穿起来,用芭蕉叶做成下面穿的筒裙⑤,去找那个姑娘,后来找到了。三十个姑娘对这个姑娘说:"妈妈叫我们来找你。"三十一个姑娘做好一个筏子在水上划着去找妈妈了。

三十一个姑娘高兴地唱着,顺水而上回来了。

父亲惦记儿子,用泥巴做成三十个小伙子去找,后来找到了。三十个小伙子坐着筏子顺水而下,就在中途遇到了三十一个姑娘。三十个姑娘

---

① 大柱子:老象身上的台灯。
② 大白蛇:傣语"木兴笼"。
③ 扒格楞:水芹菜。
④ 麻黑楞:黄茄子。
⑤ 筒裙:小姑娘的筒裙是绿的。

和三十个伙子互相说明，拥抱成了三十对夫妻，把那对夫妻做自己叭①。地球大概就是从这时开始了。三十一对夫妻加上两老就有三十二对，开始建设国家。

巴他麻嘎再贺章②

记录者：张星高
翻译者：刀自强、李文贡
搜集地点：云南省西双版纳傣族自治州

神间天上有玉皇、天王为首，领导各天神住天上。初期世间全部成森林。有一阶段，太阳出现七个：一个叫夷满扒间；一个叫夷满嘎腊底瓦吴；一个叫夷满苏立抵瓦吴；一个叫苏卡的瓦鸟；一个叫帕沙的瓦鸟；一个叫不达的瓦鸟；一个叫阿的。七个太阳，七股阳光照到森林，森林起火，森林被燃烧，火焰喷上天空和神间，并将六个太阳烧掉，玉皇、天王得知，当时天空就下很大的雨，将烧着的森林变成水灾，火烧之地全部被淹了，世间全部变成水。

后来一阵大风将水吹干，森林变成平原，太阳最后只剩阿的一个了。神间玉皇、天王看见海洋和五大洲，五洲正中间出现五朵莲花，玉皇认为以后世间将出现五个佛教主，此五朵莲花为预兆。

后来玉皇、天王派了很多天神下到平原来，见五朵莲花出现在平原正中间，大家很高兴，认为世间定能出现五位佛教主，到此为止，称为一世纪。

传说所下来的神到平原后，嗅着森林及土被火烤的气味很香，有很多

---

① 叭：头人。
② 象头。

神到了地下，将香味的土吃了过多，不能飞转回神间，不能飞的就住在平原，能飞的也就飞回了。那时平原生长出多种多样的水果，所有住在平原上的神，大家就摘水果过生活，后来这些神就变成男人女人，繁殖生长，从此人间有人了。神间玉皇、天王商议，现在世间生活着人，应该派一天王下到人间传授聪明和设制律法，于是派了一天王下到人间。当时，地上分有人住地和鬼住地，地面鬼住，宇宙人住，玉皇就派天王尼秘达干麻茶鲁下到人间，从此天王也就到人间了。人间没有金、银、铜、钱、宝石等名矿，各种用物也没有，天王制定法纪制度及传授文化技术等，保护人类，所制定的大体有三种：

1. 技术：盖房屋，能造各种各样用具物品等，傣名叫衣鲁别。

2. 专门制造医药：能保护人类性命，可医各种病，傣名叫亚足别。

3. 学学文艺：各种各样口功咒语，可用树叶来念，咒语一吹即能变成人，也能变成水和火，能算天文，推算年月日，傣名叫沙满亚别。

以上三种总共计四万二千样，教育世间传授给后代人。如有佛教主出生在世间，可用以上四万二千样文化技术教育人类，来救济世间人和建设世间。来的天王名叫尼秘达干麻茶鲁也转回天上去了，将他下世间来布置情况汇报天皇，又转问天皇天空如何布置呢？天皇对他说："天上已经布置好，每年十二个月，每月卅天，一年360天；另外还定每年有三个季度，每季度有四个月，冷的一季度由傣历一月十五日起至五月十五日止；热的一季度由傣历五月十五日至九月止；两季度由傣历九月十五日起至一月十五日止。三个季度共计十二个月为一年。"

天王尼秘达干麻茶鲁答复玉皇说："如此布置不适合实际，以后如果照此办只有失败。"他说："照我的话是这样，由傣历二、四、六、八、十、十二月，每月只能有29天，一、三、五、七、九、十一月，每月只能有30天，这样不足360天，那么可以加九月为闰月[①]。"天皇听了后很生气，开口

---

① 九月有二次。

就要杀死天王尼秘达干麻茶鲁，这样天皇有了过失后就死了。

天皇死后不会化，只有尸体存在，所有住天空的天王各个都有无比的本领，能飞天、能下地，见了天皇这样难看的尸体，想把他丢下地，但是他毕竟是天皇，是有道德的一位，不能把他丢下地，可是，他个人发气，开口要杀人，这是很不合理的。当时所有神间的各天王，开会研究如何处理，以天王为首设法使尸体能溶化，要砍下天皇的头。天皇有七个女儿，用他女儿的头发做一把锯子把天皇的头锯断，天王把他的七个女儿叫到面前，对她们说："你们每人拿出一根头发，做成把锯子，割下天皇的头，如果你们同意，我就拿你们做老婆。"她们听了很高兴，能为天王的妻子，她们每人剪出自己的几根头发交给天王，天王把此发交给大神鲁塔呀做锯子。锯子做成后，天王又叫最小的小女儿报达磨塔拿着它，骑在大神鲁塔呀背上，背着她到天皇死处，锯下了父亲的头，尸体无头丢在那里更加难看，接回头也接不上，天王又派大神夷鲁塔呀到东方有头象睡着的那里，把它的头砍下来，把象头接在天皇尸体上，由此传下这本书，取名为《巴他麻嘎贺章》（即象头）。

后来天王认识到妇女的心思过重，因想得到有名望的天王为夫，而听天王的话，锯掉父亲的头，判罪给七女，叫她们轮流来守护天皇父亲的臭头，每人必须守护一年，每到傣历六月（农历三月）才换一人，交换时必须把臭头洗干净，才换另一人来守护。天皇的七个女儿的名字是：大女赧毯麻腊里，二女赧麻贺达腊，三女赧年达，四女赧及立年达，五女赧及连达，六女赧足腊干呀，七女赧达莫塔。从此，傣族每到傣历六月（农历三月），是逢七女交代天皇的臭头之期。天皇七女洗臭头移交，传到人间为"泼水节"，此外还要做沙塔在佛寺里，还做各种各样的食品送到佛寺请佛爷念经，农民每人手拿一碗水和一双蜡条，点着火就滴水，当天要做高升放，表示欢迎天皇的臭头，因为他活着时为天上和人间，为神和人类，做了很多事，他还是一个有道德的天皇，只因为个人不慎，开口要杀天王尼秘达干麻茶鲁，才发生死亡。

后来，天王、天皇得知，人间已生长有人有牲畜，应当有一佛教主使人类得到朝拜和教育，此时世间已有五个好：1. 世间无困难，处处平安人类自由发展；2. 世间人类心一致，有道德；3. 人的寿命短的一百岁，长的一千岁；4. 世间人类求神拜佛的中心地点长有菩提树；5. 父母保护儿女很好。

天皇、天王同各神商议，谁道德很好，就用蜡条请谁到世间救济人类和牲畜。天皇用蜡条请一位大神嘎古发塔的瓦吴下到世间出去，救济世间人类和牲畜，使人类和牲畜得到教育，他住了四万年就死了。后来，又请大神歌那嘎麻纳，他住了三万年就死了。后来，又请一神嘎萨巴，他住了六千年就死了。后来，又请大神古达麻，他住了八百年就死了，死时定有佛教规要传下五千年，到现在已过了两千五百零六年。五千年过完还要出现一个佛主，名阿立呀□代，他将出生在勐巴拉纳西①，他出生的地方改名叫者都麻得麻哈纳嘎腊拉鲊塔尼。他修行得道的地方是在一棵大树上，傣名叫梅窝那。

佛主阿立呀□代他应活在世间八万年教育人类和牲畜，给人类牲畜得到他的因果应验，他死后不再出世了。以上五位教主出世完，只有他的徒弟傣名扒腊西和扒巴□，这是佛教方面。

人类方面，有扒甲建设世间，过一世纪为止。

---

① 西双版纳在古代被称为"勐巴拉娜（纳）西"，意为"神奇而理想的乐土"。"巴拉"是巴利语的"城市"，"娜西"是巴利语的"光"，而"勐"是傣语中的较大地方的地名用词。"勐"是地名前缀，意为"地方"，可省去。于是，在傣族口语和书面语中，也会把"勐巴拉娜西"说成"巴拉娜西""巴拉西"等。由于音译用字不同，该地名也被写作"巴拉戏""巴拉戏格""霸叙拉""巴拉拉戏""勐巴那希""勐巴拉西""勐巴拉那西""勐巴那西""勐巴腊西""勐帕拉西""勐帕娜西"等。为尊重原资料，一律保留。——编者注

关于地、人的起源

记录者：张星高
翻译者：刀孝忠
搜集地点：云南省西双版纳傣族自治州勐海县

自从嘎萨巴当了佛教徒后，宇宙燃烧起来了。火又起，风又刮，这样的燃烧了三回，地球变出不是一般的水落下来，与沙、土融合起来，变成四大洲，也就是四大块。我们这洲是叫"总补"，也就是亚洲，它上面镶有绿玻璃；另一洲是补巴维氏罕，它上面镶有红玻璃；另一洲是鸟暖哈，它上面镶着白玻璃；还有一洲是阿拉麻果养，它上面镶着黄玻璃。

再说那哈森里罗[①]一落下地面就变成水沫，镶着红玻璃那洲的水沫落下，就成补巴维氏罕，水沫的边边是洲的界限。

有了四大洲后，又有毫萨打拉旁七座大山，围在哈森里罗旁边，若不是有毫萨打拉旁，风一来，哈森里罗就会摇晃起来。

这七座毫萨打拉旁各有名字，第一座是毫郁赶坦，第二座是叫毫赶它麻赫菜……

这七座大山围住哈森里罗后，有一位篷[②]赫毫泰从天上下来，用舌头舔沫子。舌头舔到哪里，哪里的水沫就冻结，慢慢形成大地。另一位天神，看到地面广阔，但没有人，就使土的气味、水的气味结成冰，变成布桑盖与亚桑盖，使布桑盖住在我们总补这边，亚桑盖住在印度洋那边……并且亚桑盖变成女的。

布桑盖在总补住了一万年，种了南瓜，它的藤子伸到印度洋那边。他

---

① 哈森里罗：地球。
② 篷：天神。

顺着藤子走，一直走到印度洋那边，才知道那边也是有人，找到亚桑盖，要求与她结婚，亚桑盖提出问题问布桑盖，答对了才能结婚。亚桑盖说："水清清的到底是什么？天明明的又是什么？苦是什么苦？甜是什么甜？香究竟是什么香？快究竟是什么快……"布桑盖当时无法回答，转回总补，在总补住了五千年，想好问题以后又才回到印度洋那边，回答亚桑盖说："清清的、明明的、苦、香、快……都是在于思想，思想认为清清的就是清清的，随什么使人喜欢就是香，如说话使人喜欢也就是香……"亚桑盖很满意，他俩结了婚。

结婚后，生活了一万年，还没有小孩，他俩用泥巴摆成子、丑、寅……十二属，共摆了十二年，摆成后它们就会交配，繁殖小动物。他俩看到后，才知道怎样才能有小孩，不到一年，有三个小孩，十一年生了十二个小孩，而且是六男六女，奇怪的是每逢单年生男孩，每逢双年生女孩。小孩哭了，他俩就用泥巴做玩具（小动物之类）给他们玩，但共做了十三个小动物，多做了一个，这个是同具有雌雄二性，不标在数，后来这十二个小动物就变成现在的十二属。

十二个小孩长大后，就互相结婚，人增加了，布桑盖想到人与人应有仇敌，这样人才不会太多，并要第一个孩子与第三个孩子互相有仇，第二个孩子与第五个孩子、第四个孩子与第八个孩子、第七个孩子与第六个孩子都互相有仇。他又认为人与人应该友好，要第一个孩子与第五个孩子、第二个孩子与第四个孩子、第三个孩子与第六个孩子、第七个孩子与第八个孩子都互相友好，要不然光有仇恨人就活不下去了。

人多起来后，叭沙冒滴就把地分为十六个大地方，人们仿照自己的父母来安排办理一切事点，叭沙冒滴又安排一个人来领导，称为召色版纳[①]，每年老百姓要给他交一定的谷子，用来抵为他服的劳役。

---

① 召色版纳：版纳长。

家禽的来源

讲述者：波琼囡
记录者：张必琴
翻译者：岩香囡
搜集地点：云南省西双版纳傣族自治州景洪市勐龙镇

现在人们养的家禽，如：牛、马、猪、鸡、狗、象……原来都是在森林里，由动物王叫帕亚娜渣西管。这些动物在森林住厌烦了，就很想来人住的地方看看，和人在一起，帕亚娜渣西说："人是最狡猾的，去了要你们做事情。"并对象说："如果你去了，人会在你的背上做一个小房子。"（意即安上象鞍在背上）可是这些牛、马、猪、鸡、象……不听帕亚娜渣西说的话，就来到了人住的地方，不回森林里去了，被人养着成了家禽。而那些不愿意来人住的地方，如老虎、狮子、熊、豹等仍在森林里成了野兽。

石头猴子

讲述者：康朗叫
记录者、翻译者：张必琴
搜集地点：云南省西双版纳傣族自治州

从前，有一块石头裂开后变成了蛋，蛋裂开后又变成了石头猴子，就去森林里去玩，到了一条河边，看见一群猴子从河里上来，这时石头猴子就和这一群猴子在一起。他们沿着河走，看见一个水洞口，猴子们说："谁能进去，谁就当我们的首领。"石头猴子说："我能进去。"当石头猴子进到里面去以后，都是锅、碗等各式各样的东西都有。看了后，就出来了，告诉其他的猴子说，里面什么东西都有。其他的猴子们听到后都想进去。石头猴子说："你们想进去就闭着眼睛进去吧！"

于是石头猴子和猴子们就在水洞口做了屋子住在那里。住了不久后，石头猴子就对其他猴子说："我要去森林里，你们在家里好好看家吧！"石头猴子就去森林里找和尚学口功。学了有三年的时间，在这个时候，猴子们住的地方来了一个妖怪，把住在水洞口的猴子打死了一半，剩下的猴子就逃到森林里去了。妖怪打赢了猴子，就霸占了猴子住的地方。

石头猴子跟和尚学了三年口功，什么都学会了，会变成大树，会变成鬼……，三年后就回到水洞口原来住的地方。回来时，半路上看见猴子们都在森林里，而没有在家守屋子，就问它们在这里干什么。猴子们说："有一个妖怪占了我们住的地方，打死了一半猴子。"石头猴子知道后，就说："不怕，不怕。"于是它们就回来了，到水洞口时，天已黑了。石头猴子就对妖怪说："你为什么霸占了我们住的地方，杀了一半猴子，现在，我要杀死你。"妖怪知道后，就跳出来了，拿了大刀去抵抗石头猴子。这时，石头猴子就追过来抢了妖怪的大刀，把妖怪杀死了。杀死妖怪后，石头猴子和其他猴子又住在原来的地方。

过了不久后，石头猴子又出去，找铁刀、金棍子，又嘱咐其他猴子说："你们在家好好看守屋子吧！"石头猴子就砍了一棵树做成木排顺着水划去。不远，看见一伙做生意的人坐在河边生火做饭。这时，石头猴子想得到衣服、裤子穿。于是就念口功，让凉风吹来，那些商人们一个一个地睡着了。石头猴子便偷了商人的衣服、裤子穿上，回到木排上，顺着水往前走，到了一个靠河边的寨子，听到有打铁的声音，心里想：这个寨子一定会有打铁的人，我想打一把大刀。于是石头猴子将木排绑在河岸边，又念了口功，使全寨的人都睡着了。他就进了寨子，看见了十派长的大刀，它的重量有十斤，但是石头猴子说："不够重。"他回到岸边后，将木排丢了，口念了口功，水就向两边分开，出现了一个洞口，石头猴子就顺着洞口走进去，便到了龙王住的地方，石头猴子就向龙王要小金棍子。龙王有一块铁，重有一千斤，长有一派，就给了石头猴子，当石头猴子拿起这块铁后，就说："太轻了，是不是还有比这重一些的铁。"龙王又叫人拿了一块有十万斤重的铁给石头猴子。这时，石头猴子拿起这块铁后，就说："差不多。"念了口功后，十万斤重的铁忽然间变成了一根小小棍子，石头猴子拿起就放在耳朵上走了。

石头猴子的本领被天神知道后，就派了男神和女神从天上下来找石头猴子。男神和女神下来后就对石头猴子说："我们的天神请你上天去做王，和天神在一起。"于是男神和女神就带石头猴子上天去了。天神看见石头猴子后，就说："你来了，太好了，你去打扫马厩，做马倌。"过了不久后，石头猴子知道了不是要他做王，而是当马夫，于是就回去了。回到了原来住的地方，做了一块牌子，插在水洞口对面。天神知道后，又叫男神和女神下去找石头猴子。到了水洞口后，看见了石头猴子写的那块牌子，于是又带石头猴子上了天，天神对石头猴子说："我让你做守园子官。"天神说，这个园子非常大，有很多果子树。白天，石头猴子就爬到树枝上睡觉。天神的女儿到园子里找果子吃，惊动了石头猴子，石头猴子非常生气，就说："我睡得好好的，你为什么惊动我，你不知道我是谁？"天神女儿说："你是给我家看守园子的人。"石头猴子听见后，心里更加生气，于是又回去了，回到原来的水洞口去住。

天神知道后，又叫男神和女神去叫石头猴子上天来。这次，石头猴子回来后，天神就给石头猴子取名字，让他住在宫里什么地方都不去。可是石头猴子不愿在家里，去园子里玩，吃果子。这时，石头猴子看见男神、女神在园子里做酒，石头猴子想喝酒，于是就念了口功，变成一只苍蝇，飞到做酒的地方，做酒的人都睡着了，他就悄悄地走进去，把酒都喝完了。天神知道后，就说石头猴子是贼，偷果子吃，偷酒吃，要把石头猴子绑起来，于是石头猴子就跑回家去了。

这时，天神又叫男神和女神去追石头猴子，到了水洞口，就对石头猴子说："要绑你，杀死你。"石头猴子说："我不怕。"于是男神和女神将石头猴子挑到河里，但淹不死，就用火去烧，石头猴子身上起了火，就到处跑，他跑到哪里，火就烧到哪里。这时，男神和女神就将周围包围起来。石头猴子又跳到水里，身上的火就熄灭了，但身体没有烧着，仍和原来一样。最后石头猴子被男神和女神捉住了，于是就将猴子绑在炼铁炉子旁边，里面烧着火，一边用手抽拉，这样，火焰燃得很高，可是并没有烧着石头猴子，而将绳子烧断了，石头猴子又逃回到原来水洞口去住。

天神知道后，又叫男神、女神和大力士打石头猴子，但他们三人都打不过石头猴子，便回到天上，告诉天神，打不败石头猴子。这时，天神又叫狗尚大鬼去打石头猴子。狗尚变成了有一百个头，一百只手，一百只脚的人，到了石头猴子住的地方，对石头猴子说："你的本领非常大，你来杀我吧！"石头猴子就带着其他猴子出来了，看见了狗尚，于是石头猴子也就变成了有一千个头，一千只手，一千只脚的人，手里拿了小金棍子，比狗尚更大。于是就互相打起来了，其他的猴子在石头猴子后面被大鬼打死了。狗尚恢复了原形，石头猴子变成一只小麻雀，去追狗尚。这时狗尚又变成一只野猫去追小麻雀。小麻雀飞到地上，石头猴子又变成了一条蛇，在海边爬，狗尚又变成了一只大老鹰要去吃蛇，于是蛇就钻到水里去，石头猴子又变成一条小鱼，狗尚变成了鹭鸶，飞在水面上要去吃小鱼。石头猴子在水里又不行，出来后，在海边沙滩上变成一座寺庙，嘴变成大门，耳朵变成窗户，眼睛变成天窗口，尾巴变成插在寺庙门口的白旗杆。这时，狗尚到处找石头猴子找不着，不知变成什么东西了，之后看见海边沙滩上有一座寺庙，狗尚心里很奇怪，为什么沙滩上会有寺庙呢？一定是石头猴子变的，但是狗尚不敢进去，因怕被石头猴子吃了，于是就拿弓箭准备去射石头猴子的眼睛，正当狗尚要射时，寺庙突然不见了，只是一片沙滩。这时，石头猴子又变成一只老虎跑到森林里去了，狗尚也跟着跑去，但到处都没有找到石头猴子，狗尚就回来了，告诉天神说："石头猴子变成了老虎，跑到森林里找不到。"天神就叫男神、女神拿了宝石镜去照石头猴子，天神从宝石镜里看见了石头猴子，就拿了六把大斧头丢在石头猴子在的地方，钉住了他。

于是狗尚就下来了，捉住了石头猴子带上了天。

狗尚把石头猴子带上天后，但却杀不了石头猴子。天神又叫男神和女神去西方找沙板抽召。沙板抽召到了后，石头猴子说："你是沙板抽召，我也不怕。"沙板抽召说："你为什么不怕我呢？"石头猴子说："我什么地方都能飞到。"沙板抽召说："你什么地方能飞到，但还是比不上我。"石头猴子方："我不相信，我会飞墙走壁。"沙板抽召说："我不相信。"石头猴子说："我现在就飞。"沙板抽召说："你飞吧。"石头猴子跳过了沙板抽召的手心，飞到了无边无际的地方，到了这里后，没有太阳，什么都看不见，到处是一片漆黑。这时，沙板抽召早已飞到了这里，并用手的五指插在地面上，成了五根柱子，而且都是金柱子。石头猴子就在柱子上写道："我曾到这里。"同时又在柱子中间解了小便，便飞回去了。这时，沙板抽召马上拔了手指飞到了石头猴子的前面，沙板抽召到家后，石头猴子才飞到。沙板抽召就问石头猴子飞到了什么地方。石头猴子说："我飞到很远很远，看不见一切东西的地方，那里有五根柱子，我在柱子上写了字，并在柱子中间解了小便。"沙板抽召就伸出手来给石头猴子看："你写的字就在我的手指上，你解的小便还在我的手指中间。"石头猴子看见后，心里非常惊讶，要求再比一次，沙板抽召说："好。"于是石头猴子准备从沙板抽召手心跳过时，沙板抽召就用手反过来把石头猴子扑落在地上摔死了。

二、史诗

火烧地球与泼水节

演述者：岩敦
记录者：林中
翻译者：刀新民
搜集地点：云南省西双版纳傣族自治州

那时候火烧世界，
从地面烧到天上，
烧到十六天神奔的地方，
洪水淹没大地，
淹倒奔住的地方，
暴风刮了以后就退了，
经书和世界碎了像沙一样，
人在世界上生活很困难，
水在天上下不来，
种田种地受旱灾，

世界上的人生活很辛苦。

叭英变成一般的人，
穿着叶子做成的袈裟，
他的面貌黄黄的很可怕，
他变成人来告诉世界上的人：
"从今天到百万年，
傣族居住的地方，
火、风、水到处燃烧，
你们不要污辱三颗宝珠。

三颗宝珠就是佛祖、佛经和帕桑卡[①],
要天天拜佛。"
很多人听到叭英的话都很害怕,
争先恐后去做赕,
都怕死后不能上天堂。

不久,一百万年到来了,
第一个太阳光很辣照到世界上,
很多东西烧光了;
第二个太阳出来了,
阳光比第一个太阳更辣,
水、稻谷、大树、大海都干了;
第三个太阳出来了,
比第一个、第二个更厉害,
水里的动物和五个大海都干了,
在水里所有的动物都死完了;
第四个太阳又出来了,
七个大海洋都干了;
第五个太阳又出来了,
最大的海洋都干了;
第六个太阳出来了,
全世界的地面和高山变成灰烬,
什么都看不见了,
什么都没有了。

不久一百万年到来了,
第七个太阳出来以后,
七个太阳在一处,
变成猛烈的火焰,
烧到十六天神因奔的地方,
天地都变成火灰了,
佛祖和奔都烧死了,
全部烧完以后火就熄掉了。

过了不久,
世界变成浓烟和露水,
大风刮浓烟和露水,
大风吹到露水变成大海,
全世界都是水,
水淹十六天神奔的地方,
过了不知道多少年代,
世界上都是水,
狂风刮大海,
大海结冻,
过了不知道多少年,
火烧世界结束了。

现在淡水干以后变成土地,
水干以后天上永远都是天堂,
有叭英叭奔,

---

① 帕桑卡:指所有的和尚和大和尚。

从天堂下来，
水从天上下来到一个地方变成勐，
风刮到地面，
风力很大，
风刮十万个地方的水，
水结冻变成宽广的地面，
地下都有水，
地面上好像莲花很漂亮。

从古老经书传下来的，
火烧世界变成勐，
天神叭奔下来看到世界，
人生在这个地方不知道赕佛，
罪人不会赕佛，
天神叭奔到世界上看到，
世界上还有五朵金莲花，
五朵金莲花在世界中间出现，
天神叭奔告诉大家，
佛祖诞生到世界上来了，
大家都欢喜若狂敬爱佛祖，
天神叭奔从天上下来说：
"百万年后火烧全世界，
你们不能侮辱帕召①，
要经常赕佛。"

从那时起大家经常赕佛，
死后就能上天堂，
赕得多得到更多福气，
死后上到更高的天堂，
这是过去赕佛得到的福气。

那时有个天神玛哈奔②，
他有很大的福气，
他的名字素鲁巴滴玛哈奔，
有很大的福气，
玛哈奔派四个奔到天上来，
来巡视世界、创造世界，
一个奔下来勐不巴威滴哈，
又名勐特立焱，
一个下来创造勐乌萨丁，
一个下来创造勐阿拉玛可染铁，
一个有大福气的奔下来创造勐尖浦，
他们下来以后看到水、风、气、电，
水、风、气、电保护人身，
滴做他都、苦他都、阿婆他都、
巴他威他都，
保护人长大。

有时我们睡着做梦，

---

① 帕召：佛祖。
② 玛哈奔：很大的意思。

从高高的山上掉下来，
有时梦见拿到许多金子银子，
叭下来创造世界时告诉勐尖浦的人，
这样做梦的是男人，
那是全世界都是奔下来创造的人，
火烧全世界变成灰以后，
灰一点一点在空中飞，
奔看到拿来吃，
吃掉以后不会飞，
变成男人女人，
他们就结成夫妻，
奔下来定出年、月、日、时间，
划分十二时辰，
保护全世界，
太阳在世界上旋转，
太阳落下去月亮又出来，
制定二十七个那卡打勒①，
叭奔编十二格，
那太阳落下去，月亮又出来，
这些年、月、日的时间都是奔定出来的，
一个月有三十天，
一年有三百六十天。

叭奔创造世界以后，
定出冬季和夏季（冷季、热季），
五月到八月天气热（傣历），
九月到十二月是雨季，
一月、二月、三月、四月是冬季，
这是奔下来创造世界告诉我们的，
奔从天上下来创造世界，
来做山川，
划分界限，
还做铁矿，
样样都有了，
银矿、铝矿、锡矿、金矿、玻璃矿都有了，
还有铜矿，
最好的宝珠也有了，
还有嫩嫩的玉米、瓜、芝麻，
豆、葱、蒜、芫荽、芋头、
果树、山药、甜果，
所有这些都是奔创造留下来的，
耕田的工具、犁头等，
奔考虑得周到，
这些东西都做好，
现在铁匠会打锄头、刀等等，
是奔来创造世界的时候传下来，

---

① 二十七个那卡打勒：二十七个月。

指定八个喃拖拉尼①管理世界，
所有的人都要做赕、送鬼，
都拿蜡条邀请八个喃拖拉尼下来，
下来看他们做赕、送鬼、过傣历年。

太阳在地球上旋转百万育②，
太阳在地球上绕一圈就是一天，
绕三十转是三十天，
日头下去月亮出来是晚上，
这是奔规定出来的，
十个天神叭奔来创造世界，
定出年、月、日，
奔做了历书，
一个月有三十天，
一年有十二个月，
冬天过了夏天来到，
夏天过了是雨水天，
雨天过后是秋天。

奔创造世界不合，
最大的天神生气了，
大天神责问叭奔，
你们到世界怎样创造？

叭奔生气对天神说：
"一个奔下来规定年、月、日，
一个奔经过七月、八月、十一月，
一月、二月、三月、五月、六月，
六月新年到来了，
单月叫滴沙曼，
双月叫古拉丁沙曼，
如果那一年九月有两个月就是闰年③，
八月有二十九天。"
天神奔创造世界以后就死掉了，
叭英就商量，
人在世界上死掉了怎样拿去丢，
丢死人的地方叫巴萝·巴乍，
死掉的人叫烘丕④，
奔死了，
他的儿子姑娘在耳边哭，
叭英派人抬奔埋葬，
抬到大山洞，
奔就醒起来了，
坐在山洞里面。

叭英下令派七个天仙，
这七个天仙是奔的姑娘，

---

① 做赕时放蜡条、香蕉、饭等祭品，请喃拖拉尼来吃。
② 百万育：视线所及为一"育"。
③ 闰年：有十三个月。
④ 烘丕：鬼的意思。

叫她们说如果哪一个斩断奔的头，
就要娶她做妻子，
让她住在堂皇的宫殿，
最小的姑娘想当叭英的妻子，
开口对叭英说要去杀父亲，
她拿自己和父亲的头发做弩，
弩做好了去到父亲奔住的地方。

叭奔的大姑娘拿弩去了，
她不敢杀父亲又退回来。
第二个姑娘又去了，进到山洞，
又不敢杀自己的父亲退回来。
第三个姑娘叫喃打骑龙去了，
她也不敢杀自己的父亲。
第四个姑娘骑水牛去了，
她也不敢杀死自己的父亲。
第六个姑娘也不敢杀，

第七个姑娘带到了弩，
用弩绳勒断奔的头，
她把奔的头勒断又抱起来，
召叫她把奔的头又接起来，
接又接不成，
抱着奔的头。

叭英问七个姑娘用什么方法接奔的头，
她们对叭英说，
只有田地上最好的动物接奔的头，
她们看到象睡着，
头向北边，尾朝西边，
就把象头斩下来去接奔的头，
奔的头接上了，
拿清水来洗叭奔烂掉的头，
从那时起就有旺美、晒闹，①
从那时起就有泼水节。

---

① 旺美：第一天杀奔；晒闹：第二天接奔的头。

火烧世界①

演述者：波玉温
记录者：林中
翻译者：刀新民
搜集地点：云南省西双版纳傣族自治州

从前有七个太阳发出火热的光芒，
烈火燃烧地面直到天庭，
烈火七次烧到叭奔②，
当时天神因打到天庭知道此事，
施展法力，降雨浇火，
雨下不停洪水暴涨，
叭又驱使狂风吹干洪水，
十六层天庭的水都干了，
世上又出现沙尼罗高山，
还出现七座沙达拉盘攀高山，
七座沙达拉盘攀山高大一样，
像大城墙围绕泥尼罗山。

当时洪水已经退了，
洼地变成池塘，
有些地面变成沙坝和沼泽，
有些地面变成山，
有些地方变成湖泊一望无边，
有草蓬，有青草生长在柔软的土地上，
有竹子和美丽的大树遍地丛生，
世界上还没有人类。

人类的祖先布桑该、耶桑该从水塘里生出来，
他们生出来后到南方去玩，
布桑该生长在北方就在北方的森林玩，
他们还不知道人类，
经过不知多少年代，
他们活到一万岁，
非常焦急，
整天在森林里戏戏耍耍没有乐趣，
看茂密的森林树藤繁生，
找不到一条可走的路，

---
① 布桑该、耶桑该。
② 叭奔：天神。

天神因打在天上看见,
指引他走一条路,
让布桑该和耶桑该相遇。

耶桑该从南方走到北方,
耶桑该碰见布桑该,
耶桑该害怕跑到森林里,
这时天神玛哈奔见地上空空无人,
玛哈奔变成老人到地上引路,
让布桑该会见耶桑该。

布桑该、耶桑该又相遇了,
他们已不像第一回见面互相害怕,
天神叭奔知道世上无人类,
让布桑该、耶桑该相好,
后来他们住在一处,
布桑该心里想着耶桑该,
布桑该对耶桑该说做夫妻,
耶桑该对布桑该说:
"给你猜两个问题,
猜得合就答应做夫妻。"

这两个问题是叭因①教她的,
耶桑该问布桑该:
"什么东西最黑?
什么东西最亮?"
布桑该猜不出来,

他回答说是太阳、月亮、星星,
耶桑该说猜不对。
布桑该回答是宝珠、钱、金子、银子,
耶桑该又说不对,
猜不合就跑掉了。
有时碰到耶桑该就问,
耶桑该一句也不告诉他。

又过了一万年,
叭因观察世界,
叭因变成帕拉西,
到世界上来帮助布桑该,
帕拉西到森林里去玩碰到布桑该,
布桑该见到叭因全身酸软无力,
他慢慢走近帕拉西,
"这里是什么地方?"
布桑该又问帕拉西:
"什么地方最黑,
什么地方最亮?
这是耶桑该要我猜的问题。"

帕拉西告诉他:
"人的心最黑,
人的思想最亮。"
布桑该知道了,
他慢慢走到耶桑该住的地方,
耶桑该坐着靠近布桑该,

---

① 叭因:是傣族的大神。

二、史诗

又问他问题,
这次布桑该回答:
"人的心最黑,
人的思想最亮。"
这一次猜对了,
耶桑该无比高兴,
布桑该和耶桑该,
从此住在一处。

他俩拿泥巴捏动物,
布桑该捏的都是公的,
耶桑该捏的都是母的,
因为叭奔的心钻进动物里面,
这些动物在一处,公的配母的。
布桑该和耶桑该看见,
咱们两个也发生关系。

布桑该、耶桑该又用泥巴捏成
水牛、黄牛、老虎、兔子、蛟龙、骆驼,
还有矮鸡脚、猴子、狗、大象,
地上所有的动物都是布桑该和耶桑该做的,
天上的飞禽是耶桑该做的,
地上的走兽是布桑该做的,
所有动物在世界上有九万万种,
水里的鱼虾是耶桑该做的,

所有动物的心都是叭奔的心,
耶桑该用土捏的动物有心活起来,
动物越来越多。

地上吃青草的动物一百八十种,
会飞的动物在树上有各种各样的叫声,
水里的游鱼有八十种,
布桑该和耶桑该发生关系几年以后,
怀孕生出双胎的孩子,
一男一女。
男的是哥哥,
女的是妹妹,
布桑该、耶桑该为婴儿取名,
男的叫布令果,
女的叫耶桑戛西。

布令果和耶桑戛西满一周岁,
布桑该拿泥土捏老鼠给儿子玩,
捏黄牛给女儿玩,
天天给儿子姑娘在一起玩,
直到他们长成配成夫妻。

他们拿泥土捏成动物,
公的母的在一起交配,
动物越来越多,
公的母的有一百对,

他们在森林里吃山药果子，
动物吃什么人也吃什么，
这时候还不知道什么是中午，
什么是晚上。
也不知道寒冷和季节的变换，
所有的动物在世上都会说话。

附记：温玉波（1931—1972），傣族著名章哈[①]歌手，西双版纳人。著有诗集《三个傣族歌手唱北京（合集）》、叙事长诗《彩虹》等。此为温玉波演述的创世史诗《开天辟地》的第一部分。

布桑该、耶桑该

讲述者：岩敦
记录者：林中
翻译者：刀新民

很久很久以前还没有人，
只有地面，
那时候有一个女人叫喃[②]那叫，
她生出来一万年，又名耶桑该，
到地面上来建设，
后来又有一个叫布桑该，
从北方出来，
在南方遇见耶桑该。

布桑该拿泥巴捏动物，
丢出去动物就会动了，

耶桑该也拿泥巴来做，
做出的东西都是母的，
布桑该做出来的都是公的，
他们做出黄牛、水牛，
丢到水里的动物是乌龟。

布桑该想同耶桑该好，
耶桑该用好话对他说：
先问你一个问题，
猜得出就与你结成夫妻，
"什么东西最亮？"

[①] 章哈、赞哈是傣族民间歌手的称谓，因汉译用字不同，两种写法通用。——编者注
[②] 用在贵族姓名前的词缀，有"南""喃""婻"等不同汉译用字。——编者注

布桑该说:"太阳最亮。"
耶桑该说:"不对。"
布桑该说:"不是水最亮。"
布桑该又说:"火最亮。"
耶桑该又说:"不对。"
布桑该猜三万年猜不出,
又重新思考终于猜着了,
只有人的思想和智慧最亮,
猜着以后他们就结成夫妻。

后来生出一个男孩子,
名字叫作令果,
后来又生出一个女孩,
样子非常可爱,
名字叫桑该耶兰细,
一男一女慢慢长大,
年纪大了又给他们结成夫妻,
结婚以后有了小娃子,
一生就生了三千个,
男的也有,女的也有。

女的扶助母亲,
男的扶助父亲,
他们慢慢长大又配婚,
结婚以后又生出六千人,
这些人慢慢长大到能当家做事,
就分出去到各个地方去了,

分到八万四千个地方。

人们开始在各地进行劳动,
布桑该、耶桑该把人分到各地,
又拿泥巴来做傣族,
还做其他民族,
又再分到四万八千个地方,
跟以前分出去的人在一起,
专门为布桑该、耶桑该的儿孙工作,
有的分到山上去种山地,
有的去田坝种田。

布桑该、耶桑该又定出生月,
娃娃生出来,
男娃娃一岁属虎,
二岁属龙,
女娃娃一岁属黄牛,
二岁属老鹰,
老虎和黄牛是敌对的,
老虎见到黄牛就要吃黄牛,
龙和老鹰是敌对的,
龙和老鹰碰在一起要相争,
猫和老鼠是敌对的,
老象和大蟒蛇是敌对的,
谁见到谁也不相让。

布桑该拿阿笛和黄牛在一起,

拿少和老虎在一起，
拿尖和老鹰在一起，
拿怕克和龙在一起，
拿安敢和老鼠在一起，
又拿敢和猫在一起，
又拿拉佛和老鹰在一起，
拿拉杂面和少在一起，
如果那一个人靠着敌对的东西，
也会有病和灾难，
如果靠着朋友就很好。

布令果和桑该耶兰细在一处一辈子，
生出来一个男娃娃和一个女娃娃，
他们长大以后，
男的取名阿笛，
女的取名珍，
他们代管一个部落，
混雪那、混感专门保卫他们。
混雪那、混感名字叫敢，
还有专门为他做事情的叫"不"。

怕克做阿章，
木做阿目①，
少做秘书，
这些人都是他的手下，

有什么事都给他们几个办，
少和尖做他们的通信员，
安敢和阿笛是敌对的，
如果叫安敢找人送东西，
找到阿笛就敌对起来，
拉佛和少是敌对的，
他们一碰面互相争吵，
怕克和尖是敌对的，
这些说法是古老传下来的，
都是布桑该耶桑该创造的，
从此世界上就有了人和动物。

有一个男人不愿和世人相处，
把自己所有的钱拿去赕佛，
什么东西也不带单独跑到森林里去，
去当帕拉西，在森林里住下来，
老虎要来吃就让他来吃，
在森林里住了八年，
想教育世人，
要求天神让他当沙邦如，
来教育世界上的人，
一生不近女人，
一心修道做佛，
不骂人、不喝酒，
专心一意赕佛，

---

① 阿目：侍卫兵。

二、史诗

在森林里住了数不清多少年,
天天念经拜佛,
后来做了帕召笛哈戛,
来教育世界上的人,
他活了万年,
从那时候开始有赕佛。

后来他死掉了,
又出生在勐安娜那光,
名字叫细力娃达拉自,
母亲名叫阿娜玛。
他们一起在三千年,
后来又到森林里当帕拉西,
度过了四万个关门节,
又当了帕召,
他是世界上第一个帕召,
世界上的人和龙都认识,
他是沙邦如召,
是有福的一个,
是教育世人的一个,
所有的人都去拜他,
从那时起人们开始信教赕佛,
哪个拿好东西、多东西赕佛,
死后登上天堂。

他的母亲素娃戛那咱,
父亲沙戛拉咱,

二人在了三万年,
他称父亲母亲叫波淘、咪淘,
他老了头发变成长虫,
长虫会说话,对士兵说:
"就是年迈的波淘,
年纪老了,
身体衰弱在世再不长了。"
长虫又看见人死掉猪鸡去吃,
他怀疑问士兵说:"人为什么会死?"
士兵说:"老就死了,人人都是一样,
他们死了以后,
后代的人开始进行劳动(开荒)。"

有一个叫帕耶作戛娃的拉咱,
有一个美丽的姑娘像天仙一样,
帕耶作戛娃的拉咱拿自己的姑娘
做妻子,
天神叭因叭奔知道很生气,
用洪水淹没大地,
水面变成地,
有三千育宽的地,
海洋有四千育,
水淹之后变成的地不好看,
地面变成三角形的。

勐素拉沙玛哈纳戛啦,
是一个大勐,

有喃笛泰和巴利汪，
同他在一处当侍女，
伟大的帕耶作戛娃的拉咱，
做他的宰相，
勐碟不巴你的哈的人，
不像一般的人，
脸像火塘一样有四角，
帕那不巴你的哈，
他的土地不同其他的地方，
那个地方有八千育①，
勐鸟隆哭的地方像月亮一样团团的。

过了三百年，
那里不管吃的用的，
什么东西都有，
人人都活了三百岁。
在勐碟不巴你的哈，
人要活四百岁，
生长在勐鸟隆哭的人是很漂亮的，
他们不要劳动，
他们有一颗宝珠，
如果想吃想用什么东西，
宝珠丢上去就有东西从天而降，
想到什么地方就到什么地方，

小伙子姑娘都有美满的爱情，
在勐鸟隆哭的人用不着赕佛，
没有佛寺，
如果帕巴七戛和阿拉感打，
来到的时候，他要赕也不用赕多。

有一个勐叫勐阿兰玛哥染，
坦七千育，
人生在那里要活二百岁，
那里的人生出来很漂亮，
那里有一棵高大的攀枝花树，
是勐阿兰玛哥染的灵魂，
他们也没有佛寺，不用赕佛，
他们在那里自耕自吃。

伦钦玛邦是一个一望无边的森林，
那里有三千育，
飞禽走兽生在那里很多，
有老虎、熊、象、麂子、青草、莲花，
叭因看到那些东西，
有水井、湖泊和鱼，
湖面上都是美丽的莲花，
蜜蜂在那里采蜜，
还有大象、长尾猴，

---

① 育：人的视线看到那一地方为一育。

还有拉杂西①,
有孔雀,
还有比孔雀更大更好的鸟,
还有美丽的皮沙来树②,
生长在那里什么东西都有,
有燕子、小雀、马鹿,
还有白鹭、鸟,
它们自由自在地生活在大湖旁边,
如有人到那里去看到这种美丽的景象,
饭也不想吃了,
那里什么东西都有,
有香瓜,
有黄瓜,
有白菜、蒜头、芫荽、玉米、芭蕉、甘蔗,
这是帕拉西在的地方。

还有一个大湖叫沙锭达沙啦,
是很大的,是大象住的地方,
大象经常到这里洗澡,
大象死了以后谁也不敢去拿象牙,
因为叭因护着它。

另一个大湖叫那达古,
这是蛟龙在的地方,
蛟龙在湖里游戏,
有时蛟龙在湖里遇到狒③,
就将狒弄死了。
还有一个大湖叫依西娃乐,
是拉杂西住的地方,
大湖岸边开满鲜花,
岸边的花像女人一样,
如果帕拉西玩弄那种花,
就不能飞了,变成一般的人。
还有一个大湖叫如干托大岗,
是喋帕耶通的大湖④,
喋帕耶通经常到湖里洗澡,
洗澡以后随风飞上天去了。
还有一个大湖叫哈塔干,
是玛呢各的大湖(飞马很漂亮的),
大湖里什么都有,
有宝珠,
飞马在水里游来游去,
洗澡以后又飞上天去了。
还有一个大湖叫阿苏打,
是黄牛王常住的地方,

---

① 拉杂西:一种和象一样大的动物。
② 皮沙来树:最美丽最大的树。
③ 狒:一种水里的大动物,有翅能飞。
④ 大湖:是爱神的大湖。

黄牛王在大湖里洗澡游戏。

巴西玛帮森林有五个大海,
大海名叫阿诺玛,
海岸尽头是大岩石,
有时帕巴拉·帕阿拉感打、
碟帕那通到那里去玩,
一般的人没有叭因能飞的衣裳去
不到,
那里的大海有四颗宝珠,
一颗是从星①的口吐出来的,
一颗是从大象的口吐出来的,
一颗是从拉杂西的口吐出来的,
一颗是从神马的口吐出来的。

有一个海流水出去绕勐阿诺玛三转,
有一个海从拉杂西口里流出来,
冲着勐果然,
有一个海的水从老象口里流出来,
冲着勐不把威的哈,
一直冲到阿戛桑戛戛,
从那里流出来两百育,
水才流到地面上来。
还有一个大海叫功戛很宽,
还有一个大海叫荣玛那,

白生生的,
还有一个海叫阿姐拉瓜黑,
水色绿的,
那里的水什么东西都有,
有莲花、蜂蜜,还有宝石。
还有一个海叫沙拉浦,
水色白的,
还有一个海叫玛哈,
宽宽的,
水的颜色很多,
有绿的、红的、黄的,
这些水流到大海洋去。

天上有一个大城市叫勐桑卡耶,
宽十一万育,
用玻璃、金子做房屋,
这不是一般的,
是天神叭因做的。
城里什么东西都有,
有鲜花,
这是神仙叭因的城市,
比人住的地方更堂皇,
有一千座高楼大厦,
最大最好的房子是叭因住的地方。

---

① 星:一种动物。

叭因的爱人叫素渣拉，是第一个爱人，
另外还有很多，
还有很多的人是他的帮工，
叭因到哪里，他们要跟到哪里，
因为天神叭因有福，
经常有神仙来拜他，
如果哪个看到都想到那里去住，
叭因用的东西全部用玻璃做的，
他的爱人喃素渣拉，
拿鲜花房子赕给叭因，
第二个爱人素吉打拿花园赕给叭因，
第三个爱人素能打拿水井赕给叭因，
他们都是住在一处过生活。

叭因住的地方有个大花园，
园里有美丽的大树，
花园宽一百育，
树高一百育，
是神仙在的地方，
那里有一块大宝石四四方方，
名叫巴洛甘巴拉，

是叭因的宝座，
宽十六育，
厚十六育，
宝石的表面很柔软。

有一个召细滩，
他当菩萨的时候地动天摇，
海面波浪翻腾，
天仙敲铓打锣，
拿香花送给他，
叭因用刀减掉头发（光头），
他就去当菩萨了。
把他哥吓得头发拿来，
做了塔和菩萨，把头发放在里面，
所有的天仙叭因叭奔都来拜佛，
他在天上一千年叭因叭奔来拜他，
纪念他七天七夜，
从那里开始，
人们就信佛，
用泥做菩萨拿宝石放在里面，
大家都去赕佛。

帕召哥达玛诞生①

讲述者：岩敦
记录者：林中
翻译者：刀新民
地点：云南省西双版纳傣族自治州

帕召哥达玛诞生于一三三九年前，
十六岁时就升为有地位的帕召，
十八岁出去当沙班如②，
当沙班如以后不能杀生，
过了四十个关门节，
八十岁的时候佛升天，
他死的时候是四百四十年，
他死后一百年，
就没有尼姑了，
帕阿拉罕达有玛哈戛萨巴亭为首，
大家在一起商量念经一个月。

帕耶阿乍塔沙敦诞生了，
重新定出年历，
召阿拉罕打大家商量一个月，
阿派耶都达咪诞生，

直到帕耶阿苏戛汤玛拉咱出生，
又重新定义出年历一二一九年，
后来召莫戛拉那庭诞生，
大家又重新商量五个月，
那时经书还没有刻在贝叶上，
大家都记在心上。

直到帕耶萝合达班哈诞生，
帕耶萝合达班哈问那戛星，
这时是一四〇九年，
后来波塔贺沙庭诞生了，
他到勐兰戛去，
把经书刻在贝叶上，
传到世上各地方，
直到玛拉耶庭召诞生，
他到曼加他玛尼③朝圣，

---

① 该篇中出现的年份，皆为傣历。
② 沙班如：和尚的意思。
③ 曼加他玛尼：塔名。

向帕密岱耶召取经,
从天上传到人间,
直到帕耶单希阿奴拉塔当勐布戛味召,
他定出的年月直到现在,
再也没有那重新定出年历。

二五零零年到三零零零年以后,①
帕耶疏巴布塔定出三千年到四千年,
到四个叭贪出来诞生,

阿拉罕达和沙瓦戛召,
和贪召四个商量,
寻找佛祖的头发,
不论是天上或世界各地,
他找到佛祖的经书(《编门西班康》②),
他们拿编门西班康出来,
集中到西戛汤佛塔那里,
到旧年历完了,
四个叭贪重新定出年、月、日。

---

① 二千五百年到三千年以后。
② 《编门西班康》：一套经书之名，意即八万四千康以前，老百姓最喜欢读这套经书。

三、民间传说

召景鲁

讲述者：康朗蕴
记录者：卢自发
翻译者：岩峰
搜集地点：西双版纳傣族自治州景洪市勐遮镇

  勐老地方，从前有三个穷苦的兄弟，大哥叫岩老，二哥叫岩朗，三弟叫岩鲁，三个兄弟流浪经过景洪到勐遮来，勐遮坝子很大、人少，他们来这里开辟土地，安家立业，大哥在曼贵，二哥在曼朗，三弟在曼勐养。他们住定以后就回勐老，去叫他们的亲戚朋友来，慢慢地勐遮坝子繁华起来了。

  第三个兄弟还没有结婚，到处串，要找一个美丽的姑娘。曼勐养附近有一条河名字叫喃木兔，河里有龙王的宫殿，龙王有一个很漂亮的姑娘，头上戴着金钗，身上穿着红绸缎，出来游玩，召景鲁遇到她，两人互相爱上了，召景鲁回来以后，领着朋友天天去串[①]这个姑娘，后来龙王同意，召景鲁把这个姑娘娶来，结婚以后，妻子就帮助他管理百姓。

[①] 串：云南汉语方言，意为"情侣约会"，常用"串姑娘"一词。——编者注

他们非常爱护百姓，他们的声誉传到四面八方，许多人都搬来这个地方，寨子越来越多，召景鲁就扩建宫殿，吩咐大小头人。召景鲁特地为妻子造了一个荷花池，从四面八方来的人共有两万多，城镇更加热闹、繁华。召景鲁和他的妻子又重建城镇，修了三道围墙、三道水沟，每条水沟都有四丈宽，这是为了保卫自己的百姓，二十年以后，他的坝子越发好了，这个消息传到很远的地方：勐叫、勐老、勐永、勐泰①，那些地方的百姓很受苦，听说召景鲁统治的这个地方很好，就成群结队地来到勐遮坝子。那些国家的人很生气，说召景鲁破坏了他们的国家，商量联合起来攻打召景鲁的国家，先写一封信派使者交给召景鲁。

信中说要叫搬到召景鲁这里来的百姓搬回去，召景鲁问搬来的百姓，百姓回答不愿回去，于是外国就开军队来攻打勐遮，把勐遮坝子团团围起来，筑墙挖沟，准备攻打召景鲁。驻扎好以后写信给召景鲁说："我们的军队已经来到了，如果你怕死的话，就把我们的百姓交出来。"召景鲁说："我们在这里勤劳动，不去抢人，但是你们要打，我们也不怕。"召景鲁的妻子说："他们从很远的地方来打我们，是为了霸占我们的坝子，不要怕，我们坝子富足，你带领军队出去打，我管理内部，供应你粮草。"老百姓敲锣打鼓、跳呀、闹呀，都拥护召景鲁。

过了几天，召勐满②指挥军队从两边进攻，先用炮轰，后又用象队、马队、人一齐冲。召景鲁这边也守得很牢，死伤的人很多，勐满方面死了三千多，攻城失败了，他们只好退出好几里住下，他们还不甘心，写信回去搬兵，补充了一下，休整了三个月又来进攻了。

这一次马队最多，没有马的拿刀拿杆，死的人更多，那边死了五千多，流在地上的血有三寸深，象脚马蹄都浸在血泊里，对方军队退后，老百姓抬尸体堆成一座山，取名广香批。

---

① 勐叫、勐老、勐永、勐泰：都是外国的地名。
② 召勐满：外来的军队的首领。

那些人回去，又搬来两万多兵，一定要攻破勐遮坝子，一直围了三年，勐遮的粮食渐渐少起来了，召景鲁的妻子到水下去搬粮来补充，老百姓决心坚持到底，守住自己的国家。

召勐满又写信联络他附近的小国家，那些小国家怕他，只好出兵，勐遮坝子被围得更严密了，粮食由龙王供给，一直围了六年，外边来的人运着粮食来，有吃的，而被围的百姓粮食不够吃，他的妻子从海里搬粮食来分给大家。

有一个寡妇没有分到粮食，她想出卖大家，晚上她顺着城墙的藤子爬下了城，召勐满的军队捉住了她，首领问她："为什么我们攻打了六年都攻打不进去？"她说："你们再攻一百年也攻不进去，我们首领的妻子是龙王的女儿，她能够到水里去搬粮草和刀枪。"首领又问她："怎样才能攻破？"寡妇说："你们先把最好的饭菜给我吃，然后我再说。"

寡妇吃过饭后说："你们做许多风筝放起来，龙王见了就害怕。"敌人照寡妇的话做了，龙王就不敢出来了。

召景鲁的粮草断绝，不久城就被攻破，守城的人几乎全部战死。召景鲁和妻子跑到曼勐养就死在那里了。

以后，勐遮坝子为了记住外国人的这个血海深仇，以及纪念召景鲁，每年杀一头猪，三年杀一头牛去祭召景鲁葬的那山。

岩叫铁

讲述者：鲆扁
记录者：曹爱贤
翻译者：刀正祥
搜集地点：云南省西双版纳傣族自治州景洪市勐龙镇

以前，大勐龙的人常常要给景洪的土司去做工，大勐龙有一个岩叫铁，很有劳动技能，他就去给景洪的土司去做工。

他到了土司家里，有一天土司家叫他去割马草，他割了一些刺回来，放在马槽里面，马一去吃就刺着嘴，不敢吃，他就去告诉土司说："马可能病了，牧草也不吃。"土司就叫人来看，只看见马槽里面又绿又嫩的草摆着，但马就是不去吃，土司只得请医生来看。第二天，轮到别人去割草，割回来的草，和岩叫铁的一样，但是马又吃了。人们把岩叫铁割的草全拿出去丢了，过了一段时间去看，并不是草，而是一些刺。

过一段时间，其他的工人叫岩叫铁去砍柴，岩叫铁说："你们把刀拿给我来吧！"其他工人把刀给他以后，他就拿刀去砍房柱脚来烧，每次轮到他砍柴的时候都是这样，到他做工的时间满了以后，他回大勐龙来了，这时候土司家才发现他家的房柱都被砍坏了。土司非常气愤，土司说："大勐龙的人太狡猾了，以后不要他们那里的人来做工了。"从那时候起，大勐龙的人才不去给景洪的土司做工了。

岩叫铁他不仅很聪明，还很会唱歌，他唱歌的声音很好，后来被景洪的土司知道以后，就要请他去唱。过去章哈唱歌都要跪着，把头低着唱，岩叫铁这次去唱依照老规矩，还是只得把头低着，跪着给土司唱，但是他故意把声音唱得怪声怪气的，这时候土司就说："岩叫铁，听说你不是唱得很好听，声音也很好，怎么现在唱的是这个样？"岩叫铁说："跪着唱，又要低着头，声音当然不好听了，如果是直直地坐着，头抬着唱的话，声音就好听了。"土司说："你现在就坐着抬起头来唱吧！"这时，岩叫铁坐得直直的、抬着头唱，唱得非常好听，从此以后，章哈给土司唱歌就再也不跪着、低着头唱了。

附录：1985年重新整理本①

整理者：张福三、冉红

从前，大勐龙一带的人，常常到景洪去给土司头人做工。大勐龙有一个小伙子，叫岩叫铁，他身强力壮，能讲会唱，是干活的一把好手。他有个习惯，就是在干完活的晚上，爱给大伙讲故事、说笑话逗乐、解闷，因而穷苦兄弟们很喜欢他。他还经常同土司头人作对，捉弄他们、取笑他们，所以土司头人都讨厌他，害怕他。

有一年，岩叫铁到一家土司家干活，土司叫他上山割马草。他割草回来，土司嫌草不嫩，扣了他的工钱。第二天他又去割草，割了一些刺回来放在马槽里。马一吃草，就截着嘴，不敢吃了。他就去告诉土司说："马病了，草也不吃。"土司来看，见马槽里摆着又绿又嫩的草，马就是不吃，只得去请医生来看，花了一大笔钱。

过了一段时间，土司叫岩叫铁上山砍柴，柴山离土司家很远，天亮出去，天黑回来，一天只能背一转。土司嫌他慢了，硬要规定他一天背三转。不然，就扣他的饭食和工钱。第二天，岩叫铁乐呵呵地提着砍刀出去，不一会就回来，每天给土司背回三转干柴。土司很高兴，以为占了岩叫铁的便宜。

半年过去了，岩叫铁做工期满，算了工钱离开了土司家。

这时土司才发现，他家的房柱脚，叫岩叫铁砍去当柴烧了。气得土司赶快派人去追，但岩叫铁已经走远了，到哪儿去找呢。

从那时起，景洪的土司再也不敢找大勐龙的人去做工了。

---

① 收入傅光宇、杨秉礼、冯寿轩、张福三编：《傣族民间故事选》，上海文艺出版社，1985年，第323—330页。——编者注

岩叫铁不再做工，就一个寨子一个寨子去唱歌，因为他嗓子好，人们都爱听他歌唱。过去，赞哈唱歌，都要跪在地上，低着头唱。有一次，一个头人请岩叫铁去唱歌，他依照老规矩，跪在地上，把头低着给头人唱歌。但是他唱的时候，故意把声音唱得怪声怪气的。

头人听了很不高兴，说："岩叫铁，人们不是把你比作林子里的糯乐多吗？怎么今天唱成这个样子？"岩叫铁回答说："头人啊，我在这里跪着，还要低着头，唱出来的声音当然就不好听了。如果你让我直直地坐着，抬起头唱，声音自然就好听了。不信，你让我试试。"

头人想听岩叫铁唱歌，只好照他说的那样办，叫人给岩叫铁一个凳子。岩叫铁坐得直直的，抬起头来唱，果然唱得非常动听，把大家都迷住了。从此以后，赞哈给头人土司唱歌，就不再跪着、低着头唱了。

谷子的传说

讲述者：康朗[①]
记录者：李仙
翻译者：邱梅
搜集地点：云南省西双版纳傣族自治州勐海县勐遮镇

有一次，天神到地上来，他走到缅寺里，所有的人和佛爷都给他磕头，这时谷子也跟着进缅寺去，它站在缅寺门口不向佛爷以及任何人磕头，佛爷便问："在门那里站着的那个是谁？怎么进也不进来，也不向我下跪？"谷子说："我就是不拜你，我的职位比你大。"佛爷说："你哪里有我大？"谷子说："我就是比你还大！人们赕佛也少不了我，人们都要将我请上供桌，要是我不来，他们也就没有东西来赕佛，你大佛爷也就没有佛礼吃了。"

[①] 康朗：是傣族民间知识分子的一种称号。指在南传佛教佛寺中经过出家学习，具备一定知识水平，在还俗后冠于名字之前的尊称。——编者注

谷子和佛爷争吵后走了，天神和佛爷就去追它，追到天上一个地方，黑洞洞的什么都看不见，结果追着谷子带回来了，来到途中谷子又不见了。

谷子最先是像木头一样又长又大，一粒谷子有七斤重，被大佛爷撵后就只有三斤重，那时候谷子是不用人栽，只要将仓库盖好，谷子就按时飞来仓里，人们再吃也吃不完，那时一家人一天还吃不了一粒米。

有一天，有一个老米淘①嫌仓里的谷子太多，仓外堆的也是谷子，谷子还是不断地飞来，老米淘生气了，就用棒一打，谷子裂开碎了，从那时起，谷子就变成小粒，谷子也生气了，从此不再自动飞来人们的仓里了。

谷子被打碎时，有的谷粒粘在河水里，变成鱼和其他动物，地主的儿子想吃鱼，到河里拿谷子变的两条鱼，到家后鱼说："我是谷子变的，你们不要吃我。"于是人们就把两条鱼拿到地里去埋，便长出谷子，谷子就一年比一年多起来了。

勐遮的传说

讲述者：温伟
翻译者：康朗
搜集地点：云南省西双版纳傣族自治州勐海县勐遮镇

远古时候勐遮地区是一个鱼塘，一个名叫召底米的小伙子来到这里想开辟这个地方，他转到鱼塘中间，碰到两个野人——一男一女从车里来到鱼塘这里。

野人主要是来寻食的，碰上召底米，就说："我要吃你。"召底米不同意，说："谁胜，谁就吃败者。"召底米用刀一砍砍死了那个野女人，那野女

---

① 老米淘：大妈。

人倒在地上就变成一个大山坡①，这坡形很像一个女人的身形，男野人被打死后变成景真一大坡②。

后来，死了的野人发臭，有五个佛爷从大黑山来，闻见臭味，他们就不到鱼塘来，到山上去用袈裟一刮，将臭味刮开，他们就下来看了鱼塘，想将来开辟出来，就用他们的拐棍打开口，水就向勐海淌去了，鱼塘水干了后生出草来，长得很高很高。

有一个猎人走进鱼塘看到这里草多，看不见野兽就用火烧，四处起火，火灰刮到老挝，百姓就跟着火灰来看，来了以后就开荒盖房子，人愈来愈多了。

然后人们就把召底米砍死两个野人的地方叫作勐遮③，又勐龙是因为和尚用袈裟将臭气卷开，于是就叫勐龙。

勐捧土司麻木哈宰

讲述者：康朗敦
记录者：张星高
翻译者：刀孝忠
搜集地点：云南省西双版纳傣族自治州勐海县勐遮镇

现在勐腊地方的勐捧，从前是不属西双版纳的，当时的西双版纳各地有各地的制度，很不统一。

勐捧有个土司叫麻木哈宰，打仗很勇敢，经常带领地方上勇敢的人，

---

① 大山坡：在勐遮政府背后。
② 景真一大坡：现在乡政府驻地。
③ 勐遮：水海之意。

到勐旁①打仗，取得胜利后，就在那里招兵买马，所招的人都是混汗②，整顿整顿后，又去攻打大勐龙，也取得胜利，又转攻勐混，同样取得胜利。他继续向大勐养③进发，准备拿下大勐养，攻打之前，他对部下宣称："在这里打胜后，不管你们得什么东西都归自己，绝对不充公。"当拿下大勐养之后，他的部下为所欲为，抢牛抢马，掠金掠银，为非作歹，丧尽天良。

可是，当他看到部下得到很多金银财宝、牛马牲畜，非常眼红，就发布命令，所有缴获的东西，都要归他保管，有些部下非常不满，咒骂他说话不算话，纷纷离他而去。他前去拦堵去路，威吓、利诱都无用，结果只剩下三分之一左右的人了，只好把剩下的人带到勐遮靠拢勐遮土司，因为景洪的宣慰，勐混、勐海一带的土司都集中在这里，他带领的三四百人，就住在曼根、曼到的缅寺里。

有人告诉他，住在曼根、曼到一带的人要反对他，他只好转回大勐养带领人马。

有一天，麻木哈宰从大勐养回来，骑着大马，身带宝石，路过曼根缅寺，要看看反对他的及勐混一带土司的情况，一到下就横蛮地说："喂，你们这些猪圈好好保护，明天强大的水牛就要闯进你们的猪圈。"这里的人举枪向他开火，但是他身带宝石，弹丸一颗也不近他身。

他驻扎在曼根附近的村寨，准备着攻打景洪的宣慰、勐海、勐遮、勐混的土司。这些人也商量对付的办法，如何作战……他们最后确定，选出三人，以天神的名义作战，一人是叭英、一人是叭捧、一人是波滴拉，又选出铁的官、铜的官、锑的官④，就由这六人前去与麻木哈宰作战。

第二天，麻木哈宰气势汹汹地来了，全身挂满宝石，带领前锋先到，大队人马还正从大勐养向这边进发。他一一下令，什么时候攻打勐遮、勐海，

---

① 勐旁：现属缅甸。
② 混汗：保护土司地位的武装。
③ 大勐养：属缅甸。
④ 铁的官、铜的官、锑的官：意思是坚硬的三人。（此处"锑"指的是"锡"。——编者注）

怎样攻取曼根缅寺……，正说之间，曼根这边选出的那六人，举起武器，嘴上各念"我是什么神，什么官"，冲向麻木哈宰，高喊"杀死麻木哈宰"，嘴方喊，弹就正中麻木哈宰，麻木哈宰跌下马来，大叫："我害急性病了，大家来救。"他的随从急忙抱着他往曼废①那边去了，部下慌慌张张直往勐遮的界线跑出去，刚跑出界线，到了喃津里麻木哈宰就死了，部下也就把他就地埋了。这些部下，把他埋好就逃回勐捧去了。可是麻木哈宰的很多部下还不知他已死了，继续在曼根作战，大勐养来的人马，也在拼命赶路。

麻木哈宰中弹掉下马来，曼根这边立即派人追踪，在喃津里找到尸体，割下他的头，献给宣慰及各勐土司，老百姓非常高兴，纷纷出钱慰劳曼根这边的兵士。

麻木哈宰不管百姓的死活，荒淫无道，人民提起他无不咬牙切齿，假如不把他打死，老百姓就天天不安宁。

麻木哈宰每逢胜利时造下的滔天罪恶、威吓一时的臭气浓烟，连缅甸、景东那边的小孩一哭，大人说麻木哈宰来了，小孩就不再哭了，他给人们造成多大的心灵恐惧啊！当麻木哈宰从大勐养出发，向别处进攻时，老百姓像筛子的米筛动时一样地抖动。

麻木哈宰不服从景洪宣慰府的管辖，如果他不死，西双版纳不知要遭受多少苦难！

麻木哈宰本是个小小的勐捧土司，但是他野心勃勃，想要霸占西双版纳，见有钱的人就抢，见漂亮的妇女就奸淫，那里的勐捧真是个罪恶的王国。

这史实离现在一百多年。

---

① 曼废：曼根附近的村寨。

佛祖游历西双版纳的传说

讲述者：曼召
记录者：卢自发
搜集地点：西双版纳傣族自治州景洪市

在很早以前，佛祖哥达麻从他生长的地方印度，经过缅甸到西双版纳来传佛，先到勐陇①。

寨子里当时只有一个老米淘②，其他的人都在田里做活。这个老太婆就跑去告诉大家说："哥达麻来到我们这里了，我已经赕给他了。"大家听了懒得去，仍然做自己的事。

哥达麻想：这个寨子为什么赕来得这样慢？后来就给一条河取了一个名字叫作喃木娜③。

哥达麻说："这个地方心不向佛，不在这个地方。"他就转身向勐板方向走。勐板的人听说哥达麻来了就拿了许多东西去赕，哥达麻说这个地方的人很好，让这个地方的果子长得最好吃。

哥达麻又到了曼果，走累了，连坐处都找不到，遇见一个僾尼人④老大妈，问："大妈哪里有坐处？"僾尼人大妈就到箐里背了一个大石头来给他坐。所以直到今天每年都有人去朝拜这块石头。

离开曼果来到曼壁，曼壁很穷，大家都到山上采花去赕，哥达麻问："你们为什么只拿花来赕？"大家说："因为没有吃的，只好拿花来赕。"哥达麻就说："你们这个寨子就像蜜蜂一样做活，到处吃。"所以至今曼壁还是缺少粮食，而花倒很多，花多的原因据说就是因为用花赕过佛。

---

① 勐陇：当时还只是一处寨子。
② 老米淘：老太婆。
③ 喃木娜：意思是缓慢消沉的河流。
④ 僾尼：指哈尼族阿卡支系。

离开曼壁到了曼嘎,在那里吃了饭,又到勐海,在勐海的景真曼柱,有两夫妻缝了两件袈裟来赕,妻子问:"赕大的一块,还是赕小的一块?"丈夫说:"两块都拿来。"赕大的那块的地方,哥达麻替它取了个名字叫曼非竜,赕小的那块地方叫曼拼图。

去了勐海后,本来要去勐遮、景真,但当时两地还是湖,哥达麻就用禅杖开了一个口,湖水流出,取名叫流沙河①。

后来他就到车里去了,车里的人就用衣服、粮食等去赕,所以车里现在都很富裕。

离开车里以后哥达麻就到内地思茅、普洱等地去了。汉族地区的人拿钱去赕,所以汉族地区很有钱。

开辟西双版纳的传说

讲述者:波玉叫
记录者:雷波、卢自发
翻译者:岩峰
搜集地点:云南省西双版纳傣族自治州勐海县勐混村

勐孙当国的首领叫叭雅拉吾,很喜欢打猎。有一天他领着一千多人上山打猎遇见一头金鹿,一直往前追赶。金鹿脚跛着一只,追一截马鹿站住,又追,马鹿又跑,追到澜沧江边,金鹿突然不见了。

他们不知追了多少路,他们看看这个地方②很好,他们就住下来,在叭雅拉吾的领导下开田种地,第一个建立的寨子是曼听。然后又挑选了一个

---

① 流沙河:魔鬼尸体的河流。
② 即现在景洪。

地方建立了一个京城[1]。

人口多起来以后，慢慢地分寨出去，景洪坝子的寨子就逐渐建立起来了。

河水的故事

讲述者：岩边板
记录者：卢自发
翻译者：岩峰
搜集地点：云南省西双版纳傣族自治州勐海县勐遮镇

勐遮坝子有四条河水，这四条河叫喃木养、喃批、喃木塔拉、喃版，他们原来是四弟兄，都是发源于竜三菜湖。他们弟兄四个很喜欢打猎，每天都是一起到山上去。有一天喃批打得一只马鹿，他把马鹿分给其他兄弟三个，过了几天喃木养打得一只钻山甲，太小了，不够分，他自己吃了，其他三个兄弟说："我们打得大家吃，他打得不给我们吃，他良心不好。"就吵架了。喃批说："我不与你在一起，你的良心是毒的。"他就不流向勐遮而流向勐板，喃木塔拉叫他们不要吵架，结果吵是不吵了，但仍不团结，如果喃批这条河的石头拿来放在喃木养河里就要刮风闪电。

现在共产党领导，把两条水堵向勐遮，他们团结了。

---

[1] 即现在的宣尉街。

关于文字的传说

讲述者：刀孝忠
记录者：雷波
搜集地点：西双版纳傣族自治州勐海县曼勐养村

从前有三个人，一齐去向大佛爷要文字，大佛爷把汉族的字写在一张纸上，把傣族的字写在贝叶上，把僾尼人的字写在牛皮上，三人各拿一张一起回家。路上过一大河，写着汉族字的纸被水浸透，字也看不见了。傣族和僾尼人的字被水浸湿了，过河后大家来到沙滩上，烧起火来烤，贝叶烤干了，字仍在，牛皮烤油了，很香，大家肚子饿了，就把它吃掉了。

汉族的字不见了，他们看见沙滩上雀鸟的足印就照着写下来，所以，汉族的字是横竖交叉的。

傣族的贝叶烤干了，字迹变得弯弯扭扭的，成为今天傣文的形状。

僾尼人的字被大家吃下去了，他便用心牢牢记住一切事情。所以如今僾尼人虽没有文字，但还是能用惊人的记忆力记住事情，不会忘记。

射竜发

讲述者：康朗赛桑
记录者：卢自发
翻译者：李联芳
搜集地点：云南省西双版纳傣族自治州勐海县勐遮镇

射竜发是景谷勐戛人，住在那里和群众处得很好，人心归向他，土司就很不满意，想这个人大了以后一定要反我们，就想把他赶走，派人来和射竜发打仗，一连打了两次都打不过射竜发，射竜发很得群众的支持，群众叫他射竜发的意思是说他很勇敢，是经过大家讨论以后才决定这样叫的。

射竜发领导群众开荒、生产。土司说射竜发带领群众搞生产一定是要和他作对，群众把土司的话告诉射竜发，射竜发很着急，吃不好、睡不好。

群众归他的越来越多，田地不够种，射竜发听说勐拉有八万亩土地，勐遮有四万亩土地，他就带领群众到勐遮来，看了勐遮的土地以后很高兴，整个坝子都是草地可以开发。他去拜访勐遮土司捧麻勐三，磕头要求向土司买土地种，买水吃。土司说："你来了增加我们的人力，只要你不反对我们，我们就卖土地给你。"土司就指给他到南岭微迈去建立一个小城镇，那里有山梁子，梁下有一口小井，吃的水倒有了，种田的水还没有。

三四月间连洗菜的水都不够，射竜发召开一个群众会，大家想办法去开沟引水，他们顺着山沟去找，找到喃木西寨，那里有一股水，这股水挖出来就可以灌溉勐遮坝子。

这股水必须要通过曼老曼喝卡才能到勐遮来，费的工程很大，射竜发去请求土司批示，土司说："我在这里住了一辈子，力量比你强都没有办法挖出来，如果你挖得出来，我把勐遮坝子一半土地连同百姓都送给你。"于是批准他了。

射竜发回去以后，就找群众商量，他对群众说："这股水挖出来以后，大家就有吃有用。"群众非常拥护，大家就在射竜发的带领下去挖水沟。

开工七个月后，水沟已经挖通了，大家都非常喜欢，群众说："射竜发很有脸面，像月亮一样，大家都看得见了。"有了水，大家就积极开荒生产，生产发展了，牛马多了，人口多了，生活越来越好过。

内地景谷、勐养的人听说射竜发在勐遮领导人民搞生产，搞得很好，生活好过，都想搬到勐遮坝子来，渐渐地勐遮坝子人口越来越多。

先建立的一个寨子叫曼洪，勐养搬来的人住的叫景罕，第三个是允景迈，大家在了二十四年，射竜发教育大家要团结，要像一个爹妈生下来的一样，不要分心分肝的。

后来出问题了，召勐遮的生产抵不上射竜发，生活也赶不上射竜发，群众也不拥护，召勐遮就想："土地被射竜发占了一半，以后他会把我的位置夺掉。"于是他派人去把射竜发叫来，扣押起来。

召勐遮就召集大小头人说："你们都属于我统治，要听我的话，射竜发反对我，我要杀死他。"大小头人说："射竜发是一个好人，他来到我们这里，从来没有欺压过我们，为什么要杀死他？"

有人就赶紧跑去告诉射竜发方面的人，大家听了非常着急，就一起来到召勐遮这里，要求释放射竜发，但召勐遮不放。

射竜发对他的百姓说："你们回去吧，好好生产，我这次是活不成了。"百姓只好回去。

射竜发要求把他杀到他领导开水沟的地方，召勐遮的人拖拖拉拉，拉到一条小沟，把他的脚拉断一只，后来老百姓就把这个地方叫作荒哈罕[①]，

[①] 荒哈罕：射竜发脚断的地方。

脚断以后还没有死，杀的人说就杀在这里，射竜发不同意，仍然要求杀在农木西寨①，杀在那里以后，他的百姓就把他埋起来。

射竜发死前发誓说："我死了以后，不准召勐遮的人来引水，我要变成鬼守在这里。"射竜发死后，果然刮大风、下大雨，大石头把通往勐遮来的沟堵死了，水就流到勐阿。

后来有弟兄四个去检查这个地方为什么不流水，结果被豹子吃掉，因此，有人传说："射竜发死了变成豹子守在那里。"所以再没有人敢去那个地方了，国民党统治时去搞了几次都搞不通。

泼水节的来历

讲述者：乍耶
记录者：周开学
翻译者：仓霁华
搜集地点：云南省西双版纳傣族自治州

在《塔麻戛火葬》这本书上写的是这样：

有七个小姐：大姐叫塔麻巷西，二姐叫麻贺塔拉，三姐叫南碾达，四姐叫给林年达，五姐叫朱拉干牙，六姐叫给里达，七姐叫丹波他。七姊妹爱上了英叭塑出来的小伙子叭英。叭英对她们说："假若你们爱上我，谁有胆量将你们的父亲杀掉。"七姊妹各人把自己的头发拔下拧成弦，让大姐骑着龙、带着头发拧成的弓弦去杀父亲，她去后不敢杀又跑回来了。二姐骑着蛇去杀父亲，看到了父亲，手软下来不敢杀，跑回来了。三姐骑着鹰去杀父亲，不敢杀他跑回来了。四姐骑着水牛去，也回来了。五姐骑着马去，也同样回来了。六姐骑着黄牛去，也回来了。七姐骑着妖魔去，真的把父亲杀

---

① 农木西寨：水头的地方。

了。她用弦向她父亲头上一射，父亲的头就落下了。她父亲的血飞满地，变成一滩火把七姐烧起来了。她赶快把父亲的头抱起来，以后就无法放下去了，只好七姊妹轮流着抱。父亲的血腥臭气每年有一次，她们就洗父亲的头和自己身上的臭气。

至今傣族流传下来，到七姊妹洗的那天就不是好日子，人们到这一天的时候，就互相泼水洗身。

关于傣族拴线的由来

讲述者：乍英翁
记录者：张必琴
翻译者：岩香囡
搜集地点：云南省西双版纳傣族自治州景洪市勐龙镇

莫格娜拉听不愿当和尚，说是要还俗结婚。佛主告诉他："你的妻子就是傤尼人。"他看见后，很不喜欢，就用锄头敲了傤尼人姑娘的头并扔在河里，后来被看守园子的一位老太婆救了起来，老太婆担心这位傤尼人姑娘的灵魂被水冲走了，就给她拴线，叫灵魂回来。所以至现在，傣族人生病不好就拴线，受了惊也拴线，外逃回来后也拴线。意思都是叫灵魂回来，从那时开始起，就这样一直传下来了。

但是结婚和生孩子拴线又有不同意义：结婚拴线是表示爱情的牢固、相亲相爱、不要打架吵架的意思；生孩子拴线是希望无病无害、快快长大之意。

关于勐笼①地方名称的传说

讲述者：波琼囡
记录者：张必琴
翻译者：岩香囡
搜集地点：云南省西双版纳傣族自治州景洪市勐龙镇

很早以前，勐笼叫勐阿底刚马娜塌，后释迦牟尼经过此地去缅甸的勐拥，但没有在此休息。按照傣语说："经过"是"龙拜"。因此后来的人们借此音改称为"勐笼"。

关于勐笼狼姆阿河的传说

讲述者：波琼囡
记录者：张必琴
翻译者：岩香囡
搜索地点：云南省西双版纳傣族自治州景洪市勐龙镇

狼姆阿河原来是叫狼姆戛娜底，因释迦牟尼从缅甸勐拥回来，经过勐笼，勐笼的人都去狼姆戛娜底捉鱼去了，因此，释迦牟尼就在狼姆戛娜底写上"狼姆奥"，意说：这里的人很笨，我来了，没有人接待，都去河里捉鱼了。

后来人们就按照释迦牟尼写的叫狼姆奥，不叫狼姆戛娜底，所以现在人们叫此条河都叫成"狼姆阿"。

---

① 勐笼：今景洪市勐龙镇。——编者注

天上为什么有彩虹

讲述者：刀荣光
记录者：朱宜初
翻译者：刀学兴
搜集地点：云南省西双版纳傣族自治州

1

有两种说法，有一种是经书上写着的，说天上有个"好象里鲁"，这个东西像镜子一样，它有四面——东、南、西、北面，这像镜子一样的东西还有颜色，当太阳照着这镜子一样的东西，它就反光了，这种反光射出来的东西就是彩虹。

2

还有一种说法，说有个国王的女儿生得很漂亮，国王和他女儿的名字统统忘记了。国王怕小伙子去串公主，就给公主单独盖了一幢房子，有个头人的儿子去串公主，后来龙王的儿子也变了个很漂亮的小伙子去串公主。有一天龙王的儿子和公主正在睡觉，头人的儿子也来串公主，见他们两个人睡在一起，就拔出砍刀，一刀砍下去，两人都受了伤，龙王的儿子就抱起公主飞出房子，因为血流得过多，就想水喝，龙王的儿子的家也在水里，就飞向河里喝水去了。他们两人沿路的血洒在天上，就成了带有两道红色的彩虹，那比较浓的那道，是男的，他的血流得比较多；那比较淡的那道，是女的，她的伤轻些，血流得比较少。

傣族见出彩虹，叫"景洪熊"，意思就是彩虹吃水，就是来自这个故事。

景洪的几种传说

讲述者：康朗甩
记录者：周开学
翻译者：刀正祥
搜集地点：云南省西双版纳傣族自治州景洪市

景洪以前一共有九种说法：1. 勐阿拉委；2. 巴拉纳西；3. 安戛拉接里；4. 打拉瓦梯；5. 景洪；6. 翁干；7. 尾爬达；8. 景永；9. 九龙江。

为什么叫勐阿拉委？景洪是西双版纳的中心，以前有一个叫阿拉瓦戛牙的人来建立的，所以叫勐阿拉委。

过去这里没有人，都是森林和批牙①的地方，批牙上天请叭英帮助，说："我在的地方没有人，想要人在这个地方。"批牙回来变成金鹿，非常好看，阿拉武来打猎，叫了很多人来，见到了这只金鹿，阿拉武射箭，没有射中。金鹿装着被射中的样子，在人前面一摆一摆地跑，引着人，经过勐陇的一个叫会陇的山沟，来到景洪边缘的曼达，金鹿就跑到山洞里不见了。阿拉武追不上金鹿，就地住下，盖房子、打猎。这里从此就有人住下，所以这地方就叫勐阿拉委。

景洪真正的本地人只有十五个寨子。记得的有十个：曼达、曼火、曼迈、曼牛、曼东老、曼普、曼盘、曼得、曼胀宰、曼难。其他都是从别的地方来的。

曼赛是别处人来这里种地、做仓库、派人来守，才成立此寨。

阿拉武生景洪一百二十年，他的弟弟来找他，他就让弟弟在景洪当召陇帕萨。

---

① 批牙：妖。

这十五个寨子，现在还有八个：曼达、曼迈、曼牛、曼东老、曼得、曼胀宰、曼那木、曼暖点。这些是本地人，除此以外都是后来从别处来的。有一年，勐老地方打起仗来，他们来请召帕萨派人去帮助，打完仗，召帕萨回来，勐告的人跟着来，住在曼到、曼很、曼豆。

关于书面文字的来源

讲述者：波玉温
记录者：张必琴
翻译者：刀正祥
搜集地点：云南省西双版纳傣族自治州景洪市

有一个叫帕亚苏立亚波提桑哈亚乍戛娃底娜渣，他想赊经书，拿了三千五百两金子放在大象的头上交给官员说："如果谁找着了，就可以把这些金子给谁。"两个官员就出去找，找了两年没有找到，仍把金子退回来。

帕亚苏立亚波提桑哈亚乍戛娃底娜渣知道后，心里很焦虑，慢慢地就生病了。这时，在天的外面有两个和尚知道帕亚苏立亚波提桑哈亚乍戛娃底娜渣病了，就连夜赶来，到了后就问帕亚苏立亚波提桑哈亚乍戛娃底娜渣为什么这样焦虑和难过，帕亚苏立亚波提桑哈亚乍戛娃底娜渣说："我想赊经书，但官员都找不到。"那两个和尚就说："你不必难过，经书在海外边的一个山洞里，我们给你找来。"这时，帕亚苏立亚波提桑哈亚乍戛娃底娜渣的妻子叫朗叫三飘就做饭给两位和尚吃，并包了饭给和尚，和尚就出去找经书去了。

两位和尚到鬼住的地方，又到牛住的地方[①]，以后又到了马住的地方[②]，

[①] 有一种人，头像牛，身子像人。
[②] 也有一种人，头像马，身子像人。

到了匹端聋的地方①，又到人吃土的地方②，又到了妖怪王住的地方。这时，妖怪王就问两位和尚："你们来这儿做什么？"和尚回答说："妖怪王你是管所有的妖怪，我们想去拿经书，请你帮助我们一下。"妖怪王说："你们想得到经书很好，我愿意帮助你们，但我的能力有限，还要请海里蚂蟥鱼帮助，和蚂蟥鱼商量才行。"于是两位和尚和妖怪顺着水走。这时，看见一只乌鸦飞来，有一条小鱼就问乌鸦："你来这儿做什么？"乌鸦说："我的母亲死了，就要去海那边，请你给我带过去。"小鱼说："你母亲死了，就哭了，你去那边碰到冷就会冷死，碰到热就会热死。过去了，就没有命了，我住这里，从来没有去过那边。"两位和尚和妖怪听见了，于是又继续向前走，到了蚂蟥鱼住的地方。蚂蟥鱼就问："你们三人来这儿做什么？"他们三人回答说："听说海那边有经书，我们要去取。"妖怪王说："请你帮助他们两人。"蚂蟥鱼说："我愿和你们一起去。"于是蚂蟥鱼和妖怪王各带了一位和尚。一位和尚骑在妖怪王的头上，一位和尚跟着蚂蟥鱼。妖怪王带着和尚飞上天，飞到半空时，妖怪王累了，就掉落在海里死了。和尚又被蚂蟥鱼带着，蚂蟥鱼带着两位和尚游到海中间时，蚂蟥鱼太累也就死了。正在这个时候，飞来了一只老鹰，将蚂蟥鱼衔走了，到了岸边后，飞落下来。这时，两位和尚从蚂蟥鱼肚子里出来了，老鹰看见两位和尚就问："你们为什么从这里出来，我不能吃了。"两位和尚说："我们要来拿经书。"老鹰说："你们顺着这条路走，有一座山，山上有一个洞，叫金山洞，全是金子做的。"他们到了后，果真看见一个山洞都是用金子做的，门上还写着字。他们两人想，可能经书就在这里面了。于是二人就进去了，天天叩头，拿着贝叶树的叶子作揖。他们两人在洞里住了二年，一直到能飞后，拿了经书才回来。

飞回时，经过蚂蟥鱼的地方，就对蚂蟥鱼说："你帮助了我们，为我们而死。"他们就泼水，于是蚂蟥鱼就上天了，住在勐沙东。他们两人又继续

---

① 匹端聋：一种鬼，屋子是用树叶做，叶子黄了，就搬家。
② 所有的人都吃土。

向前飞到了妖怪王住的地方，又同样为妖怪王泼水，妖怪王也上了天，住在勐西打的地方。

两位和尚又向前飞，经过了江，到了人间。这里有一个帕亚板国玛底娜管，看见两位和尚拿了经书来，就不让两位和尚回去，在这里赕经书。这里的人都不让两位和尚回去，过了二十年，还没有回到帕亚苏立亚波提桑哈亚乍戛娃底娜渣那里。这时，他们两个年龄也老了，于是就到勐嘎连去赕经书。赕了之后，他们就把经书留在勐嘎连的山洞里。

后来，有五个菩萨去找经书。五个中有一个叫国打听，一个叫国打唯，去山洞打开洞门。国打听就天天抄，抄完后就丢在水里，国打唯就在水下面接，做成一本一本的书。之后又到了一个岛叫各朗嘎，又在这里赕，赕了之后，就回到勐打唯、勐打滩的一个城市。这里有一个人叫马哈嘎洒巴听，上天去找国打听、国打唯两个菩萨。天上有一个叫呵九打，就说："经书不在这儿，在各朗嘎，你们去那里找吧！"去各朗嘎只有一个人能去，叫亚娜哈匹去拿《尾先打娜》①，亚娜哈匹坐船到了各朗嘎后，就说要取经书。岛上管经书的人叫马奶压听，就将经书给了亚娜哈匹。亚娜哈匹将经书又带回到勐嘎连，于是人们就来赕经书。从此，傣族就有了经书，诗歌……都记载在经书上。

---

① 《尾先打娜》：经书名称，很多册。

傣家人的房子、筒裙和孔明灯的来历

讲述者：仓霁华
记录者：周开学
翻译者：仓霁华
搜集地点：云南省西双版纳傣族自治州

很久前有一个传说，傣族没有一个好的房子住，孔明部下的人请孔明帮助傣家设计房子，孔明就将他的帽子脱下来说："你们照我的帽子去做。"从此以后，傣家的房子就照孔明帽子的式样做，晒台就是照帽子的帽冠做的。

又一个傣家人去问孔明："孔明先生，女人下身穿什么样的式样好？"孔明就将他的袖子剪下来说："你们就照我的衣袖去做吧！"从此傣族妇女的筒裙就像孔明的袖子一样。

孔明的部下很多，分居各地，为了方便联络，他就发明了孔明灯[①]，后来傣族为了纪念孔明，每到节日赕塔时，他们就做孔明灯放上天去。

过去孔明灯没有灯台，后来有了灯台，台上放着各种礼品，如香皂、服装、火柴、酒、茶、金、银、手饰、手表……

[①] 孔明灯：用棉纸裱成，椭圆形、体大，能升上高空，用以联络，现傣家在青黄不接时就赕这种灯。

关于傣族结婚仪式的传说

讲述者：波琼囡
记录者：张必琴
翻译者：岩香囡
搜集地点：云南省西双版纳傣族自治州景洪市勐龙镇

  有一个和尚叫马哈姆格娜听，不愿再升和尚了，想结婚。当他要结婚的时候，佛主就去他家讨饭，就对他说："你的妻子不算漂亮，如果你想要漂亮的妻子，我可以带你去找。"他听了后，就抛弃了原来的妻子，跟着佛主走了。这时，天神变成了一个美丽漂亮的姑娘站在路旁边，佛主就问他："这个姑娘漂亮吗？"他说："很漂亮。"佛主说："前面还有比她更漂亮的姑娘[①]，我带你到前面去找吧。"到了前面的地方，看见是一只猴子[②]，佛主问他："你要不要？"他说："猴子我不要。"于是佛主又领着他往前面走，到了前面的地方，看见一个僾尼人妇女在锄草，佛主说："这就是你命里注定的妻子了。"他不相信，就用锄头将那个僾尼人妇女打死了。佛主说："你打死了她，她就是你的妻子。"因此，他就拿了一个饭桌，桌子上面放着一只或两只鸡，并用芭蕉叶折成尖形状，像僾尼人妇女的帽子，帽顶插有花朵，罩在鸡头上。另外还放有芭蕉、糯米饭、酒、盐、线等东西，表示纪念这位僾尼人妇女和她结成夫妻，所以现在傣族结婚时候的习惯就这样传下来了。

---

① 想要引诱他。
② 意思告诉他人类系由猴子演变来的。

月食的传说

记录者：曹爱贤
翻译者：万正祥
搜集地点：云南省西双版纳傣族自治州

　　从前有一家人，有两兄妹，有天吃饭的时候，哥哥就用羹匙打妹妹的头。

　　过了很长的时间，他们两兄妹都死了。死了以后，妹妹变成月亮，哥哥变成了一个大青蛙，当他们两个一闹意见的时候，青蛙就用脚趾去遮住月亮，这时候地球上的人就看不见月亮，这就是月食。

曼菲笼塔的由来

讲述者：曼菲笼和尚
记录者：张必琴
翻译者：岩香囡
搜集地点：云南省西双版纳傣族自治州景洪市勐龙镇

　　释迦牟尼从勐罕姆到勐笼的曼菲笼寨子，留下了脚印，人民为了纪念释迦牟尼留下的脚印，就做了一个塔。另外，在大塔的周围有八个小塔，据传说这是释迦牟尼的八块骨头，做成的八个小塔。每当傣历一月份的时候，傣族人民就去塔那里赕佛，祭佛主——释迦牟尼。

关于傣历每月上旬九号和下旬九号被傣族称为"不吉利之日"的由来

讲述者：康朗捧
记录者：张必琴
翻译者：岩香囡
搜集地点：云南省西双版纳傣族自治州景洪市勐龙镇

  从前，有一个妇女，嫁了七个丈夫。之后，她对这七个丈夫都不喜欢了，她想害死她的七个丈夫，当她做饭菜时，就放了毒药在菜里，七个丈夫吃了后，一齐死了。

  七个丈夫死之后，就请一个人帮助她抬出去烧，但为了掩饰她害死七个丈夫的罪名，当把第一个丈夫抬出去烧了后，就把第二个丈夫放在门口，并装着说："她的丈夫又跑回来了。"等帮助的人抬出去。这样，一连抬了七次，帮助她的那个人感到非常奇怪，心里想："我明明把死人烧了，为什么又会跑回来呢？"于是他就躲在一个地方，要看看到底是怎么一回事情。正在这个时候，有一个烧炭的人，全身都是黑漆漆的，从这里经过，他就把这个烧炭的人当作是烧死的死人回来了，就跑上去抓住那个烧炭的人，说："你为什么回来？我要打死你。"这样，他们就互相打起来了，一直打到烧炭的地方。看见有火堆，两人你打来，我打去，打到火堆里，就都被火烧死了。这一天，一共死了九个人，傣族称这一天叫"汶告光"，现在每逢遇这一天，傣族不结婚，不升和尚，不唱新房，把每月上旬九号和下旬九号称为"不吉利之日"。

妇女舞

记录者：朱宜初
搜集地点：云南省西双版纳傣族自治州景洪市

据西双版纳文工团团长及其他同志介绍在大勐龙有妇女舞。

跳舞的多是十五岁以上、二十五岁以下的青年妇女，她们右手拿手帕，集体跳，脚不甚跳，但头和腰摆动，动作较整齐，妇女击象脚鼓、铓锣作为舞蹈节奏。

这种舞是一种有组织的妇女舞蹈，妇女中的领头人叫"奶国仁"，男子不能混入捣乱。如有男子混入捣乱，妇女领头人有权打男的。舞时或唱玉荣会或唱赞哈调。

关于造酒的来源

讲述者：波琼囡
记录者：张必琴
翻译者：岩香囡
搜集地点：云南省西双版纳傣族自治州景洪市勐龙镇

从前，有一个国王，叫百姓挑着谷子去森林里赕野和尚。当走到半路上的时候，国王派宫廷里的人去追赶百姓，说是发生了战争，赶快回去。于是百姓吓得惊慌失措，就将挑的谷子四处乱甩跑回去了。扔下的谷子，由于下雨腐烂发酵了，就流出水来，慢慢地流成了一条小河。这时，有很多鸟雀、麂子、马鹿来河边喝水，可是一喝了水后，就睡倒了。有一个猎人经过这里，看见这许多鸟雀、麂子、马鹿都睡着了，就拿了带回家去。可是，过了一两天后，这些鸟雀、麂子、马鹿又都活了，跑走了。猎人觉得很奇怪，心里想："这究竟是怎么一回事情？我要去看看。"猎人来到河边，看见鸟雀、麂子、马鹿喝了河水后，就昏昏地睡倒了。于是他自己也喝了一点，觉得很好喝。因此，他就将弓箭也扔了不打猎了，就挑着河里的酒去卖。野和尚知道后，也不当和尚了，挑着河里的酒去卖。他们到了城里，正好碰着国王请客人吃饭，他们就把酒挑到国王那里去卖，国王买了他们的酒，请大家喝。大家喝了酒后，就昏昏沉沉胡乱说话。因酒醉，国王叫把他的儿子杀了做菜吃，酒醒后，才知道做错了事情。所以现在酒喝多了，就会乱说话、做错事情。而现在我们一般也是用谷子来酿酒，就是从那时开始传下来的。

关于西双版纳的由来

讲述者：康朗捧
记录者：张必琴
翻译者：岩香因
搜集地点：云南省西双版纳傣族自治州景洪市勐龙镇

佛教主死后五十年的时候，汉族、傣族、缅甸的缅族的国王，每年都要到天上和帕亚英聚会一天。有一次，他们去了以后，在路上看见一头很漂亮的黄牛，很想吃这头牛的肉，说了后就吃了。

到了天上后，帕亚英闻到有生牛肉味，汉族国王吐出来的是豆腐、缅族国王吐出来的是豆豉、傣族国王吐出来的是生牛肉，他感到很害羞，就回来了，不久后，就死了。

这时，傣族地方没人管理。过了很久以后，有十二个头人在景洪商量，认为傣族地方没有人管理不行，不订出制度不行，于是就决定十二个头人分管十二个地方。

每个头人所管辖的地方，都要一律平等，十二个人分什么东西都以

"千"为单位,"千"在傣语里称"版",就称"西双版纳",就这样传下来了。

傣族为什么不杀猫和忌讳吃猫肉

讲述者：波琼囡
记录者：张必琴
翻译者：岩香囡
搜集地点：云南省西双版纳傣族自治州景洪市勐龙镇

    从前，佛主的袈裟天天被老鼠给咬破，他非常生气，心里想：要拿什么动物来吃老鼠。于是他就搓身上的尘积，慢慢地积了很多，就做成了一个猫，让猫去吃老鼠。为什么猫见老鼠就要吃，传说是从这时开始的。

    猫是用佛主身上的尘积做的。因此，现在在傣族人民家庭中都喂有猫，而且都很喜欢猫，养的猫都不杀，傣族人民也不吃猫肉，如果杀了，或吃了，就意味着对佛主不尊重。

日食、月食来源的故事

讲述者：刀学兴
记录者：朱宜初
搜集地点：云南省西双版纳傣族自治州景洪市

    有两兄弟准备赕佛，嫂嫂用锅铲敲了她丈夫的弟弟，弟弟就滴水祝祷来生变母鸡，要当众使哥哥和嫂嫂也丢脸。这时哥哥祝祷来生变太阳，嫂嫂祝祷来生变月亮，他们来世都如愿变了这些。这个弟弟（母鸡）就在太阳和月亮发光的时候，当众吞食他们，再将他们吐出来。

为什么有日食、月食

讲述者：刀学兴
记录者：朱宜初
搜集地点：云南省西双版纳傣族自治州景洪市

埃的是太阳，兼是月亮。有次埃的和兼在天王叭英那里说："拉贺太懒了！"拉贺听了很恼，心中想："你们使我在天王面前丢脸，今后我要在千万人面前使你们丢脸。"

埃的向东走，兼向西走，拉贺就躲在路边屋角处，当他们走过那里时，就出来吞食他们，使千万人都看得见。

泼水节为什么放高升

讲述者：乍耶
记录者：周开学
翻译者：仓霁华
搜集地点：云南省西双版纳傣族自治州

有一个叫叭项撒瓦梯的人，有两个儿子。小儿子叫叭完，这两个儿子长大以后，小儿子要求和叭英学习知识和本领。父亲怕他出事，不想让他去，几次劝告他，叭完不听，最后去了，他背着四块木板到达瓦丁沙。叭英教他许多知识和本领，他学到了知识和本领以后，就返回家了。他刚到大门就摔了一跤，就死在那里了。消息传到叭英耳里，叭英就叫人用叭完的那四块木板做成棺材把他安葬起来。他托个梦给他的父亲："爸爸，我已经死了。我学到知识本领，回来时不小心在叭英的大门外摔了一跤，就死在大门外，我心里非常难过。如果爸爸想念你的孩子的话，最好每年做一次高升放上天空，安定我这样的心情。"

从此，人们每到傣历的六月间，就做了高升放到天上去了。

蜜蜂和蜡条

整理者：云南民族民间文学西双版纳调查队
地点：云南省西双版纳傣族自治州

傣族做赕①的时候，为什么要赕蜡条？这里有个小典故：

据说，很早以前，有一对夫妻，只生了一男一女，姐弟俩大起来以后，姐姐勤劳，弟弟聪明。弟弟便对姐姐说："姐姐，你信不信，我死了以后，一定能当个帕召②。"姐姐说："看你那样子就不行，你要是能当上帕召，我就用我的大便赕给你。"后来，弟弟死了，第二次投生便当了帕召，而姐姐死了以后，变成一只蜜蜂。从此，世界上便有了蜜蜂，人们把蜜蜂酿成的蜜挤干后，把渣子一煮，变成黄生生的蜂蜡，颜色像人的大便。因为姐姐说过，弟弟死了以后，当了帕召，用她的大便去赕。所以傣族就用白线做蕊子，捻成蜡条，拿去赕。这就是傣族赕蜡条的道理。因为姐姐变成了蜂子，所以现在每一窝蜜蜂的蜂王都是雌的。

---

① 做赕：赕和尚。
② 帕召：大佛爷。

"景洪""景亮"地名及第一个赞哈的由来

翻译者：李文贡
记录者：朱宜初
讲述者：刀金成
搜集地点：云南省西双版纳傣族自治州景洪市

释迦牟尼周游各地，刚到此地天将亮，所以叫"景洪"①。这时要过江，金刚等神都过不了江，只有释迦牟尼能去，他就用手杖在江里一划，江水就分开，显出一条路来，金刚等神也就过了江，到了江对岸，天已大亮，所以江对岸有个地方叫"景亮"②。

这时，景亮国王有个花园，花很多、很美，龙公主就来赏花，被国王抓住了，问她："你是神？是仙？还是鬼？是人？"龙公主说："我不是神，也不是仙，更不是鬼，是人！"国王说："让我摸摸你的手节，我就知道你是不是人。"摸了手指后，果然是人，国王就向龙公主求婚，他们就结婚了。过了一年，公主怀了孕，想吃酸的，吃后，又想洗澡，总嫌水热，大官就说用七条江、七条河、七条箐的水来给她洗，她还是嫌热，仍说要冷水，就叫她到流沙河去洗，她嫌水浅，叫使女到江的下一段去洗，自己在上一段江洗，她霎时变为一条龙，头顶左岸、尾顶右岸，将江水塞掉，水涨成涡旋，所以那河有漩涡的深潭叫"打董"③。

这时，使女见龙，就抱着龙公主的衣裙往回跑，报告国王说："皇后被龙吃掉了。"龙公主因没有衣裙不好意思上岸，只好回龙宫去了。将自己遇到的事，告诉了龙王，就留在龙宫里，过了几个月，龙公主生了个孩子，

---

① 景洪：黎明的意思。
② 景亮：大亮的意思。
③ 打董：打，过渡的意思；董，漩涡潭，挡住的意思。

同时，宫里的大象也生了只小白象。这小孩长大后，就问龙王自己的父亲是谁。龙王就说在景洪①，叫他去找。他带着龙王送的白象走到勐养的蛮赛好②，就饿了，问有没有鸡蛋，要来吃了，就找到了景洪的国王。国王死后，小召勐班就接了王位，这时，汉官知道傣国王有只白象，就带好礼物来送，傣国王也就送汉官七男七女，汉官说："男女去汉地，怕受不了冷，还是送我们白象吧！"傣王想："象与我同生，很珍贵，但不送又怕汉官来兵侵占。"就送了。管象奴将象赶到勐养上去的光平③，象在那里狂叫，所以那里就叫"贯别"。象还将养象奴摔死，象就回来了。汉官骑了象走，象又将汉官摔死，就不回小召勐班处，却跑回龙宫，龙王要象回去找它的主子，象只好出来，出来的地方土冒出一些来，所以叫"贯普"。小召勐班见象回来，也就专做个地方给白象，所以有一寺叫"挖乍蓬"④。景洪又有乱东⑤，就是白象死后，围起象尸的地方。

景洪过去又曾被称"勐阿拉菲"，因为释迦牟尼第一世时叫帕召戛杀巴，他到勐笼，见妖咬人，帕召就坐在妖王座上，妖王回来时，两人斗起来了，妖就变大，头顶到天了，帕召就用手按妖，妖王就成现在这样又驼又丑的样子。帕召又叫要听三戒的律教，妖王就是戒不掉吃生，就逃走，路上变成金鹿，这时国王正打猎，就追金鹿，追到这里，金鹿就不见了，变回妖，对国王说："我会唱，能引许多人来，对你有好处，你不要追我吧。"果然妖王就唱起来，人都来听了。国王就召集那些人，在那里做国王，那里就叫"勐亚拉菲"，就是现在的景洪。

现在赞哈唱时，是要请他们的祖先妖王来保佑，他们的第一个赞哈就是那妖王。

---

① 因为景亮也属景洪管。
② 蛮赛好：宣慰制度，此赛负责在祭神、鬼时，供给鸡蛋，即自此始。
③ 光平：傣族叫贯别，别就是狂叫的意思。
④ 挖乍蓬：挖，佛寺的意思；乍，象；蓬，白。
⑤ 乱，即；东，围起。

关于傣族过新年划龙船、泼水的故事

讲述者：波伍
记录者：张必琴
翻译者：张必琴
搜集地点：云南省西双版纳傣族自治州景洪市

在很早以前，天上、地上到处都是一片火，火一直烧到天上第十六层。天神和女神逃到天上的第十八层[①]，他们在那里大约有一天到二天的时间，可是离人间已是一百万万年了。在天上第十七层处，有一个帕亚捧[②]，他有七个女儿，天神想娶他的女儿做妻子，但帕亚捧不愿意，说是："你比我小。"但又说："如果你能战胜我，可以把女儿嫁给你。"但天神没有战胜。帕亚捧的女儿对天神说："如果你想娶我，要将我的父亲杀死，才能嫁给你。"帕亚捧的本领很大，用斧子砍他砍不死，抛到火里烧火要灭，抛到小河里水要干。有一天他的女儿问父亲："要用什么办法才能使你死呢？"帕亚捧说："只有一个办法，可以使我死，就是梳头之后，留在梳子上的头发，做成弓箭射我的脖子，我就会死。"他的女儿知道后，就商量等父亲梳头时，剩下的头发拿一根。过了一两天后，帕亚捧梳头，大姐看见了，拿了三根头发给六妹，做成弓箭。做好之后，大家商量"谁去杀父亲好呢？"六妹说："让大姐去杀。"大姐带着兵、马，骑着象到了父亲处，这时父亲正睡着，心里想："要杀父亲，我不忍心下手。"于是就回来了，对妹妹们说："我不能去杀父亲，你们去杀好了。"第二个妹妹就带着兵、马，骑着象到父亲处去了。父亲仍睡着，她也不敢下手去杀父亲，回来了。第三、第四、第五个妹妹都照样地去父亲处，但都不敢杀。最后，最小的妹妹带着兵、马、武器去父亲

[①] 十七、十八层，火未烧到之处。
[②] 帕亚捧：很有本领的一位人。

处，父亲还睡着，她进了屋子就拿头发做的弓箭去射父亲的脖子，刚刚把她父亲的头射下，就冒出火来了，成了一团火堆，抛到哪里，就烧起来，她们姊妹七人想逃走，但所有的人都不同意，说是要把火扑灭才能走。姊妹七人就去扑灭火，但越扑火烧得越旺了。最小的妹妹想：是我把父亲射死的，那么我也跟父亲一起死好了。于是就去抱她父亲的头，当她抱起后，四处的火就灭了，可是一放下四处的火又烧起来了。一个人抱着太累，大家又不准放下，姊妹七人只好轮流抱着，因一直抱着，尸体发臭了，妹妹就抱着父亲的尸体到江边去洗，并在前一天举行赶摆①，划龙船来庆祝。四周邻近的人也跟着去庆祝，第二天妹妹将父亲的尸体送给姐姐，姐姐又准备庆祝，第三天喝酒庆祝，第四天泼水、放高升，远道的亲戚朋友都来了。过了一周年后，姐姐又将父亲的尸体拿到河里去洗，举行划龙船庆祝。到第二天又送给妹妹，就这样一年一年地下去。所谓划龙船、泼水节就是由此而来。

曼夏建寨的传说

讲述者：岩甩
记录者：卢自发
翻译者：岩峰
搜集地点：云南省西双版纳傣族自治州勐海县

车里第一任土司召片领②叭真，征服其他所有土司统辖整个西双版纳后，带着一群人到各地建寨。

---

① 摆：傣语，意为"大型公共集会、聚会"，通常用来表示节庆、庙会、市集一类的公共活动。——编者注
② 召：傣语，意为"头人""领主"，通常指历史上的"召片领"，也即"广大土地的领主"。"召片领"在傣族傣泐支系文化中既可以指古代国王，也指元明清时期的宣慰使。——编者注

过了勐海来到曼戛，走累了休息，在一条小沟吃水，觉得很清凉，大家说在这里建一个寨子就好了。

土司就叫一对夫妻留下来，这对夫妻盖了房子，开荒种田种地，传下子孙，发展一个寨子。

后来上面的土司又派人来看，把这个寨子分出一部分人来组成一个寨子，专门服侍和尚，不准任何人派款，原来的寨子要帮车里土司砍柴、割马草。

所以以前这个寨子是两个，解放后又合成一个。

勐混金塔的传说

讲述者：岩当
记录者：雷波
翻译者：岩峰
搜集地点：云南省西双版纳傣族自治州勐海县勐混镇

在很久以前，勐混的土司叭召哈免有个儿子，很信佛，土司就把儿子交给一个很懂经书的佛爷做信徒。这个佛爷到处传佛，走了很多地方，到汉族地面很多年后的一天，做了个梦，梦见勐混土司要死，就告诉徒弟："你父亲要死了，你快回去，不然见不着了。"小和尚觉得途中遥远难得行到，就请求佛爷帮助，佛爷拔下三根头发交给他："一根你拿回去埋在你父亲尸首下；第二根留在流沙河边金塔下；第三根保佑你平安。"说完把路途缩短，一天他就到家，父亲还有一口气，他就把佛爷的话告诉众乡亲，以后按着佛爷的指示做。人们为纪念他，就在埋他父亲那里筑一金塔，这金塔在五六十年前修过一次。

竹楼的来历

讲述者：岩赖竜
记录者：卢自发
翻译者：岩洛香
搜集地点：云南省西双版纳傣族自治州景洪市

  从前有一个小伙子，名叫叭武。一天，因为天气太热，他从菠萝地里拣了一个又大又香的菠萝，带到江边去吃，刚吃了一半，一不小心剩下的一半就从手中掉到江里去了。

  在江的下游有一个名叫喃嘎西的年轻女人在江中洗澡，看见这半个菠萝漂来，因为口渴，捡起来就吃了。

  喃嘎西吃了这半个菠萝以后就怀孕了，生下一个小女孩，取名娥玛得蝶，娥玛得蝶长大后，有人告诉她，她母亲怎样生下她，原来叭武就是她父亲。知道叭武的人画了一个叭武脚的尺码给她，她就去找父亲去了。

  之后，果真找到了叭武，比了脚知道不错。叭武才知道娥玛得蝶就是他的那半个菠萝被喃嘎西吃了生下的。叭武很爱自己的这个姑娘，便盖了一间很漂亮的竹楼，把喃嘎西也找来，一家人住在一起。

  这间竹楼柱子是很坚硬的木头，柱子下面用石头砌起来，很稳当，大风也吹不倒，以后傣族的房子就是照这样盖的。

鸡窝星

整理者：云南民族民间文学西双版纳调查队
搜集地点：云南省西双版纳傣族自治州

从前，天上没有鸡窝星，这七颗星星是哪点来的呢？傣家人传说着这个故事。

不知是在什么时候，反正是在很早很早以前，有一对年迈的夫妻，头发都银白了，老寿眉长得一寸多长，没有一男半女，无亲无戚，孤苦无依，老夫妻俩凄苦地生活着。家里除养着一只母猪外，还精心喂着一只又胖又大的老母鸡，母鸡孵得六只小鸡，整天咯咯地叫着，给老两口带来了生活上的乐趣，心情愉快很多。有一天，老波陶对他的老伴说："咪陶，我们家里什么也没有了。又养着母猪，不种点地更困难呀，还是去种块地吧。"咪陶同意了。老两口便去路边砍下一小块地，辛勤地种植起来。大路上人来人往，看见老两口挥汗种地，大家都投以同情的眼光，有的还向老人家打招呼，请他们歇一歇。老人家除了报以慈祥的微笑外，还是边挥汗，边劳动着。

有一天早晨，老夫妻俩还未下地，坐在火塘边烤火，小巧的竹楼有点摇晃。波陶站起来一看，土司已来到门口了，波陶退了一步，忙请土司进家坐。

"召[①]呀因为什么事情，这么早就登临我这不像样的家，雀窝一样的房子，怎接待土地之主[②]。"

土司打断老人的话："你如果愿意做忠实的奴仆，就赶快准备一顿丰盛

[①] 召：意为官，这里的召指像大官。
[②] 土地之主：这里是最高领主，即大土司，凡是在他所管辖的地面上的东西都属领主所有。

的菜饭。"

老夫妻俩到处去找菜，找遍各处，找不到一瓜一笋，急得无法。老两口商量，只好把母鸡杀给土司吃。

咪陶流着泪，从笼里抓出心爱的唯一的老母鸡，把它抱在怀里说："老母鸡呀，老母鸡，你的恶运到了。今天只有忍心把你杀。"老母鸡流着眼泪，承担这天大的厄运，小鸡六姐妹听到母亲要被杀，就反革命地哭啊，哭得不行。鸡大姐止住哭说："妈妈要被杀死，我们六姐妹也不愿意再活下去，一齐冲进火塘，死在一堆。"老母鸡止住鸡大姐的话："傻孩子，不要说傻话，妈妈年纪老，杀就杀吧，你们还年轻，要活下去。"老母鸡话刚说完，土司在楼上一面催，一面用脚跺得小竹楼直摇晃。波陶从咪陶手里接过母鸡，忍着心一刀杀了，咪陶坐在一边流泪。小鸡六姐妹，站在咪陶脚边，痛哭不止。波陶把鸡宰开，煮在锅里，离开火塘去洗碗。土司见土鸡已煮在锅里，散发出阵阵香味。土司饿得不行，走近火塘，用筷子搅动鸡肉，就在这个时候，六个鸡姐妹一齐冲进火塘，霎时冲起烈焰，把土司烧死在火塘边，竹楼摇晃不止。只见烈焰化为青烟，缥缥缈缈飞上青天，茅屋也变成一座金光闪闪的房子。

天黑了，老两口坐在凉台上，回想着杀掉的母鸡和死了的小鸡，再看看茅屋的变化。咪陶抬起头来，忽然看见天空多了七颗星星，指给波陶看，那是六颗小的，还有一颗大的。星星忽闪忽闪，好像六只啾啾叫的小鸡，也像六只小鸡在眨眼哭，永远向人们诉说他们不幸的遭遇。波陶便说："那就是我们的六只小鸡和老母鸡。"从此，天空里就有了鸡窝星。

祭龙的故事——为什么叫作"泰孟"①

整理者：云南民族民间文学西双版纳调查队
搜集地点：云南省西双版纳傣族自治州

很久很久以前，我们这个坝住着僾尼人和傣族，那时，僾尼人的势力很大，就把我们赶到山上去了，并且杀死了我们的许多人，后来僾尼王看见傣族的姑娘长得好看，就要给他做皇后，当僾尼王拴线的时候，他喝得醉醺醺的就被我们杀死了。

后来，傣族和僾尼人就商量地界，水淹到哪里，傣族人就住在哪里；火烧到哪里，僾尼人就住在哪里，两族人都同意了，傣族人就到山脚下放火，火一面向山上燃烧，坝子都没有燃着，所以我们就在坝子里建寨开田，就叫作夺地人。

那时候，我们没有官，没有佛寺，也不要负担！

可是不行啊，那时候我们的田地收成不好，据说要请一个召勐来，但是召勐说："你们本地人必须祭大鬼②，才会有好收成。"于是，那年来了召勐，我们祭了龙，也就得到好收成，这以后就祭龙了。

---

① 泰孟：意思是本地人，据说田地都是他们开的，实际是封建等级专为土司务农的农奴。
② 大鬼：就是被僾尼人杀死的，我们的祖先。

有钱人送饭

讲述者：康朗英
记录者：卢自发
翻译者：岩峰

萨啼有一个儿子，十岁时死掉了，他很爱这个儿子，死了以后，他很伤心，每天都叫他的帮工提着饭菜到儿子的坟上去祭，一天不断，一直送了一年。

从家到儿子的坟地的路上有一条小河，有一天河水涨了，帮工没有办法过去，他在河边想："如果不送去，死去的人不得吃，萨啼还会生气。"佛爷告诉他："我帮你念念经，滴滴水，死去的人就可以吃到饭了。"

这一晚上，萨啼做了一个梦，梦见儿子，儿子说："我死了一年了，家里金银、财宝、牛、羊、猪、鸡样样都有，为什么一样都不给我，我昨晚上才吃到一顿饭。"

萨啼叫帮工来问："我叫你天天给我死去的儿子送饭，我的儿子托梦说了，他昨晚才吃到一顿饭，你老老实实地说，为什么他以前吃不到饭？"

帮工把路上佛爷帮助念经的事，告诉萨啼，萨啼才知道是因为有个佛爷念经，儿子才吃到饭。从此，就请和尚念经滴水了。

佛主不得吃饭

讲述者：波玉叫
记录者：雷波、卢自发
翻译者：岩峰

佛主果达马在山上念经拜佛，已经四十九天了，没有人来赕饭，肚子饿啦，瘦了，要着死了。

这时，走来一个女人，她抱着饭。果达马去向她讨饭，这个女的不给他，果达马生气了说："我生在你前头，谷子，是我认得在前的，我栽种上前的。"那妇女说："不，我先生在前，谷子是我种出的。"吵来吵去，妇女还是不给他吃，佛主饿不住了，向妇女磕头说："好，是你生在前，你生在前。"妇女听了后才给他一点吃了，才把佛主生命维持下来，才给佛爷有可能传教、拜佛，有可能成为佛主。

所以，如今和尚都是讨饭吃的，妇女们都要拿饭来化给他们吃。

管理缅寺①的阿章②教育儿女

讲述者：叭贯
翻译者：刀孝忠
记录者：张星高
搜集地点：云南省西双版纳傣族自治州勐海县勐遮镇

阿章的儿女问阿章，哪些对人有好处，哪些对人有罪，是这样开始

---

① 缅寺：滇南地区民众对南传佛教寺院的称谓。——编者注
② 阿章：缅寺里管理经书、懂经书的人。

问的：

"父亲啊！我想认识几件事，对人有利或有罪或不得罪人的情况是哪些？"

父亲说："好！你们要问的事情就直接提出来吧！"

大儿子瓦哈几打拱满说："四大洲和天上的六层，还有地下龙王之地，除了这些，还有哪些比我们这里还壮丽？"

父亲说："最可爱的儿子啊！还比四大洲、天上的六层、地下龙王之地壮丽的，就是世界上。"

儿子又问："地球多宽多大呢？"

父亲答复说："地球从地到水面有八万四千个约扎纳①，就像树一样从根根到地面，由水面到地球的尖尖也是八万四千个约扎纳，就像树从地面到尖尖。"

儿子又问："哈森里罗的尖尖有什么人在那里？"

父亲说："尖尖那里有神王住着，神王的家高处有五十个约扎纳。那里的尾宰养打帕刹②，都镶着宝玻璃和金银，金光耀眼，美丽无比，没有什么能和它相比。"

儿子又问："那些神鬼是什么管辖他们的？"

父亲说："叭因管辖迪阿拉③。"

儿子又问："尾宰养打帕刹，这样高，这样宽，我们如何亲眼看见呢？"

父亲说："要亲眼看见的，只有月亮、太阳和星星。"

儿子又问："太阳和月亮有多大？"

父亲说："太阳有五十个约扎纳，月亮有四十九个约扎纳。"

儿子又问："太阳和月亮有什么区别？太阳为什么这样热？月亮为什么使人满意？"

---

① 约扎纳：一个约扎纳大约是人的视力所能望到的最远距离。
② 尾宰养打帕刹：高楼大厦的城市。
③ 迪阿拉：鬼神。

父亲想了想说:"太阳因为镶着巴根达低玻璃和尾顿玻璃及很多金银,所以才会热。月亮镶着巴利玻璃及金子银子,有了这些玻璃才会有凉快的光辉,使人满意。"

儿子问:"太阳很热,它的光照在地上也很热,为什么天神能在上面住?"

父亲说:"对!我举例给你们,如像鱼在水里,野兽在森林里都成习惯了,住什么地方就习惯那个地方。还有那些星星和太阳相距最远是一万个约扎纳,有的离得很近,有的离得远,高矮很不一,因为星星有千万个,几十万万个。再如,人的家庭,有的小,有的大,有的在高,有的在矮,这都是住什么地方,就习惯什么地方。"

儿子又问:"尾宰养打帕刹和太阳、月亮三者哪个最壮丽?尾宰养打帕刹是天王所在,正因为天王所在比太阳、月亮更壮丽些吗?"

父亲说:"那帕刹①盖在哈森里罗②上面,因哈森里罗比那帕刹大,如像帽结在帽顶上一样。"

儿子问:"当天神进去住,是否望得见那帕刹?太阳和月亮围绕哈森里罗下面走时,是否看得见那帕刹?尾宰养打帕刹、太阳、月亮、哈森里罗哪个最壮丽?"

父亲说:"哈森里罗最壮丽。"

儿子又问:"哈森里罗最壮丽为什么不像太阳和月亮发光照地面呢?"

父亲说:"哈森里罗如果到发光的时间,还是如像太阳月亮发光,因为太阳和月亮都是依靠哈森里罗才有光,才有白天和晚上,白天是太阳有光,晚上是月亮有光,如像人死的那时候一样。总的说来,这些都是互有关系,世界才有这样美观。"

儿子问:"为什么每月十五月亮圆,每月卅月亮闭眼睛,月亮闭眼是否

---

① 那帕刹:房子之意。
② 哈森里罗:地球。

没有月亮了？"

父亲说："每月卅，月亮肯定不在了，那天月亮找太阳去了。月亮开始找太阳就是降一、降二、降三……直到降十五（每月卅）月亮就到太阳那里了。当月亮离开太阳是初一、初二、初三……，一天天离开太阳，距太阳一天天远，直到十五，月亮就回到自己住处，变得圆圆的。"

儿子又问："父王啊！青蛙吃月亮，如何吃呢？青蛙是小动物，天上为什么会有小青蛙呢？"

父亲说："不是真的青蛙，是有个天神叫青蛙，是那个天神吃月亮。"

儿子又问："太阳、月亮、青蛙哪个壮丽？我想，太阳、月亮是发热光的，青蛙为什么能拿得着？"

父亲说："太阳、月亮有热光，照理不该拿得着，但是在前代，它们互相有仇，青蛙不是真正能吃掉它的，只是它（帕拉虎）遮住太阳、月亮的光，地球就没有亮光照耀，如像洞洞中有火，到底是洞洞有亮光还是火有亮光，火的亮光不会把洞洞（坑坑）烧掉。青蛙如像坑坑，月亮和太阳如像火，你们不要再有其他怀疑了！"

儿子的问，父亲给了答复，五个儿子都听信了父亲教育的那些事。

——摘头人保存的手抄书

关于佛教

讲述者：叭贯
记录者：张星高
翻译者：刀孝忠
搜集地点：云南省西双版纳傣族自治州勐海县勐遮镇

佛祖登荡戛竜生出十四个大佛[①]，这些大佛把自己说的话编写成经书，

---

① 本来有二十八个。

传教人类，一直传到巴独打腊，已经是第十五个大佛。此时，大火燃烧世界。巴独打腊派魔鬼把经书藏到九层坡，九层坡在大海洋那边，就是比扎朗那个地方，大海洋是在地球的那边，那时，世间的人比较捣蛋，大佛没有把经书放在人间，人们提出：没有经书怎么能生活？

天王装扮成野和尚①从天空飞过，说："捣蛋的人，没有福气，拿不到经书，只有我才能取得经书。"说完就继续从天空飞向大海洋那边，到了大海洋，野和尚无法越过，求见魔鬼王想办法，魔鬼王说："我不能把你背过去，只能背到海洋中间那条'更要拉'大鱼上。"到了大鱼上，魔鬼王死了，大鱼把野和尚吞到肚里，带他越过大洋，可是还未到达，大鱼也累死了，顺水流走，野和尚只好在鱼肚里默默地祷告。

有只哈萨领里鸟发现这条大鱼死在三分之二路程的沙滩上，准备吃掉大鱼，把大鱼抬到大海洋的那边，鸟吃通大鱼的肚子，野和尚才得从鱼肚走出来。

野和尚顺着原来的方向，越过很多森林高山，到达九层坡，找到经书背在背上，原来他无法越过大海洋，但是因为背着经书，经书的佛气广大，很容易就飞过大海洋。到了戛领②那个地方，因为年老就歇在那里，那里的百姓，欢欢喜喜敬奉经书，按经书办事赕佛。他过了一万年后就死了，经书搬到戛领较高的西几皮，在那里盖了间如塔的房子，经书就藏在里面。

那时，总补③这边的人，知道经书已经取到，但是谁去取来呢？如来佛的五弟兄：戛古桑塔、戛森巴、戛古登、果打麻……去取，取来交给土司捧麻哈低亚翁萨，他是第一个在总补传经书的人，经过他的传教，老百姓就赕佛、做和尚、盖缅寺，一直到现在。

当和尚有佛爷、大佛爷、木古巴，他们制定八十五条戒律，除了佛爷的戒律外，经书还规定，不准杀人放火、偷窃、喝酒、调戏妇女，不能说假

---

① 帕纳西。
② 戛领：据说属今苏联国土。（此为原注释，应为虚指地名。——编者注）
③ 总补：亚洲。

话。和尚不能吃夜饭，不能戴花，眼睛不能乱看，以免被漂亮的姑娘迷住，不准接近妇女，不准听唱，也不准赶摆。这些戒律制度，有的人严格遵守，有的人遵守二分之一，有的人遵守三分之一，有的人一点不遵守。一点不遵守的人说："果打麻死了，我们不遵守。"

再说，那时佛教分为两部分，一部分是"罢"①，另一部分是"孙"②，两部分信仰的人都很多，全民信教。

可是，有个叫叭根那曼勒，听罢与孙念经，念的声音不同，有长有短，拖的高低声音也不同，但是他们念的都是一个意思。于是，他就把野和尚罢这一部分，与孙合并，为了老百姓赕佛方便，把佛教搬到寨子旁边住。从那时候到现在，已有一千多年了。从罢与孙合并以后，老百姓赕佛的礼品，金银什物，都被头人拿回家，佛爷也不遵守戒律，这样就像火炭包在衣服里一样，引火烧身，佛教越来越衰亡了。如来佛活着时，就清楚这些事情将要发生，死的时候，就告诉天王，需要把这些事情写在经书里：傣历一年时③佛教一定很兴盛、佛教到一千年时的情况、到两千年时衰弱下去、到两千五百年衰弱得更厉害等情况，经书里都写得明明白白。佛教到衰弱的时候，信的人会自动慢慢疏远以至不再信了，不必要人说服动员，到三千年后，人们会紧密团结，团结得像铅、铁、钢一样严密。现在，佛教快到三千年时的历史了，当然人们的思想多少还有距离，但是像走路一样，这历程已到三分之一，快达到大佛爷所说的历史了。

佛教历史到三千年时，人们很是团结，现在已进入那历史的第一阶段。佛经上说，佛教历史三千年后，就要有个佛气大、很老实的人出世，搭救穷苦人，撵走不老实的人，这个人可能是毛主席。现在建立了新制度，人们都欢迎，这是光明大道，人们说地球要像鼓面一样平，实际上地球不会像鼓面一样平，只有政治、生活像鼓面一样平，现在人民生活得改善，有的富、

---

① 罢：也称野和尚，也住在山上。
② 孙：也住在山上。
③ 今年是傣历 1324 年。

有的穷也不存在了，压迫收款的人也没有了，人们已走到佛经上说的第二阶段的时候了，地面上快到平平的鼓面一样平的时候了。

补充：

"罢"与"孙"两部分佛教都住在山上，赕佛麻烦，要求缅寺搬到寨子旁边。叭根那曼勒趁机会把罢合并给孙，合并的时候，由于人们和气，没有什么斗争，但是，叭根那曼勒调皮捣蛋，第一次把赕品拿回家里。

世界开始有八万四千个地方，那时没有一个聪明人，个个都很憨。当宗教的历史有一千年时，人们选出叭沙昌滴领导大家。八万四千个地方中，每七万、七千、七百、七十、七个地方又各选一个领导，这些领导人不出钱给总领导叭沙昌滴，只有叭根那曼勒及宗教近两千年以后，当领导的才要出钱，宗教历史到二千多年，到三千年，情况越来越复杂，偷牛盗马，官租严重等等，天天混乱，直到解放。

阿朗木颂

记录者：雷波
翻译者：岩峰
搜集地点：云南省西双版纳傣族自治州勐海县勐遮镇勐养村

有个穷儿叫岩都给达，也叫岩邦朗，从小死去父母。看见别人都做生意去，自己也想去，可就是无本钱，就回来跟养父商量："父亲，人家都去做生意，我没有钱，不然我也想去跑跑，看看外地。"养父就珍惜他这种心，就四处借钱，还买来一条牛，让他跟着牛邦去做生意。实际上是去为别人看牛。

有一次在一棵树下休息，树上有一窝蚂蚁，风一吹，就掉下来。它们就又去做一个新窝，不怕风吹，穷儿想："他们真勤劳了，不畏风雨啊！团结一条心。我要来帮助他们一下。"于是就帮助蚂蚁做了个窝，用绳拴好。第二天蚂蚁会说话了，它叫道："帮我盖房子的大哥，来吃饭！"商人们都没帮过蚂蚁的忙，就叫穷儿去。穷儿就爬上树去，一上去，简直是另一个世界，一寨又一寨，家家都来请他去吃饭。吃完饭想回来，蚂蚁王告诉他："要学会兽话，只要回去七天不说话。"他回来后，真的不说一句话，不管用什么方法，他都不说，大家以为他的魂掉了，忙帮他叫魂，用各种方法叫，都不行。

七天后，他懂兽话了，他与牛成了好朋友。在路上，他听见这条牛说脚痛，那条牛说脚酸，还说："要是他们不要我驮东西，我可以告诉他们金山、银山。"穷儿知道后就从不打牛一下。

等到这场生意做完要回家时，其他人买了很多东西驮回来，他则只买点草烟、酸笋回来，他知道牛太苦了。

等到回家后，父亲问他："啊呀！你什么也不拿回来，用什么还人家呢？"他说："牛背痛，不给它驮了，钱，以后慢慢会有的！"父亲说："算了，还是把它杀掉，卖了，拿钱还人家算了。"

牛说："如果杀我，得到钱只是一小点，不杀我，钱会多多有。"穷苦儿不杀了。牛就告诉他牛圈下有一窝金子，他去挖，果然挖到，穷苦儿把牛放到山上去，让它自由自在地生活了。

所得的金子，拿去还了账。过了一久，他到田里去，遇着犁田的人，在打走不快的牛，还说要把这死牛拿去卖。牛又说："如果你不杀我，我可帮你找到金子。"主人哪里懂得，穷儿乘机把这条牛买回来，把它放到山上去。牛得到自由后，就告诉他，山上一棵大树下有金子。穷儿一去挖，又挖到了。

回家来在路上，又遇见一个富人的妻子在抓母鸡，母鸡喊："小鸡啊，人家要杀你母亲啦，你们好好在①着，一个不要离开一个。"接着又说："你不杀我，我可以告诉你哪里有银子。"穷儿同样买回这只鸡，放了它，又得

---

① 在：云南汉语方言，意为"在某地方待着"。——编者注

金银，以后他不穷了，得吃、得穿、得赊。

关于贝叶经及几个节日仪式的解释

讲述者：允竜乡缅寺大佛爷
记录者：雷波
搜集地点：云南省西双版纳傣族自治州勐海县勐遮镇

释迦牟尼一共有五兄弟，第四个叫帕果他麻，有八十岁了，从宗教上来看他应该活五千年。在他要死的时候想到人间，想把自己的经书流传下去，于是就找来贝叶，叫帕果萨天抄写上去。

自从有了贝叶经以后，人们都按照贝叶经上所写的行事。阿拉罕打[①]们照着经书盖起了房屋，画出了帕果他麻的像，挂在缅寺里。

1 关于升和尚

天神乌巴塔尼亚夫从天上下地来时才十一岁，到地上后一年就升为小和尚，他精心地念佛，到了廿岁就升为大和尚，所以，以后的人十一二岁就到缅寺，而廿岁才能升为大和尚。

2 关于几个节日仪式的解释

过年放高升：每逢傣历年都要放高升、火花，这是为了迎接雅木塔都拉[②]，所以人们总是欢欢喜喜、高高兴兴，穿得漂漂亮亮的。

---

① 阿拉罕打：跟佛爷在一起的人。
② 雅木塔都拉：新神、新鬼。

过年后的关门节：老人（四十五岁以上）要到缅寺拿佛。很古的时候没有佛，没有戒律，老人们就带着萝波花①去帕依纳板②去讨佛。讨来了五条戒律，它们就像五把刀一样，使得所有的人，特别是四十五岁以上的常去赎佛的人，不说怎样坏，都有一条是相同的，即"老实"。

关门节后的夜晚，人们常常放光花，这是为了欢迎来建设总补的神帕雅马都拉。

3 过年前洗头、洗衣

在很古的时候，天和地是有联系的，天有天神、地有地神，但是地下很混乱，地神他没有能安排好日子，天神想打死地神，便设一计：向地神七个女儿要七根头发，扭成弩线，交给大女儿去杀父亲，大女儿走近父亲就不敢下手，二女儿、三女儿，还有其他三个女儿都如此，最后幸好七姑娘胆大把弩线放到父亲颈上，父亲就死去了。但那时地上没有坟地，他的尸首发臭，没处放。天神找到一头死象，把它的头割下接在地神颈上，这样做，地神仍然不活，尸首还是臭。第二次天神才找到一头活象割去其头，安在尸首上，地神活了。天神把他的头拿回天宫，用玻璃盒装好，滴上纳木管顶③。这以后人们都要在过年前接这圣水来洗涤，然后干干净净迎接新神叭牙婉的到来。

自从他来以后，把日子算对了，双月有二十九天，单月有三十天，三年闰一次年（九月），这样的安排是妥当的，日子好过了，地上也不乱了。

---

① 萝波花：一种可以做黄色染料的野花，如今升和尚时还用它来染饭，请客人吃。
② 帕依纳板：幸福的地方。
③ 纳木管顶：圣灵的水。

勐龙区曼杆普鲁反抗土司

翻译者：岩香囡
记录者：张必琴

未解放前（1930年左右），勐龙区的土司对当地人民剥削压迫很深，人民受不了，以曼杆房的普鲁为首，起来反抗土司。每个村子有五个人参加，集中在曼普哈姆开会，每个人都带了长刀、火药枪，到现在区委会附近的村子抓头人、土司，当时头人、土司及国民党反动派正在村子里开会，见农民拿着长刀、火药枪跑来，于是双方就展开了斗争。最后农民敌不过土司方面，被赶到田间，就退回到曼龙扣乡。

农民退到曼龙扣乡以后，过了几天后又去打帕亚告。帕亚告害怕了，就逃到外国去了。家里的财产全部被农民没收了，农民赢得了胜利。

打败了帕亚告之后，农民仍旧到曼龙扣，开会准备力量，要继续攻打土司，土司看见农民聚集在曼龙扣没有散，就送了一条大水牛给农民，承认自己的错误，这样，农民就散了。可是普鲁并没有因土司送了一条大水牛而算了，仍继续组织力量，要攻打土司，最后由于土司的阴险手段，终于将普鲁暗害杀死了。

过了一二年后，有一个叫爱饼桿又在曼哈弯开会组织力量，继承普鲁未完的事——攻打土司。当时车里的县长对人民摊派各种苛捐杂税，勐龙的土司也是对人民进行各种剥削，人民受不了，就以爱饼桿为首在曼景哈姆开会，正当农民在开会的时候，车里的县长来了，但人民都去曼景哈姆开会去了。县长非常生气，对勐龙头人说："我来了为什么百姓都不来迎接我？是不是你叫他们开会去了？你一定要替我把爱饼桿抓来杀死，如果抓不来，我就要杀你。"土司听了后，害怕了，于是就派人到曼景哈姆抓着爱饼桿，并杀了爱饼桿，这一次以普鲁、爱饼桿为首反抗土司的斗争算失败了。

四、民间故事

苏赶塔腊

讲述者：康朗尖
翻译者：刀孝忠
搜集地点：云南省西双版纳傣族自治州勐海县勐混镇

有一匹马怀孕七八个月了，它知道怀的是个人，所以，未生前就到处选择地点。有一天，就飞向野佛爷住的附近，大吼一声，生下一人，就飞走。野佛爷听见有人哭，便抱进来扶养。

七八年过去了，小孩问他："我父亲是谁？母亲是谁？"佛爷说："我不知道，你可能没父母，我发现你以前，只听得一声马叫。"小孩表示一定要去找自己的妈妈。正在这个时候，森林里来了一只金狗熊，要他骑着自己去，但是佛爷要叫他八号那天再去，因为那天所有的马都要到河边洗澡，以便参加赕佛。

到八号那天，佛爷叫金狗熊带着他去找，可是走不快，佛爷就给熊一颗宝石含着。于是他们就一下飞到湖边。小孩念道："神啊！谁要是我的妈，请您叫她洗完澡后不要回去。"过了一下，所有的马都走了，就有一只定定站着不动。

小孩跑过去说:"你是我妈妈!"马不认他说:"你是人,我是马,怎么会是你妈呢?"小孩说:"好吧!你如果是我妈,那你的奶会流出来,会淌到我嘴中。"果真实现了。马也不得不承认是自己的儿子,儿子要求和母亲在一起,母亲不答应,只把奶汁挤在竹筒里给他。他就飞向野佛爷那里了。

在路上,他见一魔王的妻子死了,尸体还未埋,正吩咐人去找东西来祭,这时狗熊忙着,把宝石丢掉了,于是他俩就被魔王抓来,想当祭品。可是,小孩带有圣水,他就救活了魔王的妻子。他俩很喜欢他,把他留下做儿子,教给他很多武艺,他也很伶俐,打猎也很厉害,就这样得到了大多数魔鬼的爱戴。再过了一些年,他在这里成了婚,又过了些时候父母死去了。他就在这个地方继承了王位,成了魔王。老熊也和他生活在一起。

喃坚细

翻译者:岩峰
搜集者:雷波、卢自发
搜集地点:云南省西双版纳傣族自治州

有一个农夫,每天到山上去砍柴。有一天,他在山上拾到一窝金子。当时,无法带回,寄在四个野和尚念经的棚子里。

农夫岩都嘎大回来后,请了三个伙伴去取金子。四个人去到山上,野和尚一口否认,说从来没有收到金子。他们回来,报告寨里的头人,请帮助要回金子。但寨里的头人也不替他解决,他只好去报国王,国王仍然不受理这件事。这时,国王的女儿喃坚细有一个宝,她从宝中看清了这金子是一个野和尚偷了,应该替农夫岩都嘎大要回。有了这种想法以后,公主喃坚细带了一百个宫女,到了山上,取回了金子,并全部交还了岩都嘎大。

这件事很快地就传遍了坝子。百姓有各种各样的议论。有人说:"公主心好,是个好姑娘。"有人说:"公主应该拿一半金子,这才公平。"有人说:

"公主全部把金子送给农夫岩都嘎大。"

国王和皇后听了这些话后,很生气,叫公主来问:"女儿,你真的有心于农夫岩都嘎大?"

公主帮岩都嘎大,只出于帮助,并没有爱情。她很生气,决心不说一句话。

过了好多时间,公主仍不说话,国王和皇后都很着急,认为女儿变成哑巴了。派人到处请医生,但没有医好。后来,没有办法,只好说:"向全国宣布吧!谁能够让公主开口说起话来,便把公主许给他。"

众臣相很快地把国王的命令通报全国。各寨的头人,以及邻国的公子听了,都很高兴,纷纷从四面八方,用各种办法引诱公主说话。可是,谁都不能使公主说话。

后来,从远方来了一个王子,名叫召树塔丽。他领着一个伙伴,来到公主住的地方,他不同别的,走到公主前一句话也不说,只唱了一首歌。大家都说:"歌也能使哑巴说话,我们不信。"召树塔丽听了也受不着,唱完了便要走。

这时,公主急了,她走出房楼,拉住召树塔丽的衣裳,说:"请别走吧!英俊的王子。"

公主说话了,国王和百姓都很高兴,选择了一个吉日,便举行了盛大的婚礼,把公主许配给召树塔丽。

象牙姑娘

讲述者：岩温光
翻译者：胥自奂
记录者：曹爱贤
搜集地点：云南省西双版纳傣族自治州

在很久以前，勐巴拉纳地方，有一个寡妇，生了一个儿子，他父亲死后，就只剩下他们母子俩过活。这个孩子看到别人去做生意，他也想去，他母亲说："做生意还不是需要本钱，这本钱到什么地方去拿呢，只要我们在家劳动，有吃有穿的就行了。"他儿子不听，还是要去，他妈妈没有办法，只好拿出一颗宝石来，对他说："这是祖传的，你拿去换成金银。"

儿子拿着这颗宝石，坐着船就出家去了。天神及水中的龙王都想得到他的宝石，所以一下就狂风暴雨，波浪翻天。龙王出来用尾巴一卷，就把小船卷翻掉，盗走了宝石。过了很久，母亲知道，儿子的小船被波浪卷翻了，儿子已经死了，于是天天哭得死去活来，最后气死掉了。

这儿子被波浪把船卷翻后，他并没有死，他顺水漂流，一直漂到勐巴拉纳管[①]这个地方。他上来后，也不知道回家的路，只好在勐巴拉纳管到处流浪。有一天勐巴拉纳管的国王出去打猎，到了很远的地方，发现有一块很宽阔的地方，他就发动整个勐巴拉纳管的人到这里来开荒，下令不管老幼，每人要围二十排篱笆，这个孩子的名字叫岩宰多嘎打，他连一把刀都没有，就去求那些有钱人借一把刀，有钱人刀也不借给他，但仍要他围起二十排篱笆，不围是不行的。他只好去拣别人砍下来的竹尖来围。然后，国王又要勐巴拉纳管的人民把这块地开出来，撒了三千万挑谷种，谷子长起

---

① 纳管：古傣语"城市、城邦"之意。

来了，长到膝盖高，长得很好。这时，有一个象王，领着它的象群，来吃这块地里的庄稼，几乎吃完。这个时候，国王就对他的大臣说："你们去看看地里的庄稼长得怎样了。"大臣一来，看到庄稼倒是长得很好，可是被大象快吃完了。他们就回来告诉国王。国王就叫大臣去看，大象是从哪个围的篱笆处进去的，大臣们去一看，大象就是从岩宰多嘎打围的那里进去的，大臣就回来告诉国王。国王听了很生气，就把岩宰多嘎打拴到京城来杀掉。

整个勐巴拉纳管的人们看到他被拴来京城的时候，都十分同情他，并且以愤怒的眼睛盯着国王。这个时候有一个年轻的大臣向国王求告："整个勐巴拉纳管的人们都同情他，他实在太可怜了，国王不要杀他吧，就叫他去守地也好。"另外四个大臣说："就是因为他不好好地围篱笆，庄稼才被大象吃掉，一定要把他杀掉，叫勐巴拉纳管的人民都来看。"年轻的大臣又说："你看整个勐巴拉纳管的人民都同情他，如果国王不听我的话，把他杀掉，以后王国会不好的，希望国王不要杀他吧！"老臣说："一定要把他杀掉，你叫他去守地，他会跑掉的。"结果国王决定把他埋在他围的篱笆那里，半截身子埋在土里，两只手就拴在椿椿上。

后来有几个仙人看见，他们很可怜他，就从泥土里把他挖出来，过了一会，仙人就变成他母亲的样子来告诉他："以前妈妈叫你不要出来，你要来，由于你不听妈妈的话，才遇到这种灾难，但是不要紧，妈妈会来救你的。"并告诉他："明天象王还要领着它的象群来吃谷子，等象王来的时候，你就抓住象王，象王用宝石来给你时，你不要它的宝石，要它的一颗象牙。"说完后妈妈的影子就不见了。

第二天象王领着象群从深山里出来，来到山顶上。象王对象群说："我们吃了国王的很多庄稼了，国王很可能会派人来守，如果我们一起去，被国王抓住，我们象族就要灭亡了，你们在这里等着，我一个先下去。"

象王下山来，被岩宰多嘎打抓住了，他对象王说："你怎么来吃了国王这么多的庄稼，今天我一定要把你抓去献给国王。"象王说："你把我献给国王，国王一定要杀掉我，我求你把我放回山上去，我拿给你一颗很宝贵的宝石。"岩宰多嘎打说："我不要你的宝石，我要你的一颗象牙。"象王说："我的象牙就是我的生命，我不能给你，这颗宝石也够贵重了。"岩宰多嘎打说："我不要你的宝石，你不给我象牙，我就要把你抓去献给国王。"象王没有办法，也只好让岩宰多嘎打拔去了它的象牙，拔了以后岩宰多嘎打就放象王去了。象王回了山顶上，就告诉象群说："我的象牙也被岩宰多嘎打拔去了，我不能再活下去了，你们也只得赶快走吧。"象王就死在森林里面，象群也不敢再来吃国王的庄稼了。

岩宰多嘎打就把象牙藏在窝铺里面，白天出去要饭吃，一直守着国王的庄稼。有一天岩宰多嘎打出去要饭回来，一看窝铺里面什么吃的东西都做好了。岩宰多嘎打看到以后不敢吃，他怕是人家害他的。第二天他仍然出去要饭吃，窝铺里面的象牙又变出象牙姑娘在暗暗地祷告："今天整个勐巴拉纳管的人民，都不要给岩宰多嘎打饭吧！"结果岩宰多嘎打走遍了整个勐巴拉纳管，都没有要着一颗饭。到他回来一看，窝铺里仍然什么饭菜都做好了。这次由于肚子太饿，不吃是不行了，他只得去吃了，吃起来又香又甜，吃了以后力气也大起来了，身体也越来越好。第三天、第四天还是一样，他就想，要说是别人害，也不像，除了他妈妈以外，没有人这样关心过他，他一定要躲着看看到底是谁做的饭。他就假装出去要饭吃，他一出来后，象牙姑娘就出来做饭了，他就跑去抓住她，问她："你到底是人还是神，怎么天天来做饭给我。"象牙姑娘说："我是象牙里面的姑娘，自从你跟象王要下这颗象牙以后，我就是你的妻子了。"岩宰多嘎打还是不相信，象牙姑娘就变给他看，马上她就进象牙里面去了，然后又从象牙里面出来，变成象牙姑娘。

以后他们就成了夫妇，岩宰多嘎打也不去要饭了，要什么象牙姑娘就会有什么。过了一段时间以后，象牙姑娘说："我们不要天天为国王守地了，我们到别处地方去住吧！"最后他们到了一处很远的地方，那里有一座很好的房子，房子周围还有田有地，他们就在这里住下了。

勐巴拉纳管的国王，一天对大臣说："我什么都吃怕了，现在我想吃山上的鸟肉。"大臣就派了四个弓箭手到山上去射鸟。四个弓箭手到山上好几天都没有见着一只鸟,就一直走到了岩宰多嘎打他们夫妇俩住的地方,才看见了一只鸟,他们射下了这只鸟后,又发现了一所漂亮的房子,他们这时肚子很饿,就一直找到他夫妇俩的家里面去喊他们开门,看见了象牙姑娘长得很漂亮,三十二种颜色,色色具备,说她是红的她就是红的,说她是金的就是金的。四个弓箭手,大张着嘴呆呆地看着她,半天不会说一句话,苍蝇飞到嘴里面他们也不知道。象牙姑娘说:"四位客人,请到家里面来坐。"这时四个弓箭手才好像从梦中惊醒过来。到家后,他们看见象牙姑娘长得这样漂亮,谁也不想走,就在她家住下,把打来的那只鸟拿来杀了吃。他们一边杀,一边眼睛不愿离开象牙姑娘一下,刀子割着了手,流血不止,象牙姑娘看见问他们怎么回事,他们说:"不小心,刀子割着手。"象牙姑娘叫血止,血就止了。以后四个弓箭手开始烧鸟吃,他们边烧鸟,边看着象牙姑娘,鸟烧得一点不剩他们也不知道,一心只想看象牙姑娘。四个弓箭手发现鸟已烧成灰,他们就暗暗商量:"怎么办,肚子又饿,烧着的鸟也烧成了灰。"他们这一说,又被象牙姑娘知道了。象牙姑娘就呼出十二种菜来摆在桌子上,请四个弓箭手吃。四个弓箭手吃起来又香又甜,直吃到走都走不动,最后只好在象牙姑娘家住。

　　第二天四个弓箭手要回到宫殿,象牙姑娘就把他们吃的这些菜色给他们十二色带回去。回到宫殿后,国王问他们:"射着些什么鸟。"后来国王就叫家里边的人做饭,四个弓箭手说:"不需要做,我们自己做的有,只要拿十二个碗来就可以了。"国王吩咐拿十二个碗来,四个弓箭手就把他们包回来的菜放在碗里,叫国王吃。国王一吃着这种又香又甜的菜,就说:"我在王宫里面,从来还没有吃过这样好吃的菜,是谁做的?"四个弓箭手回答,是他们做的。国王说:"你们既然会做这种菜,我要叫你们做皇宫里的厨师。"四个弓箭手一听着急起来了,他们做不出这样的菜来会杀头的,所以只好照实说:"实际这些菜不是我们做的,我们去打鸟,一直到了岩宰多嘎打的家里面,他现在有一个很漂亮的妻子,三十二种颜色,色色具备,说她是红的就是红的，说她是金的就是金的，我们一看见，完全都呆了。这些菜就是她做给的。这种菜我们昨天吃了今天还在饱着的，这样的姑娘，给国王来做王后是最好不过的了。"

国王听了以后，就召集大臣来定计，准备去抢象牙姑娘。年轻的大臣说："抢人家的东西，杀人家的丈夫，娶人家的妻子，这是最不好的，请国王丢了这个念头吧！不要去抢了。"国王还是不听，要叫大家想办法，如何才能把象牙姑娘抢到手，四个老臣千方百计地在想毒计，最后他们想到，叫岩宰多嘎打来到王宫里，国王就对岩宰多嘎打说："明天我要和你斗鸡，我斗输了，我就给你很多金银，你斗输了，就把妻子献给我。"岩宰多嘎打回到家以后，闷闷不乐，象牙姑娘就问他："是不是到城里看到了漂亮的小姐，不喜欢我吗？"岩宰多嘎打说："不是，我到了国王那里，国王要我和他斗鸡，斗输了，要把你拿去献给国王，连鸡都没有，怎么去斗。"象牙姑娘说："你别愁，到明天我们会有一只善斗的公鸡。"到第二天象牙姑娘到地里去叫："狐狸狐狸，你要吃国王的公鸡你就快点来。"果然一只大狐狸就出来了，象牙姑娘就从狐狸的头上摸到脚上，狐狸就变成了只大公鸡。

岩宰多嘎打就抢着这只公鸡去和国王的公鸡斗。开始，国王的公鸡又大又雄，他的这只又小又瘦，国王那只公鸡竖起脖子上的毛，冲过来，他这只就趴在地上，等国王的鸡一冲过来，他这只就跳起来，把国王那只鸡的脖子扭断了。国王又说："不算，明天再来斗牛，你斗胜了，我不但给你金银，还把国土分一半给你，若斗输了，你就把妻子献给我。"岩宰多嘎打回到家里又是愁闷，象牙姑娘又问他到底是为什么。他说："国王又要叫我和他斗牛，斗输了要你去做他的王后，我们牛都没有，怎么斗？"象牙姑娘又说："你别愁，明天我们又会有一条善斗的牛。"第二天早上象牙姑娘又到山上去叫："老虎，老虎，你要吃国王的牛就出来吧！"大老虎就出来了，象牙姑娘从头摸到脚，老虎就变成了一条牛。岩宰多嘎打就拉着这条牛去和国王斗。国王的牛冲过来，岩宰多嘎打的牛就退让，观看的人都高声欢呼，庆贺国王将得到象牙姑娘，在这时候岩宰多嘎打的牛跳起来，把国王的牛咬死了。国王又说："不算，不算，明天再来斗象。"岩宰多嘎打回来后，又是闷闷不乐了。象牙姑娘又问他为什么，岩宰多嘎打说："国王又要和我斗象。象都没有，怎么去斗！"象牙姑娘说："你别愁，明天我们就会有一只善斗的大象。"

第二天象牙姑娘又去叫了一只拉札西①，从头摸到脚，拉札西就变成了一只大象。岩宰多嘎打就拉着这只大象去和国王斗。国王准备了一百只大象，先拉出一只来斗，开始斗起来了，国王望着他的那只要败了，就放出其余的九十九只。一百只大象和拉札西来斗，结果一百只大象还是斗不过拉札西。国王仍然说不算，要用人来打拳。岩宰多嘎打回来后又愁闷起来，象牙姑娘又问他："怎么每天问你都这样，是为什么？"岩宰多嘎打又说："国王又要叫我和他打拳，打败了，要我把你献给国王。国王养着多少会打拳的人，我去怎么打得过呢？"象牙姑娘又说："你别愁。"第二天象牙姑娘一叫，就从象牙中出来了很多人，整整齐齐地站在他们面前。象牙姑娘吩咐其中的一个白发老翁先去斗，又吩咐一个从地下来斗，又吩咐一个从天上来，三路进攻。

岩宰多嘎打就带着这些人去了，到国王那里，人已经整整齐齐地站在那里。开始时，岩宰多嘎打就照妻子吩咐的进行，先是白发老翁出去，大家都一阵大笑，斗着，斗着，从地下又出来一个，天上的这个遮住了太阳，顷刻天昏地暗，飞沙走石。岩宰多嘎打带去的这些人，趁这个时候一齐冲过去，把国王的四个老臣和国王都一齐打死了。年轻的大臣和国王的弟弟就跑过去请求："做坏事的都是国王和四个老臣，我们没有做过坏事，希望别伤害全勐的百姓。"以后岩宰多嘎打的兵都回象牙里面去了。勐巴拉纳管的人民说："一个国家没有国王也不行。"大家就推岩宰多嘎打来做他们的国王。岩宰多嘎打说："我不是你们国家的人，你们国家还有国王的弟弟和年轻的大臣，你们就推国王的弟弟做国王，年轻的大臣仍然做大臣吧！"国

---

① 拉札西：是一种大动物。

王的弟弟和年轻的大臣虽然一再推辞,最后国王的弟弟仍然当了国王,年轻的大臣仍然当了大臣,岩宰多嘎打在国王和群众的要求下搬到京城来住,但吃的住的各方面开销,仍是从象牙中来,没有给人民带来负担。

过了一段时间,勐情巴国家又想来侵略勐巴拉纳管,岩宰多嘎打就对勐情巴国王说:"牺牲自己国家的人民,去侵略别国,抢人家的东西,杀人家的丈夫,抢人家的妻子,是天地不容许的。"说服了勐情巴国王,结果谁不侵略谁,一齐过着和平的生活。

沙蒂莫垫

讲述者:岩光
翻译者:岩光
纪录者:卢自发
搜集地点:云南省西双版纳傣族自治州

从前有一家人,夫妻两人和一个孩子,他们是沙蒂的奴隶,男的叫岩多格达,天天砍柴卖,有砍刀,没有斧子,岩多格达去向沙蒂借。

岩多格达带着斧子就上山砍柴,他爬上一棵大树,砍呀砍,突然一下斧子甩脱了,高高地落下来,正好落在睡在树旁草丛里的马鹿的肚子上,斧头钻进马鹿肚子里,马鹿负伤跑了。岩多格达从树上下到地面上来找,到处找都找不到。一直找到天黑了,还是没有找到。

回家以后,就去问沙蒂说:"你的斧子被我在山上失落了,等我卖了柴以后买一把还你。"沙蒂说:"不行,我非要原物不可,不是原来的那把,就是把金的我也不要。"

岩多格达第二天包着饭,带着老婆孩子又到头天砍柴的地方,继续寻找,三个人你找我找,一直找了一天到晚,仍然是没有找到一点踪影。天黑了,没有办法再找,只好回家。

第三天全家又带着饭上山去找，找着找着岩多格达忽然在一丛草里发现一滩干了的血，他们顺着血迹找，一看才知道是一只死马鹿，一家三人都很高兴，便把马鹿抬回家里，剖开肚子，却发现丢失的斧子原来在马鹿的肚子里，岩多格达、妻子、孩子，全家都喜出望外。剖到角的地方又发现一个宝贝，整个屋子都照亮了，一家人更是高兴万分。

沙蒂有一个儿子常常和岩多格达的儿子在一起玩，有时又在岩多格达家里吃饭，沙蒂的儿子很喜欢吃岩多格达家的破土锅煮的饭，一天，他硬要沙蒂向岩多格达借那个破土锅煮饭吃。沙蒂听从儿子的话，便只有向岩多格达去借。

沙蒂把破土锅借来煮过饭吃以后，拿去洗，一不小心便掉在地上摔碎了。沙蒂便去对岩多格达说："你的土锅被我打烂了，我买个新的还你。"岩多格达想起借斧子的事，便说："不行，我非要原物不可。"沙蒂没有办法再还原物，最后决定替岩多格达盖一间新房，并给许多牛马，岩多格达才没有说话。

以后岩多格达家也变成富翁了。

葫芦枕头

讲述者：波敌木罕
翻译者：岩峰
记录者：卢自发
采集地点：云南省西双版纳傣族自治州

有一双穷苦的夫妇，男的叫作波玉拉，女的叫米玉拉，生活很苦，没有办法，只能到一家召叭去当家奴。召叭交给他们四棵木桩，然后取出四支箭，自东边射一支，南边射一支，西边射一支，北边射一支，然后对他们夫妇说："箭落在什么地方，就用桩钉上，这么大的面积让你们耕种。"

夫妇俩看见要种这么大的一片地，很苦恼，妻子说："只要我们勤奋一些还是可以种。"丈夫说："我们去拿葫芦来做枕头，一翻身便醒了。"他们照着做了，一翻身、头滚下，就起来去种地。

种了一年，地里长满各种菜蔬瓜果，召叭很喜欢，就天天派人来驮去街上卖。夫妻俩有一天互相说，"到底钱是个什么样子？"第二天他们到召叭家对召叭说："我们没有见过钱，我们想看看，给我们一点！"本来卖菜的钱很多，但召叭只拿出一令①给他们。

他们拿到一令钱后，因为从来没有见过，拿回家左看右看，觉得了不起，妻子问："我们的钱放在什么地方呢？"丈夫说："放在工棚头上。"就用布包起来，藏在工棚草下，每天回来都要看一看。

召叭家天天到这两个夫妇种的地上挑菜，去街上卖，钱越来越多，到处都放的是，不觉得金贵了。

过了一久，钱想道："我们住在富翁家，富翁对我们这样不好，到处乱放，但在那俩夫妇家里，却很好，我们不如到他们那里去。"于是钱都飞到穷夫妇家去。

第二天早晨召叭起来发现钱不在了，到处找也找不到，做活的人回来告诉召叭："波玉拉、米玉拉的家里堆满了钱。"召叭想："他们来偷，一夜偷不去这么多，到底是谁帮助他们？"于是派人去把玉拉夫妇叫来。

召叭问他们："你们家里为什么会堆起这么多的钱？"穷夫妇把如何保管钱的办法告诉召叭，召叭照着做了，三天后，钱又飞回召叭家去了。

---

① 一令：很少的一点，如今天的一分。

猫和狗的故事

讲述者：波敌木罕
翻译者：岩峰
记录者：卢自发
搜集地点：云南省西双版纳傣族自治州

有一个穷人，穷得连衣服都没有，他到外面捡鸡毛来做衣服穿，他问妈妈："为什么人家有吃又有穿？"他妈妈回答："人家会做生意有福气。"他要求妈妈借钱给他去做生意，他妈妈替他借了三千块钱给他。

他到了城里，谁也不愿卖东西给他，嘲笑他说："你穷得衣裳都穿不起，还买什么东西？"最后总算一千块钱买到一只狗，一千块钱买到一只猫，一千块钱买到一条蛇。

过一条大河，蛇掉进河里去了，任找也找不到，把河水都搅浑了，龙王出来问："你为什么把我的河水都搅成这样？"穷人回答说："我买的一条蛇掉进河里了。"龙王说："没有关系，你把蛇买来掉进河里，这是好事，蛇是我们的族类，我给你一个宝，替它赎身。"

他拿着宝，领着猫和狗就回家去了，回到家对妈妈说："妈妈，妈妈，我做生意回来了，你要金子也有，要银子也有，你说吧。"

妈妈说："金子也要，银子也要。"话刚说完，家里便堆满了金子、银子。

国王知道了，就派人来把宝抢去。

他吩咐猫和狗去把宝偷回来，猫和狗到了国王的宫殿，狗守着门，猫进去。猫抓到一只老鼠，老鼠求饶，猫说："国王抢走了我们主人的宝，你替我们去拿回来，就饶你。"老鼠就去把宝偷来交给猫。

猫和狗带着宝一同回家，猫说："我要含。"狗说："我要含。"最后还是狗含，走到一个地方，乌鸦在叫，狗听了就吠起来，宝就从口里掉出来，结果被乌鸦抬着飞走了。

猫也没有责备狗，和狗商量说："你睡着装死，等乌鸦来吃你，你就咬住它的脚，我便出来抢宝。"

乌鸦真的来了大群来吃狗，狗趁机咬住了乌鸦王的脚，猫出来对乌鸦王说："你们的乌鸦抢走了我们的宝，如果不还给我们，狗就要咬死你。"

乌鸦王没有办法，就传下命令，把宝还给了猫和狗，它们俩仍然争着要含，争执不下，猫还是让狗含，但是告诫它说："你不能叫了！"

过一条河，狗被鱼咬住尾巴，就叫起来，结果宝又掉进河里。

猫顺着河走，捉到一只小野鸭，老母鸭就来求猫不要伤害，猫说："你替我们钻进水里吧，去把宝捞起来，就不吃你。"猫把野鸭带到宝落水的地方，野鸭钻进水里把宝捞起来交给猫。

回到家里，猫告诉主人："宝倒是拿回来了，不过在路上被狗弄掉了两次。"主人说："狗太笨了，以后不让它与大家一起吃饭。"

所以狗一直都不得与人一起吃饭。狗忌恨猫，一见便咬。

路宰麻哈萨梯

讲述者：刀正财
记录者：雷波
搜集地点：云南省西双版纳傣族自治州

从前有个富翁麻哈萨梯，他只有一个独生子。

父亲老了，要死了。他不告诉儿子财产有多少，土地如何管，生意怎样做。他只是对儿子说："儿啊！我要死啦，你来记住我的话。第一，将来你再娶老婆时，离过三次婚的不要；第二，卖过三个街的牛不要买；第三，做过三个缅寺的佛爷、阿章、还过三次俗的和尚不要和他们做朋友。"说完这些父亲就死去了。儿子想:"为什么他既不告诉我财产,也不教我什么本事,只对我说些这种话。我不信!要试试看才行。"

于是,他就有意和自己的老婆吵闹。离了婚,和一个嫁过三次的女人结了婚,又去和那些做过三个缅寺佛爷的人做朋友,酒来肉去,很投机。

有一个土司家,养着一对金凤凰,家奴们精心地服侍着它。有一天,家奴放出凤凰,就被富翁的儿子偷走了。他抱着一对凤凰回来,悄悄地关在一个箆箩里,每天用米花喂养它,他的妻子并不知道。

有一天早上,妻子煮着饭就去叫丈夫:"快起来招呼,我要下水捉鱼去了。"丈夫起来后,把一只大阉鸡杀了,做成一碗美味的菜等着妻子回来吃。

妻子回家吃着这碗好吃的菜就问丈夫:"是什么做的?是哪里来的?"可是丈夫神秘地对她说:"你悄悄吃就是了,不要多管闲事。"妻子只好低着头吃。

再说,那土司发现自己的凤凰不见了,派人敲着锣鼓四处寻找。那些人喊着:"谁要是知道我家的凤凰的下落,是男的可以让他做大臣,把土地分一半给他,是女的,就给她做最大的土司妻子!"

富翁儿子的妻子,在家里听见外面闹闹嚷嚷,忙跑出来问隔壁一老波涛,是怎么回事,老波涛说:"官家说,他家的金凤凰不见了,谁要是知道,去报告,女的得当土司的大老婆,男的得当大臣!"她听了后,眼睛一转,跑到自己竹楼下叫道:"说我懂我也懂,说我不懂我也不懂;问我见我也见,问我不见我也不见!"叫后就跑回家去了。土司的人四处寻、八方叫,就没有下落。恰好来到这老波涛家,抓住就问个下落,波涛说:"我也不晓得多,只是听那女人说了四句很奇怪的话。你们去问她看看。"这群人马上拥到她家竹楼下,叫出她来问,她连忙说:"我知道,我知道,它们是被我丈夫杀吃了的!"土司一听,大怒,下令立即捆走富翁的儿子。

富翁的儿子被送到土司家,要杀头了。他向土司请求道:"土司,您慢慢再杀我,我还有几个好朋友,也许他们能帮我的忙,如果那时真的不行了,那你就杀吧。"土司答应他的要求,他就去找那几个"好朋友"商量。

谁知道，酒肉朋友□益，一个个都说没办法啊，只有第三个"好朋友"说："啊呀！我可怜你啊，你要死了你那件衣服新噜噜的，穿着去杀头，血洒在上面，太可惜了，你把它拿来给我穿吧！我可怜你啊！"

他现在已经知道父亲的话的分量了。他离开了朋友回来等死，土司把他推出去要杀头，他并不怕，他跟着刽子手，走来走去地说："我死凤凰也死！我活凤凰也活！"凶手们不得不把他拉回来，把他的话原原本本对土司说了。土司听后，下令把他叫来训问："你说这话干什么？"

他冷静地回道："您的凤凰是我偷走的，它们还好好地在我家里，每天我都用最好的东西喂它。这只因为我要验证父亲的遗言是否对头，现在我已经完全明白了，所以凤凰我可以送来还给您啦。"

土司听后，很是高兴，叫他拿回凤凰来。

从此他当上了土司的大臣，得到了土司一半的土地，而那个贪婪的妻子，被土司拿来割去耳朵、鼻子，抛到大箐里去了。

岩依炳

讲述者：康朗鹅
搜集者、记录者：张星高
翻译者：刀孝忠
采集地点：云南省西双版纳傣族自治州

岩依炳是个很穷的人。有个国王的公主，很多人都向她求婚，她说："你们要与我谈爱，先把包头丢到房里，从楼下跑进去接，接得着就许给谁。"丢包头的人很多，但很多人都接不着。岩依炳听着后，就到山上练习，栽了三棵椿，跳上椿，踩这个又踩那个，脚很熟练，又增加椿到七棵，从很远的地方跑来，踩这个又踩那个，脚一直不落地，他想到差不多了，也用包头往树的这边丢到那边，连忙从树下跑过接包头，一丢就接着，自信自己的速度可以，回家去了。

回去后几天，他去见公主，公主要他丢包头，从房这边一丢，就往那边接，谁接着就与谁结婚，岩依炳问真或不真，公主说是真的。岩依炳把包头卷起，叫公主在房子那边等着，他一丢，包头还未落下，他已到那边，往返三次，那女的说差不多了，他两人互相爱上了。公主与父王说，父王同意，后来就结婚。

结婚几天后，国王好打猎，动员百姓跟他打猎，百姓跟着去，岩依炳也准备好东西跟着去了。有天，他们撵山，碰见只金马鹿，国王开枪一打，打中了，从山那边翻过去，人跑到鹿边，鹿翻身就跑，大家追马鹿，很多人都跟不上国王，只有岩依炳能跟上，他们追到山林，天黑了，也很累，无法回返，他俩住在山林的一棵大树下，把马拴在一方，住下后，国王叫岩依炳捏大腿，捏了就讲经书的故事给他听，一直到半夜，岩依炳仍然为国王捏大腿。半夜过，鬼神来喊大树神去领赕品，大树神说："今晚有客人，我要听经书故事，那些鬼神都不去取赕品。"岩依炳捏着捏着，国王就睡着了，鬼神进来，大家等着听经书故事。直到天快亮了，国王还未醒，没有讲故事，鬼神说："天要黑了，我们回去睡觉，这国王不老实，我们等着听经书故事，他不讲我们要用树枝树叶打死他，假如打不死，就在他过桥时拉垮桥，假如还不死，拉垮城门压死他，压不死我们就变成蟒去咬死他。"鬼这样商量，岩依炳听见了。

天亮后，岩依炳叫醒国王，骑上马，他叫国王骑稳马，岩依炳用力打马，冲出去，过了树倒这一关。过桥时，岩依炳也用力打马，马冲过桥，桥才垮。他们走到城门，岩依炳叫国王骑稳马，他拉紧马尾，用鞭子一打，马冲过去，门才垮下来，他俩过了三个危险地方。

国王回到家，晚上全家挤在一齐睡觉。国王叫岩依炳捏腿部，岩依炳说："昨天你也未给我款经书故事。"国王说："我一定要款。"半夜，有柱子一样大的蟒蛇从屋顶伸下，岩依炳用国王的宝刀把蟒蛇砍成几段，蛇的血到处喷，沾住了国王的儿女妻子，岩依炳想用布揩，又怕把小孩女人弄醒，他只好用舌头去舔，小孩都舔干净了。他正舔到国王妻子胸口时，她醒了，她大叫说，岩依炳要跟她通奸。国王叫人捆起岩依炳斩首，岩依炳有苦说不清，晚上要拉出城杀死，守门人说："晚上杀人无理，我们的规矩是晚上不开门。"到了第四道门，守门人仍不开门，天快亮了，只好把岩依炳拖回家。

第二天早，国王的一个老大臣问昨晚为什么吵吵闹闹，国王把岩依炳要奸其妻说了，岩依炳说明自己的用意，而且把跟国王住大树以后的四个危险说了。老臣说："这岩依炳对国王很忠实，很有恩情。"岩依炳又把蛇指给大家看，国王大悟说："岩依炳对我很忠实，恩情很大。"就把岩依炳的职位提高到与上司一样大。

召哼帕罕

讲述者：岩温光
收集者、记录者：曹爱贤
翻译者：胥自奂
搜集地点：云南省西双版纳傣族自治州

勐巴拉纳西国王有四个妻子，第二、第三、第四个妻子，每个都有一个男孩子。第一个妻子叫喃金罕没有孩子，后来终于怀了孕，她就告诉国王说："到我生孩子时，用布把我的脸盖起来，看见血我害怕。"几天以后，国王上山打猎，两三天都没有回来，就在这个时候，第一个妻子喃金罕就生下一个男孩。他的三个小老婆一看是一个男孩子，她们都很嫉妒，她们想，不把第一个妻子的孩子杀死，那么她们的孩子，就不可能当国王。她们就把第一个妻子的孩子从楼上摔下来，换成一个小狗，放在床上，然后把第一个妻子脸上的布拿掉，并对她说："你生下的是一个小狗。"

几天以后，国王回来了，三个妻子就告诉国王说："你的大妻子生下一个狗，这是不祥之兆，为了不使灾难降到我们头上，只有把她撵走。"后来大家都知道这件事，一齐轰动起来，要国王把她撵走，国王也只得撵走她。她被撵出宫殿后，就和河边种菜的一个老大妈住。

这孩子被三个老婆从楼上摔下来后，就被天神救上天去了。天神天天领着他去要奶吃，但谁也不给他吃，到孩子慢慢长大后，他就问天神："我的母亲是哪个？"天神说："你是凡间的人，你妈妈在勐巴拉纳西，当你妈妈生下你的时候，你父亲的三个小老婆，怕你长大后，她们的孩子不能做国王，想把你害死，所以我才把你接到天上来。"孩子听天神说了以后，就一定要来找他母亲。天神就给了他一把宝剑和一个大石头，这个大石头，名叫哼帕罕，会飞，并且告诉他："你母亲被赶出来后，就住在河边的一个种菜的老大妈那里，你可以到河边去找她。"然后他就坐着这个石头飞下来了。找到了母亲，就与母亲住在一起。他对母亲说："城在哪里，到底这座城像什么样，我一定要去看看。"母亲说："不要去，你的三个弟弟会杀掉你的。"但是他不听，背着弓箭、宝剑就去了。到了城里，遇着三个弟弟，一问起来，三个弟弟知道他就是父亲第一个妻子的儿子，他们三兄弟就说："走，我们领你去看一个地方，那个地方是用金子和宝石镶起来的水井，我们一起去玩玩。"到了一个大箐里，箐里有一个大洞，里面有一条大蛇。三弟兄就说："你一个人去看吧。"他进去一看，是一个大洞，里面有条大蛇，就要来吃他，但被他一宝剑就砍死。然后，转回来他就告诉他的三兄弟说："你们骗我的，里面是一个大洞，有一条大蛇，那条大蛇一出来，就被我一宝剑砍死了，你们去看看吧！"说完他就回到母亲的住处。他走了以后，三兄弟就去看，结果大蛇真的被砍死了，他们就拿上宝剑，染上些血，回去告诉父亲，他们三兄弟杀死了一条大蛇。国王说："我勇敢的孩子，可爱的孩子，你们杀死了那条大蛇，真是除了一个大害。"父亲说："高山上有一个魔鬼，比这条大蛇还不知凶恶多少倍，不知它吃了多少人，多少牛马，如果你们把这个魔也杀掉，你们就是真正的英雄了。"

他们三兄弟出来了，但不敢去，就在城里面，过了几天又遇着召哼帕罕。他们又对召哼帕罕说:"前次你杀了大蛇,如果你是真正的英雄,你就去把高山上的那个魔鬼杀掉。"召哼帕罕背着弓箭去,一箭就把这个魔鬼射死掉了。然后,他又回去了。三兄弟跑到山上一看,真的杀死了,他们照样,用血染了宝刀,回去告诉父亲说:"我们把魔鬼杀死。"国王又夸奖他们一番,接着又说:"你奶奶是被海那面的一个高山上的魔鬼抢去的,已经抢去二十二年了,你们三兄弟有这样大的本事,就去把你奶奶救回来。"三兄弟没有办法,仍回到城里等召哼帕罕,到他来时,三兄弟又对他说:"我奶奶被海那面的山上的魔鬼抢去了二十二年了,现在我们赌你九千两金子,你把我奶奶救回来。"召哼帕罕就背着弓箭,坐着会飞的石头,飞过去。遇着一个被这个魔鬼抢去的勐传巴国王的公主,他就问公主,是否认识他的奶奶,被魔鬼抢来的人都住在什么地方。公主就说:"大家都在山上。"召哼帕罕又继续走,又遇着一个也是被魔鬼抢来的勐娜管王的公主,和一个匹牙的公主。他就问:"是否认识我的奶奶?他们住在哪里。"她们告诉他住在山上,他就去找着了他的奶奶,杀死了魔鬼,就领着他奶奶和三个公主来到河边。他把三个公主留在这里,叫他奶奶骑上石头,飞过海来,三个兄弟就把召哼帕罕杀死,埋在沙里边,把他奶奶放在大象上,回京城去了。

在海那面的三个公主,等了很久,都不见召哼帕罕来接她们,她们就坐着帕撒①从海面上漂过来,过来后,她们就看见一个沙堆,扒开一看,召哼帕罕被人杀死了。天神就变成了一只狗,来跟三个公主说:"这个尸体给我吃算了。"三个公主因为很爱召哼帕罕,就不给狗吃,守在那里。天神又变成漂亮的小伙子来,对她们说:"你们不要守着这个尸体了,你们做我的妻子吧!"三个公主仍旧守着,不愿跟他走。她们的行为感动了天神,天神就把召哼帕罕医活起来,召哼帕罕就领着三个公主回家了。

三兄弟领着他奶奶回到皇城后,告诉父亲:"我们把魔鬼杀死,把奶奶接回来了。"他奶奶说:"杀死魔鬼,把我救回来的不是他们三个,是另外的

---

① 帕撒:房子。

一个。"国王想了一个办法,召集了一个大摆,叫国家所有的人都来,并搭了一个高高的看台,叫他妈到看台上去看,救她回来的人是谁。召哼帕罕就骑着哼帕罕①来赶摆。他奶奶一看见他,就下来拉着他去见国王,召哼帕罕就把他的遭遇告诉了国王。国王的三个妻子和三个儿子听了以后,非常害怕,就跑出了皇宫。一跑出皇宫的时候,大地裂开了,他们就一齐掉进裂缝里,然后,地又合起来,就把他们埋在里面。召哼帕罕就做了国王,把他妈妈接回了皇宫,领导着国家的人民过着和平幸福的生活,一直到白头到死。

波拉

讲述者:鲊耶
搜集者、记录者:周开学
翻译者:仓霁华
搜集地点:云南省西双版纳傣族自治州

　　从前有夫妻俩,丈夫叫塔波达,生得一个男孩叫波拉,一个女孩叫南尖达。两个孩子慢慢长大,母亲得病死去,父亲又找了一个妻子叫南根札,小妈生了一个孩子。她想:"我生了一个娃娃,如果不将前妻生的两个孩子赶走,我的孩子大了就不能掌家。"她和丈夫说:"如果你不把这两个孩子赶走,我就要走啦。"塔波达想:"这两个孩子聪明可爱,舍不得将他们赶走。但如果孩子不走,妻子就要走,而妻子走了也可惜。"左思右想,宁可抛弃孩子,不让妻子走,终于把两个孩子送到大山里去。

　　有一天,父亲和两个孩子说:"孩子,爸爸领你们到山里找仙果吃去。"孩子们听说要去找仙果吃,跟着爸爸走到大山里面。爸爸说:"孩子,你们走累了,在这儿休息一会吧!"两个孩子就在原地睡着了。孩子睡着后,父

---

① 哼帕罕:大石头。

亲就跑回来了。父亲来到半路，又想这两个孩子，又返回来看，见两个孩子还睡得很甜。他又硬着头皮走回来了，走到半路又可怜这两个天真的孩子，心里难过，又返回来看，两个孩子还是没醒，他又想起妻子来，于是狠下心丢了孩子回到家。他家有一只关起来的狗老是挣呀，叫呀，妻子就说："把它放掉吧！叫得怪难听的。"结果就把狗放了。

狗跑到山里去，把兄妹俩找回来，到家里，儿子责备父亲："爸爸，你怎么把兄妹俩丢了，回家了。"父亲说："孩子呀，你们不知道爸爸找仙果被鬼迷住了，找不到你们，只得回家了。"

又过了一段时间，小妈仍下狠心，决定把他们兄妹送走，叫父亲告诉孩子："有一个地方，有仙人热水塘，你们愿不愿意去洗澡，爸爸领你们去。这次爸爸妈妈也和你们去。"他们兄妹俩很高兴。父母亲把小狗杀了，用狗肉做了菜，又包了一包才走，小妈和父亲领着三个孩子走啊走，翻山越岭走了几天。父亲认为离家远了，可以了，到一个大箐里休息。父亲说："你们走累了，孩子！离仙人热水塘不远了，在这里吃了饭，睡个觉再走。"砍些树叶垫着，领着三个孩子睡觉，孩子果然累了，倒下去就睡着了。睡着后，父母领着后一个孩子跑回来了。

兄妹俩醒来找父母也找不到，结果只剩下哥哥，妹妹被野兽吃掉了。哥哥跟着血迹找妹妹，等找到，已被野兽吃了只剩下一点肉了，他非常悲伤。有一天神降下，问他："你为什么一人在深山里？"他将自己的遭遇一一说出，他问天神知不知道他家，天神告诉他知道（其实天神早知他的遭遇了）。他说："如果你知道我的家，就传你将我带回去。"天神道："你不能回去，再回去你妈就将你杀了。"他着急道："怎么是好？让你给我主意吧！"天神道："在很远的地方有一个西提龙①，他无子无孙，你就去做他的干儿子吧！"

当天晚上，天神飞上天带了许多神药来给他身体擦上药，另外还带玉

---

① 西提龙：大富翁。

米来。天亮了,波拉醒来时,天神用玉米给他充饥。他的身体擦了药就稳健起来了,加之吃了玉米,他的力气有七头老象的力那么大。他走路非常快,去找西提龙,不多时就到了,天神说:"你去吧,孩子,去到萨拉①,那里有一群孩子在那边玩,你问他们就可找到西提龙了。"波拉照天神的指点去找。

西提龙两老无子无孙,为儿孙忧愁苦恼。有一天晚上西提龙的妻子做了一梦,梦见有一个天神给她送来了一个聪明的孩子,来到她家大门那里站着。天亮时,她将梦告诉了自己的丈夫。他俩从早到晚就在大门外等着,准备好一切接待天神送来的孩子。

且说波拉和一群小孩在萨拉那里下棋、拔河、斗老鸹。下棋时一个孩子都胜不了波拉。当初他们决定,谁胜了,连包里的饭一起给他吃,波拉胜了,饭也吃饱了。后来又开始拔河了,孩子分做两边,在双方不分胜负时,他站在的一边,小孩将绳子头交给他,要他帮忙,他说:"你们通通到一边去,我一人在一边。"所有的孩子跑到一边去了。拔了几次都被他战胜了。

西提龙的妻子,挑着桶来挑水,路过那里向小朋友们问道:"这个孩子是哪家的?"孩子们答道:"是天神送来的。"波拉向西提龙的妻子说了他的经历,他的力气,以及他下棋胜利的情况,并说他是来找西提龙的。西提龙的妻子听了他的话后,马上将波拉拖住,又将他带到家里去了。

西提龙看到了波拉,非常热情地招待他,把他当成自己的眼珠一样爱护他。

有一天,他去和小朋友放牛,下午回来时,小孩子们都骑牛,唯有他一人没有牛,跌跌爬爬地回来,满身都是泥浆,干爹干妈(西提龙夫妻)看到他这个样子,马上找衣服给他换,并问他怎么了,是不是孩子们欺负他。他说:"我去和伙伴们放牛,回来别人都有牛骑,而我没有。"妈说:"你别着急,明天妈给你买一条。"第二天早上果然有一条大牯子水牛拴在楼下,小

---

① 萨拉:城外的路边有一房子,专供过路的人和鬼休息的地方。

朋友天一亮就骑着牛来约他,他下楼来就骑着那条水牛和朋友们一起去放牛了。

到了放牛场,小朋友们说:"我们这大一群人,连一个领头的也没有,怎么办?"另一个就说:"我们这群人中,只有波拉是力气最大的,又聪明勇敢,我们选他做我们的头人吧!"大家都同意,推波拉为他们的召。选完以后,另一个小伙伴提出来说:"召选出来了,还要拴线吃饭庆贺啊,肉怎么办?"其他的就说:"杀召波拉的牛吃吧!"下晚回家时,大家都骑着牛回来,唯有波拉用脚走回来,仍是一身泥浆,他妈问他:"怎么啦,孩子,牛找不到吗?"他难过地说:"伙伴们选我当召,将牛杀了请客拴线了。"他妈说:"你别难过,孩子,明天妈另给你买一条,赶快换衣吃饭吧!"

第二天,妈又给他买了一条大水牛。小伙伴们又骑着牛来找他。到楼下便叫:"召波拉,召波拉,放牛的时候到了,下来吧!"他们又一起放牛去啦。

到了放牛场,其中一个说:"我们的召勐已选出来啦,可是还没有宫殿。"

天神听见了,使下木匠和泥匠来问他们:"我们是专门来盖房子的,你们是不是要盖房子?"小孩跑来问召波拉:"召波拉,木匠师傅来帮我们盖房子,是不是要他们盖?"召波拉说:"让他们帮我们盖吧!"小朋友帮助木匠师傅伐木。因为木匠是天神降下来的,伐一得二,伐小得大,一树林都是白花花的木料。

晚上他们都睡静了,木匠师傅们就进行工作,第二天就盖起了八幢宫殿。小伙伴们就把一切东西搬到这里来了。

小孩子们为什么要离开父母到这里来住呢?因为有一个叭看到波拉聪明能干,力大,战无不胜,他怕波拉将来把他的儿子打死,所以跑去和上司头人说:"波拉非常聪明伶俐,力大,如果我们不把他赶走,陛下的江山就坐不稳。"召勐说:"你们不会把他赶走?"叭就来赶召波拉。小伙伴听说要赶走召波拉,就说:"波拉是我们的头人,如果你们要把他赶走,我们也得跟着走。"后来，他们就和召波拉来大山林盖起小棚子住。天神知道了，就降木匠下来帮他们盖宫殿。

宫殿盖好了，他们要付木匠工钱，木匠们说："我们还要到前面去盖，回来再讲价钱吧！"那些师傅一进树林就什么也不见了。

他们住下宫殿就开始布置，选头人、设卫兵，成为一个小国家，这时召波拉才有十二岁。

有一次，有一个伙伴去向召波拉传达回家看父母和带干粮。这个小朋友到家里问妈妈："爸爸哪里去了？"妈妈说："你爸爸说，勐班乍的国王向我们国家提出三个秘密：一个是猜两个一模一样的女人，谁是母亲、谁是姑娘；二个是一对一模一样的马，谁是老马、谁是小马；三是两头一样大的檀香木，哪头是头、哪头是根。限我们国家七天就把这三个谜破了。若破了，可以奖受金银财宝，若破不了，他们就出兵攻打我们的国家。"这个小朋友说："要是叫我们的召波拉来破，保险没问题。"

小朋友回到了宫殿，将此事告诉了召波拉。第二次这个小朋友又回家看父亲，一回家就问父亲："爸爸，你们的谜破了没有。"父亲说："爸爸天天开会就是为了这事，到现在还没破，现在已经是第四天了。"他说："要是我们的召波拉来破，保险破得了。"他爸爸打了他一个耳光："你懂个屁！"他又回宫殿将回家的事告诉召波拉。猜谜第六天到了，小朋友又回家去，他父亲又在开会，他就去找他父亲："爸爸，你们的谜还没有破吗？爸爸呀，要是真的叫我们的召波拉来破的话，保险没问题的。"爸爸又揍了他一个耳光，叫他滚出去。他又跑回来找召波拉。爸爸们开会的一个头人说："我们这么多人都没办法破，可能召波拉有办法，因为他来我们这里以后，他做出了一些惊人的事情，赶马人和他下哄都败了。"当初国王着急没办法，他提出条件来："要是哪个将这谜破了，把我的土地剖半给他，同时，还要升他为我的副王。"这些头人没办法，还是要去找召波拉商量。来协商的人来召波拉这里，到了宫殿直闯进去，被侍卫拴起来，国王家里的人紧等也不见回来。他们猜测，可能他到那里以后冒犯了人家的规矩，被人家拴起来了吧。后来又派一个比较老成的叭去,非常有礼貌地进宫殿去,求见召波拉,将此事一一告诉召波拉。召波拉说:"没有办法啦,去就去,猜到了就是大家的福,若猜不到那就没办法了。"到了第七天整个勐都准备了象、马、金鞍来迎接召波拉,召波拉拥着小朋友走,到那里人家已经在等待了。入场时大家高喊:"快让路,召波拉来了!"召波拉坐下以后,他说:"先做饭给大家吃吧!"饭做好以后,大家开始吃饭,被猜的母子两人也参加吃饭,一个先抓了饭,但不好意思放进嘴里,另一个抓了饭就放进嘴里。召波拉说:"先抓饭不放在嘴里的是姑娘,后抓饭就放进嘴里的那个就是母亲。"大家欢呼。召波拉又说:"你们将那两匹马拴在太阳下。"又说:"把那檀香木拿来。"召波拉叫人打一盆水来,将檀香木放进水里,他说:"沉下去的那头是根部,另一头是上端,对不对?"大家欢呼:"水!水!水!"① 召波拉又说:"你们将那两匹马放掉。"马一放开,就飞奔往江边。第一个先到江边看见江水就倒退,另一个一到江边就开始饮水。召波拉就说:"先下去而倒退回来的那个是小儿,后下去就喝水的那匹是老马。"召波拉破了三件谜以后,国王那边就赐赏金银财宝给他。这边的国家也把土地剖半给他,也让他当了这个国家的官。人民非常爱召波拉,就准备给他找一个小姐,人们组织人马出外去找。走了八个月,到了很多地方,去到了纳西丙,看见一个国王的姑娘叫南英班。他们跑来很多地方和国家也没有找到比得上南英班的姑娘,后来就跋涉而回,告诉国王。国王听到这个姑娘的美以后,巴不得一下就见到这个小姐。召波拉就叫人去求亲。去到那里,小姐的父亲同意,小姐也同意(因为小姐看到召波拉写的书信,另外又见到一些礼品,就觉得这个人有高见就同意了),可是小姐的父亲说:"近几年来,国家的一切大权都交给我的大儿子了,这些事情我受不了,你们去问我大儿子吧。"后来说亲的人去问他大儿子,他大儿子不同意。求亲的人就回来告诉召波拉,召波拉非常焦急,大臣说:"我想办法抢过来给你。"他们真的准备去抢,砍树伐木

---

① 水!水!水!:傣族人民欢呼时发出的声音音译。

开始做允洪①，又用木头雕成猴子，坐允洪去，到了小姐那里，天已经黑了，人已睡静。他们开始吹口功②。口功一下，人们已不会醒了，他们就把小姐抢出来放在允洪里，把小姐用的东西也搬到允洪里。他们又把做好的猴子放到小姐屋里去，然后开始飞回去。

小姐的哥哥开始寻找小姐，打开小姐的房屋一看，都是一些猴子在里面，那些人就说："糟了！小姐被猴子吃了。"小姐的哥哥命令人开始和猴子战斗，猴子越打越多，越发咬人，没有办法，只得把房门关上。猴子关在屋里，人不去逗它，它也不出来咬人。

小姐的哥哥非常不满，不知他的妹妹哪里去了。有一个人告诉他："你的妹妹在召波拉那里呢！"他知道这个消息以后，为了弄清情况，就派一个叭，装作一个大佛爷到召波拉那里去要饭。因为小姐最喜欢赕，一看见大佛爷就亲自送饭来给大佛爷。大佛爷看住了小姐就往回走，告诉主人："小姐真的在召波拉那里，我亲眼看见啦，一点也不错。"后来小姐的哥哥就写了一封信来咒骂召波拉：

"你这个强盗，敢抢走我的妹妹！你五天内，赶快把我的妹妹送回来，否则，我砍了你的头。"召波拉接到信后，又回他一封信辱骂小姐的哥哥："你的妹妹在哪里？你看见老子什么时候将你的妹偷来，你敢来，老子就砍了你的头。"

双方都准备打仗。小姐的哥哥叭嘎温开始向波拉进攻，召波拉有十个大力士，他们用的武器——战刀，有五公分厚，五十公分宽，长有两公尺五十公分，刀柄有族的水桶大，枪重一千斤，枪弹一个有二十斤重。③

战斗开始了，召波拉的一个力士对敌喊："我看你们烧的柴火都没有，还是我送你们一点吧！"喊完后，这个大力士就将大树小树拔起来扔到敌群里去。这样被柴树打死的敌人不少。另一个大力士又说："我看你们用的火

---

① 允洪：一种会飞的物体。
② 麻醉人的咒语。
③ 一公分为一厘米，一公尺约为一米，为呈现资料原貌，予以保留。——编者注

都没有，还是我送你们一点吧！"他又把大火扔过去，敌方变成了火海，被火烧死的人不知其数。又有一个大力士说："你们火也有柴也有，就是没有三脚架，我给你们几个石头吧！"大力士们将石头抛过去，打死了许多敌人。又有一个大力士说："你们想吃肉吧！"说完将象扔过去，大象扔过去又打死了许多人。有一个大力士说："看你们可怜的样子，用的水都没有，我送你们一点水吧！"又把水放过去，淹死的敌人更无法计算。

叭嘎温对自己的部下说："谁能战胜敌人，我将送给他很多金银财宝。"有一个士兵吹了口功，变成了火放到召波拉这边来，波拉的人又吹了口功变成水将火灭了。叭嘎温的人又吹了口功变成大蛇向召波拉放过来，召波拉的人又吹口功变成大鹰啄死了大蛇。叭嘎温这边摘些叶吹成人向波拉这边扑过来，波拉的人吹口功变成许多妖怪放出去把叭嘎温的人吃掉。叭嘎温的口功都失败了。叭嘎温又说："谁能战胜召波拉，我破一半国土给他。"部下有一个叭说："我有三支箭，你要它到什么地方，它就会到什么地方。我可以打败召波拉。"这个叭又对箭说："你们飞过去环绕召波拉的城三转，再飞进去把召波拉的头穿下来。"他把第一支箭穿过去，箭果然绕召波拉的城三转，然后飞进宫殿去，刚飞到大门就被波拉的一个大力士控住折断，丢还原主。这个叭又射第二支箭，第二支箭的遭遇还是和第一支一样。第三支箭也是一样被扔回来。最后没办法，叭嘎温就对召波拉这边的人年达西说："要战就到天空上战去。"叭嘎温的武将些纳，可以腾云驾雾，年达西就和些纳飞上天空搏斗，打了几回合，些纳就被年达西打下来了。叭嘎温看到他的些纳被打败，心里非常气愤，亲自上天空和年达西搏斗，战了两百回合，不分胜负。最后年达西拉出长刀，准备刺杀叭嘎温，叭嘎温很快伸手抽刀，但由于刀壳太紧，不能马上抽出刀来，结果就被年达西刺下天空死了。些纳看了头人已死，不高兴，对大家说："哪个能献出最好的计来，我愿高价奖赏他。"有一个士兵献了一计："准备乘船过河，打进召波拉的宫殿。"船做好了，进攻开始，船友开到河间，就被召波拉的箭射沉，有部分冲了过去。波拉这边也有充分准备，他们在河边的沙滩上用铁锅炒了许多沙，当些纳的人上岸时，年达西命令部下，把沙撒在敌人的眼睛上，烫死了许多人。些纳败退回去，只得和年达西讲和。年达西说："官家作战伤万民，我们有什么事情可以讲和，不该随意动武。"些纳承认失败，运了许多金银财宝，绫罗绸缎来朝贡召波拉。

过了很多年后，召波拉的妻子想念家乡和父母，就向召波拉说："波拉，我悄悄离开家乡已好几年了，不知双亲是如何地挂念我，咱俩还是去拜访一下爸爸妈妈去吧！"召波拉同意了，准备了许多礼品，带上年达西，到勐西丙去了。

小姐的父母对召波拉非常地爱，把国土和国家大事都交给了召波拉。

过了一年，召波拉对年达西说："达西，我们出来以后，不知家里会发生什么意外呢，你还是先回家去吧！再过一段时间我就回来了。"又过了一年，年达西又来把召波拉接回去了。

许多年以后，国家安定了。召波拉为了爱护人民，每年都用六十万两金子来赏发给穷苦人民，吃的穿的什么都给。

召波拉的爸爸和小妈听到勐拉纳西的国王待民很好，每年都救济穷苦人民。小妈对丈夫说："我俩也去看看吧！"他们去到那里以后，先看见宫殿外的墙上挂满了召波拉画自己身世的图片，就说："这图上说的事就像我们的波拉，莫不真的是我们的波拉？"她边说，身体边颤抖起来，最后他俩看见召波拉真的是自己的儿子，叫起来，召波拉看见了先前狠心的爹妈，就把他们赶走。

小妈和她丈夫很快逃走。小妈刚到门外，地上起了裂缝一股力量把她吸到裂缝里去了，地缝又不见了。

又过了几年，召波拉的妻子生了两个孩子，男的叫哈的牙崩，女的叫南尖塔。孩子长大以后，召波拉把国家大事交给儿子哈的牙崩和大臣年达西。召波拉和妻子南莫班开始度过晚年，相亲相爱，白发偕老。

戛龙

讲述者：鲊耶
搜集者、记录者：周开学
翻译者：仓霁华
搜集地点：云南省西双版纳傣族自治州

很久前，在勐巴拉纳西，住着一个召勐，他有一个姑娘叫南并较勒法。姑娘生得很美丽。

在勐里又住着个马哈西梯，他有个儿子。这里又住着许多穷苦百姓。

有一家穷人，生个儿子，因为穷，给儿子取了个名叫岩宰多。岩宰多长大以后，父母死去了，只留下婆婆和他两人生活着。

有一天马哈西梯的儿子来叫他去串姑娘。因为马哈西梯的儿子和岩宰多是同时生的，所以两人称为果秀[①]。马哈西梯的儿子对岩宰多说："走吧！果秀，我们去串南并较勒法小姐。"岩宰多带着胡琴和破槟榔盒和他一同去，他们去到小姐住的地方，马哈西梯的儿子就叫岩宰多在外面等着，他一个人进去和小姐谈，可是小姐爱不上他，他的金盒子、银盒子都引不起小姐的注意。岩宰多在外面，听见小姐爱不上马哈西梯的儿子以后，就奏起他的胡琴来，小姐听见后，说："啊！是哪一家的少爷呀！奏得那么优美动人，请进来坐吧！"岩宰多站在外面说："我不是哪一家的少爷，我是穷苦百姓的儿子岩宰多。"小姐说："阿哥呀！人穷志不穷，还是请进来坐吧！"岩宰多还是没进去。小姐亲自出来和他谈情，小姐见岩宰多年轻力壮，会吹会唱，又是个穷苦人，为人老实，小姐就爱上了岩宰多。

以后马哈西梯的儿子和岩宰多每天仍去找小姐谈天。马哈西梯的儿子

---

① 果秀：傣语"老表""朋友"之意。

拿出槟榔来请小姐用,岩宰多也拿出自己的破槟榔盒来对小姐说:"我是一个穷孩子,只用得上破槟榔盒,里面装的是山里的野槟榔,没有什么好用的。如果姑娘爱得上的话,就请用我的吧!"因为姑娘只爱得上岩宰多,就不顾什么破盒子、野槟榔,就只用岩宰多的,对马哈西梯的儿子不屑一顾。日子久了,马哈西梯的儿子见小姐只爱岩宰多,有一天,他就和岩宰多商量:"朋友啊,咱们已长大成人,一辈子待在家里也不成,听说勐西腊有许多珍贵的商品,咱们还是去做一趟生意吧!"岩宰多对他说:"朋友啊,我是一个穷孩子,哪有些做生意的本钱呢?"他说:"你没有本钱不要紧,可以跟我走。"岩宰多说:"那么我们走以前,还得去向小姐告别一下。"

第二天晚上,他俩一起去向小姐告别。小姐知道他们要去做生意,心里非常难过,小姐就送给岩宰多一套漂亮的衣服和一床精致的纱毯。

第三天,他们开始出发了,穿过了森林,爬过多少高山,涉过多少河水,终于走到了勐西腊。他们到了那里就歇下来了。那里的人很多,生意人也多,到了下晚,只见那里的姑娘和各地来的生意人玩耍,他们也去参加了。有很多姑娘都爱上了岩宰多,姑娘们还送岩宰多一床金黄色的毯子。

有一天晚上,马哈西梯的儿子对岩宰多说:"朋友啊,去串不去串,姑娘也不会爱你,你还是守着家吧!把你的精致纱毯借给我吧!"岩宰多真的把毯子借给了他,马哈西梯的儿子得到了精致的毯子,很快跑回来了。他回到家以后,把岩宰多的胡琴拿去还给岩宰多的阿婆,说:"你的孙子已经死了,因为害了霍乱,我没法给他医治,没办法。"阿婆听了以后,心里非常难过悲伤,她把岩宰多的胡琴拿到缅寺里去了。马哈西梯的儿子又将精致的纱毯还给小姐,并虚情假意地对小姐说:"啊,小姐,岩宰多已经患霍乱死去了,所有的草药都没法给他治疗,可没办法治好。"以后他天天晚上都来追求小姐,小姐以为是真的,最后就答应了他。

岩宰多在勐西腊那边,等待自己的朋友已经好几天了,总不见回来,他知道上了朋友的当,可是要回来,他又找不到路,天天都在勐西腊转去转来。有一天他到街上买一条龙和一只乌鸦,他骑着龙和乌鸦在城里转去转来的，最后龙和乌鸦把他带出城外，他把乌鸦放回森林里去，又把龙放回大河里面去，他就在城外游去走来的。

乌鸦是一个乌鸦王，它为了报答岩宰多的释放，召集了鸦群，帮助岩宰多寻找回家的路。乌鸦到处飞寻，谁找到了路就哇哇地叫喊起来。岩宰多顺着乌鸦的叫声走，路途中碰到大河的时候，他没办法渡过去，那条龙就从河里挺起腰给岩宰多当桥过去。他得到乌鸦和龙的帮助，最后回到了家。

当他走到家的时候，已经是深夜了，人们已睡静了，他叫阿婆开门，阿婆说："孩子呀！你还是去你的吧！你需要的东西，阿婆已经赆给你了，你就取你的东西去吧，以后需要什么，阿婆赆给你。"他说："阿婆呀！我还没死呢，赶快来给我开门吧。"阿婆说："孩子，鬼和人怎能在一块儿呢！你还是听婆的话快走吧，天快亮啦！"岩宰多好说歹说阿婆都不信，他就把门拆开进去。阿婆听见拆开门，就把身子缩成一团，把被子盖得圆圆的。岩宰多进家以后，叫阿婆起来，阿婆也不起。他只好到火塘生起火来。这时阿婆掀开被偷看一下，才知道他真的活着，就起来抱住他，互相诉说遭遇。岩宰多问起他的胡琴来，阿婆说："孩子，我已经拿去缅寺赆给你了，你就向大佛爷取去吧！"他又向阿婆问起小姐的事情，阿婆说："孩子呀，你别想啦！明天人家就要送喜啦！小姐已许配给马哈西梯的儿子啦！"他听见后，心里非常难过。

第二天，他到缅寺里问大佛爷："大佛爷呀，我的胡琴还在吗？"大佛爷道："孩子，你的胡琴我们还保留着呢，你就拿回去吧。"他拿到胡琴以后，没有回家，一直往小姐家走，他去到小姐家以后，站在门外，看到很多人都准备给小姐找新郎去。他就奏起胡琴来，嘈杂的人声忽然静下来了。小姐听见他的琴声，就跑出来，紧紧地和他拥抱起来，放声痛哭，他们互诉自己的遭遇。小姐看到自己的情人回来以后，就马上决定要和岩宰多结婚，小姐的爸爸只好依姑娘的话办。

岩宰多把他的苦诉完以后，就回到自己的家里来了。

第三天，召勐派了所有的大臣，宾客们和小姐骑上大象和马匹到岩宰多家去接岩宰多进宫。

岩宰多说："算啦！你们还是去接马哈西梯的儿子进宫吧！我是一个贫穷的孩子，家中又无金银财宝，怎能和小姐相配。"小姐看到岩宰多不出门来，就从象身上下来，亲自去接他。因为小姐和他的感情深厚，没法拒绝，就双双坐在大象上回宫里去了。

回到宫后，岩宰多又把详细的经过告诉了召勐和小姐。召勐和小姐知道马哈西梯的儿子是个狼心狗肺的人，就派人去抓他来。马哈西梯的儿子听说有人来抓他，就急得从晒台上逃走，不料一跳，跳在水牛角上，水牛角从他的肚子里穿进去，就这样死了。

木来

讲述者：鲊耶
搜集者、记录者：周开学
翻译者：仑霁华
搜集地点：云南省西双版纳傣族自治州

在很久以前，有一个地方叫勐迷地哈拉，这个勐有一个寨子叫八尖达。八尖达有一对嘎冬笔嘎夫妇，有一个儿子。儿子长大以后，夫妇两人死去了。儿子没法生活下去，他就到一阿沽家做儿子去了。

他每天都到山里去打柴。

召迷地哈拉有一个姑娘生得非常漂亮，父亲给她盖了一幢高大的楼房，让她住在这楼房里。

有一天晚上，有一条花蛇爬上小姐的楼上，把睡熟了的小姐衔走了。花蛇衔走小姐的那一天，被打柴这个小伙子看见了。花蛇衔着小姐，穿过大森林，翻过峭壁的山坡，过了一条汹涌的大河，又翻过了一座大山，路过一座蛇妖城,到了大花蛇住的地方。花蛇住的地方,是一个直径一拃长的石洞,洞里洞外都被蛇爬得非常光滑,它把小姐衔到洞里去。

且说这条花蛇,不知毒害了千万人,特别是女的。

花蛇衔走小姐的第二天,召勐见太阳已经升高了,但还不见姑娘起床,他叫宫女去看小姐,宫女一看,小姐已经不在了。宫女跑来告诉召勐。召勐听说姑娘不在了,心里非常着急,就召集了全勐的头人开了一个会,下令全勐的人去找回小姐。全勐找过了,还是没找到小姐。

有一天,阿沾说:"我到处问遍了,就是还有我的儿子没有问过,也许他会知道小姐的去向。"召勐知道后,就召见了阿沾的儿子。召勐问:"你知道我姑娘的去向吗?"阿沾的儿子说:"我看见了,有一天我在山上打柴,看见一条大花蛇把小姐衔走了。"召勐说:"如果谁能把我的姑娘找回来,我愿把姑娘嫁给他,把我的勐划给他一半。"阿沾的儿子说:"我可以帮你找回小姐来。"召勐说:"如果你能找回我的姑娘,我愿将我的姑娘嫁给你,还给你当召勐。"阿沾的儿子说:"去找小姐可以,不过我有几个要求:一要给我一把宝剑;二要给我一把弩;三要给我一万个青年男女,在一万个男女中有铁匠、铜匠、木匠。"召勐同意了他的要求。

第三天,是大家出发的时间,大家带上了需要的东西,以阿沾为首出发了。他们穿过大森林,去到陡的山坡,人们没法爬上去。阿沾的儿子叫大家边休息,边叫铁匠、铜匠打了很多铜条铁条,从下而上地钉在峭壁上作为梯子。他们顺着梯子爬上去了。到了山顶,大家又无法下山,又用铜铁条钉下去。他们爬过了大陡坡后,走了几天,又碰到大河一条,无法过去。阿沾的儿子就叫铁匠和木匠做了很多筏子,大家弃筏过了河。走了几天,又碰到了第一次一样的峭壁,又用同样的办法过去了。阿沾的儿子叫大家歇下休息,他一个人腾云驾雾上天观看前景。他看见前面就是一个勐,这个勐就是妖精的勐。他下来告诉大家:"前面不远就是我们要去的地方,大家不必全去,只要武官和我走就行了,其余就在这儿等着。"他们到了那个城,他背着宝剑走进一座宫殿,看见两个小姐在里面,他问两个小姐:"你们两位小姐到这里来干什么？"小姐们说："这里是毒蛇勐，很多人都被它们吃光了，现在就剩下我们两个，明天它们就要来吃我们两个了。如果阿哥想活命就赶快走，否则就和我们葬身于蛇腹了。"阿沽的儿子问两个姑娘说："我是来搭救迷地哈拉召勐的姑娘的，现在她在哪里，你们知道吗？"姑娘对他说："姑娘在西方的一个大石洞里，洞口向我们这边开，你直走就会看见啦！"阿沽的儿子对她俩说："你们俩赶快逃出去吧！我就是来搭救你们的了。"他打开铁门，两个姑娘就逃回家去了。他照两个姑娘的话走到花蛇的洞口，武士看到洞这样光滑，大家都吓倒了，大家想：这么大的蛇怎么对付？岂不是来送命吗？阿沽的儿子看到一个都不敢下去，就对大家说："你们去找藤蔑来。"大家找了许多藤篾来做成秋千以后，他告诉大家："我下去后，如果我拉几下藤子，你们就可以往上拉。"说完，他身带宝剑和弩，坐在秋千上，叫大家把他放下去。下去一百拿以后，就看见小姐坐在高高的石头上，石洞里的珍珠宝石应有尽有，石洞亮得像外面的白天一样。他下去以后，小姐问他："召呀召，你来这里干什么？"阿沽的儿子说："我是受召勐迷地哈拉的委托来搭救他的姑娘的。"小姐对他说："我就是召勐迷地哈拉的姑娘啦！"姑娘和他拥抱，放声痛哭，诉说遭遇。小姐见他年轻、漂亮、勇敢，所以爱上了他。阿沽的儿子对小姐说："你赶快出去吧，人们在等你呢。"小姐说："还是你先出去吧！如果我先出去他们见我生得漂亮，就会把你丢在洞里的。"阿沽的儿子说："不会的，洞外还有我的爸爸在呢！"他还是先让小姐坐在秋千上，拉了几下绳子，洞外的人就把姑娘拉上去。小姐到了洞外，人们看到小姐长得漂亮。阿沽起了坏意，他想："姑娘生得这样漂亮，如果把儿子拉上来，小姐和勐就没有我的份了。"他叫大家把小姐抬走，任凭小姐痛哭，他们再也不管洞里的小伙子了。阿沽的儿子在洞里等了七天，还不见人们放下绳子。他想："这一定是我的爸爸想迫害我了。"等了好久，还不见放下绳子，他就决定一直往洞下去，走到一个地方，看见那花蛇睡在大厅里，全身鳞片把大厅照亮，蛇头向着他这一方。他拉开弓弩，向蛇头射过去，刚好射中花蛇的眼睛。花蛇中箭后，乱跳乱蹦，几乎整个石洞都被它翻动起来了。花蛇终于中箭而死。

阿沾的儿子射死了花蛇又往下走,又走到一地方,看见一个监牢里关着一个姑娘。他向姑娘问:"你又怎么会到这里来呢?你是哪里的姑娘?"姑娘对他说:"我是龙王的姑娘,有一天我在池边洗澡,花蛇把我抬到这里,我到这里已经三年了。要说它是把我抬来吃的,它又没有吃我;要说来做它的妻子,也不是。"又说:"全勐所有被蛇抬来的人都吃光了,就是召迷地哈拉的姑娘它不敢吃,可也不把我们放回去,不知我的爸爸妈妈如何想念我呢!"阿沾的儿子说:"小姐,我就是来搭救你们的啦!"说着,他从身上拔出宝剑,把监牢的石门砍开,把小姐带出去了。地洞是通往龙宫的,龙王姑娘把阿沾的儿子带到龙宫外的池边,就在那里歇下。有一个给龙王割马草的人看见了小姐,就跑回去告诉了龙王:"我到外割马草,看见了小姐和一个年轻的小伙子在池边玩,听说小姐就是那个小伙子从花蛇口里搭救出来的。"龙王听到以后,就召集全勐的虾兵虾将,一起出来迎接小姐和阿沾的儿子。

回到了龙宫,龙王就给他俩拴了线,给阿沾的儿子和小姐办了大喜事。龙王向女婿说:"孩子,你需要些什么报酬,你尽管说,我满足你的要求。"阿沾的儿子说:"爸爸,谢谢你的关心吧!我什么也不要。"他在龙王住了七个月,他向龙王要求:"爸爸,现在我想回我的家乡,请你找人送我回去。"龙王召集全勐人马和召勐的小姐亲自出动,把阿沾的儿子送到他过去打柴的地方。他向龙王说:"爸爸,已到我们家乡的地界了,你老人家可以领着小姐回去吧!"小姐听到自己的丈夫告辞,扑过去拥抱着他,两人放声大哭起来。最后龙王忍痛把姑娘带回家去了。分别前,阿沾的儿子还向龙王说:"爸爸,今后我的困难还多呢!如果以后我碰到什么难事,我叫喊你们时,还得请你们来帮忙呢!"阿沾的儿子和龙王、小姐分别了,回到自己的家这时已经下午了。

他到家看到妈妈哭得眼都红了,就是因为想念他而哭的,妈妈对他说:"孩子,人们都回来了,为什么光你一个现在才回来呢?"阿沾看到自己的儿子回来，心里非常不高兴，对孩子怀恨在心，心想："你怎么还不死，还回来干什么！"他还是决定把孩子带出去杀害掉。

有一天，阿沾对孩子说："孩子，明天我们到山里挖山药去，吃了山药，后天爸爸带你到城里看热闹去。召勐还等待着小姐的恩人呢！"

召勐自从把小姐接回来后，天天都在赶摆，就是直等着小姐的恩人回来。

有一天，小姐对爸爸说："爸爸，搭救我的恩人是一个年轻漂亮的小伙子。阿沾为了想我做他的妻子，就把那小伙子丢在洞里了。你说这种人我怎么能和他结婚呢！如果我见不到那个小伙子，我这辈子就不结婚了。"

召勐没法，只有天天摆，等待着小姐的恩人回来。

阿沾把孩子带到山里以后，找到了山药苗，就开始挖了，先是他挖，挖了一个深时，就叫儿子进去挖："孩子，现在你来换爸爸挖一下吧！"儿子刚下坑去，就被阿沾举锄打昏了，接着用石头和土饼埋了儿子，跑回家来了。

妻子问他："孩子怎么还不回来呢？"他说："我们到山里以后，各走一方，谁知他去哪里，可能过一会他就来了。"

孩子被埋在洞里，被天上的叭英看见了，下来将他刨出来，用仙水滴在他的身上，渐渐苏醒恢复健康。他就没回家去了，一直向召勐迷地哈拉的城里走去。他站在召勐的城门外，看见人们欢天喜地地在赶摆，但他没有进去，还是站在外面看。小姐非常盼望小伙子回来，就到处张望，最后小姐看见了阿沾的孩子站在门外，她看准了以后，就告诉她的爸爸召勐："爸爸，我的恩人来了！"召勐问："他在哪里？"小姐说："他在门外站着呢！"召勐就派所有大臣去把小伙子接进宫来。他看见小姐以后，抱头大哭，诉说小姐走后他的遭遇。召勐听见后就说："这样说来，阿沾是个大坏蛋。"下令大臣把阿沾抓来杀了，并且给小伙子和小姐举行了婚礼。

以后他们过着自由美满的生活了。

冒昧要烧拉

讲述者：波应军
记录者：雷波
翻译者：岩峰
搜集地点：云南省西双版纳傣族自治州勐海县勐混镇

寨子里有一个又憨又直的小伙子，年纪很大还没有结婚，他天天想着寨里的一个美貌的姑娘，可是姑娘不喜欢他，小伙子心不死，天天要到姑娘竹楼下两三次。有一天姑娘见他来了就开玩笑似的告诉他："哥哥呵哥哥，你要来串我，就等到我家竹楼下的狗四脚伸开睡时你才来，如果狗扑着睡你就不要来，那时父母还没睡。"小伙子说："如果看不见狗怎么办？"姑娘说："那么你就来摸摸三角架，如果还有点热，你就不要来，那时父母还没睡，我害羞。"小伙子就信以为真，跑回家来包好头巾，盼着黄昏，可是太阳老不落，他以为今天的太阳不动了，一直等了好半天才天黑，他来到竹楼边偷看狗睡了没有，狗还没睡，他自己说："还早，等着。"等了好一阵，姑娘吃完饭睡觉去了，什么声音也没有了，他又去看狗有没有伸开脚睡，结果没有伸，等了一阵，也不见狗伸开脚，就想：怎么搞的？怕是狗忘记伸脚了。他就摸上楼去，黑漆漆的，他伸手去摸三角架，还在热着，就以为姑娘的父母还没睡，不敢进去，在外面等着，等着等着就睡着了。

第二天早上，姑娘的母亲醒来，看见一个小伙子睡在楼上，正要叫，小伙子也醒了，他很害羞，一下楼就跑，跑到了一个缅寺里和佛爷住在一起。

过了一久，小伙子想起："我上了姑娘的当，我也不是笨蛋，哦，佛爷有钱，我要好好整佛爷一下。"

有一天他就对大佛爷说："大佛爷，你生得又年轻，又漂亮，最合配我的妹子啦！"佛爷说："真的吗？你妹子漂不漂亮？"小伙子说："整个寨子就是数她啦！"佛爷说："那她会不会喜欢我呢？"小伙子说："咋个不喜欢，下个街子天你拿钱给我，我给你买东西去送她。"小伙子把钱埋在土里回来说："我买了一条呢裤带给她，她高兴极了，过几天她来缅寺里玩。"佛爷听了很高兴，他又向佛爷要了一百两银子准备买东西，就这样骗了佛爷三回，佛爷还不见姑娘来，就对他说："明天你咋个都要去了，我要瞧瞧她成哪个样子？"小伙子说："明天是街子天，她要去赶街，我领你到那里见她就是了，叫她来这里，没事做，害羞。"第二天，他领着佛爷到街上，姑娘那么多，到底是哪个，小伙子指着说："是那个，是那个，你看清楚了没有？快去！"佛爷信以为真，跑过去说："姑娘，走，到缅寺玩去。"姑娘不知道他是谁，害羞得直跑，佛爷追着去，跑跑跑，两街的人都看见了，大家笑道："大佛爷串姑娘啦！"小伙子骗取钱后，跑得无影无踪，佛爷上了憨小伙子的当。

你不要嫌憨人，憨人头上还有憨人。

召温班

翻译者：刀天祥
记录者：周开学
搜集地点：云南省西双版纳傣族自治州
材料来源：章哈唱本

1 召温班被继母杀害脱险

很久以前云南西双版纳傣族地方，有一家人，名叫波真来，波真来原妻病死，生下一个男孩子名叫召温班，波真来因原妻死了无人照料家务，另讨一个妻子名叫咪真来，咪真来讨来之后，眼看召温班一天天长大起来，生得聪明伶俐，人才超众，继母咪真来想把一切家产霸下给她的儿女，一心想把召温班整死。两口子为召温班天天吵嘴。有一天咪真来对丈夫说，要把召温班整死，波真来说："何必把他整死，多一个人多做一份活计，他现在年小，给他看牛放羊，等他长大起来，给他盘田秉地给我们吃还不好吗？"咪真来就即时吵嚷起来："你还舍不得你的儿子……有你的儿子就没有我，我去投水死了算啦！"波真来平时话少口钝，说不过女人就答应了。咪真来说："既是这样，你明天领他去森林里割葛麻藤，把他丢在森林里给野兽吃了算了，不消你去动手杀他。"到了第二天早上，咪真来包好了一包米饭，拿了一个大背袋给召温班说："你爹领你去找葛麻藤，回来妈妈织鱼捞兜捞鱼来给你吃，快跟你爹去。"波真来只得带把大刀，边喊着儿子，边心酸流泪地领着儿子去。召温班不知其意，跳跳蹦蹦地跟着爹爹去。一路穿过青山绿水茂密的森林，召温班问爹爹葛麻藤是像什么样的，爹爹回答说："叶子团团的，是一节上的茅藤子。"召温班问爹爹哪里有，爹爹答应说要翻两架梁子、三条大箐就有了。召温班跟着爹爬了大山，过了大箐，到一个深箐里就有了。父子两个到了大箐，波真来哄儿子说："阿妹，你在这里坐着等爹爹，爹到那边解个便就来喊你。"召温班答应道："快去快来，我害怕豹子。"爹爹说："不怕，这里没有豹子。"召温班坐在大石头上，手不间地拿着小棍子敲这敲那，紧等着爹爹回来领着去割葛麻藤。

波真来离开了儿子，背了儿子的眼睛，转过弯回到原路，穿过了森林，爬过了高山大箐，往家里回来了。波真来边走路边叹气，揩着眼泪回到家里来。妻子问他："领到哪里去了。"他说："已领到藤里西麻板①去了。"妻子问："可还会回来？"他说："不会回来了，不要说才是一个，再有十个也不够豹子老虎吃。"妻子答应："那就好了。"

召温班的爹离开后不多时，召温班就喊："爹爹，爹爹快回来，我害怕！"

喊了几声不答应，召温班就在大箐里放声大哭，到处找爹爹，走了几条大箐，爬了几座大山也找不着，找了三天才走出大森林，来到以往放牛

---

① 藤里西麻板：最大的原始森林。

的山坊才认得回到家里来。回到家后,一见着爹爹就跑过去抓住爹的裤脚说:"爹爹,你去解手为什么悄悄回家来,给我哭哭叫叫地到处找你,爬了多少大山,过了多少大箐都找不着你。单我一人又怕豹子老虎,肚子又饿,爬到一个大高山上才望见一个坝子,一直下坡到了坝子,望望才认是我们放牛的山坊,才找着回家来。"召温班很亲热地和爹爹款,他爹也很热爱地抱着儿子,依依不舍地揩着泪,答也不会答应儿子的话。咪真来见丈夫抱着儿子,无情地指着丈夫大骂道:"抱着你儿子不吃饭可饱啦,我认是这样,老娘就不嫁你……"丈夫只放下儿子去拴牛。召温班回来后,继母仍是毒打恶骂儿子,他食不饱腹,衣不裹身,痛苦万分。隔了几天,在一个半夜时间,咪真来逼着男人憋死儿子,如果不憋死,她就要离婚去了,丈夫无奈只得答应。咪真来对男人说道:"这回可不能跟上次一样只领去森林里,丢下他还是会回来,一定要把他整死,你带一把锄头哄他去很远的森林里去挖山药,挖个大山药坑把他埋在坑里,免得第二次还会回来。"他两口子睡在篱笆楼上商量,到了次晨,咪真来早早做好了饭,包了包米饭装在背箩里递给召温班说:"阿妹,今天你跟你爹去挖山药,挖山药回来,妈妈煮给你吃。"同时拿把锄头递给丈夫说:"快去快回!"她丈夫愁眉苦脸,懒洋洋地抬着锄头、领着儿子去挖山药去了。过了几个深山老箐,儿子对爸爸说:"山药是什么样的?"爹答应说:"山药是在森林里,生在藤子根根上,要挖出坑来才拿着。"父子俩走了不多一会走进一个大箐边的半山坡密林里,爹爹说:"山药就在这里了,你年轻年小挖不动,爹爹来挖,你等着进坑里去拿山药。"儿子认以为真。他爹挖半腰多深的坑,叫儿子进坑里去拿山药。儿子认为真的挖着山药,就跳进坑里去,这狠心的爹就将土扒来埋齐儿子的脖子,揩着眼泪回家来,天将黑坐在火笼边喝着茶。女人问丈夫道:"可憋死了?"丈夫现出悲惨的面容答道:"挖了一个大土坑将土扒来埋齐脖子,再也不会活了。"在楼底下拴着的小狗听着召温班被活埋,这小狗跳跳蹦蹦地挣脱了,闻着召温班的脚印走去,找到了召温班,哭哭叫叫。在一个大箐边的半山坡的密林里,小狗找到了召温班被活埋的坑,小狗汪汪叫,用双脚抓出土饼,救出了召温班的命。

2 召温班遇批牙①学好本领

召温班脱险后,他感到爹妈几次地杀害他,真心地同小狗说:"何恨狠心的爹,狠心的后娘,我俩再也不能回去了,只好逃往他乡生活了吧!此地是穷山恶水,万分危险,只好听天安命吧!"召温班和小狗一步步地走,渴了捧些泉水喝,饿了摘些山瓜野果充饥,十分困倦的时候,靠在树根上休息一会,晓行夜宿,一天天过去了。有一天晚上在一棵大树下住宿,不料树头上歇着两夫妇怪鸟,天要亮的时侯,夫妇俩商量说:"你飞东,我飞西,捕捉飞禽走兽来吃。"召温班和小狗听见了,此地不可久居,悄悄赶快走,走过了多少青山绿水,走进茂密的原始森林,忽然遇着一个批牙去捕捉飞禽走兽来吃,这批牙头大如斗箩,身长三四丈,眼大如椰子果,牙齿如芭蕉梳,灰毛长四五寸,手上拿着箭,肩挎背袋,见着召温班和小狗一把抓进背袋里。批牙转了一圈,捉不到什么野兽,就回家赶早饭,批牙回到家后,女人问他:"捕到什么东西回来,拿来弄早饭吃了吧。"召温班和小狗在袋里听见,急身心麻木,魂不附体。男人答道:"拿倒拿两个小东西在袋里,可是可爱得很,不要吃他吧!当着玩玩算啦。"女人马上就把召温班和小狗从袋里拿出来。批牙夫妇俩看见召温班的才貌,非常疼爱,舍不得吃。这批牙夫妇问了召温班的来历后说:"我两个招你为义儿你愿意吗?"召温班答道:"只要大王爱惜蚁命不吃,我愿随侍两老。"从此召温班就做了批牙的义儿,父母子三人都很热爱。从此,批牙就教他治魔的法术和练弓打箭。这聪明伶俐的召温班,不到几年就学会了文武和法术的本领,就这样随同批牙生活了四五年。有一天,召温班随同父亲去打兽。父亲说:"你年轻武艺不高,抵不过虎豹。"召温班还是要同着去,父亲说:"你射中树上的老鸦就领你去。"召温班满脸喜容地拿弓瞄准了老鸦,嗖的一箭,老鸦落下来了。父

---

① 批牙:即魔鬼。

亲只允许他同去了。去到山箐里看到一头马鹿，父亲喊召温班来打这条马鹿。召温班不慌不忙地安好了箭头，嗖的一声，马鹿倒地死了。转了一山，看见一只老虎，批牙喊召温班来打，召温班很慎重地拉弓瞄准了老虎，嗖的一声，老虎射死了。父子俩扛着马鹿和老虎回家来了。母亲问："我儿，你会不会打？"召温班答应："会打，这两条都是我打的。"从此，召温班天天都随着父亲去打兽，就这样生活下去，批牙夫妇俩也非常疼爱他。有一天召温班对父母说："儿离家已有好几年了，要求双亲给予回家访亲。"批牙夫妇商量后，答应召温班的要求，并送给召温班弓塔弩①和拉西里杆宰②保国护民之用。召温班遇临别时磕个头对批牙夫妇说："感谢父母亲的抚养和爱待，今天我离开了父母亲，日后有机会再来探访双亲。"三人难舍难分，父亲含着泪说："我儿往西南去，去到边界上会遇到父派去守边界的一个线弄③，你将情况给他说明，他才会放你过。"召温班起来背着行李宝刀宝剑，双方流泪而别，召温班登上了路，穿过了无数青翠的山林和江河，晓行夜宿走了月余，才走到线弄守界处，线弄看见召温班，大声吼道："小鬼，你是哪里人？胆敢进入我的境界内来，不免我的下午菜，从实说来。"召温班说："我是魔王的义儿。"详细说了一遍。线弄答道："乱说，我魔王从来就没有像你这样的义儿。"召温班说："父王招我为义儿已四五年之久，现在我要求父王准我回国访亲。"线弄说："别胡说，从实说来。"召温班道："我不是胡说，要求放我通行。"线弄说："今天非把你吃掉不可。"召温班火起，大怒道："哪个吃哪个看比一下高低，我输了，该你吃，你输了，该死在我的钢刀下。"

线弄说："喂！小鬼还用大话来吓唬我！"线弄怒愤地飞向天空："你看我的本领。"召温班飞起超过他两倍，互相比武，线弄怎样也比不过召温班。他抓住召温班，召温班翻过右手来拔出宝箭刀架在线弄的脖子上，问道：

---

① 弓塔弩：宝弩、宝箭。
② 拉西里杆宰：宝剑刀。
③ 线弄：守界的头人。

"你要死还是要活？"线弄口口声声要求说道："少爷，我眼里无珠不识贵人，请放我活命，我愿随从你做你的随侍人。"召温班道："我不要你做从人，我只给你知道个上下，看在我义父的面上，留你这条狗命，不然要把你干掉，今后不要杀害百姓。"线弄起来双膝跪地，两手合掌向召温班磕头要求赦罪。召温班说："指路给我算了。"线弄很殷勤地指路给召温班，由西南去不多远就有一个村子了，召温班别了线弄，拔步积极而行，走过了平坦的大道，太阳将西落的时候就走进了村子。村子里又宽又大，人家又多，召温班止住了脚步，不知进哪家去住才好，最后走进前面那小房子去。召温班将行李歇在门前问道："主人家大妈，给我来你家住住好吗？"大妈说："我是一独人寡妇婆，房子小住不下人，请你去找大房子住吧！"召温班说："单我一个人，大房子我不想住，所以我才来找大妈的小房子了。"大妈说："我房子小，怕你不好住，如果单你一个人不嫌房子小，可以进来歇吧。"大妈打开门请召温班进屋住下，又拿一个矮凳子给召温班坐，看见召温班的外貌身材，就跪地问道："少爷是天仙叭英下世吗？还是龙王公子吗？"召温班答道："我不是天仙叭英，也不是龙王公子，我是世间最孤苦的孩儿。"召温班将经过的历史告诉大妈，大妈也将家庭情况诉说了一遍。召温班说："大妈你无儿无女，生活也很苦，我是无娘无爷无家可归的孤儿，我愿做你老人家的干儿子，我愿招呼服侍你老人家，我也有了母亲，你也有了儿子。我出山做活，你老人家在家养鸡鸭。"大妈说："少爷，我一样没有，对不起你，你过不惯我这穷苦生活。"召温班答道："我不图钱财富贵，我只图有个老人教育我，我愿做你的孝子送终到老。"老大妈推辞不了，只得接受召温班做干儿子，双方亲热得如亲母子一样。母亲仍是劳动生产，召温班帮寨里看牛，母子俩劳动生产为生，日子过得很快乐。

3 召勐把拉^①打猎遇批牙

　　召勐把拉在家里闲的无聊，便叫了几个头人和猎手带了弩上山打猎。到了山林里看见一条马鹿，叭召勐骑着一只大白马，不顾头人和猎手，飞也似的往前直追马鹿，追过了若干山冈和森林，骑马精疲力竭，困乏死了。召勐抱着马鞍子悲哀痛哭，再哭马也活不转来了，他独自哭着到处找头人和猎手也找不到，回家的路也找不着，独自在森林里乱窜，肚子饿了摘些山瓜野果来充饥，困倦了窜进单遂里睡，一天过去。有一天在森林里遇着一个批牙，批牙说："喂！怪不得今天我的眼皮跳，要有肉吃。你是哪里人？胆敢独一人侵入我境内干啥，今天非把你吃掉不可。"叭召勐急得像热锅里的蚂蚁一样，跪地哀求饶命，再求批牙也不答应，非吃不可。叭召勐求得无奈，最后要求道："你吃我只得吃一个，我家里还有七个姑娘，还有几百万老百姓，要求你放我回去，一个月送两个来给你，每逢初一、十五我愿送到界亭里给你吃，七个姑娘送完了，送老百姓给你吃，你经常有肉吃岂不是好吗？"批牙答应了。互相订下条约，批牙就指路给叭召勐允许他回去，叭召勐走过了青山绿水，不几日就回到勐巴拉边界的一个村子，叫村里头人备了一只骑马送他回到宫廷里去。叭召勐到了宫廷里，妻子和七个姑娘一拥跪下问道："父王为何至今才回来？"叭召勐将追击马鹿、骑马死了遇批牙的经过告诉了妻子和七个姑娘。她们听罢，放声大哭。叭召勐说："别哭，快去敲大鼓集合头人商量。"侍从急忙敲了三声大鼓，勐巴拉的头人全部都集中到宫廷里来了。头人们觉得惊奇，暗想：莫非是别个地方来攻打我们吗？还是要出嫁某个小姑娘吗？不多时，叭召勐将打猎遇批牙、订立条约愿送姑娘和老百姓给批牙吃的事告诉了头人，这事必须立即去做，如果有违抗，恐怕有亡国灭种的危险。头人听了哀声痛哭，有的头人提出来集中武力抵抗批牙，有的头人提出批牙法术多端，怕打不赢。经反复商量，叭召勐说："已经订了条约不能违抗，谁抵抗谁就要负责。"头人们一个也不敢违

---

① 召勐：国王；勐把（巴）拉：现在的景洪。

令，流着眼泪回去。过了几日，叭召勐又敲锣召集头人，准备送大小姑娘给批牙吃，分配了三百支银鞍摆马和象队，几千童男童女。大小姑娘骑在金鞍大象背上，锣鼓喧天地送大小姑娘给批牙吃。按每月送两个，在三个月内就送完六个小姑娘。还有最后一个七姑娘，人才漂亮，好比天仙美女一般，全勐百姓依依不舍，为七姑娘悲哀流泪，七姑娘也悲伤痛哭，饭不进，水不喝，爱恋青春来了就要绝命，怨恨父亲没有反抗批牙之能。七姑娘哭道："还有千千万万的老百姓随着我送命。"咒骂父亲无能，"就这样给勐巴拉人灭亡了吗？"全体人民都在咒骂叭召勐，"你要死就一个人死，不要出卖七个小姑娘和全勐老百姓。"七小姐的母亲疼爱七小姐，哭得死去复来。日期到来的时候，叭召勐仍分配了金银鞍马和象队，五百个童男童女。七小姐骑在金鞍大象背上哭道："我舍不得全勐老百姓，我舍不得十五岁的青春就绝命，我舍不得游览的花园，我舍不得青年男女伙伴。"全部人马前呼后拥，铓锣喧天的送着七小姐徐徐而去，好像上天堂一样的热闹。七小姐就这样的送到界亭里给批牙吃了。

4 召温班杀批牙救七小姐

有一天下午，召温班在夺俸坊里同牧童打夺俸，听见群众的叹息声说："今天叭召勐把美丽的七小姐送到界亭里给批牙吃。"召温班想：会有这样无能的叭召勐，会将自己的儿女送给批牙吃。暗想去救救七小姐和千万老百姓的生命。刚天黑，召温班自夺俸坊里回来，打了一盆水，边洗脸边同母亲说："妈，今天晚上我要去串。"妈妈答道："你年纪小，夜晚串到夜深，早点回来，妈纺线等着你。"召温班说："妈妈，你别等了，你纺一趟线就睡了吧！"召温班说着，披上毯子，拿上二胡，带上宝弓宝剑说："妈，我去了，你把门闩起来吧！等我回来再叫你开门。"妈说："好！人家姑娘不嫌弃我儿陋，串得一个媳妇来帮妈妈生产也好。"召温班离开妈去了，去到界亭旁，由窗洞里溜进去，看见七小姐好像喃铁瓦拉①一般的漂亮，独自坐着吃

---

① 喃铁瓦拉：天仙美女。

槟榔，面前摆着香花瓶和槟榔盒。召温班拉着二胡说:"美丽的喃铁瓦拉为何独个坐在这寂静的界亭里吃槟榔呢？莫非爱人领来游山玩水吗？爱人又去哪里呢？莫非爱人在房里吗？"小姐想：这是批牙要来吃还要来玩弄吗？小姐说："批牙要吃就快来吃，不要再问这问那，还要拉什么二胡来戳心戳肝的。快来吃吧，早吃一时，我早一时见阎王。"召温班答道："我不是大花老虎会吃人，我不是森林里的批牙来吃你，我是世间的孤苦人儿。"小姐一听想："莫不是天仙叭美或龙王公子要来救我吗？"小姐答道："我是父亲送来给批牙吃的人，急得身心麻木，不省人事，命在旦夕之急，不识天仙途经此地，我眼里无珠，口中错说，请天仙赦罪。"又喊道："请进来坐，请进来打伙吃槟榔。"召温班答道："我不是天仙，我是世间贫民百姓，我是闻见桂花香跟来采，想怕你爱人跟着来。"女唱："自从生来无爱情，世间只有妹可怜，可恨父王真狠心，活活把我送给批牙吞，哥哥别去救我命，小妹顾做丫头扫地人。"

男唱："美丽的天仙真贤惠，说得小哥流下泪！批牙来吃你别怕，我有钢刀能杀他。"

女唱："哥哥钢刀能杀怪，拜请哥哥快进来，进来打伙同屋坐，进来打伙共槟榔盒。"

男唱："有心采花不怕魔，只怕小妹欺哄我，嘴说爱人不曾有，恐怕爱人藏在屋里头。"

女唱："自从生下娘肚皮，世间只有我着急，命要断来眼要闭，小妹说话不骗你。别嫌小妹人才丑，会养鸡鸭会喂狗，做你爱人够不上，舂碓磨面做丫头。"

男唱："桂花香扑鼻，我闻见才来跟你，有缘千里来相会，今晚相逢在一堆。"

小姐说："我是被父亲送给批牙吃的人了，命在旦夕之急，从来没有过爱人，请进来吧！请进来同坐，请进来吃槟榔，请进来喝杯茶。"召温班经小姐多次的邀请，走进了亭子里。小姐一见面，两手合掌，双膝跪地，说：

"世间不有这样的美男子,一定是天仙叭英下世,请从实说给我。"小姐一见召温班,心想:"我得这样的男子,真不辜负我这一生了。"召温班说:"小姐请起来吧,起来我给你说。"小姐就起来同伙坐,并拿一口槟榔给召温班吃着。召温班说:"我不是叭英下世,我是世间最孤苦的贫民百姓。"小姐也将自己的详细情况告诉召温班。召温班听罢,说:"噢!是这样一回事,你父王都不反抗批牙吗?"小姐道:"不!"召温班道:"你父王会这样的软弱无能,轻轻地就出卖了姑娘和百姓的生命。"小姐听了召温班的话,心想:"这少爷一定有杀批牙的本领。"小姐流着泪要求召温班说:"哥哥请你救救我的命,我人穷命落,不有什么感谢你,我将我的身子谢你的恩。我人才丑陋,做不上你的爱人,我愿随同哥哥去打洗脚水、洗脸水、喂鸡喂鸭、舂碓磨面。"召温班说:"我这样孤苦的人,你不要来这样打击我。"召温班内心里很欢喜。两个谈得情投意合,谈到半夜过时,就有很多批牙围住了亭子。有一个批牙由窗外头进去,看见召温班和小姐两个吃着槟榔,说着话。批牙举起两个手指同其他批牙说:"往次只送一个,这次叫召勐送两个,一男一女。"表现出很高兴的样子,小姐见批牙团团围住了亭子,周围森林都站满了,很着急,对召温班说:"批牙围住了我两个,你为我来送命,我很对不起你。"召温班说:"别怕,还有我的钢刀和宝箭,我俩把它杀掉。"小姐听了这话,眉开眼笑,解除了愁容。召温班把箭安好递给小姐:"你打!"

小姐说:"我不会打。"召温班安好箭教小姐打,小姐就打,嗖的一声,遍森林震天动地如打雷一般。打后箭头仍飞转来,到天明细看,千百个批牙被小姐射死在森林里,头大如斗箩,眼大如椰子,耳大如簸箕,身长三四丈,灰毛长五寸,看去好怕人啊。打后召温班变个法把批牙尸首吹到原始森林里,怕吓着老百姓。小姐说:"等天明我的父母打发人来收检我的尸首,给他们看看又吹吧!"

召温班说:"好,我教你吹的口诀。"召温班教给了小姐口诀。小姐万分的喜欢,互相谈了不多时,便到四更时分,召温班就要离别回家,两个互相搂抱哭泣,依依不舍。小姐抓住召温班的裤脚不许回去,请召温班随她回家去。召温班不肯去，说："我还是回我家去。"小姐再次央求："既然不能随同去，等天亮我家人来又去。"召温班不肯，一定要走。小姐依依不舍，临别时，只想起送给一朵鲜花做思念，想起拿一把剪子来剪下召温班的一个毯子角做依据，两个难舍难分地分别了。别后，小姐细想："这位少爷帮我杀了批牙，救了我的生命，他的住址姓名都忘记问了。"跑出亭外，看看一片漆黑不知去向，独自返回亭里哀叹。召温班回到家里刚鸡叫五更时分，叫喊妈妈来开门，妈妈答应道："我儿回来了吗？妈来了。我儿回来闻见花香扑鼻，是姑娘们送给我儿的香花吗？"母子俩关门睡了。

　　第二天天亮，太阳出的时候，叭召勐派了几十个头人来到界亭里收检小姐的尸首。走到亭旁，看见无数批牙死在亭旁和树林里，走到亭子里，看见小姐还在亭子里坐着吃槟榔。头人们双膝跪下问道："小姐用什么杀死批牙？"小姐将召温班来串和杀死批牙的经过告诉了头人，又念口诀将批牙的尸首吹到森林里去了。头人说："小姐便有这样的本领吗？"小姐说："不，这是昨晚来串的少爷教我的。"两个头人骑马飞快地回去告诉叭召勐，不多时，两个头人到了宫廷里，报告叭召勐说："小姐未死，小姐说昨晚有个十五六岁生得很漂亮的少爷带着二胡、披着毡子来同小姐串，串到半夜时，有无数的批牙要来吃小姐，批牙见有一男一女也很喜欢，这小少爷还带着宝马宝箭。他安好了箭头给小姐打，一箭就把无数的批牙杀完了，我们到时还见批牙的尸首，好怕人的批牙哟！然后小姐念了口诀又把批牙的尸首吹到森林里去了。"叭召勐喜出望外，即时擂鼓召集头人，分派金银鞍马和象队加上无数的童男童女铓锣喧天地去接七小姐回来。全部人马到了界亭，头人和百姓们笑容满面地向小姐问长问短，小姐也笑容满面地详细告诉少爷杀批牙的经过。互相谈了一会，请小姐骑上了大象，头人骑上金银鞍马，唱的唱，喊着"水！水！水！"铓锣喧天地回到宫廷里。小姐下了象，等着姑娘的妈一见，拥抱而哭"我的儿死里复生，这回母女白头到老"，牵着小姐的手到房里。父母亲详细问小姐："是何处好汉杀批牙救了我的儿？"小姐双手合掌、双膝跪地，将召温班杀批牙的经过详细告诉了父母亲。父母亲问:"这少爷是哪里的人,姓甚名谁。有什么凭据?"小姐答道:"因当时忙中无计,连住址和姓名都忘记问了,临别时剪下小少爷的一块毡子角。"父亲说:"不知住址和姓名,怎么找得到这少爷呢?"父亲又说:"恐怕是天仙叭英或龙王公子吗?"小姐答道:"不是,他是世间人。"妈妈说:"既是这样,择个吉日召集头人来帮叫魂打保福,姑娘同时给头人去找这少爷,找到了少爷,就给他俩成亲了吧!"

小姐自离开召温班之后,每时每刻都在想着,逐日哭泣,坐卧不宁,央求父母快去找回少爷来,不然命就要断了。父母亲说:"你又不问住址和姓名怎么找得快呢?现在召集各处头人来叫魂打保福,给你全部头人出动探访,一定找得回来。"吉日到来了,全勐的头人已来齐了。叭召勐将少爷杀批牙的事告诉了头人,说:"现在急等把小少爷找来同小姐完婚。"全部头人高声同意,并即时回去探访。全勐大小寨子找遍未获。小姐听说找不着,急得饭不吃,水不喝,卧床不起。叭召勐也急得无计,叫一个大头人来商量。大头人提出召集全勐青年男女来赶大摆,中央塔起一个高台,请小姐在台上观看,这样做一定找得到,叭召勐也同意这样做,并立即通知全勐青年男女及头人在×月×日到城里赶摆,做生意的同时带着各类商品来买卖,给小姐找杀批牙救命的爱人——青年的小伙子。各人剪下自己的毡子角,来对小姐剪下的毡子角,如果毡子角对得命就将小姐许配给他,继承王位。所有的老百姓都想见杀批牙救命的少爷,大家都关门闭户的来参加这次赶摆大会。所有的小伙子都把自己的毡子角剪下来,有钱人家和头人的小伙子为了对上小姐的毡子角,想做小姐的爱人,想做勐巴拉的国王,把自己的家产变卖了,买上很漂亮的毡子,剪下角来对小姐的毡子角。赶摆那天,全勐青年男女都穿上漂亮的衣服到了摆场,高台上像喃铁瓦拉一般的在观看着杀批牙救命的爱人。小姐在万人中都没有看见自己的爱人,将所有的小伙子的毡子角都拿来对,一个也没有对上,变卖家产买毡子来的小伙子,原想对得上小姐的毡子角,得继承王位,得过幸福的日子。但是对不上,已变卖的家产一时间买不回来,要拿什么来生产?抱着毡子又吃不得,今后拿什么来吃呢？都托着毡子哭起来，教今后儿子孙子不要贪图便宜，幸福生活是自己劳动才是光荣的，贪图便宜想升官发财是不容许的，只有从事劳动生产才有幸福日子。

小姐找不到爱人，心酸流泪，哭泣不止，再次要求父母亲赶快找到少爷，才有她的活命，不然只有一死，父母听了很着急。摆散了，当下部分头人商量，漫谈中，召温班寨子的一个头人说："我们寨里有一个寡妇婆讨养下一个儿子，不知是何方苦儿，身品才貌超众，大约十五六岁左右，这寡妇婆讨养下五年之久，天天帮我寨子放生得生活。"叭召勐说："不妨叫两个头人骑着马去来看看。"两个头人到了寨子，直到寡妇婆家去问："你的儿子哪里去了，叭召勐叫他去。"当时召温班去看牛未回。寡妇婆暗想："前天孩子去串了一晚，恐怕犯了什么法。"急得两眼流泪。不多时，召温班放牛回来了。两个头人对召温班说道："牧童，叭召勐叫我们来叫你到宫廷里去见见。"召温班答道："我不去。"再说也不去，各自和牧童伴打夺裸去了。两个头人只好回去回复叭召勐。叭召勐听说召温班的人才品德超众，暗喜，又打发两个头人来叫召温班，召温班若无其事地去玩。两个头人拖也拖不去，回去告诉叭召勐。叭召勐愤怒地说："背一匹银鞍马去给他骑，拿两双蜡条去请他。"三个头人拉着银鞍马到寡妇婆家，召温班还在夺裸场里打夺裸。三个头人到场里请召温班，一见面双膝跪下很规矩地递上蜡条盘，说道："叭召勐有请。"召温班毫不客气的把蜡条盘接过手来答道："好。"就急忙回到家里去对妈妈说叭召勐有请，他就到宫廷里去，妈妈怕儿子犯了法，急得哭哭啼啼的。召温班对妈妈说："妈，别哭，我去一趟就回来了。"召温班在内衣里背上宝弓宝剑，披上了毡子，骑上了银鞍马，不多时就到了叭召勐的宫殿里。小姐一见面，两手合掌，双膝跪下，叫道："救命人请来了！"叭召勐和头人见他俩这热爱的表情。小姐和父母、头人说道："杀批牙救我的就是这位少爷了。"头人们听说"就是这位少爷"的一声，一齐跪下。

叭召勐喊召温班，"我侄请来了吗！"双目注视，暗想这位少爷品貌不错，与他姑娘无高低，显出很喜欢的样子。头人施茶礼后，叭召勐对召温班说道:"侄儿杀批牙救姑娘的命,离别时,姑娘剪下你的毡子角,请拿出毡子来相对。"召温班答道:"老伯我还不注意我的毡子角是否有剪。"召温班一看自己的毡子果真剪了一角。小姐将剪下的毡角拿来一对,自动的飞上粘得原丝合缝。铓锣喧天动地,高声喊道:"救命恩人找到了!"然后叭召勐细问召温班的历史,说:"我侄救了姑娘和全勐老百姓的性命,恩情很大,感谢不尽,老伯想将姑娘许配给侄为妻,你伯年老,眼目昏花,将一切交给我侄继承王位,我侄心下如何?"召温答道:"如果老伯不嫌我这孤苦的孩儿,愿意培育,小侄愿意随侍两老到白头。"双方细谈,二比情愿,叭召勐并请磨古拉①择过吉日将七小姐和召温班成婚。成婚后,小两口你恩我爱,幸福来临。叭召勐将大印和一切交给女婿。召温班继承岳父职位,又将义母接来孝养,全勐老百姓听到叭召勐将杀批牙救小姐的英雄少爷招为女婿,高兴无比。召温班继承岳父位置后,缝了若干万套的衣服,打开了金银库赏给贫苦老百姓。从此全勐巴拉人民安心劳动生产,村村寨寨欣欣向荣,诸事安宁。

芒果

讲述者:波启木罕
记录者:雷波
翻译者:岩峰
搜集地点:云南省西双版纳傣族自治州

有个穷苦的青年叫岩罕清,家里什么也没有,只有一个年老的母亲。

他每天都上山砍柴卖,换来粮食供养老人。有一天,什么也没换到,只拾来一个芒果,自己很想吃,可是一想起母亲就留着给母亲吃。母亲一吃

---

① 磨古拉:卜卦先生。

到芒果就像吃着鲜菜一样，一下就变得年轻起来。

这件事情被人们传诵，传到国王那里，国王的母亲力弱多病，年也老了，可是她不想死，只想还好，就叫来岩罕清，问他："你母亲为什么会还好起来？"他把经过告诉国王，国王派了召相和他同去，再找一个来给国王的母亲吃。

大臣随岩罕清来到这个地方，四处找都找不到芒果，最后在刺蓬下找到一个芒果。可是这果又被毒蛇吃去大半了，大臣还是要，一定叫他进去取，岩罕清忍住了疼痛进刺蓬取出那个芒果，大臣把芒果带回来给国王母亲吃，一吃就死了。国王说："啊呀！这个穷鬼，为什么要来欺骗我，把他母子拿来杀。"不幸的母子就这样死在国王刀下了。

岩罕清周围的百姓，见他被冤枉死后，很愤怒，说："岩罕清被害死了，我们将来也会被冤枉死的，不如现在死了算，既然芒果有毒，走，我们去吃它。"大家来到芒果树下，摇的摇，拾的拾，全村一半以上的人都吃了芒果，想与他一起死，可是吃了后，一个不死，反而长得更年轻、更漂亮、更健康，一个看着一个问："你为什么不得死呢？……"国王又知道这个消息了，就叫大臣来说："你上次是到什么地方去找？为什么老百姓吃了个个好，我母亲吃了反而死了呢？"大臣说就是那棵，国王叫他同去查个明白，大臣领他到芒果树下，国王问："在什么地方拾的？"大臣说："在这刺蓬丛中。"国王命令把刺砍掉，一砍就跳出一条大蛇，国王才晓得芒果有毒，原来是因为蛇的缘故。

大家也告诉他，他是杀错人了，国王以后向大家宣布从此不乱杀人了，百姓也才回到他身边来。

象牙做篱笆的故事

讲述者：波启木罕
记录者：卢自发
翻译者：岩峰
搜集地点：云南省西双版纳傣族自治州

有一个富翁，他有两个孩子，临死的时候，对两个儿子说："我死了以后，你们吃什么东西都要吃甜的，你们要用象牙来做篱笆。"说了以后便死了。

兄弟两人安葬父亲以后，急忙来分财产，争吵很久，平均分成两份，小的把分得的财产，挑着驮着到另一个寨子安家落户了。

过了一久，大的想起父亲临死时说的话，就告诉妻子天天杀鸡放粒吃甜的，又到处去买象牙来做篱笆。到了晚上象牙全都被人偷去了，第二天早上发觉象牙不在了，富翁大儿子觉得没有什么，有的是钱，又另去买来围，但仍然被人偷去了，这样做了几次，后来钱都用光了。

再说弟弟，弟弟想："我父亲说用象牙做篱笆，到底什么是篱笆？"妻子告诉他："狗就是篱笆。"他们就去买了两只最凶猛的狗。"什么是甜的呢？"妻子说："种地就是甜的。"他们就到山上去种地，结果吃什么都觉得甜，他们自己种自己吃，分得的财产没有用着，狗守着，谁也不敢来偷。

哥哥没有钱用，两口子吵架了，妻子说："买米吃的钱也没有，你要到哪里去就去。"哥哥就离开妻子去找弟弟。

到了弟弟在的寨子，问一个老妈妈，弟弟在什么地方，老妈妈告诉他，他去门口叫："弟弟，哥哥来找你了。"连叫了三声都没有回答，突然钻出两只大恶狗，把他的衣服都撕破了。

他又去问老妈妈，老妈妈说："他们到山上去了。"哥哥就到山上去找，顺着山沟找到弟弟和弟弟的妻子,看见他们在种地,就向弟弟大喊,弟弟问他:"是骑马来呢?还是走路来?"哥哥回答说:"钱都没有了,哪里去找马骑。"弟弟又问:"你的衣服为什么破成这样?"哥哥只得把被狗咬的事告诉弟弟。弟弟又问:"你吃过饭没有?"哥哥觉得不好意思了,便说:"吃过了。"弟弟就说:"来来来,跟我挖一下地再做饭吃。"

哥哥从来没有干过劳动,挖了几下便累得要死,休息的时候,弟弟就做饭,哥哥吃了觉得特别香甜,便问弟弟:"你的饭菜为什么这样甜。"弟弟说:"是用牛尿马粪种出来的。"哥哥说:"牛尿马粪都这样甜。"弟弟说:"牛尿马粪本身不甜,但经我们劳动后就甜了,父亲说的话,意思就是这样。"

弟弟就说:"我借一半钱给你,你照我的办法去做。"哥哥回去以后,照着做了,不久果然又富裕起来。

波玉顿的故事

讲述者:波启木罕
记录者:卢自发
翻译者:岩峰
搜集地点:云南省西双版纳傣族自治州

有一个寨子,住着一对夫妻,他们在寨子周围种田种地,日子比较穷,过了几年他们生得孩子,渐渐负担重起来。丈夫到外面开荒,妻子留在家,孩子送饭给父亲吃。

丈夫开了一久,想单一个人开,不够,如何使闲在家里的女人动起来,一天,他告诉送饭的女儿说:"哎!开荒太累气了,我们今年不种地了。"女儿回家把话告诉母亲。

妻子决定去劝丈夫,第二天亲自去送饭,到了工棚,丈夫故意不歇气,一直等妻子叫了又叫方停下来,妻子感到丈夫太好了,自己也受感动,决定与丈夫一起干活。

所以夫妻在一起要共同劳动，生活才会过得好，这是老人的教导。

穷儿爱牛

讲述者：阿章
记录者：李仙
翻译者：刀孝中
搜集地点：云南省西双版纳傣族自治州

过去有一个穷孩子，从小无父母、无亲戚，寨人不要他住，他到外寨去住，那寨的头人又不准他住，穷孩子实在无法，又到另一个寨子。这个寨子很不爱护牲畜，杀的杀，吃的吃。

另一个寨子牛少，无人看管，就叫穷儿去帮他们看牛，穷儿就去帮一家有四条黄牛的人家看牛。

那时，那个寨子集中牛驮东西去做生意，穷儿也赶着四条牛去了，到了一个地方歇下。穷儿歇在一棵大树下，他抬头一看，有一窝蚂蚁因为小，老拉不动树枝做窝，穷儿便爬上树把树枝拉来帮蚂蚁做好了窝。

第二天蚂蚁来请穷儿去蚂蚁家参加吃酒唱新房，蚂蚁到牛歇处问，人们答："看牛的人是有，但没有帮盖房的。"后来问到穷儿了，穷儿答："就是我帮你们盖的了。"于是他和蚂蚁手牵手地去了。到了树下，穷儿只觉得头一晕不知事了，变成蚂蚁上树去，一片平地，酒宴佳客就在那里吃了。

蚂蚁王说："我们的房子，要是没有你来帮忙还完不成呢，我们感谢你，不知你需要什么？"穷儿说："我需要牛说话。"蚂蚁王说："好，就送给你吧，你拿着回去，七天内不要和别人讲一句话。"穷儿头晕一下就下树变成人回来了。七天内他真的不讲一句话，一齐去的人说他是碰上了鬼，有的说他是吃到了什么药，直拖到第八天早上敲鼓要走了，穷儿听到牛在纷纷诉说自己的痛苦和伤痛，穷儿听后就说给其他的人，人们问他为什么前几天不讲话，穷儿就把情况告诉他们。

其他人听了，还是同样不管牛地走，穷儿将牛口罩拿了，让牛一路上可以吃草，到了勐巴腊西，其他赶牛的人都卖了东西又买物驮回，他们的牛都叫唤驮不动了，穷儿卖了东西以后，一样也不买驮回家，干爹一见大怒说："你为什么空着回来，我是借钱让你去的，怎么还账？"黄牛晚上就和穷儿说："你干爹要赔账不要紧，我们知道寨子一处埋着金银，你去拿来还他们。"穷儿就好好记住了。

穷儿干爹天天骂穷儿，街子天人家要来要账了，穷儿暗暗问牛："你知道钱埋在什么地方吗？"那条紫牛来到岩边，用脚敲地并在那里屙尿，穷儿记住了，一直挑了五次才挑完，穷儿将钱交给干爹，干爹还了账后还剩下一大堆，干爹高兴极了。

有一天，一个人用一条母水牛在犁田，水牛累了，小水牛又要吃奶，但犁田的人打得很厉害，母水牛说："儿呀！你不要来靠近我，你看我被打得这么狠。"

犁田的人说："死牛，要是有谁要你，我就将你卖出去。"穷儿说："我要，你要多少钱？"牛主人说："卅刃金子。"穷儿就把水牛买回来。水牛说："我知道寨里埋的钱。"水牛暗暗告诉穷儿去挖回来，比黄牛说的还要多，穷儿变成了富翁，他很爱护牛。有一天，富翁将牛赶到山上去放，从那时起水牛就没有回来，在山上变成野牛，黄牛也放到山上去变成野黄牛。

有一天，他到一个寨子去找富翁朋友玩，朋友说："我们什么也没有，只有一只鸡，就将这只鸡杀来待朋友。"母鸡就向小鸡说："儿呀！主人要杀我待客了，你们长大了要好好生活，不要打扰人家。"他劝富翁不要杀，将鸡卖给他，于是十刃金子就将鸡买了带回，鸡来到家就告诉他门槛脚埋着的金子。砍开门槛，挖出不少的金子，他为了心疼鸡，就将鸡拿去放在山上，从那时起就有野鸡了。挖出的金子又拿去送给卖鸡的朋友，于是两人都成了富翁。

破宵那哩

讲述者：阿章
记录者：李仙
翻译者：刀孝中
搜集地点：云南省西双版纳傣族自治州勐海县勐混镇

从前，老虎、猴子、大蛇、银匠在一起，有一次，这四种东西都落到山林里十丈深的石洞里无法出来了，那时刚好有个猎人发现他们在洞里，他们就向猎人求救，猎人伸进一根竹竿，四种东西都拉着竹竿出来了。

救出后，老虎回到山坡上，猴子回到树林里，大蛇回到山洞里，银匠回到勐巴腊西。过了一久，猎人想："我救出他们已经好久了，应该去看看他们。"猎人就去了。

有一次，国王的公主被老虎抬去吃了，老虎将公主戴的金圈银镯留着，猎人找到了老虎，老虎就把它留着的东西送给了猎人。猎人还想继续去看银匠。

猎人到了勐巴腊西，找到了银匠，说："我救出你好久了，我去看老虎，它给了我这些金圈银镯，请你帮我重新打一下，否则国王知道了，会害我杀了他的女儿。"银匠说："好，你就住在我家吧。"当猎人睡时，银匠把公主戴的手镯拿去见国王，说："杀小姐的是一个猎人，这是证据。"

国王差人去将猎人捉来，国王不调查研究就要杀猎人，猎人说出经过国王也不听，一定要把他杀掉。

大臣们奉命从城里带猎人往东方出城，猎人哭喊："蛇王呀，我有难，你来救我吧！"猎人将其经过又告诉大臣。大蛇听到后就一直往国王家里跑去，把毒气喷到王后眼里，王后哭叫着，眼痛得快要瞎了。国王请看卦的人来看，看卦的人说："今天带出去的那人不能处死，不然王后不仅眼睛会瞎，而且会死。"

国王马上叫人去追,把猎人带回来放了他,猎人用宝药磨成水给王后洗眼,王后眼复明了。国王问猎人是什么缘故,猎人又把经过说了一遍,国王就去将银匠拿来处死。

继 母

讲述者:康朗道
记录者:李仙
翻译者:刀孝忠
搜集地点:云南省西双版纳傣族自治州勐海县勐混镇

有两姐妹,姐八岁,妹四岁,母死后,父亲娶来继母,父母每天出去找食物都带来给儿女吃。

有一天,姐姐出去拿来四个螃蟹,煮熟后刚好每人一个,但妹妹吃了一个还哭,吃了两个还是哭,四个都吃了才不哭。

父母回来,见螃蟹脚撒满一地,便问:"你们吃什么?"姐姐说:"我拿来四个螃蟹,本来是要留给爹妈各一个的,但因妹妹哭要吃,就没有留给你们了。"继母生气地骂她两姐妹良心不好,与丈夫商量将她两姐妹撵进山里。

她两姐妹被撵进山去,见蛇被白兔咬了,姐姐用草药医好了蛇。后来蛇又咬伤了白兔,姐姐又用草药把白兔医好了。姐姐带上这种药往前走,碰上一个魔鬼,魔鬼说:"你两个来当我的姑娘了。"于是她们两姊妹住在那里。一天,姐姐要出去找食,魔鬼说:"妹妹在家,我看护好了。"姐姐就一个人去。

魔鬼夜里将妹妹吃了,骨头堆在床上,姐姐回来只见骨头不见妹妹,就用布条裹起骨头背着走了。

魔鬼回来不见了骨头，就往前追，碰上土蜂，就问："你们见一个姑娘背着东西跑了吗？"土蜂不答，反而来叮它，又碰上老虎，老虎不仅不告诉它，反而要吃魔鬼。

魔鬼拼命地追，姐姐拼命地跑，魔鬼追到坝子里，因为它不敢进坝子里就转回去了。

姐姐到了一个湖边，湖里水很清，有莲花。姐姐把妹妹的骨头拿出来洗，将她带着的药撒在骨头上，妹妹又恢复了原形。她们二人进了寨子，听说王后死了，她们将药撒在王后的身上，王后又活起来了。

国王非常高兴，把她们认为儿女，后来长大了，国王的儿子娶姐姐为妻。

有一天，她两姊妹在回忆被继母迫害和救活了人的事，姐姐就对丈夫说："我们应当爱护百姓，解除百姓的灾难。"他们就在路边盖起亭子，让来往的过路人休息，而且请了画匠来画图在亭子中。

两姊妹的父母亲后来无依无靠，生活困难，听说有一个地方救济百姓困难的，他们就来到这个地方，两姊妹见到父母，便问起过去的事情，而两老硬是不承认这些事，但抬头望到墙上画着的继母压迫儿女的画，姐姐说："你们不是这样的人也算了，请你们往前走几步。"两老刚往前走了两步，土地忽然裂开，就掉进去压死了。

两姊妹就在那里成为百姓很爱戴的人。

两个朋友

讲述者：康朗道
记录者：李仙
翻译者：刀孝忠
搜集地点：云南省西双版纳傣族自治州勐海县勐混镇

有一个人挑着鸡去做生意，途中碰到老虎。老虎说："你真好，给我送食上门。"卖鸡的人说："我看你行动不方便就挑鸡来送给你。"他就拿一只鸡给老虎，老虎就放他过去了。他卖完了鸡转回家又碰上了那只老虎。老虎给了他一挑姜，他挑回到家都变成了金银。

另一个朋友听见这事，也想去碰碰老虎挑回金银，就挑着鸡去，不料这次连鸡连人都被老虎吃光了。

冬爹冬麻

讲述者：岩温札
记录者：李仙
翻译者：刀孝忠
搜集地点：云南省西双版纳傣族自治州勐海县勐混镇

过去有两个朋友，生活贫困，互相感叹并商量一起去偷富翁的牛。一天晚上，他们一个披蓑衣一个披草席走进富翁家，碰巧老虎也来偷富翁家的牛。老虎在富翁家楼下躲着。富翁的孩子哭了，妈妈说："再哭老猫来了。"孩子还是哭，妈妈又说："再哭老虎来了。"孩子也还是哭，妈妈又说："再哭冬爹冬麻来了。"孩子就不敢再哭了。老虎听了很怄气，也很怕冬爹冬麻。

那两个来偷牛的人在楼下摸哪一条牛肥,恰巧摸到老虎,老虎不敢动。二人高兴极了,以为拉住了一条肥牛,就拉着赶快走,天亮了,走在后的那一个人看见是只老虎,吓得他一面退一边叫前面的那人赶快拉着走,走着走着,前面那人回头一看,不见了朋友,自己拖着的是只老虎,他害怕极了,就将老虎拴在一棵树上,自己爬上树去,树上有老熊窝,老熊出去寻食回来,发现树上才拴着老虎,就问:"谁把你拴在这里?"老虎说:"哎呀呀,有一个冬爹冬麻,连小孩一听说他来了就不敢哭,连你的小儿都被他摔死了。"

老熊很生气地爬上树去,披蓑衣的人用刀丢下来戳破了老熊的头,血流了很多,老熊吃惊着奔跑,老虎用力挣也挣不脱。

老熊跑到途中,碰着一只大象,就告诉大象说:"有一种动物把老虎拴在树上,它的毛长得很,谁碰着它的毛就要流血。"大象说:"真的吗?那你快去找青蛙王,把它请来。"老熊请来了青蛙王,大象说:"你要看见它,就站在我头上。"青蛙站在象头上一看,冬爹真的是长毛。

大象说:"真的有这动物我也要用鼻子去试试。"它刚把鼻子伸上去,就被树上的人用刀砍了几刀,吓得大象边跑边叫。所有的动物都害怕极了,它们想:"连象大哥都怕,我们就更不用提了。"

老虎也用力挣脱跑了,树上的人见所有的动物都跑了,他也下树来走回家去,到了家,碰到和他一起去偷牛的那个朋友,就把经过告诉他。从此两人再也不敢去偷牛了。

岩批根

讲述者：刀国兴
记录者：雷波
翻译者：岩峰
搜集地点：云南省西双版纳傣族自治州勐海县勐混镇

有一个寡妇，要进城去赶集，路上遇到一条江，来到江边，只好求划船的人把她带过去，但船上坐着一个佛爷，不让她坐，说她是寡妇，不配坐，后来又来了一个布朗族妇女也要求坐船，还是不得坐。

寡妇始终不得过江，她很厌恨和尚，就向天祈祷："如果我有三个儿子，一定要他们去战胜这些人。"不久她果然生了三个儿子，叫岩苏、岩根、岩西，母亲把以前的遭遇告诉他们，要他们为母亲复仇。

岩苏被母亲送到缅寺当帮工，缅寺里有个年老的佛爷叫都布，每天叫他到寨子里去化饭，化来的饭吃不完，就晒在院子里，晒的时候狗常来抢吃，他守也守不住，就想了个办法，把饭和芝麻合在一起拿去晒。佛爷来了，问他这是什么？他说："这是狗屎，我吃过了，又香又甜。"佛爷拿起来一吃，忙说："是呵！真甜，呵，岩苏，狗下次来吃，你就不要放它走，让它屙屎来给我吃。"过了一下狗来吃饭了，他就用门一压，压出狗屎，就大叫佛爷，佛爷来了，吃了一口说："呵呀！不好吃，这回是酸的嘛。"

过了一久，大佛爷因为酒肉吃多了牙齿塞，很不舒服，后来打听到木瓜可以吃得好，就打发他去买木瓜，岩苏买了个芋头回来，大佛爷什么也不知道就吃了，越吃越麻，更不好受了。

大佛爷什么都想吃，有一天对岩苏说："这两天我很想吃猪脑，你去搞点来我吃。"猪的叫声和"脑"是一个音，岩苏就去买来一对小猪，佛爷说："我不杀害生命，你咋个要买这个来！"岩苏说："你要吃，我就买来嘛，你自己杀。"佛爷说:"要死的。"于是岩苏就买来一个死脑,拿回来送到厨房里去煮,煮熟后一想:"这个老头一天吃好的,我什么也不得吃。"就决定把它吃掉,剩下一小点,放在甑子里,赶些苍蝇进去叮。佛爷来吃,打开一看尽是些苍蝇,佛爷问他猪脑哪里去了?他说:"就是被这些苍蝇吃掉了!"佛爷很生气,就命令他把这些苍蝇打死,哪里有,哪里打,岩苏就到处乱打,见佛爷脑袋上歇着苍蝇,就拿起棍子打去,把佛爷的头都打出包包来了。

天长日久,佛爷的钱都用光了,心想只有去做生意才有办法,岩苏告诉他这是佛爷的五戒之一,佛爷也认为没关系,就叫岩苏跟他一起去。佛爷骑着马走在前面,岩苏挑着担子跟在后边,在路上,他问岩苏:"担子好挑吗?"岩苏说:"好呵,挑着可以把脖子靠在担上,想睡,想唱歌都行。"佛爷说:"啊呀!我的马不好骑啊,我两个换换好不好?"岩苏说:"不行不行。"佛爷一定要换,岩苏只得把担子交给他,自己骑上马,很快就到了家里。佛爷从来没有挑过担子,累得他满头大汗,脚痛腰酸,走了一节,实在挑不动了,担子里满满地装着盐巴,他想放到树上,又怕别人把盐巴偷去,后来遇见一个鱼塘,就把盐巴放在鱼塘里,就轻轻松松地回家去了,到家后岩苏问他:"你的盐呢?拿回来要赚很多钱呀!"佛爷说:"我挑不动,放在水塘里留着。"岩苏叫他赶快去找,他们来到塘边,盐早就化完了,还到哪里去找呢?佛爷很生气,说一定是鱼吃了盐,就叫岩苏把水弄干,鱼跳了出来,佛爷说:"就是它们,就是它们!"岩苏拿出一条鲫鱼,这边打,那边打,佛爷也抓出一条江鳅(刺很多),这边打,那边打,结果被鱼刺弄得满手都是血,佛爷问:"怎么鱼不咬你的手?"岩苏说:"哪个晓得。"

炎热的夏天来了,南瓜成熟了,佛爷把头剃得光光的回来,说:"太热了,不进去睡了。"岩苏问他:"那么睡在哪里呢?"佛爷说:"就睡在凉台的瓜棚下。"半夜,岩苏醒来,用刀去割瓜,摸摸,这个不熟,哪个不熟,摸到佛爷头上,说:"这个熟!"一刀下去就割下了佛爷的头。别人知道了也没法定罪,因为这是割瓜嘛。

佛爷死时岩苏唱了一首歌:"圆圆的南瓜呵,圆圆的南瓜!你从瓜架上掉下来，怎么就变成了佛爷的头？可怜呵可怜佛爷，没讨老婆就死了，你死后给会做梦？"

吃铁的人

讲述者：波玉京囡
记录者、翻译者：张必琴、岩香囡
搜集地点：云南省西双版纳傣族自治州景洪市

从前，有一个人力气非常大，把铁当作饭吃，因此他很骄傲，认为谁也比不上他，可是他的妻子说："你不要以为你的力气很大，谁也比不上你，比你力气大的人还有哩！"他听了后，非常生气，对妻子说："你给我把这个人找来，如果找不来，我就要杀你。"妻子没有办法，只好出外去找。

天神知道这件事情后，就变成了一条鳄鱼在路上爬行，他的妻子出来后走过这条路，碰见了鳄鱼，鳄鱼就问她去什么地方。她说："我的丈夫要我给他找一个力气非常大的人，如果找不着就要杀死我。"鳄鱼说："我就是那个力气很大的人，你回去叫你丈夫来吧，我在这里等着他。"于是她就回去叫丈夫了。

她的丈夫来了后，鳄鱼对他说："我们来比比力气吧！看谁的力气大！你拿着我的尾巴。"当他刚拿着鳄鱼的尾巴时，鳄鱼就将他甩到很远很远的一个地方，是人间另一个地方叫大人国。

当他被鳄鱼甩到大人国之后，看见所有的人非常高大，如果躺下，肚子就成了一个小山，他觉得奇怪极了。这时，看见一个人在犁田，他心里想："我的力气也很大，我想去试试。"当他刚刚犁了一下，翻起来的泥土就把他盖住了，动也不能动，之后，大人国的人才把他从泥土里拉出来。晚上睡觉的时候，大人国的人说："睡在外面有蚊子，猫咬人，睡在帐子里好了。"他说："我就睡在外面，蚊子、猫我们那里也有，我不怕。"可是当他睡下时，飞来的蚊子有老鹰那么大，猫有老虎那么大，在他身边动来动去，把他吓住了，看到这些，心里很害怕就想回去。

当他回家走到路上的时候，看见大人国的人拿着大象去钓鱼，箩筐里还放着有两只大象在互相打架……看到这些，觉得又奇怪、又害怕。这时，心里才想到，自己力气虽大，但比自己大的人还有，妻子说的话对。从此，他再也不以自己有力气为骄傲了。

老虎、青蛙和螺蛳

讲述者：刀正祥
记录者：曾爱贤
翻译者：刀正祥
搜集地点：云南省西双版纳傣族自治州

有一只老虎，天天在森林里面，到处找东西，找其他动物吃，有一天，老虎来到河边，看见了很多螺蛳，老虎就对螺蛳说："我要吃你们。"螺蛳说："你如果要吃我们，先来比一比，看谁跑得快，假如你跑不过我们，你就不能吃我们。"于是螺蛳就开始组织起来，叫一部分螺蛳到终点等着，比赛开始了，老虎一跑，螺蛳就跳进水里，到老虎跑到终点的时候，那些螺蛳说："你看我们早就到这里了。"老虎说再来一次，开始跳的时候，螺蛳全部跳进水里，只在起跑的地方留下一部分，老虎跑到终点，一个螺蛳也不见，他又返回到起跑处，这些螺蛳又说："你看我们已返回来到这里了。"结果老虎不能吃螺蛳了，只得又去了。

后来又遇着了青蛙，它又对青蛙说："我要吃你们。"青蛙说："你要吃我的话，先来比一比跳河，如果我跳不过你，那你就可以吃我，否则你就不能吃我。"接着它们就开始比了，青蛙叫老虎在前面，它在后面，当一开始跳的时候，青蛙就抓住老虎的尾巴，老虎一跳，青蛙被老虎带过去了，并且青蛙从老虎的尾巴上跳到了老虎的前面，于是青蛙对老虎说："你还是跳不过我。"它们一连这样跳了三次，老虎还是跳不过青蛙，于是老虎说："这不算，我们来比赛吃东西，看谁敢吃大动物。"青蛙说："好，我们去吃，吃回来，就吐出来看。"说完，他们就各自去找东西吃去了。

青蛙首先去吃木耳，老虎去吃野猪、马鹿等。回来到原本的地方吐，老虎吐出的都是些肉，青蛙问："这是些什么东西？"老虎说："这是野猪、马鹿肉。"青蛙吐出的是木耳。老虎问："这是什么？"青蛙说："这是憨竹。"老虎说："什么叫憨竹。"青蛙说："就是老象的耳朵。"老虎听了吓了一跳，"老象，我都干不过它的。"老虎说，"不算，我们再去吃一次看。"这次老虎就去找野牛吃，青蛙就去吃皮鞘果的籽籽，吃完又回来吐出来。老虎吐出的都是些野牛肉，青蛙吐出的是皮鞘果籽籽，老虎问青蛙："这是些什么？"青蛙说："这是鲁达碎。"老虎说："什么叫鲁达碎。"青蛙说："鲁达碎，就是老虎的眼睛。"老虎还来不及说什么，青蛙就说："我要吃你的眼睛了。"说着就要跳过去，老虎就被吓跑。青蛙终于战胜了老虎。

富翁换家

讲述者：康朗景
记录者：张星高
翻译者：刀孝忠
搜集地点：云南省西双版纳傣族自治州

有两个富翁，他们都是老朋友，一个叫梅那嘎，一个叫札迪腊；一个的房屋朝东，一个的房屋朝西。梅那嘎竹楼的交叉处自己长出芭蕉叶，这是因为天神看到他一方面是富翁，一方面不老实才这样做的。房子的地势风景都很好。有天札迪腊来串梅那嘎，看见芭蕉叶，就知道是怎么回事。札迪腊回家后，就将房子交叉处镶上宝石、玻璃等各种好看的东西，太阳一出五颜六色，十分漂亮，做好后梅那嘎到家中串，看见很漂亮，札迪腊就向他说："它是自生有的。"梅那嘎很想换，就回家向老婆商量，要与札迪腊换房子。老婆说："芭蕉叶是天神造的，是由于我们财产充足才会有的，东方札迪腊的是人造的，不如我们的好。"梅那嘎说："你懂什么，妇道人家！"老婆说："你不识好歹，我们离婚好了。"两人就吵起来。老婆说："真的要换，我们就离婚。"梅那嘎说："离就离！"老婆说："跟你离了婚我到处讨饭吃也划算。"梅那嘎给老婆一条金毯，他们就离婚。这样两个富翁就互相调换，各家的财产用牛马都驮不完。

梅那嘎到东方之后，每天都静静地坐着，天天用钱叫四面八方的老朋友来大吃大喝，铺张浪费。搬家后的第七年，所有的钱都用光了。金银的灵魂也开了小差，用钱也没有把握，钱用完，今天卖牛，明天卖马，连房子的瓦、椽子都卖了，房子地面也卖了。全部卖光，没有办法，只好讨饭吃，东跑西走连自己背的通巴都没有了。有天他偷了人家晒着的筒裙，把下面扎起来做口袋。人家给他米，只好用嘴牙咬着筒裙。穷到这样地步，与他老婆分家时说的，"是一个笨蛋丈夫"不假。

再说他老婆不论到哪家，就把金毯挂起来，每家都挂，挂稳就做他家的妻子。有天在寨子边真的挂稳了一家。这家只有母子俩，非常穷，没有锅碗，住在很简陋的草棚里。挂稳后，女的走进去叫妈妈！那妇女很奇怪，问她，她说要做她家的儿子媳妇。那老大妈很不好意思接受，她把自己的经历述说，不愿跟富翁好，想找个穷苦的，不管人才好丑，不管生活困难都愿意，"现我就愿意跟你儿子好"。这样就与老大妈儿子结了婚。

这个地方有个土司，喜欢打猎，追着追着就追到魔鬼的地方，魔鬼碰到土司，要拿他当零食。土司说："要吃我只有一个人，我地方有十六亿的人口，每天送你一个。"魔鬼放土司回家，土司回家后就传出命令，送人给魔鬼，一个寨子，一家一家的轮着给魔鬼吃。

有天轮到那女人在的那个寨的那家，老大妈说人老了不愿去，媳妇就说："妈妈年老了，应该子女为父母牺牲，如果魔鬼不吃我，我仍愿意做你的儿媳妇。"大家把女的送去，晚上魔鬼来，看见是个女人，不敢吃，开口问女人，女人说："你要吃我就吃，你是个魔鬼王，你有几千几万的罪，人民劳动者、全村子的老百姓被你吃光，你的罪恶永远背着。"她还把自己的经历向魔鬼述说，说那富翁很贪心，欺压妇女，"现在我去做穷苦人家的儿子媳妇，我是来为老妈妈牺牲，我对你说，你每天吃一个人，几千几万的罪永远在你头上。"魔鬼看见这女人，心都软了，说："我到这里吃了七百个人，再吃你就是七百零一个，现在不吃你，你做我的抚养姑娘，你要回家就回家吧，钱埋在人数脚，有十八亿元，你要就拿回去。"女的说："你说的是真的吗？"魔鬼肯定地答复。

那女人回到家里，妈妈很高兴，她把全部经历说给妈妈，消息传到土司耳里，说有个穷妈的媳妇送给魔鬼，魔鬼不吃，大家都来看她。土司派人传到家里，她也很漂亮，土司想把她占为妻子，那女人不同意，说她愿意永远同穷苦人家生活，她家在妈妈那儿，妈妈说："我们生活很苦，你过过很富的生活，可能不习惯，现在土司的儿子要你做媳妇最好去吧！土司掌握财产、权力，假如你做我的媳妇，他就会来害我们。"媳妇说："我虽是富翁，但权力没有土司高，土司虽有那么多的钱，但不是他的，那是地方老百姓的，我做土司的儿子媳妇，他不高兴时，想怎么办就怎么办，死活由他掌握，我不愿做土司的儿子媳妇，愿同你生活在一起。"这样她与老妈妈的儿子正式结了婚。结婚后她跟丈夫、妈妈说："我们到底是讨饭过日子，还是干劳动，妈妈，我是怎样办都行，干劳动不会累死，累就休息，休息后劳动，劳动能过好生活。"全家同意干劳动，但连买农具、籽种的钱都没有，只跟寨子头人借的。

他们开了四周一千拿的荒地，各种各样的作物都种了。刚开始劳动时，吃的只是向别人借。收庄稼后吃不完就卖，各种各样的作物一熟就卖，芭蕉一熟就卖。整整一年，他们劳动结果有了本钱，还清了债。他们继续干劳动，过了三年，已有六亿元钱，他们重新盖房子，亲戚朋友多起来，她家共有十八亿元，但未取。他家继续劳动，又重新盖了房子，又向寨子亲戚及妈妈、丈夫说出那十八亿元，他们挑了七天，才勉强挑完。这样消息传出去，有的人说有个新富翁，他家与大家老百姓过的一样，遇到困难的人，不论本地的、外地的都帮助。后来她在岔路口盖了亭子，为了大家有住处，好休息。亭子盖好后请人画像，首先要画他们的历史情况，画梅那嘎与札迪腊换房子及她到处流浪等画在亭子的壁上，也把现在的情况及梅那嘎讨饭的情况也画起来写起来。

这消息传到梅那嘎耳里，说有个新富翁如何给穷苦人东西，他到亭子仔细看，看到自己的名字也在亭子的壁上，也看到妻子的经历。看后低头流泪哭泣，有人跑来告诉那媳妇，那媳妇听说，连忙出来看，说："你是梅那嘎富翁吗？"他不承认自己是富翁，说："我不是富翁，你是富翁。"媳妇说："是，你就是富翁，我是你的妻子。"那女人把他传到家里，让他洗澡换衣，很好地款待他，她把自己的经历告诉梅那嘎，那媳妇给他东西，说他挑得动多少，一次又一次地加，加到他挑不动时，才不加了，他身上的衣服，色头都相当漂亮。她向妈妈说不要发脾气，"我俩总是夫妻，我给他效劳，现在我对他效劳还是不够，我拔下七根头发给他说'我对你效劳还不够'，回去后用头发揩揩脚底板，想到我，今后不久，你的生活就改善了。"他带了很多财产及七根头发照前妻的话做了，一直好久，他的生活逐步好起来。

札迪腊得了芭蕉叶的房子后，一直很安静的生活下去。

盖房工具的来历

讲述者：岩温扎
记录者：李仙
翻译者：刀孝忠
搜集地点：云南省西双版纳傣族自治州

有一个野佛爷，住在一支最高的山上，他有一个朋友是只大老虎，老虎一抓到兽类就拿来和佛爷一起吃。佛爷附近的兽类都被老虎捉光了。有一天，佛爷看到大平原上有五百多只猪，他便向老虎说："那边有一伙猪，你快去捉来。"老虎听了就去，但有一个猪王，老虎胜不过它，便骗它说："你们在这里挨冷受饿，我帮你们找一个住处，是个山洞，里面有吃处有睡处。"猪王就带上一只猪跟老虎去了，走了一天，猪王问："老友，还不到吗？"老虎回答："快了，马上就到。"

老虎带着猪王一直走了三天。老虎说："猪王呀，你在这儿等我，我口渴得很。"于是老虎回头就往五百只猪在处走，走到五百只猪的面前又说："猪呵！你们的王被我领去一处好地方住着了，你们也来跟我去你们的王那里去吧。"五百只猪真的跟着它去了，老虎带着它们另从一道走去，到了野佛爷住的地方。

猪王等着老虎不见回来，猜想可能受骗了，就赶忙从原路回来，不见了它的五百只猪，只得跟着脚印追去，追上了，就问："谁带你们来的？"五百只猪回答："虎带来的。"老虎忙说："我本来要带它们来见你，但走错路了。"

猪王再三质问老虎，老虎只得照实说："对不起，我因为奉野佛爷的命拿食来给他吃，附近的兽类都被他吃光了。"猪王听后就去问野佛爷，硬要野佛爷跟着它们走，野佛爷无法，只好跟着它们去了。

来到一个地方，碰到其他动物都去帮叭沙莫底盖房子。猪王说："我们也应该去帮一帮。"老虎说："怎么帮呢？"佛爷说："大师傅由我来当。"猪王自己提出："你们把我搞死，用我的身体的各部分去做工具。"于是用猪王头做吊线盒，用尾巴当锤柄，用肠子做吊线，用脚做锤。房子盖好后又将工具一样样拿回来，凑成原来的猪王，猪王又带着五百只猪回去。

野佛爷在盖房期间各自在一边吃饭，因而傣族过去盖房子的师傅是要单独吃饭。

老虎说："房子快盖好了，我要回山去了。"直到叭沙莫底贺新房那天它才来。

直到现在老虎和野猪都还是仇人，因为它们互相欺骗过。

学本领

讲述者：阿章
记录者：李仙
翻译者：刀孝忠
搜集地点：云南省西双版纳傣族自治州勐海县勐混镇

勐巴腊西有一个青年到勐达戛西腊找阿章[①]学本领，阿章说："你远道而来，只要是我懂的都教给你。"青年将带来的金银礼物都送给阿章，就住在阿章家天天干活，一个多月了，还不见阿章教给什么东西，他就说："阿章呵，我来这里已一个多月了，你就教我吧。"阿章说："好吧，这就教你，该得就得，该输就输，该死就死。"青年问："教的就是这些了吗？"阿章说："是的，就是这些了。"

青年回到了勐巴腊西，有一天寨里要每家去一人开会，这个青年因累了没有去，人们就议论纷纷。第二天头人去找那个青年想向他学本领，就问他："我来向你学本领要给你多少钱？"青年说："六十两。"头人给了他六十两银子，青年就教给头人说："该得就得，该输就输，该死就死。"

头人说："真倒霉，出这么多的钱，才这么几句话，不教我自己也懂。"他回去闷闷在着。

土司召集头人开会，他就没有去，土司问那寨的头人为什么不来。有人就将头人到青年那里学本领的事说给他。土司第二天骑着马去问头人："是不是你们寨子有个学了本领回来的人？"头人答："有的，昨天我就去学来了。"土司说："那么我要向你学，你要多少银钱？"头人说："一万斤金，一万斤银。"土司叫差役拿来交给了头人，头人就教他说："该得就得，该输就输，该死就死。"土司知道本领就是这几句话，很后悔白白出了银钱，还

---

① 阿章：爱读缅寺经书的人。

丢了脸,便回家去闷闷不乐地在着,也不把这事传出去,只想跑到其他地方去,于是他就出走了,去到一个沙滩上,他睡了下来,不断地叹息:"唉,这么简单的东西都要去向他学,算了吧,我就睡在这里死了算了。"

这时,天空里忽然飞来一个魔王,穿着宝鞋,带着宝刀,落在沙滩上,准备去洗澡,将服饰脱在岸边,土司把魔王的服饰穿上,一飞就飞到了勐巴腊西,从此土司的威力就更大了,百姓更爱戴他了,他就一直在这里当了土司,直到老死。

三个人

从前有三个人,一个流鼻血,一个流泪,所以常有小飞虫来眼前飞,另一个头上生虱子。人们对他们三个说:"你们在一天以内若能不擦鼻血,不打眼前的小飞虫,不抓头上的虱子,谁能忍得住,我们就给他一对大水牛。"

流鼻血的人鼻血流个不停,总想用手去擦;小飞虫在眼前飞的人,总想用手把飞虫打开;头上生虱子的人总想去抓头,他们都忍耐不住了。头上生虱子的这个人就对人们说:"我见了一条黄牛,有九只角。"人们问怎么生法,他就用手在头上抓这点一下,抓那点一下,等他把九只角生的地方指完,他头痒的地方都已经抓过了。眼前有小飞虫的那个人,听了以后,就趁机用手在眼前摆去摆来的,嘴上说着:"我不听,我不听。"结果把眼前的小飞虫都吓跑了。流鼻血的那个人就说:"我父亲有一支枪,他打得很准。"说着,他就做打枪的姿势,结果用手袖把流出的鼻血都擦干净了。这样做的结果他们仍然没有得到水牛。

胆小英雄

讲述者：波的光
记录者：卢自发
翻译者：岩峰
搜集地点：云南省西双版纳傣族自治州

有一对种田种地的夫妇，男的胆子很小，所以人们叫他岩黑哥。一天，他们上山打柴，看见一只熊走来，丈夫一见便回头跑。妻子很沉着，挑起扁担来，老熊张开嘴来咬她，她趁势把扁担插进老熊嘴里，结果把老熊搞死了。

岩黑哥跑回家里，对小孩们说："娃娃们，赶忙关起门来睡，你们妈妈被老熊吃了。"

妻子在山上把熊皮剥下来，挑着担子回家，天已经黑了，去叫门："孩子的爹来开门。"岩黑哥在里面说："我还没有去赎，你就来了，你到底是人还是鬼？"妻子没有办法，只好把门搞烂进去，就开始煮熊肉。小孩听见母亲的声音，便爬起来看，见是自己的妈妈，便去告诉岩黑哥。岩黑哥才知道妻子没有被老熊吃掉，才敢爬起来。

他问妻子："这只老熊到底算谁打死的？"妻子说："就算你打死的吧。"这样，岩黑哥打死老熊的名声就传出去了，一直传到国王耳朵里。

这时，有一条蟒蛇作怪，国王就传岩黑哥进宫去，把打蛇的任务交给岩黑哥，岩黑哥不接受又怕国王，接受又怕蟒蛇，只好回家告诉妻子。

妻子说："你不要怕，你去斗①一把长长的刀把，国王会派人给你，你让他们一些上前，一些在后，你在中间，蟒蛇出来，他们就会杀了。"

---

① 斗：云南地区方言，意为"接"，指通过某种技巧或技术，把两个物件连在一起。也会引申为"合适""适配"。——编者注

岩黑哥领着国王派给他的军队，到了蟒蛇在的地方，岩黑哥低头去看，刀把一抵，就把他抵进水里去了。其他人以为是他勇敢不怕死就跟着跳进去，蟒蛇被搅起来，跟着岩黑哥的人拼命与蛇斗，结果杀死了蟒蛇。其他的人不晓得真情，都以为岩黑哥本事好，杀死过老熊，又杀死了蟒蛇，大家都很敬佩他。

过了一久，渡口出现一条蛟龙，常把船弄翻，大家又向国王报告说，"只有岩黑哥才能杀死蛟龙。"岩黑哥又告诉妻子，妻子说："你叫国王派最好的大兵给你，你带着他们去就不怕。"

岩黑哥带着国王派给他的勇士，带着箭和刀，坐着大船去了。蛟龙一出来，岩黑哥吓得发抖，勇士们赶忙射箭，结果把蛟龙射死了。

国王问岩黑哥带去的人说："岩黑哥到底怎样杀死蛟龙？"大家说："岩黑哥一见蛟龙就发抖，我们赶忙射箭，蛟龙就被射死了。"国王说："可能岩黑哥抖是使用什么法术。"

国王有一个姑娘，很漂亮，其他国的王子都来求婚，公主都看不上，结果那些国家的王子就带兵来打，国王没有办法，又叫岩黑哥去抵抗。

岩黑哥这次对妻子说："小娃的妈，国王叫我去打仗，这次不能活了。"妻子告诉他："你去选一只听见哪里响就往哪里跑的马，然后用绳子把自己拴稳在马上。"

岩黑哥照妻子的办法，带着军队去打仗，双方一打起来，岩黑哥骑的马听见对方战鼓一声就拼命往对方冲去，跑得太快，岩黑哥被摔下来，但没有掉下来，因为有绳子拴着，只是吊在马肚子下，对方的人看见了都惊奇地说："不得了，人家骑马的技术这样高明，我们肯定打不过他，还是不要打了吧！"于是就退回去了，岩黑哥就这样打败了对方的军队。

国王大大奖赏岩黑哥，让他当了最大的官。

火烧卜卦棍

翻译者：岩峰
搜集者：雷波
地点：云南省西双版纳傣族自治州

有一个富翁，他有七个姑娘，招了七个姑爷，大的六个姑爷都做生意去了，第七个也想做，但不会做，只买了一根九弯棍，妻子问他："你为什么只买这样的棍子回来？"他说："这根棍子可以卜卦。"

妻子把这件事告诉父亲，父亲对她说："我有三窝金银，一窝埋在火塘边，一窝埋在楼梯头底下，一窝埋在楼梯脚底下，如果他的棍子能卜知这三个地方，我的金银给他一半。"恰巧姑爷躲在楼梯下听见了。

妻子把父亲的话告诉他，他就拿了棍子，故意"夺夺夺，夺夺夺"的到处去找，到火塘边，他说："这里有一窝。"到楼梯头和楼梯脚，又找出了两窝，岳父只好把金银分一半给他。

这时，国王丢失了金子，这金子恰好是管仓库的人偷的，但是国王还不知道，反而还派他去请这个姑爷卜卦，卜卦的人听了，心里很着急，就说："呆里鸡立栽[①]。"恰巧国王派去的那个人名字也叫"呆里鸡立栽"，他只好承认是自己偷的，国王找到了偷金子的人，就把一半国家给了卜卦的那个姑爷。

卜卦的人怕以后再出麻烦，就偷偷地把那根棍子烧了，以后也就不卜卦了。

---

① 呆里鸡立栽：傣语"死了，死了，我的心要死了"之意。

召香柏

讲述者：佚名
翻译者：岩峰
记录者：卢自发
搜集地区：云南省西双版纳傣族自治州勐海县勐遮镇

有一个富翁，生下两个儿子，大的一个叫作召香勐，小的一个叫作岩罕叫。大的满七岁、小的满五岁时，母亲死了，父亲想讨一个后母，就去串姑娘，串着一个有钱人的姑娘。

那个姑娘对他说："你是已经有两个孩子了，我不能再嫁给你，如果你一定要娶我，那么就得把两个孩子送给别人，或者赶走，然后多方能跟你结婚。"

富翁想：送给谁呢？如果不送又得不到这个姑娘，很是痛苦。想来想去，决定把两个娃娃领到外边去。一天，他对孩子说："今天我要领你们到森林里摘野果吃。"孩子听了很高兴。

到了森林里，他摘了很多果子给娃娃吃着，就偷偷地回来了，两个孩子踩着父亲的脚印找回家。

第二天他又领着他的两个儿子到深山，这里摘摘，那里摘摘，黄昏的时候就跑回来了。两个儿子东找找也找不着，西找找也找不着，任哭任叫都不见父亲的回声，哥哥抱着弟弟，躲在一棵大树底下。

这时森林里来了一个女魔鬼，好来找马鹿吃，吃了以后，见到两个孩子，本来很想吃，可是觉得这两个孩子很可爱，就背着他们飞到自己的家里。

这个魔鬼没有儿子，就收留这两个孩子，每天出外都告诉他们："你们不能到别的地方去，妈妈到森林找东西来给你们吃。"过了一久，兄弟两人奇怪起来,"为什么天天这样教我们呢?"

有一天,他俩决定出外看一看,等女魔鬼出去后,便手拉手地出到外面,这里看也看不出什么,那里看也看不出什么,后来到了一个大山岩边,看到一大堆麂子骨头、马鹿骨头、人骨头。哥哥说:"弟弟,你看看妈妈不是个好人,是个吃人的魔鬼,现在她有得吃的,还不吃我们,等她没有吃的时候,她就要吃我们了。"弟弟问哥哥:"怎么办?"哥哥说:"逃走!"兄弟两个就逃到森林里。

晚上魔鬼捉到鱼回来不见孩子,便飞出去到处找,结果在箐里找到两个孩子,便背起小的牵着大的回来,并对他们说:"叫你们不要到处乱跑,我会找东西来给你们吃。"

第二天女魔鬼又照样告诉他们:"你们不能出去,山背后有一口井,里面的水不能吃,吃了就会死!"兄弟俩等女魔鬼出去了,便偷偷走到岩石附近想看个究竟。

他们果真见有一股泉水,从石头里喷出来,这时他们忘记了女魔鬼的话,每人捧起水吃了三口,结果变成两只小鸟,飞到很远的地方去了。

到晚上魔鬼回来,又不见两个孩子,就飞出去追赶,直追到两只鸟歇的一棵大树下,对孩子说:"孩子,赶紧下来,我很想你们,我们前世有因缘,赶紧下来。"两个孩子一个望着一个,女魔鬼叫了三次都不下来,女魔鬼就睡在树下了。

天亮了,两只小鸟趁魔鬼未醒,就飞掉了,飞到原来他们住的镇子,歇在国王的一座花园里。

看守花园的一个老倌,在花园里下了许多扣子,他俩不晓得,大的被扣住了,弟弟没有办法,只好飞走了。园丁把捉到的鸟献给国王,国王把它关在笼子里,挂在宫殿里玩。

国王有两个姑娘,大的有十六岁,懂得爱情,姊妹两个见到这只鸟,争着要玩,姊姊抱到卧房里挂起来。

一天姊姊去翻鸟的羽毛,在脚上发现一根金线,这根金线是他们吃水时，泉水变的，她把那根金线一解，这只鸟就变成一个很漂亮的小伙子，脸像早晨的太阳，身体像挺拔的大树，穿着很好，姊姊就爱上了他，互相产生了爱情。

姑娘害怕国王不答应，一到早上就把线拴起来，小伙子仍然变成一只鸟，晚上解掉金线，鸟又变成人，他们同居了。

这时邻国的许多王子都来向这个姑娘求爱，国王问她到底爱哪一个，姑娘回答一个也不爱。

过了一久，姑娘身子变得笨起来，国王感到很奇怪，到底是谁来欺侮了呢？问姑娘："你到底爱谁？"姑娘回答："我就爱这只小鸟。"国王以为姑娘跟他开玩笑，便说："好啦！把你嫁给这只鸟。"姑娘听了很高兴，就问父亲同意不同意。

姑娘把金线解开，小鸟就变成一个很漂亮的小伙子，大家看了很惊奇，国王不好多说了，但不晓得这个小伙子到底是穷人家还是富人家，怕给了穷人家脸面不好看。

国王想了一个计，对小伙子说："我的门前有一块大石头，如果你能把它扔到天空我就把姑娘嫁给你。"姑娘听了以后很着急，这么重的石头怎么会抛得到天空呢？就劝小伙子不要去抬，还是去向父亲说情。

小伙子说："不怕！"就很从容地走近大石，排开两手，把大石头用力往上一抛，大家看了都非常惊奇，非常惊慕小伙子的力气，又生怕大石头落下来打在自己的头上，顿时喊声如雷，小伙子说："不必惊慌。"用手一接就像接一朵云彩一样，把大石头轻轻放在原位，国王也不能再说什么，就决定把姑娘嫁给他，举行了很大的拴线仪式，国王就让位给女婿召香勐。

召香勐告诉国王，他还有一个弟弟还是一只鸟，在森林里，就领着人到森林里去找，弟弟听到哥哥的声音，便飞了出来，哥哥帮他把线解掉，就变成一个很漂亮的小伙子，公主的妹妹便与他结为夫妇，大家一起过着幸福的生活。

三兄弟

讲述者：佚名
记录者：李仙
翻译者：康朗赛
搜集地点：云南省西双版纳傣族自治州勐海县

猛巴腊地方，有一土司有三个儿子，第一个叫召窝龙，第二个叫召窝六，第三个叫召窝兰。他们三兄弟都长大了，三个都好赌钱，群众向土司反映说："你的儿子以前很好，现在赌钱赌得害事了。"土司听后撵走三个儿子，妻子不准撵，劝丈夫："说什么给他们好好说，不用撵他们。"

结果土司还是要将他们撵进山去，三兄弟无法，准备行李上大黑山，他们哪里黑哪里歇，包去的饭吃完了就吃野菜，走着走着见一间房子里面住一老大妈，会万变又会吃人，三兄弟就在这里住下，三弟去找吃食，大哥二哥盖房子。

第二天他们进大妈住屋去问："谁住？"大妈答："我住的，你们三个来搞啥？我没有儿子，你们来当我的儿子好不好？"每天大妈出外，给他们找吃食，每次出去之前都要告诉三兄弟不要乱串楼上，规规矩矩住着，三弟不听，大妈出外，他偷偷爬上楼去看，见有人骨头，他下来告诉兄们："这大妈嘴好心不好，她楼上有人骨头，她会吃人，我们和她住是有危险的，我们走吧。"三兄弟准备跑了，大妈回来不见三兄弟，变成一只鸟飞去找三兄弟。

途中碰到了，说："不准去哪里，要回来同我住。"大妈领三兄弟又回来了，住一年多后，三兄弟商量："我们再住不行，还是给大妈提出要求回去吧，告诉她我们想去看看爹妈。"

大妈准备了三根线，每个都拴上一根，三兄弟就变成小雀飞起来了，飞到猛设屯，三兄弟到了那个地方仍是小雀，那地方土司的姑娘喃吾盾①梦见她的地方上来了三只很美丽的小鸟。

布乍山和其他一个人看到这三只鸟，不大不小又非常漂亮。这两人爬到树上用绳子去拴三只雀的脚，召窝龙在树上跳，就被绳子拴住了，他就给他两弟兄说："我被拴起来了，拿回去可能要被杀吃，你们两个不要乱跳了，不要像哥哥一样。"他的两个弟弟走了。

布乍山和他的朋友将雀拿来给土司说："你姑娘天天说梦见好看的小雀，今天我拿来了，叫她来看。"于是就一家一个人地来看小雀，土司女将小雀拿回家，发现有线拴着雀的脚，她将线解开后，变成了一个非常美丽的小伙子，姑娘煮好饭菜抬来，关门出去了，召窝龙就吃了。一直这样和小姑娘住了九月，姑娘怀孕了。群众怀疑告土司说："你女儿没有结婚又没有串小伙子，可是现在已有孕了。"土司叫地方头人来商量这是怎么一回事，便敲锣，群众来了，问："土司有什么事？或是敌人来侵略？"土司说："没啥事，也无敌人来侵，就是我女有孕了，请你们四下找一找，究竟是哪里的小伙子串我女儿？"头人百姓找了四五天也无线索，最后有一个人发现说："我知道，等二三天我来告诉你们。"土司说："你知道就太好了，给你九天来回告，误期就杀头。"

说知道这事的这个人的姑娘，提着东西来见喃吾盾说："我送东西来给你，听说你有一只美丽的小雀，给我看看。"喃吾盾将小雀的线一解，小雀变成人了，这女就回来告诉父亲："喃吾盾有孕，可能是那只小雀变成人来和她搞的，这只会变人的小雀已和她住了好长时间了。"父亲听了高兴极了，七天时间到，那人背着行李到土司门口，百姓焦急地说："这人今天死期到了，他说不出土司要他说的事来了。"土司叫差役招待了他，土司问："今天你是告诉我喃吾盾的孕是与谁有的了。"那人说："对，我知道，你女有孕不是别人，而是她养的一只小雀，她有孕就是这只小雀和她睡觉有

---

① 喃吾盾：傣语"公主"之意。

的。"土司便叫差人去喊姑娘带着雀来。

差人未到,小雀先就知道这事,就和那姑娘商量,先将线解了变成人,不然去见爹爹不好。差役去到了,喃吾盾和一美貌的男子坐在一起,差役将土司令传,召窝龙说:"喃吾盾有孕就是我和她睡觉。你们先回去,我们马上来见土司。"差人回告土司:"小姐和那男人在一起,他非常漂亮也很英俊。"

土司知道这事就请客给喃和召拴线,召窝龙就住在土司家里,生活得很好,只是他想起他的两个兄弟,就将这事告诉土司,土司就派人和召去找他的两弟弟,他去找了,到了途中他们就在那里盖了一间房子,在那里准备赶摆,赶摆三天了,那两只小雀听到热闹飞来了,听到有声音像哥哥,详观之,知道哥哥未死也变成人了,小雀要求哥哥让他们出去飞游四方,召窝龙同意了。他的两个弟弟出去飞游了,他们饿了合伙吃,累了合伙休息,到一个寨子叫猛章大腊西,他们兄弟三人要求到里边去串。他们变成了人在那里每天都是找柴火、找食物。跟他们住的那大妈教他们说:"你们不要去得太远,这里土司的姑娘非常漂亮,她本人是见不到,就是见她的相片,一见她的相片就死后变为石头。"

召窝六奇怪,偷偷去看,真的死了变为石头,三弟晚上不见哥回来告诉大妈:"我哥出去到现在还没回来,不知是怎么回事。"召窝兰又背着大妈去看那土司的姑娘去,他未走近时,就想到野人以前教给他的法术,即他看那女人的相片后,用嘴吹气在相片上,相片就燃火烧起来了,以前曾有一千零一个人来求爱均在死后变为了石头,这时,过去来求爱而变成石头的一千零一个人也活起来了。他们将其经过讲了,大家都说小姐应该给召窝兰。召窝兰说:"我受不了,我还有哥哥,还是给我哥哥好。"于是大家同意土司的姑娘给召窝六。

召窝六当了土司姑父,他弟弟成为他的助手,有一天他弟想去串山,召窝六派一千人陪弟弟去串山,串到猛沙西洛干。这里土司的姑娘很漂亮,一见男人头痛极了,要求父亲准她离开这个地方,土司派一千人同她到一个没有男人的地方去了,隔着一条河,谁也不能过去。

召窝兰串山去到这些姑娘们住的河对岸,土司的兵见后就将小姐的特点告知召窝兰的人们,他们回告召窝兰:"我们串到河边有人告诉我们不准去,那里有个小姐不能见男子,一见头疼得要死,小姐我们没有见,而见到陪着她的那些人就多么美丽了。"召窝兰向往极了,一定要去看,第二天召窝兰就和他的人去河边看河对岸的女人们。

小姑娘们也回去将见到河对岸男子的事告诉小姐,小姐也高兴极了,第二天他们两边都来看了,一看,他们都倾心了,小姐就和召窝兰在一起,小姐的父亲也来给他们住在一起了。

这小姐为什么见男人就头疼?是因为她前辈子和一雄马鹿住在一起,被猎人找着了,雄鹿跪了不来管她,她就说:"我不认他了,要是他来认我,我发誓二世一见到男人就头疼。"她说后便死了,投生为土司小姐,所以一见男人就头疼。

召腊札多

讲述者:佚名
记录者:李仙
搜集地点:云南省西双版纳傣族自治州勐海县勐混镇

勐巴拉西有个腊札多,是个独儿子。十二岁去读书,当和尚什么都记不住,十六岁父亲死了,二年后母亲又死。大臣们不给他屋在,什么都不分给,腊札多的财产全被大臣占有,腊札多只得出去讨饭吃,哪里晚哪里睡,日子久了,本庄人也不给,只好出去外庄讨,碰上同样孤女也无依无靠,互相同意就结婚了,到勐巴拉西盖一草棚居住。

妻子天天去讨饭,有人给饭有人给谷,三年了听着宣尉家朝拜,他两个编了一个小箩,用黄泥装在里面去送宣尉家,头人替他们一拿去就变成金子，宣尉用弩给头人带来送腊札多。

头人带着回来了，腊札多去看头人，头人说："你的礼物我已送去了，只是宣尉家没给你送衣服，只送你一个弩弓。"

腊札多天天晒谷，小雀闹得无法，腊札多就用头人带来的弩打雀，一打天震地荡，蜡札多也晕过去了，醒来后智慧更灵，要上天下地都容易。这个地方的大臣对他们都有意见，认为他俩应该被撵出，而占了他的家产。于是，他们就集中兵力来打这个地方，打打打还是打不进城，无法了，城内的一名头人召集会议商量，"为什么从来不有人来侵犯，现在会有人来打呢？"有一个四百二十岁的老头人说："我的意见是去把腊札多找回来，人家的财产应该让他来继承。"于是众人就听起老头人的话，用蜡条去将腊札多从草棚找回来。

接回了腊札多后，即使被敌人来打死的人，只要腊札多用弩一射变成雨落下来，死的人也就活起来了。

腊札多送宣尉家黄泥，第一次本想是讨旧衣来穿，而讨来了弩，他们夫妻气得哭了，妻说："既然如此，我们还是收起来，不要将弩弄坏，不会用就慢慢学着用。"

又到三年了，又应去宣尉家送礼，腊札多同样去挖黄泥送去，同样想讨衣服来穿，宣尉家一打开箩看，是箩金子，宣尉家用宝石给头人带来腊札多。

头人回来了，腊札多去看，头人说："衣服没有给，给你这些宝石。"

妻在家等丈夫带回衣服来穿，而丈夫带回宝石，夫妻不知宝石的贵重，丈夫欲用斧挖坏，妻阻止了。

过了几天，宝石发出光来，夫妻高兴了，知道这是个宝，白天拿出宝石光更亮，晚上拿出宝石就像白天，含着宝石就能上天下地。

第三年又该送宣尉礼了，腊札多同样给头人带去，这次头人给他带来的是宝刀，他们就将宣尉送给的三件宝好好搁起。

一百零一个地方的勐，认为勐巴拉西的头人不合理，土司死了但人家还有儿子可继承，为什么他就要篡位占产，于是就集中兵力来打勐巴拉西，打呵打呵，将进城人招集头人会商量，"我们几代人了从没有人侵犯，现在为什么会如此。"有一老头人四百二十岁的，他说："你们年小不懂事，你们拿这头人来当官，地方威信减弱了，你们快去把腊札多找回来。"于是挖路，用大象、鞍马、蜡条去迎接腊札多，腊札多不走并说："不去，我不聪明，无本事，父母在时年小，你们接我，我受不了你们的邀请。"

妻劝他："以前我们穷，现在地方上看得起我们，要我们去当土司，这是我们的福气，我们就去办地方的事吧。"于是骑着大象就回来了。

一百零一个地方写信来，要和勐巴腊西打仗，腊札多回答说："最好勿战！"

一百零一个勐更凶地一定要打，腊札多劝不住他，就念起他所记得的几句咒语维护着他的身体，用绳围大象三次，给头人士兵骑着出去，腊札多在头，头人士兵随后，见敌人，腊札多射出弩，天转地震，一百零一勐的人马死完了，剩者想只有投他们了，转回写信给腊札多合好，想企图用投降他偷取他的弩。

腊札多收信后接受了他们的要求，又用弩打上天变成雨落在尸体上，死者变活了，一百零一勐的人就佩服他的本事，两边就商量好互不侵犯，有礼物都拿来送他，然后各勐就安全地回去了，以后三年又来商量一次。

腊札多妻子生了一男孩，长到十六岁，腊札多把位交给儿子，他到大森林里当野和尚去了。

葫芦做枕头

讲述者：佚名
记录者：李仙
翻译者：刀孝忠
搜集地点：云南省西双版纳傣族自治州勐海县勐阿镇城子村

有一个穷孩子有一老母，子母生活还困难，这穷孩子长到十六岁时，有一天，他同母亲说："妈，我要去与国王要账。"母奇怪地问："我们这样穷，国王那样富，我们哪里有钱借给国王。"穷孩子说："有的，是我父亲临死时告诉我的。"说完后他就去要账了。一路上约着六个朋友，一个叫比粪臭，只要他一去的地方，远远地闻嗅者皆吐；一个叫比石头重，这人个子不太大，而非常重，他只要一踏在哪里，那里的地就要陷落；一个叫比风快；一个叫喝得水，一喝水就吸干三个水塘，还不解渴；一个叫比镰刀快，只要他在树林里一跑，树就会一棵棵倒下；还有一个大力气。

今天是国王的公主结婚，请了很多贵宾正在摆起酒席，穷孩领比石头重去到国王家，比石头重刚一只脚搭上楼梯，整个帕沙①都震动了，人们吓得大叫大喊，比石头重走进客厅，屋里陷的一个个坑洞，客人也提起脚来走了，国王一时不知所措，忙对穷孩子说："你怎么带这样一个人来。"穷孩说："我来要你欠我的债。"国王说："谁欠你债。"穷孩说："我父亲临死时告诉我，你欠我家债。"国王为了要他马上退出，就说："好好，你等三天后又来。"第三天穷孩子又带着比粪臭去向国王要账，他们还离帕沙很远，国王住的地方就臭得不能忍耐，人们都纷纷叫嚷："哪里来的恶臭味！"他们越来越近，帕沙的人们臭得直叫喊，穷孩子、比粪臭走进王宫，客人们都捂上

---

① 帕沙：傣语"宫殿"之意。

鼻子，弄得国王实在难为情，大大地伤了国王的脸，国王叫他："再过三天，你们来河边那屋里等着我，将银钱送到那里来给你们。"

国王叫百姓三天内用竹子在河中搭起竹楼，竹楼第二天就建造好了，第三天穷孩子真的带着比风快、比粪臭、比镰刀快、喝得水、大力气、比石头重去河边竹楼上等着国王送钱去了，他们一个个都上楼去了，比石头重最后上去，他一上去，竹楼就踩倒了，他们几个都落到水里去了，比风快瞬时抓住落水的几个朋友；比镰刀快在河里一游，一切动物都被他砍吃就不会咬嚼落水的人；大力气一只手就举起落水的几个朋友；喝得水张开嘴将河水一吸而干。

国王高兴极了，他以为这一个个人都落水死了，不再去与他扯闹。

穷孩子等七个人泰然地活到河岸上，有人马上回告国王，国王一急晕死了，急救无效，国王死后穷孩子就交国王的财产分给众百姓享有。

千瓣莲花

讲述者：佚名
记录者：李仙
翻译者：刀孝忠
搜集地点：云南省西双版纳傣族自治州勐海县勐遮镇

勐巴腊有一土司叫以土他腊他。有寡妇一个，生下一男孩名字叫召黑底瓜，召黑底瓜长大了玩逛，讨饭都在妈身边。有一天土司梦见太阳落的那边的大鱼塘中，长着一种非常美丽的莲花，香得很。土司想找来莲花，招来了头人百姓商量"谁能找来这朵又香又美丽的千瓣莲花"，商量结果谁也不知道这朵花在的地方何处，远近如何，都无法去找。

土司叫头人百姓带上大家，骑上壮马去找了，途中经过寡妇的家门，他的小孩在路旁甩石头（有牛大）玩，土司叫他不要甩，让开路，不然打伤了人马就要治罪于他，召黑底瓜不听，仍甩石，石一滚打伤土司骑的象脚，土司骂召黑底瓜说："你将我的象脚打伤，使得我们不能继续前去找千瓣莲花，现在将找花的任务交给你，找来了就好办，要是找不来就杀了你妈！"召黑底瓜一点也不怕，将他要去找花的情况说给妈，嘱咐妈妈说："你在家好好地招呼菜地，不要离家去远，我只有奉命去给土司找花去，妈妈呵，儿子会回来的。"妈妈听后又焦又急，不让儿去又不行，就包给儿饭菜，送儿走，分别时母子抱着头痛哭，妈嘱咐："儿呵，你去找花，眼睛要好好看，找到或找不到花你都要折回来见你妈。"小孩去了三天，到一大黑山，他将找花的困难说了："我不知花在哪方，实在无法找寻，我的命难保。"天神听到了，下凡问其情由。小孩说："我是人间的人，奉土司之命来找千瓣莲花。"并将打伤土司大象的经过讲了，天神一听，很同情这小孩，并认为召黑底瓜一人能来到这里，不受洪水猛兽的害，他一定是有福气的人。

天神对召黑底瓜说："你年纪小，不用去了，不然碰到兽害了你。"召黑底瓜还是要去，天神给他一牛角做的螺蛳，教他遇难就吹螺蛳，一吹就会得到解决，并指给他去向，说完后天神就不见了。召黑底瓜去到一个地方，那里是老虎猛兽的世界，召黑底瓜头晕眼花，快吓倒了，他吹一吹野兽都跑了，召黑底瓜高兴极了，他想："这就是我的宝，就是救我的宝物了。"

召黑底瓜当晚住在有豹子野兽的地方，第二天召黑底瓜又走到了一条无底的河边住下，碰上有两只猴子，猴子弟弟的妻子被哥哥偷走了，弟弟进到河边来，碰上召黑底瓜就问："你来干什么？"召黑底瓜说："我是人，奉土司命来找千瓣莲花。"猴子问："你在这里是否看到有猴子带着我的妻子过河来？"召黑底瓜说："昨天有猴过是真的，是男是女我没有注意，若你能带我过河，我就帮你找妻。"猴子背召黑底瓜过了河，进了到大黑山，碰到一千多只猴子，也看它哥哥领着它妻子在那里，它哥哥招集猴子动手打它的弟弟，四方八面都来了猴子，召黑底瓜用螺蛳一吹，猴子跑了，只剩下小猴的妻子，小猴拥抱着自己的老婆高兴极了，召黑底瓜说："现在你的妻子找到，而我是要找那朵花，又香又美的莲花，你帮帮我吧！"猴子说："这花在哪里我不知道，我们互相商量的只是帮你过河，并没有说帮你找花。"召黑底瓜又走了，三天后又到一个野人住的地方，这时野人出去撵山去了，一个小姑娘生在根叶①上，她的名字叫喃根罕，召黑底瓜发现后就将这姑娘接下来，放在野人住的地方，野人出去时怕姑娘逃走，就用弹弓拦着，弹弓放在喃根罕的脖子上，喃根罕的脖子断了，召黑底瓜很奇怪，就拿着弹弓往喃根罕的身上划，喃根罕活了，坐起来与小伙子谈长说短，他们两个互相爱慕着。

召黑底瓜问喃根罕："这地方为什么一样人也没有？"喃根罕说："这里住的是野人，他们出去撵山，晚上回来，如果见到人，他们就要吃。"喃根罕将召黑底瓜藏在一间见不到的房里。

野人撵山回来了，一上楼嗅到人的气味便询问喃根罕："有谁来串你，快说，只要他是好人，我们同样不吃他。"喃根罕说："有一个美丽的小伙子来找千瓣花，我见他，很可怜他，要是你们要吃他，我就不带出来，我们已商量好要结婚。"野人说："不吃，你快带出来。"小伙子一出来，野人一看非常爱他。小伙子与小姐结婚几天以后，小伙子想到找花的日期快到了。

小伙子向喃根罕说："我找花的任务还没有完成，我在这里倒好了，就是我母亲会遭土司的迫害。"喃根罕说："你就同我在着好了，我们结婚还没多久呢。"小伙子最后还是走了，走时他告诉野人说："我走了，若不走我的找花时期到了，若是我不回去，我在家的母亲生命难保。"于是野人只好让他走了。

野人交给他一根棍子，教给他去向。第二天后又到一野人住的地方，不见人，只有大房，见侯香花的叶子上生着一女，叫喃侯香，野人将她接回来，每天野人要出山都用宝棍压着喃侯香，小孩进了屋，见喃侯香死在地上，身上压着两条棍子，小伙子用棍的根根一指向喃侯香，她就活了，坐起来问："小孩哪里了？"并说："这里有野人住，他们要吃人的。"

①　根叶：即糯粘花的叶子。

小孩说:"不怕,我吹一吹螺蛳,野人就不会吃我的。"小伙子和喃侯香都互相爱着了。

天晚了野人回来了,一进屋就嗅到生人味,问喃侯香:"是谁来串你,带出他来,我看只要他是好人,我们就不吃他。"喃侯香带出小伙子,野人问其来由,小孩将家庭情况和他甩石中伤土司象脚而负有找花的任务说了。野人听后说:"这种花我不见过,既然你来到这里,你们俩已相爱上,要求结婚,我同意你们的要求。"于是小伙子就和喃侯香结了婚。

小伙子再三向野人说:"这花一定要找到,找不到土司就要害我的母亲。"

野人说:"这样花从来不见过,过边大山上有佛爷住着,你去问问他是否知道。"小伙子告别喃侯香要走了,他们依依不舍都盼望着早日找到莲花,回家享夫妻的欢乐,交了莲花保全母子生命。

小孩走了三天碰到大山了,小孩站在门口,叫佛爷,佛爷出门看是一英俊小伙子便问:"你来做什么?来当和尚吗?"小伙子说:"佛爷,我不是来当和尚的,而是奉土司命来找千瓣莲花的,若找不去,我和母亲的生命就难保了。"和尚听后就留下小伙子住下。

小伙子告诉佛爷,"我是勐马腊西人,是奉土司命来找莲花,什么时候找到花,就什么时候回去,请佛爷帮忙找一下。"

佛爷听后答复说:"我没听过有千瓣莲花,前边还有一个鱼塘,住有一个佛爷,去问问他可能知道。"小伙子按佛爷的指示去了,去到一处周围是树有水过不去,小伙子想起第一个佛爷教给的武艺,他一吹就有一张船让小伙子坐着过去,佛爷住的地方有大鱼,有吃人的螃蟹,见了小孩便说:"你来干什么?这里只能是佛爷在,若你不走我们吃了你。"小伙子一吹螺蛳,鱼、螃蟹都跑光了。

小伙子往前起见有房子,有佛爷,小伙子进去说:"你住在这里没有兽来伤害你?"佛爷说:"我在这里专做菩萨,野兽都是听我的话。"佛爷又问小伙子:"你来这里干什么?你怎么一个人敢跑到这里来?"小伙子将任务及其经过告诉佛爷。

佛爷答复:"这花有是有,就是离这里很远。这花是人变的,它生长在鱼塘里,被一个一说话就香喷喷的公主戴在头上。有七个姑娘很美丽,而她一说话就会香喷喷的,这朵花是第七个公主戴着,她们隔七天要来大鱼塘洗一次澡,若你要去找,我教几句话给你。第七天公主由天上飞下来,洗一次澡,你碰上她们时就将七公主的衣服偷走。到了那里要严守戒律,规规矩矩不能任意说话和乱看女人,那里有一个洞,离鱼塘七千多排,你去了看到她们脱衣服就光拿七公主的。"

有一天小伙子去到渔洞了,七公主真的来洗澡,小伙子偷着七公主的衣服,但因他不遵照佛爷指示做,转回头去看公主们,于是他便晕倒在地不会走路了。

小伙子临走时,佛爷叫他找到后回来见佛爷。

七公主找到地下的衣服后拿着就飞去了,过了好多日子了,佛爷不见小伙子回来,就到鱼塘去找小伙子,发现他已死在途中,佛爷用心水倒进小伙子的嘴,便活起来了,佛爷教他说:"以后一定按我的话做事,不然我不再救你了,你仍在这时等,她们过七天还要来,她们来时,你什么都不要她们的,就要七公主,初时同她们款款白,其他事不要告诉她们。"小伙子在下等待,真的隔了七天,七公主又来洗澡了,小伙子跑来将她们的衣服抱走了,被公主看见便喊:"我们的东西被人偷走了。"就追上去了,追到洞口,小伙子进洞去了,公主们在洞口劝小孩还给她们衣服,若不还,她们无穿的,非常害羞,无脸见爹妈。

小伙子说:"你们真调皮,你们将这里的花采完了,这些花是佛爷交给我管的,谁教你们来采?"七公主问:"你需要什么东西都可以,就是还给我们衣物。"小伙子说:"我什么也不要,只要七公主。"

六个姐姐答应将七妹给小伙子,小伙子就第一次还给大公主衣服,第二次还二公主,一直还到第六个公主,小伙子就是不给七公主。

六个姐姐忙着回天上去见爹妈,嘱告他俩要好好生活,无吵无闹,"我们回去将些事告爹妈，过些时间会来看你们，接你们回去的。"说后六位姐姐飞去了。

六个姐姐到了家告诉爹妈："我们七姐妹去洗澡，碰上一个小伙子……"

七公主就这样和小伙子住在人间了，小伙子将七公主的衣服还给她穿上。

七公主的爹妈听后，嘴上不说什么，却暗想这小伙子可是有福气的人，便带领人马去看小伙子，爹妈一见就喜欢，让七公主和小伙子结婚，还给他们盖了房子。

七公主爹妈要回去时，就将宝交给小伙子，说："你要到哪里去串，只要将这宝放在嘴里就会飞了。"

过了些时候，小伙子夫妻想回勐巴腊来见爹妈，将宝放在嘴中，就飞到岳父面前，小伙说："我是来找莲花的，时间快到了，我特来告诉父亲，我就要回去了。"小伙子说了就和妻子回去了，这时有人来偷七公主了，这偷的人就是天上的叭团。

叭团飞来看到小伙子和七公主在途中睡觉，叭团就将七公主偷走了，偷回去后藏在牛住的内室，四周非常牢固。

小伙子醒来了不见妻子，猜想着是不是妻子又回到岳父家去了，于是他含上宝物飞到岳父家去问："你女回来了没有？"岳父说："没回来，我早知道了，我的姑娘是被天上的叭团偷走了，这人很凶，我们带兵不多，就打不过他。"岳父就带人到天上去寻女，七女藏在何处父亲是早看得清清楚楚的，他们去到天上就在藏七公主的地方盖上房子，写了一封信给叭团，叭团说："你们要接回公主万万不能，除非我打败仗，就还给你们公主。"

就这样两边打起仗来了，几天都不分胜负。

小伙子又想起佛爷给他的螺蛳，第一次吹变成大水涡去了，再吹来了大风，叭团的人一个也不见了，只有叭团的头还在，身子都腐烂了，他的头还在说："就是要打，七公主是不能还你们的，她本来就是我的妻子。"

小伙子用宝棍一指，叭团的头就不会说话了。小伙子们进了寨子，但见不到七公主,地方上的人已经死完了,小伙子又用宝棍一指,遍地的骨头就变出人来了,只是不指叭团,于是叭团死去了,七公主被找到了,小伙子想回到勐巴腊去,这时第一个野佛爷出现了,告诉他们说:"你回去可以,就是回去以后要好好团结群众。"

第二个佛爷说:"你回去可要与群众好好生活,当上老叭对群众要好好对待。"他俩住在一个会飞的房子里,飞回去了。小伙子说:"喃侯香是我的第二个妻子,我的花找到了,我要带她回去。"喃侯香开窗见到小伙子和七公主坐着,她与父亲说了,就一同和小伙子们坐在房子里飞走了。

飞到天上,小伙子说给喃根罕①:"我的花找到了,希望你上来同我们一同回去。"喃根罕开窗一看见小伙子,让天神将她抱上小伙子的飞房,他们三人坐着飞房在天上转着,小伙子说给地上百姓:"我将花找到了,我要回去,不知我妈现在是死是活?"小伙子飞到勐巴腊的上空,也不落下来,在天空里说:"土司,我回来了,希望你们看一看。"小伙子的话传到哪里,哪里都变成千瓣莲花,又美丽又芳香。

土司出门招集头人,百姓照样骑马来接小伙子,鼓一响,四处头人百姓都多了,很想去看看。

土司调整了队伍便去了,小伙子在空中不落地,土司见小伙子的房子很漂亮,里面三个美丽的姑娘,穿得十分漂亮,土司向往极了,要小伙子下地来,小伙子说:"叫土司要美女就上来天上取吧。"

小伙子又说:"要是好人就让他骑着象上来,是坏人就让他骑上象就头晕、眼睛花、跌死。"土司一骑上象,头晕眼花跌死下来,地上马上裂开了将土司夹死。老百姓议论纷纷说:"土司骑象跌死了。"小伙子仍然在天上,群众很渴望见到小伙子,说他很有福气,并商量请谁来当土司。

有一个看卦的用经书一看说:"这小伙子福大,可以当土司。"百姓准备好蜡条请小伙子下地来当土司,百姓都由天请教。

---

① 喃根罕:此处为第一个妻子。

小伙子听后将飞房落下地，打开窗子，百姓见到那三个女子，全都看呆了，话也不会说了，将蜡条递给小伙子说："若你愿当我们地方上的土司，就请接起蜡条来。"小伙子接下蜡条，百姓们高兴极了。天上地下的百姓都跳唱欢呼，给小伙子拴线赕佛，赶摆，小伙子的妈也接来了，妈见儿高兴极了，小伙子将经过和风险告妈，妈哭了，又高兴儿子已回来。从此小伙子的妈每天都要赕佛，分食物给穷苦人，用出去的金是一千斤，银子是一千斤，小伙子当上了土司后，对百姓的事办得很好，百姓非常拥护他。

小伙子当了一千年土司后死去了，他死后就来说："喃吾诺那，喃侯香，喃根罕为什么和我相遇？二世也希望有相遇的地方。"

喃侯香在滴水时说："这次来到人间，二世要生在山上。"喃根罕滴水时说："这世来到人间，二世要生到山上去。"喃吾诺那滴水时说："这次来到人间，二世要生在天上去。"

（注：以上所指的"小孩""小伙子"都是指召里底瓜。）

波憨版嘎[①]

讲述者：波岩斌
搜集者、记录者：周开学
翻译者：刀正祥
地点：云南省西双版纳傣族自治州勐海县

在勐巴腊西，有寡妇，当她丈夫还在时，生了一个儿子，名叫召没哈滚满，十岁时，父亲死了，跟着妈妈住在一个寨子里，盖了一间小屋子，母子俩相依为命，互相养活。

召没哈滚满生下来，很有福气。叭英知道他，就托梦来给召勐，让他看

[①] 波憨版嘎：即千瓣莲花。

见波憨版嘎，就要去拿人，第二天也托梦说给头人些纳，些纳们召集人开会，商量要去找波憨版嘎。召勐令着头人去找，经过没哈滚满的寨子。没哈滚满正在和一群孩子在路上砸石头玩。母亲阻止他："不要抛石头，怕打着人脚。你看，前边召勐的大象来啦！快让开。"没哈满滚还是不让，继续抛石头，结果石头打断了召勐的象脚，召勐从象身上跌下。头人抓住了没哈满滚，召勐叫把他拉去杀死。母亲来请求召勐："召呀，我只有这个儿子，要靠他养活，请不要杀他。"召勐不答应，还是要杀。些纳们说："这个娃娃看起来很有福气，可能力气很大，叫他去找波憨版嘎。"于是放了他，召勐又对他说："你去找波憨版嘎行不行？"没哈滚满说："如果你给去，我就去。"就让他一个人去找。

他回家说给母亲要去找波憨版嘎的事。母亲痛哭流涕，不忍儿子去，怕他去了就会死在外面。

他去找去了。进大森林，见到了叭拉西，和叭拉西在一起生活了，天天他去找山药①来给叭拉西吃。有一天他对叭拉西说："我在家打断了召勐的象脚，召勐要叫我去找波憨版嘎，波憨版嘎有没有？"叭拉西说："有！在一个大水塘里，水很深。"他按叭拉西指的方向就去找。

去到一个大水塘边，看到水很清，莲花很多，有一朵很大，很好看，很香，就回到叭拉西这里来，说："有一朵莲花，早上不开，中午开起来，很好看，很香。"

第二天，他就去采莲花，那朵很好看的莲花里有一个漂亮的姑娘叫南布罕。他把这朵莲花和其他莲花拿回来，叭拉西看见就说："这是南布罕，是你的妻子。"于是就给他俩结婚。

没哈滚满和南布罕要回到自己的家。临走前，叭拉西给他做了一个塔形的房子，走到家以后，他把这个塔形的房子放在自己房子的旁边，这塔形房子叫呵帕萨，让南布罕住在里面，自己住在原来的房子里，把莲花送

---

① 山药：一种食物。

给召勐。

召勐的头人看见南布罕非常美丽，就回去告诉叭召勐。召勐就想派人来娶南布罕。头人来对没哈滚满说："将你的妻子拿去送给召勐。"

召勐这里在敲锣打鼓，聚集了许多人，等娶南布罕。没哈滚满非常难过。南布罕问他："你为什么难过？"他说："我们家里什么也没有。召勐还要娶你去做他的妻子。"南布罕说："不要紧，要我做他的妻子也可以，如果他有福气到我房子里来，就做他的妻子。"头人去告诉召勐。召勐骑着大象和些纳们来到南布罕这里，点香灯、磕头祈求叭英保佑，使他能上南布罕的房子。可是房子愈长愈高，召勐怎么也上不去，头人们都喊："召呀！不能上。"召勐又气又害羞，捶胸而死。头人们把召勐安葬了以后，头人们和些纳们商量："现在召已死了，选谁做我们的召呢？看起来没哈滚满有福气，就选他做我们的召。"于是没哈滚满当了召勐，头人们用象把他接到原来召勐住的地方。

香萌

讲述者：佚名
记录者：李仙
翻译者：刀孝忠
搜集地点：云南省西双版纳傣族自治州勐海县勐海镇曼尾村

香萌的父亲名叫叭尖达拉札，住在勐丽札地方，香萌母亲的名字叫南证达，住在猛苏西萌。他俩生下三个男孩，第一个叫召温萌，继承了父亲的王位，但实际上他又什么事都不会做，笨拙得很。

第二个儿子叫召萌沓，这人一生下后就自己带来了宝弩、神箭、宝刀、金鞋等一套完整的武器。

第三个儿子叫召香萌，他一生下地也同样带有宝弩、宝箭、宝刀等齐全的一套武器。

第二个儿子召萌沓有很多贵族的姑娘都跟他好，但他却没有确定谁是他的真妻，他很想出去，到一百零一个地方去看看哪个公主中意。有一天，有一看卦的名叫衣洛海的给他拜过后就说："你主要的妻子在勐达告西拉地方。"萌沓就想马上去找。衣洛海叫他不要去，并说："你不知方向，路又远，路上有魔鬼会万变，变成你们所渴求的万物，要是你们去了就会将你们害。"萌沓不听，一定要去。他就约了五个大臣一同去，他们爬山涉水七天了，有一天，他们走得累极了，肚又饿，口又渴，魔鬼就在途中变成一间大房子，住的用具很齐备，有很多人在那里卖各种各样的吃食，那女魔鬼生得漂亮极了，当萌沓走过时，魔鬼很殷勤地请他们休息，而萌沓早知这是诡计不肯歇，而有一大臣见魔鬼生得窈窕又漂亮，就被迷住了，想法接近魔鬼，便假装肚疼，退后解便，离开队伍去接近魔鬼，就被女魔鬼吃了他。剩下的五人第二天继续走，又碰上女魔鬼，她在途中变成冷水想供萌沓他们解渴，而害死他们。萌沓一见就打招呼："这水不能喝，不能受魔鬼的骗。"但又有一大臣又不听萌沓的招呼，推脱了队伍，去与女魔鬼谈情说爱，又被魔鬼吃了。同去的五个大臣都先后中了魔鬼的害，剩下萌沓一人，他往前走，魔鬼加倍地对他进行引诱，要求陪他一路行，而萌沓坚决不理，一个人各人走自己的路，女魔鬼又变成怀孕的孕妇向萌沓说："我怀着孕走路也不便，丈夫又不在，一个人实在苦闷，请求你帮我的忙。"萌沓不理，同样走路，快到勐达告西拉了，又有一女魔鬼生得非常漂亮，千方百计引诱沓萌。

这时勐达告西拉的王子带着六名男女到花园去散步，发现女魔鬼那么漂亮，都发呆了，就将女魔鬼带回宫去。

萌沓不理这些事，直往勐达告西拉花园中走，在花园中的一大石头上休息。

王子纳女魔鬼为妻，女魔鬼放弃自己的一切，任王子玩弄她。一天，王子的大臣、家奴都睡了，女魔鬼飞上天去，叫了几万个鬼到王子家，将王子和所有的人都吃光了，第二天天大亮了，百姓不见王宫开门，觉得奇怪："为什么这个时候还不开门，静悄悄的？"百姓推门一看，空无一人，只见死人骨头遍地，百姓就都相约去打扫王宫的清洁，一共扫了七天，这时勐达告西拉没人继承王位，众百姓商量请谁当国王好，这时有一年老爹说："这个问题呵，还是要找一个有把握的人来做我们的姑爷才行。"老人一算，说："我们地方花园中有一福气大的人。"就动员千万人骑象拉马，敲锣打鼓到园中请了三转，大象和马都跪了下来，头望着萌沓住的地方，人们照方向看去，看到萌沓那么漂亮，有很多宝器都要求马上接他回勐达告西拉当国王。

香萌长到十六岁，父亲叫他结婚成了亲算了，因为有一百零一个勐的公主。他想自己出去寻上一个中意的，衣洛海一算，说："你这人非远走不可，要是你不出去，就要生大病，有大危险，只要出去，不受何地何事，就可免去灾难。"

香萌要走时，地方上的百姓劝了他多少，叫他在家算了，香萌不听，一定要出去，众人只有敲锣打鼓送他走了。走了七天，到达衣麻拓①，众百姓转回，只他一人走了，到了一个叫阿荷傣地方，有一公主叫南中波，她哥名字叫沙岩里，大臣名叫索来。中波十六岁愈长愈发美丽了，一百零一个勐的王子均求她为妻，她的哥哥也想将亲妹为妻，便故意刁难说："叫他们来求婚的王子一个个来抬因希腊②，这因希腊宽有七掌，约三丈五厚，要是谁能抬动，就将公主送给谁为妻。"那些王子也气愤地说："谁会说抬石头，谁就抬吧！"

沙岩里前一辈子是一只山虎，一天他要吃一条母黄牛，母牛对他说："老虎，你要吃我都行，只是我家里还有一条小牛，你放我回去喂饱它奶，再来给你吃。"老虎答应了，母牛回到家，一边喂奶一边与小牛说："妈是最

---

① 衣麻拓：天堂。
② 因希腊：大石头。

后喂你一次奶了,等你吃饱奶后,妈就将被老虎吃了。"

小牛是如来佛变的,他知道虎要吃母牛的事后,与母亲说:"我们一同去见虎。"

小牛见到虎就说:"虎,你要吃我妈可以,但因我妈老了,尽是骨头,无肉,你吃我好了,我有肉,骨又软。"老虎一听,就母牛、小牛都不吃了,由于它行了这样的好事,死后就变成中波的哥哥,转了人身。

索来大臣前一辈子很穷,每天到山上挑柴换饭度日,有一天他挑柴到寨中,换来一碗糯米饭,没有吃,有一地版官①来寨中要饭,索来便将未吃的饭赈给大佛爷,所以他死后,今生做了大臣,沙岩里、索来两人的福气都很大,威力也很大。

一百零一个王子督促沙岩里抬那大石,沙岩里生气了,就去举石,一只手轻轻一起,石头举到空中,另一只手又将石头接下,他逼王子们来抬,一个也抬不动。大臣索来也来抬,同样轻轻易易就抬起石头来了,他们两人都同样抬动了大石,而因沙岩里与公主是兄妹关系,于是在花园地方七天的赶摆结束,百姓说:"好!公主应该送给大臣索来为妻。"就骑大象、壮马锣鼓喧天,接回女婿索来和公主。他们骑上大象,走到途中,天上飞来魔鬼王,抢走了公主,瞬时跑得老远老远,到了就将公主装在一龙洞里,索来拔宝刀追不上,索来气愤回家,人们纷纷说:"大臣娶一妻被抢去,他又该变成鳏人了。"并劝索来又重新娶一个。

索来说:"不管她什么时候找来,就什么时候为我的妻子。"

香萌到了天上,一个人在山林中四处流浪,一天,他碰到了一个野佛爷,佛爷住的房子周围开满了各种各样的花朵,花影似美女,凋谢了的花纷纷落下,有如白银,有的黄花像一堆堆金子。野佛爷把花采来放进屋里,花朵就像一个个美丽的姑娘。香萌本想与佛爷住,又怕不方便,就一直继续走,天快黑了,他就在一棵大树下住了下来,香萌太疲倦了,一倒下去就

---

① 地版官:如来佛。

碰上了两只八哥，白天，雄的八哥飞到西边去寻食，雌的八哥飞到东边去寻食，晚上又都飞到树枝上来休息。它们就谈起了白天去寻食的情况，雌八哥说："哥呵，今天你到西边去看见了什么事？"雄八哥说："我见到了一个什么漂亮的小伙子，这人一定不平凡。"雌八哥说："我到东北方去，看到龙洞里有一个十分漂亮的姑娘，她被魔鬼偷来藏在里边，姑娘哭泣不休，魔王怎么也不能接近她身边。"

香萌听了，待天一亮就顺着东北方向去找那个不幸的姑娘，他爬洞下岩，总是没找到，只见洞口长满各种美丽的花，一看骨头也很多，香萌暗想，龙洞里的姑娘是否被魔王吃了。但又找不到新骨头，就想爬进去看一看，香萌用宝刀东敲西打，龙洞里那公主听到就说："该死的魔鬼，你要吃就快些，别再想鬼主意，让我在这里受罪了。"香萌听了，急忙回答："我不是魔王，我从勐丽札来的，我是一个王子。"公主见香萌貌美无双，就爱上了香萌。

香萌就用刀撬开了大石，进洞去与公主见面，还为公主采了几朵美丽的花，准备带着公主离开这里，她对公主说："现在天快黑了，我们逃走可能碰上魔王，最好在洞里等太阳落山时，魔鬼回来了，我好收拾他。你不用怕。"天快黑了，魔王真的回来了，他从门缝里看见了香萌，心中高兴极了，说："你给我自动送上门来了，一个还不够我吃呢！"待魔鬼不备，香萌一箭把魔王射死了，第二天天亮，香萌领着公主走了，每到一处，公主就问："这是什么地方？"他俩走着，不觉到了公主常去的花园，公主立刻想起了一百零一个王子们在那里争夺她的情况，他俩就住在那里，香萌将宝弩、宝刀藏在大石下，二人在大石上不觉睡去了，当晚碰上了索来的家奴来割草，见他俩睡在大石上，急忙去告诉了王子、大臣、沙岩里，索来派了很多人骑象、拉马来迎接公主回去。公主和香萌都骑上大象，公主走在前边，香萌走在后，人一挤，把香萌与公主分开了，香萌被这地方的百姓拥起来痛打，香萌知原因后就说道："她不是我偷走的，正是我把她从魔王的洞中救了出来，魔王也被我打死了。"索来说："明明是你想把她抢去，现在没办法才又送她回来的。"

香萌被打得头破血流，晕了过去，公主知道后，便对索来说："若你们不放了香萌我就不走，你们打死香萌，我也要跟他一块死。"

天晚了，香萌被打伤了，还被捆了起来，天神知道了，下来将香萌放了，并用药医好他的伤，把他从空中送回勐丽札，香萌把情况告诉了父亲，父亲气愤极了，就把勐丽札、勐达西拉、勐苏麻三勐的百姓联合起来，集中了数万兵丁，骑象骑马来打阿荷傣勐，要活捉沙岩里和索来报仇。

勐苏麻本有一个衣洛海①会卜卦也有宝药，有一天勐苏麻的妻子病了，要衣洛海去医治，衣洛海一见这王后就倾心，为了与王后接近，就用相爱的药给王后吃，王后一见到衣洛海也爱上他了。到了晚上，国王、王后、衣洛海各住一处，衣洛海看得分明，就偷偷地去与王后睡觉，恰好碰到国王也进屋来，衣洛海急忙起身，念了一个咒语，让国王见不到他，趁机溜出去了，国王去睡觉时，只觉得妻子有些异样，便追问妻子是什么缘故，妻子只得回答："刚才衣洛海进来，你来他才跑出去了。"国王听了大怒，要打死衣洛海，衣洛海为了逃命，就跑到了阿荷傣勐投奔沙岩里，帮沙岩里看牛马、大象，这时阿荷傣勐有一龙王来吃人，百姓被吃了不少，沙岩里就叫衣洛海去医治那些被咬死、咬伤的人。因为死伤的人太多了，衣洛海就将宝药从空中撒下来，一落在死伤的人身上，都活了过来，伤也好了。沙岩里便将衣洛海提升为大臣，从此，阿荷傣勐就再也不会死人了，因为衣洛海有宝药。

香萌集中了三勐的军马猛攻阿荷傣勐，打死了阿荷傣勐的不少人，但阿荷傣勐有衣洛海，死再多也可以医治。

香萌叫那会卜卦的老人算算，"为什么三勐的人马还会打不过一个勐？"老人一算说："阿荷傣勐有一个有宝药的医生，而我们却没有，定要先把衣洛海除去，可以用橄榄树做宝箱，里面装有各种宝器十二个，一打开宝箱，

---

① 衣洛海：巫师。

宝器就会飞起来,把衣洛海的头取下。"香萌听了连忙向老人拜谢,并派了大臣们带着宝箱,去见沙岩里,假装是去投降,大臣去了,见到沙岩里,就向他磕头,自称是来投降的。说完,从空中飞落下来了一个宝箱。沙岩里一见,高兴极了,对衣洛海说:"这是来投降的,快打开看看。"衣洛海知道这是宝塔,对沙岩里说:"这不是真投降,谁打开谁的头就会被砍掉。"沙岩里不信,一定要打开看,衣洛海没有办法,只好说道:"国王一定要我开,只有奉命,但我已准备好药,如果我的头被砍下,你们马上帮我把头安起来,用药涂上。"衣洛海打开宝箱,十二个宝器飞出来割下了衣洛海的头装在宝箱里,立刻又飞上天去了。人们吓得发痴发呆,衣洛海的头被带到香萌这一边,又合成了一个完整的人,香萌有了医生、宝药,就有对付沙岩里的办法了。

勐达西拉的王子,名叫占鸡达西纳,他本领高强:沙岩里变雨,他就变风吹散雨;沙岩里两把火,他又变水淋熄。

阿荷傣勐的力量逐渐削弱了,索来的头被割走,沙岩里也被活捉去了,人们照着他打香萌那样打他。

香萌与南中波见面后,人们为他们拴线、赶摆,他们结为夫妻。

战争结束了,各勐的人马转回去了,香萌也要回到家乡去,但阿荷傣勐的百姓见他年轻、勇敢,就要求他当国王。香萌从此就与公主管理了阿荷傣勐地方。

金毛老鼠

翻译者：仓霁华
记录者：周开学
搜集者：周开学
搜集地点：云南省西双版纳傣族自治州

在很久以前，有一个樵夫，他每天去打柴。有一天，他从山上挑柴回来，来到路上休息，准备吃饭，刚把饭包打开，有一个大佛爷来到他跟前，向他要饭吃。他看到要饭的是大佛爷，他就把所有的饭都赊给他，自己忍饿挑柴回家。到家刚把柴放下，柴火都变成了金条。他当了半辈子樵夫忽然变成富翁了。他心里想："我只给大佛爷赊了一包饭，他就给了我这大的福，我还是去请他老人家来我家吃饭。"刚走到了大门，就看见一个姑娘站在他的门外，他问："姑娘你来这里找我有什么事？"姑娘说："阿哥呀！我是一个无依无靠的穷孩子，来这里主要是来找你给我一点帮助，或者就在你家借居。"他看到这姑娘老实、漂亮、贫苦，因此就收下了她。姑娘在他家逗留了一段时间，他们互相关心体贴，双方产生了爱慕之心，就结成了夫妻，生活一天天地富裕起来。

有一天晚上，他的妻子做了一梦，明天有一个人要来送他们一件珍贵的礼物。到了第二天，妻子把梦告了丈夫。丈夫信以为真，就跑到寺里，把妻子的梦告诉了佛爷，并且询问大佛爷："我要走哪个方向才能找到这个人？"大佛爷告诉他："你往东方的大森林里走吧！你就会碰到一个黑人。"他按大佛爷指的方向走。走了半天的路程，真的碰到一个黑人，手提一个黄毛老鼠。他问黑人："大哥，你从哪儿来？这只黄毛老鼠是从什么地方拿来的？"黑人告诉他："今天我去砍地，从大树下跑出来，我就把它捉住了。"他又问黑人："你准备拿去干什么？"黑人说："我准备带回去给我的孩子玩。"他说："你能不能送我？"黑人说："你准备用什么东西报答我？"他说："我准备用价值千金的黄被给你换。"他虽然愿意用这样东西和黑人换，可是他本人还没有，是他夫妻两人最先向马西梯借来过节用的，他们没有留下，就和黑人换了黄毛老鼠。

他们把黄毛老鼠拿回家来，很好地养着。

有一天，他们夫妻起来，看见黄毛老鼠全身的毛变成了金丝，他们对这个老鼠更加喜爱了，把它当成宝贝看待。有一天晚上，金毛老鼠给主人的妻子托了个梦说："今后你们要好好地赎福，对穷人要多多周济和帮助，对恩人不要忘记。"第二天，他们就用一半财产去送给指引他们找金毛鼠的那个人。可是那个人没有收下他们的财礼，并说："我不愁吃，不愁穿，这些礼物你们还是带回去吧！"他们又拿了许多金银还给黄被的主人，那个人收下了他们的礼物。

后来，金毛老鼠忽然死了，他夫妇两个，为了报答金毛老鼠，就用丝绸把金毛老鼠包起来，再用银片包外层，最外一层又拿金片包起来，拿到东方的路安葬起来。

召勐听到这个消息以后，就把他夫妇俩叫去问："你们夫妇俩，原来不是樵夫吗？为什么变得这么快？"他俩对召勐说："召勐啊！这些福儿都是老天的保佑，金毛老鼠的帮助得到的福气。"后来召勐给他们夫妇俩起了个名字叫"苏他苏马哪西梯"。

九尾狗

讲述者：康朗甩
记录者：周开学
翻译者：刀正祥
搜集地点：云南省西双版纳傣族自治州

以前有夫妇俩，家里养着一只狗。一年多，妻子生了个孩子，狗也生了只小狗。他们给儿子起了个名字叫"召苏纳哈马告憨"。母亲后来死了，父亲养孩子到十岁，也病死了。父亲临死时对儿子说："如果我死了，你把我的头拉进山里去，在哪里拉不动了，就放在哪里，就在那里种庄稼。"父亲死了无人抬，他领着狗用绳子将父亲拖走，进了森林，就再也拉不动了，于是就把父亲放在那里，盖了房子。

父亲死后上了天当叭英。儿子计划明天要砍地，正在进行量地。晚上，父亲从天上派来来砍地。等第二天儿子起来一看，地已砍好了。他觉得奇怪："是谁砍地，怎么是我量的，他来砍。不管，我用火来烧。"等他第二天早上去烧，地已烧好了。他又说："是谁又来烧了。不管，明天我来挖。"第二天挖了些。等第三天去，地已完全挖好了，他开始种起谷子来了。他天天到地里劳动，狗就在地边朝着外面叫，他就去看，狗咬什么？他一去，就看见一个蛋，他把蛋拿回家去留起来。

后来他天天出外劳动，每天回来，饭都煮好在家里，又香又甜，很好吃。他想："是谁给我煮的饭菜？"有一天他就推着去劳动，却悄悄地躲着看。他走后，蛋里的姑娘就出来做饭了。姑娘美丽极了，他马上进去拉住姑娘问："你是从哪里来的？"姑娘说："我是从蛋里出来的。我们一共有三人，一个是我叫南害发，一个叫南雅，一个叫南没安。"小伙子就不给她进蛋里去，三个都和他一起生活。

召勐想吃肉，派四个猎人去打鸟。猎人到山上去，打得十只鸟，就去休息。猎人说："我们肚子饿了，煮些吃吧！剩下的送给召勐。"有一个说："我们去岩宰多①家煮吃。"他们去到苏纳哈马家，看到里面很漂亮，东西很整齐，又看见这三个姑娘长得非常美丽，他们呆得嘴都合不拢，就对姑娘说："我们打鸟来这里做饭吃。"姑娘们说："来家里煮吧！"鸟煮熟了，猎人开始吃起来，姑娘们又将家里的肉送给他们吃，猎人一吃觉得异常可口。猎人要走时，南害发又包了一包肉给他们说："送给叭召勐一点。"

猎人回到家里，将肉拿给召勐吃，并告诉召勐说："那个穷孩子有三个美丽的妻子，我们看得发呆，他还送给召勐肉呢！"召勐吃了肉，很好吃，就问猎人："是真的吗？"猎人道："真的！"

召勐派些纳②去看。些纳一到就看见姑娘果然非凡，些纳到了南害发家里，南害发给他们吃饭。些纳回来告诉召勐："真有的，当中有一个最美丽。"召勐说："我们去把岩宰多杀死，将美女娶来。"头人说："杀人娶人是不行的。我们可以用鸡来打架，他的鸡打不赢我们的，就叫他交出妻子。"召勐认为这个办法也好。

第二天召勐派叫召苏纳哈马告憨来，召勐对他说："明天你去拿鸡来和我的鸡打架，如果你的鸡胜了，送给你金银，给你当些纳，如果你的鸡败了，就将你的妻子交出来。"苏纳哈马回到家非常难过。南害发问他："你有什么困难吗？为什么不高兴？"他说："我们穷成这样一根鸡毛都没有，召勐还叫我拿鸡去打架。"妻子说："不要紧，我去找。"第二天早上，南害发拿着米到外面一唤，跑出一只鸡来，这只鸡，人看着是鸡，可实际上是一只猫。

他们把这只鸡送去和召勐的鸡打架，召勐看见他的鸡很小，就得意地喊："把我的鸡拿来！"召勐的鸡又大又好看。一抱来斗的时候，召勐的鸡就

---

① 岩宰多：即苏纳哈马。
② 些纳：一种官职。

退了一次。第二次又打,召勐的鸡用爪抓了岩宰多的鸡一爪,岩宰多的鸡滚了一滚,头人们高兴地说:"岩宰多得送妻子给召勐啦!"第三次岩宰多的鸡一跳,就把召勐的鸡啄死了。召勐对苏纳哈马说:"明天你再拿黄牛来打,如果胜了,要金要银要当官随你要,如果败了,要把你的妻子送来。"苏纳哈马回家来了,心里很难过,妻子又问他:"打不赢吗?"苏纳哈马说:"赢是赢了,可是明天还要叫我们拿牛去打架,我们穷得连一根牛毛都没有,哪里去找牛呢?"妻子说:"不要难过,明天去赶来。"第二天,妻子用草一唤,一只大老虎出来变成了黄牛,又瘦又小,叫丈夫拉着去了。

到召勐这里,召勐拉出了一条又高又大的牛出来和苏纳哈马的牛打。第一次斗,苏纳哈马的牛退了。第二次一斗,召勐的牛脖子就断了。召勐说:"你要金银不要慌,明天你用象再来斗。"苏纳哈马难过地回家来,说了情况。妻子又说:"不要紧,明天我去找来。"第二天妻子去河边叫来了只火牙象叫丈夫拉去斗。

和叭召勐的象一斗,召勐的象就死了。召勐不甘心,又提出:"明天我撒三箩芝麻在地里你来捡。若捡不完,你的妻子就交出来。"苏纳哈马回家告诉了妻子。妻子派蚂蚁含了放在篮里,只剩几粒,第二天苏纳哈马很快就捡完了。苏纳哈马对召勐说:"召,你看捡完了。"召勐又说:"明天你来吃一千锅菜,吃不完,妻子就是我的了。"他回家告诉了妻子,妻子就派了一大群批牙来跟着丈夫吃。这些批牙人是看不见的,才一小下就吃完了。召勐无法,又用了一个大鼓,里面装上人,派人抬了经过苏纳哈马这里,到了苏纳哈马家就说:"我们在你家歇一晚。"就把鼓挂在他家,来的人推着出去了。这时妻子对丈夫说:"召勐怎么逼我们,任何都不怕,不过你不要吃任何一种蛋。"鼓里的人听见了。第二天,来人抬鼓回去,鼓里人就对召勐说了此事。召勐就煮了许多蛋叫苏纳哈马吃。苏纳哈马看见是蛋,不吃,可是不吃又要被杀,只得吃了。他一吃蛋,家里的姑娘头就痛起来了,在不住就各回去了,家里只剩下一只狗。

岩宰多回来不见了姑娘,急着地问狗:"姑娘哪里去了?"狗说:"南害发回天上去了,其他回自己的家去了。"苏纳哈马就领着狗去找姑娘们,去到一个九弯江,每一弯都必须经过。过不去了,狗说:"你拉着我的尾巴。"于是游过一弯,狗的尾巴掉了一根,等第九弯过完,狗累死了。他守着狗不让任何动物吃,一群苍蝇来请求说:"你让我们吃了吧!你要到哪里去,我们带你去。"他就让苍蝇吃了。苍蝇结成了一大团驮着他飞到了南害发家,找到了南害发住的地方。

有一群姑娘来河边打水,他问:"打水做什么?"姑娘们说:"打水给南害发结婚。"他就把手上的戒指放在姑娘的桶里。姑娘倒水给南害发洗澡时,戒指就套在南害发的手指上。南害发一看:"丈夫来了,怎么办?"南害发的父亲说:"把姑娘们装在箱里,伸出手指来给他猜,如果猜到了,就做他的妻子。"姑娘伸出手指来时,苍蝇说:"我们飞去落在南害发的手指上,你看见那个手指拉住就是了。"苏纳哈马照苍蝇的话,果然猜着了。可是姑娘还不算他的。姑娘的父亲又说:"有一个长八掰的石头,厚七尺,哪个抬得动,姑娘就给他做妻子。"姑娘新的那个丈夫抬不动,苏纳哈马就抬得动。父亲又说:"还有一张弩,哪人拉得动,姑娘就是他的。"两个男人就去拉,新夫拉不动,苏纳哈马抬起来就打,箭声响震如雷。这时姑娘的父亲就让苏纳哈马和姑娘成夫妻了。

金螃蟹

文本一

讲述者：波岩斌
搜集者、记录者：周开学
翻译者：刀正祥
搜集地点：云南省西双版纳傣族自治州

以前有个马哈西梯，他有两个妻子，大老婆叫苏塔马，小老婆叫嘎麻，两个都生了孩子。苏塔马生出来的是一只螃蟹，起名南布罕，小老婆生了一个女孩，名叫依塔拉。

孩子们长大了，天天在一起玩，召勐的儿子叫波罕，头人的儿子叫捧马，都来和孩子一起玩。

小老婆为了要使自己的女儿嫁给召勐的儿子，就叫丈夫把大老婆赶走，并整死南布罕。催了三次，丈夫听不得了，就用棍子去打苏塔马。苏塔马在不下，就去大森林的一个山洞里住下。小老婆还想进一步害死南布罕，要叫丈夫打死南布罕。丈夫就用棍打南布罕，南布罕跑出去遇到了母亲，就要和母亲住在山洞里。

召勐的儿子波罕，头人的儿子捧马长大以后，父亲都要给他们娶妻，到处去选。为了要选好姑娘，他们叫整个地方的姑娘，穿得漂亮的衣服，去给召勐看。召勐这里敲锣打鼓热闹着，姑娘们慢慢来了。召捧马就坐在家里等着看，他在看时说："这个脸好看，身材不好看，那个身材好看，脸不好看……"拣完了，都没有一个合意的，被看的姑娘很生气，她们就等着看召捧马的妻子到底有多好看。召捧马叫她们回去了，她们说："我们不吃你的饭,要住下来等着看你的老婆。"

一直玩了七天,南布罕在山洞里知道了,就对母亲说:"我要去看看,和姑娘们玩玩。"母亲说:"别去了!以前你在家时,别人打你骂你,这回你去,担心人家打你。"她不听妈的话,就来了,把凤凰的翅膀拴在身上飞来。那里人们满满的,她从槟榔树上下来,变得更漂亮。召捧马一看见就说:"这个漂亮!"南布罕说:"如果你爱我,你就来找,我在森林里。"说完,她就飞回山洞里去了。

召捧马召集官人来商量,谁晓得南布罕就去找,官人们一个也不知道。这时召勐的儿子召波罕说:"我知道一点,我去找。"大家就让他去了。

召波罕去到南布罕住的山洞里,和南布罕的母亲说:"召捧马要找个妻子,所有的人他都看过了,唯看得上南布罕,现在叫我来叫她去。"母亲也同意。波罕就领着南布罕回来了。

捧马这里准备了车、马、象去半路接。小老婆的女儿依塔拉看见这样热闹,以为人家是要来接她,当南布罕经过她家门前时,她叫:"南布罕,来家里玩一下。"南布罕答应:"乐来了,有钱,有饭你一个用了。"

到了召捧马处就举行了婚礼。过了一段时间,马哈西梯的小老婆来叫南布罕去她家玩。南布罕也来了,结果被小老婆抓起来就打,把她的衣服脱下来。南布罕哭着跑回去找母亲。

小老婆叫依塔拉穿上南布罕的衣服,送到召捧马那里。召捧马看到自己的妻子怎么和原来不一样。官人们告诉了召捧马:"是依塔拉来抵南布罕的。"召捧马就把依塔拉杀死,将她的肉放在罐里腌起来,腌了几天,派人抬去对她父亲说:"马哈西梯,这是召捧马送来的酸鱼。"马哈西梯天天拿这肉来吃。小老婆说:"南布罕去当妻子,什么也不得吃,你看我女儿去了几天,召就送肉来了。"天天捞了吃,最后捞到手掌,看看是自己女儿的手,立即痛哭起来,这时地开了一个大裂缝,小老婆掉进去了,死了。

小老婆死了以后,召捧马又派人去把南布罕接回来,生活在一起。

文本二

讲述者：佚名
记录者：卢自发
翻译者：岩峰
搜集地点：云南省西双版纳傣族自治州勐海县勐遮镇

有一个富翁，他有两个妻子，大老婆是琵琶鬼，小老婆是好人，有一天他领着两个老婆到鱼塘里去捕鱼，每捕得的鱼，他都要平均地分作两份给两个妻子保管着。

大老婆嘴馋，一分得鱼就活活地吃掉，吃掉后又去偷小老婆的鱼来舀起来，到了要回来的时候，富翁就去看小老婆的鱼笼，发现鱼很少，于是就问：“哎！为什么你的鱼这样少？”

大老婆诬赖说：“她把鱼生吃完掉了。”富翁很生气，一竹竿就把小老婆敲死掉进河里。小老婆变成一只金螃蟹。

大老婆生下一个孩子，名叫喃特芳，小老婆也留下一个孩子，叫喃波罕。富翁认为小老婆生的女儿不成器，天天叫她去看牛。一年只给一小罐猪油，大老婆还说：“哎！一罐猪油都被她吃了。”

小老婆变成的金螃蟹，在河里看见了自己的女儿受虐待，晚上就来帮助自己的姑娘打扮，第二天大家见了觉得很奇怪：怎么这个姑娘突然变得美丽起来。

大老婆看见了就问：“姑娘，是谁帮助你打扮得这样漂亮？一定是你母亲来帮助你了，以后放牛不准到河边去放。”

有一天国王赶摆，富翁不让喃波罕去参加，仍然要她去放牛。天神看见了，就派一只凤凰来，帮助喃波罕，她的母亲也来帮助她打扮。喃波罕打扮好，骑上凤凰便飞去参加赶摆。

国王的公子看见了，很喜欢她，要约她去做妻子，这时富翁出来说："她是替我放牛的，怎么能做公子的妻子？你要纳就纳喃特芳。"公子没有办法就说回去商量。

富翁回来，大老婆说："如果不把河里的金螃蟹捉来，还要出许多事。"金螃蟹捉来以后，大老婆便把金螃蟹煮吃了，喃波罕把她母亲（金螃蟹）的骨头埋在寨子旁边，结果长出一棵大树，寨子的人都喜欢到这棵树下歇凉。

有一天国王看见这棵菩提树，觉得太好了，想把这棵树移到王宫去，派人来抬，抬不动。

大老婆说："只有派喃波罕来才抬得动。"喃波罕只好去抬，她对母亲（菩提树）说："母亲，国王要你进宫殿，我只好来抬你。"结果轻轻一拔就把菩提树拔起来，抬在象背上驮回去。

公子更喜欢喃波罕，国王也很喜欢，他们就结为夫妇。过了三年喃波罕生了一个男孩，取名叫召罕普。大老婆听了这个消息以后，更气了，想害死喃波罕。有一天，她跪去对喃波罕说："你父亲害病，你回去看一下。"喃波罕只好回去。

公子派人把喃波罕护送回家，大老婆站在门口说："你们不要进去了，让喃波罕进去看一看她的父亲就出来。"喃波罕一个人进房里去，一进去，大老婆就用开水把她烫死了，喃波罕的灵魂就飞出远方，在河边变成一棵花树。

大老婆见喃波罕死掉，就脱下她的衣服穿在喃特芳的身上，去抵喃波罕。随行的人把喃特芳背回宫殿，公子见了觉得奇怪，衣服倒是，而脸却不像，儿子来吃奶，奶也没有了。

公子明白受骗了，拔出刀来把喃特芳杀掉，把肉一片一片地刮下来，用竹筒装着做礼物送给富翁家。

富翁和大老婆很高兴，说："我的姑娘到了公子那里，公子就送肉来给我们。"后来发现一只手掌，才知道是自己姑娘的肉。

大老婆很伤心，有人说给她，"河边有一棵花很香，可以给你解闷。"

大老婆说："赶紧去把它砍掉。"花被砍后，喃波罕马上变成一棵高大的椰子树。

其他的椰子都成熟了，独有这颗椰子不熟，守椰子的老人爬上树去把这颗椰子剖开，喃波罕就变成人，做这个老人的女儿，帮助他纺线织布。

公子的儿子岩罕普出来玩，听见斑鸠叫："嘟嘟嘟召罕普不认识娘。"召罕普回去对父亲说："守门的大爹骂我，说我不认识娘。"召罕普领着父亲到老人家去看，认出自己的母亲，领回宫殿，过着幸福的生活。

召香勐

讲述者：康朗甩
记录者、搜集者：周开学
翻译者：刀正祥
搜集地点：云南省西双版纳傣族自治州

有一个地方叫勐西拉，有一个叭勐西拉，有一个儿子叫沙瓦里，有一个女儿叫西里苏文纳，长得非常漂亮。长大后，父亲要给女儿找丈夫。有一百零一个地方的土司头人都要来要这个姑娘做妻子。他们来到以后，姑娘的父亲和哥哥无法决定，给谁也不是，给甲，又怕乙来闹事。他们就想了个办法，有一张弩和一个大石，谁拉得动这大弩和将这个大石高举过头，这个姑娘就嫁给他。所有在那里的人都拉不动弩和抬不动这石头。

有叭勐沙瓦梯的一个叫苏拉的叭来到姑娘家，轻轻就拉开弩和抬起石头。姑娘的哥哥很喜欢苏拉，就准备让他和姑娘结婚。

正准备要来结婚，来到半路，有一个批牙[①]从天空飞来将姑娘抓去了。苏拉也会飞，就一直追批牙，但追不上。到一地方，批牙把姑娘拿在山洞里

---

① 批牙：傣语"妖魔"之意。

关起来。每七天来看她一次。

苏拉回来告诉父母和哥哥①："小姐被批牙拿去了，我暂时回去，等姑娘回来时，再来找。"苏拉就回家去了。

有一个地方叫勐里札，有一个叭，他有三个儿子，大儿子叫召拉马，二儿子叫召满塔，三儿子叫召香勐。大儿子二儿子都各在一地方当召勐，父亲也在另一地方当召勐，只有召香勐年幼，和父亲在一起，父亲和哥哥们都想给香勐找个妻子。可是那地方的姑娘，一个他都不要。他说："我要到别地方去找妻子，如果父亲要在当地找的话，我就要去当和尚。"

香勐拿起一把刀和一张弩就到处找姑娘去了。走了许多地方，经过一个大森林，他在大森林里听见一个哭声，但分不清是在哪方，他就坐在大树下休息。有两只鸟就在树上说起话来："批牙抓了一个姑娘关在山洞里，现在还在哭呢！"香勐在树下听见以后，就顺着鸟说的方向去找。他一走一走，哭声更大了。知道姑娘被批牙用石头堵在山洞里了，正在哭，他就从一个小石洞里看去。这时批牙不在。姑娘说："批牙要吃我，快来吃了，我活不下去了，一样东西也没有得吃。"召香勐在洞外说："我不是批牙，我是人。"香勐用刀撬开石头，进洞里去，和姑娘在一起。姑娘希望香勐赶快把她带走，香勐说："不要怕，我们要等着把批牙杀掉才走。"姑娘说："只要你把我救出来，我去帮你做什么活都行。"香勐说："我在这里，不管多少批牙来我都不怕。如果我救出了你，不会给你去当长工的；如果你喜欢我的话，就来和我在一起。"

他们说完了话，批牙就来了，看见有两个人在洞里，批牙自语："哦，怎么会有两个人在一起，我一定把他们吃了。"批牙从小洞里看去，香勐用弩一射，嗖的一声，箭直穿批牙的眼睛，批牙的头炸裂了。香勐出来用刀把批牙劈成两半。他们俩走出山洞，在大森林里走。姑娘说："要我和你一起生活，你应该回到香勐的地方。"召香勐说："还是要回到你住的地方——

---

① 此处的父母和哥哥即姑娘的哥哥父母。

勐西拉，找到你的父母。"姑娘怎样说也不行，香勐硬要姑娘回勐西拉。他们决定来了，来到一个大石头处，天黑了，两个人就住下了。但他们还不知道已到了自己的地方。他们走得很累，第二天早晨起得很迟。姑娘家的长工去割马草，看见他俩还睡着，长工叫醒了他们，问他们是哪里人。姑娘答应："我们是勐西拉的人，要回去找父亲，哥呵叫沙瓦里。"长工告诉她："这里就是勐沙瓦里，我就是在宫里做工的。"长工回来告诉姑娘的父亲和哥哥中："你家的姑娘回来了，还带着一个漂亮的小伙子。"父亲准备了大象和马，要去接回小姐，因为当时大权在哥哥掌握，哥哥说："这就是批牙来变成人的，我们一定要把他们杀掉。你们去接，可以先让我的妹妹来，给那个男的在后。"

天快黑了，头人们用象把姑娘接回来了，香勐跟着在后面来。他们正准备杀香勐，香勐一到，就被抓起来。香勐问："怎么把我抓起来？"头人们说："你是批牙变的，你吃不了人，心不甘。"于是打个起来，香勐怎么也打不过这多人，被捆起来打得皮开肉绽。沙瓦里叫头人，当天晚上要把香勐杀死，头人们捆着香勐去杀。走到东门，叫守门的人开门。守门的人说："你们这样做不对，不了解情况杀了他不好，同时晚上杀人不好。现在我要讲给你们一个例子：以前有一个叫召勐，他去做生意，他家有两个老婆，一个是南柄把，一个是南波罕。召勐走了以后，南波罕就和三个厨工搞男女关系，天天让厨工帮她抓身上，些纳们看见也不敢说。召回来以后，南波罕就去召的面前哭，'召呀，我怕你出去做生意不得回来啦，现在你正好回来啦，家里面出了问题啦，南柄把和第四个厨工发生问题啦。'[①]召非常愤怒，把厨工和南柄把派人拉去杀了。"

"第二天，些纳来和召谈话：'我们很想你，就怕你出了问题。南波罕不好，和三个厨工发生了事，你把南柄把杀了。其实是南波罕不好。'召一听就昏了过去，一样也不说，抓起刀就自刎了。"看门的人说完话，还是不开

---

① 注：其实第四个炊事员是老实的，没有和南波罕发生关系。

门。头人们把召香勐拉到南门,喊看守开门。看门的人也说:"晚上杀人没有道理。不了解情况,乱杀人不好。现在我说个例子给你们:题目叫《马拉信》,说的是南召勐有一个姑娘,天天到河边洗澡,在外脱光身子以后跳进水里,天天都是小姐先跳。有一个小伙子看见小姐天天先跳下河洗澡,就想:'我的父亲就是你父亲害死的,现在我要你来顶我父亲的命。'召勐家有一只狗,很懂事。姑娘回家以后,那个小伙子就用竹子削得很尖,插在小姐跳水的那地方,准备戳死小姐。"

"第二天小姐去洗澡。一下楼,那只狗就跳和叫,挣脱绳子就跑去咬往小姐的裙子,不放小姐走。小姐摆脱以后,走几步,狗又咬住裙子了,怎么也不放。父亲看见那只狗就说:'这只狗,你还不懂主人,还要咬主人。'父亲就用棒将狗打死了。小姐跑去叫了一群姑娘一起到河里洗澡。一到下,就脱衣服跳下,一跳就穿在竹子上死了。这时狗也死,姑娘也死。不了解情况杀人,就是不好,今天不要杀,明天再说。"不准头人们出去。

头人们又将香勐拉到第三门①叫看守开门。看守也说:"晚上杀人,没有道理。请听我讲个故事你们听:以前有一对夫妻,有一个孩子,家里养着一只兔,那白兔天天和小孩在一起玩,有一天夫妇俩到地里去,白兔和孩子在一起玩。有一条毒蛇上楼咬死了小孩,小兔看着哭起来。下午夫妇回来,见孩子死了,全身发肿,就说:'小兔,我们养着你,你把我的娃娃咬死。'于是用棍子将小兔打死。等妻子到屋里拿饭,在饭盆处发现一条死了的毒蛇(毒蛇是小兔咬死的),她就想,娃娃一定是毒蛇咬死的,懊悔不及。就是这样,不能乱杀人,明天再说吧!"

头人们又把香勐拉到北门,叫看守开门。看守们也不开门,这时,头人无法将香勐拉出去杀,只好拉回来关在屋里。

审问时,香勐说:"我不是批牙,我是真正的人,我家里也有父母兄弟。西里苏文纳,就是我救出来的。"头人们就来问姑娘,"他到底是什么人?怎

---

① 此处第三门即西门。

么一回事？"姑娘说："他是我真正的丈夫。他还有哥哥和父母亲。"头人和姑娘的父母知道了香勐的来历后，非常喜欢他，就和他在一起了，唯有哥哥不同意，说："你①不是有丈夫了吗？如果你要和他在一起来，就把你俩捆起来一起拿去杀死。"无论哪一个来请求，哥哥都不同意，一定要杀死他们。

姑娘天天希望叭英来救丈夫，她说了说以后，话传到叭英和叭拉西耳朵里，就从天上下来，来到姑娘的家里，一念口功，全家人睡得昏迷不醒。叭拉西就解了捆着香勐的绳子，带着香勐回到他的家的地方去了。

走到半路，叭英变成个老人，使他们遇到，叭英问他们："你们要去哪里？"叭拉西说："我们要去勐里札。"老人和他俩一起走了，走到一个岔路的地方，叭英指给他俩路后，叭英一个人就走了，他俩朝着勐里札走去。到了寨边，寨里的人看见香勐一身破烂，跑回去告诉香勐的父亲："香勐回来啦，快去接他。"家里人就用马和象去接香勐回来。

第二天早晨，姑娘见香勐不在，就写信到勐里札问香勐的信息。

香勐到了家，父母看到他皮肉、衣服破破烂烂，问他怎么回事，香勐说："我走到大山洞，看到一个批牙捉去的姑娘在那里，我把她救出来，带回到勐西拉去，他们说我是鬼，抓起我来打，经姑娘说，她的父母头人都喜欢我，唯有她的哥哥不同意，要拉我去杀。"香勐的父亲和头人听了，非常伤心，说："他们是吃铁，我们是吃饭？"些纳们说："我们一定要和他们打仗，即使整个寨子都成了寡妇也不管。"香勐说："不要忙，打仗不是好事情，两方都要死人，要经过说服他们，如果他们还不同意，那时候再说，现在不好的只有他哥一人，现在我们准备东西去接姑娘。"头人们准备了牛马、大象去接姑娘，去的人有年达新②、昏些纳③，十个大力士。

姑娘的哥哥，自香勐逃了以后，非常气愤，说："我生下来就一个人，不得打仗不舒服，我一定要和他们干！"哥哥就飞上天去找姑娘原来的丈夫

---

① 此处你指姑娘。
② 年达新：傣语，一种官名。
③ 昏些纳：傣语，一种官名。

苏拉。苏拉来了以后，也说要和他们干，因为苏拉也在准备东西来接姑娘。

香勐、苏拉两边都准备好接姑娘的东西，一齐来到姑娘家。香勐这边的人将礼物送给她哥，她哥不接，说："你拿千斤万斤金银，一百匹马，一百只象我都不接。"又侮辱些纳们说："山上的人要跟平坝的人在一起是不行的，小雀要孵老鹰的蛋是不可能的，老鸹要和凤凰在一起是不可能的，你们想要我的妹子也不行；如果要的话，我家煮饭的妇人有好几个，你们可以拿去。我们一定要苏拉这个人。"香勐这边的些纳听了这些话，非常愤怒，将拳头打在桌上，大声说："你们怎么不进理，你们也吃饭，我们也吃饭；你们有召勐，我们也有召勐；怎么这样侮辱别人，你们等着看吧！"说完，些纳们走出去了，去和姑娘告别："你的哥哥不同意，等一个月看看，我们要来跟他们干。"姑娘说："你们去，希望早来，时间不要太长。"些纳们回去了，将这事告诉了香勐及其父母。

香勐和父母非常愤怒，香勐写信告诉他的哥哥们和其他的召勐来帮他打仗。哥哥、召勐接信后，就来准备一切打仗的东西。

召香勐这边的人有勐为萨、勐伙傣、勐帕冬等地的召勐和头人，十个大力士。这些人就准备好东西，出发了。走了一个月，去到勐西拉的一曼尼拱寨子的一个萨拉歇下。沙瓦里这边也准备着应战。双方相接，打了起来。十个大力士拔起树来，向沙瓦里这边打去。最初，双方力量相差不多。香勐的哥哥和年达新都很勇敢。沙瓦里这边有一个人，原本是香勐这边的，名叫为落哈，很勇敢，因为犯了错误，就来投在沙瓦里这边。

香勐这边没有救人的药，只有一个人有起死回生的本领。沙瓦里这边有一个医生，他的药很灵，人头砍断后还可以接；枯了三年的树，用这药一熏，就会发芽。

香勐的人冲进树林，到了先香勐救小姐回来睡的那个石头处，从石头下找出先藏的弩，交给香勐。苏拉从天空飞来，用刀砍香勐这边的人头，香勐用弩把苏拉射落在自己这边，死了。

双方不分胜负，直打了七年零七个月。香勐这边的文武大将就开会想办法，认为沙瓦里这边有一个医生能把死人救活，暂时打不过，只得忍辱假降，写信给沙瓦里："我们不想打了，我们不自量力，死了许多人。现在向你们投降，东西全部送给你们。我们的人都听从你的指挥……第七天，我们就送东西。"沙瓦里接信后，非常骄傲，回信："应该早说了。你们的人死了很多，山上的人怎打得过平坝的。"又说："你们香勐要来和我的妹妹结婚是配不上的。香勐要的各方面，我可以将侍人送给你。"香勐又写了第二封信，准备去诈降，做好一个轿子，里面装了金、银，还装了一个镶了金边的箱子，里面装有一个拿着大刀的铁人，这个箱子不让任何人打开，只有医生为落哈来开，才让给他开。商量妥以后，第七天就把东西送去。由年达新、些纳送去。

沙瓦里派人来接收东西，一见送东西的人就鄙视地说："这些人还想打仗。"就向送东西的人的脸上吐唾沫。他们一身都是唾沫，头也不抬地走，走到沙瓦里那里，把东西放下，来向沙瓦里投降、认错："我们错了，我们服从你的使唤，永远在你的脚下。"沙瓦里又重说了信中的话，并告诉送东西的人回去叫召香勐和他哥哥召拉马、召满塔、年达新、及为萨来投降谈话。送东西的人回到香勐这边。

沙瓦里的人非常高兴，将送来的礼物拿出来分。后要打开木箱哪个都开不开，沙瓦里就叫医生："为落哈，你去开！"为落哈答应："我不敢去开，开不得！"沙瓦里大骂起来："你这个人还来和我在一起，人家东西都送来了，你还不敢开。"医生说："我听召勐的命令，不过我要把药交给你们，如果我的头断了，请马上给敷上药。"沙瓦里说："人家是拿来投降的，还有什么砍头的？"

医生去开箱子，箱子里的铁人就让他开了，铁人一下就把医生的头砍下，落在箱子里。铁人一头冲出来跑了，谁也拉不住。铁人把为落哈的头送给了香勐。

医生的头一落地，沙瓦里气得昏倒了，为落哈的身子在房子里跳了七天，才倒下去。

香勐非常高兴，重新组织进攻。沙瓦里的父亲和妹妹暗暗助了香勐，香勐的兵势如破竹，打败了沙瓦里的兵。香勐的哥哥、头人就抓住了沙瓦里，拷打了沙瓦里。

第二天姑娘和香勐结了婚，香勐当了那地方的召勐。香勐天天教育沙瓦里，以后又把那地方交给了沙瓦里管。香勐回到了自己的地方，当了召勐。

附记：这份材料与耿马民间故事《线猛与珊布》类似，整理、研究时，可互相参照。

宝角牛

讲述者：康朗甩
搜集者：周开学
翻译者：刀正祥
搜集地点：云南省西双版纳傣族自治州

以前有一群水牛，其中有一条公牛，带着一百五十条母牛在森林里。哪一条母牛生下小牛——如果是公的，它就把它打死；如果是母牛，这条公牛就让它留下。

有一条母牛已怀胎了，它想："如果生下来是公的，要被公牛打死。哎！不管是什么，我要给它留下，我要到远处生去。"它一边吃草，一边离开大家。去到一个山洞，它就走进去，山洞里有水，那水是宝水，它就去喝，水进入胎儿的头脑里。过了一段时间，这条母牛生小牛了，是一条白色的公牛。

这条小牛长大以后，它的角变成宝角。它妈领着它吃草，住在山洞里。后来这宝角牛问妈妈："爸爸在哪里？"妈妈说："你爸爸在得很远，它心最狠，如果哪个生下来是公的，它就把它打死，如果是母的才留下。我为了保护你，才离开它的。"宝角牛说："我想去看看大家，和它们在一起，现在我和你在这里不热闹。"母牛说："孩子呀，你要等到大起来，你的脚印有你爸爸的脚印大才可以去，现在你还没有力气。"后来宝角牛看见它父亲的脚印，它去比还小了一点。又跟妈妈来山洞里住。

住了一年又去比，脚印比爸爸的还大一点，它就去了。去时，妈妈说："有一棵橄榄果，你用角去撞，如果你的角挡得住，你就去，挡不住，你就莫去。"它用角去撞，橄榄掉下来，被它完全挡住。于是它就去到父亲那里，和爸爸玩。

老公牛一看见宝角牛就来和它打架。第一次因它碰橄榄树消耗了些力气，打不过爸爸，退到草坪上。后来又用头去碰皂角，皂角掉在它的头上，它的力气大起来了，就去和爸爸打，结果将爸爸打死了。它领着那一群母牛去到勐嘎西地方，见到一大片稻子，它们就把那一片稻子吃光。

有人看见它们，就派人来追。它们见到人就用角去撞，结果人们再也不敢去撵它们了。

有一个叫召渣里和南普呵的夫妻俩，经过那里，遇见宝角牛，它就冲下来，南普呵一下躲不开，就乘势抓住它的角，将角折弯，捏上手印。所以今天的水牛角是弯的，有手印。

南普呵被宝角牛打死，召渣里被吓跑。它们就去到勐给沙，到处吃稻子，撞倒墙。召勐和所有的人都恨这群牛。有一个人来说给牛："你有力气去找叭巴利莫打吧。"这群牛就去找到叭巴利莫，他一见宝角牛就和它打起来，宝角牛被叭巴利莫抓住角，又骑在它背上。宝角牛打败以后，叭巴利莫领着弟弟和一些人去追这些牛，追到勐这的一个山洞口，宝角牛就跑进山洞里去了。他们扎在洞口外，叭巴利莫对弟弟和儿子，以及所有来的人说："我要进去，你们在下面淌水的洞口处看，如果红血淌出去，就是我的血，把洞口堵起来，不让它出来；如果见着黑一点的血就是牛的。"叭巴利莫拿着刀进去，看见牛就杀了起来，牛被砍死，血流出来。可是叭巴利莫的弟弟把血看错了说："呀！这是哥哥的血，哥哥死了。"他们就搬石头把洞堵起来，回去了。

等叭巴利莫走到洞口，洞已堵得死死的，用刀也撬不动，又转回去，用刀砍下宝角来掀石头，才算将石头掀开了。他回到家里大发脾气："你们都是笨人，什么血也不知道。"又骂弟弟："就是你想占我的位置。"弟弟说："血是红的，我们认为是你的血才堵起来。"他就把弟弟撵走，到了一个大森林，弟弟嘎领是个猴子，就爬上高高的树。

有两个人，哥哥叫冷马，弟弟叫拉哈那，一起去找他嫂。他们去到森林，睡在一棵大树下。正巧嘎领就在那树上哭，眼泪落在弟兄俩的脚上，抬头看见猴子在头上，就骂道："你为什么撒尿在我们脚上，我们要杀你。"猴子说："我不是撒尿，请饶我，我哥哥赶我出来，我难过了才流泪。你们有什么困难，我可以帮助你们。"又说："你们和我去与哥哥说，如果他要打，就和他打。"

他们三个一起来到哥那里，嘎领和哥哥说："请你救我，给我留下。"他哥说："你还要回来？"就打起来了，冷马用箭射了叭巴利莫。叭巴利莫临死时说："如果我死了，嘎领得当头人，要给我的儿子做官。"说完死了。

人们就选嘎领做头人，给王子[①]做了官。

召哈罗

讲述者：佚名
记录者：曹爱贤
翻译者：刀金燕
搜集地点：云南省西双版纳傣族自治州景洪市

召蒙帮加这个人住在河边，后来他生了一个儿子，名叫召哈罗；有一

---

① 即叭巴利莫的儿子。

个头人也生下一个儿子。头人的儿子和蒙帮加的儿子,就经常在一起玩。头人对他的儿子说:"你别去跟召哈罗玩,人家是国王的儿子。不要挑水浇沙,不要和国王的儿子打交道。"父亲不让他去,他就在家里跳跳闹闹的,他爹就追他。他就跑到召哈罗那里去,叫召哈罗开门给他。召哈罗还来不及给他开门,他就踢开门进去了。召哈罗的父亲很生气,就用棍子打他的脚。他就跑到森林里去,就遇到叭拉西佛爷,他就请叭拉西教他打拳和玩魔术,学了这些以后他又继续再进森林,又碰着一个鬼,这个鬼想吃掉他,于是他们就打起来,结果这个鬼打不过头人的儿子。这个鬼就问他怎么学得这些武术,他就告诉鬼说:"我跟叭拉西佛爷学的。"后来他就约着鬼去跟叭拉西学,到那里,叭拉西没有教他们,他们就要去打召哈罗。叭拉西马上就飞去把召哈罗抱到他的宫殿里来,不让他们打着召哈罗。鬼和头人的儿子就到召哈罗家横行霸道——这个鬼吃了不少的丫头,然后,又拿棍子去打死了召哈罗的爹、召哈罗的妈,因为召哈罗也不在,所以他就跑去同優尼人住。叭拉西把召哈罗抱来后,就教他打拳。在水塘里有一朵莲花,这时还未开,叭拉西就跑进去拿这朵莲花,这朵莲花就变成一个美丽的姑娘,她的名字叫喃波罕,叭拉西就给她和召哈罗配成夫妇。

他们结婚后三年,喃波罕就怀孕了,有两个月,召哈罗就说:"我们出来好久了,想回家乡去看看。"喃波罕说:"你到哪里我就跟着你到哪里。"然后他们夫妇俩就去跟叭拉西说。叭拉西就给他们几把刀和一支箭。他们两个就变成了神仙飞上天,走到半路,喃波罕很累,就叫召哈罗歇一歇气再走,于是他们俩就停下来歇气。喃波罕就睡着了,召哈罗就在旁边守着她。天上的三个公主下来玩,看见召哈罗生得漂亮英俊,于是就把他抱到天上去了。喃波罕醒来时,不见了自己的丈夫,就哭得死去活来,她求神拜佛地到处找自己的丈夫。

召哈罗被抱到天上,三个姑娘的父亲看到以后,就问三个姑娘为什么要把召哈罗抱来。三个姑娘说:"叫他做我们的丈夫。"父亲说:"他到底是人还是鬼,他会把你们吃掉的,还不快送回去。"三个姑娘就只得把他又送到原来的地方。可是喃波罕已经不在那里了，他们几个找不到一个，三个姑娘在回家的路上，遇到了喃波罕，她们很可怜她，又把她抱到天上去，过了一段时间以后，喃波罕就生下了一个男孩。

召哈罗到处找，找到将近一个村子，就碰到四个傻尼人，他就看到有一个很像他妈，他就开始问："这是哪个？这是哪个？"四个中有一个说："这个是没有丈夫的人，她丈夫早就在打战时候死了。"召哈罗一想，说："她就是我妈。"几个傻尼人就说："她从来没有生过娃娃，怎么会是你妈呢？"召哈罗就拜神说："她真的是我妈的话，这个箩箩就不要给她抬得动。"然后，四个傻尼人就去抬她们的箩箩，但是他妈的那个箩，不管怎么抬也抬不动。召哈罗就承认她就是自己的妈，赶快把她抱起来，叫了她一声妈。然后妈就说："若你真是我的儿子，我就把奶挤出水来。"然后她一挤就真的挤出水来。于是她也承认召哈罗就是她的儿子，把召哈罗带到了傻尼人住的地方。后来母子就互相谈起来，召哈罗说："我离开家很久了，现在我很想回去看看，现在我要变成一只小公鸡，然后你就拿这只小公鸡去卖，但卖了以后，你千万要把拴我的绳子拿回来。"他妈就拿着小公鸡到街上卖去了。有一个公主，名叫喃罕，就把这只小公鸡买去了。回家后，她把这只鸡放在高高的鸡笼里。到了晚上，这只鸡就变成一个很漂亮的小伙子，出来去找这个公主，和公主说："我就是召哈罗了，但你不要告诉别人。"后来公主和他的感情越来越好。晚上，召哈罗就变成人来和公主住，鸡一叫，他又变成一只鸡回鸡笼去。过了一久，这只鸡丢下自己的毛，就回来了。他又告诉他妈，现在他又要变成一匹金色的马，叫他妈配上金鞍，拉到街上去卖。他妈把马拉到街上去卖，就碰上了和头人的儿子在一处的那个鬼，他看到这匹马就是召哈罗变的，于是就把这匹马抓起来，骑着就飞上天去了。飞着飞着，就被鬼把他吃得只剩下一点点，这一点点就粘在鬼的牙齿上，鬼去漱口，就把这点肉吐出来，这点肉就变成鱼。这个鱼在水里动也不敢动，只有在白天才敢动，游动，它就一直游到勐巴情这个地方。

有一天，有一个名叫喃情木罕的公主来河里洗头，丫头拿金盆跟着她来。开始洗头、洗澡，她一进水去，有一个鱼就来咬她的奶。公主很清楚地看见这个鱼在水里游来游去，一不注意，鱼又来咬她。公主就叫丫头把金盆拿给她，她一定要把这条鱼捉起来。捉起来一看，是一条很漂亮的金鱼，就把它拿回家放在玻璃瓶里养着。到晚上，这条鱼就变成一个漂亮的男人和公主接触，并说："我是召哈罗，不要告诉别人。"他们在一起住了七个月，公主就怀孕了，她的脸色一天天变化，父亲就问她，到底是怎么一回事，是谁来与她在一起。她没有告诉父亲，父亲就去请那个鬼来看，并且盖起了一些棚子。那个鬼就叫公主下去，公主就坐在中间，国王就叫公主指，"谁是你的丈夫？"公主一看，谁也不是。鬼就说："你头上别着的那个金别子，就是你的丈夫。"公主说："这是我父亲早就打给我的。"说着她就把金别子拿下来，用力地摔在石头上，召哈罗在的这个别子就变成了很多象牙。鬼这时就变成一只鸡，去啄那些象牙，他们俩就打起战来，后来召哈罗又变成一只野猫，来吃这只鸡，鬼又变成一个狗，来咬野猫，召哈罗又变成个豹子来咬狗。他们一直打了好几个回合。

喃情木罕怕丈夫打不过鬼，就去帮助丈夫。她一巴掌就打着鬼的头，鬼就昏过去了。后来醒过来，他就跑去告诉鬼大王说："我的妻子，被别人抢去了，现在他们来打我，把我打昏过去，请鬼大王帮助我，我们到那里，可以吃肉、吃酒。"鬼大王就派了一千五百个鬼来打召哈罗。到了勐的边界，他们就写信去叫召哈罗说："现在我们已经准备好了，请出来开战。"召哈罗的岳父国王说："不要去跟他们打去了。"召哈罗说："不怕，我一个人去跟他们打。"喃情木罕也跟着他来，到了那里，召哈罗就拿箭射，每射一箭，鬼就射死一百多个，一共射了十多箭，鬼射死一千多，最后还剩几百，这几百鬼说："吃的也没有，打不过召哈罗。"于是他们就一齐跑回去，告诉鬼大王，"他骗我们，我们去了，吃的也没有，被召哈罗打死了一千多人，只剩下召哈罗和鬼战斗了。"最后，鬼骑在召哈罗的上面，喃情木罕就用大刀一砍，把鬼的手砍断了，鬼拿着被砍断了的一只手就跑了，去告诉鬼大王，要鬼大王把他手接起来。鬼大王大怒，就把这个鬼打死了。

喃情木罕和召哈罗就回到勐巴情，管理勐的人民，过着和平的生活。

五年以后，第一个妻子喃波罕，孩子名叫召亨团就问母亲："父亲在什么地方？"母亲说："你的父亲不在天上，是在地上，就是勐巴情这个国家。"召亨团听了以后，就从天上下凡来，下来勐巴情的边界，就看见他父亲杀死的些纳尊的尸体。他就来看到底是怎么回事，怎么手也被砍断了一只，于是他就摸摸他的胸口，知道他还没有死，于是召亨团就拿出药来把他的手医好，让他活起来。些纳尊活过来后，感到甚为惊奇："到底是何处来的圣人，怎么我死了五年，他还能把我医活起来。"于是他就问起召亨团的来历。召亨团："我的父亲就是召哈罗，我是他的第一个妻子的孩子，我是在天上生的，还没看见过父亲，这次我来看他，结果就看见你死在这里，我就拿出药来把你医好。"些纳尊听了以后，又感激又佩服召亨团，他一定要领着召亨团去找到他父亲，就即便被召哈罗杀了也不管。

他们两个就一齐来找，一直找到勐巴情，召哈罗看到些纳尊，又以为是他又要来打他了，他想跪。这时召亨团说："爸爸，你别怕，我是你的第一个妻子的儿子，生在天上，我天天想念你，下来找你，在路上遇着他，他就把我领着来找你的，我们不是来和你打仗。"召哈罗仍不相信："假若你真的是我儿子，那我的奶汁出来就会喷到你的嘴里，不是就不会喷到你的嘴里。"结果一试，他的奶汁真的喷到召亨团的嘴里，这时他才承认召亨团是他的儿子。后来召哈罗就叫召亨团把他的妈妈从天上接下，一家人又重新团圆，过着幸福的生活。召哈罗慢慢地老了，他就叫召亨团做了勐巴情的国王。他就度着他的晚年生活。

岩窝拉万囡

讲述者：波支书
搜集者：雷波
翻译者：岩峰
搜集地点：云南省西双版纳傣族自治州

有一个土司的妻子死了，剩下一个六岁的小男孩叫岩窝拉和一个小女孩叫喃西拉。父亲重新结了婚，一年后，后母怀孕，暗想自己的儿子生下来不会得继承王位，不好说，有一天对土司说："现在我要走了，不能和你父子在一起。"土司说："你不要走，我知道你是不喜欢小鬼，那我就把他们送走好了。"于是他父亲把小鬼送到山上去了。

到山上看见一只狗，又跟着回来，后母骂丈夫没心送。土司又送一回，送得很远。晚上两兄妹在深山老林哭得要命，半夜老虎来了，抬走了妹妹，哥哥岩窝拉醒来找不着自己的妹妹，只见四周有血，沿血迹走见小裙，再走见一只小手，又见脚，哭声传到天上，叭英听后很伤心，就下来帮助他——化装成一猎人。小孩把一切告诉给猎人，猎人听后，把他领走，来到林边，走不动了，猎人背他走，来到岩边住下，自己飞上天去了。

这个坝子有个富翁的妻子梦见一颗宝石落在寨中，请人来解梦，这人告诉他"是有个穷人来做你的儿子。"就派人去找，找到就把他接回来收做儿子，做了儿子后常和放牛娃娃玩，什么人都比不过他。

他就是没有牛放，回去向父亲要求有一条牛来放放，父亲就给他一条，他和大家一起放。有一天，大家盖房子把他的牛杀掉，回来被骂一台，一连杀了三条牛，父亲生他的气了。

一群放牛娃娃在山上盖起房子，在新房里拴线，岩窝拉也和他们在一起。有一商人赶着五百条牛来到这里，就和他们赌，全部钱输光了，不甘心，第二天还想来。放牛娃娃捉来黄鳝放在鸟窝里，商人来了，大家同意赌那是什么东西，谁猜出来就把牛输给他，猜不出就把人输给商人。一猜，商人输了，五百条牛都是小鬼的了。商人不好意思回家，就走进寨子说："土司为什么养下些赌钱娃娃，这不好，一定要使寨子变穷。"土司听了后觉得对，派兵去打这些小娃，抢回牛马，赶上山去。

岩窝拉领着大家跑，大家觉得不回去了，在这里建寨、建勐。他们一个能连砍几棵大树，一个胞手放石头，一人能拉野象，可是没工具。

叭英知道了，觉得都是穷人，应该帮助他们，派天神下来，帮助他们砍，一夜间大树砍倒了，他们搬了三个月就搬完了，盖成了几幢新房，就这样生活在山林里。

一个穷人和一个富人的故事

讲述者：岩光
搜集者：李仙
记录者：雷波
翻译者：刀孝忠
搜集地点：云南省西双版纳傣族自治州

在那个时候，有两个同年人，一个是有钱人，一个是穷人。富人年年赕佛，赕的东西有几万元多，但是他从来不顾客，不帮别人解决困难，只顾自己。另一个生活很困难，但是他很好客，不管什么族，什么人一来到他家，他都热情招待。有钱的这个人常常议论穷人不好，还对他说："你是个笨鬼，不赕佛、只顾客，你再有钱都不会有福的。我一年赕一次佛，福气就大了，我的财产在等待着我。"

穷人又对富人说："我不赕佛，我只管客人，给别人方便，以后我有困难，别人会帮助我。"于是两个就互相争吵起来了，一个不服一个。这事让天神知道了，便带着两个葫芦、一把小槌、一把凿子下地来。听他两个讲完以后，对他们说："你两个争吵，不对，来，我给你们样东西。"天神把木槌和凿子给穷人，叫他走出山室再顺着大箐下去。

穷人下了箐，已经很累了。这时发现小箐有一块凹地，他就倒在那里睡下，天快黑时发现一条大蛇爬回一个大沟，钻洞时发出"嚓嚓嚓"的响声。一看才知是洞口太窄的原因，穷人很想为它开大一点口，又不敢动手，一直等到天明蛇走后才去把那个洞开大。晚上大蛇又回到洞，觉得很舒服，看见穷人在那里，蛇问他："是你老先生吗？"蛇很感激他，就对穷人说："我没有什么东西报酬你。只有一只金耳环（实际就是一颗宝石）送给你。"还说："你以后需要什么就有什么了。"穷人牢牢记住蛇的话。从大箐上来，也不知道将走向何方。他一直往前走，走了很久才走通，来到了一个坝子。

这个坝子里的国王的公主爱上了这个穷人，可是父亲不同意，女儿再三要求，父亲仔细地看了看穷人，竟被他吸引住了，也就爱上这个穷人，同意女儿嫁给他。不多久，父亲发觉姑爷有宝石，就向他要东西，先对他说："五月天，太干燥了，姑爷你下点雨吧！"姑爷拿出宝石一念，下了三天三夜的雨。国王又说："啊呀呀，雨下得太多了，我希望雨能停停。"姑爷又把雨给停了。岳父方知他的宝石万灵，很想偷。他就对姑爷说："你到我家来很久了，还没有到过花园，走去玩玩吧！"姑爷答应去，他一走，国王就把他的宝石偷走了。等姑爷回来，国王又对他说："我真想要什么有什么。"于是就提出各种问题来向姑爷要。这时姑爷找不到宝石，拿不出需要的东西。国王马上翻了脸大骂道："你这哪里来的花子、杂种、奴隶，什么也不会做，给我滚！"姑爷只得到马厩里去打扫马圈去了。

天神把葫芦给那个有钱人的，还是叫他顺大箐下走。下到箐里看见两个水井，他想道："正合我的味，我这里的葫芦正好有用处。"

这时见这处飞来两只小鸟，钻到一水井，飞出来时变得大多了；又飞进另一井，飞出来时变小了。有钱人就把葫芦拿来装上两井水。

未到路上，几个人说他的那个老相识已当上国王的女婿了，就特地跑到他的国家去看他,想不到那穷人在那里为人打扫马厩,穷人把一切经过告诉他,又对有钱人说:"国王现在正在生病,我们想点办法,对付他一下。"有钱人说:"好,你去告诉他,叫他来卜卦,我会对付他。"穷人回去劝国王来卜卦。国王派大臣把卜卦的人叫进宫,有钱人就把葫芦里的水洒在国王身上,国王一下胖起来,胖得连房子都塞不下。国王急得要死,算卦的人对他说:"不对,你这不是病,定是偷了别人的好东西,不拿出来身子不会变小的。"国王忙把实话说了。富人又洒另一瓶的水给他,国王的身子才变小。

有钱人又对他说:"你的病是因为你把好人赶走的缘故,不把他叫回来仍然当姑爷,你的病是不会好的!"国王听后,忙把穷人叫回来当姑爷,也把有钱人留下来,把自己的国土分给他们两人各一半。他俩受理这个国家,也爱惜人民。

叭莫哈拉巴

翻译者:刀孝忠
记录者:雷波
搜集地点:云南省西双版纳傣族自治州

有个土司的儿子叫莫哈拉巴。长大后,对父亲说:"我什么事也不懂,你教教我,不然不会做人。"父亲说:"要知识多就多走走,若要聪明得多串串。"儿子听后,自己就去寻找。

有一晚,他披上一毯子出寨去,迎面来了另一个披毯的,先两人互相躲,后来互相盘问,才知两个都是在家无味,想出来偷别人的东西。一来偷了只鸡来吃,吃后两人约定第二天还是要去偷,并且互换毯子,约定把毯子挂在晒台上。第二天到了,穷儿看见毯子后忽然想到:"啊呀!他是土司的儿子,偷了他会不会抓我?"自己回去了,土司儿子就去找他,一走进看，见是穷人，他想：哦！

晚上他俩又相遇，再次商量，决定今晚去偷土司的钱，莫哈拉巴说："我带你去。"把他带到自己家里，从箱子里偷出钱，一包一包地送出来，然后告诉他："今晚我们不要分好不好，不然别人会知道，我们先把它埋在路边好吗？"他同意了。莫哈拉巴回去告诉父亲："你说的话真是对，前天我们偷了鸡吃了，昨天偷了钱，它还在路边。我知道了人的聪明要自己去找。"说完，他就去把钱取了回来。

一二十天后又对父亲说："你再给我一些知识吧！"

父亲说："聪明人要自己创造，俗话说'亲戚好不如朋友好！'"听后很不能会意，想去试试看。他就砍芭蕉来包手脚，用锅烟来染脸，再用破布裹上脸嘴，手捏一竹筒，头戴筒叶帽，来到他的妹妹那里，告诉人通知她："你哥哥在路上已得麻风，要用衣衾。"妹妹爱面子就说："我的兄不会害麻风，何况我没有哥哥。"来者回去告诉他，他听后就一歪一跛地来到城里，满城叫："我妹子，来看我……"妹子死也不认，他再三请求，妹子才叫人把狗饭拿给他去吃。哥哥生气了，出了村把饭埋在路边，离开了妹子。

他又去找一个老友，用同样的方法去对付老友。先老友不信说："前五天你还来这里玩，怎么一下就病了。"他说："啊呀！人要病起来也难说。"他的朋友马上叫妻来一齐把他扶进家，打来水，洗彻全身，换上新衣。这么一洗，一换，又变成个好人去了。

他告诉朋友，这样做是为了试人心。事实证明了父亲说的对，"亲戚好不如朋友好！"他回家对父亲说："你的话对了。我试出来了，妹妹不好，我要动兵打她去！"父亲又说："你还不知道人心，他们今天会拥护谁呢！他们就像狗，你喂他好，他忠于你，你对他不好，他会反咬你。你得先试试。"他父亲找来一个麻总补，划成几块，一人分一块，土司吃一块，其余让八人吃，土司说："啊呀，这是苦的呀！"大家说："是啊，苦！苦！"其中只有一个说是甜的。

其实，真是甜的，土司暗记下他这个人。土司又拿一个玛黑嘎分给大家吃，其他人都跟着土司说是甜的，其中也只有那个人说："明明是苦，你们要说甜！你们都是玛黑嘎大臣！"以后土司决定让这个忠实的大臣和儿子一起去作战。

妹子的兵力也不弱，可是莫哈拉巴有一把金扇，可以起死复生，妹子的兵来他一扇就飞走了，自己的人死了一扇就活了。

他们一打打到天上，天上女神底瓦拉来劝他，他不听还强奸女神，一直打到妹子家，一把抓住妹子就打，骂道："你是我亲妹，我要饭，你拿狗食给我吃。"他就把埋在地下的饭挖出来塞到妹子嘴里。后来叫来亲友、大臣教训他们，宣称父亲说的话对，说妹妹看不起穷人，不老实是不对的，然后才给他们继续生活下来。

女神受骗后变成人间一美女，莫哈拉巴去串姑娘恰好串到她，两人结了婚，有一天美女用刀杀死了丈夫。这说明做了坏事的人始终不得好死。

召金达罕

讲述者：波岩嫩
记录者：卢自发
翻译者：李俊
搜集地点：云南省西双版纳傣族自治州

从前有一个国王，他有一个很美丽的妻子，他们有两个孩子。大的一个长得很魁梧，名字叫作召金达罕，从小就练武艺，什么武艺都学会了，而且还学会了飞。

有一天国王对妻子说："我要到别个地方去玩玩，顺便看有什么好东西就买回来。你在家里好好照顾两个孩子，我出去最多两个月就回来。"

国王没有带什么人，自己装作一个做生意的人走，一个大魔鬼看见了国王很想吃他。魔鬼就在山上变出一个缅寺，自己变成一个大佛爷。

国王走到缅寺里向魔鬼请求借宿，魔鬼很慷慨地答应国王住下。晚上魔鬼问国王："你如果腰疼背疼，我可以叫个小和尚来给你捶捶。"国王说："好，好。"

魔鬼出去一下便变成一个小和尚进来跟国王捶背，魔鬼一面捶一面就打听国王的各种情况，国王无意中把王宫里的所有情况都讲出来了。

魔鬼听了国王宫殿的情况以后，就飞到国王的宫殿变作国王的样子，王后看了以为是自己真的丈夫回来了，便问："怎么你去了这么几天就回来了？"魔鬼说："我舍不得离开你，仍旧转回来了。"

国王大的一个儿子召金达罕和魔鬼变的国王在了几天，渐渐地发觉他的语言、生活习惯，许多地方都不像原来的父亲。哥哥就对弟弟说："现在的父亲可能是魔鬼变的。"过了几天他又发觉有几个宫女不在了，他就去偷看，原来真是一个魔鬼正在吃人。召金达罕连忙约着弟弟一起逃跑。

第二天王后知道两个儿子不在了，便对魔鬼变的丈夫说："你还不赶紧去找两个儿子！"魔鬼出了宫殿就飞起来，飞到一支山看见召金达罕弟兄两人正在爬山，弟弟口渴了去找水吃，哥哥坐下来等他。魔鬼偷偷去把弟弟吃掉，再来想吃召金达罕，召金达罕知道弟弟被魔鬼吃了，非常气愤，立即拔出宝剑来和魔鬼大战，魔鬼不是召金达罕的敌手，渐渐支持不住，便逃跑了。魔鬼逃回宫殿变作召金达罕弟兄两个，王后见了以为真的找回来了。

召金达罕继续走，走到一座大山中间，发现一个洞，走进去一看，里面有一个非常美丽的公主。公主问他："你从什么地方来，有什么事到这个地方来？"召金达罕把自己的遭遇告诉公主，公主也把自己的身世告诉他，两个人相爱上了。公主对召金达罕说："我是被七个魔鬼抢来的，他们快要回来了，我把你藏起来吧！"召金达罕说："不用，我可以和魔鬼交战。"

七个魔鬼回来了，召金达罕就和他们打起来，召金达罕抓住他们的一个头头，骑在他的背上，首先制服了魔鬼头子，其他魔鬼也投降。七个魔鬼说愿帮助召金达罕，召金达罕就把自己的遭遇也告诉了七个魔鬼。

七个魔鬼就和召金达罕回宫殿杀死冒充国王的魔鬼，召金达罕把一切经过告知母亲，王后才知道自己受了骗。不过儿子杀死魔鬼，救了大家，也很高兴。全国的百姓都称赞召金达罕真有本事，便选他当国王，管理整个国家。

有四个嘴巴的人

讲述者：岩温
记录者：卢自发
翻译者：岩峰
搜集地点：云南省西双版纳傣族自治州

有一个老人，他有三个儿子，他临死时对三个儿子说："孩子，我们没有什么财产，我死了以后，你们拖着我走，走到哪个地方卡住了，就把我葬在哪个地方，并且你们就在那个地方安家立业。"

老人死了以后，三个儿子照着遗嘱做了。在一个地方开荒种地、下水捉鱼，他们捉得的鱼特别多，吃不完就晒起来。

过了几天有一个四个嘴巴、五个鼻子的怪人偷偷地把他们晒的鱼吃掉了，他们发现晒的鱼不在了，很奇怪，兄弟三人商量，决定轮流守。

第一天大哥守，怪人来吃鱼，大哥不敢出气。第二天二哥守，怪人仍然来，二哥也是不敢出气。

第三天最小的弟弟守，弟弟下了一个网，结果捕到了这个怪人，弟弟就要杀死他，怪人求饶说："你不要杀我，我有三个姑娘愿意嫁给你们。"弟弟就把怪人放了。

晚上就在他们家附近出现一间房子，里面有三个姑娘在纺线，大哥先过去，仔细一看，原来是三个鬼，大哥就被丢进火里烧死了，兄弟两个就跑。路上遇到一个鱼鬼，鱼鬼问他们："你们跑什么？"他们回答说："怪鬼要吃我们。"鱼鬼问："吃不吃我们？"兄弟两人说："鱼更要吃了。"

他们又跑，遇到野猫鬼，问他们："你们跑什么？"他们回答说："怪鬼要吃我们。"野猫问："吃不吃我们？"他们回答："野猫当然吃了。"野猫也跟着他们跑。又遇到青苔鬼，青苔鬼问他们："你们跑什么？"他们回答："怪鬼要吃我们！"青苔问："吃不吃我们？"他们说："青苔也要吃。"青苔也跟着他们跑。跑，跑，跑，跑了一阵，他们想：老是跑还是不成啊。于是大家商量如何去杀死怪鬼——鱼鬼含着水躲在火塘边的台台上，青苔去弄滑楼梯，野猫去逗鸡，兄弟俩躲在楼梯下等着。

准备好以后，野猫去逗怪鬼的鸡，鸡叫起来，怪鬼睡梦中听到鸡叫，便爬起来到火塘边点火，鱼就用水把火喷熄，怪鬼逃跑下楼梯，被青苔滑了滚下楼梯，兄弟就用棒棒把怪鬼打死了。打死怪鬼以后，他们在屋里发现一根棒，这根棒一头可以指活，一头可以指死，兄弟俩用指活的一头向哥哥一指，哥哥便活起来了。

此外他们还在屋里搜到许多金银财宝，以后他们三人的生活就富裕起来了。

三个鸟蛋

讲述者：康朗俄
记录者：卢自发
翻译者：岩峰
搜集地点：云南省西双版纳傣族自治州

有一个叫岩多格达的穷苦青年，到处讨饭吃，到了国王宫殿外边，公主在宫殿高处撒尿下来冲在他的头上，他很生气，他想报复就天天练打弹击。

有一天去打，一弓打着公主，结果公主就怀有孕，十个月生了一个男孩。国王很生气，到底谁与公主私通？派人到处找，找不到。

国王找大臣来商量，一个大臣说："我们来赶摆，要每一个男人都带着礼品来送小孩，小孩接了谁的礼，就招谁做公主的丈夫。"

赶摆开始了，全国的男人都想做公主的丈夫，做了许多礼物来送，但小孩不要，有人告诉岩多格达说："岩多格达，你去送送礼物嘛！"

岩多格达家背后的一棵大树上有一窝雀，岩多格达就拿了三个蛋去做礼，小孩见了就嚷着要。岩多格达就被招着国王的女婿。

国王很不满意，一个公主怎么能跟一个穷人在一起，就把他们三人（岩多格达、公主、孩子）放在竹筏上，让他们顺江而下，到处漂流。可是竹筏不往下流，而往上流。天神知道了，便变成一个老人带着农具、谷种等东西要来救他们。老人和他们住在一起，岩多格达去砍柴，砍了好几山。猴子发觉了，猴王就命令敲鼓，一敲，砍倒的树又复原了。

第二天岩多格达又去砍，树又复原，第三天、第四天都这样。岩多格达要知道个究竟，便在晚上偷偷地去看，原来是因为猴子敲鼓。

第二天晚上，岩多格达煮好一排苞谷，走到森林里等着，猴子一出来看见了，便上前抢吃，岩多格达跳出来抓住了猴王，对猴王说："我要杀死你，你为什么要敲鼓使树活起来？"

猴王说："你不要杀我，我把鼓送给你。"岩多格达得了鼓便回家。岩多格达一敲，大象、牛、马、猪、鸡、鸭等都出来了，人也出来了。

过了一久，岩多格达命令把所有的牛粪、马粪、象粪、鸡粪、鸭粪统统撒在河里。他的丈人（国王）的一个宫女到河边洗衣服，发现这么多的粪流下来，就去报告国王，国王很生气，说："谁敢这样欺侮我，我决不饶他。"

于是国王就派兵去攻打岩多格达，可是岩多格达防守很牢靠，攻了一年也攻不破。后来国王亲自骑着象去问，岩多格达把经过情形告诉了国王，于是国王就和岩多格达和好，请岩多格达回去做国王。

召贺拢

讲述者：康朗牙
记录者：卢自发
翻译者：岩峰
搜集地点：云南省西双版纳傣族自治州

有一个国王和他的大臣，在同一天同一个时辰，两家都生下了孩子。国王的儿子，一生下来舌头就镀着金子，取名叫召贺拢。大臣的儿子，面貌很威武，取名叫召扑他牙。召贺拢和扑他牙，两个在一起长大，很要好。

大臣对他的儿子很不满意，教他不要去与公子玩了，说了几回不听，父亲生气了，就拿棍子去追，扑他牙便跑出去，想去依靠公子，到宫殿里叫门："召贺拢，召贺拢，我父亲赶我出来，你帮助我一下。"召贺拢说："要等我去问问国王。"扑他牙很生气，平时那样好的朋友，现在都不会认人了。他便把门打破，跑到森林里去了。

在山上与叭拉西学武艺、学本领，什么都学会了，会打仗、会飞、会变化、会呼风唤雨。

扑他牙回去把国王杀死，把宫殿也烧了，叭拉西知道了，赶紧来把召贺拢抱走了，否则也被扑他牙杀死了。扑他牙便做了这个地方的国王，受理这个地方的百姓。

召贺拢跟叭拉西学武艺，也是什么都学会了。学会以后，回家来在一山上看见母亲。母亲告诉他，自从被扑他牙打以后，便逃出来了。召贺拢说："现在我们照样打回去，明天是街子，我变作一只马，你卖的时候，不要把笼头卖给他，这样我们就可以进城了。"

进了城，召贺拢变的马被扑他牙识破，扑他牙抓来骑上，便飞上天空，一直飞……飞……，飞马简直没有一点力气了，后来扑他牙便把他召贺拢吃掉。

召贺拢的生命没处寄托，只好寄托在扑他牙的牙齿缝里的一片肉上，扑他牙吃了以后，到水里去漱口，那片肉掉进水里，召贺拢赶紧变成鱼钻进水里。

有一个国的公主来河边洗澡，召贺拢见了很爱她，来钻她的脚，公主也很喜欢这条鱼，便把他捉回去。

晚上，鱼变成人，召贺拢与公主就同住在一起，渐渐地公主肚子大起来了。

国王发觉这种情况，便问："公主，谁欺侮了你？"公主只好把实况告诉了父王。

父王不信，要她把鱼变成人给他看，召贺拢变成人，国王看了很喜欢，就让他们结为夫妻。

这个消息传到扑他牙耳里，扑他牙知道这条鱼是召贺拢变的了，他带上一把长刀便到勐占板国去，见了公主便问："你丈夫在什么地方？去把他叫出来！"召贺拢知道扑他牙要来，事先就告诉妻子变作一个金簪插在妻子的头上，对她说："如果扑他牙来抢，你便把它摔碎，不要让它落在扑他牙手里。"

公主说："我丈夫不在。"扑他牙说："就在你的头上。"公主说："这是我父亲给我的。"说着把金簪拔下来砸碎了。

召贺拢变成一粒芝麻，扑他牙变成一个鸡要去吃芝麻，召贺拢立即变成野猫想吃鸡，扑他牙变成老虎来咬野猫。

变来变去，两个都复原成人，互相杀呀——你把我的手砍断，我又接起来，我把你的手砍断，你又接起来——谁也胜不了谁。

公主见了要想帮助丈夫，便拿刀去砍扑他牙的手，因为是女人砍的，一砍下就接不起来了，扑他牙失败，便飞到魔鬼住的地方向魔王求救。

"我的老婆被召贺拢抢去，请你帮我去抢回来。"魔王便带领魔鬼来战召贺拢。

公主来帮助自己的丈夫，魔王见了，心里奇怪，便问扑他牙："是你的老婆为什么会去帮助召贺拢？"扑他牙回答不出，只好逃跑了。

爱晒宰和爱西

讲述者：岩玉嫩
记录者：卢自发
翻译者：岩光
搜集地点：云南省西双版纳傣族自治州

从前，有两个好朋友，一个名叫爱晒宰，一个名叫爱西。原来他们并不相识。爱西很有本事，他说什么就会出什么，他是从天的南方下来的，他到处去打听，有没有像他这样有本事的人。爱晒宰也很有本事，同样说什么就会出什么，他是从天的北方下来的，他到处寻访和他一样能干的人。结果，他俩有一天在一个缅寺里相遇了。

爱晒宰问爱西："你出来干什么？"爱西说："我出来寻访有没有像我这样能够说什么就出什么的人。"爱晒宰也说："我也是这样。"于是两人就搭成了好朋友，他们俩约好在第二天太阳出来之前，来这个缅寺里相遇，他俩就分手了。

当天晚上刮大风，下大雨，一直下了一夜。鸡还没有叫，爱晒宰就起来冒着风雨到缅寺里去了，而爱西直到太阳出来半天才到，爱西对爱晒宰说："我输了。"

他们走到一支山上，看见了棵橘子树干死了，爱晒宰说："谁能把水叫到山上来，浇活这棵橘子树。"爱西试了试，却叫不上水来，而爱晒宰一叫水就上来了，之后，他们又决定分开走。

爱晒宰在路上，天神送给他一根棒棒和一个凿子。一天，他看见一个蛇窝很小，蛇出进不方便，爱晒宰就用凿子把洞搞大一些，蛇很感谢他，送他一个宝，这个宝可以要风来风，要雨来雨，要什么有什么。爱晒宰走到一个地方，住在一个老妇人家里，老人告诉他"这个地方已经干旱了三年"，国王举行赶摆，发下命令："谁能使天上下雨，就招他做女婿。"爱晒宰说："我可以办到。"老人就把这件奇事去报给国王。

国王把爱晒宰请了去，爱晒宰对宝说："快下大雨。"果真立刻就下了大雨，国王很高兴，就招爱晒宰做了女婿，分一半地方给他受理。可是国王是个坏心眼，他偷偷地用一个假宝把爱晒宰的真宝换掉，想害爱晒宰。

第二天，国王对爱晒宰说："你今天仍然叫天上下雨吧，如果天上不能下雨，你就是骗子，就不能让你继续当我的女婿。"爱晒宰不知道他的宝已被国王偷换了，就满口答应："好，好，好。"结果，他叫了几次"快下雨"，天上却一滴雨也不下。这样，爱晒宰就被罚去为国王放牛放马。

再说爱西，他在路上看见两塘水，几只马鹿进去洗澡，进一塘中去洗时，马鹿的角就不在；进另一塘中去洗时，马鹿的角又长了出来。爱西见了，就用两个竹筒，每塘的水装了一竹筒。一天，他来到了爱晒宰曾经住宿过的那位老妇人家，老人把爱晒宰的遭遇原原本本告诉了爱西，爱西就去找到了爱晒宰，并对他说："我一定帮你把宝找回来。"

爱西混到了国王宫里去当差。一天，当国王在洗头的时候，爱西偷偷地把那筒洗了会长角的水倒在国王洗头用的水管里，国王洗了头，头上便生出了两只硬硬的角来。他急得不得了，到处请人去医都医不好。爱西叫人去对国王说，他能把这病医好，国王就把他请了去。爱西说："因为你曾经用假宝换了别人的真宝，所以头上才长出角来，如果你把真宝交出来，我保证把你的病医好。"国王没有办法，只得交出宝来。爱西就用那筒洗了角就会掉的水给国王洗头，果然，一洗角就不见了。

爱晒宰和爱西带了宝，离开了国王，到别的地方去了。

喃海发

讲述者：佚名
记录者：卢自发
翻译者：岩香勇
搜集地点：云南省西双版纳傣族自治州勐海县勐遮镇

有一个青年，名字叫岩多格达，从小就失去了爹娘，天天上山打柴卖过日子。一天，他在一棵大树上发现一个鸟窝，里面有一个蛋非常美丽，他就带回家里，舍不得吃就藏起来。

第二天卖柴回来，桌子上摆满了香喷喷的饭菜，他觉得奇怪，但肚子实在饿了，他想：先吃了饭再说。吃过饭后，他去问邻居是谁给他做的饭菜，邻居都说不知道。

第三天他仍然装着上山打柴的样子，出了门以后他躲起来，等到烧火煮饭的时候，他悄悄从门缝里朝屋里看，原来从那个蛋里走出一个很漂亮的姑娘准备做饭。他赶快进去抓住蛋壳，姑娘回不了蛋壳内，他们就结为夫妇。

不久岩多格达和喃海发（鸡蛋公主）结婚的事传到国王耳朵里，国王听说喃海发非常美丽，就想霸占过去，想派人去抢。但是怕自己名誉不好，后决定用计来达到他的目的，他就派人把岩多格达叫去，对岩多格达说："岩多格达，听说你得了一个很漂亮的妻子，这个姑娘不应该属于你。这样，明天我们两人斗象，如果你的象斗输了，你就得把你的老婆交出来。否则你就休想活命。"

岩多格达不敢拒绝，只好勉强答应了。回到家他很苦恼，饭也不吃。喃海发问他为什么这样愁眉苦脸，岩多格达就把国王叫他明天去斗象的事说出来。妻子就对他说："你不用愁，我可以帮助你。"她就用剪刀剪了一只纸象，说声"变"就果然变成一只象。然后又对岩多格达说："明天你牵着这只象去，保证可以把国王的象斗输。"

第二天在国王宫殿前的一块草地上开始斗象。国王以及手下的人见岩多格达牵来的象瘦瘦的，个子也不高大，而国王的象看去却非常雄壮勇猛，于是就嘲笑岩多格达说："你赶紧去把你的老婆送来好了。"岩多格达不和他们多讲，他也担心自己的象斗不过国王的。

国王的象一上来就气势汹汹地用鼻子来甩岩多格达的象，好像一鼻子就可以把岩多格达的象甩死。可是岩多格达的象不但没有被甩死，反而一个反攻就把国王的象给打倒了。原来岩多格达的象是一只狮子变的。

国王的象斗输了，国王又害羞又愤恨，他对岩多格达说："明天我要你在一天之内把撒在地上的一斗芝麻一颗一颗地捡起来，假如你做不到，你们还是得把你的妻子交出来。"

岩多格达回去把斗象得胜和国王新的诡计告诉妻子，妻子说："你不用怕，我仍旧可以帮助你。"喃海发就去请她的姊姊喃木安（蚂蚁公主）来帮助岩多格达。

第三天岩多格达去了，国王叫人在地上撒了一斗芝麻，让岩多格达捡，岩多格达捡着捡着，忽然出现成千上万的蚂蚁群来帮助岩多格达，瞬时间，地上所有的芝麻都捡起来了。

国王看看难不倒岩多格达，就又另想新的办法，便对岩多格达说："好，你回去，以后再说。"

国王新想出一个办法：派人去探听喃海发到底有什么弱点。国王派去的人，抬着一个很大的象脚鼓，鼓里面装着一个国王的心腹。抬到岩多格达家门口，他对岩多格达说："岩多格达，我们的鼓太重了，抬不起，放在你这里一下，明天又来抬。"岩多格达说："可以，可以。"

晚上喃海发对岩多格达说："我是鸡蛋变的，你要记住，千万不要吃鸡蛋，不然你吃了我就头疼，不能再跟你在一起了。"喃海发的话被鼓里的那个国王的心腹听见了。

第二天，国王的人来把鼓抬回去了。国王得知喃海发的弱点后，就决定大摆筵席，碗碗菜里都放了鸡蛋，请岩多格达来吃。岩多格达来了，看见碗碗都有鸡蛋，就不吃，可是国王不答应，非逼他吃不可，岩多格达被迫着吃了。

喃海发在家里顿时头疼难忍，她再不能在岩多格达家里住下去了。岩多格达家里养着一只狗，这只狗有七条尾巴，喃海发临走时，脱下一只金手镯套在狗的脚上，就走了。

岩多格达等到酒席散后回到家里，不见了喃海发，到处喊到处叫，都没有回声，岩多格达伤心到了极点，简直哭成个泪人。狗也和主人在一起，很伤心。狗对岩多格达说："主人，你不要太难过，我领你去找喃海发。"

他们走到一条大江边，狗说："你拉着我的一条尾巴，我带你游过去。不过，你要记住，如果我放屁，你不能笑，一笑，我的尾巴就会脱掉。"于是岩多格达就拉着狗的一条尾巴下到江里去。狗一用劲便放了一个屁，岩多格达忍不住笑出声来，狗的尾巴就掉了一条。

狗叫岩多格达另拖住一条尾巴，狗一用劲便又放屁，岩多格达还是忍不住笑出声来，狗的尾巴又掉了一条，这样掉了六根尾巴，狗才把岩多格达带到对岸。

狗因为用力过度，过了江就死去了，岩多格达很心疼这只狗，一直守住狗的尸体哭，有一只老鹰飞来要吃狗肉，岩多格达不让它吃，老鹰问岩多格达："你为什么守着这只死狗？"岩多格达把狗领着自己要去找喃海发的事情诉说了一遍。老鹰很同情他，就自告奋勇，愿意替他带路。

岩多格达跟着老鹰走了一个多月，翻过不知多少大山，涉过不知多少河流，终于找到了喃海发的家乡。岩多格达走近寨子，看见许多人忙忙碌碌，他问一个挑水的姑娘："寨里有什么事这样忙碌？"

姑娘说："今天喃海发要跟别人结婚了，我是来挑水去给她洗澡，因为她原来的丈夫吃了鸡蛋，她在不住了，便只好回来重新另找。"岩多格达听了心里大吃一惊，他就把喃海发留下的金手镯悄悄放在姑娘挑水的桶里。

喃海发在洗澡的时候，突然发现自己的金手镯，她知道岩多格达来找她了，赶忙派人去把岩多格达找来，两个相见，又高兴又难过。

喃海发最后决定把新找的一家婚事退了。岩多格达就和喃海发在那个地方住下来了。

喃捧荒

讲述者：佚名
记录者：卢自发
翻译者：岩峰
搜集地点：云南省西双版纳傣族自治州勐海县勐遮镇

勐巴拉有一个穷苦的青年叫岩多格达，年轻的时候就死了父母亲，由年老的祖父带领着，他很喜欢斗鸡。

有一天他的鸡掉进石洞里去了，他很悲伤，对祖母说："祖母，想办法把鸡拿出来一下，没有那个鸡我就失去了欢乐。"祖母说："用篮子把你吊下去，你怕不怕？"孙子说："不怕。"

第二天，他们带着篮子和绳子就到洞边去，岩多格达吊下去后，顺着石洞走，走到了魔鬼住的地方，见到魔王住的楼房，打开门进去，那时魔鬼已经出去找东西吃去了，只见楼上坐着一个很漂亮的姑娘。

姑娘很奇怪，问他："你为什么会来到这个地方？"岩多格达告诉姑娘是来找鸡的，便问她："你叫什么名字？"姑娘说："我叫喃捧荒。"他们俩互相爱上了。

姑娘说："魔鬼回来会吃掉你，得把你藏起来。"

可是岩多格达说："躲起来不是办法，不如我们趁魔鬼还没有回来，就逃出来。"

半路上岩多格达发觉宝刀忘记带了，他便转回去，刚好魔鬼回来，他就与魔鬼大战起来，结果魔鬼被岩多格达杀死了。

岩多格达与喃捧荒坐在吊篮里吊出洞外。姑娘的身上有一股特别的香味，整个寨子都闻得到，香味一直传到国王鼻子里，国王就派人来找。知道香味是喃捧荒身上发出的，国王就亲自带领人马来到岩多格达家门口，对岩多格达说："你不把喃捧荒交出来，我们就要把你带到宫殿去。"

喃捧荒告诉岩多格达不要怕，拿了一颗宝石给他说："你要什么，只要你说一声就会出来。"岩多格达说："要一只大象。"果真出了一只大象。

岩多格达骑上大象与国王大战起来，结果国王战不过岩多格达，被岩多格达杀死了。于是国王的臣子都向岩多格达屈服，愿意请他当国王。岩多格达当了国王以后，叫宝给出了许多金子银子，散发给老百姓，大家都很感激他。

安波呆

讲述者：佚名
记录者：卢自发
翻译者：岩峰
搜集地点：云南省西双版纳傣族自治州勐海县勐遮镇

有一穷人名字叫岩宰潘，穷得什么也没有，父母早亡，只有一个祖母。

有一天国王举行赶摆，要赶七天七夜的大摆，很热闹，去看的人很多，岩宰潘没有衣服穿，不能去看。赶摆已经进行了三四天，只听去赶回来的人说："很好看。"岩宰潘想：不管它有没有衣服，还是去看，反正是用眼睛看，不是用衣服看。岩宰潘终于去了。国王问他："岩宰潘，你觉得我举行的摆怎么样？"岩宰潘回答说："安波呆，安波呆！"[①] 国王就说："你就去替我

[①] 安波呆：傣语，意为"奇怪得要死"。

找回'安波呆'来，不然要杀你的头。"

岩宰潘回来把这件事告诉祖母，祖母就哭了，说："叫你不要去看，不要去看，你要去，现在惹出这样的祸来。"祖母只好送岩宰潘出外去找。

岩宰潘出去，到了山上遇到叭拉西，叭拉西问岩宰潘要什么，岩宰潘向叭拉西说："国王要我找'安波呆'。"叭拉西说："不要紧，我教给你。"

叭拉西做了一只多弦琴给他，教他说："弹一股就会出现歌声，再弹一股又出现美女……弹最后一股就出火。"叭拉西又送岩宰潘一只凤凰骑着回去，用这琴当作"安波呆"弹给国王听，国王及大臣都很高兴，乱弹起来，弹到最后一股，出火把国王烧死了。

牧牛的故事

讲述者：佚名
记录者：卢自发
翻译者：岩峰
搜集地点：云南省西双版纳傣族自治州勐海县勐遮镇

有一户穷人，有七个儿子，家里一样东西也没有，没有穿没有吃，父母亲年老多病，想吃鱼，兄弟七个商量一下，留下最小的弟弟在家，六个哥哥一起到河里拿鱼。他们很会拿鱼，拿得不少的鱼。回来的时候，他爹很喜欢，大家吃了一顿，剩下一些晾成鱼干，周围篱笆都是。

第二天，他们六弟兄照样到河里去捉鱼，只剩最小的弟弟在家。这时，一个和尚走来化饭，弟弟把煮给哥哥们吃的饭给和尚吃，剩下的只有一小点，弟弟怕哥哥们回来骂他，很着急，没有办法，就拿沙子来放在饭底下，结果父母吃到沙子就死了，六个哥哥回来知道了很生气，说弟弟不好，把他赶出去。

弟弟逃到森林里住了一天，饿不住了，就跑到一个寨子要饭吃。有一家有一头老牛，儿都不会下①。要他放牛，他回答只要得吃一点饭什么都可以做。这一家人是大富翁，原来说只要他放一条老母牛，后强加到一百条牛。一年以后，这些牛大部分生了小牛，富翁家的牛越来越多，可是放牛的这个小孩子每天只能吃到一点点冷糯米饭。

小孩对富翁说："我放了这么久了，给我一条牛。"富翁说："出了三只角的牛便给你。"他睡在自己的烂床上想："我为什么命这样苦，世上只有两角牛，哪里来三角牛呢？"可是过了一久，那条最老的母牛，生了一条三只角的牛，三角牛生的时候，整个寨子都亮起来了。

那个富翁没有办法，自己说的话无法抵赖，只好把这条三角牛给了这个小孩。这个消息传到国王那里，国王很奇怪，很羡慕，拿钱来要把这条牛买走。可是这个小孩把这条牛当作宝贝一样，给他多少钱就是拿金子银子来都不换，国王与大臣商量怎样把这条牛弄到手，商量结果，用鸡去哄他，说："这个鸡一叫起来整个森林都会动。"于是小孩信了国王的话，就把牛换了鸡。这个小孩抱起鸡离开富翁家，想自己去谋生，走到山上遇到一个野和尚叭拉西——这就是和他要过饭吃的那个和尚。这个和尚认为这个小孩子很善良，就收下他，对他说："这只鸡拿去换米吃算了。"小孩子说："这只鸡是宝鸡，一叫地方都要震动。"他对野和尚说："我立志要建一个很欢乐的地方，到底哪个地方好？"叭拉西告诉他："太阳出地方好。"他朝着走去，果然有一个坝子，他搭了一个窝棚住下来。

三天后，小鸡叫了第一声，森林发出强光，把整个坝子的草都铲得精光；第二天叫第二声，坝子出现许多竹楼；第三天叫第三声，竹楼上住满了人；第四天叫第四声，从四面八方跑来牛、马、象、鸡、鸭……他在这个地方建立了一个版纳，领导百姓栽田种地。

可是他的财产还不怎样多，虽然是吃的穿的够了。他请求鸡叫一声，鸡又叫了一声，结果从天上掉下来金子、银子、米，他分给百姓。这样这个

---

① 下儿：云南汉语方言，指动物产崽。——编者注

地方就变得最富裕了。

这个消息传到他原来住的那个地方,六个哥哥听到了,就想来找弟弟。这时他们已经很穷,连穿的吃的都没有了,他们从远远的地方走到这个坝子,不好意思进去,就在坝子里搭了一个棚子。

在小弟被撵走时,把家的甑子破成七块,一个拿一块,如果将来逗得拢,大家就可以生活在一起。

六个哥哥在坝子边吹瑟、唱歌,坝子里的人听了,就去告诉他们的主人说:"外面有六个男子想见你。"首领问:"他们是什么人?"回答说:"他们很穷,但他们会吹会唱。"首领心中明白,叫去请他们来。岩多格达叫拿衣服给他们穿了进来,岩多格达问他们:"你们是什么地方的人?为什么这样苦?"

六个哥哥说:"我们是因为没有吃穿才出来,我们原来是弟兄七个,后来因为最小的弟弟做错了事,我们就把他赶出去了。"岩多格达知道真的是自己的六个哥哥了,便拿出自己保管的一块甑子板来和六个哥哥的一逗,逗成一个甑子。

于是他们就住在一起了。

怀山好

讲述者:乍耶
记录者:周开学
翻译者:仓霁华
搜集地点:云南省西双版纳傣族自治州

很久以前有一个西提龙,有六个儿子。有一天儿子的父母想吃鱼,弟兄六人准备到街上去买。街上每次赶集都有鱼卖,他们每次都去,可是被吊布拉①暗暗蒙住了眼睛，每次都空着手回来。后来他们想："街上不有，我们还是自己去河里捕来给爸爸妈妈吃。"

他们去捕鱼了。弟兄六人各有一套捕鱼的本领：一个会撒网；一个会拉网；一个会钓鱼；一个会杀鱼；一个会下笼；第六个因为人小，什么也不会。有一天他们准备了口粮、行李就往河里去。到了河边，搭起了棚，留最小的那个看棚做饭，其余五人拿鱼去了。会钓的那个钓得了一条大鱼，长有六度，拉不动，弟兄五人一起拉。拿起来后烤干。第二天他们决定再去拿一次就回家了。

他们去了以后，小的那个在家做饭，饭熟，有一个和尚在山头上看见了，就下来给他要饭。由于小弟宗教思想深，对佛爷非常尊重，和尚一来要就拿给他。将煮的饭给了和尚一半，和尚吃了又来要，结果他把饭统统送给和尚。

五个哥哥饿着肚子回来问弟弟："饭煮了没有？"弟弟答："煮了。"哥哥问："在哪里？"弟答："我已送给和尚吃了。"五个哥哥大骂他："你这个傻瓜！完全送完啦！"又问："难道你吃的也没有？"他答："我一点也没吃。"五个哥哥将他赶走不让他一同回家去。分别时，弟弟问："咱们要分别了，是不是留下一个纪念。"哥哥们说："可以，把瓢子拿来剖成六片，各带一片去。"小弟唯一带着一片瓢木，其他什么也没有。他背着那片瓢子走啊走，走了几天几夜，走到一个地方，遇到了一个寨子，他就到一家请求当长工，他向主人说明了自己的身世，主人就收下了他。并说："孩子，你就来我家吧！别的不会，放牛也行。"以后他在那家，天天去放牛。主人家三十条老母牛都由他一人去放。

有一天主人对他说："孩子，你好好放牛吧！以后我送给你一条牛。"他心里非常高兴，每天早起带上饭包就放牛去了，直到天黑才回家。一年过去了，三十条水牛都生了小牛，他就向主人要一条牛，说："这回该给我一

---

① 吊布拉：神鬼。

条小牛了吧？"主人说："孩子，第一次生的牛不能送人，送了人，牛种就会灭亡啦！"过了一年，母牛又生了三十条小牛，他又向主人要牛了。主人家又说："现在你不是养着牛了吗？给了你，你还是要合起来养的，今年给你和明年给你不是一样的吗？"他还是没得到牛。到了第三年，三十条母牛又生小牛了。他又提出要牛的事情来："这下该给我了吧！牛已经兴旺起来了。"主人没法，只好说："明年一定给你。"并且找了证人。到了第四年，又有二十九条牛生了小牛，只有一条最老的母牛还没生，半年过去了，主人以为这条母牛没有希望了，就对他说："孩子，你等着吧，这条老母牛生下来的儿就算你的了，不管它是公牛母牛，活得了，活不了，这都看你的运气，不管是金牛银牛我也不向你要了。"

半年过去了，有一天晚上，人们几乎睡静了，主人家的楼下发出了亮光，光芒四射。邻居以为主人家遭了火灾，都叫嚷起来，主人听见后，都起来看，不是火灾，而是老牛生了小牛了。说也奇怪，小牛头上有三只角：右角是金子的，左角是银子的，中间那只角是宝石的。主人看见以后，眼红了，又想反口。可是因为他家事先就发了誓，群众也不准他反口，结果那头三角牛只好送给放牛的孩子了。

三角水牛的事传开以后，很快传到土司的耳朵里，派人来把他叫去，孩子见了召以后，召对他说："孩子，听说你有一条三只角的牛，是真的吗？我这里有一只金鸡，好处可多啦！千金万银都没它好，你有了它，什么时候需要什么都可以，比如你要金子银子，要绫罗绸缎，或者你需要吃什么东西，需要它做什么事情，只要你告诉它一声，它就会照样办到。"小孩信以为真，就把三角水牛换给土司了。他抱着金鸡不走向有人或有城市的地方，朝着有大森林的地方去。走啊走！爬过了多少高山，涉过了多少河水，走到了一个阴森的大森林里面，看见一个人叫腊西，他问腊西："爸爸，你在这儿干什么？这些山水和河有没有主人？"腊西说："孩子，这么远而深的森林，哪有什么主人？我在这里活了几百年了，都不见一个人来管，今天我可碰见第一个人。"他又问腊西："爸爸，我在这里建一个勐可以吗？"腊西说：

"有什么不可以呢！反正这些山水的主人就是我俩。"孩子心中暗暗高兴，就把金鸡抱到一棵大树底下。树粗二十人拉起手才围得了那么大，大树下又宽又平，风景很好。孩子真的听了召勐的话，把鸡放在大树下，开始念起咒语和祝词："吊叭布吊布拉呀！但愿你伸出恩人的手，帮我一把，若是真的话，请我的金鸡把这些山砍平。"结果金鸡拍拍翅膀高叫了一声，大山的树木都倒平了。他又念："若是真的，我想在这里建筑一个繁华的城市。"金鸡又拍拍翅膀高叫一声，倒下的野草树木都烧光了。他又说："若是真的话，请您帮助我一把，给盖起一千幢民房，六幢宫殿。"又说："要是真的话，但愿千幢民房里住满人，六幢宫殿里住满了人。"

人们都推选他为头人。他当了土司以后，对全勐的穷人都很关心，每天都用布匹、粮食、金银财宝周济广大人民。

且说五个哥哥与他分别后，回到家里，父母还没吃上他们的鱼就死去了，父母留下的财产有一百只大象、一百条黄牛、一百条水牛、一百匹马，金子银子应有尽有。结果父母死后都被他们五人花光了，每天吹、赌、嫖、遥、大吃大喝。财产用光后，家里的奴隶和侍人都败了。

后来弟弟的消息传到他们耳里。他们就商量："既然有这样好的土司，广大的穷苦人都能得周济，咱们也去试试看吧！"他们五弟兄还各有一套本领：一个会唱歌，一个会吹笛，一个会跳舞，一个会拉琴，一个会口功。他们全靠这些本领为生。有一天他们到了召勐（弟弟那里）的沙拉房。看守问他们："你们要到哪里去？"他们道："我们五弟兄是出来卖本领吃的。"看守问："你们有些什么本领？"他们说："我们五弟兄各会一样，一个会唱歌，一个会吹笛，一个会拉琴，一个会跳舞，一个会口功。"看守说："照这样说，你们各表演一次我看。"四人各表演了一套，优美动听，只有小的那个说："我的口功不能去表演，如果谁愿意学我可以教他。"看守看到他们的本领，马上回去告诉召勐。召勐听见后，就坐车来看他们，把他们叫到宫里去，先招待他们酒席，召勐问起他们的身世，他们一一地告诉了召勐。召勐问："你们原来就只有五弟兄吗？"他们道："原来我们有弟兄六人。"召勐道:"那么还有一个呢?"他们道:"我们的小弟弟被我们赶走了。"召勐问:"那么你们分别的时候,有什么证据?"他们说:"有,我们每人分一片甑子。""那么你们拿出来看看。"他们拿出了五片甑片,把它合起来,就差了一片。召勐说:"怎么还差一片?"他们说:"那一片被弟弟带走啦,要是他在,甑子就合圆啦!"说到这里,召勐走进房里取出那一片甑子来拼上去,甑子就和原来完全一样了。他们五人看见那片甑子以后,吓了一跳,知道召勐就是自己的弟弟。召勐就没有让他们走啦,热情地接待他们。把五幢宫殿各分给他们一幢,共同生活,白发到老。

吗回

讲述者:佚名
记录者:张星高等
翻译者:刀孝忠
搜集地点:云南省西双版纳傣族自治州勐海县勐遮镇

1

　　勐藏巴地方,有个人生了个孩子叫岩温邦,七岁母亲死了,和父亲在一起,父想讨继母,串着个姑娘喃根伽,并且拴线结婚。一个月后,喃根伽逐渐讨厌岩温邦,对丈夫说:"如不送走孩子,我要出走,不能做你妻子。"丈夫说:"不要走!不要走!要做什么好好商量。"

　　岩温邦养着吗回狗,他很爱它,与它做朋友。过了几天,夫妇俩商量出了办法,父说:"到底怎么办?"喃根伽说:"把他埋在森林里。"有天,他们包好糯米饭,夫妇俩领着孩子进山,说去挖野白薯,找野菜,小孩高兴地跟着去。他俩挖了很深的洞,叫孩子进去,埋土到孩子的脖子,他俩就走回家，吗回狗想：为什么岩温邦不回来？叫咬跳，把绳子咬断，顺脚迹寻找到森林，看见岩温邦埋在土中，狗用力扒，救出岩温邦，领回家中。他对父母说："你们为什么先回来？"后母假装心痛地说："呵！孩子，你父母在森林迷失方向，找不到你，叫狗找你。"并把小孩抱在怀里，吻他。他父却在旁落泪，他无法摆脱后母支配。

过了一久，夫妇俩吵架，父舍不得自己的儿子，想留在家中，老婆说："他在我就不在。"父又舍不得老婆，只好答应害小孩。后母提出先杀狗，父说，不能杀，后母说，不杀，小孩一定不会死，父只好答应。后母说："我们杀狗做肉到山上找野果。"小孩答应。他们杀了狗包好饭，又到森林，他们走得很远，两口子走得很快在前，小孩在后面跑得很累，就把他领进森林里，没有路的地方，叫小孩等着吃饭，"不要跑，阿爹阿妈去找野果"。

父母转回家，黄昏小鸟归巢，岩温邦还不见父母，东找西找，认为父母被鹏、豹子吃、老虎吃，哭着叫着，一直叫到疲倦，就睡着了。第二天早上雾大，便迷失方向。

第二天，天神化装成猎人，背着弩箭，走进森林，问小孩："为什么迷失，你父母叫什么名字？"岩温邦把全部实情述说，天神说："好！那你不要回去，到勐巴腊纳西，有个寨子的一家没有儿女，很喜欢小孩子，你走中间路，不走两边路就可找到。"走到那个寨子，人家小孩玩什么都玩，他输了，就当奴隶，他们输就给他一团糯米饭，一直玩了几天。有家年老夫妇，梦见坝子里有朵很香的花，看见这孩子，就认识这孩子就是那朵花，把他领回家去。小孩跟着父学拳术，刀刀枪枪、棍棍棒棒，还学了很多知识。

2

勐巴腊纳西的国王很喜欢打猎，有天召集百官、大小头人、卫士到山上打猎，追到魔鬼处，魔鬼抓走国王，部下都跑了。魔鬼问："我要吃你，你有什么可说的？"国王说："我有七个姑娘你可吃七回，若不送来，你就到宫殿来吃。"魔鬼放了国王，国王回家后，国王问女儿有什么意见，女儿说："只要父活着，女儿愿替父死。"国王在寨子边盖了亭子，姑娘送进，让魔鬼来吃，每天送一个，当到第七个时，召温邦走出来串，发现这姑娘喃混邦，公主问他："你到何处，为啥路过这儿？"召温邦说："我要去打猎，姑娘来此干啥？"姑娘说："我替父死，你快走，否则晚上魔鬼出来你就死了。"岩温邦说："我一定要救你。"他俩坐下谈情说爱，晚上魔鬼高兴地说："国王好，还送两个来。"岩温邦说比武，魔鬼死了一个又来一个，尸体像树桩一样，魔鬼全部死亡。

魔鬼杀死后，喃混邦感激救命恩人，愿他处理自己的生命，他俩互相爱上，天亮了，他用毯子的角送给她，她送给他一块手帕，他说："我在芒听公远寨，将来姑娘来找。"说完就分别。

天亮后，国王召集百姓士兵，来收第七姑娘的尸骨，到亭子后姑娘还活着，看见四周都是一尺血，马蹄、象蹄都被血淹，问姑娘，魔鬼为什么不吃，姑娘把经过告诉大家。

大家领着她回宫，全坝出来迎接，有些哭，有些笑，国王又是高兴又是悲伤，眼泪只往下流，他们全家团圆，在一块共同生活。

3

国王见姑娘回来后，很想见救姑娘的青年，想了很多办法，最后只好敲鼓赶大摆，全勐的男女都要披毯来，如谁的毯的剪角能配合姑娘的那角，就招姑爷。很多男子，特别是土司的儿子，都剪了毯子。时间到了，喃混邦坐在很高的台子上，很多人都来对，所有的人都对，对了七天都不合，大家奇怪。国王问："还有谁没有对？"有人说："穷小子没来。"国王叫他来，大臣说："不必叫，他太穷。"有的人说："国王的命令，还是要叫他来。"叫他来时，养母要他不来，穷人去了没有好处，他劝母亲不怕，他走了，走到摆场的台地，还隔好一段，两个毯子角飞起接拢，有的人败兴地怪叫，百姓高兴得欢呼，他摘了很多花果，感谢国王，继承了王位。

玛悔

讲述者：岩英邦
搜集者、记录者：朱宜初
翻译者：刀国昌
搜集地点：云南省西双版纳傣族自治州

  勐暂巴有一个人有只狗，他只有父亲，没有母亲，他父亲天天去串姑娘，只有那只狗和他做伴。他父亲和那姑娘结了婚，这后母就要他父亲将他送走，他父亲不得已只好将他送到深山老林去了。岩孟邦找不到他父亲，那只狗却找到了深山老林的岩孟邦，领岩孟邦回来了。他后母不死心仍要害他，将岩孟邦骗到深山用土埋到脖子深，说："你再也回不来了。"后母说完就回来了，狗见岩孟邦没回，就来找岩孟邦，找到后就挖开土，救出岩孟邦。他们不知去何方好，遇到一妖魔，将岩孟邦和狗抓进通巴，带回后，妖母要留着岩孟邦做自己的儿子，于是改名召孟邦，收为召乱的哈[①]的义子，又教给他法术，会飞，又有宝鞋。后来召孟邦要开开眼界，就要到勐八腊拉西去了。到了那里，找到了喃宾叶，就认她做母亲。

  勐八腊拉西国王去打猎了，野猪、麂子打了很多。有一天打着一只金鹿，金鹿拐着脚走了，他们追这金鹿，到傍晚就不见了，就被一魔王抓他走了。原来这鹿是魔王变的，魔王要吃国王，国王说："我是八腊拉西国王，你放了我，我年年送一个女儿送来你吃，还有其他老百姓。"魔王就放了国王，要国王送老百姓和女儿来给他吃。于是年年勐八腊拉西国是要送人给魔王吃。

[①] 召乱的哈：傣语"魔王"之意。

这年国王将最后一个七公主送去给魔王吃，她哭着别了国家和父王，送到了妖魔吃人的地方。

七公主喃蓬斑在这房屋里哭，召孟邦知道了，就来找七公主。七公主说："你是天上的叭英，还是什么神？如果是妖王就来吃我吧，不要来吓我。"召孟邦说："我不是叭英，也不是妖王，我是人。"后来他们就谈得很好，公主也很爱召孟邦，叫召孟邦快走，魔王要来了。

果然不久魔王来了，魔王一见，说："今年他们优待我们，我们得吃一对男女了。"召孟邦说："你们是来送死的。"就打起来了，不久召孟邦将魔王杀死，就走了，公主问他的名字，他也不告诉，公主就偷偷地在他的披毯上剪了一个小角。天亮时，侍臣们来收公主的尸骨，却见魔王的牙齿有芭蕉叶大，遍地都是，公主却还在，就将公主接回去。国王就做大摆，要找那救七公主的小伙子，说："谁的毯子缺一小角，这小角的花对得上七公主毯子小角的花，就将七公主嫁给他。"小伙子都剪掉自己毯子的一小角去赶摆，可是谁的都对不上这花，后来有人说，只有喃宾叶的儿子没有来赶摆，国王就派人去找，一对他披的毯子，就知道是恩人，都向召孟邦跪了下来，请召孟邦到勐八腊拉西做附马。

邻国有一王子听到七公主嫁给召孟邦，心中不服，想夺七公主，就向八腊拉西下战书，将八腊拉西围起。八腊拉西国王派人骑马去送信给回妖王家看那只狗的召孟邦。召孟邦得信后领着那只狗回八腊拉西，盖一所好房子给那只狗住，那只狗的名字叫"玛悔"。

召孟邦来了后，很快就将邻国打败了，八腊拉西国王就将王位让给召孟邦，召孟邦接王位的时候，做了个大摆，叫画家将他的一生在布上挂起。召孟邦原来的父母也来赶摆，见了这画，才知道自己的儿子做了国王，这后母没有脸见世上，就往没有人的地方跑，这时地就自动裂开，将这后母吞到地狱里去了。

妈瑞

讲述者：岩糯教、仓霁华
搜集者、记录者：周开学
翻译者：仓霁华
搜集地点：云南省西双版纳傣族自治州

很久很久年代以前，在勐般札，有夫妻两人，生了个儿子，叫岩温般，后来母亲死了，父亲又找了个妻子，先小妈对他还好，后来小妈生了个孩子，就对他刻薄对待，打他、骂他，他吃不饱穿不暖。有一次父亲做生意去了，小妈就把他送到大山里去，他家的海叭狗就跑去把他找回来；他小妈非常讨厌他，又将他送到山上去，准备给野兽吃，海叭狗又将他领回来；小妈没有办法，将狗关起来，又将岩温般送出去埋起来，埋到胸部，海叭狗又跑出去用脚将土抓出，救出了岩温般。叫它不要回去，"如果回去，妈妈又要害你"，狗回来了，妈妈就将狗杀了。

岩温般到处走，就遇到了一个妖怪批牙用麻袋将他装回去，对妻子说："我们没有子也没有孙，还是将他拿来当我们的干儿子。教他许多武术，后来他能战胜野兽，他一个人能打败一千只老象。"

有一天召勐骑马背箭到森林里打马鹿，走到批牙的小妖地方，小妖就要吃召勐。召勐无法，说："你们还是别吃我，你们要吃到更多的人，我每七天送一个来给你们吃。"以后每七天果然送一个人来给妖魔吃。最后人已送完，只剩下他的一个独姑娘，不想送了，要亲自去给妖吃，小姑娘不想让父亲去，要去抵父亲死。父亲无法只好让她去了。

岩温般曾经串过这个小姐，姑娘告诉了岩温般她要去给妖精吃。到小姐去的那天，岩温般也去了，妖怪一看，说："啊！今天送来两个，两个都吃吧！"一群妖拥上想吃。岩温般吆喝一声。妖怪向他发问："你到底是什么人?"他说:"我是妖王的干儿子,你们敢吃我吗?"群妖都退下去了,小姐、岩温般就活了命。

两人分别以后,召勐的人都来看,小姐还在活着,带回去,召勐问姑娘:"你怎么还活着?妖不吃你?"她说:"有一个青年小伙子搭救了我,他是一个妖王的干儿子,不知名字。"父亲说:"如果是这样,就请他来做我的女婿,封他的官。"可是一直没法找到这个小伙子。

有一次,小伙子来串小姐,小姐送他一些香花,回去后妖妈妈将门关住。他叫:"妈妈,干儿回来了。"妈起来打开了门,闻到了一股清香味,说:"你带了一身喷香的花,是不是姑娘送给你的。"他答:"是召勐的姑娘送的。"他妈问:"姑娘爱上你吗?"他含羞地答道:"是的,因为我搭救了她。"

召勐继续找小伙子。姑娘知道了小伙子的姓名,就告诉了父亲,父亲叫人去请回来城里,和他的姑娘结婚。结婚典礼非常隆重,召勐为了报答小伙子,送衣服给穷苦的老百姓。

岩温般的小妈和父亲听到召勐赐赏他们东西,就来做客,看见了自己的儿子。小妈问:"你是不是岩温般?"他就将自己的情况告诉了小妈(当初他还不知是他的小妈)。小妈听到他的情况,就昏倒过去。这时地开了一个裂缝,小妈就落下去了死了。

岩温般就抚养了父亲。

椰子做枕头的故事

讲述者:佚名
记录者:雷波
翻译者:刀孝忠
搜集地点:云南省西双版纳傣族自治州勐海县勐遮镇

过去有一个富翁,雇佣着一个男工一个女工帮他种菜地。他的田地很多，他自己也不知道有多少亩。富翁对待帮工非常苛刻，被盖衣物什么都不给，只用一椰子给男帮工和女帮工轮用做枕头，每天帮工两人只好轮流着睡觉，男帮工先去睡，待睡熟，头滑到椰子下边时，又换女帮工来睡，女帮工睡到头靠到椰子下边时，又换男帮工来睡，就是这样不断地反复着。

男帮工和女帮工种出很多的菜和各种各样的瓜，可是他们没吃过菜，也没吃到瓜。他两个帮富翁家十多年了，富翁迫使他俩结婚成为夫妇。一天妻子与丈夫说："我们帮富翁家种菜多年了，所卖菜得来的金、银都是富翁掌管，我们见都还没见过金、银像什么，你去向富翁要点来我们看看。"丈夫真的去与富翁讨回来三两银子带给妻子看，妻子一看就晕倒了，醒来后妻子将银子放在一竹筒中，置于枕间，每日起睡，妻子都要向银子磕头。几年后妻子又说："银子见过了，未见过金子，你去富翁家要点金子来看看吧。"富翁又给了她丈夫一钱金子，回到单棚里，一打开金子，妻子一看又晕倒了。他们同样把金子好好存放起来。

从此他俩一想起他们放着的金子和银子就磕头，非常爱护它，而金子、银子的灵魂在富翁家箱子里知道这事了，便说："我们在富翁家里，被他一时拿出一时拿进，忙得我们不能休息，有时富翁拿去赌钱，去给小姑娘，真无代价，我们的伙伴有的已经到种菜人那里去了，那种菜人非常爱它，放得好好的，夜里都要给它们磕头，我们也还是去与那种菜的一起住吧。"到了晚上，金子和银子都跑到种菜人家里去了，种菜人的家很小，金子、银子堆满了屋，屋外也堆得很多。

第二天早晨，妻子一开门发现门外和屋里都堆满了金子和银子，忙叫丈夫看，真的是金子、银子，他夫妻俩不敢收，丈夫跑去报告富翁说："昨晚我们睡时听到沙沙声，以为是下雨，今早一看是很多像你给我们看的那种金子、银子。"富翁便使差役用牛车马车去拉回那些跑到种菜的家里的金子和银子，拉到富翁家以后，尽是大石头。富翁不管，还是将大石头放下，晚上富翁亲自听到金子、银子在商量跑的事。第二天起来，金子银子都跑到种菜的家里去了。富翁又叫差役将它们拉回，这样反反复复已七八天了，富翁就暗想："这些金子银子不愿让我享受，它们要去就去吧！"

富翁出了一个主意：请种田人的夫妇俩来家里住，这样金子、银子就不会再往外跑了，富翁并将全部财产让给种菜的那夫妇俩。

这说明金银财产都是通过劳动得来的，富翁不劳动就不应该有金子、银子，因为富翁家是剥削压迫穷人，所以金子、银子也不愿与他在一起。

兴罕

讲述者：佚名
记录者：雷波
翻译者：刀孝忠
搜集地点：云南省西双版纳傣族自治州勐海县勐遮镇

从前有一个富翁，小气极了：买回肉来也舍不得吃，只把肉放到水里煮一下，喝点汤；买来鱼只放在冷水里泡泡用鱼水来煮吃；想吃稀饭又怕被娃娃姑娘知道，就悄悄躲到山上去煮吃。第一天算算自己的钱一共还有十八万，生怕过不了这辈子，就想："啊呀，女儿这样多，买银带要买七条，做筒裙要做七件，算了吧，不养她们了！"于是回去做了个竹筏，把姑娘放在竹筏上，让水冲走了。

七个姑娘在父亲送走她们时，大家说："父亲，我们是你的亲生女，你把我们拿去顺水流是不对的，你有十八万钱也舍不得用，我们七个中一定会有一个是有福气的，你这样做一定要受到惩罚，你那些钱也只会够七年用了。"七姊妹沿水流下，七妹说："不管什么人，什么物，只要能救出我们，我愿意做他的奴隶。"

有一个穷人，会念咒语，看见七个人顺水流，自己就变成一只野猫留在路边，准备试探。

他见木筏来了，伸手去抱大姐，大姐问："你救出我去要什么条件？"猫说：“做妻子！"大姐不干，二姐三姐也一样，直到七妹了，七妹说："我当众说过，现在不变。"猫把她抱回岸边，变成一个英俊的小伙子。小伙子问她："我是穷人，你愿嫁给我吗？"女的说："我不爱有钱人，我父母就够了，我只想要穷人。"两人同意了，一起盖了房子，种着各种食物和水果。

这块地是神的，神享了他俩的福，准备把一颗宝石送给他们。山神把宝石放在宾香花边，宝石放出七个光。夫妻俩得宝后，放在枕头边，夜里来投梦，叫他们要什么就想什么，他俩把宝石放在手里，要什么就有什么。

父亲的事又传到土司那里，土司派人去责备他，为什么要做什么事不通过土司？他自己回答说，自己是如何如何困难才这样做。王子第二次叫去说："你在我国内，做什么事为什么不告诉我一声。她们是你的女儿，同时也是我的百姓。马鹿麂子是山上的兽肉，女人来我领土上，就是我的百姓。你立即去找她们回来，不然得去偿命。"土司把富翁家财拿来归公，夫妻俩被赶到一个小竹房里去住。

七姑娘和丈夫在当地生产得很好，宝石又给他们带来了需要的一切，慢慢地发展后，丈夫当上了土司。

六姊妹在水上漂流，她们又说："不管谁，麻风也好，来救我们。"这天，她们来到一沙滩上遇见六个患麻风病的人。六个麻风救出她六个，她们做了他们的妻子。三四年过去了，日子很艰苦。

有一天听见有个人说，水边有个好富翁。十二个人就一齐去投靠，六个麻风一歪一跛地走着去。来到这里，看后觉得奇怪，就问个究竟。家奴听后，立即上去报告，七妹想一定是姐姐，跑出来热情接待了六姐，对他们说："你们是麻风病人，也是我姐夫，但不能住在一起。"麻风同意了，离开了自己的妻子，在村边盖起六间房子，妻子每天去送饭，一直侍到老。

父亲三年后就穷了，听说下面有个新富翁能救穷人。他俩去讨饭，别人骂他们以前当富翁时那样残酷。夫妻俩就决定继续讨，讨到城内，姑娘看出是亲爹娘，母亲难过得直骂，父亲羞得不敢认人，女儿说："你们要不要女儿？"父亲还是难为情，直往山林里跑，不时回头看看，一不小心碰在树桩上碰死，母亲就这样和女儿生活在一起。

附记：这是经书上的故事，系由老章哈康朗来讲，我单记，无修饰，只算原始资料。

翁帕罕

讲述者：佚名
记录者：卢自发
翻译者：岩峰
搜集地点：云南省西双版纳傣族自治州勐海县勐遮镇

勐板拉的国王，有两个皇后：一个正宫，一个偏宫。国王最爱小的一个，小的这个怀孕了，生产了，大老婆叫人拿小狗把她的娃娃换调，天神看见了，把这个娃娃接到天上，大老婆对国王说："小老婆生的不是人，是一只狗。"

国王听了很生气，就把小女人赶出去。小女人生产时昏过去了，她以为真的生下狗，便抱着小狗出外居住。

过了十六年，她的儿子长大了，长得很英俊，取名叫翁帕罕。这时候国王一家都到花园游玩，有一个魔鬼把国王的母亲抬走了，国王派了很多军队去追赶也打不过魔鬼，救不回母亲。

这一年翁帕罕很想见母亲，天神指一大石头给他，大石就变成金色的凤凰，让他骑着下凡，天神告诉他住在坝子边边的就是他母亲。

翁帕罕拜见母亲，他母亲说："你是哪家的人，生得这样英俊。如果生下你这样的人，我就不会被赶出来了。"翁帕罕说："我反正没有父母，你把我收下。"母亲答应了。

翁帕罕跟坝子的娃娃在一起玩，谁的力量也没有他大，伙伴们说："你有本事去跟魔鬼打吧。"翁帕罕欣然答应了。

翁帕罕找到魔鬼，一刀杀死了魔鬼，一时名声大振，一直传到国王耳里，国王知道有这样坚强的人能杀死魔鬼，就把他找来，说："你把我母亲找来，我赏你许多银子。"翁帕罕说："我倒不为你的银子。"

国王派了许多勇士给他，去到很远的地方，遇到一条大河，谁也过不去，翁帕罕骑着金凤凰过去，旁人劝他不要过去，以免让魔鬼吃掉，他说："我不怕。"他独自一个人走了很远的路，到了魔鬼住的地方。这时魔鬼出外寻食，屋子里住着一个很美丽的姑娘，翁帕罕正想把姑娘背走，突然魔鬼来了，他们就撕打起来。

翁帕罕杀了一个，魔鬼又出一个，一直杀了三天三夜，一把刀和手都沾满了魔鬼的血，又战了一早上，魔鬼渐渐害怕，开始逃走。翁帕罕一刀砍开房子，背起国王的母亲就走，走到河边，大家说："我们恐怕你已经死了。"

翁帕罕杀退魔鬼去救国王母亲时，还救出了三个漂亮的姑娘，在河边的人中，有一个是大皇后的儿子，他想："如果我们能杀死魔鬼救出国王的母亲，国王就让位给我。"于是就在翁帕罕过来时，趁翁帕罕不注意，一刀杀死了翁帕罕，三个姑娘围着他的尸体哭，哭声传到天上，天神下来装成一个青年来试她们，说："你们何必这样哭？我还没有结婚，跟着我走吧。"三个姑娘说："我们已经答应过翁帕罕，我们不能再答应别人，你和我们相见太晚了，请你去找别的人吧。"天神说："他已经死了，活不回来了。"三个姑娘说："他活不回来，我们就跟他一同死去。"天神很感动，吹了一口仙气，翁帕罕就活转，长得更漂亮了。

国王见了翁帕罕，问他："为什么这样勇敢？"翁帕罕说："我原是一个国王的儿子，当我生下的时候，有人谋害我，把我母亲撵走，说她生下了只狗，天神救了我，我长大后又见到了母亲。"

翁帕罕领着三个姑娘回到母亲那里，母亲也不敢认他，他母亲说："如果你是我的儿子，你坐在那边我解开衣服，如果我的奶飞流到你的嘴里，你就是我的儿子。"果真如此,母子抱头痛哭,母亲说:"我们不要去国王那里,受他们的欺侮。"

国王见到了母亲很高兴,决定七天七夜赶摆。国王的母亲说:"我非常希望见到救我的那个青年,那个青年很英俊、很勇敢!"国王很奇怪:"莫非救你的不是我的大儿子吗?"

全勐赶摆,翁帕罕想去参加,母亲劝阻他,翁帕罕说:"只要我防备,他们杀不死我。"母亲劝不住,翁帕罕背着刀出去了。国王的母亲远远地看见翁帕罕背的那把刀,国王把翁帕罕叫到江边问,翁帕罕把经过告诉了国王,国王才知道他原来是自己的儿子,马上从皇位上下来抱头痛哭,派人去接他的母亲来,召集头人开会,决定把大老婆等人赶走。当大老婆他们走到路上,地就裂开,他们掉下去,地又合拢来。

自此,翁帕罕做了国王。

花蛇王的故事

讲述者:佚名
记录者:卢自发
翻译者:刀孝忠
搜集地点:云南省西双版纳傣族自治州

维地呵拉[①]的国王,有一天去田里看奴隶种田。在路上拿到一只青蛙,国王就用一根细篾把它腰拴住。在这里遇见女儿,国王就叫女儿拿着青蛙先回去,走到半路上,只听见青蛙"呱呱呱……"叫,公主就把它丢在地上,独自走了。青蛙在地上挣来挣去都挣不脱腰上的篾子,就暗暗生恨,很多年以后绳子腐化了,青蛙变成一条大花蛇。

---

① 维地呵拉:傣语"中国"之意。

国王非常爱公主，特别为她盖了一座哦帕萨①，这屋只有一根柱子，小小的，屋顶上盖上很多板子，周围有一千多人守卫着她，不让她乱跑，不随便让她和小伙子玩。

有一天晚上，一条大蛇从空中飞来，咬通屋顶木板钻了进来。先用舌舔了守卫人的脸，这些人一个个麻木了，然后张开大口，一嘴衔住公主身子，飞往天空去了。当它飞过勐粘巴时，被那里的一个打柴穷儿看见了。他看见一条大蛇含着一个美丽的女子，那女子在空中哭着向家乡的田园、花木、朋友告别。穷儿回家四五天都没有和谁说这件事，母亲告诉他千万不能讲，不然反会增加麻烦。

守卫公主的人醒来，以为姑娘还没有起床，走路都是轻脚轻手的，咳嗽都要跑到远处去咳。可是一天过去了，还不见她起床，卫士们只得悄悄地走到她帐前听听，再打开帐子看，才发觉她不见了。卫士们急得马上去告诉国王，国王听了吓得昏过去，醒来忙吩咐从八方去找她，每一方去一个呵喝，这些人骑着大象，带着金子几百两，准备当赎费。

来到勐粘巴的人，把找公主的事告诉全寨，穷苦儿也知道了。可是母亲不准他说，他想了很久，闷不得了，他就决定告诉他们，"救人要紧！"他跑到公主的家人那里对他们说："有一天我去打柴，看见了一大蛇从空中飞过，口里含着一个头上戴满金银的、非常漂亮的姑娘，她哭着……"接着把大蛇飞走的那方向指给他们看。

大臣们马上把穷儿带到国王那里去。国王把所有的金子、银子都给了他，还送他一副巨大的弩弓（要四个人才抬得起的），请他引路去找小姐。

穷儿带着很多人马出发了，一个多月的路上，遇见大河就现搭桥，终于来到勐板加地方了。

这个地方的国王最好打猎，有一次去打猎，一只马鹿从身旁跑过，国王一直去追打，没打死，国王又沿着它的血痕去追，一直追到花蛇王的国

---

① 哦帕萨：傣语"房子"之意。

土上，鹿不见了，马也饿死了。国王抱着马鞍哭，花蛇爬出来问他："喂！你是哪点的，你是谁？"国王忙回答："我是勐板加的国王，打猎来到这里，马死了不能回去！"蛇说："不管你是什么天王、地王也好，龙王、仙人也好，反正你已走进了我的国土，就成为我的食类了。我要吃你！"国王忙说："你不要吃我，我家还有两个姑娘，我回去把她们送来给你吃。吃了不够还有老百姓，再不够又吃我。"蛇王答应了，并限他三天内送来。

国王回去告诉女儿，她们不愿，国王就把她们捆起来，送到蛇王国，搭起一座高楼，顶上舀了个洞，把她俩关在里面。两个姑娘只好等着蛇来吃了。

穷儿顺山来到这座房子的地方，听见哭声，就在外面大叫，姑娘听见有人声，高兴得很，就把穷儿请进去。穷儿的英俊美貌使姑娘更高兴，对他说："父亲得罪了蛇王，现在要把我们送给蛇王吃去。"穷儿说："不怕，它来有我，它什么时候来？"姑娘告诉他"太阳要落时蛇王就要来"，大家就静静地等着对付蛇王。

将近黄昏，就听得轰隆隆一声响，好似一阵打雷声，蛇王从空中飞来了。一飞到，它就把头向洞内一伸，东看西看，它的眼睛就有椰子大，牙有芭蕉长，张开几丈长的大嘴大叫大笑："国王送来三个哩！还有一个是男的。"这时穷儿将宝弓拿出，对蛇瞄准一放，"哐啷啷"如霹雷闪电，大蛇忙忙慌慌逃回蛇国去了。

第二天穷苦儿把两个姑娘带着回到她们的国家，交给国王。国王先大吃一惊："怎么女儿又回来了，还带上一个俊俏小伙子。"后来，高兴得擂鼓，召集全城人来。人们还以为祸事临头，其实是国王宣布他三人结婚哩。

穷儿在这里住了一个月左右，就去对岳父说："我的事还没有办完，还要去找那个小姐，等找到后再回来。不过，去的时间说不定是几年，但是妻子，我是永远不会忘记的。"岳父答应了他的请求，他就离开了家走进山林，爬上大岩，来到了一个玉喔①的地方。洞也滑滑的，洞很深。穷儿想里面一定有人，就吩咐跟他一齐来的人先去砍藤做个箩筐吊人下去。箩筐做好了，一个也不愿下去，还说："啊呀，我还没和妻子告别的，人都没病过，来这里死掉，真划不着。"

穷苦儿暗想，自己答应过别人，就要做到。于是带着宝刀和剑准备自己下去，告诉上面的人等他下去后一摇绳子就往上拉。

穷苦儿下去，东望西望，找不见什么，又怕出不来，就在周围打上记号。过了一阵，终于找到小姐，小姐喜欢得给他磕头。穷儿叫她不要磕，自己是个没福气的人，只不过奉她父亲的命来救她。两人一起来到洞口，小姐说："你先出去，不然它回来你就跑不脱了。"穷儿说："还是你出，我不怕，不然它回来了，要把你吃掉的。"小姐又说："我先出去，上面的人看见我，起坏心，你就上不来了。"穷儿又告诉她："上面有干爹，没有关系。"小姐才答应上去，小姐一出洞，果然把这些人惊呆了，个个想要她，干爹说："不行，我要保护她！"其实啊，老贼早起了坏心。他把小姐带走了，抛下了他的干儿子。

穷儿在洞里等了两三天都不见人来拉他。这一天只听到"轰隆隆"一声巨响，回头一看才知是大蛇回来了。蛇大叫："你来干什么？我的人呢？"穷儿抽出宝刀回答："你敢动，我就杀你！"大蛇张开一丈长的血口向穷儿卷来，穷儿一刀砍去蛇头，蛇又用尾来缠，被他又一刀将蛇砍成三节，蛇死了。

打死大蛇后，又等了四五天，还是没人来救他出洞。穷儿就试着往深处走，又发现一女人，穷儿问她怎么会来到这里，她说："我是龙王的女儿，被大蛇抢来已有十九天了，外面还关着一个小姐呢。"穷儿再看看四周，全是金银、首饰，穷儿深知这蛇偷的东西、抢的人太多了，就把这龙女救出来，用剑把蛇关住的门打开，沿着水道把龙女送还给龙王。龙王又愿把女

---

① 玉喔：傣语，即"有女人的龙洞"。

儿嫁给穷儿，他俩结婚了。

一月后，穷儿仍然告诉岳父自己还要去救人。岳父同意了，送给一颗宝石，这宝石只要含在口里，要什么想什么，就一定会得到什么；另一颗是公主送的，只要一含，可以看见公主；公主还把一种回生的药缝在穷儿领上。

干爹回家，受到干妈的埋怨，说他不该抛下干儿子自己回来，更不该抢走小姐。

这天穷儿回到了干爹家，干妈高兴死了，干爹却想法要弄死他。有一天，干爹对他说："走，我俩到山上去挖山药，那天我发现很多。"到了山上，挖着挖着，干爹又叫穷儿到洞里去挖，穷儿去了，干爹一锄就把干儿打死，立即把他倒埋在那块地上，自己回家去了。老婆问他时，他说："哪个晓得，到了山上就各走各的了。"

两三天以后，因为穷儿被倒埋着，药就流进了口里，他活起来了。他这回没有去找干妈，一个人到公主住的地方去了。

被干爹送还的公主，要求父亲七天赶一次摆，自己坐在高处，望呀望，总想遇到自己心爱的那个人。这样赶了两三次摆，有一天，穷儿来到这里了，公主看见他了，公主就笑，父亲奇怪，问她笑什么，她说："我早看见远处那个人来了，一见他，我的心像一朵花开放，我的心又像大雾被风吹散那样明朗。"她站起来，举起手，穷儿就笑，她也笑，全家人也笑。她问父亲，可知道他是谁？父亲仔细一看，认出是穷儿，公主又对父亲说："就是他把我救出洞的。"

父亲高兴了，就叫人马上把绸子铺到穷儿那里，赶着大象，两旁的人，准备把花撒在他身上。穷儿也不拘束，他踏上绸子，来到国王的楼上，又和公主结了婚。全城热热闹闹庆贺了三天三夜，人们都要来瞧瞧这个好人，个个都爱慕他。

不久，他想起了亲人，国王也答应他接来干爹、干妈和三个妻子。大家相亲相爱过日子。

娃罕兴①

讲述者：波岩叫
记录者：卢自发
翻译者：岩峰
搜集地点：云南省西双版纳傣族自治州勐海县勐遮镇

勐波抡微的罕地方，有一个古老的山洞，又有一个很高的山峰，山上有一个大石头，年长月久变成一个娃罕兴。

他生下来孤零零的，没有伙伴，没有朋友，想去找伙伴，找朋友。他走到山上，看见前面有一条大河，河那边有一个山洞，洞旁有一群大大小小的猴子，在摘野果、打秋千。他想："我能与他们做朋友就好了。"他就跳过河去和他们住在一起。

住了一久，他向一个老猴说："我们应该有知识、有武艺，应该到什么地方去学？"老猴说："东方有一个叭拉纳西，最有智慧，你可去向他学习。"

娃罕兴离开山洞，走到太阳出的方向，见一小孩在打柴，他告诉小孩，"我要找叭拉纳西学武艺"。小孩引他见了叭拉纳西，它跪下向叭拉纳西说："我不是人类，一样也不懂，我要学武艺。"叭拉纳西收下他，取名"陈南宝"②。学了一久，什么本领都学会了，告别叭拉纳西，一个筋斗便到了他原来住的地方。

老猴问他学到了些什么本领。他告诉在家学到了飞、变化、打仗等，并有了名字叫陈南宝。他又问老猴："武艺学到了，但没有武器，你老人家知道什么地方有武器？"老猴说："在南方，什么武器都有。"

陈南宝去到南方，只听见造武器的一片热闹声，他向人家要武器，人

---

① 娃罕兴：傣语"猴子"之意。
② 陈南宝：傣语，可管理许多地方的意思。

家给了他各种各样的武器。他背起武器，一约札拿①便回到山洞。

回来后，老猴集合了所有的猴子，对大家说："陈南宝最有智慧，武艺学来了，武器也拿来了，我们选他当王吧！"大家都拥护陈南宝当王。大家说，天天吃野果，身体不会好，需要吃些肉，请求陈南宝带领他们去打猎。

小猴打猎，打到魔鬼住的地方，魔鬼对小猴子说："你们怎敢到我这里来，我非把你们吃掉不可。"小猴吓得赶忙逃跑。

小猴子逃回去报告陈南宝，陈南宝拿起刀枪便去与魔鬼打，魔鬼的本事也是很高强。陈南宝翻一个筋斗，飞到魔鬼的城里抓住魔王②便要杀，魔王说："愿意归顺，听从使唤。"叭牙便属于陈南宝的部属。

陈南宝得胜而归，觉得武器太轻，不顺手，问老猴："天地之间有什么宝贝？"老猴说："大海底下有一个宝贝不知你能去不能去拿？"

陈南宝钻入水里，里面的看见他人不人，鬼不鬼，甚是惊慌，连龙王也害怕了，龙王忙召集大臣，商量打发他的办法，大臣们抬出什么宝贝他都嫌不好。

有一个大臣说："光有一个环大罕③，量他拿不起走。"便领他去看，环大罕在一个花园里，龙王的百姓，每年都要去朝拜，陈南宝见了，他想："如果我有福气，得到这个宝贝，就变小些。"果真环大罕变小成一根针样，可以放在手掌里。

龙王见他拿动以后，就舍不得给他，但又打不过他，没法，便去请勐洪④来帮忙，但勐洪也害怕陈南宝。

陈南宝问勐洪："你就是龙王的兄弟吗？你有什么宝贝？"勐洪说有一件金衣，便给了陈南宝。

---

① 约札拿：长度单位，地球周围只有三个约札拿。
② 魔王：傣语称作"叭牙"。
③ 环大罕：傣语"金箍棒"之意。
④ 勐洪：傣语，即老鹰住的地方。

龙王又去请三弟①,来了也是不敢打,陈南宝问勐艾孙有什么宝贝,勐艾孙说只有一顶金帽。

陈南宝得了三件宝贝,便回到山洞,大家备办酒席来庆贺。

龙王、鹰王、勐艾孙失去宝贝很懊恼,三个商量,便到叭英那里去告他,请叭英派天兵天将去打他,取回宝贝。

叭英说:"不能动刀啦,只能用好言劝他。"便写一封信给陈南宝,陈南宝接到信很高兴,到了天上叭英派他养马。

天上的仙女、大神笑他,他想:不是做什么官嘛?不干不干!便跑回原来住的地方。

叭英又把陈南宝请去,给他守果园,果园有仙桃、仙芭蕉、仙椰子、仙菠萝,三年才熟一次。

他守果园一样事也不做,哪个果子熟就吃哪个。过了三年,叭英因要开宴会,派三个仙女去摘果子,这个也不熟,那个也不熟。陈南宝使法迷住了三个仙女。

陈南宝跑到宴席的地方,把仙酒、仙菜什么都吃了又回来。

叭英非常生气,把所有的天神天将都叫来。罗鲊神领天兵到山洞来找陈南宝质问,大喊:"陈南宝你出来认罪,不然要杀你。"双方就杀起来,杀得天昏地暗。

陈南宝拔一根毫毛变成火,罗鲊吹一口气变成雨,吹熄火,战了七天七夜;叭英又派金拼神下来接着打,陈南宝拔一根毫毛变成荆刺去刺天兵,金拼吹一口气变成大水把所有的荆刺冲走。金拼不但会呼风唤雨,还会吹火,陈南宝败退,变成一只鱼,金拼变成鹰……陈南宝变成一座庙,金拼拿起弩来射。

陈南宝变成人赶紧跑,跑到金拼住的勐,变成金拼的模样,骗了金拼的妻子,金拼追回来,又追跑陈南宝,陈南宝跑到魔鬼住的地方。

---

① 此处为勐艾孙的王子。

扎都戛达

讲述者：佚名
记录者：张星高
翻译者：刀孝忠
搜集地点：云南省西双版纳傣族自治州勐海县勐遮镇

过去，有个国王，他的一大片田地都用家奴耕种，分派家奴受理看守。其中有个老妈妈与七八岁的儿子，看守的那块经常被夜晚出来的五百多只野象糟蹋，因为国王的土地上野象太多了，野象出来就专门糟蹋两母子所看守的那块，母子俩一老一小没有劳动力，只用草秆、木棍做田地的栏杆，这怎么能抵得住野象的横冲直闯呢？野象天天糟蹋，国王很生气，骂母子俩无用，毒打老妈妈，打死后就把她埋在那块地旁边，意思是：就是死了，也还要她看守。

老妈妈死后，儿子长到十四五岁，孤苦伶仃非常悲惨，仍然看守那块田地，但是野象还是经常糟蹋，看守不住。国王非常生气，破口骂道："你妈都打死了，你还不知道我的厉害？"用庹手法把他拴起来，丢在路中间，让野象出来踏死他。晚上，他妈妈托梦给他，告诉他不要着急，以后一定要报仇，并说："今后野象一来，你就告诉只有颗象牙的那只象王说，我们母子看守不住这块田地，母亲被毒打死，我现在已被捆住，这都是你们糟蹋的缘故。"第二天，野象来时，他都照着他妈说的话做了，象王无法说什么，只好把唯一的一颗象牙送给他。

他得了象牙，很好地保护它，经常出寨讨饭吃。每当他出外讨饭后，象牙中就走出一个很漂亮的姑娘，姑娘为他煮饭做菜，安排家务。第一次他不敢吃饭菜，第二次大着胆吃了，味道又香又甜，吃完就走，仙女又跑出来把碗筷收拾好，一连三、四、五天都如此，他感到非常奇怪。有一天他假装出外，才走了半路就转回草棚，看见一个非常漂亮的姑娘在自己草棚里煮饭做菜，他上前就问："你从哪儿来？你是高贵的人，我是一个穷苦的孤儿，生得很丑，不像人样。"姑娘说："你不要害怕，姻缘注定我们是夫妻，我不是外来的，是从象牙里走出来的。"

他俩结婚后，一同在单棚里生活得很幸福。有一次，国王想吃斑鸠肉，命令家奴外出打取，家奴得到斑鸠，走进单棚用篾子夹着斑鸠肉烘烤。正烤时，姑娘从象牙走出来，家奴发呆了，嘴巴也张开，斑鸠烤煳了也不知道，结果一点也不得吃，心被姑娘的美丽迷住了。

家奴回家后，国王质问，家奴说："斑鸠打得了，但我们到穷鬼的草棚烘烤时，望见他老婆从象牙走出来，我们直发呆，斑鸠肉烤煳了也不知道。"国王大为震惊，即时派大臣前去查看，大臣才进草棚，就看见姑娘从象牙里走出来，大臣发呆，手里的东西掉了也不知道，口水直是唰唰地淌，不知是姑娘的美丽迷住了或是吓坏了。姑娘走回象牙后，大臣才似乎醒悟过来，醒来时胸前的衣裳都湿了。

大臣转回报告实情给国王，国王高兴得睡不着，要想尽一切办法，夺取姑娘。

国王打发大臣叫孤儿来见，孤儿去见国王，衣服穿着很脏、很烂、很不好看。国王一见孤儿，就恐吓说："哈！你来了！我叫你来没有什么事，只不过是明天你找只鸡来与我的鸡斗架，你斗赢了，没有什么事，如果你输了，就把你的妻子送给我。"

孤儿回草棚后，愁眉不展，整日低着头，姑娘知道原因后，安慰他："不要着急，明天我给你只鸡就行了。"第二天，她走出草棚外一段路，撒米叫着："咕！咕……"即时跑出群野猫，忽然野猫变成鸡，她捡了只小红公鸡给孤儿。孤儿抱着鸡，一跛一崴走进国王的斗鸡场，大臣及在场的一些人，都在嘻嘻哈哈地笑话他，狂喊"他的妻子输了！"再说，国王的鸡是一大个，看起来挺威武，它一见小红公鸡，就把小红公鸡踢去踢来，拍马屁的人，越大喊大叫："穷人输了！穷人输了！"正叫喊时，小红公鸡振作起来，踢死了国王的斗鸡，在场的人脸色都变了，说不出话，国王只好叫孤儿回家。

孤儿回到草棚，把鸡交还姑娘，姑娘走出草棚把鸡一丢，鸡就不见了。

过了七天，国王又派人来通知孤儿说："现在国王没有玩场，明天你拉条黄牛与国王的牛打架。"孤儿听到后，很不愉快，姑娘仍旧安慰他不要着急。第二天，姑娘走出草棚外："嘿！嘿嘿！嘿嘿嘿……"叫了几声，走出只歪巅歪倒、皮包骨头的老虎，即刻变成条很瘦小的牛，角也只有一小点，尾巴屁股上都沾满了稀粪。孤儿牵着它走进斗牛场，只见国王的牛长得像牛王，眼睛是亮堂堂的，很是神气。旁边的人说："你的牛，风都吹得倒，怎么能够斗呢？"国王召集的很多人都在场等候，当孤儿一到，国王就命放出斗牛，它一见孤儿的牛，鼻子一吹，就猛冲过来，撞倒了孤儿的牛，用角顶在地上。好半天，忽然孤儿的牛勇翻起来，用小小的角猛挑国王的牛的脖子，不多时脖子就断了，又用嘴吸干脖子上的血。国王气得无话可说，只好说："前次你胜，这次也是你胜，好了！好了！不说什么。"孤儿回到草棚，把牛交还姑娘，牛又变成虎跑进山里去了。

又过了七天，国王又通知孤儿，第二天用象打架。姑娘照样帮助叫出拉札西[①]，孤儿才牵着，拉札西就变成大象。斗的结果，国王还是失败了。国王非常恼怒，认为是有大臣暗中帮助孤儿，借给孤儿鸡、牛、象，向大臣大发雷霆，大臣摸不着头脑，只好暗忍暗受。国王无可奈何，丧着脸叫孤儿回家。

再过了七天，国王派人告诉孤儿说："你鸡、牛、象都斗赢，明天找四个人来和我的大臣斗拳。"孤儿听了后，比任何一次都苦恼难过，姑娘也更加安慰体贴他，她不慌不忙地从象牙里叫出四个人给孤儿带到斗坊。国王的那个大臣，身体魁伟，也很结实，活像个巨人；连孤儿都有点不敢见国王，孤儿的那四人又瘦又小，但是非常精干，看样子怎么有法都斗不过

---

① 拉札西：一种动物，样子像老虎，但不是老虎。

巨人。

斗拳开始了，国王的大臣总是占上风，把那四人打得翻去覆来。恍惚间，那四人飞腾起来，先把大臣的头打通，然后按倒在地吃个干净，接着轻而易举地吃掉国王，在场的人都吓得魂飞魄散。原来这四人是姑娘请来帮助孤儿的四个披雅①。

前后各方的老百姓，知道这件事情后，个个拍手称快地说："凶残的国王，打死孤儿的妈妈又要抢夺孤儿的妻子，百般蹂躏孤儿，魔鬼吃掉他，真是活该！真是活该！"大家高高兴兴把孤儿与姑娘接到城中，请孤儿当了百姓的国王。

这故事说明，国王欺压穷人，而穷人得到同情，连鬼神都帮助穷人消灾除难。

一个穷孤儿

讲述者：康朗赛
记录者：李仙
搜集地点：云南省西双版纳傣族自治州勐海县勐遮镇

有一个孤儿，一无所有，天天向人家讨饭吃。他的家与老叭的家接近，他一要吃饭，老叭的姑娘就把小便解在他的碗里，好些次了，孤男人生气了，准备好弩弓，老叭的姑娘一来解，便一弩射中姑娘屁股，屁股裂成两瓣。被射后，老叭女就孕了，父亲问："你无夫怎会有孕？你是去串着哪个小伙子来的？"女儿说："我没有串任何男人，哪里来的娃娃。"父亲说："你一定要说，不然丢了我家的脸，这岂不是叫人耻笑我们吗？到底是哪个？可以叫他来做姑爷。"于是就去寨里问，是哪个和他姑娘发生过关系。寨里的

---

① 披雅：傣语，"魔鬼"之意。

男儿都想当姑娘的丈夫,就都用吃饭的竹桌抬着金子、银子、布匹去送给老叭,请他姑娘选择,而姑娘任何人送去的都不拿。

孤男人说:"我穷得什么也没有,只有一个雀蛋。"就将雀蛋煮熟拿去赊给老叭家,老叭的姑娘就正选中这个雀蛋。其父骂:"送这么多的东西,好的礼物来你不选,你为什么选个孤穷人送来的雀蛋,难道你就是与他搞来的娃娃。"父亲不认女儿并要将女儿拿去放河,于是父亲将女儿、婴儿和那孤穷人三人用席子裹好放在河里,可是一放下去不仅不流,反而逆流而上,一直流到一个地方。丈夫就去砍竹子盖起了竹房,一家三人就在那里住下来了。

丈夫说:"你在家领小孩,我到山上去串山地。"他去砍树,砍了明天又长出来,今天砍了明天树又长出来,天天如此,丈夫奇怪便不回家,躲在山上看其缘故。天晚了,只见一只大猴子用铓一敲,山上的树就长起来了。丈夫看后回告妻子说:"我们砍的山地一天也砍不清,原来是有一大猴子一打铓,树就长了。"妻说:"我们用饭拌酒装在竹筒里,让猴吃醉了好捉住它。"丈夫听之而行,猴子真的吃醉了,他捉住猴子审问,要猴子交出铓,不然就要杀死它。那铓有三面,敲一面是变金子,敲另一面就出牛、马、猪,再一面一敲就会使山上的树长起来。丈夫说:"猴子呵,你交给我铓我就不杀你。"丈夫拿着铓回来了,一敲面前出现了一个寨子,另敲一面出来很多的牛牛马马,他们家都富裕起来了。牛屎、马屎顺河淌到下河的那老叭住的寨子,那寨人无法,天天吃到有牛屎、马屎拌的水,就发动寨子里的人顺河看上去。一看见老叭的女儿和那孤穷人在那里,他们的屋子很好,牛牛马马很多,去者问之,他们将其经过讲给去看他们的人,看者回告老叭:"在上边的不是别人,正是你拿去放水的姑娘和那孤穷人,他们从一猴那里得来一个铓(详情如上)。"老叭说:"去将他接回来,他们有福,运气好,才会不死,碰着这些宝。"人们去请,姑爷说:"不去了,以前就是父亲看不起我们而丢我们的,今天无论如何我们都不去。"寨人回告老叭,老叭一定要叫他们回寨,女儿说:"既然再来叫还是可怜可怜父亲。"就叫着丈夫带着孩子回去了。

回到寨中父亲高兴极了，一见到姑爷，老叭晕倒而死，寨中人更敬仰孤儿有大福气了，孤儿和妻子一家人住在那个寨里，这穷人当上了那寨子的老叭。

召翁帕罕

讲述者：康良勇
记录者：李仙
翻译者：邱玉梅
搜集地点：云南省西双版纳傣族自治州勐海县勐遮镇

有一个老叭讨了七个妻，其中六个均生男孩，第七个后来也生了一男孩，比那六个的大，那六妻嫉妒，怕以后压服了她六个，便设法将第七个儿子从洞里丢下，这七儿一下洞就上天去了，因为他是天神来投胎的。

六个妻子用一狗说给老叭："七妻生了一狗。"老叭生气就将七妻撵上山去住。七年了，七儿在天上长大后就四处找他妈，找到了七仙女，每个都说："我们不是你妈，你妈住在一山上养着一只狗。"七儿有一天找一大石骑着下凡，刚好落在那座山上。妈儿见到后，妈说，她生的是狗不是人。七儿再说妈也不相信。无法，妈发誓："若我挤奶能沾进你的嘴，你就是我儿，反之不是。"妈一挤，奶进儿嘴了，妈儿紧抱痛哭而晕，天神知道下凡用仙水一滴，他们妈儿又清醒来，七儿与妈和那只狗都住下来了。他们从此生产劳动度日。

有一天儿进城赶街，一去碰上他的六个哥哥在街上赌钱，七儿参加赌了，他将六兄带来的银钱全部赢回来养他妈，从此他每天都去赢回钱来养他妈。

有一天在赌钱中六兄说："你今天不要去那边，在回家的路上有魔鬼要吃你。"七儿说："不怕。"还是走了，途中真有魔鬼，七儿拔出宝剑，砍掉魔鬼的头，尸置路旁，六兄说："我们去看看回去的那个人，定被魔鬼吃了。"一去死人不见，只见一死魔鬼，六个人就抬着去骗父亲说："我们六弟兄打死了魔鬼。"父高兴极了，第二天七儿又碰上六兄，也碰上了以前的父亲老叭，六个哥哥要他说："承认是我们六人打死的魔鬼。"七儿："你们给我报酬九百两银子，我就可以。"于是七儿就接受了六兄的九百两银子。

有一天七儿的祖母被魔鬼抢去了，老叭说："你们能打死魔鬼，现在你们去将祖母找回。"六个哥哥只好去找七弟说："你帮我们找回我祖母，送你二万两银子。"七儿与母商量，决定带上宝剑，穿上金鞋，骑上会飞的石头，就去找魔鬼，六兄弟也去了。碰上一家人有一女非常漂亮，这家人有一宝棒，一端指人而死，一端一指死人就活。

她父亲怕女儿出去串小伙子，当他们出外时都用宝棒指死女。今天七儿进家，见女死屋中，无意用棒指活一端一指，女活起来了，七儿和女谈讲而相爱，天将晚，女的父母收工回家，见到女儿早活起来了，又有一聪俊的小伙子伴着，七儿将情说之，女的父母同意和这小伙子结婚。

老米淘在看守谷子，七儿说："我是来找你回去的。"米淘说："我想着要回去，在这里吃的生肉生菜，我实在不习惯。"七儿将米淘骑上飞石，落于那有死而活来棒的人家，碰上六兄也在此，他们把七儿打死，背着米淘回去了，天神知七儿受难，下凡用仙水救活了七儿。祖母回到家，老叭问："是那六兄弟去找你回来的吗？"祖母说："不是，是一个很英俊的伙子。"老叭想：一定要找到这个人。就在赶摆的那天，让祖母高兴地坐在一处观察这人，尽看不见这人，后来远处慢慢地走来一个——这就是七儿，祖母告老叭救者是他，老叭叫七儿到面前详问，七儿讲他母和他的经过及其遭遇，老叭知道是他亲生儿子，而是受六个老婆的骗，撵出去的。于是就把六个老婆和六个儿子一齐赶进大坑坑里埋死了。七儿的母亲、祖母、父亲一家人又重新团圆了。

岩帮雅

讲述者：波的光
记录者：卢自发
翻译者：岩峰
搜集地点：云南省西双版纳傣族自治州勐海县勐遮镇

有一家人有两个儿子，哥哥叫岩帮雅，弟弟叫岩的罕。兄弟俩十多岁死了母亲，父亲重新讨了后娘，后娘虐待他们，吃的不给吃好，住的不给住好。

有一天，弟兄两个在田里找到几个螃蟹，烧了以后，后母也不给他们吃的，他们没有办法，只好逃到森林里。有一对穷苦的夫妇，看见他弟兄两个很可怜，就收他们做儿子，每天教他们耕田种地。

有一年，他种的棉花，有一株很奇怪，其他的都收了，只有这株还不长，后来长出的两朵棉花，成熟后变成两只飞马。弟兄两个，一个分了一只。

他们骑着飞马去串上天的姑娘，串了一久，哥哥发觉弟弟串的那个姑娘喃发比自己串的好看，产生了嫉妒心，偷偷地把弟弟的飞马翅膀给砍断了。第二天只有哥哥上了天，就与喃发结了婚。

弟弟没有办法，只好在地面上串，故意把自己染黑，到了国王的宫殿。国王有七个女儿，岩的罕用歌声来表达自己的爱情，大的六个公主都看不起岩的罕，只有第七个妹妹看上了他。六个姐说："妹妹为什么会串上这样又穷又黑的青年。"六个姐姐都串的是土司头人的儿子。

国王要试七个女婿的本领，叫七个女婿各人身上都染上泥巴，然后每人发一个鸡蛋壳的水，叫各人用这点水把身上的泥巴洗净，其他六个女婿没有办法洗干净，只有岩的罕有办法：他先等泥巴干了，用棍子赶去，然后再用鸡毛蘸水洗，结果只用这一鸡蛋壳水就洗净了。

国王知道第七个女婿有智慧，第二次叫他们到河里洗过澡让国王看，一洗，岩的罕身上染的黑颜色都洗干净了。其他六个女婿见第七个女婿的身体红润，觉得自己不如，拼命用石头去擦，擦出血来也不如岩的罕。

国王第三次请七个女婿吃饭，一切好吃的东西都藏在南瓜里面，其他六个女婿，不知道怎样吃，只有岩的罕用刀砍开吃了。

国王就把王位让给岩的罕，岩的罕就当了国王。

三想

讲述者：叭龙干塔
记录者：周开学、曾爱贤
翻译者：黄国钧、仓霁华
搜集地点：云南省西双版纳傣族自治州勐腊县勐捧镇

在很久以前，有一个勐三想的地方，有一个土司，名叫召三想[①]，他有一个漂亮的妻子。他俩结婚很久，可没一个儿女，夫妻俩一天天衰老，他们夫妻俩为没有儿女继承干位而感到焦急，整天向叭英求福，希望能赐赏给他们儿女。

有一天，他的妻子果然怀了孕，夫妇俩都非常高兴。十个月以后生下了一个小女孩，他俩把小女孩当珍宝一样地抚养长大。姑娘满十四岁，长得非常美丽，父亲专为她盖了塔形的高楼，让姑娘住在里面，由一个妇人侍候她，其他人皆不得入见。

有一天夜晚，叭英从天上降下来，串小姐，叭英只串了一夜，姑娘就在这夜怀了孕。这事传到了父亲的耳里，父亲非常生气，派大臣进行调查。他

---

① 寄名以地名赋予。

说:"是哪一家的大臣,好大胆子,这等侮辱我。"大臣们调查了很久,都得不到结果,父亲又审问姑娘,姑娘也不知是哪个小伙子,说不出是谁来。父亲对此非常不满,决定把姑娘赶走,姑娘的妈妈舍不得小姐,便说:"你要把姑娘赶走,我也得和姑娘一起走。"后来扎了竹筏,派一百童男,一百童女,带各种种子和粮食,跟她母女俩乘着竹筏,顺流而下,流了很远,到了一个小岛住下。

小岛是妖王住的地方。晚上,妖怪就把两百童男童女吃光,只剩下母女俩(因为她们身带火性,妖不敢接近)。母女俩继续往下流去。

有一天,他们到了勐拉札西。就在那天,拉札西到河边洗澡,看见了她们,就用个树钩子把筏拖出,救出了她们。拉札西见姑娘长得特别漂亮就想娶姑娘为妻,就把姑娘和她妈带回宫殿,过了一久,姑娘生下了一个男孩叫召树林达。男孩一天天长大,拉札西送给他一把弓,一把宝剑,天天教他练武术。有一天,父亲对儿子说:"孩子,那是一棵芒果树,你别去吃,等熟了再吃。"第二天清早起来,孩子用弓将芒果一箭射下了很多,落了满地,他跪吃了一次。晚上,他回到家,父亲问他:"孩子,你知道是谁采了芒果?"他答道:"不知道。"并问父亲:"要是知道打下芒果来的人又怎么办呢?"父亲说:"没啥!"这件事也就过去了。

第二天,父亲又对儿子说:"孩子,从这里过去(指向西方),有一棵三槎木瓜果树,你千万别去动它,那果子人们吃第一槎,长生不老;吃了第二槎力量大无边;吃了第三槎有降服一切妖怪的本领。"孩子听到父亲的话,但没吭声。

第二天早晨,他又赶来背上弓,配上剑,寻着木瓜果走去,找到木瓜果树后,把三槎木瓜果都吃了。晚上,他又背着弓回家了。父亲问他:"你去动了那棵木瓜果没有?"又说:"孩子,以后再不能往前走,前面就是凶恶妖怪住的地方,你去了,他会把你吃掉的。"

第二天,孩子又带上了弓剑向着妖怪住的地方走去,到了那里,真的有一个妖怪出现在他眼前,妖怪浑身是毛,张牙舞爪地对他说:"我住在这地方，从来没有人来过，你是哪家的毛孩子，胆敢来到我这里，这真是送到我口中的美餐。"孩子一点不畏惧，对妖怪微微一笑。妖怪大吼一声："你笑什么？你马上就进我肚子了。"说着，边伸出手来捉孩子。孩子说："你别动，你有什么了不起的，来我俩比比本领看，要是我输给你就让你吃吧！"妖怪说："你算得了什么，来吧！"他俩腾空而起，打起来了。打了半边，孩子抓住妖怪的肩头，往下一按，妖怪就插进土里，直插到半腰。孩子对妖怪说："你输了吧！"妖怪不服输地说："我不投降你。"孩子又把妖怪一按，土直埋到妖怪的胸部。孩子又问妖怪："你这回输了吧？"妖怪使尽了全身力也挣扎不出来，最后说："我死也不投降你！"孩子又把妖怪一按，妖怪完全埋在土里边去了。孩子战胜了妖怪，高高兴兴地走回家来。

妖怪从土下挣出来，变成一只猛虎，堵在路上，等着吃这孩子。

孩子的妈妈在宫里，几天不见孩子回来，非常焦急，独自走出来找召树林达。

树林达的父亲在家里用宝石一照，看见妖怪变成老虎在路上等着孩子。就吹口动变成火来赶走老虎，老虎被赶到河边。树林达的妈妈因为口渴到河边来喝水，就被老虎看见了。老虎想："你就是树林达的妈妈，太好了！"它扑过去吃。于是将树林达的妈妈抬到沙滩上，但是树林达的妈妈身带火性，老虎吃不成。老虎走开以后，有一艘商船从河里开来，看见树林达的妈妈在沙滩上，船上的人就将她抬到船上，准备带去做他们的妻子。因为树林达的妈妈身带火性，不能同床，商人们决定把她拿出去卖。

有一天商船到了勐怕懂，他们就将小姐出卖给召勐叭茞，召勐叭茞买下小姐以后，第一天晚上和小姐同床，小姐全身发热，不能接近。他就想："小姐不能同床，就让小姐睡在高床，我睡在低床。"于是搭床，还是不能接近。

三想听到女儿的消息，就写信来给召勐叭茞说："如果我的女儿在你们这里的话，该你们赶快把她送回来。"召勐叭茞接到信后，就将小姐送还召三想。

小姐回到父亲那里，三想就将王位让给女儿，从此小姐就当了土司。小姐想念孩子树林达，就对父亲说："我孩子还在外面，我要去找他。"于是她带着人，扎筏去找儿子。他们顺水而下，又回到了老虎抬她的那个沙滩。

树林达因为没有找到母亲，他到河边去洗澡，被龙王的姑娘闻到他的香味，就把他拉到龙宫里去了，先把他带到花园里。第二天，宫女来采花送国王的时候，看见他睡在那里，就跑回去告诉龙王，龙王就派大臣来把树林达接进宫里去。龙王问他的姓名、住址和父母。树林达将自己的情况告诉了龙王以后，龙王知道他是召勐的儿子，就想试试他的知识的多少，问他："有一件礼物（黑宝石）放在小神桌上，小神桌倒了，宝石掉下，哪里去了？"树林达说："你们要我答这个问题，像现在这样站着是答不出来的，你们必须给我搭一个软席位，我才能答。"龙王叫大臣给他搭了软席位。他坐在软席位后说："第一件问题就是这样了，黑宝石就好比一个黑心的人，一旦走运他命就短了，所以就找不到他了。白宝石它好比一个善良的人，为人做好事，他寿命就很长。"两个问题答了以后，龙王了解他的知识非常渊博，就把他接为女婿。三个月以后，他想念起人间的妈妈、爸爸、阿婆，就向龙王要求回家看望。龙王同意回来，并送给他一个能够照射千里的宝石。龙王、大臣、小姐亲自送别他。

他出了水南，用宝石照射出去，看见妈妈和很多人在沙滩上，但没有和妈妈会见，直接找阿婆去了。

阿婆和爸爸看见他以后，就问："孩子，你到哪里去了？这多日子都不见，我们以为你死了。"又问："妈妈去找你，你没有碰见吗？"他说："我看见了，妈妈还在那个沙滩上。"爸爸送他一个宝石，他向爸爸和阿婆告别，找妈妈去了。他去到沙滩附近，他吹了个口功，跟他妈妈去的人都变成了些石头。后来树林达把他妈妈领到阿婆家，生活了一段时间，他爸爸就死了，爸爸死后就由捧玛和浔我（捧玛是树林达从龙王那里回来碰上的，他们两人交战，结果捧玛战败，于是就愿意做他的用人一辈子，树林达把身上的弓交给了捧玛。树林达带着捧玛来到路上，又碰着浔我和树林达交起战来，结果浔我也战败，也同样愿意跟树林达一辈子）把树林达和他妈妈、阿婆一起带到三想去了。捧玛和浔我把树林达他们要回来的消息告诉了召三想，召三想得知后，就召集了所有大臣宰相到路上扎起了公棚等他们母女几个。树林达他们到了公棚以后，接了祖宗，就告诉三想，祖宗啊，你老人家先走，我们后面跟来。后来三想就回宫里去了，三想走后，叭英就降下一只红牙大白象，叫树林达骑着到三想那里去。树林达回到三想那里以后，三想就把国家大权交给树林达。他掌握国家大权以后，国家事务负责起来，以后他就认识和爱上了召勐沙借浔南苏林达。南苏林达有只鸟，叫机列休①，这只鸟每天都到森林里给小姐采鲜花，后来召树林达为了了解小姐的修养程度和知识，就写了一首诗，带在树林达的鸟（撵达先）身上，信文如下：

  亲爱的桂花小姐啊！

  人们说有一个地方，住着一个土司，

  他用象牙骨头做成了宫殿，它的外表是用皮色起来的，

  柱子、大棵都是用骨头斗起来的，

  里面还用千百根绳子系起来的，

  人们走起路来这座宫殿就动荡起来，

  九个玻璃分别开合，

  城外还有四大敌人时常来侵犯，

  城里还有四大敌人在摧残我们丧志，

  这四大敌人有塔你、废②匹、干马、达辽。

  这座宫殿有两棵柱子并排列，

  脊棵还有白旗子镶起，

  大门里还有镶着三十三颗白宝石，大门不断地开合，

---

① 即绿翠鸟。

② 废："火"之意。

入口处有三条路，

请小姐猜猜吧！

树林达的小鸟带着这封信和南苏林达的小鸟，一齐飞到南苏林达那里去，接见了南苏林达，南苏林达将召树林达的信拆开看了以后，有给树林达写了一封复信，她说：

这座城就是指我们的人体，

象牙骨头做的橡子脊梁就是人的脊椎骨和肋骨，

九个窗子就是人的七窍，

四大敌人就是水、火、土、风，

武士就是人体内的细胞，

大门就是嘴，三十二颗宝石就是牙齿，

三条路就是食管、气管、鼻管，

脊梁上的白旗子就是老人的白头发，

两根柱子，就是人的两条腿。

亲爱的阿哥呀，小妹的看法就是这样，

不知阿哥有何高见。

南苏林达将信系在召树林达的小鸟上，召树林达接到南苏林达的信后，就派浔我带了很多珍贵的礼品，去向南苏林达求婚。浔我到了那里以后，小姐的父亲已经同意了，但是小姐的父亲对浔我说："现在我倒是同意了，不过我们勐的大权已经交给我的儿子商憨去了。"浔我后来去接近了商憨，将来意告诉了商憨后，商憨就对浔我说："你们这小小的国家，同时你们的召勐还是一个没有父亲的人，怎么敢来向我们大国求亲，真是乌鸦想吃天鹅肉了。"

浔我听了这些话后，感到非常不满，就说："我们国家并不比你们小，珍珠玛瑙也应有尽有，我们国家的势力也并不像你们所说的那样衰弱。"接着就提起拳头捶在他们桌面上，接着就腾云驾雾，上天动手起来，两个眼球就好像两个火球似的闪闪发光，在下面的人吓昏不少。最后他带着人回到三想来了，将详细情况向召树林达报告以后，树林达听后微微笑，没说什么。树林达去告诉他的老祖三想，三想听后，非常不满，就对树林达说："孩子，他们这般地侮辱我们，你不用武去和他们拼吗？"树林达说："咱们不该这样做，有事还得好好先商量下，在无奈的情况下，再用兵也不迟。"

后来树林达又派了捧玛和浔我去求亲。二人去了以后，答复和原来一样。他俩回到路上，捧玛向浔我说："咱们来了无收效，岂不伤了召树林达的心吗？无论如何总得想法将小姐带走。"他们就砍了两千段小木棒，念了咒语，两千段的小木棒都变成了猴子。一千个猴子去把小姐的一切家当搬来，一千个猴子就让它们守在小姐的房里。他们来到宿营地以后，小姐醒来了，说："这是怎么回事，你们把我搬来乐意的，可总得给我父母知道一下，连我父母也不得见一下，就把我接来了。如果你们真的要把我带走，那么，就得在明天早饭以前，让我和你们召树林达见面，否则我就要急死了。"捧玛和浔我听到这话，非常着急，因为从宿营地到三想要走七个月，明天早饭以前怎能见到召树林达？

他俩正在着急的时候，叭英就变成一个打猎的人来到他们宿营地，他们就问猎人："你是从哪里来的？现在要到哪里去？"猎人说："我是三想的人，现在出来打猎。"捧玛他们又问："你什么时候要回去？"猎人说："我今天还要赶回家吃早饭呢！"捧玛说："那太好了，我想托你带封信给召树林达好吗？并请你转告召树林达，小姐已被我们接来啦！小姐说，'如果想见我的话，明早早饭以前要赶来，否则就气死了。'"猎人到家将情况转告给召树林达以后，树林达就腾云驾雾地来到了宿营地，见到了小姐南苏林达。第二天，召树林达带着小姐回三想去了，捧玛和浔我往后才来。

且说商憨的妹妹被偷走，还不知道，第二天老等不见妹妹起床，就派些大臣去看，一打开小姐的门，只见一百多个猴子涌上来抓打他，他说："糟啦！小姐被猴子吃了，赶快打。"说也奇怪，猴子愈打愈多，打一个成两个，打四个成八个。他们没办法就丢下那幢房子不管了。召商憨说："要是说是猴子吃了，怎么小姐的一切东西都不在了。"召商憨就派一个大臣装成一个大佛爷到处周游要饭，打听小姐的下落。大佛爷到勐三想要饭的时候，南苏林达看见佛爷来要饭，她就拿着饭盒出来赊饭。大佛爷看准小姐后，就跑回来，就把小姐的下落，报告了召商憨。召商憨知道妹妹是被召树林达抢走以后，就调集了十八亿兵马，准备向召树林达交战。召树林达听到召商憨要向他挑战，也召集十二亿兵马，准备向树林达交战。

交战日期到了，召商憨到交战区等着召树林达，树林达带着兵马，骑着红牙白象向战场前进。走进了战场召商憨问："哪一个是召树林达？"召树林达的部下说："骑着红牙白象的就是我们的召树林达。"召商憨骑着大象走近了树林达，商憨的大象刚走到树林达大象面前，就"吧嗒"跪下不起来了。商憨用小锄头勾自己的大象的头也不起来。商憨从象身上跳下来，腾空而上，向树林达喊道："是英雄好汉的就到空中来交战吧！"树林达看了看商憨，对捧玛和浔我说："你们上去把太阳给我遮起来，我才好收拾他。"捧玛和浔我遵照树林达的话，飞上天空把太阳遮住了。这时天空地下，一团漆黑。树林达就腾上天空，抓住商憨的脖子，向头上揍了几拳，把他扔到地面来。这时地面的兵，商憨的兵已打死了八亿，树林达的兵死了两亿。商憨看到形势不对，就向树林达提出停战协议："我们这样交战下去，人死伤太大，我们还是讲和吧！我愿意朝贡你金银财宝。"停战回去以后，商憨因溃败羞耻而气死了。

商憨死后，兵荒马乱的日子就停歇下来了。从今以后，召树林达和南苏林达平安地过了一辈子。

百鸟衣

讲述者：佚名
记录者：卢自发、雷波
翻译者：岩峰
搜集地点：云南省西双版纳傣族自治州勐海县勐混镇

很久以前有两兄弟，生活很困难。大哥是个贪婪的家伙，弟弟则是个勤快的人，天天帮人家放牛，换来饭养活年迈的父亲。

有一天弟弟放牛时，遇着一个卜卦的摩古拉。摩古拉就指着森林里的一棵大树说："这是一块宝地，如果哪个死了能葬在这里，他的后代就一定要发财，会得到很多金银。"弟弟回来把这事告诉哥哥，哥哥就把父亲活活拖去埋了，可是家里还是一样穷，这个哥哥就这样饿死了，只有弟弟天天为人家放牛，也天天去林中哭父亲。

有一天埋父亲的大树下出现了一个很大的洞。他顺洞走进去，遇着一个很美的姑娘，这姑娘也很喜欢他，两人相爱终于成婚，就在这个洞的世界里过着幸福生活。

过了一久，他们想念人间了，就出外面来玩，正好遇国王到山上来打猎，就问："你这样一个普通百娃，为什么要娶这样一个美丽的姑娘？这是我做有钱人才可能要的。"就派士兵抢走了这个结娘。穷人也没有什么办法，姑娘安慰他："你不要悲伤，你在森林里找一百种鸟的羽毛，做成一件衣服穿着来宫里见我，那时就有办法了。"过了一久，这青年果然穿着百鸟服，走进宫廷，说要见国王，国王召见了他，问他："你是来干什么？"他说："我是来找我的妻子。"国王说："哪个是妻子？"穷人说："你旁边那个。"国王大怒。妻子说："国王，你的衣服不好看，你只要能降低身价，穿上那穷人的衣服，我可以嫁给你！"国王说："只要你嫁给我，没有什么关系。"国王穿上那百鸟服，穷人穿上国王服，走上宝座，命令周围士兵将国王拿去杀掉。从此，他们生活在宫里了。

岩作

讲述者：佚名
记录者：李仙
翻译者：刀孝忠
搜集地点：云南省西双版纳傣族自治州勐海县勐遮镇

岩作有父母亲，生活极为困难，什么都没有，就仅有一只瘦骡子，他们一家三口人被国王虐待得实在活不下去了，聪明的岩作出了个主意说："我要想法去讨出国王的盒子。"父母说："我们的儿呀，你有什么办法呵？"

有一天，岩作从很远很远跑得满头大汗，假装惊慌失措跑到皇宫门，碰上国王，岩作叫喊："国王，救命！"国王问："有什么事？"岩作说："我母不愿与国王为奴，我劝她不听，母子争吵起来，我将母打伤，父追赶来要杀我，现在我肚饿得难耐，请你给我一团糯米饭，吃了好继续逃跑。"国王点头说："去请皇后拿给你。"岩作匆忙跑向皇后说："国王请你拿给我。"皇后以为是国王叫拿金子给岩作，仍有点不放心，忙问国王是不是拿给他？国王又认为是妻子问的是糯米饭，又点头说："对，拿给他。"皇后就拿了廿多斤金子给岩作，岩作扛着金子，急忙回家，将其取金子的经过告诉父母，父亲说："我们得想个办法离开这里，不然国王发觉妻子拿错了金子给你，会追赶来的。"一家人拖上那只骡子，驮着金子就离开这个地方。一路上卖了一部分金子，买了吃食，将骡子喂得好好的，几天以后骡子长大了、长肥了。

国王回宫，发现金子被岩作拿走了，发动大臣和百姓追赶不及。岩作一家人逃到了另一个地方，请一国王给予住宿。国王答应让他们住在楼底下。岩作用金子剪碎拌糠给骡子吃，第二天将骡子的大便拿去用水淘，淘出了几刃金子，摆在骡面前，母子假装大声八气地吵架，国王听到了下楼来问："你们吵什么？"母说："这只骡子每天是屙好多斤金子，今天只屙这小一点点，将它拉去杀了。"国王一听骡会屙金子，好极了，劝说："卖给我。"岩作说："我们是想杀了骡，买一只好马，卖骡给你是不想的。"国王又说："行吧，你要马我有的是，不仅给你一只，给你五只，你将骡换给我。"于是从现在起岩作又有五只马了，接着他们一家人骑着马，背着国王晚上走，一个晚上就到了一个离国王家很远很远的地方。他们在那里盖起了房子安了家。

岩作娶了一个很漂亮的妻子。

国王换回骡去以后，每天都将骡粪拿去用水淘，一天也淘不出金子来，国王大怒，骑上马追岩作，找了很多时候，终于找到了岩作的家。

第二天，岩作就知道国王找他来的消息，那天就叫妻子说："你躲在帐里不用出来。"叫他母亲坐在火塘边，国王马蹄声来到了，拴马于门外，走上楼头，碰到岩作手拿砍刀急急忙忙往下走，国王拦他说："你要到哪里？等我给你商量个事。"岩作说："我有工作要干，过了今天的日子就不行了。"国王说一下就谈完了。岩作说："你给我妻子暂时去谈。"边说边走了。国王只好进到屋里去。

岩作拿着一条削得滑滑的粗棒棒跑上楼，国王问："你削这棒棒干什么？"岩作说："这棒棒用处大得很，只用它一打，老的能变少，生得丑的能变好。"说着一把将妻子推进帐子，用棒捶被子，妻子惨叫，打了一阵，岩作拖出自己美丽的妻子，说："国王你看怎么样。"国王见了美女，简直如痴如果，央求岩作将棒卖给他，岩作不肯，说："以后再做不成这样的棒了，要是给与国王，那我的妻老了就再不能变年轻了。"国王真是想要极了，说："岩作，你要我给你什么都行，只要卖给我棒，我妻子能够变年轻美丽。"岩作："不行，怎么也不能将棒卖给你。"国王几乎想磕头，说："我那妻子已经是老得难看了，你卖给我棒去将她打得变年轻吧。"岩作说："既然国王这样地恳求，那就送给你棒吧。"国王高兴得忘了追问骡子的事情，拿着木棒，奔跑回家，不声不响地将妻推进帐子，用棒痛打，妻子痛得死去活来。妻子痛极了晕死在床上，国王用被子给她好好盖上，怀着喜悦的心情，抱着极大的希望，等着一会妻子醒来了变成年轻美丽的少妇。等了半天，妻子都不见出来，国王进去掀开被子一看，妻子已变成冰凉的死尸，国王气得太厉害了，闭住了气也死去了，岩作享受了国王的家产，在那里开荒生产度日。

岩哥桑

讲述者：佚名
记录者：雷波
翻译者：岩峰
搜集地点：西双版纳傣族自治州勐海县勐遮镇

从前有一个穷苦儿，名字叫岩哥桑。他和姐姐住在一个竹棚里，从小没有了爹娘。

每当他出去跟小伙伴玩，发生争吵，打起架来，总是把别人被打伤，因为他的力气太大了，脚来手挡，打得别人死去活来，一天天来告他姐姐，叫他姐姐来医治，医来医去，姐姐都医不起了，只好把他选去富翁家当长工。这富翁家也有一个同他年纪差不多的少爷，他俩就一齐去打架了。被打的人天天来告富翁，富翁不得不把他送给土司当头人去了。

土司家有个小姐，穷苦儿和她常来往，产生了一点感情。但土司不愿让他们相见，把女儿关到一个很富丽的高楼阁上去了，供有钱人来串她。有一天，富翁家那少爷来串她，被岩哥桑在楼下听见了。他就决定上楼去，一进门那少爷吓住了，加上岩哥桑大叫道："你为什么来串土司的姑娘？我要告你去！"少爷更怕了，忙哀求道："算了，算了，我俩是老友，你不要说，我送给你一顶毡帽好吗？"岩哥桑不答应，少爷又说把自己的裤子给他，把鞋、小银刀都给他。这时穷儿才答应不告他，少爷松了一口气，夹着尾巴逃跑了。

岩哥桑穿上少爷给的东西，上楼去和小姐说爱去了，小姐也爱上他，但担心被父亲知道不好，岩哥桑告诉她："我有办法，明天，你父亲要收我去放马，我把马拉来，你一骑上，我们就可以跑掉了。"

到了第二天，土司叫他去打酒，没要他去放马，岩哥桑也不管。独自到了街上，恰好碰上那少爷，岩哥桑硬要叫少爷跟他一齐喝酒。喝呀喝，喝得个稀烂，醉倒了，这时他乘机跑到富翁那里告状，他对富翁说："不得了，你的儿子去串土司的姑娘……"富翁忙叫他不要去说，他要什么给他什么，于是他得了一匹好马。他高兴极了，拍马挥鞭，来到了小姐身边，带上小姐，他们来到了茫茫的大森林。小姐仔细看看他，四顾山野，内心起了变化，总觉得自己配他不大合适。岩哥桑也不讲什么，只是拿起大刀，一下砍倒了十五棵野芭蕉，然后用石头压在蕉桩上。芭蕉树长得快，一下子就顶倒了石头。小姐看着一个个大石头从树上滑下来，吓坏了，以为这里尽是魔鬼，就赶忙去求他不要和她分开，永远在一起。岩哥桑不干，自己往树上爬，小姐忙拉住他的脚求他，他也不耐烦。小姐说了好多好话后他才下来，让她和好，一齐在大森林里住了一夜。第二天早起继续前进，天黑，来到一个寨子，他俩便在舍拉发①里住下。

寨子的人来看见，觉得奇怪：一个美如仙女，一个粗手野脚。这事传到土司那里。土司差人来调查，来者一见也共同认为："是啊，姑娘美如仙女，合做皇后嘛，那野小子怎能配她呢？"

土司决定派人去拿她回来，岩哥桑回来见妻子不见了，急得飞跑。来到山上，叭拉纳西问穷儿为何来此地，他说："我找千瓣莲花。"叭拉纳西说自己不知道，河头那个叭拉纳西才知道。来到河头，叭拉纳西告诉他："在

---

① 舍拉发：傣语，意为"公棚"。

西方有个大湖,每天有仙女来洗澡,你就把她们的衣服藏起来。"等了七天,仙女来了。岩哥桑藏起了她们的衣裳,还对她们说:"我是这里的主人啊!你为什么来这里,把我的莲花搞得乱七八糟,也不告诉我一声。"

他要求仙女交出千瓣莲花①才还她们。姊妹回去告诉父母,父亲知道,实际上岩哥桑是想要七弦弓,就叫六姊妹用这个宝去换回小妹。他回来住在叭拉西地方,叭拉纳西问他:"为什么不要千瓣莲花,弓有什么用处呢?"他回答:"哦,这是个宝。我弹第一根大的会来,弹七弦,七个都来了。"叭拉纳西说:"你弹给我听听。""咚咚咚"一弹,七个都来了,叭拉纳西一见动静,要求穷儿给他一根,他不干,叭拉纳西说:"我有一个小包包会偷东西,我换给你。"他同意了。

来到另一个地方,想起仙女不在一个,就叫包包去偷,一下子就偷回来了。第二天叭拉纳西说弦不见了,再给一股,于是又用一条会捆人的线、会打人的棍,两次换回弦。实际上是一股弦,但是第二天又被偷走了。岩哥桑逍遥自在地带着三个宝、七根弦,走回舍拉发弹起七弦琴,七个仙女来到他身边,来往的人看见了,迷住了。这事又传到土司那里,土司又派头人来观察,来者看得发呆,回来说真的有这事。土司说:"他不是好人,抬来这么多漂亮姑娘,你派十个人去把他捆来。"十个人来到这里,岩哥桑叫绳子:"你去把他们捆起来。"放回一个告诉土司,问他:"为何这样欺人?"土司知道后,又派去廿个,也被全拴住了,头人又回来告诉土司,土司气了,打锣招来全勐人,自己亲自出马,骑着大象来。岩哥桑对宝说:"你们出去,能打的打,能拴的拴。"一下冲出去,土司被打死,兵马也不得收。

老人想:"这一定是个有福气的人,我们去把他请来当土司算了。"大家商量一下就到舍拉发去请他来做土司,他来了,和母子团圆,七仙女回天上去了,以后有事,只要一弹,她们都来帮助。

---

① 千瓣莲花:此处指七妹。

一百零一个疙瘩的故事

讲述者：佚名
记录者：李仙
翻译者：刀孝忠
搜集地点：云南省西双版纳傣族自治州勐海县

一个穷苦儿生长在冗大巴帕纳果，他长到四岁时母就死了，六岁时又死去父亲，剩下他一个孤儿，无法生活，只有四处流浪讨饭吃。衣服破了无线无布来补，就用藤子来拴，长此以往共拴有一百零一个疙瘩。他无房子住就住在路边公棚里。当地的土司要去赕佛，准备的佛礼很多，什么都有。土司的第七个姑娘，举着佛礼要去赕佛，整个地区的老百姓也都来了。当七公主见到了这个穷苦儿无吃无住，无依无靠时，便将佛礼全部送给穷苦儿。

老百姓一直往缅寺走，到了大佛爷面前百姓纷纷议论："今天土司赕佛的礼物很多又宝贵，只可惜现在都变成脏的黑的去了。"土司奇怪，便追问七公主，七公主说："被我送给一个穷孤儿去了。"土司大怒要迫使七公主与穷孤儿结婚，其女不愿，土司说："你不愿我就杀了你。"无可奈何，七公主只好同穷孤儿结了婚，婚后土司不要他们回家，他俩只得偏僻的地方，生活很困难，吃的也没有，无生产，又无田无地，无工具籽种。穷孤儿对妻说："你还是到你姐姐姐夫家借点生产工具、籽种回来。"

七公主真的就去了，她的六个姐姐凑了七筒谷种给她（每筒三斤），这时没有田地，六个姐姐叫她来自己的地上开荒，又借给他们牛、犁、耙去犁田。可是田里石头、树根很多，刚犁七转，犁碰到大石上，犁头坏了，想修理又无刀，他们急得哭了。难受了几天，他们就将犁、耙送还姐姐们。从这时起，再向姐姐们借东西是不可能了，土司又借给他俩一个风炉和一支铁柄，他们准备去烧风炉，可是没刀砍柴，就把周围的草堆起来烧，风箱一拉，石头就爆炸开来，田里的这石头一炸，闪起七八尺大的亮光。

穷孤儿怎样也盖不起宝石所闪起的光。拿着宝石他就回来了，把炉子、铁柄还给父亲悄悄地住着。过了几天妻子问他："现在我们什么工具都没有了，你又如何生产呢？"穷孤儿回答："我用炉子一烧田里的石头爆炸。"妻问："里面有没有什么东西？"穷孤儿说："有宝贵的东西在闪光。"妻子要求让她看看宝贵的东西，穷孤儿说："让我暂时保守着，慢慢给你看，你不用着急。"孤儿把他带回来的宝石藏于土洞一年多时间。一天，土司叫六个姑爷到勐章纳板去做生意，共出了四十二人，黄牛六百零九条，只有七姑爷（穷姑爷，是那个穷孤儿）留在家里，啥也不会做。土司骂他笨蛋，"你在家什么都不会干还是与你姐夫们去做生意好了。"七姑爷每天都用箩箩挑着牛粪与他姐夫们一起去做生意，姐夫又骂他："你到底挑些牛粪做什么？"每一住下，他的六个姐夫都去休息，煮饭吃，只有穷孤儿晒晒自己挑来的牛粪，在三十多天的日子里他都是这样做。他姐夫们一走了，他就又将牛厩的粪捡起来挑着，把已干了的烧去。

从冗大巴帕纳果共走了一月零几天到了勐章纳板，六个姐夫买到盐巴以后就要赶着驮牛回家了，并对穷孤儿说："你来到这里什么都不会，天天只见你捡牛粪，现在我们不管你了，你自己要干什么都可以，你不要再回冗大巴帕纳果了，我们回去后会告诉你的妻子，叫她重新嫁人。"

穷孤儿答应了，他一个人住在那里。一天他问群众这叫什么地方，群众告诉他叫勐章纳板，他一个人逛来逛去逛到一家做大生意的人家里，别人问他要到什么地方，穷孤儿便说："要去找有钱的那个生意人。"到时，他就与有钱的生意人说："今晚我求你让我与你住一夜。"有钱的生意人问他："你是哪里人，叫什么名字？"穷孤儿答："我叫一百零一个疙瘩，挑着牛粪来。"穷孤儿这一答，有钱的生意人非常看不起他，将穷孤儿安排在楼底下牛厩里睡。那天晚上，别人都看到有钱的生意人家里五光十色、闪闪发亮，感到很奇怪，认为是被火烧了。大伙都跑来看，什么都没有，便问那有钱的生意人,他说:"什么都没有。"大伙又问:"你昨日晚是否买回来什么东西?"有钱的生意人又说:"什么也没买,就只有一百零一个疙瘩的人来住在我家里。"人们觉得奇怪,更深入地问那穷苦儿:"你是哪里人,你来干什么?"穷苦儿说:"我是跟我姐夫们来做生意的,他们不要我回去。""你一定有什么东西。""我什么也没有。"老百姓说:"你一定会有的。"穷苦儿说:"好吧。你们一定要看我的东西,只要你们搭起七层的楼房,周围用绸布围好。"大家就动手搞,搭成楼后,穷苦儿走到屋中央拿出宝石,什么色都闪出来了,人们一看都晕倒了。有钱的生意人看到以后就要同穷苦儿买这宝石,给金子一百两、银子一百两、马一百匹、牛一百头……

宝石还未拿出来,有钱的生意人的眼球脱出来了,话也说不出来了。穷苦儿说:"好,你如真的要买这宝石,那么你再加上七层楼,周围同样加上绸子,一共十四层。"

有钱的生意人有两个儿子就把这事情告诉勐章纳板的王子。王子就把一个宝石盒子交给有钱的生意人的儿子,叫他们将宝石装在里抬着来,装好宝石后,穷孤儿和一百多个人都一起到勐章纳板国王那里去。有钱的生意人说:"你们把宝石打开让我看一下。"可是宝石还没拿出盒来,有钱的生意人的眼更是脱出得厉害。王子要求穷孤儿马上给他看宝石,穷苦儿说:"你不用急着,你想看,你就搭起一百层楼,周围用绸子围好。"王子召集了百姓帮他盖好了一百层楼,就将宝石拿到屋中间打开,金光闪闪什么颜色都有,非常好看。王子和他的头人们都无法估计宝石的价值,王子想将他的全部家产给穷苦儿买这个宝石,但是穷苦儿说:"我并不需要钱,若王子需要,我可将宝石送于你。"

一位年纪很大的、一共换过七个王子的大妈来了也无法估计,王子就与穷苦儿说,要将勐章纳板的土地、百姓、东西送一半给穷苦儿,感谢穷苦儿送给他的宝石,穷苦儿不敢要,王子和头人一定要送给他。有钱的生意人的儿子也抬着很多高贵的衣服给穷苦儿,穷苦儿说:"我不配穿你的这么好的衣服,等过些时候再说吧。"

勐章纳板的土地、百姓、牛、马……送给穷苦儿一半以后，他就在那里做起王子来了。

有钱的生意人的儿子将宝石拿去泼给他父亲，他父亲的眼球就回了原位，变得正常起来了。这一来勐章纳板王子又要将勐章纳板全部送给穷苦儿。

穷苦儿的六个姐夫回到冗大巴帕纳果就动员七公主另嫁人。穷苦儿当上王子后，给其妻写信，并计划修一路直通到妻子所住的地方。这样一来，冗大巴帕纳果的王子见到修路的人们就叫喊说："那当上王子的穷苦儿发动勐章纳板的百姓来攻打冗大巴帕纳果了。"一时弄得人心惶惶、兵荒马乱，土司（穷苦儿的岳父）慌忙之下一跑便跃进粪坑，被大粪埋到脖子。穷苦儿骑着大象领群众到了冗大巴帕纳果，看到了自己的爱人便将象跪下，让妻子爬上象来。去找岳父不见，又找姐姐、姐夫也不见，后来终于在粪坑里找到了岳父，救将起来洗去身上的大粪，他俩同样是以女婿岳父来敬奉。六个姐姐姐夫也找到了，将他们用来帮助人们打扫清洁。城里人听到这一消息，听到穷苦儿已经当上了王子，不再是过去的那个一百零一个疙瘩的穷苦儿时，都跑来看他，其岳父要将冗大巴帕纳果的王位让给穷苦儿来当。

从此穷苦儿就当上了两个地方的王子。他动员百姓赶七天七夜的摆，热热闹闹有啥都抬出来玩起来，赶摆后他就将冗大巴帕纳果百姓当自己的亲人，把勐章纳板的东西送给冗大巴帕纳果的百姓。

在这些年里贫困的百姓都得到他俩的救济。后来他俩生了一孩子名叫来大来西哈，他和妻子带上孩子回到勐章纳板，一直就住在这里。他的儿子长大后又结了婚，其父就把冗大巴帕纳果的王位交给自己的儿子当任，他自己就只当任勐章纳板的王子。

喃嘎西贺

讲述者：佚名
记录者：李仙
翻译者：刀孝忠
搜集地点：云南省西双版纳傣族自治州勐海县

勐达他拉他是召拉麻父亲的家手，拉麻有三个母亲。原先，她们都不会生孩子，父母年岁也大，很想有个孩子。这一念被野和尚知道了，有一天野和尚到寨子讨饭，二老就求野和尚能给他们有孩子。野和尚说："若是你们需要孩子，就去与天王要三个芭蕉到我这里来赎佛。"向天王要到芭蕉以后便去野和尚那里去赎佛，野和尚接受了他们的芭蕉，他们回到家以后每个妻子就生了一个小孩。其中有一个叫召拉麻。

每天野和尚出外要饭，回家来时，家里就被乌鸦闹得乱七八糟，弄得野和尚实在无法了，向拉麻父母要上一个孩子去替他看守家，拉麻父母认为孩子都还小最好是自己去，和尚说："你二老去不行，还是搞不下来，我看召拉麻福气很大，他去了还可以。"于是父母就让召拉麻到野和尚那里去住。每天有空时野和尚就教召拉麻射箭，并教导说："乌鸦来家里闹时，要打他的身子，不要射他的头。"野和尚出来寨子里要饭了，真的乌鸦又来了，拉麻一箭射中了乌鸦，整个山林都震动，乌鸦想飞跑但箭变成无数蜂阻住乌鸦的去路。乌鸦无法只有向拉麻求情让它回去，拉麻警告乌鸦："你们要想回去，以后不准再来了。"乌鸦向拉麻提出保证。拉麻与佛爷在了多年，佛爷教导他念经念咒，因此他懂得的武艺很多，福气很大，打战常胜。

衣兰坝有个王子年已二十万岁，他有一女儿十六岁，王子想与女儿结婚，女儿不同意，就撵她到山上与野和尚去住，每天帮野和尚做做家务，扶持野和尚。三年后女儿廿岁，有一天她与野和尚谈："我现在年岁不小了，很想有个儿子以后照顾一下我。"野和尚说:"你想有孩子,可以去扶养召拉麻那野和尚处,讨三个芒果来我这里赕佛。"王子的女儿真的去要回来三个芒果,两个用水洗得干干净净,另一个没有洗,涂着很多泥巴和脏东西。将三个芒果拿去赕佛,野和尚用手摸一摸王子女儿的肚子,摸了三次就有孕了,生下三个孩子:第一个是喃嘎,第二个是滚喃帕,第三个比亚沙。因为赕佛的芒果只先净两个,所以生的孩子也只有第一个和第二个秀俊聪明,第三个又憨又难看。

喃嘎问母亲:"我父亲是谁?住在什么地方?"母亲告他说:"我们的家是有的,你可以请波龙①讲讲这里情况,求他给房屋。"喃嘎到勐达他拉他去时,门有人守卫着,守卫者一看到喃嘎的美,发呆了,守卫者将喃嘎的求见报告于老大爹②,喃嘎进去了,见者都发了呆。喃嘎就向老大爹说了来意,老大爹同意他的要求,动员所有大臣百姓,敲锣打鼓要将喃嘎一家接回。去接时,野和尚说:"你们到这里来服侍我已多年了,现在你们要离开我,什么也没送你们的,想送给你们一件想有什么就会出什么的东西。"

野和尚送给喃嘎一把宝剑,喃嘎提出保证:"我有这宝剑,不仅在本地不怕神,不怕鬼,就连如来佛也不怕。"

野和尚告诉这宝剑不可战胜的只有如来佛和猴王。比亚沙就在野和尚面前说:"我什么都不想要,只想求佛爷赐予我有远见。"滚喃帕说:"我什么都不想要,只要睡觉,一觉睡好几天。"从此他们就离开野和尚回来了,喃嘎回来后便结婚,有妻两个,一个在龙王那边,一个在人间。在龙王那边的妻生下一子叫银达西达,人间那一妻生下一个叫骂兰改。那时小孩长大了,喃嘎就上了天,拜见天王叭英。天王有四个妻子:一个叫苏札纳,第二个叫苏塔麻,第三个叫苏西达,第四个叫苏电达。其中苏札纳最漂亮,叭英七天见苏札纳一次。当天叭英要见苏札纳,房门锁着,叭英念一咒语门就开了。

---

① 波龙:傣语,"大爹"之意。
② 老大爹:也就是野和尚一类的人。

喃嘎掌握了开门的这一技术，就去与苏札纳睡觉，苏札纳骂叭英不守信用，为什么不到七天又来睡觉了。叭英很奇怪，为什么会有第二个人同样开得开门进屋，叭英就教妻子说："以后要是若谁再来，你就在他背上擦上石灰。"真的喃嘎来了，苏札纳就用石灰擦在他的背上。叭英召集大臣和所有的百姓开会说："天气热，大家脱下衣服。"

叭英说："有人敢于进我妻的屋里去，我叫我妻用石灰擦在他背上，现在看看谁的背上有石灰。"大家一看，只见喃嘎背上真的有石灰，叭英便叫自己的妻子变成喃嘎的胎儿。于是喃嘎的老婆怀孕了，养下喃嘎西贺，非常美丽又聪明，比亚沙看到西贺，一推算就说："这人很老火①，长大不会是你的女儿，她将来会害你的。"喃嘎听其弟弟的话，便用木筏将妻子生下的女儿放在一个银盒里顺江流去。木筏流到一沙滩上，被沙埋得一千庹②深，被一野和尚看见银盒里有一美丽的姑娘。

勐三嘎沙地方的王子丢儿女，去求野和尚赐给他儿女，野和尚说："好，你需要儿女，我见沙滩上埋有一个，很漂亮，你叫人去把她挖出来带回家来做你的女儿。"从此王子捡回来的姑娘一天天长大，愈长愈漂亮，各处地方的王子见了都想争取为妻。于是一百零一个王子都来争夺，这几天全部王子都集中到勐三嘎沙来比武比财，争夺这姑娘，喃嘎也来了。谁能够拉开王子的弩弓，射出去，王子就将女儿送给他，一百零一个王子都拉不开箭，喃嘎拉是拉开了，但是放不出去，也无法娶到美女，心中很怄气。

有一天有个野和尚到寨中要饭，看到一百零一个王子正在拉弩弓比赛，野和尚听到王子说："对，谁拉开了弩弓，就将女儿送给谁。"野和尚就回去把在自己面下当预备和尚的召拉麻叫来参加赛拉弩弓。当时王子想："要是女儿送给这种人去，有些可惜，没有什么威力。"他这想法虽没有出口，但还是被野和尚知道了，便说："王子你不要这样想，召拉麻不是一般的人，

---

① 老火：云南方言，很难办。

② 一庹为五尺。

他父名大，威力高，这一百零一个王子都是属他之下的。"这一说使得王子奇怪又感到惭愧，王子就准召拉麻拉宝嘎，一拉，弩弓就射出去了。一百零一个王子看见召拉麻这么容易，又羡慕又嫉妒，王子就将女儿送给召拉麻，就当上了王子的姑爷。然后送他去拉弩弓的野和尚就去告诉召拉麻的父亲说："你的儿子已在勐三嘎沙地方当上了王子的女婿。"父亲听后动员大伙的人来接召拉麻回到达他拉他地方去。召拉麻未回家时父亲曾说过王位要让给另一妻子生的儿子——拉麻的哥哥。召拉麻接回来时，父来变了话，要将王位让给召拉麻。拉麻当时一方面想到自己还年少，还是让哥哥继承王位恰当，自己还是到山里去做做和尚好了，同时也不好意思与哥哥争王位。于是召拉麻带着自己的妻子和弟弟指哈纳到山里去当和尚，途中喃嘎就变一只金马鹿从召拉麻面前路过，召拉麻一枪打中马鹿的腿，鹿飞似的逃跑，召拉麻交给弟弟守着妻子，在途中等拉麻。召拉麻快追到鹿了，其弟好似听哥喊："弟弟，快来呀，帮我捉住马鹿。"弟就将嫂嫂交给地神看受，就追去捉马鹿去。召拉麻一见弟弟忙问："你为啥不看守嫂嫂？"弟回答："是你叫我来的嘛，嫂嫂已交给地神看守。"召拉麻说："地神什么都不懂，他会看守什么。"地神听到召拉麻这样的话生气了，喃嘎由天上飞来要抱走召拉麻的妻，但抱不动，拉不走，地神就放开了拉麻的妻，喃嘎抱着她飞上天去了。

　　召拉麻将金马鹿追到山中不见了，转回去妻子也不见了，问弟弟："你嫂嫂呢？"弟弟说："交在地神这里不见了。"喃嘎将拉麻的妻带到家以后，晚上就想设法和她靠近，但不可能，因喃嘎是到天上欺骗过天王的第一个妻子的人，也已经犯下了罪，因而他抱来的女人热得像一堆火，热得简直不能靠近。喃嘎就想法叫一万个女魔鬼守住这女人说教，向这女人说："我们都是属喃嘎爱的，望你能让喃嘎安逸地接近你，不然我们就吃了你。"女人还是不服，仍然发出高热，使得喃嘎累次想靠近不能。无法，喃嘎将女人拿到花园中，现盖一所房子给她，晚上喃嘎从家中去，还是接近不了那女人。

召拉麻追金马鹿不见妻,兄弟二人连找了七天七夜,还是找不到。晚上天黑了,就在一棵大树下休息,兄弟二人换替靠着睡。蚊子有麻雀大,叮得兄弟二人真是受不了,哥哥想打蚊子,又怕惊醒了弟弟,弟弟在哥哥睡时,想打蚊子又怕惊醒了哥哥。有一猴子①在树上看见这种情况,心想他们二人为什么这样相亲相爱,连打蚊子也怕惊醒了自己的兄弟,猴子想着想着就哭起来了,猴泪掉在召拉麻兄弟二人头上。召拉麻大骂混蛋,"你为什么在树上?尿在我们头上?"猴子说:"并不是尿,而是我的眼泪,因为我看到你们的亲爱,我回想起我毒恶的哥哥将我撵。"召拉麻说:"你到底有什么你下来说。"猴子说:"我有妻,也有地方上的人,我哥撵我是因为一次我们兄弟二人去打宝角水牛。牛在龙洞中,我哥哥要进洞去赶牛时,告诉我们在洞外的人说,'若流出红的水时便是人血,你们就用石头堵住洞口,看流出黑的就是宝刀杀死了宝角牛。'不料牛血流到洞外变成了粉红色的水,外边的人一看,认为一定是人血,便用大石堵住洞口,人都走光了。我哥哥杀了宝角牛以后要出洞,推石推不动又砍下牛角来敲石,总算打开出来了。哥哥出洞后痛骂我,说'我进洞时也告诉过你的',说我想继承他的王位,霸占嫂嫂而故意将洞堵起,骂我不配为他的弟弟,将我撵出来了。"

猴子与召拉麻兄弟二人说:"如果你们能帮助我,那么我们是可以配合的。"召拉麻也将他们兄弟二人追金马鹿找妻的过程告诉猴子,猴子说:"我看到了,是被喃嘎偷走的。"召拉麻二人答应帮助猴子,就随着猴子到猴子的住地勐底沙。召拉麻兄弟二人就在途中等猴子,猴子就咒骂他的哥哥,他哥哥一听到是骂他,又回骂:"你这家伙还不服。"便一飞而过,与弟弟打起架来,一时哥哥胜,一时弟弟又胜。召拉麻们在一旁看着,要打猴子的哥哥又怕打不准反伤了嘎林,只有站在一旁。猴子兄弟两人气都打脱了,才放了手,戞林跑来骂召拉麻说:"打架打得累极了,你两兄弟也不去帮助。"召拉麻就说:"你兄弟都是猴子,打起架来分别不清谁是谁,怕误打了你,

---

① 猴子:戞林。

最好下次打时你用石灰做记号，去吧，再打一次。"于是又打起了，打得非常激烈，召拉麻这时也不对准谁射箭，将箭射于中间空隙，要是谁有罪谁就会被箭所打中。召拉麻念过天王后就发箭，打着戛林的哥哥。他转来骂召拉麻："你怎么吃了戛林的钱就来打我？我与你无冤无仇。"召拉麻说："因为你弟弟帮我找妻子。"戛林的哥哥说："你不用急，你只要将的我箭伤医好，我就帮你找回妻子。"召拉麻说："不行，你是有罪的。"猴子的哥哥说："好，你不医我，那么我死后将我儿子送给你，他会帮你的忙的。"这事传入勐底沙时，大臣百姓来将召拉麻接到勐底沙当国王。

与召拉麻同去的几个有名有威望的有戛林、阿龙勐、阿龙筏、冀底、拿嘎，这些就是召拉麻的得力助手。去到大洋看岸很宽，那里的猴子有几百亿，岸宽江水急，歇下搭桥，每次都是搭到中间就断了。人们怀疑海底有什么，谁能下去摸一摸情况，阿龙筏就到海底去摸到一大螃蟹，就是他在下面翻起大石弄垮桥的。

拿嘎说："我进去摸摸看，我将尾巴变成一千庹，拖在海面上，我进去抓住螃蟹的大刀便摇摇尾巴，你们就坠我的尾巴拖我出海面。"拿嘎进去，真的拿到螃蟹的大刀，外面的人把他拖出，把一把大刀拿来做成大鼓[①]放在天王那边，另一把大刀同样做成鼓与召拉麻在一起，为了保护召拉麻而用。继续搭桥不成，大家商量说："谁先过去看看拉麻的妻是否在那里？"阿龙勐说："我去。"召拉麻摸阿龙勐三次，增加了龙勐的威力，便一跃而过，召拉麻怕他路上没有吃的，一路上又变成小鸟和果树，结了很多果实供阿龙勐吃。阿龙勐一见这情况，怀疑是魔鬼搞的，仍飞回江那边，四处看，看见一山林中有一个野佛爷，便去问："勐喃嘎在哪里。"野佛爷问："你为什么来的？"阿龙勐把来的原因告诉野佛爷，野佛爷让他住下，天亮了野佛爷叫他在家，野佛爷去讨饭："我出去了，你不要去看屋那边的塘子。"当野佛爷走出去时，阿龙勐猜想：是不是野佛爷埋有宝物在那里，要去看一看才是。一

---

① 大鼓：傣语叫"给荷采纳麻尼"。

看，一只蚂蚁咬住阿龙勐的头顶，猴子绕树三转跃上树，而蚂蚁的脚仍站在水塘里，猴子只好回来到塘边，蚂蚁还是叮着他不放。野和尚回来了猴子求野和尚给他解决，野和尚说："我给你一宝物就在你口上，只要你吐口水，一打蚂蚁就放你了。"猴子真的照办，蚂蚁放掉了。

猴子要走了，野和尚指给他方向，他按指示走去，见到另一个野和尚住的地方，这和尚正在煮着三个石头要吃，猴见了便问喃嘎的去路，野佛爷说："你要去就吃了饭后再去。"野佛爷拿出煮的三个石头，他自己吃一个就饱了，将其他两个给猴子吃，猴子一气就吃完了，肚子胀得难受得直叫喊，野佛爷骂道："你这猴儿怎能全部吃了，别人是吃不了就留下分几顿吃。"

野佛爷说："解决你肚胀的办法，就是将肚里装不下的食物放在脖子下。"所以至今猴子脖子下都藏有食物的。野佛爷指给猴子到喃嘎的方向，去找召拉麻的妻子。他在野佛爷的帮助下，威力更大了，一飞就到了喃嘎地方。一跳而下，手抓住菩提树，轻轻一下就连树根也拔起来了，上了天，猴子说："啊呀，我的威力太大了，飞上天去下不来了，怎么办呢？"野佛爷教他："你要下来，只要将你身上的那块布盖了头，减低威力就可下来。"

猴子照办真的飞下来了，变成一小飞虫，飞进喃嘎的家，可是见不到召拉麻的妻子。猴子跳到花园里，变成一小花虫，看见召拉麻的妻是在花园里。这里只有一幢很漂亮的屋子，周围有无数的魔鬼守着召拉麻妻[①]，魔鬼不停地教西贺应该让喃嘎靠近她，小花虫听到了。

喃嘎晚上去了，还是不能接近西贺，这时猴子将菩提树枝拿下一根打退魔鬼，打通了魔鬼的头，魔鬼四处逃跑，死了的堆得像山，活着的跑去告诉国王，国王派几十万人来打猴子。猴子在菩提树下躲着，人走近他了，他又拿起菩提树枝狠打魔鬼。国王叫人们继续前进，猴子想："我虽一个，但他们要打胜我是万万不能的。"于是他故意装着弱而无力被人们捉住，人们

---

① 此处指西贺。

真的捉住他了，就将他带到喃嘎城里，大臣们想把他打死或丢进大海，再就是用碓舂死他，可是怎么也弄不死他，碓一下去又抬起来了，丢进海里去他又会挂在空中。最后用风箱来开着火，一大堆木料火势很大，将猴塞进去，他又变成一小动物躲在风箱里边，人们用木器到炉中抓。

猴子从箱中跳出来拿下耳上的棒，变大变长，大声一喊："你们干什么？"大闹一场，大打了一场，他又将棒变小收起来。大家又用布泡油捆在猴子身上之后，背到离喃嘎城一千公里的路上，放火烧地，猴子一跳带着火跳进喃嘎的城里，火点燃了全城。他跳进大海身上火熄了，只有尾巴上的火怎么也不熄，猴子去求野佛爷，野佛爷叫他用自己的尿浇火也不熄，他又用屁股坐火才熄了，所以现在猴子尾巴长不出毛，是光的。

火熄后，他跳进花园找到了喃嘎西贺，说："我是帮助召拉麻来找你回去的。"喃嘎西贺不敢相信，并说："我不去了，我在敬佛哩，我是女，你是男，要是我同你去了，那就等于男女一合，是不对的。除我丈夫外，不近任何人的。"猴子拿出召拉麻的手镯，她还是不去，并告猴子："你回去告诉召拉麻，叫他救出我。"

猴子一跳，跳到海上看见桥快搭好了，他把事情告诉召拉麻，又说："勐喃嘎被我烧了，只要你们手挡住耳朵，就可以听到火烧声。"人们一试，真的听到了。

喃嘎梦见一只黑鹰和一只白鹰打架，结果是黑鹰被打死了。喃嘎忙叫三弟比亚沙来推算是什么事。一算便喊："兄呵！这是我们地方要发生战争了，白鹰是召拉麻，黑鹰就是你自己。"喃嘎急得骂弟弟："你怎么将兄当敌人来算？"气急之下，他把三弟捆起丢到海里，三弟顺水流，刚刚流到召拉麻们搭桥的地方。召拉麻和阿龙勐发现了，非常奇怪，就去把比亚沙打捞起来。比亚沙就告诉召拉麻："因我哥哥喃嘎做一梦，梦见一只黑鹰和一只白鹰打架，以我的推算是勐喃嘎要发生战争，而他所梦见的被战死了的黑鹰，就是他自己，不料我这一算，他说我把他当敌人算，便将我丢进海里而流到这里。"召拉麻听了之后，将好吃的东西全部拿给比亚沙，对他非常关心和爱护，像自己的亲弟弟一样，从此比亚沙就喜欢与召拉麻在一起，而不愿与喃嘎相处了。比亚沙住下以后，就将喃嘎的情况和秘密告知召拉麻，召拉麻得了这一情况，就带人马打进勐喃嘎。喃嘎有一儿子威力很大，能万变，把召拉麻这变的下雨，把银达西达那边变成风，那边是雨这边就是风。

喃嘎得力的人都被召拉麻打死了，喃嘎的另一个儿子到勐达嘎西纳学咒语还未回来，现在只剩下二弟，跑去叫二弟滚拿帕，他正在睡觉，怎么也叫不醒他，就将五十多斤辣子进他鼻子中，用火引着，滚拿帕一个喷嚏打死了几个人，便醒了并说："我才刚刚睡下你们又整我了。"人们说："你已经睡了几天了，我们地方上已发生了战争，很多人马被打死，你哥哥儿乎也被打死了。"滚拿帕想找点东西吃完再去出战，人们叫他不用吃了，去到战场上什么都有吃的，千万只猴子在等着去吃。滚拿帕一到战场上一次抓住一万只猴子塞进嘴，猴子有的从嘴里出来，有的从耳里出来，有的从眼里出来；又去抓一万只喂进嘴刚要咬，又从口、眼、耳、鼻跑出来了。滚拿帕生气了，想用矛戳死它们，矛起锈了，他拿去海边磨，把海水都变成了红的。海水流下去，召拉麻一见很怀疑就问："今天海水怎么是红的？"别人说："是喃嘎的弟弟在磨矛，他准备要来打战的，他的弟弟很有威力，如果我们不马上想法解决，就要吃亏的。"召拉麻问："想什么法解决呢？"有人说滚拿帕只要吐几口痰，他的威力就会减弱。召拉麻叫戛林变成死狗生蛆，叫猴子舒嘎变乌鸦把死狗含去丢在海里，顺流到滚拿帕面前，他闻到臭味便不住地吐痰，便削弱了他的威力，死狗又变成戛林回来了。

滚拿帕的矛磨好了，一下就夺着召拉麻的脚，贴在脚上，下边生根，上边发叶成树，召拉麻无法，急得发慌，来了一个摩雅[①]。拿戛力大，摩雅叫拿戛跑到山坡拿草药，拿戛跑到了山上。

拿戛走时摩雅告诉他："你去拿草时，嘴里要叫着那药的名字——雪王

---

① 医生。

巴达。"拿戛在前边叫后边答应，在后边叫前边答应，叫去叫来，一山都叫乱了，快要天亮了，他还没有找到药，只好一次将山全抱起，一跳就到摩雅面前，拿戛不敢把山放在地下，摩雅也不敢接下，后来摩雅将药取了忙叫拿戛将山抱回原土地上去。

摩雅用药一擦召拉麻，脚上的矛就拿出来了，伤口也就好了，滚拿帕却去骗喃嘎说："召拉麻和他带领的全部人马，都被我消灭了。"第二天召拉麻的人马攻进勐喃嘎，喃嘎生气了骂滚拿帕："你为什么骗我？说召拉麻全被你消灭？"喃嘎继续与召拉麻交战，每打一次，喃嘎的主力都要被消灭。可是喃嘎还骗西贺说："你的丈夫召拉麻已经被我打死了。"滚拿帕被打死在地上变成一个宽大的鱼塘，喃嘎这时已无主力了。有人告诉召拉麻说："要捉喃嘎不容易，要杀喃嘎也不容易，只有拿到他身上那两件宝物才行。"喃嘎的弟弟比亚沙就告诉召拉麻，喃嘎的一宝是"贡桑哉"，在天王那边，一宝是"哼香"①，在海底。召拉麻问："谁能够去取这两件宝物？"比亚沙说："只有阿龙勐才能去取，守着这二件宝物的是一个野和尚，要取宝物必须有证据。"比亚沙搞一证据给阿龙勐拿着去，阿龙勐装扮得完全与喃嘎一样，到天王那里去说："我是来取宝物的。"佛爷看了看比亚沙做的证据，信以为真，就把两件宝物都交给了阿龙勐。在打战中，召拉麻将哼香和贡桑哉两件宝举起给喃嘎看，喃嘎想设法求回宝物，便变成一条蛇，把召拉麻的人都搞麻木了，自己偷着召拉麻就走，准备把他煮死。水离锅的地方很远很远，约有一百约拿②。喃嘎叫魔鬼去挑水，魔鬼挑来倒进锅里马上又漏干了，再去挑来倒还是干的，挑尽了气力也等于零。

后来被麻木的人们醒来了，发觉召拉麻不见了，比亚沙一算，知道是哥哥喃嘎偷走。阿龙勐一跃从空中飞走，遇见魔鬼挑水，就跳在桶中，魔鬼将水倒下锅后，阿龙勐跳起来打死魔鬼，打坏大锅。喃嘎一切都完了，垂

---

① 宝盘。

② 一约拿到看穷尽为止。

头丧气无心再打战，便回家告诉爹妈，爹责备说："这都怪你自己，你为什么连亲弟弟比亚沙也撵出去？他在召拉麻那边，当然是一切情况都告诉人家了，这还有什么办法，只有投降了。"喃嘎不同意，并说："死也只是一次。"喃嘎一跃跳到天上，遮住太阳和太阳在一起，下面的人看不清哪个是太阳哪个是喃嘎，召拉麻射喃嘎的头也看不准，不敢动手。

阿龙勐变成马给召拉麻骑，戛林变马给拿黑纳①骑，比亚沙给拿黑纳箭，要他射喃嘎的头，召拉麻揣着盘子在半空准备接喃嘎的头。第一次打下喃嘎的帽子，第二次喃嘎又重新戴上一顶同样的帽子。第二天又继续射，拿黑纳一箭中了喃嘎的脑袋，头落在召拉麻的盘子里，召拉麻抬去丢进海里，海水马上就干了，从天上落下的血变成了蚊子、苍蝇、蚂蟥等吃人的小动物，头又变成一种傣语叫"吸子"的动物，它吃光了海中的动物。

喃嘎的头掉了，不可能再做什么事，群众没有办法了，就请比亚沙到勐喃嘎当国王。

比亚沙还未到勐喃嘎，喃嘎去学念咒的那儿子回来了，找父亲不见，哥哥也不见，问别的人这是怎么一回事，人们告诉他："我们地方发生战争，已打了十二年，你父兄都被打死，百姓变成奴隶。"喃嘎这儿子听后非常气愤，急忙报仇，准备与召拉麻和比亚沙大战。

召拉麻带领人马要回家来了，比亚沙送召拉麻回。喃嘎的儿子就在这时带领人马挡住了比亚沙的去路，召拉麻远远看到了就问："这是谁的人马？"比亚沙一算，说："是喃嘎的儿子，打战时他去学念咒语，未能参战，现在他带领人马要来与我们交战，这人威力很大。"召拉麻问："这怎么办呢？"比亚沙说："只有阿龙勐能够战胜他。"于是就派阿龙勐去交战。他们俩全身都是滑溜溜的，谁也抓不住谁，谁都不胜也不负，阿龙勐飞到山上去向煮三个石头吃的那个野和尚请教，野和尚告诉他："用水拌沙土，将它

---

① 拿黑纳：拉麻的弟弟。

抹在物上，再去抓他就可以打胜仗了。"阿龙勐照办，真的打败了喃嘎的儿子，将他撕扯成两块，一块丢朝东，一块丢朝西，但是马上又会合拢起来了。重新又打起来，阿龙勐又将他撕扯开来，不再丢掉，而将一块在上边用石头压起，另一部分藏在海底下，可是喃嘎的儿子的身体虽被撕成两半，而他的心脏却还在跳动，还能一收一缩地呼吸着，所以从那时起，海水都有起伏的波浪，那就是因为喃嘎的儿子的心脏在跳动的缘故。

召拉麻回到勐达他拉他接回来了妻子。妻子怀孕七月，有一天，召拉麻出外去了，妻子与家奴们到水边洗头，家奴说："听说喃嘎的威力很大，为什么还战不过召拉麻？"都要求西贺画喃嘎的模样给他们看，西贺不肯，并告诉她们说："画了像恐怕引来麻烦。"家奴还是再三要求，不画全身也能画一画头，让她们看一看，西贺还是不答应，家奴更是加倍要求，结果西贺就拿一个笋叶在上面画了喃嘎的头。这一画使得水里喃嘎儿子的神灵与喃嘎的精神接连起来了，笋叶画的头便贴着西贺不放，西贺怎么也甩不脱。

召拉麻回来了，西贺一丢将喃嘎头丢在床下，召拉麻进了房间，床上坐下，听得床下有话声说："你我都是王子，为什么你来坐在我头上？"召拉麻一看把画的头拿出来问妻："我经历多少艰苦流血，损失了多少财物，才救回了你，而你原来还这么留念着喃嘎。"西贺回答："不是我留念他，而是女奴们要我画给她们看。"她把其过程细细说给召拉麻，拉麻不信，就告诉弟弟说："你嫂嫂原来还怀有这么大的野心，你将她拉去杀掉。"那时杀人都是拉到杂坟地里用刀杀，弟弟拿黑纳听哥哥的话，将嫂拉去杀。举起刀往嫂嫂脖子上砍去，刀不入，就像砍在棉絮上一样，再砍也不入。这时天王变一些棉物裹住西贺的脖子，拿黑纳想："看来我嫂嫂福气是很大的，我最好还是请天王赐一小动物来替嫂嫂一死。"于是就有一只狗跳来黑纳面前，黑纳砍了狗拿着狗心去报哥哥说："嫂嫂已被我杀了。"其实他已叫嫂嫂跑进山林里去了。

召拉麻拿起弟弟交来的心一看："啊！原来妻子的心坏，怪不得她的心就像狗心一样。"

西贺逃到山中疯癫哭叫,天神知道了,变一条水牛从西贺前走过,西贺见牛快走到寨子了,跟在水牛后面走,走到一个野佛爷家,牛不见了。西贺见到了野佛爷把家情说之,拜野佛爷为干爹,野佛爷准许西贺住在自己家里。

三月左右,西贺生下了一男孩,野佛爷给名叫召罗麻,孩子生活得很好,一天天长大了。有一天,西贺出去寻食,把小孩放在家中,她出去了,碰上一群猴子带着小猴拖拖拉拉真是累赘,西贺便对猴说:"你们真笨,爬这么高的树还要带着小孩,要是掉下来那就死了。"大猴子回答说:"笨的正是你自己,你为什么出来都不带着自己的小孩。"西贺:"我已经交给野佛爷看守了。"猴子说:"野佛爷念起经来是什么都不管的,他怎能给你看孩子。"西贺听得忙返家看孩子,就背着孩子又出去了。

野佛爷念完经转回头看小孩不见了,他怕西贺回来找不到孩子着急,就用木头刻成西贺孩子,念念经以后就全像西贺自己的孩子,一点也看不出是木刻的,放在孩子原来睡的地方。西贺找到了食物背着孩子回家来了,野佛爷说:"姑娘,你的小孩放在家里不见了,我怕你着急,无法,只好用木头刻一个,你看,完全像你的孩子。"西贺打开一看,真的很像自己真的那个孩子,西贺急忙把孩子抱起来,忘记了背在身上的这个才是真的,她把背上背着的孩子放下来,让他两个生活在一起。他们长到了十二岁,野和尚天天领着他两个,在家里做弩箭筒、玩具给他们玩耍,两个小孩拿着弩箭出去,打到鸟就拿回来烧吃。一个力气很大的哈森玲里①也被他俩打了下来,野佛爷一看,认为这两个娃娃福气很大,野佛爷教他两个念咒语,使他们神通广大,真是天不怕地不怕。

召拉麻养着很多壮马,并用木牌刻了命令拴在马脖子,国王的马任何人也不准动,吃到谁的庄稼也不能打不能关。否则,当地的百姓必将受

---

① 一种鸟名。

连累。

　　一天，这群马去吃这两个小孩种的一块甘蔗，被他两个把马拉了关起来。召拉麻叫四个家奴去寻马，他们在两个孩子这里找到了马，他们命小孩子立即把马放了，小孩不放。家奴说了几句话，惹得小孩子生气了，把这几个家奴打死了两人，并对活着的两个家奴说："你们快回去拿着钱来赎马。"家奴气急了，捡几个石头说："这就是钱。"两个小孩生气了，又想打家奴，家奴跑回家去告诉召拉麻："我们已经找到马了，在两个小孩那里，他们打死了我们同去的两个伙伴，还要我们拿钱去赎马。"召拉麻一听，气愤极了，立刻吩咐敲锣打鼓，组织了千军万马，出发去与这两个小孩打仗。一交锋，孩子们就抓住了拿戛和阿龙勐痛打。其他的人也被打死了很多，召拉麻拿起箭想射，却又发觉这两个小孩很像妻子西贺，就放了弩箭。两个小孩乘势把召拉麻打死了，捉着阿龙勐，拿着召拉麻的帽子去敬母亲。母亲一看，就知道被孩子打死的是召拉麻，责备孩子们说："你们真糊涂，打死你们的父亲了。"

　　两个小孩又要打死阿龙勐，其母瞪着眼阻止了他们，说道："我就是他给救出来的。"阿龙勐打不过小孩，只好被驯服了。

　　西贺向野佛爷要药，交给了阿龙勐拿去医活了召拉麻，召拉麻与西贺相见，拥抱而哭。召拉麻接回西贺和孩子们回到了勐达他拉他，这时召拉麻已年老了，就将王位让给孩子。

　　孩子长大了，需要娶媳妇，叫拿嘎和阿龙勐到处打听，只要哪个国王的公主适合就娶。他俩四处找不见，后来听说在勐哥拴地方国王的姑娘南金罕生得很聪明漂亮，一百零一个国家的王子都在那里争夺她为妻。拿嘎和阿龙勐去晚了，只看到姑娘，国王和公主本人都很乐意结这门亲，同意嫁给召拉麻的儿子为妻，只有公子不同意，因他早想纳亲妹为己妾。阿龙勐回告拉麻，召拉麻说："不要紧，他父母亲、本人都喜欢了，只有他哥哥不同意，那么我们就去偷。"于是阿龙勐就去偷。

同南金罕住在帕沙①的女奴有四万八千个，阿龙勐到时，她们刚睡觉，找不到南金罕。天快亮了，急得阿龙勐无可奈何，就干脆将整个帕沙搬回来交给召拉麻。

召拉麻动员了全勐百姓为他儿子进行隆重的婚礼。天亮了，帕沙找不见了，公子到处喊南金罕不在，就四处去寻，仍不见。他想，一定是勐达他拉他的人偷走了，就想派一个人到那里去看看，于是派了一个大臣，装作大佛爷，来到了勐达他拉他地方。这地方的百姓就来赕佛、念经、滴水，大佛爷念经到处寻访南金罕，结果发现公主了，大佛爷就辞别了百姓，回到勐哥拴，将实情告于公子。公子组织了很多很多人马到勐达他拉他去要回他的妹妹来，并扬言要打战。在未出征前，国王和大臣们劝过公子多少次，叫他不用去打战了，"金罕既然已去了，那么以后我们两个勐以亲戚关系相处不是更好？"金罕哥哥不听，一心要打个高低，说道："哪能投降他们去当奴隶。"于是出兵了，双方在边境上打了一年，但还是不见高低，渐渐地金罕哥哥这边人力、物力都弱了，召拉麻的孩子用弩箭射死了金罕的哥哥，战火就停止了，南金罕就与召罗麻幸福地生活在一起，并生下了两个孩子。野佛爷用木刻成的那个召罗麻却没有结婚。

附记：1.召拉麻母亲生下的另外两个孩子的名字，讲述者已记不清楚。2."勐章嘎"解释为锡兰，"勐达他拉他"解释为战胜了世界的国家，"勐歌拴"解释为缅甸。

---

① 帕沙：宫殿一旁的屋子。

狗做国王

讲述者：佚名
翻译者：岩峰
记录者：卢自发
搜集地点：云南省西双版纳傣族自治州勐海县勐遮镇

有一只母狗生下七只小狗，母狗领了七个小狗在坝子里到处寻食，有六只小狗跑得特别快，吃得饱，有一只小狗到什么地方，一样也弄不到吃。有一个野和尚看见了很可怜它，就把它拿来收养起来，它长大以后，野和尚说："小狗儿你喜欢不喜欢变成一个人？"狗说："我不仅想成为一个人，而且想成为一个国王。"野和尚就教它学武艺。野和尚给狗教了好几个月的武艺和经书后，拿出一根禅杖对它说："现在，如果你能跳得过这根禅杖就可以变成一个人了。"狗用尽力气一跳，跳过禅杖果真变成了一个人。这个时候，勐微底害国死了国王，没有人继承王位。百姓拿了蜡条到处寻找人来继承王位，找到野和尚，野和尚就指定玛锡亨[①]做国王，大家就簇拥着玛锡亨去做国王。玛锡亨做了国王后，心里想："如果野和尚告诉大家我是狗出身，那多害羞，只有杀掉他以后，才不会有人知道我的身世。"他找大臣来商量，派人去杀野和尚，派去的人打不过野和尚，野和尚问他们："谁叫你们来杀我？"大家照直说了。野和尚说："我还有许多武艺要教给国王。"大家回去告诉了国王，国王听了以后，跑到野和尚那里去。野和尚说："如果你能从我的禅杖下经过，我就教你。"国王想："这有什么难的？"可是当他一钻过禅杖后，就变成一只狗了，玛锡亨仍然做一只狗。

[①] 玛锡亨：指狗变的人。

白头鸟和猫

讲述者：佚名
翻译者：岩峰
记录者：卢自发
搜集地点：云南省西双版纳傣族自治州勐海县勐遮镇

有一只母猫，生了一个小猫，它很爱小猫，每天都到河里捉鱼来给小猫吃，鱼一到小猫手里，白头鸟就来抢去掉。母猫问白头鸟："你为什么来吃我们的鱼？"白头鸟说："我的肚子饿。"母猫又去河里捉鱼，捉来又被白头鸟抢去。

两个就吵起来，互不相让，没有办法解决。看见一朵云彩飞来，它们就去请云彩替它们解决。云彩没有办法解决，说："比我强的有电。"电解决不了，说："我不及风。"问风，风说："我也解决不了，我没有高山有本事，高山我吹不动它。"

它们又去问高山，高山又对它们说："我虽然是高了，但我还是怕牛的角。"它们又去问牛，牛说："我虽然有角，但还怕绳子。"

它们又去问绳子，绳子对它们说："我虽然会拴牛，但老鼠还会吃我，我的本事不及老鼠。"

最后去问老鼠，老鼠说："我怕猫。"因此白头鸟只好认输了。白头鸟把帽子脱下来给猫，露出了白头，所以至今一直是白着头。

申冤鸟

讲述者：佚名
翻译者：岩峰
记录者：卢自发
搜集地点：云南省西双版纳傣族自治州勐海县勐遮镇

有一个吝啬的国王，买了一个牛肝，他叫一个家奴拿去烧来给他吃。家奴艾灵活把肝烧好以后，送到国王面前，国王一看肝比以前小得多了，很愤怒，就责问家奴："你为什么偷吃我的牛肝？"家奴艾灵活跪着回答说："国王的东西我从来不敢吃，肝烧了以后自己缩小了。"

国王不相信他的话，认为他错了还不认罪，叫人拖出去杀头。临刑前，家奴说："我没有什么罪，我死以后要问大地申冤。"

家奴死了以后，变成一只鸟，天天在森林里叫喊："我没有吃国王的牛肝，我没有吃国王的牛肝。"[①] 所以名叫"申冤鸟"。

织窝鸟与猴子

讲述者：佚名
翻译者：岩峰
记录者：卢自发
搜集地点：云南省西双版纳傣族自治州勐海县勐遮镇

有一个猴子和一窝织窝鸟同住在一棵树上。下雨了，织窝鸟住在温暖的窝里，对孩子说："你们看，那个猴子又懒又笨，连个窝也不会做，只好

---

① 一种鸟叫的声音如此。

在外面淋雨。"

猴子听见了很生气，第二天早上起来，等织窝鸟飞出去寻食的时候，就把织窝鸟的家捣毁了。

织窝鸟回来找不到窝，心里很是悲伤，又自己重新织了一个，但仍然被猴子捣坏了，弄得织窝鸟一家不安宁。

织窝鸟飞去对朋友黄蜂说："咳！现在我没有办法了，我做了几次窝都被坏心肠的猴子捣烂了，你能不能替我想个办法对付它。"

黄蜂说："你来我这里做好了，我们一起抵抗它。"织窝鸟到黄蜂住的地方重新做了窝。

猴子一来，黄蜂便去叮它，从此猴子就再也不敢来侵犯织窝鸟了。

所以，凡是有织窝鸟的地方，就有黄蜂。

老虎与石蚌

讲述者：佚名
翻译者：岩峰
记录者：卢自发
搜集地点：云南省西双版纳傣族自治州勐海县勐遮镇

一只老虎和一个石蚌同住在一个深箐里，它们常常争争吵吵。石蚌对老虎说："这个深箐是我的，我们祖祖辈辈就住在这里。"老虎也对石蚌说："这个深箐是我的，我们祖祖先先就住在这里。"

双方争执不下，决定比武艺，如果谁胜谁就做深箐的主人。老虎说："比跳沟，谁跳得过，谁胜。"石蚌说："好嘛，不过你要帮助我上到岸上。"

老虎把尾巴伸到水里，石蚌抱住老虎尾巴，到了对岸。老虎说："你看着，我先跳。"

老虎一跳，石蚌抱着老虎的尾巴，也摔到了对岸，并且比老虎更远，老虎便离开深箐到森林里去了。

所以，老虎很少到深箐的地方来。

没有毅力的石头

讲述者：佚名
翻译者：岩峰
记录者：卢自发
搜集地点：云南省西双版纳傣族自治州勐海县勐遮镇

过去的石头都会走路，会说话，有它自己的生命。到了夏天没有水喝，它们约着去挡坝，把喃木览河的水挡到坝子里来，各处的石头都成群结队地来了。

它们走到半路，遇见一只白头鸟，白头鸟问它们："石头，石头，你们要去哪个地方？"石头纷纷回答："我们要去挡喃木览河，让它流进坝子里来。"

白头鸟劝它们说："不要去了，不要去了，喃木览河在的太远了，我们走了，头发都走白了都还走不到。"石头就想："有翅膀的鸟都还飞不到，那我们走路更走不到了。"

于是石头走到哪里就停到哪里，所以现在的石头不会走路，不会说话，也没有生命了。

鳄鱼的死

讲述者：佚名
翻译者：岩峰
记录者：卢自发
搜集地点：云南省西双版纳傣族自治州勐海县勐遮镇

有一个鳄鱼，住在一个大池塘里。一个砍柴的老人时常到池塘旁边砍柴，砍去砍来柴砍完了，池水也干了。

老人想从池塘中走过，到对岸去砍，到了池塘中间碰着渴得快死的鳄鱼，鳄鱼问老人："老人，老人，你是什么地方的人？你要到哪里去？"老人回答鳄鱼说："我是人家的奴隶，要去砍柴。"鳄鱼哀求老人说："老人，如果你帮助我离开这个地方到有水的地方去，你要我做什么都可以。"

老人说："我倒是愿意帮助你，让你喝到水，可是你的身躯这样大，我怎么背得动呢？"鳄鱼说："你去找一条藤子来拴着我拖着走。"

老人砍来藤子，把鳄鱼拖到江边，鳄鱼进了水，突然咬住老人的脚，凶恶地对老人说："你为什么要用藤子拴我，我要把你吃掉。"老人说："这是你自己叫我这样做的呀！"

于是两个决定请人来断。过了一下，一个老鹰飞来，它们请老鹰断，老鹰想："如果我说鳄鱼不对，将来我来这里吃水，鳄鱼会吃掉我。"老鹰说："先让我吃了水再说。"老鹰吃过水就飞走了。

后来来了一条牛，牛也像老鹰一样先吃了水便走了。

最后来了一只羚羊，它们就请羚羊断理。羚羊说："鳄鱼上岸来，我才评理。"鳄鱼拖上岸以后，羚羊先问鳄鱼："你为什么要吃老人？"鳄鱼说："他用藤子拴我，所以我要吃他。"

羚羊又问老人："老人你怎么会用藤子拴鳄鱼？"老人说："鳄鱼待在干

塘里，它要我用藤子把它拴到水里来。"

羚羊说："好！既然这样，就把鳄鱼照样拖回干塘去好了。"鳄鱼被拖到干塘里以后，不几天便干渴死了。

老虎和黄牛的故事

讲述者：佚名
翻译者：李俊
记录者：卢自发
搜集地点：云南省西双版纳傣族自治州勐海县勐遮镇

黄牛和老虎一天在一个地方遇见了。黄牛想开老虎的玩笑，它就劈一些刺插在牛屎上，然后对老虎说："这个座位坐着很舒服。"老虎听了黄牛的话就扑通坐下去，黄牛就赶紧跑开了。

老虎被刺痛了坐在那里动不得，看见一个人背着一背草走来就对那人说："你救我一下吧。"人说："救你倒可以，不过你要帮我把草背回家去。"老虎答应了，人就帮助老虎拔掉屁股上的刺，然后就把草紧紧捆在老虎背上，趁老虎不注意就用火石擦火引着草，火烧起来，人就跑掉了。

老虎被火烧着了，便奔跑起来，可是怎么也摔不下草来。遇到猫，它求猫救它，猫说："迎着风跑。"老虎听了猫的话就迎着风跑，可是火反而越烧越大。

后来遇到水牛，它叫水牛救它，水牛说："你来泥塘里打几个滚，火便熄了。"老虎听了水牛的话，到泥塘里滚了几滚，火果然熄灭了。

从此，老虎的身上就斑斑点点的。它非常仇恨黄牛，其次仇恨人和猫，只是不吃水牛。

爱护主人的大象

讲述者：佚名
搜集地点：云南省西双版纳傣族自治州勐海县勐混镇

有一只大象它非常爱护主人，主人说什么它就马上去做什么，主人稍有不舒服，它就忙着医治，主人教大象说："要提高警惕好好看护主人，防止敌人对主人的进攻和侵袭。"大象回答："我一定照办，不让主人受惊。"大象时刻不离地站在主人身旁。

有一天主人睡觉了，有一蚊虫来叮主人的脸，大象很心疼主人被蚊虫咬，于是举起右手用力往主人脸上一打，主人痛得昏过去了。

贪心的狐狸

讲述者：佚名
翻译者：刀孝中
记录者：李仙
搜集地点：云南省西双版纳傣族自治州勐海县勐混镇

以前有一个人面狗身的人，他的左边是一只狗，右边也是一只狗，这人就是狐狸。他天天在大山林找食，有一天碰见一条大牛，狐狸想得垂涎三尺，又另碰上一麒麟，狐狸说："麒王呀，你在这旷野里应提高警惕，因为有一黄牛王正在准备和你打架，我知道后特别来告诉你的。"麒麟说："我不怕它，我欢迎它来。"狐狸听得认为事头不对就走向黄牛王，说："黄王呀，你不要以为你高大，麒麟正准备要来打你的。"狐狸通过挑拨，使黄牛和麒麟搏斗死而为他食。

狐狸这样挑拨了三天后，他去看看是否牛和麒麟打起来，巧碰黄牛和麒麟刚来，在那里打架死了。

狐狸带着弩去刮黄牛身上的血，血染在弩线上，狐狸想："牛，我三天也吃不完，回头还可吃麒麟。"

狐狸用舌去舔牛血，又去舔弩线上的血，牙一咬，弩线一断，打死了狐狸，他一点肉都没吃就死了。

这就说明害人终害己。

虾细折夺喝汤①

讲述者：佚名
翻译者：岩峰
记录者：卢自发
搜集地点：云南省西双版纳傣族自治州勐海县勐混镇

有一只老虎到处寻找食物，掉进一个深箐里没有办法爬出来，有一条蛇到处寻找食物也掉进这个深箐，又有一个猴子到处寻找食物，也掉进这个箐里，最后来了一个人，到处寻找食物也掉进这个深箐里，大家都几乎绝望了。

有一个老头来到这里，以为下面有水，就用一个竹筒伸下去打水，猴子看见了抓住竹筒爬上来，看见老头很感谢，说："你救了我，今后你要做什么我都愿意帮助你。"并且还说请老人救下面的伙伴。

老人把竹筒伸下救起老虎和蛇，老虎和蛇都很感谢这个老头。猴子、老虎、蛇对老头说："不要救下面的人，他的心肠不好。"但老人还是把人救起来了，完全救起后，各个回去。

---

① 意为"四种动物掉深箐里"。

一天，老人走进森林遇到猴子，猴子见是恩人就拿野菜来送他。老人继续朝前走，老虎以前吃了国王的公主，剩下的金银首饰送给老人，老头背着金银首饰走到被他救起的那个人的家里。

那人见了公主的金银首饰就去报告国王说："你的公主不是老虎吃的，而是被一个老头杀了的。"国王就派人来把老头抓去，处老头死刑，执刑的人都同情老头，说："不应该杀这个无辜的人。"

这个情况被老头救起的蛇知道了，就去咬了国王的妻子一口。国王派人到处找医生都医不好。后来国王请摩古拉来问，摩古拉说只有老头医得好，国王就把老头叫去。

老头把那条毒蛇叫去，吸掉国王妻子身上的血，国王妻子就好了。国王问老头："你为什么能够呼唤蛇？"

老头把救猴子、老虎、蛇及人的事，以及后来被那个人所害的经过说了一遍，国王知道错了，便放了老头，把那个害老头的人抓来杀了。

聪明的小兔

讲述者：佚名
翻译者：刀孝中
记录者：李仙
搜集地点：云南省西双版纳傣族自治州勐海县勐混镇

过去有一个野和尚，他有死而能活的药。有一条蛇，在土堆的洞里，有一只大老虎累了就在土堆上休息，大蛇出来将它咬死在那里。野佛爷路过看到老虎死了，就用药擦在老虎身上，老虎活起来了，翻身坐起就要吃野佛爷，野佛爷说："你不该吃我，你能活起来都是我救了你。"

老虎说："我没有死，我是在睡着晒太阳，我非吃了你不可。"野佛爷说："你若不信，我将咬死你的那东西指给你看。"野佛爷和老虎相互争吵着，老虎说："我们一同去问其他动物，看我该不该吃你。"他们就去了，碰到一牛王他们便问了，牛答："连我牛王都怕虎，你应该给虎吃。"又去问老鹰，回答说："人会用弩射鸟，你该给老虎吃。"野佛爷不服气，又叫老虎再往前走，到山林里碰到一群猴子，将情况说给猴子，猴子想："老虎和我们住在山上，相互无多大冲突，人对我们就是有害无利。"便回答："人呀！老虎并没有死，是你多事，你该给老虎吃。"佛爷不服又往前走，到一白兔王家，把野佛爷和老虎的情况都讲了。白兔说："啊呀呀，你两个走了这么多的路，又来到我这里，我能说谁是谁非呢，我想你两个还是到发生事情的原地去试一试，看老虎会不会被蛇来咬。"结果去了，老虎睡在土堆山，尾巴一伸进洞，大蛇出来又咬吃老虎，野佛爷说："白兔呵，你看是不是真的，但我还有药可医活它，你说该不该医它？"白兔说："不必医它，它对人、对其他小动物都没有好处。"直到现在人们都喜欢白兔，白兔是动物中比较细心温和的。

凤凰抬乌龟

讲述者：佚名
翻译者：刀孝中
记录者：李仙
搜集地点：云南省西双版纳傣族自治州勐海县勐混镇

凤凰到山上见到乌龟，凤凰问："乌龟呀，你住在这里什么都见不到，你想不想见见其他东西？"乌龟答："当然愿意见了，你们带我去吧。"于是凤凰就带乌龟走了。后来凤凰嫌乌龟走得慢，就站起来把自己的脖子凑拢，给乌龟骑在上面，就飞上天空去了，地上的人在说："啊呀！你们来看凤凰抬乌龟。"乌龟一听骄傲起来了，就说："哪里是凤凰抬乌龟，是我乌龟抬凤凰。"凤凰又争着说："哪里是乌龟抬凤凰，而是凤凰抬乌龟。"争吵不歇，凤凰就撒开来，乌龟掉到地上，跌出尿屎来了。人们都来看它摸它，而都弄得人们一手的脏，人们要往哪里擦也不是，有的人就忙抬起自己的手臂往胳肢窝里一擦，结果这些人的胳肢窝里就有了臭味，这就是人们所说的"夹汗臭"了。

蝉的故事

讲述者：佚名
翻译者：岩峰
记录者：雷波
搜集地点：云南省西双版纳傣族自治州勐海县勐混镇

为什么蝉没有肠肚？

在很久很久以前，有个农民到山上种地，累了，在树下休息。松树上有个松鼠在吃野果，不小心，把果子掉下来，打着这个人的头。

人抬起头来问："松鼠，你为什么要来打我的头？"松鼠说："不是我有意要打你，是蚂蚁来咬我。"那个人又去问蚂蚁："你为什么要咬松鼠？"蚂蚁说："不是我咬它，是野鸡来捣乱我的窝。"这个人又去问："野鸡，你为什么要去破坏蚂蚁的家庭？"野鸡说："不是我啊，是芝麻飞来我眼睛上，把我搞得看不见才乱走。"这个人又去问芝麻："芝麻，你为什么要去搞野鸡的眼睛？"芝麻说："不是我要搞它，是西瓜从山上滚下，压碎了我，才使我到处飞。"又去问西瓜："你为什么要压碎芝麻树？"西瓜说："是马鹿来咬断我的藤，我站不住了才滚下去的。"他又去问马鹿："马鹿，你为什么要去咬西瓜藤？"鹿说："不是，是蝉飞来说'箭来了，箭来了'（蝉声），我才跑的。"人又去问蝉："蝉，你为什么乱报消息？乱吓马鹿？"蝉说："咦，我向来就是这样叫的嘛。"人就把蝉抓来搞空肠肚不给它吃东西。从此，蝉就只能吃点水，什么也吃不了，而且，肚子早已没有了肠肚。

咚的咚麻

讲述者：佚名
翻译者：岩峰
记录者：雷波
搜集地点：云南省西双版纳傣族自治州勐海县勐混镇

有一只老虎要去吃牛，走进牛圈，听见主人（富翁）娃娃哭了，主人在那里哄他："鬼来了！"以为不哭了，"狼来了嘎"，以为不哭，还是照样哭！

"狮子来了！"还是照样哭，"老虎来了嘎！"小孩还是哭，最后说："咚的咚麻来了！"才没有哭。

老虎听后，不知道咚的咚麻是什么，只觉得它一定比自己厉害。于是不敢再去吃牛，躲在牛圈里。

岩咚的、岩咚麻果然来了。两人在路上遇着："伙伴你要到哪里去？""我要去偷富翁的牛！"两个都是一样，就约着同行。咚的进去，咚麻守在外面，对咚的说："你去拴牛，要拴嫩的，不要老的。角弯的、背凹的是老牛，不好吃，毛滑滑的、背平平的是好牛！"咚的进去摸，个个都是角弯弯的、背凹凹的，最后摸老虎才是毛滑滑的、背平平的，就把它拴着拿出来，交给咚麻，咚麻拉着朝前进，咚的用棍朝后敲。

天快亮了，咚的发觉是只老虎，就丢下棍子往回跑，咚麻走一会才发觉老虎不走，才明白它不是牛，伙伴也不在了，就胆怯了，又拴起老虎爬上树去，碰见一只小熊，只有杀死它才住下来。过一会，老熊回来，问老虎："老虎啊，你这样力气大，还被人拴住。"老虎说："本来我要去吃牛，后来怕了躲起来被他们拴住。"老熊想："哦！连老虎都怕，我更怕了。"可是儿在上面不得不去，一上去一手摸在猎人的刀上。

熊想："他的刀怎么那么快？把我的手都咬出血来？"就在树下叫："咚

麻,你的手有我的长吗？拿来比比。"咚麻把身上披着的瞎衣扯下一根来丢下去，老熊一看，大吃一惊，又说："你的牙齿多快呢，拿来比比。"咚麻又把小刀丢下来，老熊手又被割出血来。它以为这东西的牙齿竟如此的快，怕它了。就把这刀拿去老象那里："大象啊，大象，你是我们森林里的王，现在来了个咚麻，他杀了我儿，住在我窝里，我手比不过他，牙也比不过。现在我拿来一颗牙你看看。"老象用鼻子来接，一刀就把鼻子划破成三份，至今都是如此。

老象大叫，召来所有野兽去看他，咚麻在树上看见那么多兽，怕得在树上直抖，瞎衣也动得不停，动物更怕他了。后来来了一石蚌，它说："我小，看不见，你夹我上去看看。"老象用鼻子圈着它上去，它一看见那人披着瞎衣在抖，很是害怕，从象鼻上跳下来。众兽受惊乱跑，把山上的草踏黄了，如今都是这样，老虎趁机挣脱绳跑了，那人才从树上平安地下来。

小的聪明，不死；大的笨，死掉

讲述者：佚名
翻译者：刀学兴
记录者：朱宜初
搜集地点：云南省西双版纳傣族自治州景洪市

有个人是玩蛇的，他捉到一条黑蛇，关在竹笼里，又捉了一只臭鼠[①]丢进笼里去喂蛇。黑蛇马上要吃臭鼠，臭鼠说："我只有拇指大，吃掉我，你就出不来，你不吃我，我咬开笼口，你就出去了。"蛇就叫臭鼠去咬笼口，臭鼠说："我够不着，笼口太高，要你用头将我抬到笼口去，我才好咬。"于是蛇就用头将臭鼠抬到笼口去咬，咬半天，蛇老是问："咬开了没有？"臭

---

① 臭鼠：很小很臭的一种鼠。

鼠总是说:"差一小点。"突然洞咬开了,臭鼠就出去了,马上进了一个螃蟹洞。蛇跟着也出来了,也跟着臭鼠去钻螃蟹洞,这洞小,蛇钻进去了,卡在洞口,进也进不得,出也出不得,就又被那玩蛇的人捉了回去。所以我们流传着一句话:"小的聪明,不死;大的笨,死掉。"

白鹭鸶吃鱼的故事

讲述者:佚名
翻译者:张必琴
记录者:张必琴
搜集地点:云南省西双版纳傣族自治州景洪市勐龙镇

有一只白鹭鸶在森林里找不到食物吃,就想去吃池塘里的小鱼。于是就飞到池塘里一块石头上欺骗小鱼说:"你们生活在这个池塘里很窄小,那边有一个广阔的池塘,水很深,我可以把你们带到那个大池塘里去生活。"小鱼们信以为真了,就说:"好的。"于是白鹭鸶就将小鱼一个一个地衔走了。但是,它并没有将小鱼带到那个广阔的池塘里去,而是带到树上一个一个地吃掉了。最后池塘里的小鱼全部被白鹭鸶吃光了,只剩下一只螃蟹在池塘里。白鹭鸶仍想吃螃蟹,又用了同样的方法去欺骗螃蟹。聪明的螃蟹看出了白鹭鸶的诡计,就说:"你带我可以,但我必须夹着你的脖子。"白鹭鸶同意了,于是螃蟹就夹住白鹭鸶的脖子飞走了。白鹭鸶同样没有把螃蟹带到那个大池塘里,而是想带到树上去吃掉。当白鹭鸶飞到树上,螃蟹看到树下尽是鱼的骨骸,知道小鱼都被白鹭鸶吃了,"今天白鹭鸶把我带到这里来,也会同小鱼一样被白鹭鸶吃掉",心里非常愤怒,又很同情小鱼的遭遇,于是就想替小鱼们报仇,聪明的螃蟹就对白鹭鸶说:"你吃了多少小鱼们,现在又想来吃我,我一定不会饶过你。"于是就用自己的夹子紧紧夹住白鹭鸶的脖子,使得白鹭鸶疼叫起来,向螃蟹要求放开夹在脖子上的夹子。螃蟹说:"你必须把我送到原来的池塘,我才放开。"白鹭鸶只好同意了,把螃蟹送到了原来的池塘里。现在白鹭鸶脖子直不起来,就是螃蟹用夹子夹住的原因。

这个故事说明了,侵略者不论多狡猾、凶恶,最后,总会被人民戳穿并给以制裁。

见肉说肉、见鱼说鱼的故事

讲述者:佚名
翻译者:岩香囡
记录者:张必琴
搜集地点:云南省西双版纳傣族自治州景洪市勐龙镇

从前,有一个媳妇,有一天来了一个强盗来他们家里要抢东西,这个媳妇看见强盗长得很漂亮,就拿了一把长刀给那个强盗,要他把她的丈夫杀死,强盗杀死了她的丈夫后,她就和强盗结了婚。

有一天,她和强盗去赶街,买了一些肉,预备到河边去煮吃。可是到了河边后,看见河里有鱼,她就把肉放在岸上,又去河里捉鱼,但鱼又没有捉到,于是又去拿肉,当她去拿肉时,肉又被狗衔跑了。结果肉也没得,鱼也没有得。强盗看见后,非常生气,就说:"你这个人见肉要肉,见鱼要鱼,三心二意,你叫我杀死了你的丈夫,以后你对我也不会好。"说了后,强盗就把她杀死了。

草夫和龙王的故事

讲述者：佚名
翻译者：岩香囡
记录者：张必琴
搜集地点：云南省西双版纳傣族自治州景洪市勐龙镇

从前有一个草夫，靠割草过活。有一天，他在一个大池塘边割草，突然间池水发出五光十色的金光来，过了一会，从水面上露出一条龙来。龙王看草夫在割草，就对草夫说："你想过好生活吗？"草夫回答说："我想过好生活。"龙王说："我头上有一颗宝珠，如果你能取到了，就可以飞上天去，任何人的本领都比不上你。"龙王又说："我尾巴上还有一颗宝珠，如果你能取到了，就可以做最大的官，想得什么就有什么。"草夫听了后，就做准备去取龙王头上的宝珠，可是没有取到。于是又去取龙王尾巴上的宝珠，最后，取到了。草夫得了宝珠后就丢下镰刀、篓筐，跑到森林里去了。这时，他心里想："我要一座最漂亮美丽的宫殿。"于是宫殿马上就出现在他的眼前；他又想："我要大臣、卫兵仆人。"于是大臣、卫兵、仆人又都出现在他的面前……就这样，草夫做了最大的国王，生活过得非常好。以后他就对周围的大臣、卫兵、仆人、百姓讲起他如何有今天过好日子的经过，他说："如果能拿到龙王头上的那颗宝就能够飞上天去，本领就更大了。"于是他就派了很多大臣、卫兵、仆人去取龙王头上那颗宝珠。他们到了池塘边后，就默念祈祷请求龙王出来，可是龙王就是没有出来，他着急了，就叫周围的人将石头烧烫扔到池塘里去，使得满池的水都沸腾了。这时，龙王就露出水面来了，问他们要干什么？大臣、卫兵、仆人回答说："我要来取龙王头上那颗宝珠。"龙王说："取我头上那颗宝珠可以，但必须把原来那颗宝珠放到尾巴上去，我才能把头上的宝珠给你们。"于是他们就把原来的宝珠放回到龙王的尾巴上。龙王马上就淹没到水中去了,周围的大臣、卫兵、仆人一个也没有了,只剩草夫一个人,仍和原来一样,穿着破烂的衣服。没有办法,他只好去找原来的镰刀和箩筐,但是,找来找去,一直都没有找到,最后到死仍没有找到。死了后,变成了一只鸟,仍叫着:"些喉,些喉。"意思说"镰刀失掉了,没有找着"。

这个故事说明贪得无厌的人,最后仍得不到好的结果。

人和癞蛤蟆

讲述者:佚名
翻译者:岩香囡
记录者:张必琴
搜集地点:云南省西双版纳傣族自治州景洪市勐龙镇

从前,有两个朋友相约去打麂子,他们都做了一个打麂子的架子,一个朋友放在地上打麂子,而另一个朋友放到树上去打麂子。第二天,放到树上打麂子的那个朋友起得很早,看见放在地上打麂子那个朋友打着了麂子,自己没有打着,于是就将朋友打着的麂子拿到树上放到麂子架上,每天都这样做。放在地上打麂子那个朋友觉得很奇怪,"麂子是在地上为什么没有打着,而放在树上那位朋友却有很多麂子。"他心里想,一定是那位朋友把他打得的麂子拿上树去了,因为麂子不会爬树,为什么能有很多呢?就去问那位朋友,于是两人就争吵起来了。之后,他们就各自找人说理,放在树上打麂子那位朋友有很多亲戚、朋友、头人,他就请了很多人来为他说理,可是放在地上打麂子那位朋友,什么亲戚、朋友都没有,只有一个癞蛤蟆是他唯一的朋友了,他只好请癞蛤蟆为他说理。放在树上打麂子那位朋友,以讥笑的口气说:"你什么亲戚、朋友都没有,还要和我来说理哩?"他们等了很久,还未见放在地上打麂子那个朋友说理的人来。

放在地上打麂子那个朋友请癞蛤蟆说理是有意要迟来。当癞蛤蟆到了之后，大家看见他请来的说理人，却是一只癞蛤蟆，就很瞧不起，于是就质问癞蛤蟆为什么迟到，癞蛤蟆说："我迟到是有原因的，刚才我来的时候，在路上看见蚂蚁堆和水牛打架，我看了一会，之后，又看见一条鱼爬到树上探果子吃，走到沙滩看见沙滩起了火，因为这样，所以我迟到了。"他们听了后就说："你是胡说，哪有蚂蚁堆和水牛打架的事情，哪会有鱼爬上树采果子吃，更不会有沙滩会起了火，我们不相信。"癞蛤蟆说："就是真有这些事情，我看见了。"他们说："我们不相信有这些事情，是你胡说。"癞蛤蟆说："既然你们不相信有这些事情，那么麂子会爬上树我也不相信，因为麂子只会在地上走，不会爬上树，而现在麂子居然爬上树了，这肯定就是人拿上树的。"机智的癞蛤蟆就以巧妙的计策，驳得他们无话可说，最后把麂子归还了放在地上打麂子那朋友。

这个故事说明有理者就能战胜一切。

人和老虎打架

讲述者：佚名
翻译者：岩香囡
记录者：张必琴
搜集地点：云南省西双版纳傣族自治州景洪市勐龙镇

有一条水牛拴在一棵大树旁，有一只老虎从这里经过，看见水牛拴在树旁，就以讥笑的口气对水牛说："你看我多么自由呀，喜欢到什么地方就到什么地方，而你却被一条绳子拴着，不能自由行动。"老虎接着又问："是谁把你拴在树旁？"水牛回答说："是人把我拴在树旁。"老虎说："人有那么大的本领吗？我不相信。"水牛说："你不相信，我带你去找人，你和人打架，看谁胜谁？"老虎说："好。"于是老虎就把牛拴在树上的绳子咬断，水牛就带着老虎去找人,到了家里后,老虎看见了人就很骄傲地问:"你就是人吗?听说你的本领很大,今天我们来比比武吧!"人说:"好!"他们三个又回到来的地方。这时,人假装说:"我还没有吃饭,先回家吃些饭,再打架好吗?"老虎说:"可以。"可是人又说:"我回去吃饭你可别跑了呵!"老虎说:"我不会跑,就在这里等你。"人说:"我不放心,我用绳子给你绑在树上,等我吃饭回来解开行吗?"老虎说:"可以。"于是人就用绳子将老虎绑在树上,使得老虎一点也动不了。人就拿着棍子使劲地去打老虎,这时,水牛在旁边就大笑起来了,也以讥笑的口气对老虎说:"你不是说你很自由吗?不相信人的本领大吗?可是现在你都被人绑在树上,动也不能动了。"老虎羞得无话可答。

这个故事说明人的智慧是无穷的,能战胜一切的。

糯啄① 不要去教猴子

讲述者:佚名
翻译者:刀学头
记录者:朱宜初
搜集地点:云南省西双版纳傣族自治州景洪市

猴子没有窝,下雨的时候被淋,太阳出的时候被晒,糯啄鸟就对猴子说:"你有手,有脚,都不会做窝,我只两只脚一张嘴还会做窝,下雨淋不着,太阳晒不着。"猴子说:"你不配来教训我!"猴子就将糯啄鸟巢撕烂,糯啄鸟告到黄鼠狼那里去,黄鼠狼说:"比自己力量大的不可以去教,对做官的不可以去教,糯啄不要去教猴子。"

"糯啄不要去教猴子",一直流传到现在。

---

① 糯啄:树叶鸟。

要像岩罕鹤、岩罕海样盘问到底

讲述者：佚名
翻译者：李文贡
记录者：朱宜初
搜集地点：云南省西双版纳傣族自治州景洪市

岩罕鹤与岩罕海是两兄弟。有一次岩罕鹤在梭藤子树下睡，这种藤子树上的果子掉下来了，将岩罕鹤打死了。

岩罕海就问这梭藤子树："你为什么要掉果子来？"它说："是松鼠将我搞下来的，你去问松鼠吧。"岩罕海就去问松鼠，松鼠说："是红蚂蚁咬痛了我才跑的，你去问红蚂蚁吧！"岩罕海就去问红蚂蚁，红蚂蚁说："是野鸡来抓我的窝，我才去咬松鼠，你应该去追问野鸡。"岩罕海就去问野鸡，野鸡说："是冬瓜滚下来打着我，我才去抓蚂蚁窝，你应该去追问冬瓜。"岩罕海就去问冬瓜，冬瓜说："是马鹿扯断了我的藤子，你应该去追问马鹿。"岩罕海就去追问马鹿，马鹿说："是秧鸡叫'呀罗罗'（捉拿拿拿），猫头鹰叫'毫不，毫不'（矛戳，矛戳），蝉子叫'远，远远'［围（着）围围围］，我慌了才乱跑。"

岩罕海于是用棍子一棍子敲猫头鹰的脑壳，使猫头鹰到现在都是平脑壳，一天到晚也像被打得昏沉沉的。岩罕海又用棍子戳秧鸡的屁股，所以秧鸡屁股上有点红，秧鸡一扯脚飞掉了，所以现在秧鸡的脚还是扯长了的。岩罕海将蝉子的肠子都扯掉了，所以现在的蝉子没有肠子。

小马综蛇活该瘦

翻译者：李文贡
记录者：朱宜初
搜集地点：云南省西双版纳傣族自治州

小马综蛇原来头上并没有一条金。那时，七天国王出来一次，小马综蛇一见国王出来就点头敬礼。国王觉得他不错，就将金蜡烛赏给它，给它背上贴金。小马综蛇从此却骄傲起来，连国王出来时也昂起头、翘起尾巴，国王见了，生了气，一手杖打去，从此马综蛇就只能长得又瘦又丑。

所以俗话说："小马综蛇活该瘦。"

短篇寓言集

翻译者：岩糯叫、刀国昌
记录者：朱宜初
搜集地点：云南省西双版纳傣族自治州

1

一个召勐与他的家奴（女）发生了关系，有了三个娃娃，他就去问佛祖，说："我与我的家奴发生了关系，生了孩子很是害羞，怎么办？"佛祖说："只要你们两人好就可以了，不要管别的人。上层人是重男轻女，贫苦人家就要重女轻男。"

2

有个头人有一百零一个孩子，只有最小的孩子听话，就将他列为太子。

召维陀腊①说："侄女、侄儿，不是亲儿女也好，只是最懂道理的人，就应该算最大的人。"

3

如果要处理个人要有证据。勐八腊拉西王领王后到花园里玩，在池边王后将金饰交给侍女，这时树上有个母猴见侍女睡着了，就偷来自己戴。侍女醒来见金饰被偷就叫捉贼。这时国王的侍卫都出动了，四处捉贼，有一个路人，见侍卫出动，心中慌了，折头就跑，侍卫就将他抓了起来，将他拷打，他说他并没有偷。

佛说："这样判案是不对的。"他就将些金饰拿出来挂在花园的树上，就见有猴子来偷，母猴也拿出偷的金饰来和那猴子比，案子就破了。

4

他父亲是奴隶，母亲也会是奴隶，儿子也会是奴隶。他父亲是当官的，母亲也同是当官的，儿子也仍旧会是当官的。

这两种儿子是不一样的。但是父亲是当官的，母亲是奴隶，他儿子还是可以当官。

5

佛祖生为人，生了又死，死了又生，一次生成了拉杂西。

拉杂西比野象还厉害，为兽王，讨狐狸为老婆，生了个儿，像拉杂西，声音却像狐狸。拉杂西就叫他儿子在他身边，不要开腔说话。

所以"上等人最好娶上等人"。

---

① 召维陀腊：最有学问的人。

6

两个人吵架是因寄托了东西。

勐八拉西有两个好朋友,一个朋友将自己的犁铧寄在另一个朋友家,另一个就偷掉犁铧,将一堆老鼠屎堆在那里,当他朋友来要回犁铧时,就说犁铧叫老鼠吃掉了。

他想要回犁铧,就领另一个朋友的儿子出去藏起来。回来问他朋友说:"你的儿子被鹰叼去吃了。"另一个朋友说:"我从来没有听说鹰会叼吃活的人。"他说:"我也从来没有听说老鼠会吃犁铧。"另一个朋友只得还回犁铧。他还告到啥打那西①那里,啥打那西还罚那朋友十六两五钱银子。

7

去请朋友来吃酒,他吃酒醉了,应该送他回去;如果喝醉了的人自己跑回去,仍旧应该怪主人家;如果主人送醉人回去,路上出了事,仍旧应该怪主人家。如果主人请喝醉了的人住在他家,并告诉房子里的人,醉人偷偷地跑了,出了事情,就不应该怪主人家。

8

有一个人去放马,马跑了捉不到,就叫戛莫尼涓帮他赶,戛莫尼涓赶马时伤了马的脚,马脚跛了,那人要戛莫尼涓赔,戛莫尼涓说:"是你叫我帮你赶的。"二人争执起来,就告到召勐叭西杀母克那里去。叭西杀母克说:"你要人家赔马,你就先割下你的舌头来。"

9

分东西要分得合理。

有两个人去挖蚂蚁蛋,挖到一堆金子,两人争着要多得一些,就告到召西丽载那里去,召西丽载就问是谁领先去挖的,就应该多得些。

---

① 啥打那西:最有学问的人。

10

有两个人去打鸟,二人同时射出一箭,同时射中一鸟,鸟落下来时,二人同时赶到,同时捉到这将死的鸟。二人争执着要多得,就告到召西丽戴那里去了,召西丽戴就说:"射中鸟胸部的要多得,射中鸟的边边的少得。"

11

有个人要去做生意,请个朋友替他看家。这个人做了几个月生意回来的时候,那个朋友叫他出去,说这个家是他的。二人就告到召勐那里去,召勐问这房子的特点:"谁说中了,就是谁的。"那房子的原主人说这房子的柱子有一半是用梅朵芳树①做的。召勐派人去一查,果然不错,就将房子判还了原主人。

12

有一个人要到远处去看朋友,亲朋在他上路时,请他带些东西捎去。路上天黑了,就住在村房前面的东拉②。这时有个贼被人追得紧,那人就起来帮助捉贼,就与贼扭打在一起,人们追到的时候,二人都不承认自己是贼,就告到召勐那里去。召勐就察看他们的东西,那人都是带给远方朋友的一些东西,贼却藏着他偷的东西。

捆贼、捉人要拿到证据。

13 抢老婆

从前有四个人到勐八腊西去学法术。有一个人会算,算到中午有只诺哈西里令鸟会抓个公主飞过。第二个人箭射得准,就搭起了等,到中午果然鸟飞过,他一箭将鸟射死,公主就落到江心去了。第三个人会游水,将公主救起来了,但是公主已经死了。第四个人会将死人救活,就将公主救

---

① 这种树中心是红的。
② 东拉:傣语,"空房子"之意。

活了。四个人都要公主做自己的老婆,就告到召勐那里去。召勐说:"会算的应该做公主的老师;射箭救公主的应该做公主的父亲;水里抱救起公主的,因为抱过公主,应该做她的丈夫;将死了的公主救活的,应该做公主的母亲。"

14

有只老虎虽□躺在山坡上睡,尾巴打着地,山坡里有条蛇,一口将老虎咬死。有个腊西[①]吹口气,念念有词,将老虎救活了。老虎要吃腊西,腊西不服,就与老虎去问神,神说:"应该给虎吃。"又去问牛,牛怕虎,又恨人吃牛,就说:"腊西应该给虎吃。"又去问狐狸,狐狸想吃虎剩下的肉,也说:"虎应该吃腊西。"又去问人,这人正想睡觉,也就糊糊涂涂地说:"应该吃。"

最后去问小兔,小兔说要照原样做做看,它方能判断,于是老虎睡回那山坡上,那条蛇又一口将老虎咬死。小兔对腊西说:"你不要再救活它了。"

15 摩骗人

有一天摩走一棵大树下过,大树下有一些孩子玩。摩见树上一洞里有一条蛇,就骗孩子说树洞里有小鸟。有个孩子爬上树去掏洞,掏着条蛇,他赶紧用手一甩,蛇就落在摩的身上,一口将摩咬死了。摩的家里告到召勐那里,召勐说:"先是摩骗那孩子掏蛇洞的,罪不在孩子。"

16 说话不算话的人

有个人通巴里有三包东西:一包饭,一包米,一包金子。他到一条大河边,他不会水过不去,就说:"谁将我送过河,我通巴里的东西随他要一包。"

[①] 德宏叫"牙写"。

有个人将他送过了河，在他通巴里摸到了一包金子，那人就不肯给金子，告到喃杀戛岛菲那里去。喃杀戛岛菲问清楚后，将金子判给了送渡的人，她说："说话应该算话。"

<h2 style="text-align:center">17</h2>

有个人想吃麻满果，爬到树上脚一踏偏，光是两只手攀着了树枝。他就叫救命，说："谁救下了我，我给他三两银子。"有个骑象的人走那里过，想得那三两银子，就骑象过去救，他站在象背上，去拉那人的脚，谁知这时象又走了。骑象的双手悬空拉着那人的脚了，两人连串的挂在树上求救，说："谁救了我们，给他三两五银子。"有个猎人就用梯子将他们救下了。他们两人都不肯出这钱，你推我，我推你，就告到召勐那里，召勐说："骑象的救攀树的没有救下，反而使攀树的坠着个人，更受罪，应该出二两，攀树摘果子不小心的出一两五。"

麒麟与臭鼠

讲述者：佚名
翻译者：刀学兴
记录者：朱宜初
搜集地点：云南省西双版纳傣族自治州景洪市

麒麟抓住臭鼠，要吃臭鼠。臭鼠说："我不够你一颗牙齿大，你放了我吧，我总会报恩的。"麒麟想臭鼠也的确太小了，就放了臭鼠。

有一天猎人将麒麟网住了，麒麟愈挣扎，绑得愈紧。这时，臭鼠来了，给麒麟咬破了网，麒麟就出来了。

所以说不要以为小的就帮不了大的。

麂子和螺蛳赛跑

讲述者：佚名
翻译者：刀学兴
记录者：朱宜初
搜集地点：云南省西双版纳傣族自治州景洪市

麂子是走得最快的，螺蛳是走得最慢的。麂子瞧不起螺蛳，螺蛳说："那我们赛赛跑看吧，先跑向东山，后跑向西山，再跑向南山，最后跑到北山。看谁先到。"麂子说："行！"

螺蛳事先约好另一些螺蛳在东山、西山、南山、北山等起。

赛跑开始了，麂子满有把握地跑向东山，叫道："螺蛳，螺蛳！"另一只螺蛳早在那里答应道："我早到了！"麂子又跑向西山，叫道："螺蛳，螺蛳！"又有另一只螺蛳早等在那里答应道："我早到了！"麂子赶快跑向南山，叫道："螺蛳，螺蛳！"早布置好的别一只螺蛳答应道："我早到了！"麂子拼命地跑向北山，叫道："螺蛳，螺蛳！"早布置好的第四只螺蛳答应道："你又迟到了！"

骄傲的麂子就是这样失败了。

一只大鸟的故事

讲述者：佚名
翻译者：刀正祥
记录者：曹爱贤
搜集地点：云南省西双版纳傣族自治州

  以前有一只大鸟，身上没有毛，它在地上生活，有一天它就到了一棵果树的下边。上边有很多小鸟在摘果子吃，而它呢？——只能等着人家搞掉下来一点点才得吃。其他的鸟看见它身上毛也没有，也找不到什么吃，它们就很可怜它。有一只小鸟就对它说："你身上毛也没有，我们每一个拔给你一根。然后，你身上有毛以后，就给你当我们的领袖。"大鸟就说："这很好！"

  然后，所有的小鸟就每个都拔给大鸟一根毛，插在身上，这时，这只大鸟，就变成一只很美丽的大鸟，它可以自由地飞到树上摘果子吃吃，它很喜欢，很高兴。后来大鸟就单考虑自己了：如果哪一棵树上的果子好吃，它就住在那里，不让任何鸟来吃。其他的鸟就想："它没有毛，我们还拔毛给它，现在它倒不给我们吃果了，它这种思想不好。"于是小鸟就一齐去大鸟身上拔回了自己的毛，大鸟又变成了一只光光的鸟。

一个蛤蚧死在干水塘

讲述者：佚名
翻译者：刀正祥
记录者：曹爱贤
搜集地点：云南省西双版纳傣族自治州

以前，有一个蛤蚧①在一个鱼塘中，它很贪吃，鱼塘中的鱼都被它吃完，它在鱼塘里，再去再来，鱼塘的水干了，塘的泥裂开了，它就钻进裂缝里去。泥土越来越干，就把它夹在里面出不来，只可以看到它的头伸出来。有一天，一个佛爷经过这里，看见了它，佛爷就想："这个蛤蚧要死了，我应该救它。"于是佛爷首先用手拉怎么拉不出来，后来佛爷就用索子拴着它的脖子，一拉就拉出来了。拉出来后，蛤蚧说："你怎么用索子来拴我的脖子，使我呼吸都很困难，现在我一定要把你吃掉。"佛爷说："我把你救出来，你反而要来吃我，走我们去找苍蝇来解决吧。"

到了苍蝇那里，蛤蚧说："佛爷把我从泥土里用索子拉出来，使我呼吸都很困难，他还说是救我。现在我合吃他，还是他合吃我。"苍蝇想："如果让蛤蚧吃佛爷，它吃不完，我还可以吃一点。"于是苍蝇就说："应该蛤蚧吃佛爷。"佛爷说："我不行，我们再去找乌鸦去。"到乌鸦那里，他们又把事情的经过告诉乌鸦，乌鸦想："救出佛爷来不能吃，如果叫蛤蚧吃佛爷，吃不完，我还可以吃一点。"乌鸦就说应该蛤蚧吃佛爷。佛爷说："这样，还是不行，我们再去找老鹰。"到老鹰那里又把事情同样告诉了老鹰。老鹰想："如果叫蛤蚧吃佛爷，吃不完我还可以吃一点。"老鹰就说："应该蛤蚧来吃佛爷。"佛爷说："这样不行。"又去找老虎，到了老虎那里，又把事情告诉了老虎，老虎想："如果叫佛爷吃蛤蚧我就一样不得，叫蛤蚧吃佛爷，吃不

---

① 一种水中的动物。

完我还可以吃一点。"老虎说:"应该蛤蚧吃佛爷。"

佛爷想再去找迪娃达[①]拜会[②],他们到了迪娃达拜会那里,又把事情告诉了他。迪娃达拜会说:"应该蛤蚧吃佛爷。这些人都是不好,他们到处砍竹子,砍树,我在那里都不安。"佛爷说:"还是不行,再去找小兔。"见着兔子,他们又把事情告诉了小兔。小兔就想:"你俩的事情我也不清楚,我们去看看那个鱼塘吧!"于是他们三个就来看这个鱼塘。到了鱼塘,小兔说:"蛤蚧,你是怎样在泥土里面的,你做个样子看看。"蛤蚧就立即把尾巴和屁股钻到裂缝去,一直钻到腰上,小兔说:"是不是就这样了。"蛤蚧说:"还比这样深的。"于是就一直钻到胸部,小兔又问:"是不是就这样了。"蛤蚧说:"比这样还深的。"蛤蚧又继续钻,一直钻到脖子,小兔又问:"是不是就到这里。"蛤蚧说:"就是到这里了。"于是佛爷、小兔就放开了撬泥土的棍子,把蛤蚧照样压在裂缝里。然后,他们就走了。蛤蚧就死在这个鱼塘里面了。

救动物得福,救人得祸

讲述者:佚名
翻译者:刀正祥
记录者:周开贤
搜集地点:云南省西双版纳傣族自治州

有四个动物掉进山洞,一个是人叫乃章罕,一个是猴子,一个是老虎,一个是毒蛇。有一个猎人去打猎,口很渴,到处找水喝,都找不着。他走到掉进动物的那个山洞边,想:"可能里边有水。"就砍竹子做水筒,把筒子做得很长,伸到地洞里去打水。老虎抓住筒被拉上来,老虎对猎人说:"你很

[①] 迪娃达:天神。
[②] 拜会:在山上之意。

好,以后你需要什么东西,可以到我家去。"又说:"洞里还有一个人,猴子和蛇。"猎人第二次伸筒去,拉出来一条蛇出来。蛇对猎人说:"你是我的好朋友,你需要什么东西到我家去,我送给你。"猎人第三次伸进洞去拉出猴子来,猴子也说:"你是好朋友,把我救出来,以后需要什么到我家去。"又说:"里边还有一个乃章罕的人,你别救他了,因为他会变心。"猎人想:"我能把野兽救出来,不救人吗?"他就把那个人拉出来。那人也对猎人说:"你是我的好朋友,以后你要什么,可到我家找。"他们各自走了。

第二天,猎人去找猴子,猴子见到猎人,很欢迎他,就送一些果子给他吃。吃掉以后,猎人就去找老虎,老虎说:"你来的很好,可是我没有什么。现在我有一个金圈送给你。"老虎送给猎人金圈后,猎人又到乃章罕那里去。乃章罕也欢迎猎人,两人谈起话来。猎人说:"我到老虎家里,它给我一条金圈,你帮我把这金圈做成戒指。"乃章罕答应:"好!"收下了金圈。又对猎人说:"你等着我下去找东西来给你吃。"乃章罕走到召勐家,告诉召勐:"你的儿过去说是老虎吃了,不是的,是猎人打死的。你看,这金圈在猎人这里。"召勐说:"如果这样,就把猎人捆去杀死。"召勐派人捆起了猎人,要拉去杀。猎人救的那条蛇就来到召勐的楼上,咬召勐的姑娘。姑娘大叫起来,好像唷唷叫,姑娘喊出:"叫猎人拿药来给我吃。"这时猎人还没有被杀,召勐的人就放了猎人,猎人将蛇给他的药,拿给小姑娘吃,姑娘好起来了。猎人把得金圈的过程说给召勐,召勐认为,应该把乃章罕杀死,于是杀死了乃章罕,又将猎人提了当些纳①。

猎人与猴子

有一次猎人去打猎,老虎要来咬他,他跑呀跑,见到猴子,要猴子救

---

① 些纳:在召左右的大臣。

他，猴子让他爬到树上。他说："猴子，救我，老虎要吃我。"老虎在树下等着要吃。猴子和猎人就在树上生活着。猴子要睡时，猎人抱它；猎人要睡时，猴子抱他。一直在了三天。老虎对猴子说："你放我给他吃了吧，不然以后他要打死你们的。"猴子仍旧没有放开猎人。猴子睡了，猎人来抱猴子。老虎对猎人说："你把猴子丢下来，不然以后它要咬你们的。"猎人听老虎的话，把猴子丢下树来。老虎一爪抓住猴子的脖子，猴子叫了起来。老虎说："你还笑吗？"猴子说："当然要笑！人家是抓我的尾巴，而你抓脖子，怎么抓得稳呢？"老虎忙来抓尾巴，猴子一跳就逃走了。

老虎吃不到猴子就走了。猴子又爬上树，和小猴、猎人在一起。猎人抱着小猴子，等大猴子走去找食时，猎人就将小猴子打死了烧吃。大猴子回来还不知道，仍旧很和气地对猎人。等大猴子一不注意，猎人就用刀把大猴子砍死，装在包包里带回家来煮吃。当一生火时，火大起来，燃着房子，把猎人也烧死了。

猎人、大猴、小猴死后，都上天去变星星。

三个朋友

讲述者：佚名
翻译者：张必琴
记录者：张必琴
搜集地点：云南省西双版纳傣族自治州

从前有三个朋友：一个是猴子，一个是野白鹭，一个是萤火虫，都住在森林里。有一天晚上忽然刮起大风，下起大雨来。猴子没有地方住，永远都睡在树枝丫上，野白鹭做的窝非常好，萤火虫就依靠野白鹭。当刮风下雨的时候他们两个仍睡得很好，猴子没有家，刮风下雨就整夜哭哭啼啼一直到天亮。当风雨停了，这个时候，太阳也出来了，猴子出来晒太阳，野白鹭对猴子说:"你有手有脚,你为什么不做屋子呢?我呢?这样小,手也没有,脚也不会到处走,我还做了窝。你呢?屋子不做,当吹风下雨时只哭哭啼啼。"这时猴子听了野白鹭说的话就生气起来,说:"你比我小,为什么来教训我呢?你不必来教训我,在家里好好坐着吧!"猴子非常生气,于是便拆了野白鹭的窝,野白鹭哭哭啼啼请求猴子说:"我教训你是为了你好,你反倒生我的气,拆了我的窝。"这个时候,萤火虫说:"不必去教育笨人、懒人,好不好随他自己去做吧!咱们教育笨人、懒人反倒给自己找了麻烦,咱们不必教育他了。教育这种笨人、懒人没有好处。"

乌鸦抛弃人,人抛弃乌鸦的故事

讲述者:佚名
记录者:张必琴
搜集地点:云南省西双版纳傣族自治州

从前,有一个孩子,很早死了父母亲,生活非常穷苦,天天去挖地过活。乌鸦看见这个穷孩子很可怜,于是就天天找食物衔来养活这个穷孩子,当这个穷孩子长大后,做了一个勐的国王,生活过得很好,金银满仓。但是,当乌鸦飞到他那儿去要肉吃的时候,这个穷孩子都忘记了乌鸦给他的恩情,不但不给乌鸦肉吃,反而要赶走乌鸦,于是乌鸦非常生气,就叫了很多乌鸦来把这个穷孩子含走抛到河里去了。

大鸟和猫头鹰的故事

讲述者：佚名
翻译者：张必琴
记录者：张必琴
搜集地点：云南省西双版纳傣族自治州

从前有一只大鸟住在洋桃树上，有一天飞出去找食物吃。但是，忽然刮了大风，下了大雨，大鸟什么东西也没有找着吃，于是就飞回洋桃树上。这时有一对象在洋桃树下躲雨，大鸟找不到食物吃就想吃象，于是就想了一个办法，对象说："我做了一个梦，梦见要吃你。"象说："做梦是做梦，我不同意你吃我。"大鸟说："我要吃你。"象说："我不能让你吃。"两个争执不下，于是就去找苍蝇王说理，大鸟对苍蝇王说："我做了一个梦，梦见要吃象，你说应该吃不应该吃？"苍蝇王想吃剩余的肉，就说："应该大鸟吃象。"但象说："我不同意。"于是大鸟、象、苍蝇王三个又去找乌鸦王说理，大鸟照第一次对苍蝇王说的话又对乌鸦王说了一遍："我应该不应该吃象呢？"乌鸦王同样想吃剩下的肉，就说："应该吃。"可是象很不同意，于是又去找猫头鹰王说理，大鸟又同样的对猫头鹰王说了一遍，猫头鹰王就说："做梦是做梦，不能吃。"这时大鸟不同意。于是大鸟、象、苍蝇王、乌鸦王、猫头鹰王五个就去找国王说理，这时猫头鹰就飞到国王的火塘边打瞌睡，大鸟、苍蝇王、乌鸦王就在国王楼下作揖。这时，大鸟就对国王说："我的国王呀！我做了一个梦，梦见要吃象，可是猫头鹰说不能吃。你说应该吃不应该吃呢？"国王就将猫头鹰叫到他的座位处问："猫头鹰啊！你为什么说大鸟做梦，要吃象不能吃呢？应该大鸟吃象。"这时，猫头鹰就回答国王说："昨晚我做了一个梦，梦见我要做你的女婿，你说应该不应该做你的女婿呢？"国王说："那怎么能呢？"猫头鹰说："我做你的女婿不行，那么大鸟吃象又怎能行呢？道理还不是一样的么？"国王无话可说，就叫大鸟回去。由于猫头鹰的智慧就使大鸟没有吃象。

宰戛达向师父学法术

讲述者：佚名
记录者：张必琴
搜集地点：云南省西双版纳傣族自治州

从前有一个人叫宰戛达，丢了自己的妻子和儿女，上山求师学法术，在师父家住了很长时间，并给师父做工，什么事都做，过了三年时间，但宰戛达却没有向师父学得一点法术，心里很忧虑，就想回家。这时师父就对宰戛达说："你把祭神的蜡烛点八对，把酒瓶装满，跪下作揖。"师父说："如果你能忍受三次就可以做官，忍受九次就可以得金条。"宰戛达听了师父说了这两句话后，就回家了。当宰戛达回到家后，房子都破了，只剩几根柱子。正在这个时候，有一个老人到他家里借宿一晚。宰戛达说："我的房子很坏不能住。"但老人说："没有关系。"这时，宰戛达想到师父告诉他的两句话，"忍受三次可以做官，忍受九次可以得金条"。于是就答应老人住下。可是当老人住下后，就要住在屋子里面的房子，而不住在外面，宰戛达只好忍耐，让老人住进屋子内的房子。但老人进了屋子内的房子后，说要和宰戛达的妻子睡在一起。宰戛达心里想，这怎么行呢？但又想到师父说的两句话，又忍耐下来了。当老人睡下后，身上带着一把小刀，睡着时不断地响，每响一次，就惊醒了宰戛达，但老人却一直没有醒，宰戛达只好忍耐。当天一亮时，宰戛达就跑出去围篱笆。宰戛达的妻子起来后就做饭，当妻子把饭做好后，叫宰戛达吃饭。这时，宰戛达非常生气，对妻子说："你去叫那个老人吃饭好了。"可是当听到那个老人一直都没有叫醒，宰戛达心里急了，就把被子打开，当一打开被子，那老人却变成了一个金人，于是他就想到了师父说的两句话很对，成了事实。宰戛达就将金人砍成了金条，盖了新房，从此，生活过得非常幸福。

老虎和猴子的故事

搜集地点：云南省西双版纳傣族自治州

一只猴子远远看见一只老虎向他走来，它就跑到一堆牛屎边，捡来许多刺插在牛屎上，用屁股装坐在刺上的样子。老虎走近了看见猴子坐着很舒服，它也想坐，就对猴子说："你的凳子让我坐一坐，可以吗？"猴子说："等我去问问我的父亲再告诉你。"

猴子远远地走了一遭，转回来对老虎说："坐倒可以坐，不过有一个条件：必须把屁股从高处落下来。"老虎听了猴子的话就高高地跳起来，然后坐下去，结果刺了一屁股的刺。猴子就赶紧跑掉了。

第二次，猴子在一个蜂窝旁边，用手在蜂窝上装作打鼓的样子。老虎走来看见了，对猴子说："你前次哄我，使我刺了一屁股的刺，本来我要把你吃掉，但是如果你的鼓（蜂窝）让我敲一下，我就不吃你。"猴子又说："等我去问问我的父亲再告诉你。"

猴子远远地走了一遭，转回来对老虎说："敲倒可以敲，不过有一个条件：必须把你的腰捆紧在树上。"老虎就照猴子说的做。结果被蜂子叮了，连脸都叮肿掉。猴子又赶紧跑了。

第三次，猴子坐在一个蛇窝外面，劈许多花插在蛇窝上，老虎来看见了，就问说："猴子，你哄了我两次，我得把你吃掉。"猴子说："我在这里赕佛，已经赕成了，你不能吃我。"老虎听了也想成佛，就说："让我也来赕赕佛。"猴子说："等我去问问我的父亲再告诉你。"

猴子远远地走了一遭，转回来对老虎说："要赕可以，不过有一个条件：

先磕头，然后再用尾巴进洞里去搅。"老虎听猴子的话，照着一做，结果洞里的毒蛇被搅醒了，爬出来咬了它一嘴，老虎就中毒而死了。

有一个叭拉西走来看见老虎被毒蛇咬死了，觉得很可怜，就用神水把老虎救活了，老虎睁开眼睛看见叭拉西反而说："你为什么打醒我的瞌睡，我正在做一个好梦，被你打断了，我非得把你吃掉。"

叭拉西说："我看见你被毒蛇咬死了，觉得你可怜才把你救活。"老虎硬说是叭拉西打醒了他的瞌睡，一定要吃叭拉西。

两个争执不下就决定去请别人评理，先去问太阳，太阳说："我的本领没有云彩大，不管我的光怎样强烈，云彩都可以遮掉。"

去问云彩，云彩说："我的本领没有风大，风可以吹散我们。"

去问风，风说："我的本领没有山谷堆大，我怎么也吹不动它。"

去问山谷堆，山谷堆说："我的本领没有牛大，牛可以用角把我一堆一堆地挑掉。"

去问牛，牛说："我的本领没有绳子大，绳子拴住我就不能动。"

去问绳子，绳子说："我的本领没有老鼠大，老鼠可以把我咬断。"

去问老鼠，老鼠说："我的本领没有猫大，猫抓住我就不得活。"

去问猫，猫说："我的本领没有狗大，狗一见我就咬。"

去问狗，狗说："我的本领没有老虎大，老虎抓住我就要把我吃掉。"

老虎就对叭拉西说："你应该给我吃掉了。"叭拉西说："你要吃我还是可以，走回到我救你的地方去吃。"老虎就跟着叭拉西走。

在路旧帐室有一只兔子，兔子问："你们俩要到那里去？"叭拉西把情况向兔子说了以后，兔子说："我倒要看看老虎是怎样睡着的。"兔子就跟它们一起走。

到了蛇洞的地方，兔子就对老虎说："你重新做一遍给我看看。"老虎就先睡在洞口，然后用尾巴进蛇洞里去搅。

毒蛇在洞里睡得正香，被老虎尾巴搅醒了，生气地说："难道你还没有死吗？"说着又咬了老虎一口，老虎就再也动不了。

兔子见老虎死了，便对叭拉西说："你救命要看看对象，是好人的方救，是坏人的就不能救。"叭拉西觉得兔子的话很有道理，以后就记住了。

猴子和老虎

搜集地点：云南省西双版纳傣族自治州

有一个猴子掉进洞里去了，没有办法出来。老虎走来看见了，幸灾乐祸地说："猴子你出不来了，要着死了。"猴子说："咳，你还不赶紧下来，你看天上就要下雨了。"老虎看天上云彩在动，信以为真，便真的跳了下去，也出不来了。

猴子用绳子去搔老虎的屁股，老虎很生气，提起猴子尾巴把它摔出洞来。猴子很高兴，在洞口说："嗬，老虎掉进洞里去了，我要去叫人来打。"老虎很气愤，七跳八跳，终于跳出来了。猴子回头便跑，跑到一个地方，遇见一堆牛屎，猴子劈了许多刺插在上面就坐在旁边装瞌睡。

老虎追到这里就问："猴子，猴子，你给是上回用棍子刺我屁股的那个？"猴子说："不是不是，我是生来就守着这个座位的。"老虎因为疲倦了想坐一下，便要求猴子让他坐一下。猴子说："这个座位（牛屎）是我们祖先坐的，你不能坐。"老虎气汹汹地说："不给我坐，我就把你吃掉。"

猴子说："要坐可以，不过你得依照我们坐法坐，要高高地跳起来，然后落在上面。"

老虎真的跳得高高的落了下来，结果刺了一刺，猴子就赶紧跑。跑到一窝黄蜂的地方，猴子便坐下来守着，老虎追来问道："猴子，猴子你是不是前回哄我生刺的那个？"猴子说："不是，不是，我一生下来便守着这个鼓（蜂窝）了。"老虎想敲一下鼓，便对猴子说："让我敲一下鼓，不然，我要把你吃掉。"猴子说："你要敲可以，可是得两只手用力敲，才敲得响。"老虎真的用力一敲，一窝黄蜂便全都飞出来叮老虎。猴子又赶紧跑。

猴子跑到一条河，又装作捉鱼的样子，老虎追来了，问："猴子，猴子你是不是前回哄我敲鼓的那个？"猴子说："不是不是，你不知道猴子有各种各样的，有的守着垫子，有的守着大鼓，有的到河边捉鱼，还有的是在缅寺里拜佛。"老虎说："让我来捉鱼，不然我要把你吃掉。"猴子便让老虎来捉，趁老虎不防，它搬起一个大石头，一下砸在老虎脚上，又赶紧跑。

跑到一个蛇窝旁，便跪在旁边装念佛，老虎追来问道："猴子，猴子你是不是上前用石头砸我的那个？"猴子说："我是念佛的。"老虎说："我也是要赕佛。"猴子便叫它先磕三个头，然后用尾巴伸进蛇洞里去掏。

老虎真的照着做了，结果被洞里的蛇咬了一口便中毒死了。

老虎和人的故事

搜集地点：云南省西双版纳傣族自治州

在一个山谷下，一个农民在犁田，水牛力气很大，犁了很多，这时走来一只老虎问水牛："水牛呀，为什么比你小的人会来穿住你的鼻子，叫你拖着犁犁田。"

水牛回答说："人是有智慧，我比不过他。"老虎就去问农民："人，你有什么智慧，我两个来比一比。"人想了一想："与老虎比力气，怎么能比得过他？"就说："我的力气放在家里。"

老虎说："你回去拿来嘛。"人说："我去拿，你还不跑掉？"老虎说："我不跑，我不跑。"人说："我不信，除非我把你拴住。"老虎就给人把它拴起来。

人就用棒棒用力往老虎身上乱打，打得老虎怪喊怪叫，连说："比不过了，比不过了，你放了我吧。"农民把它放了，老虎就爬起来不要命地往森林跑。

　　碰见麂子，麂子问："你跑什么？"老虎说："不得了，山下的人很有智慧，我几乎被他打死了，赶快跟我跑。"麂子就跟着老虎跑。

　　跑了一程又遇着马鹿。马鹿问："老麂子你们为什么跑得这样惊慌？森林里发生了什么事情？"老虎说："人很有智慧，连我都几乎被打死了！"马鹿听了连老虎都怕人，就跟着跑。

　　遇到一个大岩石，岩石问："你们为什么这样惊慌？"老虎、麂子、马鹿一齐说："人太厉害了，连老虎都被他打得要死。"岩石说："你们有脚手都怕人，我没有脚手更怕了。"说后就滚到箐里躲起来。

　　从此以后，老虎、麂子、马鹿就不敢到坝子里来了。

《召树屯》中的两个情节

收集者：云南民族民间文学西双版纳调查队
记录者：卢自发
搜集地点：云南省西双版纳傣族自治州

　　景洪初师附小的一位傣族老师，名叫陶海啸，景谷人，他问我说了有关《召树屯》中的两个情节，他是由他们家乡的一位老年人口里听来的。为提供今后搜集的线索和研究时参考，也把这道听途说的一鳞半爪的片段记录下来。

　　一个情节这样讲：召树屯寻找喃木罗拉的途中过那条大河的时候是遇到一只大金角牛，召树屯得到天神的帮助——给了他一个银质的"棚"（形状如何不知——记录者），战胜了金牛，金牛就让他骑着游过河去。

　　另一个情节又说：召树屯有一天走得口太渴了，他到一个水塘边去喝水，他的嘴唇刚要接到水面，突然一条大蚂蟥跳起来就吸住他的鼻子，召树屯吓了一跳，立刻向上一纵，纵了一丈高，可是蚂蟥纵升起一丈高，仍然不放。召树屯再往高空升，蚂蟥是跟着升，这条蚂蟥可有几千丈长。召树屯忽然想起蚂蟥最怕唾沫，于是他赶紧用唾沫去抹这条大蚂蟥的嘴才滑脱掉。

喃格沙娜

讲述者：岩温光
翻译者：刀金艳
记录者：曹爱贤
搜集地点：云南省西双版纳傣族自治州景洪市

有个寡妇，她很穷苦，没有吃的，她就去挖了一块田，栽上谷子，谷子成熟了，有一天象王就从森林中跑出来吃这个寡妇喃格西的谷子。吃了两天，有人来告诉喃格西，"象王来吃你的谷子，快要吃完了。"喃格西就拿起一把刀去追。她想："如果追着，我就把它一刀杀死。"她追着爬过了多少大山，老象也被追累了。老象又怕又累，尿屎遍路，喃格西口渴得没法，就在路上的塘里吃水，吃了三口，结果是老象的尿，吃了以后，头昏，眼花，没有力量，就没有去追了，她回来了。回来后，她就怀了孕，过了十一个月，就生了一个女孩，名叫喃格沙娜。

喃格沙娜慢慢长大了，长到十六岁，有一天勐巴拉纳西赶摆，喃格沙娜很想去赶摆，她妈说："不要去了，怕别人打你，怕别人说你。"不管怎样说，她还是要去，她妈也就让她去了，她妈告诉她去到那里，不要说别人骂别人，看看后就回来。她就去约伴，那些伙伴一个都不要她去，说她没有爹。她就一个人去了。去到勐巴拉纳西，那里有一个名叫召王难公忙的男人，很喜欢她的漂亮和她的香头发，他就约着喃格沙娜去吃东西，原来她去约的那些小姑娘就一齐来骂她："你这个没有爹的人，还好意思来赶摆，来吃人家的东西。"她听了以后很难过，就回来在妈妈跟前哭。她问："妈妈，我真的没有父亲吗？要是没有父亲，怎么又生了我呢？"她妈妈说："以前我去挖地种了一块谷子，象王就把我的谷子吃掉，我就去追，到了山头上，口渴，就吃了三口老象的尿，回来后，就怀了孕，生下了你。"喃格沙娜听了很难过。她说："父亲在哪里，我要去找父亲。"她妈说："算了，别人说就让别人说吧，不要去找了。那里尽是森林，虎豹又多。"喃格沙娜说完就走了，并告诉妈，不要想念她了。她妈就拿出一根线去量他爹的脚印来给她，她妈包给她一包饭，她拿着饭，拿着线就走了，她一路就拿线量着脚印，顺着脚印走了好几天，才找到了大象住的地方——蒙西麻版，见着了大象。

这天大象全身很痛，睡在那里，象很多，有一万头。象王这天就告诉所有的大象："今天我一身痛，你们出去找吃的，顺便带给我一点吃的。"喃格沙娜远远地就看到它睡在那里，她就打了一口缸水，并且祷告说："若那个是我的父亲，水就倒在他的头上，不是就不会倒在头上。"象王抬起头来，就看见喃格沙娜，就问："你是什么人？从哪里来？来做什么？是不是猎人？是不是要来打我们？"喃格沙娜说："这些都不是，我是来找爹的。"接着她就说："以前我妈种着一块谷子，被你去吃掉，我妈就来追你，追到半路，你撒尿在路口，被我妈吃了以后，就怀孕，生了我。现在你的脚印我已拿来了。"象王说："既然拿来，就拿来比一比。"一比正合象王的脚印。象王说："你是我的姑娘的话，那就从我的鼻子走到我的尾巴，又从尾巴走到鼻子，不会跌倒，就是我的姑娘。"喃格沙娜就爬上去走了三转，下来了，象王的身子轻轻的，一点不痛，一点不累，象王就承认是它的姑娘了。到了下午，象王怕众象回来伤害着女儿，就去找到一棵树，树上有个洞，就让她住在那里。其他的象回来了，每个都带了点香蕉、甘蔗，来给象王吃，过了一会，众象嗅到人的气味，就问象王，"怎么会有人味，是不是有人要打我们？"众象很害怕，就派了一头象站岗。天亮了，象王又说："你们去拿一点东西回来给我吃。"众象又出去了，象王就把女儿接下来，喃格沙娜就去挑水来给象王洗澡，帮它们打扫住处，神仙也派了很多雀鸟来帮助她打扫。

到了下午，象王又送她到树洞，众象又回来了，把带来的东西，都齐堆给大象，众象又问象王是不是真的有人来，怎么老是有人的气味，象王说："没有。"众象说："可能是你睡着了，猎人来过。"它们仍然派很多象去守夜。众象说："今晚的住处怎么不同以往，又软，又干净，又香。"因为喃格沙娜用她洗香发的水去洒过。第二天，天亮，象王又叫众象出去，然后又去叫它的女儿下来吃那些东西。喃格沙娜仍然去挑水来给象王洗澡，去打扫那些住处，于是今天打扫得更干净、更香。到了下午象王又送她到树洞，众象又回来了，又对象王说："怎么我们一出去后，这些又打扫得干干净净的，到底是怎么一回事，请象王告诉我们。"象王说："现在我有个女儿来这里，这个女儿是前些年我去吃着她妈的谷子，她妈来追，由于口渴，吃了我的三口尿，后来就生下这个女儿。"众象就要求看看象王的女儿，然后象王就把女儿接下来了，众象一看都非常喜欢她。众象看着她没有住处，每头象都拔下一颗牙来，为她盖宫殿。这座宫殿完全用象牙盖庐来，很漂亮，上面什么东西都有。

喃格沙娜就在树林中，住了三年。后来她就想："三年都未见到一个人，生活很寂寞，有一个人来同我住就好了。"她想找一个丈夫，但是在森林里是不可能的。她就拔了自己的几股香头发，做成一个花圈，写一封信，信中写道："我是喃格沙娜，住在森林里面，父亲是象王，谁愿意来与我住，可顺着大河来，就可看到我的宫殿，但顺河来的中间那条路走不得，那里有个很高的鬼，谁拿着这个花圈，我就做谁的妻子。"说完后，她就把花圈放在河里，花圈就顺水漂流。

蒙张巴的召公忙，晚上梦着，在河里捡着个金盒，里面装着一些宝贵的东西，他很高兴，到第二天中午他就跑到河里去洗澡，刚一下水，花圈就套在他的头上，他忙从水里抬起来叫道："这是什么？"伙伴高兴地说："你头上套着个花圈。"他就拿下来一看，里面还有一封信，看了信后，他就跑回去告诉他的父亲："我今天去洗澡，一个花圈套在我的头上，里面还有一封信，我要去找这个姑娘去了。"他妈说："不要去了，她又在森林里，你去，别的动物会把你吃掉的。"父母怎么说，他都不听，于是拿着一把刀，包着一包饭，就去了。他照着信上说的，就去找这个姑娘。到了半路，就遇着一个鬼，是一个漂亮的姑娘，这个鬼就盖了一座宫殿，和喃格沙娜的一个样，她要召公忙进宫殿里去，想把召公忙吃掉，但召公忙终于没有去。他继续走，后来喃格沙娜出来挑水，召公忙就问她："你是不是喃格沙娜？"花圈是不是她放的。喃格沙娜说："就是我放的。"喃格沙娜就叫他为夫，把他叫到宫殿里去。

喃格沙娜挑水去给象王，象王就嗅到有男人的气味，头就痛起来了，它就问女儿，到底谁来到这里，"我嗅着有男人的气味，是不是猎人又来了？"喃格沙娜说："不知道。"众象回来也问："怎么有男人的气味，是不是猎人来过？"象王和喃格沙娜都说没有见。众象又都守起夜来。早上众象出去后，象王又问女儿，这时女儿说："我在这里生活很寂寞，我就做了一个花圈，河水流去，就套在一个人的头上，他就照着我写的信来了，他就是我的丈夫。"象王说："既然如此，就叫他上来我看看。"象王看见他以后，就说："若你是我的女婿的话，就从我的鼻子走到我的尾巴，从尾巴又走到鼻子，往返三次不跌倒。"召公忙就上去走了三次没有跌倒，象王就承认他为女婿。后来就回宫殿去了。众象又回来了，又问象王："是不是有猎人来。"象王说："没有别人来，是我的女婿来了。"众象要求看他，然后他们夫妇俩就从宫殿上下来了。众象看见他们以后，都高兴得唱起来，就敲锣打鼓地庆贺他夫妇俩。

就这样他们生活了五年，生了两个孩子，想逃走。象王知道以后气得又哭又叫，他们听见以后，不忍再走，又转回去。又过了一段时间，象王死了，喃格沙娜就跟众象说："你们去把我父亲埋好。"他夫妇俩就拆宫殿，把象牙拆下来做成船，他们四个人就坐在上面，顺河漂下来，来到了有鬼的地方。那个鬼就是叫召公忙到她宫殿去的那个，这次她就变成一朵莲花，漂在他们的船边。两个小孩看见就要，喃格沙娜伸手去摘，这朵莲花就把喃格沙娜拉下水去了。莲花马上把喃格沙娜的衣服换上，又从水中爬上船来，召公忙也不知道，他们一直坐在船上漂流，喃格沙娜也顺着漂流，几次漂到丈夫旁边和孩子旁边，他们都没有看到。一直漂到蒙张巴那国，喃格沙娜就在河边上悄悄地告诉他的两个孩子："晚上你们不要和那个鬼婆睡，她会把你们吃掉。我就在森林里面，你们可以来找我玩。"

他们四个人回到了蒙张巴那国，他们一到，很多人都来迎接他们，大吃大喝，跳跳唱唱。到了晚上，这两个小孩，不和他的爹妈睡，要去和他奶奶去睡。早上起来哥哥包了一包饭带着弟弟就去林林里找妈妈，天天这样。他们把饭送给他妈妈吃，然后，就又带着弟弟回来。人们看到他们天天这样，就问他们到森林里去做什么？孩子回答："去找妈妈，带弟弟去吃奶。""妈不是在家里边吗？"人们说。他们说："不是，我妈在森林里，这是鬼。"其他的人不相信，他们就说："你们可以跟我们两个人去看看吧！"他们就去，跟着去的人远远地看到一个女人给孩子吃奶，又在那里吃饭，并从她的住处飘来一股香气。后来这些人就来告诉孩子的阿公，阿公就叫召公忙来问："现在这个是你的妻子吗？"召公忙说："是的。"阿公又问："她的言行是否同你的妻子？你的妻子有香味，说话很软，而这个又没有香味，说话又硬。"群众也说："以前你的妻子在时，全个寨子都是香的，现在不香了。可能这是个鬼，你的妻子在森林里，因为我们从森林边过时会嗅到一股香味。"小孙也说："我妈妈在森林里面。"召公忙这时也不得不相信了。

于是他们就想办法要把这个鬼搞死，孩子就想了个办法，自她进宫来还没有洗过澡，就叫很多人来热水给她洗澡，当她洗头时，人们就拿长刀把她的头砍下来，她就倒在地上了。小孩又想了个办法，用象牙把她挑出去，把她的衣服脱下来，送还给喃格沙娜，喃格沙娜穿好衣服，全村的人在路的两边种芭蕉树和甘蔗，敲起锣、打起鼓去迎接她回来。她一进村来，全村又充满了香味。回到家里后，大家欢乐了两天，她们夫妻俩又在一起生活了。

忍气

讲述者：阿章
翻译者：刀孝忠
记录者：李仙
搜集地点：云南省西双版纳傣族自治州勐海县

过去勐章也有两老庚，想准备出外学习，带了足够的钱粮，到了勐达戛西腊便问："这里有谁会教本领？"人们回答："有阿章，他什么都会教你们的。"两老庚就向阿章说了来意，阿章接受了。两老庚准备给阿章一千两银子和礼物。

阿章用铁打成一把无口的刀，交给两老庚要将刀磨出口来，两人轮流着磨，磨了三个月，磨好了。有一天阿章带他两个上山去了，碰一有手臂粗的藤子，从这边山伸到那边山，好似一座桥，阿章拉住藤子过去，两老庚到中途，阿章将藤子砍断，两老庚拉着藤叫："我们快跌死了，我们快跌死了！"阿章一看他们俩满头大汗，阿章用铁钩拉过藤子拉上他两个，本来他俩是很生气的，但又想到阿章教给的万事要忍气，于是也就不敢怒了。

两老庚叫"阿章呀我们累极了！"阿章说："要忍气，要忍气！"说后，拿饭给他们吃。阿章告诉他们说："这就是我教给你的本领，现在你们要回家去也可以。"两老庚想到，替阿章磨了三个月的刀，拉藤，等等，还给阿章那么多的东西，而只得到这样一句话——忍气。

他两个走了，走到勐达他腊，看见一个鱼塘，他们就想放干池里的水，拿鱼去卖回钱来。他们整整搞了两天无效，一老庚生气了，不想再搞。另一老庚说："阿章教给我们要忍，你忘了。"结果他两个又搞了。第三天那个老庚不想干了，另一个老庚又用阿章的忍气教育他。

一直搞了七天，拿到四斤多鱼，那个不想干的老庚埋怨极了，另一老庚又说："我们再继续搞吧。"于是又继续下去，最后水干了露出一捆捆的金子，他们这才觉得阿章教的忍气的好处了。

两老庚去砍竹子来装好金子带回去，竹筒头上盖着鱼，底下是金子。

准备好挑着就走，天晚，他俩考虑歇哪家好呢？穷人见了反正什么都会要，于是就决定去住富翁家，富翁请他们住下，便问："你俩挑什么？"他们答："什么都没有，挑几个鱼去卖。"富翁叫家人煮饭给他们吃，富翁想："我们对他两个这样热情，而他们挑这么多鱼，一条也舍不得送我。"富翁就暗暗敲开竹筒一看，下边尽是金子。富翁忙叫醒老婆说："妻呀！他们挑的不是鱼而是金子呵！"妻子又将家奴叫醒，吩咐他们去家门边池塘拿鱼来，连夜拿来。他们将金子倒出，满满地装进了鱼，将竹筒放回原处。

天亮，他两个要出发了，富翁包饭给他们带到途中去吃，他们挑到途中，有一个老庚说："老庚呀，我觉得今天挑着的东西，没有昨天的重呵！有问题。"另一个老庚说："不必啰唆！今天是我们吃得好，吃得饱，因而力大就觉得轻了，富翁什么都有，根本就不会打我们的主意。"那老庚坚持要打开，打开一看，都是鱼，他们就挑着竹筒重回到富翁家来。富翁一见他们就问："你们又来了。"他俩答："你拿了我们的金子，我们当然要回来找你。"富翁说："我自己的金银，你们这辈子也挑不完，我怎么会拿你们的金子呢？"富翁又说："你们告诉我，你们挑的是鱼，怎么又会丢失金子呢？"富翁这一说，逼得他俩只有将他们昨天不敢歇穷人家，以及一条鱼也不送富翁的意图直说了。因为只有这样才能证明他们竹筒底下确是有金子。

富翁说："我们两边都有理，说不清，还是到头人那里去讲吧！"见到头人后，便将情况讲给头人，富翁说："他们根本没有金子，他们故意认为我富就用这种计要来骗走我的金子。"头人听了，也觉得难办，再看看竹筒也无法断定，就叫他们到土司那里去解决。

土司叫他们讲情况，两老庚从他们向阿章学本领直到取得了金子的经过讲了一遍，也将他们为什么要歇富翁家的企图一切都直说了，并说："我们第二天才发现我们竹筒底下的金子不在了，你看筒底和筒头的鱼都是两样。"

土司又叫富翁讲，富翁就讲两老庚住他家的情况，并表示坚决不能赔，土司也觉得这案不好判断。

富翁回家和妻说："妻子啊！他两个老说是我拿，但我不愿赔，怎么办？"妻说："夫呀！金银我们多多有，还是还给他们吧！不然土司也会打我们的主意。"富翁说："堂堂富翁那能让人知道我会偷别人的金子？偷就偷吧，要是我们拿去还他们，且不叫人笑话吗？"

第二天，土司要他们各人把各人的情况谈给大臣听，在场的人还是难以断定。其中有一大臣说："我有办法。我想，富裕的人一般都是贪心得很，愈富愈想富，我有点相信是富翁搞的这事。我建议做成大鼓让他们抬着转城三转，然后再判定谁是谁非。"鼓做成了，鼓中坐着一个大臣，土司就说："来吧，你们轮着抬，抬后再判断。"两老庚气愤地说："不要说三转，十转我们都抬。"他两个一边抬一边骂富翁卑鄙，换了他们的鱼还不承认，大臣在鼓中将话记下。

轮到富翁和他妻子来抬，就大喊大叫："我们没有拿他们的金子哪能不抬。"

抬到半路，妻子抬不动了，就埋怨丈夫说："我早说了，叫你还给他们，不然土司的办法更多，说不定要你还两倍。算了，这次抬回去就回家去将他们的金子还了吧。"丈夫说："不必啰唆！快走吧。"妻子累得满头大汗，抬不动了。大臣在鼓中将这些话记下，之后，就告诉土司。

土司说："现在可以判断了。"土司将大臣记下的话，说了一道，富翁听了发呆了。土司就叫富翁加倍还给两老庚金子。两老庚拿着金子回去了，他们回到勐章巴也成了富翁。他们是谁有困难，就大力帮助。

划船和撵山

讲述者：岩温扎
翻译者：刀孝忠
记录者：李仙
搜集地点：云南省西双版纳傣族自治州勐海县勐混镇

过去有夫妻俩生有四个男孩。第一、第二个长大后结婚了，第三个未结，第四个七岁时父母死了。

有一天，他们弟兄开玩笑说："现在我们是人，死后变什么安逸一些呢？"大哥说："我死后变老虎可以抓其他动物吃。"二哥说："我死后要变兔子，兔子虽小而其威力比其他动物都大。"第三个说："我死后一样不想，只想去当龙王女婿。"他们又说："那么四弟怎么办呢？"三哥说："只要弟弟需要什么，我们就来帮助他。"

三年后，三个哥哥都先后死去了，死后各人都如愿了。四弟十一岁了。有一土司告诉大臣，对家奴说："你们替我盖一个漂亮的凉亭。"说后，他们就照办。亭盖好了，土司天天去歇凉。土司又说："希望你们去撵山拿野兽肉给我吃，若打不到兽，我就吃你们的肉。"

他们去撵了几天，一样兽拿不到，告诉土司，被土司打死了几个用人。

土司说："现在我需要一只凤凰，如果拿不下来，杀了你们。"结果找不到凤凰，又被土司打死了几个用人。

土司又提出说："我现在想在水上歇凉，你们给我在水山盖一个凉亭。"

那时大臣、家奴就用朽木破竹在野外盖凉亭，土司嫌盖得不好，就发脾气了，土司就罚他们去做龙船。

这时，四弟在岸上看见后便说："这些人真无用，土司叫他们做什么都做不成。要是我，就能将土司交给的任务一件件完成。"四弟的话传到土司耳里，土司叫四弟来说："你说你能干，今天我叫你去盖一凉亭。"四弟说："凉亭我盖不成，我年小，要是叫我去打猎或拿凤凰，或做龙船都行。"于是土司也答应不要他盖凉亭，要他去撵山。

四弟去撵山了，他念道："大哥呀，现在土司要我撵山拿回野兽交给他，不然我的命不保。"于是他的老虎大哥及时就帮助他拿到野兽交去了。

土司又叫四弟去拿凤凰来交。四弟说："白兔二哥呀！土司要我拿凤凰去交他，拿不到我的命不保。"白兔听后，亲手招凤凰来交给他弟弟，四弟拿着活活的凤凰交给土司。据说凤凰拿到土司家以后，就变成了鸽子，从那时起，鸽子就被人们拿来养在家里了。

土司交给四弟的任务都完成了。过年时，土司又告诉四弟说："我现在需要龙船，限你一天做好，若完不成任务，就杀了你。"四弟点点头，走到河岸求念道："三哥呀！不爱你是龙王女婿，还是变成龙，我都求你来帮我做龙船。"于是三哥听后，就从水底下出来，马上变成一只龙船。人们就叫四弟说："你去划吧，你先去坐吧。"

四弟坐上去了，龙船很听他指挥，大臣看了高兴极了，回告土司。

土司全家及亲戚都来了。四弟问："土司呀，你们要我和你们同船吗？"土司说："谁要你这穷鬼同船？"四弟下船了，土司全家及亲戚坐上船，土司叫船上，船真的很快就上了；叫下，马上就下，后来船到水中间落下去了，全船人死了，岸上的人议论纷纷。

土司死了，无土司，百姓商量去商量来，结果就请四弟来当他们勐巴腊西的土司。所以，直到现在过年前后各地都要划龙船，这就是纪念那只沉了的船。

注：白兔与凤凰从来就有友谊的。据说很早以前白兔在草地上游玩，凤凰飞来要吃白兔。白兔说："你不能吃我，我个子虽小，但很有名誉。"于是凤凰就答应和白兔为友。白兔说："凤凰哟！我们既是好友，你将你的头伸过来我看看吧。"凤凰伸过头来，白兔就将凤凰的嘴咬了一截，这表示互相定下友好盟约。

波岩养的故事

讲述者：刀荣光
翻译者：李文贡
记录者：朱宜初
搜集地点：云南省西双版纳傣族自治州

1

过去有两口子，男的叫波岩养，女的叫咩岩养。咩岩养出工时，就对波岩养说："太阳到油加里树梢，就喂猪。"到太阳在油加利树梢时，波岩养就将猪槽端到树梢叫猪来吃，猪在树下上不来，他只好将猪食倒下来。这时他要下树，不知道怎样方能下，他看见蚂蚁下树，先头下，他就学着蚂蚁先头下，就摔下来了。

2

波岩养到河边打鱼，打了几网都没有打到，最后打到一条巴玛过滚①，这种鱼有角，他用荷叶一层层地包，角还是露出来，他将一条小鱼，包了几十层荷叶。他妻子取鱼时，剥掉几十层荷叶才看到一条小鱼。所以到现在说内容少的东西，都叫它为"荷波岩养"②。

3

咩岩养叫波岩养去烧地，"风吹头烧头，风吹脚烧脚"③。

波岩养却到地里，将自己的头和脚烧着了。

---

① 巴玛过滚：石榴鱼。
② 荷波岩养：即波岩养的包包。
③ 意思是风吹到哪里，就烧哪里。

4

咩岩养对波岩养说:"你到地里去盖个凉亭吧,没有本事就盖螃蟹壳那么大吧!"

波岩养在地里捉到一个螃蟹,吃到了螃蟹肉,剩下螃蟹壳,就小心地搁在地上。他妻子过来时,他警告说:"不要踩着我造的凉亭。"咩岩养问他:"凉亭在哪里?"一看却是个螃蟹壳,咩岩养问:"你为什么搞个螃蟹壳?"波岩养说:"我本事小,就照你的话盖了个螃蟹壳。"

5

咩岩养对波岩养说:"造凉亭要埋四根柱子,就像四个孩子站着一样。"

波岩养去造凉亭了,将四个孩子像埋柱子样埋下去。这时咩岩养走来,救出了孩子,觉得波岩养太笨了,无法一起生活下去,就收拾箱子等挑走了。波岩养听了,就事先躲在箱子里,咩岩养挑了箱子走,领了孩子走。走到路上,说:"这下好了,远离波岩养了。"波岩养在箱子里听说,就回答道:"咩岩养到哪里,波岩养还是到哪里!"这话一直流传至今。

6

咩岩养只好自己来造凉亭,终于造好了。

波岩养见咩岩养造的凉亭,以为是野象,他就拿了弩箭去射,将所有的箭都射完了,"野象"还是不走,他跑回来告诉咩岩养,咩岩养说:"这是凉亭!"

7

他夫妻俩去找野菜,路上遇见有熊来了,波岩养一见就吓得跑了。咩岩养见熊扑上来了,急忙用扁担插进熊的嘴里,半天就将熊搞死了。波岩养这时跑出来了,说:"这是谁打的?"咩岩养说:"当然是我打的!"波岩养说:"算我打的。"吵半天,咩岩养只好答应算是他打的。

从此波岩养名声大了，成了"打熊勇士"。

8

那次打的熊，波岩养将肉挑回来，沿途听见水声，他以为是水要吃肉，就一提提的肉丢在水里。到最后，丢到肺，却不下沉，波岩养说："你吃饱了，不吃了吗？"方将仅剩的肺脏提了回来。

9

"打熊勇士"的名声大了，有个地方的老虎常出来吃人，国王就派人来请"打熊勇士"。波岩养只有硬着头皮去了。国王问要派几个人一起去打虎，波岸养说："派四五个人就行。"

到了老虎的地方，波岩养心里害怕，先爬上了树，一会儿老虎来了，波岩养一见，吓得都掉下来了，人也从树上掉下来了。老虎就向波岩养摸过去。这时四五个随行的人赶快去救，一阵刀枪将老虎打死了。

这时，波岩养说："我原是想屙屎来喂老虎，捉活的。现在被你们打死了，我不好交差。"要他们说老虎是他打死的。这些人没有办法也只好算是波岩养打死的。

从此，波岩养又成了"打虎勇士"。

10

这时，别国来侵略这国，国王就请勇士去打，波岩养带着一个牛生殖器（以为此物可避刀枪，另外以为雷劈死的东西可避刀枪）去了，天天只晒这个东西，却不出战。有一天这只狗叼起这牛干巴就跑，波岩养拿起刀去追狗，狗跑向敌方。这时士兵们以为"勇士"冲锋了，"我们的勇士冲锋了，我们跟着冲啊"，士兵们一起冲上，敌人乱了，退了。

"勇士"没追到狗，就爬在树上休息，这时敌人也来到树下休息，"勇士"吓得从树掉下来，敌人以为"勇士"从天上飞下来的，马上吓散了。国王就封他的官，"勇士"就是这样做了大官。

战胜国王的故事

翻译者：李文贡
记录者：朱宜初
搜集地点：云南省西双版纳傣族自治州

叔点大挖拉果曼是一个穷人，野象专来吃他的谷子。他就在半夜里起来守谷子，他看见有只野象来了，就赶过去，拔下了一根象牙，象却跑掉了。

叔点大挖拉果曼将象牙带回去，放在家里，照样出去种田，当他回来的时候，桌子上摆好了菜饭。他心里很奇怪，但有吃的，也就不管吃了再说。第二天，第三天，一连几天都有人将菜饭做好，他就决定回去看看。还没有到吃饭的时候，他就偷偷地回到大门口去偷看，只见有一个非常漂亮的姑娘在给他做菜饭，他就赶快推开门进去，将这姑娘抱住了，向她求婚。这姑娘说："我是天神派下来的，因为我和你有缘。"他们就结了婚，生活过得十分愉快。

有一次国王路过那里，见到叔点大挖拉果曼的妻子十分漂亮，就想将她夺过来。于是国王就对叔点大挖拉果曼说："我们来斗鸡吧，如果你赢了就没有事，如果你输了，你就将你妻子送来吧！"叔点大挖拉果曼心里十分苦恼，也不敢不答应，回去就告诉他妻子，他妻子说："没有关系。"就抓了一把米，一小下就来了只野猫，她又将野猫变成一只鸡，就叫她丈夫带着这只鸡去斗国王的鸡。国王的鸡长得又大又高，大家都说国王的鸡是赢定了。哪里知道叔点大挖拉果曼的鸡是野猫变的，一下子就将国王的鸡啄死了。

国王不服输，就说："我们明天斗牛吧，你斗赢了，没有你的事，你输了就将你的老婆送来吧。"叔点大挖拉果曼又是很苦恼地回去告诉了他妻子，他妻子说："不怕，我有办法。"她就抓了一把草，一下子就出来一只老虎，她又将老虎变成一条牛。第二天叔点大挖拉果曼带了那条牛去斗国王的牛。国王的牛又壮又大，叔点大挖拉果曼的牛又小又矮，大家都担心叔点大挖拉果曼的会斗输。但是叔点大挖拉果曼的牛是老虎变的，所以斗牛的时候，一下子就将国王的牛斗死了。国王想了想，他想斗动物斗不过他，斗人就一定将他斗输的。于是约他第三天斗人，斗输了的话，叫他送他妻子来。

叔点大挖拉果曼回到家里将这事告诉了他妻子。他妻子说："不怕，我也领了人来，他们都在象牙里。"于是她从象牙里叫出一两个人来，第三天就去给国王的将军斗了，但是国王的将兵越来越多，这时象牙里出来的人也越来越多，马上就变成大战争，双方打了一两天，国王的将兵死的死，伤的伤，国王也被杀死了。国王失败了，这个国家的百姓就请叔点大挖拉果曼来做国王，而且做四大洲的[①]，这时各洲的人都来祝贺，各洲的人见一面，各人看到各人的脸不同，都想笑，叔点大挖拉果曼就统一了天下。

天鹅的故事

讲述者：伍英武
记录者：林中
搜集地点：云南省西双版纳自治州景洪市勐龙镇

从前勐龙一个头人，有一个美丽聪明的姑娘，头人不允许姑娘和家奴接近，连谈话都不允许。但姑娘是个好心肠的人，她见家里的用人都是勤劳正直的人，不管父亲反对，背地里经常和他们在一起。家奴中有一个英俊勇敢的小伙子，姑娘常听家奴讲起这个小伙子的好处，就很注意他，经常和他接近，两个人慢慢地就有了爱情，但是怎么敢让头人知道呢？他们

[①] 傣族传说世上四大州：南胜神州，团脸和满月；西胜神洲，月牙形脸；南胜神洲，像常人的脸；北胜神洲，四方形脸。

决定结为终身伴侣，办法只有一个，就是双双逃出头人樊笼。在一个月色朦胧的夜晚，人们都睡着了，姑娘和小伙子手牵手悄悄离开头人的家，要逃到勐龙河那边去。

头人知道了，暴跳如雷，带着家丁连夜追赶。

姑娘和小伙子跑到勐龙河边，勐龙河波浪滚滚，回头见有人拿着火把追来。怎么办呢？要过河没有船，不过河只有等死。他们决定双双跳进河里游过去——就是过不去，死在一起也心甘。头人赶到河边，他们已经跳到河里去了，小伙子拉着姑娘尽力向对岸游去。游到河中间，水深流急，被波浪卷进水里，再也游不动了。只见突然间河水中射出万道金光，"啪嗒"一声，一对美丽的天鹅飞上高高的天空。

此后，人们经常见到这对天鹅双双栖息在勐龙河边，形影不离，人们都很爱护不敢去惊动它们。

附记：据勐龙老百姓说，这对天鹅直到1960年还经常可在勐龙河上见到。植物研究所的人，因不知底细，打死了一只，剩下一只孤鸟悲叫，久久不愿离去。现在仅剩的这一只，也不知去向了。这事曾引起当地傣族老百姓不满，后多方解释，才算了事。

七头七尾象

讲述者：康朗祥再
翻译者：刀德方
记录者：林中
搜集地点：云南省西双版纳傣族自治州景洪市曼小寨

从前有兄妹二人，哥哥七岁叫哎汶，妹妹四岁叫依娜，父母都死了，他们住在一间又小又破的屋子里。妹妹哭了，哥哥就哄她："妹妹，妹妹别哭了，哥哥去找一只尾巴像狮一样大的鸡给你。"妹妹就不哭了。第二回，妹妹又哭了，哥哥又哄她："妹妹，妹妹别哭了，哥哥去找只七个头、七象尾巴的大白象给你。"妹妹又不哭了。

哥哥哄妹妹的话，传到国王的耳朵里，国王就唤兵丁来把哥哥捉到王宫里。对他说："你知道七头七尾象在哪里，限你七天去找来给我，找不到杀你的头。"

哥哥回到家里，把妹妹寄在伯父家里，自己去找七头七尾象。

走呀走，走了不知多少路，遇见七个美丽的姑娘，都没衣服穿。姑娘问哎汶："小孩，小孩你知道为什么人人有衣服穿，只有我们没有衣服穿。"哎汶说："我不知道。"那七个姑娘说："如果你碰见聪明人，请你代我们问一问。"

又走到一个森林里，看见一只大象，四脚栽在土里，拔不出来，背上长一棵大菩提树。大象问哎汶："你知道我背上为什么长一棵大菩提树，请帮帮忙把大树拔掉。"哎汶说："大象，大象，我不知道，我力气小，不能帮助你。"大象说："如果你碰见聪明人，请你代我问一问吧。"

这次走到一座大山，看见一条大蛇卡在山洞里，进又进不去，出又出不来，大蛇问哎汶："小孩，小孩，你知道我为什么会卡在洞里，进又进不去，出又出不来，很难受，请你帮我拉出来吧！"哎汶说："我不知道，我没有力气，不能帮助你。"大蛇说："如果你碰见聪明人，请你问一问，我为什么会卡在山洞里。"哎汶又走到一个荒坝，碰见一个帕那西①不吃饭，只吃芭蕉野果。帕那西问哎汶要到哪里去。哎汶说："国王叫我七天内找到七头七尾象，不知道要到哪里去找。"帕那西说："七头七尾象只有勐惹②有，你一人去，惹要吃掉你。"哎汶说："我不怕，我要去找。"哎汶问帕那西："为什么七个姑娘没有衣服穿，大象背上会长一棵大树，为什么大蛇会卡在山洞

---

① 帕那西：和尚武佛爷。
② 惹：一种妖怪，要吃人。

里?"帕那西说:"七个姑娘在前生过年过节看见人家穿漂亮的衣服就吐人家的口水,这世她们就没有衣服穿。大象前世喜欢拱倒老百姓种的树,这世它身上就长出一棵大树。大蛇前世是一个富翁,他把金银埋起来,到死的时候也不告诉人家,它卡在山洞里,是被金银压住。"说后,帕那西又对哎汶说:"既然你要去,我送你两件东西,一条项链,一葫芦仙水,可以保护你身体。"又教他怎样用法。

哎汶来到勐惹,看见有三万个黑面、獠牙、头发竖直、眼睛像碗一样大的惹,守在城门外,把哎汶捉了放在口袋里去见惹王,放在惹王面前。哎汶把项链带在脖子上,变成一个最漂亮的人,惹就不敢吃他。惹王问他来做什么,哎汶说:"要找七头七尾象。"惹王就把一只七个头七条尾的大白象给他,还派六万个惹护送他回去,其中有三千个惹最厉害,只要在地上随便拾到一片树叶,一吹就变出一个个惹,吹一次一千个,二次就二千个。他们回来,经过帕那西那里来到大蛇那边,大蛇问:"你问聪明人了没有?"哎汶说:"问了。""请把我拉出来吧!我把所有的金银都给你。"哎汶含了一口仙水一喷,大蛇变成一个人,把洞里所有的金银给他,一共有六万斤,并且跟着哎汶去。

来到大象那里,大象问:"你问过聪明人没有?"哎汶说:"问了。""请把我背上的大树拔掉吧!我把所有的东西给你。"哎汶含一口仙水喷在象背上,大树就出来了,变成一棵金树,象也能走出来了,就跟着哎汶去。象把金树送给哎汶,他带来的三万个惹搬也搬不动,三千个最厉害的惹在地上拾一片树叶,一吹变出很多很多惹把金树招去。

来到七个姑娘那里,七个姑娘问他:"问个聪明人没有?"哎汶说:"问了。""请帮助我们吧!"哎汶含口仙水一喷,七个姑娘都穿上漂亮的衣服变得更美丽了。她们都跟着哎汶去了。

来到国王这里,国王问他:"七头七尾象找到没有?"哎汶说:"找到了,在城门外。"国王带了兵丁到城门外来牵象。整个城都被哎汶带来的惹包围住了,国王和兵丁出到城外,都被惹抓来吃掉了,哎汶就当了国王,七个美丽的姑娘都做他的妻子。他把金银、衣服、粮食送给老百姓，老百姓都过着好日子。他把妹妹也接回来了。

艾多戛达棍满

讲述者：波陶倒
翻译者：刀正祥
记录者：周开学
搜集地点：云南省西双版纳傣族自治州

以前有一个棍满，从生下直到长大，因他家兄弟多，他好像看不起他们，一见就骂，父母也被他骂。可是他的心也爱赕①，但是家里穷，没有什么可赕的。每次别人赕的时候，他都去教别人如何赕：吃饭要吃好饭（不要吵，不要闹，和气地吃），洗澡要洗清水（赕时送的东西要洗干净），要赕好（东西要变成自己的，要自己出钱买来的，才拿去赕。计划要赕多少就赕多少）。直到他死都是如此。

他死了，第二次转世那家，也有哥哥弟弟。这些弟兄都不爱他，他很苦恼，想到山上自杀。他跑到山上，走进大森林，遇见一个叭拉西，叭拉西问他："你来这里做什么？"他说："因为兄弟姐妹都不爱我，我要去死啦！"叭拉西看看他的手相②说："你很有福气，不要忙去死。你回去砍柴卖给马哈西梯③，马哈西梯有玻璃珠，顶得一千金子、银子。"他回去了，砍柴背到马哈西梯门前问："我砍来柴，要不要？"马哈西梯说："要。"又看见棍满麦芽长得很好，要开钱给他也不好，就把玻璃珠送给棍满。棍满很高兴，要装在什么地方都不是，只得用手拿着，拿到河边，他下水洗澡，把玻璃珠放在河

---
① 赕：献佛。
② 从手掌看福气。
③ 马哈西梯：富翁。

边，一只老鸦看见，啄起就飞去了，他难过极了。老鸦又飞过马哈西梯的房子，衔不住，就将玻璃珠掉在马哈西梯家的院子里，被猪看见吞下去了。等这条猪长大，人们杀猪，剖开一看，发现那珠是马哈西梯的，就送给他。马哈西梯说："这玻璃珠，我不是送给棍满了吗？大概是他不喜欢送给别人，又回来啦？"于是就将玻璃珠拿出放在原来储存的地方。

棍满难过地自语："我该死了，把珠丢了。"就走进树林里去死，看见另外一个叭拉西，叭拉西问他："你要到哪里去？"他说："我要去死。我的哥哥姐姐都恨我，我卖柴给马哈西梯，他送我的玻璃珠也被老鸦衔去了。"叭拉西也来看他的手说："你很有福气，不要去死。你回去砍柴卖给叭召勐，他有一棵玻璃珠，可顶一千斤金子、银子。"棍满照叭拉西的话，回家砍柴去卖给叭召勐："召勐要柴吗？"召勐说："要！"又看他很有福气，要开钱给他也不好，就把玻璃珠送给他，他拿着玻璃珠来到河边洗澡，要把玻璃珠放在哪里也不是，最后决定把玻璃珠放在浅一点的水里，结果被一条鱼衔去了。他哭起来了："这回该死了，两次的玻璃珠都丢了。"他就进大森林去死，遇见第三个叭拉西。叭拉西问他："去哪里？"他说："我哥哥姐姐都恨我，一次卖得的玻璃珠，被老鸦衔去了，第二次卖得的玻璃珠被鱼衔去。我要去死。"叭拉西说："不要去死，你很有福气。你去砍柴卖给西梯混南木[①]。"

他将柴拿去卖给西梯混南木。混南木看他很有福气，就用平时赕的篾篮，装上很多东西，叫他拿去赕给菩萨，"问问你这生为什么这样穷"。他挑着东西去赕了。走到路上，遇见一条大蛇。这条蛇进洞很容易，而出洞非常困难。蛇问他："要去哪里？"他说："我要去问帕召，问问我为什么没有福气。"蛇说："请你也帮我问一下，我为什么进洞容易，而出洞找食就非常困难。"他记住蛇的话走了。走了一阵，又遇见一只大象，牙齿和脚扎在土里就拔不起来。象问他："你要去哪里？"他说："我要去问帕召火西那来，

[①] 混南木：住在江头的富翁。

我生下这辈很穷,要请他帮助。"象说:"我的牙和脚扎在土里拔不出,请你帮我问一问是为什么?"他又记住老象的话走了。走了一阵,又遇见另一只象,被一棵榕树的大枝压住背不能动。象问他要去哪里,他说:"要去问帕召,我困难的原因。"象说:"也请帮我问一下帕召,我为什么会被这树压着。"他又记着象的话走了。走着走着,又见着四个男人抬着房子不能放下,四人问他:"你要去哪里?"他将他去找帕召的事告诉了他们。他们说:"我们就是天天抬着放不下,请你帮我们问一下是为什么?"他记着四人的嘱托走了。后来又遇着一千个姑娘,吃的没有,穿的没有,口渴了喝自己的尿,肚饿了吃自己的屎,天天在那里跳。姑娘们问他要去哪里,他告诉姑娘们找帕召的事。姑娘们说:"我们没吃没穿,天天在这里跳,请你问一下帕召,为什么?"他带着姑娘们的话走了。

走到了帕召的地方,将东西赕给帕召以后,就坐下来问帕召:"我这一辈子生来为什么穷和困难?第一、第二次卖柴得的玻璃珠都丢了。"帕召答应他:"你前一辈看不起父母哥弟,所以这一辈别人就不爱你了。你回去拿东西去赕,以后不要骂别人,要和别人和气,以后就好了。"他又把蛇、象、人请他问帕召的事问帕召。帕召说:"那一千个姑娘,她们前一辈不敬自己的丈夫,这一辈才会这样,叫她们赕了以后就好了。那四个男人,前一辈别人去赕那萨拉①,他们用刀乱砍柱子。主人骂他们:'这种人二天给他不成富人,来这里守着房子,来给我做苦工。'这是那主人使他们这样的,叫他们赕了以后就好了。"

"再说,被树枝压住的那只象,前世他是个召勐,他去看人家过节赶摆,去到榕树下,把那叶子摘来坐,所以今生榕树才生在背上。叫它去赕,重新栽榕树,二辈子就会好了。那牙齿扎在土里的象和蛇都是前世要赕的东西没有拿去赕完,今生才罚他们看这些东西,叫他们赕了以后就好了。"

棍满听了以后就回来了。来到姑娘的地方,把事情说给姑娘。姑娘们

---

① 那萨拉:抬着的房子。

赎了以后，就跟着他来了。来到四个男人处，将事情告诉他们，男人赎了以后，好起来，四个男人也跟着他来。来到树枝压着的象和牙齿扎在土里的那只象与蛇那里，告诉它们原因，这两只象和蛇赎了以后，得自由了，就送给棍满很多金子银子。棍满让姑娘和男人挑着金银跟着他回到寨子里。他们赎了以后，就盖房子。跟着他来的人就和他在一起，帮他做工，一直生活下去。

后来，他们的那个地方的召勐死了。头人们商量："艾多戛达棍满很有钱，选他当我们的召勐。"于是，棍满当上了召勐，搬到原来召勐的家里去住。

召波拉

讲述者：波岩斌
翻译者：刀正祥
记录者：周开学
搜集地点：云南省西双版纳傣族自治州

召波拉生在一个马哈西梯①家里，一岁时，又有了个妹妹，取名叫南教。兄妹俩长大了一点，母亲就死了，由父亲教着。

父亲又另外接了一个妻子叫南戛。后娘非常恨波拉，叫丈夫把儿子带去杀死，说："如果你不把他带去杀死，我就不在你这里了。"由于父亲宠爱后妻，就听了她的话，将儿子带到山上去砍柴，到山上后，父亲就偷偷地跑回来了。

召波拉以为父亲去找水，一直等到太阳快落山时，都不见父亲来，他就自己回家了。到家后问父亲："爹，你回来怎么不叫我？"父亲说："我的

---

① 马哈西梯：富翁之意。

儿，父亲迷失了方向，找不到你了，我很挂念你，你回来就好了。"后娘仍然要叫丈夫带去杀死，可是父亲非常怜爱孩子不忍下手。

第二次哄儿子去山上挖山药。到了山上，父亲挖了个土坑，叫儿子下去刨。等波拉下去后，父亲就推土把儿子埋在坑里，回来了。

波拉家养着一只狗，狗知道此事，就又叫又挣，把绳子挣断了，就跑来山上找到召波拉，用爪抓开了土，把召波拉救出来，领回家。后娘很生气地说："不行，这回连女孩也送去，送到远远的地方让老虎吃掉他们。"父亲把两个孩子领到大森林里，偷偷地跑回来。

兄妹俩因为路远，森林大，找不回来，天晚了，就采些树叶铺在地下睡。深夜，老虎出来抬妹妹了。妹妹叫了一声："哥哥！"波拉没有醒，妹妹被抬走了。

第二天醒来，不见了妹妹，就到处去找。在一处找到了妹妹的衣服，他知道妹妹被野兽吃了，就哭起来。

天上的叭英知道以后，就来找他，问："你来这里做什么？为什么哭？"他说："后娘太恨我，把我丢在这里。"叭英就说："下边有一个马哈西梯，很想要一个儿子，你可以去找他。"波拉去到西梯的寨子边，有一群孩子在放牛，他就和孩子们在一起。孩子们告诉马哈西梯："有一个人和我们一起放牛，你可以去叫他来做儿子。"马哈西梯就把波拉叫回去了。

波拉没有牛，西梯买了一条给他，让他每天和孩子们一起去放牧。孩子们天天在一起玩，又说："我们没有召，要选出一个来。"孩子们选了波拉当头人，将他的牛杀吃了。

下午回来，别人骑着牛，波拉脚走回来。母亲[①]问他："你的牛哪里去了？"他说："他们选我做头人，把我的牛杀吃了。"母亲说："不要紧。"又另给他买了一条，他仍和平常一样和孩子们去放牧。

---

① 西梯的妻子。

孩子们又说："有召，没有纳①，还要选些纳。"孩子们就在自己内部选了些纳，又把召波拉的牛杀吃了。波拉回来，母亲问："你的牛呢？"他说："他们选官，把牛杀了。"母亲又给他买了一条牛，第二天又去放牧了。

到了山上孩子们又说："有召，也有官，还要请客祝贺。"又把他的牛杀吃了。波拉回来，母亲又问他的牛哪里去了。他说："今天为了庆祝选头人，把牛杀吃了。"母亲又重新买给一条。

他又和他们一起到山上去牧牛。孩子们说："现在要盖房子，需杀牛吃。"孩子们把召波拉的牛杀吃了，将波拉请进房子，当了召勐，从此再不回家来了。

寨子里有人来找他们，被他们捆起来就打。那人说："救命，你们放我，回去我不说什么。"那个人被放了以后，从此没有人再敢来叫孩子们回去了。

有一个叭阿那造了几个谜来给召勐巴拉纳西猜，如果猜不着就派兵来打。谜的内容：1. 布妥，2. 南摸，3. 桑合。召勐巴拉纳西猜不着，就去请召波拉来猜，若猜着了，给他管一半土地。

波拉一来猜，就猜着了。召勐就让他管一半领地，并让波拉来管辖的地方住下。

年达新②也来和波拉在一起。他们说："有召没有南，我们该找一个啦！"到处去找都找不到，后来在勐西丙，找到个南西那拉，长得很漂亮，她有父母、哥哥，有三间房子，父母在一间，哥哥在一间，南西那拉在一间。年达新回来告诉召波拉："勐西丙有个南西那拉，长得非常美丽。"他们就准备了些礼物去送给勐西丙③，由年达新送去。

送到那里，父母亲想接这礼物④，可是她哥哥召戛温不答应。年达新没

---

① 纳：傣语，"大官"之意。
② 年达新：一种官，有本领。
③ 勐西丙：南西那拉的父亲。
④ 接了礼物，就意味着小姐要嫁给波拉。

办法就回来了。

年达新回来用木头刻成三十只猴子,念了口功,猴子变多了,用什么也砍不死,砍一个出两个。年达新把这些猴子送到小姐的房子里,用一个大猴子将小姐连床抬到召波拉这里来。

第二天早上,南西那拉醒来,看看不是自己的屋子,就昏过去了。召波拉就用一壶水来请求:"叭英,天神,掉不掉辣,如果能做我的妻子,就把这水泼在她身上,让她能醒过来。"波拉就把水洒在小姐的头上,小姐醒过来了。波拉对小姐说:"我很爱你,希望和你在一起。"

勐西丙那边不知道姑娘哪里去了,只以为是猴子吃了,就派人来打猴子。猴子砍一只就变成两只,砍两只就变成四只,始终打不过猴子,反倒死了很多人。

过了四个月,有一个生意人到处做生意,后来来到召波拉住的地方,看见小姐像南西那拉,就回到勐西丙,告诉了小姐的父母:"你的南西那拉被召波拉拿去了。"父亲问:"真的吗?"生意人说:"很像。"就让生意人装成叭拉西[①]背一个锅来讨饭。南西那拉送饭给这个佛爷,他看准了小姐后,就回去了,说给小姐的父亲和哥哥:"是真的啦,一点不错!"小姐的哥哥非常愤怒,就组织了一百多个地方的头人和其他人去攻打召波拉。

攻打的人出发了,来到波拉的地方住下,寨子的看见了觉得害怕。其实波拉这边早准备好了:在宫的西围挖了河,放满了水,水里都放些会咬人的动物。攻打的人过不去,小姐的哥哥就写信给波拉,"你交出我的妹妹来,若不交出,就杀你的头。"波拉又回夏温信:"要打仗可以,但是打仗要死人民。我们都是弟兄,我们还是和谈。"夏温看信后更愤怒,派人进攻。第一次在河这边,打不过波拉,夏温召人商量,打算切断波拉的钱粮运输,围困他们。波拉这边故意用些粮草放水淌来,又喊:"你们没有粮草吗?可以取用。"夏温更生气,做竹筏准备进攻,河里的人都被水里的动物咬死。

---

① 叭拉西:傣语,"大佛爷"之意。

戞温对波拉说："我俩来拼。"波拉派年达新出来应战。戞温飞上天，遮住太阳，显示自己的武艺；年达新也飞上天用刀和戞温砍起来，后来用弩，一箭射死了戞温。戞温所有的人都投降了召波拉。

召波拉领着南西那拉到勐西丙去找他的父母。母亲说："先送东西来时，我们想接，可是戞温不接，才被打死。"双方谈完以后，波拉回来当了巴拉纳西的召勐，年达新回到勐英叭塔当召勐。召波拉就和小姐生活在一起。

勐诺、勐乃①

讲述者：康朗甩
翻译者：刀正祥
记录者：周开学
搜集地点：云南省西双版纳傣族自治州

勐乃以外的叫勐诺。勐乃的召叫召勐乃——普马牒打拉扎，他有一个小姑娘，长得非常漂亮。姑娘长大后，召想给女儿找丈夫，一百二十个地方的人都来要姑娘。召想了个办法，在楼梯下搞了一条路，把稀泥放在上面，又放了一鸡蛋壳水，然后说："谁从泥里走过后，用这蛋壳水把脚洗净，我就把姑娘嫁给他。"人们这样做了，哪个也洗不干净，洗过脚的人都不服气，他们要等着看，到底谁当得上召的女婿，于是住下等着看。

勐张巴有五个弟兄，也要来试试看：第一个叫岩的，第二个叫岩夫，第三个叫岩山，第四个叫岩不，第五个叫岩乎着列，第五个走路一跛一颠。

五个弟兄来在路上，议论纷纷，谁有办法当上召的女婿。岩乎着列说："我们去拴一条牛来留着，牛主人来找，看谁能抵挡。"他们偷了一条大水牛，拴在一棵树上守着。第三天，牛主人来找了，主人说："你们怎么把我

---

① 勐诺、勐乃：在外边、在内。

的牛偷来？"大哥、二哥说："我们不是偷的。"就说不下去了，四个哥哥都无法答复。岩乎着列说："我们不是偷来，我们来路上讲牛的牙齿问题。大哥说，牛的牙齿上下都有；二哥说，下边没有，上边有；三哥说，下边有上边没有；四哥说，两边都没有。我们想看牛到底怎么样，所以把牛拴在这里，等牛主人来，搬开牛嘴看看，到底哪个说得对。"牛主人道："原来这样，你们想看。我就搬给你们看。"牛主人拉开牛嘴给他们看，是第三个说得对。岩乎着列说："我算搪塞了这件事，我可以当召的女婿了。"

来到曼暖点，看见两三个姑娘在树上摘麻格点。大哥问姑娘："姑娘，你们拿什么东西？"姑娘们说："我们拿麻格点。"大哥们说："不要说麻格点，我们是问什么果子。"他们又叫姑娘拿来给他们吃一点。姑娘们答："好！我们想问，要吃热的还是冷的①？"大哥们无话答复了。岩乎着列来了，大哥告诉他这事应怎样答复，岩乎着列说："要吃冷的。"她们各背一包从树下来给他们吃。五弟又答了一个问题。

他们来到召的地方踩烂泥，大哥先踩，用一蛋壳水洗脚，水完了，脚还很脏，第二、第三、第四个都如此。第五个拿着六七根鸡毛来踩泥巴，踩后，就用一蛋壳水来洗脚，来洗之前，用鸡毛把腿上的泥擦净，又用一鸡毛蘸水来洗，两只脚都洗干净后，一蛋壳水还剩了一点。

召勐请人们上楼吃饭，满屋摆的都是桌子。先是每张桌子上摆一个土碗，什么东西都没有放，悄悄地把大冬瓜挖开，掏空，将要吃的东西都放进去。等客人来了，就抱些冬瓜来放在桌子上，请大家吃。召勐说："大家吃吧，我们没有什么招待的，请吃大冬瓜吧！"大家都觉奇怪，只得用饭去蘸一个大冬瓜，再吃，但是没有什么味道。岩乎着列坐在火边，没有吃饭，把冬瓜翻来翻去地看，就看见冬瓜上有刀印，于是就搬开瓜吃里面的好东西了。以后大家知道了，也跟着吃起来。大家都佩服他，就推他当召万领②，做

---

① 热的：从树上掉在地下，粘有灰，用嘴吹，好像是热的；冷的：直接送来的。
② 召万领：后来叫召片领。

得女婿。

南尼格拉

讲述者：波玉温
翻译者：刀正祥
记录者：周开学
搜集地点：云南省西双版纳傣族自治州

  以前有一个南尼格拉，活着的时候，父母亲都死了，丈夫也死了。她和夫弟一起生活着，小叔子就想和嫂嫂结婚，可是嫂不要他，去找一个佛爷帕把借来给他赊。她天天打水给佛爷洗脚，佛爷拿一个玻璃珠给她，拿到后就回家去了，过了一久就死了，可是玻璃珠还在她手里拿着。死了以后，就带着玻璃珠上天去了。

  后来弟弟也死了。由于弟弟非常爱嫂嫂，死后也跟上天去，变成布塔戛雅①，他有一张弩，嫂嫂住在他房子不远的地方。

  春天来了，百花开放，嫂嫂想看看花，用玻璃晃，有时又丢了玩，这种闪光，就变成闪电。弟弟用弩一射，箭声成了雷声。他俩一闪一射，这样要进行五千年才停止。

麻雀教育猴子

  有一个猴子和麻雀，猴子不会盖房子，麻雀会做窝。有一次下一阵大雨，猴没有房子，就跑进树洞，还是被雨淋湿。麻雀有窝，雨淋不着。晚上萤火虫来窝里，麻雀觉得自己的屋子漂亮，又暖又有灯。

---

① 布塔戛雅：傣语，指批牙。

第二天早上猴子出来晒太阳，麻雀看见就说："你有手，又有脚，又是个大个子，树和竹子很多，为什么不盖房子？我们才有两只脚还会盖房子。晚上房子里还有灯（萤火虫），刮风下雨都不怕。你也可以做吧！"猴子听了很生气，说："你是一只小麻雀还来教育我。"于是就爬上树将麻雀窝捣毁。

木匠的猪

讲述者：康朗甩
口译者：刀正祥
记录者：周开学
搜集地点：云南省西双版纳傣族自治州

以前有一个木匠，天天去砍木料来卖给别人盖房子。有一天，他去砍木料，见着一个小野猪，他就抓住这只野猪，拿回家养起来，一直养了两年。

他教猪做活：他要抬木头，猪就用嘴帮他抬；要打眼，猪也来帮他。

直到木匠老了，快要死了。木匠想："这只猪懂事，又会做活，要杀它，又可怜，要卖给别人也不好。"他于是又把这只猪送回原来的山上。走到山上，见一群小猪向他跑来，这群小猪是被老虎追起才跑来的，他把这只大猪放下，大猪就跟着那一群小猪去了。他就回家来了。

有一个叭拉西，他有一只虎，天天靠来山上咬猪给他吃。小猪对这个大猪说："这只老虎是叭拉西的，它要来咬我们。"大猪说："不要怕，我们团结起来把它咬死。"它们商量以后，在山上挖了一个人深的坑，上面用木头铺起来，搞好以后，就分头看守。老虎来了，它们在下面叫起来，把老虎哄下来。中间的那只一叫，老虎一扑，就掉进坑里去了。大猪咬住老虎的一只脚不放，其他小猪一起来，就把老虎咬死了。

它们又商量，还有叭拉西没有死，还要想法把叭拉西弄死。它们组织起来去找叭拉西，到寨子就见叭拉西。叭拉西说："老虎今天还能抓这多活的来。"猪进屋去叫起来，叭拉西害怕，就爬上树去。这群猪就咬树挖土，一直把树咬倒，把叭拉西咬死了，它们回来了，很多野兽都来庆贺，选大猪当了头人。

玉喃猫

讲述者：缅寺佛爷
翻译者：刀正祥
记录者：周开学
搜集地点：云南省西双版纳傣族自治州景洪市嘎洒街道

从前一个人名叫岩满够，是个懒汉，天天睡大觉，枕头都靠成了一个马鞍形。父母亲不满意他，想撵走他。他走时，对父母说："以后你们还得依靠我。"他走到勐混的一个萨拉①休息，看见两三个姑娘来打水，他就问："你们打水去做什么？"姑娘说："今天有人要结婚，打水去吃和洗澡。"岩满够就跟着姑娘走到结婚的那个地方，对新娘说："我要和你的姑娘结婚。"他住在新娘家等了三年，说："你生下是男的，是我的朋友，是女的，就做我的妻子，是猫是狗也要和我在一起。"

过了一段时间，新娘生孩子了，生的是一只猫，岩满够还是将猫领回来，住在景洪的边缘。

有一回，岩满够的父母要到缅寺去赕，叫岩满够拿东西来赕。晚上他睡着想：一样也没有，而父母要牛马各一百条、布匹、花……。花猫知道后，变成一个姑娘到处去找东西，走到一个大沟边，见到两个姑娘：一个是

---

① 萨拉：休息的亭子。

孔雀姑娘，一个是龙姑娘，她们在那里洗澡。她就悄悄地把两个姑娘的衣服偷走了。等两个姑娘洗完澡，上来一看，衣服不见了。龙姑娘到处去找，最后找到了猫姑娘，对她说："你把衣服还给我，你要什么东西，我可以给你。"猫姑娘把衣服还给龙姑娘，龙姑娘送给猫姑娘一铜鼓，并说："你需要什么东西只要敲鼓，东西就来了。"

猫姑娘回到家，又变成猫。岩满够仍然很苦恼，就对猫说："父母要找我送东西去赕，哪里去找？"猫说："不要着急，有人帮助我们。"父亲要隔七天才赕。第三天，就敲铜鼓，牛、马、布各种东西都从猫身上出来，各一百，猫也变成姑娘了，他俩骑着牛马把东西送到缅寺摆起来。全寨的人都称赞父亲的东西比不上儿子的好。父亲看到自己的东西比不上儿子的，恼羞成怒，捶胸而死，岩满够就来顶父亲的官。

艾们够

讲述者：缅寺佛爷
翻译者：刀正祥
记录者：周开学
搜集地点：云南省西双版纳傣族自治州景洪市嘎洒街道

艾们够死了妻子，没有菜吃，有一天他去买了一个鸡蛋来做菜吃，但没有时间煮这个蛋吃，天天去劳动，把这个蛋留着。

过了三天，鸡蛋里出来一个姑娘南害发，每天扫地、煮饭留给他吃，每天他干活回来，都扫好地，留好饭，但不知是谁做的。有一天，他推门出去做活，便躲着看，姑娘出来煮饭了，他就跑进去拉住姑娘，问她："你是从哪里来的姑娘？"姑娘说："我是从蛋里出来的。"艾们够又问："只有你一个人吗？"姑娘说："有五个人，一个是南害发，一个是南稚，一个是南那，一个是南孟，一个是南五朵般。"五个姑娘都在他家里生活，南害发做了他的妻子。

过了一段时间,叭召勐知道艾们够的妻子很漂亮,就要问艾们够互换妻子。艾们够说:"姑娘是自己来的,不能换给你。"召勐说:"我们用鸡来打架,如果你的鸡打赢了,就要你的,若打不赢,你的妻子就是我的了。"艾们够想:"我一只鸡都没有,怎么办?"他就将这事告诉了妻子。妻子说:"不要紧!"她用一只野猫当鸡,让丈夫抱去和召勐打,结果召勐的鸡打死了。召勐又要用牛来打架。艾们够没有牛,又回来告诉妻子,妻子找了老虎来当牛和召勐的牛打架,召勐的牛又打死了。

召勐又要用大象来打架。艾们够没有象,又回来告诉妻子,妻子找了一种力比象大的拉扎西来和召勐的老象打架。三次召勐都败了。第四次召勐叫混军①们来开会。艾们够的妻子知道了,就告诉丈夫,叫丈夫不要吃蛋,不要吃批牙的心,不要吃那鸟的心,不要吃蚂蚁的蛋。召勐听见了,派人出去找艾们够不吃的这四种东西,找回来以后,煮在一起叫艾们够吃,艾们够不吃。召勐说:"你不吃就要杀死你。"艾们够只得吃了。他一吃,家里的五个姑娘都走了。南害发跑到天上去,南稚回到勐稚的地方,南那回到勐那,南孟回到勐孟,南五朵般回到五朵般去。

艾们够回去,五个姑娘都不在,只留下一只有九条尾巴的狗。他问狗:"姑娘哪里去了?"狗说:"她们回到自己的地方去了。"他非常苦恼。

第三天,他领着那只狗上天去找南害发,走了一个月,去到海洋边,又不会过水,狗说:"你拉住我的尾巴,我带你过去,但不要笑。"在过水的时候,狗放屁,他忍不住笑了,一笑,狗尾断了,一直断了八根,只剩下第九根了,他用手掩住嘴不笑,方算过了海。到对岸,狗已经累死了,他守着狗不让野兽吃。有一天,老鹰和老鸦要来吃狗,他不给吃。老鹰、老鸦就说:"这狗臭了还不让我们吃,给我们吃了吧!"他只好让它们吃了。

---

① 混军:寨里的头人。

他走到一个地方,在萨拉①处休息。第二天,有一只大鸟叫罗哈文里林,落在他那里,问他要到哪里去。他说:"我要去找南害发。"艾们够就钻进大鸟的毛根里面去,大鸟就把他带到南害发那里去,落在一个寨子的边上,他就在那里休息。艾们够在寨子边看见三四个姑娘一齐来挑水,他就问她们:"挑水做什么?"姑娘们说:"今天南害发要结婚,我们挑水去给她洗澡。"艾们够现在听说南害发又要与另外的人结婚,就把原来南害发送给他的戒指送还给南害发,他把戒指放到姑娘们的桶里面,当南害发洗澡时,戒指就套在她的手上。这时,她知道她的丈夫已经来了,怎么办呢?南害发的父亲说:"就让新旧丈夫都在一起吧!"

他们结婚后,第二天要比赛,门外有一块九掰长,七尺宽的石头,如果旧的丈夫抬得动姑娘就是旧丈夫的;新丈夫抬得动的话,姑娘就是新丈夫的。开始抬石头了,新丈夫一连抬了三次也抬不动;旧丈夫一抬就抬起来了,并且在头上用了三下。又提出去打弓特弩,新丈夫打不起来,旧丈夫轻轻地就打出去了,箭头穿过一座山,山头就断了,弩的声音就像七个打雷的声音那样大。另外又提出要去打仗,谁胜就算谁的,旧丈夫想,这次可能要败了,打了几次,结果真的打不赢,后来天神就来帮助他,把太阳遮起来,整个大地都黑了。结果旧丈夫终于胜利了,南害发是旧丈夫的了。旧丈夫经过三个月的时间去找南害发,终于找到了,不久就带他回到自己的家里住。从今后,他们就在一起生活,一直到老。

---

① 萨拉:亭子。

艾更帕火董

讲述者：缅寺佛爷
翻译者：刀正祥
记录者：周开学
搜集地点：云南省西双版纳傣族自治州景洪市嘎洒街道

以前有两弟兄，家里很穷，父母亲死了，父母临死时，告诉两兄弟："孩子，你们以后就包着饭，牵着牛，去和人家的打架，你们赢了，就去吃人家的饭，如果输了，就把牛送给人家。"

有一次，召勐叫弟兄俩的牛去和他的牛打架，弟兄俩牵着牛走到召勐的院子里。召勐就拉一条大黄牛来和弟兄俩的牛打架，一打叭召勐的牛输了；又拉大水牛来打还是败了；又拉象来打，也败了（因为后来哥哥变成了牛，只有弟弟是人了，打架的就是哥哥）。

叭召勐就把弟弟和牛抓起来，要弟弟艾更帕天天干活。有一天弟弟干活去了，叭召勐就用毒药把牛毒死，还想把艾更帕毒死。第一次用一种胶做成刀和斧拿给艾更帕砍地——地有三座山宽，可以种五挑种子，限七天之中把地砍完。艾更帕就用胶做的刀斧砍，刀斧砍烂了就坐在地里哭。

他的父亲死后，在天上当掉阿不①派牙和鬼及艾很龙②来帮忙，自己变成风来帮儿子砍地，七天这块地就砍出来了。

地砍完以后，叭召勐又叫艾更帕，七天的时间把砍倒的树搬完。艾更帕无法搬完，哭起来，父亲又变大风来把树刮走了。

艾更帕回来，叭召勐看难不倒他，又叫艾更帕去海中盖一座大房子。艾更帕无法，还是哭。他父亲就叫鱼、龙、蚂蟥、蛇来做成房子。做的时

---

① 掉阿不：神官。
② 鬼及艾很龙：大力士。

候，天黑了七天。柱子由厄[①]来做，龙来当板板，蛇当棵，蚂蟥做篾子，鱼鳞做瓦。七天之中，房子盖好了，非常漂亮，天也亮了，艾更帕来叫叭召勐去看，叭召勐一看，非常喜欢，叫大家来庆祝，热闹了三天。叭召勐搬进这房子里去了。住了三天，鱼、龙、蛇都动了起来，召勐一家就在海里死了。寨子里的人知道艾更帕很能干，让他当了召勐。

岩多内

讲述者：缅寺佛爷
翻译者：刀正祥
记录者：周开学
搜集地点：云南省西双版纳傣族自治州景洪市嘎洒街道

  从前有一个孩子，家里很穷，他跟外婆在一起生活，家里只有一条水牛，外婆天天给孩子放牛。过了一段时间，那条牛就不在了，孩子到处去找都找不到。有一天，找着了，原来牛是去和叭召勐的牛在一起。孩子忙回来告诉外婆："我们的牛和叭召勐的牛在一起。"外婆和孩子去向叭召勐要牛："叭召勐，这条牛是我们的，我们要牵回去。"叭召勐说："这条牛不是你们的，是我的牛，是我的那条大公牛生下来的。如果你们要拉这条牛回去，去请聪明的人来跟我说。"

  奶孙二人回家来了。

  回家来，他们想："我们这样穷，去哪里找人。"有一天，外婆让孩子到山上去砍柴，看见一只青蛙在树藤子上。青蛙问孩子："弟兄啊，你怎么这样忙？做什么？"孩子说："我还有事。""请你把我从藤子扣里救出来，你有什么事我帮你做。"孩子救出青蛙，并说他要牛的事。青蛙说："你先回去煮

[①] 厄：动物之一。

饭等我。"孩子就先回来了。

　　孩子到叭召勐那里。召勐问："你要找人来跟我谈话，怎么还不来？"孩子说："它后来。"等了一会，青蛙来了。叭召勐说："你怎么来这晚。"青蛙说："我来倒是来得早了，只是我年纪老了，一下子来不到。我来在路上，见火烧水变成灰，我就在那里看，所以来迟了；后来又看见鱼在树上摘果子吃，我又看，才来迟了；又来到寨子边，看见父亲生小孩子，我又帮他洗澡后才来。"叭召勐说："你这只青蛙，怎么男人会生小孩子？你胡说！"青蛙说："你还是个召勐，为什么还说大公牛生小牛？"召勐无言对答，只得让孩子把牛牵回来，还送孩子家黄牛、水牛、马各十余条，银子一驮。孩子家用银子去赎麻哈帮①，三天三夜结束，以后他们生活了一辈子。

知了的故事

讲述者：缅寺佛爷
翻译者：刀正祥
记录者：周开学
搜集地点：云南省西双版纳傣族自治州景洪市嘎洒街道

　　知了②爬在一棵叫过祭的树上，麂子来树下捡果子吃，正在吃的时候，知了就叫了起来，麂子吓了一跳，跑起来了，踏着冬瓜的藤子，藤子一断，冬瓜滚起来，砸在芝麻树上。芝麻树下有一只鸡正在啄芝麻吃，冬瓜碰了芝麻树，有一粒芝麻就掉进鸡的眼睛里，鸡乱飞起来了。鸡飞扑在黄蚂蚁窝上，蚂蚁窝就从树上掉下，恰好掉在猪身上，咬起猪来。猪跑去滚芭蕉树，芭蕉树就倒了。芭蕉树上的蝙蝠惊飞了，蝙蝠飞进老象的耳朵里，老象乱跑，踏死了叭召勐的儿子。

---

① 麻哈帮：比较大的赎。
② 知了：蝉。

叭召勐抓住老象，问它为什么踏死了他的娃娃。老象说："蝙蝠进我的耳朵我才跑来。"叭召勐去抓蝙蝠，问它为什么钻进老象的耳朵。蝙蝠说："因为芭蕉倒我才飞去。"芭蕉树说："猪来滚我的根，我才倒。"问猪为什么滚芭蕉树根，猪说："黄蚂蚁来咬我才滚。"找黄蚂蚁，黄蚂蚁说："鸡弄掉了我们的窝。"找鸡，鸡说："芝麻掉进我眼睛，我才乱飞。"找芝麻，芝麻说："因为大冬瓜打着我的根，我才落下来的。"找冬瓜，冬瓜说："麂子踩断了我的藤子，我才滚下去的。"又去找麂子，问它为什么踩冬瓜藤子，麂子说："知了吓了我，我才跑的。"叭召勐去追知了，问它："你为什么叫？"知了答不上来，叭召勐就把知了的肠子掏出来丢了。所以现在的知了肚子是空的。

四个动物的故事

讲述者：岩温光
翻译者：刀金艳
记录者：曹爱贤
搜集地点：云南省西双版纳傣族自治州

四个动物，即蛇、猴子、老虎和人。人是一个打金匠，出去找野兽，到了山上，山上有一个大坑，金匠不注意掉进坑里。老虎出来找吃的，走到坑边，因为坑被野草盖着，于是老虎再一走也就掉进坑里；蛇爬到那里也掉进去了；猴子在树上，要从这棵树跳到那棵树去，一跳就跳到坑里去了。四个都一齐掉在坑里，互相惧怕，谁不敢侵犯谁，这样过了五年。猴子提了一个意见："我先跳出去，找根棍子来，放下坑，把你们救出来。"猴子就开始跳，当猴子一跳时，他们三个就拉着它的尾巴，一直反复了三次，猴子始终跳不出来。于是他们又这样，一个不敢侵犯一个地过了五年。有个猎人出来打猎，到了山上两三天，又饥又渴，想吃水，后来他忽然发现前面有个坑，于是他就做了一个瓢，去坑里面打水，当瓢一伸进坑时，猴子因为比较灵巧，抓着瓢，就跟着瓢爬上来了。猴子就对猎人说："感谢你，若不得你这一救，我是不能跳出来的。"猴子就问猎人，是什么地方人，有多大岁数。猎人告诉它后，恰巧他们两个是同岁的。然后猴子又对猎人说："坑里面还有一条蛇，一个大虎和一个人，希望你把他们救出来。"猎人又把瓢放进坑里，蛇就缠在瓢上，爬上来了。蛇感谢猎人救命之恩，又问猎人住什么地方，有多少岁，结果他们两个也是同岁。现在它又对猎人说："坑中还有一个老虎和一个人，最好请你把老虎救出来。"猎人想救老虎来，怕老虎会把他吃掉，他想把那个金匠救出来。猴子和蛇知道他有这个顾虑，于是就向猎人保证，救出老虎来，保证叫老虎不吃他。

猎人又把瓢伸进坑里，老虎马上就爬到瓢上，顺着瓢上来了。老虎说："若不有你救我，我将会死在坑里了。你把我放了出来，我永远忘记不了你的恩情。"虎又问猎人住什么地方，有多大岁数，结果他们也是同岁。猎人就想再去救那个打金匠，但是蛇、猴子、老虎不同意。三个动物对猎人说："这个三心二意的，原来他是打金匠，后来他又想来打猎，多么贪财，越富越想富，最好不要救他。救他出来对你没有好处。"猎人说："他是人，我也是人，其他的动物我都救出来了，我怎么能不救他呢？"猎人又救出了坑里的打金匠。出来以后，他们互相交谈了很多，最后知道他俩也是同岁的。

他们这时要分开了，互相告诉地址，打金匠说："我住在勐巴拉纳西。"老虎说："我就是在金匠住的附近。"蛇说："我住在一个破庙里面。"猎人说："我住在勐张巴纳管。"猴子说："我住在森林里面。"说了以后，他们就各自分别了。

猎人就继续往森林里走去，找野兽，遇着一个大鬼，大鬼要吃他。猴子看到以后，就问鬼说："这是一个好人，我在坑里多年就是他把我救出来的，现在我不准你吃他。"鬼就把猎人放了。猴子把猎人送出了森林。猎人想："我出来几天了，结果一样不得。"于是他就去找老虎。老虎爱吃人，有一天老虎抬去了一个公主。他到了老虎住的那里，刚一进洞，就被许多小老虎包围住了，就报告大老虎，大老虎出来后，一看是救他的那个猎人，就不准小老虎吃他，并对小老虎说："我以前掉进坑里多年，出不来，就是他把我救出来的，你们不能吃他。"

小老虎也就不吃猎人了。大老虎对猎人说："你来得正好，你就别走了，就同我在这里住一晚上。"第二天，猎人要走了，在走时，老虎说："我没有什么东西送给你，这里有些金子，你就带一些去吧！"于是就用桶巴①装了一桶巴送给他。老虎告诉他，回家好了，别处不要去。

猎人走到半路，他想："这么多的金子拿回去，别人一定会说我是偷来的。"忽然他想起他救出的那个金匠，可以请他把金子炼成一团，不是更好一些吗？后来找着了金匠，金匠见到猎人十分高兴，金匠的妻子也早就想见一见他，于是就叫他住在他们家里。晚上妻子做了一些好菜饭招待他，饭后，他就告诉金匠说："我到老虎那里去玩，老虎送了我很多的金子，想请你给炼一下。"金匠说："你给我看一下，到底炼些什么东西。"打开看了以后，金匠看见那些东西，都是他给公主打的。金匠他们俩又继续喝酒，金匠用酒灌醉了猎人后，就叫猎人去休息。

金匠就去报告国王："现在有个猎人在我家睡着，你的公主就是他杀的，你若不信，请去看他带回来的那些公主的东西吧！"国王说："真不真，请拿那些东西来看。"金匠回家来，拿了公主的那些金银来给国王看，国王看见以后，就派许多兵去抓这个猎人。猎人被抓到国王面前，不知什么原因，国王就叫拉出去杀掉。这时有个老人说："现在天快黑了，杀人是无理的。不准杀，应该把他拉回来问个明白，有理讲理。"于是只得把猎人拉回来了。拉回来以后，就把他拴在破庙那里，晚上他就痛哭起来了，叫大蛇来救他，大蛇听到以后就来了，问猎人："怎么被捆起来了？"猎人说："我到老虎那里玩，老虎送了我一些金子，我就想去请金匠给我炼成一团。后来金匠就去报告了国王，国王就派兵把我捆起来了。"蛇说："我现在没有什么办法救

---

① 桶巴：口袋。

你,以前我就向你说过,救出他来对你没有好处,他是没有人情的。现在我只能给你一种药,然后我再帮你想过办法。"

它说:"第七个公主和她的妈就睡在最高的那个房子里面,我爬上去用毒药放在公主的脖子上。"公主的脖子就肿起来了,饭也不能吃,话也不能说,国王知道以后十分着急,到处找医生来医治,这个猎人就没有去管他了,一直到下午,有个老人才去叫他来到自己的家里,问了他有没有父母、爱人、亲友,他说:"父母还在,妻子也有,亲友也很多,以前人们叫我做官,但是,我怕办不好事,不想当官,只想做一个猎人。"老人又告诉他说:"现在公主的脖子不知什么东西咬着,中了毒,国王到处找医生都医不好,你能医好吗?"猎人说:"能。"于是他们就一起进宫,到国王面前,老人问国王说:"他能医好公主的脖子。"猎人就用蛇给他的药(解药)放到公主的脖子上,公主的脖子就好了。老人向国王说:"他是一个好人,根本不会杀人,是金匠害他。"老人叫猎人把他原来的衣服丢掉,另做给他新的,他穿了新衣服,就到国王那里。打金匠也在那里,猎人问金匠说:"你掉在坑里面是不是我救出你来?我到你家你请我吃饭是不是?"这些金匠都承认了。说完后,金匠就下楼来,这个时候,地就裂开了,把金匠不知埋到什么地方去了。

夏木爬母冬

讲述者:岩温光
翻译者:刀金艳
记录者:曹爱贤
搜集地点:云南省西双版纳傣族自治州

从前有夫妻俩,住在搬家木管寨子里,生活很穷苦。几年以后,妻子生了一条牛,取名叫母冬。又过了三年,生了一个小孩,这是一个人,名字叫戛木爬母冬。第二个孩子生了以后，父亲就死了。母亲带着他们两弟兄生活，生活十分贫苦。兄弟俩就商量如何找钱来养活母亲，他们俩就到富翁家去干活。富翁说："现在我要你们砍一千根竹子，砍好后，一次搬回来，如果一次搬不回来，你们就帮我做长工，如果一次能搬回来，我就给你们很多钱、米。"弟弟听了很着急，就来告诉哥哥："一千根竹子一齐搬，怎么搬得回来？"哥哥回答说："弟弟你别着急，一千根竹子我可以搬回来的。"说了以后，他们两弟兄就去了，首先，他们把那些竹子两棵两棵地拴在一起，放在哥哥的背上，哥哥一个人就驮回来了。但是，富翁并不给他们钱和米，富翁说："你们再给我去砍倒一千棵，把它搬回来，我就给你们钱和米。"弟弟又来向哥哥说，说完后，他们弟兄俩又去搬回来了。这时候，富翁也只好把钱和米给了他们。

富翁两次输了以后，非常恼怒，就去告诉国王，国王听了以后，就把他们兄弟俩叫来，拿出一千老象和他们比力气。国王说："如果你们兄弟俩输了，就做我的长工。"说完后，就开始比力气，结果加一条老象也拉不过他们兄弟俩。国王不甘心，第二次又斗牛，但仍拉不过他们兄弟俩。国王就把所有的牛都放出来，结果这一千头牛，有的角断，有的肚破，有的死亡，一片惨象。他们两兄弟就胜利了。国王说："这次不算，明天再来。"他们就回来了。走到路旁亭子休息，弟弟就痛哭起来："明天还要来，不知能打得过吗？"哥哥劝弟弟："你别难过，别说一千条，就是一万条我也不怕，就是枪打，就是刀杀我也不怕。我们只要严守三条：一我们不要吃着牛肉，二不要吃芭蕉和玉米拌做的饭，三不要吃黄尚。我们就什么都不怕了。"当他们正说的时候，国王就派人去偷听，听了以后就把这些话都告诉了国王。国王就故意把牛肉、玉米、黄尚拌在一起，第二天就请他兄弟去吃饭，并对他弟兄说："这几次我们都输给你们了，今天是最后的一次了，若是这次再输给你们，我真的要给你们钱和米了。"他弟弟不知道他们搞些什么鬼，吃了国王做的饭后，就回来见哥哥，哥哥知道弟弟已经吃着些东西，就告诉弟弟："这次我们是干不过国王了，即使我们跑到外国去，国王也会在路上围住我，我们这次一定是输了。"于是就告诉弟弟，"如果我死了以后，就是我的肉被别人吃了，你也千万把我的骨头好好地埋起来，以后生活当中有什么困难，只要你一叫我，我就会来帮助你了。"说完后，国王的人就来叫他们去斗，决斗一开始，一千头牛一齐扑来，哥哥就被斗死了。

哥哥死后，弟弟就把哥哥抬到岔路口埋起来。埋好后，国王就把弟弟叫回去，当了他家的长工。国王叫他去砍地，每天要挖七个坡、七个凹的地，要是一天挖不出这么多的地就要杀头。说完后，就把弟弟拴在大象的尾巴上，大象把他送到了山地，给他的工具是用紫梗做的一把破刀。他在大深山里，搭了一个小棚住在那里。晚上他就伤心地向哥哥祷告，祷着祷着，他就睡着了。第二天起来，无边无际的地都砍得光光的了。他就回来告诉国王："我一晚上的时间，你要我砍的地已经砍出来了。"国王就派人去侦查，结果一点不少。国王没有话说。第三天又叫他去把地烧掉，如果完不成就别想活命。他也只好去了，去了以后，晚上他又祷告他哥哥，第二天起来一看，地又完全烧好了，他又回去告诉国王，国王派人去检查，结果真的烧出来了。第三次又叫他去挖地，如果挖不好，也是要杀头。他又去了，在他哥哥的帮助下，很快地又挖好了，他就回来告诉国王。

国王又派人去看，地真的挖完了。国王又叫他去下种，给他一挑种子，要他把所有的地都撒遍。他又挑着一挑种子去了，仍求哥哥帮助，第三天起来一看，完全撒好了，他又回来告诉国王，国王派人去检查，检查的人一看，到处都是撒得匀匀的。国王又叫他去管理这些地，要他五天就叫庄稼长到膝盖。他到了地里又求他哥哥，到第五天庄稼真的长到膝盖高了。又叫他去挖草，他又求他哥哥帮助，第二天草又挖完了。他又来告诉国王，国王又要他去割谷子，要他一晚上就割完，第二天谷子又割完了。他又告诉国王，国王派人去看，结果真的割完了。

国王又叫他去埋谷子，不让雨打着，不然要他的命。到了地里他又求哥哥帮助，第二天谷子全部堆好了。国王又叫他去打谷子，他又去求他哥哥帮助，第二天，一堆一堆的谷子，闪着黄黄的光。国王又叫他一晚上就把所有的谷子挑回家来放在仓库里,如果挑不完,就要杀他的头。他又去到地里,求他哥哥帮助,结果一晚上就挑回来了。国王又叫他去一个大沙坝盖起三个宫殿:一个是国王自己住的,一个是国王妻子住的,一个是国王女儿住的,要他一天就盖好。由于他哥哥帮助一天又盖起来了。盖起以后,多少人来,真是人山人海,大家都来祝贺新宫殿的盖成。可是戛木爬母冬,并不能参加他们祝贺新房——国王搬到新宫殿后,就叫他一个人去守旧城,并说:"如果原来的那些金银财宝丢了一点就要你的命。"他就去守去了。国王和他的亲戚就在一起祝新房,大吃大喝,正吃得高兴,大水涨起来,他们全部淹死了。后来他们国家的人民说:"一个国家没有一个国王也不行。"于是,戛木爬母冬就被选为国王。他做了国王后,他叫人民强的不能欺压弱的,不准人剥削人,大家要过着一样的生活。

召崩班

讲述者:康朗叫
翻译者:张必琴
记录者:张必琴
搜集地点:云南省西双版纳傣族自治州

    从前有一个人,叫召崩班,很小时,死了母亲。父亲娶了一个后母,家里很贫穷,只养了一条狗。后母对召崩班很不好,想害死召崩班,就告诉丈夫把召崩班放到森林里去。于是第二天,父亲亲自带着召崩班和狗到森林里去,走到山坡中间的时候,父亲就将召崩班和狗放在那里,告诉召崩班:"你们就在这里,我去山上小沟处打水喝。"可是父亲没有去山上打水喝,而是回家去了。召崩班和狗在山坡中间处等了好久,没有见父亲来。狗就跑去看,但没有看见召崩班的父亲,于是狗就将召崩班带回家了。

    后母看见召崩班又回家了,心里非常生气,并要她的丈夫再将召崩班放到森林里去。第二次后母便带着召崩班去森林,狗没有带去,后母将召崩班带到一个洞口,并用土去盖召崩班,直盖到召崩班的脖子上,召崩班就哭起来了,当后母回到家里后,父亲未见召崩班回来,知道是后母害了召崩班。于是狗也哭起来了,饭也不吃,召崩班的父亲对后母说:"狗要拉屎,放了它吧!"狗被放了后,就含了一团饭去找召崩班。狗沿着水沟,走到了森林,看见了召崩班在洞里。这时,狗就用脚把盖在召崩班身上的土拨开,咬断了绑在召崩班身上的绳子,让召崩班出来,狗又将含来的饭给召崩班吃。这样,召崩班和狗就住在森林里,没有回家去了。

天色已晚,召崩班和狗就在一棵大树下睡觉。正当这时候,有一个大妖怪在森林里找吃物吃,看见召崩班和狗睡在一起,于是就抓住了召崩班,将狗放在口袋里。妖怪回来家里后,预备吃召崩班和狗,但不能吃。于是妖怪就将召崩班和狗收下做了他的儿子,并教给召崩班口功。召崩班学会口功后,妖怪就带着召崩班去森林里打猎,让召崩班在水沟边,妖怪在山上。这时,象、马鹿、麂子出来后,都被召崩班打得了。召崩班的力气非常大,多重的大石头都能拿得起来,将打得的象、马鹿、麂子都抬回家里去了。

召崩班跟妖怪在一起已有三年的时间了,向妖怪请求回家去看看父亲。在这个时候,有一个国王去森林里去打猎,被这个妖怪捉住了,并要吃这个国王。国王就向妖怪请求说:"不要吃我吧,我们地方有金子、银子可以送给你,我还有七个女儿也都可以送给你,请将我放了吧!"于是妖怪才将国王放了。国王回到家里后,将第一个女儿送给妖怪。妖怪吃了后,仍不同意。第二天,国王又将第二个女儿送给妖怪。这样,接连六天将六个女儿都送给妖怪吃了。到第七天的时候,妖怪仍不合意,又将第七个女儿送给妖怪。当第七个女儿送给妖怪的时候,经过召崩班家住的地方曼浪荒。召崩班看见后,就问后母:"那些人是去哪里?"

后母说:"国王的六个女儿都送去给了妖怪吃,现在是第七个女儿要送去给妖怪吃。"召崩班说:"晚上我跟着去看。"召崩班到了妖怪处后,就吹笛子。国王的第七个女儿听后就说:"要吃就来吃我吧!"这时,召崩班就进了屋子。正在这个时候，妖怪来了，准备要吃国王的第七个女儿，来到门口，看见屋子里有两个人，心里高兴极了，说："国王太好了，今天又送来了两个人，可以吃一顿。"

当妖怪进门时，召崩班就用弓箭射死了妖怪。召崩班又教给国王第七个女儿学口功。这时，国王第七个女儿就将召崩班的披毡剪了一角。天亮的时候，召崩班走了。国王就派人骑着象来看女儿，准备给女儿埋葬尸体。但是到了后，国王要找杀死妖怪救了自己女儿的那个人，于是就下令通知全军的人问，是哪一个人救了自己的女儿，并要将第七个女儿嫁给他。国王的第七个女儿长得非常漂亮，全勐的年轻小伙子都想娶她为妻子。可是她说："如果谁剪下来的披毯布和我的披毡是一样，对合了，我就嫁给他。"但是，全勐的青年小伙子剪下来的披毯布都合不上国王的第七个女儿。这时召崩班的后母知道儿子杀死了妖怪，就叫召崩班剪一块披毯布和国王的第七个女儿去对。召崩班拿着剪下的披毯布去和国王的第七个女儿去对，一对就对合了。

这时，国王就将第七个女儿嫁给了召崩班，并将国王的职位给了召崩班做。召崩班当了国王后，金银满仓，生活过得非常幸福。在这个时候，召崩班的父亲和后母请求和召崩班住在一起。由于后母的心肠不好，要害死召崩班，所以当后母来到召崩班处，地面突然裂开了，后母就掉了地下面死了。召崩班将父亲留下和自己住在一起，同时又派人到妖怪处将狗救了回来，三人就团聚了，生活过得很好。

岩宰夺克戛达的故事

讲述者：波倒
翻译者：张必琴、许自兴
记录者：张必琴、许自兴
搜集地点：云南省西双版纳傣族自治州

在勐巴拉纳西，有一个国王，他没有儿子。他想，他死了以后，国王的职位让谁来继承好呢？这时，天神知道后，就有意的将要继承国王王位的人，投胎到了一个穷苦的夫妇家里。这时穷苦的夫妇，家里什么东西也没有，只养了一条狗。过了不久后，妻子就怀了孕，这在当时，养的这条狗也怀了孕。又过了几个月后，妻子就生了一个儿子，叫岩宰夺克戛达，而养的这条狗也在同一天同一时生了一条狗——生下的狗有九条尾巴。

岩宰夺克戛达和有九条尾巴的狗，非常好，如同亲兄一样。但不久后，岩宰夺克戛达的母亲就死了，父亲就养活岩宰夺克戛达和九条尾巴的狗。又过了很长时间，父亲的年纪渐渐地老了，就对岩宰夺克戛达说："我死了后，你要把我的尸体埋在最高的地方。然后，等我的尸体腐烂后，就用绳子把我的骨头拉走，当骨头拉到什么地方拉不动了，你就别拉了，就在这里住下。"父亲死后，岩宰夺克戛达就按照父亲的话去做，将父亲的尸埋在最高的地方。

回到家里，只有九条尾巴的狗和他做伴。当他父亲的尸体腐烂后，岩宰夺克戛达又将父亲的骨头用绳子绑着，拉着走。这样走了很远，到了一块非常宽阔的平坝，骨头就拉不动了。于是岩宰夺克戛达就将他父亲的骨头放在平坝子处，做了一个小屋子，带着九条尾巴的狗就生活在这里。当岩宰夺克戛达想去挖地，地就很快地挖好了，想去犁田，田就很快地犁好了（在这里，意思是说他的父亲帮助了他）。有一天，岩宰夺克戛达做活回家，要去做饭吃，打开锅盖一看，里面已放好了菜饭。他奇怪极了："是谁来给我做饭做菜，我没有亲戚，也没有朋友，是谁来给我做饭做菜呢？"

第二天，当他要出去做活时，就躲在门缝里偷看。不久，就看见从天鹅蛋里出来一个美丽的姑娘做饭做菜。这时，岩宰夺克戛达就跑进屋子里，抓住了这个美丽的姑娘，就问："你为什么这样心肠好，给我做饭做菜，是从哪里来的？是什么地方的人？"那个美丽的姑娘就说："我就是你的妻子。"于是岩宰夺克戛达和那个美丽的姑娘就成了夫妻。人们知道了岩宰夺克戛达有一个非常美丽的妻子，都很羡慕他。

这个消息慢慢地就传到了国王的宫廷里，国王就派了很多人去看。国王派去的这些人到了岩宰夺克戛达家里后，都被他妻子的美丽吸引住了，一个个都看得发呆。苍蝇飞到屋子里有多少，大家都不知道（言其岩宰夺克戛达妻子的美丽吸引了人们注意）。国王派去的人回到宫廷后，就将经过的情形，告诉了国王。这时，国王就想得到岩宰夺克戛达的妻子，用了一个办法，要和岩宰夺克戛达斗鸡，对他说："如果你的鸡斗胜了我的鸡，我可以把国土的一半分给你，如果你的鸡斗输了，你就把你的妻子给我。"岩宰夺克戛达听了后，心里非常忧愁。心里想："家里连一只鸡都没有，如何去和国王的鸡斗呢？"回到家里后，妻子看见他非常忧愁就问："我的丈夫啊，你看什么这样忧愁？有什么事情告诉我，我可以想办法。"岩宰夺克达戛就将国王对他说的事情告诉了妻子。妻子说："我的丈夫啊，你别愁，明天你就可以得到鸡。"于是妻子就抓了一把米，撒在地上，天神知道了就将狐狸变成了一只鸡。

岩宰夺克戛达就看鸡和国王的鸡斗。国王的鸡，嘴都是用铜包着，但是国王的鸡被斗输了。可是国王没有给国土一半给岩宰夺克戛达，并提出要和他斗牛，"如果牛胜了，可以给国土一半，斗输了，就把你的妻子给我。"岩宰夺克戛达听了后，心里又非常忧愁，心想："家里根本没有牛如何去斗牛呢？"回到家里后，妻子看见丈夫非常忧愁，就问："我的丈夫啊，你为什么这样忧愁？有什么事情快告诉我吧！"岩宰夺克戛达就将国王对他说的事情告诉了妻子。妻子说："我的丈夫啊，你别忧愁，明天就可以得到一条牛。"妻子就去祈祷天神，天神就用一只老虎变成了一条牛。岩宰夺克戛达就牵着牛去国王处。结果，国王的牛又被岩宰夺克戛达的牛斗输了。可是国王仍不把国土一半给岩宰夺克戛达，同时，又提出要和他斗象。岩宰夺克戛达听了后又非常忧愁，心里想："该怎样办好呢？"

回到家里后，妻子又问："我的丈夫啊，你为什么这样忧愁？有什么事情快告诉我吧！"岩宰夺克戛达就将国王的事情告诉了妻子，妻子说："我的丈夫啊，你别忧愁，明天你就可以得到一只象。"于是妻子就去祈祷天神，天神就用拉扎西①变成一只象，岩宰夺克戛达牵着象去和国王的象斗，结果国王的象又斗输了。可是国王仍不把国土的一半给岩宰夺克戛达，又提出要他去池中把三朵莲花采来。岩宰夺克戛达听了后，心里又非常忧愁。回到家里后，妻子问："我的丈夫啊，你为什么这样忧愁呢？有什么事情快告诉我吧！"

岩宰夺克戛达又将国王说的事情告诉了妻子。妻子说："我的丈夫啊，你别忧愁，明天早上你就从桥上走去采那三朵莲花。"第二天，岩宰夺克戛达走到池边，就看见有一座桥直通到池中三朵莲花处，岩宰夺克戛达采了那三朵莲花给国王。但国王仍不把国土一半给岩宰夺克戛达，于是又想了一个办法要岩宰夺克戛达到水中采莲花。岩宰夺克戛达回到家里，心里仍十分忧愁。妻子又问："我的丈夫啊，为什么总是这样忧愁？有什么事情快告诉我吧！"岩宰夺克戛达又将国王要他做的事情告诉了妻子。妻子说："我的丈夫啊，你别忧愁，明天早上你到池边去，看见有三根莲花枝干上面有洞口，你就从洞口钻过去，顺着莲花枝干往下走就可以采到莲花。"

第二天，岩宰夺克戛达就顺着枝干下到水中去采莲花。到水中后，龙王有七个女儿，最小的一个女儿帮助了岩宰夺克戛达采寻了莲花，并做了岩宰夺克戛达的妻子。岩宰夺克戛达把莲花给国王后，国王又想出办法要

---

① 拉扎西：野兽中最大的动物。

岩宰夺克戛达的妻子。国王想尽了种种办法，但都没有能寻到岩宰夺克戛达的妻子，于是便召集群臣商量如何能把岩宰夺克戛达的妻子拿到。群臣中有一个老臣说："用一个鼓，鼓内放一个人，假装从远处来，经过岩宰夺克戛达住的地方，要在他家借宿一晚。这样，可以偷听岩宰夺克戛达夫妻说的话。"第二天，国王就按照这个老臣说的方法去做。当天色快黑的时候，国王就叫一个人抬着鼓，经过岩宰夺克戛达的家，并向岩宰夺克戛达借宿。

开始时，岩宰夺克戛达不同意。以后，说了几次就同意住在门外面。晚上睡觉的时候，三个妻子就对岩宰夺克戛达说："你不要吃天鹅蛋，不要吃龙皮，不要吃蚂蚁蛋。"躲在鼓里的那个人听见了此话。第二天，回到国王的宫廷，就告诉了国王。于是国王就杀牛、杀猪、杀鸡，并将天鹅蛋、龙皮、蚂蚁都放在菜里，就请岩宰夺克戛达吃饭、喝酒，岩宰夺克戛达不知道，吃了天鹅蛋、龙皮、蚂蚁蛋。当岩宰夺克戛达吃了这三样东西后，他的三个妻子头非常痛，不能住了，就飞走了。当她们离开岩宰夺克戛达家时，天鹅蛋里的那个妻子留下了一只金戒子给九条尾巴的狗，要它交给岩宰夺克戛达，于是就飞走了。岩宰夺克戛达回到家里后，看见三个妻子不在了，心里非常难过。九条尾巴的狗便将金戒子给了岩宰夺克戛达。他看到了金戒子后，知道是天鹅蛋里那个妻子留下的，就要去找她。可是天鹅蛋里那个妻子住的地方要过九条江才能到，怎么办呢？心里很忧愁。这时，九条尾巴的狗对岩宰夺克戛达说："朋友啊，你别忧愁，我可以帮助你过九条江，你夹着我的尾巴，闭着眼睛，但不笑，如果一笑，我的尾巴就会断掉，那么，我就会死。"当岩宰夺克戛达夹着九条尾巴狗的尾巴时，因尾巴毛刺着岩宰夺克戛达的身体很痒，于是岩宰夺克戛达就笑了，到过第九条江时，九条尾巴都断掉了。狗就死了。

岩宰夺克戛达心里非常难过，埋了狗，又继续往前走。这时，到了一个大海边，要过了这个海，才能到他的妻子处。可是，这个海相当大，如何能过得去呢？心里很忧虑，天色也晚了，没有办法，他就在一个很大的石头下面休息。正在这个时候，飞来了一对大雁，栖息在石头的上面。雄雁对雌雁说:"听说某个勐的国王女儿要出嫁,举行大赶摆,杀牛、杀猪、杀鸡非常热闹,我们可以飞过海岸去大吃一餐。"岩宰夺克戛达听见后,就悄悄地爬到雌雁的翅膀下。这时雌雁就对雄雁说:"是什么东西爬到我的翅膀下,我要把它扔掉。"雄雁就说:"我们不能伤生害命。不能扔掉,就让它在着吧!"这样,岩宰夺克戛达就躲在雌雁的翅膀下。

第二天,到了妻子住的地方。到了之后,看见来往的人群,络绎不绝,异常热闹。这时,岩宰夺克戛达看见一个年轻的姑娘(侍女)挑着一担水,于是他就将妻子的金戒子放在水桶里。当他的妻子用水洗澡时,发现水桶里有一枚金戒子,拿起来一看,就是她自己留给岩宰夺克戛达的戒子,她知道是岩宰夺克戛达来找她了。于是她就对父亲说明此事,不顾忌嫁给别人。但她的父亲不合意,父亲说:"如果你要嫁给岩宰夺克戛达有一个条件,那就是我用三个南瓜,其中的一个南瓜装有肉,如果他猜对了,我就认他为女婿。"岩宰夺克戛达知道后,心里很忧愁。他想:"我如何猜对呢?"

这时苍蝇王就飞来了,对岩宰夺克戛达说:"你不要忧愁,我可以帮助你。当我停在哪个南瓜上,那个南瓜里面就是有肉,你指就猜对了。"第二天,岩宰夺克戛达就按照苍蝇王说的做,果然就猜对了。国王看见岩宰夺克戛达有这样的本领,于是就将女儿嫁给了岩宰夺克戛达。勐巴拉纳西的国王知道这事后,就骑着象要来看,可是当勐巴拉纳西的国王骑着象走了不远,象就摔死了,国王也就从象上掉下来摔死了。于是岩宰夺克戛达就带着妻子回到了勐巴拉纳西,并做了勐巴拉纳西的国王,领导全勐的百姓,生活过得很幸福。

谷子的故事

讲述者：康朗告
翻译者：张必琴
记录者：张必琴
搜集地点：云南省西双版纳傣族自治州

在很古的时候，谷子粒有蒸饭大甑子那么大，而且谷子的周围长有很长的谷穗。有一位老妈妈家里很穷，打谷子的三合斗坏了。打谷子的时候，因三合斗坏了，于是谷子就满处飞，飞到老妈妈的家里，飞到老妈妈睡的帐子上。这时，老妈妈非常生气，就用棍子去打谷子，将原来有瓶子那么大的谷粒打碎了，变成一小粒一小粒的谷子，飞走了。现在我们吃的谷子，就是老妈妈用棍子把大谷粒打碎而来的。

谷子飞走后，老妈妈没有饭吃，于是就去河里打鱼。老妈妈打得一条鲤鱼，以后又打得一条大头鱼，大头鱼向老妈妈请求把它们放了，老妈妈说："我没有饭吃，谷子飞走了，所以我才来打鱼。"大头鱼说："我拿谷子给你好吗？"这样，大头鱼拿了谷子给老妈妈，老妈妈就放走了鲤鱼、大头鱼，从此老妈妈才有饭吃。所以又有人说，谷子是由大头鱼给人们的。

小鸡星的故事

讲述者：康朗香宰
翻译者：张必琴
记录者：张必琴
搜集地点：云南省西双版纳傣族自治州

从前，有一个小孩，很早死了父母，跟着祖母住在地里的一个小屋子里，家里生活非常穷困，只来了一只母鸡，母鸡带了七只小鸡。有一天，有一个和尚从森林里出来，遇着大风，下大雨，就在这个小孩的家里躲雨。于是祖孙二人就留和尚在他们家里住，不必回去了。可是因家里很穷，没有什么东西，小孩就对祖母说："明天将那只鸡杀了，款待和尚。"这时，母鸡正在楼下，听到主人要杀她款待和尚，就叮嘱小鸡说："明天主人要杀我款待和尚。我死后，不能用翅膀保护你们，你们要好好在一起，不要让老鹰吃掉。"第二天早上主人煮好开水，就把母鸡丢到开水里烫死了。小鸡看见母鸡死了，就说："要死就死在一起好了。"于是这六只小鸡也就一起跳到开水里烫死了。他们死后就变成了七个星星在天上，一个大星星，带着六个小星星，以后人们就称为小鸡星。

岩磨喝购的故事

讲述者：波朗布
翻译者：许闰兴
记录者：张必琴
搜集地点：云南省西双版纳傣族自治州

从前有一个小孩子，很早就死了父母，生活非常穷苦，穷得连枕头都睡扁了。有一天晚上，刮了大风，洋桃被风吹落满地。这时，岩磨喝购从窗户看见一只野猪含了一颗宝石，放在洋桃树下，就去吃洋桃，于是岩磨喝购就跑去拿猪含的那颗宝石。当猪知道有人来后，就拿着宝石跑了。岩磨喝购就跟着猪跑，于是把猪口里含的那颗宝石拿到了。岩磨喝购寻了这颗宝石后，能飞上天，能看到所有的地方。第一次，他飞到一个勐的地方，就问这个勐的国王："你们国家里最好的东西是什么？我有一颗宝石能飞上天，能看到所有的地方，可以和你们交换。"

国王就说："我们国家最好的东西是一个会偷东西的口袋，什么东西都能偷。"于是岩磨喝购就拿宝石和国王会偷东西的口袋交换了。当他离开这个勐后，就叫会偷东西的口袋把宝石又偷回来了。第二次，他又飞到一个勐，又去问这个勐的国王："你们国家最好的东西是什么？我有一颗宝石可以和你们交换。"国王说："我们国家最好的东西是会绑人的绳子，可以和你们交换。"于是岩磨喝购就和这个勐的国王交换了。当他离开这个勐后，又叫会偷东西的口袋把宝石偷回来。这样，第三次他又飞到一个勐，又去问这个勐的国王："你们国家最好的东西是什么？我有一颗宝石可以和你们交换。"国王说："我们国家最好的东西是打人的棍子。"岩磨喝购就和这个勐的国王交换了。当他离开这个勐之后，又叫会偷东西的口袋把宝石偷回来了。第四次又飞到一个勐的地方，问这个勐的国王："你们国家里最好的东西是什么？我有一颗宝石可以和你们交换。"这个勐的国王说："我们国家里有一匹最好的马，拉的屎都是金子、银子。另外，还有一口锅，要想吃什么，只要敲三下，什么就做出来。"

于是岩磨喝购就与国王交换那口锅。当他离开这个勐后，又叫会偷东西的口袋把宝石偷回来了。这样，岩磨喝购得了会偷东西的口袋，会绑人的绳子，会打人的棍子，会做饭、做菜的锅，带着宝石就飞回家了。回到家里后，每天火也不生，饭也不做，只是敲三下锅，要吃肉就有肉，要吃饭就有饭。有一天岩磨喝购和寨子里的人去挖地，大家都包了饭带去吃，只有他一人什么也不带，只带了一口锅。大家觉得非常奇怪，等到休息的时候，大家都把带来的饭拿出来吃，只有岩磨喝购没有吃，见他敲了三下锅，饭菜就出来了。大家都很奇怪，说来说去，这个消息传到了国王处，于是国王就派了很多官员和卫兵去岩磨喝购家里，要把那口锅拿来。

可是当国王的官员和卫兵到了岩磨喝购家里后，岩磨喝购就叫会绑人的绳子，把那些官员和卫兵都绑起来。之后，又叫会打人的棍子去打那些官员和卫兵。于是，这些官员和卫兵都害怕了，就哀求岩磨喝购说："不是我们自己要来，是国王要我们来拿你那口锅，我们不拿了，请饶了我们吧！"这时，岩磨喝购才把这些官员和卫兵放了回去。

官员和卫兵回到宫廷后，就将经过告诉国王。于是国王又召集了群臣，用什么办法把岩磨喝购的锅拿来。商量后就用美人计：这个国王有七个女儿，就说，把国王的七个女儿都嫁给岩磨喝购。当第一个女儿去了以后，也没有办法拿回岩磨喝购的锅；第二个女儿去了，同样也是没有拿到，就回来了；第三、第四、第五、第六个女儿都是没有办法能拿到岩磨喝购的锅，回来了；剩下第七个女儿就去岩磨喝购家里。

国王的第七个女儿，长得非常漂亮。当到了岩磨喝购家里后，岩磨喝购就爱上了第七个女儿，就不让第七个女儿回去了，国王的第七个女儿就做了岩磨喝购的妻子。于是国王就召集了全勐各个地方的官员和百姓，赶摆庆祝。各个勐的官员知道了岩磨喝购的事情后，都纷纷赶来。当各个勐的官员到了后，岩磨喝购就叫会绑人的绳子把所有勐的官员绑起来，又叫会打人的棍子去打。国王看见岩磨喝购有这样大的本领，非常钦佩。于是就把王位让给岩磨喝购，岩磨喝购就继承了国王的职位，领导全勐的百姓。

附记：该故事的寓意是言其穷得连枕头都睡扁了。

两个朋友

讲述者：康朗告
翻译者：张必琴
记录者：张必琴
搜集地点：云南省西双版纳傣族自治州

从前，有两个朋友，年龄一样大，一个朋友住在路的上面，一个朋友住在路的下边。住在路下边的那个朋友是做生意的，于是就挑了很多鸡去卖。当他进森林的时候，碰着了老虎带着一群小老虎。这时，小老虎就跑来把小鸡都吃光了。可是老虎却拿了十斤重的钱给了住在路下边那个朋友，他就挑着钱回家了。到了家里后，住在路上面的那个朋友看完后，心里很羡慕，就问他的朋友："你从什么地方寻这么多钱？"于是住在路下边的朋友就告诉他说："我挑鸡去卖，在森林里碰见老虎。小老虎把我的鸡都吃了，老虎就给我很多钱。"住在路上面那位朋友听见后，就学着住在路下边那个朋友去做，第二天也挑了很多鸡去卖。当他进森林里的时候，同样碰到了老虎。这时，小老虎就跑过来把鸡都吃完了，但他不知道，就拿棍子去打小老虎，把小老虎都打死了。这时，老虎看见小老虎被打死了，就转过咬人，于是就把这位住在路上边的朋友咬死了。

马拉娃

讲述者：康朗拉
翻译者：张必琴
记录者：张必琴
搜集地点：云南省西双版纳傣族自治州

从前，有三兄弟，很早就死了父母。大哥有十岁，二哥有八岁，三弟叫马拉娃，只有六岁，什么都不懂。大哥二哥都想长大后做官。当月末的时候，他们三兄弟相约去父母的坟上。大哥坐在父亲的头上作揖，二哥压在父亲的胸部作揖，马拉娃坐在父亲脚边作揖，他们都希望父亲赐福给他们。父亲说，大儿子太没有礼貌了，坐在自己的头上；二儿子压在胸部气也喘不过来；说是小儿子还懂点事，坐在脚边。于是父亲就将幸福赐给了小儿子马拉娃。到了下个月中旬的时候，他们兄弟三人又相约去母亲的坟上，同样是和上父亲坟一样做法。母亲也把幸福赐给了小儿子马拉娃。回到家里后，他们就比赛，看谁得的幸福多，于是就去挖打共。大哥挖进去，什么没有挖得，二哥只挖得一些翅膀，只有三弟马拉娃挖得了打共。

他们三人回到家后，就比赛谁挖得多，结果是马拉娃挖得最多，但却被他两个哥哥抢去吃了。在这个时候，大哥走了另一条路，二哥也走了另一条路。两个哥哥离开了家，只剩下马拉娃一人，不知去什么地方好，只好待在家里哭。大哥出去后帮领主割草、挖地，手被割了，脚被挖了，慢慢地就死了。二哥出去后，也是帮领主挖地，有一天挖出了银子，于是就去告诉寨子里的人。但是当人们跑来看后，银子却变成了一堆炭。二哥不服气，又接着挖，由于太累也就慢慢地死了。三弟马拉娃没有地方去，就走进了大森林里，整天整夜肚子也不饿，口也不渴。这时候，天神就想试探他的良心。于是就变成一棵大树横挡在路上，并放了三个芭蕉，但是马拉娃却没有吃，只是作揖。大树忽然就不见了，变成了一只老虎，马拉娃也是作揖，老虎没有吃他。这时，又出现一只神象，用鼻子卷了一块大石头甩去，但没有打着马拉娃，接着又出现马鹿等很多野兽，但都没有伤害马拉娃。于是马拉娃又继续往前走，但也一点不饿，口也不渴，身上什么东西都没有带，只带了一把小刀，他就拿这把小刀去刮树皮用，当他闻了树皮后，突然间鼻子变有两大长，走路感到非常困难。走了一段路后，又看见一棵树，他又用小刀去刮树皮闻，闻了之后，鼻子马上就缩回去了（这意思是，他的父母赐福给了马拉娃）。马拉娃在森林里已有七个月了，衣服、毯子都破了，什么都没有只有一把刀。马拉娃不断往前走，来到了勐巴拉纳西的地方，这个地方非常热闹。勐巴拉纳西的国王有个女儿叫朗丢尾，长得非常美丽，但是国王却不让她出来，放在家里织布。马拉娃走了很远的路，这时，已感到肚子饿了，但身边什么也没有，只好去讨饭。他讨到国王的女儿朗丢尾处，国王的女儿就派人给他送饭，可是马拉娃不要，一定要朗丢尾亲自将饭送到他的手里。国王的女儿朗丢尾觉得很奇怪，不知是什么人，于是就偷偷地看了马拉娃一眼，看见他长得非常英俊漂亮，心里就偷偷地爱上了他。马拉娃来到朗丢尾住的地方，看见郎丢尾住在九层楼上。当朗丢尾拿饭去的时候，马拉娃就把药放在织布机上。马拉娃走了后，朗丢尾回到织布机上织布时，鼻子突然就变长了。

朗丢尾的伙伴们看见后，大家都感到很害怕，就跑去告诉国王。国王带着妻子到女儿处，果真看见女儿的鼻子很长，感到很害羞。于是就敲锣打鼓，下令通知全勐各个地方的官员及百姓，集中在国王门口的桥头上，对官员及百姓说："如果谁能医治好我女儿的鼻子，要金子、银子多少都可以。"但是全勐的官员及百姓没有一个人能治好朗丢尾的鼻子。

在这时，马拉娃来到帕亚娜马里竹管辖的一个勐。帕亚娜马里竹看见马拉娃脚指头手指头都是一般齐，觉得很奇怪，认为不是一般人，可能是神仙，于是就去告诉国王。这时，朗丢尾也想起有这样一回事情，有一个小孩到她住的地方讨饭，而且要她亲自送到他手里。回来后，去织布，鼻子就变长了。

于是国王下令通知官员及百姓,从勐巴拉纳西修一条路直通马拉娃住的地方。路到马拉娃街道勐巴拉纳西后,国王就对马拉娃说:"如果你能治好我女儿的鼻子,我要偿给你相当我女儿的价值,后将我的女儿嫁给你。"这时,国王就派人把马拉娃抱上朗丢尾住的九层楼上的火塘旁边,而朗丢尾却住在九层楼上,又隔着七层铜墙铁壁的地方。国王就用七条河里、七条江里、七口井里的水打好装在脸盆里,送到马拉娃的身边,请马拉娃放药给女儿洗,但是洗了第一、第二次都未见好。朗丢尾割破手指头写了血书告诉国王。国王心里很着急,仍打水要马拉娃放药给女儿洗。这样洗了七次,洗到第七次时鼻子就缩短恢复成原状,比原来长得美丽漂亮。国王非常高兴,就将马拉娃养在家里。当马拉娃长到二十岁的时候,就将女儿嫁给马拉娃,并让马拉娃继承了他的职位,做了勐巴拉纳西的国王。

椰子做枕头的故事

讲述者:波哈姆
翻译者:张必琴
记录者:张必琴
搜集地点:云南省西双版纳傣族自治州

从前,有两个小孩,生于同年同月同日同时,他们两人,非常相爱,就像同一条肠子,脚抵头生出来。但是一个是穷孩子,一个是富孩子,当他们的年龄到了六七岁的时候,富孩子问穷孩子:"朋友,咱们长大后是穷是富呢?"穷孩子回答说:"不知道,我不是算命先生,想知道去问算命先生。"第二天,他们两人就相约去找算命先生。算命先生指着穷孩子说:"小伙子,你生下来命就不好,当你二十岁的时候,就是整天劳动不休息,也会吃不饱,穿不暖,比你父母还要穷。"富孩子于是忙着问算命先生:"我呢?我也要穷吗?"算命先生说:"你的命很好,当你二十岁的时候,就是不劳动,不生子,整天玩,也还是很富,比你父母还要富哩!"他们听了算命先生讲了这后,就相约回家。富孩子一路上跳跳蹦蹦,非常高兴,而穷孩子在路上心里就想:"我呢?今后如何生活呢?"当他们两人走到半路的时候,富孩子对穷孩子说:"朋友,你不要忧虑。将来如果我真的富了,金银、谷米装满仓,也就等于是你的一样,我一定养活你一辈子,不会让你饿饭。"他们回到家里以后,穷孩子心里很不安宁,他想:"只有努力生产,就不会饿饭。我全身都是力气,力气鬼是吃不完的。"

从这一天开始,他就早起晚睡,跟着父母努力生产。不怕风,不怕雨,不怕烈日晒,整天劳动不休息。穷孩子的父母死后,有一天,他午睡休息,因为太累,一躺下去就睡过了头,直到太阳落了,他才醒来,他想:"照这样下去,可不行啦!"最后他想了一个办法,拿椰子壳装了水当枕头睡着休息,第二天他就照着已想好的办法去做。当他把头靠在椰子壳上,马上就滚下来了。于是立刻就拿着刀,锄头去生产,这样一年一月一日的下去,他的生活一天一天富裕起来了,吃不完,穿不完,不愁吃,不愁穿。村子里每家姑娘的父母都想得到他做女婿。

富孩子回到家里后,听了算命先生的话,不劳动,不生产,一天无所事事,赌钱、赌牌、调戏姑娘、寡妇、喝酒抽烟,什么坏事他都做。过了不久后,父亲遗留下来的谷子、金银、驴马,都吃完、花完了。曾祖父遗留下来的东西也都花完了,变成了一个坏人,到处流浪,无家可归。有一天,他睡在一棵果子树下,张开嘴巴等果子落到嘴里。可是果子落下几个,但都没有落到他的嘴里。他就整天睡在果子树下,但一个果子也吃不着,傍晚时,有位老头挑着柴经过这儿,他就哀求那位老人说:"大伯,可怜我吧!请你拾一个果子放在我嘴里。"那老人说:"你为什么不去拾呢?没有手吗?"富孩子说:"我太累了,起不来,动一下,就像心要断了。"那位老人就用脚指头夹了一个果子放到他嘴里。富孩子说:"这位老人为什么这样欺侮我,还不知道我要富呢!"说了后,心里想:"我已经二十岁了,为什么还不富呢？"

穷孩子因为他努力生产，生活一天一天富裕幸福起来，当他二十岁的这一年，和一位织布姑娘成了婚。结婚那天，发出去请帖，所请的客人都写上了"到"字，只有他那位朋友什么也没有写，穷孩子非常着急。这时，村里的亲戚朋友以及外村的客人都已到齐了。送新郎的时候也到了，女方那边已派人叫了二三次，说是"时间已到了，请新郎来吧！"穷孩子没有看见他那位朋友，不想去女方那边。一直等到天黑，他的那位朋友还没有来。穷孩子说："我等你行，但结婚的时间不能等你。"于是就去织布姑娘家去了。

客人散后，穷孩子又到处问寻找他那位富朋友。有一天，有一个人来告诉穷孩子说："你的那位富朋友，变成了不三不四的人，到处流浪生活，没有住的地方。"他听了后，就派人去把他那个富朋友抬到家里。到家后，那位富朋友只剩下皮包骨头，于是就去找医生给富朋友治病。医生说："今天不死，明天一定要死。"有一天，穷孩子想起当他们六七岁的时候，相约去问算命先生，算命先生说二十岁的时候，他的朋友要富，吃饭用金碗、银碗装。想到这件事情后，就告诉他妻子去打一个金碗、银碗和一把调羹，一双筷子。装好饭给他那位富朋友吃，这位富朋友吃了用金碗、银碗装的饭后，就放心地闭了眼睛死了。

猫和老鹰的故事

讲述者：波伍
翻译者：张必琴
记录者：张必琴
搜集地点：云南省西双版纳傣族自治州

有三个朋友，一个喜鹊、一个白鹭、一个猫，相约去找鱼。喜鹊会潜到水里去捉鱼，白鹭会衔鱼，猫就看守。在这个时候，猫睡着了。在一块树林处有一只老鹰，带着儿子在树上做窝，他看见猫睡着了，就告诉他的儿子说："你们就在这里吧，我出去找鱼给你们吃。"然后就走到猫那里找鱼。当他偷鱼的时候，猫就醒了。猫看见老鹰偷鱼就跑去追老鹰，猫说："你偷我的鱼，我要吃你。"老鹰请求猫："别吃我吧！我把鱼还给你。"这个时候，老鹰也没有什么办法，于是就相约去找太阳说理。太阳说："比我大有云，如果云遮住我，我的光亮就看不见了。"于是他们又去找云说理。云说："比我大的还有风，当风一吹来，我就没有了。"他们又去找风说理。风说："比我大的还有，我能吹掉一切，但是，只有蚂蚁我不能吹掉他。"他们又去找蚂蚁说理。蚂蚁说："比我大的有水牛，当水牛踏着我，就不能动了。"这时他们又去找水牛说理。水牛说："比我大的有绳子，当绳子捆住我，就不能到什么地方去了。"于是他们又去找绳子说理。绳子说："比我大的有老鼠，老鼠咬了我，我就没有了。"之后，他们又去找老鼠说理。老鼠说："比我大的有猫，我怕猫，猫看见我，就要吃我，我不敢去，你自己去吧！你偷了猫的鱼，你应该让猫吃。"于是，老鹰就拿头上的冠送给猫吃。原来老鹰头上的冠，因为拿下送给了猫，就没有了。

召三响

讲述者：波[①] 康朗香宰
翻译者：张必琴
记录者：张必琴
搜集地点：云南省西双版纳傣族自治州

有一个国王，叫召三响，管辖有三个地方。他有一个女儿才十六岁，没有结婚就怀了孕。国王感到害羞，怕地方人民知道，想把他的女儿苏渣娜

[①] 波：在傣语中意为"父辈""长者"，常用于人名前缀的尊称。——编者注

杀死，但妻子不同意杀。苏渣娜说："谁也没有来过我这里，是在晚上我做了一个梦，梦见天狗吃月亮，互相追赶，醒来时，吓得我全身是汗，慢慢就怀了孕。"

可是，国王不相信，一定要杀苏渣娜，地方的百姓也同意国王杀苏渣娜。于是做了一个竹筏子将苏渣娜和国王的妻子送到竹筏上，又送几个侍女陪送她们。竹筏顺着水流去，正在这个时候，忽然刮起了大风，下了大雨，雷声轰轰。召三响走到哪里，都是雷声轰轰，到处是一片漆黑，就这样过了七天七夜。召三响没有地方躲藏安身，就跪到缅寺和尚厕所里藏着。七天以后，风雨停了，百姓到处问寻找召三响，但是没有找着，认为召三响死了。

有一天，小和尚去厕所里解手，正好将大便拉在召三响的头上，方找到他，于是百姓让召三响出来洗干净。再说他的妻子和女儿苏渣娜经过了七天七夜，到了一个小房子的地方，她们母女等人就进去休息。当傍晚的时候，离他们有一尺远的地方，看见一个人走来，就是这小屋子的主人。于是他们就将来由告诉了主人，主人同意她们在屋里住，可是这个小屋子的主人，不是人，是一个妖怪，晚上将陪送她母女二人的十个侍女都吃掉了。

天亮以后，母女二人看见了，心里很害怕，但又不敢跑。当天黑了后，妖怪又想吃掉她们母女二人，就在这个时候，天神来救她们母女二人，用火去烧妖怪，于是妖怪就逃跑到森林里去了。母女二人又继续向前走，走了五天五夜。有一个和尚在河边打水，看见她们母女二人，就问："从什么地方来？"苏渣娜将情况告诉了和尚，和尚就给她们母女二人做了一个小屋子住下。

过了一个月后，苏渣娜生下一个儿子。和尚给苏渣娜的儿子取名叫苏耳打。当苏耳打三岁的时候，和尚去河里洗澡，苏耳打拿了和尚的弓箭去射芒果树。树枝射断了，芒果也掉下来了。和尚洗澡回来后，问苏耳打是谁摘的，苏耳打说："不知道。"过了第一天、第二天苏耳打都没有说，到第三天，才告诉和尚："是我射断了芒果树枝和芒果。因为我怕你骂我，所以不敢说。"和尚心里想，一般十岁的小孩都拉不动弓箭，而三岁的苏耳打却拉动了弓箭，将来长大一定了不起。于是和尚就带着苏耳打去森林里玩，看见一棵大枫叶树，告诉苏耳打说："吃了树枝梢的叶子，身体就会有力气，能背十个象，能打死十个象，眼睛能看见所有的地方。"苏耳打探了很多带回来。苏耳打七岁的时候，和尚告诉苏耳打不要去北方玩，说那里有一个老妖怪。可是，苏耳打说："我不怕。"于是就去了。

到了森林后，果然看见一个老妖怪，老妖怪说："小孩，不要来这里，我会吃掉你。"苏耳打说："我不怕。"于是老妖怪就向苏耳打扑来，苏耳打抓住了老妖怪的脖子，并用刀砍了老妖怪的头，于是老妖怪就死了。苏耳打又继续向前走，来到一个河边，就去洗澡，正在这个时候，水龙王的女儿从水里出来，将苏耳打抓到水里面去了。水龙王的女儿把苏耳打带到水龙王宫的外边，自己进屋去了，在这个时候，有一个老人是给龙王看守园子，就问苏耳打："你怎么会到这儿来呢？"苏耳打说："我把头潜在水里，不知怎么会来这儿了，我是在人间。"

老人看见苏耳打年龄很小，又长得很漂亮，就去告诉水龙王招苏耳打为女婿，水龙王不信，就派了人去看，派去的人看了回来告诉水龙王说是真的。于是就将苏耳打带去见水龙王，水龙王的女儿悄悄地偷看了苏耳打，就告诉母亲说"想嫁给苏耳打"。母亲将此事告诉龙王。龙王说："苏耳打是人间的人，不行，我得好好问问苏耳打才行。"于是做了一个高床，铺上被子，摆了茶壶，让苏耳打坐在床上，龙王召集百姓等人去问苏耳打问题，如果回答不出就杀苏耳打。于是便问苏耳打："什么最善良？什么最丑恶？"苏耳打回答说："人的心最善良，最丑恶也是人的心。"又问："五条路都不走？"苏耳打说："五条路都不走。第一条路不去捉鱼，捉螃蟹；第二条路我不去偷别人的东西；第三条路我不去乱找女人；第四条路我不去喝酒、赌钱；第五条路我不去打架吵架。"

龙王等人听了苏耳打的回答后，很满意，苏耳打就做了龙王的女婿。苏耳打去森林后，一直未见回来，苏渣娜就去找儿子，但儿子没有找着，天气又热,于是便去河边洗澡。这时,老虎(系苏耳打打死的那个老妖怪变的)就想去吃苏渣娜。正在这个时候,天神下来救,苏渣娜用火去扑老虎,便逃跑了。剩下苏渣娜一人在河水的中间,她又不会过水,心里感到很害怕。这样过了三天,看见一艘大船从这里经过。船上的人看见苏渣娜这样一个美丽的姑娘,"为什么会到这里来呢?"于是就问苏渣娜。苏渣娜将她的情形说了后,他们就要苏渣娜上船与他们一起走。船上这几个人都想娶苏渣娜为妻,但是一到晚上苏渣娜的身体就像一团火那么热,谁也不能接近她。

当船到了一个地方叫帕档,就想将苏渣娜卖给这个地方的国王。帕档的国王看苏渣娜长得十分美丽,想娶她为妻。但国王已有六个妻子,这六个妻子都不同意他娶苏渣娜,说是"如果要苏渣娜,我们就走了"。于是她们六个人就去森林了,她们吃一种野菜就变成了猴子,不能回家了。当帕档的国王娶苏渣娜那天,吃肉喝酒,请客人。可是到了晚上,苏渣娜仍像一团火那么热,不能接近她。就这样差不多有一个月的时间,国王都不敢接近苏渣娜,国王只好给她另做了一间房子住。这个时候召三响地方的百姓来帕档做生意。帕档的老百姓告诉召三响地方来的客人说:"我们的国王娶了一个妻子,但全身都是火,不能接近她,只好给她另做了一间房子住。"召三响地方的人听了这话后,就去看苏渣娜,苏渣娜就告诉召三响地方的人说:"我的父亲是召三响地方的国王。因我没有结婚怀了孕,被父亲用竹筏流放出来。"

召三响地方的人民知道后,回去告诉了国王,要接回苏渣娜,国王召三响见到苏渣娜后,就问她母亲在什么地方,苏渣娜说在和尚住的那里。剩下的儿子去森林里玩,不知去什么地方了,国王召三响就叫百姓砍大树做成大车子去接他的妻子。经过了十二天到了和尚住的地方,看见了他的妻子。再说苏耳打在龙王处住了七个月,想回家看母亲。龙王送给苏耳打一颗宝石,这颗宝石含在口里可以飞上人间,也可以进入水里。当苏耳打回去看母亲的时候,又碰见了一个妖怪,妖怪对苏耳打说:"我要吃你。"苏耳打说:"我不怕你。"妖怪就向苏耳打扑来,苏耳打抓住了妖怪的脖子,妖怪打不过苏耳打,就被苏耳打装在口袋里带走了。走了不远,又碰见一个妖怪要吃苏耳打,但都被苏耳打打败了,做了苏耳打手下的人。

两个妖怪跟着苏耳打来到和尚住的地方。苏渣娜的母亲看见苏耳打带了两个妖怪来,非常害怕,苏耳打说:"不要害怕,他们两个妖怪是陪伴我的。"这时,国王召三响和他的妻子,以及他的女儿苏渣娜和苏渣娜的儿子苏耳打都团聚了,于是喝酒吃肉,欢聚一番,就回到召三响的地方去了。和尚送给苏耳打一把弓箭。当苏耳打十六岁的时候,国王召三响要给苏耳打娶妻子,好继承他的职位,但全勐的姑娘苏耳打一个也不喜欢。苏耳打将龙王给他那颗宝石含在口里就飞到了天空,看见勐喝松有一个美丽的姑娘,他很喜欢,于是写了一封信叫各自送给勐喝松那个美丽的姑娘叫沾哈姆。当沾哈姆接到苏耳打的信后,就写了一封回信给苏耳打,表示很爱他,要苏耳打去看看她,但苏耳打却派了妖怪去看沾哈姆。

妖怪到了勐喝松去看沾哈姆。沾哈姆的哥哥看见派来的是妖怪而不是人,不愿意把沾哈姆嫁给苏耳打,于是妖怪便回去告诉苏耳打。但是沾哈姆很爱苏耳打,于是苏耳打第二次派妖怪去看沾哈姆,沾哈姆的哥哥看见又是妖怪来了,就说要杀他们。妖怪说:"我们不是来干坏事,为什么要杀我们呢?"回去将事告诉了苏耳打。苏耳打就想办法如何能得到沾哈姆,当沾哈姆年龄渐渐大了,她的父母就给她做了一间房子,让她自己住。这时,苏耳打就和妖怪商量,如何能得到沾哈姆呢?他们想了一个办法,砍了很多木棍,做了一间美丽的房子,将木棍放在房子里,并将木棍都变成了猴子,预备和沾哈姆的房子换一下,当晚上的时候,他们就把沾哈姆的房子和人一起抬走了。走到半路,天已亮,沾哈姆看到不是在原来的地方,又没有看见苏耳打,都是妖怪,心里很害怕,于是就哭起来了。

正在这个时候,天神变成一个老人,经过沾哈姆处,沾哈姆就问老人要去什么地方,老人说:"我是召三响地方的人,要回召三响地方去。"沾哈姆说:"我要请你带封信给苏耳打,告诉苏耳打,沾哈姆已经来到半路,要他快来接，不然我就会死了。"苏耳打接到沾哈姆的信后，就穿上和尚送给他的鞋，口里含着龙王送的宝石，飞上天去，在沾哈姆处落下了，于是便和沾哈姆回到了勐三响，准备和沾哈姆结婚。于是杀猪、杀牛、吃肉喝酒，全地方的人都来了，非常热闹。再说沾哈姆的家里，第二天一直未见沾哈姆出来，她的哥哥就去沾哈姆的房子里去看，当他打开门，沾哈姆不在，而是一大群猴子向他扑来，他就去打猴子，打不过，就用刀砍，但愈砍愈多。沾哈姆的父亲说："不要打了。"他们商量将手下的人变成和尚到勐三响去讨饭，以便可以看沾哈姆在什么地方。和尚回来后，告诉沾哈姆的哥哥说，沾哈姆在勐三响。沾哈姆的哥哥听了后就要去打勐三响。他的父亲说："不要打了。"但是沾哈姆的哥哥不听父亲的话，要去打勐三响，但都没有打胜。

苏耳打因有两个妖怪，所以每次都是打胜回来。当沾哈姆哥哥那边的人已打得没有了，妖怪就去告诉苏耳打，苏耳打就亲自出来骑着大象，含着宝石，去见沾哈姆的哥哥。这时，沾哈姆的哥哥也骑着大象，但看见苏耳打的象时就跪下了，于是沾哈姆的哥哥飞上了天。这时，妖怪也跟着飞上了天，他们就互相搏斗，妖怪们用魔术遮住了太阳，什么地方看不见了，沾哈姆的哥哥便掉到勐三响的地方死了。再说苏耳打和沾哈姆结婚后，在勐三响住了很久，沾哈姆的父母很想念沾哈姆，要他们两人回勐喝松一次。从勐喝松回来后，苏耳打就继承了召三响的职位，领导勐三响的人民。

岩漱和大佛爷

讲述者：康朗香宰
翻译者：张必琴
搜集地点：云南省西双版纳傣族自治州

从前，有一个人叫岩漱，和大佛爷住在一起。有一天，大佛爷叫岩漱去晒芝麻做的糖，岩漱想逗一下大佛爷，于是就将狗屎和芝麻混合在一起，拿去给大佛爷吃。当大佛爷刚刚吃到第一颗糖的时候觉得很甜，可是他再吃下去的时候，就感到又臭又难吃。后来才知道是吃了狗屎，非常生岩漱的气，要打岩漱。

又有一次，岩漱告诉大佛爷说："听别人说，你当了很久大佛爷，可是连经书都不会念。"这样讽刺大佛爷，大佛爷却打不过岩漱，气得大佛爷无话可说。又有一次，大佛爷叫岩漱去买牛头的髓，岩漱买回来后，就自己一个人做吃了。岩漱打了很多苍蝇放在蒸笼内，当大佛爷问岩漱："把牛头的髓放在什么地方？"岩漱说："在蒸笼内。"大佛爷把蒸笼打开后，什么也没有，只看见飞出一大群苍蝇。大佛爷问岩漱："牛髓放到什么地方去了？"岩漱说："如果没有，那就是苍蝇吃完了。"把大佛爷气坏了。又有一次，岩漱和大佛爷去挑盐，大佛爷走在前面，岩漱挑得有些累了。于是想了一个办法，和大佛爷换一下，让大佛爷挑，岩漱就喊大佛爷，装着在扁担上睡着了。

大佛爷看见后，非常生气说："你为什么睡了呢？"这时岩漱就说："我睡得真香，还看见了父母亲。"于是大佛爷说："给我挑吧！"岩漱就高兴地往前走了。大佛爷挑了一阵，就挑不动了，就把担子放在河边一条路上。他看见河里有鱼就去捉，但是鱼有刺，当大佛爷拿到手，手就被鱼刺刺出血了，但大佛爷扔舍不得放，就喊岩漱快来救他。岩漱叫大佛爷把鱼放下，但大佛爷不肯，这时，手松开了，鱼也掉下了。大佛爷看见鱼掉了，心里很舍不得。岩漱说："你不放下鱼，手还要出血。"地方的人民知道后，都称赞岩漱的聪明和智慧，就让岩漱做了大佛爷。

南阿拉丙把召巴吉达公满

讲述者：康朗甩
翻译者：刀正祥
记录者：张必琴、周开学
搜集地点：云南省西双版纳傣族自治州

有一个勐巴拉纳西地方，有一个普马的打拉扎，他有一个儿子叫召巴吉达公满，十四岁的时候，父亲给他当召勐，给他找个妻子，就请些纳、亲戚去找，哪里找来的他都不要。后来赶摆，要把所有地方的姑娘打扮得漂漂亮亮来给他看，所有来的人，他都不爱。父亲就骂他："你这个笨人，这么多的姑娘你都不爱，你要去哪里找？"他说："我要自己去找，找来到家，要父母在她面前合掌。"他准备了东西就出门去了。

他去到勐巴扎拿纳管的一个平镇，见到一个女人在犁田，他家夫妻俩，住在田坝里，女人已怀了孕。他去问："大娘，你没有男人吗？怎么你来犁田？"女人说："有，我的丈夫生病，不能来犁田。"他说："如果是这样，我来帮你犁。"女人说："你怎么这样说，我没有钱给你，我自己犁。"他说："不是这样，你已经怀孕了，以后我要来当你的女婿。"女人说："呦，不行呀，如果生下来是男的怎么办？"他说："不要紧，如果是男的，就做我的好伙伴，如果是女的就做我的妻子。"妻子回去对她丈夫说："现在有一个人叫召巴吉达公满，要给我们做工不要工钱，等小孩生下后，要做我们的女婿，现在在这等着。"丈夫说："好。"

于是召巴吉达公满就在他们家里犁田。等田犁完后，女人就生下一个女孩，长得非常美丽漂亮，取名叫南阿拉丙把。当她长到七八岁的时候，召巴吉达公满天天带着她劳动，当她到十四岁的时候就结婚了。住了很久，说要把南阿拉丙把带回到勐巴拉纳西。南阿拉丙把的父母不同意他们回去，说南阿拉丙把长得美丽，路上怕出问题，必须要叫很多人护送才行。于是召巴吉达公满就先回勐巴拉纳西，叫了一千多官员到勐巴扎拿纳管。

这时，勐巴扎拿纳管地方，国王举行大赶摆。全勐的姑娘打扮得非常漂亮，南阿拉丙把就请求父亲要去参加赶摆，父亲答应了。南阿拉丙把打扮得非常漂亮参加赶摆去了。这时，国王看见了南阿拉丙把长得十分美丽，就爱上了她，叫官员去抓她，把她带到了皇宫，南阿拉丙把就哭起来，但国王仍不放。第二天，准备要结婚，南阿拉丙把就提出："要结婚可以，但要等我哥哥①回来后再结，如果我哥哥不来，就会不好。"国王只好答应等她哥哥回来后结婚。

召巴吉达公满带着一千多人来到勐巴扎拿纳管后，先带了六个人到南阿拉丙把家里，问："南阿拉丙把到什么地方去了？"南阿拉丙把的父亲说："国王举行赶摆，她去了好几天都没有回家，我们也找不着。"于是叫召巴吉达公满带来的人员先回去，召巴吉达公满带的人就回去了。

召巴吉达公满就带着弓箭去找南阿拉丙把。到国王的城门后，南阿拉丙把天天在窗口上望，召巴吉达公满到城门后，守门的人不让召巴吉达公满进去，南阿拉丙把看见了，就跪去对国王说："我哥哥来了，我要去接他进来。"于是国王就派人骑着象将召巴达吉公满接到了皇宫。到了皇宫后，国王的妻子看见了召巴吉达公满，就怀疑南阿拉丙把和召巴达吉公满长得一点都不一样，南阿拉丙把说："哥哥是先生的，我是后生出，怎么会长得一样呢？"于是就没有说什么了。准备酒席请客，南阿拉丙把说："我是穷人出身，请客时让百姓在外面吃饭，官员在皇宫内吃。"国王同意了。在吃饭时候，南阿拉丙把把毒药放在酒里，给国王吃，并说："我做了你的妻子，你是我的丈夫，我斟酒给你，祝我们生活幸福。"这时，国王和所有官员吃了酒都睡倒了。南阿拉丙把对丈夫说："拿刀杀吧！"召巴达吉公满有点害怕不敢杀。于是南阿拉丙把就拿起刀杀，杀了国王，并穿了男人的衣服，两人

---

① 这里实指爱人。

骑着马就跑出来了。

他们两人跑出来后，跑到一个大森林里，将马绑着，在一棵大树下休息，就睡着了。这时，有一个猎人骑着水牛来，看见他们俩睡着，并看见南阿拉丙把长得非常美丽，他说："我把很多野兽送给国王，不如把这个美丽的姑娘送给国王。"但是猎人就用箭射死召巴吉达公满，将南阿拉丙把抢上牛背前面骑走了。但是南阿拉丙把说："我丈夫灵魂来了。"猎人有点害怕了。南阿拉丙把说："你坐在前面我坐在后面，把刀给我，好把我丈夫的灵魂砍死。"南阿拉丙把就在牛背后面，拿过了刀，就将猎人杀死了。

南阿拉丙把又回到丈夫死的地方，就哭起来了。这时，看见一只兔子咬死一条蛇，兔子用树皮给蛇吃，蛇就活了，蛇又咬死了兔子，之后又用树皮给兔子吃，兔子又活了。南阿拉丙把看见后，也就用树皮给丈夫吃，于是丈夫就活了。这时，他们砍了那棵树背走了。到了一条河边，河水非常大，不能过去，好几天，他们没有饭吃，只找些果子吃。有一天，有一个和尚划了一只小船来，他们两人就喊："请和尚把船划过来，我们要过去。"和尚就把船划来了，看见南阿拉丙把长得美丽，心里想："我有一个哥哥，她能做我嫂嫂就好了。"于是和尚就说："我的船只能坐一个人，你们看谁先坐？"南阿拉丙把就先坐上船。和尚就去顺着水划下去，南阿拉丙把就问："为什么还不到对岸？"和尚说："我要将你带回去做我的嫂嫂。"南阿拉丙把说："好吧！"在这时，见河边有一棵无花果树，结满了果子。南阿拉丙把就对和尚说："我好几天没有吃饭了，请你去采些果子给嫂嫂吃吧！"南阿拉丙把就砍了很多刺，放在树根下，她就划着船走了，和尚叫喊南阿拉丙把，不小心掉下来了，掉在刺上就死掉了。南阿拉丙把顺水划去，这时，南阿拉丙把看见一个姑娘死了，顺着水流下来，南阿拉丙把就救上了这个姑娘，用药给姑娘吃，就活了。于是两人就在一起，向前划了一阵，看见一匹死马流下来，南阿拉丙把又将马救上船，又用药给马吃，马又活了，她们就骑着马走了。

她们俩骑着马到勐塌里一个寨子。这时，听见国王的皇宫里非常热闹，南阿拉丙把就问一个老妈妈："国王的皇宫里为什么这样热闹？"老妈妈说："国王的一个女儿死了，要去埋葬。"还说，"如果谁能救活他女儿，可以给无数金银，可以把一半土地分给。"南阿拉丙把说："我可以救活他的女儿。"老妈妈就跑过去告诉国王。国王说："真的有这样的人吗？那就叫她来吧！"南阿拉丙把到国王那儿后，国王的女儿已经放进棺材。于是就把棺材打开，南阿拉丙把用树皮给她吃，国王的女儿就活了。国王非常高兴，送给南阿拉丙把很多金银，并划了土地的一半给南阿拉丙把，送了很多侍女。国王的女儿称南阿拉丙把为救母。南阿拉丙把生活在这里很好，可是想到自己没有丈夫，怕别人侮辱，又不知道自己的丈夫在哪里，就请求国王给她在路边盖一个小屋，国王就给南阿拉丙把在路边盖了一个小屋子。南阿拉丙把自己的一切经历画成画贴在外边，对侍女们说："如果有谁看了这些画后，一边笑，一边哭，你们就告诉我。"

再说，召巴达吉公满也是到处找南阿拉丙把。有一天，来到南阿拉丙把住的地方，看见画后，一边笑，一边又哭。侍女们就跑去告诉南阿拉丙把，于是南阿拉丙把就去问召巴达吉公满："你从什么地方来？"召巴达吉公满说："我是来找妻子，妻子被人抢走了。"南阿拉丙把就问："你妻子的母亲叫什么？"召巴达吉公满都说对了。知道是她的丈夫，就领着召巴达吉公满回到皇宫里住。

过了不久，南阿拉丙把就向国王请求要回到勐巴拉纳西，国王同意了。当他们回到勐巴拉纳西，全勐的人都来迎接他们。召巴达吉公满的父母见到儿媳后，心里非常高兴。从此，勐巴拉纳西和勐塌里两国的国王和人民非常友好。

燕子做窝在屋内，麻雀做窝在树上

从前，地上没有草，在海的那边没有草，可是人不能过到海那边去。这时，燕子和麻雀就到了海那边，衔了草又飞过来。从此，人们才有草盖屋子。当燕子和麻雀衔草时就商量，燕子对麻雀说："你含草的头，我含草的尾。"从此，麻雀就用草根做窝在外面树上，燕子因含草的尾，就做窝在屋里。

狗恨猫，猫恨老鼠的故事

讲述者：康朗叫
翻译者：张必琴
记录者：张必琴
搜集地点：云南省西双版纳傣族自治州

从前，有一个富翁，他有一个女儿。有一天，他的女儿去捉鱼，从龙王那里得了一颗宝石，国王知道后，想得到这颗宝石，于是就娶了这个富翁的女儿做妻子。他们结婚后，国王就向妻子要宝石看，可是国王看了宝石后就不给妻子了，将宝石放在屋顶架子里。妻子非常生气，就跑回家了，父亲问女儿宝石到什么地方去了，女儿说："国王要了宝石，放在屋顶架子里，不给我了。"父亲就说："叫狗去取那颗宝石。"狗到了国王处，爬不上去，于是就请猫爬上去。

猫爬上去后，不会钻进屋顶架子里，于是又请老鼠去咬。老鼠咬了屋顶架子后，就将那颗宝石含下来了。老鼠含下宝石后，就说："我自己送给国王。"猫说："应该我去送。"两个就打起来了。从此以后，猫就非常恨老鼠，见老鼠就要吃。

猫得了宝石后，见到狗，就说："我自己送给国王。"狗说："应该我去送。"于是两个又打了起来。从此以后，狗就非常恨猫，见猫就要"汪汪"几声。

狗得了宝石后，到了河边，要过河去。这时，水里的鱼就去碰狗的尾巴，狗打了几个喷嚏，宝石就掉进水里去了。狗到处找，都没有找着。看见田鸡就请田鸡去水里找，可是田鸡也没有找着就回来了，口里喊叫："茂锅璞，茂锅璞。"意思表示没有找着。至今田鸡的叫声都是"茂锅璞，茂锅璞"。

田鸡没有找着，狗又去请鸭子帮着找。最后，宝石被鸭子找到了。所以鸭子的叫声"嘎嘎嘎"意思表示找到了宝石，交给了狗，狗送给了富翁。

一个吝啬的沙铁[①]

讲述者：刀荣光
翻译者：刀兴学
记录者：张星高
搜集地点：云南省西双版纳傣族自治州

1

有个沙铁，很有钱，住在勐拉扎戛哈纳管。很有钱，但舍不得用，什么东西都舍不得吃，他想吃鱼，叫人挖鱼塘，用鱼塘的水煮汤吃。

他有七个姑娘，心想："到大起来爱吃爱穿，会花去我的钱。"对妻子说："这七个姑娘不漂亮，我们领她们到山上金水井里洗身，姑娘就漂亮了。"她们带着吃的东西，带了很多用人出发。路过一条大河，他派用人扎七个小筏子，一个姑娘占一张，把吃的油盐米都放在上面，然后把筏子放开，那些姑娘见父亲丢下自己回去了，哭叫着，爹爹为什么把她们丢下河里，他和用人理也不理，回到家里，妻子问："姑娘们呢？"他说："过河的时候，筏子

---

① 沙铁：傣语，富人。——编者注

翻了，被水冲走。"妻子听了非常伤心难过，哭得气死过去。

那七个姑娘，顺水漂下，喃菩提萨那时还未当释迦牟尼，在天上，他带来九千个神，下凡变成野猫，共有九千只，喃菩提萨变成一只毛色金黄很好看的野猫王，它们生在河边的沙坝上，天天出来玩耍。七个姑娘顺流而下，野猫王英罕问她们从何而来，第一个姑娘不理它，第二、第三个姑娘也不理它就流下去了，第四个姑娘说："你们是野猫，我宁愿死也不跟你们说话。"直到第七个姑娘，她叫喊着天神、河水中的神来搭救，英罕问她，"我的名字叫喃西里丙板。"她很好的答复英罕，要求英罕救她，英罕叫九千个野猫跳进筏子就出喃西里，英罕问她："你爹爹为什么把你们丢下水？"喃西里丙板把爹爹是个沙铁等详细情况讲了，并说："如果没有搭救就死了。"喃西里丙板跟着英罕到了他的窝，英罕叫她睡在用树叶铺的床上，自己去与别的野猫睡，睡下后，他想给她盖房子。这样天王叭英晚上下到沙坝，建造了一座很漂亮的神寺，里面有吃的、穿的、最好的东西。天亮之后，英罕看见这神寺，奇怪的想：可能喃西里丙板这个人很有福气，是天王来救，现在要请她住进神寺，英罕送喃西里丙板住进神寺。

喃西里丙板在神寺里看见天王舀下的仙水，拿起就吃，她马上变得非常漂亮，英罕吃了后，也变成很英俊的小伙子。她想这是天王来救，把仙水给九千只野猫吃：母野猫变成女子，公的变成男人。这九千人盖房子，大家选英罕为王，称吕舒往那浦满，让他与喃西里丙板住在神寺，那地方后来叫勐舒那浦满。他们吃的都是从神寺那得到。

2

喃西里丙板的六个姐姐，顺水流到下边的一个沙坝，停下来，她们住在沙坝上，那地方叫勐巴拉纳西。有一天勐巴拉纳西的六个小伙子岩光滚到沙坝砍柴，他们是六个弟兄，看见六个姑娘后，问她们从何而来，姑娘述说了情况，小伙子把包的饭给她们吃，领她们回家，他们六个娶她们六个。晚上，小伙子与姑娘睡觉，但挨不得她们，摸也摸不得——热得很。过了几天，他们想，这六个姑娘可能是魔鬼，不然，怎么摸不得，热得很呢？他们就把六个姑娘丢了，那六个姑娘仍然生活在勐巴拉纳西。

3

勐巴拉纳西一个猎人打猎到了勐舒那浦满，看见原来的沙坝变成一个大勐，房屋环境都很美，人也很多，他决心走进勐内，有人领他去见召舒那浦满，他说："这里从前是沙坝，现在变成一个很大的勐，因此，我惊奇地来看看。"召舒那浦满给猎人吃的用的东西都很好，叫他回家去宣传说，那沙坝变成一个很大很美的大城，哪个没有吃，没有穿的可以到那里去，尤其是那老人寡妇。

猎人回到家乡，照样宣传，于是很多人带回了很多东西。那六个姑娘听说后，也跟着人去要。这些来的人，都在寨子边的沙拉房来拿东西，喃西里丙板思念姐姐，到沙拉房去观看，但不见姐姐。有一天，喃西里丙板看到六个姐姐，回到家里后，就叫人去找六个姐姐。喃西里丙板问她们的经历，六个姐姐说自己住在何处，穷得很，来讨饭。喃西里丙板问她六个人为什么穷得像这样，那六个姑娘把整个经历都说了，还说她们六个正等喃西里丙板，但是一直不见她，"现在我们还在思念她"。喃西里丙板说："我就是你们的妹妹，这里是沙坝，我是被野猫王英罕救出来的。"并把这沙坝改变的整个过程都讲了。这样那六个姐姐就与妹住下来了。妹妹看见六个姐姐身体不好，脸色不好，就拿仙水给她们吃，吃后，六个姐姐变得很漂亮，从此，她们七姐妹在一块生活得很幸福。

这个故事，说明你与我好，我与你好，你帮助我，我帮助你，这样的朋友是不会变心的。如野猫王救喃西里丙板，而喃西里丙板用仙水将野猫王变成人，并嫁给野猫王，你爱我，我爱你，互相有感情，没有仇恨。

老鹰和猫

翻译者：刀正祥
记录者：曹爱贤
搜集地点：云南省西双版纳傣族自治州

  以前老鹰头上都带着一个金帽子，它住在一棵树上。有一天猫就衔着肉到了这棵树上，然后它就睡着了。老鹰看见了猫的肉，就把猫的肉偷吃。等猫醒来一看肉不见了，它就想一定是老鹰偷吃了，它就爬到老鹰跟前对老鹰说："你把我的肉偷吃了，现在我要吃你的心。"老鹰说："你不要吃我的心，这里有个迪恶拉，他管着我们，我们先去问问它。"

  老鹰和猫就去迪恶拉那里。猫说："老鹰偷吃了我的肉，我要它还，它不还，请你给我们解决。"迪恶拉说："风还比我强的，你们去找风解决吧。"它们又去找风，风说："虽然我能吹落树叶，但是我吹不掉蚂蚁做的土包，你们去找土包解决。"它们又去找土包，土包说："虽然风把我吹不掉，但是水牛能打掉我们，你们去找水牛解决吧。"它们又去找水牛，水牛说："我虽然能打掉土包，但是有绳子能拴住我，你们去找绳子解决吧！"它们又去找绳子，绳子说："我虽然能拴住水牛，但是，老鼠能把我咬断，你们去找老鼠解决吧！"它们又去找老鼠，老鼠说："虽然，我能咬断绳子，但是还有人能够打死我们，你们去找人吧！"它们就去找人，结果找到一个叭中腊波弟，它们把事情和叭中腊波弟说了以后，叭中腊波弟就说："女赔一，男赔二，是官员要赔九，是召勐就要赔十，现在老鹰应该赔猫，你就用你头上的金帽子赔给猫。"老鹰只得把金帽子赔给猫了。从此以后，老鹰的金帽子没有了，而头上只留下白白的一点。

爱多嘴的女人

讲述者：波玉亮
翻译者：刀正祥
记录者：曹爱贤
搜集地点：云南省西双版纳傣族自治州景洪市勐龙镇

以前，有个妇女最爱多嘴，在寨子里面，说东家长西家短的，常常挑拨别人吵架。每当吵架事件的发生，只要一追根，都追到她的头上。人人都非常恨她。

国王知道以后，就把这个妇女叫到他家去，要她在家五年不准她出门去和别人说话。这个妇女就天天和国王在一起，后来她发现国王是一个癞痢头，她就非常想去告诉别人，但是又没有这样的机会。她的嘴实在是痒得很难受，忍不住，她只得到院子里面的一棵芒果树跟前，敲着芒果树，对芒果树说："大树呀，大树，国王是一个癞痢头。"说了以后她又感到好过一些，每当她嘴痒得难受的时候，她就跪到芒果树跟前说一次。后来国王把这棵芒果树砍来做鼓，鼓做好以后，它就会说起话来："国王是个癞痢头，国王是个癞痢头。"国王听了以后，很生气，追问到底是谁说的，结果一追，还是追到这个妇女身上，国王就叫官洪们把她拉出去杀或拉出去埋起来。

过了一段时间，她的全身都腐烂了，剩下一个骨头，那里有一个缅寺，小和尚就去捡石头来给大佛爷垫着洗脚，结果就捡着这个女人的骨头，后来这个骨头就变成一个人，来吓和尚说："上面那个缅寺的和尚要来打你们了，他们已经削好棍子。"那些和尚也就开始砍棍子准备和上面那个缅寺的和尚打，这个妇女她又跑到上面这个缅寺里说："下面那个缅寺的和尚要来打你们了。"说完她跑回来告诉下面的和尚说："人家已经来了。"

过了一会，双方就出发了，来到半路就双方相遇了，互相就打起来。打过后问起根源来，结果又追到这个女人身上，他们就来找这个女人，但只能看到那个骨头，他们说一定是这个骨头变的，他们就把这个骨头丢到水里面去。这个骨头在水里头又变成一个乌龟，爬上岸来，一直爬到森林里面去，看见了孔雀蛋，它就要去吃孔雀蛋，孔雀就说："你不要吃，我们的住处不在这里，我们只是在这里生蛋。"乌龟说："你们就把我抬到你们住的地方。"乌龟就去找根棍子来，叫这两个孔雀把它抬到孔雀的住处去。这时孔雀就一个抬着一个头，让乌龟咬着棍子，吊在棍子的中间。

于是这两只孔雀就挑着乌龟飞去了。经过一个寨子，那里有很多人在盖新房，他们看见空中飞来了孔雀和乌龟，他们有些人就说："啊，是孔雀抬乌龟。"有些人又说："是乌龟挑孔雀。"当它听到人家说是孔雀抬乌龟的时候，它非常高兴，当听到人说是乌龟挑孔雀的时候，它就嘴痒得不得了，想告诉人家是孔雀抬乌龟，结果它一张嘴就从空中掉下来了，那些人看见乌龟掉下来，就拿着棍子去把它打死了。

两个做生意的人

讲述者：波玉亮
翻译者：刀正祥
记录者：曹爱贤
搜集地点：云南省西双版纳傣族自治州景洪市勐龙镇

从前，有两个做生意的人，一个在勐两，一个在勐腊。他们俩本来不认识。但是，他们都听到别人说，大勐龙的人很聪明，都想来看看。于是他们两个都来到了大勐龙。

到街期，他们没有什么东西可卖，岩拉勐两就去买了一小点茶叶，然后找到了一对箩，放上老象屎，再把茶叶放在老象屎的上面，就挑到街上去卖，当人来买茶叶的时候，他就说："要卖就要完全卖，一点是不卖的。"

岩两勐腊也是没有东西可卖，于是他就找了一把小刀，但是做了一个很长的刀壳，刀壳、刀把都做得很漂亮，当人来跟他买的时候，他不准人拔出刀来看。他们两个卖了很长时间都没有人来买，街上的人都几乎走完了，岩两勐腊背着刀遇着了岩拉勐两，就问岩拉勐两："你卖什么？"岩拉勐两说："我卖茶叶，因为我要全部卖所以没人要。"岩两勐腊说："我卖一把刀，我们两个换一换吧。"换了以后他们各自都暗暗地高兴，岩拉勐两想："我的一挑老象屎，就换了一把长刀。"岩两勐腊也想："我的一把小刀就换了一挑茶叶。"

到了半路岩两勐腊拨开一看，他换的是一挑老象屎；岩拉勐两也拔出他换来的刀一看，结果是一把小刀。现在他们两个都知道，他们都是聪明、狡猾的。于是两个都想互相认识，于是两个又转回来，来到半路就互相遇着了。接着两个就互相谈起来了，谈了一阵，岩拉勐两对岩两勐腊说："你的名字应该叫岩两勐腊[①]。"岩两勐腊也对岩拉勐两说："你的名字应该叫岩拉勐两[②]。"于是他们俩就成了好朋友，并且说："下一个街子，我们还是想办法要在这里卖东西。"

到了下一个街期的前一天，他们俩就找东西，但是找不到什么东西卖，最后他们只好去买了一个水牛头来，又去买了条活着的大鱼——把鱼拴在牛头上，把牛头放在鱼塘里面。到第二天去一看，鱼游到哪里，那牛头也游到哪里，来去就好像条活牛。然后到街上问，"谁要买水牛，我们有一条放在鱼塘里。"最后有一个人来跟他们买，他们要两斤金子，那个人就给了他们两斤金子，他两个拿到了两斤金子后，就对那个人说："牛在鱼塘里面，你去拉吧！"说完他俩就走了。那个人就去鱼塘里拉水牛去了，一拉起，结果是一个牛头。这个人非常气愤，但不知道什么地方去找他们。

这两个人又来到了一个大鱼塘旁边，看见塘里面有很多野鸭，他们就

[①] 岩两勐腊：傣语"聪明"之意。
[②] 岩拉勐两：傣语"聪明"之意。

坐在塘边，好像是在那里守着一样。过路人就问他们："你们在这里做什么？"他们两个就说："我们挑鸭来卖，现在我们在这里放鸭子。你们要不要？"过路人回答要，问他们要多少钱，他们两个说："要两斤金子。"过路人就给了他们两斤金子，他两个拿着金子就走了。那些过路人去拿鸭子的时候，野鸭都飞完了，这些过路人又被他俩骗了。

他们这个时候要开始分金子了，但是又不好分，他们又再去继续找，结果又遇着一家抬死人的，他们就问旁边的一个小和尚，这个死人叫什么名字，小和尚告诉他们以后，他们又想了一个办法：要到这个死人的家里，去说，这个死人未死前差他们钱。岩两勐腊说："你到他家要，我在这里，如果他家不相信，你就叫他家的人来问死人。"说完，岩两勐腊就爬进死人的棺材里面睡起来，岩拉勐两就去到死人的家里。岩拉勐两就对死人家里的人说："你家波陶死了吗？"家里的人说："是的，他死了！"岩拉勐两就说："老波陶他差我们一千两金子，现在我要来要了。"

家里的人说："我们不知道，你怎么会说他差你一千两金子，你怎么不早早地来要呢？我们没有差你。"岩拉勐两说："我们也不知道他死了，我们还以为他还在的。"家里的人说："不相信，我们从来没有看见过你。"岩拉勐两说："你们不相信，就一齐到山里去问死人。"家里的人就到山里面问，敲敲棺材："波陶、波陶，你是不是差人家一千两金子？"岩两勐腊就在棺材里面说："是的，你们回去，还给他们。"家里的人只得回去拿金子来还给岩拉勐两，岩拉勐两拿着金子就走了，来到棺材地方。岩两勐腊从棺材里出来，他们两个开始分金子，金子共有三千两，分成三份，他们各自都想拿两份，总是不好分，后来岩两勐腊说："我们去躲起来，如果你找我找不着，我就要两份，如我找你找不着，你就要两份。"岩拉勐两就先去躲，他躲在茅草棵里面，岩两勐腊就去找到处都找不到，他想："大概我要输了。"最后他想还有茅草棵里面还没有找过。

于是他就带上水牛的铃铛，他就叫起，结果就被岩两勐腊找着了。他们两个就回家了，然后岩两勐腊又去躲，他去躲在一寨子里面的一个老妈妈家里,他对老妈妈说:"我躲在你家,我和我的一个朋友分金子,但是不好分,我们就来躲,如果他找不到我,我就可以拿两份金子,所以如果他来你这里找,你就说,'我儿子死了不准人进来'。"老妈妈同意了,于是他就在她家睡起来,岩拉勐两就到处找,都找不到,最后他想:家家都找过了,只有老妈妈家没有找了。他就去到老妈妈家,和老妈妈说:"我来你家休息一下。"老妈妈说:"我儿子刚刚死掉,不准人上来。"他说没有关系,于是就上楼去了。老妈妈又不准他进里面去,但他已经看到她家里面睡着一个人,不知是死人还是活人,于是进里面,坐在那睡着的人旁边,要想去摸,就怕真的是死人,不摸又怕真的是岩两勐腊躲在那里,于是他就用一棵针悄悄地去扎,岩两勐腊就在那里叫起来,这时,岩拉勐两说:"你就是在这里吗?"他们两个一个也不输,于是只得平分金子。

一个寡妇的故事

讲述者:波很章
翻译者:刀正祥
记录者:曹爱贤
搜集地点:云南省西双版纳傣族自治州景洪市勐龙镇

  这个寡妇当她的丈夫还在世的时候,她就在寨子边上盖了一所小房子,在那里住下,过了一段时间,她丈夫就死了,她哭得很伤心,但是谁也没有劝她,哭了一阵,她只得抬出家里的那个大箱子来,把丈夫放在里面去,放好后,又在那里哭,她说:"这回没有人来照顾我了,家里的一切只得丢下。"正在这个时候,有四个贼,到处去偷东西也偷不着,他们碰巧就听到这个寡妇在哭,他们就想她家一定有金银,我们去她家偷吧!他们四个就悄悄地听着寡妇哭说:"这些金银在箱子里谁来管呀。"他们一看,果然看到寡妇坐在大箱子旁边哭,他们四个就跑来拿扁担,拿着扁担就冲进寡妇家里，口里叫道："不准动。"并说："我们要你的这只大箱子，不准你告诉别人。"寡妇说："好，你们要什么就拿去好了。"四个贼就赶快把大箱子捆起来，抬着就跑了，其中有一个就想先拿一点，他就在后边，一边走一边把手伸进箱子里面去拿金银，结果手一伸进去就摸着死人的脚，于是就大叫起来"人"，其他三个不知何故，只知道一股劲地跑，他又只得跟着跑，跑了一阵，他又叫"人"，其他三个又更跑得厉害，一直跑到跑不动了，才放下来。

  这时他才说起来，箱子里面装着的是人，其他三个说："你为什么不早说，只是叫'人'。"他说："我已经说'人'了，但是你们还是要跑。"其他三个说："你又不说明里面装的是人，单说一个'人'，既然如此，就把它打开，有人出来，我们就打死他。"他们打开箱子一看，里面是一个死人，他们就说："我们上了这个老寡妇的当了。"他们四个人又气又骂，决定要回来杀死这个老寡妇。

  他们四个来到寡妇家里，寡妇还没有睡，他们就跑上去杀那个寡妇，并对寡妇说："你叫我们抬死人去丢，我们要杀死你。"寡妇说："请饶命，我不是说我的丈夫死了，不准你们拿，你们又要杀我，现在，你们要什么就拿什么吧！假若你们要在我家，我愿意养你们。"四个贼听了她这样说，同时看着她很可怜的样子，也就没有杀她了，但是叫她连夜就要去拿鸡杀来吃。她也只得去杀鸡来给他们吃，吃后寡妇说："明天就是街了，我们可以一起去街上，要吃什么都可以。"

  第二天，寡妇就顾着他们去吃来干、米线、肉，买给他们一些好吃的东西来吃，日后就对贼说："你们在这里等着我，我回家去一转，我不来你们就别忙走。"寡妇走了以后，他们四个仍旧在那里大吃大喝，寡妇回家来就去皇宫里面去找召勐，跟召勐说："我家有四个人，想拿来卖给你。"召勐问："真正是你家的人吗？"寡妇说："是的，以前我丈夫在，现在我丈夫死了，养不起他们了。"召勐问："一个人要多少钱。"寡妇说："每一个人要一千两金子。"召勐给他每人五百两金子，四人共二千两金子。寡妇拿着金子，召勐就派了很多官员跟着寡妇来到街上,寡妇远远地指给官员,说"就是正在吃来干的那四个",说完寡妇就走了。寡妇回家后,拿了东西,就离开了她的住处,远远地走了。

官员进去,看见他们四个,就对他们说:"赶快吃吧,我们要走了。"四个贼就问:"到哪里呀!"官员说:"现在你们已被寡妇卖给召勐当工人了,要去给召勐做工了。"四个贼听了以后大吃一惊:"我们又上了寡妇的当了!"但是不去又不行,他们也只得跟着官员们去到皇宫里面,他们四个就商量,"我们不能久在这里,今天我们一定要去才行。"于是到了下午,他们一个偷一把刀就走了。正好他们又走上寡妇走的那条路上,路上有一座小房,寡妇就在那里睡觉,她一看到旁边还有一棵大树,大树上还有小棚,她就爬上树上去了。四个贼就在后面,来到这座小房子的地方,他们也就在这里住下了,其中有一个就说:"我们在下面睡,怕老虎来,我要上这棵树上去睡。"到其他三个都睡着了的时候,他就悄悄地爬上树去,爬上去,伸手一摸,就摸着寡妇的脚,他吓得马上缩回手来,过了几分钟,他想:"我一定要看看这到底是什么东西。"于是他又把手伸进去摸,摸着以后,他就问:"是什么人?是天神还是鬼?"寡妇就回答:"是天神,你上来我们在一起嘛。"这个人就害怕起来,说:"是不是可以上来呀。"寡妇说:"不要怕,上来吧。"这个人上去以后,寡妇就伸出一只手来给他摸,问他:"你看天神像不像人呀!"(寡妇为了要杀死这个人,所以才叫他摸她的全身)这个人摸了好一阵,说:"天神很像人嘛。"他就问:"人能不能和天神结婚。"

寡妇就说:"人可以和天神结婚。"贼又问:"结婚后,要上天还是在地球上。"寡妇说:"在天上也可以,在地球上也可以。"天要亮,寡妇就问这个贼:"要结婚你就先把舌头伸出来,让我舔舔,然后我又把舌头伸给你舔舔。"说完,寡妇就先伸出舌头,这个贼就来舔。最后贼就又伸出舌头来给寡妇舔,当这个贼伸出舌头来放进寡妇的嘴里面的时候,她就用力一咬,就把贼的舌头咬断了,这个贼就晕死过去,从树上掉下来,掉进下面的小房子里面。当他掉下来的时候,其他三个贼吓得叫喊起来:"老虎来了!"于是他们都一齐起来，拔出大刀，就乱砍起来，结果互相乱砍，一起都砍死完了。到天亮的时候寡妇就起来，拿着她的东西，又回家来了。从此以后，她就富起来了。

聪明的岩景玲和领主

讲述者：康朗香宰
翻译者：刀新民
记录者：张必琴
搜集地点：云南省西双版纳傣族自治州勐海县勐海镇曼真村委会曼打傣村

从前，有一个寡妇，她要去缅寺赕佛，但是领主不准她去，大佛爷也不让她去，傻尼人也不让她去，于是她就自己去堆沙赕佛。不久生了三个儿子，一个叫岩景玲去反对领主，一个叫岩批咯第去反对傻尼人，一个叫岩书去反对大佛爷。后来岩景玲和领主在一起，有一天领主组织百姓去森林打猎，于是岩景玲跑回去告诉领主的妻子说："领主被打死了。"于是妻子就带着衣服准备去埋领主。

但去了后，领主没有死，回家后就说岩景玲不老实，如果以后还撒谎，就要赶走他。又有一次，岩景玲又骗领主说："有一片竹林里有野猪。"于是领主就去打野猪，等领主出去打猎不久，岩景玲就跑来告诉领主说："你的妻子从凉台上摔下来摔死了。"领主便急忙跑回家去看，但妻子没有死。知道岩景玲骗了他，领主非常生气，就要赶走岩景玲，岩景玲就问领主："要赶我到什么地方去呢？"领主说："你拿牛角去量七次，那就是你住的地方。"岩景玲就拿牛角量了七次，正好就是领主住的楼下，岩景玲骗领主的事传开了，大家都很想知道，就想去看看岩景玲到底如何骗领主的。岩景玲说好，要领主坐在屋子的外面，他自己睡在屋子里，叫领主等着他骗。

但岩景玲睡在屋子里一直未起来，领主催他几次快起来，可是岩景玲说:"等一下,等一下……"到太阳落的时候岩景玲还没有出来,领主等得不耐烦了,坐在外面又热又饿,而岩景玲却舒舒服服睡在屋子里,当领主要走时,岩景玲说:"我已骗了你,饿了一顿饭,坐在外面晒太阳。"领主非常生气,就要杀岩景玲,于是岩景玲就逃跑了。跑到森林里,他做了一间屋子,用大树烧成灰做了一个菩萨,他又跑去告诉领主说:"我做了一个菩萨,有大树那么大。"领主就去看,他是到了岩景玲住的地方后,却没有看到有大树那么大的菩萨。

领主很生气,要杀岩景玲,岩景玲说:"我是说用大树的灰做的菩萨。"领主又受了岩景玲的骗,说一定要杀死他,岩景玲又逃跑了,跑到河边一棵大树上坐着,自言自语地说:"我不想做勐景哈的领主,我不想做勐景先的领主。"正当他说的时候,有一艘大船经过这个地方,听见岩景玲说这些话,觉得很奇怪,就去问岩景玲:"你为什么不想做勐景哈、勐景先的领主呢?"岩景玲说:"我就是不想做,和你们换一下好吗?你们去做领主吧,我去你们船上。"于是他们就换了。岩景玲坐上船就走了,到了一个地方,他买了毯子、衣服等物回来,岩景玲就将毯子等送给领主。领主就问岩景玲"从什么地方得到的?"岩景玲说:"你想得到这些东西吗?那么你找个罐子,将头放进罐子里,然后跳进水里去,走五天就可以到那个地方。"于是领主就照着岩景玲的话去做,找了一个罐子,将头放入罐子内,就跳进水里去了,但是领主不知道,一跳进水后就淹死了。过了很久日子,领主的妻子就问岩景玲:"领主什么时候回来?"岩景玲说:"要走五天,走五个地方才能到。"这样领主的妻子就天天问岩景玲,而岩景玲也就不真实地告诉领主的妻子,一直过了很久的日子,领主还未回来,岩景玲就告诉领主妻子说:"领主已经死在水里了。"人民知道后,都称赞岩景玲的聪明和智慧,就拥护岩景玲做了这个地方的国王。

臭孩子

从前有一个小孩子，从小父母就死掉了，无人管他，这个小孩子就搞得一身又脏又臭，人人都叫他臭孩子，但他有一愿望，想做皇帝的女婿。

这个孩子长大起来，就走到皇宫去，路上碰见一大伙商人，他将自己的愿望和这次去皇宫的目的和那些商人说了，那些商人说："我们这些人财富有的是，也都还配不上当皇帝的女婿，看你这个又脏又臭的人想当皇帝的女婿。要是你当得上，我们情愿把七条载满绸缎的船送来给你。"

他到了皇宫，见到了皇帝，皇帝说声"你来了"，他说："是，皇帝，我来了。"皇帝就吩咐他去守谷仓，谷仓里有很多老鼠，他就用捉鼠机会捉老鼠。第二天一看捉得很多老鼠，老鼠一见他都要求他饶命，他听了，想了一想，就提出条件来说："好，这次就放了你们。"又叫这些老鼠给他挖一个从谷仓那里一直通到神像那里的一道地洞，老鼠接受了这个条件就去挖地洞了。

不久，皇帝的女儿到神像面前烧香求神，他早就钻进佛像里，说："你要嫁给那个臭孩子你就有福气了。"皇帝的女儿求神回宫去告诉皇帝说："父皇，佛祖说叫我嫁给那个臭孩子，就有福气了。"皇帝说："好。"煮了几锅热水，叫臭孩子去洗澡，还拿绸缎衣服叫他换上，他就当了皇帝的女婿，他就写信告诉那些商人，那些商人只得将满载绸缎的七条大船送来给他。

神鱼

搜集地点：云南省西双版纳傣族自治州

故事出在哪一代召片领，已经记不清楚了。事情是这样的：

我们寨子是召片领[①]的养鱼寨，召片领吃的鲜鱼，一年到头都要我们从寨边的鱼塘里捉了送去。我们守在鱼塘边的人都吃不上一口鲜鱼，更使人伤心的事是碰到召片领有兴头出城郊界，一来到就要我们拿给他大鲜鱼吃，说多时拿到就多时拿到，要不就砍头治罪，你不想想：鱼是在水里，是活的，还会游呵……寨上老小个个对召片领暗怀气愤，真想为死去的祖辈报复一下才痛快。寨上有位智慧的老人想出了法子，告诉了大家，这可乐啦！不过谁也不嚷，只是乐在心头，暗暗瞅机会。

好！那天召片领来了，一直来到鱼塘边才下马。

"给朕鱼！鱼！大大的，越大越好！"召片领抽着肚子说。

"是。"我们应着，跟往常一样。

渔网撒开了。

"鱼！鱼！大大的鱼！怎么还不拿来？"召片领等得发气了。

"尊贵的主！"智慧的老人前禀道，"请看那些小伙子不是全在拉网吗？就是拉不动，想来是碰着大鱼或者种鱼了，如若不备，请尊贵的主拉拉吧，也许能仰仗主的神力。"

召片领走过去拉网，真拉不动，水里钻出一个小伙子，大喊："哟！我看见鱼神啦！像是金的，不，又是像玉石一般！"那小伙子又钻进水里去了，岸上的人听说真是神鱼，个个都想往下跳。

[①] 召片领：傣语意为"全土之主"，是西双版纳最高的封建领主，一般汉文记载为宣慰史。

"谁下去杀谁！"召片领喝道，"只有朕才有福制住神鱼！"说罢，噗的一声，召片领跳下水塘去了。

"在哪里？神鱼？神鱼？"召片领在水塘里问先下水的小伙子。

"前进！前进！"小伙子指引着。

召片领突然不顾身边的小伙子，只听他在水面上喊："鱼进网啦！快收网。"

召片领一乐，就往网里钻下去。

拉呀拉，拉呀拉，多重呵，果真是种鱼，拉着的是召片领死尸呵，"想不到你原来是这样蠢呀，鱼钻进网，你也钻进去，这不把真正的种鱼吓跪啦！"我们都把头转过去，咬着舌头装难过，要不，就要笑出声啦！你问起先为什么拉不动渔网？哎，那是因为我们问在水里的人帮看渔网呀！

亚圣希

讲述者：寿喜佛爷
翻译者：方克儒
记录者：尼尚
搜集地点：云南省西双版纳傣族自治州

从前，有一对穷夫妇，天天找奈子、野菜来卖给人家，维持生活，夫妇年纪老了，但还没有生娃，有一天他们在山坳里求神给他们一个儿子，这样就生了一个漂亮的儿子，叫骂哈挖他啦——这就是阿郎。

生了七个月以后，父亲就死了，只剩下妈妈天天背他去讨饭，有的心好的就给饭，讨到心不好的人家，就用狗来撵，这样讨到十岁，这时他妈妈不能讨饭了。小孩上山打柴，他的力气很大，有七个大象的力气，一回能挑三挑，就可换得一些米，连油盐都一并换来，如此天天弄活他母亲。有天，他对妈妈说，这样天天打柴不好，不如到山上开垦，给他三四颗种子就行了。他妈妈说不要去，他一定要去，只好答应他去了。他带了一包饭，拿了一把长刀，就上山去了，到山上找了一个地方，第一天就砍了一片地，回来告诉妈妈，可搬去住了。亚圣希看见阿郎力气这么大，就想试试他，他用鼓敲起来，砍了的树又长起来了。

第二天，阿郎带着饭，拿了刀又上山了，见满地的树都长起来了，阿郎认为错走了地方，不知道为什么砍了的树又会长起来。他不灰心，又砍，如此三次，亚圣希都敲鼓使树又长起来。

第三天，他砍完后，躲在树木里，看究竟怎么回事。天黑了，只见一老倌拿着小鼓一敲，树又生出来了，他急忙冲出来，抓住老倌的头发弄把刀架在老倌颈子上，老倌只好叩头合掌认错，并说："只要你放了我，随便要姑娘，金银，宝贝都行。"阿郎说："我只要小鼓，你这小鼓不给也是我的。"老倌只好把鼓给他，并对他说："以后要好好念经信佛，这个鼓什么都有，只要一敲就出来，不论是金子、银子，并且还可把死了百年的死人敲活。"

阿郎因天晚了，迷失了路，是混散让他迷路的，阿郎心想："这回恐怕要死吧，妈是在想我呢？妈妈你别急，我会回来的。"当然任何做妈的失掉了儿子也会想他的，也会痛苦，并希望儿子早些回来。

他妈在天刚亮就去找他，他妈走到条山坳里，他又刚好离开那里，他妈走哪里，他就刚好离开哪里。这样找了好几天，一边听一边哭，找到森林最密的地方，他妈走不动了，只好就住在山里，吃野果充饥，他妈听不见儿子声，只听到老鸦、猴子叫，以为是儿子，但叫不答应，她想：若是虎豹吃了，要见骨，树上跌死要见身呀！她想这孩子力大无穷，不会死的，总有一天会回来的。

阿郎一直往前走，看见前面亮汪汪的愈走愈亮，以为前面是房子，但又老看不见房子，回头一看，却是黑的，他不管不了这么多了，饿了就敲要饭吃，采朵花来戴戴，边走边唱山歌，他合掌对天说："如果我是好人，就给我遇好人，不要给虎吃了。"

走了一段路程，他遇着了老人蹲着在念经，阿郎向牙惜问好后，牙惜也向他问好,并问他来此何事。阿郎说:"我迷失路了,这一定是横上把我迷了,我愿做你徒弟,带你挑水做饭。"到了吃饭的时候,他就打鼓敲饭给牙惜,并把好荣敲来给他,牙惜说他还从来未吃过这么好的东西,阿郎又想家了,便问牙惜:"你可知我妈给活着?"牙惜说:"你妈未死,还活着。"阿郎回家心切,但又不知怎么走,牙惜告诉了他回家的方向是一直朝东走,就到了阿郎住的巴痛那地方了,并告诉阿郎在路上会遇着一个姑娘,那就是他的妻子,令时还教他十八般武艺,又能变各种法宝,阿郎会了这些,叩头后,背起小鼓就走了。

走了不远看见两个吃人的妖怪在斗架,结果两个怪怪都打死了,阿郎不知他们是妖怪,便敲起鼓来,二妖又活了,大妖想是谁救了他们呢,连砍着的小伤都好了,看见阿郎便叩头问他是神或是横上,阿郎说:"我不是神,是人,是来游山的,刚才看见你们二人打架,就把你们二人救活了。"两个妖怪都感激阿郎,大妖就送了阿郎一个套子棺,虎、豹、人、蚤都可套死,二妖送他一根棍子,一头可把人指死,另一个头可把人指活。阿郎接了宝贝,告诉两个妖怪,"以后不要吃人害人,要好好劳动生活。"

阿郎走了,走了几天,忽然看见一荷花池塘,荷花满塘开放,红、黄、蓝、白、黑样样彩色都有,其中有一朵特别大。原来她是一个荷花仙女,横雪加专门修了一座七层楼房给荷女在那面。一天,阿郎出来,看见池塘里的荷花都不在了,只有中间大的一朵还在,他一看见这朵荷花长的这么好,就用山歌来描写它的美丽,唱道:"荷花开得多美丽,就可惜其中没有人。"荷花仙女听见了就说:"人是有的,就是阿哥来不得。"仙女就打开帘子和阿郎对唱。

男的唱:

"莽瓦,那时美丽的姑娘,

两耳听见了健壮的美男子唱起了歌,

那时,美丽的姑娘,

才用双手下扒开了窗帘,

用双眼向外看，沙啰！"

这时，阿郎的歌声和河边的荷花香，一齐送进了那姑娘的窗子里，姑娘听起了，觉得这歌声有鹦哥的声音，有混散的声音，有神和人的声音，什么声音都有，非常好听，有时那声音好像"答滴答滴……"五和乐器的声音都有，有时又像牛铃子的声音"叮咚叮咚……"的优美的声音，就掀开帘子问道：

"这种声音都好听，

不知是人是神是那戛①的声音。

我分也分不清，沙啰！"

唱完，又问道：

"你是什么人？什么地方来的？"

阿郎唱道：

"葬瓦，姑娘你'戏宝'呀？

鬼②送下的仙女呀！

你孤单地睡在这么大的房子里啊！

我并不是山上吃人的妖魔。

——我是人！

我更不是那戛和混雪加，更不是混散③。

我也更不是牲畜，不是猴，不是马，

——我是人！沙啰！

我是鬼送到你这儿来的呀！

美丽的姑娘

我并不是来串姑娘，

因为走错了路，

我才来到这里！沙啰！"

---

① 那戛：似龙，但又不是龙，龙有角它无角，只有冠，是傣族故事中一种幻想动物。
② 鬼：神主。
③ 混散：天神。

"葬瓦不知阿妹是神女还是那戛女，
不知阿妹为何住在水里？
不知阿妹格是结了婚舍不得离开这里？
还是神派你在这房子里，
不知你父母格是也在这里，
格是你父母将你安放在这里？沙啰！

"葬瓦，菊花香呀！
怎么才能阿哥走到你在的地方？
怎么才能阿哥走到会洗会讲的阿妹的地方？沙啰！

"葬瓦，抓西赛呀！甘蔗的花呀！
细润美丽的姑娘呀！
阿哥怎样才能到你那里来？沙啰！"
荷花姑娘听了，也就对唱起来：
"阿哥声音像口琴[①]，
好听的声音传到我耳中，
它呀，怎样打动了我的心。沙啰！
那戛、混雪加派送到这儿来的阿哥呀，
这么会说会讲的阿晋在天上呀，
我不是那戛，不是仙女，
我也是人，
我一生出来就在荷花地方了。沙啰！

---

① 口琴：捐傣族的一种用口吹的琴。

假如阿哥想到我这里来，

只要有办法，

有十八般武艺，

阿妹就算你有本领的人，

就佩服你了，

阿哥走了那么远的路，

一定有本领，

才不怕虎豹来到这里，

假如你真有了这套本领，

你就可以到阿妹这里来，沙啰！"

阿郎听见荷花仙女唱了回话，心跳得很，很想马上就到那边去，这时阿郎想起了自己的小鼓，嘴里面还唱着：

"小鼓呀小鼓，

你搭呀搭起桥到小妹那边去！"

鼓一敲，就出现了金银桥，桥美丽得像虹一样伸到荷花仙女住的地方，阿郎走过那座桥，到了荷花仙女那里，两人一同进了屋，荷花仙女就问阿郎从哪里来，阿郎说是从印太巴塔拉作来，因为迷了路，是神将他们到这里来的，两人谈了一会儿，阿郎又唱道：

"葬瓦，hiu（绣）花香呀！

我俩原是远远地各在一方，

现在我们能会面，真是很有幸，

所以阿郎哥才走到你荷花香的地方，

愿我俩今后建立起深厚的情感，

但不知阿妖的姓名叫什么？你父母的姓名又叫什么？

现在，请告诉了阿哥吧！沙啰！"

荷花仙女唱道：

"葬瓦，金刚钻呀，

阿哥走过了大森林到我这里来，
这是我俩前世赌过咒，今世才得令配，
我住的地方是混雪加做的，
他叫我住在这朵荷花里，
我的父亲就是混雪加，
混雪加给我的名字叫巴顿玛么罕，
不知道阿哥叫什么名字，
你父母又叫什么？
原住在什么地方？"

阿郎就告诉了她，自己家里的事又告诉了她，自己住在位大八达拉，又唱道：

"因为鬼神已经捋我的手携到你的地方来了，
你我的感情如此一样的厚啊，沙啰！
葬瓦，像神的金子一样的姑娘呀！
你好像金子，宝贝一样，
你还埋在深山，
这时阿哥走来，
是鬼找我，送我来的！沙啰！
葬瓦，阿妹不高又不矮，
阿妹像小白花一样开在海中央，
假如不是神送我来，
一万年也不会找着你，沙啰！"

这时荷花仙女听了阿郎说得好听，心里愉快，却故意扭转头去假装不乐意地唱道：

"葬瓦，只怕阿哥假意来骗我，
你在的地方有那么多的姑娘，
怎么会到这里来要我这么真，这么丑的姑娘，请阿哥不要说出这种话来吧，沙啰！"

阿郎听了后，也唱道：

"阿妹不要说这话了，

我们的感情像装在柜子里一样，

已经有一万年了，今天才开了柜，

我俩的感情已经有一千五百廿八年了，

前世已经有了感情了，

阿哥一见阿妹，

就全心要阿妹了，

给我俩这回同吃同住，

给我俩在地上做神仙吧，沙啰！"

这时，荷花仙女就转回身子抱住了阿郎，晚上他们就结了婚。

七天七夜以后，阿郎想起了母亲，就哭起来了，荷花仙女就问他："为什么哭？是不是不喜欢我？"阿郎说："不是"。还唱道：

"热烈的爱呀，千年万代的爱呀！

假如火热遍地烧光一切，

我俩爱情不灭，

现在我哭泣，

是因为我不知道我母亲死活的消息。"

阿郎还对荷花仙女说："这个地方，不是人住的地方，我们还是到人间住的地方去住吧！"荷花仙女说："随你到哪里住，你到哪里我就跟你到哪里，我像你腰间挂的扁①一样哩！"他们商量好了，就出了那房子，向那房子叩了头，还请神保佑他们一路平安。

荷花仙女还将混散送给她的三件宝贝带走。这三件宝贝，是宝刀、弩、棍，这宝刀任何人都拔不开，神说只有她丈夫拔得开，果然阿郎一下就拔

---

① 扁：傣族男女劳动时，腰间都喜欢挂一支扁，就是篾编成的一种小箩箩。

开了；这弩任何人也拉不开，只有她丈夫拉得开，果然阿郎一下也拉开了；这魔棍一头可以指死人，另一头却可以指活人。他们骑了宝刀，就飞向天空，飞到一个山坳，落了下去，就你摘一朵花我插，我摘一朵花你插，游玩起来，他们满身插得各色花朵，鸟都围上来与他们唱歌。

他们拿着三件宝贝继续向前走，有一天，他们两人睡在一棵大树底下，散会①见荷花女漂亮，就偷偷地背起她走了，她还以为是自己的丈夫，敲敲他的背说："怎么把我背起来？"那散会回头转来，荷花仙女见是个长胡子的老头子，就用拳打他，用手下拔他的身子，叫他快点放她下来，散会不爱这些，用布将她更裹紧些，说："这回不管怎样，你是我的妻子了。"荷花仙女骂他，打他，拔他的身子他都不管，仙女就在他背上大哭大叫起来，说："我父母比你还年轻，你不放我，我年轻的丈夫一定会将你砍成几截。我结婚才几天，你就来抢，你不怕阎罗五殿将你下油锅。"散会听了，背得更紧，说："那些死了下油锅的，就是我的孙子。"散会将荷花仙女背回后，就放在自己床上，但是散会近不得她的身子，她的身子团团发光，散会一近她的身子，就像火烧着一样的痛，又热，又痛，又熏得眼睛发红，连眼泪都熏出来了，散会怎么也近不得她的身子。

散会有个十五岁的女儿，名叫苏扎答，长得非常美丽，散会就叫自己的女儿去给荷花仙女同睡，他女儿同荷花仙女同睡在一起，舒舒服服的。

散会看女儿都睡得舒舒服服的，就又偷偷地去挨近荷花仙女，但荷花仙女依旧像火烧一样的热，依旧近不得她的身子。

再说，阿郎醒来后，不见了荷花仙女，也不见几个宝贝，就跑去找，连最黑的地方也叫过了，搜过了，都不见。他心里想：如果是妖怪来吃了，会吃两个人；如果跌死了，也会见尸体。他只剩下那把宝刀，就骑上宝刀，回到荷花仙女住的地方去找，也没有找着，阿郎找呀找的，找到了沾哈雷他这个地方，这个地方有个何罕，他的姑娘很美，名叫苏加答能罕，因为她的

---

① 散会：土地神。

脸有像月亮一样美,所以取了这个名字,这个姑娘与何罕在这天叫人给他们驾马上山去打猎,他们打猎经过阿郎休息的地方,阿郎见了这美丽的姑娘,就变成一只美丽的小白兔,眼睛亮得像小镜子一样,小白兔在他们面前跑来跳去,何罕就叫领来的文武百官去捉活的,满山遍野地追,才将那小白兔捉住了。

何罕将这小白兔带回家,关在笼子里面,又时常抱出来,摸遍了它全身,何罕玩够了,就将小白兔送给他女儿苏加答能罕玩。苏加答能罕一天到晚抱着小白兔,也摸遍了它的全身,晚上还将它拴在自己的床脚下,这样的玩了三天,在第三天的晚上,小白兔就变回了阿郎,阿郎将苏加答能罕摇醒了,小姐一见是个青年男子,就骂道:"你是什么人,胆敢进到我的房间里来,你欺辱我是个女的,我告诉我父亲,就将你杀了。"阿郎说:"你还说我欺辱你,你和你父亲更欺辱我,你父亲将我关在笼子里,你将我拴在你的床脚下,你二人将我从头摸到脚,从脚又摸到头,摸遍了我的全身。"

苏加答能罕说:"你别胡说,我们从来没有这样做过。"阿郎说:"我是小白兔,你们父女二人不是天天玩我吗?"苏加答能罕就说:"你如果是小白兔就变给我看看,是小白兔,我就向你叩头认罪。"阿郎就真的变成小白兔,苏加答能罕能看了后就说:"你赶快变成人吧!"阿郎变回了人形,小姐就更爱阿郎了,两人就偷偷地结了婚,阿郎白天变成小白兔,晚上又变成人形与小姐睡,这样睡了三天,阿郎就向小姐说:"我还有个妻子荷花仙女,我要去找她。找到后,我们三人就合住在一起吧。"说完,阿郎就骑上宝刀飞走了。

阿郎找来找去,找到散不搭拉拉萨地方,那地方有个混何罕,混何罕有个女儿,名叫苏文尼,长得很美,有一天,她在花园里玩,阿郎看见了,就变成一只绿鹦哥,唱道:"你是哪里的仙女,长得那么美丽?"那姑娘说:"是人是鬼,走出来!"鹦哥说:"我是鹦哥,出来怕你们捉去。"两人唱来唱去,女的就唱道:"你如果是好鹦哥,就飞来站在我的肩膀上。"鹦哥就真的飞到姑娘的肩膀上来,姑娘就将这鹦哥带回家去,姑娘很爱鹦哥,将它从头摸到尾,又从尾摸到头,这样,姑娘玩了三天,在第三天晚上,鹦哥就变回了阿郎。

阿郎将姑娘唤醒了,姑娘一见是年轻男子,就骂道:"你是什么人,胆敢进到我的房间里来,你欺辱我是个女的,我告诉我父亲,就将你杀了。"阿郎说:"你还说我欺辱你,你更欺辱我,你将我从头摸到尾,又从尾摸到头,摸全了我的全身。"姑娘说:"你别胡说,我从来没有这样做过。"阿郎说:"我是鹦哥,你不是天天摸我吗?"姑娘就说:"你如果真是鹦哥,就变给我看看,是鹦哥我就向你叩头认罪。"阿郎就真的变成了鹦哥,姑娘看见了后,就说:"赶快变成人吧!"阿郎就变回了人形,姑娘就更爱阿郎了,两人就偷偷地结了婚。阿郎白天就变成鹦哥,晚上就变成人形,与姑娘合睡。

这样睡了三天,阿郎就向姑娘说:"我还有个妻子荷花仙女,我要去找她,找到后,我们住在一起吧!"说完,阿郎就骑上宝刀飞去了,找来找去,还是没有找着,他就捡起一朵花,念道:"我的父亲混雪加呀!请给我找回荷花仙女和我的母亲来吧!"混雪加在天听见了,就派禹叔仲下来,禹叔仲带了一匹宝马,骑上这马可以看见世界上的一切——甚至海底里的东西。禹叔仲将这匹马给了阿郎,叫阿郎骑上去,阿郎一骑上去,就看见了自己的母亲,还看见了荷花仙女在散会那里哭着,阿郎说:"我一定要去杀了散会。"禹叔仲说:"散会很厉害,你一人对付不了,让我去请天兵天将帮助。"混雪加也亲自出马来助战,双方就打起来了,打得崖土都飞上了天,双方还是不分胜负。

第二天,混雪加就假败逃走,散会就追来。混雪加就叫阿郎乘虚将荷花仙女偷了去,混雪加见偷荷花仙女来,就反追散会,散会知道荷花仙女被偷走了,也大怒起来,就打得更热门,散会怒气冲冲地将混雪加追上天来,混雪加就赶快请观音帮助。观音就给混雪加一把宝套,混雪加丢去那个宝套,就套住了散会。这散会原来是天上最大的一个混雪加,因为有一次他看见观音在洗头,就笑观音头发太长太臭,观音一下子就打他下地来,他被打下地来的时候,身上还带了各种宝贝,所以他还是很厉害的。

混雪加套了散会以后,对散会说:"你搞得天地大乱,一定要将你处死。"散会说:"我不知道你的姑娘是谁,我做错了,请饶恕了我吧!"混雪加还是要杀他。他向阿郎和荷花仙女叩头求饶,并且说自己有个美丽的女儿,要许配给阿郎,还将从阿郎那里偷来的宝贝还给了阿郎,阿郎就说:"饶了他吧!"混雪加也就合意了,阿郎对散会说:"以后你要做好事,要听混雪加的话,你回去吧!"散会回到自己家里,什么都在打仗的时候捣毁了,只有怪自己原先心肠不好,才惹下这么一场祸事。

阿郎见了荷花仙女,就将他骑宝刀找她的事说了,告诉她在找她的路上碰见了苏加答能罕,他变成了一只小白兔,后就给苏加答能罕结了婚;后来在找她的路上又遇见了苏文尼,又变成绿鹦哥,后来又给苏文尼结了婚。荷花仙女就说去找她们来住在一起吧,阿郎就鼓敲起来,叫鼓做了一幢很漂亮的房子,就去找她们来一起同住了。

后来他四个人又回到阿郎妈妈住的地方,阿郎的妈妈正出去打柴,他们就先敲起鼓来,马上就出现一间高大的房子,四周的人见忽然间有了一所这么高大的房子,都从四面八方来拜他们四人,说他们是仙人。阿郎的妈妈刚打柴回来,丢掉柴也赶来拜,正要拜的时候,阿郎看出是自己的妈妈,就抱了妈妈哭了起来,他妈妈也认出了是自己的儿子,也哭了起来,周围的人才知道他们不是什么仙人,是那老人家的儿子回来了,慢慢地也就散了。

他们一家快快活活生活了几天,就有人想害阿郎了,有人对何罕①说:"阿郎有三个美丽的妻子,他又有钱,他想夺你的位子哩!不如先下手为强,将阿郎杀了。"何罕就派人抓了阿郎来,对阿郎说:"你一个穷孩子,狗东西,想夺我的位子,怎么配?"阿郎说:"我从来没有想夺过你的位子,只要你留一块土地给我就满足了。"何罕哪里相信,叫人关起阿郎,明早杀掉,还派三百士兵守着,又用许多链子将阿郎锁了起来。到了半夜,阿郎想起

---

① 何罕:国王。

了老人教他的话，就动了起来，链子也就断掉了，士兵也都睡着了，阿郎就跑到了自己的家中。

第二天，何罕一看，人都跑了，就大骂士兵，要他们去再抓回来，士兵们又将阿郎抓回来了。何罕这天就用六百人守，用六百条链子来锁阿郎，准备明早杀他。到了半夜，阿郎又想起那老人教他的话，链子也都断了，士兵也都睡着了，阿郎又回到了自己的家中。

第二天，何罕一看，人又跑了，更大骂那些士兵，要他们再去抓，并且在他家当场杀死。何罕派了几千人将阿郎的房子都围起来，阿郎的母亲和妻子都哭了起来，阿郎就安慰她们说："我落水不淹，火烧不着，土翻不死，石压不死。"士兵们将阿郎捉了起来，正要杀的时候，阿郎说道："你们几千人不要杀我，回去杀掉何罕，你们自己杀自己吧。"果然这几千人都自己杀自己，有的又回去杀了何罕。

周围房子里的人知道了这件事情，都说出"请阿郎来做我们的何罕。"他们用格把花放在里面，请阿郎接格①，阿郎不接格，得意地说："你们的何罕还来杀我哩！怎么你们要我去做何罕！"那些人说："何罕死了，士兵也死了几千，还是你来做何罕吧！"阿郎都拒绝了。

第二天，阿郎拿着他的鼓，对这些死掉的人敲了几下，何罕和他的一千多个妻子、三个女儿也都活转来了，那几千士兵也都活过来了，他们好像睡了一个大睡一样，一点伤也没有，还比过去更年轻，更漂亮。何罕和这些人活转来以后，都来请阿郎当何罕，这回阿郎才接了格，答应了。过去那何罕又将自己的三个女儿嫁给了阿郎，阿郎就敲鼓筑了八个大楼，让他母亲住一个楼，七个妻子各住一个楼，阿郎又写信给苏加答能罕和苏文尼的父母亲，告诉他们的女儿是他带来，结了婚了。

却说，苏加答能罕和苏文尼的父母亲，从她们走了以后，到处找都找

---

① 格：是一种篾编的用具，用来装食物，供神供佛爷或供长辈用的，这里阿郎如果接了格，就是阿郎愿意做那的何罕了。

不着，后来找了个打卦打得准的人，打了卦，说是个有福气的官带走了。她们的父亲——两个何罕都大怒，认为那是欺辱自己，认为那人故意要向他们量本事。不久，他们又收到阿郎的信，知道了阿郎的地方，两个何罕就合起来，带兵来攻打阿郎，并且命令到了阿郎的地方，见人就杀，见屋就烧，见东西就抢。这回就有人来报告阿郎，阿郎就出兵来应战，阿郎的兵败了回来，阿郎自己亲自出马，他骑上宝马，宝贝也"叮叮当当"带上了，阿郎到了战场，就将宝弩一拉"当"的一声响极了，连地都震动起来了。两个何罕的兵都大吃一惊，不敢来战，纷纷逃走，阿郎又拿起宝套，将两个岳父都套在套里面了。那两个何罕就向阿郎叩头请求饶，说："因为你偷了我的女儿，我们又不知道你是福气大的人，所以就来打了。"阿郎说："不是我偷你们的女儿，是你们和你们的女儿先玩弄起我。"阿郎就将他变小白兔和鹦哥的事说了一遍，两个何罕听了都说："这都是我们的不是。"阿郎就放他们，还叫他们要信菩萨，要记着十天条教规，两个何罕都答应了。阿郎又将鼓敲起来，将死掉的兵士都敲活了，又对这些何罕的兵士说："你们要好好地听何罕的话。"士兵们也都答应了。阿郎又用鼓敲了许多金银财宝、米，每个人都给了一些，还给两个何罕用牛马驮了许多金银财宝回去，这样，四邻的人每年都感谢阿郎，每年都送给阿郎一些吃的东西。

岩甩战胜了恶龙

讲述者：波低章
翻译者：沙丽
搜集地点：云南省西双版纳傣族自治州

一条清澈见底的江水，顺着村寨的边缘向远方缓缓地流去，有一队队的鸭群在平缓的江中戏水，成群的小姑娘在江边洗衣、游泳，她们高声的歌唱，应和着远处密林中语格朗冬鸟的叫声，一切都显得那么可爱清新，

这就是我们的曼召寨,传说在多少年以前,这条江水曾经发生过这样一件事:

曼召河里有一股热水,那里面住着一条恶龙,每当日落西山,黑夜快要降临的时候,它便骚动起来,静夜的寒星在空中闪出郁闷的老亮,像是吊死鬼的眼睛一闪一闪,它便冒出了水面,飞到曼召和附近各个村寨,抢食百姓的家禽和牲畜。

日子一天天过去了,百姓无法摆脱这一灾祸,牲畜家禽被吃光了,于是它便抓食百姓的小孩,痛苦的百姓不安地生活着,他们时常准备了手战的礼物,虔诚地祈求天神以因保佑他免遭祸患,但是,天天祈求,月月跪拜,也不能使他们摆脱这苦难的日子。

叭召勐知道了这件事情以后,便想出了一条诡计,他命令寨子里的百姓在过金毕近①的时候,必须按户按人口缴纳钱财和大米,并且选出一个美女,把这些交给叭召勐,叭召勐为曼召寨的百姓向恶龙祈求,祈求恶龙不要扰乱百姓的和平生活,狠心的叭召勐把每年百姓献来的金银财金一口吞了,并且强占了寨子里送来的姑娘,用作自己的奴婢。

一年复一年,不知过了多少年,村寨中的祸患仍然没有消除,村寨人口逐渐减少了,年轻漂亮的姑娘被叭召勐霸占了一空,百姓面对着这样的灾难,痛声哭泣,他们不愿离开这个他们生长的地方,不离开他们祖祖辈辈受难的地方。

一年一度的金毕迈又来临了,可是贫穷苦难的百姓无法再拿出钱财大米,无法献出漂亮的姑娘。他们舍不得将村寨中仅剩的一个女郎献出来,他们不能让这个姑娘为他们去做无辜的牺牲。这个姑娘的爱人是个年轻的小伙子,他有狮子般健壮的身体,他有像叭英一样大的气力,叭召勐要抓去他的爱人,要把她献给恶龙。人们哭泣着跪求土司不要再让她去做无辜的牺牲,可是狠心的叭召勐不顾百姓的要求,硬要抓走这个姑娘,年轻岩

---

① 金毕迈:即傣族新年。

甩忍无可忍，他挺身来到叭召勐的面前，用他金钟声一样的嗓音，吓退了身体矮小，面容枯瘦像黄蜡一样的土司。

他向叭召勐说："尊敬的叭召勐呀，请你看看我们过的是什么样的生活，我们为了这个可恶的恶龙，不知牺牲了多少人的生命，我们的祖祖辈辈都死在这只恶龙的手里，为了它，我们耗尽了多少粮食和金银，为了它，我们送掉了多少个年轻姑娘的命。尊敬的叭召勐呀，请你把我们村寨里仅剩的一个年轻女郎留下。"

狠心的叭召勐说："你如果能在明天把恶龙首级献上，我就答应你的请求。"

为害多年的恶龙，怎能征服得了，狠心的叭召勐，为岩甩设下了这条必死之路。

剽悍的小伙子并没有被这个条件所吓倒，他辞别了他的爱人和乡亲，回家去准备与恶龙作战的武器。

当落日的余晖从西边的半壁向天空上收尽的时候，一弯新月才向这凄凉的地方发出它的微弱的光，北斗星辰那样高，天空是那么空旷，江水的奔腾声，在这里显得那么凄凉悲壮。恶龙出水了，躲在树洞里的岩甩屏住了他的呼吸，恶龙刚刚从水里探出它那乌黑的龙头时，岩甩猛一扑上去，挥着长刀，向龙头砍去，狡猾的恶龙立刻缩身一避，锋利的刀，砍落了龙的一只耳朵，疼痛的恶龙立刻向岩甩扑来，它把岩甩掀入江中，江心立刻腾起了银白色的浪花，岩甩连忙用力浮起，挥着长刀向恶龙砍去，恶龙赶紧潜入江底，避开了锋利的长刀。他们两个，一龙一人，在江中你来我往地搏斗着，曼召寨的乡亲们，点着火把在江岸边呐喊助威，鲜红的火光照着喧啸的江面，两个黑影在江中扭住一团，人们一时分不清谁是岩甩，谁是恶龙，这时，天空的乌云顿生，刹那间暴雨大作，人们冒雨在江边观看着这场殊死的斗争，有的人暗暗向天神叭英祈求，祈求天神给岩甩以无比的威力，战胜为害多年的恶龙。

暴雨愈来愈大，人们的吼声也愈来愈高，雾腾腾的江面上岩甩和恶龙正在激烈地搏斗着，岩甩翻上了龙背，挥刀向龙头砍去，厚厚的鳞甲挡住了锋利的刀，恶龙的头没有被砍断，疼痛的恶龙大吼一声，猛一翻身，把岩甩抛入江中，岩甩立刻浮过来，又翻上了龙背，这一次他用尽全身的力气，向受伤的龙头连续砍来，终于砍落了龙头。

江面重新恢复了平静，奔腾喧啸的江水平稳地流着，天空的乌云顿时消散，一弯的新月重又显出光亮，曼召寨的百姓点着火把，在"水！水！水！"的欢呼声中把提着龙头的岩甩扶上了江岸。

清晨，温煦的阳光照在人们的脸上，他们个个面带笑容，提着龙头，抬着岩甩来向叭召勐献龙的首级，心慌的叭召勐赶紧把岩甩迎进宫廷，命令婢女端上一杯茶水，殷勤地招待除害的英雄，叭召勐没有办法，只好慌忙承认他的语言，他默默无言地看着人群，他点头向英雄的岩甩告罪。

这件事情已经过去多少年了，曼召的人们至今还为这位除害的英雄祝福。

猎人的故事

讲述者：李木荣
翻译者：朗英成
记录者：王则昌
搜集地点：云南省西双版纳傣族自治州景洪市曼丙村

从前，有个名叫猛喜赌的猎人，他有着一手超人的箭法，可以随意打死空中的飞鸟，山中的跑兽。大家都很敬佩他，喜欢他，他常为民除害，他有九个儿子，最小的一个叫九龙，勇敢坚毅，为人忠诚，从小跟父亲学得一手惊人的箭法。

海里有九条巨龙，常常作怪，它们一翻滚，立即风浪吼叫，海水淹没掉整个坝子的田地和房屋，人畜都逃不过这场大祸，附近的人民一年到头不得过好日子，不是淹死就是饿死，不然就是被凶龙吞食，大家都希望有人来除掉这祸害。

这消息传到猎人猛喜赌那里，他很愤怒，一心要去除掉这祸根，于是他准备了铜刀和弓箭，临走的时候对儿子们说："孩子们，我走了，我的白包头留给你们吧，记着，七天以后，如果这包头不变色，我就还活着，七天以后，如果这包头变成了红色，那么，就知道我已经死了，我死后，你们要代我除害。"说完，转身就走了。

走到海边，果然那九条巨龙张牙舞爪地看着他。他用力拉弓就打，龙的皮太厚，弓箭断了，他拔刀砍，刀断了他砍不进去，九条龙喷出毒汁在他身上，他被毒死了。

他的孩子们天天望着他的包头，果然七天后，他的包头变成了红色，他的妻子和孩子们都很悲愤，他们商量："父亲死了，我们应该替父亲报仇去，大哥力大，先让他去。"

大儿子去了，他看见那九条龙在海边晒太阳，他射了一箭，箭断了，他吓得直往回跑，回来告诉大家说："毒龙真厉害，胡须粗得像铁丝一样，我打不过。"听他一说，其他七个儿子都不敢去了，只有最小的儿子九龙说："你们都不敢去，我去！我定要给父亲报仇！"他就带着箭一个人去了。

他走到半路，遇见一个仙人老爷爷，仙人问他："勇敢的布胄，你要到哪儿去？"他说："那边海里有九条龙，天天出来伤害人民，我爹去除害，被九条龙毒死了，我要去替我爹报仇。"仙人对他说："不行，九条龙很厉害，你怎能打得过？但是只要你有决心，我愿帮助你。"他谢谢仙人，仙人就带着他到森林里，仙人指着九个石头一个一个对他说："你只要能射穿这九个石头，就能战胜九条龙。"他举弓一射，有几个石头都射穿了，射到第九个时，他的弓断了。仙人说："你射不穿九个石头，你战胜不了九条龙。"他赶忙请仙人帮助。仙人说："你再去砍九棵竹子，如果能一刀砍断九棵竹子，那么你就能战胜老龙。"他照仙人的话去做，八根砍倒了，砍到第九根时，刀和竹子都断了。仙人说："你还是战胜不过老龙。"

仙人又带着他到仙洞，到洞口仙人就说："你在这里等我，我进去看看。"仙人回来了，他抬着小铁锅来，叫九龙放九个石头在里面煮，九天九夜后才能打开，话刚说完，仙人就进洞去了。九龙照仙人的活，拾了九块石头放在锅里煮，他一时都舍不得离开，九天九夜满了，他打开锅看，那九块石头变成了一把闪闪发光的宝刀，仙人说："现在你可以去战胜老龙了。"仙人又教了他咒语，告诉他在老龙喷出毒汁来时，要用帽子去挡；同时，走时脚跟要轻，老龙是很惊惧的，只有在晚上风吹时才能走近。

九龙照着仙人的嘱咐去做，他到了海边，不见龙，只见九棵大树，他知道这就是九条龙变的，就举弓朝它的尾巴射去，这九条龙立刻变了原形，张开血口喷出许多毒汁来，他赶快用帽子去挡，毒汁没有喷着他，他就一跃跳上龙背骑着，用宝刀直歼了八条龙的脑袋，死了一条，又砍一条，砍到第九条龙时，第九条龙告饶了说："我不敢了，饶了我吧！"他问："你们以后还敢不敢危害人民，以后不许你们再伤害人，并且要帮助人民。不然，我立刻就把你们砍死。"

他就骑着走进龙宫里去了。

龙宫里一片金光闪闪，到处是闪亮的珠宝、晶石，都看不完。第九条龙把最宝贵的一颗宝石送给了他，这颗宝石要什么有什么。

九龙把这颗宝石带回来，把它放在屋里，说："变出一堆谷子来吧！"真的金黄的谷子就堆面前。

老龙王把自己最漂亮的女儿嫁给了他，他们给他们俩做了大摆。在赶摆这天，整个地方的人都来祝贺他，祝贺大家摆脱了灾难祸根，这一天，九龙就把这些金黄的谷子分给了穷苦的人民，从此，这个地方就变成了最幸福的地方。

狠心的猎人

讲述者：叭晋应打
搜集地点：云南省西双版纳傣族自治州

有一个人上山去打猎，碰到一只老虎，老虎向猎人扑来，要吃猎人，猎人逃跑不赢，爬到了一棵树上，老虎到了树下，见猎人已在树上，便在树下等着。

树上有一母一子两只猴子，猎人便和它们一起躲在树上，天晚了，猎人劳累了一天，又受了老虎的惊吓，已非常疲困，大猴子叫猎人睡觉休息，自己愿意先放哨守夜。猎人睡着了，老虎对猴子说："你把猎人推下树来我吃了，我就走开了。"猴子说："别人正遇到了危难来和我们在一起，我们不能乘人之危，加害于人。"老虎遭到拒绝后，仍不死心，还是在树下等着，到了半夜，猎人睡醒了，大猴子对猎人说："现在你守夜，让我睡一睡。"猎人守夜的时候，老虎又对猎人说："你把猴子推下树来让我吃了，我就走开让你回家。"猎人听了老虎的话，就把熟睡的猴子推下树去，老虎一下子抓住猴子的脖子，要咬死猴子，猴子连忙对老虎说："我们猴子最怕抓的是尾巴，现在你抓住的却是我的脖子，可见你还是个外行呢！"老虎听了，放开脖子去抓尾巴，猴子就趁机爬回了树上。

老虎吃不到猎人，也吃不到猴子，便想了一个诡计，假装走开了。

狠心的猎人见老虎已走开，他便忘恩负义，想把两只猴子打死，作为自己的猎获物带回家去。他正想下毒手，但聪明的猴子，早已对这个不忠实的猎人有了警惕，所以很机警地跳到另一棵树上去了，狠心的猎人只得空手回家，但他还没有走出几步，只听得一声虎啸，他已被挨在旁边的老虎抓在它的利爪下了。

老佛爷打卦

讲述者：佚名
翻译者：克炳珍
搜集地点：云南省西双版纳傣族自治州

从前有个佛爷，吃了就睡，睡起来又吃，动都不想动，经也不想念。人家也不来供佛，吃的没有了，服侍他的人想，他动也不动，吃的也没有了，人家也不来供，怎么办？他想了一个办法，他去偷了人家一头黄牛拴在酸芭树下面，回来告诉佛爷说："今天有一家的牛打失①了，他们一定要来看卦，等他来求卦的时候，说，这只黄牛的角，长一边，短一边，很壮，被人偷去拴在酸芭树下面了。"

这个奘房的守侍人出去逛，听着那家人叫着牛打失了，他就说："大嫂，我们的佛爷看卦看得很准，你去请他看看。"那家人拿着钱就来请老佛爷看卦，老佛爷照着侍者对他说的话说了一遍，那乳牛的主人说："对，对，对，你老者说得一点不错，我家的牛就是这个样子，等我去找回来。"侍者说："等你家的牛找到了，要再来添给些米、钱的啊！"这样，他们便吃得好几天了。将要吃完的时候，侍者又去偷人家的水牛，拴在河边，又来告诉老佛爷，并叫人家来看卦，又搞得一些钱、米吃。这样人们就传开了，说这个老佛爷打卦很准确，消息传到国王那里，国王的金盘和金盆打失了，被两个差役偷去埋在花园里。这两个差役一个叫黑，一个叫白。国王听了以后，就叫这两个差役去佛爷那里看卦，这回老佛爷没听说过，他不知道是谁拿去，他说不出来，也不敢看这两个差役的脸，这时他看见一只乌鸦和一只鹭在屋顶上打架，他就只顾看它们打架，看得忘了两个差役，他嘴里说着"白要

---

① 打失：云南方言，"丢了"之意。

死,还是黑要死?"不停地念着,这两个差役催他他也不听,总是这样说。这两个差役互相碰碰手臂,再听听,他还是这样说,这两个差役以为就是说他们两个偷的,他俩着急了,就赶快对佛爷说:"你老打的卦真准,国王的金盘和金盆是我俩偷的,我们埋在园里,请你别说是我俩偷,你写个字我们拿去给国王。"于是,这两个差役给了他许多银子,国王找到金盆以后也给他许多金子、银子,还要叫大象天天来供他,于是,从此他就可以不焦不愁地吃了又睡,睡了又吃。

梦果[①]

讲述者:佚名
记录者:杨天禄
搜集地点:云南省西双版纳傣族自治州

梦果是个小孤儿,天天要饭吃,到六七岁的时候,他玩地钻子最好,谁也敌不过他。那些放牛小孩二十个一边,他独自一边,条件是二十个那边输了,每天一个送他一包饭,要是梦果输了,二十个孩子便一个敲他一下头,结果梦果还是赢了。

国王有一个女儿,已到出嫁年龄了,要招驸马。谁知却有一百个国王来要,国王想给哪个都不好。于是国王和大臣商议,女儿不给哪个,只赶一次大摆,在赶摆时向人身上投圈,投中哪个,哪个就是驸马。

到了投圈那时,简直比大摆还热闹,人山人海,放牛的小孩也要来看看,便叫梦果看牛。梦果说:"我又没有牛,我不放。我还是要去看。"放牛小孩走了,他也跑来了。可是他走到哪里,人都赶他,因为他穿得又烂又丑,人家都叫他丑孩子。他被人赶来赶去,没法就跳上小土堆,谁知这时国

[①] 小孤儿。

王的圈子都套在梦果头上了，这下满场大笑起来，说国王小女倒霉了，这么多王孙公子不套，偏偏套住他。国王无奈，告示上早已写过，说是套住谁，谁就是驸马，这下梦果穿起驸马衣服跟国王同车进王府。

王府家选择了吉日良辰，吉日前梦果天天沐浴，每洗一次就漂亮些，到了结婚那天，惊得国王大臣说："驸马漂亮得不得了。"

梦果与公主结婚不久，国王就死了。这下，梦果就是新国王了。

朗薄海①

搜集地点：云南省西双版纳傣族自治州

很久很久以前，有一个非常穷的布冒，住在一间山上的用芭蕉叶子盖起的小屋子里，他穷得只靠打柴维持生活，谁家的布少也不愿意嫁他。他已经早就过了结婚的年龄，但还是孤零零的一个单身汉。

有一段时间，他把柴卖掉以后，就买一个鸡蛋回家，存了起来，十几天以后，他已经存起了十几个鸡蛋。他觉得有了这么多鸡蛋，可以吃了，很奇怪，第二天买的那鸡蛋怎么煮也煮不熟。没有办法，他只好把那个鸡蛋放在一边，吃其他的，等到他把其余的鸡蛋吃完了，他又上山打柴去了。

穷布冒上山砍柴，那个煮不熟的鸡蛋开了壳，从里面跳出一个比天仙还美丽的、漂亮的，使整个屋子放光的姑娘来。她给布冒烧好一顿好饭菜以后，又重新跳进那个煮不熟的蛋壳里去了，布冒打完柴回家，肚子饿得咕噜咕噜地叫，正想动手煮饭，没料到一揭开锅盖，里面蒸着热腾腾的饭菜，他觉得很奇怪，当时肚子非常饿，遇着好菜饭，也就不管三七二十一，把一锅饭菜吃得精光。

---

① 鸡蛋姑娘。

第二天，穷布冒照常上山砍柴，那个鸡蛋姑娘又照常跳出来煮饭，煮好又重新跳进鸡蛋壳里去了。布冒回来，更觉奇怪，可是仍旧高高兴兴地吃完了。天天如此，布冒吃着虽然高兴，但是觉得必须搞清楚是怎么回事，布冒去问周围的邻居，结果人们笑他穷疯子，"谁会进你家去煮饭呀！"他不甘心，一定要揭破这个疑团。

一天，他装着上山砍柴的样子，但走到中路就转回来，鸡蛋姑娘刚出来煮饭，布冒就瞧见了，走过来问："你是人还是鬼？"鸡蛋姑娘回答说："我是人。"布冒见鸡蛋姑娘比天仙还美，两个结成夫妻搬下山，到了一个寨子里，安了新家。

寨子里有一户官家，官家的儿子想吃麻雀肉叫长工去打，又叫长工的媳妇晒干了炒着吃，正晒的时候，被官家的猫抓去吃了，长工媳妇吓得哭起来。布冒和长工是邻居，听到长工媳妇哭，鸡蛋姑娘去安慰她，长工媳妇把事情经过说了一遍，鸡蛋姑娘便用笋皮剪成小雀的样子，说："官家的儿子想吃你就炒给他吃好了。"

官家的儿子知道小雀被猫吃了，偏叫长工媳妇炒小雀肉给他吃，长工媳妇把笋皮剪成的小雀放在锅里一炒，果然炒成一盘小雀肉，官家儿子一见，便说长工家一定藏着很多小雀肉，长工媳妇没法，只好把鸡蛋姑娘帮忙用笋皮剪小雀的事告诉官家的儿子。

自从这新夫妇搬进了寨子，官家儿子早就想把漂亮的鸡蛋姑娘弄到手，只是没有好办法。这下子，他立刻叫人去把穷布冒找了来，说要跟穷布冒斗鸡，如果穷布冒家的鸡斗输了，就得把鸡蛋姑娘让与官家的儿子。穷布冒说自己家没有鸡，官家的儿子不理。布冒气极了，回到家告诉了妻子，鸡蛋姑娘叫他不要气，便用笋皮剪了一只鸡，让丈夫拿去斗。果然官家的鸡斗得大败，官家的儿子见鸡斗不过，又要跟布冒斗牛，仍然说布冒输了，要把鸡蛋姑娘给他。布冒这次更气得厉害了，鸡蛋姑娘仍然劝丈夫不要气，她用煮好的饭做成了牛的样子，叫丈夫拿去斗，果然又把官家的牛斗得大败。虽然是斗胜了，布冒仍然不高兴，非常痛恨官家，他骂："安尼安魔[①]，想得别人家的媳妇！"这话被官家的儿子听去了，就叫布冒去找安尼安魔，说要是找不着就得把媳妇送给他。布冒更是生气，但是没有办法，只好告诉鸡蛋姑娘，鸡蛋姑娘还是劝丈夫不要急，她叫布冒到一个洞里去，朝着东方叫三声"安尼安魔"，安尼安魔就会来了。

布冒照着鸡蛋姑娘的话去做，果然把安尼安魔牵了回来，鸡蛋姑娘叫他理安尼安魔的毛放出了五彩的云光，好看得很，鸡蛋姑娘告诉布冒理到尾巴的时候就不要再理了，让官家的儿子自己去理，并且自己要赶紧跑出来。

第二天，布冒把安尼安魔牵到官家那里去，一理毛，便放射出彩霞一样的光来。官家全家人都跑出来看。等理到尾巴的时候，布冒说要出去解小便，就走了出来，官家的儿子自己跪到安尼安魔的身边来理尾巴，一理尾巴，立刻放出一团烈火，把官家的房子烧得干干净净。

全村人见除掉了官家非常高兴，便推布冒做房头人，布冒想要把那个蛋壳打烂，鸡蛋姑娘拦阻他说："今后如果遇到灾难，我俩钻进去也好躲一躲。"

从此，他们夫妇俩过着幸福的日子。

---

① 安尼安魔：怪物。

冒滚潘①

讲述者：牙扎木姆
翻译者：方宿主辇
搜集地点：云南省西双版纳傣族自治州

有个国王，他有七个女儿，这个国王只想听别人对他的赞扬和奉承，谁要是稍微说了两句使他不满意的话，他就狠心报复。平常，他又要找些人来问："我的心好不好？"那些人勉强点头说是，他便心满意足赏些钱给他们。

他对自己的女儿也是这样，一天，他让她们穿得很漂亮，都来到自己面前，他又开始一个个问话了。

"大姑娘你现在是靠谁过活？以后靠谁过活？"国王用温和的声音对第一个女儿问道。

"当然靠我的父王了。"大姑娘满脸笑容地回答。

一直到第六个姑娘都是这样回答，他继续问下去，充满了得意自豪的心情。

"我的七姑娘，你现在是靠谁过活？以后靠谁过活？"声音仍是那样温和。

"靠我自己。"七姑娘回答。

这句话真出乎国王意料，于是痛骂七姑娘不孝顺父亲，不懂得恩情。国王说，这国里的一切财产、土地、丫头和金钱都是自己的，因为有这些，她才能生活得好。但七姑娘却坚持着说："这些东西不是我们的，是全国百姓的，我们要靠自己的劳动来养活自己。"

---

① 穷小伙子。

国王决定把这忘恩负义的女儿赶出去，脱下了她漂亮的衣服，只留给一件破衣和裙子。

只有母亲还同情七女儿，临别时对她说："你去后可要保重自己，我可怜的姑娘。"同时悄悄地把一个金子做的槟榔盒给了女儿。

七姑娘一个人走了，来到一棵巨大的大青树下，这棵树已经有好多年了，是一棵神树。姑娘就对着大青树磕头祷告说："从现在起，我往前走，无论遇到个什么样的小伙子，我都要同他结婚。"

刚好这时卖芭蕉的小伙子冒滚潘在她后面歇气，姑娘心里想，这就是自己的丈夫了，她上去和气亲热地问："大哥，你吃饭了没有？"

"哪有钱吃饭！"

"天晚了，为什么还不吃饭？"

"芭蕉还没有卖出去呢，哪来的钱！"

"你家住在哪里？"

青年不顾回答这个陌生而多话的姑娘，只随手用手把自己的家指给她看。姑娘看了，就明白地对青年说，她要做他的妻子，要跟他回家。青年不答应，又同去卖芭蕉，七姑娘一个人就走进他的家去了。

青年回来只买一点米，他说这怎么能养活两个人，不能和姑娘结婚，但姑娘自己也去干活，这倒使青年又高兴又惊异，于是他答应了。

第二天，姑娘叫冒滚潘把那个金盒拿去卖，但告诉他不要在卖米的地方卖，要到一家二层楼的卖绸缎的地方，卖了钱就快买米回来。

青年去了，但那些人认为这金盒是铜的，还要打这个"骗子"，他在回家路上心里非常生气，把金盒扔在草里，到了家一句话也不讲，姑娘温和问他，他气冲冲地回答。最后在姑娘的劝告下，他没法只得又去拾回那个盒子，青年又一个人进城去。

这家铺子的人拿着金盒，问他要换多少，他只说了一句："要一点。"人家只好给了他一点米，一点盐，一点油，商人们因为知道这金盒的价值，所以还特别派了人把他送回，叫他用完以后又去拿。

但他们这一点油、米、盐，却用了好几天还有。

冒滚潘很奇怪，那点点盒子竟如此有用，他于是对姑娘说："这东西我们山那边的芭蕉叶地下不是有许多的吗？为什么不拿来换米呢？"姑娘要他带她去看，果然那满山都是金子，青年只想捡一点回去，但姑娘却要多拾些，金子太多了，拾也拾不完。

于是他们去请五十个工人，来修一间屋子装金子，工人要他先给钱，果然第二天他们送去金子，房屋很快就造成。他们又买了一百匹马，到山上去运金子，山都快挖完了，冒滚潘发财的事情从此传开了。

却说七女儿的父王，他现在打算做一次大摆，和所有的国家比赛自己的豪华富有，但他花光了所有的钱，却没有准备好，于是便去找冒滚潘借点金子——此时他不知道那就是自己的女婿呢。

大摆准备妥当，请了好多人来参加，十分热闹，七姑娘却不愿去，在会场上，母亲看见了她，跑过来抱头痛哭，并把她和她丈夫的事向父王讲了，父王听了不免大为惊异而羡慕，便立即来找到女儿，千方百计地向女儿道歉，并要夫妇俩留下。

但七姑娘和冒滚潘坚决不留在国王宫里，他们回到自己的茅屋里，以后，国王还时常来向冒滚潘攀亲，但七姑娘丝毫没有承认自己是他的女儿。

三个穷兄弟

搜集地点：云南省西双版纳傣族自治州

有一家人，就只有穷兄弟三个人。无父无母，无姐无妹，他们非常和好，听大哥哥的话。他们的领导，有一个老帕戛家，那家的牛马田地多得数不清，可是帕戛夫妻两口只有一个女儿，夫妻想："我们年年顾帮工，去几百篓谷子，吃亏了，不如找个姑爷来，靠他出力好了。"于是到处找，但谁也不敢来，虽然那个姑娘长得好看，人也不错，可是，帕戛夫妻的刻薄，谁都害怕不敢来，帕戛夫妇只好来找穷兄弟三人任来一个，三兄弟你推我，我推你，最后老三老二齐推老大，老大只好去了。

帕戛夫妇最不爱姑爷穷老大，叫他听老人的话，做事才有办法，叫做哪样就做哪样，穷老大只得照办。叫老大去犁田，早饭下午才送来，穷老大忍着肚子饿，下午丈人拿着一包饭，一壶水，没有菜吃。穷老大实在受不了啦，就跑回家来，老二、老三问："是嫂嫂骂了呢？还是大人骂？……"老大说："谁也没骂我，可是叫我犁田，早饭下午送来却是一包饭和水，我忍了几天才跑回来！"老大刚说到这里，老丈人却叫人来了，老大说："我不来了，你们一家子看待我太不像样了，就是帮人也该好点，何况还是女婿呢！"那老丈逼着他三个非去一个不可，这回就让老二去。老二去后，还是不几天就跑回来了，和老大的情形一样。老二跑回来，老帕戛又追来了，叫老二去，老二说："我不去了。"最后老帕戛非要他们三个中去一个不可，这回只好推老三去了。老三说："好，我去，两个哥哥真笨。"老大、老二说："我两个笨，过了三天你还是要跑回来的。"老三说："我不跑回来了，希望两位哥哥在这里好好生活。"老帕戛听见老三这样说，非常高兴地说："老三才是我的好女婿。"

老三一到帕戛家就被叫去犁田，早饭还是下午送来，可是老三把犁头拿来烧，把牛腿子割下一块烧来吃。下午帕戛送饭来，老三说："我不吃了，已经吃了牛肉了！"帕戛说："哪来的牛肉？"老三说："我在牛腿上割了一刀！"帕戛一看，牛腿血淋淋的，急得大叫："你这小东西，再等下，我不是就送来了吗？"老三说："再等下，我就饿死了……"从此，帕戛不再晚送饭来了。

秧栽完了，帕戛叫老三不要偷闲，去搞点别的。两个就去种烟草和菜，种完了，老帕戛又叫去割点茅草，好盖房子，好卖，老三说："现在茅草太嫩了，等老些再去割。"老帕戛只好等，结果草被人割完了。老帕戛说："嫩草割完了，只有一窝一窝的老草了。"老三说："割不得了，那是老虎做窝的草,碰着老虎可不好玩。"老帕戛说:"家用草怎么办?"老三说:"二天用稻草吧。"

老帕戛没法,又叫他去打猎,老三答应了。老帕戛说:"你做狗,我做人!"老三也答应了,老三学狗在草里叫,赶出野鸡来,打了几只,两个就烧来吃,老帕戛烧好了,说是去洗下手,老三把肉吃得精光,老帕戛回来问:"肉呢?"老三说:"我吃了,我是狗,人走了我就吃了。"老帕戛没有得到吃。

第二天,老帕戛和老三又去打猎,老帕戛自己愿意当狗,在草深的地方叫,老三枪法百发百中,一会儿比昨天打得更多,老帕戛叫老三烧,自己去拿饭。老三烧好后,就上窝棚去吃肉,把梯子也拿上去,老帕戛拿来饭叫老三,老三把骨头丢下来说:"老狗,吃吧!"老帕戛哭着回去对女儿说,女儿听了,跑来对老三说:"老三哥,你骂得太过分了,就是对帮工也不合这样骂呀!"老三就把今天和昨天的事情说了一遍,说是与老帕戛比才学,不是骂他,人和狗应该是这样的啊。女儿对老帕戛说:"老三说,他是显才学,你瞧,他说你诡计多端哩!"

谷子打完了,草黄了,菜也吃得了,老帕戛说:"草黄了,去摘回来吧!"老三提大箩去摘,一箩塞得很满,一箩只是外面糊糊,然后自己钻进去,头上用草蒙着,老帕戛叫老三吃饭,久喊不应,就走进园子里,看见只有一挑草,就挑了回来,又很重,说是要管很多钱,老帕戛挑到家,老三站起来,急得老帕戛大叫:"气死我也!"第二天,老帕戛去摘,也学老三那样,一头塞得满满的,一头外面糊点,自己就钻进去,吃饭时,老三去喊,看见一担草,悄悄挑到有豹子的地方放下,就跑,边跑边喊:"有豹子呀!"老帕戛吓得在地上滚,并大叫:"老三等着我,老三等着我!"可是老三一口气地跑到家。从此老帕戛再也不敢找老三斗智了。

细维季① 故事

搜集地点：云南省西双版纳傣族自治州

下面的一些故事是细维季打败前来进攻他的岳父，在一个宴会上讲的九个故事。目的是想通过这九个故事来教育那些国王，教育他们如何做一个好国王。这些故事短小精悍，有强烈的讽刺力。

1　宝珠不见了

有两个沙特交朋友，一个沙特要到外边去做生产，就把他的一颗宝珠装在口袋里，交给另一个沙特，并且对他说："今天我要去做生意，珠子放在你家里，请你替我保管，三个月后我回来拿。"于是他便坐着船做生意去了。

在家的这个沙特，很想要这颗宝珠，就用剪刀把口袋剪开，把宝珠拿出来，装上一颗假宝珠，并且请了一个裁缝把口袋缝得和原来的一样。

三个月后，做生意的沙特回来了，将口袋取来一看，原来的宝珠不见了，口袋里的是一颗假宝珠，就问在家的沙特说："我原来的珠子不见了，这是一颗假的，那颗真的在哪里？"偷宝珠的沙特说："我也不知道，袋子又没打开，怎么会不在呢？你看口袋开了没有？"做生意的沙特一看通帕，果然没有打开过，就说："是没有打开过，难道宝珠会变成假的了？""是你的运气不好，飞走了。""不是，是你偷的。"于是两人就吵起来，告到国王细维季那里去了。

做生产的沙特对细维季说："我的宝珠放在他家，不见了，他还说不是他拿。"偷宝珠的沙特说："我没有拿，口袋口又没有打开，我怎能拿

---

①　细维季：国王。

呢?""你不拿珠子到哪里去了?""是你的运气不好,珠子飞掉了。"国王知道在家的沙特把珠子偷去了,但是不愿当面揭穿他,就对做生意的沙特说:"你把口袋拿来,七天后,我吹一口气就变成一颗宝珠了。"做生意的沙特就把口袋交给细维季,两人都回去了。

国王想了一个办法,把手巾剪开然后又照样折起来,叫丫头去洗,并对她说:"你要好好地去洗,不准把手巾洗毛了。"丫头小心地去洗好给国王,国王就把剪刀剪过的地方指给丫头看,对她说:"我叫你好好地洗,你不小心,把手巾洗毛了。你要把它缝得和原来一样,不然就惩处你。"丫头只好拿着手巾去找人缝,找到了曾经缝过这手巾的裁缝,裁缝就把手巾缝得和原来一样,丫头把手巾给了国王,国王问:"哪个缝的?""一个裁缝缝的。"国王就命令将裁缝找来,问他:"你缝这样好的东西缝了几次了?"裁缝说:"缝了两次了。""缝了些什么东西?""一次缝一个口袋,一次缝一块手巾。"国王就知道是在家的沙特把宝珠拿走了,然后把口袋缝好。

国王就把偷宝珠的沙特叫来,对他说:"我已经知道宝珠是你偷的了,为了不丢你的脸面,才没有说出来,你快把宝珠拿出来还他。"沙特说:"是。"沙特就把宝珠交给国王,七天后,国王就把两个沙特叫来,对做生意的沙特说:"你把口袋拿去看看,看宝珠来了没有?如果没有来,我好帮你再吹再念。"沙特接过口袋一看,真的宝珠果然在了,这个沙特很感谢国王,就送国王一百两金子,偷宝珠的沙特很羞愧,对国王说:"要不是给我护面子,我早背上一个贼的名字了。"也送国王一百两金子。

2 不是运气

有一个沙特出去做生意,就把他的金子交给另一个沙特照管,说:"金子我装在口袋里,放在你这里,等做了生意就来拿。"然后他就去做生意了。

在家的这个沙特就把口袋里的金子换成铜,仍旧缝好口袋,等做生意的沙特回来打开口袋一看,里面只有些铜钱了,就问:"我的金子怎么不见了?金子怎么变作铜了?"偷金子的沙特说:"这是你的运气不好,金子才会变成铜。""不，是你拿走的。"两个吵起来，告到国王细维季那里。

国王知道是在家的那个沙特偷的，但也不伤他的面子，只叫做生意的沙特来对他说："金子的确是他偷的，你还是和他做朋友，我有办法使你得金子。""什么办法？""他家不是有一个儿子吗？""有的。""你把他的儿子哄出来，然后提一个猴子给他，说他的儿子变成猴子了，这样他就会把金子交给你了。"做生意的沙特就照国王的话去做了。

做生意的沙特把偷金子的沙特的儿子领了出来，到下晚就拉着一只猴子去对沙特说："今天我领着你儿子上山去玩，我叫他不要吃山上的野菜，他偏要吃，吃了就变成猴子了。""不可能，我的儿子怎么会变成猴子呢？""怎么不是，他已经变成猴子了，这也是你的运气不好了。"两人说着，又争吵起来，又到国王那里去说理。

国王对他们两个人说："你们两个命都不好呀！金子变成铜，儿子变成了猴子。你们命不好！"偷了金子的沙特说："不是，你说得不对，我的儿子怎么会变成猴子呢？他的金子也没有变成铜，还在我家放着呢！"国王说："好了！既然金子在你家，你就拿给他，你的儿子也没有变成猴子，还在他家，他把儿子给你，这样你们俩的问题就解决了。"

做生意的沙特得到了金子，偷金子的沙特也领回了自己的儿子。

3　菜味闻得走吗？

有一个穷人，吃饭没有菜，没有盐，天天在路上闻沙特家吃菜的香味，闻了以后就当作自己也吃了这样的菜。

有一天，被沙特看见了，问他："你在这里干什么？"穷人说："我吃饭没有菜，在这儿闻闻香味来当菜吃。"沙特说："怪不得我的菜没有味道，就是你把香味闻走了，你快赔我一百两金子。"穷人不答应，两个人你拉我扯地告到国王细维季那里去了。

沙特对国王说："他把我的菜的味都闻走了，我叫他赔我一百两金子，他不赔。"穷人说："闻，怎么会把你的菜味闻走呢？"国王对沙特说："你的菜被他闻走了,他赔不起,我替他赔。"

第二天,国王就吊起一百两金子,下面就放一个镜照着金子,国王指着镜子里的金子对沙特说:"这是不是一百两金子?"沙特说:"是的。"国王说:"好,你拿去吧!"沙特也拿不着,国王就对沙特说:"你拿不到镜子里的金子,他闻菜味也是什么也没有得到,你为什么要叫他赔钱给你呢?"

4 珠子到哪里去了

有一次,细维季和他的妻子到花园里去玩,妻子到水边去洗头,把戴着的珠子放下,叫丫头守着,丫头睡着了。猴在树上看见珠子,就慢慢地下来,把珠子拿走了,丫头醒了,找珠子不见了,就大声喊叫:"金银珠子不见了,有强盗了。"国王听见了,便喊:"捉贼。"有个穷人到花园里来钓鱼,怕别人说自己穷就是贼,赶紧就跑。国王看见有个穷人跑,以为他就是贼,立刻命人把他捉住,拷打他,穷人没有办法,只好承认,说:"是我拿的,我已经给沙特了。"国王就把沙特抓了来问,沙特也很怕就说:"我拿着了,我已经给四大朝臣了。"国王又叫四大朝臣来问,四大朝臣也怕,就说:"我们拿着了,已经交给妃子了。"国王说:"为什么会牵连到这样多的人呢?"就把这个案子交给一个最小的朝臣去办。

最小的朝臣想:可能不是这五个人拿着的,他们可能是一个怪一个。但是,还是把五个人关在水牢里。妃子骂四大朝臣,说:"你们谁给我珠子?"四大朝臣也骂军师,军师骂沙特,沙特又骂穷人,穷人说:"你们都没有拿,我是怕挨打才说的。"最小的朝臣想:既然不是他们,可能是园子里的其他动物了。

最小的朝臣就想了一个办法,用鹿粪穿成串挂在树上,园子里的猴子见了,就拿来挂在脖子上,互相夸耀自己的一串好。这个说:"我的好看。"那个说:"我的好看。"它们就跳舞唱歌,偏偏老猴子不下树来,这些猴子就嘲笑他说:"老猴子没有珠子,不好意思下来。"老猴子就把国王的妻子的珠子拿出来说:"我的珠子比你们的好,你们都是鹿粪的,我的是金子的。"国王的兵立刻把这个猴子围住，捉起来，将珠子还给了国王的妻子，把五个人都放了。

5　是什么就说什么

有一个国王到花园里去玩，采了两种果子回来：一种是甜的，一种是苦的。两种果子的样子很相似，国王就把四个苦的分给四大朝臣吃，自己吃甜的，吃后，国王问："我的果子真甜，你们的甜不甜？"四大朝臣吃了很苦的果子，但又不敢说苦，连忙回答说："很甜，可以下饭。"最小的朝臣说："这果子很苦，怎么吃得。"四大朝臣听见他这样说，都劝他说："在皇帝面前你怎么敢这样讲，你不怕吗？"最小的朝臣说："苦的我就说苦，甜的我就说甜。"国王听了就笑了笑。

有一天国王拿了一把缺口的刀，指着缺口对四大朝臣说："老鼠真讨厌，把刀都吃了。"四大朝臣明知不是老鼠吃的，可是也附和着说："是呀！老鼠真讨厌。"最小的朝臣就说："老鼠只会吃油，不会啃刀。"四大朝臣又劝他说："不要乱讲，在皇帝面前，皇帝说什么你就跟着说什么。"最小的朝臣说："有什么我就说什么。"国王也不追究。

一天国王对四大朝臣说："我们金银很多，但是，我还要像山一样的金银，命你们去找，找不到就要杀你们的头。"四大朝臣商量说："全国每人出一两。""不够。""我们多出几两。""还不够。"四人没有办法，去和最小的朝臣商量，求他帮助想办法。最小的朝臣就说："不消去找金银了，只消去把国王的话驳倒就行了。"最小的臣子就叫他们怎样说，明天去见国王。

第二天，四大朝臣到了国王那里对他说："请你把你的大称借来称称金山。"国王说："哪儿有这么大的称？"四大朝臣说："没有那么大的称，哪儿有那么多的金山。"国王没有话说，就问："哪个教你们说的？"他们回答说："是最小的臣子教我们说的。"国王不但没有怪小臣，而且还奖励他，封他做大朝臣。

6　狮子之死

有一个狗和狮子做朋友，天天跟着狮子，狮子吃什么狗就得吃什么。狗想："天天跟着狮子，它吃什么就得吃什么。牛、马、羊肉吃过了，就是狮子肉没有吃过，不知道是什么味道。"狗就想着要吃狮子肉。

一天，狗见到一眼井，狗就对狮子说："我以为只有你一个狮子恶，有一个狮子比你更恶，它要和你打，你不准备就打不赢。"狮子听了大怒，说："你领我去看。"

狗就把狮子领到井边，狮子问："在哪里？"狗说："我不敢去，狮子就在井边。"狮子看见井里有一个狮子和它完全一样，它做什么，井边的也做什么，狮子大怒，大叫起来，把耳朵都震出血来，跳下井去，淹死了。

7　狗王的故事

有一个猎人，领着狗上山去打猎，狗找不到猎人，跑来跑去，跑到了和尚牙写那里，在和尚牙写那里几天，就懂得了和尚牙写的经咒语，它就逃走了，狗念咒语，所有的大象、牛、马、狮子都来推举狗做国王。大家商量："我们动物这么多，应当下山去做王了。"大伙就下山来了。

人听说野兽来了，就把城门关起来，害怕得都躲起来了。一个大臣上到城上去问野兽："你们是什么东西，枪刀也没有，还来这里和人来打。"狗说："我们不要刀枪，狮子一叫就把你们的耳朵震破，把你们震死。"大臣怕了就说："过几天再战吧。"狗说："好，过七天再战。"

大臣立刻回去报告国王："有许多野兽包围着城，它们都说狮子一叫就会把我们的耳朵震破，把我们震死。"国王赶紧命令全国的人用棉花把耳朵塞起来。

七天以后，又到城上对野兽们说："你们没有刀枪，来吧。"狗就命令狮子叫，狮子一叫，所有的狗、象、牛、马等动物都震死了，只有人不死。

8 忘情的黄狗

有一个黄狗跟着猎人去打猎，狗跑开不见了。狗跑到和尚牙写跟前，有一只老虎来追它，它害怕得很，牙写说："你不要怕，有我在，我在你头上生个马鹿角。"狗长了一个马鹿角，仍然害怕，牙写又说："我给你变成只老虎。"狗就变成了一只老虎。做了老虎以后，仍然怕狮子。牙写又说："不怕，我给你变成一个狮子。"狗变成了一个狮子以后，就什么也不怕了，到处去逛逛，找到了一个母狮子，它就爱上了这只母狮子。母狮子问它："你从哪里来？你要我做你的妻子，你是真的还是假的？如果是真的我才做你的妻子。"这个狗变的狮子说："我是真的。"母狮子又问："你从哪里来的？"狗变的狮子说："我从和尚牙写那里来的。"母狮子说："好，我就做你的妻子吧，不过，我要到和尚牙写那里去问了以后，我知道了你，才嫁给你。"

狗怕和尚牙写把它原来的样子说出来，就想把和尚牙写吃掉，跑到了和尚牙写的身边就要吃，和尚牙写发怒说："你还不走开，你不是狮子，你是狗。"这个假狮子又变成了狗。

狗一走出来，就被老虎吃掉了。

所以做人不能忘情。

9 鱼、螃蟹和白鹤

有一个塘子鱼很多，有只螃蟹和鱼做朋友。

一年天干，大鱼小鱼都急了，"水干了，我们这些鱼就活不成了。"一只白鹤飞来，想打鱼的主意，就对它们说："我真替你们着急呀！水一干，你们都得死。前边有一个大塘子，我可以一个个地把你们衔到塘子里去。"最大的鱼说："你不是想帮我们的忙，而是想吃我们。"白鹤说："我不会吃你的，你们去瞧吧，那个塘子大，你不信，我衔你去瞧瞧吧。"大鱼说："好。"白鹤就把大鱼衔着，果然看见一个大塘子。回来后，小鱼问大鱼："是不是真有那个塘子？"大鱼说："真的有一个很好的大塘子。"大鱼小鱼听了争着想去。

于是，天天白鹤都来衔鱼，把小鱼衔去吃了，对大鱼说："你儿子在等你呢！快走！"衔去大鱼吃了又对小鱼说："你妈妈在等着你呢！快走吧！"这样，几个月的工夫，差不多把鱼都吃完了。

一天，螃蟹想："鱼都快走完了，是真的到塘子里去了呢？还是给白鹤吃了呢？"它就想了一个办法，对白鹤说："你把我也衔去吧。"白鹤说："好！"螃蟹说："我有两只手，抱着你的脖子就行了。"白鹤就把螃蟹带着飞走了。

白鹤把螃蟹带到白鹤吃鱼的树上就停下来了，螃蟹看见白鹤的屎很多，鱼骨头也很多，就问："你带我到这里来做什么？"白鹤哈哈大笑，说："今天要吃你了！你看鱼都被我吃了，你今天倒霉了。"螃蟹听了大怒，就用两个夹子，夹紧白鹤的脖子，说："快送我回去，不然就把你的脖子夹断。"白鹤只好把螃蟹带到塘里，螃蟹用力一夹，就把白鹤的脖子夹断，白鹤死了，其余的鱼都得救了。

一个国王想听故事

搜集地点：云南省西双版纳傣族自治州

有一个国王最爱听故事。他管辖的地方，每个识字的，会讲故事的都叫来讲故事给他听。那些故事如果是他知道的，就把讲故事的杀掉，那些故事如果是他不知道的，就佩服。国王听的故事越多，杀的人（讲故事的人）也越多，搞得人们惶恐不安。

有个十六岁的小孩，只有个母亲，家里很穷。有天就对妈说："妈，我出去找点钱回来！"母亲问他怎样找。他说："我去给国王讲故事，想办法去捞国王的钱。"急得母亲大叫："别去找死了！"小孩说："妈，你别管！"这小孩拿刀砍竹子编了个竹篓去了。

国王问道:"小孩,你会讲故事吗?"小孩说:"会。"国王说:"你就讲吧!"小孩说:"讲故事可不是个简单事情,要搭高台,听的人要跪着听。"国王听了觉得稀奇,便叫人搭台。

台子搭好了,便叫他讲。小孩上了台叫道:"各位听着,我讲了!在许久以前,老国王的祖先欠下我家祖先一担银子,今天我挑了篓子来取,老国王你可知道?"国王说:"你这么小的年纪怎么知道?"小孩说:"这是故事你好好听,银子你还不还?"国王说:"还,还!"小孩就挑了两篓银子回家。国王叫他明天再来讲,小孩说:"要来的!"

第二天,小孩又挑着竹篓来了,国王叫他上高台讲,他就讲了起来:"老国王昨天的故事只听了一半,你家祖先还欠我家祖先一担金子,快还我!"国王没法,只好把金子拿给他,小孩又挑着他的一担金子回家。国王叫他明天再来讲,说是三天为期,小孩说:"好吧,明天来就是!"

第三天,小孩没挑竹篓来,他一走上高台就讲了:"大青树没叶子,没有根,你该见过,老国王!"国王说:"没见过呀!这大青树没有叶和根怎么能活?"小孩说:"既然大青树没有叶和根活不成,国王你把全国有知识的人都快杀光了,你的国家还能长久吗?"国王听了,如梦初醒,同时对小孩的大胆和才智非常惊羡,便要小孩做宰相,小孩推辞不了,就做起少年宰相来了。

金鱼姑娘 ①

搜集地点:云南省西双版纳傣族自治州

有一个穷人,父母也没有,他是靠打柴卖。有一天他想吃鱼,就同一些

---

① 又名:金鱼仙女。

人去河边拿鱼，拿了半天，拿不着，拿到最后，拿着一个小金鱼，他拿着回来，就想很好地吃一次，就出去找料子，他就出去了。正好他出去，那个金鱼仙女出来，给他把饭做好，做好又回到鱼壳内。等他回来，见饭香喷喷的，他很奇怪，问每个邻人，人家也不知道，照这样过了两次，他就打了一个主意。

一天，他说："我出去找佐料来吃这金鱼。"一出门他偷偷一看，只见一个仙女从鱼壳中跳出来，洗脸、梳头、做饭，他一下跳进去，捉住问："你来做什么？""我是被你拿来的，我是小金鱼，饭是我帮你做的。"男的说："你来做啥？"女的说："我就同你成为夫妇。"二人就结成夫妇。

有一天，国王的马夫从这儿过，见到这个女的很漂亮，就去同国王讲，说："那穷人还讨了一个这样好看的老婆，太不相配了。"又说："做你的王后最好。"国王听了很高兴，说："你真的见了！"就叫人把这个穷人叫来问："你讨了一个很好看的妻子，你是配不上她的，我限你七天送来，如果不送来，此地有一个大树，你要连根拔来栽在我花园中。"这个穷人听了苦着脸回来，他妻子见了问："你为什么愁眉苦脸？"穷苦人说："国王叫我把你送去给他做王后，如果送不去，要把此地一棵大树连根拿来，我无办法，才这样愁苦。"他妻子说："别怕，我有仙水，你把树抹一下，就轻得像棉花一样。"她拿仙水去抹，果然很轻，抬了进王宫说："国王，我把大树拿来了。"国王又出主意："有一个大石头，你要给我拿来，拿不来要你的妻子。"他又回去同妻子说，他妻子又给他仙水一抹，又把大石抬进去，国王又说："这次需要给我去找加特加这种鸟来，找不来要你的妻子。"他就苦着回来对他妻子说："国王叫我找加特加鸟。"他妻子说："不怕。我去找一些稻草来扎一个鸟。"扎了走来一念，变成鸟，叫声"加特加"。他妻子对他说："国王问你鸟吃什么，你就说"这鸟吃刀枪戈矛……"，他拿着这个鸟就去见国王。

见了国王说："你要的加特加我拿来了。"国王一摸，果然是叫"加特加"。国王问："这个鸟吃什么？"穷苦人说："这鸟吃刀枪……"国王叫侍人把王宫所有的刀枪、矛子拿来给这鸟吃，吃得饱饱的，"轰"的一声，鸟炸开，把国王炸死了，这个穷人和金鱼仙女就做了这国的国王。

吃螃蟹的西宫

讲述者：务象罕
记录者：魏静华
搜集地点：云南省德宏傣族景颇族自治州芒市遮放镇

有一国家的国王，已经娶了六个皇后，都没有儿子，皇帝老了，希望有一个儿子来继承自己的王位，皇帝去请教巫师：要怎样才有儿子？巫师说："你的儿在螃蟹里，你叫你的六个皇后每人来吃一百零一只螃蟹，她吃得下去就会生儿子，吃不下去就不会生儿子。"皇帝依照巫师的话叫六个皇后去吃螃蟹，可是这六个皇后都吃不下去一百零一个螃蟹去，所以她们不能生儿子。皇帝出了一张告示：哪个女人能吃下一百零一只螃蟹去，就封为西宫。告示出了不久，有一个姑娘就来皇宫里，说她可以吃完一百零一只螃蟹。皇帝派人拿给她吃，她真的一口气就吃下一百零一只螃蟹，于是就做了西宫娘娘。她做西宫一年后，就怀孕生孩子了，那天国王要到边塞去打猎，就吩咐六个皇后说："你们照应西宫生孩子，我出去打猎。"西宫娘娘生孩子了，生了一百个儿子，一个姑娘，这六个皇后忌妒就起毒心，把这一百个儿子和一个姑娘丢下楼来，用一百零一支木棍去放在西宫娘娘的床上，西宫娘娘醒来要看看自己的孩子，六个皇后齐声说："你那是生什么小孩，生下一百零一支木棍来。"皇帝回来，看见西宫生的一百零一支木棍就生气了，把她赶出去。

被皇后丢下楼来那一百零一个小孩子，睡在地下，老母猪看见了，觉得怪可怜的，就用嘴把这一百零一个孩子含到自己厩里，自己养着。过了一天，六个皇后想起来，要找这一百零一个孩子的下落，派使女去找，使女找了一阵，回来告诉说，一百零一个孩子在猪那里，皇后就叫使女去看，和孩子一起捉来杀死。猪早就知道了这个消息，不忍心让这一百零一个孩子死去，就把他们交给水牛，托水牛照管他们，结果使女去抓猪，那里没有孩子，只得把猪杀死。

过了一天，皇后又命令寻找这一百零一个孩子的下落，使女去找了一阵，回来告诉说，孩子在水牛那里，皇后又命令去把水牛和孩子抓来杀死。水牛事先已经知道了这个消息，也舍不得这一百零一个可爱的孩子，要想办法给他们长大成人，就把他们交托给老象，请老象把他们抚养大，老象也接受了水牛的要求，使女来捉水牛不见孩子，只把水牛拉去杀了。

皇后不甘心，一定要找到这一百零一个孩子来杀死，又派使女去找了很久，才回来告诉说，孩子在老象那里，皇后就命令去把老象拉来杀死，连孩子也要找到，老象早知道皇后派人来把它和孩子杀死，就把孩子交给深山里柴房的佛爷早上阿血①，使女和仆人来捉象，孩子早已不见，只得把老象拉出杀死。

皇后叫继续寻找孩子，使女就到处打听这一百零一个孩子的下落，过了几天听人说，深山里的早上阿血养着一百零一个孩子，使女就把这个消息告诉给皇后，皇后说："好吧，这回逃不脱我的手了，但是，孩子住在柴房里，不能乱砍乱杀。早上阿血是神仙也不能杀他，只得想办法来悄悄毒死他们。"于是，就派使女将一百零一个放有毒药的芭蕉叶包好的粑粑，去到深山的柴房，趁早上阿血不在柴房时，给他们吃下粑粑去，使女到了柴房，看看早上阿血出去打水，就喂粑粑给孩子吃，这一百零一个孩子吃了粑粑都毒死了，使女见孩子死了，怕早上阿血回来，就快快逃走回去。早上阿血回来，见这一百零一个孩子死了，很伤心，想着自己不该这样大意，舍不得把孩子尸体埋在外面，就在天井里石心下面挖了一个坑埋下孩子去。

过不久，埋孩子的地方长出一百零一棵又好看又香的金凤花来。早上阿血很爱护它们，每天都要轻轻地摸抚它们，看着他们一天天长大，心里

---

① 早上阿血：译音，人名，是傣族的神仙名字。

真是快慰至极。不久，皇后又听见有人说，早上阿血的柴房里长着一百零一棵美丽好看的金凤花。她想，这一定是这一百零一个孩子变的，又派人去把金凤花拔起来放在水里，淹死它们。使女去到柴房，趁早上阿血不在时，拔起金凤花来，一拔，金凤花会说话："啊呀！哥哥，有人扭我的耳朵，好疼呀！"另一棵金凤花紧张着急地说："别乱叫担心给人听见！"使女听见高兴极了，以为这次他们非死不可，她就把所有的金凤花都拔起来，拿到河里，一齐合丢下去，看着水把花冲得远远的，她才高兴得意地回去。

水把金凤花冲到一个地方，遇着一对年老的穷夫妻去砍柴回来，他们都已年纪很大，无儿无女，心地善良慈爱，他们见这一把把金凤花浮在水里，就把它们拾回来，放在天井里，晚上下露水了，这一百零一个孩子当中最小的妹妹忍不住叫道："哥哥呀！我冷。"哥哥叫她"悄悄地不要叫，有人听见了，多不好"。年老的夫妻惊醒了，听见外面有人说话，往篱笆缝里看看，连个人影也没有，就觉得奇怪，老妈妈说："我刚才做了梦，梦见神仙给我俩送来一百零一个孩子，我们出去看看，也许那些金凤花就是神仙给我们送来的孩子。"他们两个就出去把金凤花拿进家来。这些花暖和了，就不抖不叫了。第二天清早，两个老夫妻就到柴房里去求神仙保佑，让他们两老有几个孩子来度晚年，佛像告诉他们说："回去吧，你们的孩子在家里了。"他们一回来，果然见这一百零一个孩子一蹦一跳地在玩，女孩子也又唱又笑，他们真是高兴极了，这些孩子都跑来叫他们爹妈。他们两个就好好地领着这一百零一个孩子，孩子渐渐大了，能帮着父母做一些事情，佛像把他们的身世告诉给他们，他们心里痛恨着要杀害自己的后母，想念着生下自己就被赶出去的母亲。

他们长大了，到了十六岁，那一年，他们国家和一个国家打仗，国王的军队要打败了，国王就出一个告示说：哪个人有本领打败那个国家，就把江山交给他一半。他们一百个听见了，就要去打，年老的父母不让他们去，他们一定要去，并且说男儿就是要打仗，要勇敢，就离别了自己的父母和妹妹走了。

这一百个十六岁的小伙子参加到战场上去，一下子就打垮了敌国的军队，依照国王的命令，要把江山分给他们一半，把他们请进王宫去招待，在招待的宴会上，国王问起他们的身世和父母怎样。他们就把自己身世真实地告诉国王，国王听后，又是悔，又是恨，悔恨自己太昏庸，听信了狠毒的皇后的话，更痛恨六个皇后心肠这样坏，害得他们母子分开，害得孩子们吃尽千辛万苦，国王就叫他们去把妹妹和年老的养父母接来。

接来后，他们要去找自己的生母，访问了好久，知道自己的生母在一个穷人家帮人砍柴，就去到那里，可是母亲不认，说自己没有生过孩子，只生过木头，他们都跪下来求母亲认自己。母亲说："我挤出来的奶水能射进你们的嘴来，你们就是我的孩子，射不进去就不是。"果然奶水都滴进他们嘴里来，他们就把自己的母亲接进王宫去。

国王见了西宫娘娘，满面羞惭，叫人来把六个皇后找来赔罪，这六个皇后胆战心惊地走来，还没有走到国王面前，就被地陷进去夹死了，那个作恶多端的使女也免不了这恶毒的报应。

姑娘吃螃蟹

搜集地点：云南省德宏傣族景颇族自治州芒市遮放镇

从前有个封建国王，有四个老婆，都没有子女，王宫里养着一百只螃蟹，据说吃了将会变成他的儿子，只有最后一个是女儿。国王便命他四个太太吃这百只螃蟹，可是他的太太不敢保证吃完，这时国王便四面八方下命令："谁能一次吃完一百只螃蟹，有受奖赏，并能做国王太太。"有一个家境最贫寒的姑娘叶罕，说她能吃完百只螃蟹，但她是不愿吃。但消息忽然传到了国王的耳里，便马上强令这姑娘来到王宫，国王见到这个姑娘面貌美丽，身材丰标，喜欢极了，无论她愿意不愿意，一定要她吃，国王想了吓唬她的命令:"若吃不完,钢刀在上,头脑在下,斩你归天。"

姑娘母亲怕女儿吃不完被杀,急忙跪在王宫,苦苦哀求国王宽恕释放,但国王声声斥责唾弃。这位姑娘更加惧怕,对她母亲说:"母亲,无法了,不吃也逼着吃。"她在无处申冤求救的苦境中,只好吃完了百只螃蟹。这时国王就拿她去做大太太去了,不久怀了孕,十月之后,有孩子了,国王知道她孕期已满,并下宫问讯,可是被四位太太异口同声假回道:"不必你劳神照管了,我们自然照顾她的。"叶罕的孩子生下来了,可是她的孩子刚生下来,就被那狠心的四位太太一个个扔进水池里去,另拿小狗换了放在她的床边当作刚生的孩子。那四位太太又虚言告国王道:"你的大老婆生来的儿子全都是狗。"国王不查问原因,说道:"快快追赶她出宫去,只许她住在门外的马厩里。"

到吃饭时,像喂狗一样用水盆装给她吃,她受尽了多少歧视,不知流了多少血泪。这时,有只猪,见了这有可怜的孩子,便把他们吞进了肚里装起来,又被四位太太窥见了,她四个人装在病叫巫师来卜卦。可是四位太太已先告诉巫师:"须吃猪肉才能治病。"巫师照话做了,又告诉国王,国王告诉她四人随便吃,她们令人去捉猪,猪知道了很忧愁,将小孩子全吐出来,交给大花黄牛吞抚在腹中。大花黄牛在山中吃草,巫师去游山,看见这条大花黄牛肚子比一般黄牛大,回来告诉了国王和四位太太,她们又要杀这条大花黄牛。

大花黄牛发觉了,便找老母水牛商量:"弯角老母水牛呀!国王要杀死我了,我把这些孩子吐给你抚育吧。"在检查中巫师发现了大花黄牛已将孩子吐交给弯角老母水牛,母水牛的肚子胀得很大,引起他们更大的怀疑,他们又要杀死弯角老母水牛。弯角老母水牛为这些孩子的性命很忧虑,便找到老象说:"善良的老象呀!现在国王的四位太太要杀我了,你帮我吞抚这百个小孩吧,若没在你帮忙,这些孩子就要被害了。"老象代老母水牛吞抚了孩子。

巫师为四位太太寻找、杀害这百个孩子,在山里逛,碰见了那只老象,腹处弹动不停,巫师回宫将情形对国王讲,国王非常恼怒,大发雷霆,命令很多人,四面去寻杀老象。这时,老象听见有人要来捉杀,便大步走到一座寺庙里,把一百个孩子吐在寺内,交给照尚鸦马①。到了深更半夜,那些孩子冻得放声痛哭,照尚鸦马听见哭声下楼来,眼看一些无衣无盖的孩儿,感到非常可怜,便一个个抱上楼去,将他的四捆黄布单,撕成百张给这百兄妹穿。照尚鸦马养了几年,他们也长大了。有一次一个猎人去打猎,恰经过寺庙看见了,告诉国王的太太,国王的太太带领很多人到寺庙。恰巧照尚鸦马到野外寻食,四位太太带来的粑米团内放有毒药,叫那些挨饿不防的孩子吃,不料百个弟兄全被毒死了。

照尚鸦马寻食回来了,看见百个兄妹已被毒死,立刻流出哀泪来,无法挽救,只好将百个尸体埋成一堆,立了墓碑,半年后,百座坟墓长出了鲜红的百花,最后一个坟墓是女儿,因此长着最香最美丽的银花。这百花正开放的时候,那猎人又上山打猎,见一朵花开得美丽芬芳,便前来攀摘那一朵银花,那银花立刻痛喊叫了一声:"有个男汉来扭我的手。"那四位太太知道了,又令猎人把百墓百花全挖毁扔江里去,这百花流到一家老夫妇俩家边,那两位老人到江边洗衣物,看见那些花,就从水中捞上拿回家装起来,深夜全变成了九十九个男孩,一个姑娘,这时他们已长得很大了。

两位老人和众人全知道吃螃蟹姑娘事情的发生和经过,两位老人和众人常常和百个孩子讲他们如何受迫害的情形,并告诉他们的母亲是"叶罕"。在这些谈话里,他们记得很牢,增长了仇恨。昔时傣族人中常用金鸡搏斗为王的习惯,谁胜可有权充任英雄,这时国王下令,命全国人民以九十只最好看,最凶恶的鸡来朝贡。但都是一般鸡,互斗结果,被百兄妹的一只金鸡战胜了。国王不得不服从许给他们成千上万的金、银、宝玉,还要给他们水牛、黄牛各一百条。可是百兄妹不贪图贿赂,拒绝了。他们只要

---

① 照尚鸦马:慈善的和尚。

领回捆在马厩里的母亲。国王对叶罕已根本不喜欢，当然许可百兄妹去领。他们母子被迫久离，哀痛异常。国王听见他们在宫里痛哭，令人撵他们出去。百兄妹的母亲叶罕痛骂国王道："你们这些长毛舞爪的魔王，我的黑发变成白发，受尽了你们不知多少迫害和虐待，今天诛魔戮王了。"他们百个兄妹和母亲结成了一支有力的勇士，在闪电云飞、狂风暴雨中搏斗，将封建国王太太杀得精光，他们的深仇在此刻申诉，受到百姓称赞，他们回家去和百姓辛勤劳动，欢度光阴。

荷花女[①]

搜集地点：云南省德宏傣族景颇族自治州芒市遮放镇

从前有一个老妈妈，有七个女儿。

一天，她从外面摘橄榄回来，后面一条蟒紧跟着爬到她家里，蟒到了她家，看见七个姑娘都很漂亮，就说："你们谁愿意做我的妻子？要是不愿和我结婚，我就吃掉你们的母亲！"

蟒的眼睛又圆又大，声音也很吓人，六个姐姐听了躲到房里去，出也不敢出来。

只有七妹妹心里想："要是不和它结婚，妈妈就活不成了。"于是她答应给蟒做妻子。

妈妈听了痛心地说："女儿，你这样年轻，还是让我死了算了……"

但七妹不愿意，他把蟒带在自己的屋子里去了。

到半夜，老妈妈轻爬起床，到隔壁去看女儿是不是被蟒吃了，奇怪屋子里蟒不见了，只有一个漂亮的小伙子和姑娘坐在床边，老妈妈高兴极了，

[①] 又名：金橄榄。

忙把六个女儿都叫来看。

六个姐姐看见妹妹有这样一个漂亮丈夫，心里真是又羡慕，又嫉妒，她们后悔没有答应和蟒结婚。

到了天亮，床上只有一条蟒，六个姐姐来看见，又高兴起来，再也不想和蟒结婚了。

第二天晚上，蟒丈夫对七妹说："明天我们下田去干活吧，不要让别人背后骂你，说你嫁了一个懒汉……"

天亮蟒就去到田里，用它的尾巴摆几下，泥土就翻了一大片，只听见一阵沙沙声，他翻的田已经望不到边，不过几天，他又播了种，栽了秧，不久，谷子就黄了。

要收谷子的时候，姑娘也怀孕了。

正当收谷子的时候，七妹生了一个又白又胖的孩儿。

孩子满月的时候，蟒对姑娘说："我把你需用的东西都准备好了，你就住在楼上不要下来，等我出去卖完谷子你才能下楼。"

蟒又变成漂亮的小伙子，担着谷子出门了。

大姐看见七妹的日子过得又快活又富裕，心里想把七妹害死，自己去做蟒的妻子，这天趁蟒出门，她就去把水缸打破，对楼上的姑娘说："七妹，缸里水漏完了，我们去挑几挑吧。"

姑娘在窗子望了一下，果然水缸里水没有了，她正打算下楼挑水，蟒回来了，大姐连忙走开，七妹和丈夫一齐回到楼上去了。

不久蟒要出去买东西，又叫姑娘在楼上等着，千万不要下楼来。

七妹在楼上带着孩子，孩子一天天长大，七姑娘也变得美丽，大姐的心也越想害死她。

一天早上，她上楼去对姑娘说："你的头脏了应该去洗一洗，丈夫回来看见才会高兴，我们一道去井边洗头吧。"

七妹觉得姐姐的话很对，就答应了和她一道下楼，拿着盒子，到井边去了，趁七妹弯着腰打水的时候，大姐就狠心地把她掀到井里去了。听见井里已经没有声音，她以为七妹已死，偷偷地笑着回去了。

回家听见七妹的孩子在哭，她想用自己的奶去哄他，自己又没有奶，怎么办呢？孩子不停地哭，正在很急的时候，蟒回来了，他听见孩子的哭声，便问："孩子为什么哭呀？你把奶给他吃吧！"

"嗯！我就给他吃。"大姐假装着七妹的声音回答。

蟒听见说话的声音不像自己的妻子，连忙上楼去看，样子又有点像，他奇怪起来，便问："你是谁家的姑娘？"

"我是你的妻子嘛！你怎么连我也不认识了！"大姐又装成七妹的声音回答。

蟒有点糊涂了，只好下楼去问母亲："妈妈，楼上的那个是哪家的姑娘？她怎么说是我的妻子，我仔细看又不像，我的妻子到哪里去了？"

母亲流着眼泪告诉蟒说："那天，她和她大姐去洗头，大姐说她跃下井去淹死了……"

蟒有些不相信，连忙跑到井边去看，那里早已没有姑娘的影子，有一枝粉红的荷花，孤单单地开在井里，蟒丈夫对着井边唤他妻子的名字，听不见回声，只好一个人失望地走回家。

从此他又展劲地干活、打柴、耕地、捕鱼，好像他妻子还在家里等他一样。

一天，他到附近大海里去打鱼，一网撒下去，没一条鱼，却有一枝盛开的荷花，他把荷花带回家，插在花瓶里，屋子里立即充满了荷花的香气，到了半夜，他仿佛听见谁在叫他，是一个姑娘的声音，睁开眼睛一看，正是他的妻子站在床前，和原来一模一样。起初他还以为是梦，他叫声七妹，姑娘也答应了，七妹又叫他，他听清真是自己的妻子的声音，又惊又喜，紧紧地和姑娘抱在一起。

窗外有小虫唧唧的叫，他们一直谈到天亮。

天明了，蟒去看瓶里的荷花已经没有了，原来姑娘变成了井里的荷花，现在荷花又变成了姑娘。

以后他们又像以前那样劳动着,愉快地生活着。

附记:以上是三则中的一则,如果综合三则成为一个故事,那么将是一个优美动人的故事。

猫姑娘

搜集地点:云南省德宏傣族景颇族自治州芒市遮放镇

从前有一对老夫妻,家里很穷,平常都是用山茅野菜来充饥,后来生下一个男孩,长到十八岁时,夫妻俩打算为心爱的儿子娶亲,选了很多美貌的姑娘,都不中儿子的心意。一天,儿子对父母说:"仁慈的双亲,请不要为我操心,我自己会选中我心爱的人。"从此他每天都串到各个巷子,走肿了脚,累毁了腰,也没有找到一个合意的姑娘,"怎么办呢?"他心里很着急。

一天,他走进一户刚结婚的家里,请求新婚夫妇收纳他做女婿,这真难为了这对新婚的夫妇,他们想:这个人大概是发疯了。就决定赶他出去,男孩见主人露出惊异迟疑的面孔,知是事情有些不妙,连忙苦苦哀求,并说:"有福的人儿,留我在你家住一年吧,我会像牛一样帮你家干活。"夫妇俩见他年轻力壮,是个勤快的人,就让他暂时住下了,从此,每天他清早到田里干活也很卖力。

时间过得飞快,太阳落了三百六十次山坡,星星也闭了三百六十次眼睛,就在这一年的最后一天,妻子生了一个孩子,丈夫高兴得四处奔忙,妻子高兴得忘记了疼痛,她轻轻地放下双手,提起她身上滚下来的第一颗宝珠——"啊!"她吓得惊叫了一声,她手里抱着,不是白白胖胖、面孔像她一样的孩子,而是一只毛茸茸的、样子十分丑陋的小猫,这多么害羞呀!

丈夫笑着的脸马上布满了乌云。夫妻俩商议要把这只丢脸的猫弄死，这时，男孩干完了活，正从田里转回来，知道了这件事，他想，是猫也要把她养大，便请求把猫留下来，每天他用雪白的糯米饭喂她，小猫渐渐长大，毛色闪着亮光，他带她辞别了主人回到自己家里。

他走进村来，寨里的人见了都笑他，"哟！真有本事，这样一个美丽的人儿，还生有长长的尾巴哩。"父母见儿子挑回一只猫，很生气，就把他赶出去，好心的"狮子"遇到这样的对待，垂头丧气，抱起他的猫，猫就说起话来，"哥哥呀！你为何这样忧伤，有什么难的事呀！"他把父母赶他的事说了一遍，小猫说："哥哥呀！不要急，不要怕，我有办法盖一间漂亮的房子，我们一起住在里面。"晚上当太阳进了西山，月亮又穿上了银的衣裙，小猫变成了一个美丽的仙女，请来了天兵和天将，帮助盖新房。清晨，浓雾还没有散去，东方已放出了一道道红光，孩子的父母走下了破旧的竹楼，他的儿子已经走出来接他们了。老夫妻又惊又喜，孩子把猫变成姑娘的事、如何请了天兵天将修房子的经过告诉了双亲，爹妈又感动又羞愧，当天就请了全寨的人给姑娘和儿子拴线成亲。

这个消息，由这个村寨传到那个村寨，终于传进了利欲熏心的召勐耳朵里，召勐贪恋的心，像烈火一样在燃烧，他也想买几只猫，变几个美丽的姑娘，便命仆人四处去收买，仆人在街上从清晨等到黄昏，才见一个老禾涛抱着只猫，便喜喜欢欢地买了，回家来，召勐见猫儿皮毛光滑，长得还匀称，高兴得赶忙把自己的儿子和猫儿锁在一间房子里，等猫儿变成倾城美女与儿子成亲。

晚上召勐睡在床上左思右想睡不着，他一心只盼着那只皮毛光滑的猫儿马上变成一个千娇百媚的女子，与他傻时傻气的儿子结婚。他这样不停地直想到深夜，那只猫儿果然也变了，变的不是像天上的仙女而是只张着血盆大口的老虎，儿子吓得直叫："爹爹，老虎要吃我了，快来呀！……"召勐正在胡思乱想，听到喊，还以为是猫变成姑娘了，就骂儿子："猫变姑娘，这是好事，大惊小怪地喊什么！"于是又翻转身，想他明天如何为儿子准备婚礼的事了，儿子的喊声也渐渐微弱了，老头子想：好了。没有听见儿子的喊声，以为和猫姑娘相处和气了，便说："不要怕，和和气气地在一起就好了，明天我给你们成亲。"

早上，雀鸟还没有飞出窝巢，公鸡才开始啼叫，天空还是灰黑，老头子就兴冲冲地从床上起来，去祝贺儿子交好运，他悄悄地去推儿子的房门，推不动，他想儿子一定和美人儿谈得开心，他悄悄地把耳贴在门上却又听不见说话声，只听到"呼、呼、呼"的声音。他说："原来他们正睡得香呀！鼾声有这么大。"他使出力气一推，门开了，一只遍身花条的猛虎，吼一声，向他扑过来，他吓得忙逃回房子，躺在床上面色铁青，不几天死神就把他带走了。

朗阿国树①

讲述者：遮放和尚老方
翻译者：朗英成
记录者：喻夷群
搜集地点：云南省德宏傣族景颇族自治州芒市遮放镇

从前不知在什么地方住着一个年轻的穷苦人，他无父母，也无兄弟，独自一人生活着，他虽然很勤劳，但生活老是过不好，他想到处去找幸福。

一天，他听说有个磨卢②先生，本事很好，能知人的祸福吉凶，住在达嘎梭，他便准备去找先生算算命，看是为什么不能使他过好日子。他动身了，走了好久，来到一沙铁家，主人问他到哪里去，他就把自己去达嘎梭找算命先生问幸福的事说了一遍。沙铁家有个女儿，小时候聪明，又会说话，但长大后，突然哑了，沙铁家听了这个青年的话后，便托他也请磨卢先生

---

① 哑巴小姐。
② 磨卢：算命的人。

给他的女儿算一下,是什么原因使她不能说话了,青年想了一下便答应了帮他代问。

第二天又起程前行,来到了一个富人家里,这家门前栽了两棵石榴树,一株开黄花,一株开白花,但都是只开花不结果,主人问了青年人到哪里去后,也请他代问算命先生问一下是什么原因石榴不结果。

第二天,来到海边看见了一只大鸟,问他到哪里去,他将要到达嘎梭去找算命先生的事说了一遍,鸟也请他帮助代问磨卢先生,它虽然是鸟类,但都不能一直飞,必须飞一下又跌一下才能又飞,青年人答应了它的要求,一定代向磨卢先生问一下。

不久,又碰到一条蛇,它只能住在洞里,却不能出来,蛇又托他代问磨卢先生这是为什么。不久又遇着一条龙,本来龙只要在一颗宝石后,就可飞上天的,现在这条龙已有两颗宝石了却不能上天,龙请青年人代问一下磨卢先生,他也答应了。

走了很久,终于到了达嘎梭,找到磨卢先生,把他的来意讲了一遍,同时也把那些托他代问的都说了,磨卢说他只能给他回答五个问题,多了就不回答,而且要回答哪些问题也只能由他自己决定,青年人都答应了,于是算命先生开始回答了,他说:"龙本来有一颗宝石,就可以飞天的,但它却有两颗宝石,就不能飞天了,因为这两颗宝石互相依赖,只要它把一颗宝石给别人,它就可以飞上天。蛇本来是可以出洞的,但是蛇洞里藏着一匹宝马,如果它愿意给别人,蛇就可以出来了。鸟为什么飞一下要跌一下呢,原来那个地方有许多好食物,如果它愿意把这些食物给别人,它就可以一直飞起来。至于富人的两棵石榴树不结果,是因为石榴树下埋了许多金银,只要把那些金银挖出送别人,石榴树就结果了。沙铁家的女儿不讲话,只要看到她的爱人就会讲话的。"但是他本人怎样才能过好日子呢?五个问题已答完了,磨卢先生说过不能再回答了,青年没法,只好告别回去,在回来的路上碰到了龙,把磨卢先生已说过的话说了,龙想了一下,将这颗给谁呢?想到青年人代它去问磨卢先生辛苦了,就送给他作为感谢他的礼物。宝石送他后，龙就飞上天去了。

他又碰着蛇，就把磨卢先生的话对蛇说了，蛇把宝马送给了青年人，蛇也就出洞了。

又碰着了鸟，鸟也愿意把地下的食物送给他，后来就飞了。

青年人来到沙铁家，将磨卢先生说的话对他说了，沙铁便把树下的金银挖出来送了他，不久树就结果了。

青年人拿着金银买了牛，把这些东西驮在牛身上，在牛的颈上挂了两个幌龙①来到了富人家，哑巴听见了幌龙的声音，好像在说"阿哥来了，阿哥来了"，哑巴高兴得就说了话。富人家也很高兴，就把女儿许配了他，他就带上了妻子骑着宝马，牵着牛，回他原来的地方去了，两人永远过着幸福的生活。

牧人和国王

翻译者：方克保
搜集地点：云南省德宏傣族景颇族自治州瑞丽市

从前有四个人合伙做生意，有五百头牛，驮了盐巴回来，半路遇着大风雨，把盐吹化了，生意亏了本，就住在国王城边煮东西吃，一人去放牛。这时有一只鹭鸶来偷东西吃就被弹弓打死，丢在路旁。国王的用人看见了，就回去对头人说："来了四个人，有五百头黄牛，又有盐。"就商量如何去害他们，用人就建议："说他们打死了国王的鹭鸶，这只鹭鸶每天要含一颗宝石给国王。"商量好了，国王就派兵来追问他们，限三天内把他们所有的银子赔来，他们听了大哭，牧牛的回来，见了就问原因，说："没有关系，到

---

① 幌龙：铜铃。

时候叫我去。"三天到了，国王的兵来了，牧牛的说："我要去见你们的国王。"见了国王就说："我是他们的头人，请让他们先走。"又问国王："这个鹭鸶到底是不是你的？"国王说："是！"并说："这个鹭鸶很贵重，每天都含一颗宝石回来，你们的五百条牛和全部货物都抵不了这个鹭鸶。"牧牛的人听了说："既然肯定这个鹭鸶是国王的那就好了，我们不是生意人，是另一个国家派来寻宝石的，我们的国王每天都不见一颗宝石，原来是你们的鹭鸶偷了，现在我们要回去告诉国王，叫你全部赔出来。"国王一听就急了，要求他不要去告诉国王，随便他要什么都行，就是要王位都给，牧牛的说："既然这样，王位也不要，只要装满五百个牛驮子的金银货物就行了。"于是他们就满载而归。

夫妻俩进奘房

讲述者：帕戛贺宁
翻译者：好其安
记录者：黄铁池
搜集地点：云南省德宏傣族景颇族自治州芒市芒市镇大湾村

有夫妻俩，妻子信佛，经常到奘房去听讲经，丈夫不信神，也不到奘房去。有一天，丈夫想到奘房去听一听讲经，但是他又不懂奘房的规矩，也不知去那里要做些什么，就来问妻子，妻子对他说："到了奘房，佛爷说什么，你就说什么就行了。"他听了就挑着箩箩来到了奘房，刚进门，佛爷对他说："你将鞋子脱掉。"他也跟着佛爷说："你将鞋子脱掉！"佛爷又说："将挑箩放在那边。"他也说："将挑箩放在那边！"来到佛堂，佛爷说："给我倒杯茶。"他也跟着说："给我倒杯茶。"佛爷觉得奇怪，就问他："你为什么跟着我说话？"他也说："你为什么跟着我说话？"佛爷这次可火了，便骂道："你再跟着我说，老子就揍死你！"他还是跟着佛爷说："你再跟着我说，老子就揍死你!"佛爷更火了,就打他,他也打佛爷,打得没法相解,最后两个都受了伤,力气也没有了,才各自走开。

他回到家里,妻子问他:"今天到奘房去怎么样?"他一听开口大骂:"你叫老子跟着佛爷说,不是老子有点力气,差点被他打死了。"妻子再问原因,他才把经过情形说了,妻子埋怨说:"佛爷没有念经,跟着说什么嘛!"他说:"老子今后死也不进奘房了。"

金青蛙

搜集地点:云南省德宏傣族景颇族自治州

国王的花园里有两个老园丁,他们是一对老夫妻。到年老力衰的时候两老才生了一个孩子,但这孩子却是一只青蛙,长着绿色的花纹,周身闪着亮晶晶的光,老夫妻很伤心,但也很疼爱自己的青蛙孩子。

这个国家的国王很喜欢打猎。一天,他带了人马和弓箭,又闯入一个深山射猎,不料前面突然出现了一只巨蟒,张着大口要把这个国王吃下去,国王在马上面无人色地哀求道:"求了你千万别吃掉我,让我活下去吧,我一定每天送一个活的青年人来献给你赎罪!"巨蟒想到每天有人吃,就点头答应了,同时,十分凶恶地警告国王要执行自己的诺言。

国王回宫后召集群臣和百姓商谈了这件事情,把自己的遭遇告诉了大家,同时把自己对蟒的诺言也对大家宣布。百姓们当然不得不服从国王的命令,每天都按家抽送一个青年人给巨蟒抬送到森林中去,起初不抽送独生子,但后来青年人少了,只好连独生子也送去,最后连独生子也被巨蟒吃光了,百姓们只好去向国王请求道:"现在城里青年人都吃光了,只剩下陛下的女儿给巨蟒抬去了。"国王为了自己活命,竟答应把自己的女儿送给巨蟒吃掉。

国王的女儿很美丽,巨蟒甚为满意,要把她留下来等几天再吃,这样,全城一个青年人也没有了,唯一只有老夫妇那个绿色的青蛙孩子了。大家想不出别的办法,只好把他又给蟒送去,老夫妇痛哭不已,请求留下自己的儿子,说即便他是一只青蛙,到底总是自己的亲骨肉。但国王无情地拒绝了。

为了这个国王的生存,大家又只得把青蛙打扮得漂漂亮亮,洗得干干净净,深怕巨蟒不接受这份礼物。青蛙顿时也变得像一个正常的青年人一样健壮。

但是当把他抬到巨蟒面前时,他又变为原形,成为一只绿色的青蛙了,这时巨蟒大怒,想立刻吃下那个暂时还活着的美丽的姑娘,青蛙看到姑娘要受到伤害了,立刻跳去咬住了蟒的脖子,巨蟒伤疼难忍,只得向青蛙请求饶命,青蛙严厉地警告蟒说:"如果以后你再害人吃人,我就咬断你的脖子。"蟒当然不得不答应,而且放回了美丽的姑娘。

姑娘安全地回到国王宫廷里,但她的心却无限感激而且隐隐地爱上了这只青蛙,可是他的父亲十分专横,不准姑娘和青蛙结婚。

姑娘仍然倔强不变,父亲于是更残酷地把青蛙从自己的国内赶走,青蛙独自来到一个深山老林中的国家。

在这个国家也发生了同样的事情。国王在树林中打猎时被一群妖怪捉住了要吃掉,他于是答应每天送来一个姑娘,以此保全自己的性命。每天,这些无辜的女孩子们就这样地被送到妖怪们的魔爪里。

美女送完了,送去一个丑的,妖怪大怒,于是国王的女儿只得承担这个任务。

这姑娘送到魔鬼那里,她的惊人的美貌竟使得妖怪们变得温顺虔诚,尊敬地跪拜在这个伤心的姑娘面前,但姑娘哭得很厉害了。

她的哭声被风吹到森林中的青蛙那里,金青蛙立即来到关闭姑娘的屋子里,起初姑娘还以为是妖怪变的人,但她从手指缝里慢慢看清了这个多情少年的英俊善良的面貌时,才真心想信了,她把自己的遭遇告诉了少年,愤怒的青蛙立即射出一支箭，正好射中了魔王，于是这一群妖怪都来向青蛙少年求饶，并答应立即放回姑娘。青蛙向他们警告说："如果你们以后再害人吃人，我一定让你们全部死去！"

这样，美丽的姑娘方得平安地回到了父亲宫里，同时好立即把青蛙少年的救命之恩，告诉了国王。

这个国王和前面那个国王完全不同，那一个残酷无情、恩将仇报，这一个却还有一点感恩之心，虽然他决定把自己的女儿嫁给恩人青蛙少年，但有一桩事还不放心，因为姑娘已经和另一个国的公子订了婚了，少年又劝大家别把这小事放在心上。

在热闹的大摆结婚典礼上，姑娘原来的未婚夫带领大军前来征伐，但在青蛙少年的反击下，打得他们狼狈败逃，他们顺利地结婚了。

从此，宫廷中新修了宏屋，青蛙少年的老父母也接进宫来，一家人过着美满的生活。

金鱼姑娘

搜集地点：云南省德宏傣族景颇族自治州

有一家很穷的人，什么也没有，只有一个小孩，从七岁起就帮人家放牛，一直帮到十五岁左右。

他有一个邻居，自己编笼捉鱼，生活得很好，他看了很羡慕，就去学着编鱼笼捉鱼。在冬季的时候，他在路边学，过路人看见了就说："编得太窄了。"他又编宽一点，另一个过路人见了又说："编得太宽了。"他又编窄一些，过路人这个说窄那个说宽，说法不一。所以他的鱼笼就编得弯弯曲曲。他看见别人在河里捉鱼，他只把笼放在一棵琵琶树下捉。第二天，他去拿鱼笼，见这条金鱼在里面，就把金鱼带回家来放进缸里养着，从此以后，他每天做活回来，家里都已经煮好饭摆着，他奇怪有什么人事帮他煮。去问邻居，谁来帮他煮了饭，谁来把他家里打扫得干净，谁把他缸里的水装得满满的，邻居说："没有谁帮你的忙呀！"第二天，他就躲在门背后要看个明白。

他躲在门背后看见一个金鱼姑娘帮他煮饭、挑水、扫地，他趁小姑娘正在做事，就赶快跑出来，把金鱼壳一下子扯烂了，小姑娘很着急地说："我是金鱼王的女儿，我见你很老实，没有人来给你做家务事，所以来帮你做。"他很爱这个姑娘，这个姑娘也喜欢上他了，两个就结了婚。

他去做活带着一匹叶子，就是金鱼姑娘的画像，有一天，他把她挂在树上，一阵大风，下大雨，把竹叶吹跑了，竹叶一直被吹到王宫来，国王看见竹叶上的这个女子，非常美丽，就连忙派人去找，一定要把这个女子找来。国王派去的人找啊，找啊，找遍了全村，最后来到了他家里，见他妻子就是竹叶子上画的那个人，找的人回去告诉国王，这个美丽的女人是一个穷人的妻子。国王又命令人去把他叫进宫来，对他说："今天你帮我去拔五百棵大青树来，栽在路旁，从你家门口一直栽到王宫门口，限你在七天之内做好。否则就要你的老婆。"他听了，觉得这件事很困难，一路就哭哭啼啼地回家来，妻子见了，问他哭什么，他把国王的话一五一十地告诉妻子，她安慰他说："不要紧！"第五天，她叫他去找五百匹大青树叶子，右边放一匹叶子，过两天，叶子就会长成树。过了两天，果然从他家门口到王宫门口，长了五百棵大青树。国王又叫他去取一个石头来，这石头要一拿长，三拿宽，拿来做王宫里的阶梯，现七天内找来砌好，不然，又是要他的老婆。他觉得这简直做不到，又沿路哭啼着回家去，妻子见了，问他为什么，他把国王的命令告诉给妻子，到了第七天，他妻子才带着工具支取石头，她对一块石头一指，石头就会自己动起来，她又把头巾取下来，叫他把石头包在头巾里面，很轻，一下子就抬起来，他把石头抬着，来到王宫里，很快就把阶梯砌起来了。

国王自己的计谋不成，又想出一个诡计对他说："我的母牛只有二天就要下儿子,你去找一条公牛来,三天后要公牛生一条和白母牛一样的小牛。"他感到国王的命令更毒辣,又哭着回到家,妻子见他哭着回来,问他为什么哭,他又把国王对他讲的话告诉给妻子,并且说:"天下哪有公牛会生小牛?"妻子叫他不要怕,到了第六天,妻子叫他去拉一条公牛来,她摸了一下公牛的肚子,公牛就怀孕了。

国王看见公牛果真怀孕了,认为这件事情很稀奇,就做一个摆,让所有的人都来看这件稀奇热闹的事,就在做摆那天,公牛生下三条小白牛来,这三条小白牛一生下来后就一直往国王面前跑,跑到国王面前,变成三团火,把国王烧死了。

他把牛牵回去,这个国家没有了国王,人民生活混乱起来了,大臣宰相商量说:"我们国王心不好,才遭到这样的恶运,坏下场,现在他死了,我们要去找个新的国王。"想了半天,找谁才合适。结果觉得金鱼王女儿的丈夫很能干,可以推举他做国王,于是就做一个大摆,大臣宰相把他从村子里接来做了这个国家的国王。

金橄榄

收集者:云南民族民间文学调查组德宏队
搜集地点:云南省德宏傣族景颇族自治州芒市

从前有一个老大妈,去到橄榄树下摘满了一箩橄榄回家,有一条大蟒跟着到她家里来,一定要和她的七个姑娘结婚,否则就要把大妈一口吞掉,老大妈再三地哀求,蟒不答应,七姑娘为了挽救自己的妈妈,就对她的妈妈说道:"妈妈,你不要怕,我和蟒结婚。"妈妈流下泪来,觉得七女儿真有孝心。

到半夜,蟒变成了一个美貌的小伙子,就和七姑娘结了婚,双方都相爱，老大妈也由惊恐转为喜欢了。

他们一起盘田种地，这样过了一年，在收谷子的时候，七姑娘就生了一个又白又胖的男孩。

有一天，蟒要去寨买谷子，给七姑娘好好地在家领小孩。

自从七姑娘和蟒结婚后，大姑娘就嫉妒在心，想害死妹妹，然后和这漂亮的蟒郎结婚，今天趁着蟒郎不在家，她就约七妹挑水，到井边去，她就把七妹推下井底淹死了。

等蟒郎回来，才到家就听见小孩哭，一进房去，就见大姑娘抱着小孩假装喂奶，但小孩哭地不停，蟒郎就问："七姑娘哪里去了？""七姑娘就是我。"大姑娘声音有点颤抖的回答蟒郎，他看着不对头，就跑出房间来到处寻找七姑娘。走到井边，就见井里生出了一朵粉红荷花，他就把这朵荷花拿去插在一个瓶里，到晚上那朵粉红的荷花就变成了一个美丽的姑娘，就是七姑娘，从此他们又愉快地生活到老。

召马贺的故事

讲述者：思恒章
搜集地点：云南省西双版纳傣族自治州

在古时候，有个科学家，名叫召马贺，他非常照顾各民族，有一天到傣族家，得见一个小孩，他就问小孩："你妈哪里去了？"小孩答说："我妈去断人家的各①去了。"第二天召马贺又来问小孩："你妈妈在不在？"小孩说："我妈又帮人节省②去了。"召马贺叹息小孩很不错，第二天又来问小孩子：

---

① 各：拔秧子。
② 节省：栽秧。

"你该有爸爸?"小孩说:"有!""哪儿去了?""去转转绕绕走圈圈①。"召马贺暗中佩服小孩了。第二天又来到小孩家,看见一张把就问小孩:"这是什么?"小孩说:"这是我祖先所传的大梳子!"召马贺点头称赞。

有一天召马贺集合各民族分钱,汉族就拿口袋去,傣族、景颇族拿篮子装,挑到半路,汉族的钱一文不掉,傣族和景颇族的钱都掉完了。

第二天,召马贺召集各族分鬼,景颇族拿口袋,傣族拿竹篓,汉族拿一对破篮子,大家回来时,汉族的鬼都没有了,傣族和景颇族的鬼还满堆堆的。

召马贺觉得傣族、景颇族真正痴呀,不及汉族聪明能干。他就耐心带傣族到江边,问傣族"过得去吗?"傣族说:"水深,过不得呀。"召马贺砍竹做竹筏,就过去了,傣族说:"真是好方法呀,请多教些。"召马贺说:"你们有一个小孩,真是聪明,你去问他吧!"结果这个小孩什么都不知道。召马贺说:"景颇族也最可怜,他们住深山,茹毛饮血。"召马贺就教他们刀耕火种一直到今天。"汉族最聪明,他们不教而会。"召马贺说。

附记:口述者说,这是一个传说,流传至今,是傣族家的摘要历史。刀保乾说召马贺等于汉族的孔明,什么都会。

---

① 走圈圈:耙田。

召麻贺的故事

搜集地点：云南省德宏傣族景颇族自治州

1

傣族过去预测晴雨，是将蚂蟥装在水瓶里，看蚂蟥是否跳动，如果蚂蟥跳动，不久即会下雨，如果不跳动，即会天晴，这是召麻贺教的，后来佛教徒以此骗人，佯装打卦卜算，其实是有了屋内藏的蚂蟥来决定的。

2

召麻贺到傣族地区传本文，一天，看是一个小孩在玩丝瓜筋，便问这是谁编织这么好，连线头线尾都没有，孩子答是妈妈织的，召麻贺惊奇傣族的聪明，此后就不教本文了，所以傣族学到的东西就少了。

3

傣族为什么会用竹篓打鱼呢？还是有来源的。过去泥鳅是不会钻土的，所以常常被捉，后来告到了召麻贺那里："人们一筷子娑夹二三条泥鳅，我们怎能够他们吃啊，请你想个办法吧。"召麻贺就告诉它们："钻进泥土里藏着吧。"人们打不着泥鳅又去找召麻贺，召麻贺又说："你们用竹子编竹篓来捉它们好了。"从此，傣族才会编竹篓打鱼。

4

斑鸠告到召麻贺那里说："人们太厉害了，常常打我们。"召麻贺说："人们打你们时，先告诉你们没有？"斑鸠答道："告诉了的，只不过刚刚告诉我们，'砰'的一声时，我们已经跑不掉了。"召麻贺道："既然人们打你们以前，已经告诉了你们，跑不赢就不能怪他们了。"

5

洋芋以前系用手拔的，召麻贺看到后，就告诉他们："用铁做一个弯弯，再磨光，然后割就倒了。"从此，人们才会使用镰刀。

6

召麻贺看见人们挖锄头时，控不稳，手太滑，常跪倒河边沾些水。召麻贺便告诉他们："只要吐点沫就行了。"所以现在就是这样。

7

召麻贺死前，要把本事传给世界上所有的人，便叫他们去学本事，傣族挑了一对竹花篮去，汉族都拿了一个大麻布口袋去，傣族挑回来时，已漏得差不多了，汉族都是满满的，所以汉族比傣族有本事。（与景颇族鬼的来源相仿）

召莫贺故事

讲述者：蛮象顺满
翻译者：杨成道
记录者：李必雨
搜集地点：云南省德宏傣族景颇族自治州

1

许多人看见一个塘里有几颗宝石。他们就打水，一打水，水浑了，宝石看不见了，他们打干了水，宝石还是不见。

宝石哪里去了，这谁也不知。他们又放了水，水塘里有水了。这一次他们记住了宝石在的地方，又打水，水打完了，宝石又没有了。

打水、放水、打水、放水，搞了好几次，不见宝石的踪影，他们便去问召莫贺。

召莫贺来了，把水塘四周看了看，看见水塘旁边有棵大树，他便拿了个碗，打了一碗清水，水里也映有宝石。

"宝石在树上。"他说。

那些人爬上树去找，果然找到几颗宝石。

2

有一家沙铁养了一头公象。

另一家沙铁养了一头母象。

两家的象常常在一起放出去，后来母象生了一条小象，可是小象后来不跟着母象，却跟着公象。

养公象的沙铁把小象据为己有，养母象的去要，他不给："小象是我家的象生的。"

"你家公象会生小象？"

"不是我家象生的，小象为什么跟着他？"

扯来扯去扯不清，他们就去找召莫贺。

召莫贺说："好！我晓得了，你们回去吧！"

有一天中午，召莫贺到养公象的沙铁家去串门。他说："火太大了，怕河滩要着火了。"

"哪里有火，这是太阳照得热嘛！河滩怎么会着火？"

"河滩会不着火，公象哪能生子？"

这个沙铁就心服口服地把小象送还了。

3

有一个鬼，看中了一个人的老婆，他就变成这个人的样子，到了这个人的家。

妻子看见自己的丈夫变成了两个，自己也辨识不清。

两个一模一样的丈夫争着要妻子，打起来了，他们打到召莫贺那里。召莫贺看了看他两人，就拿出一根拇指粗的竹筒，说："我这个宝物，最灵验，谁要骗了人，就钻不过这竹筒，你们两个钻一下吧！"

鬼暗暗高兴："召莫贺说人聪明，我说不聪明，不要说拇指大的竹筒，再小的东西我也钻得过，钻过去了，我看你把老婆断不断给我！"

他一下子就钻过了竹筒，召莫贺一把把他抓住："就是你！你这个鬼妄想骗别人的老婆，还妄想骗到我的头上！"

4

两个孕妇面对面过一道竹桥，谁也不让谁，结果两人一撞，两个人都生下了小孩，一个小孩是男，一个小孩是女。

一个妇人说："男孩是我的。"

另一个说："是我的。"

两个人扯不清，就去找召莫贺。

召莫贺说："你们把奶挤出来称称，谁的奶汁重，男孩就是谁的，奶汁轻的，她生的女孩，想骗人家的男孩，称了奶汁识出她以后，我要重重处罚她。"

生女孩的产妇吓得急忙抢上女孩走了。

召莫贺故事片断

讲述者：嗯哼（蛮象顺满有此经书）
翻译者：杨成道
记录者：李必雨
搜集地点：云南省德宏傣族景颇族自治州

1

……

召莫贺派了鹦鹉做样子。

敌方的探子是个八吾，却是个母的。

鹦鹉去上八吾的门，住了三个月，把敌方的军情摸得一清二楚。它回来以后，就把探得的这些东西统统讲给召莫贺。

召莫贺去打的时候，因为兵力少，就缝了很多衣裳丢在敌城外。

守兵出来捡柴，看到好多好衣服，就穿在身上，他们进城的时候，守军以为是召莫贺城的军队来，就和他们打起来，愈打愈乱，召莫贺安安然然地得到了城池。

召莫贺和他们讲和，但守军不服。

召莫贺军撤出城，在附近吹吹打打，吃吃喝喝。

守军写哇要包围召莫贺，谁知召莫贺先命令打了地道，把地道搞得很漂亮，写哇的兵出城以后，召莫贺的兵从地下钻出来，活捉了写哇……

2

召莫贺到过勐果葬闭，现在很多地方还有他留下的迹象。

顺哈乡蛮约察有个大塘子。塘子中心有两块大石头，石头底脚有两个大箱子。遇到好日子，箱子就浮到水面来，人看得见拿不着。

这两个箱子就是召莫贺丢下去的。他为哪样要丢去这两个箱子，我们认不得。

塘子现在还在，箱子现在也还在。

召莫贺住过的勐普寨①现在一直没有乌鸦和苍蝇。

九颗宝珠

讲述者：线坦思媛
翻译者：方克儒
记录者：杨天禄
搜集地点：云南省德宏傣族景颇族自治州

从前有一个父母早亡的穷孩子，很小的年纪就去财主家帮长工。九年后，他得了九小团银子，就走了，可是银子不及金子贵，金子又没有宝珠好，这样他就去把九小团银子换成了九小团金子，又把九小团金子换成了九颗宝珠。然而宝珠放在身上，怎能养活自己一辈子。于是他就想："本领是自己的，抢不来，丢不掉，我不如用九颗宝珠去学本事。"一经这样决定后，他就到处去寻找师父了。有次在路上碰着一个人，看样子挺有本事，于是他就向这个人请教了，说他愿意以九颗宝珠的代价，求取十八般武艺。这人问他学本事搞那样，他回答说："我希望做一个医生，想过大盈江，到□□山去求仙丹，可是我没有武艺，因为这路上有很多妖怪。"实际那人没有什么本事，就只好说："何必要至那匹山上去求仙药呢？我这药有的是，山山都出。"他们讲不合，他就继续上前去找自己的师父了。

他这样东走西走，也不知过了多少日子。有次，他撞进了一个风景很秀丽的花园，在株大树上瞧见一只大鸟含着几件金闪闪的衣裙，他一张弓，那大鸟就扔下衣裙飞跑了，他拾得衣裙，心想这一定是附近女人洗澡时，

---

① 属俄罗乡。

被大鸟衔走的。他往四处一看，果然见竹林后，隐藏着一座精美的小屋。他刚走进竹丛，就听到一个女人边哭边告求的声音从小屋里传来："是那宰龙拿去我的衣服？难道我们有什么宿怨吗？如果你把衣服还给我，我会报答你的。"他听后就说："你的衣服被一只大鸟衔走了，现在我给你又夺了转来，你拿去穿吧！"他把衣服丢进小屋后就扭身走了。屋子里的姑娘着好衣裙出来，那人已不见，很受感动，就追了出来，见是一位很英俊的大哥，她看见小伙子很英俊诚实，很爱他，这小伙子也被这姑娘的美丽惊住了。姑娘问他从哪里来，到哪里去，做什么。他把来由说了一遍后，这姑娘就答应帮他请师父，并劝他住在花园里守花园，慢慢向这位老师请教。这小伙子很喜欢地答应了。从此，他就一边守花园，一边苦学十八般武艺。而他与姑娘的爱情，也像吃甘蔗，一天比一天甜。姑娘禀告了父王，但是，国王不愿意把女儿嫁给这样一个穷人，不准他们结婚。

小伙子不管这些，但继续苦学苦练，这样过了几年，他武艺已学成，就别了师父和情人过江求仙药去了。等到他取得仙药转来时，他的情人已佩上孝了，原来国王已死了几天，于是他就用仙药使国王起死回生，国王见他本领这么好，也就把公主许给了他，招他为驸马。同时，他的起死回生的医术，也传播很远很远。

桂花仙女①

讲述者：岩象
翻译者：板昌贵
记录者：王则昌
搜集地点：云南省德宏傣族景颇族自治州芒市遮放镇遮冒村

沙替②两口子年纪很老了，没有儿女，他就去问卦，问："为什么我没有子女？"算卦的人告诉他："在河那边还没有来，只要你修桥补路就会有儿女了。"有条大江五千丈长，五十丈宽，他就到处去请石匠、木匠，大家都说："河太深了盖不起来。"

这时天神浑细扎变成了一个工人到沙替家问他："你给是要盖桥？"

沙替说："你不可能盖起，我已经问了好多人，他们都说盖不起来，河太深了。"

天神说："我一定可以盖起来。"

他们两个来到河边，问天神："要多少钱？"天神说："三天后再来给钱。"天神过河也不会沉下河底去，沙替见了很惊奇：一定是神了！

过了三天，沙替送粮到江边，见桥已经修起来了，修得很好，沙替说："现在桥已修起来了，你要多少钱？"天神说："现在我不要，七天后，我老公来，你和他讲好了。"七天后，天神变成一个白头发老翁来，问沙替有多少钱，沙替说有四十箩，结果给了三十箩，天神走了，告诉沙替："我以后还要还给你。"下了三天三夜雨，钱又回到沙替家里来。

桥修起后，沙替做摆，来赶摆的人都很惊奇说："桥修得太好了，死后做沙替的儿子都行。"又下了三天三夜的金雨银雨，把沙替的仓库装满了，

---

① 又名：桂花阿暖。
② 沙替：是傣族的财主，很有钱，对宗教的信仰很虔诚。

剩在仓外面的穷人把它给拾回去，天神也救济了穷苦人。

做摆十个月后，沙替的妻子怀孕要生了，到处金光闪闪，这一夜就生了一个儿子，同时国王的妻子也生了个儿子，国王来瞧皇后生的儿子，一个臣子对国王说："这不是你的儿子。"国王听后就下令要搜查哪一家生儿子，就把他杀掉，搜到沙替家说："你家生了个小孩，快拿来给我们去看看，不行就要抢走。"天神是早就知道了这件事，就变成了老虎在半路上等着，兵来了，被老虎一叫，都吓跑了，小孩得了救，天神把小孩带上天去，天神的四个老婆说："我们供不起。"大老婆给小孩三棵菜，一棵吃了能返老还童，一棵吃了能起死回生，一棵吃了能治百病。二老婆给小孩一颗金螺蛳，能避灾难。天神把小孩抱给三老婆，三老婆说："我不能照顾他，我给他一个金戒指，能不热不冷。"

天神又把他抱去神仙的姐姐看，姐姐说："我没有奶，不能领，有一块小石头，拍三下会变成老象会行动，不用时，拍三下，就可以装进袋子里。"天神就把小孩变成一块小石头，放在奘房里塑的象肚子里面。

佛爷没有在奘房，回来后，见着这个小石头说："这是一个人要好照应他。"又装进象肚子里去。

放了三年就出来，会跑会走了，阿暖在奘房住了十六年，天神就给了他一把琴，佛爷叫他快送去，不要让他妻子被人抢走，阿暖又拍了三下石头，石头变成老象，他就骑着老象飞到空中，到了猛鹅地方走到奘房外面，见有五个老人在讲，他问老人："这是什么地方？"老人说："你还不知道，这就是桂花的地方了，这是很有名的。"老人问他住在什么地方，他告诉老人住在勐巴那之国，老人把他误认为国王，他又骑着象飞到美女住的地方（桂花神女住的花园）。

这花园由两个老人守着，他们无儿无女，阿暖就到这两个老人面前说："我要求你们让我做你们的儿子。"老人说："很欢喜。"阿暖住下来后，把返老还童的药给老人吃，老人吃后就变年轻了，平时这夫妇俩天天送果子给桂花仙女，现在他们得了儿子，就天天想招待他，把送果子给桂花仙女的事也忘了，过几天桂花仙女使婢女来问为什么不去送果子，这时，阿暖在房里拉琴，侍女进房去问，二老说："你们不知道，现在我们得了儿子，他给我们吃了药后，我们都变年轻了，我们太高兴，所以就忘记送果子去。"以后二老又每天送果子给桂花仙女吃，桂花仙女说："我现在不舒服，叫你们的孩子到这里来一下。"二老就把阿暖叫桂花仙女那里去，阿暖就假装成跛子说："我走不动，你们叫力气大的人来抬我。"没有力气大的，就用轿子来叫阿暖，阿暖说："我的脚跛了，不好意思。坐轿子去，我等黄昏再去，你招呼着狗不要叫它咬着我。"黄昏时仙女们都等着，阿暖用手拍了三下石头又骑着老象飞起来了，飞到了，仙女说："这一定不是凡人，一定是个了不起的人。"着陆后他就叫仙女们对唱起来。

阿暖唱：（唱词缺）

仙女们的父亲知道了，有人来告诉他说："有个小伙子来和桂花仙女发生了爱情，他父亲也是个国王。"仙女的父亲说："让他进来。"阿暖就说："我脚跛着不好意思去，等黄昏时再去。"人家说："国王的地方戒备森严，阿暖来了敢进去，就是个勇敢的人，不敢进去就是个懦夫。"黄昏时，阿暖骑着老象来了，王宫的一切，不但没吓着他，反之，文武大臣们倒吓得说不出话来，一齐都跪了，王后叫仆人们快准备到住的地方去，于是桂花仙女就和阿暖结了婚。

另有一个霸道的国王，他从前就来要讨[①]仙女不得，现在仙女被阿暖讨了，他很生气，就派兵来打，到边界上出告示说：赶快仙女交出来，不然就要出兵来攻打。这个告示同时由几个国家的国王发出来。

桂花仙女的父亲吓慌了，就召集文武朝臣开会商量，如何办呢，大家都说："不必怕，我们有女婿，他是有办法的。"阿暖说："我也害怕，还是大家商量吧！"过一阵，他又微笑着说："我有办法，我有办法。"于是他回信给几个国王，把几个小石头变成桂花仙女，派人抬了去。

————————

① 讨：云南方言，"娶"之意。

到各个国去，国王都说："抬进宫来。"一抬进去，仙女就变成一块大石头，国王叫人抬，抬也抬不动，又叫抬来的八个人来抬，各国的国王都觉得这件事太危险了，就告诉不要传出去。

阿暖告谢岳父，他要回去看父母，岳父同意了，他走那天，把桂花仙女藏在金螺蛳里，又拿一个石头桂花仙女。

同阿暖一天生的那个国王的儿子，也要来讨桂花仙女，没有讨得，他也学会了一些魔术，他说："桂花仙女现在还是得来到我手中。"仙女说："我已经结过婚了，你不要来计我了，你不怕我丈夫吗？"他一下子就把仙女背着跑了，愈跑愈重，愈跑愈重，原来仙女变成一块大石头了，这块石头就把他压死了，他父亲听了后很悲痛。阿暖骑着象去找父母，到家后，告诉父母说："我回来了。"我母说："我没有儿子。"阿暖说："你们想想，你们生我那天，国王的兵来搜查，就被人抢走了。"父母想了一下说："是有这回事。"这时祷告上天说："假如他是我儿子，奶就变大，有奶水。"果然就有了奶水，阿暖对父母说："现在我来接你们。"他的父母就把自己的财产分给穷人，跟着儿子到了桂花仙女的国家。

阿暖和父母骑着老象，一路上他又把压在那个和他同天生的王子身上的石头招来。

桂花仙女的父亲国王，做了一个大摆，邀请各国都来参加，那些国家的国王，都很惭愧，打不过阿暖，就只有投降了他。赶了这次摆后，这个国家很安定，人民生活也过得很幸福。

玉兰花姑娘

翻译者：刀保顺
记录者：李从宗
搜集地点：云南省德宏傣族景颇族自治州盈江县旧城镇喊撒村委会广朗村
材料来源：刀贺种

有一个国王的女儿，名叫玉兰花姑娘，生得很美丽，一百个国的皇帝都想来娶他，谁也不愿让给别人，于是他们便用兵来包围玉兰花姑娘的国家了。

另一个国王的大皇后生了一个太子，刚生下来时就被小皇后害，放只小狗在大皇后床上，把太子丢下楼去，国王听说大皇后生下的是一个小狗很气愤，就把大皇后赶出来了。

天上的混血扎看见太子被丢下就拿去养大，养大了以后，又送给召尚牙写来养，并送他一个小象、一个三十二弦的琴和一把宝刀，象能大能小，小能放在口袋里。他在牙写那里一天天长大，牙写对他说："你呀，你应当下山去了，你的情人是在下面，你要赶快去，玉兰姑娘就是你的情人。现在一百个国的国王都在争她，你应当赶快下去。"太子就下山来了。

他骑着小白象的背上飞着，把三十二弦的琴弹起来，真是好听极了，就像天上的仙乐一样，太子飞落在一家花园里，这家有老两口子，天天都给玉兰姑娘送鲜花。

阿暖来到了老两口子的家后，见到他们都很老了，阿暖就把茶给他们吃，他们就变成了十七八岁的小伙子和姑娘，老人很喜欢就忘记拿花去送给玉兰姑娘，玉兰姑娘想："为什么这两个老人花也不送来呢？一定发生了什么！"就派人去看，去的人听到了太子的琴声都迷住了，不想回去，又派来一群人，见老人已年轻了就回去报告玉兰花姑娘。

过了几天，老人又送花来，玉兰花姑娘就问他："你两个老人为什么这几天不送花来？"老人说："有一个小伙子住在我们家，他弹的琴声很好听，我们听到他的音乐声，就饭都不想吃，他又拿茶给我们吃，我们就变年轻了。"公主知道是自己的姻缘到了，就想了一个办法，对老人说："你去对这个青年人说，说我在生病，请他来给我看看。"老人回去便对太子说了，太子说："你去对她说，我的脚跛了，走不动，不能去看她的病，假如我独脚走去，怕城里的狗咬我，我怕羞。"老人第二天去送花，就将太子的话告诉了玉兰花姑娘："小姐，这个年轻人说了，他脚跛不能来，独脚出来，怕狗咬他人羞他。"

玉兰花姑娘知道他说的是假话，就说："无论如何也要叫他来，如果没有他来我就病死了。"另派一群丫头去请，这群丫头对太子说："我们小姐说了就是脚只有一只也要去。我们小姐要是没有你就死了。"年轻的太子阿暖说："我不会医，我也没有什么神茶能把小姐的病医好，我很害羞，我一只脚怎么去见人呢？"

"我们小姐说无论如何也要去。"

他弹起了他的琴，姑娘们都被琴声迷住了，他对姑娘们说："你们先回去，七天后你们不必等我，你们只要望着天就行，只要给我一根藤，我顺着藤来就行了，你们也不必准备什么，只要听着声音就行了。"

七天后，什么都准备好了，他骑着白象飞来在空中弹着琴，玉兰花姑娘听见了就唱：

"下来吧，
请你快下来救我的命，
没有你我就活不了。"

"姑娘呀，我不能下来，
一百国的兵马我很害怕。"

"不要怕,
只要你把我医好,
我的一身都属于你。"

"姑娘我不能下来,
我怕你周围的兵把我缚去,
姑娘我是一个跛脚的人,
不能做一个勇敢的士兵。"

"你不能做一个兵不要紧,
我带你到我父亲跟前。"

"假如你能把我带到你父亲跟前,
那我只有死了,
因为你父亲不喜欢我这样的穷人。"

"下来吧,
我的全身都是属于你的,
不信,你就赌咒。"

"姑娘呀!
你哥就像天上的乌鸦想吃鸡蛋,
我怕母鸡啄瞎了眼睛。"

"哥哥你不要和我开玩笑,
快下来吧,来救活我的生命。"

太子就下来了,小姐一点病也没有,小姐也看到太子并没有跛脚,他们在一起谈笑，很亲热，玉兰花姑娘说："我俩回到我家去吧？"小伙子就用象把姑娘带着飞走了。

丫头把这件事告诉了国王："国王，我们小姐和一个小伙子很相好，他们就要结婚了。"

国王很高兴，就问："为什么他现在不来呢？"

"要晚上方来。"

晚上太子骑着白象飞来，国王见了很奇怪，是神仙，可是又是人，说是人，可是又会飞。他很高兴，就给他们结婚，做了三天三夜热闹的大摆。

国王见有许多国家的兵包围着，就对太子说："现在一百国的兵包围了皇宫，你看怎么办？""不要紧，哪个要玉兰花姑娘就叫他来吧！"国王叫人抬了一盆玉兰花来，阿暖用石头砌得像玉兰花姑娘一样，又漂亮而且发出芳香，那些国王见是玉兰花姑娘就领回去。去时很美丽，漂亮，晚上睡觉时就变成了一个大石头，压住那些国王的身上，动也动不得，石头也搬不开，就只好送了许多礼物给阿暖向他求情，说："我们不敢了，以后我们两国间的关系要经常来往像兄弟一样。"阿暖就把石头取了，一百国的国王经过教育后，都用很多礼物来谢罪。

太子和玉兰姑娘结婚了，生活很幸福，太子对妻子说："虽然我们得到幸福了，但我母亲仍受着罪，假如我不回家，母亲还要继续受着罪。"他们就骑着飞象到了自己的国家，进了国王父亲的宫殿对国王说："父亲，我就是你大皇后生的儿子。"父亲不相信，太子就从事情从头至尾说了："妈刚生下我，小皇后就把我害了，幸得混血扎把我救了，把我养大，我现在才能见你。"国王听了才相信，把小皇后用牛撕死了，用轿子把大皇后接回来，一家都团圆了，做了七天七夜的大摆。

阿暖数塔扎

讲述者：刀平猛、龚义贤
翻译者：克炳珍
搜集地点：云南省德宏傣族景颇族自治州盈江县

  阿暖数塔扎从小就死了父母，讨饭过活，长大后，他就每天去和小孩们赛陀螺。赛胜了，就每天得包饭吃，后来大连和沙替都骂他，不准他和自己的小孩玩，否则就打死他，他也就不敢去了，只好去砍柴卖了买饭吃。

  一天砍柴回来，在一口井边喝水，碰见国王的女儿和宫女，沙替、大连的女儿出来玩，公主长得那样美丽，全身金光闪闪的，老远公主也见阿暖是漂亮的一个小伙子，可是走近了看，原来是穿得很破，公主也不管，就坐下来和他玩，公主问他为什么不讨妻子，他说："我是穷人，连饭都没有吃的，谁也不会嫁我。"公主说："不要紧，我们几个当中，看你喜欢那个，我们嫁给你。"他说："别说了，别说了。"这些话刚好被一个奸臣听见了，就把这些话告诉国王，并且说，国王的女儿爱上了他。国王听了就生气，把儿女赶出宫来，不准回宫去，要把阿暖杀死。

  一个名叫洛应浪的忠臣就出来对国王说："不要伤害他，他虽然穷，但是没有罪，这事情不能怪他，是公主她们自己跑去找他玩的，你身为国王，随便杀人，会遭人笑话，不要杀他，给他别的罪吧！"国王听了他的话也不杀阿暖。

  忠臣就把阿暖和公主都接回家去住，国王降罪给阿暖，找七个奴隶、七个宝石、七个野牛、七个会飞的马，这四样东西找不回来，就要砍杀，阿暖不管什么就去找了。

  他走了许多地方，来到一个妖怪的地方，走进妖怪家去，见妖怪的女儿说："让我来你家睡一夜吧。"妖怪女儿叫他不要乱："凡人从未到过我们这里，我们是吃人的，我父亲每天都出去找人来吃。"他也不怕，一定要住在那里。妖女见他如此勇敢英俊，就爱上了他。并且要求他回去时，带她回去，他也答应了，她就把他藏起来，她父亲回来就说："有生人气，今天我什么也未找到。"女儿没有说什么，父亲不信，一定要搜，妖女无法，才把这件事告诉父亲，并且她和这凡人已经有了"斜炸"，要求父亲别伤害他，父也答应了，但要看他的本事是否好，长得怎样。妖怪见阿暖长得英俊，本事也好，阿暖和妖怪比武，打败了妖怪，妖怪也佩服他，就答应给女儿和他成婚，住了七天后，阿暖就辞别妻子及岳父，说自己要去找国王吩咐的东西，妖怪问他需要什么，他就把自己的活讲给妖怪听，妖怪叫他别怕，可以帮他，妖怪用自己的魔棍往山上一指，出现了几千红色的象，又指一方，会飞的马也出来，什么都有了，又从家里拿出些宝石来给他，又给他一个会飞的弓箭和一百个妖兵鬼将，穿着混雪的衣服，他带着这一大队人马，浩浩荡荡走来。

回来后，他也不回去，只住在一所破草棚里，用魔棍一指，草棚就变成一座漂亮的宫殿。

七个月后，国王把这忠臣叫来，问他："那穷人找的东西可找来？"忠臣说："找来了。"国王派人查看，一看，果然有那许多东西，国王就非常高兴，自愿把公主嫁给他，并且接他进宫去，但是他不去，他要去找妖妻和妖父母，国王叫他别去，把妖怪一家人接来，大家住在一起。

绿豆雀和象

收集者：朱德普
搜集地点：云南省德宏傣族景颇族自治州

我们傣家人有这样一个故事：

有一对绿豆雀,在草堆上的草蓬里做窝,春天,它们生了蛋,一天一天,它们给蛋温暖,小绿豆雀快出世了。

有一天,一群大象从树林里闯出来,正对着绿豆雀的窝走来,要到湖边去吃水,这可吓坏了绿豆雀,忙飞到大象面前求告:"大象啊,请停停脚步吧,前面就是我们的家,我们的女儿快出世了,请你转个方向走吧,免得未出世的女儿被你踩死,使我们伤心,大象啊,请你转个方向走吧。"

大象不理不睬,鼻子一翘,扇扇耳朵,说:"你这小小的绿豆雀,竟敢来我面前指挥我,我只认得走路,哪管你家死活,让开,滚开,要不,我就先踏死你。"大象甩甩鼻子,迈开阔步,一直向前走去,跌碎了绿豆雀的蛋。

绿豆雀啊,发誓要报仇。

绿豆雀飞到啄木鸟的家里,把刚才经过说了一遍,啄木鸟听了发气,忙飞到山里唤了大苍蝇,又飞到河边喊来点水雀,大家和绿豆雀一起,飞去赶大象报仇。

大家追着了大象。

啄木鸟落在大象头上,在大象鼻子上,眼睛旁啄了起来,"得得得",啄木鸟不停地啄着,大象还在嚷,"你这小坏蛋,难道眼瞎了,怎么敢欺到我的头上。"啄木鸟好似没有听见,还是"得得得"地啄着,大象的眼睛旁,鼻子上都啄破了,流血了,苍蝇又飞上去下卵,不一时,大象的鼻子,眼睛上部爬满了蛆,烂了,臭了。

大象眼睛看不见,想找水喝也找不到。

忽然听到点水雀在前面叫起来了,大象想:点水雀生活在水上,点水雀叫,前面必定有水了。它高一脚低一脚向前走去。到了点水雀叫的地方,鼻子一伸想吸水喝(象是用鼻子吸水的),哎哟,鼻子碰在石头上,原来点水雀不是真在水里叫,是站在石头上叫的。

大象的鼻子越疼,越想水喝,前面又有点水雀叫了,它想:"刚才是我错了。"又向前面走去,嘭咚一声,大象从石岩上跌下去了,原来点水雀是站在石岩下面叫的……

因为有这个故事，我们傣家有就了一句成语："绿豆雀能战胜大象，是依靠朋友的友谊！"

乌鸦和喜鹊

搜集地点：云南省德宏傣族景颇族自治州盈江县

很久以前，乌鸦和喜鹊全身都是白色，它们是一对好朋友。有一次，它俩在一起游玩，一个看一下都嫌自己的毛羽不好看。它俩商量想把羽毛画得漂亮些。

喜鹊比乌鸦聪明，它想："你先帮助我画，以后我又帮助你画。"

乌鸦先把喜鹊画成了白色又再画黑的，画得很漂亮。

轮到喜鹊给乌鸦画了，它怕麻烦，不愿一笔一笔地画，就一把把乌鸦推到墨盒里。

从此，乌鸦变成又黑又丑，它心里永远想着报复喜鹊，但喜鹊再不和乌鸦在一起了。

老虎为什么不吃水牛

翻译者：李义国
记录者：朱宜初
搜集地点：云南省德宏傣族景颇族自治州盈江县旧城镇东大沟村

老虎和小兔原来是朋友，住在一个茅草洞里面，小兔狡猾，有一天它把茅草洞一把火烧着了，路上碰见黄牛，它就问黄牛："遍身烧着了，怎么办？"黄牛说："跑下山。"老虎就跑下山，但愈跑火愈大。路上又碰见了马，就问:"遍身烧着了怎么办?"马说:"迎风跑。"老虎就迎风跑,但是更是愈跑火愈大,后来碰见了水牛,"遍身烧着了怎么办?"水牛说:"泥塘里打个滚。"老虎真个在泥塘里打个滚,火就熄了,从此老虎身上就留下焰烧的斑纹,从此老虎就恨死了小兔,拿着小兔就一屁股坐死;从此老虎也恨死了黄牛和马,见着就吃;而水牛呢,因为他救了老虎,所以老虎就不吃水牛。

老虎和黄牛

翻译者:李义国
记录者:朱宜初
搜集地点:云南省德宏傣族景颇族自治州盈江县旧城镇东大沟

    古时候常说:老虎和黄牛是朋友。老虎经常占着黄牛的便宜,而黄牛是得不到老虎的一点益处。有一次,天色已黑,老虎肚子很饿,便进村子去偷猪吃,刚钻进猪厩,厩门就关起来,老虎在厩里急得无法,这时正遇黄牛看见,黄牛就去用自己的角把门撬开,放出了老虎,黄牛还把老虎送在村子外面,但老虎未吃到东西,肚子越来越饿,他就打主意吃它的朋友,于是它就说:"黄牛,昨天我梦见吃你,可以吃吗?"黄牛说:"我把你救出来,你还想吃我,那可不行。"结果就大吵起来,事情解决不了,只好约着到国王宫府去,请国王解决,国王想了很久,感到不好判决,假若不让老虎吃黄牛,又怕老虎吃自己,最后国王便对黄牛说:"既然老虎梦见吃你,这只能怪你的命运,就给它吃吧。"这个判决黄牛不承认,老虎又找小兔帮解决,小兔把情形详细问了以后,领着黄牛和老虎仍回到国王宫府去找国王,小兔见了国王就问:"为什么老虎梦见吃黄牛就让它吃呢,这事太不合理啦,如果我昨天梦见杀你的妻子,你今天可以让我杀吗?"国王急得说:"老虎也不能吃黄牛,你也不能杀我的妻子。"

    国王受到小兔的反击,对这件事情已无法解决,这时小兔说:"好吧,我来帮你合理地解决。"小兔把黄牛约到事情发生的地方,一同到厩里,然后把黄牛叫出来,把老虎关在厩里,小兔和黄牛走了,天亮了,人起来看见老虎在厩里,便将这无益的东西打死了。

小山雀和大象

讲述者：佚名
翻译者：方克儒
记录者：杨千成
搜集地点：云南省德宏傣族景颇族自治州瑞丽市姐线乡（今姐相镇）

小山雀和鱼在争吵,他们都愿意把自己给人吃,让人长得好。

鱼问："你每年生几个蛋？"

山雀说："我每年有九窝,每窝有九个。"

鱼说："你怎么能和我比,我的肚子上,每边有三十万个蛋,其他还不算。"

小山雀比不上鱼,只好让人去供食,让鱼做了人类的滋补品。

但小山雀心里还是不服气,鱼也很不高兴,就去告诉大象说："我和山雀比,他每年只有九九八十一个蛋,我的蛋比他多好多好多,请你去帮我踩烂他的那可怜的几个蛋,帮帮我的忙吧。"

大象听了鱼的话,用自己的脚去踩山雀的蛋,山雀没有办法,只有在旁边叫唤,所以直到现在这山雀还是叫"叽呀,叽呀",因为他看见大象在踩自己的蛋,却没办法阻挡。

小山雀生气得很,不愿罢休,于是去找朋友,到厕所去找绿苍蝇说："现在我没办法,大象把我的蛋都踩烂了,你帮帮忙吧！"绿苍蝇答应了,又去找到鹞子。他们一同飞到大象的地方,鹞子去啄大象的屁股,啄出血了,苍蝇去爬大象的鼻子,钻进象的肚子,抱虫蛆。把大象肚子搞得一团糟，大象就死了，小山雀虽然没有成为人的补品，但总算为自己报了仇。

老虎和象打赌

讲述者：李宝焕
翻译者：李义国
记录者：朱宜初
搜集地点：云南省德宏傣族景颇族自治州盈江县

老虎和象打赌，说谁叫得响就可以吃掉叫得不响的，老虎大吼一声，山摇地动，连许多鸟兽都不敢叫了，象呢？叫不响，老虎就说："过七天我再来吃你。"

象想到自己要被老虎吃掉，伤心得流下眼泪来，这眼泪滴呀滴的，滴到山洼里，山洼里有个小兔，她见山洼里淌出一股水来，沿着水去一瞧，嗬，原来是大象在哭鼻子，小兔就说："象大哥，你哭啥？"大象甩甩鼻子说："老虎过七天要吃我哩。"大象就将老虎和自己打赌的事说了一遍，小兔皱皱鼻子，就想出条计策，对大象说："不怕，过七天我来救你。"

到了第七天，果然小兔就来见大象了，她骑上了大象，就叫大象问老虎那边走去。

却说老虎扒开脚趾一算，嗬，第七天啦，可以饱餐一顿象肉了，就来找大象，老虎走到半路，碰见猴儿，猴儿见老虎兴致冲冲，就问："虎大哥，你到啥地方去？"老虎尾巴翘："哈，吃象肉去啦，一个人吃不完□，你想吃，还可以随便给几块你吃。"猴儿高兴得双脚一缩，蹦得多高，嘶开嘴巴笑道："那可谢谢你啦，你爽性①做个好事，我骑着你去吧。""你爱骑就骑吧，一个轻轻的毛猴带在背上，咱不在乎啦。"猴儿就骑了老虎来吃大象。

---

① 爽性：云南方言，"干脆"之意。

这时小兔也正骑着大象走来了,这小兔一见猴儿骑着老虎来了,就指着猴儿说:"你这个小毛猴,你老爹差我九只象,你为啥撑只老虎来抵账?"老虎没看清骑大象的是小白兔,他听着声音,老虎心里想:"猴子要看了了,将我拿来抵账了。"于是老虎撒腿就跑,一跑到远处,老虎就将猴子摔下来,猴子被摔得猛,嘶开一张嘴死在路上,那老虎哪里知道他死了,还以为猴子是嘶开嘴在笑,一屁股将死猴子坐得扁扁的。

后来,老虎才知道,骑大象的不过是只小兔子,是小兔子捣的鬼,从此以后,老虎捉到小兔子,就狠命地将小兔子一屁股坐死来消心中的恨。

虎哥和兔弟①

讲述者:不详
采录者:云南大学中文系1956级学生
整理者:张福三、冉红
采录地点:云南省西双版纳傣族自治州

古时候,在密密的森林里,住着老虎和兔子。它们是邻居,又是朋友,但相处的日子长了,免不了有牙齿咬舌头的时候。那老虎仗着自己力气大,就常欺负小不点儿的兔子。兔子嘴上不说,心里很不高兴,总想寻找机会教训教训它。

有一天,老虎和兔子一块在森林里游玩。兔子在前边引路,老虎跟在后面,它一边摆着尾巴,一边哼哼哈哈地唱着歌。

在半路上,兔子眼睛尖,老远就看见一条大蛇盘在路边,绿茵茵的,活像一个扁圆的大南瓜。兔子灵机一动,就走过去,在大蛇旁边蹲了下来,对它表露出尊敬的神色。

---

① 该文本后收入傅光宇、杨秉礼、冯寿轩、张福三编:《傣族民间故事选》,上海文艺出版社,1985年,第362—366页。——编者注

老虎从后面赶来，问道："小兔子，怎么不走了？你蹲在这里干什么？"小兔子摆摆手，轻声地说："求求你虎哥哥，请不要大声嚷嚷。"老虎莫名其妙地问："这是为什么？"小兔子说："我守候我父亲。昨晚它垒窝垒晚了，正在休息。我怕它醒来有事找我。"

老虎上前一看，差点笑出声来，心想："好兔崽子，你糊涂了吧，这明明是条蛇，却说是你的父亲。"老虎心里另有主意，也不点破。正好它肚子饿了，一看这条蛇足够它美美地饱餐一顿，就顺水推舟地说："这一阵子你走累了，你就到前边歇歇等我，让我替你守护它。"

兔子为难地说："虎哥哥，你别守，还是让我来吧。我父亲脾气不好，不喜欢别人侍候它。你把它吵醒了，他可要揍你的。"

老虎不耐烦地说道："你快走吧，我来守。"兔子装着不得已的样子离开了。走了两步又回头说："你千万别碰它，我父亲的脾气不好啊。"这时老虎大吼一声，表示它什么也不怕。兔子竖着耳朵跑开了，它躲在高坡上的一棵树荫下观看老虎的动静。其实这时大蛇早已经醒了，发现老虎不怀好意，就一声不响地提防着。

老虎见兔子走远了，就绕着大蛇走了一圈，打量着从什么地方动嘴。它打量了一会，伸出前爪，向大蛇猛扑过去。早有准备的大蛇，"哧溜"一声，避过老虎的爪子，像一根粗大的树藤，紧紧地缠住了老虎的身子，越缠越紧。老虎被缠得大声叫起来，它在林子里走来走去，想摆脱出来都没办到。后来，它想起猫曾教过它一个脱身之计，尽力地吸气，把肚子鼓得大大的，又突然像泄了气的皮球一样，瘪了下去。这样才脱出身来，头也不回地逃走了。从此，老虎的肚子就变得小了，脖子上出现一道道被蛇缠过的花纹，嘴里也常常哼哼哈哈。老虎再也不敢找蛇的麻烦了。

兔子见老虎被蛇缠了一顿，乐得大笑起来，可是这一笑不要紧，兔子的上嘴唇笑裂了。从此兔子的上嘴唇就是豁的。

不一会，兔子见老虎追了上来，它又跑到一棵芒果树下，发现树枝上挂着一个蜂窝。它坐下来，假装在看芒果树上的蜂窝。老虎冲到兔子跟前，没好气地说：“该死的小兔子，你父亲的脾气真大，把我缠得好疼呀！我今天非找你算账不可。"

兔子委屈地说："虎哥哥，这怎么能怪我呢？我不是早就告诉你，我父亲的脾气大，是你自己不听我的话嘛。"老虎自己觉得理亏，不再发作，说："我们不要吵啦，继续往前走吧。"兔子回答说："我不能同你一道玩了，要玩，你就自己去吧。"

老虎不解地问："这又为什么？"兔子指着芒果树上的蜂窝说："那是我妹妹玩的铓锣。它有事出去了，叫我给它看守一会，不要让别人偷走了。"老虎看了看树上的蜂窝，觉得有点稀奇，就问："你妹妹的铓锣好玩吗？"兔子说："当然好玩呀！你一敲，那铓锣发出来的声音，比鸟儿的声音还要好听。"老虎一听，也想敲敲玩玩，兔子连忙阻止说："这是我妹妹心爱的东西，谁也不许敲。"老虎想做的事，谁也阻拦不了，他推开兔子，抓起一根竹竿就要敲过去。

兔子的态度突然软下来，说："虎哥哥，你别急，让我先去问问妹妹，它要是答应了，你就敲吧。"说完，兔子就朝前跑去。

老虎等兔子一走，举起竹竿使劲地敲那蜂窝。竹竿一碰到蜂窝，一群牛角蜂"轰"的一声飞出来，把老虎团团围住，没头没脑地乱叮，特别在脑壳上叮得最凶。老虎被叮得抓耳搔腮，又跳又叫。霎时，老虎的脸肿起了一大块。老虎拼命地朝林子里跑，好不容易才摆脱了蜂子的叮刺。

老虎吃了大亏，知道上了兔子的当，可恨死兔子了，要找兔子报仇。兔子在前面跑，老虎在后面追，追呀追，追到一个大坑面前，兔子突然不见了。老虎正在纳闷：这兔崽子钻到哪儿去了呢？兔子却在坑里招呼老虎说："虎哥哥，我在这里等你哩。"老虎一句话也不回答，"轰"的一声扑进坑里，抓住兔子说："该死的兔子，我看你还往哪里跑。"兔子不慌不忙地说道："虎哥哥，别生气呀，我给你找到好吃的东西啦。"老虎一听说有好东西吃，气也就消了，忘了找兔子算账，问道："快说，好吃的东西在哪儿？"

兔子指着天空说："你瞧，多肥的大白羊呀！"老虎顺着小兔子指的方向看去，蓝蓝的天空上，正飘动着白云，活像蠕动着的羊群。老虎跑了大半天，肚子真是饿极了，看见了大白羊，眼睛都望呆了，嘴里的口水也流了出来。小兔子趁着老虎不注意的时候，跳到老虎背上，一下子就蹦出了土坑。

老虎问："小兔子，你怎么撇下我跑了，你还没有把羊子赶来呀！"小兔子说："虎哥哥，你等着吧，坑里水多，我去扯几把干柴来给你垫上，让你舒舒服服躺一会，我再去把羊赶来你吃。"

不一会，兔子抱来干草扔进坑里，干草越扔越多，老虎真有点累了，就躺在干草上，望着天上滚动的羊群。不料，正当老虎梦想吃羊的时候，一个火把掉进土坑里，干草被点着了，刹那间，火光熊熊，烟雾腾腾，老虎身上被烧着了。老虎在坑里东突西奔，好不容易跳了出来，但身上的火还在燃着，急得它满山乱跑，想把火扑灭掉。

这时，一条黄牛在草地上吃草。老虎上前哀求说："黄牛大哥，行行好，快告诉我，往哪里跑才能灭掉身上的火？"黄牛想起平时老虎在森林里作威作福，心里有气，就说："你往山上跑吧！"老虎听从黄牛的话，往山上跑去，它哪里知道，山上风大，老虎越往山上跑，身上的火越烧越凶，它只好又往山下跑来，正碰上一头从河边喝水回来的马鹿。

老虎请求说："马鹿兄弟，行行好，快告诉我，我往哪里跑才能灭掉身上的火？"马鹿想起平时老虎在森林里称王称霸，心里有气，就说："你逆着风跑吧。"老虎听从马鹿的话，逆着风跑去。它哪里知道，逆风奔跑，风助火威，火借风势，越烧越旺。老虎被烧得焦头烂额，疼痛难当。

这时，老虎碰到了一头从田里回来的水牛，它恳求说："水牛老爹，行行好，快告诉我，我往哪里跑才能灭掉身上的火？"

水牛是一个心慈面软的，看见火把老虎烧得怪可怜的，就说："跳进水塘里去吧！"老虎听从水牛的话，跳进水塘里，打了几个滚，身上的火才熄灭了。

从此以后，老虎浑身烧得黄一块，黑一块，变得花花斑斑的，身上的毛也烧短了。由于黄牛和马鹿使老虎吃了亏，所以后来，老虎一碰见它们，就要扑上去咬；水牛因为救了老虎的命，它们就有了交情。为了感谢水牛，老虎临别时，还用嘴在水牛的脖子上舔了舔，水牛脖子上就留下了一块印子。这是老虎叫它的子孙们记着这个记号，永远不吃水牛。

至于兔子呢？从这以后，它就不敢再见老虎的面了，搬了家，躲得远远的，而且怕老虎来找它报仇，兔子就筑了三个窝，经常提防着。这就是人们常说的"狡兔有三窟"的来历。

说大话的人以后往往无脸见人

搜集地点：云南省德宏傣族景颇族自治州

文本一

鸟中之王元喊啥鸟有一个女儿，夫妻俩都很爱女儿，从小就给她好吃好穿。女儿长大了，鸟王对她说："女儿你已长大，应该出嫁了，我们把我们管的所有鸟都叫来，你爱哪就嫁哪个。"他们做了一个个摆，让所有的鸟都来赶摆，让女儿拣。女儿一个鸟也不爱，只爱一只羽毛鲜艳的孔雀，女儿就来告诉父母。

孔雀知道公主爱上了自己，就非常骄傲，一个也不理，自己舞来舞云，神气十足，公主见了就说："呸，我还没有说出口爱你，你就这样了不起，以为自己是驸马了，什么人也不理，自己一个舞来舞云，忘记了我们做摆的规矩，你快走开，不然，我就叫老鹰来啄你，我不嫁给你，快走！"孔雀很害羞地飞走了。

从此以后，孔雀就不轻易出树林里来，整天自己一个人在树林里，因为它曾经骄傲过，一直到现在它还觉得害羞呢。

文本二

有一个鸟，以前没有毛，身子是光的，到冬天冷得发抖，只好去烤太阳，没有太阳就钻草堆，鸟们见它没有毛很可怜它，就一个拔一根毛给它，从此，它就有了毛，全身的毛有红色，又有绿色，比所有的鸟都好看。

从此它就非常骄傲，成天在水边照来照去，看着自己的像在水里真是得意了，并且对鸟们说："现在我比你们任何一个都美，我是最好看的。"鸟都生气了，一齐去将他身上的毛拔回来，不给它了，以后它又是个光身子，一点毛也没有，它又冷又害羞，只得躲在山里，不好意思见人了。

长鼻子的故事

讲述者：不萨拉
翻译者：金耀文
搜集地点：云南省临沧市耿马傣族佤族自治县

从前有个房子，夫妻两个生下一个小孩。小孩年满三岁，父母就死了。没有办法。他就想：这样下去不行，就要出去想办法。有一天出去迷失了路，他去到的那条路上，有各式各样的花，他采下一朵花用鼻子闻闻以后，他的鼻子就长了三丈长。他就很气了，自己也没办法，只好长鼻子走。走到半路又看见一种花，它又摘一朵拿来闻。闻了以后，鼻子缩短了，恢复原状。于是他就记住有两种花，一种是长鼻子花，一种短鼻子花，他就拿着去了。到了一个地方见有一个小姐来挑水，就把长鼻子花搓成花粉撒进水桶，她吃了水以后，鼻子也长出三丈长。小姐感到害羞，又好笑。她父亲到处找人来医长鼻子，说是"谁医好就把女儿嫁谁"。穷孩子听到后，说："我会医。"去了后，小姐坐到蚊帐里面，拿出那朵短鼻子花给小姐闻了以后，鼻子就恢复了原状。这个姑娘就嫁给他了。

嘟搞达滚愤

讲述者：布约哼
翻译者：徐金城
搜集地点：云南省临沧市耿马傣族佤族自治县

  从前有一家父子两个，家中非常穷，什么都没有，甚至连盖房的草都没有，睡在荷花叶底下。父亲老了家里又穷，不久就死去了，只留下这一个儿子。

  他父亲临死的时候，就告诉儿子说："我的一辈子完了，家中房无一间，地无一垄，穷的一样都没有。我死了，你把我埋葬好，然后你就开辟一块田地好好地劳动生产。"儿子牢记住父亲嘱咐的话，按照父亲所说的做了。父亲死了以后，这个穷孩子就去开荒，从事农业生产劳动。地开出来了，要播种，可是一粒种子都没有，怎么办？于是他就向土司去要。土司不但不给，反而把他臭骂了一顿："你这个穷小子，你吃的谷子都没有，还想要什么种子。谁给你种子，滚回去吧。"没办法，他就走了，到了第二天，他到地里去看自己开辟的这块田，到那儿一看什么都搞好了：种子也种上了，并且在田的中央还放着一匹马。他心中感到奇怪，什么人给搞的？于是他就跑回房子去问，是谁给做的这件事，当时穷人被人歧视，全房子的人都很看不起他，都说："你这个穷孩子谁会帮助你种地。"挨了一顿骂就回来了（事情也没问清）。不管这些了，既然种好了，就继续干吧！他回到田里就开始进行除草，除完草后，他就准备牵着这匹马回家。当他牵马去的时候，发现马的旁边放着一个蛋，他心里很高兴，拿着蛋，牵着马就回家去了。以后他天天下地生产，锄草。每当回到家的时候，饭菜都做熟了，每顿都有十二样菜，他心里又高兴又奇怪：哪儿来的人给我做饭呢？又跑回去问房子里的人们。同样又挨了一顿骂，"你这个讨厌鬼，又来问了，人家谁帮你做饭。"他问不出个结果就回家了，过了几天，他假装去下地劳动。出门后，他偷偷地从门缝里看着，不一会儿从蛋里钻出一个漂亮的姑娘来，烧茶做饭，这时候他拿起棒子猛闯进去将蛋打破，因而这个姑娘就回不去了。他两个很相好，就结婚了。从此两人生活得很好。过去不久，有一个给土司家里专门打草的用人，出来打草，见到了这个穷人的妻子长得很漂亮，回去以后他就告诉土司，并加以夸张，说这个女人长得如何漂亮。土司听了以后，要讨穷人这个妻子。于是马上就派打草的用人把穷人叫来，穷人被叫来了，土司对他说："限你七天的时间送上一种打不死的东西来，否则你的妻子就别想要了。"穷人听了后很发愁，回到家里就把这件事告诉了妻子。他妻子说："如果你不打破那个蛋，咱们俩可以钻进去，躲藏进来。那个蛋有多少人也装得下，现在蛋破了也没办法了。"怎么办呢？出外去找吧！妻子给丈夫准备了出门携带的东西，就走了。走到山林里看见一个八十多岁的老和尚。他向老和尚把土司对他说的话，灾难临头的这件事一五一十地谈了一遍。这时天也不早，老和尚叫他住下来，这里有吃的，有睡的地方，明晨再走。听了后，他就住下了。

第二天早晨老和尚把做好的四条绳子（比线粗）拿出来交给穷人，并把这四条绳子的用法一一告诉介绍给他。四条绳中有三条是能用的：一条向上飞的，一条是直飞的，一条是向下的；另一条是坏的，这条是总管，关键绳，一动这条其他就完蛋了。他拿着这四条绳就回来了，连自己的家也未进就直接到土司那儿去了。将此物（绳）献给土司，只说给吐司三条绳的用法（向上飞的，直走的，向下的三种用法），土司因一心想要讨这个穷人的漂亮妻子，听了介绍后立即就骑上那条向上飞的，飞到高空去了，这时候，因他未掌握全部用法，上去后不知道动哪儿，乱扯一气，动着第四条绳，那条坏的就发生爆炸了。土司的骨肉四处飞溅连人的影子都见不到了，土司就这样死了。土司死后，就要有新土司上任，叫谁当土司呢？全地方的人就讨论推举，推来推去确定不了，后来大家提出一个办法：把大象牵出来（本地方有一个大象），叫这个大象自由选择，把它拉到房上，它到哪家去哪家的人就当土司。全体人都同意这样做，于是把大象牵出来，五光十色地装饰了一下，牵到房子中央。转来转去它哪家都不进，最后走到这个穷人的家门口，大象进去了，这个穷人从此以后，就当了这个地方的土司。

哀朗来

讲述者：应篇
记录者：高连俊
翻译者：应篇
搜集地点：云南省临沧市耿马傣族佤族自治县

一天老大上山打柴，回家途中在一棵芒果树下休息。这时一个芒果掉下来，落在他的鼻子上，鼻子就流血了。他拾起芒果，来到纳西活佛[①]跟前，申诉说："我没有什么错处，为什么这果要把我鼻子打出血来？"纳西审问芒果："你为什么别处不掉？要掉来打着人。"芒果答道："我本来还不成熟，是有一只公鸡飞来，磕着了我，才把我弄掉下来打着人。"

纳西就叫公鸡来问它道："你怎么到处乱飞，碰着芒果！"公鸡道："我本在树底下觅食，有一粒芝麻掉在我眼里，眼疼，看不清楚，所以到处乱飞，碰着芒果。"

纳西问芝麻："为什么要掉到公鸡眼里？"

芝麻："我本来成熟，因有一个冬瓜滚来碰着我，我就掉下来了。"

纳西就问冬瓜："你为什么不好好待着？要滚去碰着芝麻。"冬瓜说："因为有一只鹿子跑来，碰着我的藤子，把我碰滚动了。"纳西又质问鹿子，鹿

[①] 纳西活佛：是佛教中修行得道的人，他是有慧眼、慧手，活了有一万多年。

子说:"我本来安静地躺着,因有四种虫和鸟乱叫,使我不安,又见野狗奔来,使我害怕。猎人持枪追我,使我恐惧,我才奔跑起来,碰着瓜藤。"

纳西把四种虫和鸟叫来,对它们说:"一切错误都由你们四个引起,要由你们负责。"

在这四种虫鸟中,有蝉,它没有什么来赔偿,就把自己的五脏挖出来赔老大。从此以后,蝉就没有五脏,纳西活佛可怜他,仍让它活下去。猫头鹰没有什么可以赔偿,又不愿挖五脏,老大十分生气,一棍子打去,打肿了他的头,所以猫头鹰的头长得很大。

聪明的小白兔

搜集地点:云南省临沧市耿马傣族佤族自治县

有一天老虎碰到了大象,它想吃大象,又有点胆怯,它想:还是想个办法,让大象服服帖帖给我吃。于是,它说:"天下最大的,要算我了!"大象说:"你算什么,敢与我比吗?"老虎看看大象,觉得自己是没有大象大,还要另找个借口才行,就改了口气:"你的声音没有我大。"大象不服:"那我们就比比看。"老虎一想:这回你总要中我的计。于是又对大象说:"光这样比没有意思,我们不但要比声音大,还要看谁的声音能使人害怕。"象满有把握地说:"可以!"老虎又说:"要是你比输了怎么办?"大象说:"随你说怎么办。"老虎一见大象中了自己的计,便说:"我输了,我就让你吃掉;你输了,你就让我吃掉!"象说:"好吧。"于是,它两个就打下了赌。

按照约定的计划,第一天晚上该大象去叫。它站在山顶上,翘鼻子,朝着房子大叫了三声,全房的人听了都呐喊起来:"大象来了,赶快去捉呀!"不一会,漫山遍野都是火把,大家扛枪带刀来捉大象。老虎在旁边见了对大象说:"象哥,你输了,人家不怕你的声音,反而追上来了,我们快跑吧！"

第二天晚上，该老虎去叫了。老虎威风凛凛地站在山顶上，朝房子猛叫了三声。房里人听见老虎叫，就都赶快熄灭灯火，静悄悄的。大象输了，成天发愁，因为七天之后老虎就要吃它，它不吃东西，也不喝水，一天天消瘦下去，走起路来也无精打采。有天，小白兔碰到了它，就问："老象，你怎么啦，害了什么病吗？"大象摇摇头，叹了口气说："不是呀！"小白兔又问："那你为什么尽耷拉着头，一点精神也没有？"大象见瞒不过小白兔，于是就把老虎如何逞强，它又如何不服气，后来又如何与老虎打赌的事向小白兔说了一遍，小白兔一听说："你不要愁，我来替你想办法。"

"你有办法？"

"嗯，我有办法。"

"你有什么办法？"

"现在不用说，你尽管放心好了，到时候我会来你家里帮你对付老虎。"

"那我就谢谢你啦！"大象喜欢起来。

过了六天，第七天一早，小白兔就找来一个糯米团，一口气跑到了大象的家里，对大象说："你快躺下来装死，装得愈像愈好，千万不要动。我自有办法对付老虎。"一切都安排好了，小白兔就爬在大象头上啃糯米团，装作吃大象的样子。不一会，老虎大摇大摆进来了，心想："今天该我饱餐一顿啦！"猛抬头，看见大象死在地上，有个什么东西正在吃它的头，就胆怯起来。小白兔一见老虎走来，就大声说："哈，今天运气真好，正嫌一个不够吃，又来了一个。"老虎一听，吓破了胆，心想：这家伙好凶，把大象都咬死了。我怎么能敌得过它……这么一想，早已魂飞魄散，慌忙调转头来，拔起条腿逃命去了。

大象从地上爬起来，十分感谢小白兔，从此它俩便成了一对好朋友。

三个朋友

搜集地点：云南省临沧市耿马傣族佤族自治县

一天，马鹿、啄木鸟和乌龟到水塘里吃水。吃完水，它们就在一起商议道：我们三个结成朋友，今后不管谁有困难，互相帮助。商议完毕，它们就各自回去了。

有个猎人出来打猎，经过水塘边，发现了它们在水塘边上留下的脚迹。于是，猎人就在附近安上了罗网，要把它们一网打尽。

这天，马鹿又来喝水，一不小心碰上罗网，就被套住了。马鹿吓得大叫，乌龟和啄木鸟听到马鹿的叫声，急忙赶了来。马鹿一见两个朋友来了便道："朋友，快来救救我！"两个朋友齐声答道："我们赶快商量出个办法吧！"它们商量的结果：决定由啄木鸟飞到猎人屋前的树上去望哨，如见猎人出来，就赶快飞回来报信；乌龟留在塘边，用牙齿去咬套在马鹿身上的网绳。

清早，猎人就从屋里出来，想去看看网里是否已经猎得东西，啄木鸟一见猎人推门出来便"啪啦"一声，直向猎人头上俯冲过去，猎人吓了一跳，一看是只啄木鸟，就破口骂道："真倒霉，一早出门就碰到你在头上飞，不吉利。回家等等再说吧。"啄木鸟飞到塘边对龟说："朋友，你快咬，刚才猎人出门，我已把他哄回去了。"说罢，一转身又飞回树上。不久，猎人又出门，啄木鸟又飞起来在他头上拉了一泡尿，猎人以为仍不吉利，又回到屋里。啄木鸟又飞到塘边，急忙催龟快咬："猎人第二次出来，又被我挡回去了。"龟的牙齿咬酸了，嘴舌出血了，只咬断几根粗绳，还有几根细点的未动，但是为了帮助朋友解围，它仍在继续咬着。

猎人第三次出门来了，他不再管吉不吉利，直向塘边走去，啄木鸟急急飞到塘边,催促龟快加油,自己也动嘴用力啄,最后只有一根细的未断,眼看猎人就要赶到塘边,这时马鹿用力一蹦,剩下的一根就断了,马鹿挣脱跑了。

乌龟爬得慢,猎人赶到,把它捉住,丢在背篓里,马鹿一见朋友被捉去了,心里想道:我脱险了,救我的乌龟又被捉住,我一定要想法救出它。马鹿打定主意,就按原路向塘边走来,猎人看见前面来了一只马鹿,喜欢得跳起来,丢下背篓就追,马鹿见猎人追来,掉头便跑,人怎能跑得过马鹿呢?追了很远都未追住,等猎人气喘吁吁地跑回池塘边上来时,背篓早翻了,乌龟已不知去向。

小白羊

讲述者:唐木西
翻译者:唐木西
记录者:傣族文学调查队
搜集地点:云南省临沧市耿马傣族佤族自治县芒洪拉祜族布朗族乡新联村委会芒丙村

1

有一个名叫班土马帝的地方,共有一千六百个房子,这些房子每天都要送东西到班土马帝来,十分热闹,街上什么东西都能买得到。

班土马帝漂亮得像天堂,这里没有穷人,个个都穿上绸缎衣裳,牛马在街上来来往往,天天都有船只靠岸,水陆码头交往频繁。

这里的人家都用石灰粉刷围墙,远远望去就像太阳一样闪光。

其中有一所用金子做装饰的宫殿,住着班土马帝的国王。这宫殿有一个楼阁,远远看去像是九个。这楼阁全是用金做成,每个屋檐上都吊着铃铛——这便是国王和皇后的住房。

皇后十分漂亮，天天生活在皇宫，从不走出宫门一步。

每到关门节①她都拿着念珠到缅寺去向佛祷告。不久，皇后怀孕了，后来生了一个必团②，过一年，又生一个龙团，以后两年，都连生了两个儿子。到这四个儿子都会走路了，皇后又怀着一个孩子，这便是未来的阿朗③，他是一天上的星宿下凡来的。这孩子一生下，漂亮得像天上的月亮，皇后宫中的侍女立刻报知国王。

阿朗长到十二岁，十分聪明伶俐，皇后给他穿着很漂亮的衣裳，国王也十分喜爱这个小儿子。人人都说阿朗漂亮。姑娘们一见了他就不想走开，朝思暮想，夜里都常梦见阿朗。

一天，皇后病了，所有高明的摩雅④们都来诊断，医治无效，皇后就和国王、五个儿永别了。

国王思念皇后，天天泪流满面，五个儿子日夜哭泣，宫女们也十分伤心。

国王把皇后放在金棺中装殓，乐队奏起哀乐前去送葬，五个儿子失去了最亲爱的母亲，哭得更加伤心。国王为了有人扶养孩子，便想再娶一个妻子。

一天，国王把自己的意图告诉大臣，要他们为他打听娶一个姑娘。大臣们答应为国王去找皇后，宫廷中处处都在议论这个问题。

大臣们准备了丰盛的礼物，五百匹大象，五百匹大马，绸缎不计其数。选择了黄道吉日，国王派大将军领着全部兵丁出发，还有能歌善舞的宫女同去，热闹不同一般。

一行人走到太阳西下，便在野地宿营驻扎。从此晓行夜宿，饥餐渴饮。不久，走到了不塔拉地方。

---

① 关门节：傣历十月，相当于汉族阴历七月。
② 必团："大儿子"之意。
③ 阿朗："英雄"之意。
④ 摩雅："医生"之意。

这是一个好地方，山清水秀物产丰富。不塔拉国王有一个女儿，长得十分漂亮，国王派了五百宫女侍候公主，人人见了都爱这个好姑娘。

不塔拉国王听报来了许多人马，不知是为何事，便叫大将把部队驻扎宫外，全国戒严准备迎敌。

不塔拉的大将去到班土马帝大将军那里问道："你们是什么人？来这里准备干什么？"

大将军说："我们不是来打仗，是为我们班土马帝的国王来向你们的国王求亲。"大将把他们的来意报国王，国王一听十分高兴，并说："明天吃完早饭就让他们来到我们街上，来我们宫殿里。"

大将军听了不塔拉大将的回话，十分高兴，立刻派人送去五百匹绸缎。不塔拉国王接见大将军，答应了班土马帝国王的求亲，并叫他们择定吉日良辰前来迎娶。大将军又呈上五百匹大象、五百匹大马。

不塔拉国王把成亲的事告诉公主，公主也十分同意。

班土马帝的国王来接公主，公主穿戴整齐，骑上大象背，便向爹妈告辞，父母和女儿，不免伤心流泪。

启程上路，锣鼓喧天，人吼马嘶，走了三天，便到班土马帝，国王见了公主，满心喜欢，人人都惊叹她的美丽。国王为新娶的皇后打扫宫殿，用香料粉刷墙壁，全国老百姓敲锣打鼓，赶摆，大摆筵席。

2

公主与国王结婚后，不知怎么，一天天变得凶悍无比，对前皇后所生的五个儿子随时打骂，每天叫他们五弟兄出去打鱼来给她吃，捉不到鱼，就揍一顿。这样的日子一直继续了半年。

一天，新皇后又对他们五弟兄说："你们去捉鱼吧！捉不回来，当心你们的皮肉。"

五弟兄去到一个河湾上捉鱼，直到天黑也没有拿着半条鱼。

月亮出来了，五弟兄看见水中的月就跳下水去捉月亮，直到深夜，才回家，每人又挨了一顿。

五弟兄不堪新皇后的虐待，难以生存，便准备去死。但如何死，死了变什么，他们各有自己的想法。

老大提出最好是从树上往下跳；老二提出是上吊；老三摇了摇头，提自己的意思是从岩上往下跳；老五阿朗不等老四发言，便抢着说："依我看还是跳水的好，因为跳水既不会摔坏身体，死后还可喂鱼。"

死了变什么呢？

大哥说："我愿变成空气假。"

老二说："我愿变只老虎。"

老三愿变一条龙，老四愿变成一只大雕。

到了老五，他一时拿不定主意，想了半天才说："我愿变一只小白羊。"

兄弟五人走后，第一天不见回来，以后接连三天、四天都不见回来，国王十分着急，下令在全国各地寻找，绝无踪影。

一天，有三个渔夫来报，说在打鱼时捞着了五个尸体，国王一听悲伤不已，便将五个儿子的尸体火葬了！

五个兄弟跳河死后，老五阿朗的灵魂悠悠荡荡地飘到了一个名叫勐巴拉纳西的国家。这时一个农民的一只母羊正在下崽，他使劲用头一撞变成了一只小白羊。它的皮毛像油一样油滑，像银子一样发亮，主人十分喜欢小白羊。

在勐巴拉纳西国，国王有七个女儿，大的六个都已出嫁，只剩下第七个还在家里。七公主长得十分漂亮，国王一心想为她选一个称心如意的丈夫。

一天，国王宣布全国人民集合，为七公主选婿。国王告诉七公主："凡是你中意的，就向他笑一笑。"

这一天所有的青年小伙，都来选婿，都想当上国王驸马，娶得这个漂亮的公主。

国王叫参加选婿的青年小伙子都走到公主面前，可是公主连正眼也不愿去看一看。最后，所有到的人都选完了，也没有选到，只剩下一只小白羊站在那里。公主一见，心中大喜，连忙跑下台去抱起小白羊，抚摸着它美丽的身体，公主的眼睛笑得像初二初三的月牙一样。

国王见公主不选漂亮的青年小伙，却选上了一只小白羊，国王大怒骂道："岂有此理。"

公主不管国王发怒不发怒，即叫宫女用车把小白羊接回家中，用锦缎为它做被褥，每天喂给它柔嫩的青草，公主白天和它玩乐，夜里靠着它睡觉。

自从小白羊进宫，公主每到夜间，一合眼便看见一个年轻漂亮，高大的青年向她唱调，向她求婚。公主一面觉得高兴，一面又十分惊异。

到第四个晚上，她叫宫女们陪伴着她，公主假装入睡。正朦胧间，只见白光一闪，那青年又来了，揭开了公主的罗帐，公主和宫女们看得真切，一把将他抓住，公主气喘吁吁地问："你是何人？为什么深夜进宫，揭我罗帐，定不是好人，你若不实说，便把你提到我父亲处去处死。"

小白羊说："不怕不怕，我是好人，我就是你选婿选中的小白羊。"

公主一听，心里高兴万分，并叫宫女们去找小白羊的皮子。

宫女们嘻嘻哈哈地拿着羊皮去见公主说："啊！这就像我们脱下的衣服裤子一样，合起来就像一张褶裙。"

公主一见，急忙吩咐："快拿去烧掉。"

小白羊忙阻止，才没有烧成。但公主却把羊皮收藏了起来。

3

小白羊没有了羊皮，便变成人，和公主成亲，国王心中高兴，但却引起了几个姐夫的嫉妒，他们天天向国王进谗言，说他"是只羊子，不配和公主结婚。而且由于他的关系将引起国家发生严重的灾祸"。国王心中害怕，便叫他们设计除掉小白羊。

一天，他们向国王献计说："今天叫小白羊上山去活捉一只罗苴①回来赶早饭，否则就杀掉他。"

国王一听很好，便说："你们也同去吧。"

小白羊同姐夫们去到山上之后，他们满山遍野地去找孔雀，都找不着。但小白羊却不慌不忙暗暗向山上的大雕求助，大雕原是他的四哥，即刻捉了一只孔雀送给他。这次没有杀掉小白羊，他们又想出第二条毒计：建议国王叫小白羊去捉一只马鹿回来赶早饭。小白羊不慌不忙走到山上，迎面碰见一只老虎，那二虎原是他二哥，他向它求助，为他捉回了一只马鹿。眼看杀不成小白羊，几个狠心的姐夫又另想了一条毒计，告诉国王："明天叫小白羊去捉一条金鲤鱼回来赶早饭。"国王一听很好，又吩咐小白羊："明天你同姐夫们去捉一条金鲤鱼回来赶早饭，否则我便杀了你。"

小白羊向三哥变成的龙求助，按时捉回了金鲤鱼献给国王。三次都杀不成小白羊，几个姐夫急得暴跳如雷。坏人的意图，三次都没有得逞，总是不甘心。他们又想出一条自认为一定可以害死小白羊的计谋，他们建议国王，叫小白羊在一月之内修成一座九层高的宫殿，瓦要金色的，宫殿里要有一个大池塘。

国王吩咐下去，几个姐夫也同样修宫殿，但国王给了他们好多的工人和设计师，修起来当然很快，不到半月就把宫殿修好。

可是小白羊却一个人天天睡觉，什么也不管，那几个坏蛋姐夫暗暗高兴！

"这回可把你杀掉了。"有的说："刀要磨得快快的。"又有的说："干脆用钝刀砍。"

小白羊听了这些坏人的议论，暗笑他们的残暴和愚蠢，自己冷冷静静不动声色，照常吃饭睡觉，对修宫殿的事不闻不问。公主在一旁却替他焦急万分。

---

① 罗苴：孔雀。

日子过得很快，转眼间一个月过去了29天，小白羊连一根木头也没有动。大家都说小白羊死定了，公主更是伤心。在此同时，几个姐夫却满心喜欢，积极地做杀人的准备。他们派人收拾好杀人的台子，叫五十个彪形大汉去磨刀。

小白羊不理不睬，到了最后一晚，半夜时分，向着天上的空气假祈祷，空气假是他大哥变的，知道弟弟大难临头，急忙设法营救，不然亲弟弟将死于非命。

短时间空气假为弟弟造好了一座九层高大的金光闪闪的宫殿，其中设备样样俱全，比国王提出的要求要高几千倍，比几个姐夫建造的好几万倍。

宫殿造好，小白羊自去睡觉。

这一天夜晚，几个坏蛋姐夫兴奋得睡不着觉，眼看自己的计谋完全可以实现。天刚一发白，便起床做好准备，要杀小白羊。可是，当他们一出大门，却看见一座金光闪闪的高大宫殿耸立在他们面前，比他们建造的漂亮千倍万倍，吃惊得无话可说，面面相觑。

他们千方百计害不死小白羊，仍不死心，又告诉国王要小白羊七天做好一只大龙船，要做得又高又大。

小白羊听了国王吩咐，想起自己的处境，暗暗伤心。几个姐夫四次暗害都全靠四个哥搭救，这次又将怎么办呢？

要做龙船，那只有求助于三哥了。

他三哥（龙）亲自变了一只龙船，头大，尾长，如浩龙一般。水中行走，其快如飞，几个坏蛋惊吓得呆若木鸡。妒火中烧，想用一只大船去撞那只龙船，淹死小白羊。

坏蛋们用五百人驾着大船，小白羊自驾龙船。刚一下水，他们便向龙船猛撞，可是小白羊驾着的龙舟却像海中巨石，一动也不动，倒把大船反击去几十摆远。撞来撞去，龙船活了，变成一条巨龙，掀波助浪，顿时天空黑云密布，雷声大作，来了一阵暴风骤雨。在岸上观看的国王和文武官员吓得魂不附体，面无人色。几次暴雨过去，那大船和那一群坏蛋，被巨龙轧得粉碎。

国王吓得连马都忘了骑，鞋都跑掉了，才回宫里。

小白羊为这一次的胜利深深致谢自己的三哥，然后回宫，悄悄把那张羊皮披上，又变成了小白羊，公主把他藏起来。

一天晚上，国王睡到深夜，突然听见天上叫道："国王，国王！限你四天内飞到天上，如果上不去就要杀掉你。"

国王一听吓得颤颤巍巍，第二天急忙召集众大臣商议。众大臣张目结舌，他们想：国王连树都不会爬，怎么能上天呢？

此时一个老臣搔脑一想，说："此事小白羊定会，何不去公主那里将他找来。"国王一听很好，立即去找，四处不见。眼看到了第四天，国王急得要死，他召集所有军民到广场上准备着死。正在这时，只见一只小白羊慢慢地走进广场。国王一见，心中大喜："小白羊，小白羊，我再也不杀你了，过去的事是我错了，这次你若能替我飞上天上，我把王位让给你。"

小白羊听后，不慌不忙，走出人群，当群脱去羊皮，又变成了一个漂漂亮亮的青年，他紧紧腰带，一跺脚便飞上了天空。国王和全国军民见他这样聪明能干，都敬佩得不得了，欢喜得手舞足蹈。

公主见丈夫飞上天，为了不让他变成小白羊，立刻叫宫女取过羊皮，用火烧了。

小白羊在天空盘旋一阵，迅速飞了下来。众人一见，立刻蜂拥上来，包围着小白羊，欢呼得很久很久。

国王当众宣布："从今后，小白羊就是我们这个国家的国王了。"

军民一听，齐声高呼："万岁！万岁！"

年轻的国王握着皇后的手走上高台，人民看到这一对年轻漂亮幸福的夫妇就是他们的国王和皇后，喜欢得敲锣打鼓。小白羊高声向人们宣布："希望你们没有一个做坏人，不要像那几个坏蛋那样暗害别人，我不喜欢坏人。"他停了一下又说："我的名字叫阿朗，今后你们不要叫我国王，就叫我阿朗吧。"

广场上又是一片欢呼声，在欢呼声中，阿朗和美丽的皇后并肩走回宫中。宫里宫外热闹得像过摆一样，敲锣打鼓，大摆酒席庆贺了七天七夜。

渔夫和螺蛳精

搜集地点：云南省临沧市耿马傣族佤族自治县

从前有一个年轻的渔夫，父母死得很早，丢下他孤零零的一个人。他除了一间破竹楼，一副破渔网和几件破家什外，便穷得什么也没有了。每天，他天不亮就去打鱼，摸黑回来还得饿着肚皮烧火煮饭，常常是冷一顿，热一顿，半饥半饿地过活；他的衣服烂得像他的渔网一样，也没有人补。他常常在撒网的时候，悲哀地唱着调子："渔夫命苦，渔夫命苦！打鱼回家，饭没人做；衣服破了，也没人补！……"

快到过年，有钱人家都杀鸡宰鸭，热热闹闹，而渔夫的家里，却还是冷火熄烟的。他想，快过年了，应该多打点鱼换点菜米回家，便很早地拿起破渔网出门去了。但打呵，打呵，太阳快落坡了，连一尾鱼也没捞着。于是他便悲惨地唱起他的"渔夫命苦"来了。当他最后撒下网时，提起网来一看，网中还是没有一尾鱼，只有一个大螺蛳。渔夫本想把螺蛳丢掉，但一见它很大，便叹了一口气，顺便把它带回家来，放在水缸里养着。

从此，渔夫每天打鱼回来，又多了一件事，就是给水缸里的那个大螺蛳换清亮的水。

有一天，渔夫打了一天鱼，总共只得到四五条小鱼。当他提着渔网没精打采地打开门时，哟，可奇怪了！家里的烟洞还在冒烟，揭开锅盖一看，里面一锅白米饭，上面几样好菜，香喷喷的，这一下，可把他乐坏了，拿起碗就能吃了一顿。

一连几天都是这样。每到他天黑回家，屋子总是收拾得干干净净的，锅里总是有一锅好菜好饭等着他。他心里一面高兴，一面感到奇怪："是哪个好心人帮助了我？"他没有亲戚，以为帮他忙的一定是好心的邻居，于是第二天便非常感激地去道谢："大妈，感谢你们的好心肠，你天天来给我做饭，使我太不好意思了。"

"呀，看你倒装得像呀！"大妈说，"你在哪里去找了一个漂亮的姑娘来，还瞒着我们呢？"

"别开玩笑了，大妈，我找到一个老婆时，也不像这样来麻烦你们了。"渔人以为邻人在开玩笑。

"算了，别说假话了，我们亲眼从门缝中看见她天天给你做饭呢！"

渔人走出邻居的门，心里面感到惊奇，并决定第二天亲自看个明白。

第二天，他照样很早起来，拿起渔网，故意大声地说："今天天气好好呵，一定要多打点鱼才回家。"

他关好门出去后，只在房子旁边转了一转，就回到自家的窗旁，他偷偷地从竹窗往里望，果然看见一个非常漂亮的姑娘，正忙着给他淘米做饭。这时他心里乐得开了花，便急悄悄地打开门跳进房内。那姑娘见有人进来，慌忙丢下东西就往水缸边跑，谁知被渔人紧紧抱住，跑不掉，羞得个面红耳赤。她又是推又是掀，急得双脚乱跳。

渔人也着急得连忙央告："善心的姑娘呵，你天天替我煮饭，整理屋子，我太感谢你了。我一定好好对待你，你千万不要再走了；你走了，我一个孤苦伶仃的穷汉是不好生活的呵！"

那姑娘低头不语，半天才红着脸回答："可怜的阿哥，你放开，我不走了。不过你得永远不要变心，好好地待我啊！"

这样，他们就结成了夫妇，生活得很幸福。渔人每天出去打鱼，不再焦虑没有人做饭了；他的衣服也不再是像他的渔网，而是补得好好的，洗得干干净净的了。从此以后他干活的劲头也大，打的鱼也特别多。妻子在家中辛勤地织着布，渔人再也不愁穿和吃了。

几个月的日子，渔人都在幸福和快乐中度过。

有一天渔人梦见他在河边打鱼,从树林里走出了一个漂亮的女人,她穿着丝绸一样的衣服,脖上手上都带有金圈,她讲话像唱歌一样的好听。她对渔夫说:

"阿哥,你在打什么?"

"打鱼呀。"渔夫回答。

"哎哟哟,何必那么整天日晒雨淋的干什么?"

"不干活吃什么穿什么?!"渔夫大声地反问她。

"哈哈哈,有钱能使鬼推磨,我有的是金子银子,还愁吃和穿?"

渔夫不理睬她,还是继续打鱼。

"好阿哥,我知道你房中有个老婆,她害你整天忙啊,你快和她分手吧,我和你一起去过日子去。我是有钱人家的小姐,我的名字叫姑素。"姑素走近渔夫,娇声娇气地说。

"什么?你快站开吧,小姐!我的网会打湿你的花鞋的。"渔夫听见有人要他和妻子分开,非常生气。因为,他的妻子待他多好呵。

"小哥哥呵,我走开就走开,但我可怜你有个妖精老婆!你以后要被她害死的。"

"你说什么?"

"我老实劝你吧,你的妻子是螺蛳精变的。她长得又笨又丑,她的脚杆弯弯扭扭。"

"啊!这是真的吗?"渔夫很惊慌地问。

"我不哄你,你的妻子是螺蛳精,她生得又丑,又不会唱歌,穷得什么也没有,每天只弄些水藻来给你做菜吃。"姑素说着说着清脆地笑起来。

渔夫想到水缸里养的螺蛳,心里便产生了怀疑,拿着的网便不再丢到河里了。

"小阿哥,你和螺蛳精分开吧,日子久了她会害死你的。"姑素见渔夫有点信她的话,便走近他的身边轻言轻语地对他说:"小哥,你看我的模样比她美丽,我又有钱,你与我结婚吧,以后你会吃不尽穿不完,每天我还唱调子给你听呢！"

于是，姑素便在渔夫的耳边，唱起了歌，唱完一支，又唱一支。她的歌婉转动听，渔夫被她的歌声迷住了，渔网从手中掉进了河里。

"阿哥，你愿意和我结婚吗？"姑素停止了歌唱，甜蜜蜜地望着渔夫的脸问。

渔夫像从梦中惊醒，他这时才开始注意看姑素。发觉她确实长得比自己的妻子漂亮，一身更是穿得好看极了，脖上和手上都带着金圈呢！他的心开始动摇了。

"我怎么和妻子分开呢？"他怯生生地问。

"你就说她的脚长得弯弯扭扭的就行了。"

渔夫闷闷地回到了家，妻子见他不像往天那样愉快，以为是他没有打着鱼，心里不高兴呢，便用好话安慰他。

渔夫见妻子那温和善良的脸，始终没有勇气说出要跟她分离的话，但想起了姑素的话，又像听到姑素在唱歌了，姑素那漂亮的脸、美丽的衣服、闪光的金圈又在他眼前晃动，他的心又动了，终于吞吞吐吐地对妻子说：

"我不……不……不要你了，你……你走吧。"

"什么呀！"妻子惊奇地问。

"我不要你了。"

"啊，你真的不要我了吗？"

"真……真的。"

"为什么呢？"妻子的声音有些颤抖了。

"因为你穷，你长得不美丽，脚杆弯弯扭扭的。"

"啊呀！"她气得几乎昏倒了，半天，她才呜咽地说，"你不需要人照顾了吗？"

"姑素会照顾我的。"

"妈呀！姑素！你造孽了！"她念恨姑素这破坏别人幸福的女人，但一想到丈夫的变心，便决然地说，"好，我就走！"

当她走出门外，又回头对渔人说："假如你还有点爱我的话，你就送我一段路。"渔夫懒洋洋地在后面送她。

她走到后面的池塘边停下来，看了渔夫几眼，然后问："你不要我了吗？"

"不要了。"渔夫摇头。

她往池塘中走去，水淹到她的膝头时，她又掉转脸来问："你不要我了吗？"

"不要了。"渔夫说。

她又往前走，水淹到大腿了，她又回头来问："你真的不要我了吗？"

"真的不要了！"渔夫大声说。

她又向前走，水淹到脖子了，她又掉转头来困难地向渔夫说："你真的决定不要我了吗？"

"真的决定了。"渔夫不耐烦地回答。

她最后淹没在水里去了。

渔夫撵走了妻子，便与姑素成亲。

姑素的嫁妆倒是非常丰富值钱，有花被子，花衣服，全银首饰，还有几罐腌肉，新娘还随身带来了一架黄金提琴。渔夫见姑素打扮得漂漂亮亮，带来的东西多是金的，心里很高兴。但他心里还是希望有一副新的渔网，便说："再有一副新渔网就好了！"

"哎呀呀，要那个东西干吗？"姑素把嘴噘得高高的，鄙视地说，"你去网一辈子鱼，能值到我的一个金镯子吗？"

渔夫只得不开口了。

一个月内，他们的生活过得倒是很痛快，姑素常带着渔夫去丈人家串亲戚，天天都吃醉了转来；姑素每天早晨和傍晚都给渔夫唱最美妙的歌曲，渔夫确实有些沉醉了。

但是，这种生活过不了许久，渔夫心里便闷得发慌。姑素整天一样事也不做，只知道不停地哼哼唧唧，她的歌声不再是那么动听了，这使渔夫感到很厌烦。于是他便又偷偷地拿起丢在床下的那张破渔网，到河边去打鱼去了。

这一天姑素叽叽喳喳地去邻居家游玩转来，见渔夫没有给她做好饭，心里就不高兴，等到渔夫提着渔网回家时，她就气势汹汹地叫道：

"你不在家里做饭吃，却跑出去打鱼，你生来是打鱼的命！我算嫁着你这个穷鬼真算倒霉了！"

渔夫对姑素整天好吃懒做、叽叽喳喳地东串西串早就不满了，这时见她骂自己，便想同她好好谈一谈。当他去补渔网时，姑素又大哭大叫道：

"哎呀呀，你还不给我把那烂网丢出去，那样多的鱼腥味好闻得很吗？你快给我滚出去洗干净了再进来！"

"我就要放在这儿我就不出去。"渔夫实在忍无可忍了，"这个家又不是你一个人的！"

姑素见渔夫这样，加上肚内饥饿没有现成饭吃，便伤心地又哭又闹，睡在地上打起滚来。

渔夫心里很厌烦，便跑出去了，当他晚上回家时，家中黑洞洞的没有声息，点起灯一看，哟！姑素不见了，家里面的那些漂亮摆设也不见了，满屋子都是泥土和雀儿毛，只有他那张破渔网，还静静地堆在地上。

原来姑素是麻雀变的，难怪她整天叽叽喳喳呢。

看见屋内空洞洞的，渔夫便伤心地哭泣起来。他想到原先善良勤劳的妻子，便跑到后面池塘里一声声地呼唤起来。但月光下的池塘平静得如一片银镜，没有一点回声，只有塘边的青蛙回他："苦哇苦哇！"他更着急地大声呼唤着。

这时睡在他身边的妻子被他唤醒了，忙推着他问什么事。渔夫醒转来，忙翻身爬起，他望着妻子正在旁边笑呢，才知道自己做了一个噩梦。

从此渔夫更爱自己的妻子了，他们两个辛勤地劳动，过着美好幸福的生活。

大象和毒蛇

搜集地点：云南省临沧市耿马傣族佤族自治县

在深山老林里，住着一只大象和一条毒蛇。大象认为自己力气大，应该是山中之王；毒蛇也认为自己了不起，应该统治全山。

一天，它俩在路上碰着了，毒蛇把头昂得高高的，慢吞吞地对大象说："你要听从我管！"大象听了十分生气，就大摇大摆地走了过去，毫不理睬它。这一来便激怒了毒蛇，它猛地上来就往象腿上一口咬去，哪知象腿上的皮又粗又厚，不但咬不进，反而被大象一脚踢得老远。大象赶上前去准备伸起脚来踩死毒蛇，毒蛇吓得慌忙跑进洞去了。大象进到洞口，没法再追，就在洞口守着毒蛇。等了又等，毒蛇还不出来，大象等得不耐烦了，但是不踩死毒蛇又不甘心，于是它就用身子封住洞口，躺下来睡觉，谁知毒蛇咬不进它的厚脚皮，却咬得进它身上的皮，蛇在洞里咬了大象一口，大象便中毒死了，大象死在洞口，堵住了蛇的出路，蛇也被闷死在洞里。

莫牙①的故事

搜集地点：云南省临沧市耿马傣族佤族自治县

有一只饿虎在山林里找东西吃，走累了，就在一个山洞口躺下来睡着了。忽然有一只大蟒蛇从洞里探出头来在它颈上咬了一口，老虎便中毒而

---

① 莫牙：傣语，即"医生"。

死,这时,来了一个莫牙,看见老虎中毒死了,很不忍心,就仁慈地给它敷药解毒,把老虎救活了。

这只死而复活的老虎,见有个人站在自己面前,乐得直跳,便张牙舞爪,吼叫着说:"你来得正好,我今天还没有吃早饭啦!"莫牙慌忙解释:"你被毒蛇咬死了,是我把你救活过来,你不感我的情,还要吃我,太不讲理!"老虎强辩说:"我哪里会死,分明是我睡着了,你还敢撒谎,我非要吃你不可!"于是,它又一张开大口向莫牙逼来。莫牙见申述无效,只好说:"好吧,你不承认,我们去找人评评理,如果人家都说你该吃我,那我就规规矩矩让你吃掉,死也甘心。"老虎一想,找人评理自己不会吃亏,反正早迟都要吃掉这个家伙。就答应了。

他们往前走去,遇到一匹马在田里吃草,莫牙就对马说:"老马,请你评评理,我救活了这只老虎,它反而要吃我,你说这成理吗?"老虎赶忙说:"他哪里救过我,刚才分明是我睡着了,他硬说他救活了我!你说我该不该吃他?"说完,就鼓起眼睛要吃莫牙。马听了心想:"人总是骑我,用鞭子打我,我要报复一下。"于是它就说:"当然是老虎有理,人哪里会救老虎,分明是你撒谎。"老虎听了十分高兴,说:"这回你总该让我吃你吧。"莫牙一听非常着急,一看前面有一条牛,就说:"你别忙吃我,再找牛大哥评一次理,如果我输了,再给你吃不迟。"于是,他们又去请牛评理。牛一听,心想:人要我犁田不说,有时还不给我吃足水草,我这回要报复一下。莫牙又输了。老虎张牙舞爪正要吃他,这时前面跑来一只小白兔,莫牙忙哀求道:"等一等,我们再请小白兔评一次理,我再输了一定让你吃我。"老虎答应了,他们又找小白兔评理。小白兔是公正而有智慧的,听他们各自把道理说了一遍,心里已经有了主意,就说:"你俩说的话,都有道理,但是你俩说的话我都没有见过,不知真实情况,你们最好领我到原处去看看。"于是,他们一起,又来到山洞口,小白兔便叫老虎依然躺在原处,老虎一边睡觉,一边想道:这回我总要吃掉莫牙了。想着想着,忽然洞里的大蟒蛇又溜出来在老虎颈上狠狠地咬了一口，老虎便立即中毒死去了。

西屯蒙龙和七仙女

搜集地点：云南省临沧市耿马傣族佤族自治县

小姑娘们和小伙子们，

请静静地坐好，请好好地听。

让我讲一个好听的故事：那是西屯蒙龙和七仙女的爱情……

1

老人们告诉我，天上的皇宫里，住着七个像金花一样美丽的仙女。天王的家规很严，七姐妹就像小鸟被关进笼子里一样，行动很不自由。七个姐妹中，数七妹最漂亮，最聪明，也最调皮。她向往着人间自由自在的生活。有一天，调皮的七妹劝六个姐姐："姐姐们啊，这样的日子谁还耐得住，我们不如背着爹妈，偷偷地跑出皇宫，飞到人间去玩一趟。"

大姐胆小怕事，小声说："不要胡思乱想，阿爹知道了怎么办？"七妹接上嘴说："怕什么？我们快去快回，保险不会被人发现。"

于是，七姐妹打扮得漂漂亮亮，装上了翅膀，像七朵彩云徐徐飘向人间。她们落在勐拉河畔①，来到了一处僻静的河湾，七个姑娘脱掉了翅膀和衣裙，像鱼一样在水里游着。

2

在勐拉河边一个房子里，住着一个贫苦的青年人，名叫西屯蒙龙，他

---

① 勐拉河在云南省金平县。

从小死了爹娘，全靠打鱼过日子。因为生活贫困，讨不起老婆，长到二十多岁还是个单身汉，只有一只灰狗做伴。这一天他吃过早饭，打算多钓上几条鱼，就引着灰狗往僻静河湾里走来。

西屯蒙龙走进河岸边，因为走得急，脚步声嚓嚓的响，早已惊动了正在洗澡的七个仙女。仙女们听到声响，急忙穿上衣裙带上翅膀，"咻"地飞向天空去了。西屯蒙龙远远地望见七个长翅膀的姑娘从河滩上飞走，惊得瞪着眼睛呆呆地站了好久才清醒过来。他想：说不定明天、后天，这群仙女还会再来呢！于是第二天，吃过早饭，他就跑来躲在一个刺丛里，两只眼睛巴巴地盯着河心。但一直等到太阳落山，也不见一个人的影子。第三天他又来等着，除了有几只点水雀贴着水面低飞，激起一圈圈的波纹以外，还是不见七个仙女来到。第四天、第五天、第六天都是这样。西屯蒙龙几天不钓鱼，所存积的一点粮食吃完了，但他一想起七仙女的美丽，就决心无论如何都要等着见她们一面。第七天，他饿着肚子又到刺蓬里去等着，正等得着急，忽然天上出现了几朵手帕一样的彩云，由远向近处飘来，越飘越大，近了一看：不是云呵，就是那天远远看见的那七个仙女，七个仙女像棉花一样，轻轻地落在沙滩上，然后脱了雪白的衣裙，解下光彩夺目的翅膀，轻捷地跳进了河里，游向河心去了。西屯蒙龙看见七仙女长得最漂亮，等到她们游进深水的地方以后，他就悄悄跑到沙滩上，把七仙女的花翅膀偷走，藏了起来。

太阳偏西了，贪玩的仙女们一直游到尽兴才爬上岸来，各自穿起衣裙，系上翅膀。七妹是最后一个上岸的，她穿完雪白的上衣和青色筒裙，才发现翅膀不见了。这时，西屯蒙龙微笑着向她走来。六个姐姐见有生人来了，"轰"的一声，像箭一样飞回天宫去了。七妹见姐姐都飞走了，面前站着个小伙子，又着急，又害羞，马上伤心地哭了起来，西屯蒙龙连忙安慰她说："香花一样美丽的姑娘呵，你不用害怕，你的翅膀是我拿走了，因为我想戴这朵花，如果你愿意，就随我回家去，如果你不愿意，我可以还你的翅膀。"西屯蒙龙又把自己的身世告诉了七仙女，他请求七仙女去做他的伴侣。

七仙女见西屯蒙龙为人老实，又长得漂亮，也很喜欢他，想到天宫的无聊与寂寞，她答应给西屯蒙龙做妻子。从此呵，好像枯树开红花，西屯蒙龙的生活变了样。他打鱼回来，七妹就把家务料理得有条有理，把竹楼打扫得干干净净。虽然这里没有天宫那样堂皇的宫殿住，没有天宫那样好的鱼肉吃，却可以自由地唱歌，跳舞，丈夫对她又好，凡事有商有量，夫妻俩的日子过得比蜜多萝还香甜。

3

日子过得很快，转眼又是一年，他们有了一个儿子，长得又白又胖，这给他们带来了更大的欢乐。

几年过去了，七妹的孩子也能在院埧里玩格啰了。他们的生活过得很幸福很自在。但七仙女时常想起六个姐姐，想起姐妹们往日在一堆玩耍的情景，她决定要飞回天宫去看一看姐姐们。但是又怕丈夫舍不得她走，说出来一定会引起丈夫伤心。于是，她决定，趁丈夫出门钓鱼的机会，一个人飞上天宫，探看姐姐。

主意打定，她从箱子底下翻出保存的好好的花翅膀，装在两膀上，"格格"地飞向天宫去了。

七妹兴冲冲地飞回天宫，她以为可以和姐姐们团聚，然后请姐姐们再劝说父王答应他们的婚事。哪知她走进天宫，就被看管起来了，天王听说她嫁给了地上一个穷苦的渔人，气得脸青手抖，无论如何不答应，硬要逼七妹在皇亲国戚中另嫁一个。她哭死哭活地哀求，天王还是不答应。

4

画眉在阳光底下唱歌，
夜猫子在森林里窥视，
年青人呵，世上还有坏人，
你不要闭着眼睛过日子！

西屯蒙龙回到家里，不见了七妹，只见孩子哭哭啼啼。他正在向房邻打听七妹的消息，忽然一阵狂风，把孩子卷到天空去了。原来天王为了断绝七仙女回来的念头，又派人把孩子带走了。西屯蒙龙只听见天上有人大声吼着，"天王不准你和七仙女结婚，把她和孩子都召回去了。你另外找个老婆吧。"

勇敢的西屯蒙龙听了，仰面朝着天空大哭起来。他大骂天王无理，拆散恩爱夫妻，他要找天王讲理。正当他悲伤着急的时候，平常和他形影不离的那只灰毛狗，忽然汪汪地向他吠起来。狗说，它知道天上的路，愿意带他去找七仙女。能找回美丽的妻子多好呵！于是，西屯蒙龙带上干粮，由灰狗引路，向天宫去了。

他们爬过了七十七座高山，蹚过了七十七条大河，有一天，来到一个大石洞口，往里面一看，黑洞洞的。原来，它是一个魔鬼的嘴巴，当你一走进去，它就会把嘴合拢来，把你嚼得粉碎。西屯蒙龙望着吃人的魔鬼的嘴巴，一想着：不经过这里又没有别的路，难道就这样停止前进了吗？不，他想念着妻子和孩子，决心拼死也要过去。他和狗商量办法，狗说："我们去摘些酸果给山鬼吃，把它的牙齿酸得没有力了，然后过去就行了。"西屯蒙龙依了狗的主意，这时，芒果真是青皮子，没有成熟。他摘了一背篓芒果，丢在山鬼的嘴巴里。果然，那石洞一般的嘴巴一张一合，"喀嚓喀嚓"连皮带骨地吃起来了。过了一阵，芒果吃完了，那大石嘴巴也酸得停住不动了。狗又叫西屯蒙龙抓住自己的尾巴。狗跑得快，带着西屯蒙龙箭一样地穿过了大石洞。

他们又走了很多天，穿过了七十七座森林。森林里黑漆一片，阴森怕人。西屯蒙龙哪管得这一些，找妻子要紧，仍然赶他的路。走得太久了，他带的干粮早都吃完了。起初，他一路摘些无花果，光滕果，或挖些"山羊头"和野菜根来充饥，但是吃多了，肚皮胀得像个鼓，四肢没有气力。有一天，他终于在路边倒下来了，想爬也爬不起来。

灰狗见西屯蒙龙饥饿倒了，就对他说："前面不远就快到天宫了，你把我杀了吧，吃了我的肉你就有气力赶路啦！"

西屯蒙龙说："不行，我怎么忍心杀你呢？宁愿我饿死也不能去吃你的肉！"

灰狗又说："你不杀我，我早迟几天也会饿死的，杀了我，我们两个只死一个，你也可以找到你的妻子和孩子。"无论灰狗怎样哀求，西屯蒙龙都不答应，他说："要饿死，我们死在一起！"

这天晚上，他们就在路边过夜，西屯蒙龙饿得迷迷糊糊的，忽然听见"叽叽嘎"的声音，睁开眼睛一看，原来是两个红发小鬼在那里争夺弩箭。他们偷了天宫里的三支神箭，想用来射牛射马吃。三支箭，两个鬼分，哪里分得均？你争我吵，闹个不休。西屯蒙龙看得清楚，就翻身坐起，大喝一声："你两个跟我搁着！"两个小鬼听见喝声，吓得丢了神箭，抱头鼠窜而去。

西屯蒙龙不但会打鱼，还是个好猎手，射得一手好箭。有了这三支神箭，第二天就猎到了一只鹿子。他和狗大大地吃了一餐，气力来了，又赶路，从此有了神箭，要啥射啥，百发百中，他再不发愁没有吃的了。

他们又走了几个月，来到了天边，这里有一棵望不见巅的大树，西屯蒙龙攀着大树的枝丫，蹬着树疙瘩，朝树梢爬去，爬了九天才爬到树顶，仰头一看，虽然看见了金晃晃的天门，却还远得很。只恨自己没长一双翅膀，怎么办呢？他咬了咬牙，心想："即使死了，我的魂也决不走回头路！"他看见树枝上有三只小孔雀在那里吱吱地唱，就向孔雀问路，小孔雀说："你不用着急，我妈明天要上天宫去找肠子吃，那里天王正在为七仙女办婚事，你躲在它翅膀下面就能上天了。"话刚说完，眼前忽然变得漆黑一片，大风呜呜地吹，原来是孔雀王飞回来了。它大得惊人，两翅一伸，像两片黑云，把阳光都遮住了。孔雀王落在大树上过夜，夜里，西屯蒙龙就悄悄钻进鸟王的翅膀下面，像一只蚂蚁钻进人的头发一样，两手抓住了两片金羽毛。第二天，随孔雀王飞上天宫去了。进了天门，脚下银河水哗哗地响，西屯蒙龙往下一看，银光射得他眼睛发花，他手一松，就掉进银河里去了。幸好他会游水，没有淹死，他从河心游到岸边，坐在一块石头上休息，这时，河滩上来了许多穿白衣裙的姑娘，像一群白鹤鸟一样，扛着竹筒，到河边打水。他上前去一打听，原来这些都是皇宫里的女仆哩！仙女们听说他历尽艰难来寻找他的妻子七仙女，都很同情他，愿意尽力帮助他找妻子。靠着仆人的帮助，当天晚上，一对夫妻终于相会了。七仙女眼泪像一条小河流个不尽，西屯蒙龙的心也像有千把刀扎一样痛，后来两人决定，一起去向天王讲理。

5

两条奔腾的河流呵，

终于要汇入大江，

两支勇敢的金雀呵，

终会配成双。

西屯蒙龙和七妹进天宫见天王，天王见了，开口就骂西屯蒙龙"是哪里来的穷光蛋！"要把他撵出宫去。正在这个时候，西屯蒙龙的孩子从后宫里跑了出来，扑向西屯蒙龙的怀里，一边哭，一边连声叫"阿爹"。七妹也哀求天王，准许他俩的婚姻。天王见两边的大臣们也同情这对夫妇，就想出了一个主意，他对西屯蒙龙说："你既要做我家的女婿，一定要有本事才行。皇宫门口有棵金芒果树，你能摘下七个芒果来，我便让你做女婿。"

原来这棵树有五千庹[①]高，光刷刷的，西屯蒙龙听了，走出宫门。他光着脚板，双手抱着树干，像松鼠一样往上蹿，不一会就到了半腰了。他停下来，喘口气，天王眯着野猪眼，以为他一定上不去了，正在暗中高兴，忽然见他摸出神箭，"当"的一声，七个芒果正好落在大王的脚背上，惹得大家哈哈地笑个不停。

天王又说了："你是庄稼人，一定会管牛，我家有九千条牛，九千根牛

[①] 庹约五尺。

椿，限你一夜工夫，不点灯，把九千条水牯牛，条条拴在牛椿上，拴得对，便认你做女婿，拴错了一条，你便回你的人间去。"

西屯蒙龙正在着难，七妹却趁黑夜从宫里出来，帮着他拴牛，天上的萤火虫，也成群的飞来为他照亮。第二天早晨，天王跑去一看，条条拴在牛椿上，就又出了个主意："限你一个早上，把三斗芝麻撒在三十亩地里，每亩三颗，一颗不多，一颗不少，办得到就认你做女婿，办不到，你就会回人间去。"

西屯蒙龙是农人，七妹手又巧，他们半个早上，便把这件事情办完了。但天王又说："今天不宜栽种，限你们晚饭以前把三斗芝麻拾回来，一颗不多，一颗不少！"

这可把西屯蒙龙难住了，怎么办呢？七妹叫他不要急，她放开嗓子召来了天上地下所有的雀鸟，不到半天工夫，便把三十亩地的芝麻种通通捡了回来。天王没法，只好答应把七仙女嫁给他，他带着七仙女和自己的小孩，又回到了人间。从此，他们又过着勤劳幸福的生活。

张公钓鱼

搜集地点：云南省临沧市耿马傣族佤族自治县

从前有一个人名叫张公，他每天都到河边钓鱼。他的钓鱼钩不是弯的，而是直直的。有一天，一个卖柴的人路过这里，他看见张公的直钓钩，觉得很奇怪，便问张公为什么要拿这种钩钩钓鱼呢？张公对他说："这样钓很好。"卖柴的人听了不觉会哈哈大笑，并对张公说："你真太笨了。"张公听了也不介意，只是微笑着对卖柴的人说："你认为我是笨伯吗？我看你今天倒要碰着晦气呢。"卖柴的不以为然，便挑柴走开了。

卖柴的走了一阵，便见前一个小娃娃坐在路边玩耍。说也奇怪不知怎的，他的柴担从肩上滑了下来，正落在小娃娃身上，把小娃娃打死了。这时他心里非常害怕，也才知道张公是一位得道的奇人。因此，他便转回去找张公，表示愿意和他做朋友，并请张公帮助他救活小孩。张公都答应了，就陪同他去救已死的小娃娃。可是小娃娃已经压坏了，不能再救活。张公便用木头雕成一个小娃娃，口中念动咒语，向木娃娃吹上一口气，于是小娃娃便借着这木雕的身子活了过来。从此他们两人便成了好朋友。

再说，在他们居住的国家里出现了一只母狗精，白天里它变作一个漂亮的姑娘到处游荡，晚上却化为原形到处吃人。一天国王出猎遇见了这母狗精变作的美女，便把她带回宫里做他的妻子，十分宠信。国王也渐渐昏庸起来，纵情享乐不理政事。母狗精要什么，国王总千依百顺地设法给她办到。母狗精白天蛊惑国王，夜里就大噬宫人，后来也开始吃京城里的百姓。大家都感到恐怖，然而始终找不出原因，也想不出良好的防止办法。

国王有一个大臣名叫宝神湘。他算出国王的妻子是一条吃人的狗精，但因为国王正受着她的迷惑，不但不容易听从忠谏，反而会因此招来横祸。因此，他请了一些臣民到家里商议：如何使国王相信他妻子是吃人的妖精。原来母狗精的耳朵是听得很远的，不论在任何地方只要讲到她，她不但听得清楚讲的什么，就连讲话的人也都知道。这天，她听到宝神湘要设法治她，她便想出了一个先发制人的毒计。于是，她装起病来，而且病得那么厉害。国王见她病了，很着急，忙请御医来给她诊病下药。但她拒绝了，并且说任何药治不好她的病，只有吃"五龙肝"她的病才能痊愈起来。于是国王召集群医问："什么叫五龙肝？又要到什么地方才能找到？"群臣明知这是王后（多数人还不知她是妖精）设下陷害宝神湘的阴谋，但是由于国王迷惑于她，因而不敢进谏，却又不忍心看着无辜的宝神湘受死，所以彼此面面相觑。最后还是宝神湘挺身而出，坦然地说道："王后所要吃的五龙肝，就是我的心，现在让我回家和妻子儿女嘱咐一番，便回来把心挖给她吃。"国王原本是爱怜臣下的，只因自母狗精蛊惑以后，便性格心情变得暴突残忍了。这次他非但不阻止大臣宝神湘剖胸挖心，反而怕他逃跑，派了卫士跟着他回家。

　　宝神湘回到家里，便把狗精要吃他的心这事告诉了妻子和两个儿子，他们听了都痛苦起来。宝神湘安慰他们说："不要紧，只要你们用糯米做成一个像心一样的糕，当我把心挖出时，你们就将这糕塞进我的胸腔，然后缝起来，只要三天之内没有人向我提到没有心的事，我就会安然无恙了，我所说的这些话切记照办。"他的妻子为他做好了糯米糕心，父子三人就往朝廷走去。长子捧着米糕心在前，次子拿着针线跟随左右，到了国王面前，他就剖开了胸膛挖出心来交给国王。长子立刻将米糕心塞进父亲的胸膛里，次子很快地就把伤口缝好了。他俩将父亲扶上马，牵着辔头缓缓归家。

　　在路上他们看见一个卖菜的女人。迎面走来，肩上担着菜担，口里只顾叫"买'无心菜'，买'无心菜'"，两个儿子正准备躲开她，卖菜的女人已经走到宝神湘的马前。她对着他大声地喊道："菜无心还能活，人无心能不能活！"他的儿子正想把这女人推开，可是他们的父亲却从马上跌下来，七窍出血，一命呜呼了。他俩抱尸痛哭，等到收泪起身捉拿卖菜女人时，她已经无影无踪，没奈何他们只好将父亲的尸首驮上马背，一路哭诉回家。路上的行人看了，没有不惋惜这个忠直爱民的惨死的大臣，而切齿痛恨王后（他们还不知道她是妖精）和埋怨昏庸的国王。原来卖菜的女人也是母狗变来害死宝神湘的，她怕他三天之后不死，终于是后患。因此下毒手治死他。

　　自从宝神湘死后，母狗精认为从此再没有人知道她的底细了，因而召来了她的小狗精到处吃人。从此吃的人比以前更多了，吃不完的尸体也是满宫廷、满京城到处狼籍地摆着。全城的人都感到十分惊恐，国王和他的臣子们也忧郁不安，但是总找不出原因，想不出办法。恐怖笼罩了这个京城和整个国家。以前曾被宝神湘因召集会议的一些臣民虽然知道王后是妖精，然而无凭无据也不敢说出来。他们只好私下四出访问有道行的人来京城治妖。

　　一天张公来到京城的河边钓鱼，看见一群群的人抬着尸首从桥上过去，哭送的声音真叫人惨不忍闻。张公诧异，便问路旁的一位老人："是不是这里有过兵灾或可怕的传染病流行？"老人摇头叹息，把事情原原本本告诉了张公。张公立刻收起钓竿来到宫廷门外对卫士说，他有要紧事要见国王。国王召见了他。他仔细端详了国王的气色，突然吃惊地说道："国王，你受了妖精的蛊惑，这妖精就是你的王后。它害了你的宫人，害了京城的臣民，也还要害你的国家！"国王自从宝神湘死后已经厌恶王后，以人心做药吃的做法太奇怪太不忍心了。这时听得张公说她是妖精未免心里也有些狐疑，但一时也难确信。正待要问张公如何辨别王后是妖精，又如何治法，突然王后率领了她的仆婢（其实都是些小妖）闯进殿来，说他妖言惑王，要杀死他。张公立刻脱下草鞋在地上画了个大圈子，王后和她的仆婢都近不得他的身。她们只能围在围子外面咒骂他，同时要国王立即命武士杀死张公。这时群臣和武士听说这事都赶上殿来，京城里的百姓也有很多人集在殿下，正在争论不休。万分紧急的时候，冷不防张公提起草鞋向王后迎头打去，王后立刻现了原形，变成一只狰狞的母狗，她的仆婢也哮吼一声化作一群各色各样的狗子、小狗子，凶猛地向张公、国王和臣民扑来，于是武士们拔出刀将这些妖精杀死。殿上摆满了这些死狗尸。一阵惊嚷过后，大家都欢呼感谢张公为他们除了妖害。国王也愧悔得落下泪来，他要求张公做他的大臣，帮助他治理国家，并且赐给他许多金银珠宝。张公都一概谢绝了，他告诉国王从此要勤政爱民，关心人民疾苦，自己的生活也要节俭，决不能荒淫奢靡。国王哭说道："一定要痛改前非！"于是张公辞别了国王和臣民依旧回到河边钓鱼。

张公去后，国王和臣民哀念冤死的大臣宝神湘，因而为他立碑纪念，并且任他的儿子继承父职治理国家。同时，国王也确实一改前非和他的臣民勤勤恳恳、兢兢业业地办理国事，全国此后也就过着安乐生活了。

唐弩镇堕①

讲述者：苍早
记录者：云南大学民族民间文学工作组
翻译者：苍早
搜集地点：云南省临沧市耿马傣族佤族自治县孟定镇遮哈村委会

  有一个领主，名叫唐弩镇堕。有一个很漂亮的姑娘，许多人都想娶她，有从别地方来的十一领主都来讨姑娘。姑娘的阿爹不知给谁好，就堆了一大堆石头，拿出一些弓箭，叫他们用弓箭去射石头堆，谁打破了它，就把姑娘嫁给谁。十一个领主都拿着弓箭去射，各人都射了一天，谁也没有打破这石头堆。

  忽然来了一个阿郎，也来讨这个姑娘。姑娘一见这阿郎高兴极了，就叫阿郎去打破石头堆，打破了就和他结婚。姑娘阿爹不相信，说那十一个人都没有打破石堆，这样一个小青年还能打破石头堆吗？姑娘一听阿爹的话，笑了，她偷偷地把阿爹的神弓神箭借给阿郎，阿郎拿着神弓神箭对着石头堆射去，立刻把石堆打破了。领主一见决定把姑娘嫁给阿郎。

  失败了的十一个领主见阿郎获胜要娶这个姑娘，他们又羞，又恼，气极了，不甘心，计划着要害死阿郎，要把阿郎打死。阿郎知道了后，立刻飞走了。姑娘一见阿郎飞走了气得直哭。

  那十一个领主看见阿郎飞走了，又来讨这姑娘，一定要娶她。如果不给就要打仗，要把什么都毁坏完。阿爹不服，结果打起来。阿爹因为有神弓神箭，那十一个人打不过。同时，阿郎在天上放一阵响雷来帮阿爹，把这十一个人都打死了。十一个领主的随从们回去报告了消息，他们知道领主已经打死了，好几万人一起投降了阿郎。阿爹一见这种情况，于是把神弓

---

① 弓箭。

神箭和一双飞鞋都送给了阿郎,并叫阿郎接位当领主,把全部牛羊马等财产什物都给了阿郎。

阿朗康姆纳

讲述者:石秦辛
记录者:余战生
翻译者:刀国才
搜集地点:云南省临沧市耿马傣族佤族自治县孟定镇下城村

有一个国家叫勐藏巴纳过。那里官家没有儿子,只有一个非常美丽的姑娘。官家为了给他女儿找一个丈夫,就下令打开大门,不分贫富叫小伙子们都来串,好让姑娘自己挑选。但这样过了好久,姑娘对这些小伙子一个都不喜欢。

那个国家里有一个富人的儿子,叫拉麻地。同时还有一个穷人的儿子,这穷人的儿子,父亲很早就死了,家里穷得连衣服都没穿的,只有用筒壳来做,因此大家叫他阿朗康姆纳。他天天上山打柴,以此为生。有一天拉麻地来约阿朗去串官家的姑娘,但阿朗不肯,说:"我是穷人,他们是有钱人,我害怕,而且我连衣服都没有穿的。"拉麻地劝阿朗道:"我有钱,不要怕,只管跟我去。"于是,晚上两个人就一起去了。到了那里,拉麻地进到姑娘的屋里面去,却叫阿朗在门外等他。这情形被姑娘看见了,就问拉麻地:"跟你来的是谁?"拉麻地回答:"那是穷人的儿子,虽然样子好看,但是一点钱都没有,衣服也没穿的,所以害羞不敢进来。"姑娘听说,就派人去硬把阿朗拖了进去。姑娘一看见阿朗心里就爱上了,马上给了一套衣服给阿朗,阿朗穿起衣服更加漂亮了。姑娘看了,更爱阿朗,于是跟阿朗在一起讲话,理都不理拉麻地。拉麻地心里很不高兴,就起意想害死阿朗。

过了不久,拉麻地又来约阿朗到远处去做生意。阿朗说:"我们穷,我走了，我妈连饭都没吃的，我不去。"拉麻地说："你不要急，我给东西给你。"两人就一起去了。到了屯发桑明，拉麻地早知那里有豹子，就假装口渴，叫阿朗去找水。等阿朗走后，他就悄悄溜回家去了。

阿朗到处找水找不到，一直找到了豹子洞里，豹子看见他就问："我的儿，你从哪里来？"阿朗回答："我跟有钱人的儿子一起从我们国家来。他要吃水，要我来找给他吃。"豹子说："你找不着的，你还是帮我看守好你的豹子弟弟，我去找来给你。"豹子出去不久就回来了，摘了很多水果给阿朗吃，并告诉他拉麻地已经回去了，叫他就住在这里不要回去，当她的儿子，看守好豹子弟弟。于是阿朗就那里住了下来。过了十天阿朗想回家了，告诉豹子妈妈说："我妈一个人在家里，没人招呼，我不回去她就没有吃的。我现在想回去了。"豹子妈妈听说，拿了一个宝给他，叫他回去。那个宝能看见十六个国家的任何事情，而且想要什么就有什么。阿朗就拿着宝回家了。阿妈看见阿朗，问他到哪里去了，这么久却不回来。阿朗把经过情形告诉了阿妈，从此，阿朗有了宝贝，家里生活就不困难了。

拉麻地知道阿朗没有死，又来约他去串姑娘。阿朗不肯去，拉麻地把他硬拖去了。到了那里，拉麻地进去，阿朗仍是在外面等他。姑娘问拉麻地："阿朗为什么不进来？"拉麻地说："他穿得不好，不敢进来。"姑娘听了大骂拉麻地，说："你心不好，约人家来，又不叫人家进来。前些时又哄我说他叫豹子吃了。我今天想睡了，你们两个都回去吧。"拉麻地只有回去。从此，想害阿朗的心更切了。

拉麻地又想了一个毒计，他在屯发桑明找到了一个大洞。上面用干叶子盖好，一点不露痕迹，回家后又去约阿朗，叫他一起到一个远远的地方串姑娘，那里的姑娘比官家的小姐还好看得多。阿朗不肯去，拉麻地哄他说是早去早回，没有关系，就拉着阿朗去了。晚上两人走到屯发桑明，快近洞口时，拉麻地叫阿朗先走，阿朗一走，踩到洞口就掉了下去。这个洞里住着老龙，阿朗掉下去，鬼就把阿朗抱到花园里面。花园是老龙的，有一对老夫妻在看着，鬼就把阿朗交给了老夫妻。阿朗从此就在花园里住下来，并做了老夫妻两个的儿子。

两个老人天天都要送花给老龙官家，这天老大爹又去送花，就告诉官家："我们家来了个人。"官家听说，很惊奇，对大爹说："我们这里世世代代都从没有'人'来过，你快去叫他来。"老大爹连忙把阿朗喊来。官家见了阿朗问他为什么来到这里。阿朗把自己的经过告诉了官家，官家看见阿朗长得很好看，就把阿朗收作儿子，并给他盖了间房子。阿朗在那里住了三十多天，又想阿妈了，便对服侍他的人说他想回家，家里阿妈眼睛不好没人招呼，服侍阿朗的人告诉阿朗："官家给你钱和马都不要要，你只要飞刀、弩子和宝贝三样。"阿朗就照样把这些话对官家说了。官家就让阿朗带着他要的东西回家。

阿朗回到家里，阿妈看见他就大哭起来，说："拉麻地说是你掉进洞子里死了，现在怎么又会回来？"阿朗把他的经历讲给阿妈听，并叫她不要对人说。

阿朗去到拉麻地家，拉麻地故意装着不惊奇的样子问："你回来了？"阿朗说："回来了！"拉麻地又约阿朗去串姑娘。到了姑娘家，姑娘又大骂了拉麻地一顿，说他心不好想害死阿朗，拉麻地听了羞愧难当，只有拉着阿朗回去。

一百零一个国家听见勐藏巴纳过官家的姑娘很漂亮，就约起来讨，不给就要打仗，并调了很多队伍，把勐藏巴纳过包围起来，勐藏巴纳过的官家不肯答应一百零一个国家，说是"人多不好分配"。于是一百零一个国家就派兵进攻。勐藏巴纳过打不过他们，官家急忙召集八百万办事人一起商量，准备找一个能打仗的人。就派人敲起大铓，满街去喊："谁能打败一百零一个国家，就可以娶官家的姑娘。"拉麻地听了连忙跑去应征，他跟一百零一个国家交战的结果，拉麻地被砍死了，勐藏巴纳过又打了败仗。

官家看到自己老打败仗，就说："没有人再打得过他们了，我们只有投降。"姑娘听说，连忙去跟她的阿爹说："有一个人叫阿朗康姆纳，他一定能打败一百零一个国家。"官家派人去跟阿朗说:"你去帮官家打仗。打胜了,官家就把他的姑娘和土地都给你。"阿朗回答:"我们穷人一样东西都没有,叫我拿什么去打?"派去的人不断地央求阿朗,阿朗才答应了。

阿朗换好衣服,带上武器,漂亮得跟西假一样。到了官家那里,只坐了一下,马上就飞到天上去,用他的弩子不断地向敌人射去。一下天都黑了,太阳也看不见。一百零一个国家怕得不得了,阿朗又从天上下来,拿出豹子给他的宝贝,一念咒,出来很多豹子,逢人便咬,一百零一个国家大败而逃,只好投降。

勐藏巴纳过打了胜仗,阿朗就跟官家的姑娘结了婚,官家把土地交给了阿朗,他们夫妻俩就一同管理国家。

阿龙·巴索万

翻译者:康摆牙
记录者:陈郭、唐笠国
搜集地点:云南省临沧市耿马傣族佤族自治县孟定镇罕宏村

从前有一个房子,这个房子别的什么也不搞,只以捕鱼为业。寨子共有五千家,阿龙从天上下凡就投生在这寨子的一家。阿龙生下来就长得顶乖,可是他双亲很穷,靠打柴为生,小孩就这样的养大。到了六岁,阿龙的父亲死掉了,母亲很悲伤,小孩谁来扶养呢?母亲有时对小孩说:"我们穷得不得了,父亲又死了,又没有人打柴火出卖,谁来养活我们。"母亲常常掉泪。

又过几年,阿龙的母亲又死掉了。小孩孤零零的,很可怜。阿龙唱:

"我的悲伤还未了

无姐无妹

父亲死,

独零零一个,
新的悲伤又来到,
叫我怎过活。

"母亲又死掉,
无依无靠,
父亲母亲啊!
谁来管我?
眼睁睁丢下我,
别人有爹有妈,
谁也不像我。
父母死了!
好日子碰不着,
真是灾祸交加。
难艰困苦。"

阿龙一面哭一面唱,泪如雨下:

"来日不知好多。
米无一粒,
盐无一颗。
穷苦我不怕,
除我本人。
只要父母不死!
没其他拿。
要讨饭!
我悲伤的心,
也难咽下!"

阿龙悲伤了几个月，他有时想："每个人的一生的时间有限，都要死。我成天地哭，也不是事。人家看见我，会说我是傻子，只晓得哭，再怎么伤悲母亲也不会活，我要把心放宽，不再想到穷、想到父母的死。"

阿龙忘掉了悲伤，出房子后去打柴换饭吃。他打了几个月的柴，但他发觉不能养活自己，换的米吃不饱，他想到别人都打鱼谋生，便决心跟人打鱼，好让自己吃得饱。他于是准备打鱼的工具，他见很多人出去打鱼，便跟了去。

到河边，打鱼人便下河捉鱼。有的用网打，有的用手抓，有的抓住虾，有的抓住鱼，个个都摸了许多鱼。阿龙在岸上看了一会，也下河去捉。可是一个也没捉住，又上岸去，看人家捉。见人家抓的多，他想："人家抓的多，我连一条死鱼也没抓住。"于是又下河去抓，每一个石缝他去挖，结果，一条鱼也抓不着，倒冷得厉害。他上岸说："捉不到一条鱼一只虾，倒讨来了冷。人家个个都捉到那么多，人家可喜欢了！"别人一条也不给他，可是还是特别高兴。

到太阳落山的时候，大家回家，互相叫伴，有的心好的人，挑了一两条小鱼给他，不好的一条也不给，有者不但不给还骂他："笨蛋连鱼都不会捉？"

有一次，天皇大帝见阿龙捉不着鱼，便变成人到阿龙房里去，对阿龙喊："好朋友，你一个人在家吗？愿你好吃好在①。今天快黑了，我是过路人借你家宿晚上，明天再走。"阿龙听了很高兴，忙说："好，你就宿吧。好朋友，你同我睡，不要客气，我家是穷人，没吃没穿没钱。住破屋，穿烂衣服。没有被子给你盖，真对不起，要冷着你。"

天皇大帝回答（唱）：

"穷君不可怕，

只要心很好，

---

① 好在：云南汉语方言，意为"宜居，生活得很惬意舒适"。——编者注

相亲相爱,

别为痛苦悲哀。"

他们俩睡了。天亮了,两人起床,阿龙拿了饭,给天皇大帝说:"这是打柴换来的,我们俩热来吃。"天皇大帝说:"你独个人吃吧,你没有多的吃的。"阿龙唱:

"我们都是穷人,

心连着心,

你别回家去,

在我家住几天,

我去捉鱼。

你看家。"

天皇大帝说:"我不能住在你家,别人会说我想偷你家的。我们同去捉鱼,一个摸些鱼凑拢够多,也可以多卖些钱买米吃。"阿龙说:"我们两个去是当然,可是我怕你不会捉,所以叫你看家。你要去,咱们就去,我们俩都不会,到河里去看别人怎么捉。"

他们决定一同去捉鱼。于是跟着别的打鱼的到河边去,他们完全照别人那样做了。别人下水,他们下水;别人摸,他们摸;别人上岸,他们上岸;见到人钻水,他们钻水。他们这天多少捉到一些鱼,饱吃一顿,阿龙高兴得很像捉到几条大鱼。

天晚了,捉鱼人个个转回家去,他们也回家了。阿龙进屋子说:"我的屋子有月亮照进来,不用点灯,这倒是漏屋子的好处。"天皇大帝说:"我们不用吃掉,可以卖点钱买米吃。"阿龙同意了他的主张,他们两个动手腌鱼。大帝洒了盐水在鱼里,然后盖住。

他们腌完鱼,大帝便唱:

"好伙伴,

请你坐,

好朋友,

>要我活着,
>
>有时间,我们还可相见,
>
>我今天要回家。
>
>你要是不见我回来,
>
>请别的等,
>
>把腌鱼卖掉,
>
>换衣服。"

天帝辞别了阿龙回到天宫。

阿龙仍上山找树叶、柴卖。天天如此,这才勉强地维持自己的生活。

有一天,有一只大船划到阿龙住的地方,这船装有五百多人,是一只商船,船靠了岸,人下来投宿,带了许多东西到房子上卖,也买。有一个人来到阿龙家。阿龙想:我有腌鱼倒可以卖点给商人,卖点钱买一身新衣穿,穿起热乎乎的。阿龙想着高兴起来连觉也睡不着。

第二天天一亮,阿龙便起床提着腌鱼去找商人。阿龙对商人说:"发财的老爷,愿你们好吃好在。我是个穷人,没什么卖的,有一罐腌鱼,帮我卖掉。"

阿龙把鱼给商人,商人可怜他,对他说:"小伙子,你真穷。我们愿意帮助你,把罐放在船上,我们拿到别处去卖。"阿龙听了很高兴,祝商人:"愿你们去也平安,回来也平安。"阿龙还是出外找柴找树叶卖,只要有一天不找就会挨饿。

商船顺流而下。这只商船装有各种货物,连鼓锣、喇叭都有。商船在河里行了七个月,又过了七天,到了一处地方。这地方叫叭哪,船靠了码头,岸上的人都跑到驳船上来买东西。商人每天下船做买卖,把船上的摆出来让人家买,他们在这里卖了一年,才打回转。他们到官家去告辞,见了官才记起阿龙的盼咐说:"啊,我们把这穷人的东西忘了卖,别人我们帮他的忙!"又说:"我们把这东西卖给官家吧。"大家都说很好,商人便把鱼带去。商人们对官家说:"我回去了,所以来告辞,愿你好吃好在。这里有罐鱼是穷人的，我们才带来，你想吃，我们就卖给你。"官想："这一小罐鱼不卖给别人来卖给我，这样一小罐我买了也不够吃，莫是有人想谋害我，放了毒才拿来，这些商人真坏，不是好东西，也不是卖给我，真是穷人卖的也不配卖给我。"官把腌鱼拿进屋子打开看，只见腌鱼很香，他抓了一小块吃，觉得味道很美，周身肌肉打颤，一会官变成了一个年轻小伙子，便叫妻子出来同吃。妻子见他变成青年很惊奇。官说："我给你好东西吃。"他妻子吃了也变作了一个少女。官说："这是穷人做的腌鱼，总是上帝帮做的。要他发财所以才好吧。又能叫人变青年，我们拿什么东西做买价呢？这东西这么好！我们只有一个宝，这宝是无价之宝，就拿它给穷人吧。"商议毕，官把宝贝和别的值钱的东西装在鱼罐里——罐里装了很多东西，刀枪都有——装完封好。官很奇怪："这罐才怪，我装什么东西也装不满。这怕是天皇大帝给的罐子。"官把罐子给了商人说："我不买这罐鱼，你还给穷人吧，还给穷人，别打失。"

商人们拜辞了官家，出了门，回到船上。商船打回转了，又走了七月零七天，才回到阿龙那个地方，商人把买的东西又打开来看，还把罐子还阿龙，抱歉道："我们给你各处卖了，卖不掉。我们拿到官家去卖也卖不掉，人人都不喜欢。"阿龙回答商人："麻烦你们了，卖不掉也没啥。"说着抱着罐子回家了，原封不动地放着，也不打开看看。

过几天，又到了一只商船，商船停下，来房子里做买卖。阿龙又把罐子拿出，托商人带到别处卖。对商人说："我有一罐腌鱼，请你帮我卖。我是穷人，可怜可怜我吧！"商人回答："小伙子，你这么穷，靠卖柴为生，拿来鱼吧，我给你卖。"阿龙把鱼罐交给了商人。

商船去了七个月零七天走到打嘎木，船靠了码头，拿出东西出售，很多人来买东西。做了一年买卖，他们打回转以前，到官府辞行，又才见了腌鱼罐，大家说："我们这东西卖给官家算了。"他们把罐带了去，来了官家："你们及人民好吃好在。"官家回答："我们都好，你们好吃好在！"商人向官家拜跪："你们政事很好，我们来经商没有过着坏，一路平安，我们要回去了，我们有罐子鱼，是一家穷人的，我们想卖给你，请你买了吧，随给多少钱就是了。"官把罐子迎了去。官家不语，想："这么小点东西，也不配拿来卖。我们这里腌鱼很多，还拿鱼到这里卖，岂有此理。为什么穷人拿鱼到我这里卖？值几个钱，真想不通。"想毕，把罐子提到房里去，打开一看，见罐里亮光闪闪，有闪电把房子都照亮了，仔细一看，里面衣服、枪刀、宝、金银、耳环、手镯，在小罐中样样都有。看完之后又将它盖上。

五百商人去告辞官家，他们要回去了，官家还没有把小罐还回。

官家手下的人把罐子打开，一团珠光宝气直射四周，光耀熊熊，真如火焚房子一样，引起一阵纷乱，官家观察，才不是失火，而是从罐中放出来的宝光。大官说："这不是火，是珠宝之光，是由商人那儿拿来的。据商人说那是穷人的，叫他们拿来卖。"小官们听说才恍然大悟：罐中贮有宝物。大官又说："你们要好好办事，我要买这个罐子，必须拿我的领土的一半才配。"小官说："我们还要找那些见多识广的老年人来商量商量。"小官中有一个年老多闻的，老得有只眼睛都看不清了。他去跪见了大官，怎么买和归还。他认为给一半地方，也不配一点；不如给与一些珠宝，每样一百件，姑娘、士兵、大象、马、牛各一百个。这个老年的小官自己觉得这给穷人办了一件好事，喜欢得自认为也年轻得多了。大官说："小罐的巧妙远比天王大帝还强，这个小罐要用来陪嫁姑娘的。"许多国都来为之求婚。其实那个罐子，大官认为不是穷人所有，是商人故托其辞的，如果把罐子还给商人，不如把它赔给穷人。小官对大官说："别国都认为我国富强，治理得很好、威望很高，把罐子给与商人而拿给穷人，那是不可相信的，他们会中途捣鬼。"小官又说："我们要用一只象牙两头打通，长度要一另四肘，用人的口去吹，使象牙长大，使姑娘长小一点，吃的、喝的、睡的，连长官的小姑娘和三千士兵都装进去，四个官儿还要十个侍女，刀、锅、犁、马、牛、象……各一百全都装入。"这就把象牙给与商人相换，把小罐留了下来，叮咛商人回去把它给予穷人。商人接过之后，用船运回，到了码头，共航行了七月零七天才抵达了穷人的地方，五百商人下船把象牙拿了出来与了穷人，说:"你们赶快来接东西,托卖的东西我们已卖了,只换得了一根象牙。起初,谁都不愿要小罐罐,最后官家才买了去。如果不换,就连象牙也得不成。"穷人小伙子公木拉说:"好了好了,我们很喜欢,这次你们卖掉了,以前我们多次都未卖脱,同时你们又把换到的象牙送来,真感谢你。"

公木拉①拿回象牙,没什么用,就高置墙头上。每天天亮公木拉就上山找树叶和柴卖了,然后买来充饥,每天砍的只能换得一顿饭吃,穷的不得了。

象牙里的小姑娘在公木拉家已七天了。她是父母叫来与丈夫结婚的,趁公木拉出外寻食,就从象牙里出来看了看这个家庭,下雨到处漏,抬眼就能从屋里看到太阳的一副穷相,不禁想起就要哭起来。这么穷将来怎么过日子呢?于是又回到象牙中去把吃的和用的都取了出来,煮好摆好,小姑娘就躲进了象牙。

公木拉从外回来,看见许多好吃的、用的、睡的齐全,很诧异,这是谁送来的呢?他这样的怜惜和照顾自己,真不能解其故。他去请问房子里的人,这是谁家的。大伙告诉他:"没有哪个到来,你的家那么穷就是狗也不会去的,除非是疯人才会到你家来。下雨连站脚的地方都没一点。你不要这么想了,各自回去吧!"引得大家一阵嘲笑。这时公木拉回到家,左思右想,睡觉也不入梦,仍找不着原因。

第二天公木拉又上山寻食,小姑娘又从象牙里出来,与头天一样把饮食弄得喷喷发香,放在桌上,当公木拉将要归来,她又躲回象牙中。公木拉到家见到这满桌饮食,更觉奇怪,他又去请问邻居,结果又获得人家一场不信任的嘲弄而归。大家都认为:"你家连纱线也没一根,穷的鬼都不下蛋,谁还来,你请人去和给钱请人去,别人也不愿去。"公木拉想来想去,"这究竟是人呢还是鬼呢?天天这么照顾我,必须弄个水落石出。"想道,"明天,

---

① 此处人物"公木拉"与前文"阿龙"疑为一人,此系原稿整理者未能说清楚,予以保留。——编者注

我早早出去,早早回来,看看到底是谁这么干的。"

一早,公木拉像往常一样关好门就去觅食(砍柴和摘树叶),并不远走,就在附近转来转去,还不时地回到屋边偷看。小姑娘今天又从象牙中走了出来,照常给公木拉弄吃的用的,但是被公木拉发现了,他猛然一下踢开门,进到屋里,对小姑娘唱道:

"漂亮的小姑娘,

你来自何方?

是来自金银山,

或是来自天上。

不然就是龙宫仙女,

美丽得叫我无法比拟,

你是不是玩厌了那龙宫地方,

这才来到了我们人间?

要不你就是国王的公主,

怎么来到我们穷人家。"

小姑娘接着唱道:

"小伙子,你是多么英俊,

像天上暖融融的太阳,

吸住了我这颗纯净的心。

我只是一个平凡的女性,

才从这个象牙中出来。

不是龙王的女儿,

也不是来自天上,

更不是金银山的姑娘。

为了酬报你家宝藏的小罐子,

叫我来做你的妻房。"

公木拉唱道:

"你像那珍宝一样,
我心爱得不尽,
你是打各树官的女儿,
离开父母来到这穷地方。
我从母亲怀中下来,
穷得一文钱也没有,
从哪里能有宝物相换。
你说这句不真实的话,
真叫人听了害羞,
你最好不必再提了吧!"

小姑娘唱:

"亲爱的小伙子,
你真是好得很,
就是天王的儿子也比不上。
你长得像才开放的鲜花,
叫我怎么也看不饱。
我是普通人家的人,
未自打各树地方。
我的父母教导我,
来做你终身的伴侣,
你说的那种害羞的话,
叫我不再说,
我始终不能忘掉它。
除掉皇帝又哪能有。
我的父母这样对我说:
满罐的金、银、宝物,
送到了我的家,

父母才愿叫我来相换。"

公木拉唱：

"我亲爱的姑娘，

你像红花一样，

天王给了我最高的偿赐。

我亲爱的姑娘，

你长得这么好，

好像是用金子银子做成的一样。

你说我有宝贝东西，

有了它才来聚你，

这没有那事没有那事，

这样珍奇的宝贝，

我连看也没看见过，

那样宝贵的东西，

你开口闭口地说，

我有那个无价之宝，

真叫我想也没想到。

从前我腌了那么一罐子鱼，

拿到市上去出卖，

谁也不领情。"

小姑娘唱：

"你似树上的红花，

风吹得摇曳摆动，

显得分外美妙矫健。

对了对了，

你说来说去，

就是那罐腌鱼了。

"你把最好的东西送给我家,

我家的父母,

就叫我来嫁给你,

又哪里还能有它。"

二人弄清了这件事的底细,小罐子成了媒人,两人真喜欢不尽,永远也不愿再分开了。公木拉有吃有穿,不再天天都到山上去找树叶、砍柴维生,生活没有一丝困难。无忧无虑地度着甜蜜幸福的日子,他们俩的爱情高如山深如海,任你什么也不能动摇。

这件奇事,一传十,十传百地到了官家们耳里,他带着手下就来察看,觉得小姑娘如天仙国色一样,回家后又告新老官家,说真如天王大帝的仙女下凡,在地上的国家中寻遍也难找到第二个。引起了官家的眼红,想据为己有,便召集小官们商量办法。小官参拜之后,官家对行属们说:"我发现了最心爱的一个姑娘,现在一个穷小子家里,你们给我想想看,如何能弄到手?"下属们说:"你想弄到手也不为难,有我们去办。"官家说:"那么,你们就快点去给我弄来。"下属们说:"这容易得很,去一抢就得了。七天之内,命兵士去把那小子杀死,不就得手了。"这使官家心花怒放,以为如瓮底捉鱼,喜欢不尽,重偿小官们献策有功。

立即派了三个兵士,去把卖树叶的那个穷人,快快叫到官府来,兵士们到了穷人家,谎骗地说:"你是穷人,现在官家请你去一下,有事找你。因你哪里也不去,别人说什么也不听,可能你有什么好主意,现在请你到官府去。"公木拉不知何事,心里并不害怕,他对士兵说:"我没犯什么坏事,你们就到我家来骂,你们官家是不是疯了?你叫我到官家干啥?"弄得三个兵无言对答,掉头就往回跑,连路也没识清,终于见到了官家,告知情形,说"那个穷人骂得我害怕,所以就回来了",官家又把这事告诉老官家,气得把桌椅凳子及锅碗都砸碎了,责怪兵士的无能,没把事情办好。

得偿的下属一人效忠主子,又派兵调将,齐齐往官府,待令出发,七千官兵由下属们亲自带领前往。个个奋勇,死难莫顾,浩浩荡荡地驱马扬鞭,很快到了公木拉家，大叫："穷人你赶快滚出来，准备死吧，我们兵丁很多，把你已团团围困，你休想活命。"公木拉气得一时措手无策，苦恼万分。想到自己手无寸铁，无兵无卒，怎么办呢？只好对妻子唱道：

"如今我要完了，

你是真正的好人，

人家的兵多将广，

什么也不用怕。

要来杀我。

我们的兵也不少了，

我们要永别了，

都住在象牙之内。

死神包围着我，

你不要为打仗发愁，

将到地下做鬼。

有我们的兵去抵挡。"

妻子唱：

"我们的兵要啥有啥，

亲爱的小伙子，

他们都能征惯战。

我们永远也离不了。"

妻子抬出了象牙，把兵将召唤了出来，一个都不要留，准备与别人打仗。四个骑马的官也走出了象牙，到了妻子面前，勇气百倍地说："干就干，砍就砍，我们跟他兵对兵将对将地干一场，我们三拳两掌，赤手空拳地也能打他个落花流水，片甲不留。"众将兵告别出阵了。

双方接战，刀枪剑戟，喊杀喧天，难解难分，胜负未决，尸横遍野。公木拉的兵不久即活捉官家兵的首领一个——当众剖腹毙命。官家兵死得众多，只剩下三分之二左右了。眼看将败，就纷纷逃命，跑至城下，但门已紧闭。公木拉的兵乘胜追击到墙，不能进城，只有扎营城下。

官家失败不甘心，又增兵援救，把百姓中的壮丁全部征集入伍，打算孤注一掷，终于又凑足七千之数，又新派了带兵官苏塔万，骑着一匹白象打开城门冲了出去。

公木拉兵见敌人从城内出来，又开始战斗，人人毫无惧色，勇气无比，计谋多广，行动神迅，单凭手打，也能一个抵住二十三十个。敌军首领苏塔万被公木拉兵打中额头死去，伤亡惨重，只残留下三分之一左右。公木拉兵所向无阻，敌人望风披靡。公木拉自己在战场上把一个高高骑在马上的敌军四个头儿之一砍下了马来，敌兵见事不济，抱头鼠窜，向城中逃亡。官家见状，心中急如火烧，半点无法，只好向别国驰书求援，要求别国也倾城以赴，来维持残局，拼个你死我活。

各国援兵到了官家之处，公木拉探知敌兵比前更多，便召集手下小将商议对策。他说："这次敌众我寡，我们如何对付呢？如果打起来能打赢吗？我们应该注意，不要伤亡太多，避免失败。假设敌军四处进攻，又如何办呢？"其中一将说："我们可以派一能飞惯走的送信到姑娘父母处求援，要求明天就来到这里。"

一个跑得顶快的兵，带着公木拉夫妻的信，跋山涉水，一般人要走七个月才能走完的路，他傍晚就到了。到了姑娘父母处，兵士告诉姑娘父母说："长官，你的女儿与别人打仗，胜了两次，这回敌军联合了几国人马甚多，打不过人，叫我来讨救兵，战事很紧急，需要明天就到，时间拖长了就会吃亏，希望长官立刻就调兵遣将，目前双方战斗还未展开，胜负未决，敌人如果胜了就要把你的女儿抢去成亲。形势不利于我，因此救兵如救火，天明就得到达，以保住我们的胜利和声誉。"姑娘父母闻听之下，就叫来四个小官，说明女儿目前所处的困境，要求设谋策划怎么对付，他们人少力薄、星夜乞援。四个小官马上就去调集了大兵九十亿，都是精悍骁勇，战斗力强，训练有素的队伍，带着刀矛枪箭各种锐利武器。四个带兵官都骑着大象，他们要求当天就到女儿那里。这支队伍智多谋足，四个官合伙商量，要找来一个箱子，吹着口哨，把全部兵丁都藏于其中，封备完备，交与公木拉派来的人带回去，他泗水渡河，经过小山，到了公木拉跟敌人作战的地方。

敌人大开城门，冲出城来，人嚣马腾，到处刀光剑影，人山人海。抬着大炮，执着刀矛，击铓吹哨，马呼象叫，蹄声鼎沸。人多马众，几乎要踏覆天地一般。他们的人马比公木拉全部兵力还多，四面八方向公木拉进攻。公木拉这方的四个带兵官面不改色，毫不在意地跟敌人战斗，他们杀敌如切菜砍瓜样的，只用刀用手，不像敌人用刀用枪，敌人来了便念动真言咒语，哪怕敌人的大炮火枪，长刀快箭也杀伤不着，全部兵力还未全部出动，就俘虏了许多敌人，像捉小鸡一样的容易。两三天后箱子中的兵都未出来完，百姓都惊奇这么勇敢的兵从未见过。公木拉的兵只要脚一伸或手一挥就能把敌人摔出几十丈外去。可是敌人仍坚持抵抗，不愿束手就擒，枪炮漫天，简直遮天蔽日，弹片如大雨飞扬，巨声吼鸣，直如天崩地裂。公木拉的兵越战劲头越大，兴致勃勃，竟丢下刀矛，索性用拳头作战，才能感到尽兴。天将晚，双方都鸣金收兵，偃旗息鼓，安营扎房，准备来日再战，以决雌雄。敌人军官向公木拉宣称："今天黑了，各退回阵地，待明天再战。"于是敌人都退进城去，准备闭门不出。公木拉一方则趁敌人退兵之时，奋勇追击，不愿后退，直到墙根，敌人据城孤守，始收兵扎营。

天王大帝在天上顿觉坐凳发热。一算，知道世间在打仗，公木拉正处于告急之秋，"我不如助他一臂之力，以迅速取得胜利。"天王就取出三支利箭和一把长刀，都是百发百中、削铁如泥的利器，半夜时分，送给了公木拉，并说："我把几件宝物送你，因为你过去为人很好。另送一双靴子，穿上它，可以高飞远走，来去如云。"说毕，天王就回到自己家去了。

翌日，公木拉的妻子又给了他一头大象。骑上，带着兵士又出战了。夫妻俩在一头象上，人见之如天女下凡，逗①人眼色。

---

① 逗：云南汉语方言，意为"惹"。——编者注

当敌人还未走出城门，就被堵截在内，不能外出，被围得水泄不通。公木拉带着天王赐给的长刀和利箭，他的兵多如群蚁，成群结队，公木拉用箭一射，敌人赖以顽抗的城堡就大崩瓦解，石头粉碎成渣。箭发出的声音，如巨雷狂吼，远胜枪炮，这个箭射出去又飞回来。来回反复，上天下地，左旋右转，打得城墙障碍物全部倒裂，才收回箭鞘。敌人见状，急得如热锅中蚂蚁，但他们还不知公木拉的箭如此厉害，吓得敌人闻风逃遁，四散奔命。众兵全溃，只剩下几个官家留在城中，坐以待毙。那些逃命的敌兵，在亡命途中变成了公木拉的俘虏，真如布下了天罗地网，叫他无法躲藏，敌人的官家也被全部捉住，绑了回来。公木拉的兵都骂他们无耻，那些官家又磕头如捣蒜一样地祈求免予一死，就是领土、金银、珠宝也全不吝惜，愿全部交出来以保住狗命，承认自己的罪恶，不该妄动干戈。公木拉宽大相待让其仍回原职，重新为人。

一切后事处理停当，公木拉夫妻同骑一头大象回到家里。众士兵一天唱歌跳舞，欢庆胜利，公木拉也大加奖偿，慰劳兵将。

天王在战争胜利之后，考虑到公木拉的兵多将广，仍住在小屋中，实在不便。天王亲自下来叫公木拉另换一块地方，样样都有，不再住在那个大眼小窟窿的烂房子中。新房子是用金银造成，檐角挂着铃铛，风一来就叮当作响，象、马、牛、家具什物应有尽有，宽敞无比，有七十七套。诸事安置妥善，天王就仍回天宫去了。

附记：该文书写于傣历1279年（今年是傣历1321年，公历1959年），译文中所指的"官家"可能就是一个小国家的国王之类，或者就是过去傣族地区的土司官的化身，因为他们就多是领土分封，割据占有，有兵有势，各霸一方的小王朝的头子。这里因为翻译的水平有限，不能用确切适当的名词表达，故仍照其口译原话记下。

阿龙庙

讲述者：阿布锐
记录者：陈思清
搜集地点：云南省临沧市耿马傣族佤族自治县孟定镇河西村委会怕底村

  从前有一个人（指土司阶层）有七个妻子。大妻子是上层人物天神的女儿，叫喃忆康，其他六个妻子是一般的人民（富人家）的女儿。这六个与老大之间有隔阂，后来大妻子要生孩子了，这六个共同商量好，趁她昏迷不醒的时候，就把她生下的孩子捆起来扔到大河去了，拿一个猫来替换。丈夫依奶听说生了一个怪物感到害羞，连大妻也扔到河里去了。这件事被天上的神（她的父亲）知道了，自己的女儿被扔在河里边，于是就进行打捞。妻子被扔到河里后，见到自己生的孩子，不是猫而是人，母子两个走上岸来，并没回家，到了一个叫活影的地方去了。这里有一对老夫妇，没有孩子，于是就安家住下来了。七年以后，儿子会砍柴了，每天就出去砍柴卖草养活三口人。天长日久，原来家中的那六个妻子生的六个儿子知道了，就找来把这个七岁的阿龙杀死掉。

  亲生母见儿子去砍柴，天色已很晚还不回来，心中非常着急，等了一夜仍不见儿子回来，第二天天色还不亮的时候，母亲和老夫妇俩三人一起去找。找来找去，发现儿子被砍死掉，三人就大哭起来。这一哭被天神（母亲其父）知道了，就把他救活了，给了他一把弓箭作为保身。

  到阿龙十五岁的时候，他又想出外游历寻找自己的幸福。向母亲请求，母亲不让他去，害怕有人杀害她这儿子，结果没有阻拦住还是走了，走了以后，到了一个地方恰好碰到一个老大妈，这个老妈妈没有儿女，很喜欢他，要留他做干儿子，他本人也同意了，就住下来了。过些天以后，他就问老妈妈这个地方有没有漂亮的姑娘。老妈妈就告诉说："有一个长得非常漂亮的领主家的女儿，每天她要同很多的姑娘一起出来洗澡、划船、玩水。你也要坐船到那儿去，看到最漂亮那个就是。"他到那儿后，就一个个地看，最后看到了有一个最漂亮的，向她交谈后，双方钟情两个人就好起来，一同坐船回到女方的家中，结婚了，这事并没有告诉她的父亲，所以偷偷地住了三个月，她的父亲还不知道。

因为这个姑娘长得很漂亮，传名远方，周围地方上的人都知道都想讨这个漂亮姑娘。很多人来讨婚，就一个女儿，只能嫁给一个人，这么多人究竟嫁哪个呢？她的父亲提出条件，而且这些人她哪个都不喜欢，协助父亲出主意：花园有一块大石头，谁能搬动这块石头，谁就要他的女儿去做妻子，她想石头这么大又重没有人能举得起来。于是那么多的人都来搬石头，个个试搬一次，谁都搬不动，最后轮到阿龙。妻子为了二人的相爱，能搬起来，就向天上去请神仙，来了五个神仙帮他抬石头，很多人都在围着看，石头真的被搬起来，周围的人吓得四处乱跑了。只剩下阿龙一个了，妻子就是他的了。

这个事情后来又被家中的六兄弟知道了，又赶来打他，不让父亲知道。在陆地上第一次打的结果，阿龙他一个人来对付六个人及其带来的兵将，打赢了，战胜了。

不在陆地上打了，就拿着弓箭飞到空中去，从空中向下射箭进行斗争。战斗结果他胜利了，六个兄弟及兵将都被射死了。这个消息传到家中，六个母亲知道了，都找着自己的儿子，向他的父亲求饶，父亲知道了这种情况，也知道阿龙是自己的亲儿子。

父亲就劝说："你们回到这个地方来吧，这里是个好地方。"最后阿龙答应了，带着自己的妻子，腾云驾雾回到了原来的家乡，自成小国。

阿龙林溜

讲述者：刀文山
翻译者：刀文山
记录者：大寨调查队
搜集地点：云南省临沧市耿马傣族佤族自治县孟定镇遮哈村委会大寨村

　　从前有个人名叫阿龙，才生下来七个月，爹妈便死了，他依靠别人的施舍过活。过了一年，自己会走了。到了四岁时，他到处讨食，有人给就吃，别人不给就挨饿。又过整整三年，都是到处流浪。过了一年，他又看人赶摆，拾着一点别人吃剩的东西吃。他看见人家卖柴卖草，到了七岁，他也会担柴卖了，每隔几天到街上去卖一次，有的时候到领主家卖。

　　在阿龙住的地方，有一个人名叫大妹，她四岁时就死了父母。天天讨吃，过了两年，到第七岁时，去给领主挑水，大领主对她凶，不给饭吃，只叫她挑水。到了十三岁时，帮领主舂臼，领主妻子同情大妹，偷偷地给她东西吃。已到了二十一岁时，领主妻子把她配给阿龙。结婚后不久领主知道了，就骂他妻子，并把三个人捆起痛打一顿，然后把他们赶了出去。他们被赶出后，走了四天，他们的衣服被脱掉了，四天来，饭也没有吃的，只好采摘野果吃。后来，他们在河边往下，开垦土地种庄稼。领主妻子也和他们住在一起，生产慢慢地搞好了，日子也一天天地好过了。

　　领主知道了他们的情况，便派几个人去陷害他们，他怕他们日子好了会报仇。领主妻子得到消息后，害怕得哭了起来。大妹和阿龙却一点也不怕。领主妻子对阿龙夫妇说："他们人多，又有钱，我们斗不过！"阿龙夫妇说："别焦心，有我们两人负责。"他们俩便到巴拉勒西地方去请人，巴拉勒西的人很高兴帮助他们。他们派人和领主打仗，打了一个半天便停止了。到第二天领主就说："他们没有，我们去把他们逮回来。"于是，便跑到阿龙处，阿龙却在外面把地主等包围起来，捉住了地主的兵，并要打他们，兵说："不是我们自愿来的，是地主逼来的。"到了第三天，阿龙就召集了人开会，对兵说："你们是地主逼来的，现在你们去把地主捉来，我们帮助你们。"第四天，兵就把地主捉来交给阿龙，阿龙就把兵放回去了。

阿龙等把地主绑起，拎刀剐割，几天后，地主死了，阿龙就成了地方的主人。

阿郎战败风雨神

搜集地点：云南省临沧市耿马傣族佤族自治县孟定镇

阿郎是个穷苦的孩子，从小就死了父亲，跟妈妈过着饿一顿、饱一顿的日子。慢慢长大了，在他十五岁的时候，已经会上山采药草，简单看看小病；他就靠看病卖药养母亲，过日子。

有一天，他正在街上卖药，面前摆了一摊药草药粉，蛇皮、虎胆、蜈蚣壳样样都有。忽然，天上刮起大风，下起大雨，把他的药全吹散了，沟沟洼洼，到处都是，收不拢，撮不来，当下他满腔怒火，咬咬牙，要和天上的风雨神去讲道理。

"如果他不讲理，我就和他干一仗。"

阿郎回家把心事告诉母亲，母亲很同意，帮他收拾一番，叫他早去早回。

说走就走，阿郎雄赳赳地出发了。走不多远，在路旁碰见一个鸡蛋。

"阿郎哥，你上哪儿去？"鸡蛋问他。

"我，我去讲理。"

阿郎便把风雨神欺负他的事说了一番。鸡蛋说："我也要去，我要帮帮你，可是我没有脚，怎么跟你走呢？"

"不要紧，我有办法。"阿郎咕咕嘴，把鸡蛋稳稳装在肚子里。

走走走，走到一个寨子家边，碰到一根烂春碓。

"阿郎哥，你上哪儿去？"烂春碓问他。

"我，我去讲理。"

阿郎于是又把受欺侮的事说了一看。烂春碓听了，也自愿帮阿郎的忙，阿郎见它好意难推，也把它稳稳装在肚子里。

走走走，走到一个水塘边，碰见一条长着两只角的鱼，它也自愿帮阿郎哥的忙，阿郎照样把它装进肚子里。

又往前走，在一个路边，碰见一根针刺；在一块烂地上，碰见一个大冬瓜；在一垄地边，碰见一间小工房；在一条河边，碰见一只船。它们都愿和阿郎一块上天，阿郎很感谢它们，便都把它们装进肚里。

这时阿郎肚里装着：鸡蛋、春碓、角鱼、针刺、冬瓜、工房、船七样东西，肚子撑得大大的，天神见了，个个奇怪。

见了叭英[①]，他就把受风雨神欺侮的事说了一番，要求和风雨神讲理。叭英说："你暂时住下，等我有时间给你们评判调解。"于是便把阿郎安置在一间屋子里，一天两天，三天四天，左等不见叭英叫，右等不见叭英传。阿郎气急了，便跑到风雨神屋里，把刺针放在他枕头里，鸡蛋放在火炉里，角鱼放东面盆里，春碓放在大门槛上，冬瓜放在大门上，把工房和船安在外边，自己住在工房里。最后在风雨神家里留下一道战表：

"不讲理的老倌：你把我的药吹散了，还满不在乎。明天，我要找你算账，准备和你打七天七夜。

人间的阿郎"

风雨神晚上回家看，勃然大怒，大骂人间这个小子猖狂，他头也不梳，脚也不洗，带着风雨诸神就和阿郎大战起来。

别看阿郎年纪小，却有一股子蛮劲，他从早到晚，从黑夜到天明，死死

---

① 叭英：天上最高的神。

缠住风雨神斗个不休。风雨神刮起小风，下起小雨，阿郎就冒着顶风战斗；风雨神刮起大风，下起大雨，阿郎就跳上船躲避一时；风雨神吹起狂风，倒下暴雨，阿郎就跑进工房，顺便吃饭加油。最后风雨神没法了，叫小神们抵挡住阿郎，自己脱身回家休息。

可是，他一倒在枕头上，针刺就跳出来刺他。东一下，西一下，刺得他睡也睡不稳。他说："霉气。"爬下床到火塘边想借火光看看是什么东西作怪。谁知刚吹两口，鸡蛋"噼啪"炸了。蛋黄蛋白和柴灰满屋飞，弄得他满头满脑，眼睛鼻子里全是灰。

突然的袭击吓得他心惊肉跳，好容易摸到面盆旁边，想用水洗脸。刚伸下手，就被角鱼锥了一下，痛得他"叽哇"乱叫，拔腿往外就跑。才跑到门口，舂碓不声不响，跳起来锤在他脚上，这一下，打得他痛入心肺，半天都转动不得。等他醒过来，便急忙开门往外逃，门刚打开，门上大冬瓜砸下来。砰的一声，正砸在他头上，打得他昏头涨脑，不知东南西北，身子东摇西晃，满眼发黑。

这个风雨神吃了大亏，才知道阿郎的厉害，他想来想去，只好到工房来找阿郎："小兄弟，风雨吹散你的药，我不知道是你的，现在既然吹散了，收也收不回来，我赔你的钱，好不好？"

"你早说赔钱，就不会弄得一脸灰了。"阿郎望着风雨神老倌大笑起来。

风雨神奸得要命，先只赔五担钱。阿郎不答应，说还不够他送给七个朋友的礼物费，最后磨来磨去，风雨神加到五担金子，阿郎才收兵回家。

从此，阿郎的勇敢就大大出名了。

老母狗的故事

搜集地点：云南省临沧市耿马傣族佤族自治县

从前有个国王，荒淫无道，专门寻找美女，有一次，被他找到了一个极其漂亮的少女。国王高兴极了，把她接到宫里，封为妃子，非常宠爱她。

从此以后，宫里出现了一件怪事，每天总是不见了一些人，不多几天宫里就有许多人失踪了，连尸体也找不着，大家都感到奇怪和惊慌。但是总找不出原因来，国王也很苦闷。

原来新进皇宫的这个美女，是一个老母狗精变的。它白天变成一个美女，晚上却在更深夜静的时候，现出原形，在宫里吃人，因此宫里的人一天天少起来。

这个美女有一个特点：她的脚总缠得小小的，比别的女子的脚都小。

朝廷里有一个保丞相，能够识别妖怪，他一见到这位美女，就告诉国王说，这不是人，是一个老母狗，他要国王杀死她。国王正爱着美女，不信保丞相的话，结果这话被这个美女知道了，她恨保丞相识破她的本原，更恨保丞相要求国王杀害她。从此她就下定决心，要害死保丞相。

有一天这个美女忽然病了，很不舒服，不吃饭，不说话，国王急了，速忙问她是什么病，她告诉皇帝说，这是她的老毛病，病一发就非常危险，不及时治疗就会死去。国王听说，更是又急又怕，连忙问她过去发了病是怎样治好的。她说："这病一发作，别的任什么药都难治好，只有吃一个人的心才能治好。"国王说："这很好办，杀一个人，取出心来吃就行了。"美女说："又不是任什么人的心都行，只有一种人的心才行。"国王问："什么样的人的心才行？"美女说："要保丞相的心才行。"国王为了救他心爱的美女，不管保丞相的性命，就告诉他，要他把心取来为美女治病。

保丞相知道老母狗精阴谋害死他。于是剖开自己的胸膛，取出心来，把一只羊的心装进去，敷上药，胸膛就长好了。他用盘盛着自己的心去见国王和美女。把心交给美女，然后用手指在美女额上一点，说道："你这母狗精还不显形？"只见美女一跤跌倒在地，变成了一只母狗死去了。国王和宫里的人都吓得目瞪口呆。

保丞相退朝以后，骑着马回家，走在街上，遇见一个老妇人卖菜，迎着马走来。保丞相问她卖什么菜，她答说卖"空心菜"，保丞相本来是没有心的，一听这话，即刻从马上滚下来，死在路上。原来这老妇人是老母狗精变的。她专来害死保丞相，报仇雪恨。

火耗子

地点：云南省临沧市耿马傣族佤族自治县

从前在一个地方，有一家土司，他常常把自己的牲口放出去吃别人的庄稼，害得庄稼人损失不少。大家都很气愤，但因土司有钱有势，谁也不敢吭声。

有一天，一个红胡子的老头从那地方过，看见坝子里的庄稼被土司的牲口糟蹋得东倒西歪，便叹着气拉着红拐杖来到土司家里。

"富贵的人啊，你要存点好心啊，若不然，你会穷下去。"老人对土司说。

"这关你什么事？"土司傲慢地说，"我的钥匙够人挑，我的锁也够马驮，穷天穷地穷不到我！"

红胡子老人见土司这样凶暴，那张红脸气得更红了。他用拐杖指着土司说："我就是火，火就是我！你别说你家钥匙够人挑，锁也够马驮；我一年放三次火，你不穷来问我！"

土司见这老人敢骂他，便气得抢过他的拐杖甩出门外，连老人也推了出来。

老人拐杖头上有颗红珠子，这时落在房中，土司以为是颗珍宝，便高兴地捡了起来，锁进箱子里。

谁知这颗红珠子在箱子中，变成了一个红耗子，接着又生出许多红耗子。它们咬通了皮箱，咬烂了土司的绸衣和许许多多东西，并且每晚上在土司的头边乱叫，闹得土司睡在那里也不安静。

一天夜里，土司被红耗子吵得睡不着，便气愤地起来打，但当他的木棍敲到红耗子身上，便燃着了火，火顺势把土司的身上也燃烧了；有些红耗子带着火钻到床脚底，房子也跟着烧了起来。土司的一家和他的金银财宝，结果都烧成了灰灰。

世界上什么最亮

搜集地点：云南省临沧市耿马傣族佤族自治县

很久很久以前，我们地方什么也没有，只有两个人，一个是男的，一个是女的。女的已经活了一万年，男的才活几千年。有一天，女人从西方走来，男人从东方走来。两个人在路上碰见了，谈谈说说坐在路旁休息，他们一面休息，一面捏泥巴玩。女人捏捏和和，捏成一个老鼠，男人捏捏和和，也捏成一只老鼠，不过女人捏的是雌的，男人捏的是雄的，结果雌雄一配，就生了一代老鼠，一代一代，我们世上老鼠就多起来了。

男人一看这情形就对女人说："我们也像老鼠一样，配成夫妻吧，你看好不好？"女的说："好嘛，可是你要猜我一句话，猜对了，我俩就配成夫妻。"男人说："行，你讲吧。"女人说："请问你世界上什么最亮？"

"世上太阳最亮。"

"不对，"女人说，"太阳也会有难，你看不见，有时太阳上会被黑狗吃了？"（指日食）

男人又说："那么世上最亮的是月亮。"

"也不是，月亮也会有难，你看不见，月亮有时也被黑狗吃了？"（指月食）

"是眼睛？""是水？"

"眼睛会瞎。""水会浑。"

"是耳朵？""是火？"

"耳朵会聋。""隔远了。"女人说。

猜来猜去猜不着，结果没办法，天天在一起，但不能结婚，不过男人不死心，天天还是猜。

后来，他们玩泥巴，捏成黄牛，捏成鸡，捏成猴子，摆成鸟雀，都是一雄一雌。这样捏来捏去，一共过了三万年。有一天，男人突然想起来说："今天我来猜你的话，保险猜对。"

女人说："好嘛，你猜吧。"

"最亮的是人的心，对不对？"

"猜对了。"

两人欢欢喜喜，于是就结婚了。他们后来生了下一代，许多儿子就是现在的各个民族。僾尼人是老大，被安排住在大森林里；佤族是老二，被安排在山上（但是没有树林）；汉族是老三，也住高山上；旱傣是老四，水傣[1]是老五，都住在田坝。后来各族人口愈来愈发展，愈来愈多，直到现在。

---

[1] 水傣：云南各民族对傣族傣泐支系的他称。——编者注

独角牛①

搜集地点：云南省临沧市耿马傣族佤族自治县

苏利亚从小死了父母亲，土司对他说："你来我家帮我放牛吧，如果放得好，等母牛生了小牛，我送你一条。"从此，他每天早出晚归，把牛放养得又肥又壮。过了一年，有一条花母牛生了一条小牛，他想起了土司的话，就去向他要牛。土司欺负他老实，不但不给牛，反而骗他说："算了，这条牛不好，等以后生出一条独角牛来再送你吧。"世上哪有独角牛呢？哪知又过了两年，花母牛果然生出了一条独角牛。独角牛长得很好看，一身金黄的黄毛，特别逗人喜欢。他去向土司要，土司嫌它是一只角，就真的给了他。苏利亚很喜爱这条独角牛，白天把它带到山上去和土司的牛一道放，晚上又牵回自己家里去。独角牛慢慢地长得更漂亮了，又膘壮，又结实，一身金黄油光闪闪，它跟土司的牛一堆吃草，像河滩上乱石堆里一颗宝石一样光彩夺目，它在草地上走过，像蓝天上飘过一朵红云一样美丽。

一天，来了两个商人要买苏利亚的牛，苏利亚不肯卖："我不卖，我只有这一条牛，是我从小当长工得的，我舍不得卖。"

"你要多少钱，我们给你多少钱，好不好？"

"我不卖，我不要钱。"

"给你一千转②金子，好不好？"

"一千转金子也不卖。"苏利亚说。

商人走了。第二天商人又来找苏利亚："我们出一万转金子，怎么样？"

"一万转也不卖。"商人又走了。

---

① 又名：香发姑娘。
② 转：一转是三斤。

第三天商人又来了，不等商人开口，苏利亚就说："你们不要再来了，我说不卖就不卖，给我一个国家管，我也不卖。"商人只好走了。

哪晓得隔不到两天，苏利亚的牛被人偷了，他哭了，哭得很伤心。

苏利亚的牛被谁偷去呢？原来是被那两个商人偷走了。不过两个商人并不是真的商人，他们是水底龙王派来找独角牛的。这里还有一段故事：水底龙王有个公主，长得漂亮无比，她像一朵又香又艳的花，使所有的小伙子着迷；又像一颗宝石，使水晶般的龙宫更加玲珑。可惜她的头发每香了七天，又要臭七天。香的时候能把远近的人醉得昏昏迷迷；臭的时候，把龙宫的人臭得翻肠倒肚。龙王找大臣来商量，大家主张把世界上所有的香花都来栽在龙宫里。结果找来一百种香花栽上，还是压不住公主头发的臭气。龙王找了一百个巫师来卜卦，也都说不出什么办法。最后，还是第一百零一个巫师算出来：要想公主的头发不臭，除非把金色独角牛找来，用它的角做成梳子，给公主梳头才行。所以龙王才派两个差人扮作商人，到人间来买独角牛。但两个差人跑遍了所有的地方，都没有买到。最后，好容易才发现了苏利亚的独角牛，出再高的价苏利亚也不卖，于是他们只好回禀龙王。龙王着急了，才叫他们连夜把牛偷回了龙宫。接着便锯下了它的角，做成了梳子。

果然，公主用这把梳子梳了头以后，头发不但不臭了，而且变得很香，比最香的别草洼花还香，香气香透了龙宫，香上了天，香遍了人间。

人间的土司闻到这股香气，还以为是花香，就派人到处去找。四处都找遍了，还是没找着。最后，有个差人来报："这香气是从一个大岩洞里发出来的。"于是土司便骑了大象，带领随从来到岩洞口。果然香气是从岩洞里发出来的，但不知道岩洞有好深，在旁边的一个大臣想起了一个探寻香气的主意：叫人编了一个大竹兜，搓了一根长索子，把人慢慢放下去。可是竹兜编好了，没人敢下去。大家正在你推我让，土司想起了孤儿苏利亚，就叫他下去。苏利亚想找他的牛，就答应下去。下去之前，上边的人告诉他，只要找到了香气就摇动绳子，上面好拉他上来。土司给他准备好吃的东西，叫他坐在竹兜里，放了七天七夜，才把他放到洞底。到洞底，他抬头入看：洞底宽旷，一望无边。原来到了一个玻璃世界，老远的地方有一座水晶宫，五颜六色，霞光刺得他眼睛发花。他就往那里走去，走不了几步，迎面遇到一人，就是前回偷他牛的。这人认得苏利亚，见他来了，知道是来找牛的，吓了一跳。可是因为他们上回是商人装扮，现在是差人装扮，苏利亚认不得他。苏利亚向他打听这是什么地方，知不知道香气是从哪里来的，看见他的独角牛没有。差人告诉他这是龙宫，没有什么独角牛，香气是公主的头发香。他问去龙宫的路，差人怕他乱窜，找到了独角牛（因为他们把独角牛还喂养在龙宫里的），就连忙请他到家里住下，答应慢慢帮他找独角牛。

"不行，我还要找公主，我要看看她的头发，才好回去向土司交令。"

"那你也要住下再说，公主是龙宫最漂亮的一个姑娘，天下的小伙子想见她，都没见着，你一定要去，也要慢慢地来。"这样，差人把他请在自己家里住下后，就悄悄跑去禀告了龙王。龙王一面叫差人应付着苏利亚，一面通知大臣们第二天来商量对付苏利亚的办法。

苏利亚听说这香气是龙王公主的头发香，又听说公主长得漂亮，便急于是要见公主。于是当天夜里他就溜进龙宫，来到公主的门前，并轻轻地敲着门。敲门声惊醒了公主，她问："哪个敲门，是人是鬼？"

苏利亚唱起了调子：

    "住在水晶宫里的公主呵，
    我远道来在你金光闪闪的宫门，
    我想进来看看你这颗发光的宝石，
    想跟你要个开门的钥匙。"

他的调子打动了公主，公主也唱调回答他：

    "来我门前的公子呵，
    我从没有听见过这样好的调子，
    你一定是太阳公子吧，
    请进来，让我看看你明亮的眼睛。"

"九色宝石般发光的公主呀,
我只是穷苦的凡人;
怕你的花园里常有贵人来往,
穷人哪配摘香花。"

"来我门前的公子呵,
听你的话比吃甘蔗还甜。
我的花园里全是含苞待放的花,
蜜蜂还没有来过。
一千个小伙子来串我,
小妹没有理睬过。"

苏利亚听了公主的话,就推门进了公主的宫殿,公主看见这个漂亮的小伙子,她的心像春风里的芦苇一样摇摆不定。苏利亚看见公主这么美丽,就要上去拉她的手,公主害羞了,转身跑回了房里,苏利亚唱起了调子:

"青发飘香的公主呵,
你为什么要躲我?
你叫我进门,
为什么又不肯跟我谈心?"

"年轻的公子呀!
请不要性急,
请你先回去吧。
让我想想应该怎么办?
如果树藤已经缠住了树,
那就不应再缠另一棵。"

"我还是才出土的青藤！

什么树也没绕过。

星星离不开月亮。

阿哥我离不开你。"

他们唱了一夜的调子，苏利亚的调子像最会唱歌的糯乐多①，打动了公主的心，公主终于答应做他的妻子，说要跟龙王商量。他听说独角牛是公主要来做梳子的，也很高兴。

第二天，公主来在宝殿上把她和苏利亚的事禀告了龙王。龙王正在跟大臣们商量对付苏利亚的事，现在听说他要跟女儿成亲，一时不知怎么办才好。有的说，他是凡人不配跟公主成亲；有的说，既然公主爱上了他，就该把公主许配给他；有的又怕他长得丑；有的又怕他脑子笨，最后，考虑了很久，龙王才决定把他找来当面看看。好，中意，就叫他成亲；如果不好，不中意，就给他的牛钱叫他回去；再不答应，干脆派大鱼把他吃掉。

苏利亚来在宫殿上，像十五的月亮一样，把水晶殿照得通亮，龙王心里暗暗地喜欢，但他还要考考女婿："有一样东西，有人说它坏，有人说它好，你猜猜看。"苏利亚马上就答应上了："是太阳，庄稼人说它好，领主、土司说它坏，辣人②。"龙王又出了许多谜语叫苏利亚猜，他都猜着了，于是龙王大喜，便热热闹闹地给他们办起婚事来，于是苏利亚就在龙宫跟公主成了亲。

住了几天，苏利亚跟公主商量："我在这儿住不惯，你跟我一起到人间去住吧。当初土司派我来找香花，我还要回去交个令才好。"公主舍不得离开自己的丈夫，她也想到人间来住，就答应跟他一起去。

他们禀告了龙王，龙王没办法挽留他们，便答应了，同时还请巫师来选了个好日子，敲锣打鼓，送他们上路。两人来到洞底，当苏利亚摇动绳

---

① 糯乐多：最会唱的一种鸟。

② 辣人：云南方言，即阳光"晒人"。

子,和公主一同坐上竹兜时,公主才告诉苏利亚她的梳子忘记了带来,并说:"不带到人间,头发香七天又要臭七天怎么办?"苏利亚听说公主梳子没有带来,就连忙跑回去给她拿梳子。哪晓得苏利亚既摇动了绳子,在洞口的人就拉起了竹兜,公主在下边叫,上面听不见。洞口的拉了七天七夜,拉上来一看是个美丽的姑娘。公主被众人拉上来之后,土司见她长得这样美丽,就派人抢了回去,要跟她成亲,可是幸好公主忘了梳子,头发臭得土司近不得身,不能成亲,于是土司只好把公主关在楼上。

当苏利亚拿了梳子回来,不见了公主和竹兜,才想起是自己摇动了绳子,一定是上面把公主拉上去了,便急得哭了起来。后来他只好跑回来找龙王帮助,龙王听说,就派人把他送回人间,临走又送了他一粒宝珠,教了他一个咒语,送的人叫他拉住衣角,闭上眼睛,转眼间就把他送到了人间。苏利亚走了十天十夜才回到了家里。他向邻人打听公主的下落,知道公主被土司擒走了,非常生气,于是就赶来向土司要人。土司不但不理,还要揍他,他没有办法,准备打听好公主住的地方,再来救公主,就回家了。哪晓得刚回到家,土司怕他找麻烦,就派了四个武士来杀他。

四人来到苏利亚的家,苏利亚正在吃饭,就问:"你们来有什么事?"

"来杀你的头!"不等说完,就来抓他。苏利亚想:"土司这样无理,我先给他点厉害看看。"忙说:"请不忙动手,一来我的饭还没有吃完,二来你们的刀不快,请先磨磨刀,我吃完饭再杀不迟。"于是四人搬来一块磨刀石,一面磨刀,一面等他吃饭。等他吃完,刀子已经磨得明晃晃的了,武士们正要动手,苏利亚又说:"你们磨刀磨累了,天气不早,还是先睡一觉,明天再起来杀我吧。"四个武士一听动火了,说:"你这家伙不知死活,还跟我们作耍。"苏利亚见他们要动手,就急忙念起龙王教他的咒语,说:"你们睡睡吧,明天再起来。"四个武士听了咒语,一个个身不由己倒下就睡着了,整整睡了一夜晚,到天亮才醒来。他们回来禀告土司,土司骂道:"不中用的东西,他叫你睡你就睡啦!"于是又另派了八个人来杀苏利亚。

八个武士来到苏利亚家里要杀他,他说:"不要杀我吧,我今天要出去打听我妻子住的地方，你们先睡一会，等我回来再杀吧。"八个人一听气急了，一拥上前抓他，他又念起咒语，说："你们不听那就自己打架玩吧，天黑再回去。"咒语一念，果然八个人又扭成一团，互相打起架来，惹得房子里的人笑闪了腰。到天黑醒过来，个个头青脸肿，跑回去把经过禀告了土司，土司一听，心想："这家伙这么厉害，要用一个计策才行。"就派了一百个武士，叫他们在晚趁苏利亚睡着的时候才去杀他，武士们先把他的小竹楼围住，然后派了十几个人去下手，苏利亚正想着救公主的事，一听楼梯响，忙问："什么人？""来杀你的！"他一听气极了，就念动咒语："土司抢了我的妻子，还几次地要杀我，我没有过错，是他的不是，你们回去把他杀了吧。"和头两次一样，一百个人，便往土司家赶来，这时土司正在睡觉，被大家一阵乱刀，便给剁死了。

苏利亚赶来，从楼上救出了公主，从此，夫妻俩过着幸福美满的生活。

线猛与珊布

翻译者：沙海明（耿马县政协委员）
记录者、整理者：云南大学中文系1956级学生
搜集地点：云南省临沧市耿马傣族佤族自治县

1

很久很久以前，有个国家名叫赶脱维扎。白玉色砌的城墙围住美丽的京城，金碧辉煌的宫殿矗立在城中心。商人都高兴到这儿来做生意，千万个马帮奔向这座城，京城的大街上熙熙攘攘，天天热闹得像赶摆一样。老国王西里探玛待人十分宽厚，对待百姓就像对待自己的亲人，他管辖的地方有一百零一个，地方的人民都尊敬自己的国君。老国王有三个儿子：大儿子名叫拉摩为卡，和威萨利国家的公主莫丹结了婚；老二曼达，娶了塔

树嘉国王的公主,接替王位治理这个国家;小儿子线猛,长得比两个哥哥英俊秀气,他力大勇敢心地善良,姑娘们见了他都着了迷。

日子过得真快,小线猛长到了该结婚的日子了。老国王下令一百零一个地方的青年男女都到京城来赶摆,让小儿子在姑娘里挑一个中意的妻子,自己也打算在小伙子中选个有本领的当将领。听到国王的命令,全国的青年男女都打扮得漂漂亮亮,赶到京城里来,在国王的御花园里开始做大摆。花园里象脚鼓声伴着小卜少、小卜冒①轻盈的舞步,婀娜多姿的孔雀舞吸引了许多青年男女,还有一些耍刀弄棍变戏法的炫耀自己的本领。在这伙来赶摆的小伙子中,有个名叫南立信的人,长得身材魁梧相貌堂堂,不仅精通各种武艺,而且还会呼风唤雨,撒豆成兵,他表演了很多魔术,把大伙逗得十分高兴。由于他本领高强,老国王选他做了将领。眼看七天大摆就要过去,小王子却没有挑上一个中意的姑娘,老国王看看没有办法,也只好暂且把这桩心思放下。

日子又过了两年,线猛对宫廷生活早已生厌,他打算出去游历。到深山老林里去拜访亚细②,长点见识,学些本领。老国王和皇后听到这个请求,便强力加以劝阻,皇后甚至淌下了泪水,可是小王子去志已坚,老国王只好找磨龙③来卜卦,算算路途上的吉凶。磨龙闭目养神掐指一算,马上回禀国王:"陛下不用劝阻,小王子出门去正合天意,七天内就可以找到他心爱的姑娘。她是一个美丽的公主,被妖精摄上山,关在魔窟中。他两个姻缘巧合,陛下和皇后不用难过。"老国王听了后心情舒展,皇后也破涕为笑了。国王打算给线猛多带侍从,磨弄连忙劝阻:"只能让小王子一个人去,带了侍从反嫌累赘,惹出祸端。"老国王听了便不再勉强,命人从后宫里取出两件祖传的宝贝——弓弩和宝刀,赐予线猛。皇后又替小儿子拾掇了干粮衣物捆成一个小布包。临行前,父母俩对儿子叮咛嘱咐:"一路上小心,在意保

---

① 小卜少,小卜冒:少女、小伙子。
② 亚细:隐士。
③ 磨龙:算卦的人。

重身体，莫作恶，莫逞强，莫招惹是非，早去早回。"

线猛挎着宝刀背着包袱和弩箭，骑着骏马，拜别双亲，快马加鞭跑出了城。他出门时正是晴季，莺飞草长，野花开遍了山野，微风吹来，香气沁人心脾，他心里有说不出的快意。他翻过无数座大山，穿过无数片的森林，一路上香花向他频频点头，鸟儿向他欢呼歌唱，连骄傲的孔雀也到路旁展开五彩缤纷的翅膀。趁线猛晓行夜宿赶路的时候，我们再来说另一件大事情。

2

孟柯傣是一个美丽的地方。那儿的国王名叫赞达朗久，因为他年老体衰，很多朝政大事都落在儿子戛瓦利手里。戛瓦利长得又黑又丑，异常贪财，生性凶残蛮横，刚愎自用，不懂得百姓的甘苦。公主珊布，和她哥哥完全两样，她娴静温柔，美丽多情，只要她一睁眼，太阳都黯然失色，她若是从街上经过，全城的人都会神魂颠倒，吃饭的人看到了珊布公主，不是失手将碗摔碎，就是把饭团塞进鼻子里去。公主的美名传遍了四面八方，一百零一个国家的国王都派遣使臣来求亲，礼物堆得把宫墙都挤破。

这件事使老国王又喜又愁。喜的是女儿生得美如天仙，不怕没有好女婿，愁的是求亲的人太多，不知道把女儿许给谁。想来想去，想不出一个好办法，便召集满朝文武来商议。众大臣聚集在朝堂上面面相觑，不敢开口，人人都觉得这件事情很棘手，但又想不出一个万全良策。这时坐在老国王跟前的戛瓦利王子发出几声冷笑，把自己的计谋说了出来："父王这件事交我一手处理，我有一个计策，不但能为您选一个好女婿，而且也会使一百零一个国家的王子心悦诚服，不会引起纠纷。只是有一个条件，我处置了，任何人不准反悔，更不准在背后窃窃私议。"说罢，他立即挥刀砍去桌子的一角，怒气冲冲地走了出去。老国王和众文武百官见他气势汹汹，一个个敢怒而不敢言。

戛瓦利对一百零一个国家求亲送来的财礼早就起意。当他从朝堂上回到王府，即派人通知一百零一个国家的王子：明天一早到城外花园里聚会。第二天早上，各国王子也陆续来到，国王、皇后、公主和大臣们也闻讯赶来。他们刚到台上，戛瓦利正在大声地向各国求亲的王子宣布："我只有一个妹妹，给了你，得罪了他，许给他又得罪了你。现在这台下有块大石头，有五庹①长，四庹厚，我把它甩在天空，哪个能接住石头，就把妹妹嫁给他。如果没有接住的，要把他抓来痛打五十鞭子，然后驱逐出去，财礼一概没收。"说完，他走到台下，来到大石头跟前，将上衣脱去，双手将石头举起，向人群里掷去。这时，各国求亲的王子，都吓得面无人色，拔腿就跑，一个个屁滚尿流，连衣服被刺挂破了都顾不得。只有夏窝地国家的王子冒苏来没有跪，他看见石头将要落下，一个箭步跑上去接住了它，轻轻地放回原处。戛瓦利一见心里很高兴，当场就应允把妹妹许配给他，还请他上台来与父母相见。

珊布公主在台上，看见冒苏来长得异常丑陋，猴臂猪肚，獐头鼠目，心里一点也不爱他，真是又恨又气，急得不住啜泣。老国王和皇后知道女儿不乐意这桩婚事，对戛瓦利这种胡作非为也很愤慨，可是大权又在儿子手里，也无可奈何，戛瓦利把冒苏来请到台上来，亲亲热热好像多年相识的朋友。一百零一个国家的王子都逃跑了，财礼都被戛瓦利一人独自吞下，他跟冒苏来一道回宫。一路上，京城里的百姓都争着看新驸马的风采，但看了之后都掩口大笑起来，人人都感到把公主嫁给这样一个怪物实在可惜。公主在车上越想越气，禁不住大声哭起来。这时，有个妖精正从天上飞过，听见公主的泣声，连忙拨开云头探看，发现公主长得白皙娇嫩，是一餐好点心，忙张开血盆大口，刮起一阵妖风，把公主从车里摄上天空，一直吹到自己的老巢——赶脱马山，将公主困禁在魔窟里，准备七天后就来吃她。

众人见妖风吹走了公主，急得大喊大叫，老国王和皇后也急得直跺足。戛瓦利和冒苏来听说急忙拼命追赶，可是追了许久，仍不见踪影，只好快

---

① 庹：是傣族计长度的方法，即两手臂长约五尺。

快不乐地回来。

自从珊布公主被妖精摄走了之后，猛柯傣地方便显得十分萧条，大象、牛马不兴旺，树叶和青草也发黄了。老国王和皇后更是伤心，想起女儿虽然生得天下无双，可是命运多舛，只见女儿的衣物用具，却不知道女儿的生死存亡，再想起儿子的不孝，越发悲恸，整天茶饭不进，哭哭啼啼。整个宫中都在哭泣，整个国家浸沉在悲痛里，听不见青年男女的唱调，听不到铓锣象脚鼓的声音。一个热热闹闹的京城，突然变得死气沉沉。过了三天，老国王派人召磨龙进宫来卜卦。老磨龙进宫来掐指一算，禀告老国王："公主的生命没有危险，派人去找也是枉然，不出一个月便有人来救她。救她的是一个有福气的美少年，他两个姻缘上天注定。等他送公主来时要好好款待，助他俩成亲，否则就会惹出祸端。"老国王听了心安定，暗暗祈祝上天保佑。戛瓦利听了气得豹眼圆睁，拍着桌子跳起来："老磨龙快收起你的鬼话，珊布已由我做主许给了冒苏来，哪个敢来求亲我就要杀掉他。"冒苏来一听心欢喜，只等公主回来成亲，当晚他又献给戛瓦利一箱金银，老国王气得张口结舌没话说。

3

珊布公主被妖精关在赶脱马山的岩洞里已经有六天了，心里急又怕，全天在山洞里大骂妖精。

再说王子线猛这天来到一座大森林里，因为走得疲劳便在一棵大青树下休息，树上有两只金色斑鸠在互相说话。

雄鸟："你今天怎么来迟了？"

雌鸟："因为我在前面森林里看见一个青年人，长得实在英俊，怕是哪个国家的王子，他骑的骏马死在林子外头，他身上带了刀箭，不知要到哪里去。我跟他飞了很久，转眼又找不见他，所以就来迟了。"

雄鸟："告诉你，我今天飞到一个大岩洞头，看见洞里有个姑娘，长得又白又美丽，被关在黑黝黝的洞里面，不快点去救她一定会被妖怪吃了。"

雌鸟："我碰见的那个王子一定救得了她！"

雄鸟："他去救，保证能成功。"

雌鸟："岩洞在哪里？"

雄鸟："岩洞在大山的东边，有棵大青树在洞的门前，妖精吃了人的骨头便丢在树下。以前这洞是亚细住的，如今给妖精糟蹋得不像话。"

两只斑鸠一问一答，线猛一一听了之后便牢牢记住，准备第三天去救公主，这天晚上珊布公主做了一个梦，梦见一只白象用它的象牙撬开了洞门，把自己救了出来。醒来时睁眼一看，已经有些亮光透进洞来。这时，她发现洞口有人撬动石头，以为是妖精要来吃她了，便破口大骂："死妖精，来吃罢，我不怕死，将来你一定不得好死……"线猛在洞外听了便说："公主，我不是妖精，我是来救你的人。"说完又用宝刀猛力一撬，石头撬开了，两人相见，都觉得彼此眼睛一亮，好像宝石落在自己的面前，真有说不出的欢喜。线猛把珊布扶出洞来，坐在荷花池边，池水清清，倒映着他俩的身影。线猛又下池子去挖藕给珊布充饥，摘下一朵最大的荷花，给她佩戴，后来两人轻言细语地互相倾诉爱慕的衷肠，线猛在珊布耳边轻声地唱道：

"我是赶脱维札的小王子，

为了寻找幸福我爬山涉水，

我们地方的姑娘千千万万，

没有一个合我的心意。

我宝石般的妹妹呵！

现在我俩总算相遇。

让我俩真心相爱，

让我俩的爱情日久天长。"

珊布听了心里甜滋滋的又羞又喜，便把她自己遭遇的不满说了一番，又讲起妖精摄她上山的经过，最后羞答答地依偎在线猛胸前向他倾诉自己的衷肠：

"金子般的情哥啊！

是你把我救出了虎口。

我生得像只乌鸦，

乌鸦哪能和凤凰同巢，

我爱你却出自一片真心。"

一对初恋的青年相依相偎地坐在荷花池畔。看看天色已晚，线猛便装好弩箭抽出宝刀，等待妖精来到。公主看见爱人非常勇敢，心里更是喜欢。过了一阵，一阵妖风吹过，果然妖精来了，妖精才一落地，发现荷花池有些零乱，接着便闻到一股生人的气味，抬头一看，见珊布和一陌生的男子一起坐在池畔，不禁打着哈哈："妙哉！关进洞去是一个，跑出洞来是一双，这回我的口福不浅，可以大嚼一只。"说罢就张牙舞爪朝他俩扑去。线猛趁妖精扑来张开血盆大口的当儿，一弩箭便射中它的咽喉，弩箭发出雷一般的啸声，妖精一声跌倒在地上。线猛挥刀把死妖的尸体砍成几截，掷下了山涧。

4

杀死了妖精，线猛在魔窟里放了一把火，便和珊布一起上路。他俩走呵，走呵，走了很久，才到一个名叫阿立塔的地方。从阿立塔到猛柯傣还有三个月的路，到赶脱维札得走半年。两人做了一番商量，决定先回猛柯傣，让珊布的爹妈放心。他俩急急赶路只走了十五天，便来到了猛柯傣地方。

这天深夜，他俩来到猛柯傣城外大花园里，进园子一看，那块大石头还在，珊布想起哥哥为她招亲的事不觉心事重重，潸然泪下。线猛一见她哭，便劝她不要伤心，明早进城一家就要团聚，说罢，两个就靠在一棵大青树下过夜。半夜里线猛想到明天带武器进城非常不便，就悄悄起来把宝刀和弩箭藏在花园里，藏好了刀箭又重新回到树下睡觉。

天还不亮，有个给国王割马草的仆人来园子里割草，走到大青树下，看见一男一女正在睡觉。一看那女的正是珊布公主，他忙丢下箩筐跑回宫去报信。老国王和皇后听说女儿回来了，好像天上落下宝石一样的高兴，急忙命令内侍带着两只有金鞍子的大象，敲锣打鼓去迎接亲人，欢迎的人群来到城外花园里，看见公主便跪下相请："老国王和皇后打发我们来迎接公主，请立即进宫，一家团聚。"

线猛便对公主说："现在你可以进宫去，我就送你到这里，我也要回去探望双亲，不能和你一块进城。"珊布一听心里急了："哥哥呀，你不进城我也不进去，只可怜我父母天天盼望，望不见女儿好伤心。"众侍从也跪倒在王子面前来相请。线猛见众人苦苦相劝，只好骑上大象被簇拥着进城。只是在城外耽搁得太久，太阳偏西才进了城。城里的人听说公主和一位王子一同进城，大家都挤在街头来欢迎。有的在赞叹公主的美丽，有的在赞赏线猛的英俊。

这消息传到戞瓦利王府，他正和冒苏来在饮酒作乐，一听这消息马上怒气冲冲，便和冒苏来一块计议，想把线猛害死，然后逼着妹妹与冒苏来成亲。就立即派卫士前去守住宫门："只准公主进宫，同她来的人就是捉她走的妖怪，要马上抓住杀头。"

公主的大象刚走进宫门，线猛骑着大象也跟在后面，守门的卫士要他下来。他还以为这是这里的习惯，客人进宫后要步行，才翻身下了大象，很多卫士便把他团团围住。虽然说他力气很大，因为赤手空拳、寡不敌众，终于被卫士们捉住，卫士们用刀背和皮鞭将他一顿毒打，立刻晕死过去，然后抬着去见戞瓦利，戞瓦利一见，大骂卫士办事不力，为何不拖出城去砍了他。卫士一听，立即把线猛拖着往城外来。

线猛虽然昏迷，但心里却很明白，想起自己就要死了很是伤心，又后悔昨天不该把刀箭藏在园子里，弄得赤手空拳，束手被擒，想起当初父母的劝告，后悔不该出门，又想起妻子珊布还不知道自己就要死了，心里更是痛楚万分。

押解的卫士押着线猛来到大东门，忙叫守城官打开城门，守城官说："天黑了就关城门，这是天王传下来的规矩。"卫士们焦躁不安地嚷道："我们是奉戞瓦利王，将捉走公主的妖怪绑去杀的。事关机密，你们不开城门万万不行。"守城官听了，对戛瓦利王子这种行为非常愤慨，他打算尽力援救公主的救命恩人，便对卫士们说："天黑不开城门，太阳落山不准杀人，这是先王传下来的规矩，就是国王，也不得违犯。你们可曾记得，公主被妖精摄去的时候，国王曾请磨龙来卜卦，磨龙说不出一个月，公主就会救得回来，救公主的是赶脱维扎国家的小王子，如果慢待了他，我们这儿就会遭灾。这些话全国百姓都知道，你们为啥要惹火烧身，你们绑的明明是公主的救命恩人，为啥要说这是妖精？恩将仇报会有报应，做事要三思而后行，在前辈讲的故事里，讲得异常清楚，你们若是忘了，我可以讲一个给你们听：过去我们这地方，有一个老妈妈她领着女儿到树林中去玩，在路上捡着一个又大又熟的芒果，母女俩舍不得吃，准备拿回去孝敬又聋又瞎的母亲，回家后，便把芒果送给老奶奶下饭吃，哪知老奶奶刚吃下一口芒果，顿时变成一个美丽的小卜少。这消息一传十，十传百，传通千里，很快传到王子耳朵里，王子便派这小女孩再到树林中捡芒果。小女孩走到树林里，看见蚂蚁洞口有个大芒果，洞里有条大蟒，她捡起芒果就往回跑，回来便把芒果交给王子，王子得了芒果立即拿去孝敬母亲。但是这个芒果有一处粘着了大蟒咬过的毒液，皇后才咬了一口芒果正好咬在有毒液的地方，便立即死去。国王一见大怒，命令卫士将小女孩打死。"

"有些生了病求死不得求生不能的人，想快点死去，免得疾病缠绕，都争着来吃这个芒果，可是大家吃了之后，不但没有死，有的变成了英俊的小卜冒，有的变成了美丽的小卜少。国王见了，非常诧异，便身到树林中去查看，看见蚂蚁洞里有条大蟒，他才明白了一切，深悔自己冤枉了小女孩，结果他也忧虑而死。"

卫士们听了这故事，并不以为然，押着线猛离开了东门，直奔南门而去，哪知南门的守门官，不但不开城门，又对他们讲了一个故事：

"过去，我们这地方有个国王，他有两个妃子：大的名叫苏瓦纳西芭，为人和喜，娴静美丽，她有一只能说会唱的鹦鹉；小的名叫赞勘，心肠异常毒狠，喜欢算计别人。有次，国家发生了战事，国王远征在外，赞勘趁机和大臣爱马河象底勾搭上了。这丑事被鹦鹉知道，便把它告诉了苏瓦纳西芭，苏瓦纳西芭嘱咐鹦鹉不要声张，待她细细察访。

"有一天赞勘装病，大臣爱马河象底趁机又去看她，凑巧，苏瓦纳西芭也去探望她的病情，才走进赞勘的卧室，就撞上了他俩在搞私情，两人见苏瓦纳西芭来了，只好跪下求情，求她不要告诉国王，苏瓦纳西芭见他俩都已认错，就饶恕了他们。

"时间过得很快，不久国王回来了，赞勘心怀鬼胎，惴惴不安，便来了个恶人先告状，佯装病了。国王十分宠爱赞勘，回来听说她病了，立刻就去看她，赞勘装嗔作态地说：'我没有病，只因为天天想你，你不在家时，苏瓦纳西芭和人勾勾搭搭，被我察觉后她日日夜夜想来害我，所以我病了。'国王一听这话，心中又气又恼，命令卫士将苏瓦纳西芭立即杀死，苏瓦纳西芭被杀后，天昏地暗全国震惊，鹦鹉便将真相告诉了国王，国王追悔莫及，立即将赞勘、爱马河象底剁为肉酱，自己也拔刀自杀了。"

卫士们听了这故事，仍然不回心转意，又将线猛拉到西门，西门的守门官不开城门，又讲了个故事给他们听：

"从前有两口子，他们日子过得很快活，养着一条穿山甲替他们看家守孩子。他们每天早出晚归。

"有一天，一条大蛇爬到竹楼下，吃了小鸡，又溜上竹楼把他俩的小孩咬死了，大蛇又钻进了卧室找东西吃。这时穿山甲见了，立即将大蛇咬死。

"两口子傍晚回来，发现儿子死了，这时穿山甲才从屋里出来，满嘴是血，他俩便以为是穿山甲咬死了儿子，一怒之下用缅刀将穿山甲杀死了。可是，当他们走进卧室，看见一条大蛇死在屋里，才知道自己做了错事，两口子追悔莫及。"

卫士们听了这故事，仍然无动于衷，他们又奔向北方，北门的守门官，也对他们这种不义行为不满。便又讲了一个故事，希望他们悔悟：

"过去，我们地方有个国王，他有个公主美丽非凡，但她非常骄傲横蛮，动辄打人骂人，稍不如意就命令卫士将随从处死，人人对她又恨又怕，诅咒她早日死去。有些胆大的便打算来报仇,他们打听到公主喜欢到御花园的水池里洗澡,便在水池底下插上许多尖尖的竹子。那天公主又要去洗澡,公主养的一条黑狗,拼命地把她衣裙咬着不放。公主生气了,命令武士用金锤将黑狗敲死。于是公主来到水池边,脱了衣服往水里跳去,一跳下水,就被尖竹子刺进胸窝,死在水里。"

卫士们见北门的守城官也不开门,只好把线猛押回戛瓦利王子府府邸听候处理。戛瓦利一听这情况心里着急,冒苏来在一边也干着急。只是城里不准杀人,只得令人将线猛暂时关在牢里,盼咐多派士兵看守,等天明再拉去砍掉。

5

珊布公主进宫拜见了父母。母女俩抱头痛哭起来,哭了一阵,收住了眼泪,珊布公主把她被妖精摄到赶脱马山关在岩洞里,遇见赶脱维札国王的小王子线猛救出她的经过,两人又私订终身一块回家的一切,详细地告诉了双亲。老国王和皇后听了很高兴,想马上看看勇敢的线猛,命人去找,找遍了宫殿不见踪迹。后来公主亲自去找,一直问到守门的卫士,才知道线猛被她那狠心的哥哥捉去了。公主闻讯,好像晴天霹雳,跌跌撞撞奔进宫去,泪汪汪地哀求父母亲。

老国王听说,连忙打发人到戛瓦利王府住处调取线猛,可是戛瓦利不听父王的命令,一口咬定线猛是妖人,说妹妹的婚姻已由他做主配定了,三天后就要让她和冒苏来成亲。侍从只得回宫去,把这话一五一十地禀告老国王。珊布在后宫里听到这消息,又恨又急大哭起来,哭了一阵,便朝牢房奔去。珊布公主走进了牢房,看见线猛浑身是血,不觉内心酸痛,忙把自己绸帕取下来为他揩洗血迹,一边揩一边哭诉:

"要是早日听从你的话,

哥哥,你怎么会受到这灾难;

要是你真有个三长两短,

我珊布也不会苟且偷生在世上了！"

珊布的哭声惊醒了昏迷的线猛，她的话句句打动了自己的心，挣扎着坐起来，一面抚摸着公主一面说：

"珊布呵，你不要哭了！

天一亮我就要死去。

我们的爱情也从此埋葬掉。"

珊布公主说：

"你死我也死，

你活我也活。

叫我离开你是万万不行。"

他两个在牢里互相哭诉，老国王和皇后也赶到牢里来，看见他俩哭得死去活来，深深地受了感动。两位老人又跑到戛瓦利面前去说情，戛瓦利圆睁一双凶眼说："当初你们对妹子的婚事拿不出主意，如今我决定了你们又要反悔，这是万万不行的，你们别以为线猛是什么好东西，他分明是妖精变的，我说明天要杀他就是要杀，天王昆雪加[①]来求情也不行。"老国王和皇后只好愤愤地退出了戛瓦利的府邸，他们诅咒自己忤逆的儿子将不得好死。老国王和皇后回到牢中只是摇头，线猛见了知道无法挽救，只好安慰珊布："凡人无法救我了，要救我，除非是天神昆雪加显灵。你还是多保重身体！"珊布听到线猛提起天神昆雪加，忽然心眼一亮，辞别了线猛跑回宫去祷告天神昆雪加，求他保佑线猛。

天神昆雪加被珊布的爱情深深感动，便打发了两个神仙下凡去救线猛。

两个神仙落在猛柯傣地方，走进了狱中。他念动了咒语把管狱的人迷住，然后打开牢门，除下线猛身上的铁链，把线猛抬出来，放在城外花园里的大石崖上，在天快亮的时候，两个神仙又变成两个赶车人，赶一部马车从石崖边走过。线猛这时刚刚苏醒，听到车子响，睁眼一看，看见自己睡

---

① 昆雪加：傣族传说中至高天神。

在大石崖上，知道有神人来相救，便坐起来问赶车人去到哪里？赶车的说："我们要去怕腊拉希做生意。"线猛问："可要经过赶脱维札？"赶车的回答道："我们走大路离赶脱维札的京城只有一天的路程，你要去可以同行。"线猛告诉他们："只是我被人打得挪不动身子。"赶车的说："没关系，我们扶你上车。"说罢，他俩就先把线猛扶上了马车，又叫他好好地睡着养伤，"到了目的地，我们自然会喊你。"这样，他俩就赶着车子缓缓地赶路，当线猛睡着之后，便将车子升到空中，像风一样飞向赶脱维札，不一会便到了目的地。他们在一个三岔路口停下，便叫醒线猛："朋友，你的故乡到了，这是岔路口，往右走，一天的路程就到了赶脱维札。"线猛听说已经到了自己的故乡，连忙坐起，只是肚子饿得没有力气，便向赶车的人要点饭吃。赶车人说："有，有，有的是。"说完就拿大荷叶包了一大包饭给他，他拿了饭下了车，向二位赶车人道谢："谢谢你们！回来路过赶脱维札，请一定来串我[①]。"

线猛离开了大路来到一条小河边，肚子又饿又渴，伤口也很疼痛，便坐下来休息，用水来洗涤伤口，又打开荷叶包的饭来吃。说也奇怪，那饭吃下去，伤口马上就好了，力气也比以前加了好几倍，这才怀疑赶车人是神仙变的，吃完饭过了河，走进一个房子，房里的头人一见是小王子来了，便把他请到，又赶忙派人骑马进城去报与国王。西里探玛国王听说小儿子回来了，便打发大队人马去迎接，国王与王子相见，一家人又重新团聚。

6

猛柯傣京城里的人们，天亮时还在昏睡，一直到太阳很高了才有人起来。那些守牢的狱卒眼睛一看，发现牢门大开，不见线猛，只有一堆铁链，便急忙报与夏瓦利。他一听逃走了线猛，勃然大怒，命令全城士兵分头前去追捕，但是到处都找不到。这消息传进宫中，珊布公主真是高兴。

---

① 串我：到我家玩。

戛瓦利自线猛逃走后，知道会有祸事，一面操练兵马，一面访求有本事的人。有一天，一个名叫委洛哈的家伙前来求见，这家伙本是一个混蛋，他做尽了坏事，才被当地老百姓驱逐出来的。戛瓦利见了他非常欢喜，因为委洛哈懂得点妖术，就让他当了兵马大将军。委洛哈拍着胸膛向戛瓦利保证："不用怕，打仗有我，不是我夸口，莫说一个赶脱维札，就是一百零一个国家都来，我也不怕。"戛瓦利更放心了，他便与冒苏来计议一边强逼珊布成亲，一边让他派使臣回去调动大军准备打仗，冒苏来的父亲便点动骑象军官一千个，骑马军官六千个，率十万步兵开到猛柯傣。

7

线猛自从回到家里，每天愁闷不乐，父母觉得有点奇怪。一天皇后问他："小儿子呵，你回来后为什么总不高兴，好像有什么心事，为什么不告诉我？"母亲的话触动了线猛的心思，不觉流下泪来，他知道瞒不过母亲，便把自己出外的全部遭遇详细地告诉了母亲。皇后听了也很伤心，就把这件事转告给老国王、大王子和群臣。大家听了都十分气愤，便想调动军队，到猛柯傣报仇，线猛听了连忙劝道：

"父王，哥哥众叔伯。

不要为了我一个人的事，

轻举妄动起战争，

还是先派使臣去，

如果悍然被回绝，

兴师问罪也不迟。"

大家听了，觉得先礼后兵很有道理。老国王先派了能干的南立信为婿使，带了好马两百匹，金子二百两，银子二百两，绸缎二百匹。临行前线猛交给他一封信，要他亲自把信交到珊布手里，随信附上一只金戒指。

这天，求婚的人马来到猛柯傣城外，守城的兵将忙问："你们是哪里来的人？"南立信上前回答："我们是赶脱维札来求亲的使臣。"守城门的官一听，忙大开城门欢迎，连忙派人去禀告戛瓦利王子。

南立信把礼物分作两份，先带一份去见老国王："我们国王派我来求亲，两个国家和好，好像两块绸缎连成一匹，公主与王子早已相爱。今天结成夫妻，是让真诚的爱情得到公认。"南立信能说会道，对答如流，使老国王心花怒放，收下了礼物，立即满口答应。南立信告辞了老国王，又小心地带着礼物去见戛瓦利王子，表达求亲的愿望。戛瓦利不耐烦地听完他的话，十分横蛮地说："你们，怎么这样不懂事，我家的妹妹早已由我做主嫁给了冒苏来王子，你们的小王子线猛用妖法将我妹妹摄去，怕我们问罪，又乖乖地送了回来。当时我严厉地惩罚了他一顿，若不是他逃得快，早就被我砍了，现在居然有脸来求亲。要妹子不给，要死我倒可以送你一刀，财礼我已令手下人收下，这是我的规矩。你赶快给我滚回去，待久了莫说我翻脸无情。我父亲是个老糊涂，他答应的事不顶事。"

南立信听了气愤地说："既然不答应也就算了，我回去再禀告我们国君另作主张。"从戛瓦利宫里出来之后，他又带着书信和戒指去见珊布公主。珊布得知戛瓦利不答应线猛求婚的事，心里痛楚万分，洒泪写了一封回信：

"救命的哥哥呵，请你不要忘记我，

我整天被冒苏来逼婚，

天天盼望哥哥来救我，

莫让我在这里受折磨，

文求不成就动武，

何必对恶人太软弱。"

写罢信，又摘下金耳环，托付南立信带给线猛。

8

南立信回到了赶脱维札，将求婚的经过一一禀告给老国王。满朝文武百官听到戛瓦利的咒骂，一个个气得咬牙切齿，觉得珊布公主说得很对，"文求不成就动武，何必对恶人太软弱。"于是老国王便调兵遣将准备打仗。

老国王发布了命令：赶脱维札派出骑象军官一万个，骑马军官三万个，率领步兵一百万，军队统由大将军咸宰率领。威萨利派出骑象军官八百个，骑马军官八百个，带领士兵五十万，军队统由大将军拔准率领，还有莫丹公主的弟弟做军师。塔树嘉也派了五十万人马，还有三个大将军，其中数吉大的本事高，魔法咒语样样行。

三国人马共计两百万，谋臣猛将数不清，军队统由南立信率领，大王子拉摩为卡督军前进，大军浩浩荡荡杀奔猛柯傣城。军队走了一个多月，离猛柯傣还有一天的路程便安营扎户。

戛瓦利早有准备，当赶脱维札发兵的时候，他也调动了两百万军队和无数军官准备迎敌。双方军队在城外安营扎户，第二天就开始交锋。头一阵交战，猛柯傣吃了败仗，大将军祖乱达被杀死在阵地上，戛瓦利一见很生气，便出动了全部人马去杀敌，双方遇着了就打，厮杀声震天动地。这一仗打了三天三夜，直打得天昏地暗，日月无光，直杀得血流成河，一地死尸。双方伤亡都很大，胜负不分，只好暂且收兵。当天晚上，戛瓦利和冒苏来又发兵去偷营，谁知南立信早已戒备，一夜杀到天明，戛瓦利又吃了败仗，冒苏来也负了伤。戛瓦利回到城里，立即命令委洛哈兴起妖法杀退敌兵。

委洛哈便在城上搭起一座高台，在台上可以看见城外动静。他登台作起妖法，念动符咒便变出了许多黄蜂、大蛇、老虎、狗熊，张牙舞爪杀出城去。南立信在城外看见敌人兴妖法，便命吉大念动咒语，只见一团烈火，把那些黄蜂、大蛇、猛兽烧得一干二净。烈火往城里蔓延，眼看烧进城了，委洛哈变出一场大雨，才浇熄了这股大火。雨下得太大，地也都涨满了水，吉大又变出一阵大风，狂风把洪水都吹进戛瓦利兵营，弄得士兵们存不了身。双方斗法斗了一个月，斗来斗去胜负难分。眼看军粮将尽，长此下去不是办法。摩拉为卡便和南立信商量，决定假装败阵，然后做个里面装有飞刀的宝箱去求和，用飞刀砍杀委洛哈。第二天拉摩为卡就佯装败阵，傍晚便打发南立信带着宝箱和两箱金银前去投降，投降的人马进城来到戛瓦利王府,南立信献上三只箱子,跪下说道:"尊贵的戛瓦利王子,你的名声威震四海,我们实在打不过你,现在我们粮草将尽、无法坚持下去,情愿献上三箱金银珠宝,请王子收下,准许我们投降,不计前仇,让我们平安地回去。"戛瓦利见钱眼开,笑得嘴巴合不拢,招待了南立信一顿酒饭,便打发他出城去报信,好叫线猛明天也来向他下跪,南立信才走出宫门,戛瓦利便急忙打开箱子:打开第一只箱子,看见里面尽是金银珠宝,喜欢得手舞足蹈;打开第二只箱子,心里更是喜欢不尽;到了第三只箱子跟前,他用尽平生的力气也无法打开。没办法,只得把另一只箱子藏起,命人将委洛哈请来,委洛哈来到后,看了看箱子,便对戛瓦利王子说:"这是一只宝箱,里面装的不是珠宝金银,而是会杀人的飞刀。"戛瓦利不信他的话:"头两箱都是金银珠宝,是人家诚心诚意送来的,他们既然投降,又何必作假,两箱金银珠宝便是明证,你不愿意打开这只箱子,莫非想吞没我这箱金银珠宝?"

委洛哈犟不过戛瓦利,只好来开这只宝箱。他事先交给戛瓦利一瓶药水,告诉他,"飞刀砍掉我的头时,你不要让它掉进箱子里,接住头安在我的脖子上,涂上药水我会活命。"说完后就来开宝箱,箱盖才掀开,忽见宝刀飞出,旋转一下,委洛哈的头便掉下,戛瓦利只顾去看箱子里的宝贝金银,哪管委洛哈的脑袋,等见委洛哈的头掉进箱子,才吓得忙喊救命。委洛哈的头滚进了宝箱,箱盖立即关上,腾空飞回了南立信的营户。

9

南立信见委洛哈已死,知道对方再没有能人,便催动兵马前去攻城,线猛也速带兵攻打城外花园。戛瓦利虽然失去了委洛哈,仍然不甘示弱,亲自出马做最后的挣扎。这时线猛攻下了城外花园,取出了当日藏在那里的弩箭和宝贝,指挥军队便朝城里冲去,在城门遇见了冒苏来,冒苏来举刀来砍他,他一剑就刺死了冒苏来。戛瓦利的军队经不起打,一冲即散,但他仍然执迷不悟,只身直扑南立信,南立信见他来势汹汹,指挥兵马将他团团围住,他左冲右突才冲出重围,逃回城去,只身躲在家里不敢见人。守城的官兵恨透了戛瓦利，见他只身逃遁，就打开城门欢迎南立信的军队。大军就在城外住着，南立信派兵将戛瓦利捉来。老国王早就不满儿子的行为，如今见他被捉住，心里着实痛快，便打发侍从来见线猛，请求两国和好：

"做坏事的人已除尽。

剩下的都是善良的百姓，

两国的王子和公主成亲，

两国人民都是一家人。"

三个王子和元帅南立信，进宫去拜见老国王，大家见面亲亲热热，好像早先就是熟人。珊布公主跑了出来，两个恋人相见又哭又笑，絮絮不休地诉说别后的相思。老国王和皇后通令全国来庆贺，庆贺猛柯傣除去了恶人，庆贺线猛和珊布结婚，婚礼的大摆要做七天。拉摩为卡也通知自己的三个国家，要三个国家的人民和猛柯傣人民一齐欢度节日。战争从此结束，四国团结得像一个人。这一来猛柯傣真是热闹，整日整夜都在欢腾，唱歌跳舞，忙得连看都看不赢。人们更加想看新婚夫妇，为这一对历尽折磨、苦尽甘来的恋人欢呼。大摆做了七天七夜，喜事才算结束。

10

战争结束了，喜事也办完了。追究战争的祸首，人人便想起横暴的戛瓦利，于是派人把他从牢中提了出来，拉摩为卡宣判他的罪行：

"当王子你不知善恶，

横蛮骄傲认不得好人，

对待人民你凶暴残忍，

连自己生身父母都不知道尊敬。

为了金钱你伤天害理，

成天只想搜刮百姓。

珊布的婚事你百般阻挠，

你是惹起战祸的罪人。"

拉摩维卡杀了戛瓦利，全国人民都欢呼万岁，老国王年老体衰，便将王位让给了线猛。

新国王线猛正式登基，珊布公主立为皇后，两人共同治理国家，百姓听了非常欢喜，欢喜自己有了贤明的国君。于是大伙又来庆祝，比前次大摆还要热闹。老国王和老皇后更加高兴，从此猛柯傣有了依靠。

一切大事料理完毕，大王子才率领三国的人马回去，他们父子四人治理四个国家，四个国家团结得像一个人。四国人民都安心生产，商人都赶来贸易，别的国家不敢来侵犯，互相派使臣通好。这四国中又算猛柯傣更为繁荣，真是歌舞升平，人寿年丰。所以把猛柯傣改名叫线猛，意思是说这是一个宝地方。

附记：关于《线猛与珊布》

在耿马傣族佤族自治县的傣族聚居村户，我们一共搜集到《线猛与珊布》的故事四种，其中三种均是口述材料，一种是书面材料。依我们审核，决定以书面材料为主进行整理，并删去其中第一章，即线猛二哥曼达寻亲故事，因它可单独作为一个独立完整的故事，且删去对整个故事并没妨害。

砍土司的大门

搜集地点：云南省临沧市耿马傣族佤族自治县

有个父母亲都死了的穷人，穷得只剩下身上穿的一条裤子，没有人看得起他。他看上土司的女儿，就去请求隔壁的大妈给他说亲。

"啊呀，我的老天爷，你是做梦还是开玩笑！"隔壁大妈听他一说，吃惊得叫起来，接着，忍不住哈哈大笑。

"怎么，土司的姑娘就不嫁人么？"

"哎呀呀，孩子，你是什么人，人家是什么人？人家是当官的啊！"

"当官的还不是和我一样长眼睛、鼻子、耳朵。好大妈，你替我去说说吧！我一定要娶土司的女儿做老婆。"

"算了吧，孩子！我们是穷人，怕……"

"怕什么，土司要怪你，由我承担，你去吧！"

隔壁大妈终于被他逼着去土司家，但一想到这像是开玩笑，心里便有点发慌，当她硬着头皮走进土司家的大门的时候，土司正吃完饭捧着茶壶在吃茶。土司一见了她，劈头就问：

"你是来还我的钱吗？拖了这样久了！"

"老爷，我……我欠你的钱以后设法吧，今天我是来说亲的。"大妈一说完，连忙跪在地下磕头。

"说亲？哪一家呀？"土司感到很奇怪。

"就是我家隔壁那个……"

"那个穷鬼吗？哈哈哈哈！"

这时土司心中想：真他妈的想一步登天！但转过来还是装作若无其事地说："可以，可以。你去对他说，娶我的女儿要一对龙宝、一对龙齿。"

大妈回来把话告诉了穷人，穷人便拿起瓢到后面塘子里面打水，一面打，一面说："我是穷人，打一瓢要缩三庹，打三瓢要缩九庹！"塘里的龙王听了，吓得慌忙大叫："请你不要打，你要哪样我就给你哪样好了。""我要你那对龙宝和龙齿。"龙王只好把龙宝和龙齿交给了穷人，这一来便气死了龙王。当穷人高兴地把龙宝和龙齿交给土司时，土司又说："好，但我要这房子里所有的柱子还要每根都拴上一条牛，才能把女儿给你。"

在哪里去找牛呢？而且土司家的大柱子有百多棵，他心里面又气又急。这时正逢天旱，大家正没有办法，穷人就跑进塘中，把气死的老龙王的骨头搬开，一大股清亮的水便涌了出来，大家都高兴得送牛给他。第二天，土司家的大柱子上都拴满了牛。

土司见这些事都难不住他，就对穷人说："这些东西都有了，但还缺一个猪头来祭神。你去拿一个猪头来，要有对面那座山那么大，我的女儿才能嫁给你。"

穷人听了，知道土司不愿给他女儿，一再为难他，心中非常生气，但他却平静地说："好，我去找来给你吧。"

第二天清早，穷人便扛起一把斧头，"砰砰"地去砍土司的大门，土司被斧声惊醒了，便出来问他："你为什么乱砍我的大门？你想找死吗？"穷人笑着说："我的好丈人，不把你这门砍大点，我找来像山那样的猪头，怎么抬进来呀！"说完又挥动斧头"砰砰"地砍起来。

土司知道斗他不过，便叹了口气说："算了，算了，不要再砍了，我不要你那样大的猪头了，我把女儿嫁给你吧。"

穷人胜利了。

八哥的血

搜集地点：云南省临沧市耿马傣族佤族自治县孟定镇

土司家有个长工，土司对他非常刻薄，给他吃的是糠粑，剩菜剩饭拿去喂猪也不给长工吃。

这个长工一样也没有，只有一个八哥，常站在他肩头上叫："哥哥苦命，哥哥苦命！"土司恨透了这只八哥，常想把它打死。但他一来，八哥便飞走，他一走，八哥又飞到长工的身边。

土司为了叫长工给他多干活，天不亮就拿起大棍子来打长工。这时八哥就叫醒长工："老狗快到，快快跑掉！"

有一天，长工头晚干活干得太累，在磨房里睡得很熟，八哥叫几次他都没有听见，眼看恶土司已经走进磨房，举起棍子要打长工了。八哥一急，就从屋梁上飞下来扑土司，土司一棍子就把八哥打昏在地上。长工连忙去救，又被土司一脚，把八哥踩死了。地下流着许多鲜红的血，长工也挨了几棍。

长工难过地把八哥拿去埋葬了。

当他晚上回来的时候，八哥流血的地方有一堆火，火堆上煮着香喷喷的饭和肉，还煨了一壶酒，他又惊又喜地吃了。

从此，长工晚了回磨房睡觉，就不再受冷受饿了。

一天恶土司发现磨房中火光亮亮的，便跑来从门缝中往里偷看。他看见长工正在喝酒吃肉，还以为长工是在偷他的东西吃，使气汹汹地踢开门冲进去抓长工，他没有抓住长工便跌进火堆里去了。火忽然猛烈地烧起来，把土司活活地烧死了。

这时在烈火中，长工见一只红色的八哥飞出窗外，连声叫道："老狗可恶，老狗可恶！"

义腊的故事

搜集地点：云南省临沧市耿马傣族佤族自治县孟定镇

从前有一个穷人叫义腊，爹妈死得很早，丢下他一个人，帮地主放牛。

有一天，他把牛赶上草坡以后，就约了五六个伙伴，到山脚下去洗澡。这里，小河从半山腰直淌下来，冲成了一个深潭。潭水绿油油的，孩子们都怕下水。义腊的胆子大，他脱光衣服，一个筋斗就栽进了水里，等他一个人游得累了爬上岸来，伙伴已走了。他在河滩上穿衣服的时候，捡到了一个包包，里面装着一个亮晶晶的东西，义腊觉得很好玩就捡回来了。

第二天，义腊在牛圈里挖牛粪，他力气小，只好一盆一盆往外端。有一次，他休息的时候，又拿着小东西玩，不小心掉进装牛粪的盆子里，想不到盆子马上就动起来了，在牛圈里滑来滑去地装粪，有一个大妈从竹楼上看见了,问道:"义腊,你在吃什么?"义腊说:"我在划军船。"这时,义腊才知道了自己捡到的是一件好宝贝。于是,他拿着宝贝一摇,里面就跳出一个小人来,问义腊:"你有什么困难吗?告诉我,我可以帮助你。"义腊说:"牛粪太多,你帮我运牛粪吧。"于是,那个小人就一变,变了几百个小人,一夜功夫,就帮义腊运走了所有的牛粪。

后来,傣族人民遭到了灾难,有个高鼻子①国王,带兵来侵占傣族的地方。他带的兵多得很,过河的时候把河里的鱼都挤到河滩上来了。

这些兵到处杀掠,傣族人民简直活不下去,有人就去问义腊怎么办。义腊说:"不用愁,我有办法把那些高鼻子都杀光。"

义腊向天神祈求之后,就拿了宝贝摇了三下,立刻,天昏地暗,吹起一阵大风,把地上的鹅卵石都吹起来朝着高鼻子的兵营打去,打得高鼻子头破血流,不知死了多少人。傣族军队趁势攻打过去,把敌人打跑了,还捉到了高鼻子国王的公主。公主长得很漂亮,又会迷惑男子,义腊受不住她的引诱,就和公主成了亲。不到一年,生了个小孩子。说也奇怪,孩子一到义腊手里就笑了不住,一到公主手里,就只是啼哭,公主就注意这件事。后来发现义腊每回都是拿一个亮晶晶的小东西逗孩子玩,孩子就"咯咯"地笑。她就问义腊,这个小宝贝是哪里来的。义腊太麻痹,就把宝贝的来历,以及怎样靠宝贝帮助他打败了公主的父亲等,原原委委,全都说了出来。

公主听了暗暗记在心里。

原来这个公主,表面长得漂亮,心地却非常恶毒,虽然嫁了义腊,却时常盘算着要害死义腊,好让她的父亲来占领这个地方。现在,她知道了义腊这个宝贝的秘密以后,就悄悄地把宝贝偷了出来,放在甑子里面用大火蒸,就把一个活活的宝贝给蒸死了。蒸死了宝贝,公主又悄悄地把它放回原来的地方,义腊一点也没有发觉。

阴险的公主蒸死了宝贝以后,就暗暗派人出国去通知她的父亲,叫他

---

① 高鼻子:傣族人民把入侵越南和我国云南南部的法国侵略者称为"高鼻子"。

带了兵马，再向傣族地区进攻。义腊以为赶走了外国兵，就天下太平了，事先一点准备都没有，等到兵临城下，才掏出宝贝来，左摇、右摇，啊！不行了！外国兵攻进城来把义腊捆了去。

高鼻子国王用尽了软硬的办法，要义腊投降，但义腊死也不答应。国王没法，就下令用大火烧死义腊。可是大火烧不死义腊，反把点火的凶手烧成了黑炭，国王又下令用刀砍。刀砍在义腊的脖子上，不仅砍不进去，反而弹回来把拿刀的刽子手砍死了。最后，残暴的国王命令把义腊捆放在烟囱口上，让火烤他，让烟熏他。但烤了三年，义腊仍然活着，成天在坑上破口大骂，数说国王的罪状。

这时，有一个奸细来报告高鼻子国王说："义腊曾在神水里洗过澡，所以，刀枪杀不死他，他腋窝底下神水没有浸着，只有从那里用最快的宝剑才刺得死他。"

国王听了大喜，赏了奸细三千两金子，三百匹大象。义腊的生命就让这个奸细出卖了。

义腊临死前，对傣族人民说："亲爱的傣家人啊！我对不起你们，我失去了警惕，打了败仗！我救不了你们。我死了，你们不要灰心，你们要记住我，你们要恢复家乡的土地啊！"群众听了都哭了。义腊又对高鼻子国王说："杀我以前，还得给我准备三罐白酒，三副龙胆，三斤鸡舌头。"义腊吃完白酒，鸡舌头和龙胆，才让敌人杀死了。

国王恨透了义腊，杀死义腊之后，还叫人把他埋在大路底下让大家来来去去地踩。哪知这一踩，敌兵当中马上便发生了大瘟疫，死了千千万万的人。高鼻子国王吓慌了，忙请摩古拉[①]卜卦，摩古拉说："这是义腊显灵了。他死了还不屈服呢！"国王又下令把义腊的坟移到山上去，瘟疫才停下来！

据说，我们傣家人每逢五月端阳，就扎了草人、草马，包了粽子，包

[①] 摩古拉：傣族巫师，用鸡脚卜卦。

菜、包饭去扔到红河里，就是为了纪念他。

岩罕芒姆卡门①

讲述者：苍早
记录者：工作组
翻译者：苍早
搜集地点：云南省临沧市耿马傣族佤族自治县遮哈村委会芒团村

  从前有一个老大，名叫岩罕芒姆，他生性懒惰，好吃懒做。有一天他想吃芒果，又懒得上树去摘，就睡在芒果树下，仰卧着，张着口等果子掉下来，一个芒果掉在他的头上，把他打痛了。他一生气，口里骂了一句，把芒果在胯下一揩，呼的一声抛到河里去了。

  芒果顺着水漂流下去，一个姑娘在河边洗衣服，捡着这芒果，把它吃下肚去，结果却怀孕了，肚子一天天大起来，后来生了一个男孩。

  姑娘的父亲是领主，见自己的女儿没有丈夫却怀了孕，生了孩子很不高兴，追问她孩子是怎么来的。姑娘说吃了河里漂来的一个芒果，因此怀孕。父亲不相信有这样的事。

  小孩生下以后，天天哭闹不休，没法制止。姑娘的父亲就下命令谁能制止这小孩的哭闹，就把姑娘嫁给谁，岩罕芒姆听到这事来到领主家，拿来两个鸡蛋，给孩子吃了，孩子马上就停止了哭闹。领主知道了岩罕芒姆，一起赶出门去了。

  姑娘和岩罕芒姆结婚以后，知道他是一个懒人，好吃懒做，心里很苦闷，怨自己命运不好遇着这样一个懒人，但是有什么办法呢，遇上了，只好勉强和他生活在一起。

---

① 又名：懒汉老大。

姑娘和懒人到山上割了些草，砍了些树，修起一座小屋住下，种一个园子，但是菜生长得很不好，园里长满了草，因此他们生活很苦。

有一天，老天爷给孩子一个玩具，是一个小鼓，孩子敲着鼓，忽然就有了牛、羊、猪、金银财宝。他们把小鼓乱敲一阵，于是有了许多财宝，他们非常富足了，许多人都归顺了他们，搬去和他们住在一起。姑娘的父亲那里的许多百姓都搬来了，他的人走了大半，领主把他们恨透了，派许多兵去打他们，他们把鼓乱敲，有了许多人把领主的兵打败，领主再不敢派兵去打他们了。

后来他们的人越来越多，财产也越富，岩罕芒姆就做了大领主管理着这许多百姓。

岩罕芒姆年纪越来越老，孩子越长越大，他们要替孩子找妻子，找了许久找不着合适的姑娘。阿爹叫他们去外面到处找，"找着以后回来告诉我给你娶过来。"孩子果真到处寻找，到了勐不拉希，找到了一个姑娘，长得很漂亮，顶合孩子的意，孩子高兴极了，和那姑娘结了婚。

孩子敲了敲鼓，有了许多东西：牛、羊、马、象、房屋财产什么都有了，又有了许多人，带着鼓一起飞回来，阿爹见了，就说自己年纪老了，不能再当领主，把领主位置让了给儿子。

南根河为什么这般平静[①]

搜集地点：云南省临沧市耿马傣族佤族自治县

撒木洛赶着牛群到勐根做生意，在南定河[②]看见河对岸有个漂亮的姑娘正在洗衣服，一见倾心、互相爱慕，可惜南根河哗哗地喧嚣着，无法吐诉自

[①] 《娥并与桑洛》故事之一。
[②] 南定河：流经勐根，叫南根河。

己的情思。撒木洛就叫河水停止喧闹，抽出刀来插进河水中，从此南根河悠悠地流去，缓慢而平静。

空桑洛①

讲述者：弄山板
记录者：允坎村工作小组
翻译者：周芸生
搜集地点：云南省临沧市耿马傣族佤族自治县孟定镇河西村委会允坎村

空桑洛是一个有钱人家的孩子，家住在孟景瑞，因为他出生时恰巧把收获的谷子担回家，所以取了这个名字。他家有个婢女叫昂炳，他十五六岁时，他的母亲准备把她给他作妻。他不乐意，他就叫大户的人赶起五百黄牛背米去大山卖②，又买茶叶去锡③卖。他听说孟根地方有个姑娘叫郎娥并，生得很漂亮。他就赶起牛去孟根去了。郎娥并听说空桑洛很好看，她就去街上看空桑洛。

晚上空桑洛去郎娥并家，两人恋爱上了，他买些衣服、金子、手镯送给她，她又买些衣物、金银送给他，互换了赠品后，空桑洛就回到孟景端。

---

① 《娥并与桑洛》故事之二。
② 大山出产茶叶属德昂族。
③ 锡：缅境内一个集市名。

金尾四脚蛇

讲述者：康朗听
记录者：吴忠烈
搜集地点：云南省临沧市耿马傣族佤族自治县

有一个寡妇，没有儿子，天神把一个四脚蛇放进她的肚里。她的肚皮天天大起来，人们都来看她，羞她，说她做了坏事，没有丈夫怀了孕。后来生下一个四脚蛇，她更羞了，搬到别的地方去住。

四脚蛇渐渐长大了，一天地方上赶摆他也要去。母亲不允许，他一定要去。罗塔的女儿也去赶摆，天很热，在树下乘凉，四脚蛇爬上树去，看着姑娘，姑娘瞌睡，四脚蛇便用尾去扫姑娘的脸，几次把姑娘扫醒。过了一夜后回家，母亲在家放心不下，很着急。第二天四脚蛇回家，告诉母亲说见到了姑娘，想娶她为妻。母亲说不可能，四脚蛇一定要娶，母亲没法只得送了许多礼物去求亲。罗塔大怒，说看不起他，限他七天在河上架一座金桥，否则要处治他们一家，母亲急得哭了。户子里的头人号召全户帮助他们编一只大笼去套金子的母亲，安在山下，把山上的野兽一齐赶进笼里，叫四脚蛇去看，套着金子母亲没有。套了几次，都没有套着，第七次才套着一只蝙蝠，这就是金子的母亲，带回户去要大家挖一个大洞，长宽各九肘，让金母亲屙尿，一天一夜屙了一大坑。找金匠来打金桥，找不着这样的金匠，感动了天上雷公，五个雷公下地来为他们拉风箱，打金桥。不要别的价钱只要一点金盾就行。

五个神打着金桥，声响很大，小孩都惊哭了，罗塔派人去查问，见着五个铁匠，大声斥责五个铁匠，他们用铁锤打走了五个铁匠。

七天后，打成了美丽的金桥。四脚蛇和罗塔女儿结婚，姑娘本不愿嫁，看不起四脚蛇。但是罗塔的话已经说出了，说了就要做，一定要嫁。他说：

"我们罗塔家说话像刀斩石头一样不能改变,后来结婚了。"

　　婚后,姑娘很不高兴,上门三天,饭都不吃。半夜四脚蛇脱了皮,成了一个青年,推醒姑娘,姑娘见是一个漂亮的青年,喜欢极了,不放他走了,但是一转眼,青年不见了,又是一个四脚蛇,姑娘又不高兴了,见也不想见他。天天哭,不吃饭,向爹妈哭闹,要自杀。回家后,四脚蛇一脱了皮,姑娘又十分喜欢,一穿了皮,她又急得哭。后来姑娘知道四脚蛇是一个好人了,向他拜跪,要求他不要记以前的过失。姑娘的爹妈问她喜欢不喜欢四脚蛇,姑娘说非常喜欢。

　　后来有一百一十个国家的人要娶姑娘,派兵来打四脚蛇。天神帮助打退了敌人。

　　一天,天上的神灵告诉罗塔,要他上天打麻将,要不去,就要降祸事。罗塔问谁代他上天,四脚蛇愿替他去天上,到了那天,很多人都来赶摆,看他上天。打牌声、歌舞声都听见。一百一十个国家的人都惊服,一齐来投降。

　　后来,姑娘嫌四脚蛇皮不好看,放进火里烧了,四脚蛇非常痛心,后来户子里的人赶摆七天,大热闹一场,推尊四脚蛇为头人。

俄应罕[①]

讲述者:不乃沾
记录者:陈思清
翻译者:李大
搜集地点:云南省临沧市耿马傣族佤族自治县孟定镇遮哈村委会芒团村

　　有一对穷苦的老夫妇,养了很多儿子都死去了,到生老五的时候才留

[①] 又名:老五吃斧子。

下来。老五生下来,第一天吃一碗饭,第二天吃两碗饭,第三天吃三碗,这样下去,他一天比一天吃得多。由一筒两筒吃到一箩两箩,后来吃到两担三担,吃到一桌。他的爹妈供不起他,他爹想方法把他弄死,他爹带老五到山上去,走到山上叫老五在下面站着,从山上推下一块大石头下来叫老五在下面接住,告诉老五"背回去送给你妈"。其实他是想大石头滚下来把老五压死。大石头滚下来了,老五用后颈把大石接住了,他背回户子。别人问他为什么背块大石头回家,他说是他阿爹叫他背回送给阿妈的。他爹又去砍大青树,对他说:"老五你在树下站着,眼睛望着我不要动,你把树背回去送给你阿妈。"

树有一围那样粗,他爹想把树枝砍断了滚下来就会把他打死,但他又用肩把树连叶带枝全部背了回去。他爹没办法弄死他,又养不起他,就丢给他一把斧子说:"我养不起你,你拿斧子吃去吧。"老五就当真把斧子吃了。他爹又哄他说,他到孟以容以拍那个地方去收债,"那里有人欠我们祖宗三代的债"。他爹想借此使老五回不来。老五信以为真,就动身到孟以容以拍去收债,在路上他见一个人,他告诉这个人他要到孟以容以拍去收账,这个人说自己也正要去,他们就结伴同行。这个人的名字叫瞒希多①。他们走着走着又遇见一个人名叫莫希窄②,他们又一同结伴了。

走了又走,又遇见一个人也是去要账,名炳希心③,他们又一同去了,以后又遇见了排罗门④、毛希轮⑤,他们几人一同结伴去到孟以容以拍,在路上他们看见一个砍柴的老妈妈年纪已很大了。他们几个人一人一担帮助老妈妈把柴担回家,老妈妈很高兴就煮给他们饭吃,瞒希多一下把脚凳坐成

---

① 瞒希多:译为"像树桩一样稳"。
② 莫希窄:译为"说话比赶街子还热闹"。
③ 炳希心:译为"比石头还重"。
④ 排罗门:译为"像风吹一样快"。
⑤ 毛希轮:译为"比棉花还轻"。

两半。最后他们来到了孟以容以拍找见了那里的土司，老五说明了他是来收他祖宗三代的账，土司："说账有没有我记不清了，你们去给我追一条金马驴来我就给。"他们几个人商量了一阵就叫排罗门去追，叫炳希心去拉，叫瞒希多去骑，他们把马驴追到了，土司被吓住了，夸奖他们有本事，他叫把马驴给自己骑骑，他们把土司的脚绑在马驴肚子上带着他走了一趟。土司对他们说："你们放掉叫我跑跑看。"马驴像一阵风似的跑走了，穿过田野、穿过森林，把土司的衣服裤子都挂坏了，最后到了勐朗，他被马扔在田里了。这个地方是个女人国，她们从没有见过男人。她们在田里做活，看见满身稀泥的土司，就问他，土司不好意思回答她们。她们认为这是个哑巴，也弄不清楚是男是女，就叫他去看谷子，当鸡来吃谷子的时候，他叫唤了一声。女人们知道他不是哑巴，是个汉子，就把他送给女土司，女土司和他结了婚。

自从孟以容以拍的土司被马驴带去失踪后，这里的人民就叫老五几弟兄共同管理政事。土司和女人国的土司结婚，生了很多孩子，尽是男孩，他听说要账的做了他那里的土司，就带了人马去打那几个弟兄。这几弟兄等他的孩子长大后认为这孟以容以拍本是土司统治的，虽然他们把土司打败了，但他们仍和土司讲和了，不打不骂成了一家人。

小鬼玩土锅

搜集地点：云南省临沧市耿马傣族佤族自治县

有一个地主，他有一个小儿子，名叫老大。另外有一个贫农，名叫苏里亚。有一天苏里亚去山上砍柴卖，只带着一把小刀，砍不断山上的大树，结果只砍了一点点，不够卖，只够烧。第二天便到地主家借了一把斧头，才把大树砍断。苏里亚正在劈柴时，跑来一只马鹿，苏里亚砍柴把斧子砍脱了，斧子飞落在马鹿肚子里，马鹿带着斧子走了，走了一半就死了。

苏里亚丢掉了地主的斧子，心里很着急，他背着柴，家都未回就去告诉地主。地主很生气，无论赔他什么，都不要，一定要斧子，连苏里亚雇给他做长工都不答应。

苏里亚有一个儿子，他家里什么都没有，只有一个土锅，苏里亚的儿子就拿它来煮饭。有一天苏里亚的儿子却拿谷子炒，炒一阵就炸出了米花，很好吃。地主的儿子老大见了，便去对地主说，要地主去把苏里亚的这个土锅借来炒米花，不料土锅被老大打烂了，地主便到苏里亚家里来赔。苏里亚也要一模一样的土锅，两方就纠缠不清。

苏里亚仍天天到山上去找斧子。有一天他闻着马鹿的尸臭，他寻着味去，看见一匹死马鹿，便想剥来吃，剥开一看，斧子在里面，苏里亚高兴极了，拿着斧子到官那里去告地主，并把地主如何要挟自己赔斧子的事情及找着斧子的事情讲了一遍，和自己要地主赔土锅的事也讲了一遍。官问地主如何赔，地主听了承认自己错了，官决定把地主的财产拿一半出来分给贫农，作为对地主的处分。

穷人与富翁

讲述者：布乃享
记录者：罗洪祥
翻译者：布乃享
搜集地点：云南省临沧市耿马傣族佤族自治县孟定镇芒坑村

在很久以前，在我国西南边境上，有一个叫作巴纳哪西的地方，这里住着一个叫作卡底雅的穷人，他爹早就死去了，只剩他一个人。他衣裳非常破烂，独自住在山里的小破房里，每天打柴维持生活。他的家里只有一个破土锅、破饭碗，除此之外，什么东西也没有了。

一天，卡底雅出去打柴去了，富翁郎底雅把自家的牛放到卡底雅的房子这里来，牛把卡底雅的小屋踩破了，破土锅和破饭碗也踩坏了。卡底雅从山上打柴回来，见自己的房子、土锅、饭碗都完全坏了，什么东西都没有了，于是就放声大哭起来，说："我仅有的一点东西都没有了，这是怎么回事，老天呀，叫我如何过日子！"他的哭声被富翁郎底雅听到了，郎底雅心中很不高兴，大骂卡底雅："你的房子、土锅和碗分明是我的牛踩坏的，你这样伤心，不是骂我是什么？……"卡底雅哭得正伤心的时候，听到地主这样骂他，心里非常不服气，他就去土司巴麻打那里告郎底雅。

土司把郎底雅叫来了，问道："你把他的家当都毁坏了，应该怎样处理呢？"地主说："他除了小房、土锅、碗之外还毁坏了什么东西？这些我都赔得起！他骂我又该怎么说？"土司心想：你没当过穷人，你不知道穷人的苦，于是又说："你赔他东西还不行，应该把你们家当换七天！"这话一说，地主很不高兴，但没有办法，只好和穷人调换家当。

穷人卡底雅穿上了富翁的衣服，住在富翁的家里，已经不愁吃穿了。当天晚上，他心里老是不安，想着他是好了，但是天下的穷人还多，也应该叫他们来拿些东西去。第二天很多穷人都来了，卡底雅把郎底雅家里的金银财米，全部分给了穷人，心里非常高兴。

七天过去了，地主回到自己原来的家里来，看见自己的财宝完全不在了，心中像刀割一样。于是他又去土司那里告穷人，说穷人为什么把地主的东西分了。土司说："我不是给你说过吗？七天之内，你的财产都是他的，他爱送谁就送谁，你怎么管得着呢？这下你大概知道穷人是过的什么生活了！"

四、民间故事 | 627

廖克纳苏塔

讲述者：布乃享
记录者：陈发贵
翻译者：布乃享
搜集地点：云南省临沧市耿马傣族佤族自治县孟定镇芒坑村

　　过去有个叫勐巴拉纳西的地方，住着一个穷人廖克纳苏塔。他有一个妈，爹不在了，妈眼睛瞎了，廖克纳苏塔才七岁，他天天去讨饭，讨到两包时，妈吃一包，他自己吃一包，只讨到一包时，他自己不吃给妈吃，妈问他吃饭没有，他就说在半路上就吃了，明说出来怕妈不吃。

　　有一天，一包饭都讨不到了，还被人家叫狗来咬他，妈问他讨到饭没有。他说没讨到，妈又问他为什么没讨到，他说脚痛，走到半路上踩在树桩上了。明明说给妈，他怕妈二回不叫他去讨了。有一天他到大伙头①家去讨饭，大伙头的儿子二十岁，在外头搞姑娘，搞到土司仆人的爱人，土司官发火了，就要叫人去杀掉大伙头的儿子，廖克纳苏塔去讨饭那天正碰上土司派去的人，要杀大伙头的儿子，大伙头问廖克纳苏塔："你该怕死？如果不怕死，就来和你大哥换一下。"廖克纳苏塔说："不怕死，我家里有一个老妈妈，眼睛看不见，没有人替我侍候。"大伙头说："不怕，有我帮你养活老妈妈，你该可以去替你大哥死了。"廖克纳苏塔说："可以的，我们穷人不怕死。"说话还未完，来杀大伙头儿子的仆人就到了。大伙头问仆人说："我偿给你一千钱，你把廖克纳苏塔领去向土司官说，是他犯的法。"仆人说："可以的。"就把廖克纳苏塔引去见土司官。土司官不问是他不是他，就说："你才七八岁就这么调皮，到你长大时不知调皮到什么样子，快快拉出

---

① 大伙头：土司官手下的小官。

去杀掉。"仆人要杀他时，廖克纳苏塔大叫道："妈，我要死了，没有人养活你了。"当仆人举起刀要杀廖克纳苏塔时，地动起来了，天雷打死了仆人、土司、大伙头和大伙头的儿子，老天下来骂道："土司官不好、大伙头不好，犯罪的人不杀、没有犯罪的人又要杀，如果不是我来，廖克纳苏塔就被你冤枉杀掉了。"又向聚集起来的人们说："你们把廖克纳苏塔要回去，用香水①给他洗澡，还要快快地、好好地给他盖座大房子。房子盖好，还要把根塔娃勒要来给他作爱人。"房子盖好了，根塔娃勒已接来了，还把老妈妈接来了，老天帮助她医好了眼睛。老天又叫廖克纳苏塔做国王，管理东西南北四方。老天又向群众说："做好得好，做坏得坏，廖克纳苏塔过去是穷人，现在做了国王。"

银河的故事

搜集地点：云南省临沧市耿马傣族佤族自治县

在很久很久以前，中国的皇帝有一个小公主，生得十分美丽。在中国南边滚龙江（译音），南边有一个小国的王子向中国公主求婚，皇帝就把公主嫁给他。在北京成亲的时候，王子请示中国皇帝说，中国很大，他的国家小、土地少，请拨给他一点地方。皇帝就用泥巴做一个小弹子，射向他的国家，弹子在空中飞过像雷声一样轰轰响，落到小国的一个小山坡上变成一个大洞，水就从这里哗啦啦流出来变为一条大河，名叫南岛河②。

公主在这个国家住了三年，因为怀孕得了病很想家，王子就派大象送

---

① 香水：豆蔻、松香煮的水。

② 译音。

她回去，走半到息坡①半路上得病死了，灵魂变成两股烟，一股短些，这是让丈夫知道的；一股长些，这是让父母知道的，这两股烟升到天上就是现在的银河。公主死后大象也死了，它死时把自己的牙插在土地里，右牙便生长出盐巴，左牙就生长出油来。

阿弄南满淌

讲述者：金耀文
翻译者：金耀文
搜集地点：云南省临沧市耿马傣族佤族自治县勐定镇

有一个穷人家的小孩，生活很苦，他到处帮工，还是不够吃。一天遇着个富人拿油去卖，他就去帮人家挑油，得到一钱银子。

他拿着这钱银子，不知买什么好，去买个鸡又不够，最后去买了一个蛋，不久这个蛋抱出个母鸡来，过了一些时候，母鸡下了十个蛋，抱出五个母鸡、五个公鸡。卖了又买猪，卖了猪又买牛。有一次他边走边想，不料碰着个石头，一不小心就把挑着的油打泼了。富人因此打了他一顿，还要他赔偿。穷人说："我穷才帮工，没有赔你的，帮你三年工行不行？"富人还是不答应，这时来了个老人，也劝富人收他去帮工。帮了许多年，穷孩子长大了，天天放牛放马。

富人有七个女儿，六个都嫁了，只有小的在家，小女爱上了这穷孩子，天天悄悄地拿些好饭好菜去给他吃。日子久了，富人发现这件事，于是对他姑娘说："他连剩菜剩饭都不配吃，他打泼了我的油，一辈子帮工都还不清，不准你再偷饭给他吃。"

---

① 地名。

姑娘偷钱给他用，又被父亲发觉了，富人把穷人找来赖他偷钱，穷人也不敢说是富人姑娘给的，就说是"我放牛时砍草卖得的一点零钱"。富人说："不行，你偷了我的钱，还要你儿子替我还一辈子债。"又对姑娘说："这人的脸皮有七层厚，你要是爱他就马上给我滚出去，你有福不会享，天生的穷骨头。"

姑娘说："你是我的父亲，你叫我走我就走。"她就去对穷孩子唱说："哄山痒①一天香三回，只要我得带它，爹妈不理我，把我打骂也不放他。爹妈要打，有我上前弹棍，不会对你有不利。"

穷人唱道："妹妹啊，有了天大的困难也不要妹妹来操心，哥哥来抵着。"

他们两手空空地走了，在菜园子旁边一个腰伸不直、脚放不进去的小房子里住着，天天两人去帮工，一个不怪一个。

他们的六个姐夫要去做生意了，相约去找七妹婿来帮他们放牛。

六个人到了个地方，赶着牛在山上歇，这个地方的官想整他们的东西，打死一个罗格痒②去在他们火塘里，就来对他们说："我们官家有七个白鸟，现在只有六个，原来是被你们打死了。"六个人说："我们没有打。"来人说："不管，你们明天去见我们官家。这白鸟每天都去拿一两银子来，我们官就是靠这七个鸟生活。"

六个人听了非常着急，一人拿出一两银子来给官，还是想不出办法，六个人饭也不想吃。放牛的七妹婿回来看见他们一个个愁眉苦脸的，问是什么事情，六个人告诉了他，他也很着急，怕七个人摊着赔，六个人叫他去见官，因为他没有什么东西，死了也不要紧，"如果说通了，我们给你一条牛"，他就拼着死去见官。

他边走边想怎么说。去到官家处，官家说："把我的白鸟打死了，你们

---

① 哄山痒：一天香三回，一种白色小花。
② 罗格痒：白色鸟。

如何办？"他问说这鸟有什么用，官说："我这白鸟一只会一天拿一两银子给我。"

穷人说："哦，对了，我们就是要找这贼了，我们那里有座金山，有座银山，难怪一天比一天少了，我们要你赔。"官家害怕了，赶紧给他一条牛。

他牵着牛回到火塘边，六个人很惊奇，问他是怎么说的，他就照原话说了一遍。

他们还在这地方，官又想个办法整他们，官用面粉把一只眼睛糊起来，派人对这七人说，"你们老人借去了我们官的一只眼睛，现在要你们赔，不然就没收你们的东西"。六个人一听又害怕了，还是叫穷人去。

他去对官说："你跟我到我们那里去拿吧。"官不肯，他又说："那么你给匹马给我，我骑着去拿，七天送来。"他把马又牵到火塘边，过了七天在路上见一只死鸟，他把眼睛挖出来，带去见官家。对官说："我连日赶路把眼睛拿来了，现在我把你那只眼睛挖出来看看是不是一对。"官家非常害怕，不叫他挖，他说："不行。"官家就给他一盒宝石。他把宝石放在一堆牛粪里，回去六个人见了问他，他说了经过。六个人要看他的宝石，他把牛粪给他们看。六个人轻蔑地说："真是穷鬼，把牛粪当宝石。"

七个人一同做生意去了，六个人都驮着满满的货物。只有穷人驮着满满一驮牛粪，边走边烧，烧到家牛粪只剩下一小堆了，他拿去送给老岳父。老岳父骂他，要赶他走。他掰开牛粪，宝石的光亮把整个房子都照亮了，邻居们以为失了火都忙跑来救火，才看见是颗大宝石，老岳父高兴死了，马上动工盖新房子，要穷人把这大宝石给他，安在屋顶上，让所有的人都羡慕他，就在穷人要去安宝石的时候，突然打大雷，天一下子打死了那个富人，同时这地方的土司也死了。大家认为这个穷人忠厚老实，就要他做了这个地方的土司。

乌龙[1]

记录者：徐祖
搜集地点：云南省临沧市耿马傣族佤族自治县孟定镇遮哈村

远古时候，有一个姐杜得南国，有一个王子统治这地方，姓考。他有一个太太，睡着做梦，天上掉下一个宝物，她用手接住，醒来把梦境告诉王子，王子请道士[2]卜兆，说会生一个好娃娃，是天上下来的。王子新修一个大房子，叫她去住，养娃娃，样样招呼好。十个月生下一个孩子，名叫苏扎万那，当天同时生下一万个孩子，王子把一万个孩子都收来与他儿子做伴，邻国听说这事，都来投降进贡。

苏扎万那仅到七岁就会教老百姓搞农业、商业，不准大斗小秤，不得奸淫妇女，不得酗酒，不得偷窃，不欺负人。

十六岁，皇帝为他接媳妇，皇帝找了一万六千个女人来服侍他，他不愿意，所有的姑娘都不爱，要自己去找。山上有一条牛，有七万九千条小牛跟着它，天上派了四个神将服侍它。一个月后，天将告诉它："老牛老牛，你可出去了！"不远有一条河边上是菠萝地，老牛吃一个菠萝，掉一半到水塘，一个寡妇看见这半只菠萝，捡来吃了，全身发痒便怀孕了。天神投胎变成一个小女孩，十个月生了。姑娘名为乌玛单，长大到十六岁，会织布、种谷，很聪明伶俐。

一天她到苏扎万那这里赶摆跳舞，大家看见都很爱她，想娶她；这里的姑娘都嫉妒她，羞辱她，说她没爹，爹就是牛，她一气就跑回家去，告诉娘说，人家骂她是牛姑娘，她妈就把经过告诉她说是吃菠萝怀孕的。

---

[1] 水牛。
[2] 道士：这里指巫师。

这个姑娘听后一定要去找她爹。妈说路远不要去,她一定要去,妈给一棵树,比一个脚迹,叫她循着一样长的脚迹去找。姑娘发誓说:"如果命中能找到,请老天照顾我;如果没有这个命,让野兽吃掉算了。"她感动了老天,派一个小将下来,变成一条马鹿引路,山神土地来保护。等小牛走完了,剩下大白牛睡在那里。姑娘来了以后,白牛问她做什么,姑娘说来找父亲,若比合了^①就是爹。牛说:"我不是你的爹,如果是,你拿一把花丢在天上,一齐落在我背上不掉下来就是了。"姑娘一丢花,果然落在牛角上不下地,他们才认了。

　　老牛怕小牛来伤害她,叫她去顶上住,小牛回来嗅到生人气味吵吵闹闹,老牛招呼告诉小牛,说是自己的姑娘来找到它,小牛商量要如何招待她,大家把牛角拔下来为她修房子,只剩下四只小牛的角没拔下来。

　　但没有刀、锯等工具,如何盖?老牛奏到天上,老天下来帮她把一切工具都带来,并领下四个小将,修了一座三层楼、没有楼梯的房子,天将就回去了,老牛引姑娘和小牛爬不上去。姑娘奏上天,房子自己斜下来,姑娘上去房子又自动立起来。

　　苏扎万那带着很多人马,吹号打鼓,敲锣去找马鹿,他去到山上,山上的神变一条马鹿使他看见,他指挥人马围起,捉活的,不准打死,马鹿一下从苏扎万那面前跑出去了,他骑着马紧紧追去,一箭射去没射中,它在前面引他去赶,天黑了以后,赶到白牛和姑娘处,但什么已看不见了,王子爬到一株树顶上去睡。

　　天亮以后,王子看见那所房子,他去问路,姑娘问他是做什么的,王子回答是赶马鹿到此地,二人一见便相爱了,姑娘说:"楼梯没有,你自己想法上来。"鬼神端起他的马脚就抬上去了,他们两人就同居了。

　　七个月以后,王子想爹妈,但姑娘不愿去,说人多怕羞辱她。天皇下来把他们连带牛、房子,一起带到"粗壮得南"地方。

---

① 此处指脚迹对合合适。——编者注

王子去后，母亲很想念他，请一个道士来卜卦，说还要七天就转回来，皇帝盖了一所房子准备给他住。房子、牛从天上飞来，王子和姑娘骑着马来，皇帝皇后都很喜欢，姑娘的妈也和皇帝结婚。

白牛在国内保老百姓没病没痛。

后来生一儿一女，男的出家当佛爷。

苏扎万那后来继承王位，他活到九万岁，去做和尚，婆娘也去，叫他儿子和姑娘管理国家，儿子姑娘也去做和尚去了。跟他一起降生的也都去做和尚。

最后，他升了天成佛。

当地老百姓说："苏扎万那有享不尽的福，却抛下物质享受去做和尚，我们更要去。"那一万六千人都去了，后来这些人都成为长老、佛爷。

宝石牛

文本一

讲述者：阿布锐因
翻译者：布来果
搜集地点：孟良（靠近临沧的缅甸掸邦景栋市）

宝石牛是天上要它下来的，它的母亲是四脚蛇，生有两兄弟，老大是牛，老二是人。当它下凡来的时候，上帝告诉它："你的两个角是宝，右边角里装的是菜饭，永远吃不完；左边角里装的是衣服，永远穿不完。"

当它出世时，四脚蛇的肚子痛，她便去找丈夫。她的丈夫是龙，她对他说："现在我肚子痛，怕是要生娃娃了。"于是龙便把她领到沙滩上，就生出这条牛，两口子一看不像自己，吓得钻到海里去了，小牛在沙滩上喊叫，上帝便把它领到山上岩洞里,每天来照顾它,一直到它长大。

不久上帝又派一个天仙下凡,投胎在四脚蛇肚子里,月子足了,肚子又痛,龙又把她领到沙滩上,小娃娃一下地,两口子一看又不像自己,吓得往海里跑。上帝又把孩子带到山上,每天来喂奶,并且做了一个摇篮,挂在枇杷树上,天天摇,把枇杷树都摇弯了,所以现在的枇杷树都是弯的。孩子长到七岁,就问上帝:"你天天来喂奶,把我养大,怎么我们长得不一样?"上帝说:"怎么会一样呢?你是人,我是上帝,两个根本不同。你妈是四脚蛇,你爹是龙,你有一个哥哥是一条牛,都和你不一样,你哥的蹄子有一卡长,你去找它吧。"

小孩上山去找哥,望见蹄迹就用手量,因为上帝告诉他,蹄子没有一卡的就不会是他哥,有一卡的就是,一路上他还"阿哥、阿哥"地叫喊着。

牛听见叫声想道:"是什么人叫得这样伤心?是不是打猎的?可是听声音又是小孩。"大牛就出来瞧,并且问小孩:"你找什么?"小孩说:"找阿哥,他是一条牛,蹄子有一卡,住在这山上的岩房里。"牛说:"就是我,就是我。"于是兄弟俩就来到岩房里住,他们一想到自己的爹是龙,妈是蛇,一家人不能在一起,就伤心起来。

兄弟俩在岩房里住,阿哥把右角的菜饭和左角的衣服拿来供养弟弟,一直同住了八年。到小孩长到十五岁时,才把牛领下山来找村子,走到海边看见七个仙女在洗澡,兄弟俩便在这里休息休息。哥哥去吃草,小孩便在树下乘凉,仙女们看见小孩就想:"这个牛娃子长得真漂亮。"她们便约小孩一同洗澡,并且商量躲起来,要小孩去找。她们跑到牛后边躲起,因为不认得牛就是小孩的阿哥,小孩出来找就问阿哥,牛便一个一个告诉他,结果都找着了。仙女们又让小孩去躲,她们来找,牛就把小孩藏在自己嘴里,仙女们来找,没有找到,便回到海里去洗澡,大牛来到海边吃草,就把兄弟放在海边,仙女们看到小孩就问:"刚才我们找你没找到,你躲在哪里?"小孩说:"我坐在这里没动,我看见你们,只是你们看不见我。"仙女们说:"我们没有找到你,我们输了。我们姊妹带你到我们地方去,去找我们的爹妈商量。"一路上七姊妹争着要嫁给小孩，把小孩拉来拉去，争得他路都没法走。

天黑了，她们把客人带到家，告诉她爹说她们遇着小牛主子。爹把小孩请进来一看，说："这小伙子是天上差下来的，你们几个只有七小妹配得上他。"于是当天晚上小孩便和七小妹结婚。

在岳父家住了三个月，老丈人说："你就在这里住，不要到别处去，我们的地方将来就给你。"小孩不答应，坚持要到人间，于是夫妻俩牵着牛来到人间，住在桌劳房①。

有一个割马草的人走过桌劳房，看见小两口，就到王宫去告诉王子说："某处桌劳房有个牛主子，他的婆娘长得漂亮，可以把她弄来做皇后。"王子派人一打听，果然生得美，便派兵把小孩找进王宫告诉他说："你有一条牛，我也有牛，我们用牛来打架，我的牛打胜了，你的婆娘给我，你的牛胜了，我把我们地方给你管。"于是王子发命令给各处调来五百条好黄牛，并且叫铜匠在牛角上都装上铜角，灌酒给牛喝。七天期满，小孩也把牛牵来，走到路上，遇到一丛倒钩刺，牛就钻进去练习本领，到了皇城，看的人真多，人们都笑说："人家有五百条牛，你只有一条牛，一定输。"王子也笑，心想：这婆娘一定可以到手。

斗牛一开始，宝牛就用自己的角猛撞王子的牛，一条一条都给撞死了，小孩的牛胜利了。

第二天，王子又告诉小孩说："上次是用黄牛打的，不算，这回再用水牛打。"七天期满，小孩把牛又牵来斗，王子手下有个官告诉王子："小孩的牛是天上的宝牛，我们再拿多少牛去打都要输。"劝王子不要打，王子不听，结果五百条水牛又被小孩的牛撞断喉管，一一死去。

两次失败并没有使王子醒悟，第二天王子又约小孩七天之后用大象来和自己的牛相斗，结果大象也输了。但王子仍不服，又约小孩双方用兵来

---

① 桌劳房：缅寺外边供香客住的地方。

打仗，七天之后就开仗，小孩听了哭着走回去，跟老婆说："人家是王子，有的是兵，我们老百姓哪来的兵跟他打，你只好嫁给王子了。"婆娘告诉他说："不用急，你去打一筒谷子来，我炒谷花，一面祈祷，我爹妈听到谷花声就知道女儿和姑爷有难，他们就会调兵来帮助。"当天他们炒了谷花，二天起来一看，桌劳房附近，到处都住满了天兵天将。七天期满，王子带了九万象兵，骑着大象来打仗。小孩子和婆娘带了八万天兵迎战。一交锋，王子就做了俘虏。老百姓和兵都投降了，大家就拥护牛娃子当了皇帝。他当了皇帝，便把以前王子所有的金子银子拿来分给穷人。于是到处都传遍了有个好皇帝，照顾穷人，大家都来归附，弄得房子都不够住。

后来牛娃子皇帝告诉大家：不派捐不成为皇帝，捐还是要派，每年一家收一钱①、米一别②，地方安定之后，太太平平，天兵也就回到天上。

文本二

讲述者：阿布锐因
翻译者：布来里
搜集地点：云南省临沧市耿马傣族佤族自治县

传说在很久以前，有一个放牛的孩子，从小失去了父爱，给地主放牛，终日不得温饱，忍受着地主的一切苛刻虐待，稍有点差错，无情的鞭子便落到了身上。可怜的小牧童含着一肚子的苦水向谁诉说呢？——牛是他唯一的好朋友，尽管它不会讲话，但把自己心里话说出来，好像得到了一点安慰似的。有一天他对牛这样说："老牛哥，老牛哥，地主一天大米白面三顿饭，我为什么吃不饱来穿不暖还要挨打受气呢？将来我长大了一定要杀死这个可恶的地主，把他的全部财产都分给像我一样的穷人，你说能办到

---

① 四钱为一块。
② 十六别是一石，约三斤。

吗？"老牛好像通人事似的点点头。突然有一天老牛讲话了，小牧童惊喜万分。老牛说："你现在长大成人了，可以找一个贤惠的媳妇成家立业，再不去受地主的欺侮了，如果你愿意，就跟我走。"牧童情不自禁地跟着牛向一条河边走去，看见几个仙女洗澡，他大胆地走上去亲热地打招呼，仙女们看见这个漂亮的放牛郎，并不躲闪，一见如故，像多年不见的老朋友似的交谈着自己的理想和愿望。

天黑了，仙女们约牧童到她们家做客，小牧童牵着牛一闭眼来到龙宫，拜见了龙王爷，龙王挺喜欢牧童，便把最心爱的小女儿许配给他，当天晚上洞房花烛好不热闹。小牧童在龙宫住了三个月，虽然享受着荣华富贵，但他并不羡慕这种生活，要求回到温暖的人间，老龙王强留不住只好答应。小两口牵着牛来到人间安了家，左邻右舍都来向他们祝贺。这个消息传入了地主的耳朵里，他不但想抢回这条牛，还想霸占牧童美丽的妻子。于是地主费尽了心机，花言巧语哄了牧童来，以酒肉款待，说明来意。牧童一听要斗牛，并以妻子打赌，很生气，坚决拒绝了。狡猾的地主看软的手段不能达到目的，便来一套硬的，命令他在七天的期限内斗牛，牧童面带愁容地回到家里，将一切经过告诉了妻子。妻子安慰了一番说自有办法对付。

紧张的斗牛开始了，仇敌相见，分外眼红，老牛哥为了要替小牛郎报仇，拿出最大本领沉着应战，单枪匹马好不威风，来一个杀一个，来两个杀一双，使敌人无招架的余地，周围的观众个个拍手称快，但失败了的地主并不甘心，想卷土重来，接二连三地进行挑战，最后还是失败了，并变成了俘虏，地主的美梦破产了，获得胜利的牧童，把地主的全部财产分给了所有的穷人，受到了人民的爱戴和拥护，实现了他的愿望和理想，从此人民也可以安居乐业地过日子了。

摩拉王萨

翻译者：沙海明
搜集地点：云南省临沧市耿马傣族佤族自治县

1

有一个地方名叫赞巴洛过，这是一个最好的地方，别地方的人民都想到那里去住。这地方国王的名字叫加歪耶，他和他的皇后住在皇宫里，皇后名叫赞大礼咪，另外他有两个妃子，三个人同在一起。皇后有一个儿子，名叫树理耶王萨，这是老大；还有老二，名叫摩拉王萨。两兄弟生得很漂亮，很聪明。妃子也生有一个儿子，名叫宰耶达，脾气很怪，看不起别人。三兄弟吃饭，游玩都在一起。树理耶王萨到了十五岁时，摩拉王萨有十四岁，他比哥哥还聪明，心肠也更好，对什么人都好，他们几兄弟天天学习办理地方事务的本领，其中摩拉王萨最用功，这地方的国王和其他地方的团结也不错，其他地方经常向他送礼。

不幸国王加歪耶生病，并且很重。他想："我的病已经很重，找了很多医生都医不好，而只有树理耶王萨和摩拉王萨来服侍我，宰耶达也是我的儿子，病得这样重都不来看我，真是不如畜生。"有一天，国王召集他的头人和臣下谈话，对他们说："我的病很严重，不久会死，我死后王位传给树理耶王萨，摩拉王萨做助手，两个打伙管理这地方。你们要好好服从他两兄弟，把国家治理好。"由于调养得好，国王的病又一天一天地好起来了。

国王病时和头人谈的话被妃子知道了，心里很不满，对树理耶王萨兄弟十分怀恨，因为她的儿子不得当国王，心里想害死他们。妃子的父亲是国王手下一个臣子，名叫镜大西纳，她去找父亲把自己想法告诉他，父亲同意这主意，并告给好具体方法。父女密谈被这地方的神听到了，神也觉得害怕，并为好人担心。妃子回到宫里把自己住处收拾干净，打扮停当，派富人去请树理耶王萨兄弟俩，他们听到她请他们，心想：她也是自己的一个母亲，应该去。来到宫中，她热情招待他们，请他们吃东西，对他们说："我很想念你们，不容易见面，今天好容易请了来，在这里玩玩。"她请他们吃酒宴，晚上留他们在宫里过夜，并无耻地明说给树理耶要他和她同睡，并且说不要告诉别人。树理耶听说很害怕，因为这样做是不对的，兄弟俩便要回去，她便来抓他们，兄弟俩推倒她往外便跑，一口气跑回自己住处。妃子看到兄弟俩已逃走了，心里又羞又怕，便将自己身体抓伤，把屋子弄乱，东西也乱七八糟，衣服也撕烂，然后跑到国王面前告诉他："你的儿子来强奸我，我不同意，他就打我，撕我衣服，我没脸见人，你要想办法挽回我的名誉。严办树理耶兄弟。"国王听说好生气，一点也不考虑真假，马上就派兵去抓树理耶兄弟，吩咐立即杀掉。

当这一队兵马来抓他兄弟时，兄弟俩不知自己犯了什么罪，便问那些兵。兵说："我们也不知道，只晓得妃子来告诉国王说你兄弟强奸她。国王叫我们来抓你们，拿到城外去杀头，这是国王的命令，我们没办法不服从。"兄弟俩听说之后，知道这是父亲的命令，不能违拗，只是死前见不到母亲，很是悲伤，便哭了起来。

有个服侍皇后的女宫人，看见兵把他兄弟俩抓走，就去告诉皇后，请皇后赶快救他们，不然就要杀死了。皇后听说后心里很急，便急忙拿出一个很值钱的光芒四射的宝石和两份食物，带上那个报信的女宫人去追那些兵。追上之后，就和儿子说："真想不到你们遇到这样的祸事，你们的命不好。国王要杀你们，到底为了什么事？要杀连我一起杀，我们母子三人一同死。"说罢便大哭起来，儿子说："不知道妃子加瓦耶为什么害我们兄弟，我俩死后，母亲好好服侍父亲，不要悲伤。"皇后对兵说："你们这些人太混蛋，抓他们兄弟也要客气一些，不要拉拉扯扯，现在你们不忙杀，等我见过国王后再说。"他们便停在路上等待。

皇后来到王宫见国王，质问他："为什么杀树理耶兄弟，他们是你的亲生儿子，有什么错处应该教育他们不要杀，不看在兄弟俩分上，也要看在我们分上，赦免他们的罪。想我很小就进宫服侍你，结婚这么多年没有什么不对的地方，请看我的面不要杀他们兄弟。"国王不听皇后的话，一定要杀，说："不要啰唆！他兄弟犯了法，什么人都不能求情，一定杀。"皇后想："我和国王在一起这些年，他为什么不听我的话，他们兄弟又是好人，可是国王却相信加瓦耶的话，真是思想糊涂，好坏不分。"树理耶兄弟是好人，地方神晓得他们兄弟有难，便在暗中保护，不让刀碰上他们身体，国王手下头人和大臣知道也来劝说，他们结伙去看见国王说："公子俩为人很好，将来要接替你的位子，不要杀，赦免他们，让他好好活着吧。"国王仍不听，一定要杀，臣子们无法，只得退出宫殿。

皇后从王宫出来回到原处，树理耶兄弟看见母亲又来了，知道求情没有准，一定要杀了。心想："父王为什么糊涂得一点不考虑，自己生病时要没有我兄弟服侍，好不起来，现在听信坏人的话要杀我们，真是不明是非。"又想道："这一生真是白过了，为什么生在国王家，真是命不好。"树理耶对摩拉说："兄弟，你年纪还小，也遭此不白之冤，生在帝王家，还不如生在老百姓家。"两兄弟谈的话被神听到了，神们便相互商量救他们。商量结果便使天立刻黑暗下来，暗得什么都见不到，使得押送的兵都跟不上来，只有六个兵在树理耶兄弟身边。皇后便对这六个人说："你们应该知道，我儿子是好人，将来要当国王，我和你们都靠他，现在我送给你们每人五百两金子，一共三千两，放了两兄弟，让他们去逃命，逃到别国去。"六个兵听说之后，想了一下觉得有道理，便同意皇后的意见，放了树理耶兄弟，然后杀了一条狗，让刀上沾满血，国王看见刀上有血认为兄弟俩已经杀死了。国王和加瓦耶十分满意，加瓦耶想："这下可好了，我儿子可以当国王了。"她搬进了正宫，穿上皇后的衣服，俨然做了皇后。

2

树理耶王萨与摩拉王萨被士兵放出后，会见自己的母亲，并说："现在我兄弟俩要逃亡到外国去，请您好好地爱护自己身体，将来我们还要见面，父亲是不会再要您，您可以躲到老百姓家去安生。以后再回宫，暂时不要报仇，悄悄地活下去，等我们回来再说，您把我俩抚养大，受了多少苦，我们逃到哪里都不会忘记您。"母亲对他们说："我祝贺你兄弟俩在外好吃好在，得胜利回来再团聚。树理耶你要好好照顾弟弟，不要欺负他，不要丢掉他。"说罢，她又祷告神："神啊！请您照顾我的儿子们，不要让他们受灾难，让他们一路平安，胜利归来！山神啊，请您不要让老虎豹子来侵害我的儿子！"说话和祷告都完毕，就叫宫女把饭食给儿子吃，吃完，把钱财也交给儿子，以便做路费，而那个值钱的光芒四射的宝石交给老二摩拉王萨，然后母子们才分别。

分别后皇后很想念儿子，天天哭，眼睛都哭出红血了，两兄弟离开母亲后往外国去。一路上，一边走一边思念母亲，同时也想起自己是国王的儿子，没有走过路，如今命不好，受苦难逃亡外国，内心更是痛苦。白天在路上走，晚上在森林里睡。森林里老虎、豹子、蟒蛇等野兽又多，兄弟俩心里很害怕，更加思念母亲。听见树林里这些声音，觉得有些好听，但也有些令人害怕。因此，不敢睡在树下，便爬到树上去睡。天亮了，从树上下来又继续往前走。第二天来到一条河边，就煮饭吃，吃了饭又往前走，走了许多时候都没有遇见人家，都是沿着树林走，也不认得路，每天都睡在树林里，临睡前都祈祷祈祷母亲福佑他们，不要遇上灾难。摩拉王萨年纪更小、更害怕，听到什么声音都要问哥哥，树理耶王萨便哄骗弟弟不要怕，说是老虎豹子不会在树林里，一切声音都是好听的，不要怕。

有一个晚上听见小雀糯乔①叫，叫的声音好像是说："你两兄弟快快走，前面有一个地方叫宾扎洛列。在那里你两个要分别，树理耶王萨会在这里做王子，摩拉王萨还会碰到困难，最后才会好。"第二天兄弟俩又往前走，弟弟年轻什么都不知道，见什么就问，哥哥把自己认得的树木、花草名字

---

① 小雀糯乔：即鹦鹉。

都告诉他，见到这些果树，年小的弟弟更加想母亲。因为在宫里，这些果子他是可以吃到的，想呀，想呀，便哭了起来。他哥哥就用好话安慰他："弟弟，不要胡思乱想，赶快走，我们走到有人家的地方，想办法找生活，做生意，以后总有一天会见到母亲，再过好日子。"路的两边的小雀糯乔又告诉他兄弟："快走，快走，苦日子快过去了！"

披星戴月，晓行夜宿，走了很久，由于山神天神的保佑，一路上都没有遇见什么害人的野兽，天上的玉皇大帝①知道他兄弟的灾难，就带了一个神仙②下凡，变成两个鸡，玉皇变成白鸡，说："哪个吃我白鸡肉，就得做国王。"说完就从树上掉下来死了。麻里娃答变成黑鸡说："哪个吃我黑鸡肉，就要从本地走到外地，还要得愁闷，不过到将来焦愁一过，还得到好，可以管地方当官，其他地方都要来向他朝贡。"说完他从树上掉下，死在岩路边。兄弟俩看见了，哥哥对弟弟说："弟弟你看野鸡怎么会死在这里，我们拿到前边去吃。"哥哥拿白鸡，弟弟拿黑鸡，来到一个水塘旁，就把鸡拿来烤熟吃。吃完又顺着塘子边的路往前走，又来到一个塘子，塘子干了，鱼在里边跳着还没有死，哥哥对弟弟说："兄弟，把这些鱼拿来，放到别个水塘或河里，莫让它们死，它们也像我俩一样有难，我们搭救它们一下。"说罢，兄弟俩便捉起鱼放到有水的塘子里，然后又继续往前去。来到一个大森林，在森林里见到很多鸟雀，有孔雀、野鸡，见他们来都表示欢迎，唱唱跳跳，哥哥对弟弟说："这些雀鸟的声音好听，就跟人吹箫弹琴和在宫殿里听到的一样，再听到这风吹树叶响，就好像琴声，好听、悦耳。"弟弟对哥哥说："哥哥这些声音真像音乐一样，好像在宫里听到的一样，有些声音像孔雀舞，哥哥呀，又好像听到父母的叫声，来，来！想到这些，心里很难过，现在离开家来到森林，受到风吹雨打，实在冷，哥哥呀，我俩的愁闷已经超过我们年龄所应了！也不知道到什么地方，什么时候才会结束？"哥哥

---

① 玉皇大帝：即细贾。
② 神仙：即麻里娃答。

听后没话回答，只会滴眼泪，一会天黑了，就睡在森林里，有一种雀名叫糯哥家，叫声不好听，弟弟听了睡不着，告诉哥哥说害怕，哥哥听了就起来烧一炉火，火光一照，就不叫，弟弟才睡着，山神土地就来保佑。

3

在森林里睡了一夜，第二天又继续前进。为了让兄弟俩早日到他们要到的地方，山神土地便把路缩短到从赞马洛到宾扎洛列有五十二万摆①，这样他们就来到宾扎洛列的辖地大小村房。人们便问他兄弟："你兄弟俩是哪里人？为哪样走到我们这里来？"兄弟俩回答说："是赞巴洛过人，因为没法来到这里。没有钱就乞讨过日。"因为弟兄俩和气，又生得漂亮，大家都愿意给东西他们吃，并且私下谈论："这两人一定不是平常人，一定是王子。看他们的走路、说话，一切行动都不像一般人。"几天之后来到了宾扎洛列城的东门，这里有一家旅店，兄弟俩就来歇店。

话分两头，现在来谈宾扎洛列。宾扎洛列的国王名叫赞多列，皇后桑姆琪。国王有一个公主名叫八东玛，今年十五岁，很聪明伶俐，漂亮好看。国王手下军师、大臣很多，地方管理得很好，没有什么灾难，国王对人民很好，人民也很拥护。但不幸国王已经死了，只剩下皇后和公主管理地方，不久，皇后也死了，只剩下一个公主管地方，大臣们都感到不安，想起国王没有儿子，将来如何办？地方大，人又多，别国都想来做生意，如今没有国王怕别国看不起，好像种田人收不着谷子，又好像一棵树没有叶子，真不像样，大家商量，有一个军师说："我听到老人说，过去也有一个国家没有国王，就用一匹马拉着一部车，车上装了国王的衣服冠冕，它跑到哪个面前磕头就请哪个做国王。我们也可以用这个办法试一下，你们看怎么样？"其他大臣同意这办法，于是就把一匹马拉车往前走，大臣们带领乐队仪仗队在后跟。这匹马一直把车拉到旅店，在店外绕了三圈然后跪在旅店门口，

---

① 摆：一摆就是两手伸直的长度

大臣们走进旅店，看见树理耶王萨睡起（本来是兄弟俩，诸神迷住大臣的眼，不让他们看见摩拉王萨），军师说给大家："你们看，这个人八字好，年纪轻，可以做国王。"树理耶睡着了，什么都不知道，连锣鼓声也没听见。大臣们喊叫也不醒，便把他抱上车子拉进宫去。

到了宫里还不醒，就把他安放在龙床上，又敲锣打鼓，还是不醒。大臣们没办法就来到公主八东玛宫里，告诉她："找到一个国王，只是睡不醒，你去叫醒他。"公主听说便来到树理耶面前，看见他年轻漂亮，心里很欢喜，大声喊叫，还是不醒，公主便点起香烛做祷告："上帝啊！假如，这个人和我是三生姻缘，是我们的国王，你就让他醒来，不然，他就不醒！"祝告后又叫，这回叫就醒了。

树理耶醒来一见自己坐在皇宫里，身边围了很多大臣，心里有点惊慌，便问："你们为什么把我找来？我的弟弟在哪里？"大臣们赶忙回答："我们不见别人，在旅店只见您，叫您又叫不醒，所以把您抱进来，请您来当我们的国王。"树理耶说："我们兄弟俩离家以后从来没有分别过，你们大家要我当国王，必须请我兄弟当助手。"

再说，摩拉王萨醒来不见哥哥，便跑出去见人就问他哥哥在哪里，人们都回答"没看见""不知道"。他想起哥哥便自言自语地说："哥哥啊，我俩从未分离，怎么来到这里便不见你了！"说罢就哭，一边哭一边想："太阳要落了，哥哥还不回来，是不是进城去水边过水被龙王拉去了？是不是进城后城门关了不让他出来？"想来想去，哥哥一定被关在城里，他便来到城门口问："大爹大妈，你们可见我哥哥进城去了。"他们回答："你哥哥叫什么？""叫树理耶。""不有见，现在天晚了你不要进城，进去出不来。"没有结果便回到旅店。第二天离开旅店到处找哥哥，把路走错了，走到大森林没有人烟。

又说树理耶王萨，在皇宫里不见弟弟，他又向大臣们和公主问弟弟下落，他们也说不知道，没有看见过。于是就站起说是要去找弟弟。他在前走，军师大臣和公主也跟在后面，来到旅店，却不见弟弟，便昏倒在地，公主便领着大臣们把他抬进宫殿。等他醒来，便跪在他面前说："你已经当了我们国王，我们人多，可以打发人到各处去找，不要急坏身体，等你登位布告全国之后，保证可以找到你弟弟。"回到宫里便正式登位为国王，并且和公主结婚，同时也把自己的身份和灾难告诉大臣和公主，听了树理耶身世之后，诸大臣和公主便来计划，商量结束，便出了一张告示，写明摩拉王萨的年龄相貌，张贴在大村小寨，大街小巷，谁见着或听见来报就有奖偿，寻到奖偿更大。另外，又出一个告示通知全国，已经有了国王，各国应该来认识新国王。

树理耶当了国王以后，全国各处领地和外国都来朝贺觐见新国王。送来很多礼物，但他没有忘记弟弟，很想自己去寻找。打发出去寻找的人又不见回报，心里更急。过了几天寻的人回来说东西南北各处都找遍了，所有国内国外都没见，问各地商人也说没有看见，他想："我兄弟俩一道出来，从未分离，现在我当国王，弟弟还不能过好日子，又打失了，怎么对得起母亲。"越想心里越难过："身边一个亲人也没有，我一定要找他回来心里才会安心。"皇后看见他这样日思夜想，便问："你为什么不高兴？"树理耶回答说："我们过得好，可是我弟弟不知生死，怎么不急？我想亲自去找。"皇后说："当然一个亲人不在，心中自然是着急，不过，你是国王怎么能离开。我们不停地打发人去找，老百姓又多，帮着找，总有一天会找着。"他又说："皇后，你好好在家管理国事，我一定要自己去找，不找着不回来！"皇后劝他说："我们老国王没有儿子，好容易找到你当国王，现在你走了，我女人怎能办大事？你一定不能走！我决不让你离开。你弟弟是一只凤凰，到什么地方都有百鸟护卫，不同一般人，他不会有什么长短。我们手下大臣多，叫他们想个办法，一定能找到。"树理耶听了皇后的劝告总算暂时不自己去找，便召集大臣想办法，"准备在全国各地建设旅店，店里画很多画，表明我兄弟俩一路经过和苦难，让大家来来往往的人都得见。要是弟弟来住便看见，也便知道我当了国王，便会来找我。"大臣们同意了他的命令，立即通知全国各地，在大小村寨城市建起旅店并绘国王两兄弟一切经历，张贴在店里。在旅店建设好之后，旅店每月一回，由国家供给过路人一顿干色饭，吃完为止，以访找弟弟。

4

树理耶这样大张旗鼓地寻找弟弟的事，传到了他的故国赞巴洛过的皇后加瓦耶耳中，于是加瓦耶便对国王说："树理耶两兄弟并没有死，一定是他母亲跟着押送兵一起走，用金银宝石买下来他们的命，现在树理耶当了宾扎洛列的国王，必定会来报仇，赶快想办法。"国王听说立即大怒，召集大臣们商议，一面派卫士把树理耶的母亲从冷宫里驱逐出皇家。老皇后便一个人孤零零地流落在民间过苦难生活。老皇后赞大礼味离开皇宫后走到一个小村帮人做工，请人帮她盖了一间草屋居住。

却说摩拉王萨找不到哥哥的下落，走错了路来到大森林后便顺着大森林往前走，寻找野芭蕉、生果子吃以便充饥。走出大森林之后来到了博澜洛西地区，从大村小寨经过讨饭食。早行夜宿，继续往前走，讨饭时总是给人家说好话，祝福主人好吃好在，人们看见认为他一定是王子之流。他已经是一个小伙子，又漂亮，姑娘们看见他都说："阿哥，你要去哪里？为什么不叫我们同你走，独自一个人往前行？"他羞得不敢答应，仍旧低着头往前走，来到村路的旅店歇，天天讨饭吃。

有一天摩拉王萨出去讨饭，走出城东门外，来到一个村子讨，村子有个大财主（百万），名叫贡摩利，老婆叫叔干塔，两口有一个女儿，姑娘叫夏洛功，生得很漂亮，母亲爱如掌上珠，并在住宅旁为她盖了一间绣楼，招了一千个小姑娘服侍她。这小姐住在绣楼里十分舒适，心想："爹妈这样爱我，二天一定要找个好汉子，爹妈也老了，他要能让我爹妈享福，找了坏人，就对不起父母了。"这天，摩拉王萨来到这村讨饭，因为天黑了，不知不觉走进了财主的花园，园里有老两口在这里守卫花果树，天又下雨，不能赶回旅店，在园里看见了老人住的小屋便走了进去，请求他们留宿，说："因为天黑不能赶回去，让我住一晚，很感谢。"两老人说："讨饭人不能在屋子里过夜，要住就在屋檐下睡吧！我们屋子窄，旁边有个牛栏，可以去住。"摩拉王萨便在牛栏里歇下，天又黑，风雨又大，饭也不得吃，便走进老人屋里讨火点亮，老人骂他不懂事，说是会烧了房子，不给火，他只好出来回到牛栏去，一点也不生气，心想："这不能怪老人，是我八字不好，不能罪怪他。"为了吃饭便把宝石拿出来照亮牛，这样才充了饥。

宝石的光亮惊动了看园子老人，以为是火着了，怕烧着房子，这个人不好，便抱起一桶水过来，一看是宝石发亮，便悄悄回来，并且商量"不要惊动他，明天报告主人让他来拿宝石，我们得奖赏。"天亮后老人便到财主家去告密说："昨夜园里来了一个讨饭的少年人，他有一颗黑夜发亮的宝石，你是老财，去拿来好了，他人穷不配有这个。"老财主和老园丁便相互商量，假说自己家的宝石打失了，被人偷了，派很多人去花园里找。找到摩拉王萨便捆起来，说："你为什么昨晚偷财主宝石？老天保佑，宝石不该打失，所以逃不脱。"说罢便把他捆送到财主家去，财主便用一把小刀将他身上捆扎宝石的绳子割断，将宝石取出，并对他说："这宝石是我祖先传下的，有几百年了，你怎敢偷它，必定把你杀死。"摩拉王萨百口分辩说是自己母亲给的，财主不听，便用铁链子拴起他，关在牢房里，他被关起之后，心里想得很多："我生下来为什么八字这样不好？要是在家，母亲一定会来保护我！为何来到宾扎洛列哥哥又走失了？我来到这里怎么又遇到祸事，宝石被人拿去，还关了起来？唉，我的命实在是不好。"

看园子的老两口从财主家回园子，因为下了雨，路滑，在路上跌了一跤，两人眼睛都跌瞎了，看不见东西。

被关起后，摩拉王萨天天都哭，饭也不想吃，关了三个半月，财主也不给吃饭，只是放他出去讨吃，脚上还带着铁链，在这样的生活中，他只是怨自己命不好。

在讨饭吃过程里，他走各处，大家都认识了他，连财主手下办事人也知道，财主的狗腿们认为他有错，财主才这样对他，可是一般人却认为：他不是平常人，一定是王子，因为财主也有不起那样的宝石，只有国王家才有。这样，他们里边就有人提议把这事告诉国王。暗中保护他的诸神也知道他的灾难，又听到人们准备报告国王来救他的事，便想："国王知道，财主一定会被杀，这也不好，摩拉王萨不应在此长住，应该离开。所以必须迷住那些人不要去报国王。"这样人们都不知不觉地打消了原先报告国王的主意。

且说博澜洛西国王有一个公主名叫苏婉纳丙芭，生得十分美丽，有一天她率领自己宫女到水塘去洗澡。那天，摩拉王萨也在水塘洗了澡，正在水塘边小草屋里休息，便被公主看见了，她见他年轻漂亮，心里很爱他，只是不好说出口，来到水塘后，便打发一个宫女去问摩拉王萨："你是什么人？生得这样漂亮，为何被人锁住？犯了什么错误？是哪的人？请你谈一谈。"摩拉王萨便把自己的身世和遭遇对她讲明，宫女回报公主，公主心里更加可怜他，也更加爱他，打算回宫去禀告国王，请父王来搭救他。

公主洗完澡带领宫女回宫，摩拉王萨也回到财主的牢房里，天也黑下来了。

财主姑娘夏洛功也知道这事，知道自己家没有这样好的宝石，恨父亲心不好，怎么去骗别人的东西，也准备想办法搭救摩拉王萨，在绣楼上打开窗子一看，正见他躺在牢房，心想："父亲一定错，不应该欺骗人。"摩拉王萨在财主家，每天早晚都为他家打扫清洁。他在这里受罪，想到在家时心里更悲伤：我为什么这样苦？在老家我生活多舒服！到何日才能出头？

却说夏洛功有一个贴身侍女，年纪和她差不多，一天在院子里看见摩拉王萨便唱道：

"星星应该在天上闪光，

为什么掉在地上？

又为何落在烂泥塘？"

夏洛功在绣楼上听到侍女唱调，便问："星星掉在哪里？为什么我没看见？"侍女回答说："不是真星星掉在地上，你看那扫院子的小伙子，不就是星星？看他那样漂亮，又有好心，将来一定像发光的星星。"夏洛功听到后便和侍女打伙①来到牢房，对周围下人说："你们天天辛苦，现在都出去休息，不要再来这里。"一面又吩咐厨房办上好的吃食送到牢房请摩拉王萨吃。摩拉王萨看见夏洛功很是漂亮，心想："假如我在宫里，我一定要和她成亲，我长到这样大还没有看见这么漂亮的树吉利。"夏洛功看过摩拉王萨后，回楼就打发贴身侍女前去探问："你是哪里人，为什么来到此地？你的出身和名姓是什么？你有什么亲人？"树吉利带着很多点心来到牢房探问，把姑娘的询问一一转递。

摩拉王萨收下送来的茶水、槟榔和点心，回答说："我已经被人家办成强盗，说我偷了他家的宝石，天大的冤枉洗不清。我离开爹妈来到贵地，名字叫作摩拉王萨。"树吉利听后回去告诉小姐，小姐听后很难过，她又告诉侍女："我父亲萨剎疑心大，再把公子问扎实。"于是二人又去问，小姐躲在门外，只侍女露面对公子摩拉王萨说话，这些问话都是小姐教给的。小姐一边听一边滴眼泪，然后又回去，告诉丫环把守牢的人找来，"我准备用金银来收买他们，叫他们不要告诉任何人"，守牢人来到绣楼，小姐对他们说："你们看守的人不是一般的人，他是赞巴洛过的国王的儿子，要好好对待，不敢轻视。"守牢人也说："确实，我们守了很多人，从来不见过这样的不同寻常的人，看他的样子和言语，也知道他是了不起的，我们一定不会怠慢。"

一天，夏洛功来到牢房和摩拉王萨谈私情，并且请他有空到绣楼上去玩。公子回答说："我是一个囚人，带着链子怎好去，去了被别人看见更不好，会弄得我罪上加罪，现在没法去，等以后摆脱了这份罪，我两个再相会。"夏洛功听见很着急，赶忙用金银收买了守牢人，把摩拉王萨放了，也不再带上铁链子，并且领他来到自己的绣楼里，先请公子洗个澡，换上新衣，当晚私下订了终身。白天依旧穿上旧衣在牢房里，夜晚就上楼和小姐相会，每到黄昏夏洛功就下楼去接他上去。如此这样过了一个时期。一天，老财主忽然想起去做生意。他打算到苏瓦拿去做买卖，准备了货物一大批，

---

① 打伙：云南方言，即"一起"。

都装在船上只待起身,并且把骗来的宝石带上,好大大地赚他一笔。带了一千个随行人,还有女儿夏洛玏请求同去,请财主批准,财主一见很高兴,立即批示同意起程。

在起程的前一天,老财主叫女儿快收拾,夏洛玏听说很高兴,急忙祷告神:"假使我和摩拉王萨有夫妻之份,不让他去,船就不会航行,如果有他一同在,一帆风顺就到目的地。"第二天登船准备走,一千个人划船,船却不行,好像生了根,老财看见船划不动,就问女儿:"你可有办法让船往前行?"夏洛玏为禀告父亲:"我也无办法,最好请磨龙①来算一下便知真情。"磨龙一算说:"怕是你家关得有人,要把他一起带上船,船才会往前行。"老财听罢便立即派人将摩拉王萨带上船一起同行。

摩拉王萨上了船,船便立刻划动往前走,可是他仍旧被锁上链子。走了许久到了大海,不久又到了苏瓦拿。这是一个好地方,楼房盖得很漂亮,老财准备了礼品,去见国王,又准备将宝石卖给国王,他把礼物和宝石装在扮②里,摩拉王萨看见,不觉流出眼泪:"宝石啊,你落到坏人手里,现在不知要把你卖到哪里?"老财主看见他哭,又把他骂了一白,说:"你有什么哭常,这是我的,你大胆偷去,不是我福大怎么能收回?"骂完后抬起礼物就去见国王。

5

话说苏瓦拿地方遭不幸,来了妖怪要吃人,苏瓦拿国王叫述达理札,皇后叫妽莫拉,生一个公主叫八东玛,公主年方十五岁,生得美丽又漂亮。

不知道在什么时候出了妖魔,从此好地方遭了殃,妖魔在深山里住着,七天就下山来捉一个人吃,老百姓家死了很多人,大家都气愤愤地要去找国王,为什么不想法驱逐妖精,再不设法就将国王自己的女儿拿去送妖人。

当老财主来向国王送礼觐见时,国王正和大臣们计议关于妖怪的大

---

① 磨龙:巫师。
② 扮:一个像桌子一样的箱子。

事情。因为穷百姓的人丁快被妖鬼吃完,再不想法灾难就落在自己公主身上,国王一见老萨剃便问:"你是何处人,为何来到此地?"老财主禀告国王:"我是远方做生意的人,有一颗宝石只配卖给国王,这宝石在前几个月差点被人偷走,好在我福大把贼人捉回,现在他还在船上,这是一个坏人。"国王说:"你把宝石拿来很好,我很喜欢,只是我国出了妖怪,七天吃一个人,百姓家人口快吃完,明天就要送我女儿去给妖怪吃,你们贵地可有能人,替我想法救下公主的命!妖怪离高城不远的东边大山上,相距里程有三万三千罢。它就在大山岩洞里安身。"老财主回禀国王:"我不有办法,不过偷我宝石的人还在,可以拿他去替公主的命。"国王听说很高兴,立即命令把摩拉王萨带进宫廷,回船去拿他的人告诉摩拉王萨,并可怜他的不幸,夏洛功听说很着急,急得哭了起来,摩拉王萨对她说:"急也没有用,人总得死一回。"

摩拉王萨去后夏洛功哭道:"你为什么这样苦,在本国遭了灾难还不算,来到宾扎洛列兄弟又分散,到了我家又遇见我黑心的父亲,使你受了不少罪,只望来这里有办法,谁知他又把你送给国王拿去喂妖精,你的命真是苦十分。"

摩拉王萨进了宫,一见国王就行礼,礼毕在旁坐下,国王仔细一看,觉得这人不同寻常,从他的行动和相貌认定他一定是个王子,才会生得这样漂亮,他一定不会偷东西,莫非是萨剃在骗人,国王想去问萨剃:"偷宝石难道是此人?"老财主一听忙回话:"偷宝石就是这个顶坏的人。"国王一听,转脸问摩拉王萨:"请你走上前和我坐近,好让我问出真情。"摩拉王萨往前坐,国王开口问真情:"你家住哪里?你出身是什么人?你叫什么名字?又如何来此,遭了灾难?又为何偷他宝石犯了罪行?你的父母是何人?你是国王儿子还是宰相的后人?"摩拉王萨回答国王,从小妈陷害起一直谈到现在,也把在老财家拿出宝石照亮来吃饭,又怎样被老财诬害锁住他带到此地,一一真情回答了国王的询问。国王听见心中想:"此人说的是真情,我不能害他,他福气大,将来有出头日。"国王转身又问老财主,老财主无话回答，国王一怒，老财主吓得打抖战。国王拿出宝石问摩拉王萨是不是这个，他回答就是这颗。国王下坐拉住摩拉王萨的手，要他和他并肩坐，爱他像爱自己的亲生儿。萨剃一见心中害怕，只好向国王磕头求饶后便回了船。

国王和摩拉王萨说："我们这里地方好，你就在这里，我会像对亲儿子一样爱你，只是我国出了妖怪，住在东边大山上，你有不有办法救出人民的命？打败妖精好安生，将来等我百年身死，你就做国王管理这里的人民。"摩拉王萨一听说："我不怕妖怪，不怕死，我去打它。"国王听说很高兴，急忙点兵将，带上武器，为了更好打妖精，又把大臣将军都召进宫廷来计议："公子出征打妖怪，我们要动员力量去支援，有本领的全使出，好早日胜利。"调兵的命令传到各地，全国军民都高兴，有的带上长矛和大刀，有的带上枪刀不入的宝，有的带马匹，有的带粮食，有的带上香油——用香油洗澡枪刀不入，有的骑马，有的坐轿，有的步行，四面八方都集合京城，听候调遣。国王和摩拉王萨骑大象，出征的礼炮鸣了九响，雄伟的队伍往前行。铓锣、象鼓和长号，吹吹打打好热闹。仪仗队队很威风，一队一队朝前走，摩拉王萨的大象领头走，国王骑象押后阵。军队先去真迅速，转眼便快到妖精的住处，公子回头急忙问："妖精住处还有多远？地形又是怎么样？"国王听说回答："一千摆就到了妖怪住处，它住在一个岩洞里，洞下面有一条山涧通到山脚，山脚边有个大水塘，沿着水塘就一直可通上去。"摩拉王萨下命令："现在大队就停住，让我一个去找妖精。"大伙听到很高兴，因为他们心里很怕妖精。如今公子一人去，大伙落得不送命。但也有些不高兴，来打妖精却不能上阵，既然不叫我们去上阵，为何又调动这多兵？有的就说公子福气大，本来用不着多带人，如今调动大人马，为的是威风好显耀给外国人听，再也不敢轻视。

摩拉王萨带了两件宝，一是自己的宝石，一是国王赠给的刀，这刀几代人无人拔得起，公子一拉刀就出了鞘，国王就把刀送给他，也知道他是有来历，他带起两件宝，骑起大象就上山。不几步就来到大水塘，就祷告上苍："如果我能打胜妖怪，宝石丢下水塘就起火，火就会烧到妖怪住的地方。"说罢，就丢宝石，宝石丢下就着火，大火一直烧到妖精身上，把妖精烧得大声怪叫，叫声把山下的兵吓得心惊，有人惊得逃回家去了。公子顺着大路往上走，妖精就交锋，妖精身上被火烧得昏昏迷迷，不知人事，公子拔出刀就将脑袋砍去，死妖躺在山脚下，它身子有老象大，眼睛就像饭碗大，獠牙露出像象牙，看到这死妖都令人害怕。

妖精一死人心喜，大家簇拥他下山，国王听说他来到，急忙到营门去迎接，拉着他的手亲亲热热，进了帐营饮酒庆祝，死妖精也被大伙砍得肉烂如泥。

国王和摩拉王萨便带兵回京城，走到半路一时不能到，便在半路盖起临时营房来居住，国王立即下命令，通知从这里到京城，要把大路来修建。路面要宽三摆，高处要削平，低处要搭起桥，两边栽上草花树木，顶上盖起漂亮的丝绸，全国人民立即动手修，三天三夜就建成。用一匹最好的马配上金鞍，还有一只老象也装上金饰的坐亭，国王和公子便骑马坐象进了宫廷，第二天就下令让位给摩拉王萨，请他来做国王，把女儿八东玛嫁给他做皇后，自己退位年老好休养，群臣听说都高兴，全国都喜欢，结婚那天真热闹，公主坐轿，乐队仪仗队簇拥起摩拉王萨进宫，老百姓都出来看热闹，从此苏瓦拿就由摩拉王萨来管理。

当了国王的摩拉王萨想起了老情人夏洛功："虽然老萨剃陷害我，他姑娘却救了我的命。"便转请老国王派人把夏洛功从海船上接进宫来做了二老婆。老萨剃无脸见女婿，坐起海船便回了家。回到家老婆问女儿在哪里，为什么不回来，财主就说："女儿嫁给了苏瓦拿国王摩拉王萨做妃子，不再回来。"老婆骂他真不该骗人家的宝石，要不是女儿好，险些送了命。害人的事情不能做，今后改过做好人。老萨剃点头含羞带愧，愿从今做个正派人。

6

摩拉王萨当了苏瓦拿国王之后，心上还是想念母亲，也不知生死存亡，又想起哥哥不知下落，想到想到就流眼泪，皇后八东玛一见很担心，急问：

"为何流泪，是不是这里不好，是不是我对你有什么不称心，是不是有什么国家大事麻烦心？"摩拉回答说："这些都不是，这地方好，人也多，做了这里国王我喜欢，只是我想起了妈和哥，不知他们死活，我想去找他们，你们好好在，我独个去寻找。"说罢就去见老国王，老国王劝他不要去，可以打发人去寻，去接。但他一定要去，老国王只好同意，临行前告诉他："这地方已经交给了你，全国人民都靠你来领导。不要忘记我们，快去快回。"老国王派人跟着去也不要，只是单人独个去。回到宫里皇后又来劝，劝他不要走，"不要把我丢了"，但是劝不住，一定要走，皇后说："你去我也去，两个一同走。"他说："道路很难走，野兽又很多，女人家还是不要去，我不会忘了你，也不会忘了国家，一定会回来。时间不会长，见着母亲和哥哥就会回来。"皇后没法只得放他走，他转身又去和夏洛功告别："我要去找哥哥和妈，你好好在家。"夏洛功也要一同去，他劝她不要去，身子有了孕更不能去，"生下娃娃好好替我照顾就行了。"夏洛功说："这里我没有亲人，你走了我靠谁，一定得去。"没办法他只得带了她一同去。老国王听说夏洛功跟起去，便跑来劝："你有八个月身孕决不能去。"但是劝不住，便放他俩走，大家都来送行，祝福一路平安早去早回。

夫妻结伴前走，走到了森林里，听到了不少鸟雀野兽叫声，有的好听，有的难听，孔雀也来到路边开屏跳舞。又走，走到一个水塘，夫妻坐下来休息，水塘里有野鸭在游玩，听到雀鸟鸣叫心里很高兴，天黑了就在水塘边过夜，塘子里有藕，他下去拿来吃，荷花又香，他摘来送给夏洛功玩。塘子边有对凤凰是神仙变来的，正在谈话，母的问公的："这两个一男一女，过去不见过，他们很漂亮，不知道他们要去哪里？"公的说："这男的是苏瓦拿国王，女的是二皇后，他们去找哥哥和母亲，是有福的人，才能走到这里，因为这路很危险，不是有福的人到不了这里。"母的又问："他两个找哥哥多久才能找到？他是什么时候做的国王？"公的答："不要多久，最多五个月就会到宾扎洛列，不久也就会当国王。"

天亮了，夫妻离开水塘往前走，来到一个大崖山，满山都是悬岩陡壁没有路，摩拉王萨对妻说："没有路要抓崖子，我说你不要来，现在无法走。"夏洛功说："你的宝石不出来祝告，让它给我们飞过去。"他一听有道理，拿出宝石就祝告："如果我俩能见哥哥和母亲，你就带我们飞过去。"祝罢，便把宝石含在嘴里，果然就飞了起来，于是他又下来，带起妻子一同飞，飞得很高，她有孕觉得难过，风大又冷，她告诉他受不了，还是下去走路。他说："这里妖怪多不能走，恐怕有危险。"她又说："不下去我就会死了，受不了。"没办法只得下来，落在一条大河岸边。妖怪看见，很多妖怪就约起来要吃他两个。两个看见妖怪又含起宝石往前飞，过了河落在一个森林里，逃出了妖怪的范围。

落到树林顺大道来到一个独修的老尚①在外。隐士名叫述达罗细。他两个问候隐士："来这里修行生活可好？身体如何？"隐士说："来这里修行好吃好在，野兽不会来侵害，你俩去哪里？为何来这里？路上可出了问题？身体可好？生活可称意？"两个回答："生活身体都好，很容易来到了这里。"隐士请两个在他家休息，明天再走，同时心里在想："这两个人为什么能走到我这里，这一路都是妖怪。两个一定有什么本事才能走得通。"想罢就把这些怀疑提出来问，但是他两个先没有说，他又问。摩拉王萨一想，这个隐士怕是有佛力的，还是告诉他，这样，就说出自己的宝石，有这宝石含在嘴里会飞，所以便安全地来到这里。第二天天亮，隐士想看宝石，说给摩拉王萨，他拿给他看，看后就想试一下看看是不是真的，摩拉王萨说："试试是可以，不要飞得太高，高了风大，又落不回原地。"隐士含起宝石就飞了上去，飞得太高，碰着大风把他打死了，头和身子断开了，头掉在宾扎洛列地区，种田人看见天上掉下一个人头，还有光，就去捡来把宝石拿走了。种田人捡得宝石很喜欢，拿回去给婆娘说："这该是我命运好，不愁吃了，把它送给国王定有奖偿。"于是拿了宝石去见国王，国王是树理耶王萨，一看宝石知道是弟弟的，"怎么会掉在你田里，好好说给我"，农民就告诉国王说是

---

① 老尚：隐士。

天上掉下人头,口里含着宝石,国王听后心里很急,忙叫农民领到田头去看人头,大臣们卫士们也都跟了去。走到田头一看,不是弟弟的头,弟弟头是有头发,这头是光光的,心想这是国内哪个隐士,他一定偷弟弟宝石想逃走,所以天上把他的头弄掉下来,一面奖钱财给送宝石的农民,又让他当一个管一千户人的头人。

摩拉王萨两个在隐士家等了很久不见落下,一看见他的身子掉下来,不有头。到处找,也没有找见,两个只好继续向前走,因夏洛功肚子大走不动,心里很恨隐士:"自己死了又害得我俩走路。"哭了起来。他劝她不要哭,慢慢走,这里离有人家的地方很近,两三天就可以走到。走呀走,走到一条大河边,没办法过河,便在河边等,等了几天不见有船。有一天,见一根大树干从上游流下来,等树流到河边口上,他就准备坐树过河,于是他跳上大树把爱人也接上树去,又怕两个被水冲散,便拿一根绿带把两个拴在一起。坐树过河,水很大,又有浪,浪撞着树就翻了,一个只有一节,爬到岸上不见夏洛功,便哭起来,叫也叫不应,就想到两个在一起没有离开过,"你太爱我,舍不得离开,硬要跟我来,你不听我劝,现在又不知你的下落。"最后只好个人往前走,走走又回到河边再找,不知是死在水里给龙王拿去了,还是到了对岸走到别处去了。摩拉王萨在树林里到处找,找了四天;夏洛功在另一方找他。找了四天找不见她,就来祝告天神:"保护我两个,不要让她有什么损害,早日让我两个会面!"祝毕,离开河往前走。一边走一边想念她:没有她帮助,我怕给老财主整死了,恩情大,打伙出来又被水冲散不知死活,边想边哭来到了有人家的地方。顺路来到他哥哥先前盖的旅店(公房),便看见那些画,正碰上他哥哥规定的千包饭,他一边吃一边看画,眼泪就淌下来,想到他哥哥一定在这地方当了国王,心想:"这回可以找到哥哥了。"

7

树理耶曾经通知各公房,如果有人看画后滴眼泪,就来报。这回摩拉王萨一面看一面哭，大家觉得奇怪，看样子他一定是个王子，又年轻漂亮和国王长得差不多，于是打发人报知国王。树理耶听到报告，就下令宰相大臣说："这一定是我弟弟，我要亲自去看。"于是群臣拥着他，驾车马前去看。众人来到公房，兄弟相会抱头大哭，各诉别后情形，摩拉王萨便从兄弟离开后谈起，谈到自己如何找哥，如何遭到别人陷害骗去宝石和夏洛玏救他；如何到苏瓦拿，如何遇见老国王，帮助打妖怪和公主结婚，当了国王；没有忘记哥哥和妈，领同夏洛玏来找，又如何在河里和她冲散——告诉哥。

打伙谈了很久，休息一下就双双进城，坐车骑马，乐队奏乐，仪仗队朝前。一阵风回到宫里，天天大排筵席、演戏、唱歌来欢迎弟弟，庆祝兄弟相会。宝石也交还给弟弟，并另外给他盖了一个宫殿来居住。同时弟弟因丢失了夏洛玏而心生悲伤。弟弟心里仍想夏洛玏，也打算像哥哥一样盖些公房，画上他和夏洛玏的事情，哥哥听说便同意，立刻叫工匠动手干，不久就盖起了，画了贴好了，守公房的人和做千包饭的人也有了，只等待夏洛玏的到来。

却说夏洛玏被河水冲散，离开了丈夫，上得岸来找又找不见，就急得哭起来，肚子已经有九个月，就要生产了，脚手又软，走路很困难，找来找去找不到丈夫，便说："夫啊！你在哪里？是不是死在河里还是活着？是不是找不到我走到了别处去？"一边叫一边哭，一边祝告说："神仙啊！请你们来保护我，不要让我死，让我早日找到丈夫；保佑他活着，不要遇到灾难；不要让我碰上野兽！"神仙听到就下来保护，使她一点也没有遇到灾害。天天到处找丈夫下落。一天遇见一个渔夫划着小船来到岸边，她正站在水浅处，被渔夫看见，觉得她漂亮，不像本地人，好像是别地漂流到这里，"我要去问瞧"，夏洛玏衣服也没有，只有一块布围住下身。渔夫问："你是哪里人？是人还是妖怪变的？有这漂亮？"她便把自己的不幸告诉渔人："现在遇着你大爹，请你救我，二天①不忘你恩情。"渔夫听说可怜她，想："自己也

---

① 二天：云南汉语方言，意为"今后"。——编者注

无儿女，只有一个老伴，救回去做我的干姑娘，二天她汉子来找，我还有点好处，晚景就有靠了。"于是叫她上了船，叫她同他回去，"一定养活你"。原先他想打几天鱼，现在不打，一直送她回自己家去，看见她没衣服，便把一床毯子给她围身体。

渔夫和夏洛功一天路就到了家，渔夫心里很奇怪，因为他出家来去了十多天才到这里，现在一天就回到家，心想：这姑娘一定福气大，有神灵护助她了，得好好照顾她。回到家后他婆娘很疑心，因为他领进一个年轻漂亮的女人，认为他有外心，不爱她。渔夫一听忙解释，把夏洛功情况谈给她听，说："她是摩拉王萨的爱人，因为过河渧水两个分离，我领她回来。二天汉子找回去，我两个有好处。"老婆子不听，只是跑进跑出地骂，劝她也不听。渔夫妻子这样骂，夏洛功听见就大哭，心里想到很多事，特别是在想起她和丈夫的恩情，谁知过河失散，来到这里，老婆子坏，越想越哭。老倌来劝，叫她不要怕，不要气："有我在她不敢做坏事，二天你汉子来找，她会相信，有我负责，你别怕。"老婆子真是坏，指桑骂槐，摔盆打碗，连锅都打烂，使得夏洛功真难在。老渔夫将夏洛功的事告诉村子里的人，请大家凑两件衣服送给她。大家听到都来看，看见这漂亮的年轻女人，有的送衣服，有的送菜饭，夏洛功感激大家帮助，穿上衣服，也吃了饭。

生产的日子快接近，她说给老渔夫，请找个屋子好生产。老渔夫听到忙动手，在家里就给她隔了一间小屋，两三天后就生产，生下了一个小男孩。她对孩子说："你爹不是平常人，他是一个国王的儿子，现在他也是国王，本来你应该享福，如今却在这受苦，睡的是草屋，要不是老大爹，你要在树林里才会出世。好在房子里大家照顾，不然生活没办法，儿子啊，不要哭，怕别人讨厌你哭声。"老婆子心里更恨，恨母亲也恨儿子，大骂她："不好好照顾儿子，为什么让他啼哭，打扰安静，再哭我拿棍子敲死他。"

这里的日子真不好过，儿子满了月准备起身，走到大爹前去告别，谢谢他对她的好意招待："现在我带儿子去找丈夫，二天一定来恩情报答。"老倌打发她上了路，母子俩就往前行。经过森林、村庄，心里混乱：儿子呀，到哪里去找你父亲？到处都问不着，怕我母子要死在路上，要是你父亲在，他一定喜欢你。走呀，走呀，走到了宾扎洛列地方的村寨，太阳快要落山，村外有几棵大树，她母子在树下过了一夜不敢进村，天亮进了村讨饭吃，听见大家说："大家快去公房，国王今天要发千包饭。"她听到也喜欢，心里又怕人多挤坏孩子。于是把树叶搭个棚棚用毯子包住儿子，放进棚子，祝告神仙来护佑："在我离开时不要让他碰上一切灾星。"祝罢，跟着众人去到公房。公房不但供菜饭还供衣服穿，她接了衣服菜饭就身走，正遇上那天树理耶和摩拉来巡查公房。他们走到大树下听到孩子哭，就叫手下人停车看一下，走到树下一看，一个小孩用毯子包裹在树棚下，又看用夫妻俩分别时留下拴身子的绿布带，和自己留下的一节正是一样。摩拉王萨一看心高兴："这节绿带是我和夏洛玏都有的。这孩子一定是我的儿。"他便对儿子说："儿子、儿子你妈妈哪里去了？"说罢就哭起来，哥哥听到忙下车问，他把遇见儿子的事告诉树理耶，只是不见母亲他才哭，树理耶一听心里想：是真是假还不清，问弟弟他那绿布可在，他说在公房里，打发人找来一合，果然两节合成一条。哥相信是他的儿子，又安慰他不要急，也不再到公房去看供饭，"我们回去，打发人各处寻她"。说罢他两个就回去，哥哥抱起自己侄儿子坐车，打伙回宫殿，找来很多保姆，给侄儿起名估拉王萨，天天日日有伯父伯母和爸爸抱着玩耍。

8

话说夏洛玏在公房等供饭等了很久（因为人多）才等到，回到大青树下却不见儿子，便大哭起来："我儿子是什么人偷去，什么烂鬼把他丢了，还是野兽吃掉？丈夫找不着，儿子又打失！"哭着便往各处寻找，却什么也找不到，只好离开树下来到公房安息，这时公房人少，只有几个管理的人，大家一看这女人不同一般，管理人打伙商量：莫非是摩拉王萨的妻子。想罢便派人进城到宫里报告国王："供房里来了一个女人，生得十分动人，恐怕是国王要找的人。"摩拉王萨一听，急急地跑到公房，夫妻抱头大哭，哭诉了别后的相思，树理耶王萨见弟弟一走，立即派车马大象和仪仗乐队，到公房去接自己的弟媳，树理耶妻子八东玛见弟媳要来，赶快将自己的衣服带了几套随行，把她的儿子也带上，好让母子快活一场。

大队人马到了公房，母子夫妻亲人们欢聚一堂，五个人真是喜欢，打伙就在供房做摆、跳舞、庆贺这个团圆。跳摆了一阵，大臣宰相便请他们进城，一家人团聚真喜欢。天天做摆来庆贺，幸福的光辉照耀他们，在欢乐中夏洛功想起了老渔夫，"没有他我活不到今天"，想到这便把丈夫找来，将前事对他一一讲明，摩拉王萨一听心高兴，派一个人去请恩人，老倌一听心高兴，老婆一听打抖颤，心里害怕不敢来，因为当日她对夏洛功太坏，但是请的人不答应，老两口一定得双双去。两人进了宫拜见摩拉王萨夫妇，他们偿赐他两个衣服钱财不计其数，还派车马给送回村，老两口喜欢地回到家，老婆子穿上新衣，带上镯头更高兴，过去没有见过的东西现在有了，这真是天上掉下来的事情，老婆子高兴得发了狂，跳进跳出不安宁，一家伙跳到楼房下木椿上撞死了，老倌一见婆子死了，村子里人们都高兴和老倌来往，不久又重娶了一个。

摩拉王萨在哥哥国家里住了很久，看见这地方水旱交通都方便，人口多，很繁荣，因为交通方便，赞巴洛过也有人来往，兄弟俩都做了国王的事传到了赞巴洛过，加瓦耶听到很担心，怕兄弟俩兴兵来报仇雪恨，虽然她儿子已经当了国王，但大臣、宰相都很想树理耶兄弟回来管理国家。

树理耶兄弟也知道宰耶达接替了父亲的王位，要回去一定会有一场战争，便在宾扎洛列调动了大批人马，苏瓦拿老国王也打发人马到博澜洛西会合，营房里住满了两个国王的兵丁。博澜洛西国王的女儿苏婉纳丙芭公主和摩拉王萨曾经见过面，并且爱了他。这回摩拉王萨带兵住在这里，便将自己女儿下嫁给他。一个个宫女来服侍新婚夫妇，一千条大象来送女婿充实军威。

老萨剃接到了女儿女婿的信，知道他们带兵住在自己国家的京城，便骑起大象去见女儿，可是大象走得不好，把老财主摔在地上，不幸跌碰在石头上，就一命归阴了。

　　树理耶兄弟和人马快乐地在博澜洛西休整了一个月，又来到苏瓦拿国家，老国王听说女婿人马来到，便率领大臣宰相要去迎接女婿和他哥哥，把亲人们都接进宫廷。老国王下令全国各地都来做摆，庆祝一家大团圆，大摆做了一个月，天天日日都在欢乐里过去；然后计划回本国去探望母亲，老国王下令各地调兵将，一时间各地兵丁云集，有长矛、大刀、枪各种武器都有，人马一齐便开始进军。骑马的、坐车的、乘大象的、步行的，数也数不清人面，走起的灰尘像烟雾，笼罩得对面看不清对面，人马路过博澜洛西，国王也调动自己的兵马一起随行。

　　树理耶带领着宾扎洛列的人马打头阵在前头，苏瓦拿国的兵马在后行，博澜洛西的人马走在中间，三国的军队浩浩荡荡，一直杀奔赞巴洛过，晓行夜宿真是快，转眼就到目的地。

9

　　三国兵马来到了树理耶的故国扎营安寨，便打发了一个使臣去见老国王加歪耶："我们兄弟兴兵到这里，不是为了别的，只是想看看老父亲和母亲赞大礼味。"老国王看到心里喜欢，便召集大臣宰相会议一番，请大家做个主意。宰耶达向老国王说："当日父亲要杀他兄弟两个，今天回来一定不会饶过你和我。"老国王一听有道理，便急忙下令调动军兵来迎敌。宰耶达亲身下令各地调遣人马，到京城好迎击敌军。各地人马一到齐，宰耶达就要求老国王立刻开兵，老人家将不过他只得依从，双方军队就在大平真会坝交锋。

　　摩拉王萨一看双方伤亡很大，心想：为了兄弟间不和使得群众牺牲这不好，便说给宰耶达："我两个自己来交手，看谁的本领大，不要无辜死人民。"宰耶达一听便催动老象冲向摩拉王萨，摩拉王萨祝告宝石："如果能胜利，一定你要把他杀死，不胜利我就死。"祝罢就往外甩，一下就打在宰耶达头上，头掉下来，立刻就死了，但他的头还不愿朝向摩拉王萨一面，摩拉王萨气得大声骂："你死了头还不愿向我是为什么？"

宰耶达一死军队便投降了，将军、大臣也都说："我们早就喜欢你们来，只是宰耶达压迫着我们，现在他死了，我们归顺，请不要杀害故乡的人民。"说罢便回到老国王面前禀告说："宰耶达已战死。"加瓦耶一听儿子已经战死，怕摩拉王萨拿她来杀，转身出门躺在地上，地就裂开把她吸了进去，活埋在地下，老国王一看他母子都死了，心上也有点难过，但又想念皇后赞大礼昧，便派大臣点起烛条，带着礼品物件去接她。皇后一听不愿回，说："我八字不好，我情愿在民间，要我回去除非是我儿子来接。"接了又接，请了又请，一次不来又二次，皇后也就动了心，又听说宰耶达母子已死，不遵大家的意思也不好，便回到老国王身边，进了自己的宫廷。

皇后回到宫廷，便计议去接树理耶和摩拉，下令立刻修条大路，从京城直达三围兵马驻扎的营房，两旁用篱笆的墙上面用绸子盖顶，路面铺得软软的，车马走上不震动。选了一个上好吉日，派去了车马大象去迎接亲人，兄弟俩双双回到父母跟前，博澜洛西的国王也来到宫廷，真是热热闹闹一家大团圆，大摆做了一个月，摩拉王萨接替父亲当了国王，夏洛功成为皇后，树理耶回到宾扎洛列，管理地方国家，博澜洛西的国王也回国，从此四国就结成了亲家。摩拉王萨共有三个老婆，又做了两个国家（苏瓦拿和赞巴洛过）的国王，两个皇后分住在两个国家。

四个国家团圆，团结力量大，其他国家都来庆贺，做生意，摩拉王萨国王心地好，领导人民搞生产，国内没有讨饭的人，大家快快乐乐生活着。

百毛衣

讲述者：布连卡以
记录者：黄传琨
翻译者：布连卡以
搜集地点：云南省临沧市耿马傣族佤族自治县孟定镇芒坑村

  在勐版纳西地方，住着一对年老的夫妇，他们生活穷困，但恩爱情深，老太的模样长得好，人人见了都喜爱，老倌也舍不得离开她，有时连出门生产也不太愿意。老倌对她说："我每天都不能离开你。"老太太说："我两老长久相爱，你要好好生产，你若太想念我，我便画一张同我一模一样的像给你，你挖地时放在田间，挖一锄看我一眼。"

  一天天气闷热，很快来了大风大雨，将老太太的画像吹到天空，到处乱飘，飘落在土司花园的凉台上。

  土司出来乘凉，看到了这张画像，十分喜欢，他说："怎么没有见过，住在什么地方。"

  一天土官们来朝拜，看见土司闷闷不乐，便问："你有什么心事，为什么不向我们说？"土司把画像拿出，对他们说："你们看，这人该在中国，你们该见过？"于是便派出小官到处去找。

  两个小官来到勐版纳西地方，看到了老太太，都说"就是这个"，便要把她领去做土司的大老婆，老太太听了，蔑了他们两眼说："什么土司官，我也瞧不起。"两个小官为了满足土司的贪欲，坚持要将老太太抓走，老太太没办法，只好和老倌告别。她说："我走了，如果你想我时，便去打猎，不管鸟兽什么都可以，打死后不要吃它们的肉，只要它们的白毛，将这一百种白毛做成一件衣服穿在身上，你就能找着我了。"

  勐版纳西城很热闹，这天正好是赶街来来往往的人很多，在人群中有一个穿白毛衣的老倌,大家都注视着他。老太在宫殿楼上看见了,便对土司说:"街上有一个穿白毛衣的人,全城人民都注视着他。白毛衣只有大官才能有,有了这件衣服,就能管辖许多人。"

土司听了,又想得到这件衣服,派小官把穿白毛衣的老人叫了进来。

穿白毛衣的老人慢慢地走了进来,一句话也不说,土司说要用自己的漂亮衣服换他的白毛衣,老人仍不声不响,土司下令强迫老人脱下衣服拿来穿在自己身上,这时老太急忙跑去将关狗下屋打开放出几百条大狗,那几百条大狗见穿白毛衣的人,一拥而上,土司即被咬死。

老倌正穿着土司的衣服,站起来,土司的两个女人跑来拉着他说:"这是我的男人。"老倌坐下来指着老太说:"我只有这一个老婆。过去我们穷人受土司的欺侮,老婆也被人抢走,现在我还是要我的老婆,你们愿到哪里就去哪里,愿做什么就做什么,决不许恶人来欺侮我们。"

从此,老倌做了大官,此地人民生活过得喜喜欢欢。

朗罗恩①

讲述者:尚母
翻译者:一通、李德仁
搜集地点:云南省临沧市耿马傣族佤族自治县芒洪拉祜族布朗族乡新联村委会芒丙村

在孟不那之西②地方,三年时间不下雨,爱朗别拴龙来③来质问龙:"为什么不下雨?"当他把龙拴来时,映衬着一个马龙江④说:"你把龙放了吧,它走路疼。""不,我不能放它,我要把它拴在我们地方的水塘里。你为什么

---

① 金色的山坡。
② 孟不那之西:大地方。
③ 拴龙来:"勇敢"之意。
④ 马龙江:猎人。

要我放它呢？"

"没有理由，你再不放，我就揍你，快放、快放，否则，再走一步我就要——"猎人摸着他长上的花白胡须说。

"官派我出来要的，你为什么要护着龙，难道它是你爹，是你亲戚不成。"爱朗别发狂地骂着，于是他和猎人在山坡上吵了起来。同时猎人动手打爱朗别，并用弩箭射死了爱朗别。

"小子，这是你的坟墓。"猎人看着爱朗别的尸体愤愤地说，然后对龙说："这次你遇见我，得自由了，再也不会有人拴你了。"

"好，不是你我就死了。"龙说。

"你救了我的命，我要好好报答你。"龙又说。

等猎人同意之后，那龙一跺脚，地裂开了，猎人就随它钻下去，片刻之间到了龙住的地方。龙宫中的大小官员都来参见，并呈宝石在猎人面前。

龙和它宫中的宫女都变成了人形。龙王把许许多多十五岁以上的美丽的龙女献给了猎人，顷刻间那些女子便把猎人围住，向他问寒问暖。

猎人在龙宫一住七天，有老婆七个。第七天他突然想起了自己的家庭，于是要求走了，龙又把土裂开，猎人从土中出来，到了一个水塘地方。这里四面是深山幽谷，临别时龙说："你要什么，或者是别人欺负你的时候，你就拍三巴掌，我立刻会来到你的面前。"龙说完就回去了。

猎人离开龙王后，在那个水塘边突然发现了朗罗恩的脚迹，他很奇怪："为什么在这儿会有女人的脚迹。"于是决定在这里守九天，看看到底是什么人。

主意打定后，他便在水塘边徘徊起来。

话说在水塘边的那个山坡上住着一家人，谁也不知道他们住了好久。他家有七个姑娘，在猎人守护的第七天上，那几个姑娘问爹娘说："今天该我们到水塘去洗澡了。"爹妈同意后，这七个姑娘便把她们能飞的金色衣裳穿好，并梳妆打扮去到水塘，她们脱了脱衣服一齐入水。有的用水藻洗着身子，有的游水，有的唱调，有的采百合花来戴，猎人在岸上看得眼花瞭乱，他不觉心里暗说："啊！这么美丽！""这是什么人，从天上飞来。"猎人想得入神了，他把回家的日子早忘记得一干二净。

正当幻想之际，那群姑娘穿好衣裳要走了，许久之后猎人才忘神地向家里走去，他一走就到了一个山上，绝了路，突然发现一个道士住在这里，他上前去问："道士我迷路了，借宿一晚。"

"你从哪里来，为什么翻山涉水来到这里？"道士问着并继续说，"我在此山深处住了一百二十年，从没有人来过这，你为什么来了？你往何处去，你叫什么名字？"

"我们地方叫孟不那之西，那儿美丽得像天堂一样，我们的官是赵界孟。"

天亮猎人向道士告辞："你请坐，我走了。"出门后，他一想："有一天在一个深山下的水塘边看见七个美女从天上飞来，不知是何道理。我很想拿住一个，不知要怎样才能如愿，请你告诉我一个主意。"

道士听后大笑不止："啊！那是朗罗恩。如果你要拿着她，除非龙王那里的捆仙绳才拿得着，否则你拿到死也拿不着。"

"啊，你指引我太好了。"猎人说着就向道士叩下头去。他离开道士又走入深山密林中，沿途听见小鸟在深山密林里叫，他心中无限高兴。不知不觉又走到龙王送别的地方，又看见那个水塘。他想起道士的话，便拍土三下："我心中爱着那七个姑娘，请你帮助我。"他刚说完，那面前的土突然裂开，龙王站在面前，手里拿着那条他所需要的捆仙绳，猎人一见，欢喜若狂。龙王走后，猎人就来到水塘边等着那七个姑娘："这一次一定得拿着一个回家去做婆娘了。"他心里暗想。一面又把绳子布置在塘里，并守在塘边，日夜的守候着，连眼都不眨一下。又是第七天了，七个姑娘又该飞来洗澡了，她们又告诉了阿爹阿妈，穿上那些会飞的金色衣服，顷刻间便来到了水塘，又像上次一样脱掉衣服进入深水之中，互相追逐嬉戏，玩耍甚欢。猎人心里跳着，他紧张得连气都有点紧了，他看准了其中最小的那个，然后把绳子悄悄地安置好。那七个姑娘洗了一阵，便相约上岸准备回家了。"太阳已经落山了，天已凉了，回家吧。"大姐说。

七个姑娘出水去穿衣服，其中最小的朗推坎刚去穿衣服突然被那条无形的绳子捆住，看又看不见，摸也摸不着。

"我不会动了。"阿姐们大哭，这时猎人一跃而出，六个姐姐一惊飞走了。

猎人喜喜欢欢把朗推坎结结实实地捆了起来，阿姐们在天上盘旋，并向猎人说："你无理来拿我们阿妹，你干什么？大爹你放了吧，不要拴她。我阿妹年纪小，阿爹阿妈很爱她，没有她阿爹阿妈会气坏的，放了她吧，好大爹，如果你想要她做妻，她和你不是一种人，我们不同。放了吧，阿爹阿妈正盼着我们回家呢。"说完之后就在天上放声大哭，"放开吧，放开吧，请你不要拴她的脖子。"朗推坎听着阿姐们的哀求也哭起来了，她向阿姐们说道："我真倒霉，被这老倌拿着，受苦受难。我不想回去了，我要死，请姐姐们回去告诉阿爹阿妈。"

猎人说："你们赶快走，再在这里取闹我就要用弩箭射你们了。"阿姐们回去了。阿爹阿妈问："你阿妹为何不来？为什么一人失落？为什么你们回来不说不笑？"姊妹们答："阿妹被一个猎人拴在池水边上了。"阿爹、阿妈心急大哭，阿爹于是打响了金铓，千军万马立即到来，天兵天将也来了，又高又大青面獠牙，阿爹说："有人拴着了推坎，你会找不会？快去找回来。"天兵天将得令后，即行部署分配兵力，并悬赏道："谁拿住猎人，谁就吃他的肉。"大军出发了，猎人正在途中，问推坎道："你们怎么会飞？你的衣服一件值多少钱？你们为什么会来到这个地方耍？你说说，说了我放你回去。"推坎答道："我们会飞的衣服值千万刃黄金。"推坎被放了，但猎人拿了会飞的衣服，朗推坎已不会飞，只好乖乖地跟着猎人走，在得手之后，猎人令龙王借给的捆仙绳回到龙宫去了。

猎人去爱推坎，但推坎如大火一样的热，不得接近，他自言自语说："小姑娘年幼，我占有了她不合适，山上的树也会说闲话，倒不如拿去献给国王的儿子。"推坎说："我路也不会走，来到这里睡处没有，铺盖也没有。

现在脚也走裂了,到底走到什么时候?"行程中,推坎不断跌倒。走到半路上,来到一座大山中,天黑了,猎人想,如果睡在地上,会被老虎吃掉。于是把推坎留在树下,用绳子拴着,自己爬上树去睡。这已经是第六天了,推坎茶水饭食都不得食,想念亲人日夜不安,想死又死不成。猎人不等天明是不下树的,推坎说:"为什么天天和这老倌走,天天翻山涉水,哪天才完?"最后经过一道小河,推坎来到了猎人的家乡,她看到一棵大树,说道:"我的命运如此,大树你叫后面的天兵不要再追了。"推坎说完,取下耳环交给大树作为信物,然后跟猎人走了。天兵天将遮天盖地的来了,循着脚迹追赶猎人,他们发誓一定得追着,谁没有决心,就杀掉谁,赶到猎人住的地界,来到大树下了,大树说:"推坎有言吩咐,有物做证,叫你们回去,把耳环带给阿爹阿妈作纪念。"他们来问大树:"是什么人拴去推坎?住在什么地方?"树说:"叫你不追了,你女儿说,不要想念她,也不要恼气。"阿爹回去了,天兵天将也撤走了。天兵天将们无可奈何,个个流泪叹息,回到家里了,亲戚们得知此事后,个个悲伤不已。

猎人逼着推坎来到他的住处,猎人说:"这就是你的住地,你好好住在这里,不要哭不要跑,我不回来,你不能去那里,你要听我的话,否则,把你杀掉。"猎人去见国王,国王问道:"你从什么地方来到这里,你是什么人?"

"不是小民乱闯,只因得着一个姑娘,特意来奉献给王子。"猎人说着把朗推坎的金衣献了上去,金光闪闪,照耀一时,国王大喜,立刻接过金衣:"快去把那姑娘拿来,迟了就会跑掉的。"国王一听喝道:"来人!"立刻准备好了出发,敲起鼓,打起锣。王子坐在象上由随行人员开锣吼道出发了。

王子一见推坎,心中十分喜欢,说:"你家在何处,为何来到这里,是人还是鬼?"

朗推坎说:"我是好人,被猎人在水边拿着,押解到了这里。"

王子安慰她道:"你莫生气,不要哭,同我们骑象回去,管理我们的地方。"

王子说："在人类当中，有的人看不起人，但有的爱护人，敬老人，有的心肠好，有的心肠坏，有的重视亲戚，有人忠厚老成……你到底愿做什么人？爱哪样人？"

"我要后面这两种人：敬老人，心肠好，待人忠厚。"又说，"如果你要和我结婚可以的，但要白头到老相亲相爱。"

王子当着众家人发誓："决定和朗推坎白头到老。"之后就牵着她同骑上大象，然后慢慢地走回大寨。一路上王子和推坎有说有笑的。

朗推坎和年轻的王子坐在大象背上，不觉到了王子的住地，只见那屋宇市街十分整齐。顷刻间王子的家人，父母以及军队都欢天喜地，大吹大擂地前来迎接他们。王子心中高兴，立刻召集了大小官员前来拜见朗推坎，并下令大排筵席。在这种盛况之下，王子把一根红线拴在朗推坎和自己的手上，作为永结同心的象征。

朗推坎和王子结婚后，成了治理国家的助手。她劝自己的臣民不要做坏事，不要杀生害命，并且严禁人民信鬼。不久她生了一个小孩，小孩降生后，她丈夫为了保卫自己的国家，到外去巡视边境去了，把年轻美丽的朗推坎留在家中。王子走后不久，宫里发生了一件惊人的事情，一群坏蛋策划着离间朗推坎和皇后之间的婆媳关系，并准备谋杀她。

朗推坎严禁臣民信鬼，和当时一个著名的巫师结下仇怨，当王子出巡之后，巫师以为时机已到，便大肆造谣说："国家将有大难临头，而且这场灾难主要是因为有了朗推坎才引起的。如果不杀掉她，国家就不得安宁。"

这些谣传一天天传播开来，渐渐地传到了王子的父母耳中，恰好这时有敌人侵犯他们的国家。于是王子的父亲便听信了这些谣言。一天，他召集巫师密谋杀害朗推坎，他们的密谋被王子的母亲知道了，她非常同情自己的媳妇，于是便把这个消息走漏给朗推坎，她急得痛哭流涕。朗推坎得知这个变故后，心中大惊，但她立刻镇定下来，想到了一个主意。她说："婆婆，请你把从前猎人带来的那件金色衣服给我，我自然会有对付这场大祸的办法。"

王子的母亲听后，心中高兴，取出金色衣服交给了推坎，日子一天天过去，谣传越来越厉害，巫师们的密谋已经成熟，决定杀害朗推坎了。一天，他们召集了许许多多的人，高设一座杀人台，刽子手们一个个摩拳擦掌，巫师们心中暗自得意，王子的母亲在营中两眼泪汪汪，眼看儿媳遭惨灾祸，但是又不能救她。不久，朗推坎被绑赴刑场了，她仍然面不改色，还是和她往日一样美丽、快乐。巫师们心中也暗自佩服她的大胆。

刽子手举起了屠刀，忽然"呼"的一声推坎抖开了她的金色衣裳，顿时腾空而起，巫师们惊得面无人色。朗推坎在高空盘旋，她想到自己的孩子和丈夫，再看眼下，便大声向着王子的母亲说："婆母，请你老人家拿出一个盘子来，我为孩子留下几滴奶汁吧。"

王子的母亲泪水汪汪地答应了她的请求，双手捧着盘子，朗推坎在空中挤下了几滴奶汁坠在盘子里。

然后便依依不舍地向远方飞去了。当她飞到当年走过的那棵大树时，不觉惨然泪下，便下来向大树说："树啊！当年我托你告诉父母，今天我又要告诉你了，请你把我的去路告诉给我的年轻丈夫。"

大树摇摇树枝开言道："你的丈夫在哪里？我怎么告诉他？"

"他将有一天会来到这里，当他来到时，你就指引他我在什么地方，让前来寻我。"

大树摇摇树枝表示领会了，于是朗推坎又起飞了。一天她来到了深山中，看看天色晚了，便下来找宿处，结果她找到了当年那个猎人住过的道观，于是她前去借宿，老道士看见朗推坎盘问道："你怎么来到这里？你要向我要求什么？"

朗推坎把原本告诉了他，并把自己的戒子交给道士。

"请你将来把这戒子交给一个高大、漂亮、手执弓箭的汉子，并告诉他我的去路。"她说着又若有所思地取出一粒丹药交给老道士，"请把这粒丹药也收下，将来一齐交给那汉子，并叫他吃了。"

"这是什么？那汉子到底是你什么人？吃了这丹药有何好处？"老道不

解地问着。

"啊,那汉子就是我的丈夫,我想当他知道我所遭的惨祸之后,念及夫妻恩情,他定然会四处寻找,他寻到这里的时候,你就按我说的做,就算你帮了我的忙,至于其他的事,就请不必盘问了。"朗推坎说完便睡了。

第二天她告辞了道士继续在渺无人迹的深山幽谷中飞行,不久她到了自己生长的地方——金色的山坡。当她看见自己的家园,看见自己童年玩耍的地方不觉泪下,她急忙向家奔去。家人闻知朗推坎回来,喜欢若狂,于是大排筵席唱歌跳舞迎接她。她的双亲向她问寒问暖,阿姐们更是无限亲热,朗推坎欢欢喜喜地在自己家中住下了。

再说那赵界孟王子,平息了敌人侵略后,得胜回来,满心里想着自己的美丽的妻子,日夜盼着夫妻重逢。一天他回到了家里,大小官员迎接着他,父母也迎接着他,单单不见他心爱的朗推坎,王子向自己的阿妈问道:"我的妻子怎不见来呢?"

"你别提她了,她已经在一年以前飞走了。"

王子一听不觉大惊:"怎么?她难道忘了我们的海誓山盟,难道忘了我们的恩爱吗?"

王子的阿妈急忙解释道:"你妻子并非忘了恩爱,只因巫师们说她给国家带来了不祥,要杀死她,她才万不得已地逃走了。"

王子一听,心中悲痛,愤怒交集,心中立刻决定要去找她回来,并暗暗向苍天立下誓言:"我这一去,不管山遥路远,天涯海角,不找到我妻子决不回家。"他说完之后,叫人带过一匹白色的战马,一把钢刀和干粮,立刻开始了自己漫长的行程。他走了很久,翻了九十九座山,过了九十九条河,来到了那棵出国必经的大树,因为人马困乏,便在树荫下歇着,心中念着不知去向的妻子,正当他坐下不久,只听大树上有人说话,一个说:

"金色山坡正在摆酒席,你去吗?"

"去,可是那里为什么摆酒席,又是为什么人的生日摆酒席呢?"另一个问着。

"咳，你还不知道吗？就是为那个漂亮的姑娘朗推坎摆酒席嘛。"王子一听朗推坎不觉心中大喜，抬头一看，原来是两只猴子在树上对话。他正想问清楚朗推坎现在哪里，可是那猴子已经不见踪影了，于是他向着大树求道："树啊！你帮帮忙吧，请告诉我朗推坎现在何方。"王子刚话说完，大树摇动起枝条，"哗啦啦"一声所有的枝条都指着西方。王子心里明白了，即忙跨上战马，向西方奔去，在西方的路上，他走过了多少森林，越过了多少峡谷。一天终于在深山里发现了一个道观，他打定主意前去询问道士，自己走到了什么地方。于是他策着马缓缓地向道观走去，他来到观中，只见墙垣残破，好像许多年都没有人住过了，不免更失望，正在此际，只见一个老道士从后面出来，问清王子的来历之后，他摇了摇头说："前面你去不得了，还是回去吧。"

"不行，我找不到妻子，誓不回家。"

老道士又说道："你知道从此往西，有一条大河挡着去路，那条河不但没有船只通，就连一片鹅毛也浮不起。这还不算，即使你过那条河还是不行，因为那面住着一个吃人的魔鬼，它会吃掉你的，你还是回去吧，别再自讨苦吃了。"

"我决心已定，无论怎样我定要前去。"

那道士见王子立志前去，便从怀中取出朗推坎留下的结婚戒子和那颗药丸。王子一见戒子，睹物伤心，更是急不可待，道士说："这都是你妻子留下的，你把这丹药吃下，带上戒子便可看见一条大绳，然后就沿绳而上，便可到一高山，如果那魔鬼前来吃你，便大胆地射死它，之后你们夫妻就可重逢了。"

王子听道士吩咐完毕，立即将丹药吞下，谁知不吞则可，一吞下去便觉得骨软筋酥，自己的身体渐渐变小了，小到只有一个蚊子那么大，王子不免大吃一惊，心想："我上了老道的当了，恨不得立刻杀掉他。"可是身不由己，被一阵旋风刮走，顷刻间，只见茫茫一片大水，黑沉沉无边无际。正观看间突然发现一条大绳索，他便爬将上去，这时他想：如果不是吃了丹药变成蚊虻,凭你会飞也难爬过这条河。不觉暗暗感谢自己的妻子,不久他爬过了那条大绳,来到了一座高山,奇怪,他又恢复了人形。但见山势险恶,突然面前刮起一道旋风,风吹过处只见一巨怪向他扑来,说时迟,那时快,王子心里一急,忙把"龙子"发出,鬼怪迎弦而倒。他收拾好龙子,战马也没有了,只好徒步向前走去,约莫到黄昏时分,他来到了一座坡下,那里正有几个卜少在打水,他便上前问道:"请问,这是何处,你们为谁人打水?"

那群卜少见这漂亮的年轻人,却和颜悦色地答道:"这里是朗罗恩,我们打水给朗推坎洗澡。"王子一听心中大喜,便悄悄将戒子放在姑娘们的竹水筒内。他想:"朗推坎洗澡时定会发现戒子。"他等姑娘们走后便坐在水井边等候着。

却说那群卜少挑着水,送到朗推坎住的后院中,在就浴之时,突然发现那只结婚戒子,便知自己丈夫来了,心中高兴已极,连澡都顾不得洗就去遍告阿姐们和父母。她的姊妹都为她高兴,只有老爹怪她不该一直隐瞒了,由于疼爱自己女儿,也就没有多说了,朗推坎告诉了家里人后,立刻敲鼓打锣,大排酒席去井边接王子,王子和郎推坎见面之下,悲喜交集流出了眼泪。

在他们夫妻欢会中,朗推坎的老爹向王子说:"我女儿不能就这样许给你,你必须依我一件事,你说我女儿是你妻子,你定然不管怎样都认得出她。"

"当然,哪怕用手摸,我都分辨得出。"王子大声地向老人说,老人笑了笑,立刻吩咐家人设下一大帐子,叫他的七个女儿都进一个里面,每人仅伸一根小指头在帐外。

"你认吧,如果认不出,休想和你妻子团圆。"王子一见心中暗暗叫苦,只见那七根小指,大小长短,白皙都是一样,怎能认得出呢!他心中一急便默告上天:"神啊帮帮忙吧。"正祷告间,只见飞来一只苍蝇,盘旋数遍,便停于第五根小指上,王子一见大喜,急忙拉住那根手指:"出来吧,我的朗推坎。"果然他妻子应声而出，王子心想："这一下你总承认我们夫妻了。"不觉喜形于色，可是老阿爹又说了："还有第二件事。"他旋说旋用手指着途中的一块大石："你若能把这石头举起来向空中抛三下，每下都能接着，然后放回原处，我就答应你和女儿团聚。"

王子一看那大石，白花花的坚硬无比，长方形重约千斤。他又祷告上天，求神暗助，结果抛了三抛，面不改色，老人口服心服了，笑出了眼泪，让他们夫妻团圆，众阿姐为他贺喜敬酒，他们夫妻重逢的幸福心情自不必多说。却说那天晚上他夫妻俩睡至半夜，觉得耳边呼呼风响，睡床也摇来晃去，王子暗暗奇怪，正想起来看个明白，但却身不由己，像做梦一样又昏昏入睡了，当天亮时，他们一觉醒来，朗推坎首先听见舂米的声音，不觉奇怪，便低声问枕边的王子："你听，哪儿来的舂米声，奇怪，这声音是我们家所从没有的。"

王子听妻子说着，急忙起来打开窗户往外一望，他不望由可，一望便大吃一惊，原来窗外的景物，已和夜来所见完全不同了。于是他急忙走出房门，便看见自己的家了。这时他才知道一夜之间他和妻子以及房子、床一齐飞回自己的国家，故急忙把消息告诉妻子，他妻子想了想才若有所悟地说："是了，我阿爹有一批会飞的神兵，一定是夜来他老人家叫他们送我们回来的。"于是夫妻一齐向西方拜谢，然后就去见自己的父母。

住在王子宫中的大小官员以及满城百姓，天亮起来，突然看见平地上耸立一座金碧辉煌的宫殿，个个惊得口都合不拢来。顷刻满城百姓，官员都聚到了这个奇怪的宫殿外边，王子大声向众人说："这是我们的宫殿，是你们的王子和他的美丽的妻子住着。"众人看见王子回来了，欢喜若狂，敲锣、打鼓，大摆七天酒席庆贺王子、王后团聚，在喜庆期中朗推坎又重新向众人宣布："不准做坏事，不准欺骗，不准打架酗酒，要敬老人，要对人忠厚。"同时她又再次强调了国家的法令："严禁人们信鬼。"她在第七天上把从前巫师们对她的迫害，详详细细告诉了王子，并把所有信鬼的巫师，以及坏蛋们的名字列出来，王子依法处理，王子完全按照她的意思做了，于是把那些做坏事的、信鬼的，杀的杀，关的关，使他们的国家焕然一新，从此他们的国家四处安宁，王子和朗推坎这一对年轻漂亮的夫妻，就这样幸福地生活下去了。

南退汉

搜集地点：云南省临沧市耿马傣族佤族自治县

有一个皇帝，老婆叫浪米帕诺，她请老天爷能给她找个儿子，老天给她说："好吧，哪里有，我就去哪里找。"老天看了十六个国家都没有，只在不男拉西看见一个好，这个人群众都喜欢他，拥护他，这个人是个官家。老天说："这个好人的心像我自己的心肠一样好。"不南拉西地方有三十三家，这个好人的房子最高，这个地方很热闹，有缅寺、打锣敲鼓的。浪米帕诺很漂亮，她的身子像玻璃一样闪闪发光，晚上看见时就像天上的扫把星一样。老天坐在自己的凳子上，忽然感到热起来，坐不住。这是什么原因呢？他一看，就看到了皇帝的老婆浪米帕诺站在那里，知道她来请求帮助找个儿子的事情，因此，他就给他的女人说，他要去找不男拉西的那个好人，他预备用了金蜡、银蜡、谷花装在一个银子做的小桌子样的上面，去不男拉西，请那个好人。老天去到不男拉西地方，跪在那个好人面前，说："你太好了，我要请你去做一个皇帝老婆的儿子，那个皇帝老婆也是很好的人，请你接受这个小桌子，接受我的请求。"这个人就接了老天的桌子，允许老天的请求。老天说："你去做她的儿子，她很好，她叫浪米帕诺，请你成为一个灯塔去照耀她的地方。"老天给他磕头请求他，于是他就伸手去接受老天的礼物，答应了他的请求。

老天回去后，这个好人的七个老婆知道了这个事情都哭起来，不愿离开他，跟他说，她们想拿棍子敲老天的。

老天回去以后,这个好人想去想来,看见水塘里很混浊(老天没请他以前水塘是清亮的),家里铓、鼓也不敲了,看见他的婆娘也不说不笑,脸酸酸地向他哭,说:"你不要这样做,跟我们几个在一起,你要离开我们,我们会流泪的。"他说:"你们不要急,好好在家,我要去到的那个地方还是好的,你们不要哭,不要急,不要闹。"

十天后,他坐着猎银去到花园,花园里蜜蜂在嗡嗡的叫,飞去飞来的很热闹,香也很香,这时他的一个婆娘找他,来到花园跟他说:"我要跟你一道去,我们像针线一样相连,针去线也要去,像一股绳一样。"他们两个就坐着一个大石头走了。飞到半路上,鬼把大石头分成两半(女人一半,男人一半),女人离开了男人,男人飞走了。

女人飞去做银山皇帝的姑娘去了,银山皇帝有七个姑娘,她们七姊妹中,她比她的姐姐都漂亮,她穿得很好,身子闪闪发光。银山的这七个姑娘很出名,她的爹妈很宠爱她们,像爱自己的心肝一样,还给她们说:"你们不要到人间去玩,不要到远处去玩,不要到山里的水塘洗澡,如果遇到老虎、豹子或打猎的人害你们,你们就不能回家了。你们在家里,打锣敲鼓很热闹,快快乐乐的。"

有一天,姑娘们去请求爹妈说,她们身上很脏了,要去洗澡。澡塘别的地方没有,要在人间才有。姑娘们说:"你放心,太阳落的时候我们就回来,准我们去吧。"爹妈准了,给大姐说:"可以去,但不要等到太阳落才回来,山里有牙哈(鬼),有很多豹子、黑鼠,你们要听爹妈的话。"她们就回去换衣服。她们把宝石、金子挂到身上,像天上的星星一样,耳环也亮,穿起宝衣就飞去了,山里像晚上的星星一样的亮。她们飞到水塘边上,脱衣服洗澡,有的姑娘去拔水塘里的荷花,有的唱调子,有的拿牛草洗脚,很热闹。太阳要落了,她们玩得很热闹,大姐叫她们:"太阳要落了,我们回去了,怕爹妈在家想我们。"她们都上岸了,水塘边都是白白的,穿起她们的宝衣准备回家。回到家里,跟爹妈说:"我们回来了。"爹妈说:"你们这些银山姑娘都很出名,你们是银山皇帝的姑娘。"

再说自从那块石头分开后，男的就飞到皇帝那里，已经下雾了，皇帝的女人也睡着了，她梦见月亮掉下来，她得到了月亮。她看见一个老象到她家去了，这时她惊醒了，把这些都告诉她男人。男人说："这是好梦，不是坏梦，我看你要得个小孩了，这小孩一定是个好娃娃。"天亮了，皇帝叫他的仆人去把看卜的人请来，看卜的人说："这是个好梦，你的女人要得小孩。这小孩是个好人，你将来要得幸福，老百姓要得好处，老百姓拥护他。"皇帝又给他的女人说："你要忌点，不要乱吃东西。"这样，他的女人甚至不敢吃其他东西，只要饭、盐巴。她也知道自己有孕，是老天给她的。隔了四个月就生下了孩子。老天下来用宝水给她两个洗了一下，妈妈一点也没有瘦还更漂亮，小男孩也很漂亮。她梦见的那只老象变成弩子，保护小孩。弩子的头头是宝，射出去会回来，他爹又去请看卜的人来看，给小孩取名字，看卜的人说："这人是很好，二天我们得吃得穿，鬼、坏人都怕他，不敢破坏他。"卜人给他取名叫启塔路纳（又叫万纳），给他拴线，给他祝福。女人都争着背这个小孩。

万纳爹跟老百姓说："你们不要信鬼，不要杀生害命，不好的事情不要做，坏的东西不要给他看。"万纳长到二十岁了，他父亲给他说："我老了，这个地方也给你管理。"其他的地方也来跟他讲和好。他这个地方坏人、土匪都没有，他们这地方有个打猎的，天天上山打猎，到处去打，到处去找，打鹿子、马鹿、老熊。

一天，他到最高的山上遇着一个人——矮伦别，牵着一条龙。猎人力气大，有弩子。猎人问："你牵这条龙做什么，它又不吃人，又不吃什么，你牵他去做什么？你不要牵它去了，它不能生活在山上，要把它放回水里去。"猎人说："我们那里旱了三年，庄稼都干死了，也不热闹了，冷瞅瞅的，大家都不得吃饭，也不想说话，原来是你把它拴到山上来了。你不要拉它去，它是生活在水里的。"矮伦别回答说："你为什么叫我放？"猎人愤怒地说："你赶快放它，否则我就把你打死掉。"矮伦别说："你不要骂我，你骂我做什么，这龙是你的吗？"矮伦别又说："你骂我干什么，这去官家要的。"猎人用弩子把矮伦别打死了。他把龙放掉，龙就变成人，感谢他救了自己，给他磕头，龙要把他领到自己的地方去报答他，把地方交他管，送给他七个姑娘。龙说："我没有什么报答你，请你到我们那个地方，管理我们那个地方。"他两个就入土里面。龙是武纳地方的皇帝，龙叫所有的龙都变成人，猎人来做皇帝，所有的人都敲着锣鼓来欢迎猎人，把姑娘也交给猎人。

一年多以后，猎人要回去，就给龙说："我来到这里倒是热热闹闹，忘记家里也不行，心里很想他们，怕孩子、老婆饿饭。"龙带他从土里出来，来到水塘边，给他说："若果你有什么事情，你就拍土三下，说给我，你要什么，我就给你，有什么事情都不怕。"龙就回去了，猎人就在水塘周围看看，转去转来他看见足迹，说："咳！这好像人的脚迹呢？"他就在那里躲着，要瞧瞧到底是什么人，"若果我躲上五天六天肯定会看看这是什么人。"躲了七天，他就看见七个姑娘来洗澡。那七个姑娘和以前一样，向爹妈请假要去水塘洗澡，爸妈就准她们来洗，七个姑娘把金子、银子一样的带上、背上；有的吃了槟榔，嘴红红的，又拿镜子来照，擦香水、擦胭脂，穿上宝衣飞去水塘，脱衣服洗澡，用皂角洗头洗脚；有些用牛草洗脚；有些完全脱去，脚白白的；有的玩水，闹闹笑笑的；有的拿花；有些一点也不穿，白生生的。猎人看见她们洗澡，唾涎都流出来，路在哪里也找不着了，他走过去走过来地想："我就是这样白白地看一下吗？"准备拿弩子打死她们，他又觉得可怜。那些姑娘回家去了，猎人就上山去，他胆子很大，山上有佛爷，他走进缅寺，跪下碰头，佛爷问他："你有什么事情，你说给我，你为什么来到这点，我这里已经一百二十多年没有人来过了，你是哪个地方的。"

猎人回答说："我是不南拉西的人，那里城的周围有河水环绕，我们官家很好。"晚上猎人宿在缅寺，天亮时，他说他要去了，他向佛爷说："昨天我看到了很可爱的东西飞过去，如果我得着这些姑娘，白天晚上我都爱她们，我要怎样才能得到，请佛爷说给我。"佛爷笑他说："猎人，这是银山皇帝的姑娘，她们是鬼才会飞，你怎么要她们呢？若果你要她们，要有宝腾，否则就不能得到她们，想得到不能得。"猎人跟他跪了头，就出来了，在山里听到很好听的小雀叫，他心里很兴奋，又走到水塘边的地方拍地下，叫龙给他的宝腾，龙听到后，就把宝腾丢来给他——从土里出来摆在他的面前。他想到隔十天姑娘要来洗澡，他就在那里等着。姑娘来洗澡后，六个姑娘都穿宝衣飞去了，七姑娘被宝腾拴着飞不支，她倒在地下，滚来滚去地哭，这时猎人就来了，她的姐姐在上面看着说："你要拿我们的妹妹干什么，你该是要拿去吃呢？你要把她放了，不要给她急，我们回去后，爹妈要问，退汉在哪里去了，要骂我们，你不要害我们，放她上来，你若果要她做你小婆娘，我们也不是一样的人，你要放她上来，要放她上来，你要拿妹妹去山上做什么！"

退汉哭哭啼啼地叫："姐姐，我这个命不好，他要拿我去做他的老婆，我们又不是一种人，不晓得他要拴我去做什么。我命里这样了不能回来了，姐姐呀，你回去给爹妈说，我被人拴着了，我自己也想不通，心要碎了。"猎人说："你们不要在天上说这些，快回去，不然我拿弩子射你们下来，把你们吃掉。"姑娘们就飞回家，心很难过，也不热闹了。妈妈问她们："为什么七姑娘不见来呢？你们脸酸酸的。"姐姐就说："南退汉被猎人拿宝腾拴着了。"爹就敲起大鼓，召来所有的兵，他们都很高大，都是能吃人的神兵神将，一起去寻找南退汉。

猎人领着南退汉到山里去，猎人问南退汉："你们这些妇女为什么会飞，飞得高高的，是不是有什么东西领着你们飞，你们才到这水塘来，你告诉我。"南退汉说："不是什么，我们有宝衣领着来的。"猎人伸手向南退汉讨宝衣，说："你把宝衣脱给我，拿来装在我这包包里吧！若果你不给我，我就不放你。"南退汉心肠很热，若是不给呢，他又要讨，心里很难过，她就脱下来给猎人，猎人也把宝腾解了放她，南退汉白生生的，看来就像玻璃一样，猎人得了南退汉，就叫宝腾回去了。他领着南退汉走过山上和崖子，猎人想："这个女人以前在爹妈身边像金子一样贵重。我自己老了，她这样年轻，如果做我妻子，别人要笑，鬼也要笑，如果给土司，不是更好吗？也有脸面。"他带着南退汉往前走，南退汉没走过路，跟着猎人走路，脚也累了。南退汉想去想来，很难过，太阳落下去又在哪里歇，哪里睡呢？她哭了，她脚都走起泡了，绊到石头、树根被跌倒了，很痛苦，她想："太阳落下以后，他可以在树下睡，我又睡在哪里呢？"

太阳落下去了，猎人到一棵高的树上睡，女人睡在树下哭了起来，她想去想来，又怕老虎、豹子、野人，"老天，如果不是以前我们两个在缅寺滴水，不要有哪个来跟我睡。"一夜都没睡着，哭哭啼啼到天亮，猎人从树上下来，引她走过崖子，南退汉跟他走上走下，她说："这样走下去，脚要疼死。"她想起来跟着这个猎人很痛苦，天天跟他走过千万的树子。走到离猎人要去的地方不远了，到边界的地方有一条河，河边有一个小花园，像人种的，但不是人种的，是鬼种的，她想：如果爹妈找我来到这里，就叫他们回去了，不要找了。她把自己的耳环、腰带留在花园里，想："是好是坏由我的命了，或是做猎人的婆娘，或是做其他人的婆娘。"猎人领她到了自己的地方。

南退汉的爹集中兵丁，打枪打炮，敲锣敲鼓地选择日子出发。他们来到洗澡的地方，跟着他们的脚迹自去，整个山上都是他的兵，她爹命令赶快找，他们追到花园的地方，她爹看到耳环、腰带就没走了，问南退汉死了还活着。鬼告诉他们："你们不要去了。"她爹说："我们的南退汉跟猎人到哪里去了？"鬼告诉他："你的姑娘说，叫不要去找了，她由命去决定，你们要安心地回去。"南退汉的父亲就回去了。由于找不着南退汉，他们的脸很软很酸，到了家告诉她妈、姐姐、亲戚，不得见南退汉了，大家都哭，她妈把她的耳环、腰带好好地保留起来。

猎人领南退汉到村子里，在过路人休息的房子处，猎人把南退汉留在那里，房子边有一棵来住人休息的大树，猎人说："你就在这里等着我，我要去告诉官家，你不要去哪点，好好在这里休息，你不听话，我回来不见你了，如果找着了，就把你打死。"猎人去到官家，跪着告诉土司，官家凶狠地骂他："你上来做什么？你是不是疯人，哪个请你来的。"官家和他的头人这时正在开会。猎人也不管官家骂，他好好地说，他把宝衣拿出来，房子里就很亮。官家说："拿过来我看看。"问他，"这是哪个姑娘的衣服？"猎人说："这是银山姑娘的衣服，你赶快叫人去接她来，不然她就回去了，我叫她在东边休息的地方——一棵大树下等我，要赶快去。"土司就叫了很多人去接，土司坐着一个老象去，抬着枪，抬着刺刀、长刀，分着三路走，玩着狮子，敲铓敲鼓。土司走到女人的地方，见这个女人，问她："你是鬼姑娘呢，还是人姑娘？为什么变成的人？你一个人来到这里，你不害怕吗？"姑娘回答说："我是鬼姑娘，猎人来杀我，就把我领来了这个地方，我一个人很难过。"

官家说："这一下你不要急了，跟着我去到我们家。"土司和南退汉坐在一起，南退汉说："要我做官家的婆娘，可我什么也不知道，我很作急，在哪点吃不晓得，在哪点睡也不晓得，早晚都不晓得，我这个人太笨，什么办法也没有。"土司说："不要紧，只要你记住七样事情就行了，一种女人，说话声音很高；一种女人，从小到大什么话都会说；一种女人，爹妈早晚都帮助她，听爹妈的话；一种女人，看不起人；一种女人，心是歪的；一种女人，是跟她的男人会说好话。"南退汉说："我不晓得什么，望你多多帮助，把我看作你的妹妹一样。我们地方烂，心不要烂，我们俩结婚要稳要像高山一样，我俩说的话，人、鬼都记住，谁不要离开谁。"他俩坐上老象就回去了。到家时，爹妈来接他们，到家后，人很多，有的说是我们大姐，有的说是我们小姐，他们说："我们这地方很热闹，像鬼地方一样，到处的人都来做客。"从此，这个地方由他们夫妇二人管理。

隔了七天，会看卜的人给他们叫魂，为了他们永远好，以后南退汉夫妇又拿出钱来救济当地的穷人。他两个掌握这地方很好，告诉人纳佛信神，不要杀生害命，不要信鬼，这个地方热热闹闹。南退汉把宝衣交给她婆婆。他俩结婚后很幸福。后来，边地发生土匪，抢劫老百姓，个个寨子都抢，老百姓都搬走完了，他们父亲说土匪来到寨子就糟糕，如果不去平息人将要搬走完了。他父亲叫喊儿子来，儿子说："父亲叫我来，有什么事情。"他父亲说："土匪到我们边疆抢光了，老百姓跑完了。"又说："我们不去追不行，不然要叫土匪抢光,老百姓就要走完了,我们必须去保卫,要使我们地方好,必须领着兵去保卫,不要叫老百姓跑。"儿子接了父亲的命,他就说给他婆娘,说:"你在家要好好等我,我要到边界去追土匪。"南退汉给他磕着头说:"你要去,我在后头你,我很着急。"南退汉说:"我怀有孕,不知哪天生出,我也不是本地人,没有可靠的人和亲戚朋友,肚子大了,要生了,时间不长了,腰杆疼起来了,我的亲戚一个都没有,我的心上不挂着哪个,就挂着你,如果你要去,这等于拿火刀刺入我的心一样,早晚我不放心。"她的丈夫说:"你不要急,不是我要去,不是要去一年两年,不过是去个多月就回来了,你不要这样想,这样想对你心上也不好,我说到这里了。"

命令说:"我们要去追土匪。兵来了,要上前去打枪打炮,打锣打鼓。"他骑着老象出发,走在路上,土匪就知道了,很害怕他们,他们还没有打,土匪就跑了,那些小国也来投降他们,土匪听着最害怕。以后没有土匪了,叫老百姓回来,不要害怕,不仅老百姓回来了,临近国的跑走的老百姓也都回来了。南退汉的丈夫在当地名声很大,各个小国都来投他,害怕他,怕得像鬼一样,他到哪里,哪里就没有土匪的声息,他到处宣传,要好好地做,要纳佛,要贡,这就更出名了。人最害怕他,他好得像老天一样,各国都来投降他,依靠他,他在那里住了六个月,听到那里不再有土匪了,他就一天一天地回家来。

南退汉在家里,她丈夫才出去三天,她就生下了一个孩子。孩子生下来很好,取名苏文纳,南退汉爱他像自己的心一样,不管白天晚上都很爱他,奶母很多,把他睡在摇篮里,轮流摇他。小孩很白,白得像银子一样;眼睛很清,像清水一样。

时间不长了,一天半就来到了,一天就要来到了。土司父亲做了一个梦,看到他自己的肠子飞出来,围他们的地方围三转,肠子又回到肚子里,他醒来后,就想这到底怎样一回事,他再也睡不着,想到了天亮,他叫自己婆娘来,告诉她:"我梦见肠子出来围了地方三转又回来,这是怎么一回事,我儿子去平息土匪,回来没有?莫不是有什么问题,莫不是地方要乱?"然后就去请看卜的人来，看卜的人说："地方要乱，你的儿子被土匪追来了，咳！我们的地方要遭烧光，我们不信鬼不行了。"他父亲听后想："这话差不多。"说："我们这地方要怎样才会不乱，请你想个办法，我依靠你了，交给你，你赶快搞出办法来。"看卜的人回去了，看卜的回去后说给老婆和儿子："南退汉的丈夫最爱南退汉，像爱他自己的心一样，如果南退汉死了，他一定要急死。"看卜的人喜欢得跳起来，"南退汉两口子来管这地方，我们什么都没有了，他宣传做好，不做坏，所以我什么也搞不成，信鬼的人都不来上家，这样做给我们信鬼的人不得做什么了，叫大家供佛，纳佛，我要想办法使他死掉。"

他告诉婆娘后就到衙门去，对土司父亲说："如果做慢了，我们的地方就要乱了，应该马上搞，如果不马上搞那些魔鬼就要烧到你的衙门。"土司父说："我依靠你了，要什么撵鬼；我们地方要怎样好，也要靠你了。"看卜的说："我们赶快搞，明天早上就要搞，要马一百、黄牛一百、水牛一百、鸭一百、鸡一百、一条母猪，明天早早我们打伏干，杀杀、削削、砍砍马上要搞好，如果得把鬼婆娘来献鬼，那就太好了，地方也很好。"土司父说："那么要哪点来呢？这个问题我很急，到底要由哪点来。"看卜的说："如果我说呢，怕你怪我，鬼婆娘哪点来，鬼婆娘那个就是你的儿媳妇。"土司父说："啊！对了，对了，那就是鬼婆娘了。她是银山的姑娘，要使我们地方不乱得好，那你们就去把她捉来，拿去献鬼。"

土司父喊人叫来她的老婆，告诉她："现在我就要献鬼了，如果不信鬼，老百姓就要搬完，地方就要乱完，信鬼献鬼，地方才得正常，这是看卜的看出来的。"他婆娘听到后，心里很跳，昏倒在地一阵才醒转来，他婆娘回答说："现在你搞什么，你不害怕损失自己的姑娘，看卜的人要害我们姑娘死。"她一面说一面哭，昏倒一阵又醒来，醒来又昏倒。婆娘说给他，他不听，怕地方乱，怕土匪追过来说："明天早上就要拿儿媳妇去献鬼。"婆娘听到以后就回去了，一边走一面哭，身上都流满泪水，回到南退汉住的地方，叫儿媳妇："你赶快过来这里。"南退汉来到她婆婆面前，她婆婆扭着脖子告诉她："明天就要把你拿去献鬼，杀杀打打把你吃掉，我心里很难过，怕你死掉。"南退汉说："我自己不怕，若果你把宝衣给我，我就得活，没有什么事情。丈夫还没有回来，丈夫也不及见，小孩也可怜，小孩还不会说话就要离开我了，可怜苏文纳哭要奶吃，如果妈妈拿宝衣给我，人家就杀不倒我，我就可以走。"

婆婆想："如果把宝衣给她，她就要回去了，如果不给，人家就要抓去杀死。"她很难过地把宝衣给了，说："把宝衣给你，我还能有见你的一天，若果抓你去杀了，我一辈子也见不着你了，你要离开我，你不要忘记我，不要忘记苏文纳，不要忘记丈夫。"南退汉两婆媳哭着离开了，离开以前，她就进去了，进去看着孩子就哭，给她儿子的保姆们说："我要走了，告诉孩子爸爸，我最怕这些坏人，明天早早就要抓我去杀死，如果我不去就要死，我现在要回去了，离开你们了，离开后，如果我不死，我们还可以见面的。"保姆也都围着她哭，哭到半夜以后，因为爹要用她去献鬼，所以在家的人都睡不着，可怜她，看着她，哭哭啼啼到天要亮的时候，南退汉看着她的孩子，不忍离开他，她说："你在家等着你的爸爸，若果你会说话，你爸爸回来你要说给你爸爸，你们这多的人守在这里。"

她一边哭一边说舍不得离开，哭得心都要掉了，孩子很小，丈夫也没回来不得见面，她越想越难过，她说："如果你爸爸回来，你和你爸爸在守家，你妈妈要回去银山了。"天差不多要亮了，她就告诉保姆："如果丈夫回来了，你们要告诉他，不是我不想见他就离开回到银山，而是父亲拿我去献鬼。如果他回来，他们要告诉他我在银山等他，你们要好好跟他说，如果你们劝他，他不信，他想念我，舍不得我，爱我，要来找我，就让他找。鬼地方太远，叫他到山上去问那个佛爷，佛爷会告诉他的。"听到里面在敲大鼓，天要亮了，她就抱小孩吃奶，她说："我不想去，也不能不去，我就要离开了，可怜你就要饿奶了。"

天已经亮了，她抱小孩去睡。她去磕头给母亲："妈妈你要好好看着孩子，是命到这里了。"母亲很难过地说："你就要走了，你父亲和看卜的人起了歪心，要害你，我很可怜你，不想跟你离开，我们心像一股绳一样，爱你，可这回又不能不离开了。"南退汉告别母亲以后，拿她的人就来了，她忙跟小孩吃奶，她也哭，她就去到展房①，拿她的人就围拢来，她就飞上天空。她在天空提她的奶，保姆拿盆接着，喂她的孩子，"我想念我的孩子像我的心一样，但又不得不离开他"。

她在天空大喊大叫，告诉老百姓，说："因为看卜的人歪心要害我，我才回去的。"她就走了，这时天已经亮明了，雾就出来，那个地方就笼罩在黑暗之中，看卜的看见天黑了，他很害怕南退汉丈夫杀他。看卜的人出门来准备去村子拿南退汉，可是他出门不远，土一裂开，他就掉在土下面的开水锅里，乌鸦都飞去锅边吃他的肉。南退汉的父亲也掉下去了，他们做的台台、放的一切碗筷锅、祭品都一齐被大风刮走了，他们的地方像火烧了一样的光秃。南退汉飞到山里佛爷那里，在来到佛爷的地方，她就去挖山药贡给佛爷，她到佛爷处的缅寺里磕头，佛爷问她："你是人姑娘还是鬼姑娘，为何到这里来，为什么你一个人来，不见你的爱人？你没有爹、没有妈、没有爱人吗？你住在什么地方？"

南退汉回答说："我离开我们的地方就是为跟着我的爱人，我要告诉你，你好好听，我是鬼姑娘住在银山，我的命注定，才来到人间，已经一两年了，我的丈夫也是官家，我为什么离开那里来呢？因为我的丈夫带兵去追土匪保卫边疆去了，已经三四个月了，因为父亲做梦，肚肠出来围地方三转后就回肚子里了，他怕地方乱，他就叫看卜的人来看卜，看卜的人起歪心，说要把我杀了献鬼，地方才会安宁。因为这样我才来到这里。"她磕头给佛爷，怕得罪佛爷，佛爷说："好了，好了，没有什么罪。"南退汉就在缅寺睡，想起她的小孩，就流泪，睡也睡不着，她想她的孩子和丈夫，到了半夜还在哭，差不多天亮了，她才睡着一点，有一种鸟在缅寺周围喳喳的叫，南退汉想："该是我的丈夫来了，该是我的孩子在哭。"她想得像病了一样，

---

① 展房：楼房的外面部分。

睡不着，到天亮。

　　佛爷起来，她告诉佛爷："请你好好听，如果我丈夫要跟着来找，请你把咱这医手脚的药给他。如果拿药擦身子，身子就可以变得很小。因为由缅寺过去的东边，在看不清楚那样远的地方再走六十望就是一个水塘，有一个大蛇在那里围着。我丈夫看到那根大蛇，就用药擦在脚上，从尾巴到头踩着过去。蛇头伸向哪里，路就伸向哪里。走过了蛇，再走六十望的地方，就有魔鬼，他们天天都站在那里。那里没有路，告诉我丈夫，拿药擦在弩上尖上，拿弩射鬼头。如果鬼头倒下去了，不要害怕，就踩着鬼走，从头到脚。过去以后，有崖子，崖上有很多藤子，进到这里，像黑夜一样什么都看不见，如果不好好走，掉下去就要跌死。告诉他要像象一样地走，过了这里还有六十望的地方，土地是断的。这些话是很重要的话，佛爷你要好好地听。银山地方很远，如果丈夫去到那里，前面有一棵大树倒了，要从那棵大树的枝上走到树根。朝东边一直走就到了一棵高大的树子的地方，就叫他在那里休息睡觉。树上有个大鸟，如果那两个大鸟回来窝里，就叫他拿药擦身子，变成一种小红虫，然后爬到树上的鸟的身子上去，大鸟就会带着他飞到银山东边的大树上，就会看见我们的房子在村子的中间。"野佛爷看南退汉的脸很酸很软，佛爷说："我好好记着的，你不要急，如果他来了，我都告诉他。"

　　南退汉给佛爷磕头，感谢佛爷，她就一直飞到她的家里，在房子里给她爹妈磕头，她的姐姐们也来问候她。她的父母亲很喜欢她，喜欢得连自己的身子都忘记了一样，在那里说说笑笑，她父亲问她："你到那里有丈夫了？"南退汉很难过，不好意思，不知道怎么说，她想：如果我说有呢，害羞。她说："只有我一个，人家照顾我很好，就是想念你们和姐姐们才回来的。"她去到那里有爱人，有小孩都没告诉她爹妈，她们亲戚到处都来接她，敲大鼓使大家都知道她回来了，她回来到处都晓得了，最后他们做摆。南退汉家里，跟她以前没走一样，敲铓敲鼓，热热闹闹，只听铓鼓的响声，其他什么都听不到，很多人在那里，有卜少有卜冒，有老妈妈，身上很好看，脸白生生的，热闹的摆做了七天，后来，她父亲就找人去挑香水来给南退汉洗澡。

南退汉的丈夫回到了家里，在他到家的前一天晚上，梦见鬼兵追到他们村子，抓住他，拿着长刀砍断了他的左手，他的手又跑回来接起了，睡梦醒来时，是半夜，他才睡着，睡着又做梦，梦见有鬼，眼睛一瞪，拿起火把来烧他的胸部，醒来时他想：这到底是怎样一回事？他盼望天亮，他想南退汉在家到底是怎样了？他想起来心像火烧一样的热，他想肯定有人暗算南退汉了。天亮了，他兵去牵老象，他骑着老象，士兵走路，就往回走，还没到家，他的母亲和保姆就去接他，接到大门口，他的妈妈想："她刚回去，你就回来了。"

他到了屋里，感到很寂寞，就问妈妈："南退汉哪里去了？"她妈回答说："她回去了，这里你的孩子睡着。"他去抢孩子，眼泪也淌起来，问孩子："你的妈妈在哪里去，说给爸爸听。"想起南退汉泪也流出来了。他说："我要去找你妈妈，你在家里等着我。"他把小孩给保姆，他给他妈磕头，说要去找南退汉，一定把她找回来。她妈妈劝他，他不听，要去找，他妈妈就照南退汉说的告诉他去找山上的佛爷。他叫人去叫猎人来引他去，猎人来到，他告诉猎人，要去找南退汉，猎人知道去路一点都不急，猎人引他，朝东边走，走到山上，翻过很多山，越走越远，过了许多森林，他听到很多鸟雀在崖子上的树上叫，他的脚都走疼了，要到山里去，找那个缅寺。

跟着山上去。到了缅寺，他问佛爷，佛爷说："南退汉来这里住了一天。"劝他说："你的爱人南退汉叫你不要去找她了。"他说："不行，我一定跟她去。"佛爷想到他要走的路，思想上很难过，可怜他，佛爷把医手脚的药给他，佛爷告诉他："如果你要去，北边六十望的地方有一水塘，有一大蛇围着水塘，看到蛇，就用药擦脚，从蛇尾到蛇头走过去，药擦了脚走过去，蛇就不知道；过了这里，再去六十望有鬼在那里守着，看见后，就用药擦弩子的头，把鬼头射死，从它的头走到脚；过了这里，就到有藤子的大崖子了，这里不见太阳，抓着藤子爬过去；过了这里，再走六十望，那里很害怕，土地裂开断了没有路，那里有一棵倒了的大树，从树走到树根；过了这里，进到山里面，这些就是你的爱人南退汉跟我说的，叫我告诉你要记着。过了这些地方，就到有大树的地方，你就把药擦身子，变成小红虫，爬上树，树上有个大鸟窝，如果它们飞回来了，你就爬在它们身上去，那两个大鸟就会把你带去银山东边的大树上，你就可以看见南退汉的房子，就会想想你的爱人南退汉，不要急，路上要注意。"他听后给佛爷磕头，叫猎人回转去说："你回去告诉我的母亲好好带领我的孩子，我要到南退汉的银山那里去了。"

他根据佛爷转告他的话，从东边走去。走到水塘，看见大蛇他很害怕，他用药擦他的脚，从蛇尾走过去。过了这里，他去到山里魔鬼守路的地方，他听着鬼闹闹喳喳的很多，路也没有了，他就躲在路边，看哪个是伙头，伙头牙齿很长、很高、很大，他就用药擦弩子头，用弩子射倒了鬼伙头，他就从头往脚走去。过了这里，就来到崖子地方，他很害怕，成天不见太阳，很黑，那里石头不平，有些像刀子一样的剑，从崖子上掉下来的水很冷，他害怕石头掉下来，那里雾很多，就只有他一个人走，他听着小崔叫："不要走！不要走！"另外一种小崔问他："你要去哪点？"他听着小崔叫，看见猴子，很喜欢。过了这里，他走到土地裂开断路的地方，他看到那根倒了的大树，有绿色的、白色的，看起来很害怕，也不敢走，看见那边又很远，他更害怕了，他走过去很害怕，他叫起来："佛那①得那。"他过去以后，才晓得这是最着急的地方，这阵他回头找去银山的路，过了这里，他到了有攀枝花树的地方，他在这里休息，看见太阳要落了，太阳落下去后，两个大鸟就飞回树上，他看见那两个大鸟在说话，雌的问："明天我俩到哪里找吃？"雄鸟说："明天到银山去找吃。"它们的羽毛很新，"明天那里要做大摆，因为南退汉回来了。"雌鸟说："她回来了，她的丈夫一定要来找她。"雄鸟说："像我两个一样，你走了，我还是要来找你，去见你。"南退汉的丈夫很清楚

---

① 佛那：佛。

地听到了，他想起南退汉很难过，口水都咽不进喉里，"鸟都这样，那我一定要找着她，找不着不行。"他用药擦身子，变成小红虫，爬上大树母鸟的羽毛里。天亮了，两个大鸟就飞了，母鸟飞得很累，说："今天我为什么飞得很累很软？我想抖我的羽毛了。"雄鸟说："你不要抖，不知道什么来在你身上，若果你抖就会把别人摔死掉，二天鬼要捉我们两个，不好。"飞到银山东边的大树上，挨着大树有一个水塘，靠着村子，南退汉丈夫就从树上下来，变成人在大树下等着，他知道做摆，别人要洗他爱人的头，他看见挑水给他爱人洗头的姑娘，他在大树下跟老天磕头，希望老天帮助他，他说："如果我两个还是两口子，你就来帮助我，不要给那一个女人把水抬动了，如果她抬不动，就会叫人帮助她抬。"其他挑水的都走了，抬水给南退汉洗头的最后一桶水抬不动，那个女人看到他，就叫他帮忙抬，他就去了，把手镯子丢在水里。

挑水的都走了，就要该最后这个女人给南退汉洗头了。她们给南退汉洗头，南退汉看见了那个手镯子，知道是她丈夫来了，她给挑水的说："不要去挑了。"她想丈夫来了，心里很急，怎么办？她要去问父母亲也不好意思，她问她挑水的妹妹："你为什么最后来，你明明白白说给我。"她妹妹说："我抬水的时候，抬不动，就落在后面了。"南退汉说："帮你抬水的那个就是我的爱人。"她叫她妹妹给他拿饭菜去，送到他那里，请他接着饭菜吃，并客气地说："我们的饭菜很酸很毒不合你吃。"南退汉丈夫说："我想吃，因为我想吃你们地方的饭菜才来的，你说酸、毒，我就是想吃酸、毒才到来的，吃了我怕吃错了，怕是别人的婆娘送来的。"妹妹说："你不要急，这就是你的婆娘给你送来的，如果你爱着她像大山一样，最后还是得在一起，你不要害怕鬼，你留心等着，你一定会见她的。"小妹妹说后就回去了。南退汉的姐姐们看着这个去送饭，就说："南退汉给送菜饭的人，恐怕就是她丈夫了。"姐姐们就去给父母说："南退汉的丈夫来到了，她叫小妹妹给他送饭菜去。"她们父母知道了，就把南退汉叫去。

南退汉去了，她父母看她的样子跟平常不一样，脸酸酸的，就想怕是同姐姐说的一样了，她母亲问："七姑娘，那个猎人为什么会跟着来，这个猎人恐怕是你的爱人，我很担心，他来在大树水塘那里吗？"她父亲就要叫兵去抓他来，又对南退汉说："你不要急，我叫鬼去吃掉他。"

南退汉给父母磕头，给父母明白说："来在大树下的那个就是我的爱人了，你们说给大鬼，不要去抓他，因为他想我，怀念我才跟着来的，他是个很出名的人，人民对他很拥护，他就是我爱人了。"他父亲想想以后说："他一定是个勇敢的人，不勇敢是不会来到这里的。"他这样想去想来，就派人去叫他来，叫他的人去告诉他，"请你到家里去"。南退汉的丈夫很喜欢，跟着叫他的人就去了，去到的地方整理得很好，人很多，他向他们问好说："你们这里好在！男女老少个个都好在啊！"她母亲说："我们没有什么，都好在呀！个个都好在！"她母亲问："你在什么地方？你有什么事情来到这里。"

他回答说："我在的地方很远，我在不南拉西，人很多，很热闹，我是不南拉西的官家，我跟着南退汉来的，她就是我的爱人，因为那里有一点事情，她害怕才回来的。"她们知道这是她们姑爷，就想办法考验他，她父亲说："如果你的办法比我们地方多，你才得这姑娘，不然你只有眼睛看着，还会被鬼吃掉。"她父亲叫鬼兵抬石头，砌得很高（一百公尺），叫他姑爷去敲得像石灰一样的细，父亲说："如果你敲得烂就是我的姑爷了。"他回答说："我的办法比你们还强，你看着吧！"他的办法像老天一样，把裤脚卷上来，拿起他的弩子，用弩子尖敲三回，他用弩打石头，石头就碎了，看的人很害怕，有的抱着脖子哭，像白天打雷一样，她父亲很喜欢，又说："七个姑娘都一样，脸、手都很白，恐怕你认不得谁是南退汉。"他回答说："我认得，不仅看她的脸，就是看见一个小手指也认得。"他父亲就将七个姑娘用布遮住，每个人都伸出小手指，叫他去认。他向老天说："请老天帮助，从前我俩在缅寺滴水，如果我们俩永远离不开，请老天用明显的办法来帮助我们。"他去认爱人手指时，伸出手去，又不敢认，想着恐怕不是，很着急，怕一下拿不着，他一面看小手指，一面想，心里很着急，他父亲说："去拿了一次，拿着就算你的爱人，不然就不算。"

他去拿时，突然飞来一个绿金苍蝇在他手上，这个苍蝇翅膀黄色，身体绿，眼睛红，脚是黄的，他去拿，不是他爱人的手指时，苍蝇一概不动，到了她爱人手指时，苍蝇就飞到那个手指，在那里飞来飞去。他就拿着说："这就是了，我的爱人我认得的。"他一手提着手指，一手把布拉开，看看他的爱人，他的爱人南退汉给他磕头。他们去到他们父母面前时，大家说："不简单。"他父亲看着他这样不简单，就将自己的地方交给他们两个管理，叫魔鬼盖新房子，房子盖好后，叫他们到那里，把银山交给他们，姑娘们把花插在头上，擦香水十分热闹。

阿龙巴索 ①

翻译者：康摆牙
搜集地点：云南省临沧市耿马傣族佤族自治县

从前有一家穷人，住在一间非常破烂的小房子内，主人名叫阿龙。为了生活，阿龙天天出去摸鱼，总是摸不着，吃穿都非常困难，七个月以后，父亲就死去了，又隔了两三年，母亲也相继地死去，只剩阿龙孤孤单单的一个人。

每天阿龙就上山去砍柴卖了，来买米吃，也仍然到河边去摸鱼。不但摸不着一条鱼，而且别人见了他都远远地走开，怕自己也同他一样摸不着。

一天，阿龙又没有摸着鱼，急得在河岸上大哭起来，哭得非常的伤心，连天宫的天王都听见了。天王很是同情他，便乔装成普通人下凡来帮助阿

---

① 腌鱼。

龙，要求跟他住在一块。第二天，阿龙便不愿再去摸鱼了。天王劝他说："今天我跟你一块去就一定摸得着了。"到了河里，阿龙居然和天王都摸得了鱼，阿龙很是高兴，回到家里，就想把鱼煮来给天王充饥，天王说："不用了，不如把它做成腌鱼，二天好拿到市上去卖。"阿龙同意了，他们把腌鱼做好后，天黑天王就告辞回去了。

过了一些时候，有一批商人运货到远处去做生意，阿龙就托他们把那一罐腌鱼带去出卖。走了三个月，商人的货全都卖光了，最后他们才在船舱里发现阿龙托他们卖的那一罐腌鱼，图个方便，于是就只好拿去卖给官家。由于当地也出产腌鱼，官家不大想要，经不住商人左说右说，结果还是买了去。

官家想尝尝别地的腌鱼味道如何。罐子一打开，香味迎面扑来，简直香极了，官家先叫妻子尝了一块，妻子吃下后，立刻变得很年轻，官家自己也吃了一些，同样变得很年轻，夫妻二人经过一阵商议，决定把罐子退还给商人，里面装上一些泥土，照样土封好，并说："我们这里腌鱼多得很。我们现在不想买这罐腌鱼了，请你原封不动地退给那个穷人吧！"

天王知道这件事，又想帮助阿龙，便把罐里的泥土变成金银珠宝。商人把腌鱼退了回来，说没有人愿买，阿龙接过罐子把它搁在火炉边，动也没动它。

不久，又有一些商人出去做生意，阿龙又托他们把这罐腌鱼带去卖，这次卖给了另一户官家。

官家拿了回去，把罐子打开，里面射出万道金光，把整个衙门都照得通红，好多人都以为衙门失火了，结果一打听，才知是官家的宝物发光。官家看见这么多的奇珠异翠，心里自然高兴，便想："这是不是有人借故来向我的女儿求婚？"夫妻俩商量了一次，便决定把自己的女儿嫁出去，如何办呢？想来想去，最后找到了一个办法，把自己的姑娘及许多金银珠宝、穿的吃的装在一只古象牙里面，并派了几百兵丁保护，然后将古象牙装进腌鱼罐里封好，交给商人说："我们拿这只象牙换你们的那一罐腌鱼。"

阿龙得到了那只古象牙，并没有什么用处，就把它弃置在一边，每天还是照旧去打柴为生。过了七天，他打柴回家，突然发现家里，吃的用的都有了，不知来自哪里，是谁给他的，就跑到邻居家去问。大家都不相信，说：" 那真算倒霉了，你家那么穷，谁愿到你那里去？" 阿龙没法，于是就把饮食吃了。其实，那是古象牙里的姑娘出来给他做的。阿龙第二天出去打柴，回家仍然是如此，这就不得不使阿龙想去查个底细了。

阿龙早上起来后，装着跟往天一样出去打柴。其实他是躲在这附近，古象牙里的姑娘出来后，一下就被他发现了，他便上前去细问，姑娘便把父母叫她来成亲的事说了一遍，又说他的罐里装着许多金银珠宝。阿龙听了不知究竟，便辩解道：" 我穷得这样，哪里有宝贝装进罐子卖给你们，我一辈子也从未见过什么珍宝，真是晴天霹雳、无从谈起了。" 经过姑娘一再地解释他才明白。二人结婚后，阿龙吃的用的都不用愁了，每天照旧出去打柴。这件事传了出去，连官家也晓得了。一次，官家发现姑娘长得美，就派人来要，阿龙急得无法，妻子便安慰他说：" 不要怕，有事我来承担。" 他们把官家派来的人想法打发回去了。

官家不甘心，就又派兵丁来抢，他们把阿龙家围着，姑娘就把象牙里的兵丁叫了出来，把官兵打败了。但官家又派更多的兵来，于是姑娘派人到父母那里去求援，结果又把官家打败了，官家这次被打死，众人就推阿龙做新官家，天王又叫其他小官家归属阿龙。阿龙获得了美满幸福的婚姻。

两兄弟分家

讲述者：苏文达
搜集地点：云南省临沧市耿马傣族佤族自治县

从前有两兄弟，哥哥总想把弟弟赶出去。一天，他对弟弟说："阿弟，你人也不小了，我俩可以分开住了，家里虽穷，我也不能亏待你，也要分点东西与你才是。可是，家里的东西不多，不好分，明天早晨谁起得早，这些东西就归谁。"弟弟同意了这个办法，太阳偏西就回到自己的小屋子里睡了。老大见弟弟睡了，就偷偷地把东西搬了个精光。第二天，阿弟起来分东西，可是一看，哪有东西呢？屋子里面什么也没有！有的只是门外的那一条狗子。没办法，狗就狗吧，狗也有用处，阿弟就把狗喂了一下，带着它就独自去生活去了。

在一个地方，他找到了一块荒地，就放了一把火，把地里的野草烧掉，他要种庄稼了。但是他没有犁和牛，怎么办呢？只有自己动手，于是他做了一张犁头，犁头有了，可是耕牛又到哪里去找呢？想来想去，终于想到了狗的身上，没有牛，狗也可以用，他把犁给狗套上了，便坐下来休息抽烟，这时路上来了一个大老板，见他要用狗犁地，感到很惊奇，他不相信狗能犁地，因为自己从来就未见过，也从来未听过这样的奇事，他和阿弟打赌说："如果你真的能用狗耕地，我情愿输给你五百个人和五百头牲口！"阿弟看了他一眼说："你真的要赌，好吧，要我耕给你瞧也不难！"说着就站了起来，把烟管插在屁股上，然后左手握着犁把，右手在怀里掏出一块饭团，用力往狗的前面一扔，那狗一见饭团，就忘了脖子上的犁头，便猛力地往前跑，一会儿就犁完了三铧地。那老板惊呆了，但也无话可说，只好照赌，把他的五百个仆人和五百头牲口输给了阿弟。阿弟也不推辞，收了那五百头牲口，便把那老板的五百仆人看成自己的同伴，叫他们和自己一同劳动，过幸福的日子。

奇怪，这件事不知怎的，便像风一样很快就传到了他那哥哥的耳里。这时，老大因为好吃懒做，正穷得发愁，一听这消息，便高兴得什么似的，也不顾路的远近，就跑来问他弟弟是怎么回事，阿弟也不隐瞒，便一五一十地说了。老大借了弟弟的狗，回家便立刻学起弟弟的办法来，也去烧了一块地，也把狗套在犁上，正好这时又碰到一个老板来了。见了很惊奇，那老板也要和老大打赌，那老板说："若是能用狗犁三铧，我就用五百个马和五百人与你;若不能,我的五百人就要一人在你头上敲一下。"老大一听,便满口答应,他想:"这狗,弟弟已经耕过了的,还有不能的么?你这傻瓜,五百人和牲口是输定的了。"于是便拿起他的棒来,狠狠地在狗的身上抽了几下,那狗被打得乱叫,一铧也不能犁。他舍不得用饭来诱那狗,所以最后还是自己挨了那老板的五百人的五百个拳头,把他打得昏迷过去。等到醒转来一看,老板和那五百人已经走得无影无踪了。他气极了,就狠狠地再给了狗几棒,狗被打死了。

　　过了两天,阿弟始终不见哥还狗来,就亲自到哥哥的家里追问到底是什么原因,一进哥哥的门,才知道狗已被打死了。他非常痛心地把狗埋了,并在周围编上了篱笆,栽上了竹子,以后便是看一次,就像是在祭祖一样。一年,他来看了之后,就砍了一根长长的竹子回家去,编了一个竹笼,放在自己的竹楼旁边。奇怪,那些凤凰、斑鸠、乌鸦、麻雀等各种各色的鸟都来到他的笼子里下蛋,每天他可以捡满满的三笼。这件事,因为奇,一传十,十传百,很快又传到老大的耳朵里。老大又跑来借笼子,到底老大嘴滑,阿弟长、阿弟短的,甜言蜜语,说过不完,阿弟没办法,也就答应借给他了。老大带回竹笼,也把它放在自己的竹楼旁,那些凤凰、乌鸦等各种各样的鸟也飞来笼子里,不过不是下蛋,而是屙屎,每天屙满三笼才飞去,把个老大气得话也说不出来,一把火就将竹笼烧成灰烬。

　　阿弟过了三天,又不见来还笼子,就又跑来向哥哥要,但笼子已经烧了。烧了也要看一下灰,阿弟在灰里翻来翻去,忽然发现了一颗豆子,他很高兴,就立刻把豆子吞下肚子。第二天,他去赶摆,打了一个屁,立刻香遍了全城,人们都在说:"啊哟,是哪里来的香气,这样香呀!"大家议论纷纷,东寻西找,后来,终于发现是阿弟的屁在香,那被派出来的人发觉是阿弟,就把他请到土司的衙里,进衙后,土司请他吃筵席,他不吃,他说:"你找我干什么?"土司笑嘻嘻地说:"没什么,我刚才嗅到了一股特别的香味,手下人说这是你放的屁,我不相信屁会这样香的;如果手下人的话是真的,你就与我放一个屁在大桶里,我以后慢慢地闻它。"说完,就叫人抬来一个大桶，阿弟就放了一个屁在里面，土司叫人把桶封得严严的，以后好闻。事后，土司要给阿弟金银，以酬谢他的香屁，还希望以后他多来放，可是阿弟却头也不回地走出衙去了。

老大听到这件事，认为发财的机会又来了，自己也弄得三大升黄豆来吃，吃得饱饱的，也跑去赶摆。到了城里的衙上，打了一个屁，臭屁立即随风传遍全城，土司被臭得没奈何，马上叫卫兵出去把这放臭气的人捉来，不一会儿，卫兵就找到了老大，老大一听说是土司在传，便三步当作两步走，心里怪舒服的，心想金银不久就会到手了。哪知到了衙里，土司不由分说，叫卫兵们七手八脚把他捆了起来，狠狠给他几棒，并用针将老大的屁股缝了起来，赶出城外，本来就吃得多，缝起屁股之后又不能放屁，胀得他叫爹叫妈一路上呼起来，好容易到了自己家门前，终于头重脚轻，扑的一下就倒了下去，再也爬不起来了。

藿香草

文本一

讲述者：天早
翻译者：刀尚文
搜集地点：云南省临沧市耿马傣族佤族自治县

在孟拉则沟的地方，住着一万六千多人，他们有一个土司。土司的婆娘叫金木作娜，有两个儿，大儿子二十岁，叫公木拉，二儿子小一岁，叫亚杰。他两兄弟常常牵着一匹白马出去玩，跟白马有了深厚的感情。

离孟拉则沟不远的地方，有两架大山。山上有各种奇花异树，有各种野兽和妖魔。

一天，土司要上山去打猎，问巫师是不是可去，巫师算了一下说："你千万不要去，这次去是凶多吉少。"土司听了大不高兴，把巫师骂了一顿之后赶出孟拉则沟。巫师只好逃到孟格杜木去了。

土司准备好后，便向妻子告别："我要出去打猎，你在家好好看管孩子。"金木作娜听后便劝道："不要去，山上的怪名堂很多，恐怕会遇着不好的事情。"他不听讲，叫了小头人准备好，带上兵丁便往大山去了。

到山上，土司一看，十分高兴地说："这地方真好，我简直不想回去了。"

他们天天在山上打猎，说说笑笑。收集鸡爪花、莲金，这些花朵朵鲜艳，他们准备带回给家里的老婆们。

十几天过去了，土司想自己的老婆和孩子在挂念自己，于是他对小头人和兵丁说："我们打着马驴以后才回家去，否则谁也别想回去。谁打着驴，回家去赏他一块地。"听了土司的吩咐后，大家都想自己打着驴。

天刚亮，大家都起来，骑上马出去打驴了。一路上都说说笑笑，谈着打驴的事。不一会看见一只驴，土司大叫："来人啦，好好挡住。"旁边的人立即把龙子递给他，他射了一箭，驴带着箭，逃跑了，土司紧跟着追去。越追越远，小头人和兵丁汗都找出来了，还是没有找着他，只好罢休，回宿营地去。

土司一直追到太阳落山时，还没有追着那只驴，只是眼前是一层层的荒岭，那驴一下就不见了。只见前面来了一个佛爷，土司一想，荒山穷岭中哪里有人，这一定不是好人，便拿起弩子来要射。佛爷说："别打，我是好人。你单身骑马从何处来？请告诉我，好吗？"土司藏好弩子说："我是追驴来的，你见到没有？我带的人马走散了。"佛爷说："好，你不用追了，请到我们寨子去宿一宵吧。"佛爷在前面引路。来到一个岩洞，他停下来，并采了许多果子给土司吃，"你们地方叫什么名字，你叫什么名字，我们交个朋友吧！"土司把自己的地方、家都告诉了佛爷，并问道："你说我孩子的命格好？"佛爷算了算说："好、好，最好不过了。"土司又把自己管的一百一十个寨子都告诉了佛爷。

土司身体疲倦了，说着说着便睡了。佛爷见他睡熟了，搬了一块大石头把洞门封起来，大笑道："好了，现在我要到他家当土司去了，占有他的老婆、儿子和寨子。"说完现出了原形扑上去吃土司，土司吓醒后忙求道："别忙吃我，我家中还有金银、老婆、儿子。"妖怪不管这些，上前一把抓住，撕成两块，把他干掉，立即变成土司的模样，骑着马朝土司来的路走去。

第二天小头人带着兵丁又到昨天追驴的地方去找土司，找着找着，便见土司骑着马摇摇摆摆地回来了。大家看见土司回来了，都收心了。妖怪说："你们不用担心，你家土司平安无事。"回到宿营地，妖怪假装和众人谈家常，不好察觉。最后他说："我人上山已久了，家里人都望着我们回去呢，回去吧。"大家听都很高兴，巴不得马上就回家。

妖怪领着众人回到寨子，金木作娜听到汉子回来了，就带着公木拉和亚杰去迎接他。妖怪见了假装亲热道："我在山上可好玩啦，就是想念你们，想得不得了，再好玩也不在住了，便回来了。"金木作娜见汉子对她这么亲热，眼泪也感动出来了，紧紧拉着丈夫的手回家去了。

那妖怪便住下来了，家里的人谁也不知道。日子一天天地过去了，可是寨子里的小孩一天天打失的更多了，谁也不知道是什么原因。

日子久了，公木拉和亚杰觉得爸爸不像以前那样爱自己、关心自己；不像以前常来带着他俩出去玩，教他们射龙子。

一天，兄弟俩又牵着白马到外面去玩，玩了一阵心里有又老是不痛快。亚杰便对哥哥说："哥哥，我看爸爸不像以前了，不来跟我们一道玩，老是一个人独来独去。""是啊！他天不亮就出去，天亮以后才回来，傍晚又出去，半夜才回来，不知搞些什么名堂，听说他出去一次寨子里就少一个孩子。他不像我们的爸爸。"亚杰哭丧着脸说。"是呀，他不是你们的爸爸，他是大山里的妖怪。"兄弟两人吓了一跳，以为有谁在偷听。周围一看，除了田坝和草地外，什么也没有。只见白马眼望着他们，嘴还在动。"是白马在说。"亚杰吓得打抖地说。"别瞎说，马哪会说话。"公木拉漫无目的反驳。"是的，"白马昂着头望着，慢悠悠地说，"我听土司的马说的。"于是，它便把土司遇害的事说过一遍。亚杰听得哭起来，公木拉没法地、半信半疑地问白马："这些都是真的吗？""不信你慢慢地看吧。"白马仍旧慢悠悠地说。

于是兄弟俩商量一阵，带着白马，回家拿了一些衣服，便离开了这个寨子。二人来到一座深山林中，看看天色将晚。公木拉说："弟弟，我们就在这里住一宵吧。"晚上亚杰想着爸爸死了，妈妈又不在身边，想着想着就大哭起来。公木拉只好劝着亚杰。

金木作娜在家，见天已晚了还没见着孩子回来，很是着急，于是打发人到处找寻，遍山遍野地到处喊叫，妖怪见这种情形也假装悲伤。

找公木拉的人来到他们宿的森林，妖怪也来了，叫他们兄弟俩回去。公木拉相信白马说的话，坚决地说："我们不回去，你们帮助我打死这个妖怪吧。"他指着妖怪向众人大叫。妖怪停住众人，走近亚杰。公木拉见势不对，抱着弟弟骑着白马便跑，跑了一阵，白马见妖怪追上来，便叫两人下去，转过头来与妖怪打起来，白马打不过妖怪，被妖怪吃了，公木拉背着弟弟便跑，跑到另一处躲起来，肚子饿了摘些果吃，亚杰还是哭，公木拉一面哄着他，一面去打水来给他喝。

一天，公木拉去找水时，妖怪扑上来说："今天可吃掉你了，小东西。"亚杰说："你不要吃我，哥哥到外面打水去了，回来他会着急的。"不等他说完，妖怪便扑上来把他吃了。

公木拉打水回来，一看弟弟不在，心中很是着急，到处喊叫，到处找都找不着。心想，死了总该有骨头，可是什么也没找着。

找不着亚杰，心中正在悲伤，忽然山中走出一头野兽向公木拉说："你不要急，我们是亲戚，我告诉你出路。"又说："你照着我指的方向走去，会找着一个美丽的姑娘，你和她成亲，她有一把宝刀，你拿着这把宝刀，便可杀死你的仇人。"于是公木拉按照野兽指的方向走去，不久出了树林，到了一个地方，走进了一座房子。一进房就看见摆着丰富的吃的、穿的，样样都摆得很整齐。他心中好奇怪,怎么没有一个人。

原来这房里住着一个姑娘,她一见有人进来,以为是妖怪来了,便躲进帐子里。这时听见人声,大吃一惊,从帐篷往外一看,真好像是人。便问:"你是人或是妖怪。"公木拉听到有问,便答道:"我不是妖怪,我是人。"姑娘这才走出来说:"我们这里出了妖怪,全城的人都几乎被吃完了,我的父母兄弟全被吃了,只剩下我一个人了。"又问:"你在哪里住?为什么到这里来了。"公木拉微笑着回答了她。

姑娘很殷勤地招待这个远方来的男子,渐渐地产生了感情,结成了夫妻。

一天,他俩在摆家常中,都说到自己的亲人被妖怪吃了,都很愤慨,且又听全寨子的剩下的人说,妖怪在太阳落山时仍然出山吃人。他们商量,决定把姑娘藏着的宝刀拿出来,上山去为自己,为大家除害。

他们来到山上,四处找看妖怪。一会儿,妖怪出来了,夫妇二人立即与众妖怪打了起来。打了很久,老妖怪被打死了。剩下的妖怪一见头子死了,料想难以对付,只好前来投降告饶。公木拉心想不打杀也好,只好好地规定一个制度就可以,要他们不要为非作歹了,且警告,若再危害人民,定全部杀死。

得胜归来,二人甚是高兴。过了一些时候,妖怪恶性不改,仍然到处吃人,他只好又带上宝刀上山,动员一些人都来了,结果把大小妖怪全部杀完了。

此后,他们过着幸福的日子。日子久了,公木拉想到自己父亲的仇未报,妖怪还在家吃人,于是便带着老婆回到了孟拉则沟。

母亲金木作娜见儿子带着一个美丽的儿媳回来,甚是高兴,惊喜得死去了。公木拉和姑娘都很悲伤。

妖怪听说公木拉回来了,知道尾巴露了,吃掉公木拉的母亲后,便逃到深山去,一早一晚仍然出来危害孟拉则沟的人民。

公木拉埋掉母亲以后,又带着宝刀到深山去寻妖怪,时遇大雷雨,他仍坚持找妖怪，终于找着了妖怪住的石洞。于是他们便在石洞外面，在大雷雨中打起来了。雷雨帮助了公木拉，当他把妖怪的头砍掉后，雷雨也停了。滔滔的山水洗去了妖怪留下的一切恶迹。

从此，这个地方焕然一新，再不是以前的旧样子了，人民安居乐业了，他们拥护公木拉做孟拉则沟的土司，在他的治理下变得富饶安乐了。

文本二

讲述者：天早
记录者：云南大学傣族文学调查队
翻译者：刀尚文
搜集地点：云南省临沧市耿马傣族佤族自治县孟定镇遮哈村委会弄棒村

在孟拉则沟的地方，那里有一万六千人居住，土司的婆娘叫金木作娜。他们有一个儿子，隔了一年又生了一个儿子，大的儿子名叫木公拉，二的那个叫亚杰，这两弟兄天天都在一起玩耍。有一天土司想上山打猎，但是巫师告诉他说："你不要忙去，让我算一算吉凶再决定。"巫师算了以后，大惊："你千万不能去，这一去凶多吉少。"土司听后不以为然，并把巫师大骂一通，巫师也就只好忍气吞声不管他了，心里暗想："我可怜他，才劝告他，他偏不信。好吧，等你遇了难才知道厉害。"巫师从此就搬到孟格杜木地去住了。

土司准备好后便向妻子说："我要出去打猎。你好好在家领着儿子。"

"不要去，山上怪明堂很多，恐怕遇着不好的事情。"他妻子劝着，可是一劝再劝都劝不住，也就只好让他去了。他吩咐以后，便召集了小头人马及兵丁，骑上马就上山去了。到了山上以后，土司一看十分好在，便高兴地说："这地方真好，我简直不想回去。"

他们天天在山上打猎，说说笑笑，打打闹闹，鸡爪花、莲花、金藤花、样样都有，朵朵都开得鲜艳。他们尽量收集着，准备带给家里的老婆们。

土司在山上想到自己的老婆孩子在家盼挂便想回去，但是又什么都没打得，于是向众人说道："我们上山的人，打到马鹿以后就回家，否则就不回去。你们去吧，谁打到马鹿我回去赏他一块田地。"听了土司的盼咐后，一晚上睡不着，都想着去追马鹿，天刚亮，大家都起来骑上马出去追马鹿了。一路上喜喜欢欢，说说笑笑，吹的吹，截的截，打的打，不一会就看见一只马鹿，土司大叫道："来人啦，好好挡住。"旁边人立即把龙子递给他，他射了一箭，那马鹿带箭逃跑了，土司紧紧追去，越追越远，同他一块来的人到处找遍都不见他，急得一个个满头大汗，大家找不着也只好罢了。

土司一直追到太阳落山也追不着那马鹿，只见眼前是一层层的荒岭，那马鹿一下不见了，只见来了一个佛爷，那土司一想，这一定不是好人，便拿起龙子要射他。那佛爷说："别打，我是好人，你单身骑马从何处来？告诉给我，好吗？"

土司藏好龙子问道："我追马鹿而来，你见到没有，我带的人马已走散了。"

那佛爷说："好，你不用追了，到我寨子去住宿一宵吧。"

那佛爷说着在前面引路，引到一个岩洞里，让他住下，并采了许多果子给他吃，问道："你们地方叫什么名字，你叫什么名字，我们交朋友吧。"

土司把自己地方，家世等详详细细地告诉了那佛爷，那佛爷十分高兴，土司问道："你看我孩子的八字该好？"那佛爷算了算说："好、好、好，最好不过。"土司又把自己管的一百一十个寨子都告诉给那佛爷。土司身体疲倦，说着说着也就睡着了，那佛爷本是妖精变化，趁他睡熟之际，搬了一块大石头，把石洞封了起来，大笑道："好了，现在我要到土司寨上当土司，占有他的老婆、儿子、寨子。"他说着现出原形，立刻扑过去吃那个土司。土司一见大哭："你别忙吃我，我有话说。"他哭着不觉想到那巫师和自己妻子的劝告，自己暗暗伤心，这时那妖怪等不得了，上前一把抓住，撕成两块干掉了，立刻拉上土司的马，自己就变成土司样子，沿原道走去。不久便碰

见来找土司的兵丁，众兵丁一见土司骑着马摇摇摆摆地回来了，

大家高兴万分。那妖精说道："你们不用担心，你家土司平安无事。"说着即吩咐众人在山前扎下宿营地。

那妖精假装和众人说家常，使他们感觉不到自己是妖怪，最后他说："我们上山已久了，回去吧，家里的妻室儿女都望着我们回去了，回去吧。"众人都巴不得回去，于是第二天那妖精便领着众人回到寨上，土司的妻子一见丈夫回来便欢天喜地地领着两个儿子出去迎接他，那妖怪一见妻子，佯装亲热道："我在山上好玩啦，就是想你们想得不得了。虽好玩也不想多住了，便回来了。"土司老婆一听汉子说得这么亲热，真是高兴得流出了眼泪，便紧紧捏着自己丈夫的手走回家去。

那妖怪便住下了，土司一家人谁也不知道这个土司是妖怪变的，仍是平安无事地过下去。只是一天天都发现小孩丢失，而且一连几年不是天干便是水旱，人人纷纷议论，土司的两个儿子从一切细小事情上感到这个土司总不像他们的亲爹，于是暗暗商议：离开这个寨子。兄弟二人走了出来，途中弟弟又问哥哥说："为什么要离去？"哥哥说："这不是我们的在处，我们阿爹已经死了，这个不是我们的爹。"弟兄二人终于坚定地离开了，他们找到一匹马，哥哥骑在前面，弟弟骑在后面，衣物带得多多的。

二人一行来到一座深山，看看天色已晚，于是商量就此住宿一宵，晚上，弟弟想念着阿妈，半夜哭了，哥哥只好劝止，这是一方面；另一方面，土司的老婆到了晚上，不见自己两个儿子，甚是着急，于是打发人四处寻找，遍山遍野地喊叫。

妖精见此情景，也假仁假义地伤心。

四处寻找的人仍然在寻找，忽然他们来到了深山，找到了兄弟二人的马，精怪令众人停下，兄弟二人就此被逮着了，弟弟直呼妈妈想念得很。此时，精怪严正脸色，他大声指责着兄弟二人。

哥哥意志坚定不移，相信自己的认识，因此他决意不再服从精怪，他向众人喊道："我不回去，你们帮助我杀死妖怪吧！"胯下的马一听此言，立

刻转头来找精怪，用嘴咬他，用脚踢他，妖怪一看不对，闪身就来对付，妖怪把马吃掉了。

兄弟二人来助宝马。他们用刀砍精怪，但不能取胜，宝马被吃以后，二人只好逃回家去。经这一场飞跑，二人脚板都起了泡。

来到家里以后，兄弟二人整天在外躲避精怪。省时在深山林里，他们只好吃些野果，哥哥还没哄着弟弟，时时刻刻都替他壮胆，叫弟弟不要啼哭，弟弟要水要饭哥哥都没法跟他找来。

山上没住处，哥哥去哪里都不放心把弟弟留下，弟弟也总是跟着哥哥一道。哥哥很疼爱弟弟，但又不放心把他带在一起，怕翻山过岭悬崖峭壁危险。

一天，趁哥哥出外打水的时候，妖怪来了，他见只有小弟弟一个人，心中甚为欢喜，于是一跃上前抱着弟弟不放，口中还不断地说："今天该吃掉你了，小东西。"弟弟说道："你不要吃我，我哥哥在外打水，回来不见会急的。"妖怪哪里肯听，它终于把弟弟吃掉了。却说哥哥打水回来，一看弟弟不在，心中甚是怀疑，他又怕弟弟是出外玩耍不回，于是到处呼叫弟弟，心想：死了应见尸首，可他一样也不见！

弟弟失落以后，哥哥心中忧伤得很，时而想着他死的宝马，时而想起阿妈，时而又想起弟弟，翻来覆去怎么也不能平息。

正在这时，山中走出一野兽，向哥哥说说："你不要心焦，我们是亲戚，我告诉你出路。"又说："你照着我的指引做去。"哥哥稍微宽心一些了，只听野兽又说："你同我来，在很远的一个地方有位漂亮的姑娘，你可以去同她成亲。"

哥哥随野兽到了那个地方，走进了一座房子，一进屋就看到丰富的吃的、穿的样样摆得整整齐齐，哥哥心中就想：这是什么地方，怎么看不到一个主人、只见这些东西？哥哥一面心想，一面口中嘀咕："都说这屋子里，住着一个姑娘。"她躲在帐子里，一听有人说话，大吃一惊，以为是精怪来吃人了，害怕得很，不自觉地在发抖了，说："不要吃我。"

哥哥一听有人住在屋里，霎时高兴起来，于是道："我不是精怪，我是人。"

姑娘不相信，她在一门缝里瞧了又瞧，看来看去觉得真的不是妖怪，是一个真的人，这才走出帐子来。她说："我们这里出了妖怪，全城的人都被吃光了，只剩下我一个还在活命。"她又问："你在哪里，如何来到这儿。"

姑娘招待着这位远方的男子，甚为殷勤。男的看着女的，女的又望着男的，他们永远看不厌，他们永远看不饱。他们成了好好的一对夫妇！男人把过去的身世，一五一十他都向自己的婆娘讲了，逃出家庭一路上的遭遇，也完全摆了出来。这一番谈述，引起了媳妇的回忆，她也把自己的父母被精怪吃掉的事，详细地讲了出来，说："我们地方，东西南北都有妖怪，有的在早上出来害人，有的在太阳落山时候出来害人，全城都被吃光了，我阿爹阿妈也被吃掉了。"丈夫一听愤怒异常，他决意要去打死这些妖怪，让后人过太平的日子。

他们来到山上，四处呼唤着妖怪，一会儿，妖怪果然出来了，夫妇二人立即与妖怪打了起来。妖怪被打死了，剩下的妖怪一看头子被打死，料想不好对付，只好走上前来投降求饶活命。

好汉一见大小妖精都来告饶，心想：不打死他们也好，但必须规定他们老老实实，于是他吩咐道："从今以后，不准你们为非作歹，如若不然，将来定活捉你们一个个的打死，再也不饶你们活命。"

得胜归来，夫妇二人甚是欢喜。

过了一些时候，妖怪或仍有害人的事发生，于是有人来劝好汉，叫他前去征服，叫他前去斩草除根。

他一行又来到一座山上，在征服妖怪的途中，他忽然碰着三个人从对面走来，相互打招呼后，那三个人一起请好汉去他们那儿住一宵，他答应了，去了以后，一见房屋高大，摆设多样整齐，心中不觉惊奇。到了晚上，那三个人说："我们地方流行玩麻将牌，你们我们刚好四个人，玩一回吧！"

好汉开始时并不愿玩麻将，但一回想：我阿然把妖怪头子都打死了，那就放心玩吧，反正不会有坏人来害我。

他们开始议论着赌，那三个主人说："我们要是输了，就把这房子、妻儿子女和我们地方的一半都给你，要是你输了，又怎样呢？"

好汉身上只有一个宝贝，他只好拿出它来做赌。

宝贝一拿出来，立刻放出万丈光芒，把周围百里照得和白天一样，老太婆也看得见穿针引线。这三人是妖精变的，他们一见宝贝，都现出原形，立刻变得顶天立地一样高，就要来害好汉。

又能打起来了，经过一阵争斗，三个妖精被打死了。

从前留下的后患消除了，地方的百姓都来向好汉欢呼。

此后，他领着妻子回到了老家母亲的身边，老家地方的百姓也一齐前来祝贺，说他是英雄，说他妻子又能漂亮又能干，简直就是天仙。

母亲见儿子归来，又惊又喜，惊喜过后她死去了。

好汉甚为伤心，于是祷告上天请求帮助。老天降下仙丹医活了老母亲，并且下了一场大雨，洪水把妖怪留下的一切恶迹洗得干干净净，从此，这个地方焕然一新，再不是以前的那个样子，妖怪也不敢再来为害了。

地方上的百姓为了感谢恩人，他们拥护好汉做了这个地方的国君。

万扁勐 ①

翻译者：金光才、李正才

很远的年代里，一个村子中，住着一对老夫妇，他们生活十分贫困，成天只能找野菜糊口，靠打柴为生。不久，他们生了一个饱满健康，又白又胖的儿子，爹妈爱护备至，但穿的没有，吃的没有，阿爹只得更为辛勤地找

---

① 一个地方的历史。

菜、砍柴、种园子。四年后，又生下一个儿子，哥哥有了弟弟，哥哥叫几达给底亚（干地那），弟弟叫共满罕夫曼（汗替），他们慢慢长大了，阿妈对弟兄二人说："你出生在这个穷人家，是世上最苦的，但是，你们将来会过好日子的。"

到阿哥八岁，阿弟四岁时，由阿妈领着过日子，阿爹一次上山去砍柴，下雨躲在洞里，被毒蛇咬坏了眼睛，从此看不见光明，阿妈一个人挑起了担子，不久，由于劳苦和气恼，就病死了。

大的到了十二岁，长得体面健壮，弟也八岁了，他们样样能干，比其他的娃娃都懂事，好坏轻重都能分清，什么活计也一学就会。但是阿爹又得病死了，兄弟二人悲痛不已，他们在邻居的帮助下，埋葬了阿爹，辞别了邻居，就向远方走去。到了天黑，就扯一些乱草来遮身，年对年，月对月，日子一天天地过去，兄弟二人走在深山里，用野果来充饥，山中的百花为他们开放，林中的百鸟为他们歌唱。

一天，他们走到一个更远的地方，弟弟问哥哥："这是什么地方？"哥哥抬头一看，知道来到了妖怪国，要逃也逃不脱，便在树下睡着了。妖怪闻见生人味，出来一看，是两个可怜的小孩，就用口袋把他们背回去，正好他们没有儿子，便收着了他们，还为他们做摆七天七夜，兄弟从此做了妖怪国王的儿子，从妖怪那里学习着本领。他们一天天长大了，也一天天爱打猎，不到天晚不回去，甚至有一天到了孟不那兰西。

原来这个国家的国王，只生了一个女儿，美丽得真是天下无比。国王修了一座高楼，让她住在上面，消息传遍四面八方，国内国外，许多人都远道来看，一见之下，都称她美丽无比。她的美丽，也传到了一个魔王耳里，他暗自打算，要娶她为妻，便在一天夜里，把她劫去关在一座高楼里。

这天，兄弟二人来到了这座高楼，看到有一个美丽的姑娘在哭泣，一面诉说着自己的遭遇，引起了好心的两兄弟的同情，哥哥唱道：

"莲花香，

你为什么来到这个地方？

荷花香，

你为什么来到妖怪地方？

你为什么住在这高楼上？"

姑娘以为是妖怪，骂着说：

"妖怪，妖怪，

你莫要花枹，休变成人来装好，

要来就来吃掉。"

说完之后，又能掉下了眼泪，干地那（即几达给底亚）说："你要弄明白，我不是妖怪，我是人，你被妖怪劫了来，我知道了。"姑娘仍不相信，她说："你休想变成人变成仙，变成什么来骗我，要吃就吃，我只能死一次，不能死两次……"话还未完，妖怪就闯进来了，向两兄弟道："你们是从哪里来的？从龙那里来？从凤那里来？或从凰那里来？"两兄弟说："我们是准沓奈的儿子，天天出外打猎，今天来到这里，见到公主在楼上，她是你的妻子吗？"魔王听说是他们妖王的儿子，赶紧跪拜，求他们饶恕，这时，公主才相信两兄弟是人，倾心相爱，魔王这时也情愿把姑娘配给出干地那，二人情投意合，结为夫妇，然后，干地那说："我还是把你送回去，免得你爹妈在家挂念。"姑娘说："我一个人不回去，要跟你在一起，你到哪里，我到哪里。"干地那说："我现在还不离开，要学到本事后再回去。"于是，姑娘便回到了他父母那里。

再说，有一个叫嘎底奈的国家，有三个儿子，三个王子都文武全才，老大五令大的本领，一跳就能纵入太阳去；老二有三个大象的力气，一跳能跳到天边；老三有两个大象的力气，一跳能跳到海里去捞沙，可惜他们都还没娶亲，他们听说孟不那兰西有个漂亮的公主，想来求亲，大儿子说："这样的美人，只要我们一去说媒就会到手的，若给就不说，若不给就动武。"

他们派了使臣，到孟不那兰西去，使臣给他们带来了坏消息，说是姑娘已给了别人，又听说孟不那兰西公主已回到父母那里，就计划好了去探视,他们弟兄三人,骑着大象,率领几百大兵,浩浩荡荡地向孟不那兰西去。经过了千山万水,走了三个月才到了目的地,驻扎城边,修好书信,带了礼物,一齐送入城去,他们向国王告知来意。五令大说:"你们瞧不起人,随便地把女儿给予穷人,我们非把孟不那兰西国捣碎不可!否则,真不足以出气,要请你们尝尝教训。"五令大召集七个勐的头人,"调吾遣收",把他们包围得水泄不通。

且说干地那兄弟跟着妖怪学本领,他们能呼风唤雨,飞沙走石,口吹出猴子咬人,蜂子叮人,以及百般打、跳、纵杀的功夫,比五令大的本领还强十分,妖怪国王又送给兄弟第一件宝贝——莽格那,放在手中,世界上万事万物,不论在山中水底,人间天上,只要一瞧,就如在掌中一样的清爽;又送给他们一件宝贝——香洗,像桃子模样,是防备山中的野兽的,只要右手摇三摇,就能变出许多大毛虫制服野象的侵害,再换左手摇三摇,虫就不见了。这时,他们听说孟不那兰西国家受五令大包围,都赶来救援。

双方一经交战,都摩拳擦掌,跃跃欲试。五令大骑着大象,干地那施展本领,变得如同一个巨人,汗替也骑在一个妖怪的脖子上,你追我杀,你打我赶,把山林田地都变成战场,大战了三天,五令大的兵力看着损失惨重,就放火去烧干地那,他高高地骑在象身上,对干地那说:"你骗人之妻,要快快投降,以免把你碎尸万段,片甲不存。"干地那说:"你且不要嚣张,谁死谁生还没决定,我看,你的死期已为期不远。"说完就下了大堆大堆的雪雨,扑灭了烈火,几天几夜,使五令大的兵丁淹死不少;五令大又放出大风,把雨吹散,巨雷震耳,使干地那发抖,干地那拿出扇子"咔哪把"连连扇动,风来抵风,雨来抵雨,风于是平静了;五令大见风被收没,又放出几人粗的无数大蛇向干地那扑去,干地那又变出羊子,其大如象,霎时就把大蛇吃光了;五令大又放出了土蜂,叮死了羊子,干地那便造起蛛网,把蜂子都粘在上面不能引动;五令大没法,正要退兵,忽就记起了一个宝贝,他向汗替投去,杀死了汗替,干地那见弟弟已死,痛哭不已,但他记起了妖怪对他说过,五令大的那件宝贝比自己的厉害,要破他的秘密,只有弄清宝贝的底细，他的来龙去脉。

原来五令大是老妈妈共杂俐的大儿子，是她把一只能大能小的透明的手镯用汗擦在上面，然后挂在芒果树上，后来，她把芒果吃了，便怀孕生下了五令大，那只手镯从胎中就戴在五令大手上，它是一件魔力无力的法宝，除非到了山穷水尽，万不得已才取出来制胜敌人。这个法宝只有拿老妈妈的八根头发才能破除。干地那知道了这一历史，就派人到妈妈共杂俐那里去寻求头发。老妈妈不知给的好还是不给的好，如果给了自己的儿子就会失败；如果不给，那么干地那又要吃亏，最后，还是考虑到自己的儿子作为不义，不该用武力夺人之妻，挑起战事，因此宁愿忍痛割爱，拨下头发八根送给了干地那。这样，便制服了五令大，终于解救了孟不那兰西国，救出了公主，也同时救活了弟弟。于是孟不那兰西国王领着公主，带着大队人马在交楼上，替公主和干地那大举办理了婚配盛典。

国王告诉干地那，在某一个小地方，有五百大象用它们的牙建筑起一座交楼，楼中住着一个美丽的姑娘，大象们保护着她。她出生在丈坝腊个地方，只有一个母亲，家境贫困，靠种菜为生，只生下了她一个女儿，十分疼爱，十二岁时，大象王就把她掳去了。汗替凭着他的防身本领，可以去求亲，国王派四个武将护送。

汗替勇敢地到了象牙楼下，唱道：
"我珍奇美丽的妹妹，
你住在漂亮的楼上，
到处是雕廊画柱，
只有你才配住在这里，
我们来自远地，
望你答应一句。
茶花也不及你一半，
还在老远的地方，
就闻到你的芳名，

　　　　　　　"我们不辞千辛万苦，
　　　　　　　来到你的楼下拜访，
　　　　　　　有缘能和你在一起。"
　　姑娘唱：
　　　　　　　"妖怪地方来的公子，
　　　　　　　要想住一起不可能，
　　　　　　　妄想用欺哄办法，
　　　　　　　护得刚刚出水的莲花。
　　　　　　　妖怪地方的公子，
　　　　　　　你们不要胡思乱想，
　　　　　　　趁着大象没有在家，
　　　　　　　你像朵粉团花，
　　　　　　　快快地逃命去吧。"
　　汗替唱道：
　　　　　　　"妹妹
　　　　　　　不叫我上楼是为了啥？
　　　　　　　把花捧在我心上，
　　　　　　　才愿把你的楼跨。"
　　这时，姑娘才知道他们是好，乐得心花怒放，便说："要等大象回来，你有什么话再说，你的话都是真的。"
　　在这时，大象回来了，汗替就暂时避开了，大象嗅到生人味，知道情况不妙。正要发怒，姑娘连忙跪下说有几个人到这里求亲，他们是从很远的地方来的，不要发怒，不要责怪，大象这才说："既然如此，不必躲避，如果真是贵人，我愿把你配给他，否则，我就半点不留情分。"汗替听说便自动出来，对大象说："百象主，你的姑娘是好人，你应该来会会我，有事我们慢慢谈。"白象说："远处的客人，你年纪轻轻，那么自高自大。在世界上你真目中无人，要知道，在我管辖的区域里什么人都怕我三分，夸我强大，你乳气未干的小伙子,你的口气这么大,你有什么办法,可以拿出来,让我们也见个高低。"汗替满满答应说:"好吧,如果我的本事大,那就要把姑娘给我。"大象气得心如刀割,就怒吼了起来,震得山摇地动,企图以此来吓唬他们。这时汗替拿出了香洗,用右手摇了三下,遍地都是大毛虫,弄得老象们惊慌失措,连忙召集五百大象向汗替求情:"望收回毛虫,罢兵言和,留下生命,愿把姑娘配成夫妻,好吃好在,长长恩爱,群象也服你管治。"汗替就用左手把宝贝摇三次,毛虫就收回了。

这时,姑娘佩服汗替的本领大,好唱道:

"心爱的哥哥,

你真心胸宽大,

快上楼来啊,

慢叙衷肠情话。

心爱的哥哥,

亲热的弟弟,

快上楼来啊,

我扫净了花样的卧榻。"

日子过得真快,转眼又是两个月,汗替想回去和哥哥一起住,就对姑娘唱道:

"香花一般的妹妹,

人人见了也心爱,

香虫见了不想走,

蜜蜂闻香花心在,

我们住了两个月,

家人景情满怀,

有心接妹一月去,

一去不再来。"

姑娘说:"心爱的哥哥,你约我去到那种仙乡仙邦,见到仙树仙境,仙山仙水，我是心甘愿意不尽，但还得请示父母。"大象最后也同意夫妇同行，大象又能教训了女儿一番，五百大象托着象牙宫殿到孟不那兰西国家，从此，兄弟们生活在一起，真是风调雨顺，国泰民安。

壁虎的故事

讲述者：布来粘
翻译者：李大
搜集地点：云南省临沧市耿马傣族佤族自治县

  从前有一个姑娘，由于贫穷，连穿吃都顾不上，身上穿得补丁加补丁，没有人来向她求婚，当了老姑娘。有一天，突然怀了孕，肚子一天天大了起来，十个月后生下一只壁虎，细脑袋，尖尖的黄尾巴，长得异常难看，因为是这个老姑娘自己生下来的，都很喜欢它，把它养了下来，母子俩一起生活了十五六年，小壁虎比原来长大了一倍。

  有一天，听说领主带了家眷出来逛自己的花园，壁虎也想去领主的花园耍一趟，他向妈妈说，他妈怕它出去闯祸，不让他出门去，壁虎跟着妈妈说了好多次，他妈总不答应，把壁虎气急了，也顾不了那么多，一鼓作气就跑到了领主的花园。

  壁虎爬在一棵根花树上东张西望，恰巧领主的女儿来到花树下，觉得累了，坐下来休息，不知不觉就睡着了。

  壁虎在树上看这姑娘生得美丽，便从树上爬下来，用尾巴去扫这姑娘的脸，姑娘被弄醒了，壁虎马上就爬上树去躲起来，姑娘看看没有什么，又睡着了，壁虎又爬下去用尾巴扫姑娘的脸，这样搞了好几回，直到领主的女儿走了为止。壁虎爱上了这个姑娘，回家便对他妈说，要他妈找人到领主家提亲，他妈说："你连人样都没有，怎么能去找人家的女儿，再说咱们家又穷，怎么敢去领主家求婚？"壁虎不管这些，硬要逼着母亲去为他求亲。他妈被他缠得没有办法，只好去请邻村的一位老妈妈去做媒，老妈妈也感到这门亲事难说，只好硬着头皮跟壁虎的妈妈一起去，她们摘了芭蕉，带上串门的礼物，两人来到领主家，守门的人不让她们进去，她们便假装说进去会领主的大管家。这样，守门的就把她们放进去了。

领主的管家问清了她们的来意，便将原话禀告了领主。领主一听，简直气炸了，当时就叫人把她们捆起来，指着鼻子大骂道："一百零一户有钱有势的人家来向我女儿求婚我都没有答应，你又穷又不是人的壁虎，还敢来妄想提这门亲？"领主气急败坏地说："限期三个月，叫壁虎从他门前修一座金桥直到我家门口，如果办得到，我就把女儿许给他，办不到我就要把他母子两个杀掉。"

他妈吓得跑回家来大哭丧着脸。壁虎听了，劝他妈不要哭，说他自有办法，壁虎跑出门去找到老妈妈，向她哀求道："阿妈我求你给我办一件事，叫全村的人给我编一个大大的竹笼子。"老妈妈答应了，大竹笼编成后，他又让老妈妈叫全村的猎人拿着竹笼随他进山去打猎，老妈被纠缠得没法，只得帮他去叫全村的猎人，壁虎随着全村的猎人进山打猎去了。

到了山里，壁虎叫人把竹笼放在山谷口，叫打猎的人放出猎狗去围野兽。这一天的收获真不小，关了大小野兽满满一笼子，有虎、有豹，也有山羊什么的，猎人欢喜极了，叫壁虎来看，壁虎仔细地看了一遍忙摇头说："这里面没有金子的妈妈。"把它们放了。

第二天同样围了一天的山，还是没有围到金子的阿妈妈，谁也不愿意再替壁虎围山了。壁虎没法只得向大家哀求，要他们明天再围一天。

到了第三天，猎人们围了一上午，一只野兽也没有围着，在下午只围到了一只五颜六色的鸟儿，看来很好看，可是猎人觉得这有多大的意思，大家为了气壁虎一下，叫壁虎来看看，这该是金子的阿妈妈了吧！壁虎跑来一看高兴得叫了起来："对了！就是她，她就是金子的阿妈，快给我抬回家去！"

竹笼抬到了家里，他请人在他的家里挖了七个七尺长、七尺宽、七尺深的坑。把金子的阿妈放到坑里，一晚上就屙了满满一坑金子，七晚上七个坑都装满了金子。

金子有了，就是在全村也找不到一个金匠来造金桥，壁虎很为这件事情苦恼。这时天上的一神仙知道了这件事情，便叫他的七个弟子变成七个金匠，穿着破破烂烂的衣服，抬着炉子、风箱、链子，来到壁虎住的这个寨子外，装作打瞌睡的样子。

村里人看见了他们就问他是从哪里来的，七个人说："我们从孟尚喀喳来，我们都是金匠。"村里人把金匠介绍给了壁虎，壁虎非常高兴，马上就要请他们动工造桥，并答应重重地酬谢他们，金匠们说："只要答应我们的伙食就行了，不要什么报酬。"壁虎听了十分高兴，拿出六坑金子来修桥，一坑金子送给了原来帮过他编笼、打猎的人。

金匠们拉起风箱，烧起火炉开始工作，各人轮起打金子的大槌，打声震得天摇地动。震得领主的头都要炸了，领主马上派人去看出了什么事。领主的家丁走去一看，只见几个老头儿在打金子，看见他们抡大槌的那般劲，谁也不敢上前去，只得偷偷地溜掉了，打了许多天，打成了许多飞禽走兽。壁虎求金匠早日把桥造成，金匠答应了。还不到三个月就把这座金桥造成功，桥的两头装有金子打成的飞禽走兽。

三个月的限期到了，领主看到金桥造成，垂头丧气地说："果然话是乱说不得的，人家既把桥造成了，只好女儿许给他。"领主的女儿听到这件事，简直气疯了，坚决不愿做壁虎的妻子，领主没法，只得派人去把壁虎接过门来，壁虎公然坐在一只象背上来到了领主家。按照傣俗，结婚时应该请八个老人坐在下席，新夫妇向他们叩拜。领主的女儿躲开了，让壁虎一个人在地下叩头。

入了洞房，领主的女儿躲在一边，七天七夜都不理壁虎。

七天过去了，壁虎变成了一个漂亮的小伙子，他再去和领主的女儿串门，领主的女儿一看就爱上了这个小伙子。壁虎说："我本想和你好，听说你已结了婚，不知你丈夫漂亮得像个什么样？"领主女儿怨恨他说："管他呢！谁还看他那个样子。"壁虎把他脱下来的皮拿给领主的女儿看说："我就是他。"领主的女儿一看便知道得罪了自己的爱人，一把夺过壁虎皮，扔在火炉里烧掉，忙向壁虎赔不是。然后亲手捧出谷花，点上蜡烛，重新举行婚礼。

牛椿要账

搜集地点：云南省临沧市耿马傣族佤族自治县

从前有一个名叫孟沙吾提的地方，那里有个土司叫昆呼。他有一个女儿，外表长得非常漂亮，所以他常常在人面前显耀夸口，总想找一个非常有钱、非常出色的女婿。整天他想来想去，想出了一个办法来。一天他对外人说："谁给我劳动一天，管保吃一辈子，我就把女儿嫁给他。"当时听话的人都不相信，天地间会有这样的人，可是有一个小青年农民告诉大家说，他能做到。

一天清晨，这个农民拿了锄头和铁锹出去了，在一个小平坝上挖起井来，等太阳刚刚落山就挖成了，井深水凉，管保几辈子都吃不完，于是他到土司家里去说，他完成了土司要求的条件，他来娶亲了。土司不信，派了一个随从去看，原来挖了一口大井，水很深，够吃多少代人，土司无可奈何，只好把自己的姑娘许配给这个青年农民。

姑娘到了这个农民家里，满肚子的不喜欢，她认为她是一个小姐，嫁给一个穷百姓，失去了身份，和农民一点也不合，天天苦闷。在这个地方，南寨有一个领主叫嚓台，他有一个年青青的儿子，成天无事闲逛，但领主也爱如珍宝，他家金银万贯，牛马成群，让他的少爷任意挥霍。小姐看上了眼，一天到晚叫喊有病，饭不吃，茶也不喝，故意和农民找气生，一心想出去，不和农民一起过活，农民把这些都看在眼里不吭声，每天下田去做工。

小姐就趁这个机会和那富家少爷勾勾搭搭，那家少爷也经常缩足缩手到农民家来，时间长了，农民也就发现了这个秘密。于是他想出一个办法：有一天，他装着下田去生产的样，暗暗地躲在篱笆下面，刚坐下不久，就看见领主的少爷鬼头鬼脑，比比画画地来了，小姐赶忙招手引他，于是领主的儿子慢悠悠地走进屋去了。农民不定期没进屋去，躲在篱笆下面听，两人屋子里甜言蜜语，拉拉扯扯亲亲热热起来了。这时农民跛着脚，要到屋门口了，故意咳嗽两声，土司小姐听到了，慌忙说："他回来了，你快藏到竹笼里去。"少爷无法，只好听从她的话。等他进了大竹笼子，农民才进屋来。一进门，土司小姐就问："为什么不下田去，又跑了回来。"农民说："因为路上一个大树绊着我的脚，摔了一跤，现在不能下田去了，所以回来休息。"

说完，就走到大竹笼边，把竹笼子用竹捆好，靠在上面休息，这时，这个小姐心里急得直打转，故意显出关心的样子说："你老坐在这笼子上面为什么，到床上去休息多好，来，我扶你去。"农民说："我就睡在这儿，这样一个好笼子，我怕别人偷了去，明天我一早拿到街上去换钱，要卖个好价钱，钱不多我就不卖，把它撒到水里去，东西是我的，哪个还敢说我吗？"小姐听到这样说，心里更加着急，等农民睡着了，她悄悄跑到少爷家去告诉领主，说农民怎样说，他的儿子无法挽救了。领主听到这些话，一晚上翻来覆去睡不着，天一亮就跑到街上去买那个大竹笼，农民正碰着他，他问农民要多少钱，农民说："八两黄金，少一钱也不卖。"地主无可奈何，只得出八两金子买下，叫两个人抬回家去，把笼子揭开一看，儿子已经吓死了。农民把金子拿回家，赶快埋在地里，不让小姐知道。于是他想得离开家，他就告诉小姐说："我要到外去做生意，你好好在家过活，要去很长很长的时间。"她问他到哪儿去，他也不回答就出外去了。

一天农民来到了一个小坝子，看到一群马帮，有五百人和五百头牛，是驮着物资在外做生意的，宿营在此，农民了解了情况，就走过去问他们要不要他参加。商人们说："可以参加，只要你有很多的钱带来入股。"农民想：我现在身上钱很少呀！心里正在计划着怎么办。这时，忽然在远处传来了一个妇人的哭声，大家走过去看，原来是一个漂亮的妇人，是领主的老婆。商人们说："谁敢摸她一下，我给他钱财。"一个、二个、五个……都这样说。农民听说，他挺身站出来说："我敢去摸，但你们得把你们的钱和牛都给我。"商人们说："只要你敢去，什么都可以给你。"于是这个青年农民走近妇人很关心地问她哭什么？妇人说她的儿子死了，"不知将来还会不会生，家业谁来继承？"边哭边说。

青年农民听他这样说，于是说道："我是医生，会治病的，只要我把伤头上的长的'顶'摸出来，以后生了儿子就不会死了。"妇人听了农民的话，就相信了，于是农民摸了一会儿，找到了"顶"（头顶圈）按了几下，就说好了，并且把妇人扶起来。这一切引动商人们看得清清楚楚，妇人还给了她的钱财，带回到了马帮群，拿了一个牛椿在手，对商人们说："说了话负责，快快拿钱来，拿牛来，谁要狡赖不算话，我就用牛椿敲谁的头。"商人们只好把牛赶到街上去卖，卖了牛的钱就想往腰上放，青年看见就猛敲一牛椿，商人回头一看是要账的，只好把钱给他，开始几个都是这样，要敲了他，他才给钱，以后几个也不例外，不敲不给钱。街上很多人看见也都学他的样，拿着牛椿专门敲有钱人家的头，这样一传十、十传百，大家都认为牛椿是生财之物，专门敲有钱人家的头的，所以有钱人见了牛椿害怕，不敢惹他。这位青年农民得着很多的钱财，连同黄金一起，另散给穷苦的老百姓，从此那个寨子的老百姓就不再受苦和压迫了。

拉卡拉苏它

讲述者：召问
翻译者：鲁振昇

从前，有两户穷人家。一家是母子二人，一家是母女两人，这两家的母亲都是瞎子,两个孩子也都同年同岁,他们担着简单的行李、锅、碗等到处流浪,从这个寨子到那个寨子去讨饭。

这两个小孩从小就讨饭,从五岁讨到六岁,从六岁讨到七岁。虽然刮风下雨天也去讨饭,但还是经常挨饿,饿一顿饱一顿的。

讨饭的时候,有的给一点,没有的就没法给,好心的给一点,心肠不好的不但不给,还要放狗出来咬人。几乎常常是四个人分吃很少的一点饭。有时只讨得两盒饭,两个孩子就宁肯自己挨饿,让瞎眼的母亲先吃。他们的生活实在困难极了。

有一次,这个男孩被狗咬伤,回来后还不敢告诉母亲,只说是跌伤的。后来,到底被母亲知道了,这使得她难过得痛哭起来,眼泪流成了河。

有一天,他们流徙到另外一个地方。这个地方的头人的儿子,名字叫作邦可麻的,和一个女人偷情被绑起来了。当时他们正经过那里,那些狗腿子为统治阶级效劳,放走了邦可麻,却把才七岁的要饭孩子绑起来,用他来顶替头人的儿子受罪。

这个孩子哀求说:"你们拴住我,我家里怎么办?瞎眼睛的母亲要照顾,要讨饭来养活。没有我,谁管她?你们放了我吧!"那些狗腿根本不理,把他绑着拉走了。

当要杀这穷孩子的时候,天都震怒起来,地也十分厉害地震动了起来。天上闪着电,打着响雷,一时天昏地暗,暴风骤雨刮着下着。那些要杀穷孩子的人被雷劈死了,那些坏头人也被雷劈死了。

事后,这地方的人就把小孩拥戴起来做官,过了几年,他长大成人,就和那个同年同岁的穷女孩结了婚。他们把瞎眼睛的母亲接来一起住,并且祷告天神把母亲的眼病医好了。为了感谢神恩,做了七天七夜的大摆。

这个穷孩子就叫作拉卡苏文,他一直当了几十万年的官,老百姓很拥护他。后来,母亲、拉卡苏文、妻子都死了,他伞到天上去,和天神生活在一起。

道人和老虎

　　有一只饿虎，在山林里四处寻食，东闯西撞，累了，在一个山洞口躺下来，不久就睡着了。洞里溜出一只巨蟒，咬它颈子一口，老虎中毒而死，这时，来了一个老道人，动了他的仁慈之心，施展法术，将老虎救活了。

　　这复活的老虎，看见一个人站在它身边，认为这正是它一顿美餐，便张开大嘴，吼叫道："你来得正好，我要吃你。"老道吓得浑身颤抖，额上冒出豆大汗珠来，结结巴巴地请求道："你被毒蟒咬死，我把你救活了，不报恩可以，请别吃掉我吧！"老虎强辩道："分明是我睡着了，什么中毒不中毒？"更瞪着它那一对刺人的饿眼，大声喝道："你给我走拢来。"老道后悔不已，认为这已成为饿虎口中之食，没有救了，回顾四周水流鸟啼，又不愿白白冤枉死去，又向老虎求乞道："本来是我救活了你，你反而要吃我，就是我死去也不服气的，我们去请人评评理吧，如果判定你该吃，那时我再没法说了。"老虎心想：要吃你，谁还能阻挡我？不如做个顺水人情，连忙点头答应了。他们在山道旁遇上一只马，老虎哀求道："老马先生，我救活了这只老虎，它反而要吃我，你说，这成理吗？"老虎慢条斯理地说："哪是他救活我啊？我根本就没死，只不过睡着了。他送到我身边，当然该我吃他喽。"说完伸出火红舌头来翻着嘴唇，嘴角掉出尺多长的口水来，老马连打几个冷战，心想："人们总是要我担水拉磨，又时常用皮鞭抽我，说不好，还会做虎大王的下饭菜。"因此它装作镇定地说："你当然该送给虎先生吃掉啰。"老虎抢着说："你这该没得话讲了吧。"接着哈哈大笑起来，老道浑身麻木，脑袋嗡嗡直叫，他向四周望望，见山腰有一只水牛正在吃草，双腿一软啪地跪在老虎面前，他指着山腰下的水牛说："如果那头牛也同意老马的意见，那时再吃我好吗？"老虎又欣然地同意了，他们走到水牛面前，双方都把自己的理由又讲了一遍，水牛想："人总是要我犁田耙地，有时还不给水草我吃。"因此它说："我完全同意老马的判决。"老虎乐得摇头摆尾地说："该不再推辞了吧。"便张开血盆大口，摆出吃人的架势来，老道急得呼天唤地，扬声大哭，再次哀求道："三次为定准，如果最后一个也赞成你吃掉我，那我就亲自送进你嘴里吧。"

老虎又同意了，这时正跑来一只小白兔，他们各在白兔面前争说着自己的理由，老虎实在饿极了，爪子舞在老道胸上，匕首样的牙尖撞上道人的鼻梁，老道为了死里逃生，也大胆争辩着，闹得一塌糊涂，白兔沉思道："你老虎就是专门以强欺弱，这次请你看看我的吧。"吵闹了一阵，白兔摇头摆手说："你们停止吧，停止吧，你说了这一阵，你们的话，我一句也没听清楚，你们做的事，我一眼也没瞧见过，不如你们再去重做一遍，谁是谁非，我才来下个公正的判决好吗？"老道当然同意，老虎也勉强答应了，于是他们一起，又来到山洞，老虎照样躺在洞口，心想："我应该吃人，我马上吃人了……"洞里巨蟒又蹿出来，在老虎头上狠狠地咬了一口，老虎挣扎着死去了。小白兔对老道笑着说："老道师傅，你为什么对豺狼虎豹也讲起大慈大悲来了？"老道双眼翻起泪花，很久才说："用软心肠对待强暴，真是自投虎口了。"

会说话的牛

讲述者：康朗书宛
翻译者：王仲耀

从前，有一个穷苦的孩子，父母都先后去世了。生活无着落，又无亲戚依靠，就只好去给一个地主老爷放牛。

有一天，孩子放牛时，忽然听到一只老母牛讲起话来，回家后孩子就赶紧去告诉老爷。他说："老爷，真奇怪得很，今天放牛，那只母牛还说起话来呢。"地主听了哪里相信,就问道:"它说些什么?"孩子照实答道:"它说'耕田犁地都是我,驮也是我,我还给他下了九条小牛,但老爷还是不满足,每天总只给我三颗黄豆腐吃。'"地主听了非常气愤,想道:"牛哪里会说话,一定是这狗养的编造来愚弄我的,哼!老子一定得收拾他一下,知道知道我的厉害!"他假装着无事的样子,对孩子道:"好吧!你明天再叫牛说给我听听吧!牛不说,哼!小心你的脑袋。"孩子说:"行。"

当天夜里,地主叫人把刀磨得明晃晃的,第二天就叫孩子去叫牛说话,孩子去赶出牛来,向牛说:"牛,你说话吧。"牛不理,孩子叫了好几声,牛仍然不开腔说话,孩子非常着急,回头又看见老爷拿着刀杀气腾腾地走拢来,并骂道:"狗东西,你还愚弄我不。"正在这紧急关头,牛抬起头来说话了。这时,地主恼羞成怒,向牛走去,将牛砍死了。

地主杀了牛,嫌牛肉不好吃,又舍不得丢,就叫家人剥了拿上街去卖汤锅。可是,生意很不好,一大晚卖汤锅的才回来,刚走到家门,驴子又说起话来:"哈哈,卖汤锅的回来了,害羞,害羞!"地主更是气愤,马上又把驴子杀了,第二天,照样弄上街去卖汤锅。这一回更不好卖,卖汤锅的人半夜才回来,刚进门,雄鸡又叫说起来:"咯咯咯,卖汤锅的回来了。多羞,多羞!"地主见是气上回气,恨上加恨,一脚就将鸡又踏死了,又想道:"鸡小肉好,自己吃吧!"就吩咐人弄了来吃。正吃之间了又听到耗子在说话:"叽叽,有钱人吃鸡,无钱人卖妻。"地主一听,气大冲天道:"可恨!可恨!连耗子也一捉弄我,揭我的底,老子非把你们搞干净不可。"马上发动全家,动手打耗子。可是耗子有洞,不容易打,搞了半夜也没有打着,地主更是气恼,也不想就叫人放火烧,这样一烧房子也起火了,由于深更半夜,连人带物都烧了个精光。

盐巴洗澡

搜集者、整理者：云南大学中文系1956级学生

有一个商人，挑了挑盐巴到街上去卖。路途遥远，天气炎热，一路上浑身直是满汗，他想：能下水去洗个澡该有多好！正好，在接近街市的时候，见到一个水塘，商人连忙放下担子，脱了衣服就跳下水去洗澡。洗着，洗着，他猛然想起：人热了，盐一定也热了，让它也下来洗个澡吧！想到这里，他忙跳上岸来，连衣服都没有披，就把盐巴往水里推，并说："快洗，快洗。"随之他又钻到水里。洗够了，他就爬上岸来，穿好衣服，走到岸边叫道，盐巴仍然不起来。商人很生气："我在这里看得好好的，并无人来偷，一定是水里有个什么怪。"他一口气跑到街上，买了一部水车，"哗啦，哗啦"把水车干了，也不见盐巴的影子，只见一只青蛙在水塘中间"盒盒盒"地叫个不停。商人一听便破口大骂："什么一盒一盒的，你把我的盐巴吃了一挑，还说是一盒！"

水井里摸蜂窝

搜集地点：云南省临沧市耿马傣族佤族自治县

从前有一个贪心的头人，只恨自家圈里黄牛没得田里甘蔗多，箩里珠宝没得树上芒果多。每天出门，他都东瞅西望，看见地下有几颗谷粒，一定要捡起来带回去喂鸡，发现草棵有一根烂麻绳，一定要打量半天，看能不能拿回去补渔网。有一天，他走到一个井边，准备舀水喝，忽然看见水井里

有一窝蜂子。他决心下去把它摸起来，带回家去饲养，打定主意，马上脱得光光，"噗通"一声跳下井去。东一摸，西一摸了半天，总是摸不着。这时他浑身发冷，冻得受不住，就爬上来休息一下。他有些丧气，但仍不死心，往井里看看，蜂窝还在井里，他又跳下井去，在水里钻上钻下，手捞脚闪，还是摸不着，后来他实在累得不行了，就从井里爬起来，走到井边大树下休息。刚往下一坐，抬头一看，原来蜂窝挂在大树上呢！

艾张乃①

讲述者：商早
翻译者：拉赛
搜集地点：云南省临沧市耿马傣族佤族自治县

一位女人晚上做梦，梦见天上的星星落在自己的床上，因此怀孕生子。她将这事告诉佛爷，佛爷说她生下的这个孩子不好，专会骗人。

这孩子的名字叫艾张乃，六岁时就会哄人。一次，他对他妈说："爹死了，要米。"骗去了米，又给他爹说："妈死了，要米。"又骗去了米，并对他爹说，家里来了一个女人，很像他妈，若他爹要快做条裙子去，一拉就可得到。到他回到家里，见他妈还在，他妈见他爹还在，父母一气之下就将他赶出去了。

艾张乃去到孟布拉家西北方，又去哄领主，他说："我现在想出来做和尚，没有办法，请你帮助。"便向领主要得一百六十元钱回家。父母见钱问从何处得来，他说是帮领主拉粪得的，"你们不要我，我到缅寺做和尚去"。他自己买了袈裟，便到缅寺做和尚去了。一天晚上佛爷正在呼呼大睡，艾张乃用一个小瓜挖空，在里面点灯，照着佛爷说："天亮了，天亮了，快起

---

① 老大哄人。

来吧！"佛爷起来，走到寺外，天还未明，便又回来。这时艾张乃把寺庙门关了，佛爷拍门大叫，艾张乃说："不是我的佛爷，不是我的佛爷。"坚决不开门。佛爷只好在寺外瓜棚下睡觉。天微明，一位大嫂来摘瓜，摸着佛爷的头以为是瓜，便用手指咚咚地敲起来，想要摘瓜，佛爷大叫起来，跑回缅寺。

一次，佛爷想吃牛脑髓，叫艾张乃去买，他买来了一头猪，佛爷生气，叫他再去买，他买来了，煮着自己吃了，把苍蝇放入其中。佛爷以为牛脑髓煮熟了，揭开锅盖便想吃，结果，飞出无数苍蝇，爬到佛爷头上，艾张乃用棍子为佛爷赶苍蝇，打苍蝇，一棍打在佛爷头上，痛得佛爷痛哭不已，骂他何以打人，艾张乃说："我是打苍蝇。"

佛爷又能叫艾张乃去割马草，割完了，他将草盖着自己的头，蹲在箩筐里，佛爷在家久等，不见艾张乃回来，便赶到山里去，只见两箩马草，不见艾张乃，就把马草挑回，艾张乃从箩筐中出来，佛爷怪他，说到处找他不见。

又一次，佛爷出去讨饭，被狗咬了脚杆，艾张乃用盐和辣子来敷，辣得佛爷痛不能支。

又二次出去买盐，佛爷骑马，艾张乃挑担，艾张乃用一块杉树皮放在马鞍后，佛爷骑马很不舒服，就想下马和艾张乃换骑，佛爷挑担，艾张乃上了马把杉树皮丢了，十分舒服。艾张乃骑着马直往山上跑，佛爷挑着担在后面追，艾张乃在山上抛下大石头，大喊老虎来了，吓得佛爷抱头鼠窜而逃。

二人走到一个寨子，见一大黄果树，艾张乃说："这树压着你们寨子，不能发展，应把它砍倒。"艾张乃就大吃黄果，寨里的人要钱，他说卖盐后才给。到一个水塘处，艾张乃把盐倒在水塘中，全部化了。佛爷很生气，艾张乃说："等水干后，盐仍是在的。"到水干，并没有盐，塘中只见一条鱼，佛爷生气，打了鱼一掌，鱼刺痛了佛爷的手。

佛爷受了艾张乃多次戏弄，要赶他走，他总是不走，这次佛爷气愤不过，坚决要他走，他说没钱回家，佛爷给了他八十块钱。

艾张乃拿了八十块钱回家，在路上买了一匹瘦马，用竹箩接着马的大便，人家问他，他说马屙的是银子，这匹瘦马十分值钱，有人想用肥马换，他也不愿，若要换，还要添八十块钱，艾张乃得了肥马又得了八十块钱。

又到一水塘处，见塘中有一条牛，艾张乃说这是他的牛要卖出去，卖了一百六十元，人家要牵牛，他说晌午时太热，牛要洗澡，黄昏时才牵，到黄昏时人家来牵牛，只有一头牛头，大喊艾张乃还是不见牛。

艾张乃又走到领主家去，领主问他叫什么名字，他说叫艾张乃，领主说："你既是艾张乃，你就骗我，看你骗得上骗不上。"艾张乃说："我不敢，我不敢。"接着向门外一望，大叫："马吃谷子了。"领主急忙跑出去，头碰在门上。

进入寨子，到领主家，艾张乃调戏领主老婆，领主把艾张乃捆池塘中的树上，准备捆他七天，到第七天砍树，让他落入水中。第六天，有一个赶马的生意人从水塘边过，看见艾张乃，问他为何被捆，他说："我因眼痛，为了把眼治好，在这树上照水，眼睛就会好。"生意人因眼痛，愿意换上去治眼痛，艾张乃就跑了。到第七天，领主来砍树，生意人落在水塘里淹死了。

一月后，艾张乃回来见了领主，领主十分奇怪，他认为艾张乃已落入池塘淹死了。

艾张乃又哄领主，说他见了自己的父母，也见了领主父母，如果领主要去，艾张乃可以领路，经过一个大河，他两人各坐一个罐子渡水，艾张乃给领主一个漏罐子，水淹进罐子，领主被淹死了。

艾张乃回来见了领主老婆，说他们先到孟拉，后到孟六牌，还有两月才回来，领主老婆知道丈夫已死，十分痛心。

这时，人人想当领主，寨里人就请算卦先生算，看谁能当领主，便找到中间空的一棵大种树，每家一老人用花去敬大树，问谁可当领主？艾张乃躲入大树中，外面的人问："谁可当领主？"里面答"艾张乃"。不管哪个人问,都回答艾张乃,人人去问都答艾张乃。回家人人说艾张乃当领主了,从此艾张乃当了领主,得了领主老婆。

两三个月后,天神骑飞马下来传艾张乃去问,走到路旁,见艾张乃骑着一只羊子,天神问他是谁,他说"我是百姓"。艾张乃用羊换天神的飞马,飞到边界去了,捉人的天神骑了羊到处去问艾张乃,人们说,艾张乃就是骑羊子的那个。

笨人的故事

讲述者:刀光银
搜集地点:云南省临沧市耿马傣族佤族自治县孟定镇河西村委会

有两口子生个儿子,是一个笨人,十五岁时,他父亲向他说:"老大,老大,今天我们到山上去。"于是他们走到山上去了。

父亲背着一支枪,走到大树下,父亲便对儿子说:"老大,你在这里等着,我上去把马鹿赶下来给你打。"父亲把枪交给他后,又叮咛说:"你要好好打。"

老大回答:"嗯!"

父亲吆喝着走了,他的声音很大,震动着整个山,儿子守着大树,见一个大马鹿跑来了,来到了他的面前,大马鹿有四只眼睛,儿子见了害怕起来,不敢放枪,自个儿跪了,马鹿便跑了,儿子跑过一条藤子边,看见一个蚂蚁下来,便拿着枪连放了几枪,枪声传到父亲耳里,便以为儿子已经打到马鹿,立刻跑来,并一边问道:"老大,你打着了吗?"老大说:"打着打不着我不知道,你来看看吧!"并一面用手指着大树藤:"你看吧,我就是打的这里!"

父亲看了看,说:"不见你打着呢!你打高处还是打矮处?"

儿子说：“打什么高高矮矮，它走藤子来，我就打了！”

父亲问：“你打的有多大？”

儿子说："比手指还小。"

父亲说："不是，我赶来的比你还大，像驴子一样。"

儿子说："见了，见了，有四个眼睛。"

父亲说："就是那个，你为什么不打？"

儿子说："我怕！"

父亲气极了，说："你去赶，我来打。"

儿子答应了，便上山去了，学着父亲一样，大声吆喝，他的声音比父亲的还要大，他赶了两个来，父亲打死了一个，他看见了龙，刚才那个就和这个一样。

父亲说："你回去拿刀，刀在柜子里，叫你母亲给你，拿来我们杀马鹿，你别念了，刀子在柜里。"

儿子走了重复着："刀子在柜里。"走回家去，路上遇见一个雀子飞过，"碎啦"一声，把他说的话念了，他又念着："碎啦在柜里。"走回去，喊着："妈，碎啦在柜里。"

妈不懂他的话，反问他，他说："爹对我说的碎啦在柜里。"妈仍然不懂，他只好回到父亲那里，父亲问他拿到没有？他说："妈说，她不知道，她不拿给我。"

爹问："你怎么说。"

儿子说："我说碎啦在柜里。"

父亲说："我哪是这样对你说的，你在这里守着，悄悄的不要闹，我回去拿。"于是儿子就守着。他砍了树枝，做了一个扫帚，赶着马鹿身上的苍蝇，苍蝇嗡嗡地叫着，他对苍蝇大声说："不要闹，我阿爹说不要闹。"苍蝇却越来越多，他也叫得愈来愈响，老鹰又叫着来了，他更大叫："不要闹，我阿爹说的！"这时有一队商人来到路边，听见他大叫，商人们就说："去看看去，那个人又跳又闹的干什么？"他们便走来了。见了一个马鹿，就对他说："我来帮你杀，杀了我们各人一半。"于是商人把马鹿割成两半，把肚子拿了出来放在一边，商人问他："你要哪一半？""我不要，我要那个肚子。"商人们说当然很同意，便把马鹿驮走了。不久，父亲来了，便问："鹿呢？谁给你宰了？"他就把经过情形说了一遍，并指着肚子说："这个多些，我就要了这个。"

父亲气极了，用刀子割开肚子，肚子里涌出一大堆屎，拿来喂到儿子的嘴里，说："你把它吃了。"父亲无可奈何，把肚子放在河里洗了，用绳子套好，叫他挑回去给母亲煮，父亲去找柴去。

儿子挑着肚子走到半路，听见水响，他以为是向他要肉吃，他用刀子割了一节，丢在河里，那河水一路流着、响着，他一路割一路丢；来到一个大水处，水响得更厉害，他把肚子全部投入水中，给水吃去，回到家里，两手空空，一言不发地去睡了。

父亲回来了，向他母亲说："摆桌子，肚子饿了。"母亲说："没有菜吃什么饭？"父亲说："我叫老大担了一大挑肉回来。"又问老大："老大你放在哪里去了？"儿子说："我在路上走，河水向我讨吃，我全部给了它们。"

父亲气极了，想到他很笨，决定叫他进学校读书，他不愿意，他说："我不去，我要结婚。"父亲替他找了一个妻子，他就和妻子与父亲分了家，夫妻俩住在一起，一天他妻子对他说："人家去拿鱼，我们菜都没有，你为什么不去拿？"第二天很早他就起来了，在他家楼下，有一个污水滩，他就到那里去摸鱼。妻子起来，去解小便，便淋在他头上，他就说道："许久不下雨了，第一次下雨是热热的。"妻子听见了大惊道："出来，你怎么跑到这里来拿鱼？你不会捉鱼，你去拿老鼠来吃算了！"于是他又悄悄地爬在屋顶上等着，到五点时，妻子来煮饭，烧起了火，烟熏到屋顶，把他呛得直咳嗽，妻子很奇怪，出去一看，才知道是老大，便又叫："你为什么跑到这里来？快下来，谁叫你去的？"

老大说："你叫我来拿老鼠呀！"他就下来了，妻子说："你去刈地，刈手脚大一块就行了，以后我们好种。"老大便拿着镰刀走了，用脚和手比着刈了一块，用大叶子盖着，便回家去了，妻子便叫他和她一路去烧地，妻子在前面，他跟在后面，妻子看不见便问他在哪里。老大说："到了，在你面前，你脚都踩着了。"说着他把叶子搬开，说："就在这里。"妻子说："不行，不行，来我干给你看。"他妻刈了几下给他看，又把镰刀给了他，便回去看小孩子去了，他拿着刈刀，学着妻子的样，左一下，右一下地刈，并边刈边说："我的妻子叫我像这样！"直把一个山刈完了才回去，隔了两三天，妻子叫他去烧地，并叫他顺着烧，他拿着火柴就去了，去到地边，风吹来了，把叶子吹在脚上，他就烧脚，吹到他头发上，他就烧头发。烧得很厉害，他想道："不行，不行，这样会烧死我的。"便回去问妻子，妻子便同他去烧，他在下面，妻子在上面，风吹上去，妻子就从上面烧起了火，火烧起来，烟雾弥漫，他看不见妻子，便以为妻子死了，便跑回家去，告诉四个小孩："睡了，别等你阿妈，阿妈被烧死了。"他妻子烧地时，烧死了一只松鼠，松鼠死时，还咧着嘴，妻子把它拿了回来，天已黑了，老大已关门睡了，妻子在外面叫门，他对孩子说："别答应，这是鬼。"小孩便不答应，妻子敲垮了门，走了进来，质问他为何不开门，接着又把松鼠拿出来，叫他去煮，他拿了一个大锅，烧开了水，松鼠在锅里转，他就拿一个大矛去戳松鼠，把铁打烂了，妻子问他："煮好了吧？"老大说："他咬我。"

妻子自己来煮，煮好了，对他说："你去拿碗来。"他拿了碗来，装了几碗，妻子叫他分别拿去送给亲戚和阿爹，阿爹见了说："不多，你们吃了吧！"老大说："你拿筷子来吧。"父亲拿了筷子来，他就把松鼠肉吃掉了，又去送第二家，第二家仍然客气像他父亲一样对他说，他同样把它吃了。之后，便回来了，妻子问他送肉的情形，他说他吃了，妻子听了气极了。

第二次，妻子和他去挖地，挖好了，种下了谷子，谷子也发绿了，他妻子叫他造一个小屋守谷子，他就牵着小孩和大母狗，一把长刀、铁锤便去了，挖了四个洞，把四个小孩一一送到洞里，又去砍来竹子，放在小孩身上，把小孩当作柱子，房子盖好，把母狗系在房子里，便回去了，妻子见他回来，问他孩子呢？他说："在看守地呢。"妻子等到日头落，不见孩子回来，便跑去看，见孩子埋了半截，母狗也累死了，孩子见母亲来，便大哭，妻子把孩子挖出来，带回家去。

不久，谷子熟了，妻子又叫老大去收谷子，收回家后，卖了谷子，他们生活也就好了！

鸡孵鸭蛋的故事

讲述者：波琼囡
记录者：张必琴
翻译者：岩香囡
搜集地点：云南省西双版纳傣族自治州景洪市勐龙镇

在很久以前，发了一次洪水，淹没了村寨，所有的人、动物都逃走了，剩下鸡不会游泳，逃不出去，于是就请求鸭子背它过河去。鸭子对鸡说："我背你过河去可以，但以后，我生的蛋你一定要替我孵出小鸭子来。"鸡答应了，于是鸭子就背着鸡过河去。

鸭子背着鸡过了河，逃脱了洪水，鸡为了实现答应鸭子孵蛋的诺言，从此以后，鸡就为鸭子孵蛋。

蚊子的故事

讲述者：陶文全
搜集者：雷波、卢自发
翻译者：岩峰
搜集地点：云南省西双版纳傣族自治州

在很久以前，有一个种地的人生下两个孩子，一个男，一个女。妻子死去后，他重新娶了一个。后母虐待这两个小孩。逢年过节时，每家都杀猪吃了，他家因太懒没猪杀吃。母亲对大女儿说："姑娘杀你弟弟吃吧！"姐姐心疼弟弟，哪里舍得。但又怕打，只得忍气吞声。

后母叫姐姐到山上去拿松毛，摘芭蕉叶。

姑娘一路想怎么办呢？一路走，一路哭。回来两手空空，什么也没拿到，回来就被后母骂："你这个懒鬼，什么也拿不来，明天你在家，煮好水等着，我去拿。"第二天后母走了，姐姐把事情告诉弟弟，两人抱头痛哭，姐姐叫弟弟快些离开这里，顺着桥头走，或许还会遇到什么好心肠的人。弟弟答应了，姐姐送他一段路，对弟弟说："如果你遇到好人，你就采些花，让它们顺水流下来，我看见就放心了。"就这样姐姐和他分别了。

弟弟一人走，到了天黑，哭了起来，"我没有家，没有了亲人，姐姐啊！……"哭声被叭英听见，就把他抱到宫殿。这里什么东西都有，珍珠玛瑙样样有，唱唱闹闹的更多，这些人对他很好，吃穿不愁。过了一久，他想姐姐了，就拿了些粮，采了很多花，让它顺河淌下去，在河边洗衣的姐姐看见了，她才想：想是弟弟有救了。姐姐也在一天后母不在时逃走了。

姐姐顺着河来到源头，看见一座宫殿，她就在那里左看右看，果然看见了弟弟，弟姐重逢，又喜又悲。

弟弟把姐姐带进宫内，宫里有一条沟隔着，弟弟问她要用什么搭着过去，姐姐说："什么都可以，用竹子也行，反正是穷人，没关系。"其他人知道后用金条搭着让他们过去。

母亲发现两个孩子都不见了，她也顺河找，来到宫前想："咦，这是什么地方？是不是天神盖给我的？"这时她也看见姐弟俩在河那边玩。她俩对后母说："母亲我们看见您很高兴，要用什么做桥呢？"她说："拿金条银条了嘛！"他们拿了金银桥给她过，可是桥马上变成很多刺，后母也不得不过，过去满脚都戳得血淋淋的了。到宫后，他们问她要坐什么凳，她说要坐最好的凳子。兄妹抬出宝石凳给她坐，一坐又变成刺来戳她了。她要回家时告诉儿子："我要回去了，你们要给父亲带什么礼物？"他俩拿了一箱金子,一箱银子,一箱宝石给她。把后母送出宫,后母高高兴兴回到家,一进门就告诉丈夫:"我今天拾得很多金银财宝,你来看,这是我们有福气啊!"一打开全部变成一把一把的刀,把后母剁成肉浆。

可是后母还是不愿改变她吃人害人的本性,她的肉浆也要变成吸人血的蚊子,这就是蚊子的来源了。

它们至少还成群聚在一起,给人带来害处。

猫头鹰鸟的故事

讲述者:姆岩赕
翻译者:张必琴、吕香囡
记录者:张必琴、吕香囡
搜集地点:云南省西双版纳傣族自治州景洪市勐龙镇

从前,有两个勐的青年男女十分相爱,男的唱的歌非常好听。有一天,姑娘问小伙子:"你的歌为什么唱得那么好听?"小伙子回答说:"我有两个舌头,一个舌头唱出的歌,可以叫人活,另一个舌头唱出的歌,可以叫人死。"姑娘说:"那你给我试试吧!"于是小伙子将姑娘唱死了,又唱活了,姑娘知道后,就在身上藏了一把小刀,对小伙子说:"你给我看看那两个舌头吧!哪个是会叫人活的,哪个是会叫人死的。"小伙子就将会叫人死的指给姑娘看,这时,姑娘拿出刀子,就把他的那个会叫人死的舌头割下了。割下后,他就死了,变成一只猫头鹰鸟,因舌头割掉,就不会叫人死了,但他叫的声音非常难听。当人们听到他的声音时,认为是一种不吉之兆。

含羞草的故事

记录者：张必琴
翻译者：岩香囡
搜集地点：云南省西双版纳傣族自治州景洪市勐龙镇

　　从前，有一对青年男女，他俩十分相爱，当快要结婚的时候，女的听了别人的坏话，不和男的好了。男的非常生气，说要报复她，使她在人们面前感到害羞。她死了后，就变成了含羞草。现在，只要当人们稍一碰着它，叶子就会合拢了，意思是说，很害羞，怕人们看见。

天蛋女

记录者：曹爱贤、江山
翻译者：波鸿杰

　　古时候，在傣族地区，有一个勐巴拉纳西国，在首府南边不远的一个村子里，住着一对夫妻，男的叫多嘎搭，女的叫喃嘎搭。多嘎搭的祖上本来很富有，后来家道中落，逐渐破产而变成贫穷之户了。
　　一天夜里，喃嘎搭做了一个梦，梦见了她家院子里生长了一朵美丽的金荷花，荷花的样子很像人脸。夫妇两人得到了金荷花，都高兴万分，不幸在七天以后，她的丈夫竟不辞而别；妻子因失去丈夫，非常悲痛。过了三天，她自己也离开了这个容易引起她思念丈夫的家室，而在他们两人离家以后，这朵金荷花便盛开在勐巴拉纳西的宫里了。醒来后，她把梦里所见到的情形，一一告诉了她的丈夫，他们两人都不能判定这是吉祥还是凶祸的预兆。妻子便去找算命的摩古拉。摩古拉算了算说道："有一位很有运气的孩子将要降生到你的家里。孩子到了七岁，他的父亲便要去世，再过三年，当孩子十岁的时候，他的母亲也将结束她的生命，而父母死后，这孩子还要做勐巴拉纳西的国王呢！"

喃嘎搭听了算命人的话后，心里半信半疑，百思不解。但是，过了不久，果然她怀孕了，怀胎足足十个月，生下了一个男孩子，他的脸好看极了，简直就像她以前在梦里见到的金荷花一样美丽。父母给这个孩子起了个名字叫木卡阿满。孩子出世以后，家里的情况并不见起色，还是同从前一样的贫苦，没有牛马，没有金钱，也没有米谷存粮。当孩子到了三岁，他就很懂事，知道尊敬父母了。到了七岁，父亲得了一场不治之病死去，留下了母子二人过着清寒的生活。这时，他已经能帮助母亲做些田地里的活计了。又过了三年，不幸母亲也得病去世，就只留下他孤孤单单的一个人了，他没有兄弟姐妹，没有亲戚，也没有朋友，生活就完全依靠他自己的这一双手，他勤勤恳恳地劳动了五年，一天，他独自暗暗地悲叹道："我这样孤独地生活下去，将来的命运会是怎么样呢？是更困苦还是会比现在好些呢？"

原来，木卡阿满是天上的天王派下人间来的一个使者，因此他的这一声悲叹，一直传到了天宫，使得天王心中发热，坐立不安，天王想道："难道是我派到人间去的使者遭到了什么不幸吗？"他拨开云层向人间瞭望，只见木卡阿满在人间无父无母，生活非常艰难，并且受人歧视。于是天王便吩咐从天宫里派一位仙女下凡做木卡阿满的妻子，帮助他渡过困难的境遇。

木卡阿满为了生活，整天都在筹划着怎样劳动、怎样糊口。有一天晚上，他听见隔壁的两个渔夫在讲话，一个说："下渔笼的季节到了，我们该动手了吧！"另一个说："我们先到山上砍些竹子来做渔笼，然后放到河里去捉鱼。"他听到了这些话后，心想：我能跟他们一同去就好了，不知他们要不要我，明天我早点起床，求他们带我一起去。

第二天，天不亮他就起来，等候在门口，天亮了，一家的男人出来了，叫喊了另一家的男人，他们带了斧子，出了村口。这时候，木卡阿满便紧紧地跟在他们背后，去到路口，他赶上前去，恳求他们说："叔叔！叔叔！你们到什么地方去，可不可以带我一同去？"其中的一个渔夫回答说："我们到很远很远的森林里去，那里有老虎、狮子、各种野兽，专门喜欢吃孩子，所以你是不能去的。"木卡阿满说："我不怕，你们能去的地方，我也能去，要是老虎来吃我，求你们救救我。"两个渔夫相对一笑，便答应让他跟着去了。

走了许多许多路，到了山上，满山都是竹子。渔夫们开始砍伐竹子，木卡阿满也跟着砍起来，但是渔夫都阻止他说："这里的竹子都是我们两家的，你不能砍。"他为难地问他们说："哪里的竹子我能砍呢？"他们说："有一种竹子你能砍，那就是只有一节的竹子，你去找吧！"渔夫们明明是在为难他，天下哪里有一节的竹子呢？但木卡阿满还不知道，他便到竹林中到处去找，他爬了三个坡，过了三道沟，穿过了无数竹林，始终也没有找到。这时，太阳落山，天也晚了，他只得无精打采地往回走。忽然，他发现路旁长着三棵竹子，特别光滑、特别挺直，仔细一看，果然从根到顶只有一节，他高兴得跳起来说："这竹子该是我的了吧！"他拿起斧子就去砍第一棵，刚一砍断，那竹子便往上蹿，抬头一望，那竹子已飞上了天；他又去砍第二棵，一斧子砍下去，竹子便往地底下钻下去了。这时他想："第一棵飞上了天，第二棵钻入了地，现在只剩下最后一棵了，怎么办呢？"他脑子一转，想到了一个办法，就从自己身上解下了一根腰带，一端缚在竹子上，一端系在自己的腰里，拿起刀来小心地一砍，居然这一棵竹子砍下来后没有跑掉了，他便满怀高兴地把它扛回家去了。

过了一天，木卡阿满把竹子劈开，跟着那两个渔夫学编渔笼，编好了渔笼，又跟着他们到河边去放渔笼。到了河边，两个渔夫把渔笼放到河里以后，木卡阿满也准备把渔笼放到河里去，而那两个渔夫又过来阻止他道："这里不是你放渔笼的地方。"木卡阿满便收起了渔笼，准备放到他们的上游，但他们又说："这里也不是你放的地方。"他又背起渔笼走到他们的下游去放，但他们又说："这里也不是你放的地方。"木卡阿满奇怪地问道："那么我该放在哪里呢？"他们指了指河边的那棵大树说："那棵大树上就是你放渔笼的地方。"木卡阿满无可奈何，只能听他们的话，爬上树去，把渔笼放在树上。

过了一夜，早晨起来，他便跑到河边的那棵树上一看，笼子里面是空空的，就连一个小鱼也没有进去。他每天早上去看一回，傍晚去看一回，一连六天，渔笼里总是空空的，这使他很感失望，到了第七天傍晚，太阳快要落山，他照样还是走向河边的大树，当他走到离大树还有几十丈路远的地方，就见到树上有一团像太阳似的东西在发光，他停住了脚步，心里起了疑惑："难道现在是早晨，为何太阳还在东方？不！我记得今天来到这里已经是第二次了。"他回过头来一看，的确两边山头上的太阳正在落下去呢！他站了好一会儿，树上的那个红光没有上升，也没有降落，而两边那个太阳已经掉进山坳里去了。他一步步走近大树，发现红光是从渔笼里发出来的，他便壮了胆子，爬上树去，看个究竟。他到树上一看，原来渔笼里是一个光滑的大蛋，用衣服包上，高兴地跑回家来。回家后，他摸了又摸，然后用布小心地包上，藏在自己的枕头边。这天夜里，他躺在床上翻来覆去地睡不着，他在想：今天得到的是个什么蛋呢？如果是乌鸦下的蛋，那么鸟飞进渔笼去后，是飞不出来的；是白鹭蛋？也不会，白鹭飞进去了，也是飞不出来的。他左思右想，怎么也想不通，心里只是奇怪，他想着想着便睡着了。

第二天天明，他还是像往日一样，一早便出外去到山上去砍柴，直到将近黄昏时分，才背着一捆柴回来。他一进门，忽然觉得家里和平常不一样了，仔细一看，地板上打扫得干干净净的，家具也都摆布得特别整齐，而且有一股煮饭的香味扑鼻而来，他走到火塘边打开甑子一看，饭菜都做好了。他心里越来越疑惑了："难道我是走错门啦？"他睁大眼睛细细察看一番，一点也没有错，还是那一间破旧的房子，他不明白，一点也不明白。

此后，他每天出去做完活回来，总是香喷喷的饭煮好了，脏衣服洗干净了，有破的地方也补好了。但是在他的心里却一直没有能解开这个谜。

有一天，他假装和平日一样，出去干活，却悄悄地躲在附近山坡上的一棵大树背后,到了将近黄昏,当村里家家户户的房顶上冒出了白色炊烟的时候,他便轻轻地跑回来,躲在房后静听,他听见有人走动的声音,做饭、做菜、拉家具的声音。他心里突突地跳着,拿定了主意便跑了进去,他看见一位美丽的姑娘正在做菜,这姑娘美丽非凡,简直就不像是人间的凡人,这可把他吓呆了,他向那姑娘问道:"你是谁?天上的仙女吗?"她摇摇头。"你是龙宫的公主吗?"她又摇摇头。"你是哪个国家的公主吗?"她还是摇摇头。"你到底是谁?"姑娘说:"我是这一家的主人。""那么是我走错了吗?"姑娘说:"一点也不错,你我两个人都是这一家的主人,我是你的妻子。"

这使他更莫名其妙了,他说:"人间最美丽、最富贵的是你,人间最穷苦、最可怜的是我,你不可能是我的妻子,我配不上你,你不要欺骗我。"

"我没有欺骗你,我就是你的妻子,你从渔笼中取回来的那个蛋就是我。"

木卡阿满一听,马上跑到房里,到枕边拿出蛋来一看,果然蛋壳破了。他高兴地跑到姑娘的面前,抓住她的双手,激动地说:"你愿意做我的妻子吗?"

"我当然愿意做你的妻子,我才变成了天蛋女,来到你的家里。多年来我都在寻找合适的丈夫,我愿找的丈夫是个勤劳的人、诚实的人,我看你就是最合理想的人。"

"要是你看得起我,不嫌我穷苦,那我们就结成夫妇吧!"

他们就这样结成了夫妇。

在他们成亲以后,消息立即就传开了,远远近近几百里的村子家家户户都知道了。人人都在议论:"穷苦的木卡阿满不知从哪里找来了这样一个美丽的妻子。"人人都说,"在我们的国家里,没有人能比得上这个姑娘那样漂亮。"当这个消息传到了村长嘎东华嘎的耳朵里,他就亲自跑来看望。他看到了天蛋女的容貌,羡慕极了,心想:"多么美丽的姑娘啊,就像我这个村长还不一定能相配呢!现在却做着穷苦的木卡阿满的妻子,那就更是配不上了,她应该做个王后才相称。对了,我来把她进贡给国王做王后,国王一定会满意,而且大大地犒赏我的。"他想定了这个主意,便进宫去禀报国王。国王听了以后,十分高兴,大大地赞赏了村长一番,并允诺若能弄到手里,一定要重重地赏赐他。当天,国王便派大臣立即骑快马到村里去传木卡阿满和他的妻子一同到宫里来见国王。

木卡阿满心里想道:"我和这位天蛋女成夫妻,难道不是带来幸福而是带来灾祸吗?"但他不敢违抗国王的命令,只得带来美丽的妻子,急急忙忙地来到宫里,拜见国王。

国王问道:"这位美丽的姑娘就是你的妻子吗?"

木卡阿满回答说:"是的。"

"你怎样会得到她的?"

木卡阿满便老老实实地把经过的情形,向国王详详细细地叙述了一遍。这时,狡猾的村长已向国王献一条计策。

国王像宣判似地向木卡阿满说:"木卡阿满,你听着,你能娶到天蛋女做你的妻子,你一定是个幸运的、能干的人,现在我要指派你一个任务,让你去为王效劳。传说龙宫里有金荷花,是世上稀有的宝贝,过去许多人想得到它,都没有成功,现在,我派你去取一朵金荷花回来。你的妻子暂时留在宫里,如果七天以后取不回来,你就不要再想和你的妻子见面了,去吧!"说完便哈哈地狂笑起来。

木卡阿满知道,这是国王在故意为难他,这样的宝贝怎么能拿得到呢?这时,天蛋女走过来对他说:"木卡阿满,我的好丈夫,你去吧!不用发愁,国王既然委派你去完成这个艰难的任务,这是国王器重你,你回到家里带上我的那红鞋,那是神鞋,穿着它,便能腾云驾雾。再带上我切菜用的那把刀,那是宝刀,用它便能斩断水、劈开山。你今天就得动身,一直往东走,离勐巴拉纳西一天的路程,你便会遇到一个湖,湖里盛开着千千万万朵荷花,你要找到最大的一朵,用宝刀把它砍断,从荷花茎里钻进去,第一天就到一个蚂蚁国,以后不论你到哪一个国家,不论他们对你提出什么要求,你都可以答应；第二天到魔鬼国；再走一天便可以到龙宫。你到每一个地方，最多只能耽搁一天，六天以后你就可以回来，我还会安全无恙地来迎接你。勇敢地去吧，祝你一路平安！"

木卡阿满告别了美丽的妻子，回到家里，收拾好行装，便按照妻子的嘱咐，往东走去。当太阳快落山的时候，果然来到了一座湖边。湖面的荷花，开得非常非常茂盛，他仔细地一看，湖中心的确有一朵又高又大的荷花，颜色也特别鲜艳，他便换上神鞋，从湖面上走到大荷花前，抽出宝刀一砍，便从荷花茎里钻了进去。过了一个城似的城洞，眼前就是平坦的大道。他顺着大道一直往东走，那天傍晚，当太阳快要落山的时候，他来到了蚂蚁国，进入蚂蚁国的国境，天已黑了，他便找到一家老人家，要求借宿。

老人看着他惊异地问道："你从哪里来，我们这地方从来没有见过你这样的人，你来这里做什么？"

木卡阿满回答说："我从人间来，要到龙宫去，走到这里天已经黑了，求你让我在你家住一夜。"

老人说："这是国与国之间的来往，小民不敢留你住在我们家里。"

"我不知道你们国王住在哪里，而且天也黑了，路也认不清了，请你答应我在这里过一夜吧！"

"不行，这样好了，我来带你到王宫去见国王吧！"

于是，老人便点了一盏灯，把木卡阿满引到了王宫里。

国王见了他，也同样问他"你从哪里来，到哪里，做什么事情"，木卡阿满一一回答了国王。

国王听了便说道："很好，你就住在宫里吧！我会告诉你走哪条路的，不用担忧。"国王便叫仆人准备了丰盛的晚餐来款待他。国王说："我们两国之间，从来还没有往来过，今天是一个开始。今晚上你好好吃饭、好好休息，明天我来告诉你应走的路程。"

当夜，蚂蚁王对他的王后说："今晚从人间来的那位青年人，他不像是个平凡的人，我很喜欢他。我想到我们的公主还没有女婿，我有意配给他，要是他不答应,我便不指给他到龙宫的路程。"

王后说:"国王看人一向精明,你既认为这样好,我也就没有意见了。"

第二天清早,木卡阿满便去向国王告辞说:"国王,感谢你的款待,可是我该走了,请指示方向吧!"

国王说:"年轻人呀!你对我有要求,我对你也有个要求,如果你不能满足我的要求,同样,我也不能满足你的要求。"

"你说吧!我尽量满足你的要求。"

"鱼没有水是不能活的,有了种子没有好田地,谷子也不能发芽生长。我们这里有一池清静的池塘,可是没有水,枯干了,荷花也要枯萎了,我们需要水,需要好田地。"

木卡阿满听了这一段话,一点也不明白是什么意思,便问国王道:"你这些话是个谜,我猜不透,我年轻无知,希望国王明白地直说出来吧!"

国王说:"我们的公主是荷花,是种子,你就是一池清水,是一块好田地。我的要求你能使我满足吗?"他点头说:"能!"

蚂蚁国王非常高兴,把王后和公主都叫出来和他相见,并且通知大臣们赶快筹办公主的婚礼,这一切都在早饭以前办妥了。早饭后他们举行了婚礼,全宫上下都庆贺这个欢乐的时辰。但是为了取宝,婚礼完毕后,木卡阿满便不得不告别了国王、王后和美丽的公主,继续赶路。

他按照蚂蚁国王所指点的路线行走,走啊,走啊!走到快要太阳落山的时候,便来到了魔鬼国,在进国境时,他遇到了一群守兵。木卡阿满走上前去问道:"这是魔鬼国吗?"这个魔鬼守兵回答道:"是的,你从哪里来,要往哪里去?"

"我从人间来,要往龙宫去。"

另一个魔鬼在一旁狞笑着说:"人家给我送食物来了,我们把他吃了吧!"又一个魔鬼也笑笑说:"是呵!还是个青年的哪,肉一定很嫩。"说着便张牙舞爪地向木卡阿满扑过来。木卡阿满立即拔出宝刀,砍断了那个魔鬼的手臂,其他的魔鬼一见,也吓得惊叫起来。

声音震天动地，魔鬼们马上跑回王宫，报告国王，国王一听大怒，击鼓召集宫廷里的文武官员和全体武士们，命令他们立即到边境上来抓住这个怪物。

霎时间，魔鬼们有的从天空中飞来，有的从地缝里钻出来，四面八方包围拢来，攻击木卡阿满，他穿上神鞋想逃走，但是往东去，东边有魔鬼张开大嘴，牙齿比香蕉还大，眼睛里发射着火光；往西去，狰狞的魔鬼伸出巨大的魔爪来抓他；往南、往北，都有魔鬼重重包围。于是，他便拿出他的宝刀，大杀大砍，把冲上的魔鬼，一个个砍成了几段，其余的魔鬼，见敌不过木卡阿满，便纷纷逃回宫去，禀报国王，国王听了更是怒不可止，说："你们这些无能的东西，连一个怪物都抓不住！"

于是，国王便亲自带兵出征，分批分路去攻打木卡阿满，但是，一批一批都被木卡阿满消灭了。最后，只剩下魔鬼王和木卡阿满决斗。魔鬼王用全力大吼了一声，就如雷劈山崩一样，这没有把木卡阿满吓住，魔鬼王又从两只眼睛里喷射出火把一样的火焰，木卡阿满也没有害怕，魔鬼王越来越逼近木卡阿满，他也是不退不进，镇静地准备着、应付着。当魔王伸出他那巨大的魔爪来抓他的时候，他便拔出宝刀要砍去，魔鬼王看见宝刀的银光一闪，心里一怔，赶快缩回魔爪，纵身一跳，飞上了天空中，叫道："要是你是个勇敢的好汉，你就到空中来和我比一比！"

木卡阿满一跳，也就纵身蹿上天空，要和那魔鬼王比一比高低，他们俩势均力敌，不分胜负，激战了好一阵，木卡阿满把魔鬼王一直追赶到了天边，又把他从天边追到王宫门前，魔鬼王因为过于疲劳，被木卡阿满抓住，杀死在宫门前的广场上，并且把它分割成几块，手在东、腿在西、头在南、身在北。这时候，整个魔鬼国，天也变了，大小魔鬼都翻腾起来了，哭的哭，喊的喊，前拥后挤地到处躲难。魔鬼王后和公主得知了魔鬼王被杀死的消息，跑出宫来，抱住魔鬼王的尸体就号啕痛哭，木卡阿满见了这景象，起了怜惜，觉得这母女俩哭得怪可怜的，于是，就上前问她们："你们为什么要哭？"王后伤心地回答说："魔王不自量力，触犯了你这位勇士，被你杀死是应该的，但是，我们母女俩都恳求你的宽恕，让他复活，你要求什么，我们都可以答应。"

木卡阿满答应了，他把魔王的手、腿、头和身子都集合在一起，一拼拢来，魔王便复活了。这时，魔王、王后和公主都跪倒在木卡阿满的面前，表示请罪。魔王说："你是天王吗？到我们这里来有何意图，小王无知，得罪了你，请予免罪，你要什么我便给你什么。"

木卡阿满说："我不是天王，我是人间的人，要到龙宫去。"魔王便把他请到宫中，让他坐在王座上，命令仆人们点起明烛，插上鲜花，魔王做了正式向木卡阿满请罪的仪式。木卡阿满便答应免罪。魔王得了他的宽恕，心里十分感激，想来想去，没有什么可报答的，便请求把公主献给他做妻子。木卡阿满不好推辞，只好答应了，就在那天晚上，在宫廷里举行了盛大的结婚仪式。

第二天，木卡阿满便要继续他的路程，于是，告别他的妻子说："明天就能回来，你不用惦念。"魔王也前来送别说："我和龙王是好朋友，你找到龙王后就说你是我的女婿，他便会答应你任何要求的。"

又赶了一天的路程，木卡阿满便进了龙国，找到了龙宫，拜见了龙王。

龙王把木卡阿满打量一番，首先问："你不像是魔鬼国的。"

木卡阿满说："是的，我是人间来的，经过魔鬼国，魔王招了我做女婿。"

"你们国家里发生了什么事情？需要我们什么帮助？"

"勐巴拉纳西王派我来这里取一朵金荷花。"

龙王见木卡阿满仪表非凡，是个有才干、有出息的人物，心里也很想把自己的女儿嫁给他。他想："要是他不答应，我就不给他金荷花。"

他对木卡阿满说："金荷花在任何一个国家里都是没有的，只有我们这里有，有的国家曾发动几次战争来抢夺，都没有得到。这里我对你有个要求，要是你答应了，金荷花就马上出现在你的眼前。"木卡阿满说："龙王有什么要求，尽管说吧，只要我能做到的我一定答应。"龙王说："你是一个不平凡的人，勇敢的、有为的人，在你的花园栽一棵花树是不够的，要多栽几棵才相称。"

木卡阿满听了，不知是什么意思，便说道："请龙王直接说出来吧，原谅我没有听懂你的意思。"

龙王说："你要想得到金荷花，你就得做我的女婿。"木卡阿满笑笑说："既然是龙王看得起我，我当然答应。"

当天晚上，木卡阿满便和龙王公主结婚了，在他们的新房里，出现了一朵闪闪发光的金荷花。就在这些艰苦和欢乐的日子里，木卡阿满一时一刻也没有忘记要去救他心爱的天蛋女。婚礼完毕，他便对龙王说："感谢你的帮助，现在我不但得到了珍贵的金荷花，并且还得到和金荷花一样美丽的公主。但是，我不能在这里多待下去，勐巴拉纳西王只给了我一个星期的期限，来的时候走了三天，回去还要走三天，所以我明天一早就要赶回去了。"

龙王知道不能挽留，第二天便为他们祝福送别。

木卡阿满带着龙公主告别了龙王、龙母，回到了魔鬼国，又带上了魔王公主，告别魔王，回到了蚂蚁国，带上了蚂蚁公主，告别了蚂蚁国王。第六天上，他把三个妻子安顿好了以后，便即刻捧着金荷花进宫去。

在木卡阿满去后的几天里，勐巴拉纳西王便想乘机去侮辱天蛋女。天蛋女的美貌，使得他垂涎不止，只要心里想到她，他就像热锅上的蚂蚁一样，坐不住，他想走到后宫去找她，但他感到抬脚是多么困难，就像他的脚有千斤重似的！他拖着沉重的步子往前走，光天白日之下，有时竟碰了柱子，碰得昏头涨脑；有时他又踩错了梯阶，狠狠地摔了个跟头。当他走到天蛋女身边时，他看见有一个火圈包围着她，他往前靠近一步，那红热的火焰就像蛇的舌头一样向他燎过来。他想尽办法，始终也没有能够接近她。国王在一气之下，命令不给天蛋女送饭，让整整挨了六天饿。

到了第六天晚上，木卡阿满向国王交了金荷花，国王不敢不实现自己的诺言，只得让木卡阿满高高兴兴地把天蛋女接回家去了。

国王虽然得到了人世间难以寻觅的珍贵的金荷花，但是因为他没有得到天蛋女，他还是不死心。于是，他又把村长召进宫来，要他另出主意。

村长说："人间最不容易取得的金荷花他也取来了，我也没有办法了，现在他不但有了天蛋女，而且又多了三个妻子，一个个都是非凡的漂亮。国王要是能把她们夺过来以后，是不是能赐给我一个美女呢？"

国王回答说："只要你能想办法夺过来，当然能赐赏你一个，你有什么好办法，快说给我听听。"

"我自己一时想不出办法来，但是国王宫里养着不少大臣，他们都是些聪明的人，为何不召集他们来商量商量呢？"

国王一听，很以为是理，便立刻击鼓召集全体大臣到殿前来。

不一刻工夫，大臣们都来到了国王的面前。有一位大臣问道："国王召我们来有何事相商，是不是别的国家来侵犯我们了？"

国王说："小民木卡阿满有一个妻子天蛋女，漂亮得和仙女一样！我以为她做木卡阿满的妻子是很不相称的，她应该到宫里来做我的王后。我曾经派木卡阿满去取金荷花，要是取不回来，天蛋女就属于我了，不料他在六天之后竟然取了回来，他把天蛋女接回去了。现在，我请大臣们来献计策，帮助我得到天蛋女。"

大臣们听了国王这一番话之后，个个都张口结舌，不知怎样回答。过了片刻，一位大臣说："夺取别人的妻子，这是最大的罪恶，希望国王不要这样做。"另一位大臣也说："谁要是这样做了，死后要入地狱的。"大臣们没有一个赞成国王这一行为，纷纷退出了宫殿，只剩下了国王和村长在那里叹气。但是国王并没有接受大臣们的忠告，仍然要村长出主意。

村长想了半天，得意地向国王献计道："国王，我想到了一个办法，用芝麻装满一辆车，撒在一片草地上，限木卡阿满在一夜之间捡起来，装满原车，一粒也不能少，要是做不到，就要他的性命。"

国王一听这个妙计，非常满意地连连称好，并立即下令把木卡阿满召进宫来，交代了他这个任务。木卡阿满一听，感到非常为难，回到家里，妻子们见他愁容满面，便问他发生了什么不愉快的事，他便把国王交给他的任务一一告诉了她们。蚂蚁公主在一旁听了这话，便向他说："我的丈夫，你不用发愁，你答应国王吧，我会帮助你的。"

当晚，村长便叫人把装满一辆车的芝麻撒在一大片草地上，限他明天一早全捡起来。到了晚上，当木卡阿满正无可奈何地焦虑地在练捡芝麻的时候，蚂蚁公主来了，她下了一道命令，发动了万万千千的蚂蚁，全都来搬芝麻。果然，快到天亮的时候，一车芝麻又一粒不少地装满了。

村长满以为这个办法可以难住木卡阿满了，天一亮，便得意扬扬地来捉拿木卡阿满。没料到，在他的眼前还是满满的一车芝麻，他惊奇极了，赶快跑回宫中回报国王。

国王知道这一计又失败了，他并没有过多地责怪村长，而是要他再出一计，村长想了想说："我还有一计，我去找一只最肥大的水牛，限他在一天之内吃光，要是做不到，那就……"国王立即打断他的话说："妙计，赶快去办！"村长照样又把这个命令传达给了木卡阿满。木卡阿满回到家里又发起愁来了，他向三个妻子诉说了这件难事之后，魔鬼公主：" 我的丈夫，你不用为难，我会帮助你的。"居然，一头肥壮的水牛，没到天黑，他便全吃光了。原来，这是魔鬼公主发动了许多魔鬼在暗中帮助他吃掉的。

国王和村长的恶毒的计策又失败了。但是他们还不死心，村长又向国王献计说："国王，上两次我献的计策都失败了，这是我的罪过，现在，我又想到一条绝妙的计策，我相信，这回一定能成功。"国王焦急地说："快说出来我听听。"村长说："在我国东边的湖里，有着许多吃人的鳄鱼，你叫他到湖中心去取一朵荷花来。鳄鱼是最凶狠的，一丝也不饶人的，他去了，一定会葬身鱼腹的。"国王同意后，龙王公主笑着说："我的丈夫，你不要害怕，我跟你去吧！"

第二天，国王和村长便早早地到湖边去，王公大臣们得知了这个阴谋，有的骑着象，有的骑着马，也一同前去观看。大臣们都纷纷议论："这一回，这个善良的青年人要被国王陷害死了。"人人都知道，这个湖里有很多吃人的鳄鱼和各种毒虫，过去，任何人只要一走进湖面，就没有活着回来的。那一天，成千上万的老百姓也都来看，他们都怀着难忍的心情，替这个无辜的年轻人的生命惋惜。国王不敢接近湖边，只站在远远的地方发号施令，叫木卡阿满到湖中心去采荷花。这样，四周观看的人都十分肃静，个个都提心吊胆为木卡阿满担忧。

木卡阿满从容地走近湖边，他的妻子龙王公主化成了人们看不见的影子，紧紧跟在他的背后。当他一脚踏进湖中，水声惊动了大鳄鱼，鳄鱼立即大怒，湖面突然翻滚起汹涌的浪头。在浪头中，鳄鱼张开了血红的大嘴，想一口将木卡阿满吞下，这时龙王公主向鳄鱼怒斥道："你这样暴跳如雷干什么？"鳄鱼说："龙王有令，谁要在这里取一滴水，摘一朵花，便叫我将他吃掉。"龙公主说："你知道我是谁？你要是不想死的话，就给我快滚开！"鳄鱼一听这话，吓了一跳，心中琢磨着是谁敢说这样的大话，当他正犹疑的时候，龙王公主将脚板抬起给鳄鱼一看，鳄鱼十分害怕，退了回去。原来公主的脚下有龙王的印子，水里的任何动物见了都要退避。岸上的人们见鳄鱼退去，湖面又平静如镜，大家都替木卡阿满喜欢得叫喊起来，跳了起来，木卡阿满在湖中心，摘了一朵最鲜艳的荷花，从从容容地走回来。

国王和村长见到了刚才这情景，非常惧怕，赶快骑着象逃走，象一颠跑就将国王摔下来，这时，地壳也突然裂开，国王和村长都掉了进去，只剩他俩的头露在外面，大臣们过来见了说："我们早就规劝过你，夺取别人的妻子是最大的罪恶，现在是罪有应得。"说完，地面又裂开，两个人全部都掉了进去，入了地狱。

人们都分别回到家里，木卡阿满和他的妻子们回到家里，过着再也没有忧愁的日子。

国王死了以后几天，大臣们集合起来互相商议，认为一个国家没有国王是不行的，于是，就按他们的风俗习惯来选择国王。一天，王宫里举行了庄重的仪式，把一匹马用酒灌醉了，披上彩绸，让它自由地走，走到谁家，便由谁家的主人来做国王。那天晚上，彩马走出王宫，直向木卡阿满家走去，便停下来了。于是，大家就把木卡阿满迎进宫去，选了吉日，登上王位。这天举国欢腾，全民庆贺。从此以后，勐巴拉纳西的老百姓便在英明的、善良的木卡阿满王统治下过着自由快活的日子。

注：傣族故事《天蛋女》，与《千瓣莲花》类似，作品较后，再考虑选用否。与《傣族民间故事选》上《三棵竹子》相比，那么整理诗更好些，故不选用了。

咪禾竜[①]的故事

搜集地点：云南省西双版纳傣族自治州

很早很早以前，人是住在山上的，靠打猎为生，后来野兽慢慢减少了，要跑到很远很远的地方去找。

有一天，有一个青年，拿着弓，带着箭，挂着腰刀，到处去寻找野兽，但是一天两天过去了，总是找不见，他肚子饿得很难受。他想：就是能打到一只小马鹿也是好的，寨子里的老人、小娃，大家都在等着他。他每次不管打着什么可以吃的东西，总都是先把好的分给大家吃。就在这时，忽然起了一阵风，有一股香味顺风吹来，青年就顺着风走去，希望找到一点可以吃的东西，但是走了很远很远还是什么食物也不见，只见一片金黄色的果子，他弯下腰仔细一嗅，香味就是从这片果里发出来的。他顺手摘了一颗果子来吃，感到又香又甜，甚至比野兽的肉味还好，青年就回去把这个消息告诉了所有的人。

从那时候起，人就知道了谷子可以吃，也开始了对自然的改造，用自己的劳动去创造幸福。那时没有牛，也没有犁，大家就用木棒去挖田。大

---

① 咪禾竜：意为"大谷子"。

人、小孩、男人、女人每天都在地里劳动着,慢慢地荒山变了良田。不管天阴下雨,不管晴天辣日头,总是从早到晚,从亮到黑地劳动着,手磨破了,血水流到了谷根上,大家还是高高兴兴的。眼看谷子发芽了,长成棵了,结出了谷粒。说也奇怪,一颗谷粒竟有鸭蛋那么大,从田里不断地发出香味,那种香味,简直好得说都说不出来。如果说香蕉的香味香,它比香蕉还要香几倍,如果说菠萝的甜味甜,它比菠萝还要甜几倍。

因为谷粒有鸭蛋那么大,大家就给它起了个名字叫作"咪禾竜"。

眼看着咪禾竜就要成熟了,大家忙着给咪禾竜盖新房子,青年人忙着砍竹子,老年人忙着打草排,姑娘们忙着做新衣裳,样样都准备好了。这天的夜晚,月亮带着笑容,照着所有的东西,比平时亮几倍。男女老少都穿着自己最心爱的衣服,小孩子们敲着象脚鼓,姑娘们跳着玉腊喝①,有的唱着山歌,跳呀跳、唱呀唱的,从寨子跳到田边,由田边跳到山头。姑娘们的裙子随风飘摆,小伙子们的鼓声震动了山冈。咪禾竜也跟着大家跳起来了,正在树上甜睡的小鸟,也跟着大家叽叽喳喳地合奏起来,河水也合着大家嘻嘻哈哈地笑了起来,好像在说:"小伙子你们真勇敢、姑娘你们真勤劳。"田里的咪禾竜向大家发出了微笑,春风呼呼地叫着:"大家快回去吧!咪禾竜就要飞到你们家里去了!"

一天又一天,一年又一年,大家辛勤地劳动着,咪禾竜成熟了,只要大家把它的新房盖好,不用人们去割,也不用人们去挑,它自己就会飞到人们的家里去。

不知过了多少年,寨子里出了一个女人,大家都叫她咪西罕②。她有一个好丈夫,又勤劳、又勇敢,不管什么活计都是他去干。这一年他同往年一样,把咪禾竜栽种好啦,就是还没有给咪禾竜盖新房子。一天他忽然生起病来,不久就死了。在他未死以前,他说给咪西罕要好好劳动,把谷仓盖

---

① 玉腊喝:歌曲。
② 咪西罕:意思是懒女人。

好，接咪禾窝回来。女人都答应了，他才安心地闭上了双眼。但她丈夫一死，咪西罕认为没有哪个说她，没有哪个管她了，不但没有照着她丈夫说的去做，还比以前更懒，田水干了她不问，谷仓坏了她不管，每天在家睡大觉，她嫌盖谷仓太麻烦。有一天晚上，咪西罕正在睡大觉，梦见自己要上天成神仙了。恰好咪禾窝就在这天晚上成熟了，它飞到了各家准备好的新房子，只有咪西罕家的谷仓没有。咪禾窝到处找不到自己的新房，就飞到咪西罕的房里，落在她的楼上，把咪西罕的好梦惊醒了。咪禾窝一个个地落下来，如果她再不起来，就要把她压死了。咪西罕十分恼恨，她想：你不该来惊醒我的好梦，说不定我真的能成神仙哩！她越想越气恼，爬起来，拿了一根扁担，朝着咪禾窝打去，一边打，一边骂："难道你瞎了眼睛，哪个叫你飞到我家里来，以后不准你们再来了！"咪禾窝被咪西罕打成了碎片。从那时起，咪禾窝的谷粒再没有鸭蛋大了，也不再自己到飞到各家去了。寨子里的人还是辛勤地劳动着，每个谷子成熟的时候，就到田里去割、打、挑，大家还是喜喜欢欢地跳着、唱着歌。咪西罕不久就饿死了，谁也不想学咪西罕。

这个故事直到现在，还流传在西双版纳傣族人民中间，民间歌手章哈经常演唱着，老人们一代一代地往下传，教育大家不要学咪西罕。据说，现在还有半个咪禾窝保留在芒经窝的佛寺里。

金谷子

讲述者：康朗赛
翻译者：邱玉梅
记录者：李仙
搜集地点：云南省西双版纳傣族自治州勐海县勐遮镇

从前有夫妻俩，家庭贫困，将希望寄托于赕佛，但又因家贫无什么去赕，就去讨饭做佛礼，夫妻俩天天讨来的饭都不吃，拿去赕佛，开始时，每家都给他们饭，后来一家都不再给他们了。只有一家头人给他们一小饭盒谷子。丈夫说："我们天天这样还是穷，最好是将这谷子拿去栽。"于是丈夫就去挖地，妻子拿着谷子跟在后面，途中遇到小和尚与她要饭，她又将要来的谷子带回舂好，煮熟赕给小和尚。

丈夫老等也不见妻子来，想是不是家里发生什么事，便跑回家看去。回到家，他问妻："你为什么不拿谷子去？"妻答："拿去了，是途中碰到小和尚要饭，我就赕给他去了。"丈夫说："你把煮饭赕佛的土锅给我看。"一打开土锅看，里边有满满一锅饭，她与丈夫就吃那锅饭。

饭后，丈夫只有去向人讨饭，人家给他几粒南瓜子，他就拿去准备种在地上。

第二天妻说："你去看看我们栽的南瓜如何？"丈夫一看，南瓜结得很大，妻说："我们拿一个来煮吃。"挖开第一个装的是饭，第二个里装的是钱，第三个里装的是金子。他们夫妻俩挑回来，被寨子头人知道了就将他们的钱、金子抢回一半去，从此，他们生活就富裕起来了，夫妇俩一直生产生活到老死。

铺麻公满

口述者：祜巴[①]
翻译者：岩峰
记录者：卢自发
搜集地点：云南省西双版纳州勐海县勐遮镇（原曼燕乡）

有一个老猎人，天天到山上去打猎，有一天上山打猎回来，遇到一个

---

① 祜巴是南传上座部佛教的高级僧阶。——编者注

叭拉西，烧着一堆火在念经拜佛，叭拉西问他："老人你为什么一个人到深山老林里来？"

老人回答说："我没有福气，没有吃的到山里来打马鹿、麂子吃。"又问叭拉西："你坐在这里做什么？"叭拉西回答："我在这里修仙拜佛。"猎人说："我也想成佛，能不能与你在一起念。"叭拉西说："可以，可以，只要不杀生害命。"猎人就与叭拉西一起修仙拜佛。

学了不久，回来就死掉，死了以后在一个曼东皮戛的地方投生。取名叫铺麻公满，五岁多一点死了父母亲。只好去讨饭吃，讨去讨来，人家不给了，他只好到深山老林里找野果吃。

又遇着叭拉西，叭拉西又把他留下来，还是没有什么东西吃，他想还是去死掉好。叭拉西告诉他："明天你挑一挑柴进城去卖，你就可以得到财产了。"

第二天，他挑了柴进城去卖。有一个有钱人来买柴，看见他长得很英俊，认为他一定是富人家的子弟，装成穷人来卖柴，就给了他一个宝。铺麻公满拿着宝回来，到河边，天气热，便在河边洗澡，把宝石放在衣服上。

他跳进河中洗澡，宝就被一只乌鸦衔走了，他哭着回到山上，叭拉西说："你不要伤心，明天你挑柴去卖。"

第二天挑柴去卖了，那个富翁仍然给他一个宝，路上又照常洗澡，他不敢再把宝放在衣服上，便用一只手摆着洗。鱼看见了宝，便来咬他的手，他痛不住，便放了，宝又被鱼衔去了。

他又回叭拉西住的地方。叭拉西看见他没有带得宝回来，便对他说："你的福气太小了，你去找如来佛就可以成佛了。"铺麻公满便离开叭拉西去找如来佛。

路上遇到一只象，这只象动也不会动，跪在河边，一棵树从地上长出来，穿过他的脊背，一直往上长。象问："你要到什么地方？"铺麻公满说："我要去找如来佛。"象说："请你替我问问如来佛，我为什么在这里动也不能动？"

他记在心里，继续朝前走，到一个地方，国王眼睛疼，什么也看不见，国王问他到什么地方？他回答："我要去找如来佛。"国王请他代问："为什么自己眼睛什么也看不见？"

铺麻公满记住国王的话，又继续朝前走。遇到一个大臣，这个大臣头痛得要裂开了，这个大臣又托他问如来佛："为什么自己的头痛得这样厉害？"

他记住后又继续朝前走，到一个女人国。女人问他："你要到哪里？"他说："我要去找如来佛。"女人们说："我们这里没有男人，吃怀胎河的水怀孕，请你替我们请求如来佛要一些男人来。"

他记住了女人国的话，又继续朝前走，走到天地的边边，看见五十个魔鬼在那里拿着铁钩一个敲一个的头，敲得满头鲜血还是敲。魔鬼要铺麻公满问如来佛："为什么我们打了这么多的战，却一个不能打死一个？"

他记住后又继续朝前走，最后到了如来佛住的地方。如来佛问他："你来这里有什么事？"铺麻公满说："我来要问为什么我这样穷？"

如来佛告诉他说："因为你前一辈子只拜过一次佛。"

他又把路上记得的话一一地问如来佛，如来佛回答他："那个象以前也是管理坝子的头人，由于他吃大家的钱、油、盐、柴、米，吃得太多了，所以他才被陷在河边。"

"那个眼睛疼的国王因为上一辈子虐待他的弟弟，使弟弟整天哭，所以他今世眼睛瞎。"

"那个头疼的大臣是因为他前世摸了和尚的头，所以他今世头疼。"

"那些女人国的女人，因为她们前世不忠实于自己的丈夫，所以今世见不到一个男人。"

"那些魔鬼因为他们前世拿鸡去打架，打到鸡冠子都出血了，还不让鸡停止，所以这世要让他们直打到身上出血为止。"

铺麻公满回来以后，把如来佛的话一一告诉了魔鬼、女人、大臣、国王，他们听了以后都变好了，并给他许多钱。

他回来后就富裕起来了。

牙女

讲述者：康朗英
记录者：卢自发
翻译者：岩峰
搜集地点：云南省西双版纳傣族自治州

有一个国王有十二个儿子，有一年他的整个国家都着瘟疫，死的人很多，他的儿子也死了六个，不死的六个也着病了，他赕佛、捉鬼，什么都做了，儿子的病仍不好。

他去请一个摩古拉来卜卦，摩古拉说："要十条牛、十匹马、十头象、十只猪、十只鸡、十只鸭、十只鹅，样样都要十只，杀了来供寨神、家神、山神，病就会好了。"他们照样做了，可是病仍然不好。

他又去问摩古拉："我们照样做了，为什么病还不好？"摩古拉告诉他："增加一倍，每样杀二十只。"国王又下令，每样杀了二十只，那些牲口哭声成一片，哭声震地。

国王的老婆也是病了，听见声音觉得很烦躁，她问国王是什么声音，国王告诉她，要杀牲口来祭神，病才会好，皇后说："要不得，要不得，赶紧放掉，我们生病就是因为杀生太多了。"国王想想也对，就把牲口全部放掉。

大家问皇后："到底我们的病要怎样才会好呢？"皇后说："一要请佛祖来念佛，二要请医生来医病，两样都要请，病才会好。"

大家请了佛祖和医生来医病就好了。

五、歌谣

（一）新民歌

民兵之歌

演唱者：岩温炳
搜集者：雷波、卢自发
翻译者：岩峰
搜集地点：云南省西双版纳傣族自治州勐海县勐混镇

听吧，各位乡亲，
我要唱一首民兵的歌，
我们青年已经组织起来了，
天天都用业余时间操练，
就像解放军的战士一样。
我们的家乡在祖国的边疆，

我们要警惕，
不要让"野猪"拱进我们的菜园，
我们还要到城里去开会，
成立我们的组织，
分成中队、小队和联防队，
领导教育我们，

要学习军事知识，
懂得敬礼站队和报数，
我喊一你喊二，
一个一个数下去，
我们的队伍很多。

过去蒋介石统治的时候，
我们的家乡很凄凉，
建设的事迹一样没有，
他们只知道压迫百姓，
谁家有漂亮的姑娘，
他们就强迫做妻子，
没有姻缘也要答应，
如果你拒绝，
中央兵就会给你带来灾难，

把你拉去害死，
还要抢走你的金钱，
这一群恶狗走来走去，
欺压百姓，
吃完我们的母鸡和公鸡，
在蒋介石的年代，
我们没有温暖的家，
灾难像沉重的大石压在我们头上。

现在蒋介石被我们赶走了，
人们个个高兴，
欢呼毛主席，
感谢救命的恩情。
我们的日子好过了，
我们要起来保卫它。

我没有自己的家

演唱者：岩温炳
搜集者：雷波、卢自发
翻译者：岩峰
搜集地点：云南省西双版纳傣族自治州勐海县

听吧，姑娘们，
你们是年轻的人，
我也是年轻人，

我要忍耐着痛苦，
全身刺上美丽的花纹，
有的同伴看见我，

以为我是从外边学来了手艺，
背着枪、背着刀，
英勇无比，
其实我是人家的帮工，
是帮头人看牛的穷人，
我还替头人养肥过十二个猪，
有猪食的高山和深箐，
我都到过。

有时候我从山上做活回来，
沉重的担子翻在路上，
只得又跑到密林中，
折断藤子，重新把担子捆好，
匆匆忙忙地走回家，
这时候已经接近黄昏，
天快黑了，
主人还说我回来得早，
伸出两只罪恶的手掌打在我脸上：
"你这个应该砍掉的脑袋，
你做活计不会看太阳，
别人到哪个地方，

都遵守太阳和星星规定的时光。"
主人常指着我的脑袋这样骂我，
我只得提起水桶走向猪圈，
一只手拿着装猪食的篮筐，
一只手拿着拌猪食的棒，
一肚子的怒气尽吐在猪身上：
"这个肥头大耳的家伙，
你为什么只吃不做。"

喂饱了猪我还要做其他活计，
把篮筐收拾到竹楼上。
姑娘啊，这是别人的家，
我没有自己的家。
我没有什么财产，
身上还背着还不清的账，
不了解我的伙伴，
以为我在主人家，
生活很好，够吃够穿，
拿着别人的银子，
去帮人买这买那，
这有什么脸面！

唱毛主席

听吧!
晒在台边的绸子忘了收拾。
听吧!
像绸子一样美丽的姑娘。
有时也会把绸子①忘掉收拾②,
毛主席的光辉像太阳,
照得西双版纳处处亮,
各族人民依靠着伟大的毛主席。
人们说:
"千万颗星星有月亮带头,
千万人民都要党领导,
好像千万只凤凰离不了树林,
凤凰在森林里才能休息。"
辽阔的中国呀!
人人都靠着党,
就像老人持手杖。

有了你啊,
我们才能得到美满的日子,
你就像宝石,

引导着人民改善了生活。
香味怎样香,
也比不过党香,
千万朵花的香味,
也比不过毛主席的指示香。
人们都说:
"要吃甜味只有糖。"
这些糖啊!
哪有毛主席的话甜。
所有透明的东西莫过玻璃,
它啊!
哪有毛主席的光辉亮,
毛主席啊,您就是红太阳,
照得全国处处亮。

---

① 绸子:比作姑娘。
② 因看到毛主席。

美丽的西双版纳

演唱者：咪王婉
记录者：张必琴
翻译者：张必琴
搜集地点：云南省西双版纳傣族自治州景洪市嘎洒街道曼弄枫村

辽阔美丽的西双版纳啊！
在那肥沃的土地上，
生长着千百种丰富的物产，
我们民族的土地富饶，物产丰富。
如今啊！
在那富饶辽阔的土地上，
人们自由地工作，努力地生产，

澜沧江的两岸是一片绿油油的稻田，
两岸人民辛勤地劳动着，
无论哪一边都见人群在劳动，
不分鳏寡孤独，不分男和女，
大家带着锄头和铁锹，
个个面带笑容心喜欢，
粉红的笑脸像五月的鲜花。

歌唱幸福的西双版纳

演唱者：岩香
记录者：卢自发
翻译者：刀惠仙、陈佩昆
搜集地点：云南省西双版纳傣族自治州景洪市勐龙镇

听吧！兄弟们，
我要唱幸福的西双版纳，
现在的西双版纳多么幸福啊！

这是因为北京的太阳照着我们，
站起来了的各民族，
在毛主席的领导下，

建设富饶的西双版纳。

看吧！兄弟们，
过去，走路用手把草扒开，
如今，宽阔的公路，
通到了每个小版纳①，
汽车来来往往川流不息，
嘟嘟的喇叭声响遍森林，
亮堂堂的汽车眼睛照亮了我们的寨子，
拉走了农产品，
运来了新式农具和日用品。

看吧！兄弟们，
平坦的马车路，
从这里通到那里，
牛车马车去去来来，
到处人喊马叫，
把肥料运到田地里，
把粮食拉回合作社。

看吧！兄弟们，
过去，农民住的是又小又烂的竹楼，
如今，一排排的新瓦房不断出现，
民族贸易公司门前人山人海，

不少社员买上了单车，
小伙子买上了新皮鞋，
姑娘买上了做裙子的花布，
老大妈提着水壶和盆子，
老大爷拿着新帽子和纸烟，
小学生买上了黑水和水笔。

看吧！兄弟们，
乡乡盖起了小学校，
过去穷苦人家的孩子也进了学堂，
过去，女人不得读书，
如今，男男女女都得学习，
过去不识字的睁眼瞎，
今天也要来扫盲，
我们大家都识字，
既懂傣文又懂汉文。

看吧！兄弟们，
乡乡成立了业余宣传队，
敲锣打鼓乐洋洋，
社员们白天生产，
晚上看宣传队演出，
宣传队搞得真正好，
老米陶说，
她活到七十六岁都没见过，

---

① 小版纳：现在的行政区。

如今看了心情激动，
死了以后要把今天的情景告诉鬼神。

啊！兄弟们，
美丽的西双版纳，

幸福的傣家人，
这幸福我们过去做梦也没有梦到，
感谢党和毛主席领导，
祝福毛主席万寿无疆。

美丽的西双版纳①

演述者：景洪县（原）业余宣传队代表队集体创作
记录者：卢自发
翻译者：刀惠仙、陈佩昆
搜集地点：云南省西双版纳傣族自治州景洪市

听哪！各兄弟民族，
我们要唱美丽的西双版纳，
今天我们亲眼看到了西双版纳的
美丽，
党领导我们农民翻身，
毛主席指给我们方向，
我们的生产发展风驰电掣，
宽阔的公路，
修到了西双版纳，
红红绿绿的汽车眼睛，
照进了傣家的寨子，

汽车载着幸福，
来到了西双版纳，
大大小小的工厂建立起来了，
轰隆隆的机器声，
震醒了沉睡的大地，
钢铁变成了锄头犁耙。
抽水机吸干了大大小小的河水，
机器解剖了森林，
盖起了各民族的高楼大厦，
到处建立了发电站，
晚上电灯亮晶晶，

---

① 这片民歌景洪县业余宣传队代表，于1960年到思茅会演时曾获得优秀节目奖。原作分有合唱、独唱，是个歌剧，在这里没有把它分开了。

以前是封建领主霸占了田地，
土地改革后，
田地拿到了农民手里，
农民个个积极生产，
我们要走到社会主义，
我们成立了人民公社，
为建设社会主义劳动生产，
社里养了牛马猪鸡，
粮食装满了谷仓，
合作社成立了食堂，
我们什么都有吃的，
□□所里孩子们玩得快活，

□□们放心地去劳动，
□□人民共同劳动，
变成了一个美丽的大家庭，
劳动生产天天进步，
粮食和钱我们都有，
我们的生活比过去好十多倍，
美丽的西双版纳，
样样都有，
雪白的棉花堆成山，
高高的椰子树成林，
菠萝香蕉到处有，
香味哪里也嗅得到。

生产小唱

演唱者：岩香囡、岩晚
记录者：卢自发
翻译者：刀惠仙、陈佩昆
搜集地点：云南省西双版纳傣族自治州景洪市勐龙镇

听哪！兄弟们，
我要唱西双版纳各民族，
勤劳勇敢的西双版纳各民族，
居住在这块美丽的大地上，
新社会，
唤醒了这块沉睡的大地，

我们种完了所有的熟田熟地，
又开出了数不尽的新田新地，
山沟小箐拼成一条龙，
移山填海修水库，
天不下雨人下雨，
我们提前节令来播种，

我们提前节令来栽秧，
田间搭上草棚，
日夜大战生产，
小伙子小姑娘都是英雄好汉，
在这块美丽的大地上，
在这块肥沃的土地上，
种下了幸福的种子，
幸福的傣家人，
千村万户粮食堆满仓，

小伙子们穿上了新衣服，
小姑娘们穿上了花筒裙，
脸红得像四月开的啰懂花①，
尽情地歌唱在祖国边疆，
欢乐地舞蹈在这块美丽的大地上，
我们的生活比过去提高十多倍，
这幸福过去做梦也梦不到，
这幸福是谁给我们的？
感谢共产党和毛主席来领导。

永远跟着党和毛主席

演唱者：岩温挡
记录者：卢自发
翻译者：刀惠仙、陈佩昆
搜集地点：云南省西双版纳傣族自治州景洪市勐龙镇

听哪！西双版纳的兄弟们，
西双版纳没有解放前，
澜沧江水在痛哭，
森林在燃烧，
人民的泪水淌流成江河，
人民的血汗流遍了田野，
封建领主吸尽了农民的血和汗，

封建领主喝饱了人民的血和汗，
到处漂游浪荡，
骑马坐轿到那里，
强迫农民给他们杀鸡宰猪，
封建领主对农民说：
"你们要向我们拜福，
我们是有福的人，

---

① 啰懂：傣语，是一种又红又美的花。

我们比你们高,
我们是这个地方的官,
比你们农民大,
不能反对我们当官的,
如果你们反对我们当官,
你们就要穷。"
听啊!兄弟们,
封建领主把我们不当人,
封建领主把我们当牛马,
我们说,
封建领主是毒蛇,
是条蛆;
我们才是真正的人,
我们是勤劳勇敢的人,
西双版纳是劳动人民开出来的,
我们才是这块大地的主人。
看吧!兄弟们,
如今,幸福摆在我们的面前,

澜沧江水在歌唱,
森林在欢笑,
流沙河为社会主义放出它的光,
我们做了这块大地的主人,
打死了封建领主这条毒蛇,
烧死了封建领主这条蛆,
男男女女欢天喜地,
老老少少美满幸福,
这幸福是谁给我们的?
是党和毛主席,
共产党保护着我们农民,
毛主席领导我们走到幸福的社会主义,
田地是农民开的,
机器是工人造的,
幸福是党和毛主席给我们的,
我们永远跟着党和毛主席!
我们永远跟着党和毛主席!

辽阔的西双版纳

记录者:朱宜初
翻译者:刀国昌
搜集地点:云南省西双版纳傣族自治州

美丽富饶的西双版纳呀,

是我们可爱的家乡,

在这肥沃的土地上，
生长着成林的樟脑树和雪白的棉花，
菠萝和香蕉长满在山坡上，
坝子里的谷子一片金黄，
微风吹送着稻花香，

江河穿过坝子流向远方，
椰子树直伸蓝天，
贝叶树给大地盖起了楼房，
居住在这里的各族人民，
建设着自己的家乡。

采茶少女

记录者：朱宜初
翻译者：刀国昌
搜集地点：云南省西双版纳傣族自治州

现在啊，
采茶的少女，
是那样的高兴，
一园一园的茶，我们采摘，
蝉儿歇在树上，
少女茶园采摘忙，
一眼望不到头的茶园，
给我们带来一切新生活的希望。
少女去采茶，

茶园里充满了嬉闹和欢笑，
那无限的森林啊，
也因少女在歌唱而欢跃沸腾，
歌声飞扬在平坝和山冈，
歌唱救星共产党，
那无尽的森林，
也因少女在歌唱而欢跃沸腾，
少女放声歌唱，
歌声飞扬在平坝和山冈。

歌唱春天

记录者：张必琴
翻译者：刀世光、岩香囡
搜集地点：云南省西双版纳傣族自治州

六月啊，
新年到了，
人们心里很愉快，
这时候，
所有的鸟都叫了，
鸟声震动了高山，
人们带着锄头上山去锄地，
种下谷子和棉花，
我们还要种苞谷、芋头、果木树，
我们要把我们的家乡，
建设得更加富饶美丽。

七月到了，
鱼要上岸下蛋，
从高山上看望远处，
到处是一片青葱翠绿，
知了叫了，
我们的家乡，
到处是一片繁荣兴旺的气象，
千百万人民，

力量强大无比，
齐心努力建设我们的国家，
使得我们的国家更加富强，
使它的威望影响四方。

八月到了，
雷声轰轰，
雨下不停，
我们一起下田栽秧，
我们把水引到田里，
这时候，
田里挂满了白哗哗的水，
我们在宽广的田里，
插着一行一行的秧苗，
我们要合理密植，
秋收时，
粮食才能得丰收，
自己可以得吃饱，
剩下余粮卖国家。

干温的土地喝饱水

演唱者：刀兴明
记录者：云大中文系师生整理
翻译者：陈贵培
搜集地点：云南省西双版纳傣族自治州

请听呵，我的同志！
我们勤劳的祖先，
开辟了宽广肥沃的土地，
多可惜呀！
一片片土地荒芜，
绿草萎萎！
良田变成荆棘的山坡，
为什么哟？到底为什么？
因为干温的土地，
像缺奶的羔羊；

因为封建的锁链，
捆住傣家人！
现在呀！
土地还了家，
干温的土地，
我们用流沙河水喂饱你！
我们修起流沙河水库，
让整个坝子的土地喝饱，
叫喝饱水的土地，
起伏着金色的浪潮。

短歌二首

演唱者：康朗衾
搜集地点：云南省西双版纳傣族自治州

1

水沟经坝子，
水沟一闪一闪，
从坝子中间流过，
老波涛站在沟边看，
愈看心头愈快乐，
他说这是社会主义的大沟，
它会给家乡带来幸福。

2

我们已把流沙河驯服，
像教一条暴躁的水牛，
我们把流沙河驯服，
它规规矩矩地淌到田里，
要快要慢都叫社员吩咐。

高山泉水

记录者：勐海县委宣传部

听吧，
高山上淌下来的泉水，
直奔千多长[1]，
我多么希望把你引到田里，

---

[1] 长度单位，五尺。

把你引到田里，
稻谷就会长出很茁壮，

每一粒谷子都饱满，
收到社里堆满仓。

水肥是丰收的宝

我们没有赕佛，
我们没有升和尚，
为什么去年的谷子，
粒粒结实饱满，
一棵棵长得甘蔗样高。

是我们盖了厕所，

每亩施了五万斤肥料，
是我们修了大沟，
秧比去年栽得早，
乡亲们啊，
水和肥是丰收的宝，
我们要记牢。

依拉呵

演唱者：岩敦
记录者：林中
翻译者：刀建国
搜集地点：云南省西双版纳傣族自治州景洪市嘎洒街道曼宰村

跳呀跳，
跳好好，
跳起来，
增产粮食，

毛主席，共产党，
说话像糖一样甜，
老百姓都拥护他，
年年我们都增产，

今年我们起得早,
二月开始撒秧,
把时间抓紧,
秧撒了很多很多,
我们都很高兴,
人人知道自己的任务,
齐心合力什么都不怕,
我们不断前进,
党的政策告诉我们,
种双季稻,

种完了秧也长得壮,
每亩施肥不下六千斤,
按照党的政策,
完全种完在三月份,
细心看水田,
分给人看水田,
按照我们的计划,
一亩收成五百斤,
依拉呵,依拉呵。

依拉会

演唱者：刀惠仙
记录者：朱宜初
搜集地点：云南省西双版纳傣族自治州

跳啊跳,
吊兰花弯扭,
沫根叶子尖,
姑娘多,
丝织的筒裙宽,
姑娘机灵,
姑娘穿紫衣,
包着肉色、黑色,

像椰子的包头,
心不要急,
心不要慌,
跳啊跳,
在毛主席的时代,
每个人,
有幸福,
里连能,

里连能, 水！水！水！①

流行在勐海的玉会

演唱者：刀光德、刀学英
记录者：朱宜初
翻译者：刀光德、刀学英
搜集地点：云南省西双版纳傣族自治州勐海县

小姑娘，
像白缅桂，
不要走，
轻轻地跳，
不要慌，
慢慢地跳，
跳打拳，
不跳错，
年轻人都是仙人的徒弟，
都很漂亮，

谁也比不上，
采束花，
去敬佛，
所有估帮和佛爷，
离远点，
请你们，
坐起来，
里里儿能，
里连能。
水！水！水！

---

① 水！水！水！：傣族日常语言中用来表示欢呼、干杯、喝彩等情绪高潮的特殊套语。——编者注

跳啊跳 ①

演唱者：刀光德
记录者：朱宜初
翻译者：刀光德
搜集地点：云南省西双版纳傣族自治州勐海县

跳啊跳，

跳轻美，

跳打拳，

像黄缅桂花，

含苞待放；

像珍珠样的荷花，

池塘开放。

今天嘛，

很幸福，

像太阳，

刚升起，

像宝石光辉，

照亮了幸福的道路，

各民族，

团结起，

抗美援朝，

依来会，

依来会！

水！水！水！

---

① 玉来会。

唱秋收

1　毛主席颂歌

演唱者：康朗景
搜集地点：云南省西双版纳傣族自治州勐海县

千万颗星星，
跟着月亮向前奔，
千万个人民，
听从共产党的指引。

千万只凤凰，
离不开森林，
因为森林给凤凰，
建造了幸福的生活环境。
生长在祖国土地上的人民，
谁也离不开伟大的共产党，
因为人人都想着社会主义，
它能领导人民走向天堂。

一切最美丽的鲜花，
没有党的政策香，
一切最好的甘蔗、蜜糖，
没有毛主席跟人民说的话甜，
毛主席光辉的彩霞，
照耀着大地每个地方。

2　毛主席像太阳

演唱者：岩腊
搜集地点：云南省西双版纳傣族自治州勐海县

毛主席的光辉像太阳，
照耀在我们西双版纳的土地上，
生长在坝子里的傣族儿童，
寨寨都有学校读书，
生长在山区的僾尼人娃娃，
个个在托儿所里欢唱，
各民族团结得像一家，
欢欢乐乐地建设自己的家乡。

看，坝子这边正在修水库，

坝子那边盖起了一个工厂，
从前没有种过的荒地，
一阵鼓声铓声响过后变成了农场，
家乡的建设事业啊，
像地里的荷花齐放。

我们傣家人个个都知道，
中国的土地是全世界最欢乐的地方，
我们要永远跟着毛主席走共产主义方向。

3　共产党颂歌

演唱者：康朗景
搜集地点：云南省西双版纳傣族自治州勐海县

我们西双版纳，
过去从来没有这样繁荣。
几千年都很贫困，

只有毛主席的光辉照到后，
它才获得了新生。

河里的鱼，
靠洁净的水生存，
西双版纳的农奴，
靠共产党翻身，
有了共产党的领导，
我们的家乡才摆脱了贫困，
每块土地都变成黄金。

人最需要的是水与火，
每一颗心都依靠粮食养活，

可是这些都没有党重要，
党的每一句话都是一条光明的路，
指引我们走向幸福。

有了党的领导，
家乡的山河像仙水洗过似的明亮，
各族人民都过着美好的日子，
个个都尽情地欢乐歌唱，
不管汉族、布朗族、拉祜族……
都一起向共产主义飞翔。

4　割谷

演唱者：康朗英
搜集地点：云南省西双版纳傣族自治州勐海县

我们收割，要收得干净，
不要像过去一样浪费，
浪费一粒粮食就是浪费一粒黄金，
割谷时不要割着谷穗，
不要让谷穗满满地，
每一粒谷穗我们都要爱惜。

堆谷堆，要及时，
不要让谷堆淋着雨，

堆谷时还要铺一层草，
谷子才不会受潮。

打谷子啊，
掼槽比小弯棍好，
我们使用了新农具，
收割的工效才会提高。

我们解放劳动力，
用车子运谷子，

在装车和卸车时,
千万要注意,
不要抛撒一粒,

运到了家里要保管好,
不要让老鼠偷吃。

5 填满谷仓

演唱者:康朗恩
搜集地点:云南省西双版纳傣族自治州勐海县

谷子是最宝贵的珍珠,
大地上所有的人,
都离不开它,
我们要天天勤劳,
苦干到底,
多种粮食,多打粮食,
填满谷仓。

要如何种啊,谷子才会长得旺?
请听吧!乡亲们,
我仔细地对你们讲,
撒秧的时候,要选饱满的谷种,
还要注意密植,栽三角秧,
让稻田像姑娘织的绸缎一样。
秧苗长大了,
要关心它的成长,

不□□野兽糟蹋,
不让螃蟹把田水偷光,
还要除去每一棵杂草,
让每块田都像镜子一样亮。

我们是人民多力量大,
要把肥料积得像山一样高,
肥多了,谷子才会好,
我们一定要让谷子长得像甘蔗一样高,
用丰收来感谢党,
用丰收来迎接党的生日。

6　种芭蕉

演唱者：岩罕班
搜集地点：云南省西双版纳傣族自治州勐海县

为了饲养老象一样大的肥猪，
我们每人都种一棵芭蕉树，
一片接一片，
一块接一块，
围绕着我们的寨子，
沿着我们田边的河。

到了三月间，
开出了红红的花，
结下了密密的果，
一个有一斤五两，
人人见了都很想尝。

乡亲们啊！
丰收是没有止境的，
这样的收成，
我们决不会满意，
我们要安排专人管理，
给芭蕉树选一个慈祥的保姆，
不让牲口去吃，
让芭蕉愈长愈大，
让果实愈结愈多，
保证人们时时有芭蕉吃，
保证社里天天有饲料。

7　欢迎湖南亲人

演唱者：康朗英
搜集地点：云南省西双版纳傣族自治州勐海县

来啊，乡亲们，

我们一起来欢迎湖南亲人，

来啊，住在茶山上的僾尼人兄弟，
住在山上的攸乐和拉祜，
快来啊，我们一起来迎接湖南亲人。

来啊！
摘下最香甜的椰子，
拿出最清香的芭蕉，
采下芬芳的嫩茶，

把它和我们激动的心接在一起，
来迎接湖南亲人。

看啊！亲人来了，
家乡所有的花都为亲人开放，
家乡所有的鼓都为亲人敲响，
家乡的男女老幼都为亲人致敬。

棉花的传说

演唱者：康朗甩
搜集地点：云南省西双版纳傣族自治州

我们坝子里没有棉花，
只听老人这么说：
棉花的种子啊，
生在很高很高的西定，
棉花的根啊，
长在很远很远的曼玛①，
只有不怕爬大山，
只有不怕走远路的人，
才能看到它……

可是毛主席把棉花的种子撒在坝子里，
共产党把棉花的根扎在坝子里了，
我们坝子里有棉花了，
一片接一片的花朵，
就像天上的白云，
采也采不完，
用也用不尽，
傣家的姑娘笑了……

---

① 曼玛、西定是西双版纳的产棉区。据传，那里很早就有棉花，其他地方的是这里传出去的。

勐邦之歌

1 毛主席的光芒像太阳

演唱者：康朗三教
搜集地点：云南省西双版纳傣族自治州勐海县勐遮镇曼弄村民委员会勐邦村

毛主席的光芒，
像太阳一般明亮，
他老人家为我们各族人民的幸福
操心，
领导我们摆脱过去的贫困。

我们勐遮没有水灌田，
毛主席就号召我们修水库，
千百年被鬼神占着，
我们做梦也害怕的地方，

今年变成了美丽的天湖。

乡亲们啊，
毛主席的智慧像海洋，
给我们指出了方向，
毛主席的政策，
是广阔的大路，
只要我们继续前进，
子子孙孙都有幸福。

2　勐邦水库建成了

演唱者：岩歌
搜集地点：云南省西双版纳傣族自治州勐海县勐遮镇曼弄村民委员会勐邦村

我们不怕水鬼，

我们不怕龙王，

我们早已破除了旧思想，

哪里能修水库，

就是我们战斗的战场。

一千多年来，

我们把佛祖捧在头上，

然而，一点幸福也得不到，

生活更加痛苦，

乡亲们年年赕佛，

部落得家破人亡。

看，我们不求神，

勐邦的水库也修成了，

我们还要建个发电厂，

让幸福的日子，

像全国人民一样。

3　水库是丰收的宝

演唱者：岩丙囡
搜集地点：云南省西双版纳傣族自治州勐海县勐遮镇曼弄村民委员会勐邦村

过去勐遮坝子，

没有水来灌田，

种谷子长不好，

栽棉花不开花，

不管你种什么作物，

都被晒死掉。

现在，我们修起了水库，

不下雨也要栽秧，

不下雨棉花也长得很好。

啊，勐邦水库啊！

我们吃穿都在你里面，

你是我们丰富的宝。

4　美丽的水库

演唱者：康朗三教
搜集地点：云南省西双版纳傣族自治州勐海县勐遮镇曼弄村民委员会勐邦村

美丽的水库，

有个美丽的涵洞，

它是放水的地方，

闸门一打开，

它就喷出万朵水花，

像天上的仙井，

清清的水流不完，

这样宏伟的工程，

只有毛主席领导才能完成，

水库建成了，

我们要齐声欢呼：

共产党领导好，

毛主席主义高！

美丽的水库，

有亿万方清清的水，

沿着宽宽的大沟，

流到我们坝子里，

庄稼更旺了，

牛马更胖了，

乡亲们啊，

却幸福万年。

5　坚强的姑娘

演唱者：康朗俄
搜集地点：云南省西双版纳傣族自治州勐海县勐遮镇曼弄村民委员会勐邦村

乡亲们，
在工地的石场上，
有个年轻的姑娘，
她的干劲冲天，
意志像钢铁一样坚强。

为了早日把水库修好，
她拿起了钻子，
跟着汉族哥哥学打石头，
她很勤恳，
日日不停地学习，
手臂甩疼了，
她也不休息，
手掌起泡了，
她不放下铁锤，
不到十天光景，
她就成了优秀的石工，
山谷里的乱石，
经过她的劳动，
就变成了四四方方的石条。

乡亲们啊，
这年轻的姑娘，
有很多的理想，
智慧像铁针一样尖，
她刚学会打条，
又渴望着学会打炮眼。

她跟着小伙子们，
抬着铁钎，
爬上高高的山冈，
只一个早晨，
就打了数十个炮眼。

太阳快落的时候，
他们放上火药，
只听轰的一声响，
把山都炸开了，
碎石啊，飞上天空，
堆满山谷。

乡亲们，看啊，
姑娘的脸堆满汗珠，

两颊像鲜花一样通红。

6　依湘堆

演唱者：康朗庄、康朗恩等
搜集地点：云南省西双版纳傣族自治州勐海县勐遮镇曼弄村民委员会勐邦村

听吧，我们要唱的模范，
是个年轻的姑娘，
她的事迹，
像一棵标直的橡树，
她的毅力，
像岩石一样坚固，
不论什么困难都能克服。

为了有更多的车子，
她被派去锯木头，
这是一件繁重的活计，
自古以来女人都不曾插过手，
姑娘也知道有困难，
但她决不后退，
不管白天和夜晚，
她都不放下手中的锯子，
四月过去了，

五月来临了，
鲜花遍山冈，
天气一天比一天热起来，
火热的太阳，
把姑娘的脸，
晒得像镜子一样明亮，
这时，她已学会锯木板了。
手提起闪闪的锯子，
木板便出现在两旁。

小伙子们啊，姑娘们啊，
这个姑娘就是依湘堆，
她年轻而又美丽，
她是我们学习的榜样。

7　人的智慧像宝石

演唱者：岩罕嫩、康朗庄
搜集地点：云南省西双版纳傣族自治州勐海县勐遮镇曼弄村民委员会勐邦村

沸腾的勐邦工地，
有成群的小伙子，
有成群的姑娘，
他们的意志比岩石坚硬，
他们的热情比山高，
谁也不愿放下手中的锄头，
谁也不愿落在别人的后面，
挖土的干劲冲天，
一分一秒也不停，
运土的快如飞鸟，
来回在坝上奔跑，
他们愉快地互相竞赛，
从来不知道什么困难，

可是，水涨得太快了，
眼看着要比坝高，
怎样办呢？
大家提出了要改良工具，
提高工效。
几个青年奔向森林里，
砍倒了廿多拌的大树，
你劈啊，我锯啊，
不到半天时间，
木料就堆满大地，
造出数不清的牛羊、手推车，
工效啊，就不断上升。

8　你像只小鸟

演唱者：佚名
搜集地点：云南省西双版纳傣族自治州勐海县勐遮镇曼弄村民委员会勐邦村

美丽的姑娘，
在水坝上推车，
就像一只活泼的小鸟。

又爱唱又勤劳，
谁看见都喜欢，
小伙子们都想得心跳，

为了把水库修好，
我们拿出坚强的心，
决心和你比赛。

我们实在不愿意落后，
一定要把山劈平，
把红旗夺到手。

我们的心装了蜜糖

演唱者：岩拉暖
翻译者：刀建明
搜集地点：西双版纳傣族自治州景洪市

缅桂花的姑娘，
听我把过去的苦难歌唱，
解放前我们少数民族，
好像那池中的鱼儿，
逃不出撒下的渔网。

剥削的人呀！
不管白天和夜晚，
都不让我们有喘息的时间，
我们坐在有阳光的土地上，
看到的却是一片黑暗，

我们辛辛苦苦养的猪、鸡，
被送进领主的园里，
我们勤劳耕种打出的粮食，
胀破了蒋匪①的肚皮，
我们没有衣穿，没有饭吃，
冬天也没有一条被子，
我们的身体一天比一天瘦削，
我们头上堆满了一堆又一堆大石。

今天啊！
我们好像放在水中的干树，
又重新发芽抽枝，
也像那池中的莲花开放，
发散出迷人的幽香。

白天我们看见光明的太阳，

夜晚我们看见星星和月亮，
毛主席共产党啊！
就是那白天的太阳、夜晚的月亮，
一天到晚都放射着耀眼的光芒，
光芒照我们走幸福的路，
光芒像横跨江上的大桥，
把我们从苦难的地狱，
渡到极乐的地方，
我们没有了痛苦，
我们的心呀！
像装满了甜蜜的糖，
像香树在发芽生长，
啊！我们多么自由自在，
毛主席共产党的恩情啊，
我们永世不忘。

社会主义像天堂

1

金莲花呀，是淡红的，
哥哥你虽然到过外国地方，
却没有遇到比祖国更美丽的地方，

你见过各种各样的山水城镇，
却远远比不上解放后的芒市这样漂亮。

---

① 蒋匪：当地人的叫法。也称匪蒋。——编者注

2

像一只嫩绿的树枝，
我还不会编出更好的山歌，
来歌颂我们美好的生活，

我们从党的政策里，
寻出最美的诗句来歌唱。

3

单身的人像一棵孤独的树，
大风吹来折断腰，

哪能比得上公社的力量强，
像森林一样不怕风暴。

4

一棵竹子不能盖房，
一朵鲜花怎样满园香？

公社建起力量大，
人多势众好种庄稼。

5

漂亮的红花开在山顶上，
哥哥和妹妹把它摘下；
不戴在姑娘头上，

也不放在哥哥口袋里。
是用它来鼓舞大家劳动。

人民公社好

演唱者：康朗矦
翻译者：郑纯选、刀荫平
搜集地点：云南省西双版纳傣族自治州

柔和的春风吹遍新垦的田野，
无边的土地霎时铺上一层绿茵，
人民公社在傣族地区成立了，
它给傣家人带来了无比的欢乐！
一望无边的原野呀！
都是公社的土地，
庄稼都生长在那田里，
牲畜在绿油油的草场上放牧，
山肚里尽是金、银、铜、铁、锡。

天旱我们不用祈求上天，
虫祸我们不用哀求鬼怪，
公社人多力强，
哪怕那天灾人祸。

河水，我们有力量叫它改道流淌！
高山，我们有办法移到远方！
农村，我们有信心把它变成城市！
晚上有星星，白天有车辆。

小学校在村村寨寨开办，
幸福的孩子在里面学习文化，
公社还要建立中学和大学，
傣家人就会看到自己的专家；
到了吃饭的时候，
公共食堂准备有丰美的菜饭。

周末和休假，
可以到公社俱乐部欢度一个美好的夜晚。
也许那儿正在放电影，
也许赞哈正在抱瑟歌唱。
有了疾病也不要着急，
白色的医院就在你的近旁。

托儿所里是婴儿的摇篮、
孩子的乐园，
幸福院里非常舒适宁静，
辛勤了大半生的老人们在那里欢度晚年。

共产主义是美好幸福的天堂，
公社就是通向天堂的大桥，
傣家人已经踏上这条光明的大路，
幸福的生活会一天比一天更好。

不要忘记谁给我们的好处，
不要忘记谁给我们的恩情，
感谢我们的救星毛主席，
感谢共产党，我们的救星。

恩人呀，毛主席共产党

演唱者：岩敦
记录者、整理者：云南大学中文系
翻译者：刀光明
搜集地点：云南省西双版纳傣族自治州景洪市嘎洒街道曼宰村

恩人呀！毛主席共产党，
像高山上的泉水一样净亮，
轻轻流进傣家人的农寨，
流遍西双版纳的每一寸地方，
哺育着广阔荒凉的土地，
滋润着椰子树林生长。

恩人呀！毛主席共产党，
像那金槐树一样闪着光芒，
又像美丽的枇杷树，
开出鲜艳的花，散发沁人的芳香，
结出累累的硕果，甜在傣家人心上。

恩人呀！毛主席共产党，

在那苦难的岁月里，
傣家呀！日日夜夜地盼望，
那从黑暗中射出的曙光，
那从森林中升起的太阳。

恩人呀！毛主席共产党，
是你把我们从火塘无烧的穷困里，
解放出来！
是你把我们从夫妻对面哭泣的境
地中，
解放出来！
是你把我们从恶狗的压迫下，
解放出来！

恩人呀！毛主席共产党，
你那明亮的光辉呵，
像那天上叭因的火箭，
火箭射到哪里，
那里就开遍了千朵莲花，
那里弥漫着浓郁的芬芳。

恩人呀！毛主席共产党，
是你把新政策带给边疆人民，
西双版纳成立了自治州政府，
傣家人第一次当家做了主人。

恩人呀！毛主席共产党，
在你的英明领导下，
傣家人有了无穷无尽的力量，
高山，我们要叫它低下头来，
河水，我们要叫它按我们的意愿
流淌，
修起高高的水坝，
天不下雨，我们照样把秧栽下，
开来自己国家造的拖拉机，
把野草丛生的荒地，
变成绿汪汪的水田……

恩人呀！毛主席共产党，

在你的谆谆教导下，
傣家人破除了千年的规章，
从来没有掌过犁的姑娘，
如今牵着牛在田里来往，
从来没有积过肥的妇女，
如今也拉肥运粪到田里去，
从来没有丰收过的土地，
如今滚动着一片金黄色的麦穗。

恩人呀！毛主席共产党，
是你把蜘蛛网一样的公路，
铺展到遥远的边疆，
是你把百货公司的大楼，
建立在傣家人的土地上，
里面陈列的物品呀，
像那夜晚的星星一样。

恩人呀！毛主席共产党，
是你把拖拉机一辆辆，
运往收获后的田庄，
新建的发电厂，
像摘下满天星斗洒在地上，
织布机像姑娘灵巧的双手，
一霎眼就把天上的云彩绣在布上。

恩人呀！毛主席共产党，
像那光芒四射的太阳，
照亮了四面八方，
各族人民像那朵朵葵花，
朵朵都朝向太阳开放。

恩人呀！毛主席共产党，
又像那明洁的月亮，
各族人民是那闪烁的星星，
永远围在月亮的身旁。

恩人呀！毛主席共产党，
傣家人永远听你的话，
傣家人永远走在你指引的方向。

听吧，森林里响起了歌声，
澜沧江水合着歌唱，
高唱一支赞美之歌，
感谢毛主席共产党，
高举一杯甜蜜的美酒，
祝恩人万寿无疆！

一颗最明亮的福星

演唱者：康朗景
翻译者：刀祖平
搜集地点：云南省西双版纳傣族自治州

一颗最明亮的福星，
照耀着辽阔的中国土地，
这就是我们的救星，
英明伟大的毛主席。

毛主席住在光辉灿烂的北京，
北京就像大青树一样四季常青，
北京拥有千万头大象，
数不清的孔雀在那儿开屏，

北京的姑娘像花一样漂亮，
那里的人们永远带着笑容，
在幸福的欢乐里尽情歌唱。

恩人呀，毛主席，
像一条长流不息的大江，
傣家饮到了清凉的江水，
眼睛变得更加明亮，
生活变得幸福安康，

生活在新中国的土地上，
各族人民感到自由欢畅。

西双版纳云雾散开，
阳光照亮了每一个傣族村寨，
毛主席驱散了无边的黑暗，
傣家人从此摆脱了苦难，
铓锣和象脚鼓敲得格外响亮，
傣家人个个喜气洋洋，
就像得到雨水滋润的柳树，
迎着早晨灿烂的阳光。
压在头上的巨石被打得粉碎，
离别了多年的土地又回到了老家，
西双版纳成立了自治州政府，
傣家人第一次逢到了明媚的春天，

再也不让土司老爷横行霸道，
再也不许老黄狗烧杀奸淫，
过去他们自命为高贵的凤凰，
如今他们是低贱的猫头鹰，
过去他们出门骑马乘象，
如今他们出门只得双脚步行。

傣家人从此昂起了头，
傣家人唱不完毛主席的恩情，
恩人毛主席呀！
您老人家像初升的太阳，
整个西双版纳都得到您的光亮，
整个森林向您合掌致敬，
祝您老人家幸福安康！

毛主席的话像梭蓝皮花

讲述者：佚名
搜集地点：云南省西双版纳傣族自治州

梭蓝皮[①]是最香的花，

毛主席的话呀，

---

① 梭蓝皮：最香的花，绿色。（ᨡᥴ ᧘ ᨀᥰ：一种越干越香的小花，用于装饰头发。——编者注）

就像梭蓝皮的花，
也像白色的籴沾巴①，
谁看见谁都喜欢它。
姑娘啊！

你的头发虽然好看，
可还应该戴上一朵花，
记住毛主席的话，
就像戴上一朵最香的梭蓝皮花。

各民族团结似钢铁

演唱者：玉罕明
翻译者：刀建明
搜集地点：云南省西双版纳傣族自治州勐腊县

像冲破满天的云雾，
透出了闪闪放光的星辰，
各兄弟民族熬出了苦难的日子，
摆脱了死亡的命运。

毛主席的光辉照到边疆，
各民族兄弟，心里暖洋洋，

我们和和融融像兄弟姊妹，
我们紧密团结像那铁和钢，
同心协力建设我们的家乡，
恩人呀毛主席，
你永远生活在我们的心上，
愿你战胜一切疾病，
愿你万寿无疆！

---

① 籴沾巴：缅桂花。

玉腊嘀

演唱者：岩养
翻译者：刀兴平、刀文光
搜集地点：西双版纳傣族自治州景洪市

跳呀跳，

一步一步跳，

扭动腰跳，

不要气馁，

跳到底，

欢乐日子，

无忧愁，

民主专政，

建设社会主义，

比过去，

更幸福，

封建统治，

像把刀，

架在我脖上，

封建命令，

像石头，

压在我们头上，

人民不如牛和马。

现在呀！

有了共产党，

有了毛主席，

解放我们，

摆脱奴隶生活。

现在啊！

年年月月，

平安无事，

打破封建，

土地改革，

真自由，

再也没人，

交田税，

几年来，

更美好，

建设社会主义，

玉腊嘀！

玉腊嘀！

玉腊嗬

演唱者：刀文光
搜集地点：云南省西双版纳傣族自治州景洪市

跳呀跳，
弯弯曲曲，
耍一耍，
跳呀跳，
傣家人，
团结在，
党周围，
封建制，
一扫光，
幸福生活，
党领导，
解放后，
乐日子像太阳，
毛主席光辉照，

领导咱们，
过海洋，
努力发展，
繁荣富强，
幸福生活，
万年长，
玉腊嗬！
玉腊嗬！

跳舞的歌 ①

1

红太阳，
起得早，
缅桂花，
开得香，
毛主席，
领导好，
共产党，

像太阳，
各民族，
都喜欢，
搞生产，
编歌唱。
依腊呵！
水！水！水！

2

高升大，
高升长，
点着火，
冲上天，

等过去，
看不见，
真是美！
真是美！

---

① 这是傣族在节日跳舞时唱的歌，音律较为严格。傣语中每句三个音，我们也试做每句三个音翻译。

3

红荷花，
花瓣多，
池中开，
颜色艳，
像姑娘，

谁看见，
都喜欢，
真是好！
真是好！
水！水！水！

放高升

高升大，
高升长，
高升嗡嗡响，
火药装满，
头大尾也长。

嗡！
看呀，升得多么高，
谁能告诉我，
它要落到什么地方？
我们是多么快乐呀，
大家都来跳舞、唱歌，
跳吧，唱吧，
玉腊呵，玉腊呵。

今年过年不比往年，
自治州政府新修的大楼房，
已出现在我们眼前，
我们的日子呵，
越过越好，
将来的日子会变得更甜。

机器在嗒嗒的轰响，
毛主席的电灯放射出光芒，
它照亮了整个西双版纳，
也照在我们的心坎上。

弯弯曲曲的公路，
闪发出红光，

从三达山顶流到澜沧江旁，
像姑娘们衣上的花边一样。

汽车的眼睛，
闪亮，闪亮，
像姑娘身上的银片，
多得数也数不清。

汽车一辆连着一辆，
像一群群大象，
装来了无数的盐巴、花布，
和我们最心爱的头巾，
还给我们带来了毛主席的心。

今年过年不比往年，
船呵，划得多么热闹，
花炮呀，照亮了天空，
小姑娘们穿着最心爱的衣裳，
小伙子的脸上闪着红光。

我们是多么的快乐，
我们是多么的欢畅，
我们尽情地唱吧，
我们尽情地跳吧，
玉腊呵，玉腊呵，
水！水！水！

搜山歌

风沙沙的吹，
吹来了搜山歌的同志，
这些同志是共产党派来的，
自从野火烧山的时候，

就注定了我们相见，
自从我们建寨的时候，
就订下了今天的团圆。

兄弟民族的命运变了样

演唱者：卖颜礼
搜集地点：云南省德宏傣族景颇族自治州芒市

过去呵，
我们少数民族最低贱，
被人踩在脚下边，
像头上压着一块大石板，
天天过着酷寒的冬天，
像那水里鱼儿落在无情的网里，
任人摆布，受尽煎熬，
无论是白天或是夜晚，
我们从不曾有欢颜，
因为我们自从生出来，
就没有见到过光明的太阳。

今天呵，
解放了的少数民族，
命运完全变了样，
我们也获得了平等和幸福，
有了毛主席的好领导，
全国各族人民亲如一家人，
团结起来的力量呵，
就像那扭紧了的大绳。

蓝色的宝石

搜集地点：云南省德宏傣族景颇族自治州瑞丽市

蓝色的宝石呀，
你是多么美丽，

人民公社像你一样，
把光辉照到人的心里。

快快拿起镰刀

搜集地点：云南省德宏傣族景颇族自治州瑞丽市

凤仙花已飘出香气，
秋天的稻子一片金黄，
快快拿起镰刀，
到田里去收割吧！
要把红旗夺来插在我们田里，
要把谷子堆得像山一样。

歌颂毛主席

演唱者：劳相
搜集地点：云南省德宏傣族景颇族自治州

白白嫩嫩的花四季开放，
傣家的心也像花儿怒放，
我们的领袖毛主席，
就如同象王[①]一样。
傣族世世代代的希望，
今天样样实现了，
他老人家的神采，
像月亮一样明亮，
恩人毛主席呵，
祝你万寿无疆。

---

① 象王：神话中的宝石，人们需要什么，它就可以给予什么。

歌唱恩人毛主席

演唱者：约喊
记录者：李必雨
搜集地点：云南省德宏傣族景颇族自治州瑞丽市

毛主席呀毛主席，
你像十五圆圆的月亮，
到处照着世间的人。
你像冬天的太阳，
看到我们受冻受饿，
把温暖送到四面八方。
就像旱天的雨，
下到了缺水的田里，
什么地方都得到水了，
一切庄稼都长大了。
高兴，实在高兴呀，
再也没有忧愁了，
愁根苦根拔去了，
人人都挺起腰杆说话，
这都是有了毛主席的领导，
傣家人永远歌颂毛主席。

恩人呀毛主席

搜集地点：云南省西双版纳傣族自治州景洪市

吃水我不忘挖井的人，
吃蜂蜜我不忘割蜜的人，
吃果子我不忘栽树的人，
得解放呀！
我不忘人民的救星，
我一天想您一回，
我想您胜过自己的父亲，
没有您呀！
我们过不到这幸福的日子，
没有您呀！

我们不会获得新的生命。

想见毛主席

演唱者：巴安伉
记录者：龚景训
翻译者：金耀文
搜集地点：云南省临沧市耿马傣族佤族自治县

过去跟人家讨吃一碗饭，
饭不吃完就喊去，
跟人家讨吃饭一盖（饭合盖），
还没有咽到脖子就撵开，

现在我愿长对翅膀像蝴蝶，
我要飞遍人间，
如果我像小鸟有对翅膀，
我就要顺风飞去毛主席身边。

供毛主席像

演唱者：罗洪祥
翻译者：刀正英
搜集地点：云南省临沧市耿马傣族佤族自治县耿马镇甘东村

从前我们供佛，
但福降不到我们身上，
共产党毛主席领导，
我们的生活才天天向上。

穷人都有吃有穿，
我们怎么不歌唱，
我们不再供佛啊，
要供毛主席的像。

歌唱毛主席

演唱者：井康朗
搜集地点：云南省临沧市耿马傣族佤族自治县孟定镇

堇香花开得又艳又香，
像宝石一样放射着金光，
任你千言万语也说不完它的好处。
毛主席的领导超过了堇香花，
人人都说毛主席领导好，
自从他来了，
傣家没有了忧愁和苦恼。

宝石花放出无限光芒，
照得我们傣家人心里亮堂；
人人都喜欢毛主席的领导，
个个都拥护他的好主张。

宝石花美丽又坚强，
我们的祖国辽阔又富饶，
……
哪一个国家做得到。

宝石花比黄金价更高，
人人都唱社会主义好，
男女老少都爱它，
祖国的远景无限美妙，
大家团结一心遵守政策，
生活愈来愈美好。

毛主席的政策

搜集地点：云南省临沧市耿马傣族佤族自治县孟定镇

毛主席的政策，　　　　　　　　掌握在大家手里，

像克康①一样稳,
像熟透的香蕉,

比糖还甜。

鲜果先敬毛主席

搜集地点：云南省红河哈尼族彝族自治州红河县

没有水,
苗儿怎能活？
没有太阳,
什么也不能生长；
没有共产党,

我们傣家翻不了身；
没有毛主席呵,
香蕉菠萝不结果。
最好的鲜果呵,
先敬恩人毛主席。

短颂歌十首

搜集地点：云南省临沧市耿马傣族佤族自治县

1

黄河流水千万里长,
比不上毛主席恩情长；

太阳光亮照四方,
比不上毛主席眼睛亮。

---

① 克康：金桥。

2

自从红旗到边疆,
毛主席好像红太阳,
太阳只能照白天,

毛主席白天黑夜都照亮。
太阳只能照大地,
毛主席照到穷人的心上。

3

从前呵,少数民族受压迫,
想唱调子不能唱,
想跳舞不能跳;

现在呵,有了党领导,
人人都唱起来了,
人人都跳起来了。

4

毛主席的政策像清清的流水,
滋润着全中国;

共产党的政策像发光的宝石,
照亮了全中国。

5

日子像花儿刚冒出嫩芽,
毛主席是我们的领导,
只要跟着他走,

苦海就全被我们远远抛掉。

6

山上高峰耸云霄，
山中到处是珍宝，

山下高炉放火光，
劳动歌声响遍了。

7

太阳光普照大地，
有时被乌云遮挡，

共产党的光辉，
任何东西都不能阻挡。

8

我们热爱共产党，
比爱我们的父母还要热情；
我们相信共产党，
远远胜过了信任我们的双亲。
共产党像一颗宝石，

我们随时带在身上，
吃饭时在我们头顶闪耀，
睡觉时在我们身上发光。
生活在这幸福的时代，
我希望我永远是一个青年姑娘。

9

一九五六年是个好年辰，

土改从北京来到了孟定①，

---

① 孟定：地名。

消灭了地主剥削阶级，
从此农民得到了翻身。
共产党的政策像光明的火焰，

照遍了各民族也照着了我们，
全世界有几个国家，
像我们这样民族平等。

10

国民党统治的时候，
穷人空空两只手；
共产党、毛主席来了，
土地房屋牛马样样有。

国民党压迫的时候，
穷人什么也不知道；
共产党、毛主席来了，
什么政策我们都明了。

毛主席的光辉照到人心上

搜集地点：云南省临沧市耿马傣族佤族自治县

盛开的花朵，
人人都爱它芳香，
毛主席的政策，
什么花也比不上，
鲜花只有年轻人喜欢戴，
毛主席的政策人人都喜爱；
花香香不到一天的路，
毛主席的政策照到四方。
太阳的光辉千万丈，

毛主席比太阳还光亮；
太阳光照不到人们的心，
毛主席的光辉照到人心上。

毛主席像朵香花

搜集地点：云南省临沧市耿马傣族佤族自治县

毛主席像朵香花，
天下没有什么花，
有他香。

一枝香花只香周围几个人，
毛主席的花香千千万。

伟大的毛泽东

搜集地点：云南省临沧市耿马傣族佤族自治县

伟大的毛泽东，
像光辉的红太阳，
它照耀山顶，
也把深谷照亮。
从北京到边疆，
到处都受着他的光芒，
我们依靠毛主席，
就像万物离不开太阳一样。

毛主席好领导

搜集地点：云南省临沧市耿马傣族佤族自治县

毛主席呵好领导，
人人拥护，
个个说好，
毛主席领导我们劳动人民，
毛主席热爱我们劳动人民，
毛主席爱全中国，

毛主席爱我们老老小小，
他说不管什么民族，
都是一家人，
都走一条道，
都走共产主义的大道。

要把毛主席记在心间

搜集地点：云南省临沧市耿马傣族佤族自治县

过去麦弄花开，
傣家人才播种；
今年麦弄花开，
田野一片绿油油。
有了毛主席领导，
我们生活一天天改变，
我们要把毛主席记在心间。

幸福日子由我们自己决定

搜集地点：云南省临沧市耿马傣族佤族自治县孟定镇

啊，从头说起，从头说起！
过去的苦难辛酸不忍多提，
共产党、毛主席给我们打开了天地。

孟定、耿马到处一片欢喜，
如今的世界属于我们劳动人民，
幸福的日子由我们自己决定。

山色青，流水长

搜集地点：云南省临沧市耿马傣族佤族自治县孟定镇

山色青，流水长，
南丁河岸好风光，
菠萝熟，稻谷黄，
傣族人民喜洋洋。
前面是中缅分界线，
后面是波涛滚滚澜沧江，
啊！我们生长在祖国最边疆。

生活在祖国大家庭里

搜集地点：云南省临沧市耿马傣族佤族自治县孟定镇

生活在祖国大家庭里，
民族平等，欢聚一堂，
人与人像桌子一样平，
人与人像镜子一样亮；
社会主义好风尚，
全靠有了共产党。

吃水不忘挖井人

搜集地点：云南省临沧市耿马傣族佤族自治县孟定镇

听吧，小卜少[①]小卜冒[②]，
孟定坝子宽又广，
过去日子苦难言，
自从来了解放军，
日子越过越亮堂。
大路上汽车日夜忙，
运来了盐巴和机器，
田里的收成年年多哟，
打下的粮食挤破仓。

听吧，小卜少小卜冒，
好了疮疤不要把痛忘，
过好日子不要把旧时忘，
吃水不忘挖井人，
毛主席是傣家人领路人！
只有他知道傣家人的心，
他天天活在傣家人心上。

---

① 小卜少：未婚的少女。
② 小卜冒：未婚的小伙子。

保苗保到谷进仓

搜集地点：云南省临沧市耿马傣族佤族自治县

山高挡不住太阳，
天干吓不倒英雄汉。
打坝修塘积好水，
封沟断流要栽秧。

郎犁田，妹栽秧，
不怕水少地皮干，
抗旱抗到谷子黄，
保苗保到谷进仓。

今年增产靠得牢

搜集地点：云南省临沧市耿马傣族佤族自治县

哎啰——哎啰——
日头西边落，
红霞漫山腰，
我们的干劲比天大，
我们的决心比天高，
今年增产靠得牢。

社员个个在奋战，
犁田栽秧劲头高，
今年增产靠得牢。

哎啰——哎啰——
月亮爬上山坳，
田坝篝火在燃烧，

旧社会的悲歌

搜集地点：云南省临沧市耿马傣族佤族自治县

旧社会里，
我们的苦难说不完，
蒋介石的差役天天到家，
征粮又派款，
我们的心呵，
没有安宁过一天。

领主派出的是银子一两，
派到我们身上成了二两，
领主派出的是十元，
派到我们身上成了廿元。
火头们层层加重剥削，
我们的痛苦就层层增添。

我们没有一天快乐，
我们没有一刻清闲，
无钱无米交粮款，
一家大小泪不干。
我们哭声像雷响，
我们泪水像河一样，
派了粮款派兵役，

多少人不敢下地去生产。
田地荒着无人种，
生活无着只有叫天，
靠天天高靠不着，
只怨命中多苦难。

我们命中多苦难，
我们地方不平安，
逃往别处求活命，
跑来跑去没个完。

到处老鸦一般黑，
到处世道一样乱，
十人饿死了九个，
一寨一寨没有了人烟。

歌唱新社会

演唱者：八土
搜集地点：云南省临沧市耿马傣族佤族自治县孟定镇城关社区

美丽的宝啊！
自从我出生以来也没有喜欢过一次，
现在有了毛主席关心领导，
我才得喜欢了。
我成人以来就没有过幸福，
现在逢着好心的共产党，
才实现了我心头的愿望，
好心的共产党为了各族人民才来解放！

发光的宝啊！
我们少数民族只有好好地靠拢毛主席，
才得过好生活！

宝贵的宝啊！
毛主席关怀少数民族，
才来解放耿马，
我们应该下决心团结起来靠拢共产党！

才得有美满的幸福！

毛主席真伟大，
像太阳一样照到边疆！
毛主席的光辉，
像雨一样落遍全中国！

宝贵的宝啊！
现在我们耿马县得到发展了，
这里没有疼没有病，
都是因为有了共产党！

最好看的一朵花呀！
现在我们耿马比任何时候都好，
托共产党的福，
吃得好，住得好，
全耿马城都是喜喜欢欢。
现在有了省委县委驻在边疆，
交待政策给我们少数民族，

我们心上的喜欢就好像月亮升上
来一样明亮。
省委县委真是关心我们呀！
我们心上的喜欢就好像太阳一样
的明朗。

住在耿马的人民啊，
心不要乱，
不要希望跑到别的地方，
下决心种田种地，

多打粮食装满仓。
我们耿马是在边疆，
不要希望别的国家了，
大家团结起来，
好好搞生产，
用糯米把大仓满。

我们耿马人民再没有别的想法，
只有希望搞好生产，
多打粮食来感谢毛主席！

欢呼吧！

搜集地点：云南省临沧市耿马傣族佤族自治县孟定镇城关社区

哎啰，哎啰！
现在是多么高兴啊，
东方太阳升起来了，
照得四面八方都很光亮，
夸耀北京的壮丽吧！
大家来齐声欢呼，
我们国家是举世无双，
我们国家有了一个英明的领袖，
他的名字是毛泽东，
他的目光远大，

看到我们耿马边疆，
他对我们无微不至地关怀，
他关心我们耿马的十三种民族，
使我们人人的眼睛发亮，
看电影时像赶摆一样，
我们的生活天天向上，
人人高兴，
个个赞扬。

知道了穷根

演唱者：贺应达朗
搜集地点：云南省临沧市耿马傣族佤族自治县孟定镇遮哈村

旧社会的苦难说不说，
没有吃也没有穿，
吃了上顿没下顿，
无钱使用生活难，
吃不上饭照样要交粮，
穿不上衣照样要派款，
为什么我们这样苦？
千想万想想不出，
千哭万哭哭不完，
谁知道我们的苦处，
谁知道我们的困难，
想来想去心也想乱了，
也就无心再做活，
只会埋怨命不好。

解放后使我们认识了事情，
苦难并非命不好，
怪千怪万怪剥削的人，
剥削的人紧跟着你，
他们像切菜一样，
一层一层把我们切削得精光，
老百姓的东西似股水，
一切都流到土司家里，
这就是我们苦难的原因，
党领导我们拔出了穷根。

天空的云彩

记录者：七一
翻译者：仝小文
搜集地点：云南省临沧市耿马傣族佤族自治县孟定镇遮哈村

1

天空的云彩是最美丽的，
就像我们的国家一样，
有了毛主席的领导，

没有别的国家像我们国家这样
美丽强大。

2

我们的寨子最美丽，
我们的心就像鲜花开放一样，
男男女女都欢欢喜喜，
吹笛子弹琴，生活自由快乐。

我们的姑娘像金花一样漂亮，
她们的发辫像镜子一样明亮，
人人都夸奖我们的寨子，
人人都称赞我们的姑娘，
我们的心就像我们的国家一样。

3

我们的寨子已经发生了很大的变化，
男男女女来来往往像走路一样忙，

走路的时候也只想着完成生产任务：
修沟打坝引水灌溉，
天不亮我们就欢欢喜喜出工了，

我们的生活像太阳一样，
只有白天，没有黑夜。

一心想唱调子

记录者：刀光银
翻译者：刀光银
搜集地点：云南省临沧市耿马傣族佤族自治县孟定镇

啊！啊！
今天我真欢喜，
有三个工作同志来到我们寨子，
走到我家里，
发动我们唱调子。
有党的领导，
我们心地开朗，
像莫长条花开放一样，
我们来把调子高唱。

我自幼死了阿爹和阿妈，
阿哥阿姐把我给了别人家，
能做事后就替人做帮工，
吃的全是残汤剩饭，
地主领主作威作福，
吓得我们到处躲藏，

有家不敢回，
有铺不敢睡，
过去的生活全是苦难！
我们心里没有快乐，
我们口里没有歌子。

现在有党来领导，
想着过去，
我更爱今天，
我心里快乐，
像谷子扬花一样，
一心直想把调子唱。

田间小唱

翻译者：贺汤泵
搜集地点：云南省临沧市耿马傣族佤族自治县耿马镇

从前我们手脚被捆起，
党来了把我们身上绳索全解开，

从前我们身上赤裸裸，
党来了缝成许多衣服给我们穿起来。

大家学文化

演唱者：火木
翻译者：何胆
搜集地点：云南省临沧市耿马傣族佤族自治县孟定镇

好啊！
有如花逢春雨，
我们得到了解放，
各民族欢欣鼓舞，
大家起来学习文化。
回想在旧社会，
傣家人要读书只有梦想，
而今天，
鲜艳的红旗迎风飘扬，
毛主席像宝星一样光辉明亮，

照耀着我们傣家人，
它把光芒放射到四面八方，
我们努力学习，
我们的前程无限远大。

孟定之歌

搜集地点：云南省临沧市耿马傣族佤族自治县耿马镇

哎，客人们你们是来自哪方，
请告诉我，你们的名字是哪样？
南丁的河水长又长，
你们的名字哟，不能忘！

南丁河的水流三百三十三，
阿哥你从哪方到这边？
若不是毛主席领导得好，
咱傣汉两家哪能见面。

哎，客人们请你把名字再说一遍，
让回声在我的耳中间，
毛主席的恩情比新丫山要高，
我们的歌声永远也唱不完。

哎，客人们请把我们话儿记在心，
孟定坝的谷米香喷喷，
南丁的河水比山还要青，
我们傣家最欢迎毛主席派来的人。

十二月调 ①

搜集地点：云南省临沧市耿马傣族佤族自治县

傣历分三季，
每季四个月。
五月初一起就叫热天，

各种虫、雀叽叽喳喳叫，
树枝抽出嫩芽，
丛林长满藤蔓，

---

① 十二月调从四月唱起，四月完了五月就开始。

藤蔓爬上高树，
四处开遍鲜花。
青草遍地生长，
牛儿不愿回家，
盲人回到了家乡，
农民在田里种庄稼。

十月雨水少，
谷子吐穗，
白天开始短了。

十一月要准备打谷农具，
女的要做镰刀把，要舂糯米，
男的要去割谷，
还要做跳舞用的"孔雀""狮子"。

十一月准备过开门节，
街上买卖很热闹，
该卖的就卖，

该买的就买。
准备灯油、蜡烛、水果去做赕。
年轻人高高兴兴，
开门节后谈情说爱就开始。

十一月完十二月就来到，
人们做好挑箩，
用肩挑、用马驮，
把谷子运回家。

三月寒霜降，
树木枯黄，
大家准备过烤火节。

四月份没有云彩，
天气长了，
太阳出来当头照，
到晚太阳要落就落，
我唱完了，也就完了。

泼水

搜集地点：云南省临沧市耿马傣族佤族自治县

系上丝绸的腰带，　　　　　　　穿上雪白的衣裳，

包头又与往常不一样，
它显得又白又大方。
姑娘们呵，打扮起来，
穿上节日的盛装。
象脚鼓在咚咚的响，
沙包儿在眼前缭晃，
调子声洋溢在各个寨子，
到处充满了节日的景象。

泼水呵！泼水呵！
把这小伙子拉上。
在我们姑娘的手下，

看他跑向何方？

弄得这小伙子羞羞答答，
泼得他像落水的鸡一样，
没有什么，没有什么，
泼上这桶水，
我们年轻人永远年轻
——青枝绿叶万年长。
泼上这桶水，
祝伟大领袖毛主席
——万寿无疆，万寿无疆！

十三个民族一条心

搜集地点：云南省临沧市耿马傣族佤族自治县孟定镇

为了我们好日子过得长远，
毛主席领导我们成立自治县，
边区十三个民族团结起来，
共同当家做主，
我们要永远记住这件事：
把"没有压迫"四个字写在经书上，
十三个民族一条心，
像一个爹妈生的一样，

我们永远听毛主席的话，
永远跟着党。

今天爱说又爱唱

演唱者：李进民
搜集地点：云南省红河哈尼族彝族自治州金平苗族瑶族傣族自治县新勐村

过去呵，
土司骑在傣家的脖子上，
说话呵，没有力气，
唱歌呵，声音不响。

土司的粮食流出仓，
农民呵，没有下脚粮；
山羊头①全吃尽呵，
光藤果②尽都吃光。
钻刺蓬去找野菜，
衣服挂成筋筋吊吊；
爬坡顶去挖野苕③，
黄泥巴涂污了满头满脑。

现在呵，
毛主席领导真好，
拉我们的手臂呵，

我们从泥坑中爬上来了。

毛主席呵，
像春天的阳光照耀，
救我们出了苦海，
为我们铺平了大道。

---

① 山羊头：是一种野生植物的根。
② 光藤果：是一种野果。
③ 野苕：即野芋头。荒年时农民采这几种东西来充饥。

电灯照亮傣家的心

搜集地点：云南省红河哈尼族彝族自治州金平苗族瑶族傣族自治县

过去走亲戚呵，
磨破脚板皮；
现在呵，铺上了平坦大道，
汽车马车进到我们的寨子里。

过去呵，
涨了水别想过河去，
多少船被水冲走！
多少生命埋进水底！
现在，大桥架起来了，
过河如走平地，
大河像脚下的水沟，
一步就可以跨过去。

过去呵，
煤油灯也点不上，
竹楼黑洞洞，
只有天上的星光。

现在呵，
我们要在寨上装上电灯，
把竹楼和傣家的心，
照得更光亮。

懒姑娘

搜集地点：云南省红河哈尼族彝族自治州金平苗族瑶族傣族自治县

懒姑娘，懒姑娘，
东方太阳亮，

缅桂花儿香，
朝霞染红你的帐房，

你的鼾声还在响。

懒姑娘，懒姑娘，
午饭才吃完，

为啥抬头看太阳，
任务没完想回家，
像不像好姑娘。

山歌

讲述者：罗德荣
记录者：张道刚
翻译者：刀家凡
搜集地点：云南省红河哈尼族彝族自治州金平苗族瑶族傣族自治县金水河镇

我们的家乡多么宽广，
可以放牧几千只大象，
我们傣家的心怀，
像土地一样坦荡。

我们的田地多么肥美，
一棵谷子结出几千粒，

鱼儿都汇集到这里，
远方的客人不愿回去。

糯米饭多么香甜，
金银宝藏无数，
金龙在河里游来游去，
金鸟在屋顶上飞舞！

生活一天比一天好过

演唱者：王三妹
记录者：余大光
翻译者：黎贵荣
搜集地点：红河哈尼族彝族自治州金平苗族瑶族傣族自治县金水河镇

毛主席领导，
我们生产搞得多好！
田里棉花一片雪白，
地边菠萝发出芳香，
边防军的同志，
笑嘻嘻来帮忙。

生活一天比一天好过，

我们劳动自己收硕果，
好比树叶落进水里，
变成一浪浪的鲤鱼，
好比树叶落下地，
在地上生出稻米；
你生活上缺少什么，
百货公司运什么供给你。

妇女翻身歌

演唱者：王三妹、李二妹、罗美金
记录者：余大光
翻译者：黎贵荣
搜集地点：红河哈尼族彝族自治州金平苗族瑶族傣族自治县金水河镇

过去呵，
婚姻是父母包办，

想自由却不由得你，
好比上山砍柴，

想砍一截完完整整的，
却偏偏不能如意。

被逼着嫁到丈夫家里，
劳动再辛苦也白费力气，
好像丢东西进大河里，
随着大水向东流去。

表面上做丈夫的太太，
实际上是他的奴隶；
大石头压在头顶，
多少年呵，头抬不起，
如今呵，有了毛主席，
把头上的大石头掀掉，

我们得到了自由，
就像河里的鲤鱼。

在家能够做主，
出门敢抬头走路，
毛主席给我们做主，
不再受人欺侮，
好比围得密密实实的菜园，
不再受野鸡践踏；
好比栽的芋头菜，
不准野猪来拱坏；
好比筑的大水坝，
不准龙王来掀垮。

红薯根根通北京

搜集地点：云南省红河哈尼族彝族自治州红河县

红薯叶子三角形，
红薯根根通北京；
结出果来全社得，
发出叶子青又青。

到了田里开个会

地点：云南省红河哈尼族彝族自治州红河县

太阳出来红通通，
看见懒汉不出工，
到了田里开了会，
干起活来不放松。

唱一唱我普洱人的心

演唱者：李明星
搜集地点：云南省红河哈尼族彝族自治州金平苗族瑶族傣族自治县新勐村

吹起筒瑟放开声，
唱一唱我普洱人的心。

今天唱歌多快乐，
过去唱歌就是哭，
黑云遮着普洱寨，
普洱人无衣无裤把身遮。
满坝谷子熟，
人人吃野菜；
大河一涨水，

竹楼飘野外；
土司骑马到，
更像野猪四面来。
哎，普洱人的血泪流成海！

腊月梅花开，
刀家柱①被赶跑，
有吃有穿好自在。
人民公社一成立，
千家万户合拢来。

---

① 刀家柱：当时当地的土司。

哎，共产党的恩情深似海！

傣家靠着共产党

搜集地点：云南省红河哈尼族彝族自治州金平苗族瑶族傣族自治县

住在鸟湾几百年，
受苦受难谁可怜？
有了中国共产党，
才得云散见青天。

金凤靠着凤凰山，
鲤鱼靠着陡石湾，
傣家靠着共产党，
红河流水永不干。

中国出了个毛泽东

搜集地点：云南省红河哈尼族彝族自治州金平苗族瑶族傣族自治县

中国出了个毛泽东，
好比太阳红通通，
太阳只能照白天，
他白天黑夜照天空。

今年十月就撒秧

搜集地点：云南省红河哈尼族彝族自治州金平苗族瑶族傣族自治县

今年十月就撒秧，
明年二月谷花黄，
五月就吃新米饭，
六月又要栽新秧。

过去红河岸

搜集地点：云南省红河哈尼族彝族自治州红河县

过去红河岸，
山高草枯多凄惨，
少有人往烟雾罩，
只听饿狼嚎天叫。

赶走山神和旱魔

搜集地点：云南省红河哈尼族彝族自治州红河县

总路线是灯塔，
照得高山变了样；
赶走山神和旱魔，
庄稼长得绿油油。

儿童歌两首

演唱者：木龙大寨一群小学生
搜集地点：云南省红河哈尼族彝族自治州红河县

1

官家吃芒芒，
手拿金银刀；
爷爷吃芒芒，
拿根竹片挑；

爹爹吃芒芒，
张嘴就开咬，
小先站在芒树下，
望着芒芒只是跳。

2

烟子烟上天，
变成大神仙，
神仙肚子饿，
连喊"哎哟哟"，
急忙跑下来，
抢吃芒芒果。

我们地方好

演唱者：白官宝、白万朝
搜集地点：云南省红河哈尼族彝族自治州红河县

我们地方好，
共产党、毛主席来领导。

我们没有看见汽车，
如今天天听见汽车叫，
从元阳修路到红河，
昆明的车子也来到。

我们地方好，
共产党、毛主席来领导。

我们没有见过电话，
如今电话乡上挂，
拿起电话机，
千里得消息。

我们地方好，
共产党、毛主席来领导。

男女平等在一处，

吃穿样样生活好，
人民公社一成立，
个个干劲高。

我们地方好，
共产党、毛主席来领导。

火把照红半山坡

搜集地点：云南省红河哈尼族彝族自治州元阳县

红漆桌子四只足，
灯笼火把都点着；
提着火把出工去，
火把照红半山坡。

全部栽上三角秧

搜集地点：云南省红河哈尼族彝族自治州元阳县

月亮出来亮堂堂，
放水进来好栽秧；
精耕细作都做到，
全部栽上三角秧。

先进办法多多想

搜集地点：云南省红河哈尼族彝族自治州元阳县

大河涨水哗啦啦，
河中鱼儿摇尾巴；
先进办法多多想，
当上模范人人夸。

毛主席和我们心连心

搜集地点：云南省红河哈尼族彝族自治州红河县

一条公路通北京，
毛主席和我们心连心，
今年实现水利化，
明年电灯亮晶晶。

白胡老人眼睛亮

搜集地点：云南省红河哈尼族彝族自治州红河县

今年一定要扫盲，
白胡老人眼睛亮；
有精有神学文化，
以后不被困难挡。

干地变成水浇地

搜集地点：云南省红河哈尼族彝族自治州红河县

清清河水满山流，
要叫高山低下头；
干地变成水浇地，
荒山从此出苞谷。

永不浪费一颗粮

搜集地点：云南省红河哈尼族彝族自治州红河县

八月里来谷子黄，
男女社员秋收忙；
黄一块来收一块，
永不浪费一颗粮。

拥护毛主席

翻译者：刀国昌
记录者：朱宜初
搜集地点：云南省西双版纳傣族自治州

东方的稻花香，
毛主席像太阳，又像太阳，
太阳照到傣家人
傣家村村寨寨亮堂堂。
劳动人民得翻身，
毛主席的话像大海一样宽，望不到边，
毛主席的话像一千条清泉一万座山，
毛主席的话像金子银子样的声音，
各族人民热爱毛主席，
他说的话就是今后要做的事。

（二）传统民歌

妈妈夸我手脚巧

搜集地点：云南省红河哈尼族彝族自治州金平苗族瑶族傣族自治县

爹打谷，
妈在背，
我在旁边做草堆。

草堆做得牢又牢，
妈妈夸我手脚巧。

一支苦歌

演唱者：罗德荣
记录者：余大光
翻译者：刀家凡
搜集地点：红河哈尼族彝族自治州金平苗族瑶族傣族自治县金水河镇

趁这过节的好时辰呵，
我要唱一支苦歌：

唱我心里的不平，
唱农民的千年恨。

1

土司派我们出苦役呵，
工钱从不给一分一厘；
我们像牛马白白地劳动呵，
千斤气力倒进大海里。

土司派我们给他种田，
吃不吃饭他从来不管，
我们的肚皮饿得发痛，
只有吞食泪水和仇恨！

土司驱使我们干活计，
连好话也不说一句，
远远见他骑马来了，
还要上前去磕头作揖。

土司天天派役派夫，
出门要我们用船渡；
回家要我们撑船去迎接，
农民的心呵，比黄连还苦！

太阳像火一样焦辣，

汗水像野果一粒粒滚下，
农民被晒得垂下头，
皮鞭却在背上抽打！

暴雨像石子打下，
路滑掼了一身泥巴，
土司不准停脚，
爬起来，又背上篾箩。

白天呵，我们流尽汗水，
晚上呵，寨官①又来敲门，
三百六十天都在出夫出差呵，
从来得不到一夜安宁。

我们终年地劳苦，
秋收分不到一粒谷，②
粮食堆满土司的大仓，
农民只能空着眼睛望。

土司每餐吃饭，
香米、大鱼、大肉，

---

① 寨官：是土司派管各寨的爪牙，大多数同时又是保甲长。
② 农民给土司耕种的土地，粮食全部归土司收。

农民捡些残羹剩饭呵,
还要受太太的侮辱。

农民们愤愤地说:

"这片土地虽然肥沃,
但粮食我们吃不上,
鲤鱼我们捞不着……"

2

姑娘们也受不过气,
眼泪呵,尽吞到肚里;
有话谁敢说呵,
生杀是土司掌握。①
姑娘们只好骂天骂地,
泄一泄心里的怨气,
舂米的,捣坏了碓窝,
晒谷的,戳破了晒席。

小姑娘跑去问妈妈:

"养鸡要鸡脚卜卦,
养鸭呵,要鸭生蛋吃,
为何尽送给土司做贡礼?"
妈妈听说心里难过,
泪水像一条小河:
"土司家有遍天下的田地,
山上的泉水呵也是他家的,
我们只有一样财产,
就是那无花果一样的汗粒!"

3

姑娘的爱情也受阻挠,
土司不准两人相好;

土司的兵把男人捆去,
要罚他金银珠宝。②

---

① 土司有法庭、监狱,掌握生杀予夺之权。
② 土司遇自由结婚者,便抓去罚款、受刑。

男人被打得遍身血痕，
活活被土司夺去了性命！

寨官逼着姑娘出嫁，
要她嫁给土司家做奴隶。

姑娘宁愿嫁给最穷的人，
她星夜逃到外地。

"妈呵，
这儿土地虽然宽广，
却没有我插足的地方，
我要逃到遥远的他乡！"

"妈呵，我用手指蘸树浆，
画上这别离的图样，
你留作生别的纪念吧！
永远把女儿记在心上。"

"我从河边走过呵，
我向河里的鱼儿问好，
别了，自由自在的伴侣，
我要去寻找你那样幸福的生活。"

"我从宽坦的田边穿过，
我向田里的稻谷问好，
别了，黄金金的稻谷，
我要去寻找你那样金色的欢乐。"

姑娘日夜逃亡，
经过一个地方又一个地方，
看着太阳晒褪色的衣裳，
她时时挂念她的家乡。

姑娘奔走了多少村庄呵，
带去的干粮都吃光，
她向寨子上的老乡，
乞讨剩饭残汤。

4

终于呵！姑娘来到了一个快乐的
地方，
这才是她真正的家乡，
她写信给她的妈妈，

把这片乐土夸奖：
"妈呵，
这里生活像太阳明亮，
这里人和鸟同声歌唱，

田里一片稻谷金黄，
地边菠萝发散芳香……

在这里呵，太阳辣了，
我用篾帽遮阳光，
在这里呵，暴雨来了，
我躲进田边的公房①。
我像金花正在盛开，
我和爱人相亲相爱，
像南娥和欢鲁②一样，
一片鸡肝两人分尝。

妈呵，
我一家过得多安静呵，
夜里不再战战兢兢，
我们一起望着明月，
小宝贝在怀里数着星星。

日子一天胜过一天，
像蜜多笋③一样香甜！"

长工调

演唱者：刀有贵
记录者：肖耀林
翻译者：刀有贵
搜集地点：云南省红河哈尼族彝族自治州元阳县万模乡（今南沙镇）

我们的苦处多，
没有父母没有婆，
整天给土司种田地，
做牛做马怎奈何。

摸黑就要下田地，

一直做到太阳落，
回来晚饭吃完了，
肚子饿了对谁说。

我犁的田深又平，
土司还说"要不成"，

---

① 公房：傣族地区中午酷热，田边都搭有休息的凉棚。
② 南娥和欢鲁：民间故事中一对情人。
③ 蜜多笋：傣族人民最喜爱的一种最香、最甜的热带水果。

我耙的田软又烂，
土司说"还有硬泥团"。
白天手不离锄头，
晚上还不得睡觉，
土司吃烟要我装，
土司吃水要我倒。

土司的碗筷我不能拿，
土司的厨房我不能进，
我和水牛睡在一起，
吃饭用的是狗盆。

土司吃肉我不得喝汤，
土司吃白米饭我吃糠，
土司穿的是绸缎，
我披的是破衣裳。

长工的苦处实在多呵！
长工的苦处没处说，
哪天太阳出来了，
爬上高山唱个歌。

我们穷人为何这么苦

演唱者：刀世民
记录者：余大光
翻译者：刀世英
搜集地点：红河哈尼族彝族自治州元阳县万模乡（今南沙镇）

远远望见土司家，
屋前屋后大平坝；
土司家的珠宝数不尽，
土司家的田地满天下。

高楼的柱子青铜铸，
铜柱上盘绕着金龙；

高楼的横梁黄金打，
大院把可以赛象、跑马。

三十个长工帮他盖房子，
盖的是亮光光的石瓦；
四十个短工帮他铺地下，
铺的地板多么光滑。

土司家小姐穿绸穿缎，
绸缎上用金线绣鸟绣花，
睡的是象牙床，
挂的是金丝帐……

我们穷人呵，为何这样苦，
为何房柱只有筷子粗？
大风吹来，东摇西摆，
暴雨打来，屋里无干处。

我们穷人呵，
为何这样苦？
为何衣裳穿成破渔网？
为何裤子穿成马笼头？

我问寨中的庙房，
我问田边的龙树①，
你们为何不张不睬？
你们为何不谈不吐？

山呵水呵都无情 ②

演唱者：陶友才
记录者：余大光
翻译者：杨友福
搜集地点：云南省红河哈尼族彝族自治州元阳县马街乡乌湾村

过去呵，我们不顾阿爹的令牌，
我们相爱就自己结婚；
可恨的土司呵，要罚黄金白银，
逼得我们四处逃命。

我们躲在大树下，

大树倒下来压脑门！
我们藏在深山里，
野狗嚎叫要吃人。

我们钻进河水里，
黄波滚滚要把我们一口吞！

---

① 龙树：是解放前傣族崇拜的一种古树，每年都要杀牛祭祀，传说可以保护人民风调雨顺，生活安康。
② 男子回忆被封建势力逼散的女伴时诉说。

我们往火里逃生，
火势熊熊呵，也不容我们！

山呵水呵都无情，
只好回家见父母亲，
阿爹心狠又把我们撵出门，
我牵着你夜奔昆明城。

碰上"老黄狗"①几千个，
拦路问要金和银，

逼我们要黄金几百两，
逼我们要白银几十斤。

逃不出虎口又往回奔，
保甲长乘机起黑心！②
罚我们杀牛二十条，
勒我们交出十万罚金。

从此呵，我们像一双大雁，
一棒打散各奔命。

元阳诉苦调

演唱者：陶友才
记录者：余大光
翻译者：杨有福
搜集地点：云南省红河哈尼族彝族自治州元阳县乌湾村

天上的星星呵，
请你来做证；
这沉甸甸的稻穗，
是我们的血汗结成。

凶恶的土司不讲理，
逼我们连夜打谷交租子，
谷子从土司仓库流出来了，
我们却分不到一粒充饥。

---

① 老黄狗：傣族人民称国民党士兵为"老黄狗"。
② 1925年国民党反动势力侵入傣族地区以后，也在这里建立了特务统治的保甲制度，和土司一个鼻孔出气的。

我两手空空回到家,
阿爹叫我去借谷米,
我又重回到土司家里,
土司已经把大门紧紧关闭。

我进深山挖野苕①,
掘土三尺不见野苕根;
肚饿手软倒在地,
哭地地不应。

转回家里阿爹又问,
说不出话来只闻哭声,
阿爹叫我去摘无花果②,
树高手短摸不着,
仰面朝树颠望一望,
无情的树呵!
你难道也跟土司一样?

红河诉苦调③

演唱者:白乃朝
翻译者:白官宝、白有亮
搜集地点:云南省红河哈尼族彝族自治州红河县木龙村

我们的日子过得甜,
是一棵什么树长在地边,
哪一棵树高呵,金凤就飞来,
哪一棵树矮呵,四脚蛇就来在。

靠着水有鱼,
靠着田有谷,
哪棵谷秆高,穗就长,
哪棵谷秆矮,穗就粗,
我们两人去砍树吧,

---

① 野苕:亦名野芋头,长在地下,饥荒时傣族农民挖来充饥。
② 无花果:是一种野果,长臂猿的主食,农民无法只有摘来塞肚皮。
③ 此歌是男女双方对唱时,男方的小伙子弹着三弦唱的,小姑娘听后,必须重复此歌一遍,然后自己唱一首新的作为回答;紧跟在小姑娘后面,小伙子亦得照样重复小姑娘的歌一遍,接着又唱一首新的;这样一唱一和,回环往返下去,有时可达三天三夜之久,这是一种青年男女谈情说爱的方式。这些歌多叙述自己悲惨的身世以取得对方的同情。

来安镰刀割谷,
我们割了两抱堆得密,
割了四抱堆在田坎边。

泉水顺着沟沟流,
走田要走进山冲,
砍根扁担挑谷子啊,
谷子从上仓往下仓流。

你的命好,
我的命苦,
就像那下仓的谷子,
不能装进上仓中。

我们穷得没有饭吃,
没有吃的难以度日,
给你借点谷子来晒吧,
给你借点谷子来踩。

我给你借谷,爹不愿意,
我给你借谷,妈不答应;
他们要叫我上山去借谷子,
他们要叫我去给汉族去借金银。

我去借时人家把门关得紧紧,
没有办法伸手把门打开;
爹妈指着我大骂,

看见我两手空空地回来。

他们又叫我去挖山药,
挖进去多深也没有;
只得扶着锄头把哼,
只得扶着锄头把哭。

我拖着锄头回来,
又遭到一顿痛骂。
老爹骂我像条狗,
他们使我也像使条牛。

我想伸手摘芒果吃,
可惜芒树太高,
左手摘不来,
右手拿不到。

天天见不着大米,
山药野菜就当饭;
我本来还年纪轻轻,
如今却变得苍老。

一个苦孩子的歌

演唱者：白张氏
搜集地点：云南省红河哈尼族彝族自治州红河县

我这个姑娘实在苦，
什么东西都没有，
小虫还能在树上做个窝，
我就像无娘的小鸡没着落。

四处与别人在，
别人吃饭我吃菜，
吃别人剩的还遭人恨。

想起想起好伤心，
一边吃饭我一边哭，
吃点就想往外吐。

天下雨，河水大，
还要逼我把田下；
不去就从头打到脚，
遍身都是伤疤壳。

当兵调

演唱者：陆泽明
记录者：余大光
翻译者：白万林
搜集地点：红河哈尼族彝族自治州元阳县乌湾村小昆铺

十八个土司呵，
像乌鸦一样贪心，
像豹子一样凶狠；
为了争城夺地，

为了抢劫大象和金银，
向人民要马抓兵。

不去呵，

土司的命令！
去了呵，
三天要打，
四天要杀，
死不得死，
生不得生！

兵马扎在石头窝，
枪一响呵，上阵肉搏，
你杀我呵，
我杀你，
血水染红了红河，
得利的是土司家，
死的都是傣家人！

一个士兵的控诉

演唱者：罗德荣
记录者：余大光
翻译者：刀家凡
搜集地点：红河哈尼族彝族自治州金平苗族瑶族傣族自治县金水河镇

那些当官的皮鞭，
时时不离我的身边；
半夜三更闹闹嚷嚷，
要我起来站岗。

我的腰杆呵，
弹带勒得只剩骨头了！

我的肩膀呵，
背包压得肿得多高！

我的腰杆站直了，
我的肚皮饿瘪了，
当兵的呵，为何苦成这样？
有没有命见爹娘？

点兵调

演唱者：王白氏
记录者：仇学林
翻译者：黄支书
搜集地点：红河哈尼族彝族自治州元阳县万模乡（今南沙镇）

水黄永远不会清，
地乱永远不会平；
告示一张又一张，
张张贴满村土墙，

告示遮黑天和地，
告示打乱人的心；
土司派捐又派款！
土司抓人去当兵！

情歌对唱

演唱者：王三妹
记录者：肖耀林
翻译者：刀家凡
搜集地点：云南省红河哈尼族彝族自治州金平苗族瑶族傣族自治县金水河镇

男：
采花鸟在河边声声唱，
蝉在树上叫得最响。
我们相爱就通信吧，
我会天天盼望。

女：
我多么不想离开你，
什么时候才能在一起。
我们永远不相忘，
至死也是这样。

男：
什么时候我们像河水相会，
什么时候我们像小鸟成对？
姑娘呵，你像条自由自在的鲤鱼，
我要织金网来捕捉你。

女：
你快请良媒来说亲吧！
阿爹就要把我出嫁。

男：
你为何这样慌着嫁人，
你为何这样忙着成亲？

女：
我还没有想到"出门"，
阿爹早就做了决定。

旁：
不熟的芒果就摘来吃，
不黄的谷子就打来晒。

他们二人相亲相爱，
父母之命却像皇帝的令牌。

成对的鸳鸯被打散，
成对的大雁被分开。

听见姑娘要"出门"，
寨邻围着挽留人。

"三月插秧少不了你，
四月蚕吐丝你不能去。

"五月河水涨得高，
淹没了半路的大桥。

"六月七月下大雨，
大路小路滑稀稀。

"八月太阳火辣辣，
九月细雨绵绵下。

"十月谷子黄，
我们一起收进仓。"

千言万语无用处，
姑娘被逼着上路。

姑娘走了两三步，
回转头来把话吐。
"再见了，我的姐妹们，
你们要和睦相处。

"嫁人要平定主意，

事到临头空叹息。

"再见了，我的女伴们，
你们不要为我流泪。

"请你们给他捎个信，
别叫他过于伤心……"

种菜调①

演唱者：陆谭明、白葛林
记录者：余大光
翻译者：范正明
搜集地点：红河哈尼族彝族自治州元阳县乌湾村

男：
姑娘呵，
你种的菜地一片绿茵，
千人万人都称赞你行，
你们的土地最肥美呵，
谁不想到你们寨上来？

女：
你真正爱我们寨子么？
还是说的客气话？
你不是想着我们吧？
你来为的是别人家。

男：
你们的菜园多宽敞，
打算栽些什么样？

女：
可栽什么我不知道，
你搞生产的人最熟套。

男：
是不是东边菜地栽香瓜？
是不是西边菜地种葫芦？
香瓜种子在天堂，

---

① 小伙子到寨上去串，看到一个漂亮的姑娘在种菜，他用了很多问话，想借此与姑娘亲近，姑娘却守口如瓶。

你用什么法子取回来？

女：
用什么办法你晓得，
千行百样你都会。

男：
本想请八哥向天神讨回来，
八哥又不会说又不会讲。
姑娘呵，
请你想个好办法。

女：
你不要出题目考我啦，
你心头早想了好办法。

男：
是不是请斑鸠去讨回来？
斑鸠会说又会讲，
种子取来怎么撒？
姑娘呵，请你出个好主张。

女：
撒种你是内行家，
你知道种子怎样撒。

男：

是不是左手撒香瓜？
是不是右手撒葫芦？
两天出土两片芽，
四天出土四片芽，
九天就牵瓜藤啦，
姑娘呵，用什么树来搭棚架？

女：
我们像憨人不会说话，
你自己知道怎样搭棚架。

男：
我想用蚂蚁树来搭棚架，
瓜藤一爬上就开花，
脚下开的是空花，
颠上开的是实花，
先结的果好留种，
后结的果味最佳，
姑娘呵，摘了香瓜用什么装？
请你给我讲一讲。

女：
你不要再来考我了，
样样事情你知道。

男：
是不是用红筐子来盛？

是不是用花盘子来装？
十个人吃了都说甜，
百个人吃了都说香。
姑娘呀，吃了你摘的香瓜，

走到哪里都把你记心上，
摘香瓜的巧姑娘呵，
你的名字要传遍四方。

金平十二月调

搜集地点：云南省红河哈尼族彝族自治州金平苗族瑶族傣族自治县

男：
一月里，种棉花，
收获棉花纺成纱，
纱好织成雪白布，
送给阿妹做衣服。

二月里，种甘蔗，
甘蔗榨糖香又甜，
哥哥爱妹爱得深，
哥哥情义比糖甜。

三月里，种黄瓜，
阿妹挑水哥挑泥，
黄瓜本是我俩种，
别让外人偷吃去。

四月里，栽秧忙，
哥掌犁耙妹插秧，
秧苗栽得方方正，
禾苗长得绿又壮。
勤施肥料勤除草，
保证秋收多打粮。

女：
五月里来是端阳，
做对粽子送情郎，
粽子吃来甜又香，
就像阿妹的心肠。

六月里来芭蕉熟，
养条肥猪做礼物，
亲友来把媒人做，

订婚喜酒热乎乎。

七八月里稻谷黄,
满田男女齐声唱,
你割谷子我挑担,
谷子堆成山一样,
老大爹眉笑心喜欢,
吃罢晚饭捧着经书唱,
唱个《娜娥与欢鲁》①,
听的人像着了迷。

九十月里风霜寒,
做件棉衣送哥穿,
冬腊月里过得快,
不觉又要过新年。

家家户户点红灯,
哥妹合做一家人,
喝杯春酒贺新春,
祝我们幸福万年青!

元阳十二月调 ②

演唱者：李文秀
记录者：余大光
翻译者：李勇新
搜集地点：红河哈尼族彝族自治州元阳县乌湾村

小姑娘呵,
谁不知你情意厚,
只因我生产丢不开手,
不能同你一道游。

正月里,过罢年,

全寨忙翻犁冬田,
二月里,无空闲,
上山砍刺拦秧田。

三月里,不得空,
忙整土地把棉种,

---

① 《娜娥与欢鲁》：民间流传的一个爱情故事，夹叙夹唱。
② 男对女的邀约婉言谢绝。

四月里，生产忙，
要把田坎草铲光。

五月放牛上山岗，
六月要栽芭蕉秧，
七月谷黄啦，
打马下田驮庄稼。

八月活路紧，
抢把晚稻秧子插，

九月里，收割啦，
黄豆收来堆满家。

十月日夜忙，
抢把晚稻进谷仓。
冬月整水沟，
引水培育早稻秧，
腊月栽秧要提早，
决不等候布谷鸟。

春来桃花隔岸红

搜集地点：红河哈尼族彝族自治州元阳县

春来桃花隔岸红，
夏来荷花冒池中，

秋到榴花红似火，
冬有梅花配青松。

哥哥后园学猫叫

搜集地点：红河哈尼族彝族自治州元阳县

正月赶街到妹家中来，

妹妹家中做花鞋，

哥哥后园学猫叫， 妹妹家中唤猫来。

妹妹有心跟哥去

搜集地点：云南省红河哈尼族彝族自治州红河县

哥是蜜蜂翅膀圆， 妹妹有心跟哥去，
一飞飞到甘蔗田； 哥待妹妹比甘蔗甜。

喜鹊登梅成双对

搜集地点：云南省红河哈尼族彝族自治州红河县

隔河望见一棵桑， 喜鹊登梅成双对，
一对喜鹊歇阴凉， 露水成团妹成双。

要联就要单联单

搜集地点：云南省红河哈尼族彝族自治州红河县

要联就要单联单， 不要二虎共一山；

二虎共山山会败, 二龙共海海会干。

妹妹山上叫一声

演唱者：陶正德、白文清
搜集地点：云南省红河哈尼族彝族自治州金平苗族瑶族傣族自治县

妹妹山上叫一声, 听来听去妹声气,
哥在家中立耳听！ 拿着碗筷心不定。

高高山上种黄果

搜集地点：云南省红河哈尼族彝族自治州金平苗族瑶族傣族自治县

高高山上种黄果, 只要我俩心拿定,
不怕山高马鹿多, 不怕别人来挑唆。

哥变鸟来妹变凤

演唱者：罗文才
搜集地点：云南省红河哈尼族彝族自治州金平苗族瑶族傣族自治县

哥在高山妹在冲[①]，
若要相逢路不通，
想要相逢得用计，
哥变鸟来妹变凤。

石碑哪怕水来冲

演唱者：罗文才
搜集地点：云南省红河哈尼族彝族自治州金平苗族瑶族傣族自治县

大河涨水打湿碑，
石碑哪怕水来冲，
只要我俩心肠好，
哪怕别人讲是非。

---

① 冲：平坝。

好比鲤鱼上沙滩

演唱者：罗文才
搜集地点：云南省红河哈尼族彝族自治州金平苗族瑶族傣族自治县

联妹难，

好比鲤鱼上沙滩，

上得滩头网来撒，

不到滩头网来难。

火烧草棚难得救

演唱者：罗文才
搜集地点：云南省红河哈尼族彝族自治州金平苗族瑶族傣族自治县

火烧草棚难得救，

妹子出嫁哥当留；

三尺红布遮妹脸，

哭哭啼啼出门口。

莫拿情哥当白银

演唱者：罗文才
搜集地点：云南省红河哈尼族彝族自治州金平苗族瑶族傣族自治县

大河涨水小河清，

小河岸上栽金银，

妹呀！莫拿金银像铜使，　　　　　　莫拿情哥当白银。

水里能不能打火 ①

演唱者：罗美珍
翻译者：刀佩金
搜集地点：云南省红河哈尼族彝族自治州金平苗族瑶族傣族自治县金水河镇

在水里能不能打着火？
野芋头能不能在园里栽？
你若爱我呵，
能不能脚踩屋檐蛛丝来？
能不能像蝴蝶把翅张开？
你用竹片编成箩，
能不能关住小虫，
能不能不让面粉漏出来？
你拉着黄牛，
能不能从藤上过？
能不能从树丫里穿？
若果能够呵，
我的父母会答应，
小妹的心呵，也喜欢。

芒果熟透真爱人

演唱者：徐有科
搜集地点：云南省红河哈尼族彝族自治州元阳县

大河涨水小河清，
小河岸上栽竹林；
竹林长大惹小鸟，
芒果熟透真爱人。

---

① 男方想上门成亲，女方故意提出苛刻条件考验对方。

山歌落在放牛场

演唱者：徐有科
搜集地点：云南省红河哈尼族彝族自治州元阳县

太阳落坡坡背红，
我唱山歌送太阳，
太阳送到天边去，
山歌落在放牛场。

送郎送到橄榄坡

搜集地点：云南省红河哈尼族彝族自治州元阳县

送郎送到橄榄坡，
郎摘橄榄妹兜着，
吃口橄榄吞口水，
橄榄回甜想起哥。

麒麟望着芭蕉树

搜集地点：云南省红河哈尼族彝族自治州元阳县

天上乌云赶乌云，
地下狮子赶麒麟；
麒麟望着芭蕉树，
小妹望着有情人。

赞哈唱新房的歌

1 盖新房时赞哈对唱当场记录

记录者：朱宜初
翻译者：刀昌荣
搜集地点：云南省西双版纳傣族自治州勐腊县

1962年4月3日勐腊玉甩亲戚家新房落成，请我去参加，刀科长为我陆陆续续做了些翻译如下：

勐捧①女赞哈唱：
今天是最好的日子，
所以大家都来了，
亲戚朋友都来了，
来的目的是一致的，
幸福是大家的。

这个时候是最好的时候，
所以是摆桌子的时候，
希望主人家能过很好的日子，
我们今天的日子是建立在和平的
日子里，
所以今天才是好日子，

我今天来也不是轻易来的。

是来勐腊开会，
做了人民代表来参加的，
在主人的邀请下，
才特别来参加这次新房的联欢。
在座的除了群众外，
也有出名的干部，
我唱的也是为了相互帮助，
共同进步。
（众人：水！水！水！）

———
① 勐捧：勐腊县勐捧镇。——编者注

勐蚌歌手唱：
今天能来参加很高兴，
我们不是鼻子闻着肉香、菜香、酒香才来，
而是主人邀请我们才来。

今天看到这里许多赞哈，
许多亲戚朋友，
我们来自不同的地方，
却是同样的，
只不过是从不同的娘胎里出来的。
（众人：水！水！水！）

勐腊赞哈糯较唱：
我们今天盖新房，
大家过幸福的生活，
就是因为走的是社会主义大道。
我们不要走黑漆漆的资本主义道路，
社会主义大路从国内开到边疆，
从边疆开到国外，
高山也能挖开。
（众人：水！水！水！）

女赞哈唱：
你唱得很合，
你唱得很对，

过去我们这里的人，
距离得相当远，
好像天和地一样远。

这次到勐腊后才互相见面，
真的太好了。
我愿和你们一起唱，
一起欢乐，
在与你们一起唱时，
可能与你们的程度不同，
可能不合你们的要求，
唱不合的地方请你们原谅。

今天有远方来的汉族同志参加，
他们从内地到勐腊来了，
是因为解放了，
人们有能力将高山挖掉，
河水填平，
这才将汽车开到了最美丽的勐腊，
勐腊的日子过得更好。
要从这方面来唱就太多了，
这么长这么宽的路怎么能开出来？
这要感谢共产党和毛主席。
（众人：水！水！水！）

我唱的只是一小点，
还请大家补充，

除了公路通了，
还搞和平建设，
将来到处机械化，
到处坐汽车。
（水！水！水！）

共产党说话非常和气，
不像国民党带骂带打。
（水！水！水！）

勐捧曼脑赞哈买高唱：
你们唱得都对，
金子不黄，
就要养黄它。
我们几个一起围攻①女的，
因为我们都是一样的人。

女赞哈唱：
勐腊不是花园，
进了勐腊，
却像进了花园。
我们唱了这么久还一个不认识一个，
过去昆明的皇帝还知道各地的土司的名字，
我们一个不认识一个，
真害羞啊！
（众人：水！水！水！）
按：女赞哈说三句吹②得不合，就不唱了。

勐捧赞哈唱：
你到底是不合，
还是心里不好过，
为什么唱一点就不唱了，
是不是你来时没有拴好牛马？
还是你丈夫不喜欢你来。

我是在勐捧，
你是在勐笼，
现在我们在一起了，
我早就想见你一见，
现在见了面有什么就应该唱。

我是最想与你好好地唱一回，
如果我能与你唱一夜，
我是最幸福了，
我就不想我的床和温暖的被子了，

---

① 这里说的是几位男歌手与一位女歌手对歌的"攻防"转换。——编者注
② 吹：云南汉语方言，意为"聊"。——编者注

因为我的床生了虫子，
今天是在快乐的日子，
应该高高兴兴地来唱。

你像最清秀的水，
我要双手捧着槽来装这水，
用来天天洗我的脸。
（众人：水！水！水！）

女赞哈唱：
现在我向你问候，
我的问候不是像老鸦一样地叫，
我问你是从天上问到地上，
从天外问到家中，
我好好地问你，
你不要骂我，
不要像人骂家中的牛一样，
这小水壶应该配上背带，
合唱什么就唱什么。

我们最好是相互谅解，
相互轮唱，
好像水上船有来有往，
听唱的人有很多，
有姑娘、小伙子、老人等，
不好好唱是对不住主人和亲戚朋友。

我们要唱的很多，
有解放前的，
也有解放后的，
究竟要唱什么？
（众人：水！水！水！）

赞哈买高唱：
你唱的我同意，
我是跟着你走，
唱新社会也好，
唱旧社会也好，
我都愿意跟你走。
（众人：水！水！水！）

另一男赞哈唱：
皮带配水壶，
合做什么就配什么，
合唱什么就唱什么。
来的人有背孩子来的，
有爬来的，
有远方来的。

我这样唱并不是因为我水平高，
唱歌好像打水一样，
你一瓢我一瓢，
水就满了。

我的水平为什么不高？
因为没有当过和尚或者当的时候
不长。
我并不是什么小事都要问，
我只是怕砍了酸荄树，
猴子没有吃的；
砍了戛里路树，
怕麂子没有吃的；
砍了金树，
怕和尚没有吃的。
如果我说多了，
请加上水；
如果说少了，
请加上盐巴。
我自己没有什么顾虑。

勐龙的赞哈啊：
你要去哪条河打鱼，
要在哪条河撒网？
现在我都准备跟得你去。①
你们要打我，
我愿意挨。②
因为我水平不高。
不过你们要走哪条路还是可以。

勐腊歌手岩英邦唱道：
你们来赛唱很好，
我要看看谁胜、谁败，
我是要助败的这方。

女赞哈又唱道：
对呀！对呀！
你拿根竹竿来做弩，
一年到三年打一次，
最后一次箭飞到麻班，
打着一个小鸟，
这小鸟三年才叫一次。

鲊蕊唱：
你的亲戚格好③？
你的家在哪村、哪寨？
你家的房子有几根柱子？
你的家（问的是女赞哈）
会不会安排来这里？
如果我到你家里来玩，
你会不会将我忘记？
我的家在勐板，
希望你来玩，

---

① 是指你要唱什么，我就跟着你也唱这方面的歌。
② 译者说指"赛歌输了的话，我服输"。
③ 格好：云南汉语方言，意为"好不好"，类似江淮官话的"可好"。——编者注

我问的，
希望你能回答。
（众人：水！水！水！）

女赞哈并未回答，另一年轻赞哈
买高唱：
我不是拿棍子去戳蚂蚁窝，
不是用棍子去戳黄蜂窝，
如果蜂子叮着了手，
不要说蜂子蠢，
如果蛇咬着人不要说这是毒蛇。
我并不是一只大老虎专门想躲在
路边咬人。

现在夜深了，
雾重了，
小伙子已经与姑娘成双成对的回
去了，
老人已经摸不着路来走了，
但我不离开这里，
我不离开这里的好朋友。

我不能领人跑，
但我能跟着你们走。①

这家的主人，
因为房子已经烂了，
柱子被白蚂蚁蛀了，
于是决定盖新房子了，
砍了木料来，
又请了亲朋来，
大家一起来盖房子。
（众人：水！水！水！）

女赞哈唱：
盖房时用牛犁又是什么样子？
要盖房子用四棵芭蕉树绑在柱子上，
中间柱子上又绑上一棵，
这是为什么？
叫佛爷来念经，
念后芭蕉又给谁？

买高唱：
我画像，
请你看着，
我画什么，
请你看着。②
我唱倒不会厌烦，

---

① 指他自己不先唱，但能跟着大家唱。
② 指我跟随着你们唱，请你听着我唱的意思。

只怕你听的倒听得不耐烦。
你问的，
我们一些歌手分着抬着点。①
（众人：水！水！水！）

第三方岩英邦来调解：
现在我主要来给你们解决，
我不是要折竹片来戳你们的鼻子，
我们都是同一个县的，
能相互原谅就相互原谅，
不能相互原谅就相互对唱吧。

我并不想与女赞哈起来攻你，
如果这样就像折竹片来戳人家的
眼睛了。
你刚才唱你不是只大老虎，
对啊，
就是大老虎也有掉牙的一日。
（众人：水！水！水！）

女赞哈唱：
这么大的房子已经盖好了，
我唱的、问的，
怎样回答？

现在夜已经深了，
等下妇女要起来踏碓了，
要起来洗米煮饭了。
问得合不合，
还是请你解答一下，
我们唱的人都是傣族，
虽然各寨唱的有些不同，
但是大体上是相同的，
解放后由于交通方便，
来往更多，
相同的地方就更多了。

造房子有两种：
一种是房子的柱子放在石上，
一种是柱子埋到土里面，
这是为什么？
还有楼梯前的台子又是怎样
来的？
（众人：水！水！水！）

买高唱：
上楼的那楼梯前的台子，
是这样来的：
在过去有两个人在造房子的时候，
就到山里面去问野和尚，

---

① 指大家来回答。

那人说楼梯要用螃蟹壳垫着，
他们照着做了，
那螃蟹壳就变成了现在那楼梯前的台子。①

女赞哈唱：
三脚火塘从哪里来？
梁又是怎样来的？

附记：译者是临时找到的，系县委会刀科长，他明早还要去办公，这时已经深夜，他说要回去休息了，翻译就到此结束。后来一些同志谈到赛唱时，还赛唱了蚂蟥变成了竹篾；龙变成了楼梯；燕子住屋里，麻雀住屋外，是因为燕子抬的草排秆秆，麻雀抬的草排叶叶。这些都因无翻译，未能记下，实在可惜。

2　傣族的贺新房

记录者：卢自发
搜集地点：云南省西双版纳傣族自治州

傣族地区不论哪一家盖新房，盖好以后就选择一个吉祥的日子，请亲戚朋友来吃酒，请章哈来唱。

从天黑开始吃起、唱起，一直到深夜两三点钟才慢慢地散去，有时唱到天亮，如果客人来得多，说明新房主很有光彩，脸面好看，要是没有客人来就有些不好了。

主人家设酒、做菜招待客人。客人们席地而坐，由一个人敬酒，一个一个地敬，敬完了，大家就一起举筷夹吃，吃得很斯文，最多夹两筷子便停筷了。停下来听章哈唱。

---

① 因说话的人多，没有听清对其他问题的回答。

章哈唱的时候，用一把扇子遮着脸，有两层意思：一方面是不好意思，一方面主要是让大家知道是谁在唱，因为人多，声音闹。另外有一个人替演唱者在旁边吹。

吃酒的人要经常与章哈助兴，隔一段时间，某人发一声"水！"大家就一起齐声叫"水！水！水！"①，如果有谁没有叫，便要罚酒。

同一个寨子的人即使没有请着，但还是可以参加，去的人主要是去听章哈演唱，男男女女，大大小小都有。

亲戚、朋友、章哈，同寨的人来参加贺新房，主要是祝贺这一家人吉祥、一切顺利。

3 章哈与群众的关系及其所唱内容

讲述者：仓霁华
记录者：周开学
翻译者：仓霁华
搜集地点：云南省西双版纳傣族自治州

章哈在群众中有威望，人们不管结婚、盖新房……都请章哈来唱，能够得章哈的祝福，丰衣足食，有福有气，万事顺利，能够"楼下变成盐井，楼上成为金银库……"，把一切福气都寄托在章哈的唱里。章哈唱得越好，给他们的钱越多，人民对章哈是很尊敬的。青年人非常喜欢章哈，他们把终身大事的好坏寄托在章哈身上。

过去，如有什么事需要章哈，而这村没有，就要到别村去请章哈。

解放前喜欢唱爱情歌，赕时、盖新房，关于劳动生产的就唱得很少，反对封建压迫的的歌谣有是有，但是很少，如果唱出反对的歌，他的饭碗就

---

① "水！水！水！"的意思是表示高兴。

要被打破。

解放以后，分几种人：老歌手多唱上新房、关于开天辟地的故事，人类万物是怎样发展起来的；新的歌手、新作者，多唱解放后所在地的发展变化，见什么唱什么，国家的发展变化也唱，青年男女的恋爱歌也写或唱，新旧社会的对比，解放前统治阶级对人民的压迫如何深重，解放后党给我们带来了幸福，生产生活都非常自由。

4　贺新房①

演唱者：玉香
记录者：张必琴
搜集地点：云南省西双版纳傣族自治州景洪市

女：
今天碰到你，
你懂的比我多，
我们互相交流吧！
今天我们来唱歌，
哪个月也没有这个月好，
哪天也没有这天好，
祝福主人盖新房。

人多歌手也多，
我是新赞哈②，
我懂的不多，
你们听了不要笑，
我要唱的太多了，
唱一下，停一下，
就如像纺纱一样，
拉出来再慢慢送回。

男：
今天我来参加贺新房，

---

① 开始唱即男女双方互相认识。
② 赞哈：歌手。

5　章哈的演唱、对唱

讲述者：岩糯教
记录者：周开学
翻译者：仓霁华
搜集地点：云南省西双版纳傣族自治州勐腊县

人家盖屋时或其他事情他去唱时，到场的有土司、叭、乍、先各等人，如果是小一点官的人到场时，他的祝词是："马不来，还有鞍来。"意思是说：大头人不来，还有小头人来领导我们。

以后就来求神——新房神、祖宗神来帮助他、保佑他，使他能唱胜别人，祈祷后就开始对唱，如果我唱后，对方没有唱的，对方就输了；如果对方唱了，我没有唱的，我就输了。

还有一种对唱——猜调，我问你答，你问我答，哪方答不上就输了。群众就会把胜败者传出去。

求拜时唱："双手捧起来朝拜头人，我愿将我的全身附在大地上来求拜头人给予祝福。若是我身上的汗水和气味熏着头人或者我的衣服碰着头人，或者我走路不弯腰得罪了头人，请头人饶恕我。"用这些言语取得头人的宠爱。这时头人给予评价："好！孩子，你的好，你继续唱下去。"接唱："小水壶还有人用套子把它背起来[①]，种哪一块田就吃哪块[②]"。

求神："来吧，亲爱的来吧，一个来在我嘴边帮助我夸张；一个到我嗓子里来帮我呐喊；一个来在我肚肠里帮我拉出歌来；一个来我大脑里帮我示威；一个来我的右肋帮助我把扇子扇得更灵活；一个来在我的左肋帮助我猜透对方的问话。假如还有谁愿意和我对唱，你就尽管来，还有我的助

[①] 背起来：事在人为。
[②] 唱赕、唱新房、唱升和尚，各有其调，意思是见人说人话，见鬼说鬼话。

手帮助我战胜你们。"

问歌对唱：盖新房

男问：
小妹你来自哪一方？
通过你家的路有多少岔路？
要走左方或是右方？
你家的门开朝哪一方？
你家的梯子有几台？
你家的门你来时候是开的还是关的？
你来时，你家的火塘是生着火，
还是用灰盖着？
你来时，你的爬舍①是卷起来还是
铺开的？
你的帐子是放下来的还是掀上去的？

女答：
对啦，哥哥，对啦！
小妹要来的时候头人用甘蔗叶写
着通知来我，
用浮萨②写小信传我手里来叫我。

男唱：
对啦，小妹，对啦！
阿哥要来的时候，
也有信件③来通知阿哥。
现在我们已经会聚在一处，
看你小妹要走哪一方④？

女答：
我是一个女人，
阿哥是个男的，同时阿哥当过和尚，
上下经书都精通，
要走哪一条路，要唱哪一个调子
请阿哥带头当先。

男唱：

---

① 爬舍：棉被。
② 浮萨：叶子，形圆而大，上有毛，粗糙，用来擦桌子。
③ 甘蔗写的信件。
④ 要走哪一方：要唱哪一个调。

如果要从森林唱起也可以，拂晓时候咱们再来唱房子。
（女的得赶快问，否则就落后了。）

女唱：
要数什么样的森林？
要数什么样的树木？

男唱：
（唱房子）盖房子先要备料，
料子要选好的，备好料，
就准备弹墨线，
左眼闭，右眼睁，
左手拉线，右手弹。
木料准备好还要到山上取草排①来。
一切料子准备好，
就去请乡亲们来帮助，
拉回料子看子，从下到上慢慢竖。

女问：
我们全靠什么坐在这里？

男唱：
我们全靠我们的五官坐正。
〔有一小桌，上放一匹布、一串槟榔、一瓶酒、用黄蜡做的蜡烛、银花（银箔片）、花钱（10块、15块、20块不论），送给唱歌的人。〕
我们来这里就是为了这些。
今天是个好日子，
珍珠宝石似的日子。
是不是我们还需要请求一下佛爷阿赞，
千好万好还比不上内地②，
千万个竹节还比不上竹尖③，
千千万万的胶水还没有芭蕉黏，
所有的叶子，不管有多长，
还没有冬叶长④，
所有的尖还没有谷子尖，
千千万万个仓库，
都没有秋收时候的仓库多，
千千万万的声音，
还比不上念望⑤，
千千万万个象，

---

① 草排：盖房子扎成束的草。
② 内地：汉族。
③ 竹尖：高的意思。
④ 冬叶长：包粽子的叶子。
⑤ 念望：知了——蝉，叫时就种田，告诉我们春耕。

都比不上藏耶郎拉苑①,
千千万万的日子都比不上今天。

女唱:
(男的唱了很多,女的怕答不上)
对啦,哥哥,对啦!
可惜小妹没有音带②。

男唱:
(男的将它拉开,用螺蛳来比喻,
螺蛳的叫声,叫"布耶",和人的
音带同音。)
水里的螺蛳是谁把它搬到田里来?
田里的螺蛳是谁把它搬到家里来?
家里的螺蛳③是谁把它搬到喉里来?

女唱:
当初小妹也说过。
因为小妹没音带,
因此不会说来不会答。

男唱:
(不是答,唱给她听,唱大地再唱天)

大陆有什么东西,请小妹听阿哥说。
大陆上有熊、狮、虎、豹、豺狼、
象、马、猪、鸡、牛、羊……

女唱:
因为阿妹知识有限,
唱到什么地方请阿哥来接。

男唱:
今天听我们唱歌的人来自各方,
男女老少都在我们身旁,
都在倾听我们叙唱。
(下面是开玩笑的话,男的说女的
如何漂亮,自己不好,女的也如此。)

男唱:
(唱天上,如果不会唱天,就唱一
些生活琐事,祝别人成婚,自己会
唱什么就唱什么,以歌的形式讲故
事。这时天亮了,快结束了,就给
主人家祝词,男的或女的唱。)
祝新房的主人楼下都变成盐井,
楼上变成金银仓库。
祝你种山地收成万背,

---

① 藏耶郎拉苑:叭英用水做成的象,托着他。
② 音带:喉头,女的没有,男的有,女的想说自己没有本领,准备拒绝。
③ 螺蛳:螺蛳的叫声和人的音带同音,傣族的发音。用作比喻。

祝你种田收成万挑。
祝你生的儿子满晒台①，
祝你生的孙子满屋子。
种瓜园能种在有井的地方，
养画眉②生的小儿长金毛。
祝你养黄牛，黄牛旋涡③有二十个，
祝你养母牛，小儿满厩。

祝你面朝北方的时候，④
手掏腰包都是金银，
祝你主人家吃穿着落，出门回家都身体健康，老天保佑。
（男的唱完了，女的要唱也是重复男的一遍，这时开始接收礼物。以上是旧社会的唱法。）

新社会唱新房⑤

演唱者：岩糯
搜集地点：云南省西双版纳傣族自治州勐腊县

听着吧，亲爱的乡亲们，
打开乌云，拨开厚雾，
在中国的土地上没有一个地方不是明亮的，
现在我们能够在和平的日子里安安心心地建设我们的家乡——勐腊。
还有宽宽的大路（别有意思），
环绕着祖国的大地，
就像蜘蛛网在藤子上。
东方发白以后，
汽车、马车都通往勐腊县，
在我们的公路上排列和来往。
亲爱的姑娘们，你们都亲眼看见了吧！
亲爱的各兄弟民族们！
我们一起来迈开大步，走向总路线。

---

① 满晒台：傣家竹楼有一平台叫晒台，用来晒东西或姑娘纺线的地方。
② 画眉：鸟。
③ 黄牛的旋涡愈多愈好。
④ 东方、北方都是吉祥之兆。
⑤ 先唱所在地的整个发展变化（在新房边唱，起宣传作用），然后才唱具体的新房。

我们的总路线、我们的力量英明伟大。
姑娘！希望你不要走小路和迷路[①],
小妹，希望你不要迈步走进这条路，
你的脚会被荆刺戳。
所有的河水江水都向我们让路，
高山还能被我们党战胜。
碰到江河人们还会搭桥，用砖石来砌，
从河底砌到水面，还用碎石水泥来嵌。
姑娘你可以自自由由地走过去，
哪里窄，我们可以把它修宽，
汽车拖拉机来往，
公路两旁的野草树木都不能阻挡它，
真是毛主席的福，
从勐腊一直通往国境线。
（注：解放后唱新房已不再像过去那些陈设和拜头人，一来就唱了。）

另一首唱新房的歌

到了春天画眉叫了，
就是吃烧苦笋的时候到了。
还有一种大鸽子在地里歌唱，
小野鸡在密林里寻找食物，
树林顶上亮晃晃的，
我们的祖国变化得这样快，
阿哥，看那一方，都是白花花的新瓦房，
这些都是党领导我们建设的，
大家都非常喜欢盖新房，
因为有党的领导，我们不要花费多少钱，
广大的群众都起来盖新房。
现在到处都是白花花的新瓦房。
在旧社会就没有这回事情，
到处黑洞洞都是些黑茅房，
只有有钱有势的少数人才住几间瓦房。
姑娘，现在你亲眼看清了吧！
还有波岩拉和篾岩拉，
原来他俩的房子又小又坏，
后来他们就去请求亲戚朋友们，

---

① 指资本主义道路。

磨刀磨斧到森林里帮助砍伐新房木料，
又请来了师傅们帮助凿洞，
师傅们都积极帮助建盖新房，
师傅们用好材料做梁，

用直树做柱子，估计三天就完成了，
房子建成后请亲戚朋友来喝酒，
整个勐腊城都是新崭崭的白瓦房，
这些事都因为有了党和毛主席的领导。

上新房章哈对唱

讲述者：康朗光灭歪（乍耶组织支持）
记录者：周开学
翻译者：仓霁华

男：
靠山吃山，靠水吃水，
到勐腊就用勐腊的竹子削篾子。

女：
怎么办？勐腊的竹子脆，
削不成篾子，编不成笼。
不原谅土地、原谅草，
不原谅大家、原谅太阳，
还是看在我灭歪的面上吧。

乍耶：
你们不能靠我调解，

一来我不是头人子女，
二来我又不是诗歌学校出来的，
我这里也没有什么东西，
我不过是山中的无牙老虎，
就是马鹿从我身边穿过，
我也无力把它抓住；
就是麂子从我身边穿过，
我也无力把它捕食。
我就像山中一条大绿蛇，
嘴里既无舌也无毒，
千人万人进来我也不会毒害。
不过今天我们是采贺新房，
希望大家走大路，

不要窜草棵。
希望大家只能比朋友①，
不能比敌人。
希望大家唱好的、丢坏的。

男：
二十掰长的绳子，
拴在柱子上。
我的知识很有限，
倒茶漫杯边。
我的知识虽然有，
就像缺了的刀口。

女：
请弟弟不要怕，
姐姐不是吃鸡的豺狼，
姐姐不是吃牛马的虎豹。
姐姐不会把小鱼从河里倒赶上，
姐姐不会赶水倒淌，
今天我们是来贺新房，
祝贺主人日益兴旺。

乍耶：
再大的土地没有地球大，

在地球上，
中国人民千千万，
领导我们的是毛主席和共产党。

男：
竹笋没有雨水不会长，
全国人民的幸福少不了党，
做女人要学勐捧地方，
（互相讽刺）
楼上楼下的事情还由婆婆奶奶来干。
织布机线断都结不上，
红线结在黑线上，
挑水在路上泼了一半，
全身只附一套旧衣裳，
节日到了到处忙：
婆家要裙子，
奶家要衣裳，
如果找不到，
还来楼下哭哭嚷嚷。

女：
四月过了，五月上，
主人找的好日子是十三②，
剪硬藤叶③也不会尖，

---

① 以友关系相比。
② 十三：五月。
③ 硬藤叶：这种藤叶大而圆。

剪芭蕉叶也不会团，
当土司、头人那些，
连国家大事也不会办，
木匠砍树越砍越上。①
人长大靠吃饭，
人老靠一年一月地长。
（请对方原谅，知识靠慢慢增长。）

乍耶：
哎呀呀！
大家细听吧！
想见难民到勐玛②；
想见生意佬到景洞③；
想见高山到内地；
想见梨国酱到勐海；
想见卖水牛的人到勐遮；
想见卖羊的人请上高上；
想见卖螺蛳的人到勐罕；
想见瓦人就到砖瓦厂。
肥沃的土地算云南，
云南的首府在昆明，
昆明城市宽又广，
昆明人口几十万，

春天到了，
花儿遍地开满，
人们思想很乐观。
猪皮牛皮做的靴，
还用靴带来系上。
大花小花格子花布都齐全，
花被花毯都摆满，
红红绿绿丝线买得上，
民族商品不缺少，
城里还有汽车电车来往往。

男：
难呀难，六匹布做不得裤子一条，
可惜就差一段裤腰，
还得到老丈人家找三匹才够穿。
若姐姐要来试我的程度，
我又不是麻罕戛仙④，
有雄厚的底子，
就是麻罕戛仙也有难住的时候，
比如有一次，
有一个人来问麻罕戛仙：
"鱼生在哪里？"
麻罕戛仙说："哪里有水，鱼就在

---

① 第二斧砍不在第一斧印上。
② 勐玛：外国地，靠近打洛，常有逃难的。
③ 景洞：缅甸这边。
④ 麻罕戛仙：要什么有什么的神。

哪里。"
那个人说:"椰子里面有水,鱼一定在里面。"
麻罕戛仙难住了,
叭英看到麻罕戛仙被难住了,
就派得保波设法使椰子里有白鱼。
那人把椰子掰来剖开看,果然椰子里有鱼。
这些都说明了人的知识足有缺陷的,并不是十全十美的。

女:
我要用饭盒又可惜空了饭筒,
我要和一个对唱,
可惜又问了另一个,
我还是和你们几个对唱吧!
弟弟的寿命就像一朵花,
心想活三年,
可是三天就谢了。

乍耶:
从今以后,
我们来往的机会还不少,
假若哥哥有空到你们地方,
全靠弟兄大家来帮忙。
知识浅薄我们不论,
只论兄弟朋友感情浅和深。

男:
谷子收成好坏看田埂,
酒烤得好坏看酒药,
谷子发芽离不了雨水,
弟弟的知识不外乎阿哥教,
如果哥哥姐姐们有空,
可以到弟弟的曼勐来耍,
弟弟一定殷勤接待你们。

女:
勐业哥哥啊!
咱们来的时候是约着来的,
阿哥何必来多心,
莫非你是具有高深知识的大佛爷?
双手举烛、身附长刀往前走,
阿哥就是有高深的知识也好,
如果你真的有知识,小妹问你:
天堂有几怪?哪一怪在哪里?

乍耶:
说起那些事情说不清,
因为时间太有限,
我又不是来问你,
雄鸡已叫第三遍,
煮饭的姑娘已起床,
挑水的姑娘已出房。
听唱的人们已走光,

明天我们还要干工作,
唱到这里告个段落,
我们还是来向主人唱祝词。

唱新房

文本一

讲述者：刀平华
记录者：张必琴
翻译者：岩香囡
搜集地点：云南省西双版纳傣族自治州

八月到了,
雷声响了,雨下了,
如果不盖新房,
房子就会烂了。
如果不盖新房,
住处就没有。

五月里,
要开始准备各种工具,
如果没有去请铁匠打,
木料进山里去砍。

盖新房的时候,

要与妻子、儿子商量,
商量好再盖。

一月,
黄蚂蚁不会吃木料,
大风大雨不会吹打,
妻子和丈夫准备工具、食物,
准备齐了,
到了森林,
到了山沟边,
喝水、洗澡、休息……
搭起帐篷住下。

要砍最直的木料,
可以用几十年,
黄蚂蚁不会咬,
还要砍柱子和其他木料。

要盖新房,
天天都得准备,
准备饭、菜。

四月里,

编草排,
拿斧子吹木料,
木料不够时,
带着妻子又去山上砍。

木料都齐了,
请亲戚朋友来帮助,
砍的砍,刨的刨,
准备盖新房时,
请算命先生择一个好日子。

文本二

讲述者:刀平华
记录者:张必琴
翻译者:岩香因
搜集地点:云南省西双版纳傣族自治州景洪市勐龙镇

今天,是好日子,
是纯洁的日子,
是晴朗的日子,
一切灾难都不会降临,
一切病害都远远地去了,
不吉利的事都不会进寨来。

经常去赕佛,

少买多卖,
一切穷苦都不会有,
要战胜一切灾难,
无论哪个民族都一样,
我们日夜祝福主人,
不好的事不会再来,
亲戚、朋友来了,
都为主人祝福,

如同流沙河的水流入澜沧江之多，
金银堆如山，
每天用三斤都用不完，
四面八方的人都来送礼、送金银。

有福气的主人，
金银用秤称，
不管你走到哪方，
有金、有银。
祝你活二百岁，
不管你说什么，
别人都会听从你。
祝你有穿、有用、有戴，
祝你有马、有驴，
祝你全家大小人生活幸福，
金银谷满仓，
天天穿新衣，
楼下有盐井，
楼上有金银，

只要老实、有诚心，
将来有金、有银。
使你有一个带头的牛，
使你有一般的牛，
使你有一只好狗，
防盗贼进家里。
使你有一只漂亮的公鸡，
早上啼叫，
使你按时去做饭，
做好饭去缅寺里赕，
祝主人身体好，
万寿无疆，
我说的就是这些了。
祝你洗得干干净净，
祝你活二百岁，
经常带着东西去赕佛，
幸福无边，
我说的就是这些了。

文本三

演唱者：康朗甩
记录者：周开学
翻译者：刀兴平
搜集地点：云南省西双版纳傣族自治州

空中雷声隆隆响，
我家草排烂得露出了椽子，
柱桩已被白蚂蚁在土里咬断，
在屋里能看见星星和月亮，
夫妻夜里在床上商量，
丈夫说了妻子同意，
妻子说的丈夫也同意，
他们一心要盖一间新房。

一月不同的三月，
今年的三月呀，
要先砍铺楼和当墙的竹子，
要把茅草割来编草排，
要把剖好铺楼的竹片泡在水里，
再去找竹子木料。

一月不同的三月，
今年的三月，
汉族的铁匠也来了，
汉族的铜匠也来了，
铁匠师傅是个杨胖子，
拉风箱的是老李，
打锄头的是老赵，
打凿子的是老罗，
打斧子的是老周，
他们一心来到了傣族地方。

那时候啊，刀刃不硬再去溅水，
斧子不快再压好钢在刃上，
如果刀不快，两三把刀合打成一把，
经过多次在火炉烧红钢铁，
又用锤在砧子上打出了刃，
用铁打出了薄薄的刀身，
在磨石上把刀磨快回到家，
与老婆准备到山上砍木料。
老婆给丈夫样样准备好：
长方形的一包是鱼，
四四方方的一包是芝麻糖，

包得滑溜溜的是甜酸角,
每次休息你就拿出来喝一点,
又准备了给丈夫的草烟和槟榔,
一些好吃的菜样样都给丈夫准备,
还有一包腌菜一包肥肉,
还有一包汉族做的豆腐。
他拿到所有的东西走进大森林,
他们一起走进了葱绿的森林,
又走进又深又密的竹林,
走到了深深的水箐,
走到河边的芭蕉林里,
用叶子搭起了竹棚,
到了第二天早上,
正在森林里寻找木料,
眼看路下边尽是栗树,
眼看路上边也尽是栗树,
他们一走近树脚,
大刀斧子将棵棵的栗树砍倒,
砍去树枝、砍断树梢,
砍吧,多多砍些才够盖一间房屋,
砍下长叶的梅苦冬树,
再砍下白色的树做横梁,
直直的树做楼棱,
曼安两来做中柱,
再砍埋刀赛和熊胆树,
这两种树一万年蚂蚁也咬不动,
一切害虫都放过了它,

大风也刮不动它。

砍够了竹子转回家,
找寨里的头人,
手提着酒粮槟榔,
进了头人家就坐下,
两手朝拜头人把话说:
"头人啊,我的头人!
我有一件事要来请求你,
我家要盖房子的木料已经砍倒在森林,
要请寨子的人把所有的木料拉回来。"

寨子的头人明白了,
第二天早上"呜呜"的牛角声响遍寨子,
寨子里的男女纷纷走向森林,
他们走到森林,
有力气的准备抬柱子,
面黄无力的人主张拖,
一声叫喊:"拖呀拖!"
人们用力一手拖,
绳子断了倒木滚下坡,
头人叫喊所有的人把竹子拉上坡,
头人呀,他只是拿着棍子跟在后边,
人们拖的拖,抬的抬,
把所有竹子拿回了家。

到了第二天早上，
去寻找聪明的木匠，
木匠来了用火炭画线，
磨快了斧子将柱子劈成方形，
木料劈好开始凿眼，
凿好柱眼请阿张找吉利的日子，
阿张找出了吉利的日子，
早晨一吹起嘟的牛角，
寨子里的男男女女纷纷来到。
男的打土洞，
土硬不好挖，
姑娘又挑水来灌。
土洞挖好了，
人们把柱子搬进地盘，
房架树好了，铺楼板，
年轻人在上面上，
摆好橼子上草排，
草排上架竹墙，
运土上去做塘，
架好三角架，
一角是红宝石，
一角是金室石，
一角是能使人发旺的宝石。

附：祝贺歌
今天就是吉利的日子，
头人升位也是今天，

懒汉能享福也是今天，
夫妻能在一起劳动也是今天，
公象母象能同厩也是今天，
凤凰能上栖息的地方是今天，
燕子爬上新窝也是今天，
儿子继承王位也是今天，
老人种芭蕉能结金芭蕉银芭蕉也是今天，
画眉鸟在树上做窝也是今天，
糯赛鸟在石顶上做窝也是今天，
所有乌鸦开始抱蛋也是今天，
今天从人类来是最伟大的一天，
整个世界皈依佛教也是今天，
做什么不会出坏事也是今天，
人们搬上新房也是今天。

主人家呀！今天你搬上新房，
希望你们安居乐业，
希望你们发财致富，
希望金钱像河水一样向你家流来，
有的是巩固再富裕，
所有的东西像水一样向你涌流过来，
希望你家吃不完用不尽，
用来养活儿女，
祝贺你家人口繁殖又多又快。

文本四

讲述者：康朗井
记录者：雷波
翻译者：刀孝忠
搜集地点：云南省西双版纳傣族自治州勐海县勐遮镇曼燕村

1

现在我要谈谈新政策，
旧的制度已去了，
全国老百姓都有党的领导、党的
新政策，
今天要盖房子的日子要到来了，
都不信神和鬼，
要盖新屋，
就依靠人民的力量，
只要我们团结起来，
一切都做得成，
神鬼在水里都向我们低头，
他们都赞成党的政策，
今年全体农民都注意吃和住的问题，
今年还有波玉香、波玉罕的房子
要新建了，
你们两个高不高兴？

当他两个知道了大家这样说，
高兴得就像摸着埋在土里的银坑，
他们说：
"感谢大家的照顾，
本来早就打算要盖了，
天天两个在商量，
现在大家都知道，
今天大家为了我们着想很好。"

2

今天要盖房子的日子要到来了，
我们收获已经结束了，
弯弯低垂的谷穗已收清，
三月间①的寒气已到，
四月里各种花已发芽啦，
所有的山坡都种上了庄稼。
我们应早日砍木料，
按理来说各村各寨都准备，
那时波玉香夫妻俩和儿女，
他们边准备盖房子，
到社长家去请求，
社长也就先后安排，
壮年人到山上砍柱子，
成年人破竹板，
半劳动去准备轻材料，
一切木料要找齐全，
以组为单位来进行，
哪个组干什么活都要积极，
大家知道了任务，
都拍手欢跳，
他们说：

"我们有党领导，
没有困难，
一切事都有社帮助，
党领导我们过好日子，
我们应该尽力地干啦！"
第二天吃了饭大家就动身了，
太阳上升起来，
社长叫，铓锣也响，
全寨听见了，
你也来了，我也来了，
各组各队都到齐了，
得力的上山砍竹子，
竹子一倒，大家喊叫，
闹闹跳跳，回音响彻山冈，
中年人，向竹丛进军，
砍声不停，运送不住，
抬到村边，破成竹芭，
白生生的一大片，
撒满寨边，
抬斧子的半劳动，
带着饭上山坡，

---

① 三月间：傣历。

仔细地选择合做横梁的木材，
直的拿来做桁①，
做上做尾②，
大的做并③，
火盆门扇，
楼梯和一切小木料有了，
大木料也要有，
斧头一下，就成堆地倒下，
半劳动把它们修好，

用墨线打上，
削好的集中在一起，
所有的都要齐全，
一切就绪报告社长，
社干再来商量，
欢欢喜喜带领社员干，
所有木料拾到寨子边，
一排地放好，
大家坐下休息。

3

上面已唱了两段，
但是房子还没建，
波玉香已待到建房的日子，
傣历四月来到了，
树叶下落了，
凤凰在窝里都要成双，
男男女女也要配对，
刺花全勐都开放，
撒红了全村庄，
山上的鸟也要搭窝了，
人家也要修补房屋，

挡住雨落面。
六月间，
天空云彩带红光，
波玉香专请亲友、社长，
社长把波玉香要盖房的事向大家说：
明天起你们可以动手干，
全劳动挖柱洞，
半劳动捣好细小木料，
有技术的来设计，
使它牢固一万年，

---

① 桁：房顶的柱子。
② 尾：横梁。
③ 并：进门去一直长料。

如果柱子和零碎木料都设计好，
所有的亲友们就凿洞，
那□各组都来得早，
手□工具等待开工，
盖房子漂亮的师傅来设计，
大家不停地动手搞了，
人多兴趣高，
刀□不停，热闹得很，
足□三天搞结束了，
大家又来铲平基地，
量面积，
柱子栽在那里打上小桩，
每□一个洞都分了工，
人多、话多、欢乐多，
你追我赶，

有的抬扁担，用竹图，
有的把柱子安上，
竖起来，穿上横杆，
有的在上，有的在下，
急忙斗上、安好、捆稳，
盖草顶，铺不好不下来，
小姑娘挑水来给大家吃，
有些打扫清洁，
开玩笑、你惹我戏，
灵巧的人上房顶铺草排，
大家抬着三脚架子准备上新房，
根据我们的风俗，
铺好毯子，
社长、老人都来了。

4

我们顺着盖房子再谈谈，
事情还没有结束，
来到新房的人很多，
亲亲戚戚都来了，只等着吃晚饭，
波玉香准备了拴线用的
糖、布、槟榔、蜡条、烟，
用小篾桌抬来。

老人准备谈谈吉利的话，
白发老波涛说：
今天我们战胜了一切困难，
消灭了灾难，
周围的国家都和我们友好，
日用品堆得很多，
生产丰收的日子已到我们这个地方，

今天就是这样一个吉祥的日子，
英明的毛主席战胜总补①也是今天，
波玉香夫妻俩新屋代替破破烂烂
的草屋也是今天，
希望它牢固一万年，
那灾难的日子啊！
请你不要靠近我们，
今天人人都能盖新房，

受压迫的日子过去了，
那时盖房子要背债，
现在托了毛主席的福，
生活改善提高了，
盖了新房，不用操心了，
希望夫妻俩和儿女好好生活，
房子牢万年。

附录：上新房调查记录

讲述者：依挡
记录者：曹爱贤
翻译者：刀金艳
搜集地点：云南省西双版纳傣族自治州勐海县

三月不同三月，三月汉族同志下来打铁，三月汉族同志下来打铜，闪电闪得像望远镜，草排一烂可以望得着天，房子的柱子被虫吃断了，柱一断就一点不剩了，主人家没有住处，想盖一所小新房，夫妇俩商谈了一下，男人说的意见，女人同意了，女的说的意见，男的也同意了，夫妇俩都同心同意盖新房。

男的砍竹子，用来做房梁和椽子，女人去割草排，割了挑回家，打成草排，夫妇俩又商量了一下后，仍然又去砍竹子和割草排，在走之前准备好吃的和烟。女的对男的说："现在一切都准备好了。"于是男的就拿着吃的上山砍竹子去了，开始砍竹子，把所有的竹子都砍倒了，然后量出竹子的长度，量好以后，就把竹子拣在一起，然后又去砍柏树来做梁和椽子，几十年

---

① 总补：天神。

不准虫来蛀。竹子木料砍够了，主人家要去请木匠来盖房子，要盖房子就要先看好日子，主人家要去看日子的事蚂蚁知道了非常夸奖，算日子的那个人告诉了主人好日子以后，明天、后天吹牛角时，人们都一齐来帮助他抬竹子和木料，有的人要抬，有的人要拉，用力一拉，树就滚到了路上，头人只是在旁边看着不动手，人们把木头拉上路以后，都非常高兴，再一吹牛角，山上到处都听到牛角的声音，他一看山脚是一片很好的树林，他在山顶上一看，树林比山脚下的还好。他就走了，一走，路的两边都长出了白树。现在竹子木料都抬到家了，木匠拿起墨斗量木料，拿最锋利的斧子来砍木料，用最尖的凿子来凿木料，一切工作都做好了。男女老幼都来帮助主人踩碓，小姑娘们穿漂亮的衣服，小伙子们也都来到小姑娘踩碓的地方，来和小姑娘们玩，芭蕉树长出了嫩叶，小姑娘去挑水来拌泥巴、平地，地平好以后，把柱子插起来，竖起柱子以后，开始搭房架，房架搭好以后，开始上草排，竖竹笆。

"房子前面的竹笆用什么东西拉来？房子前面的竹笆用牛拉来。房子周围的全部竹笆用什么拉来？用牛拉来。四根木头围成一个火炉，三条牛下来滚（三脚架），大象下来扑（锅和甑子）。走栏上有什么鬼来吃人？有坐月子死的妖怪来吃人。楼梯西边都是母，公的到哪里去了？这是龙。楼下面的木桩，哪棵拴狗，哪棵拴马？哪棵拴牛？拴狗处不准拴马，做生意的人不知道，把马拴在狗栓上，就要罚钱。"

章哈继续唱道："从今后，楼下面会出盐巴，楼上面会出谷子，做生意人都一齐到主人家里面赶街。从今天起，主人家就要坐在帐子里卖盐巴，坐在仓库旁边卖谷子，伸手就可以得到很多钱，做生意不会亏本。三脚架的三只脚，第一只经常出金子，第二只经常出银子，第三只经常出珍珠。去种黄瓜就会有水井，养鸽子会出金毛。养牛养马会每年增多，一个木桩拴带头牛，另一个桩拴大母水牛。"

金平建房歌

讲述者：刀光发
记录者：余大光
翻译者：刀家凡
搜集地点：云南省红河哈尼族彝族自治州金平苗族瑶族傣族自治县金水河镇

秋风起啦，
树叶儿掉啦，
大鱼躲进水滩的深处，
小鱼还在水面上游，
小麻雀在房头飞来飞去，
衔着丝线样的小草，
鸟儿在砌窝了，
起房子的时候到了。

主人向邻居借来斧子砍木柴，
扛起锄头去挖炭窑，
炭烧好了背回家，
又请铁匠来帮忙打。

铁匠问他铁多少，
铁多就要动手早，
要打十把大刀、五把斧，
要打二把钢凿子。

刀打好了，磨得雪亮，
请邻居来砍木料割茅草，
主人备足了粮食，
蒸糯米饭三千包。

不砍有疙瘩的树木，
要砍那树枝上，
有金雀住过的，
树下常有人乘凉。

要放倒大树了，
要它一枝倒向越南，
才有许多客人来玩，
要它一枝向缅甸方向倒，
才有数不尽的金银珠宝。

大树，劈成八丫，
小树，劈成六丫，
请木匠从根削到巅，

削得像葱一样好看。

柱子砍好了,
请人拉回家,
要拉经过呵,
那些青年人爱谈情的地方。

挑草的从河滩上过来了,
茅草、柱子都运来了,
一切都已准备妥当,
请寨上小伙子来起房。

要选一个好地方,
日出照得着,
有金龙飞过,
要建造得恰当,
这里是青年人幽会的地区,
选这里作为屋基,
那边开窗子望得到的地方,
拿来做赛马的广场。

三天里,砍了柱子三十二,

六天里,砍了柱子六十四,
柱子一棵棵栽起来了,
转眼间又按上了横梁。

用金竹来铺楼板,
用金竹来编篱笆,
从远处遥望呵,
像一对金龙缠绕新房。

房架子搭起来了,
请会盖的人来盖草,
盖它太阳晒不进去,
盖它雨点漏不下来。

请寨邻来瞧瞧,
房子盖得好不好,
让它永远牢固,
像河边的芦苇,
像山上的蕨根,
像磐石立在急流里。

盖房歌

记录者：余大光

今天是第一个好日子，
我要来起新房子，
好像宝贝雨点般落下。
挖地洞，
栽柱子，
栽了柱子用木方斗，
用板子来铺，
然后我安横梁，
又搭上砖皮，
有些人爬上房盖草，
有些人用篾来拴，
主人家呵，你用楼梯来搭，
一棵树子圆圆的，
像竹笋一样好看，
一棵树分丫，
一丫朝东，
一丫朝西，
一丫朝北，
一丫朝南，
一丫伸进庙房来，
树枝上挂一书本，
砍来起庙房，
一丫有佛巾，
正好磕头，
盆子用金子银子做。

祝新房建成

讲述者：岩甩
记录者：雷波
翻译者：岩峰
搜集地点：云南省西双版纳傣族自治州勐海县勐混镇

好呵，
今年是个吉祥的年。
天上的月亮更明更圆，
今天是这年中最好的一天，
是最清净、最有光彩的时辰，
就像经书上说的一样，
星星月亮获得光辉的时刻，
十好九好，没有今天好，
今天新房盖起来啦，
过去我们的主人，
吃饭的地方没有，
睡觉的地方没有，
他们渴望盖一间舒适的新房，
这桩心事啊，
主人已经想过很久很久了。

木柴在山上，
一棵一棵地砍来，
茅草在山冈，

快挑到寨子，
把材料抬到挑到寨子后，
好日子已经来临，
开工的日子已经选定，
主人带着草烟、茶叶和槟榔。
来了手艺高强的老人，
请求老人把他的智慧，
分一点给竹楼，
手艺高强的老人来了，
他拿着尺子，
东比比西画画，
上面的柱子叫虎给，
下面的柱子叫伍黑，
一切尺码画定以后，
主人向整寨子的乡亲呼喊：
"来吧，乡亲们，
请来帮我们盖新房！"

篾笆编好了，

柱子已劈好了，
新房已经盖好，
主人摆出菜饭，
请所有的乡亲一齐吃，
一齐玩。
老人们喝着酒，
为新房和主人拴线，
祝新房结实牢固，
祝主人清吉平安，
我们愿新房，
像黄牛角一样牢，
像黄牛角一样结实，
像坝子的大门一样宽广，
像宝塔一样闪光。

主人种地愿地边有一口水井，
生下的女儿啊，
愿她像凤凰！
养的牛啊，
愿拴满廿个桩桩。
养牛啊，
养生下的小牛满圈，
愿主人有很多牛和白牛，
满圈的牛群就像，
很大的蜂群一样。

睡在竹楼里，

愿得到一千两银子，
醒来的时候，
愿主人得到一万两金子，
伸出手就摸着金银，
出去做生意，
不会亏本，
金子和银子会流进家里来。
愿没有土匪来抢，
没有强盗来偷，
早晚饭金银都堆成山，
随心可以吃，
随心可以赊。

盖一间房子是不容易的，
主人到山上去砍木料，
走遍很多山冈，
现在新房盖好了，
我们祝主人的卅二个灵魂，
都回到家里，
留在深山野林里的灵魂，
快快回来。

留在麂子马鹿身边的灵魂，
也快快回来，
快！回到房子里来！
两边的亲戚，
全寨的乡亲，

都在新房里祝贺，
主人的灵魂啊！
你不要停留在山上，
回到主人的身旁，
让主人清吉到老，
老到头发白得像银子一样，
姑娘长大，

会纺线织布，
纺出的线，
织出的布，
都胜过别人。

这是经书上的圣言，
也是我们大家的心愿。

附记：西双版纳的傣族，有这样的一种风俗习惯，不管哪家盖好新房，都要请寨子里的男女老少来吃酒祝贺。开始大家送主人入新房，主人就撒红糖、芭蕉和其他水果。撒了以后，就请寨中年纪最大的老人朗诵祝词。上面这首唱词就是贺新房时所念的祝词，是根据勐混区曼晒乡曼戛乡寨岩甩老人的口诵翻译记录的。

境内外傣族歌手对唱（一）[①]

演唱者：曼景奶、波琼因、岩庄
记录者：张必琴、岩香因
翻译者：张必琴、岩香因
搜集地点：云南省西双版纳傣族自治州景洪市勐龙镇

外国歌手唱问：
什么四件衣服只有一个领？
傣族歌手唱答：
四件衣服只有一个领是房子。

外国歌手唱问：
房子内开一口水井为什么？
傣族歌手唱答：
房子内开一口水井是请亲戚朋友喝

[①] 傣族歌手与外国歌手对唱。

茶、唱酒、吃饭。

外国歌手唱问：

人的眼睛眨多少次？

傣族歌手唱答：

人的眼睛要眨五十万万次。

外国歌手唱问：

人的头发有多少根？

傣族歌手唱答：

人的头发有五百万万根。

外国歌手唱问：

人的牙齿有多少个？

傣族歌手唱答：

人的牙齿有三十二个。

外国歌手唱问：

人的身上汗毛有多少？

傣族歌手唱答：

人的身上汗毛有十六万万根。

外国歌手唱问：

人的身上骨节有多少？

傣族歌手唱答：

人的身上骨节有二百个。

外国歌手唱问：

人的肠子有多少？

傣族歌手唱答：

人的肠子男人有三十二根，女人有二十八根。

傣族歌手唱问：

五万个关门节有多少天？有几个月？

外国歌手唱答：

回答不出。

傣族歌手唱问：

五万个开门节有多少天？有几个月？

外国歌手唱答：

回答不出。

（这些对唱的内容是比赛智慧，但傣族歌手都答出了，而外国歌手都回答不出来，就这样外国歌手输给了傣族歌手。）

境内外傣族歌手对唱（二）①

讲述者：先婆也
翻译者：张必琴、岩香囡
搜集地点：云南省西双版纳傣族自治州景洪市勐龙镇

外国歌手问：
版纳勐笼区委会的楼房什么时候修盖？
修盖楼房的工人有多少？
修盖楼房用了多少钱？
楼房的长有几派？
楼房的宽有几派？
玻璃窗户有几个？
楼房的高有几派？
楼房的中间楼梯有几级？
楼房两边的楼梯有多少？
楼房的大门共有多少？

傣族歌手回答：
好了，
你要知道版纳勐笼区委会楼房盖的情形就让我回答告诉你吧！
版纳勐笼区委会的楼房是一九五七年修盖的。
你好好地听着我说吧！
修盖版纳勐笼区委会的楼房，
是汉族工人帮助修建的，
他们带着一颗好心，来到了勐笼地方，
他们和区委会的领导商谈，
修盖区委会的钱需多少？
商谈后需六万元。
你仔细地听着我说吧！
楼房的长有五十派，
楼房的宽有十五派，
楼房的靠东面有十八个窗户，
楼房的靠西方有二十一个窗户，
楼房的靠南方有五个窗户，
楼房的靠北方有五个窗户，
楼房的高有十三公尺，
楼房的中间楼梯有十级，

---

① 境外傣族歌手与西双版纳傣族歌手对唱。

楼房的两边楼梯有九级，
楼房的大门有五个。

如果你不相信或认为我说得不对，
你就亲自去看看吧。

歌手对唱

讲述者：岩罕
记录者：曹爱贤
翻译者：刀金艳

甲唱：
大象共有多少重？
眼睛、鼻子、尾巴、象牙、耳朵、
脚各有多少？
头脚又有多少重？
鼻子和牙齿合有多少重？
它的鼻梁有多宽？
它的牙齿上可以挖几个池塘？
每个池塘里有几棵荷花？
每朵花有几瓣？
它的背上可以盖几个宫殿？
每座宫殿住着几个公主？
象的背上有什么东西来骑？

乙唱：
大象共重四亿斤。
眼睛一双、鼻子一个、
象牙一对、尾巴一根，
耳朵一双、脚四只，
象牙上可以挖七个池塘，
一塘中有七棵荷花，
一朵荷花有七瓣。
象的背上可以盖七个宫殿，
每个宫殿里住着七个公主，
它的背上是骑着天神。

对唱的过程

讲述者：康朗甩
记录者：周开学
翻译者：刀兴平
搜集地点：云南省西双版纳傣族自治州

听吧！南啊南①，
寨子里走进一条牛，
都要问问是谁家的；
走进一条狗，
也要问是哪家的。
今天妹妹走进村寨，
也要问问你的姓名。
我问你的姓名，
不是把你当成贼来问。
也不像母鸡看见乌鸦一样怨恨；
我不像头人一样对待百姓，
我问你这朵花是为了爱，
我问你这朵花是为了认识。
假若今天我们两人都让路，
那么就会使路空着。
假若我们两个不认识，
那么两个膝盖会相碰。

今天我们两个碰头，
我相信不会针锋相对。
今天我们虽然面熟，
就是不知道你的姓名。
今天虽然知道你的姓名，
可是不知道你家住在哪里？

你家住在哪一方？
请你告诉我。
你的埋火②有几节？
你的金竹发了几个笋？
你的亲戚有几家？
每一家有几桌人？
每一桌有多少男多少女？
你的父亲贵姓？
你的母亲叫什么名？
你的名字怎么叫？

---

① 南啊南：男对女的称呼。
② 埋火：竹类。

请你今天告诉我。
今天你到这里来是为什么事？

要说你是来找菜，
为何不带提篮来？
要说是来找牛马，
为何不带绳子来？
要说你是来找小伙子，
为什么不打扮？

来到这里后，
还要到哪里去？
你从远方来的路上，
是谁送你来？

你需要的是什么？
你来这里是否有什么意图？
你出门时是否请过莫乎拉①？
叫莫乎拉算过时间，
莫乎拉叫你哪天出门？
请你告诉我。
（女的答复上面的对唱以后，开始
唱成，开始请神。）

现在时间不迟也不早，
诺哥薄②也叫了。
我到哪里都要请神在身边，
这样才能保持我的光荣，
才不弄得丢人。

神啊神，
我举手朝拜你，
朝拜你来帮助我，
来吧！来吧！我的神，
你遮着三把伞来，
你戴着三台的金帽来，
你带着仪仗来，
人间的幸福都因有你的照管。
来吧！来吧！照管宫廷的掉瓦拉赛，
战争来临由你照管。
来吧！来吧！掉拉天和勇敢的叭罕神，
来吧！照管划船的叭连神，
来吧！苏呵神③和龙难山的大神，
来吧！兰戛神和井尾神，
来吧！在巴都龙东洋的神，
这些神都该请你们来，
来吧！来吧！光亨神和井洪神，
你们都是我依靠的神，

---

① 莫乎拉：卜卦的人。
② 诺哥薄：一种鸟。
③ 苏呵神：流沙河下的神。

我都该请你们来!
来吧! 在澜沧江上源的叭来神和
叭劳神,
来吧! 在呵东帕巴的哈拉尾神,
还有帕塔和巴养神,
还有在边界上的帕哥神,
我要来朝拜叭牙那得神,
我要请照管爱龙坎的叭干神,
我有什么事都要找你们。

来吧! 召呀,来!
在思茅四位的神,
照管傣族四方的神,
管有四万万五千万人的神。

来吧! 一百零一个地方的神,
三十位在前面,
三十位在后面,
来吧! 叭那神,
来吧! 打布说神,
来吧! 照管勐的仙乃当神,
来吧! "luang"刀的天神,
来吧! 召帮扫的天神,
来吧! 管着上边森林的召罕舒神,

来吧! 管着森林下的南罕服神,
来吧! 真憨和帮干勐拉神,
来吧! 舌怕的懂帕勐勐陇的神。

现在到了傍晚①,
请你来吃红色的剁生,
请你来吃装在金碗银碗的酒,
请你来喝我手上拿着的瓶子里的酒,
请你来吃我亲手倒的酒,
请你们来帮助我,
请你给我有如像江水涌流一样的
知识,
像江水一样能冲破石岩,
汹涌的流声震动了天空,
像枪声和炮声一样,
像魔鬼在空中射箭一样,
声音好像要震破耳朵一样,
请你来保护我,
好像有人对些纳来保护,
使我好像金宝角牛一样,
能够战胜它的父亲。②
来吧! 神呀,
一个请你来在我的胸上,
一个请你来在我的脖子帮我唱,

---

① 在什么时间就说什么时间,例如唱傍晚。
② 有一个故事,宝角牛打败了它的父亲。

一个请你在我肠里，
把知识贡献出来；
一个在我的心上，
帮助记别人的话；
一个在我的脖子里，
帮助我嗓子唱得好听；
一个请在我的右边，
一个请在我的左边。
在左边的神啊，
请帮助我扇扇子，
我有了什么困难，
都请你们帮助。

来吧！在森林里面每一棵树的神呀，
来吧！照管各勐的神，
我向你们朝拜，
我向你们请求，
请你们快快来临。

南喂南！
现在有三条道路，
你要走哪一条？

一条是爬上蚂蚁堆听经书，①
一条是死了的黑乌鸦嘴里衔着一块肉不放，②
一条是没有煮过的舌头有千万的香，③
随便你唱吧，
你也是个章哈。

南喂南！
我出门的时候爱人别的不叫我做，
一叫我把哥安树消做通巴④；
二叫我拿沙粒来做米口袋；
三叫我从红虫⑤身上拿下一千斤血，
这种血用来做一种药，
点在身上刀枪不入。
还有啊，别的她不叫我拿，
四她叫我从空中拿下木棒；
五叫我在寨子中间寻找白色；
六叫我从勐中寻找懒；
七叫我在篱笆上寻找挂着的风；
八叫我寻找挂在草蓬上的锣声。
南喂南！
上面的事呀，我要办不到的，

---

① 要唱正规、有道理的。
② 男有妻子，女有丈夫，唱了以后夫人是不是不放，责怪。
③ 谁也想唱赢，互相不客气。
④ 哥安树消：河边的一种树；通巴：背的包包。
⑤ 红虫：极细小的虫。

可是我办不到我回家去，
父母和老婆要说我是笨蛋，
因此我做不到上边的事，
我不能回家去，
请你帮助我找一找吧！

女唱：
宰喂宰！
我们今天在一起歌唱，
不是背靠背，
不像牛马一样互相踢，
不是面对面用手抓脸，
我们两个人哪，不是远方的人，
还是邻近的乡村，
假如要详细问，
我们就像一家人，
另一方面我是个妇女，
我没有剃光头当过和尚，
我不识字也不懂经书，
哪会比阿寻懂得多。
阿哥呀！
天上星星你都能数清，
大小的书本你全都读过，

我怎么能不听你的话？
我不懂的事呀，
请你教我吧！

哥哥呀，你叫我帮你找的东西呀！
一叫你用棉花去做通巴；
二用土锅做饭盒；
三是火；
四看太阳；①
五在寨子寻找老实人；②
六是荷木够；③
七是蜘蛛网；
八是广好④。

男唱：
南喂南！
我出门来的时候，
看见一个宽阔无际的水湖，
里面有数不清的金鱼，
有一只凶恶的巨象，
它把湖水吸干，
所有的金鱼呀，挣扎在沙滩上。
正当金鱼无路可走的时候，

---

① 举手遮眼，手就等于木棒。
② 老实人：他的心是洁白的。
③ 荷木够：一种舒筋的药，筋缩等于懒。
④ 广：铓锣；好：白色。广好是一种草药。

有一只善良的凤凰，
它用嘴把金鱼一条一条搬到水里，
使金鱼能自由地在清水里漂浮。

这个事情呀，我也不明白，
到底是个什么东西？
请你告诉我吧！

女唱：
宰喂宰！
宽阔无际的湖水呀，
就是世界；
无数的金鱼呀，
就是穷苦的人民；
那一只凶恶的巨象呀，
就是人民的凶恶敌人；

它喝干的湖水呀，
就是它喝了人民的血汗；
那一只善良的凤凰，
就是人民的救星；
金鱼在水中自由地漂浮，
就是人民解放有了自由。

男问：
一个有十二个角的湖水，
湖里有无数的鱼和虾，
有一只铜钱花的大虎在那里守着，
老虎自由地吃鱼吃虾，
还有白鹤也在那里，
守吃老虎吃剩的鱼虾。

鱼虾纷纷痛哭，
纷纷叫喊救命，
妹妹呀，这是什么事情呀？
请你告诉我吧！

女唱：
哥哥呀！
你说十二角的湖水，
就是西双版纳，
鱼虾就是西双版纳的人民，
那一只老虎就是当代的一个国王，
名叫叭勐菜。
白鹤就是些纳[①]，
人民在痛苦流泪盼望救星。

---

① 些纳：大臣。

结婚歌：太阳落山又落山

讲述者：先波岩（老章哈）
记录者：周开学
翻译者：刀新民
搜集地点：云南省西双版纳傣族自治州景洪市勐龙镇

太阳落山又落山，
姑娘抱柴放在纺车旁，
姑娘拿着扫帚下楼梯去，
姑娘把纺线的地方，
打扫得干干净净，
拿很好的凳子来摆得整整齐齐，
凳子不够拿树桩来摆，
迎接自己的情人到来。

亲爱的人坐在藤子做的凳子上，
来串门的小伙子坐在木板的凳子上，
自己最亲爱的人坐在身旁。

小伙子唱：
太阳不落等着落，
月亮不出等着出，
月亮出来以后等着母亲吃晚饭，
吃好晚饭准备着打扮，
打扮好准备着铜钱二胡，

把最漂亮的包头包在头上，
把最好的毛毯披在肩上，
去跟小姑娘谈情；
把最好的笛子拿出来吹，
不到其他姑娘家去谈情，
专到情人家去谈情；
姑娘要跟我谈情，
把包头送给小伙子，
如果真正要我当丈夫，
就送给衣服；
如果我要跟姑娘谈情，
要砍大树来做纺线机、轧棉机，
哥哥做一个很大的纺线机送给妹妹。

当当的响是敲烟锅声，
烟锅声是告诉姑娘不要纺线，
如果姑娘知道就停下纺车，
提着小板凳和纺线的小提箩，
提着火把到竹楼下，

这时候叫母亲：
妈妈，时间晚了，
纺线好了回到家来睡了。
妈妈，已经半夜深更了，
寨子的人都睡了。
家门紧紧关，请母亲来开，
母亲来给姑娘开门，
姑娘走进屋来睡，
小伙子在楼下叫小姑娘，
用长杆烟锅戳醒小姑娘，
烟锅戳着小姑娘的枕头，
戳着小姑娘的耳环，
起来吧，亲爱的妈妈，
起来给哥哥开门，
请哥哥进来。
姑娘起来在火塘里生火，
火光照着两个人的脸。
姑娘纺线的时候，
小伙子进来与她坐一根板凳，
两个谈情就爱，
只不过是还没有结婚。

妹妹呀，妹妹，
如果你爱着哥哥，
明天早上你就问你的父亲，
我们两个同意，父母亲不会同意，
父母亲同意，亲戚是否会同意，

明天早上你哥哥要问父亲母亲，
是否会同意，
父亲同意母亲也会喜欢，
上面的祖父叫我去和姑娘谈情，
祖父祖母还叫我跟你结婚，
这时候啊，最好的铁拿来打成刀，
最好的钢铁拿来做锤子，
最好的人作为求婚的对象。
求婚的人到姑娘家去了，
美美的亲戚朋友坐在篾笆上面，
哥哥的亲戚朋友坐在篾笆下面，
双方要谈求婚事。

我要出钱给岳父和他的亲戚，
我用两斤槟榔送给岳母和她的亲戚朋友，
双方同意给他们成双，
明天或后天提着小称去找猪，
看见一头猪小小的要二两四钱银子，
睡在织布机下那头猪要四两六钱银子，
在碓那里的那头猪要六两五银子，
睡在鸡笼门那里的那头猪要八两二银子。

亲爱的妻子要不要，
如果要就开钱给他们，

三两三是二两八,
五两八是二两五,
如果同意卖就要开钱买猪来,
明天或后天要杀猪结婚,
新郎抬着酒瓶和猪头到新娘家来,
把水倒在脚上瑟瑟响,
请父亲的新姑爷进来坐。
杀一对红鸡,
拿老蕉叶做成牛角形,
拿自己纺的线和丝线来给新娘新郎拴,
新郎新娘已成双,
像香蕉叶一样,
新郎和新娘睡在一处,
哥哥要给新娘问几句话。
亲爱的新娘,
卖鸭卖鸡的钱格还在?
哥哥卖牛和祖父祖母卖大象的钱还有,
这些钱我还埋在魔鬼山下,
要把勐遮当天秤,
把 luai 帮山和 luai 干的山当秤锤,
把拉杂西①从森林里拿来当鸡,
放在鸡笼里,
纺线机油油的响,

我要考察我对你说的话,
现在我们两个已经成一家,
我们要种一千棵槟榔树,
我们要种一千棵绿叶树,
我们不种这些还要做什么,
要种小菜地和田,
我们俩把大宝宝挂在腰上,
我们俩要宽宽的山地,
种曼乃合②,
挖宽地吃曼乃保③,
种地种得衣裳破。

美丽的新娘啊,
红红的脸一笑一笑地劳动,
我们种起山药和芋头地,
吃不完卖给国家,
哥哥说给妹妹要好好记住,
要照哥哥的话劳动,
妹妹不要忘记哥哥说的话,
如果怕忘记,
就把话别在衣角上,
如果怕忘记,
就把话装在小小的衣袋里,
我是你的丈夫,

---

① 拉杂西:大动物。
② 曼乃合:一种瓜。
③ 曼乃保:一种瓜。

你要把我的话记住。

结婚歌：今天是好日子

记录者：张必琴
翻译者：岩香囡
搜集地点：云南省西双版纳傣族自治州景洪市勐龙镇

今天，是好日子，
是幸福的日子，
是天神龙王赐给的好日子，
有金、有银、有象、有马。

今天是纯洁的日子，
宝珠顺着雨水落下来
有福气的人生下来就有福气，
远方的都来送礼。

今天是个好日子，
九平十平比不上芭蕉叶平，
九斜十斜比不上芦苇叶斜，
九尖十尖比不上稻谷叶尖，
九个谷仓十个谷仓比不上一月份谷仓，

九声十声比不上蝉声，
九象十象比不上章应糖朗碗①，
九天十天比不上今天。

今天，
南方要给船拴线，
北方要给马拴线，
朗章地方的人要给新娘拴线。

今天是金日子，
是银日子，
祝福新郎新娘爱情永固，
要像河边石头那样坚固，
要像马鹿角那样坚固，
要像野猪下巴那样坚硬，
要像大象钻不进篱笆那样坚固，

① 章应糖朗碗：动物名。

要像母象牙齿那样坚固，
要像钥匙那样坚固，
要像塔一样坚固，

要像石岩那样坚固，
要像叭英宝座那样坚固，
要像金子一样坚固。

婚礼的祝词

记录者：雷波
翻译者：岩峰
搜集地点：云南省西双版纳傣族自治州勐海县勐混镇

好啊，
今年是一个吉祥的年，
天上的月亮更明更圆。
今天，是今年中最好的一天，
是最洁净，最有光彩的时辰，
就像经书上所说的一样，
是星星月亮获得光辉的时刻，
你们双方选中这个日子成婚，
是金麒麟的生日，
是龙王的生日，
普天下的各族人民都感到喜幸。

九面十方任你好，

都没有我们（勐巴腊）的家乡好；
九只、十只眼睛，也没有称的眼睛公正；
九个、十个最富有的人，
也顶不上一个城里的富翁；
九个、十个好的地方，
也没有汉族的地方好；
九棵、十棵什么树，
也抵不上一棵凤尾竹美；
九种、十种最柔软的丝，
也抵不上芭蕉心的丝那样缠绵；
九种、十种绿叶，
也抵不上维道香①；

---

① 维道香：一种最美、最耐用的叶子，常有人把它比作最勤劳、美丽的姑娘。有一句谚语：维道香不能色棉花，穷人姑娘不能嫁土司儿子。

九种、十种最锐利的尖，
也抵不上青叶尖；
九种、十种最香味的酒，
也抵不过腊月的酒香；
九种、十种最悦耳的声音，
也抵不上五月的蝉声动听；
九只、十只最好的象，
也没有坝子里的金象好；
九天、十天最好的日子加在一起，
也抵不上你们今天结婚的日子好。

新船开航的日子选择在今天，
骏马奔腾的日子也选择在今天，
商人获得宝石的日子也在今天，
上下坝子开始播种插秧的日子，
也是在今天；
叭勐菜①的木柴变成金条的日子也
是在今天；
种植芭蕉，收获果实的日子，
也是在今天；
老鹰筑巢的日子，
也是在今天；
凤凰孵卵的日子，
也是在今天；
金鸡啼晓的日子，

也是在今天；
七股彩云飞上天，
九亿宝石落下地的日子，
也是在今天；
白象不会生病的日子，
也是在今天；
天神赐福给大地的日子，
也是在今天；
大地的百姓同乐庆的日子，
也是今天。
今天啊！
真是最好的日子，
它能使爱情巩固，
使穷变成富裕。

好日子来到竹楼上，
月光照进你们的"心"房。
双方的亲友都光临了，
房里坐满了祝贺的人，
他们不是为了什么，
他们是为了祝贺你们，
为你们拴线，
祝你们成为夫妻。
如果你们是一把伞，
要同一个伞把，

---

① 叭勐菜：叭勐叶，即建筑神。

愿你们是一对好夫妻，
一齐盘田种地，
过好今后的日子，
大家都带着这种心愿，
来到这里。

父母及亲友们，
替你们选到这个幸福的日子，
大家又带着各种礼品，
来祝贺你们两个，
在这些礼品中有
水果、鲜花、美酒，还有神鸡，
以及谷粒和丝线……
一切应用的礼物都齐全了，
堆满了两张桌子，
闪耀着金光。
一根线容易断，
一张桌子招待不了客人，
要一双一双的摆，
把成对的花插在桌子上，
这叫作喝喜酒。

酒啊！
聪明的人不多喝，
做和尚的喝不得，
病人喝了会好，
你要会吃，要会爱惜，

甜蜜的日子才会长久。
酒啊！
它原来是生长在森林里，
被一个猎人发现了，
才带到坝子来，
人们一代复一代，
管育抚养它，
使它成为坝子爱情和欢乐的象征。
今天啊，
你们两个也带着甜酒，
摆在父母、亲友的面前，
如果我们寻找到金凤凰，
来祝贺你们，那是好事情，
如果我们能找到金脖鹅，
来送你们，
那也是好事情，
但是，这两种东西都没找到，
我们愿用公鸡来当金凤凰，
用蛋来做它的伴，
愿你们成为美满的一对。

你们看，
父母和亲友已经把过生活的家具
递给你们啦，
你们快转过脸来接，
左手也给他伸到，
右手也给他伸到，

把酒洒到四方,
让死去的祖先,
也尝到你们的喜酒,
也来祝贺你们,
这些酒啊,
如果被天神祖先吃了,
也是一种吉祥,
如果是吃不着,
也让它变成花,
献给他们。

从今天起啊,
愿你两个爱情永恒,
睡得舒服,吃得香甜;
愿你们夫妻恩爱,
像马鹿角那样坚硬,
像野猪下巴那样坚硬,
像金象牙齿那样坚硬,
像城门一样坚硬,
你们在一起生活后,
牛马满圈,
养鸡、养鸭、养猪都能成群成对,
像沙砾一样多;
愿亲戚朋友时常来往,
你们的竹楼像赶街一样,
年年月月都有人送金银来;
从今天起啊,

竹楼的前柱能有马拴,
在家也有白花花的钱,
出门也有白花花的钱;
睡着的时候,
愿你得到一万两银子;
醒来的时候,
愿你得到千万两银子;
如果有驮茶的马帮来的时候,
愿你买到最好的马;
你们的牛群啊,
愿有一只好牛来带头;
你们的田地啊,
愿耕牛来往不绝;
你们种地,
愿得到很多食粮;
你们种田,
愿谷粒很饱满;
你们的果树,
愿果实结得又多又甜;
竹楼前是盐井,
竹楼后是仓库,
楼上楼下都排满、堆满粮食;
有儿女,愿清吉平安,
有孙子,愿快长快大。
愿你们的儿子,
堆满晒台,
愿你们的姑娘,

住满楼房；
愿这些娃娃个个惹人爱，
谁有东西都要来送给他们。

你们一家人啊，
不论年老的父母或新婚的夫妇，
离开竹楼走向东南西北任何一方，
都得到亲友的欢迎。
如果走向太阳出的方向，
愿遇到知心朋友，
有甜蜜的话互相说，
有鲜果一齐吃，
有香花一齐欣赏，

有好菜好饭同桌尝。
如果走向南方，
愿你得到很多槟榔，
愿你得到珍贵的衣服，
得到金黄的金条一百两，
如果走向日落的方向，
愿遇着金井、银井，
亲戚朋友都沾到你们的光，
从此变成富翁（叭牙萨梯），
有一群群的丫环帮工来服侍，
要坐很好的椅子，
要睡很软的枕头，
一切随心所欲。

结婚祝词

演唱者：岩索
记录者：李仙
翻译者：李莲芳
搜集地点：云南省西双版纳傣族自治州

某年某月某日你两个结婚，
你两个今天结婚是吉日，
你两个结婚很相称，
从今天起你两个像谷子一样，
长得好，

有白象来帮助你们发展，
通过你两个劳动后，
像栽出的芭蕉一样丰收，
祝你两个发财长旺，
像老人一样。

你两个今天结婚，
像建新房一样，
像玻璃一样发亮，
像到洞里取获宝石，
你俩一个是龙灯一个是龙宝，
今天你们像过年一样热闹，
雨淋不着你两个，
雷打不开你两个，
像天神送来了仙女，
祝你俩从今起无病无痛，
不打不吵，好好团结，
白头到老，
祝你俩结婚后，
有钱有势，穿好吃好，
长命百岁，
祝你们像头人一样，
两百年有吃有穿，
今天用香酒香饭供给天地，
保佑你们，
今天用酒用饭献天献地，
要吃来吃，不吃就算，
你们前面有天神卅个，
后面有天神五十保佑着你们，
你俩劳动种田收一万挑，
你俩劳动种地收一万背，
你俩劳动种出粮食满谷箩，
生出男孩骑马串地方，
得金子银子多，
生出女孩漂亮手又巧，
绣出花来会香，
绣出龙来会动，
你们发展的钱去赕佛，
祝你们有福有缘，
发财兴旺，
不吉利的东西不会来接近你们。

新式婚礼唱词①

搜集地点：云南省西双版纳傣族自治州

问男：
以后她生了孩子成老米淘②后，
你爱不爱她？

男答：
她像干叶一样干卷起来，
我也要把她别在身上，
她瘦得像老猫一样，
我也要抱着她喂奶。

老得像老米淘也要放她在家里。

问女：
将来丈夫变成老波淘③不能劳动，
你怎么样？

女答：
丈夫老来变成老波淘我也要劳动
来养他。

---

① 新郎新娘坐一边，由长辈、干部、亲人提出问题，让他们回答。
② 米淘：老大妈。
③ 波淘：老大爹。

新式结婚歌

演唱者：岩糯敖
记录者：周开学
翻译者：仓霁华
搜集地点：云南省西双版纳傣族自治州勐腊县

乡亲们，让我来唱唱祖国的建设，

在祖国的大家庭里，

不分民族和男女，

团结起来一条心，

一起建设我们伟大的祖国，

在祖国建设的时期，

年轻的一代也不断地在成长，

开始发育正常的王光香①，

眉清目秀真漂亮。

月明星稀的时节，

她积极地在院子里纺线，

每天打扫院子，

欢天喜地来纺线，

还有年轻漂亮的伙子们来串。

（小伙子开始在篱笆外对姑娘发问）

男唱：

美丽芬香的花呵，

是不是有人来采过？

女唱：

阿哥呀，

美丽的花朵还没有人来浇水采摘呢！

来吧！亲爱的阿哥，

来向我靠拢吧，

来和我同坐藤篱凳，

假若凳子不够，

小妹会用双手把你捧住，

小妹单单无双，

阿哥若你爱上，

你就进来吧！

男唱：

亲爱的五官端正标致的姑娘，

你的身材就像芭蕉树一样标直，

---

① 王光香：一个姑娘。

你的歌声那么清晰柔软,
让阿哥跨步向你靠拢谈谈心。

女唱:
亲爱的萤火虫,
你是从哪一棵花树上来的?
你是从哪个老丈人家来的?

男唱:
亲爱的妹妹,
只因阿哥生得晚,
没亲没双孤单单,
当了和尚刚回来,
阿哥还是一个岩卖拉①。

女唱:
阿哥嘴说来成双,
茴香开花在园中,
阿哥的假话谁想听。

男唱:
小妹呀,
阿哥有心来采花,
香花长在荆棘里,
阿哥不怕艰苦和万难,
阿哥真心有意找妹谈。

(更深夜静,准备回家)

女唱:
若是阿哥说的真心话,
小妹愿和阿哥做伴侣,
愿和阿哥说出心里话。

男唱:
假如小妹愿做阿哥的终身伴侣,
那么我们请星星和月亮来做证,
让我们俩头上的虱子来做证,
若小妹真心爱阿哥,
请小妹回去请求双亲,
阿哥愿将小小的眼珠换给小妹,
愿把心交给小妹,
那就一言为定。
小妹呀,大雾已降临,鸡鸣已高叫,
分别时间到了,
阿哥小妹各自回来休息吧,
只等天亮后,
妹妹和父母谈清,
下晚小妹等着说亲人,
阿哥愿做你姑爷一半辈。
(回去了)
(以上是恋爱过程)

---

① 岩卖:刚当和尚。拉:最小的那个。

赕佛

演唱者：康郎甩、刀兴平
记录者：周开学

三月呀！
金竹子的节子又干又脆，
四月呀！
甲怀树的叶子又绿又密，
我来做一家纺车，
做一架压花机，
编一只提箩，
做一个绞线架和梭子，
用长有四节的竹子，
来做一个绕线的锤子，
做一个奋亨和工光[①]。
我要开一块荒地，
我要用大刀砍断竹头，
砍倒一棵棵的大树。
我要用锄头铲光杂草，
树叶杂草干了放火烧，
火熄了，捡存一堆堆柴火。

四月去了五月到，

夫妻双双到地里，
男的挖，女的刨，
堆好杂草又放火来烧，
磨快锤头挖好地塘，
种瓜种葫芦。

五月去了六月到，
远望高山新雨到，
我们要把棉籽种下去，
拿起削尖的竹尖戳山洞，
寨里众人们都来帮助，
你戳土，我下种，
大家争先恐后比赛种，
姑娘和小伙子种棉很热闹，
有笑也有唱，
山地的一片热闹。

六月去了七月到，
在竹梢上的知了叫嚷要找乘凉地方。

---

① 奋亨、工光：都是绕线的东西。

七月去了八月到，
雷声轰动天空，
阵阵的雨呀，
落在地面，
到了八月底，
棉花树长硬叶①，
棉花、瓜果、葫芦应该除草。

八月过了九月到，
棉花树已经结果，
香瓜和葫芦结果已长大，
到了十月卖瓜果，
大的瓜果要卖一百，
小的瓜果要卖四十两（银子），
神鬼要使我们两人发财。

十月去了十一月到，
十一月明亮得像树叶上的水珠。

十二月到了，
遍地开出棉花，
棉花开了遍地白，
我们用竹箩把棉花挑和抬回来。
香花般的妹妹呀，
你就把它晒在晒台上，

晒干了榨去棉花籽，
榨好了用弓来弹，
弹好了的棉花呀！
你就搓成棉条，
那时候呀，
你就套上纺线圈进行纺线，
晚上闪亮着不同的火光，
带着火光穿过坝子，
那是小伙子的火把，
那是年轻的小伙子要来找姑娘。

姑娘啊！
你就洗刷一下，
使你的手杆更白更亮地去纺纱，
到了露水流在你的胸膛上，
你看看线砣是否该拿了，
你拿下来就绕在绞线架上，
再进行加工。
你要加工的时候就泡在土锅里，
那时再把脚板洗白，
用脚把线踩软，
泡好了又再拿出来晒，
晒了又抖，
抖了又洒，
晒干抖开了，

---

① 硬叶：老叶。

再绕成线锤，
粗线你就稀织，
细线你就密织，
织出布来准备披毯，
来赕二十个和尚，
做出整套的和尚服装，
还有黄姜染的黄披巾，
还有纱布做出好看的披巾，
还有用丝线绣出有蛇身的手巾，
这是老板们从海外带来的，
还有绘有花的金碗银碗，
还有大红绸缎。

明天人们要敲起象脚鼓，
敲起铓锣，
是我们新生的儿子，
要进佛寺去当和尚，
要去佛寺埋头地念经，
要学会三种知识，

互相轮流给佛寺做劳役当炊事，
他们饭菜不买，
只依靠众百姓来赕。

你是和尚应该学，
你是佛爷应该读，
谁也不许和尚白吃大米饭。

到了每天下午，
你们应该扫净沙灰，
拔净院里的杂草，
到了时间不早不晚的时候，
你就给佛爷摆饭吃，
这是佛规有的纪律，
谁遵守了就是谁的宝，
好像一朵千瓣莲花世上难找。

我章哈唱赕佛的话呀，
就到这里了。

送鬼歌①

演唱者：岩敦
记录者：林中
翻译者：刀新民
搜集地点：云南省西双版纳傣族自治州

痛鬼、热鬼（烧鬼）、病鬼、冷鬼，
东方的鬼在西方的鬼，
现在准备祭品来送你，
病人天天给他好起来，
三十个鬼在河边也好，
五十个鬼在寨边也好，
现在我们房子里的鬼在看你们，
帐子里边的鬼挡住你们，
我们房子周围都是鬼，
天神的鬼，
他叫一声把别的鬼吓死，
萨②像火烧山一样，
像雷劈一样，
现在有很好的长刀，
把鬼头斩掉，
把鬼的脖子砍掉，
鬼的头掉下去了。
今天我们去找巫师巫婆，
巫师巫婆说鬼在病人身上，
鬼呀好好从病人身上出去，
病人鬼在要送鬼，
现在我们拿祭品来了，
有黑饭、有白饭，
拿来送给你们，
什么鬼我们也不认识你的名字，
大鬼在昆明、杂鬼在滇南，
腐烂鬼搞烂人身上的皮肤，
生杀鬼在景洪，
大鬼在勐景先，
会刺会斩的鬼在勐汉③，
披达昧鬼在森林里，
打摆子鬼到处都在，

---

① 人病时唱，译自哎敦章哈唱本。
② 萨：纹身或符咒的意思。
③ 勐汉：汉族在的地方。

琵琶鬼摄人的灵魂。
会听人说话的鬼，
在房子底下的鬼，
在房子里面的鬼，
在西方的鬼，
人家送的鬼，
现在所有的鬼拿来送品去吃，
吃掉了赶快走，
到太阳落你就走，
你就跟猫头鹰走，
鬼王在山地里叫你，
在田里茅草房叫你，
不要再在病人的身上了，
我们的人是天神的人，
是召片领的人，

死掉一个要赔十个也不要，
跑掉一个赔一千个也不要，
各色各样的鬼，
黄牛鬼、水牛鬼、老虎鬼、大象鬼，
在路发摆子的鬼，
大头鬼、坟头鬼，
高山上的鬼，江河里的鬼，
呀鸟安喃无一滴笔疏帕戛瓦，
叭因、叭奔、叭如玛啦，[①]
在江河里的龙王，
来帮助送鬼出去，
耶贺瓦、耶希瓦，
耶哈呢瓦。
呼噜呼、沙哇孩铁！

---

① 叭因、叭奔、叭如玛啦：天神之名。

拜召片领二首 ①

文本一

讲述者：岩敦
记录者：林中
翻译者：刀新民
搜集地点：云南省西双版纳傣族自治州

我向着尊贵的召片领合掌跪拜，
祝福伟大的召片领福寿无疆，
有了、有了，召片领有福气了，
在宫廷里万事如意，
伟大的召片领呀！
到处受到欢呼拥护，
受到一百零一个版纳跪拜，
召片领呀！
满心如意骑在大象上望着成群的士兵，
召片领呀！
有锐利的长矛，
有银子包镶的矛枪，
祝福召片领王位得胜，
使一百零一个版纳的头人，
都对召片领朝拜，
召片领的光辉，照耀四方，
召片领荣华富贵吃不完赊不完，
做生意的人送来马匹和其他礼物，
从远方运来美丽的金毛毯，
召片领真有福气，
有鼓、笛子、铓锣、瑶琴、
大号各种各样的乐器，
围绕着召片领吹奏祝福，
有一千座宫廷屋顶用琉璃做成，
光辉闪亮，
借着召片领的福，
一万个家奴挑水抱柴。

---

① 关门节、开门节、过傣历年、泼水节时拜召片领，或者有特殊事时要拜召片领，拜时唱这歌。

有数不清的黄牛、水牛和马匹，
马的嘶叫声日夜不停，
召片领的荣光得胜，
我合掌跪拜高贵的召，
英明的召片领的儿女守在身边，
像黄金一样，
王后守在身边形影不离，
好像金色的双头凤凰，
召片领打扮得像叭因一样，
今天朝拜高贵的召片领，
使一百零一个版纳都朝着你跪拜，
有数不清的割马草的奴隶，
有坤乃①守在召片领跟前，
召片领的威名震四方，
敌人不敢来碰一根毫毛，
敌人闻名吓跑掉进河里，被河里的动物吃光，
召片领得胜。
我跪拜召片领，得到召片领的福，
心满意足，
美丽的王后守在国王身边，
抬饭桌出来摆席设宴，
雄伟的白象，
威武的骑弩手涌现出来，②
人家送勐乌隆贺美丽的姑娘进贡，
守在召的身边做王妃，
召片领的威名得胜，
有成千上万的奴隶，
天天敲擂贡样鼓③，
祝福召片领吃不完、穿不完，
周济穷人。

---

① 坤乃：头人。
② 原来没有，这是祝贺这样的理想。
③ 贡样鼓：天神的鼓，宝物。

文本二

讲述者：岩敦
记录者：林中
翻译者：刀新民
搜集地点：云南省西双版纳傣族自治州

十二个版纳都来朝拜召片领，
召片领叫他们拿金银来进贡，
三年到来了，带来马匹来进贡，
两个地的奴隶是祖传下来的，
整个十二版纳都来进贡为召片领效劳，
召宣威是祖传下来的基业，
进寨以内是召片领的土地，
东方到勐乔，
勐乔带礼物到勐汉①，
拿最好的马匹去进贡，
勐顺、勐哈、勐来、目土②，
还有其他很多地方，
好像云彩一样来进贡召片领，
勐乔的老百姓在宽阔的勐沙功③劳动，
他们有很多金钱用不完，
勐乔的城市有堂皇的宫殿，
勐乔的召住在宫廷里，
他们的家奴比勐汉还多，
他们都在那里为勐乔的头人做事，
有阿戛乃在东方的边界，
有宽广的地方召拉潦召拉功，
有宽广美丽的永坚地方，
会织花布摆在街道卖，
拿到曼金尖交换银子，
背也背不赢，
宽广的勐兰靠近边界，
他们来向召片领朝拜，
还有勐洒、汶岱、汶能和其他宽广的勐，
他们拿竹子做很好的汤匙，
金子、银子都有，

---

① 勐汉：汉族。
② 目土：是山上的民族。
③ 沙功：宽阔的意思。

他们用笾鲁囡①当银子用，
他们用这种东西是古代传下来的，
有大象、黄牛、水牛都不缺，
他们住的地方银矿，
他们的威风传到各地方，
不急不忙住在那里，
尖达务利城市在那地方，
他们照着古规住在那里，
有很多金子银子来进贡召片领，
有召拉班和银威、白喃和我住在那地方，
都来进贡召片领，
他们带领勐几、来笼、景海，
勐为没有人把守，
那么宽广的地方没有在，
后来人来在比过去很多，
他们住在那里有很多人，
他们做缅纸和西色②，
为来往的人做生意，
他们都来进贡召片领，
都是召片领的奴隶，
有勐振成和勐果，
经过勐振成和勐果到勐帕那、勐领，
勐坎、勐巴僚和勐吓、勐如、勐来、直到勐摆歹，
经过森林直到勐永，
勐永的召威名大，
勐永的老百姓爱斗公鸡，
勐召是个富饶的地方，
有很多酸的、甜的果子，
有绿叶和槟榔，
拿来进贡召阿耶，
经常背来进贡召片领，
都是召片领的奴隶，
这是自古传下来的规矩，
有蒙③三道、恒然、勐磅的宫廷，
经过这些勐到勐农，
他们来进贡召片领，
有纱布、绸、缎、花布、青布、黑布，很多的颜色，
宝贵的东西都拿来做生意，
门帘布、黄布、白布、花布、是宽广的勐芒④做，
还有金子、银子都拿来进贡召片领，
勐芒的召和勐磅、勐恒都和召片领友好，

---

① 笾鲁囡：一种果子，傻尼人做装饰品，戴于身上、头上。
② 西色：是吃槟榔的一种配料。
③ 蒙：是住在山上的。
④ 勐芒：缅甸。

勐恒做投机倒把的生意，
他们拿黄牛、水牛、马匹、布匹、
绸缎都来进贡，
古老的规矩应该遵守，
木师①的奴隶和佤族的奴隶，
他们身上带着长刀，
帕缅珍和帕绷，
除了这些，
其他还有很多地方，
召勐帝很英明，
那里有银矿，
他们随便用，吃不完，
到了一年以后，
他们拿金子银子进贡召片领，
南部是汉族住的地方，
思茅做生意的汉族，
是守大门的，
他们做宫廷的，
还有做瓦做砖都是他们做的，
大门前架着机轮、大炮，
普洱和昆明相连，

建筑很漂亮的宫廷，
有驴子、黄牛、水牛驮东西，
那里是汉族住的地方，
那里有很多的勐，
一个勐连着一个勐，
像天上的星星一样，
路两边都是房子，
汉族的姑娘梳着发髻，
穿着旗袍，
提着绿色手提包，
脚下穿着尖头鞋，
围在桌子，
他们结婚抬着轿，
小脚的汉族姑娘是最漂亮的，
十二个地方的召、十二个版纳的
头人来到景洪，
发动劳动人民要钱要银子，
到了一年来要一次②，
三年一次召宣威为首的大领主，
带领头人到内地拿金银进贡，
这是以前传下来的规矩。

---

① 木师：山区民族。
② 来收年金。

赕佛

讲述者：岩敦
记录者：林中
翻译者：刀新民
搜集地点：云南省西双版纳傣族自治州

缅寺是赕佛的地方，
人们跪拜菩萨、和尚、佛爷，
我们不能得罪菩萨、和尚、佛爷，
如果得罪的时候请求原谅。
来赕佛的人很多，
有男女老少，
有小伙子、小姑娘，
小姑娘头上插鲜花，
耳朵插珊瑚，
她们说说笑笑热热闹闹，
说话不对请菩萨原谅，
十个指头当莲花向佛祖跪拜，
佛祖教导世人，
佛祖升天以后，
我们用泥做佛像给世人跪拜赕佛，
天神叭因、叭奔和世上的人，
向佛像跪拜祈求福气，
世界的周围有大石头，有佛寺，
有弩箭，

弩箭宽二百万育，
大石头洁白，泥土不沾，
从地里长出来，
厚二万万四千万育，
高比任何最高的山还高，
还有三块石头像大山一样，
三块石头像三脚鼎立，
像三脚架一样，
从地里生长出来，
三块石头大小高矮一样，
三块石头之间距离一万育，
三块石头是石头之王，
经过三块石头到勐哎顺，
经过勐哎顺到浩沙里啰山，
浩沙里啰像稻禾一样直，
根部大，尾巴小，像佛塔一样，
浩沙里啰稳固像铁锅放在三脚架，
浩沙里啰山上有大海，
是天神在的地方，

有一千道门，
大山中间是妖怪在的地方，
大海里有龙王在，
一个山叫沙达拉攀乔千通大山，
形状像堆沙一样，
高耸入云一万二千育高，
埋在地里的一万二千育深，
这里叫荣乍敦，
是乍都罗住①的地方，
一个叫衣西达拉山，
高二万育，
是天神叭奔在的地方，
埋在土里的也是二万育，
那米达拉山高一万育，

这个山尽是大石头，
这是天神造的山，
是叭庭在的地方，
大海里有龙王在，
叭庭法力高强，
勐建隆是个天国，
叭庭管辖许多天神，
他们会变成风和阳光，
要到哪里就到哪里，
嘎拉里戛山在叭庭住的附近，
高五千育是很好的神仙住在那里，
有吃有穿很幸福，
什么东西都有，
不劳动也有得吃。

升和尚

讲述者：岩敦
记录者：林中
翻译者：刀新民
搜集地点：云南省西双版纳傣族自治州

我来拜佛赕礼，
有披身的黄袈裟，

有穿的黄帕暖②，
有红的被窝，黑的垫子，

---

① 乍都罗住：天神。
② 帕暖：和尚穿的黄筒裙。

缎子做的鞋，银筷子、银汤匙，
各种各样的纸花很漂亮，
绣上马和蟒蛇的毛巾，
枕头、伞、碗、红色的口缸，这些东西是赕的人准备很长时间来升和尚，
明天要求敲鼓庆贺，
孩子去当和尚要有一个规矩，
念经书要起得早，
经常打扫缅寺铲草皮，
升和尚以后要学会念经书不要吃闲饭，
十天念九叶，廿天念一百叶，[①]
要起得早，要老实，不要玩弄小姑娘，
如果玩弄小姑娘就有罪，
人家看不起，
说这个和尚不好，
谁也不跟他说话，
要说这是没有头的和尚，
死掉以后要当升和尚赕礼人的水牛，
小和尚大佛爷好好记住，
不要忘记。

升和尚之歌

讲述者：岩甩
记录者：雷波
翻译者：岩峰
搜集地点：云南省西双版纳傣族自治州勐海县勐混村

1

三月来了，三月来了，
三月来到，竹子换上新装，
到了四月，
树叶也发出嫩芽，
寨里的纺车也随着热闹起来，
在那有月亮的晚上，
纺出的线堆满竹楼，

[①] 九叶、一百叶：指贝叶经。

织布机发出清脆的响声,
织机上四根棍子上上下下,
跟织线的纺车一样热闹,
纺车旁的棉花从哪里来呢?
现在先要唱棉花的来源,
在那森林密茂的山上,
人们用砍刀斧头,
砍倒了荆棘和树林,
等到它们的叶子干了,
用火把它们烧成灰尘,
那高大的烧不化的树干,
被一堆堆在一起,
不让它们妨碍种植。
到了六月,
竹笋开始发芽,
田里的秋虫也唱起了歌,
人们忙着赶制种田的工具。
八月来到了,
天上雷声隆隆,
雨水降落在地上,
人们一群群到田里,
把棉花种子播下,
每一塘放三粒。

到了九月,
棉花开始发芽,
长出新叶,

姑娘们去拔草,
小伙子去培土。
十一月过去了,
棉树开始打苞了,
种植的人很高兴,
到了十二月花苞裂开了,
露出朵朵洁白的花团,
满地雪白。

老人开始编织竹篮,
姑娘把棉花挑回寨子,
倒在每一家的晒台上,
晒好以后,
姑娘们又压出了棉籽,
然后把它弹成花团,
老人又把它裹成一条条,
放在板子上,
到了晚上,
黄昏过去了,
美丽的时刻到来了。

姑娘们抬出美丽的纺车,
穿着漂亮的衣裳,
走到篱笆外,
烧起一堆堆篝火,
小伙子唱着歌来了,
眼睛盯在姑娘的纺车上,

她们一边纺线一边谈情,
姑娘的手像棉花一样白,
脸像火一样红。
雾露降落下来了,
淋湿了姑娘的衣裙。

等到所有的棉花纺成了,
小伙子帮助小姑娘,
把线抬进楼房,
小伙子回去了,
姑娘的劳动还没有结束,
还要把纺成的线,
绕成一个个的线筒。
伙伴啊!
"我们把棉花杀死了,
为什么看不见它的血呢?"
"呀,它献出了自己的生命,
为人们得到温暖,
它的灵魂飞上了天。"

姑娘们开始织布,
年纪小的用棒变,
年纪大的用十号或
二十号的织布机,
唧唧复唧唧,
一匹一匹的布织出来了,
有的可以做爬吧,

有的可以做爬三哈,
各种各样的黄被都能做,
和尚衣服的规格,
全勐都一样。

衣服缝好后,
大家就到山上找野姜,
把它染成金黄色。
我就先唱到这个地方,
那婀啊你继续唱下去。

2

年轻的姑娘啊,
你像诺里一样,
你的眼睛像珠宝一样,
你先拜吧,姑娘,
我在后,双手合十跟你一起拜,
就佛披的袈裟很多,
有大块的,有小块的,
有热天穿挂在手上的,
垫的盖的帕都有,
什么都齐备,
有的是别家拿来赊,
因为他热爱佛主,
什么都要赊,
赊佛爷穿的袈裟,

能够增加佛气，
有的是别人拿来卖给的。

一堆堆摆满竹楼，
大家都看得清清楚楚，
最软最滑的布做成旗子，
这些旗已经准备了很久很久，
柔软的缎子是准备做包头，
雪白的是银碗及滴水的杯。

明天啊，就要敲响鼓，
敲响咚咚的铓锣，
把亲生的儿子送去念经拜佛，
洗好头洗好身子走进缅寺，
所有的经书都要学会，
使心灵忘记了大地上的罪行，
学经书要互相督促起早一点，
起来热水给佛爷洗脸，
还要拿扫把打扫佛寺，
佛爷拜佛的大殿要扫得更干净，
不能偷懒。
米不消买，
寨里的母亲会来赊给我们。
缅寺里很热闹，
小和尚们有的堆沙，

有的铲草，
红红的帽子黄黄的袈裟，
美丽得像那提一样。

召啊！①
你们要做和尚，
快些学习经书，
勤勤恳恳地学习经书和经文，
鬼不允许你们吃啦玩，
到了时间就得去堆沙铲草，
到了太阳当空的时候，
把饭菜摆好后，
去请佛爷出来吃饭，
佛主写下的一切经书，
是我们最珍贵的宝，
千瓣莲花大地上是很难找的，
我们念过的经永远不会消失，
它会变成福气环绕着我们坝子。

3

姑娘啊，
你像诺里一样美丽，
你的眼睛像诺宝一样明亮，
我的歌唱不完，

---

① 召啊：指要升和尚的小孩。

有三个谷仓那么多,
现在我要跨过去,
只选择一小孩,
来赞美一切赕佛用品,
和尚穿的袈裟什么都有,
有沙翁竜①,
这是用最好的布一层一层缝成,
就像佛主穿的一样,
等到小和尚要来的时候,
胡巴②就先来接收,
他先用眼睛看,
看见那勐喃嘎的天河,
河水清清,
起伏着微微的波浪,
看见这一切后,
胡巴才苏醒过来,
叫小和尚去化饭化菜,
顺便去告诉热爱佛寺的那些妇女们,
让她们商量商量,
明白赕佛的好处,
佛主的话要一代一代传下来,
要拿它作为我们珍贵的语言,
大家都按照经书里面说的办事,
佛爷用的禅杖及垫子,

这一些都可以赕,
还有那长把上撑的伞,
以及四种化放用的土钵,
一根针和一根线,
这些赕了以后,
都是自己的,
只不过把它留在天上。

4

对啦!姑娘,对啦!
你唱的合我的心啦,
我就唱到这里,
你是有智慧的人,
我们轮着唱,
一首歌要有头有尾,
就像河边的棕叶,
也像湖里开着的花朵。

到了赕佛的时候了,
缅寺的锣声咚咚响,
老人和妇女都一齐来到,
他们都是诚心诚意的,
把赕佛看得很重要,

---

① 沙翁竜:和尚的下衣。
② 胡巴:缅寺最高者。

早早地就做了准备,
一切事情都已经做完,
到了明天,
岩章就要领着我们到缅寺里,
去滴水,
佛爷坐在垫子上念经,

也看得见苞谷、黄瓜装满土钵,
他很高兴地把幸福,
赏赐给我们,
我们赶紧拿起谷花,
向上面撒。

赕鲁教 ①

讲述者:岩孺教
记录者:周开学
翻译者:仓霁华
搜集地点:云南省西双版纳傣族自治州

双手捧起祝福的礼品,
上面供有黄被、披巾、半汗褂,
外衣内衣都齐全,
红的、黄的、绿的都齐全,
还有吃的用的都数不尽,
红彩、绿彩都挂满,
银盒、银碗、银调羹,
金银首饰都挂满,
经扇、铁拐棍、滴水缸都具备,
席笆、竹笆都摆满,
小箩小筐小旗、银花都插满,

汗帕红的、绿的、花的,有马、有龙,
各种花纹都绣有,
这些礼品都是生意老板们从上到下运来的。
红红绿绿绸纱帕,
槟榔盒子,
红口缸都不缺。
明天就是敲锣打鼓热闹的日子。
真是后生当和尚的日子到来,
理发、洗澡,头发、眉毛都理光。

---

① 升小和尚。

祝福！
你就尽管认真努力地学习吧！
遵守作息时间赛起早，
热水开水不能少，
天天卫生要讲究，
扫把经常不离身，
里里外外扫干净，
教堂宿舍要扫光，
每天值日不能少，
只要勤劳动、勤打扫、勤铲草，
每天口粮不会少。
天气热了头上裹围巾，
红被黄被可离身，
当和尚应该安分守纪学经书本领，
和尚过了当佛爷，
佛爷过了当长老，
当了长老还得勤念经，
村里的人不允许去吃白饭，
早饭后要打扫庙里庙外，
到了午饭时要做午饭的准备，
米饭备好后，
双手捧起请佛爷，
佛爷教的经书是宝贝，
如不勤劳福难找，
我的福词请接收，
人生只有吃穿和赕，
只望福儿有千成和万成，
千人万人都来成福，
生前赢得身后名，
荣华富贵几万辈，
明天就是高举双手齐去岁，
赕水滴在大地上，
香瓜南瓜各种水果都摆满，
滴水的人，人山人海，
佛爷给干爹祝词，
银花蜡烛，饭色和佛烛，
陈列在教堂里准备分享，
嘈杂的声音就是用饭的时候，
黄杯、红杯、铁拐杖、金扇子，
千万礼品都是干爹准备赕给你的，
请你收下来吧！

象头神

讲述者：岩敦
记录者：林中
翻译者：刀新民
搜集地点：云南省西双版纳傣族自治州

在很久很久以前，
佛祖在世上，
住在勐西玛，
勐西玛宽广望不到边，
佛祖在那里观察世界，
那时叭平丕杉管辖世界，
他约奔到森林里去玩，
奔变成了大象的头，
奔的样子像天仙，
世人向着他跪拜得到福气，
这是那个勐从前传下来的规矩，
叭平丕杉知道佛祖来到自己住的地方，
他很高兴佛来到，
满心欢喜向他跪拜。
佛主问：
"你们天天拜奔的头，
新年拜奔的头，
拜奔的头不能得到福气，
你们都来拜我能得到更多福气。"
佛主对拜奔的人说：
"你们天天跪拜奔还不如来跪拜我，
天天拜奔还不如拜我一天。"

情歌：鸡冠花

记录者：张曙
翻译者：刀相林
搜集地点：云南省西双版纳傣族自治州

姑娘，
你的面孔像鸡冠花一样红润，
你的身上散发出梦代亨①的香味，
听吧！哥要把最好的日子唱给你，
十一月里②的天气像芭蕉山里的水，
十二月十五日的月亮最亮啦！
田里的谷子黄了，
雀鸟自由地在大地上欢跃，
有的鸟儿在空中飞翔。
一月里来天气冷，
到了四月间，
梦秀、梦董③开得更茂盛，
我们的大地上，
全弥漫着白茫茫的大雾，
五月间的风吹着树枝和树叶，
呼呼的声音很动听，
高空的大雾遮住了太阳，
变得朦胧不清，
使我感到孤独、清冷，
当大群的斑鸠叫起来的时候，
我的心才充满了欢乐，
这时候啊！
我的心被无形的线拴住了，
啊！姑娘！我一刻也不能离开你。
到了六月里，
到处都可以看见野火烧山，
野火赶走了麂子和马鹿，
六月快过完了，
七月就会来到，
天空里响起了一片雷声；
又是八月到了，
是该栽秧的时候了，
群群的知了叫起来了。

---

① 梦代亨：是一种挺香的黄色花，傣族人民喜欢把它戴在头上。
② 这里谈的是傣历。
③ 梦秀、梦董：两种花名，一种白色的，一种红色的。

这时候，
我回到家，
家里没有人，

生活中我没有伴，
我的生活啊！过得太寂寞孤独。

小伙子把你牢记在心上

演唱者：罕莫罕
翻译者：刀相平
搜集地点：云南省西双版纳傣族自治州景洪市

美丽的姑娘啊，
你像明洁的泉水一样，
轻泉日夜不停地流淌，
你在田里辛勤奔忙，

阳光给你染上了迷人的光彩，
劳动使你更加健壮，
看啊！田里的稻谷赛金黄，
小伙子把你牢记在心上。

蜜蜂喜爱的花

演唱者：岩竜赛
搜集地点：云南省西双版纳傣族自治州勐海县

蜜蜂喜爱的鲜花呀，
你不要把我牵挂，
哥哥在勐版矿山，
一天要挖一千多斤的铜矿。

蜜蜂喜爱的鲜花呀，
放散出浓郁的芳香，
飘勐版铜矿，
给哥哥增添了力量。

妹妹在家要安心生产，
心头不要日夜思想，

等着哥哥炼出万吨铜，
会回来看望鲜花是否还在开放。

送哥哥

演唱者：黄香圆
翻译者：刀文光
搜集地点：云南省西双版纳傣族自治州

哥呀哥！
树叶在你的背后落下，
请你不要害怕，
绿叶掉在前面，
也同样不要惧怕，
糯粳鸟儿在山坳啼叫，
我的灵魂会护送你，
送哥哥要送到头，
送哥哥要送到家。

哥哥呃！
你爬上长满茅草的山上，
梅迷树儿抽枝发绿，
我回头看望掉下了泪水，
望见鲜花盛开，
就想起了家乡，
我劝你一千次，

实在要离开也任随你，
你跟小姑娘谈情说爱，
不过千万别碰到石头，
不要碰到老熊的脚印，
遇见了美丽的姑娘，
可别忘了远方孤独的姑娘。

哥啊哥！
我骡子为什么不下在平地，
金鹿为什么不习惯在山坳里。

哥哥呵，
你为什么对我变了心，
我家个葫芦儿和缅瓜，
生长在干燥的沙滩上，
香瓜和黄瓜早栽迟收。
我长得不好看，

比哥哥迟生几年。

哥哥啊！
江鳅煮汤不合哥哥的口味，
红江修不合生生地剁吃，
难看的姑娘，
配不上跟哥哥谈心。

哥哥啊！
绕线用的木架子，
纵然甩掉也没什么，
不过请你别乱串姑娘。

哥啊哥！
哥到河里洗澡，

两岸下水都要试试，
看两边是不是同样深浅，
哥哥的心啊，
宽心宽意串姑娘去吧，
不过吃酸的别忘记盐巴，
种高田别忘了凹地。

哥呀！你乘老象，
可别踩妹的头，
跟姑娘谈情，
别忘记妹从前的深情，
要下河先问问是否有鱼，
要下田先问问是否有谷穗，
妹妹饮酒吃肉，
先想到哥哥。

树宽

翻译者：刀文光
搜集地点：云南省西双版纳傣族自治州

今天的天空和星星都很明亮，
竹楼里也充满了亮光，
种什么东西都不如种芭蕉树，

世上最尖利的东西都不如灵香尖，
世上最尖利的东西也不如谷叶尖，
九月十月也不如一月[①]，

[①] 一月：收割季节。

九声十声不如缅王①的叫声，
九美十美不如丈一朗娩②美，
九天十天不如今天，
西方的人们拴纤绳是今天，
北方的人们拴马缰是今天，
商人们的通巴拴线也是今天，
景东景海犁田耕地也是今天，
叭孟乃的三角变成金子也是今天，
但朗当给人以福气也是今天，
必买是在今天，
国王和头人出行是在今天，
鹅鸭鸣叫是在今天，
今天的芭蕉花蕾像金子，
叭召战胜敌人是在今天，
田猪开始做窝，
秃鹰在岩上开始做巢，
千万个姑娘串街子，
找到了美丽的小伙子，
像拣得一个宝贝，
就是在今天。
今天的天空是明朗的，
傣历今月的天空没有一点云彩，
今天是同床共枕的日子，
今天双亲准备了结婚礼品，

找不到鹅鸭，
便找来一对鸡，
桌子上摆上了金花银花，
斟满了两盅酒，
请你们来接礼品，
摆了三团米饭，
向天神做赕，
祝福你们永远活在世上，
祝福你们两人的爱情啊，
牢固像马鹿骨门栅学栅，
坚固好比野猪的下巴骨，
坚固好比关老象的围篱，
好比母象的象牙，
好比紧闭的城门，
好比杆的栅，
好像立在河里的大石头，
看见大水也冲不垮，
祝你们牲畜兴旺，
楼下拴满牛马，
鸡鸭成群，
楼房里人来人往，
像赶街子一样，
年年月月有人送来金银，
楼下的中排柱子拴马，

---

① 缅王：虫。
② 丈一朗娩：老象。

前排柱子拴牛,
有的东西卖给人,
人家也爱来买。
天天有金子银子,
满是你们的心意,
有大块大块的银子,
有座座的金山银山,
有千万匹肥壮的好骏马,
有一头带头的牛,
不怕高山大水。
耕田种地也不缺牛,
种出的谷穗吊吊饱满,
果园里的瓜果年年丰收,
东南西北任你们走,
处处都是大吉大利,
你们斜眼相看传送爱情,
香甜的果子会有人送,
东边会送到亲戚朋友,

床上铺着花花的绸缎毯子,
对人说话要和和气气,
你们走到哪里,
哪里就会有亲人来款待,
南边会找到果子和强弓硬弩,
被子上绣着金花、银花,
用的值一百万万两金子,
遇到埋金银的坑坑,
亲戚朋友感谢你,
如像个麻哈西梯①,
你们两人,
在高高的枕头上,
睡在柔软的攀枝花褥子,
睡在宽宽的床上,
有时弹西定叮叮当当,
拿着孔雀翎在人群前头挥舞,
有双亲的福气保佑你,
过着幸福的生活吧!

---

① 麻哈西梯:富翁。

我像一只无人照管的野象

演唱者：岩鹏
记录者：德宗
搜集地点：云南省西双版纳自治州

1　我像一只无人照管的野象

姑娘啊，我像一只野象，
在森林里无人照管
姑娘啊！

如果你爱这只野象，
你就变一条链子，
拴住这只象脚吧。

2　如果你只爱一颗宝石

如果你只爱一颗宝石，
那就挣断金条藤子展翅飞翔，

我也将变成一只小鸟和你飞往天上。

3　从那时起我就爱上了你

姑娘啊！
还在你脱木鞋当小牛玩时，
我就爱上了你，
还在你抱着香瓜领小弟弟时，

我就爱上了你，
姑娘啊，
如果你是水，
我就变成鱼；

如果你是田，
我就变成水稻，
播种在田里；
如果你是糯沾巴花，

我就要变成一只蜜蜂，
采尽那花汁，
酿成甜腻的蜜。

4　火炼不化我们的爱情

老话说勐闰的甘蔗最甜，
勐罕的美人蕉最香，
但哪有你的话香甜；
老话说勐引的苎麻最牢，
勐远的石头最坚，
但苎麻禁不住水泡，

石头禁不住雨淋；
老话说勐拌的铁最硬，
但禁不住火的熔炼；
姑娘啊！
我们的爱情，
不怕水泡、风吹、火炼。

不能分开

演唱者：阿老大
搜集地点：云南省临沧市耿马傣族佤族自治县

两个青年真心相爱，
他们的父母不准他们结婚，
他们两个去跳了大河，
他们被龙吃了。
他们变成了青菜，

父母又把青菜拔了一棵，
于是一地的青菜都发黄了，
青菜全部枯萎了。

他们又变成了一蓬芭蕉，

他们的父母又把芭蕉砍了，
砍了一棵芭蕉，
一蓬芭蕉都死了。

男的变成了埋烘①，
女的变成了一只白鹭，
白鹭躺在大树下。

他们又去变成一窝菜豆，
叶和藤紧紧缠在一起，
他们的父母又去把藤砍断了。

他们又去投生，
变成一个人了，
父母再不能把他们分开了。

你别把我当成脸盆

演唱者：岩伦
翻译者：刀光银、毕朝贵
搜集地点：云南省临沧市耿马傣族佤族自治县

啊！啊！
黄金闪烁着光芒，
像水中的莲花，
小伙子还比莲花漂亮。
可惜啊！
你爱别人还甚于爱我，
你正像生长在路边的莲花，
含苞待放，
谁先上前谁就采摘，
你像鲜艳的莲花开放，

含羞地低垂下来，
你像刺眼的太阳光芒，
你不爱我，
你又去把哪个姑娘爱上？
我像一口脸盆，
你不用了，
你又把它扔到何方？
怪了！怪了！
我怪你思想为什么这样？
你以前像一块坚硬的金子，

---

① 埋烘：一棵大树。

本来完整无伤,
现在有人用刀砍你,
你就和以前大不一样。

我好比一只螺蛳,
别用刀戳我屁股,
这会感到非常疼痛悲伤。
你的心好比牛奶果树①,
果子熟了,
你摘走了,
思想还高高挂在树上,
你的思想像密叶遮住的树干,
我不能看见,
你的思想像白塔的尖顶高耸入云间,
我只能看到一点,
你的思想像大河里的水,
灌溉到田里,
四处流散,
我的思想也像纵横交错的河溪,
流到哪里就在哪里停留,
可是呀,

千头万绪只汇聚在一点。

我知道你的思想,
变化万端,
今天不同于明天,
如果我早知道你像这样,
我一定砍来竹子,
编成篱笆,
把你紧紧地关在里面,
如果我知道你像这样,
我一定用绳子编成围墙,
牢牢地把你系在我的身边,
我知道,
实际上你并不爱另外的姑娘,
你只是故意编造,
拿我开了玩笑,
奇怪啊!
你的思想为什么会这样?
听信了别人的挑唆,
你就变了心肠。

---

① 牛奶果树：结子牛奶果,可食,味酸甜。

只要我们俩相爱

演唱者：岩阿
翻译者：刀光银
搜集地点：云南省临沧市耿马傣族佤族自治县河西村

喂，喂，
在旧社会我们两个谈好了，
不会得结婚，
为了女人去帮工挣钱来，
被土司剥削去了；
我们两个谈好了，
又去问火头，
他还是不准，
我们两个不会得结婚，
如果我没有钱交他，
他就不叫我们结婚，
我们两个挑柴卖，
收的钱来交火头，
才能结婚；
只要我们两个相爱，
不怕困难，没有饭吃，
我都喜欢，
如果去做帮工得饭来，
我就煮来给你吃，
不愿意叫你饿；
只要我们两个爱，
人家不叫我们住寨子，
我们就去到别的地方。
如果去到别的地方，
人家不给田种，
我俩就到山上去挖地，
种庄稼保证给你得食；
如果去到别的地方，
地方乱，
如果人家拿枪通，
不愿意给爱人死，
宁愿自己死。

你像一个圆圆的宝石在发光

演唱者：高连俊
翻译者：贺国兴
搜集地点：云南省临沧市耿马傣族佤族自治县

哎啰，哎啰，
你像一个圆圆的宝石在闪光，
你像一朵四季常开的鲜花一样，
你发散着幽香，
像天上的神灵到人间来栽种的一样。
可爱的姑娘，
哥哥我已将你看上，
你虽然没有官家小姐豪华的衣装，
你却有鲜花一样的脸庞，
官家小姐没一个能和你较量，
我有心将你采来戴在头上，
可是你这园中的花儿呀，
你生长的这花园的围墙，
却封闭得像牢房一样。

你是一朵永不凋谢的鲜花，
我有心将你摘下，
可是那园门千万年也不会为我开放一次，
像永远封闭着的铁闸。

你像一朵鲜花长在枝上，
哥哥我却没法走近你的身旁，
可是你发出的幽香，
却飘过围墙，
传遍四面八方，
将我的心搔痒。

你的美貌像神仙的彩笔画就的一样，
像金钗插上女人的头一样漂亮，
你是一朵最香的姜妙花，
我天天都想闻到它，
它那馨香，
已侵入我的心房，
我想把它采来家中，
却没有一丝儿办法。

你像河边的莫母花一样香，
你像水塘中的荷花一样漂亮，
我虽然心中喜爱，
却不配佩戴，

哥哥的金莲花呀,
你比神仙栽种的还香,还漂亮,
可是我们之间隔着牢固的墙,
我只能在墙外徘徊观望。

最可爱的姑娘,
你像黄金一样闪光,
你是最美最香的花朵,
迫引得蝶乱蜂狂。
你的美貌,没有谁比得上,
对着围墙,
我天天在痴想,
你是一朵最美最香的花儿,
长在高不可攀的枝上,
你身上发出清光,
像群星环绕着月亮,
我有心将你摘下,
无奈隔着人间天上。

你像一朵美丽的鲜花,
含苞待放,
你是否听取我衷心的倾述,
我美丽的姑娘。

你是人间的珍宝,
美丽的姑娘,
你如果同意我的请求,

我们就祈祷上苍,
请求神灵们帮忙。

美丽的姑娘,
你的脸像月亮一样,
你是一朵出水的芙蓉,
正在开放,
我为你神魂颠倒,
可你的心是否像我一样。

美丽的姑娘,
你纤细的腰肢柔和得像一根柳条,
在迎风飘荡。

你是黄金、是星星、是月亮,
你是人间的珍宝,
已被别人在匣内珍藏,
我不能再见你的容光。

美丽的姑娘呀,
你是一朵刚开放的姜妙花,
你是一幅仙人绘制的美人画。

你像银子铸成,
你的脸像棉花一样白净,
你说话的声音是银铃那样动听,
铭刻在我的深心。

你是一朵长在别人园里的姜妙花，
从他方来的人都想去将你摘下，
可是有人看管着，
想拿也没办法。

既然前世我们缅寺去赕佛，
没有好好地滴水祈祷，
把姻缘结下，
现在来失悔，已经迟了。

你是一朵鲜花，
开在别人的篱下（园中），
我们前世在缅寺，
祈祷、滴水都做过，
却没有把一朵鲜花，
共同在佛前供上，
现在虽然见面，
却没法结在一起了。

美丽的姑娘，
我庆幸能将你碰上，
倘使我能得到你啊，
比得到黄金还强。

你像一个罕见的珍宝，
从天上落到地上，
但我却拿不着它，
只能在一旁观望。

你是一朵最美最香的姜妙花，
香入骨髓，
浸入心脾，
你是一个价值连城的珍宝，
人人都想得到，
我得不到，只有在一旁伤心了。

你是一朵金莲花，
你最会说话，
你发出的声音，无比的好听，
像树林中鸣啭的黄莺。

你是一朵宝莲花，
开在别人的塘中，
在别人的保护之下，
永远不凋谢。
姑娘呀，你是天上的仙女，
降落在耿马。

你是一朵鲜花，
开在别人的篱下（仙人的园中），
我们前生带着水果供品去赕佛，
却没把姻缘结下，
我今天虽然看见了你，
可你已经属于别人，

可望而不可即了。

你是一枝最香的桂花，
各处的蜜蜂闻着都飞来了，
这样的花人间少有，
是否从天上落下？

你是一枝最香的花，
你的花朵从下而上，
一朵朵不断地开放，
这样的花人间没有，
栽种它是天上的玉皇。

你是一枝夜来香，
一天三次开放，散发幽香，
我想把它采来戴在头上，
姑娘啊，
你长得像仙女一样，
我想去采它却不可能，
我只能在一旁观望，
我的心异常地忧伤。

可爱的姑娘，
你像金粉一样闪亮，
你像一只鹦哥，被人捉住，
人家把你藏在笼里，
把门儿关上，

你再也不能飞到我的身旁。

你的美像绿宝石一样，
引得我日夜思想，
可是我不能得到你，
我只有白费心肠。

姑娘家像一根金线，
当她还没有绣在绸缎上，
她是自由的，
可是你如今已经嫁给别人，
像金线已经固着在织物上，
它已经不能再归还原样，
我对你的爱情，只能是空想。

你是一朵香花，
哥哥我像蜜蜂一样地迷恋它，
可是你的心已属于别人，
再也不理睬我了。

你是一朵鲜花，
我有意将它摘下，
可是它已经有了主人，
我的心愿不能实现了。

可爱的姑娘
你美得像仙女临凡一样，

哥哥我看着你就像十五的月亮，
你就像孟谢①地方的，
金银花、白菊花那样漂亮，
你像缅桂花一样清香，
你像一朵宝莲花，
却开在魔鬼的水塘，
没人敢去依傍。

你像一朵美丽的野菜花，
别人已将它采下，
既然我来迟了，
又有什么办法？
你是一朵又香又甜的花，
别人已将你采下，
他不愿分给我，
我也没有办法。

这一朵美丽的花呀，
是不是仙人来栽下？
光芒四射的宝石呀！
哥哥我虽然想它，
却没法得到了，
唯有感叹和吁嗟。
我的心难过忧伤，
像一只轮船被大风浪打破，

一直地往下沉了。

你是一朵长在海中的莲花，
我不能再采摘你了。
你是一颗五彩的宝石，
脖颈圆润，
头长细长，
像仙女一样，
可是我来得不是时候，
你已被人珍藏，
我只有暗自伤心。

你长得像莲花一样，
我为你日夜思想，
寝食不安，
当我还在母亲怀抱里的时光，
就已经把你怀想，
我一投生在地上，
我思念你的心，就更为加强，
我想着和你共枕同床，
可你已经做了别人的新娘。
你已被别人收藏，
我只有暗自心伤。

你是一朵野生的姜妙花，

---

① 昆明。

你长得比家花更美更香。

我自幼失去了爹娘，
我从小在忧伤中成长，
自从我见到你，
才有一丝儿欢愉来到我心上。
我梦想着和你共枕同床，
你重新给我带来了一丝儿希望，
这希望像一朵刚开的莲花，
一阵风来，就将它刮去啦！
慈心肠的妹妹呀，
我本想和你共同度生涯，
谁知我来迟了一步，
这希望就落空啦，
倘若我能和你在一起生活，
我心上的愁云就能消散，
你是仙人到人间来栽插的一朵花，
我们天天辛勤地把肥水向你抛洒，
可是你才一开放，
就被别人先摘去了，
我们就是思念到死，
也不能把你还到枝上了，
但我仍要想法，
把你找回来插在头上，
我只有天天到佛寺去祝告。

美丽的宝莲花，

我们过去在一起说过的话，
你是否将它忘记啦？
为什么你看见我，
就将脸掉开了？
你是一个无价之宝，
我日夜都把你记挂，
我的妹妹呀，假使你有情呀，
就送我点什么东西，
做个纪念吧！

你是空中最细的游云丝絮，
我无法把捉，
妹妹呀！
想起来我万分地难过，
我废寝忘食，
再没有一点快乐可说。

你长得又高又细又窈窕，
可是你不爱我，
我伤心的担子，
越挑越重了。
九月里莲花开，
哥哥又想起妹妹来，
我要去看望她，
又不可能，
我请人去看望她，
人家又不愿意，

事到如今，断绝了消息。

可爱的妹妹，
你是一颗发光的宝石，
我只要能见到你，
我心上的愁云就消失，
我心上就充满着欢喜。

可爱的妹妹，
你像一个仙女，
我日夜思念着你，
没有要某人去为我传递消息，
我只有在梦中才有得见你的欢愉，
醒来时，
却只有独自叹息。
每天每天，
太阳落下，月亮又升起，
这时候，我更加记挂你，
我亲爱的小姐，
黎明，雀鸟在树林里鸣唱，
我以为是你的歌声，
我走出去，却不见你的踪影，
黄昏，雀鸟双双对对地向家里飞，
八哥都成双成对，欢欢喜喜，
只有我孤零零的，
再没有一丝生气。

斑鸠都成双成对，有夫有妻，
只有我孤零零的，
没有谁和我团聚，
半夜里，夜莺开始歌唱，
想起心爱的姑娘，
我爬起来，
走出门朝着心爱的人住的方向张望，
什么也没看到，
只看见白茫茫的一片雾罩，
我的心更加难过，
眼泪流出来了，
这样的日子，真不如死掉。

我重新上床躺下，
做了一个梦，
梦见和妹妹在一起谈话，
我醒来，却什么也不见了。
早晨起来，我这样想，
如果你和我在一起，
替我热热洗脸水，
和我一起吃早饭，那么多好呢，
时时刻刻想起你，
我经常都不会将你忘记。

你是一朵仙花，
栽在别人的园里，
我像一个老苦瓜一样，

人人看见都皱眉，
妹妹看着我怎么会欢喜？
我像一个老了的丝瓜一般，
再也没有谁喜欢，
只配去擦锅、洗碗，
妹妹你怎么会把我顾着？

我常常想着，
能和你在一起干活，
我就不会这样难过，
如果你能来我家给我做点饭，
我就有了快乐。
姑娘呀，你使我天天挂念，
因为我不能见你的面，
我只有到山上去找一只鹦哥，
请求它来替我传书递简，
我来到山上，把鹦哥寻找，
小鹦哥呀！你住在什么地方？
你快飞到我身边来吧，
我走了许多树林，
没把鹦哥找到，
我对着上天祈祷，
是不是我出行这天日子不好？
我找不着，伤心了，
这找不着，我且到别处去瞧瞧，
小鹦哥呀，你在什么地方？
快飞到我身边来吧，

我是有紧急的事情，
才来找你呀！

鹦哥闻着呼唤，
从树林中飞出，
我拿着这只鹦哥回到家，
编了个笼儿让它住下，
将水果、芭蕉来喂它，
鹦哥长得结实、壮大，
我就叫它说各种各样的话，
这时我对它说：
小鹦哥呀，我把你喂得壮壮，
有点事儿请你帮忙，
有个地方住着一位姑娘，
请你把我思念她的情书带上，
从这飞到她的身旁，
将我这一颗心儿献上，
那姑娘像宝石一样发光，
她长得像粉团花一样，
她住在最好看的绣房，
我为了她日夜在悲伤，
因为我没有翅膀，
不能飞到她的身旁，
我只能住在孟定和大山依傍。
去吧去吧，小鹦哥！
我亲爱的弟弟，
那姑娘长得美丽，

身材丰满，头发细长，
她长得洁白，像天下的月亮，
她像四月里开的班装①，
她住在最高的楼房，
小鹦哥，你快去快回，
问清楚她的住处、姓名，
问她是小姑娘，还是已经结婚，
问这一朵最香的桂花，
是否已属于别人，
她是否像一只雀，
还没有伴侣？

最美丽的小鹦哥呀，
你的美貌是仙人也难描画，
我所说的话，
你要好好地记下，
好看的小鹦哥呀，
我现在请你飞去耿马，
我要请你飞去远方，
看看那姑娘，
是否还像过去那样漂亮。
森林中的鹦鹉呀，
如果你飞到那姑娘的家，
你要好言好语地和她说话，
你不要粗声大气地喊叫，

那会使得她惧怕，
因为她害羞，
怕别人说闲话。
眼睛圆溜溜的鹦哥呀，
你如今已会说人话，
你一定要飞到那姑娘的家，
我那丰艳小姐的住房，
她的房子刷着金，有玻璃窗，
我的鹦哥呀，
你去的时候，眼睛要伶俐乖巧，
不要让别人看到。
眼睛圆溜溜的鹦哥呀！
如果你去到的时候，
那姑娘在睡觉，
你要小心在意，不要忙说话，
不要惊醒了她。

灵巧的鹦鹉，
如果你去的时候，
姑娘正侍候着她父母，
你不要忙去传话，
先在门前停着等候，
待小姐独自去到花园，
那时你就要抓紧时间，
把你的使命完成，

---

① 班装：花。

立即往回飞旋，
不要在途中流连。

美丽的鹦哥呀，
你有红的嘴，红的脚，
你有翡翠一般的衣裳，
你的毛羽闪耀着光芒，
当你飞到那姑娘的身旁，
你要留心她长得是什么个模样，
她是怎样走路，怎样吃饭，
怎样睡觉，怎样梳妆，
你要看看她是在爹妈的身边缝纫、
绣花，

还是在房前房后闲荡，
你要看看她是否在勤恳地操作，
还是在睡懒觉，
连洗脸水也要别人送上，
她是否擦脂抹粉天天在花园闲逛，
或者是和着一些小姑娘，
与邻近的小伙子闲荡。

最灵巧的小鹦哥呀，
你要将你所看见的一切小心记下，
从耿马飞回孟定，
将她的情形详细地向我传达，
那时我就更感谢你啦！

白棉花姑娘

演唱者：金桂兰
翻译者：金桂兰
搜集地点：云南省临沧市耿马傣族佤族自治县

我俩真的相爱，
永远同吃同在，
如果父母不同意，
就是打死我们，
出血不过流汗一样，
死也要死在一块。

如果你死在路边，
我就变成花和你死在一块；
如果你死了变成水井，
我就变作井边的石栏；
如果你死了变成大河，
我就变成河底的石头。

小溪边上

搜集地点：云南省临沧市双江拉祜族佤族布朗族傣族自治县勐库镇

一条小溪缓慢地流，
上是流水下面是石头，
慢慢的流水好比是我呀，
等着呀，
等着石头和我一道走。

一条小溪慢慢地流，
对着石头我发愁，
哪一天再来这条小溪边，
石不走呀水不流。

我们的地方真是热闹

翻译者：沙海明、贺国兴
搜集地点：云南省临沧市耿马傣族佤族自治县

哎啰！哎啰！
我们的地方真是热闹，
不像过去那样萧条，
小伙子，小姑娘真快乐，
插花戴朵心里喜欢。

四面八方，男女老少，
天天可以听到歌声悠扬；

青年们谈情又唱调，
整个地方都在欢唱。

亲爱的姑娘像栽在园子里的鲜花，
没有哪一个不点头称赞，
哪一个有福气可以得到，
用金盒系藏起这香艳的板苴花。

美丽的花开在园子里，
不知道园子属于哪家，
也不知道园子可有人保护，
保护这被我看见的鲜花。

这是一朵决定我幸福的花，
是神仙把她种下，
姑娘的嘴唇鲜艳，牙齿乌亮，
黑牙齿发出宝石的闪光。

园里的花像还没人摘采，
也似乎没有人在保护她，
有如宝石没有宝盒，
我愿做金盒子来罩护她，
宝石的光亮好像一塘清水，
金银花开在神仙的花园，
爱花的都想采花，
漂亮的姑娘我怎能不爱你？

把金线和银线织成金片，
这金片就是我俩的爱情，
金片的光辉四射，
没有人不羡慕我俩的爱情。

我们相遇真是太巧，
共同生活在新时代，
好像神仙牵着我们的手，

走进了幸福的花园。

我们的爱情让她永远坚固，
像贵重的金刚钻石，
天上的神仙都不能破坏，
地上的凡人更不有法把我俩拆开。

只要我们真心相爱，
爱得像崖石那样坚牢，
闲言冷语不能动摇，
把身子剖成两半还是爱恋。

剪刀可以剪断任何丝线，
却不能剪断我俩的爱情，
只要我们的感情日新又新，
任何人不能使它变得陈旧。

我俩的感情十分深厚，
厚得像地球那样无法相比，
只要你我矢志不渝，
终有一天会同吃同在。

不管是吃饭、走路，
也不管是否进入了沉沉的梦中，
我无时无刻不在想念着你，
亲爱的，你可曾把我想望。

要知道我天天都在想你，

却不能和你长在一起，
这相思把我弄出大病，
病得连饭也不能下咽。

有谁来替我传递消息，
把我的痛苦告诉你，
在我这像芭蕉的心里，
野火烧山似的痛苦正在蔓延。

现在我只得托这可靠的鹦哥，
它长期地为我传递过心情，
如今托它又来见你，
把我的心意说给你听。

鹦哥，鹦哥，请你快飞，
穿过云彩，穿过千山万水，
不要在路上停留也不要让别人知道，
快把这信给我亲人。

到了她家你要小心在意，
屋子里没闲人你才进去，
怕她爹妈不同意我们相爱，
捉住你大骂一台①。

亲爱的你接了信后多读几次，

好好地考虑一番，
切不要让别人先行知道，
破坏了我两个纯真的爱情。

哎啰！哎啰！
刚开的鲜花又艳又香，
闻到这花香真是舒畅，
还有那名贵的钻石，
日夜闪耀着金光。

鲜花的幽香刺人心脾，
采不到鲜花令人心急，
宝石的光芒照人眼花，
得不到宝石更是着急。

姑娘的眼睛像一潭清水，
发出了宝石的亮光，
只是这亮光怕是被别人的套子笼住，
我望了千百次望不到一点光芒。

我们的爱情曾经盟誓，
金子般的誓言天神都看见，
谁知你忘记自己的决心，
像醉汉走路东倒西歪。

----

① 台：云南汉语方言，量词，意为"次""场""回"。——编者注

本以为我们俩会白头偕老,
半路上抛了我有外心,
迷恋着新欢忘记旧好,
把旧好当作那不认识的主人。

失恋的痛苦紧紧地搅住了我,
像野火烧荒山燎痛人心,
你好像园里的花已有主,
伤心得不敢再看一看。

失恋的痛苦胀满了我的肠胃,
茶饭不吃害了相思,
想起了海誓山盟,
我的心像落叶在下沉。

假使你并没有把我抛弃,
还记得我两个当日的爱情,
一二月我们就来相会,
让爱情的鲜花重新开起。

假使你并没有把我忘却,
还巩固住我两个当日的恩情,
等到了秋收后,天高气爽,
领妹妹上我家共同生活。

假使你当真是有了新欢,
新欢的爱情纯洁坚强,

那就请你保守秘密,
别让他知道这从前的私情。

假使你真正是有了爱人,
我的相思就会白费,
我不但会伤心而且害羞,
羞得无脸去见任何人。

不管你有爱人还是没有,
不管我俩相爱能否成功,
你必须把秘密牢牢地守紧,
千万不要泄露给任何人。

哎啰!哎啰!
我的心近来真不舒服,
无边的痛苦纠结在一起,
我勐定的姑娘不像你,
不像你耿马姑娘反复无情。

我无时无刻不在想你,
我的心无时无刻不在悲伤,
白天在伤心里度过,
睡梦中也不得安宁。

耿马的妹妹像一朵花,
一躺到床上就更想念她,
一年到头都在记挂你,

记挂着最好看的珍宝。

伤心啊伤心，
相隔了千山万水见不到你，
见不到人家摘去的香花，
从妖怪的花园里摘。

假如这朵花真是被人摘去，
我就会加倍地伤心，
我天天日日望了又望，
只望到白云在空中漂浮。

我只能用眼睛望着你所在的方向，
却不能来到你身旁，
唯一的希望就是这封信，
让它向你表白衷情。

你像生在龙宫里的鲜花，
哪一个能把她送到我身边，
唯一的希望只依靠我的鹦哥，
它能代我向姑娘倾诉爱情。

我的鹦哥养在金丝笼里，
会说话会唱调却不有爱情，
我好像一只高大的老象，
却没有金象亭罩在背上。

我好像一匹日行千里的好马，
缺乏那金鞍子不能奔驰，
我听说在耿马有副马鞍，
它发出了闪闪的宝光。

我已经有了一塘子清清的水，
只可惜塘里没有栽莲花，
我希望耿马的美莲花栽在我塘里，
给我们地方播下爱情的种子。

像金子般的妹妹啊，
我祝福你长得更加漂亮，
在耿马的小妹妹啊，
祝福你漂亮得像月亮一样。

上次你到勐定被我瞧见，
我认为是仙女下凡人间，
只可惜我只能用眼睛来看，
却不得和姑娘说说真情。

你圆圆的小脸像十五的月亮，
哥哥我一看见就动了心，
只怕妹妹你不会爱我，
白白地害一场单相思。

妹妹你漂亮得像内地的金银花，
爱花的心情写上书信，

请我的小鹦哥辛苦一趟,
为爱情替我跑一趟耿马。

精灵的小鹦哥好好地听着,
把这封信捎到妹妹的楼房,
她旁边没闲人你才进去,
不要让这封信落在闲人手上。

亲爱的妹妹你身体可好?
你父母兄弟可好吃好在?
还有你爱人生活怎样?
请鹦哥都一一替我问候。

最好的香花怕已经有主?
我想到死也怕得不到她!
妹妹你像一只金凤凰从天上飞落在森林,

我白白地看一眼像看星星一样。

妹妹你漂亮得赛过仙女,
人间的姑娘是更比不上,
只是我缺少那金银彩礼,
只有这满怀的真情话。

让我们的爱情坚如崖石,
让我们的爱情好似拴象脚的树藤,
岩石坚固锄挖不动,
藤子柔靱砍刀不能断。

吃甘蔗要从头吃到根根,
才能够吃出甜来,
谈爱情要有始有终,
才能幸福长久。

永远不分离

搜集地点:云南省临沧市耿马傣族佤族自治县

我想你,
像孔雀看到果子,
见到了,

得不到。

嘴都说酸了,

你还是不吭气,
我们相好吧,
永远、永远在一起。
我担心会有人来打扰你,
我们不能成夫妻,
像一条河水,
中间隔起一道堤。
我俩一路走吧,
不能结成夫妻,
死也要变成一条彩虹,
高高在天上挂起。

我们相爱不能成夫妻,
死后你变水井,我变石头,
做水底的石子,
也要在一起。

我们相爱不能成夫妻,
来生也要双双投胎去,
投在一个娘的肚子里,
永远不分离。

你好像大海里一块石头

演唱者：刀万
翻译者：南万金
搜集地点：云南省临沧市耿马傣族佤族自治县

你好像大海里一块石头,
汹涌的浪头不会把你冲走,

如果大水把你冲走,
冲到哪里我都要去捡回来。

耿马情歌对唱

记录者：张必琴
翻译者：冯德兰
搜集地点：云南省临沧市耿马傣族佤族自治县

男唱：
想见阿妹见不到，
阿哥真想变成一只鹦鹉，
飞到阿妹的身边，
但是，
天空是那样高，
树林是那样密，
怎能飞得过去哩！

女唱：
我和阿哥的爱情，
就好像月亮一样纯洁，
如果阿哥是棵树，
阿妹愿变成一只小鸟，
栖息在树枝上。

男唱：
如果阿妹是塘水，
阿哥愿变成石头在塘中，
如果阿妹是一口井，
阿哥愿变成一条鱼在水中游。

女唱：
阿哥呀！
如果我俩得成双，
没有房子住山冈，
没有天地开荒山，
没有籽种砍柴卖，
这些，
不用阿哥把心操。

五月小唱

翻译者：刀尚文
搜集地点：云南省临沧市耿马傣族佤族自治县孟定镇

凉风徐徐地吹来，
心里多么舒畅爽快，
已经是五月①了，
山上万紫千红，百花盛开，
金嘎拉花、粉团花、哈大花、金花……
各种花都芳香扑鼻，
不管是白天夜晚，
青年男女，双双对对，
山上去采摘花戴，
他们有说有笑，
走来走去，
田里还没有农活，
正是谈情说爱的时节。

男：
太阳下去了，
我拨弄琴弦，
怀念心爱的姑娘，

我时刻想着你啊！
你又在遥远的地方，
我不愿再住在这儿了，
这实现了我的希望。

正如一池清澈的水塘，
塘里开着美丽的荷花，
不晓得要等到哪一天，
才能摘下这朵花来？
我已经干巴巴望了许久，
荷花仍旧开在中央。

老天啊！
你为何不可怜可怜我，
帮我摘下花来，
这种花异常珍贵啊，
莲藕仁能够做菜，
花儿可以自己找。

---

① 傣历五月相当于阳历二月、三月。

我在荷花塘边，
长久地长久地徘徊，
不知道你是不是有了主人，
可曾答应人来摘采，
不管你有没有主人，
我一定来摘采，
不管是死是活，
我都要游过水来，
莲花配在身上，
可以避免病痛，
如果我能飞就好了，
不涉水就可摘下花来，
我要带到荒无人烟的地方去，
不让别人抢走。

我想亲自去到姑娘身边，
路途又太遥远，
只要叫来一只鹦鹉，
鹦鹉啊！
请你飞到姑娘那儿去，
假若人多，暂且不要讲，
假若人少，你就告诉她：
我们家里多困难，
米蒸好了没有人簸，
菜园没有人种，
田地也没有人栽，
池塘已经灌满了水，

还不见长出花来，
是不是我们池塘里，
莲花栽不活？
到底栽不栽得活？
姑娘啊！
请你告诉我，
如果栽活了，
我也不敢来摘，
恐怕莲花上有刺，
会戳破我的手。

女：
你倒说得好啊！
可惜我都脚痛，
不能走到小伙子身旁，
等到我的脚好了再来，
恐怕我劳动没有你行啊，
籽种撒在田里，
白的会变成红的，
如果你看得起，
我就自己走来，
恐怕路上长得有刺，
戳破我的脚。

男：
不怕，不怕！
一切由我来承担，

有平坦光滑的大路,
你尽可以放心大胆地走。

女:
即使路好走,
恐怕到你家门口,
又有狗出来咬我。

男:
不怕,不怕!
我们的狗从不咬人。

男女对唱①

搜集地点:云南省临沧市耿马傣族佤族自治县

男:
好好地听啊,
听我唱个调子,
河水啊,你不要吵,
让我唱歌给姑娘听:
(河水不响了,静静地流)
我是一个远方的客人,
坐牛车走到你这里,
足足走了三个半月,
来到这热闹的、漂亮的、
好吃好在的地方,
我爱这里宽阔的田坝,
我爱这里热闹的街道,
我爱这里美丽的村寨,
我爱这里漂亮的人民,
我爱这样样都好的地方。
但比起你啊,姑娘,
你更是美丽,
更漂亮,
更善良,
我想爱你啊,
不知道你爱不爱我?
你的父母是哪个?
他们的名字叫什么?
你的亲戚有多少?
你的对象是哪个?

---

① 《娥并与桑洛》中的插曲。

这些我都不知道,
请你告诉我。

我爱你啊,姑娘!
我想你。
睡觉也想你,
起来也想你,
吃饭也想你,
喝水也想你,
金子、银子我不爱啊,
我只爱你,娥并姑娘,
请你想一下,
愿不愿意把我爱,
请你答复啊,亲爱的姑娘。

女:
好好地听啊,
我有几句调唱给桑洛哥听,
你说我们地方好啊,
只是这里穷人多,

苦难更多,
怕你爱不上这里的人民,
爱不上这里的地方。
我们的地方比不上你们好,
差了几百倍你可知道?
你们地方商人多,
金子银子多,
人也漂亮,
你问我可有对象,
告诉你啊,
我是一个没有情人的姑娘。
你问我父母,
我父母叫倍万(百万),
你说你爱我,我很高兴,
只是我不如你漂亮,桑洛哥,
怕你爱不上我,
要是你真爱我,
请你把媒来说合,
我要和你一同生一同死,
白头到老啊!

乌好磨

搜集地点：云南省临沧市耿马傣族佤族自治县

男唱：
响吧，响吧，好笛子，
吹到小姑娘的耳边，
声音多么好听，我的好笛子，
用你的笛声去把姑娘引出来，
细圆的好笛子，
吹到妹妹的高楼房子，
美丽的妹妹，听见了就会出来瞧哥哥，
哥哥已经走到你的寨子，
特来与妹妹谈婚，
好笛子我已经把你带到妹妹的好房子，
快去打动妹妹的心吧，
你代替我向妹妹说，
我的好笛子，
我已经把你背了一辈子，
我现在把你带到妹妹的家里，
妹妹住的是七层楼的好房子，
屋里挂着金铃银铃，
好笛子吹到妹妹的心上，
请她下楼来和我谈婚，
好笛子声音像金铃银铃，
你带哥哥走上楼，
叫妹妹把房门打开，
我走上妹妹的楼梯，
楼梯是白生生的，
美丽的花纹刻在上头，
要是我有福气看见妹妹，
我两步就登上楼，
妹妹住的七层楼的房子顶到天，
房子光闪闪照花了哥哥的眼，
妹妹的好房子，
是天神造下的，
哥哥见了就想上去，
妹妹的铺多好看，
铺着粉白的花垫单，
枕头上绣着一条龙，
妹妹的铺是不是有人睡过了，
可爱的妹妹，
好比一朵美丽的花，
是不是有人戴过了？

妹妹是栽在金盆里的花，
金盆里栽的花是最美最香的，
妹妹是百花中最好看的一朵花，
是不是和别的小伙子配成双了？
要是妹妹心上已经有了别人，
哥哥从远方来就白跑了。
妹妹好比一朵雪白的棉桃花，
哥哥在很远就看见了，
哥哥从远方走来，
走过了无数的村寨，
妹妹要是和别人谈上弦了，
哥哥只有伤心流泪。

女唱：
哥哥的声音，
震动了妹妹的心弦，
我的好哥哥，
你像天神座下的宝伞，
用金子银子镶边，
喂喂小姑娘们①，
这样好听的声音，
是哥哥从远方到我家和我谈心，
哥哥好像天神下凡，
响吧，响吧，我的好篾子②，

像风一样快，
吹到哥哥的心上，
去震动哥哥的心，
响吧，响吧，好篾子，
像蜂见到花一样，
飘进哥哥的耳朵，
请哥哥赶快到我家，
我心里多么高兴，
听见哥哥的笛声响了，
笛声多么好听，
哥哥从远方到来了，
这声音压倒别的笛音，
我的哥哥，
我的金盆里面种上花，
今年花开了，
没有人采去戴，
金盆的花是独花开，
千年万年只望哥哥采去戴，
金盆的花开了，
专等哥哥从远方来采，
哥哥啊，
这是前世修下的，
把花采来戴在鬓边，
我好比天神的独生女，

---

① 小姑娘们：她的丫头。
② 好篾子：短笛。

专等哥哥配成双。
哥哥是一朵好红花,
可是有人把你围住了,
哥哥是天上的神仙呢,
还是海里龙王的公子,
打从什么地方到这里来,
哥哥好比甘露滴到我的房子,
妹妹还没有和别人谈过心,
哥哥是我前世修下的,
我的楼梯没有被别的男人踩过,
雕花的楼梯让哥哥踩,
我的门是锁起的从没有人开过,
单等哥哥从远方来打开,
金子银子打下的金伞,
没有人、没有神打开,
留给哥哥来打开,
我的好铺、绿花垫单、绣花枕头,
从来还没有人睡过,
好铺专等远方来的哥哥住,
我们两个相见了,
这是前世修下的。
哥哥啊,
为什么你只在外边吹笛子,
却不上楼来?

男唱:
妹妹问我是什么人,

现在我来说给你听,
我不是太阳神下凡,
也不是龙王的公子,
我是一个傣族的小伙子,
是地上一个普通的人,
听说勐武有位美丽的姑娘,
特地从远方跑来会见,
看看这位姑娘的心。
妹妹啊,
哥哥好比树枝上苗发的新芽,
又好比大海中的一块孤零的大石头,
新苗没有人摘过,
石头没有人坐过,
听说勐武有一朵鲜花,
特意从远方跑来采它,
好花生长在高处,
哥哥想用细长的木棍把它钩上来,
哥哥在远处看见这朵花就流涎水了,
妹妹好比一颗珍贵的宝石,
哥哥用金笼子套上它,
不知妹妹答应不答应,
妹妹好比天上的仙女,
哥哥要到妹妹家来谈心,
心里是多么高兴。

女唱:
来吧,来吧!

快上楼来吧，
门儿开了专等哥哥来，
哥哥啊，
我俩是前世修来的好夫妻，

地球厚没有我们的爱情厚，
路长没有我们的爱情长，
千年万年都成双，
千年万年都是好夫妻。

水里能不能打火①

搜集地点：红河哈尼族彝族自治州金平苗族瑶族傣族自治县金水河镇

在水里能不能打着火？
野芋头能不能在园里栽？
你若要爱我呵，
能不能脚踩屋檐蛛丝来？
能不能像蝴蝶把翅张开？
你用竹片编成箩，
能不能关住小虫，
能不能不让面粉漏出来？

你拉着黄牛，
能不能从藤上走过？
能不能从树丫里穿？
若果能够呵，
我的父母会同意，
小妹的心呵，也喜欢。

---

① 男方想上门成亲，女方故意提出苛刻条件考验对方。

金平情歌对唱

搜集地点：红河哈尼族彝族自治州金平苗族瑶族傣族自治县金水河镇

男：
你从哪里来？
你到哪里去？
你经过我们的寨子，
我们弹起三弦欢迎你。

女：
我从上寨来，
我到下寨去，
今天要歇到你们寨子里，
大哥大姐莫嫌弃。

男：
你住在我们寨子里，
我们个个都欢喜，
弹起我们手中的三弦，
我们一同唱歌游戏。

女：

画眉唱的歌最好听，
孔雀跳的舞最好看，
阿妹我长得笨又笨，
不会唱歌跳舞没出息。

男：
小姑娘呵小姑娘，
小姑娘来莫客气，
你我都是一族人，
你我都是旱摆衣①。

女：
阿哥先问妹来答，
阿哥先唱妹来跟，
唱得不好不要笑，
我们都是一族人。

男：
阿妹今年有多大？

---

① 旱摆衣：就是住在旱地的傣族，和傍水而居的傣族生活风尚略有不同。

是不是和别人订了亲？
阿妹的家在何处？
阿妹的爹妈是何人？

女：
阿妹今年十七八，
阿妹还没人来跟，
阿妹的家住上寨，
阿妹的爹妈是种地人。

男：
阿妹的家住上寨，
阿妹的声音最好听。
听了阿妹一句话，
哥哥三年还记得清。

女：
哥哥今年有多大？
妹妹也要问一声，
嫂嫂是不是当妈了？
嫂嫂是哪个寨子人？

男：
哥哥今年二十正，
哥哥还没有订下亲，

谷子黄了才能打，
猪头长了才能杀。

女：
听哥说来妹高兴，
我们都是同路人，
日头太大躲阴凉，①
田里有水谷才黄。

男：
要种田才有饭吃，
要读书才能识字，
但家里没有人料理，
回到家冷冷清清。

女：
阿妹的双手有力气，
阿妹能织布能做新衣，
但阿妹长得不好看，
大哥一定会嫌弃。

男：
隔山隔河看见她，
阿妹长得像朵花，
要是阿妹看得起，

---

① 傣族民歌中常把情人（男）比作遮阴的大树、凉棚，或者田里的水。

我们从此做一家。

女：
哥哥长得像壮马，

妹妹早就爱上他，
明天不等到晌午，
哥哥请媒到我家。

不忍分离

搜集地点：云南省临沧市耿马傣族佤族自治县

在远古的孟定①地方，
一对恋人紧紧相爱，
他们双亲百般阻挠，
情人双双跳进大河。

他们变成一畦青菜，
父母又拔去了一窝，
一畦青菜气愤不过，
大家一起枯萎。

他俩变成一丛芭蕉，
父母得知更是气恼，
砍去一株最茁壮的，
一丛芭蕉都气死了。

男的变成一棵埋烘②，
女的变成白鹭歇在树梢，
父母却扛来鸟枪，
黑洞洞的枪口瞄准白鹭。

她又变成一窝菜豆，
紧紧地缠绕着埋烘，
父母越发恼怒，
挥刀把菜豆连根砍断。

他俩又去投胎，
变成一个人了，
父母只好认输，
再不能把他俩分开。

---

① 孟定：云南省临沧市耿马傣族佤族自治县孟定区，傣族人民聚居的地方。
② 埋烘：大树。

结果你却嫁给了别人

搜集地点：云南省临沧市耿马傣族佤族自治县

小卜冒要好好记牢，
美丽的姑娘就像迷人的魔鬼。

男：
阿妹，你美丽的容貌照亮了我的眼睛，
走起来就像刚拧成的绳子。
虽然我每天都看见你，
却只能把相思藏在心里，
阿妹，我决心等你，
哪怕须发白了，
我还要再等十五年。
可是我等你一辈子，
结果你却嫁给了别人。
唉！这一切都过去了，
你还是穿绫罗绸缎去吧！
怕你将来要后悔。
怕没有礼品孝敬你爹妈，
怕没有酒肉招待众亲家。

女：
现在毛主席领导，
结婚不必多花钱，
我们阿爹阿妈都听毛主席的话，
一文钱礼品也不会收下，
结婚那一天，
只要买点糖果就够了。
我爱的是你的人品，
决不是爱那金钱，
我俩相爱，
永不变心。

男：
旧社会那时候，
你家富，我家贫，
我俩休想成亲。
如今有了毛主席，
我俩相爱，
就能结婚。

里竹花开在园子中央

搜集地点：云南省临沧市耿马傣族佤族自治县

里竹花开在园子中央，
随风飘送着它的芳香，
愿一阵风把香花吹到我手上，
我心爱地把它插在鬓角旁。

太阳落下西岭

搜集地点：云南省临沧市耿马傣族佤族自治县

太阳落下西岭，
鸟儿双双去投林。
那只独斑鸠飞来飞去，
恰似哥哥我只有一个人。

只要我俩相爱

搜集地点：云南省临沧市耿马傣族佤族自治县

啊！啊！
在旧社会深沉的苦难，
一时也难于说完，
我们两人深深相爱，
却不能结合团圆。
男人为了我去帮工挣钱，

但被土司、火头剥削完。
我俩早出晚归打柴卖，
赚得钱也被压榨干。

只要我俩相爱，
这边不让住，
我们去那边。

如果人家不给田，
我们就上山，
自己挖田自己栽，
不愁吃来不愁穿。

如果别的地方乱，
有人拿枪逼着你，
我就代你死了也情愿。

我们在田里一起劳动

搜集地点：云南省临沧市耿马傣族佤族自治县

姑娘们，
我们在田里一起劳动，
亲亲热热喜喜欢欢，
你追我赶不偷懒，
谁也不落在谁的后边，姑娘哟，

不管你爹妈同意不同意，
我一心一意爱着你，
只要我们好好生产，
样样都会齐备。

逃婚调

搜集地点：云南省临沧市耿马傣族佤族自治县

事情不想干，

睡觉不成眠，

饭也吃不下，
心头把你想念。
我想同你结婚，
无奈爹妈不准，
到底有何办法，
心里焦急万分。
我想从此逃走，
你可愿意同行？

你的主意不好，
我们不该逃跑，
只要我们相爱，
住在这里也好。
如果能够办到，
我们结婚最好。
如果他们要杀，
死也死在一道。

你说的话呵，

使得我满心欢喜。
心儿像一朵莲花，
露出水面喜欢。
你发的誓词呵，
可要一言为定！
我高兴的劲儿，
胜得万两金银。
干活有了劲头，
觉也睡得安稳。
心里像下过雨的青草，
生气勃勃、欣欣向荣。

你的话像香艳的花草，
可以把百病治疗，
我发过的誓言，
我都能句句办到。
请你放心吧，
失掉了的东西，
总有时候能找到。

姑娘你不要心高

搜集地点：云南省临沧市耿马傣族佤族自治县

姑娘你不要心高，

不要一心想着财主，

对穷人一眼也不顾。

不那那西地方，
有一只心高的老鼠，
它说别的老鼠都不好，
一心想讨好月亮姑娘，
月亮说我不算好，
太阳公主倒像你一样骄傲。
它去到太阳公主那里，
太阳说风那里的姑娘比它更好，
最好是到风那里去找。
风说它的力量并不算大，
吹不动一个小小的土包包。
小土堆说它害怕黄牛的头，
它几下子就顶平了小土包。
黄牛说它最怕绳子穿鼻孔，
劝它去把绳子找。
它去了绳子那里，
绳子说它害怕老鼠咬。

白老鼠还是娶了白老鼠，
阿妹不要学这只老鼠的高傲。
我们相亲相爱，
同吃同在同到老。

金鲤鱼

演唱者：岩香因
记录者：张必琴
搜集地区：云南省西双版纳傣族自治州景洪市勐龙镇（原曼笼扣）

宽阔的池塘，自由地游来游去，
清清的池水，快乐地寻找食物，
金鲤鱼在池塘里。

知识比花还香

翻译者：刀国昌
记录者：朱宜初
搜集地点：云南省西双版纳傣族自治州勐腊县

几百种酸果，没有麻庄①酸，
几百种香花，没有糯叔拉皮②香，
如果我们要求知识，要到学校去，
学校里有好老师教我们。
老师教我们读书，做算术，
知识比糯叔拉皮还香。

上学歌

演唱者：勐龙镇中心小学学生
翻译者：张必琴、岩香囡
搜集地点：云南省西双版纳傣族自治州景洪市勐龙镇中心小学

听吧！
亲爱的兄弟们：
我们进了学校，
天天带着书本学文化，
谁也不要懒，
我们要好好学习，
不要听别人说坏话，
我们要听父母的话，
天天上学去，
学了文化技术，
才能搞好生产。

---

① 一种像橘子样的酸果，味很酸。
② 一种乔木香花树，亚热带植物，可以长到比大桂花树大，四月开白花。

过去没有得上学

演唱者：勐龙镇中心小学学生
翻译者：张碧琴、岩香因
搜集地点：云南省西双版纳傣族自治州景洪市勐龙镇中心小学

过去呀！
我们不能上学学文化，
现在呀！
有党领导，
有老师教，
我们要积极学习，
现在的老师不像过去一样，
我们不要怕，

老蒋压迫人民的时候，
不让我们进学校，
现在的老师不会打骂学生，
现在的老师热爱儿童，
教给我们各种知识，
我们要牢牢记住，
天天要上学去，
努力学习文化。

打秋千时唱

演唱者：窄篇
翻译者：刀正祥
记录者：曹爱贤
搜集地点：云南省西双版纳傣族自治州

秋千呀！
秋！秋！秋！
秋到菜园里去吃葫芦，

去吃瓜，
秋到勐勇、勐养去吃果子，
秋到河边放牛放羊，

秋到山坡下放马放象，　　　　　　　鸡尾丢在草坪上。

马尾挂在树桩上，

儿歌：鸭子毛青青

演唱者：依硬
翻译者：刀新民
记录者：林中
搜集地点：云南省西双版纳傣族自治州（原曼打曼再社）

鸭子毛青青，　　　　　　　　　　我的鸭放到河上游还不回来，

回来吃谷子，　　　　　　　　　　是不是人家捉去关在笼里了，

别人的鸭放到河里去都回来了，　　是不是人家要杀你吃掉。

红河儿歌三首

1

演唱者：木龙大寨一群小学生
记录者：仇学林
搜集地点：云南省红河哈尼族彝族自治州红河县木龙村

月亮月亮圆圆，　　　　　　　　　官家月亮有千万个，

照着官家水田；　　　　　　　　　天上星星才有千万颗。

星星星星亮晶晶，
官家田里出金银。

星星照亮天下人，
金银照黑官家心。

2

演唱者：木龙大寨一群小学生
记录者：仇学林
搜集地点：云南省红河哈尼族彝族自治州红河县木龙村

满天飞蚂蚱，
大雨快快下。
祭龙树，

谷子熟，
打下谷子做香米，
龙树爷爷先敬你。

3

记录者：李云鹤
搜集地点：云南省红河哈尼族彝族自治州金平苗族瑶族傣族自治县勐拉镇

天下大兵管小兵，
云南督军管尽兵，

皇帝老倌管百姓，
管不住我唱歌人。

六、谚语

（一）波康朗香口述谚语

口述者：波康朗香
记录者、翻译者：张必琴
搜集地点：云南省西双版纳傣族自治州（原曼打乡曼校）

1. 在什么地方就好好在，生什么地方吃就在什么地方拉。（意思是不要三心二意。）

2. 在什么地方就说什么地方话。

3. 要想知道多就别睡觉。

4. 想懂想会就要勤问人。

5. 耳朵听到后，还要眼睛看，眼睛看了后，还要用嘴说清楚。

6. 田地不种谷子长野草，兄弟不往来成外人。

7. 东西不吃会烂，事情不讲会忘。

8. 想知道多要勤问，想会做要勤学。

9. 水响不深，水深不响。

10. 看见别人富不要羡慕，看见别人穷不要去欺负。

11. 堵水要找红砖，办事要找老人。

12. 进森林害怕老虎，进船害怕船翻。

13. 两山不相遇，两人能相遇。

14. 有四只脚的动物也会滑倒，有学问的人也会忘、会错。

15. 什么地方有幸福，什么地方也有灾难。

16. 打水要打满。（比喻做什么事都要将它做好。）

17. 吃哪只碗，就去洗那只碗。（做事要有头有尾。）

18. 愈好愈想好。

19. 小鸡只有拳头大，野猫看见就要吃。（力量小就被人欺。）

20. 说谎破坏人。

21. 人老记忆差。

22. 遇困难别推给别人。

23. 耳朵听见后不要说，眼睛看见后再说。

（二）康朗告口述谚语

讲述者：康朗告
记录者、翻译者：张必琴
搜集地点：云南省西双版纳傣族自治州

1. 吃辣吃咸别太过重。

2. 别将野羊当马骑，别用刀去砍石头。

3. 吃饭勤盘田。

4. 想吃鱼就得挖鱼塘。

5. 心里热别去吃辣子。

（三）刀荣光口述谚语

讲述者：刀荣光
翻译者：李文贡
记录者：朱宜初
搜集地点：云南省西双版纳傣族自治州

1. 土是官的，水是官的。
2. 官与百姓好像马与鞍。

（四）刀建德口述谚语

讲述者：刀建德
翻译者：李文贡
记录者：朱宜初
搜集地点：云南省西双版纳傣族自治州景洪市

1. 打伙说，打伙做。
2. 小窝窝也是潭，两三家也是家。
3. 吃苦会有甜，耐劳世代长。
4. 一处洗澡，一处洗脚；吃田一处，嘴讲一处。（比喻三心二意不专心。）
5. 忍一下不为迟；等一下不为晚。
6. 吃田负担。（要出租之意。）
7. 吃饭不见田，吃鱼不见水。（不劳动之意。）
8. 吃饭总记稻草，做官忘记别人。
9. 人有力量因为有饭，官有力量因为有了人民。
10. 要吃饭只能听镰刀响，竹席盖头回床寨。（傣族以竹席打谷子，先借吃，打了谷子却挑不回，言贫穷人受剥削而收不回谷子。）

11. 吃水不忘挖井人，吃蜜不忘掏蜂人。

12. 吃鱼吃不完刺，拆房子拆不完棵。（比喻吃鱼刺还在；拆房，架子也还会有。瞒不住的意思。）

13. 吃肉想起儿，啃骨想起狗。（比喻很自然的现象。）

14. 吃的时候笑，赔的时候愁。

15. 多数吃，单个死。（比喻一人负担多数，单个人就累死。）

16. 吃得嘴"叭叭"，病得眼眨眨。（比喻先顾眼前舒服。）

17. 抓水不漏，抓沙不掉。（比喻最小气的人。）

18. 九聪明（或凶）十聪明，不如老实人。

19. 吃酸嘴不响，别情人头不回。（比喻不会有的事。因吃酸嘴都会响，别情人都会回头。）

20. 扭起成一根，绕起来成一股。（比喻团结力量大。）

21. 鸡上楼不要乱打，老人在楼下脚步要轻。

22. 鸡有毛，人有亲有戚。（比喻人非孤独。）

23. 晚上是糯晓，白天是猫头鹰。（比喻不正常的生活现象。糯晓鸟很有精神，黑色、长尾。）

24. 撑的比柱子大，地方力量比官大。（比喻柱子大，但撑的力量比柱子更大，否则柱子就倒了。比喻百姓力量比官大。）

25. 好话入耳不会恼，坏话入耳不好听。

26. 要问问懂的人，要借借有的人。

27. 家事关门自谈，寨事关门自讲。（商量、讨论）

28. 事发生在田野，不要带到寨子，事发生在农村，不要带到城市。

29. 小话变大话，百姓话变官话。（即小事变大事，百姓事变成官家来干涉。比喻小事百姓自己解决好，不要闹大了，让官家来干涉。）

30. 好人不怕话，好金不怕火。

31. 官不做生意，等百姓吵架。（比喻百姓吵架，官就得钱了。）

32. 官恼，得；百姓恼，输。（比喻官恼时就罚别人的款等等，百姓恼时相吵斗打官司，钱就"输"了。）

33. 东西遗失追究房内，刀缺追究家里。

34. 懒惰人睡得冷清，勤快人睡得温暖。（比喻劳动得食。）

35. 护丈夫，害丈夫；护老婆，害老婆。

36. 头人赔九，土司赔十。（封建制度下百姓偷头人要赔给他九份，偷土司要赔给他十份。）

37. 旱稻不像水稻，后娘不像亲娘。

38. 上山箐要上通，挖洞要挖到底。

39. 勤堵水常吃鱼，勤种田得饭吃。

40. 想懂不要睡懒觉，要聪明要勤走。

41. 蚂蚁堆在田边是稻谷的宝贝，老人在房子是房子的宝贝。

42. 叫下水，又说屁股浮；叫掏洞，又说手短；叫钻草窝，又说腰杆长。（比喻干什么都不想干的人。）

43. 老象进家，头人进寨。（比喻象进家伤东西，头人进房要钱。）

44. 拉根动藤，拉船动水。

45. 有肉抬到桌面吃，有话摆到桌面讲。

46. 生活很宽广，工作很长久。

47. 水朝水井走，火朝火路去。（比喻二物不相容。）

48. 属官找官，属头人找头人。

49. 土司的象，头人卖；土司的小姐，头人来嫁。（土司比头人大，土司一些事自己不出面，由头人来搞。）

50. 是虎种，不失花纹；是牛神，不失牛角。

51. 嘴来夸，脚来踩。

52. 嘴说内，心说外。（比喻说的是这样，想的是另一样，不老实。）

53. 当面说不为坏，当面讲好听。（比喻凡事要当面谈，不要背地议论。）

54. 过去不知几代头人，死去不知几代官。（比喻时间久。）

55. 三十忘记前，五十忘记后。（比喻年老易忘记事。）

56. 三天是客人，五天是主人。

57. 园子不进会生草，亲戚不来往会成外人。

58. 森林完了，还有草丛；老人死了，还有儿孙。

59. 肉箩当菜箩，亲爱当仇恨。（比喻把亲人当仇人。）

60. 不要动疯子，不要逗憨人。

61. 冬天加被子，夏天扇扇子。（比喻根据环境、条件、措施也变。）

62. 冷认不得穿，热不知道脱。

63. 挑水要出力，加紧用心。

64. 在的要顾去的，去的要顾在的。（比喻相互照顾。）

65. 吃的撑，送的送得要死。[比喻剥削者吃得太多（撑）而被剥削者（送的）却被剥削得要死。]

66. 树叶掉在刺上，树叶通；刺掉在树叶上，树叶也通。[反正都是（我）吃亏的意思。]

67. 各房有各寨的礼节，各地有各地的制度。

68. 身在我，影在他。（心不在焉的意思。）

69. 代替不如自己，锡不如铅，银不如金。（不如亲自做的意思。）

70. 穷当媳妇，贫当姑爷。（傣族富人的女儿常不嫁出，由穷的来上门；除非富的才嫁富的，上门的多是无钱的。）

71. 吃的别人看不见肚，穿的别人会张眼看。

72. 面烘火，脊背烘太阳。（比喻劳动人民面和背都被火热太阳晒，而不得食。）

73. 脸不来，眼睛不转来看。（不打照面，不负责的意思。）

74. 逃雨逃不过天，去了也得转来。

75. 两条水井的田，两个官的地方。（前者好，后者不好。比喻二者好坏不同。）

76. 掰下来会断，拉下来会弹。（会弹到自己的意思，比喻不可性急，要慢慢来。)

77. 水不满田，不漫到草皮，水不满土锅，不漫到火边。(比喻总有原因。)

78. 头水不淡，尾水也不淡。(头次的意思，头尾都要好的意思。)

79. 水平到哪里，荷花就长到哪里。

80. 糖精本来是甜的，吃多了还是会涩。

81. 是水要使它清，是火要使它亮。

82. 抬树要见影，立柱要见棵。(比喻做事要见成绩。)

83. 箭满壶象踩不断，团结起来破坏不了。

84. 转过一边是勺，再转过一边是瓢。(比喻反复无常。)

85. 亲戚希望好，夫妻不希望坏。

86. 哥先生，弟后生；哥懂二，弟懂一。

87. 哪个也不会恨勤快的人，哪个也不会爱懒惰的人。

88. 夫帮妻得穿，哥帮弟得吃，夫抬头见妻抬尾。(比喻互相帮助才有好事。)

89. 谁吃酸，谁肚痛；谁背弟，谁腰痛。(比喻事有根源，没有做的人就不怕追究。)

90. 爱者如一张皮，恨者如一方篱笆。(一张皮是小，比喻爱自己的人少，恨自己的人多。)

91. 刀砍水不断，任你穷也是亲戚。

92. 离开地面近，离开地底下远。(任你如何离地面也是近，但离地底下就远，这是一定的道理。)

93. 土锅烂还是土，沙滩垮下来还是沙。(比喻变不掉。)

94. 狗咬人脚，人不合咬狗脚。

95. 木料不直是因为墨斗，人不直只有对话。(指面对面讲清。)

96. 有，吃着找；没有，找来吃。(比喻有计划地吃和找。)

97. 树要倒，跑向它的根；有了话，跑去找头头。

98. 扁担穿竹篓耳，随穿哪边都合。

99. 大树压草皮；命令压百姓；象迹压虎迹。

100. "埋方"砍了三年，随时劈随时新。（比喻事虽久，但犹新。）

（注：这种神树干砍下煮成水可染布，丢几年劈开看，里面还是好的。）

101. 有，不要借给官家；没有，不要向官家借。（比喻不要与官家打交道。）

102. 木头不戳不成洞；人不教不懂。

103. 扭拢像树藤，搓拢像象绳。（比喻团结。）

104. 过水不要拆掉桥，划船不要丢掉绳。

105. 过水看前人，走路看带头人。

106. 太阳下山不会等；太阳进云彩照不着山。

107. 一根桩不如几根桩，一个权不如几个钩。

108. 任何凶，凶不过法律制度。（指统治阶级的制度。）

109. 岩羊虽然会爬岩子，但是不会爬树。

110. 山上的子女，吃笋子背背篓；傣族的子女，跟父亲种田。

111. 养鸭望吃蛋，养儿望替力气。

112. 见人家有，想得（得人家的利益之意）；见人家穷，欺辱。（比喻欺贫爱富。）

113. 见肉说肉，见鱼说鱼。（比喻见人说人话，见鬼说鬼话。）

（这句谚语有段故事：从前有个妇人与一小伙子相爱，但他们的父母不让他们结婚，他们就包起鱼肉去逃走了。这时遇见一个英俊的强盗想抢那妇人，就与那小伙子扭打起来，这时，那小伙子叫他的情人递刀来杀那盗贼。这妇人见那盗贼生得英俊，就将刀鞘递给她情人，却将刀把递给那盗贼，那盗贼就将那小伙子杀死了。那妇人就跟了那盗贼。后来那盗贼过一条江，他就丢下那妇人先过了江，隔江向那妇女说："你的男人你都狠心让我将他杀掉，我将来也不会从你这里得到好处，你走你的，我走我的吧！"那妇人被丢在江边，这时她肚子饿了就拿出肉来吃，突然看见江里一条鱼跳到岸上来，就丢掉肉去抢鱼，鱼又跳回江里了，这时天上一只鹰将肉又叼走了。）

114. 找柴在早上，心想在晚上。（因早上天气凉，故早上找柴；晚上心静。）

115. 年头不会买，年尾不会卖。（傣族在年头年尾不做买卖，忙收割和其他的事。）

116. 平常恩爱，可以过一世；恩爱过分，会淡掉。

117. 耳闻，眼看，看要看清楚。

118. 错一次，好一回。（比喻失败为成功之母。）

119. 前屋要垮不给它垮，后屋要烂不给它烂。（比喻面面要搞好。）

120. 房屋会倒要做好架子，房屋会烂要做好棵。（比喻事先应注意。）

（五）刀建德口述谚语（续）

讲述者：刀建德
记录者：张星高
搜集地点：云南省西双版纳傣族自治州

1. 离婚丈夫死，寡妇丈夫在。（寡妇本是丈夫死了，不存在了，但是她念念不忘，等于没有死。）

2. 追马马掉下桥，追牛牛踩秧。（比喻不能急躁。）

3. 房子小有主，小妇人有夫。（比喻不能轻看别人。）

4. 刀口在上面，脖子在底下。（比喻残酷的压迫剥削。）

5. 吃田负担，买水吃，买路走。（比喻封建领主对农民的残酷剥削。）

6. 死了还要买土盖脸，连头连脚都是官家的。（比喻农民悲惨的生活境地，死了连埋身土都要买，而连头连脚也还是官家的。）

7. 官与民，马与鞍。

8. 撑的杆子比柱子力量大，百姓力量比官家力量大。

9. 过去我们离开得好像天和地，如今我们接近得秧和稗子同生长。

10. 不说昨天，不晓得今天。

11. 木头不凿不成洞，人不教不懂。

12. 太阳虽然光亮还有孔雀在中间，荷花虽然好看还有刺在秆秆上。

（六）刀国昌口译谚语

翻译者：刀国昌
记录者：朱宜初
搜集地区：云南省西双版纳傣族自治州勐腊县（勐腊小学）

1. 要穿新衣服，要拿旧衣来对比。

2. 人家对你好，你也对他好。

3. 人家对你不好，你也对他不要客气。

4. 人家捧给你多少，你也要捧还多少。

5. 要过河，要看前面走的人，看清了，再抬起脚来走。

6. 水推船，船靠岸。（意思说动着甲，就连及乙。）

7. 马爱草原，鹿爱山箐。（各人有所爱。）

8. 马与马厩相称，这东西与它的主人也相称。（指对不相称的事物，不必勉强。）

9. 水在哪里，火也在哪里。（颇似"福兮祸所存"。）

10. 水在远，火在近。（颇似"远水救不得近火"。）

11. 两座山不会碰在一起，两个人总会遇在一起。（强调对人要好。）

12. 子女没有父亲，像蜂子没有窝。

13. 探河水要探两岸；试水要试两边；划船要划两边。（指要全面。）

14. 淡要添盐，咸要添水。

15. 地上总会长草，天下的人总会成双。

16. 田房是有；房田是没有。（注：田房指田地中的房子，房田指反驳、反抗的权利，这句是暴露统治阶级的压迫、剥削甚为残酷。）

17. 砍树遇着大风，摸鱼遇着浑水。（好事坏事的碰巧，都可用此语。）

18. 今年迟，明年早。（有些像是指凡事"比下有余，比上不足"。）

19. 救野兽会得好处，救人反而得到灾难。（注：此句有讽刺忘恩负义者之意，也有自私自利见人死不救之意。）

20. 哪个聪明就有所得，哪个傻瓜就会输。

21. 老象不拔牙，鱼儿不拔翅。（注：以喻人不能解除自己武装，有如象要依靠牙，鱼要依靠翅。）

22. 路上的水是不会清；路上的火是不会熄。

23. 与地上的人分别，别不久远；与地下的人分别，永不相逢。

24. 一只手提两个篓篓的得吃，一个肩膀抬两个扁担是不得吃。（注：意思说负担过重反而搞不好。）

25. 哥哥在船头掌握，弟弟在船尾照顾。（指合作得好。）

26. 漂亮是在做姑娘的时候，白嫩是在襁褓里的时候。

27. 吃的水要买，走的路要买。[注：反动统治时，盖房子要向领主买地，人死了还要向领主买土盖脸（埋）。]

28. 披花毯子，狗会咬；翻老话，会吵架。

29. 到了河边就要脱鞋。（比喻到了哪里，就当按哪里的规矩办事。）

30. 热不得洗，饿不得吃。（比喻受苦、受压迫。）

31. 放鸭子要放到湖里面，送东西要送到主人那里。

32. 浑水浑水去，清水清水在。（即好的归好的，坏的归坏的。）

33. 眼睛生在脸，也看不见脸。（自己的缺点，自己看不见的意思。）

34. 三个摩住烂房；三个师傅住新房。（注：摩，给病人猜鬼的人，有如汉族巫师。摩迷信，怕树、地有鬼，不敢随便砍，所以只有住烂房；木匠师傅就不管这些，能住新房。此语反迷信。）

35. 老百姓的儿女，总是背装笋子的箩箩；头人的儿女，总是吃田租。

36. 喝汤要看肚子；去串亲戚要看清是哪一家。

37. 提水倒沙滩，不要和大官交朋友。（水倒在沙滩上永远倒不满，和大官交朋友没有好事。）

38. 戴大帽子会遮住脸，就像商人与勐打交道。（比喻和商人打交道没有好事情。）

39. 纳帕没有好心，做官的会压榨老百姓。（注：纳帕即在村寨中懂经书懂得最多最有学问的人。）

40. 野兽有肠子，哑巴还是有心。（比喻不能随便欺人。）

41. 先说比没说好，先做比没做好。

42. 热闹美丽的勐变荒凉，饱满的谷子变瘦了，宽阔的田坝枯死了，井水干得露了土；当头人的欺辱老百姓，只依靠别人的力量来吃饭；不爱护百姓，只会剥削老百姓的钱；不按道理办事，只叫老百姓西逃东散。

43. 好话讲到别人的耳朵还是好；坏话别人听来就不满意。

44. 如果有人说给你，要倾耳听。

45. 如果你不注意嘴，就会出祸事；如果你不注意手脚，就要从树上摔下来。

46. 人家说柬埔寨话，你又要说缅甸话。（比喻人家说东你去说西。）

47. 水壶拴背带，吃哪块田要看哪块田。（比喻搞哪样就要专心搞哪样。）

48. 不要爱一千袋银子，要爱一千个勐的老百姓。

49. 小腿不到田，大腿不到平坝。（讽刺头人。）

50. 脸不向土地，背脊晒不着太阳。（讽刺头人。）

51. 人家要下地，你眼睛痛；人家去下田，你肚子痛；到过年过节你想穿三只裤筒的裤子。（讽刺不劳动却想过得更好，穿得更多、更好。）

52. 石头在水里长着青苔，是因为水。（如子女不好是因为父母教育不严。）

53. 种地要经常去看乌鸦，种田要经常去看水。

54. 过河要过上一段河，划船要到上截的地方划。（意思是以防水冲下来。）

55. 田好在于它的根根，钢好在于它的链链。（钢下面的铁块，傣族用链制成。）

56. 先看见高处，后看见底处。（要先看成绩之意。）

57. 杀鸡要鸡头，杀水牛要它的脑筋。（即擒贼先擒王之意。）

58. 好人不怕闲话，金子好不怕火。

59. 进寨子吃鸡，进地里吃瓜。（指头人。）

60. 不要把贼当朋友，不要把坏心肠来做自己的心肠。

61. 不要叫哑巴到街上买东西；不要把那帕①赶出勐。

62. 不要把岩羊拿出来当马，不要把马外放成鹿。

63. 小雀不应该知道勐的事，披黄毯子的不应该知道房子里的事。（指佛爷。）

64. 性急的不要吃辣子，会生气的不要喝酒。

65. 父母死会穷，太阳落会冷。

66. 不要去抢人家的老婆；不要去念坏的宣传品；不要走近凶恶的人；不要光看别人对你好；不要去爱头人的小姐；不要看不起那帕。

---

① 那帕：最有学问的人。

（七）波琼囡口述谚语

讲述者：波琼囡
翻译者、记录者：张必琴、岩香囡
搜集地点：云南省西双版纳傣族自治州景洪市勐龙镇

1. 点松木柴，不要在火焰上点。（意即在火焰上点点不燃，言其做事无效。）

2. 不要在三月里去水里捉鱼。（意即三月里很冷。）

3. 说话不要失言。

4. 洗澡要在河流的下游洗。（意即下游无人，不会丢失东西。）

5. 打铁没有人拉风箱是苦事情。（言其没有人帮助之意。）

6. 叙述过去的事情别人不听是苦事。（意即自己说的话没有人听，没有人支持。）

7. 有翅膀没有尾巴是苦事。（言其痛苦。）

8. 得了小病不去医治会后悔。（意即小病不治会染成大病，将来会后悔。）

9. 借别人的东西看不清楚会吃亏。（意即因东西有坏处，不看清楚，以为是自己搞坏，要赔偿。）

10. 送还别人的东西不看清楚会吃亏。（意即送还别人的东西，自己用了，有无损坏处，要看清楚，以免别人说闲话。）

11. 小病不要轻视。

12. 哪里有水，哪里就有鱼。

13. 不要找贼做朋友，不要找心不好的人做老师，不要找笨人去办事。

（八）岩峰翻译谚语

收集者、翻译者：岩峰
记录者：雷波
搜集地点：云南省西双版纳傣族自治州

1. 你是水我不吃，你是路我不走，你是太阳我不晒谷子，你是佛我不敬。

2. 头和脚都是土司的——生下来就是奴隶。

3. 这山的树砍光了，别处还有森林；这寨的奴隶杀光了，别处还有百姓。

4. 不挑水，不满缸；不打谷，不满仓。

5. 大树压倒茅草，礼教压倒穷人。

6. 头上的头发都是土司的财产，属农奴自己的只有灾难。

7. 只有召勐骂过奴隶，没有奴隶骂过召勐。

8. 小鱼能刺伤大鱼，谎言能混淆真理。

9. 召勐发怒，穷人出钱。

10. 三月太阳辣，为什么水淹不到马鹿弯处？八月下大雨，为什么马鹿没有水喝？

（九）康朗井口述谚语

讲述者：康朗井
翻译者：刀孝忠
记录者：雷波
搜集地点：云南省西双版纳傣族自治州勐海县勐遮镇

1. 是水要清，是火要明。

2. 有话要谈，有刺要拔。

3. 进水要到底，挖洞要挖通。

4. 吃饭没得菜，睡觉没得盖。

5. 不有秧，不有田，不有百姓没有钱。

6. 吃这块田，就要负担。

7. 只要房屋盖在地皮上，不负担不行。

8. 忍一次得当官，忍九次得坐金殿。

9. 鞋子烘久了会烂，恋爱久了会失败。

10. 吃田负担。（要出租之意。）

11. 秧长了节，栽不得高田。

12. 二流子当不得头人。

13. 要亲昵，相互吃酒吃肉。斗不过成了亲家，办不到成了同庚。

14. 头要抵到草，脸要抵到沙。（言要驯服不可反抗，不可强硬。）

15. 肚浅因吃菜，不聪明才当妇女。妇女没有喉头，讲不成话。（看不起妇女的话。）

16. 泡木不能做桥，妇女如嫁二夫没有礼信。

17. 对狗嬉皮笑脸，狗会舔你的脸；向奴隶嬉皮笑脸，奴隶会摸你的头。

18. 不要欺负做官的儿女，不要欺负强盗的儿女。

19. 谷子吃完有人送。

20. 牛不会不吃草，百姓不会不服从官。

21. 只要柱子立地，不负担不行。

22. 你想官家的福，种田要交租。

23. 鹅好在毛，人好在衣。

（十）张星高整理谚语

收集者、记录者：张星高
搜集地点：云南省西双版纳傣族自治州

1. 水牛听绳子的话，老象听镰刀指挥。

2. 船还听桨和舵掌握，人嘛，应该听教育和懂礼貌。

3. 多数人爱，像深潭；少数人恨，像浅滩。

4. 大家尊敬的人，在竹梢上还盘坐得稳；大家反对的人，在深箐底也蹲不住。

5. 一棵树，成不了森林；一个人，干不了大事。

6. 人的力气在于粮食，领导的力量在于集体。

7. 一片菜烂，影响一箩；一个人坏，全体丢脸。

8. 做祖父要爱子孙，当领导要爱群众。

9. 五尺长的渔网还有个头，拳大的地方也有个主。

10. 虽是一棵竹，不是同一节；虽是同母生，不是一个心。

11. 是片干叶也要挂腰上，是只花猫也要勤喂饭。

12. 刀不磨，不快；木不雕，无理；人不学，无知。

13. 马要跑，拉不住尾巴；麂鹿要跑，阻不了头。

14. 天要打雷，拿手也挡不住。

15. 不说旧的就没有新的，不说昨天就没有今天。

16. 麒麟要离开山，是因为那座山没有洞。

17. 鱼要离开水，是因为那塘水不深。

18. 学生要离开老师，是因为老师无知识。

19. 鸟要离开树，是因为那棵树没有花果。

20. 凤凰要离开池塘，是因为那池塘没有水和莲花。

21. 恩爱夫妻要离婚，是因为夫妻愚蠢和听信谗言。

22. 水深不响，响水不深。

23. 水不满田，不会流进烂塘；汤不满锅，不会滴进火塘。

24. 牛离开牛群还叫，亲戚分离怎不挂念呢？

25. 两人吵架必有一个理亏，两人赛跑必有一个得胜。

26. 小雀战大象，是因为朋友相助；牛王败于狐狸，是因听信谗言。

（这组谚语由广泛流传的两个寓言组成。传说一只骄傲的大象，不听小雀的劝阻，狂妄地踩烂了雀蛋，杀了后代，小雀的不幸得到了朋友的同情，并决心相助，报仇雪恨，啄木鸟就来啄破了大象的眼睛，苍蝇在眼角里产蛹，青蛙跳到岩边去叫。瞎了眼的大象随着蛙声找水喝，一纵滚下悬崖跌死了。

另一个是，据说黄牛和老虎都是山中之王，各在一山，互不侵犯，而且还是很要好的朋友，一只饿极了的狐狸，在它们两个身上打主意，自知不能力敌，只可智取，狡猾的狐狸想出了阴险的诡计：挑起两者战斗，"坐收渔人之利"，跑去对黄牛说："老虎要来吃你，不信就下山去看。"又跑去对老虎说同样的话，牛和老虎都半信半疑下了山，在山坳碰上了都以为狐狸的话是真的，不分青红皂白打了起来。老虎咬断了黄牛的喉头，黄牛用角挑了老虎的胸，结果都死了。喜得观战的狐狸饱餐。

傣族老人都喜欢讲这两个故事，以第一个寓言教育后代，不要以大自居，欺侮小的，同时也鼓舞人们不要怕统治者，只要团结一条心，百姓也可战胜领主。以第二个寓言教育民族间、村寨间、邻舍、兄弟之间，不要轻信谗言，互相吵架以致械斗。结果两败俱伤，上敌人的当。）

27. 走箐要走通头，挖洞要挖到底。

28. 鱼儿抢水会落网，人不警惕会上当。

29. 好人不怕闲话，真金不怕火烧。

30. 弓不硬，弦不紧。

31. 吃水不忘挖井，人吃蜂儿不忘酿蜜人，翻身不忘共产党。

32. 不懂就问，不会就学。

33. 做事要有目的，说话要有根据。

34. 安家要有个火炕头，建房要有个好领导。

35. 是水要清，是火要亮，是问题要水落石出。

36. 四角的手帕，不好做挂包；到处流浪的人，不能当领导。

37. 有肉就摆着吃，有话就当面讲。

38. 是亲戚不要去找，是朋友可去商量。

（十一）集体整理谚语

1. 暴露和讽刺封建领主制度的民间谚语

（1）买水吃，买路走，买屋住；死了，还要买土盖脸。

注：这主要说明解放前的西双版纳农奴社会，什么都是领主的。连死了盖脸的土也要向领主买，由此可见一斑。投生下来就是领主的奴隶，亿万根头发都是领主的财产。山中麂鹿是领主的家畜，寨中姑娘是领主的女郎。头人不经商，专等百姓吵架，吵架就可借故罚款，见歇后语中的第二联注。

（2）刀在上，脖子在下。

注：农民说，刀把子掌握在领主手里，农民的脖子在刀下，反抗被镇压，要想得到解放，必须首先夺取刀把子。黑头的鱼烧了吃也不甜，没钱的

百姓有理也讲不清，领主的儿女继承父权吃田地产，奴隶的子孙继承背篓吃竹笋。

（3）肚子不像大腿，眼睛不像木头。

注：这是领主敲诈农民时说的一句极端无耻的话，意思是说肚子是空心的当然要吃要喝，眼睛可以看，见了金银财宝当然感兴趣，案子断不断，酒肉要先到口，金钱要先到手。

（4）嘴不油，话不滑。

注：意思是说要请头人办事，你得先请他吃酒吃肉。渔网落水，捞不着洪渣就捞着泥巴。领主开口，不是要金子就是要银子。

（5）大树压草坝，命令压百姓，芦草挡不住大象的脚杆。

注：以上两句有汉族谚语"胳膊拧不过大腿"的意思。

（6）烧柴不见山，穿衣不见棉花。吃鱼不见水，吃饭不见田。

注：讽刺领主不劳而食。

（7）挨近火嘛，热；挨近棒嘛，痛。

注：显然这已经把领主喻为火、喻为棒，告诫人们别挨近他们。

（8）水满罐不会响，满腹的仇恨不说谁知道呢？

（9）看见好毯子想披在身上，看见谁勤快想叫来使唤。

（10）是老虎，不会没有花纹；是水牛，不会没有牛角；是领主，哪有不剥削农民。

（11）越低凹处，越被水冲刷；蚂蚁堆本来就高，越往上堆土。

注：以上两句说明富人越富，穷人越穷。

（12）面朝烈火，背向太阳。

（13）水牛进菜园，头人进房子。

2. 讽刺二流子、懒汉的民间谚语

（1）别人干活，看都不看，听到杀猪，跑去帮忙。

（2）种地时，他说眼睛痛，别人挑谷子入仓，他说他的肩头生大毒疮。

（3）吃起来像水□□，到哪里只找东西把肚子装。

（4）看到好吃的，他想为什么不有三个肚子。

（5）若吃鱼吃肉，他想有两个大菜碗。

（6）别人用筷子，他用汤勺。

（7）别人夹吃，他用手抓。

（8）舌尖嘴滑，自吹是佛主的干儿子，太阳神还是他父亲的兄弟。

（9）一个个地方的头人，不如到处乱撞的懒汉。

（10）晚上像洋雀叫，白天像猫头鹰。

（11）吃像鸭子，做像螺蛳。

（12）没有吃的时候，想做别人的儿子；有得吃的时候，想当别人的父亲。

七、谜语

（一）谜语二十则

1. 一棵树，没有枝，只有叶，花在上，叶在下，周围挂满须。（玉米）
2. 下面四根柱，上面两枝丫，左右两张叶，后面还有一根杆。（水牛）
3. 吃得饱瘦又瘦，不得吃胖又胖。（切菜板）
4. 一间屋两片茅草，两根柱，又会走来又会飞。（鸡）
5. 身体像跳蚤，枝干长满叶。（油菜）
6. 远看像亭子，近看像水塘。（伞）
7. 圆圆一个像鸭蛋，数不完，打不破。（纱线球）
8. 鸭子落在水里，自己会游。（船）
9. 在村会织网。（蜘蛛）在山会做窝。（蚂蚁）
10. 姑娘个个穿红鞋，清早出外，傍晚回家。（鸭子）
11. 新媳妇，不懂礼，刚到家，乱搞东西。（剪刀）
12. 出门笑嘻嘻，回来哭啼啼。（渔网）
13. 小小房屋，只能住五人。（鞋）
14. 有一个人，自己能盖房，两根棵柱，两只脚能走，只能吃一粒一粒

的米。（鸡）

15. 黑黝黝的像果子。（眼睛）

16. 花纹像狮子。（黄瓜）

17. 小腿像鸡爪。（辣椒）

18. 睡在水面上。（船）

19. 两个好朋友到老不相见。（耳朵）

20. 身子在田里，嘴弯曲。（螺蛳）

（二）谜语九则

翻译者：刀金艳
记录者：曹爱贤

1. 头插在地里，尾朝天上。（葱）

2. 头插在地里，尾巴缠在树上。（山药）

3. 身体弯弯像牛角，三丘稻草吃不饱。（镰刀）

4. 十根竹子，围了十个菜园，还剩十根。（十个手指）

5. 头大尾巴小，生在水里头，人若想去拿，拿得着头，就拿不着尾，拿得着尾，就拿不着头。（蝌蚪）

6. 团团像鸭蛋，七天按不烂。（线团）

7. 有吃的就站着，没吃的就睡着。（口袋）

8. 一根木头六尺长，这头踩，那头响。（舂碓）

9. 鸭子一只脚，水里游几转，马上飞上天。（调羹）

（三）谜语十七则

讲述者：康朗香率
记录者：张必琴
搜集地点：云南省西双版纳傣族自治州（原曼打乡曼枚寨）

1. 小时穿绿衣，长大穿红衣。（辣椒）

2. 小脚女人穿红鞋。（鸭子）

3. 小柱子放在山中间。（鼻子）

4. 小水井水清清，周围围着许多刺。（眼睛）

5. 小小身体像乌鸦，全身都是眼。（菠萝）

6. 小小水壶墙上挂，谁不打水，自己会有。（椰子）

7. 小时候穿绿衣，长大时穿黄衣。（南瓜）

8. 小时候穿绿衣，长大时穿灰衣。（冬瓜）

9. 它的根相当于果子树，它的叶子苞米也不够。（松树）

10. 黄颜色的花，节连节，根爬满地。（花生）

11. 上面是纲，下面是纲，姑娘坐着船追赶人。（织布梭子）

12. 绿色东西，一根柱上。（木瓜）

13. 身体有象高，儿子生在头上面。（芭蕉）

14. 身体有象高，儿子生在身旁边。（玉米）

15. 没有角会爬树。（蛇）

16. 没有牙齿会咬人。（蚂蟥）

17. 没有奶会养活儿子。（蛇）

（四）谜语十一则

讲述者：岩玉望

1. 爬起来和扁担一样高，坐下与牛屎一样矮。（渔网）
2. 要说是雀为什么穿铁鞋，要说是金鹿为什么不上山，为什么会嗡嗡地唱着飞上天。（飞机）
3. 像麂子的舌头，它会爬起来吃青草。（剃头刀）
4. 妈妈呜呜哭，儿子胖嘟嘟。（纺线车和线团）
5. 样子像竹笆一样，全家来拉拉不动，一个人来拉拉得赢。（人影）
6. 三个人打伙，包一个包头。（三脚）
7. 老公公坐到火塘边，从肚里倒出水来。（茶罐）
8. 小时候像跳蚤，大来吃光三个山还不饱。（火柴）
9. 瘦马腰凸凸吃草，三个鱼塘吃不饱。（镰刀）
10. 几十条牛拴在一棵柱子上。（芭蕉）
11. 罐子在下边，火燃在上面。（烟斗）

（五）谜语十一则

讲述者：刀永平
翻译者：黄贵福
记录者：张星高

1. 洗脸不梳头。（猫）
2. 出门不约伴。（豹子）
3. 上坡点点头。（马）

4. 在家里是一个棒头，出去是一个窝棚。（打一物件）（雨伞）

5. 头有蚕豆大，一间房子装不下。（打一必用物）（火）

6. 我家有个小黑鸡，客人来蹲火塘。（打一用物）（茶罐）

7. 样子像南瓜，去到水里不落下。（打一动物）（鸭）

8. 剥三层，吃一层。（打一食物）（蚕豆）

9. 老水牛三只角，穿两股鼻涕索。（打一物件）（大佛爷的帽子）

10. 白公鸡，绿尾巴，一头栽在地下。（打一食物）（萝卜）

11. 黑洞洞十条牛拉不动。（打一用物）（水井）

（六）谜语二则

讲述者：康朗敦

1. 有一样东西，身子是白鹭鸶，尾巴是孔雀尾，尾巴能绕住大山，这是什么？（打一蔬菜）（大蒜）

讲述者：叭贯

2. 又白又黑，上山砍柴，不用带刀，住的都是用柴。（打一鸟类）（喜鹊）

（七）谜语十九则

1. 一条鱼，天天追水牛。（犁架）

2. 小小一茅亭，内住五个人。（鞋）

3. 去时笑喔喔，回时哭哭啼啼。（葫芦）

4. 小红鸡，树上挂。（芭蕉）

5. 去时像茅亭，来时像棵树。（雨伞）

6. 一条大水牛，过河不见脚。（船）

7. 矮矮小小一个人，衣服穿有二十层。（苞谷）

8. 整夜都走路。（月亮）

9. 圆的筛子，芝麻漏不下，冬瓜一放就落下。（蜘蛛网）

10. 果子不熟刺眼睛。（太阳）

11. 一条大牛，有九个背脊棵，水流过肩膀。（水车）

12. 小鸡追野猫，追到人睡尽。（纺线轴团）

13. 有耳朵没有脸，五天赶街一次。（箩筐）

14. 一棵竹子树，拴五百个绿牛。（木瓜）

15. 小红鸡，树上挂。（芭蕉花心）

16. 只有跳蚤般大小，能吃完几匹山上的草。（火柴头）

17. 四个人抬，两个人扇扇子，一个人拿铁钉。（牛）

18. 有一个人，整天吃，拉屎从肚中拉。（磨）

19. 矮矮小小的说穿破衣服去洗澡。（槟榔盒）

（八）谜语十六则

讲述者：陈宏才、谢长发、何莲香
记录者：王志新

1. 远看一棵蕉，近看不是蕉；花开在头顶，结果在半腰。（苞谷）
2. 屋顶栽棵蕉，长得比云高；不怕天，不怕地，只怕大风闪断腰。（炊烟）
3. 有棵树，高又高，树上挂着千把刀。（皂荚）
4. 冬瓜不是冬瓜，南瓜不是南瓜，两头开花。（枕头）
5. 花手巾，包红饭，又好吃，又好看。（石榴）
6. 有眼无眉，有翅不飞，日行千里，夜行鬼不知。（鱼）
7. 两把刀，八只脚，有眼睛，无脑壳。（螃蟹）
8. 下边动，上边喜，上边动，下边痛。（钓鱼）
9. 红口袋，绿口袋，有人怕，有人爱。（辣椒）
10. 小时穿红衣，大来穿绿衣。（竹笋）
11. 小小梳个髻，大来散头发。（蕨菜）
12. 一对小船，不在河里，跟着人走，到东到西。（鞋子）
13. 千条线，万条线，落到水里都不见。（雨）
14. 头戴红帽子，身穿金甲衣，早上吹号角，叫太阳早起。（公鸡）
15. 红公鸡，绿尾巴，一头钻到地底下。（萝卜）
16. 紫色树，紫色花，结紫果，做菜必用它。（茄子）

八、歇后语

搜集者、整理者：云南省民族民间文学西双版纳调查队

1. 领主与奴隶——乘马与鞍子。

2. 头人怒——财来；百姓怒——罚款。

注：封建领主制度下的农奴不仅是敢怒而不敢言，而且是怒也不准怒，发怒就是"犯法"要受罚款。这两句幽默的话，已成为解放前傣族农民专门用来讽刺领主的歇后语。

3. 一手提两箩——怎能吃得完；一肩挑两担——怎能担得起。

4. 一份田有两条井——怎么不丰收？一个地方有两个主——哪还有人民吃的呢？

注：这两项主要说的是解放前西双版纳的人民所得到的不是一手提两箩一份田有两条井，而是国民党反动派与封建领主制度的双重压迫，哪有人民的活路。

5. 挑水浇沙坝——徒劳往返。

6. 饭盒比谷仓——太不自量。

7. 碰到蛇才去找竹竿——来不及了。

8. 老象进竹林——吃光踏光；头人进寨子——百姓遭殃。

9. 刚下的鸡蛋——新鲜；才招的女婿——勤快。

10. 鸡碰石舂头，鸟碰老鹰，土烟嘴碰石头——自取灭亡。

11. 舌头想舔着鼻梁，自己想见自己的耳朵——妄想。

12. 给地瓜搭架子——白费工夫。

13. 谷不舂也变成米——哪有这等好的事情。

14. 舂头上加石头——自找麻烦。

15. 过朽桥——当心折断；牵怪马——当心被踢。

16. 山梁上的尖刀草——哪边风大哪边倒。

17. 江海子的上水鱼——一下黑，一下白，摇摆不前。

18. 干巴和猫放在一处——哪有不吃的。

图书在版编目（CIP）数据

云南大学1958年傣族民间文学调查资料集 / 云南大学文学院编. —北京：商务印书馆，2023
（云南大学少数民族民间文学调查资料丛刊）
ISBN 978-7-100-22111-5

Ⅰ. ①云…　Ⅱ. ①云…　Ⅲ. ①傣族—民间文学—文学研究—史料—云南　Ⅳ. ①I207.9

中国国家版本馆CIP数据核字（2023）第065423号

权利保留，侵权必究。

云南大学少数民族民间文学调查资料丛刊
云南大学1958年傣族民间文学调查资料集
云南大学文学院　编

商 务 印 书 馆 出 版
（北京王府井大街36号　邮政编码100710）
商 务 印 书 馆 发 行
北京顶佳世纪印刷有限公司印刷
ISBN 978-7-100-22111-5

2023年6月第1版　　　　开本710×1000　1/16
2023年6月北京第1次印刷　印张67
定价：338.00元